編年体大正文学全集

taisyô bungaku zensyû 第十二巻 大正十二年

1923

【責任編集】
中島国彦
竹盛天雄
池内輝雄
十川信介
海老井英次
藤井淑禎
紅野敏郎
紅野謙介
松村友視
東郷克美
保昌正夫
日高昭二
曾根博義
亀井秀雄
安藤　宏
鈴木貞美
宗像和重
山本芳明
［通巻担当・詩］
阿毛久芳
［通巻担当・短歌］
来嶋靖生
［通巻担当・俳句］
平井照敏
［通巻担当・児童文学］
砂田　弘

【本巻担当】
曾根博義

【装丁】
寺山祐策

編年体　大正文学全集　第十二巻　大正十二年　1923

目次

創作

小説・戯曲・児童文学

評論

評論・随筆・記録・座談会

詩歌

詩・短歌・俳句

編年体　大正文学全集　第十二巻　大正十二年　1923

ゆまに書房

創作

小説
戯曲
児童文学

野ざらし

豊島与志雄

一

「奇体な名前もあるものですなあ……慾張つた名前ぢやあありませんか。」

　電車が坂路のカーヴを通り過ぎて、車輪の軋り呻く響きが一寸静まつた途端にさういふ言葉がはつきりと聞えた。両腕を胸に組んで寒さうに――実際夕方から急に冷々《ひえびえ》としてきた晩だつた――肩をすぼめてゐた佐伯昌作は、取留めもない夢想の中からふと眼を挙げて見ると、印半纏《しるしばんてん》を着た老人の日焼した顔が、髭を剃り込んだ頤をつき出し加減にして、彼の横から斜上《なゝめうへ》の方を指し示してゐた。其処には、車掌と運転手と二つ並んだ名札の一つに、木和田五重五郎といふ名前が読まれた。

「私はこれで日本六十余州を歩き廻つたですが、かういふ名前に出逢つたなあ初めてゞさあ。ゴジユーゴロー……何とか読み方があるんでせうが……慾張つた名前ですな。私は七十になりますがね……」

　そのいやに固執した「慾張つた」のすぐ後へ、七十といふ年齢《とし》が突拍子もなく飛出したので、昌作は知らず識らず笑顔をした。

「八十八といふ名前もあるぢやないか」

「そいつあ世間にいくらもありまさあ、ヤソハチといふんでね。」

「もつと上にゆくと、八百八といふのがあるよ。」

「へえ？　八百八……。」

「そら、伊予の松山の八百八狸《やをやだぬき》つて有名な奴さ。」

「へえー、なるほど……。」

　日本六十余州を跨にかけたといふその老人は、たゞ口先だけで感心しながら、分つたのか分らないのか何れとも知れない顔付で、なほ木和田五重五郎の名札を眺めてゐた。向ふ側にずらりと並んでゐる無関心な男女の顔の二三に、薄《うつす》らとした微笑が浮んだ。

「何とか読み方がありませうね。まさかゴジユーゴローぢやあ……ちよいと通用しぬくかあねえかな。」と云つて老人は首を振つた。「何せえ慾張つた名前ですな。」

　日焦けのした顔の皮膚がいやに厚ぼつたくて、酔つてるのか白面《しらふ》なのか見当がつかなかつた。昌作はぼんやりその顔を見つめた。と俄に、ぎいーとブレーキが利いて電車が止つた。入口に先刻から素知らぬ風で向ふ向きに立つてゐた車掌が、大声に停留場の名を呼んだ。昌作は急な停車にのめりかけた腰をそのまゝに立ち上つて、「失敬、」と口の中で云ひ捨てながら、慌て、電車から降りた。

――さうしたことが、いつもなら佐伯昌作の愉快な気分を唆る筈なのに、今は却つて、寂寥と云はうか焦燥と云はうか、兎に角或る漠然たる憂鬱を齎したのである。九州の炭坑のこと、橋本沢子のことゝが、同じ重さで天秤の両方にぶら下つてゐた。一寸した心の持ちやうで、その何れかゞぴんとはね飛されることは分つてゐた。それが恐ろしかつた。自分の心の持ちやうによつてゞはなく、どうにもならない実際上の事柄によつて、何れかに勝利を得させたかつた。

先づ九州の炭坑から……そして次に橋本沢子。

さういふ決心が、「木和田五重五郎」のことで妙に沈み込みがちになるのを、彼は強ひて引立てゝ、片山禎輔の家へ行つてみた。けれど、玄関から勝手馴れた茶の間へ通るうちに、重苦しい憂鬱がすつかり心を鎖してくるのを、彼ははつきり感じた。

「やあ、どうしたい？」

彼の姿を見ると、片山禎輔はいつもの定《きま》り文句を機械的に口から出して、長火鉢に伏せてゐた少し酒気のある顔を挙げた。それから一寸眉根を曇らせた。昌作は黙つて長火鉢の横手に坐つたが、禎輔が何か苛立つてること、先刻から苦しい思ひに沈んでゐたこと、宛も何かの中に落込んで出口を求めやうとでもしてるらしいこと、などを漠然と感じた。そしてそれが、不思議にもこの自分昌作に関係してることのやうな気がした。彼は次の言葉を待つた。がその言葉は、彼の予期しない方面に飛んでいつた。

「君は富士の裾野を旅したことがあるかい？」

「ありません。」と昌作はぼんやり答へた。

「僕は富士の裾野を旅してる所を夢に見たよ。そして実際に行つてみたくなつた。富士の……幾つだつたかね……五湖、七湖、八湖……あの幾つかの湖水めぐりつて奴ね、素敵だよ、君。鈴《すゞ》をつけた馬に乗つて、尾花の野原をしやんしやん〳〵とやるんだ。……河口湖つてのがあるだらう。その湖畔のホテルに大層な美人が居てね、或る西洋人と……多分フランス人と、夢のやうな而も熱烈な恋に落ちた、なんてローマンスもあるさうだよ。山上の湖水と……余り山上でもないが、海岸に比《くら》ぶれば土地はよほど高いんだらう、まあ山上の湖水と云へば云へないこともないね。……あゝ、さうだ、君は、山上の湖水なんかにどうして鰻《うなぎ》がゐるか知つてるかい？　鰻つて奴は、必ず海に卵を産んで、その卵から孵《かへ》つたのが、川を溯つて内地……と云つちやあ変だが、海に遠い山間の渓流へまでやつて来るんだよ。それが、出口も入口もない山上の湖水にまで、どうして来ると思ふ？　知らないだらう？　そいつが面白いんだ。何とか云ふ学者の説に依ると、鰻の小さい奴が、まあ幼虫だね、それが水鳥の足にくつついて山上の湖水まで運ばれるんださうだ。面白いぢやないか。」

声に曇りはなかつたけれど、その調子は変に空疎で気が籠つてゐなかつた。と云つて、人を馬鹿にしてるのでもないらしかつた。昌作は何故ともなく気圧《けを》される気がして、たゞぢつと待つてゐた。禎輔の心が今そんな所にある筈ではなかつた。九州の炭坑に行くか否かの昌作の返答こそ、今晩の問題であるべき筈だつた。昌作はいつもの禎輔の調子からして、顔を見るなりすぐに問題へ触れられることゝ予期してゐた。所が何といふ他愛もない話だつたらう！　或は高圧的に返答を引出すのを遠慮して、つまらないことに話を外らしながら、昌作の方から切り出すのを待つつもりかも知れない、まさか、先日まであんなに急きこんでゐたのを忘れたのではあるまい、などゝ昌作は考へてみた。けれど禎輔の話は、案外深みへはいつていつた。

「いゝ天気ぢやないか、この頃は。こんなだと実際旅に出たくなるね。こないだ僕は久しぶりで郊外に出てみたよ。……然し、何と云つてももう秋の終りだね。いくら晴々とした日の光でも、云ふに云はれぬ悲愴な冷かさがある。

　野ざらしを心に風のしむ身かな

この句を僕は口の中で繰返し〳〵歩いたものだ。」

　突然、殆んど瞬間的に、心をつき刺すやうな眼付をぢろりとまともに受けたのを、昌作は感じた。喫驚して顔を挙げると、禎輔は押つ被せて尋ねかけた。

「君は鮑《あはび》のとろゝつてものを知つてるかい？」

　昌作は知らないといふ顔色をした。

「君のお父さんや僕の親父などが、日本一の旨《うま》い料理だと云つて話してきかしたものだ。僕はまだ食つたことはないがね。東海道の何とかいふ辺鄙な駅にあるさうだ。取り立ての鮑をね、いきなり殻をはいで、岩のやうに堅くなつた生身《いきみ》の肉を、大根《だいこ》研子《おろし》でおろして、とろゝにしたものださうだ。……残酷ぢやないか、君。生身を大根研子でおろされる時の感じは、どんなだらうね。それから、栄螺《さゞえ》の壺焼だつて……。」

　さうなると、もう一種の述懐ではなくて、何か他意ありさうな攻撃的な語調だつた。昌作は返辞に迷つて、相手の顔をぼんやり見守つた。顎骨の張つた四角な顔、わりに小さな眼と低い頑丈な鼻、短く刈り込んだ口髯、顔全体が何処となく間《ま》のびしてゐながら、その間のびしたなかに、強い意力と冷い皮肉とを湛へてゐた。眉の外れに小さな黒子《ほくろ》があつた。昌作の視線は次第にその黒子に集つてきた。その時、殆ど敵意に近い感情が禎輔の顔に漂つた。何かどしりとした言葉が落ちかゝつて来さうなのを、昌作は感じた。

　けれど、丁度その時、奥の室から逵子が出て来た。

「いらつしやい。」

　下唇の心持ち厚い受口《うけぐち》から出る、多少切口上めいた語尾のはつきりした言葉で、彼女は昌作を迎へておいて、其処に坐つた。

　そのために室の中の空気が一変した。禎輔の顔は俄に無関心な表情になつた。宛も、覗き出しかけた彼の心が再び奥深く引込んだかのやうだつた。妻の前に於ける彼のさういふ態度の変化が、一寸昌作を驚かした。元来禎輔は、深い問題を論じ合つてる熱心な際にも、妻の達子が其処に出て来ると、俄にくつろいだ態度を取る癖があつた。妻をいたわるのか或は妻の手前を繕らうのか、または、妻を軽蔑してか或は恐れてか、何れともそれは分らないが、兎に角俄に、余悠のある何喰はぬ態度をするのだつた。その無意識的な癖を昌作は嫌だとは思はなかつた。然しその晩の禎輔の態度は、単なるさういふ癖ばかりではないらしかつた。何かしら意識的な努力の跡が仄見えた。昌作は一寸心を打たれざるを得なかつた。それと共に、今迄禎輔と対坐中、自分が殆んど一言も口を利かなかつたといふことが、ふいに頭に浮んだ。禎輔ばかり口を利いて昌作が無言でゐるといふやうなことは、昌作が少し使ひすぎて余分の金を貰ひに来るやうな時にでも――（そんな時禎輔は別に小言《こごと》も云はずに金を出してやつた）――今迄に余りないことだつた。昌作は変に落付かない心地になつた。然し達子は彼に長く猶予を与へなかつた。いつもの率直さで尋ねかけてきた。

「佐伯さん、どうしたの、九州へ行くことにきめて？　それとも行かないの？」

　昌作は初めその問題を予期してゐたもの丶、一度禎輔からあらぬ方へ心を引張られた後なので、咄嗟に思ふことが云へなかつた。

「私いろ〳〵考へてみたけれど、やはり行つた方がよくはなくつて？」と達子は構はず云ひ進んだ。「炭坑と云へば一寸つらいやうだけれど、何も坑《あな》の中へはいつて仕事をするのぢやなし、普通の事務員だと云ふから、却つてそんな所で働いた方が面白かないでせうか。月給だつて初めから百五十円貰へば、云ひ分ないでせう。そんなよい条件はなか〳〵探したつてあるものですか。坑主の時枝さんが、昔片山のお父さんに世話になつたとかで、片山が無理に頼んだ上のことですから、きつと出来るだけの……破格の待遇に違ひないわよ。手紙にもさう書いてあつたわ、ねえ、あなた。」彼女は禎輔の方をちらと見やつて、また昌作の方へ向き返つた。「そりや東京を離れるのは嫌でせうけれど、一時九州の炭坑なんて思ひもよらない処へ行つてみるのも、却つて生活を新たにするのによいかも知れないわ。あなたはいつも、生活を新たにするつて、口癖のやうに云つてたぢやないの。」

「え丶、そりやあさういふ気持は常にありますが……。」と昌作は漸く口を開いた。「兎に角、生活を新たにするには、それだけの……軸が、心棒が、必要なんです。それを探し廻つてるんです。所が生活を立て直すだけの心棒なんてものは……。」

「冗談じやないわよ。」と達子は彼を遮つた。「今はそんな議論の場合ぢやあないわ。九州へ行くか行かないかの問題ぢやありませんか。行くのが却つてその心棒とかになりはしないかと、私は云つたゞけよ。……でどうするの、行つて、それとも行かないの？」

「さうですね……どうしたもんでせう？」

「あら、あなたはまだ決《き》めてゐないのね。でも今晩、行くか行かないかの返事をする約束ぢやなかつたの！」

「そのつもりでしたが、もつと詳《くは》しく聞いてからでないと……。」

「聞くつて、どんなことを？　もうちやんと分つてるぢやありませんか。」

　勿論大概のことは分つてゐた。片山の知人の時枝といふ坑主が、片山の頼みで、佐伯昌作を事務員に使つてみようといふことになり、而も百五十円といふ破格の月給をくれて、なほ本人の手腕によつては追々引立てゝやるとのことだつた。その炭坑は北九州でも可なり大きい方のもので、他に事務員も沢山居るから、初めは見習旁々遊んでゐてもよいといふ、寛大すぎる条件までついてゐた。然しさういふ余りに結構な事柄こそ、却つて昌作を躊躇せしめたのである。

「然し私には、余りよい条件だから却つて、変な気がするんです。」

「それは炭坑のことですもの、」と達子は訳なく云つてのけた、「百五十円やそこいら出して一人の人を遊ばしといたつて何でもないんでせう。それに、時枝さんの方では、片山からの頼みだから、片山のお父さんへの恩返しつて気持もあるのでせうから。」

「一体、九州の直方《のうがた》つて、どんな土地でせう？」

「そりやあ君、山があつて、そして朱欒《ざぼん》といふ大きな味柑が出来る処さ。」と突然禎輔は冗談のやうに云つた。「僕も一度あの朱欒のなつてる所を見たい気がするね。いつか時枝君が送つてくれたのなんか素敵だつたよ。綿を堅めたやうな真白な厚い皮の中から、薄紫の実が飛び出してくるんだからね。たしか君も食べたらう？」

「えゝ、あいつは旨《うま》かつたですね。」

「僕はね、あの種を少し庭の隅に蒔いたものさ。所が折角芽を出すと、女中が草と一緒に引つこ抜いちまつたんだ。」

「そんなことはどうだつていゝぢやありませんか。」と達子は急に苛立つてきた。「行くとか行かないとか、一応の返事を時枝さんへ出しておかなければならないと、あなたはあんなに気を揉んでゐらしたぢやありませんか。向ふで好意から取計つて下さるのを、余り長く放つておいては、ほんとに済みませんわ。……佐伯さんだつてあんまり我儘よ。今晩どちらかの返事をすると約束しておいて、まだ元のまゝのあやふやな気持なんですもの。そんなことぢや、いつになつてもきまりつこないわよ。私いろ〳〵考へた上で、屹度あなたが行らつしやるものだと思つたものだから、もうお餞別の品まで考へといたのよ。繻絆や襯衣や足袋や……そんなものまで、こうしてあゝしてと考へといたのよ。それなのに……。私もう知らないから、勝手になさるがいゝわ。」

「そんなことを云つたつて、」と禎輔が引取つて云つた、「佐伯君にもいろ〳〵都合があるだらうし、さう急に決心がつくものかね。」

昌作は、此度は自分が何とか云はなければならない場合だと感じたが、一寸言葉が見出せなかつた。彼の心には再び、何とも知れぬ惑はしいものが被さつてきた。実際先達てから、行くか否かの返事だけなりと時枝へ出しておかなければならないと、しきりに昌作へ決心を強いたのは、そして、その晩までに返事をすると昌作へ約束さしたのは、禎輔自身だつた。所が今急き込んでるのは達子だけで、禎輔自身はどうでもよいといふ投げやりの態度を取つてるのだつた。その投げやりの態度の底に何かゞあるのを、昌作は不安に感じた。殊にこれまで、また今後とも恐らく、自分の親戚として且つ保護者として、そして寛大な真面目な人格者として、禎輔を尊敬してゐたゞけに、昌作は猶更それを不安に感じた。

「私は今一寸気持に引掛つてることがありますから、」と昌作は突然云つた、「それが片附くまで……もう四五日、待つて頂けませんでせうか。」

「あゝゆつくり考へるがいゝよ。今ぢやあ何でもないが、九州へ行くと云へば昔では……。」

何故かそこで禎輔がぷつりと言葉を途切らした。然し昌作はその皮肉な語気からして、流刑人の行く処だといふやうな意味合ひを感じた。そして慌てゝ弁解し初めた。

「いえ、九州だからどうのかうのと云ふんぢやありません。たゞ自分の気持に引掛つてることがありますので、それを……。」

「まあどうでもいゝさ。」と禎輔は上から押被せた。「誰にでもいろんな引掛りはあるものだよ。ゆつくり考へ給ひ。時枝君の方へはいゝやうに云つとくから。」

そして彼は一変して急に真面目な眼色で、昌作の顔をぢつと見つめた。昌作は眼を外らして次の言葉を待つた。然し禎輔は何とも云はなかつた。ふいに立上つて柱時計を眺めた。

「もう八時だ。僕は一寸急な用があるから出掛けるよ。ゆつくりしていき給ひ。ぢきに帰るから。」

「何処へ行らつしやるの？」と達子が驚いたやうに彼を見上げた。

「会社の用で上田君に逢ふことになつてるのを忘れてゐた。なに一寸逢ひさへすればいゝんだ。」

そして彼は羽織だけを着換へて、無雑作に出かけていつた。玄関で一瞬間立止つて、何やら考へてるらしかつたが、そのまゝ黙つて表へ出た。

昌作は達子の後について茶の間へ戻つたが、何だか急に薄寒い気持になつた。その彼の顔に、達子はぢつと眼を据ゑながら云つた。

「どうしたの、ぼんやりして？　そして変な顔をして？」

「片山さんは私に怒つてらつしやるんぢやないでせうか？」

「なぜ？」

達子は眼を丸くした。

「何だかいつもと様子が違つてるやうぢやありませんか。」

「どうして？」

達子の丸い眼には率直な澄んだ輝きがあつた。

「さうでなけりや……」と昌作は漸く落付いて云つた、「……喧嘩でもなすつたんですか。」

「まあ！」達子はもう我慢出来ないといふ風に早口で云ひ進んだ。「あなたの方が今日はどうかしてるのよ。いやにひねくれて、夫婦喧嘩をしたかなんて、そんなことを聞く人があるものですか。そりあ片山だつて、あなたが余りあやふやだから、少しは厭気がさすでせうよ。けれど怒つてなんかゐませんわ。また喧嘩なんかもしはしませんわ。」

「いえ私はそんな……。云ひ方が悪かつたら御免下さい。たゞ何だか片山さんの様子が、いつもと違つてるやうだつたものですから……。」

「誰にだつて心配なことがある時もあるものよ。」と達子は心を和らげて云つた。「会社の方に何かごた〱があつて、それに頭を使ひすぎなすつてるらしいのよ。夜中に眼を覚したり、朝早く起き上つたりなさることが、時々あるものですから、私も少し心配になつて聞いてみると、いくらか神経衰弱らしいと云つて、自分を憐れむやうに微笑んでゐなさるのでせう。自分で微笑みを洩らしてる間は、神経衰弱なんて大したことぢやないわよ。……けれど、兎も角さういふ際ですから、あなたも余り気をもませないやうに、早くどうにか片をつけたらいゝぢやありませんか。」

達子が自分を急《せ》き立てゝるのはその故だなと、昌作はふと考へついた。けれど、禎輔のさうした様子の方へ、彼の心は多く惹かされた。禎輔が夜中に眼を覚したり、ふいに朝早く起き上つたりすることが、会社の何かの事件のためではなくて、他に深い原因があるらしいのを、直覚的に彼は感じた。そして我知らず尋ねてみた。

「その他《ほか》に片山さんの様子に変つたことはありませんか。」

「まあ！……全くあなたの方が今日は変よ。一寸何か云へば、すぐ片山を狂人扱ひにして！」

達子からぢつと見られてる顔を、昌作は伏せてしまつた。心が苦しくなつてきた。黙つて居れなかつた。

「でもあなたは、片山さんがそんなに苦しんでゐらつしやるのに、平気で落付いてゐられるのですか。」

「あなたはなほ変よ！……私達のことをあなたはよく知つてるぢやありませんか。片山はどんな苦しいことがあつても、その苦しみが過ぎ去るまでは決して人に云はない性質なんでせう。私初めはそれを嫌だと思つたけれど、馴れてみると、その方がいゝやうですわ。なぜつて、考へてもごらんなさい、片山がつまらないことに苦しんでる時——苦しみなんて大抵つまらないことが多いものよ——私まで一緒に苦しんでごらんなさい、家の中はどうなるでせう？　二人で陰気な顔ばかりつき合してたら、堪らないぢやありませんか。苦しみを二重にするばかりですわ。片山も私もそのことをよく知つてゐるのです。それで片山は、自分に苦しいことがあつても、私には何とも云ひませんし、私はまた、出来るだけ晴々とした顔をして、片山の苦しみを和らげてやるんですのよ。でも万一の場合になつたら、片山の苦しみが余り大きくなりすぎたら、私にだつて、その苦しみの半分を背負うだけの覚悟は、ちやんとついてゐますよ。片山もそれはよく知つてゐます。そして私達は互に信頼してるわけですよ。」

さういふ二人の生活の調子を、昌作は知らないではなかつた。然しそれは、今彼の心に変な暗い影を投じてるものとは、全く無関係な事柄だつた。そして彼は、その暗い影について、その影を投じてくる禎輔のことについて、どう云ひ現はしてよいか、もどかしい思ひのうちに沈黙してゐた。達子も暫く黙つてゐたが、やがてまた彼を当の問題に引出しかゝつた。

「ねえ佐伯さん、もうあなたもいゝ加減真面目になつて、自分で生活を立てるやうになさいな。それには、此度のことは丁度よい機会ぢやありませんか。こんなよい就職口は、また探さうたつてありはしないわよ。それは九州なんかに行くのは嫌でせうけれど、それかつて、東京に居てどうするつもりなの。私こんなことを云ふのは嫌だけれど、あなたのお母さんが亡くなれる時、片山のお父さんに預けておかれた財産だつて、もうとつくに無くなつてるぢやないの。片山はあゝいふ人ですから、あなたの月々の費用なんか黙つて出してゐますが、そして私が、もう佐伯さんも自分で働いて食べるやうに意見してあげた方がいゝつて云ふと、佐伯君も人に意見される年頃でもあるまいし、何か考へがあるんだらうなど、却つてあなたを庇つてはゐますが、それをいゝことにして、いつまでものらくらしてゐては、あなたもあんまり冥利《めうり》につきはしなくつて？　私今度は否《いや》でも応でも、あなたは暫く九州に行つて辛棒なさるが本当だと、心から信じきつてるのよ。片山があんなに骨折つてくれたのをそのまゝにしておいて、一体あなたはどうするつもりなの？」

「いえ私は、九州行きを断るつもりぢやないんです。たゞ……どうして片山さんが私を九州なんかに……。」

昌作はしまひまで云ひきれなかつた。達子の眼に突然厳しい光りが現はれたのだつた。そして昌作は、自分の云はうとしてることが、相手にどう響くかを感じた。達子が腹を立てるのは当然だつた。それは全く忘恩の言葉だつた。然し彼に云はせると、これまであんなに寛大と温情とを以て自分を遇してくれた禎輔が、遠い九州の炭坑なんかに自分を追ひやらうとすることこそ、最も不可解なのであつた。どうせ就職口を探してくれるのなら、東京もしくは何処かに奔走してくれさうなものだつた。九州の炭坑とは、全く夢にも思ひがけないことだつた。それとも、さういふ処でなければ昌作の生活が真面目になりはしないといふのなら……それまでのことだけれど。然しそれならそれと、なぜ禎輔は明かに云つてくれなかつたのだらう。信念も方向もないぐうたらな生活を送つてる昌作にとつては、九州の炭坑と云へば、全く流刑に等しいと感ぜられるのだつた。そのことを、明敏な禎輔が見落す筈はなかつた。「追つ払はうとしてるのだ！」としか昌作には思はれなかつた。そしてそれが、今迄凡てを許してくれてゐた禎輔であるだけに、昌作には不可解に思へるのだつた。本当の心からのことを聞きたい、その上で忍ぶべきなら忍んで九州へ行きたい、といふのが彼の希望の凡てだつた。

　達子はふいに叫んだ。

「あなたはそんなに心まで曲つたんですか！」

　率直な達子に対しては、昌作は何とも返辞のしやうがなかつた。

「私あなたをそんな人だとは思はなかつた。」と達子は云ひ続けた。「私達があなたのためを思つてやつてることを、あなたは、厄介払ひをする気で九州なんかへ追ひやるのだと思つてるのでせう。いえさうですわ。あなたには人の好意なんてものは分らないんです。……これでも私達は、あなたの唯一の味方と思つてゐたんですよ。あなたが珈琲《カフエー》に入りびたつたり、道楽をしたり、ぐず〳〵日を送つたりしてゐるのを、そして牛込の伯父さんにまで見放されたのを……それを私達は、始終好意の眼で見てきてあげたつもりですわ。そしてあなたが自分で云つてたやうに、いつかはあなたの生活が立て直るに違ひないと、ほんとに信じてゐたんですわ。それで片山は東京で方々就職口を内々尋ねて……働くことによつてしか生活はよくならない、佐伯君にとつては仕事を見出すことが第一だ、と片山は云つてるのです。私もさう思つてゐます。で、東京にいゝ口がないので、少し遠いけれど、九州の時枝さんに頼んで上げたのではありませんか。それをあなたは、考へるに事を欠いて、追つ払ふなんて……！」

　昌作は黙つて頭を垂れてゐた。達子の叱責が落ちかゝつてくるに随つて、眼の中が熱くなつてきた。達子の言葉が途切れてから、暫くその続きを待つた後に、少し声を震はせながら云つた。

「私が悪かつたんです。私は心からあなた方二人に感謝してゐます。けれどたゞ、片山さんが何もかも、心の底まで、すつかりのことを云つて下さらないやうな気がしたんです。それは私の僻《ひが》みだつたんでせう。……もう何にも申しません。行きませう、九州の炭坑へ。そしてうんと働いてみます。全く私には、仕事を見出すことが第一の……。」

　その時、殆んど突然に、いつも遠くを見つめてるやうな橋本沢子の眼が、彼の眼にぽかりと浮んだ。瞬間に彼は、或る大きなものに抱きすくめられたやうにも、または行手を塞がれたやうにも感じた。先が云ひ続けられなかつた。

　彼の表情の変化に、達子は眼を見張つた。

「佐伯さん、あなた何か……？」と彼女はやがて云つた。

「えゝ、あるんです。」と昌作は吐き出すやうにして云ひ出した。「私を引き留めてるものがあるんです。実は私は何にも云はないで、すぐにも承諾して九州へ行きたかつたんです。仰言る通り、どの点から考へても、私は九州へ行つた方がい、んです。第一自分で自分に倦き〳〵してゐます。今迄のやうに目的のない生活は、いくら私にでも、さう長く続けられるものではありません。初め片山さんからそのお話を聞きました時、私は何だか新らしい生活が自分の前途に開けて来さうな気がしました。所が、行つてみやうと思つた瞬間に、急に堪らない淋しさに襲はれたのです。自分でどうにも出来ない淋しさなんです。その時まで私は自分でも知らずにゐましたが、私の心は或るものに囚へられてゐました。その或るものが、私にとつては太陽の光でした。いえ、前から……前からぢやありません。その時からです。東京を離れて九州へ行かうと思つた瞬間からです。そして自分で自分に口実を拵へるために、片山さんの気持に、あなた方の気持に、いろんな疑ひを挟んでみたのです。さうです、私は行くのが本当だと知つてゐながら、行かずに済むやうな口実が欲しかつたのです。いやそればかりぢやありません。九州といふのが余り思ひがけない土地だつたものですから、淋しさの余りに、或るものに縋りついたのかも知れません。九州と聞いて実際島流しにでも逢つたやうな気がして、闇の中へでもはいつて行くやうな気がして、そのために光が欲しくなつたのかも知れません。いえ、それよりも寧ろ、前からその光を受けてゐたのが、突然はつきりしてきたのかも知れません。……と云ふよりやはり……。」

云ひかけて彼は急に口を噤んで、暫く室の隅を見つめた。それから一変して、半ば皮肉な半ば自嘲的な調子になつた。

「もう止しませう。そんな詮議立てをしても無益ですから。どつちだつて同じことです。兎に角私は今、率直に云へば、或る女に心を惹かされてゐるんです。その気持の上の引掛りが取れるまで、もう四五日、返事を待つて下さいませんか。」

「ぢやあ、あなたはやつぱり……。」と達子は叫んだ。

が昌作は、云つてしまつてから、非常に不快な気持になつた。何故だか自分にも分らなかつた。もう何にも云ひたくなかつた。

「それならさうと、初めから仰言ればい、のに。」と達子は云ひ続けてゐた。「私も或はそんなことではないかと薄々感じてはゐたけれど、あなたがあんまり白《しら》を切つてるものだから、ついいぢめてもみたくなつたのよ。ごらんなさいな、あなたは隠さうたつて隠しきれるものぢやないわ。……で、どんな人なの、その女つていふのは？　ねえ、すつかり云つてごらんなさいな。出来ることなら、何とかしてあげますから。片山に云つて悪ければ、云ひはしませんから。え、一体どういふ風になつてるの？」

昌作は彼女の言葉をよく聞いてゐなかつた。何だか自分自身を軽蔑したい、といふだけではまだ足りない気持だつた。

二人は可なり長い間黙つてゐた。そして昌作は突然云つた。

「何れあなたには詳しくお話する時が屹度来るやうな気がします。もう四五日待つて下さい。何もかもそれまでに片をつけますから。」

　そして彼はぶつきら棒に立上つた。まだ何か云ひたさうにしてる達子から無理に身をもぎ離すやうにして、表へ出て行つた。玄関の薄暗い所で、声を低めて云つた。

「片山さんには暫く内密《ないしよ》にしておいて下さいませんか。」

「えゝ、その方がよければ、云はないでおきませう。……あの、佐伯さん、私がもし電話でお呼びしたら、すぐに来て下さいよ、屹度ね！」

　昌作は何故ともなくほろりと涙を落したのだつた。そして、達子の最後の言葉は彼の耳に残らなかつた。

二

　霧の深い晩だつた。佐伯昌作は何かに追ひ立てられるやうに、柳容堂の二階の喫茶店へ急いだ。

　運命と云つたやうなものがぢり〳〵と迫つてくるのを、彼は感じたのだつた。そして、達子へ対して四五日の後にと誓つたのは、寧ろ自ら自分の心へ対してだつた。九州の炭坑へ行くべきなのが本当であると、彼ははつきり知つてゐた。片山禎輔の様子に暗い疑惑が生じたにもせよ、そんなことを考慮に入れるのは、自分が余りに卑怯なからだと思ひたかつた。何にも云はないで、黙つて忍んで行かう！……然しその後から、橋本沢子のことが同じ強さで浮んできた。九州へ行くといふ意志が強くなればなるほど、同じ程度に沢子へ対する愛着が強くなつていつた。九州へなんか行かないでもよいといふ気になれば、沢子なんかどうでもよいといふ気になつた。昌作はさういふ自分の心を、どうしていゝか分らなかつた。九州の炭坑のことを思ふと、真暗な気がした。沢子のことを思ふと、輝やかしい気がした。さういふ闇の暗さと光の明るさとが、同時に、全く正比例して強くなつたり弱くなつたりした。そして、沢子を連れて九州へ行くことは、到底望み得られなかつた。

「兎も角も俺は決心をきめなけりやならないのだ！」

　昌作は殆んど絶望的にさう呟いて、清楚とも云へるほど上品な趣味で化粧品類が並べてある店の方を、ちらりと見やりながら、柳容堂の薄暗い階段を上つて行つた。明るいわりに心持ち狭い二階の室に出ると、彼は俄に眼を伏せて、壁際の小さな円卓に行つて坐つた。

　薄汚れのした古いペーパーの洋酒瓶が両側にずらりと並んで、真中に大きな鏡のついてる帳場戸棚の向ふから、きりつと襟を合した沢子の姿が現はれた。彼女は昌作の方をぢつと見定めて、真面目な顔の表情を少しもくずさずに、眼で一寸会釈をしながら、彼の方へ近寄つて来た。彼は眩《まぶ》しいやうな気持になつた。瞬間に、さうした余りに初心《うぶ》な自分の心を、自ら恥しくもまた意外にも感じて、右手で額の毛を撫で上げながら、恐ろしく口早に云つた。

「菓子と珈琲とコニャックとをくれ給ひ。」

　それから袂を探つて、煙草に火をつけながら、卓子の上に顔を伏せた。

その時彼は初めて、何故に此処に来たかを自ら惑つた。九州へ行くか行かないかについて、心に喰ひ込んでる彼女に片をつける、それが彼の求めてる重な事柄だつた。それには、暫く沢子から離れて自分の内心を見守るのが当然の方法なのを、却つて反対に、沢子の許へ来てしまつたのである。沢子の許へ来て、何の片をつけるといふのか？　昌作は九州行きを考へてみた時から初めて、沢子の存在が自分にとつて光であるやうに感じたゞけで、外面的に云へば、二人は屢々顔を合して親しい心持になつてるといふ以外に、何等の交渉もない間柄だつたのである。二人の心がぴたりと触れ合ふ話を交へたこともあるけれど、それもたゞ友人といふ位の範囲を出でなかつた。

「俺は今になつて、初めて恋をでもするやうに、女性といふものを知らない初心者でゞもあるやうに、沢子に恋をしたのであらうか？」

或はさうかも知れなかつた。然し、いくら自分を卑下して考へても、単にそればかりではなかつた。では一体何か？……その雲を摑むやうな疑問をくり返してるうちに、昌作は深い寂寥の中へ落ち込んだ。

珈琲と菓子とを持つて来、次にコニャックの杯を持つて来た沢子が、彼の上から囁くやうに云つた。

「あとで一寸お話したいことがあるから、待つてゝ頂戴。」

昌作が顔を挙げて、その意味を読み取らうとすると、彼女は澄ました顔で、さつさと帳場戸棚の向ふへ引込んでしまつた。その入口の所に、も一人の女中——顔に雀斑《そばかす》のある年増の春子——が、壁に半身を寄せかけて佇みながら、室の中をぼんやり眺めてゐた。昌作は慌てゝ眼を外らして、やはり室の中を眺めた。

曇り硝子に漉される電気の光りがいやにだゞ白くて、白い卓子の並んだ室の中は薄ら寒かつた。往来に面した窓際に、若い五六人の一団の客がゐた。昌作が見るともなく眼をやると、その中に見覚えのある顔が一つあつた。それがしきりにこちらを見てるので、昌作はまた卓子の上に屈み込んで、珈琲とコニャックとを、ちやんぽんに嘗めるやうに啜つた。彼等は美術のことを論じ合つてゐた。何かの展覧会に関することらしかつた。然し昌作は別に興味も覚えないで、自分一人の思ひに沈み込みながら、途切れ〳〵に聞えてくる単語を、上の空に聞き流してゐた。そのうちに、彼は我知らず耳を欹《そばだ》てた。彼等の声が俄に低くなつたのにふと気を引かれて、隠れたる天才だのモデルだの好悪の群像だのといふ語を、ぼんやり聞いてるうちに、宮原といふ名前が耳に留つたのである。その時表を電車が通つて、次の言葉は聞えなかつたが、電車の響きが静まると、わりにはつきりと、想像も手伝つて、彼等の会話が聞き取られた。

A——「好きな部類にはいるんだと、僕は思ふね。」

B——「僕は嫌いな方にはいるんだと思ふよ。」

C——「なあに、両方さ。右のプロフィルが好きな方面、左のプロフィルが嫌いな方面、つてことになるに違ひないよ。惚れてはゐるが意地もあるつてわけさ。」

M――「僕には一体あの事件がよく分らないよ。細君を追ん出してまでおいて、どうしてS子と一緒にならなかつたんだらう？」

C――「そりやあ君、恋のいきさつなんか凡人には解《げ》せないさ。」

N――「兎に角一風変つた女だね。好悪の群像なんてでたらめだらうが、絵を習つてるといふのは本当なのか。」

C――「本当さ。松本氏の画塾といふことまでつきとめたんだ。好悪の群像だつて今に実現するよ。何しろこんな所にゐて、そして客に対して、好悪の態度をあんなに露骨に示すんだからね。画家になりきつたら、好悪の群像くらゐ訳はないさ。君達の顔だつてその中に入れられるかも知れないぜ。」

A――「そんなら、君子危きに近寄らずだ。もう行かうよ。」

C――「体《てい》のいゝことを云つて、実はも一つの危きに近寄りたいんだらう。」

それから話は外の方に外《そ》れて、彼等の間だけに通用する符牒の多い事柄にはいり込んだので、その声はまた高くなつたが、昌作にはよく分らなかつた。けれど昌作にとつてはそんなことはどうでも構はなかつた。彼の頭は聞き取つた事柄の方にばかり向いてゐた。沢子が絵を習つてるといふことを、彼は嘗て夢にも知らなかつた。それかと云つて、宮原の話やなんかを考へ合せると、それは確かに沢子のことに違ひなかつた。沢子が絵を習つてるのを今迄自分に隠してゐたといふことが、重く彼の胸にのしかゝつてきた。固より、沢子の以前の生活やその智力などを考へてみれば、彼女がこの喫茶店の女中になつたのには、何か他に理由があるに違ひないとは、昌作にも推察されないではなかつた。然し彼がそのことに話を向けようとすると、彼女はいつも言葉を外らしてしまつた。しまひには彼も諦めて、彼女から云ひ出すまで待つことにしてゐた。所が今偶然、彼女が絵を習つてるのを知つたのである。それが、彼女自身の口からではなくて、偶然によつてゞあるのが、昌作には不満だつた。その不満から、徐々に、絶望に似た憂苦がにぢみ出してきた。

向ふの連中が、春子に勘定を払つて出て行つた後、昌作も立ち上らうとした。其処へふいに沢子が出て来た。その顔を見て昌作は、彼女の先刻の言葉を思ひ出した。彼は沈んだ声で云つた。

「僕に話があるつて、どんなことだい？」

「もういゝのよ。」と沢子は落付いた調子で答へた。「先刻《さっき》はお話するつもりだつたけれど、よく考へてみると、自分でも分らなくなつたから。」

昌作は彼女の顔をしげ〳〵と見つめた。

「私ね、思つてることを口に出したり書いたりしようとすると、何だかはつきりしなくつて、よく云へないわ。」

「そりや誰だつてさうだらう。」

「さうかしら?」

沢子は卓子の横手に坐つた。昌作は彼女の絵画のことを云つてみようと思つたが、云つた後で自分が益々陰鬱になりさうなのを感じた。それほどこだはつてるのが我ながら不思議だつた。彼はコニャックの杯をあけて、それをも一杯求めた。

どろりとした強烈な液体の杯を昌作の前に差出して、沢子は斜横の方に腰を下しながら、ふいに云ひだした。

「あなたどちらにきめて?」

「え?」

「そら、九州の炭坑とかのこと。」

昌作は黙つて唇をかんだ。

「まだきまらないの?」

「そんなに容易くきめられるものかね。」

「だつて、つまりは分つてるぢやないの。」

「何が?」

「私ね、あなたが結局行らつしやりはしないと思ふわ。行かう〳〵と思つてるうちに、やはり行かずじまひになるに違ひないわ。」

昌作が黙つてるので、彼女は暫くしてつけ加へた。

「さうぢやないこと?」

「さうかも知れない。が……。」昌作は急に苛立つた気持を覚えて、何かに反抗してみたくなつた。「行くかも知れないよ。いや、行くのが本当なんだ。僕はぐうたらだけれど、忘恩者にはなりたくない。片山さんには非常に世話になつてるんだ。年《と》齢《し》はさう違はないけれど、僕の第二の親とも云つていゝ位なんだ。中学二年の時に母を亡くして全く一人ぽつちになつてからは、あらゆる面倒をみて貰つたんだからね。盛岡で、学校はしくぢるし、女に……豚のやうな女に引つかゝつて、どうにも身動きが取れないでゐる時、片山さんはわざ〳〵盛岡までやつて来て、僕を救ひ出してくれたのだ。母が亡くなる時に片山さんのお父さんに預けてゐた財産だつて……勿論それは財産といふほどのものぢやない、五六千円に過ぎないんだが、それも、僕の病気の時や、あの豚の女と手を切る時や、長い間の学費なんかに、もうずつと前から無くなつてしまつてる。それを、何とも云はないで、片山さんは今でも毎月僕に生活費の不足を出してくれてるんだ。そして僕のために非常に奔走して、僕には勿体ないほどのあの九州の口を探してくれたのだ。いくら僕が恩知らずだつて、はつきりした理由もないのに、断れるものか。」

云つてるうちに彼は捨鉢な気持になつたのだつた。前に話したことはあるけれど、此処に持ち出さずともいゝ豚の女のことまで云ひ出して、自ら自分を鞭打ちたかつたのである。彼はなほ云ひ続けた。

「それは片山さんだつて、好意が……親のやうな好意があるなら、僕を九州まで追ひやらずともいゝさ。然し僕はもう片山さんの心をあれこれと詮議立てしたくはない。何もかも黙つて受けようよ。僕のやうな者には、全く見ず知らずの新しい世界にでもはいらなけりや、生活が立て直りはしないんだからね。仕事を見付け出してやることが、僕を救ふ途ださうだ。さうかも知れない。仕事さへあれば、朝から晩まで馬車馬のやうに追ひ立てられさへすれば、それで僕の生活が立て直るんだらうよ。他のものは何にも……。」

昌作は今にも自分が泣き出しさうになつてるのを感じた。と一方に、自嘲の念が湧いてきた。

「下らない！」

さう云ひすてゝ、彼は椅子の上に軽く身体を揺りながら、チヨコレートの菓子とコニャックの杯とを両手に取つて、一方をかぢり一方を啜つた。

沢子はその様子を、喫驚したやうな眼で眺めた。

「あなた、何に怒《おこ》つてるの？」

「怒つてなんかゐやしない。……もし怒つてるとしたら、自分自身に怒つてるんだらうよ。」

「つまんないぢやないの。」

何がつまらないか昌作には一寸分らなかつた。が、それがぴたりと胸にきた。

「さうさ、全くつまらないよ。君なんかには分らない味さ。……画家なんて呑気だからね。」

「え？」

「君は画家になるつもりだつていふぢやないか。」

「私が！……」そして彼女は遠くを見るやうな眼付をした。

「あなた、それをどうして知つたの？」

「先刻《さつき》ちらと聞いたよ。」

「あ、あの嫌な人達？……どうして分つたんでせう？」

「君が此処に来る客の顔をみんな描《か》いて、それを好きな者と嫌いな者とに分けて、好悪の群像とかを拵へるつもりだつて、云つてゐたよ。」

沢子はそれには何とも答へなかつた。

「どうして分つたんでせう？　不思議ねえ。私誰にも知らせないやうにしてたんだけれど。」

「別に隠す必要はないぢやないか。」

「だつて、うるさいんですもの。私雑誌記者なんかしてたんでせう……婦人雑誌ぢやあるけれど……それがこんな所へはいつたものだから、いろんなことを云はれて困るのよ、あなたは知らないけれど、文壇てそりやうるさいもんなのよ。」

「人が何と云はうと構はないさ。」

「だけど……。」

彼女は急に押し黙つてしまつた。その黙り方が如何にも執拗だつたので、昌作は突き放されたやうな気がして、反撥的に黙り込んだ。

「私ね、」と長くたつてから沢子は云ひ出した、「実は宮原さんと誓つたことがあるの。これから真面目に勉強するつて。そして何を勉強したらいゝかさん〴〵迷つた上で、画家になりたいと心をきめたのよ。そしてこんな所にはいり込んだのよ。記者と違つて、こゝだと午前中はすつかり隙だし、普通の珈琲店よりいくらかいゝでせう。どうせ国を逃げ出してきて、自分で働かなけりやならないから、これ位のこと仕方ないわ。そして私こつそり、松本さんのアトリエに通つてるのよ。……誰にも分らないやうにするつもりだつたけれど、どうして分つたんでせう？……あなただからお話したのよ。誰にも黙つてゝ頂戴、ねえ。」

昌作には、そんなことを何故に彼女がひし隠しにしてるのか、合点がゆかなかつた。然し別に尋ねてみる気も起らなかつた。たゞ宮原のことだけが少し気にかゝつた。宮原と彼女との関係をも少しはつきり知りたかつた。それをどういふ風に云ひ出したらよいか迷つてるうちに、沢子はしみ〴〵とした調子で云ひ出した。

「あなた毎日何にもしないで暮してるつて、本当？」

昌作はたゞ眉をちらと動かしただけだつた。

「何にもしないで暮せるものかしら？　ほんとに何にもすることがなくて、そしてほんとに何にもしないで、……。」

「暮せるさ。」と昌作は突然我に返つたやうに饒舌り出した。「時間なんかぢきにたつちまうものだよ。朝眼がさめると、床の中で新聞をゆつくり読む――これがなか〳〵大変なんだ、半分眠つて半分覚めて読むんだから、蟻の這ふやうなものさね。普通の者には出来ない藝当だ。それから、十時頃に起き上る。髯を剃つたり髪を解かしたりしてるうちに、一時間くらゐわけなくたつてしまう。十一時頃、朝昼兼用の食事をして、新聞をまた隅々まで眼を通したり、ぼんやり空想に――空想といふ奴は、時間つぶしに一番いゝんだ。……夢想と云つた方がいゝかも知れない。眼を覚しながら、時には眼をつぶつて、夢をみるんだからね。日向に蹲つてる猫のやうなものさ。すぐに二時三時にはなる。それから、机の上を片附けたり、何をしようかと考へたり、読みもしない書物を開いたり、火鉢の火をいぢくつたり、……下らないこま〳〵したことが無数にあるんだ。そして四時か五時頃になる。さうなると、夕食の時間を待つばかりだ。君なんかには分るまいが、待つといふことが、単に食事を待つんでもいゝ、結構な時間つぶしなんだ。夕食を済すと、外を歩きたくなつて散歩に出る。用も当もなしに歩き廻つてると、疲れることもないし、時間のたつのも覚えない。それに電車に乗つたりなんかして、空いた電車を幾台も待つたりなんかして、家に帰る時分には、もう寝る時間になつてるといふ始末なんだ。……何にもすることがなくて、まるで猫のやうなものさ。下宿に大きな三毛猫が居るんだがね、僕が家に居ると、いつも僕の室にばかりやつて来るよ。僕の室の前に来て、にやごう、にやごう……と二声三声鳴くんだ。返辞がないと、すご〳〵と帰つて行くさうだ。僕が居る時には、いつまでも立去らない。障子を開けてやると、ごろにやん、ごろにやん、と挨拶をするのさ。ごろにやん、ごろにやん……。」それを昌作は可笑しな調子で云つた。「かういふ風に二三度口の中でくり返してみ給ひ。自分も猫になつたやうな気がしてくるから。……僕の生活も猫と同じさ。室の中で猫と二人でぢつとしてる。猫の眼が細くなつてくると、僕も夢想のなかでうつとりとする。猫の眼が急に大きくなると、僕もはつと自分に返る。全く猫の生活だね。」

「だつて、あなたは……。」

「仕事もしてると云ふんだらう。陸軍の方の翻訳をしたり、時には詩や雑文を綴つてみたりね。然しそんなのは仕事ぢやないよ。仕事といふのは、それで自分の生活が統一されるもの、ことなんだ。僕の生活にはまるで統一がない。陸軍の方の独立家屋なんていふ変な翻訳や、死にかゝつた病人の脈搏みたいな韻律《リズム》の詩や、不健全な読書や、芝居や球突や、それから、多くは猫の生活、そんなのが、仕事と云へるものかね。……僕は自分でも自分に倦き〳〵してるんだ。こんな生活を長く続けてると、どんな憂鬱と倦怠とが押つ被さつてくるか、君には想像もつくまい。ロシアの小説によく、退屈でたまらないといふ人物が出て来るね。けれどあんなのはまだいゝよ。退屈にせよ憂鬱にせよ、世紀的の偉大さと深さとがあるからね。所が僕のは何もかも薄つぺらなのだ。ふやけてるんだ。九州の炭坑へでも追ひやられたら……光を失つて闇の中へでもはいつたら……。」

昌作は口を噤んだ。ふと無意識に出て来た言葉から衝動《ショック》を受けて、眼前の沢子に対する情熱が高まつてくるのを感じた。胸の中に苦しい震えが起つた。

沢子は静な調子で云つた。

「あなたには炭坑よりも農場なんかの方がいゝと、私思つてるわ。盛岡の農林学校に中途までいらしたでせう。その方がよほど自然よ。農場で仕事をしながら、昆虫でも研究なさるのは、いゝ生活ぢやないでせうか。そら、いつかお話なすつたでせう、昆虫のことばかり書いてるフランスの何とか云ふ人の書物が……。」

「ファーブルの昆虫記だらう。」と昌作は心が他処《よそ》にあるやうに非常にゆつくりした調子で云つた。「あんなものはもう嫌だよ。あの世界は大部分争闘の世界だ。僕はもつと他《ほか》のものがほしい。闘ひではなくつて……。」

「では、詩人は？」

「詩人！」

昌作は何故となく喫驚した。

「私あなたの詩を覚えてるわ。」

「僕の詩だつて？」

「いつか酔つ払つていらした時、私に書いて下すつたぢやないの。淋しければつていふ題の……。」

「知らないよ。」と昌作はぶつきら棒に云つた。覚えてるやうでもあれば、覚えてゐないやうでもあつたが、何だか心の傷にでも触《さは》られるやうな気がしたのである。

「ぢやあ云つてみませうか。初めの方は覚えてゐないけれど、最後のところだけちゆうに知つてゝよ。

吾が心いとも淋しければ

静けきに散る木の葉
あはれ日影の凹地《くぼち》へ
表か？……裏か？……
明日《あす》知れぬ幸《さち》を占ふことなかれ。

分つて？」

昌作は思ひ出した。それはまだ九州行きの問題が起らない前、或る晩すつかり酔つ払つて、ふと沢子の許へ立寄つた時、急に堪らない淋しさを覚えて、その頃作つたばかりの詩を一つ、分り易いやうに紙にまで書いて、云つてきかしたものだつた。その三聯から成る詩の、最後の一聯だつた。そのことが、非常に遠く薄れてる記憶の中から、今ぽかりと目近に浮上つてきた。昌作は顔が赤くなるのを覚えた。……けれど、何だか一寸腑に落ちない所があつた。

昌作は沢子にも一度その詩句を繰返へさした。沢子は低い澄んだ声で繰返してから、彼の顔をぢつと眺めた。

「一寸変でせう。」

「あゝ。おかしいな！」

沢子はおどけたやうなまた皮肉なやうな口附をした。

「私ね、少うし言葉を変へたのよ、一日中考へて。御免なさい。いけなくなつたかしら？　でも、どうしてもうまくいかないのよ。一番終りの句ね、あなたのには、明日《あす》をも知れぬ幸《さち》を占ふ、とあつたけれど……。」

「さうだ、明日をも知れぬ幸を占ふ、だつた。……も一度君のを云つてくれない？　初めから。」

沢子は自分自身に聞かせるかのやうに、細い声でゆつくり誦した。

吾が心いとも淋しければ
静けきに散る木の葉
あはれ日影の凹地《くぼち》へ
表か？……裏か？……
明日《あす》知れぬ幸《さち》を占ふことなかれ。

明日知れぬ幸を占ふことなかれ！　その感じが昌作の胸にぴたりときた。彼は次第に頭を垂れた。深い〳〵所へ落ちてゆく心地だつた。それを彼は無理に引きもぎつて、頭を挙げた。沢子はちらと眼を外らしたまゝ動かなかつた。その顔を昌作は、初めて見るものゝやうに見守つた。広い額が白々とした面積を展《の》べてゐて柔かな頬の線が下細りに細つてる顔の輪郭だつた。薄い毳《むくげ》が生へてゐさうな感じのする少し脹れ上つた唇を、歪み加減にきつと結んで、やゝ頑丈な鼻の筋が、剃刀を当てたことのない眉の間までよく通り、多少尻下りに見えるその眉の下に、遠くを見つめるやうな眼付をする澄んだ眼が光つてゐた。今も丁度彼女はさういふ眼付をしてゐた。それがかすかに揺いで、ふと二つ三つ瞬《まばた》きをしたかと思ふまに、彼女はいきなり両の手でハンカチを顔に押し当てゝ、そばめてる肩を震はした。

余りに突然のことに、昌作は惘然とした。そして次の瞬間には、もう我を抑へることが出来なかつた。とぎれ〳〵に云ひ出した。

「泣かないでくれよ。僕は苦しいんだ。実は……僕に必要なのは、仕事でもない、九州の炭坑でもない、或る一つの……、さうだ、九州へ行くのが、暗闇の中へでもはいるやうな気がするのは……。」

昌作が言葉に迷つてる時、沢子は急に顔のハンカチを取去つて、彼の方をぢつと眺めた。その表情を見て、昌作は凡てを封じられた気がした。彼女の顔は、眼に涙を含みながら、冴え返つてるとも云へるほど冷たくそして端正だつた。彼女は静かな声で云つた。

「佐伯さん、あなた宮原さんにお逢ひなさらない？　私紹介してあげるから。」

昌作は咄嗟に返辞が出来なかつた。余りに意外なことだつた。

「逢つてごらんなさい。屹度い丶わ。」

残酷な遊戯だ！　といふ考へがちらと昌作の頭を掠めた。けれど、率直な純な光に輝いてる彼女の眼を見た時、信念……とも云へるやうな或る真直な心強さを、胸一杯に覚えた。彼は答へた。

「逢つてみよう。」

「さう、屹度ね。二三日うちに、四五日うちに、午後……晩……晩がい丶わね。向ふからいらつしやることはないけれど、用があるつてお呼びすれば、屹度来て下さるわ。」

沢子は如何にも嬉しさうに、顔も声の調子も晴々としてゐた。

昌作はそれに反して、深い悲しみに襲はれた。しつこく黙り込んで、顔を伏せて、身動き一つしたくなかつた。いつまでもさうしてゐたかつた。沢子も云ふことが無くなつたかのやうに黙つてゐた。

けれど昌作は、やがて立上らなければならなかつた。階段に乱れた足音がして、三人連れの客が現はれた。

「おい、珈琲の熱いのを飲ましてくれよ。」

沢子はつと立ち上つてその方を振向いたが、すぐに掛時計を仰ぎ見た。

「もう遅いぢやありませんか。」

「なあに、十時半にはまだ十五分あらあね。君は僕に、一晩に三十枚書き飛ばしたことがあつたらう。因果応報つてやつさ。」

奥から春子が出て来たのと、沢子は何やら眼で相談し合つた。春子が何か云ふまに、客達はもう向ふの卓子に坐つてゐた。

昌作はそれらの様子をぼんやり見てゐた。沢子と彼等との挨拶ぬきの馴々しい調子に、一寸不快の念を覚えた。それから、彼等のうちの一人が、何事によらず自分の見聞をそのま丶小説に綴る有名な流行作家であることを、見覚えのあるその顔で認めて、可なり嫌な気がした。彼は沢子がやつて来るとすぐに立上つた。沢子は声を低めて云つた。

「二三日か一週間か後にね。私電話をかけるから。それまで外に出ないで待つて丶下さいよ。」

昌作は首肯《うなづ》いた。

三

　昌作は奇蹟をでも待つやうな気で、宮原俊彦に逢ふのを待つた。それは全く思ひもかけないことだつた。昌作が聞き知つてる所に依れば、宮原俊彦は、沢子との恋のいきさつによつて、二人の子供まである細君と別れ、而も沢子と一緒にならずに、今では単なる友人として交際してると云ふ、謎のやうな人物だつた。さういふ俊彦に、沢子へ恋してる昌作が、沢子の紹介によつて逢ふといふことは、何としても意外だつた。然し昌作は、自分自身をもてあつかつて、半ば自棄的な気持に在つた。何か事変つたものがあれば、尋常でないものがあれば、それへすぐに縋りついてゆき易かつた。と云つてもそれは、好奇心からではなかつた。否彼には好奇心は最も欠けてゐた。たゞ何かしら、心に或る驚異を与へてくれるもの、情意を或る方向へ向けさしてくれるもの、云ひ換へれば、一定の視点を与へてくれるもの、それを欲しがつてゐたのである。そして彼は、変な風に落ちか〻つてきた宮原俊彦に逢ふ機会を、奇蹟をでも待つやうな気で待ちわびた。宮原俊彦に逢ふことが、もしかしたら、沢子が云ふやうに、自分のためにい〻かも知れない。少くとも、沢子の以前の（?）……恋人に逢ふことは、途方にくれてる自分に何物かを与へてくれるかも知れない……。

　昌作は出来る限り家の中に閉ぢ籠つた。宮原俊彦に逢ふまでは、誰にも逢ふまいと心をきめた。片山夫妻へは四五日の猶予を約束してゐたけれど、どうせ今までぐず／＼してゐた以上は、もし二三日後れたとて構うものかと思つた。

　二三日か一週間外に出ないで待つてゐてくれ、といふ沢子の馬鹿げた命令を思ひ出して、昌作は半ば泣くやうな微笑を浮べながら、その命令を守り初めた。そして彼の所謂、猫と一緒の「猫の生活」が、幾日か続いた。

　それほどの寒さでもないのに、八畳の真中に炬燵《こたつ》を拵へて、頤の所までもぐり込んだ。胸に抱いてる猫の喉を鳴らす声が低くなつてくると、彼の意識もぼやけてきた。夢をでもみるやうな気で室の中を眺めた。窓の下の机や本箱のあたりに、彼の生活の断片が雑居してゐた。友人の世話で引受けてる陸軍省の安価な翻訳……徒らに書き散らしてる詩や雑文の原稿……盛岡で私淑してゐたフランス人の牧師から貰つた聖書《バイブル》……ファーブルやダーウィンなどの著書……重にロシアの小説の翻訳書……和装の古ぼけた平家物語……それからいろんなこま／＼したもの。昌作はそれらをぼんやり眺めたが、いつしか眼が茫としてきて、うと／＼としかけた。何かに慴えたやうにはつと眼を開いては、またうと／＼とした。午後の二時頃から、椽側の障子に日が射してきた。炬燵の中からむく／＼と猫が起き出して、一寸鼻の先を掛布団の端から覗かしたが、いきなり室の真中に這ひ出して、手足を踏ん張り背中を円くして、大きな欠伸《あくび》をした。昌作も何といふことなしに起き上つた。炬燵の温気に重苦しい頭痛がしてゐた。何か重大なことをでも忘れたやうに、眉根を寄せて一寸考へ込んだ。それからはつと飛び上つた。淋しければという詩のことを思ひ出した。けれど、机の前に行つて本箱の抽出の原稿に手を触れる時分には、深い憂鬱が彼の心を領してゐた。……明日《あす》知れぬ幸《さち》を占ふことなかれ……沢子がなほした詩句を口の中で繰返しながら、詩稿を一つ〳〵眺めてみた。三文の価値もない自分の残骸がごろ〳〵転つてる気がした。胸では泣きたいやうな気持になりながら、顔には自嘲的な皮肉な微笑が漂つた。彼は詩稿をごたごたに抽出にしまつて、読みつくした新聞をまた取上げた。打ちかけの碁譜がついてゐた。目《もく》の数を辿りながら読んでいつた。終りまでくると、碁盤を引寄せて譜面通りに石を並べ、その先を一人でやつてみた。一寸した心の持ちやうで、白が勝つたり黒が勝つたりした。そんなことを何度もやり直した。炬燵の上に飛び上つて、顔を洗つたり足の爪の間をかぢつたりしてゐた猫は、此度は其処に蹲つて、両の前足を行儀よく揃へて曲げた上に頤をのせ、碁盤の白と黒との石が入り乱れて一つづゝ殖《ふ》えてゆくのを、珍らしさうに、而も退屈しのぎといつた風に、ぼんやり眺めてゐた。うつとりした瞳の光が静に〳〵消えてゆくのを、少し強く石の音が響く毎に、またはつと大きく見開いた。その様子を昌作は振返つて眺めた。猫も彼の顔を無心に見上げた。彼は碁盤を押しやり、炬燵の中に足を投げ出し、火鉢の縁と膝頭とに両肱をつき、掌で頤を支へながら、暮れかゝつてゆく黄色い日脚を、障子の硝子越しに眺めた。猫はぶるつと一つ身を震はし、彼の膝の上にのつそり這ひ込んで、ゐずまいを直しながら、前足の間に首を挟み円くなつて眠つた。虎斑《とらぶち》のその横腹が呼吸の度に静に波打つてるのを、昌作は暫く見てゐたが、やがてまた顔を上げて、障子の硝子から外に眼をやりながら底に力無い苛立ちを含んだ陰鬱な夢想に、長い間浸り込んだ。

けれど夜になると、その夢想の底の苛立ちが表面に現はれてきて、昌作を自分の室に落付かせなかつた。何か思ひもかけないことが今にも起りさうだつた。沢子から今にも電話がかゝつて来さうだつた。その、今にも……今にも……といふ思ひが、彼の凡てを揺り動かした。その上彼の室は、この旅館兼下宿の、下宿の部と旅館の部との間に挟つてゐて、一時滞在の田舎客の粗暴な足音が、夜になると共に煩く聞えてきた。

十分か二十分ばかりの間ぢつと我慢した後、昌作は急に立上つた。彼が食事の時にいつも与へることにしてゐた煉乳《コンデンスミルク》の溶かしたのを、室の隅でぴちや〳〵舐め終つた猫が、なほ物欲しさうに鼻をうごめかしてるのを、彼はいきなり胸に抱き上げて、慌しい眼付で室の中をぐるりと見廻してから、それでもゆつくりした足取りで出て行つた。帳場の室に猫を押しやり、話しかける主婦《かみ》さんの言葉には碌々返辞もせずに、自分の用だけを頼んで——柳容堂からと云つて電話がかゝつたら、つないだまゝ知らしてほしい、他の電話や訪客には一切、不在だと答へてほしい——と頼んで、二軒置いた隣りの撞球場《たまつきば》へ行つた。球をついてるうちにも、始終何かゞ気にかゝつたけれど、別に仕方もなかつたので、つまらないゲームに時間をつぶして、夜更けてから下宿に帰つた。帰ると先づ何よりも、電話の有無を女中に尋ねて、それから冷い心で自分の室にはいつた。

　四日目の午後から晩へかけて、片山からといふ電話が三四度かゝつた。一度は女中が撞球場までやつて来て、昌作の意向を聞いた。探したけれど分らないと云つてくれ、と昌作は答へた。凡ては宮原俊彦に逢つてから！　といふことが、いつしか彼の頭の中に深く根を張つてゐた。逢つて何になるかは問題でなかつた。たゞ一生懸命に待つてるために、昌作は知らず識らずそれに囚はれてゐたのである。其他のこと一切は、憂鬱で臆劫だつた。

　そして偶然にも、丁度その晩八時頃、柳容堂からの電話を女中が知らして来た時、昌作は突棒《キュー》を置いてゲーム半ばに立上つた。午後から風と共に雨が降り出してゐた。昌作は傘を手に握つたまゝ、雨の中を飛んで帰つた。電話口に立つと覚えのある沢子の声だつた。

「あなた佐伯さん？……ぢやあ、すぐに来て下さいよ。今ね……いらしてるから。他《ほか》に誰もゐないわ。すぐにね。」

「今すぐ出かけるよ。……そして……。」

　昌作が何か云はうとするのを待たないで、沢子は「すぐにね」を繰返して電話を切つてしまつた。

　昌作は自分の室に戻つて、一寸身仕度をして出かけた。

　大した風でもなさゝうだつたが、雨は横降りに降つてゐた。油ぎつた泥濘が街燈の光を受けて、宛も銀泥をのしたやうにどろりとした重さで、人影の少い街路に一面に平らに湛へてる上を、入れ乱れた冷い雨脚が、さつ〳〵と横ざまに刷《は》いてゐた。昌作は傘の下に肩をすぼめて、膝から下は外套の裾で雨を防いだ。電車に乗つても、背筋から足先へかけて冷々《ひえ〴〵》とした。

　途中で一度電車を乗り換へ、柳容堂の明るい店先へ近づくに従つて、昌作は自分の地位を変挺に感じ初めた。この四五日の間あれほど一生懸命に待つてゐて、そして今雨の降る中を、宛も恋人でゞもあるやうに夢中になつて逢ひに行くその当《とう》の宮原俊彦が、一体自分にとつて何だらう？　そして自分は彼にとつて何だらう？　二人は逢つてどうしようといふのか？　而も沢子の面前で……。泣いてよいか笑つてよいか形体《えたい》の知れない情が、昌作の胸の中一杯になつた。それでも彼は行かなければならなかつた。

　柳容堂の二階へ通ずる階段に足をふみかけた時、昌作は殆んど無意識的に顧みて、爪革に泥のはねかゝつてる古い足駄が一足、片隅に小さく脱ぎ捨てゝあるのを見定めた。それから階段を、一段々々数へるやうにして上つて行つた。

　二階に上つて、第一に彼の眼に止つたものは、室の両側の壁にしつらへてある可なり贅沢な煖炉の、一方のに赤々と火が焚かれてることだつた。その煖炉の前の卓子に、長い頭髪を房々と縮らした一人の男と沢子とが、向ひ合つて坐つてゐた。

昌作の姿を見ると、沢子はすぐに立上つて、二三歩近寄つてきたが、其処にぴたりと立止つて、サロンの女主人公といつた風な会釈をした。それから彼を煖炉の方へ導いて、殆んど二人へ向つて云つた。

「先生よ。」

その先生といふ言葉が、昌作の耳に異様に響いた。がそれよりも変なのは、初めて見る宮原俊彦の顔に、彼は何だか見覚えがあるやうな気がした。頬骨の少し秀でた、頬のしまつた、髯のない、色艶の悪い顔、痩せた細い首、そして、縮れた髪が影を落してる額の下から、近眼鏡の奥から、大きな眼が輝いてゐた。何処といふことはないが、重にその眼に、昌作は古い見覚えがあるやうな気がした。

もぢ〳〵してるうちに、沢子が横手の椅子に腰を下してしまつたので、昌作は仕方なしに、一つ不自然なお辞儀をしておいて、俊彦と向ひ合つて坐つた。

「宮原です。」と俊彦は云つた。「どうぞよろしく……。君のことは沢子さんから聞いてはゐましたが……。」

いきなり君と呼ばれたことゝ沢子さんといふ言葉とが、また昌作を変な気持にさした。

「私もお名前は伺つてをりました……。」

昌作はさう鸚鵡返しに答へてから、へまな挨拶をしたといふ気まずさのてれ隠しに、濡れた冷たい足袋の足先を煖炉の火にかざした。

「そんなに降つてるの？」と沢子が云つた。

「雨はさうひどくないが、横降りなんだから……。」

「さう。御免なさい。」と彼女は雨の責任が自分にあるかのやうな口を利いた。「その代り何か温まるものを持つてきてあげるわ。」

昌作がいつもあつらへる珈琲とコニャックとを取りに、沢子が立つて行つた時、俊彦は落付いた調子で云つた。

「沢子さんの気まぐれにも困るですね。是非やつて来て君に逢へつて、殆んど命令的な手紙を寄来すんですからね。こんな天気に済みませんでした。けれど、僕は何だか、君も御承知でせうが、他《ほか》に大勢客が居さうな時には、一寸来難《きにく》いもんですからね。それでわざ〳〵、雨の降る寒い晩なんかを選んだのです。」

別に云ひ渋るのでもないらしい自然な声で、真正面を向いたまゝさう云はれて、昌作は一寸返辞に迷つた。けれど、非常にいゝ印象を受けた。やゝあつてふいに云つた。

「私も、他に客の居ない方がいゝんです。あなたにお目にかゝるのを、非常に待つてゐました。」

俊彦はそれを聞き流したゞけで、煖炉の火に眼を落した。

二人はそのまゝ黙つてゐた。暫くして沢子は、珈琲を二つとコニャックを一杯持つて来て、珈琲の一つを俊彦の前へ差出したが、別に何とも云はなかつた。昌作は眼を挙げて、彼女の様子がいつもと違つてること、何か変に気持をこぢらしてることを、見て取つた。それが彼の心を暗くした。沈黙が長引くほど苦しくなつてきた。その沈黙を破るべき言葉を探し求めたが、なか〳〵見つからなかつた。すると、不意に沢子が云ひ出した。

「佐伯さん、あなた九州行きはどうして？」

昌作は答へる前に、俊彦の顔をちらと見た。俊彦はまぢろぎもせずに煖炉の火を見つめてゐた。

「まだあのまゝさ。」と昌作は答へた。

そして俄に彼の心に、或る何物へとも知れない憤懣の念が湧き上つてきた。片山からの電話を三四度も素気なく放りつぱなしにしたことが、何か取り返しのつかない失体のやうに頭を掠めた。宮原俊彦に逢つて何をするつもりだつたのか？「沢子の気まぐれ」からこれまで愚図々々引つ張られて来た自分自身が、なさけなく怨めしかつた。沢子に恋してをればこそ……！　そして沢子は、その恋を知りつゝどうするつもりなのか？

昌作が次第に首を垂れて考へ込んでるうちに、沢子は俊彦の方へ話しかけてゐた。

「先生、私松本さんの所で、やはりお弟子の小林さんて方《かた》と、議論をしましたのよ。」

「何の？」と俊彦は顔を挙げた。

「いつか先生が手紙に書いて下すつたでせう、初めのうちは、出来るだけ自己を画面に出しきるがよい、腕が進んでくるに従つて、次第に自己が画面から消えて、偉《えら》い作品が出来るものだつて。私がさう云ふと、小林さんはまるで反対の意見なんでせう。初めは自己を画面に出してはいけない、腕が進んでくるに従つて、本当の自己が画面に現はれてきて、立派な作品が出来るものですつて。それでさん〴〵議論をしても、とう〳〵分らずじまひですから、しまひには松本さんの所へ持ちこみましたのよ。」

「すると？」

「何とも仰言らないで、たゞ笑つていらしたわ。好きなやうにやるがいゝだらうつて。屹度御自分にもお分りにならないんでせう。」

「うまく軽蔑されたもんですね。」

「あら、誰が？」

「あなた達がさ。あなた達のその議論は、第一自己といふもの、見方が違つてるから、いつまで論じたつてはてしがつきませんよ。」

「さう。どうしてゞせう？」

「どうしてだか、僕にもお分りにならないんでせうよ。……そんなことより沢子さん、僕に絵を一枚くれる約束ぢやなかつたですか。」

「あら、先生に差上げるやうなもの、まだ出来やしませんわ。」

昌作は突然口を出した。

「沢ちやんの群像つて話をお聞きになりましたか。」

その声が、昌作自身でも一寸喫驚したくらゐ大きかつたが、俊彦は別に大して気を惹かれもしないらしく、たゞ眼付だけで尋ねかけてきた。それを沢子は引取つて云つた。

「あら、そんなでたらめなことを先生の前で……。嘘よ、嘘よ。」そして彼女は何かに苛立つたかのやうに云ひ続けた。「私記者なんかしたものだから、こゝに居てもいろんなことを人に云はれて、ほんとに嫌になつてしまうわ。誰にも顔を合せないで、一人つきりでゐられる仕事はないものかしら？　一日《いちんち》自分一人で黙つてゐて、勝手なことばかり考へ込んでをられたら……。あなたなんか、ほんとに羨ましいわ。何にもしないで猫のやうな生活だなんて！　私もう何もかも放り出したくなることがあつてよ。田舎へ帰つちまはうかなんて考へることがあるのよ。何をするのも、人からぢつと見られたり、余計な邪推をされたりして……私そんな珍らしい人間でせうか？　どこか、誰からも離れてしまつた所へ、自分一人きりの所へ、逃げて行つてしまひたいわ。井戸の中みたいな所へ……。深い井戸を見るとね、あの底へ飛び込んだら、自分一人きりになつて、静かで、ほんとにいゝだらうと思ふことがあるわ。」

昌作はそれを、沢子の言葉としては可なり意外に感じた。彼女はいつも、何にも仕事がないといふ昌作を不思議がつてゐたではないか。彼は彼女の顔を見守つた。

「そして、井戸の底に水がなかつたらなほいゝ、でせうがね。」と俊彦は云つた。でもその調子は別に皮肉でもなかつた。

「先生も随分よ。私水のある井戸のことなんか云つてやしませんわ。」

「ぢやあ、初めから水のない井戸のことですか。」

「え、。」

「でもね、逃げ出す方に捨鉢になるのは卑怯ですよ。戦ふ方に捨鉢にならなくちやあ……。」

その言葉に、昌作は一寸心を惹かれて、ぢつと俊彦の眼を見やつた。俊彦はちらりと見返してから云つた。

「君は何にもすることがないんですつて？　いゝ、ですね。」

「佐伯さんは、」と沢子が云つた、「何にもすることがなくて困るんですつて。」

「することがなくて困るといふのは、なほいゝ、ですね。僕も賛成しますね。」

昌作は先刻から、俊彦の言葉に妙に皮肉があることを、気付いてゐた。けれどそれは単に言葉の上だけのもので、彼自身の心持は少しも皮肉ではなく、却つて率直で真面目であることをも、よく気付いてゐた。それで今、彼の言葉に対して苛立たしい不満を覚えた。つゝかゝつてゆきたくなつた。

「私は実際困つてるんです。」と昌作は云つてのけた。「自分には何だか生活がないやうな気がして、始終憂鬱な退屈な心持になつてきます。晴々とした空が私にはないんです。」

「では何か仕事を見付けたらいゝ、でせう。」

「見付けたいんですが、それがなか〳〵……。」

「然し君は、一体何をするつもりですか。」

突然の、そして自分でもよく考へたことのない、きつぱりした問だつたので、昌作は一寸面喰つた。俊彦はその顔をぢろ

〱見ながら、自分自身でも考へ〱云ふかのやうに、ゆつくり云ひ続けた。

「仕事を見付けるといふことも大切でせうが、それよりも、何をするかといふ、その何かを見出すのが、更に大切ではないでせうか。誰にでも、何でもやれるものではないでせう。先づ何をやるか、それからきめておいて、云はゞ生活の方向をきめておいて、それから、初めて仕事を探すべきでせう。さうでないと、どんな仕事がやつて来ても、取捨選択に迷ふばかりで、手が出せやしませんからね。」

「然し私には、何をやつてよいか、それをきめる力が自分にないんです。」

「そりやあ勿論誰にだつて、自分が何をやるべきかは、なか〱分るものではないでせうけれど、ぼんやりした生活の方向といつたやうなものは、誰にでもあるものですよ。」

「ですが……その方向を支持してくれる力が第一に……。」

「力なんて、」と突然沢子が言葉を挿んだ、「気の持ちやうぢやありませんかしら？」

「気の持ちやうか、または心の向け方か、そんなものかも知れませんね。」

がその時、不思議にも、深い沈黙が俄に落ちかゝつてきた。三人共云ひ合したやうに、ぴたりと口を噤んでしまつた。何故だか誰にも分らなかつた。各自に自分々々の思ひに沈み込んで、そして妙に精神を緊張さしてゐた。昌作はそれをはつきり感じた。沢子は遠くを見つめるやうな眼付を、卓子の白い大理石の面に落してゐた。俊彦はしまつた頬の筋肉をなほ引緊めて、煖炉の火に見入つてゐた。昌作は眼を伏せて腕を組んだ。顔をそむけて心で互に見つめ合つてるがやうだつた。三人の状態がこのまゝでは困難であること――それでゐて妙に落付き払つてること――一寸何かの動きがあれば平衡が破れさうなこと――それがまざ〱として今にも何か変な工合になりさうなこと、それがまざ〱と感ぜられた。昌作は苦しくなつてきた。動いてはいけないいけないと思ひながら、我知らず立上つて室の中を歩き出した。涙がこぼれ落ちさうな気がした。窓の所に歩み寄ると、硝子に小さな雨滴がたまつてゐて、街燈の光りにきら〱輝いてゐた。雨は止んだらしく、澄みきつて光つてる冷い空気が、寂しい街路に一杯湛へてゐた。おかしなことには、いつまで待つても電車が通らなかつた。昌作は次第に顔を窓に近寄せていつた。息のために硝子がぼーつと曇つてきた。

「佐伯さん！」

呼ばれたので振返ると、沢子が下り加減の眉尻をなほ下げて、眼をまん円くして、彼を招いてゐた。彼は戻つていつた。

「あなた今日は、ちつともお酒をあがらないのね。」

「なに、やるよ。」

「君は沢山いけるんですか。」と俊彦が尋ねた。

「それほどでもありません。」

「うそよ。私度々あなたの酔つてる所を見たわ。」

「酒に弱いから酔ふんだよ。……そしてあなたは。」

「僕は泥坊の方で、いくら飲んでも酔はないんです。その代り、時によると非常に善良になつて、すぐに酔つ払ふんです。」

「先生は酔うと眠つておしまいなさるんでせう。」

「沢ちやんを一度酔つ払はしてみたいもんだな。」

「さう。」と俊彦が愉快さうに叫んだ。「そいつは面白いですね。」

「大丈夫ですよ。私も泥坊になるから。」

そんな他愛もない話が順々に続いていつた。一瞬前の緊張した気持は、いつしか何処かへ飛び去つてしまつてゐた。年来の友であるやうな親しみが、落付いたやさしい親しみが、三人を包んでゐた。昌作はふと、自分がどうしてかう俄に安易な気分になつたか、自ら怪しんでみた。そして、そのことがまた彼の心に甘へてきた。

けれど、さういふ会話は長く続かなかつた。派手なネクタイに金剛石《ダイヤ》入りのピンを光らしてる会社員風の男が一人、音もなく階段から現はれてきて、煖炉の方をぢろ〳〵眺めながら、暫く躊躇した後、向ふの隅の卓子に腰を下して、しきりにこちらを窺ひ初めた。それを一番に不快がりだしたのは、俊彦らしかつた。彼は次第に言葉少なになり、はては上半身を煖炉の方へねぢ向けてしまつた。洋服の男は、出て行つた春子と懇意な者らしく、暫く冗談口を利いてゐた。その声が馬鹿に低くて、昌作達の方へは聞き取れなかつた。それから男は、一人で珈琲をなめながら、また執拗に昌作達の方を窺ひ初めた。今度は昌作までが不快を覚えた。男の方に背を向けてる沢子一人が、ぽつり〳〵口を利いてゐたけれど、やがて彼女も黙り込んでしまつた。それからすぐに、彼女が最も不機嫌になつてきたらしかつた。卓子の上に両肱を置いて、石のやうに固くなつて動かなかつた。

やがて俊彦はふいに向き返つた。

「少し外を歩きませんか。」

「さうですね……。」

昌作は語尾を濁しておいて、何気なく沢子の顔に眼をやつた。沢子は一寸眉根を動かしたきりで、やはりぢつとしてゐた。その間に俊彦はもう立上つてゐた。そして彼が勘定を求めると、沢子は突然大きな声で――向ふの男にも聞えるやうな声で――云つた。

「今日のは宜しいんですわ。」

彼女は唇の端を糸切歯の先でかみしめてきつとなつた。そして、俊彦はつゝ立ち昌作と沢子とは坐つたまゝで、一瞬間待つた。昌作は何とかこの場を繕ろはねばならない気がした。

「沢ちやん一人残して可哀さうね。」と彼は囁くやうに云つた。

沢子は眼を挙げて、昌作と俊彦とを同時に見た。その顔が今にも泣き出しさうなのを、昌作は深く頭に刻み込まれた。

「何れまた三人で話をしませう。」

俊彦はさう云ひ捨てゝ、帽子掛の方へ歩き出した。昌作も引きずられるやうに後へ続いた。階段の上から沢子が見送つてゐた。

外に出ると、俊彦は突然云つた。

「僕はあの男に見覚えがあるんです。いつか、四五人一緒にやつてきて、隣りの卓子で、僕にあてこすりを云つたので……。」

昌作には、俊彦がそれほど憤慨してるのを怪しむ余悠も、またその言葉に返辞をする余悠もなかつた。泣き出しさうになつてゐた沢子の顔と、後で恐らく泣いてるかも知れない彼女の姿と、それから、俊彦に離れ得ないで犬のやうにくつついてゆく自分の憐れな姿とが、彼の頭に一杯になつてゐた。

空はどんより黝ずんでゐたが、雨はもう霽れてゐた。屋根も並木も街路も、それから人通りさへ、凡てのものが雨に洗はれて、空気の澄んだ寂然とした通りを、少し気恥しいほどの高い泥足駄で、二人はゆつくり歩いて行つた。俊彦は暫くたつてから、こんなことを云ひ出した。

「僕は何だが、運命といつたものが信じられる気がしますよ。運命と云つても、人間自身の力でどうにもならない、所謂生れながら定まつた宿命ではありません。自分の心と一緒に動く或る大きな力です。何か或る方向へ心を向けると、それと一緒に、同じ方向へ、運命が動き出すやうに思へるのです。自分の信念の流れと運命の流れとが、一つになるといつた気持です。それを思ふと、非常に僕は心強くなります。神の意志とでも、自然の反応とでも、人によつていろんな名前をつけるでせうが、僕に云はすれば、天の交感ですね、その天の交感を、自分が荷つてるといふことが、はつきり感ぜられるやうです。そして僕は、此度は反対に、その天の交感で……運命の動きで、自分の考への正しいかどうかを見定めたいんです。心を或る方向へ向ける時、その向け方が本当のものである時には、屹度運命の同じ動きが感ぜられますし、向け方が間違つてる時には、それが少しも感ぜられないんです。正しいかどうかを問ふんぢやなくて、本当か嘘かを問ふんです。そして、さういふ本当の心の方向へ進んでゆけば、結果はどうでも、常に悔いがないと僕は信じてゐます。……君はさうは思ひませんか。」そして五六歩して、昌作の答へを待たないで、彼は俄に苛立つた声で云ひ続けた。

「勿論、先刻《さつき》あすこから逃げ出した意向には、運命の動きなんか伴はなかつたし、それかつて、悔いも伴ひはしませんが……。」

昌作は我知らず微笑を洩らした。

「けれどその反対に、あすこに残るとしましたら、その意向にもやはり、どちらも伴はないではないでせうか。」

「さうです。腹を立てちや駄目ですね。」

俊彦はぢつと昌作の方を顧みて、五六歩すた〳〵足を早めた。それからまた足をゆるめながら云つた。

「君は……僕は今晩沢子さんから聞いたんですが、九州の炭坑とかへ行かうか行くまいかと、迷つてるさうですね。」

「えゝ。」

「そいつはどちらなんです？」

「どちらつて？……」

「行く方と行かない方と、どちらに運命の動きが感じられますか。」

昌作は答へに迷つた。

「どちらにも感ぜられないんぢやないですか。」

「え、。どちらにも、感ぜれらるやうでもありますし、また感ぜられないやうにも……。」

「それぢやあ、それも結局、柳容堂の二階に残つてるかどうかと、同じものですね。そして君も腹を立て、るといふ結論になるわけですね。」

昌作は冷いものを真正面からぶつかけられた心地がした。そして、凡てを一瞬間に失つた心地がした。黙つて唇をかんだ。

それを知つてか知らずにか、俊彦は他のことを云ひ出した。

「腹を立てるのは止しませう。……僕はね、これも運命の動きと同じ感じですが、初対面の人に対して、自分の友になれる人となれない人とを、はつきり感ずることがよくあるんです。君に対して僕は、失礼ですが、親しい友になれさうな気がするんです。何処かで一杯やりませんか。」

「え、。」と昌作は殆んど無意識的に答へた。

俊彦は帯の間から、小さな銀側時計を引出して眺めた。昌作は何とはなしに、こんな場合に彼が時計を持つてるのが、不自然な気がした。

「もう遅いから駄目ですね。」そして俊彦は暫く考へてゐた。

「穢い家でも構ひませんか、その代り酒は上等ですが。」

「どこでも構ひません。」と昌作は答へた。何もかもなるやうになれといふ心になつてゐた。

電車通りを暫く行つて、それから横町へ曲つて、次に路次へ曲り込むと、みよしといふ小意気な行燈の出てる、縄暖簾の小さな家があつた。狭い板の間に、大きい粗末な木の卓子が三つ並んでゐて、銚子や皿の物を並べた膳を前に、洋服や和服の数人の客が散在してゐた。側の畳敷の、長火鉢の前に坐つてゐる、黒繻子の襟の着物にお召の前掛をしめた、四十恰好のお上さんに、俊彦はいきなり言葉をかけた。

「遅くなつてから済みませんが、二階の室を貸して貰へませんか。」

「まあ、宮原さん、」とお上さんは云つた、「ほんとにお久振りでしたこと。……え、、散らかつてますけれど、どうぞ。今片附けますから。」

狭苦しい梯子段を上りきつた所に、四畳半の室が一方に開いてゐた。室の中は散らかつてる所か、殆んど何にもなくてがらんとしてゐた。後からお上さんがやつて来て、足の頑丈な飾台や、火鉢や、坐布団を並べながら、俊彦と二三の人の噂を話していつた。暫くすると、からすみ、このわた、蟹、湯豆腐、鮪《まぐろ》のぶつ切り、など誂への料理が、錫の銚子を添へて持つて来られた。天井と畳が煤けて古ぼけてるわりに、障子の紙だけが真白だつた。

「どうです、どうせ裏途なんですけれど、柳容堂の二階とは随分感じが違ひますね。」

さう云ふ俊彦の顔を、昌作はぼんやり見守つた。彼の眼に俊彦は、柳容堂の時とは全く別人のやうに写つた。

「私は何だか、変な気がしてきさうです。」

俊彦は黙つて杯を取上げた。昌作も黙つてその通りにした。可なり更けたらしい静かな晩だつた。膝頭から寒さがぞく〳〵伝はつてきた。二人共しつこく黙り込んで、杯の数を重ねた。俊彦は突然肩を震はした。

「全く変な気がしてきさうな晩ですね。」

余り長い間を置いてだつたので、昌作はびつくりして、彼の眼を見入つた。その時、古い見覚えがあるやうな眼付をまた見出して、はつと心を打たれた。俊彦はその眼付を、膝のあたりに落して云つた。

「僕は打明けて云つてしまひませう。実は、君をどうしてくれようかと迷つてゐたんです。どうしてくれようかつて……つまり、君の味方になるか敵になるかといふことです。初め僕はあすこで、非常に素直な気持で君に逢へて嬉しかつたんです。所が、あの嫌な男がやつて来た時、ふと、その一寸前の気分が、君が窓の所へ立つて行つた時の変挺な気分です……君にも分るでせう……あの気分が妙にこぢれて戻つて来たんです。僕があの男に腹を立てたのも、そのためです。それから僕は、運命の動きなんてものを持出して、君が深く悩んでゐる九州行きに結びつけて、一寸悪戯《いたずら》をやつてみたのです。その上君をこんな所へ引張つてきて、僕は全く自分でどうかしてゐました。けれど、あの運命に対する信念と、人に対する最初の印象とは、僕の本当の考へです。云はゞ自分の信条で君をいぢめてみたやうなものです。」

俊彦は深く眉根をしかめて、ぢつと考へ込んだ。昌作は初めて彼の心へ本当に触れた気がした。凡てのことがぼんやり分りかけてきた。俊彦が今でもなほ、沢子を愛してゐること、その愛に自ら悩んでゐること、などが分つてきた。

やゝあつて、俊彦はふいに顔を挙げた。眼が輝いて、いやに真剣な様子だつた。昌作も自づと襟を正すやうな心地になつた。

「君は沢子さんをどう思ひます？」

昌作は息をつめて、返辞が出来なかつた。俊彦はそれでも平静な調子で云つた。

「僕にはあの女《ひと》のことが、どうもはつきり分りません。何処か少し足りない所があるか、それとも何処か非凡な所があるか、そのどちらかでせうね。」

「さうですね。」と昌作は漸く答へた。「そして、考へ方が、突然意外なものに飛んでゆくので、私は喫驚するやうなことがあります。」

「そんな所がありますね。……それから、君は沢子さんを、処女だと思ひますか。」

昌作は大抵のことは予期してゐたけれど、それはまた余りに意外な言葉だつた。それに対する自分の考へをまとめるよりも、相手の気持を測りかねて、黙つてゐた。

「え、君はどう思ひます？　本当の所は……。」

「さうですね、私は……。」そして昌作は自分でも不思議なほどの努力で云つた。「まだ処女だと思つてゐます。」

俊彦は深く息をついた。

「君がさう信じてるんでしたら、僕達の物語をお話しませう。なぜなら、沢子さんを処女だと信じてる人にしか、この話は理解出来ないやうな気がするんですから。……僕はまだこんなことを、誰にも話したことはありませんし、今後も恐らくないでせうが、君にだけは、妙に話したくなつたんです。たゞ、誓つて、君の胸の中だけにしまつといて下さいよ。」

昌作はそれを誓つた。俊彦は話しだした。そして初めから、二人共不思議に心が沈んできて、暗い憂鬱な気分に閉されたのだつた。勿論俊彦の話は、その内容が理知的なにも拘らず、非常に早口になつたり、一語々々言葉を探すやうにゆるくなつたり、前後入り乱れたり、間を飛び越して先へ進んだりして、可なり乱雑なものだつたが、その大要は次の通りである。

四――宮原俊彦の話

今から二年半ばかり前のことでした。団扇《うちわ》を使つてたから、たしか夏の……初めだつたと思ひます。その暑い午後に、婦人雑誌記者の肩書を刷り込んだ小さな名刺を、女中が僕の書斎へ持つて来ました。僕はその橋本沢子といふ行書《ぎやうしよ》の字体をぼんやり眺めながら、客を通さしました。そして、派手な服装《みなり》をした若い女――何故かその時僕は、記者にしては余りに若すぎると感じたのです、そんな理屈はないんですがね――その若い記者が、遠慮なく坐布団の上に坐つてお辞儀をした時、僕も一寸会釈をしながら、「初めて……」と挨拶したものです。すると、彼女は頓狂な顔をして、僕をぢつと見てるぢやありませんか。僕は変な気がして、「何です？」といふ気味合ひを見せたのです。

「だつて、先生にはもう二三度お目にかゝつたことがありますもの。」

さう云つた彼女の顔を僕は見守りながら、その広い額と下細《しもぼそ》りの顔の輪廓と尻下りの眉の形とで、前に逢つたことを思ひ出したのです。それは間接の友人の中西の所でした。その頃僕の友人達の間に、花骨牌《はながるた》が可なり流行《はや》つてゐて、僕も時々仲間に引張り込まれたものです。それが大抵中西の家で行はれた――といふのは、中西の細君が、新らしい婦人運動やなんかに関係してゐて、まあハイカラな現代の新婦人で、男の連中と遊ぶのが好きだつた――と云つちや変ですが、兎に角社交的な開けた性質なんですね。それで、友人と二人くらゐで、外で晩飯を食つて、話がなくなつて退屈でもしてくると、自然中西の家へ僕まで引張つてゆかれて、主人夫妻と一緒に花をやるといつた工合です。僕もさういふ風にして、何度か中西の家へ行つたものです。すると或る時、中西の細君が、「人数がも少し多い方が面白い。」と云つて、階下《した》から女学生らしい女を呼んできました。それが沢子だつたんです。勿論僕はその時、彼女に紹介されもしなければ、彼女の名前を覚えもしなかつたですが――と云つて、「今度は沢子さんの番よ。」などゝ云ふ言葉を耳にしたには違ひないんですが、それが頭にも残らないほど、彼女の態度は……存在は、控え目で、そして遊びにも興なさゝうだつたのです。そんなことで、二三度彼女に逢つたわけですが、そのうちに僕は自然忙しくもなるし、花にも興味を持たなくなるし、元々中西とは、花骨牌の席でゞもなければ、殆んど逢ふこともないくらゐの間柄だつたものですから、いつしか連中から遠退いて、従つて、沢子に逢ふことも無くなつたし、彼女の存在をも忘れてしまつたのです。

所が、それから半年か……さうですね、一年とたゝないうちに、彼女は雑誌記者として、ふいに僕の前に現はれたのです。

「さう〳〵、中西さんの所でお目にかゝりましたね。だが、雑誌記者たあ随分変つたものですね。」

といふやうな挨拶をして、それとなく、彼女の身の上を知つてみたいといふ好奇心が、僕のうちに萌しました。けれど彼女は、当り障りのないことをてきぱきした言葉で述べながら――そのくせ、自分自身に関することについては妙に曖昧な言葉尻を濁しながら、僕の言葉をあらぬ方へ外らしてしまふんです。非常に明敏な頭を持ちながら、自分自身のことについてはまるで渾沌としてる……といつた印象を僕は受けました。

それから、来訪の用件に移ると、実は雑誌社にはいつたばかりでまるで見当がつかないが、最初の原稿として何か面白いものを取つて皆をあつと云はしてみたいから、神話に関する先生の原稿を是非頂きたい、と云ふのです。僕が神話の研究者であることを、何処かで聞いてゐたと見えます。僕は承知するつもりで期日を聞きますと、一週間以内に是非と云ふぢやありませんか。而もその一週間は、僕は学校の方の答案調べやなんかでとても隙がありません。

「それぢやお話して下さいませんかしら。私書きますから。」

いつ？ と尋ねると、只今と云ふんです。

僕は苦笑しながら、兎に角話を初めました。フーシェンが山へ行つて、恐ろしい姿のものを見て、石を摑んで投げつけると、その石が岩に当つて火花を発し、その火が広い野原中に拡つた、それがペルシヤの拝火教のそも〳〵の火である、といふやうなことや、印度の火神アグニーは、枯木の材中に生命を得て来て、生れ出るや否や、自分の親である木材を食ひ尽さうとする、などゝいふやうな、神話の起原と自然現象との分り易い関係の話を、少しばかり話してやりました。彼女は談話筆記は初めてだと云ひながら、わりにすら〳〵と書き取つてゐましたが、一寸つかへると、僕が先へ話し進めるのをそのまゝにして、一言の断りもしないで、ぢつと僕の顔を見てるぢやありませんか。まるで女学校の生徒が、先生の講義を筆記してるといつた恰好です。僕は苦笑しながら、その引つかゝつてる所からまた話し直してやる外はなかつたのです。

　用が済むと、彼女はさつさと帰つて行きました。その後で僕は、彼女が団扇を手にしようともしなかつたことゝ、暑いのに着物の襟をきちんと合してたことゝ、而も額には汗を少しにぢましてたことゝを、何故ともなく思ひ出したものです。

　僕がどうしてその日のことをこんなに詳《くは》しく覚えてるかは、自分でも不思議なくらゐです。彼女が帰つた後で、僕は非常に晴々とした気持になつて、初めからのことを一々思ひ浮べてみた、そのせいかも知れません。

　が、こんなに細《こま》かく話してゝは、いつまでたつても話が終りさうにありませんから、これから大急ぎでやつつけませう。その上、其後のことは僕の記憶の中でも、頗るぼんやりしてゐてこんぐらかつてゐるんです。

　沢子が僕の談話を取つていつてから、可なりたつて、その雑誌社から雑誌を送つてきました。読んでみると、僕の話した事柄が、可なり要領よくそして伸びやかな筆致で書いてありました。これなら上乗だと僕は思ひました。すると、丁度その翌日です。沢子が雑誌と原稿料とを持つて飛び込んで来たものです。

「先生のお蔭で、私すつかり名誉回復をしましたわ。」

　何が名誉回復だか僕には分りませんでしたが、彼女の喜んでるのが僕にも嬉しい気がしました。雑誌は社から既に一部送つて来てると云ふと、でもこれは私から差上げるのだと云つて、置いてゆきました。原稿料はあなたが書いたんだからあなたのものだと云ふと、そんな機械的な仕事の報酬は社から貰つてると云つて、それも置いてゆきました。

「私これからちよい〳〵先生の所へ参りますわ。どんなお忙しいことがあつても、屹度引受けて下さいますわね。さうでないと、私ほんとに困るんですもの。」

　そんな一人合点のことを云つて、彼女は帰つてゆきました。それが却つて僕の心に甘へたことを、僕は否み得ません。

　それから彼女は、殆んど毎月僕の所へやつて来て、僕の談話を筆記してゆき、次に自分自身で、雑誌と原稿料とを届けてきました。各国の神話の面白さうな部分々々の話は、婦人雑誌には可なり受けたものと見えます。彼女はいつも喜んでゐました。それに彼女自身、国の女学校に居る時ギリシヤ神話を大変愛読したとかで、僕の話に頗る興味を持つてくれました。長く話し込んでゆくことさへありました。そして僕の方では、月々同じものが二冊づつたまつてゆく雑誌を、嬉しい気持で眺めたものです。

　さういふ風にして、僕達の間には、記者と執筆者といふ普通の関係以外に、友達……と云つちやちと当りませんが、さう云つた親しい馴々しい打解けた気分が、次第に深くなつてきたのです。そして僕は彼女の時折の断片的な言葉をよせ集めて、彼女の身の上をほゞ知りました。

彼女の家は、富山でも――越中の富山です――相当の家柄だつたのが、次第に衰微してきて、彼女が女学校を卒業する頃には、可なり悲境に陥つたらしいのです。そして、或る伯父の策略から、彼女は金銭結婚の犠牲にされさうな破目になつて、母親の黙許を得た上で、東京へ逃げ出してきたのです。勿論その間《かん》の事情は、僕にもよく分りはしません。が兎に角、彼女は東京に逃げ出してきて、前からいくらか名前を聞きかぢつてる――といふのは、彼女はまあ云はゞ文学少女の一人だつたのです――名前を聞きかぢつてる中西夫人の許へ、身を寄せたわけです。その頃僕は彼女と二三度花骨牌の仲間になつたのです。そして中西の家でどういふことがあつたか、或は恐らく何事もなかつたのかも知れませんが、彼女は其処に居るのが嫌になつて、と云つた所で、国から仕送りを受けて勉強するといふ訳にもゆかず、女中奉公も気が利かず、仕方なしに、何とか伝手《つて》を求めて、雑誌社にはいつたやうな始末です。けれど、中西の家だつて雑誌社だつて、結局は彼女に適した場所ではありません。彼女はどんな所に置いても大丈夫であると共に――どんなことをしても純な心を失ふ恐れがないと共に、また同じ程度に、どんな所にもあてはまらない――安住し得ない性質を持つてゐます。空中にでも放り出しとくがいゝやうな女です。君はさうは思ひませんか？

所で……どこまで話しましたかね……さう、僕と沢子と可なり打解けた間柄になつた。すると、半年もたつてからでしたか……さうです、年が改つてからです。松のうちに一度やつて来て、殆んど一日遊んでいつてから――後で僕は思ひ出したんですが、その半日以上もの間、彼女は殆んど僕の書斎で神話の書物をいぢくつてるきりで、子供や妻を相手にしようともしなかつたのです、勿論彼女は僕の家庭に親しんではゐなかつたのですが――それから後は、やつて来ることが急に少くなりました。その代りに、度々手紙をくれるやうになりました。後になつてから僕は、その一日のうちに、僕と彼女との間に、どういふ話が交はされたか、またどういふことが起つたか、いろ〳〵考へてみましたが、よく思ひ出しません。たゞ彼女が、ペルセウス、アンドロメダ、といふライトンの絵の写書版を、いつまでもぢつと眺めてゐたことが、変に頭に残つてゐます。そんなつまらない絵を何で眺めてるのかと、不思議に思つたからでせう。

彼女の手紙にはいろんなことが書いてありました。忙しくてお伺ひ出来ないのが悲しい、といつも前置をしてから、次に、日常生活の些細なこと――誰の所へ行つてどういふ目に逢つた、社でどんな話が出た、宿のお上《かみ》さんがこれ〳〵の親切をつくしてくれた、雪が降つて故郷のことを思ひ出す、泥濘《ぬかるみ》の中に何々を取落して困つた、今日はかういふ悲しい気持や嬉しい気持になつてる……などゝ、まるで、一日の労働を終へて晩飯の時に、兄弟にでも話しかけるやうな調子のものでした。そして僕は、彼女がそんな事柄を書きながら、或る一種の慰安を得てることを、はつきり感じました。で僕からも、自分の日常生活の断片を書き送りました。それがやはり、僕にとつても一種の慰安でした。時によると、精神上の事柄を書き合つて、互に力づけ合ふやうなことさへありました。そして僕は、二人が東京市内に住んでゐて何時でも逢へる身なのに、屢々手紙を往復してるといふ不自然な状態には、少しも自ら気付かなかつたのです。たゞ、彼女と逢つてみると――もう彼女は原稿なんかも手紙で頼んできて、滅多にやつて来なかつたですが、それでも二月《ふたつき》に一度くらゐはやつて来ました――そして逢つてみると、手紙のことはお互に口に出せないのを、はつきり感じました。何でもないことを書き合つてたつもりでも、或は何でもない些細な事柄ばかり書き合つてたゝめか、それが二人の心を変に結びつけてしまつて、面と向つては何だか気恥しい心地がしたものです。馬鹿げてると云へばそれまでゞすが、実は、其処から凡てのことが起つてきたのです。

梅雨《つゆ》の頃……六月の初め、僕の妻は肺炎にかゝりました。病院にはいるのを嫌がるものですから、家に臥《ね》かして看護婦をつけました。そして僕も出来るだけは看護したつもりです。その僕の看護については、妻は何とも云はなかつたですが、子供達に対して――二つと五つとの女の児です――それに対して、僕が母親の代りをも務めてくれる所か、非常に冷淡だつたと、後になつて彼女は不平を云ひました。或はさうだつたかも知れません。何しろ僕は、士官学校と明治大学とに教師をしてゐましたし、その方だけでも可なり忙しい上に、神話の研究といふ大きな仕事があつたものですから、さう〳〵病人や小供達ばかりに構つてもゐられなかつたのです。がそれはまあ兎も角として、妻の病の経過は案外良好で、六月の末にはもう医薬も取らないでよいほどになりました。僕もほつと安心しました。けれど、病後の容態――精神上の状態が、余りよくありませんでした。変に神経質にヒステリックになつて、つまらないことにも腹を立てたり鬱《ふさ》ぎ込んだりする外に、軽い神経痛を身体の方々に感ずるのです。肺炎のために神経がひどい打撃を受けて、それがなか〳〵癒《なほ》らなかつたのでせう。

それで、七月の半ばから、子供を連れて保養旁々、妻は房州の辺鄙な海岸へ行くことになりました。僕の身分で贅沢なことは云つて居られませんから、百姓家の狭い離室《はなれ》を借りたのです。僕は士官学校がなほ休暇にならないものですから――休暇は八月になつて二週間ばかりあるきりです――東京に残つてゐました。そして、久しぶりに妻や子供と離れて、がらんとした家の中に寝そべつてると、何とも云へぬ暢々《のび〳〵》とした気持になつたものです。女中が一切の用は足してくれるし、煩はしい心使ひは更にいらないし、避暑に行くよりよつぽど気楽でいゝと思ひました。八月になつて士官学校が休暇の折にも、僕は房州へ一度も行きませんでした――それを妻は後で僕に責めたのですが……。

妻や子供達の不在中に、僕は沢子の来訪を知らず識らず待つてゐたのです。二人でのんびりと他愛もない話に耽りたいと思つたのです。勿論妻が居たとて、別に僕は沢子へ対して疚しい心を懐いてるのではなかつたのですから、妻の手前を憚る必要はない筈でしたが、それでも何となく気兼ねがされたのです。妻に気兼ねをするからには、疚しくないとは云へ、やはり何かゞ其処にあつたのでせうね。実際の所、妻が房州へ行つてから、僕と沢子との手紙の往復は、ずつと数多くなりました。月に一回か二回だつたのが、二三回になつたと覚えてゐます。けれど、沢子は妻の不在中一度も訪ねて来てくれませんでした。僕も明かに来てくれとは云つてやれなかつたのです。或る時の彼女の手紙に、「お伺ひしたいのですけれど、それをぢつと押へてることを、御許し下さいませうか、」といふ文句があつたのを、僕は謎をでも解くやうな気持で、何度も心の中でくり返してみたことを、はつきり覚えてゐます。

八月の末になつて、妻と子供達とは帰つて来ました。その潮焼けのした顔を見て、僕は他人をでも見るやうな気で、ぢつと見守つてやつたものです。そして妻の身体は、前よりもずつと丈夫さうになつてゐましたが、神経は前より一層いけなくなつてゐました――少くとも僕はさう感じました。それは確かに僕の僻《ひが》みばかりでもなかつたのでせう。……僕は間違つたのです。温泉か山かにでもやればよかつたのを、反対に海へやつたゝめに、彼女の神経は落付く所か、却つて苛立つたに違ひありません。

妻が帰つて来て間もなく、沢子がふいにやつて来ました。その時僕は変にうろたへたものです。子供を相手に絵本の話をしてやつてる所でしたが、女中が彼女の名刺を取次ぐと、僕はいきなり玄関へ出て行つて、どうぞお上りなさい、と云つて、それからまたふいに子供達の所へ戻つてきて、初めの慌て方を取返しでもするやうな気で、話の続きを終りまでしてやつて、それからゆつくりと、意識的にゆつくりと、二階の書斎へ上つていつたものです。我ながら滑稽でした。けれどそれが妙に真剣だつたのです。坐についても、煙草をふかしたり、眼鏡を拭いたり、机の上の書物を片付けたりして、変に落付かないのを、更にまた自ら苛立つてるといふ心地なんです。さういふ僕の様子を、沢子はぢつと見てゐましたが、やがてこんなことを云つたのです。

「奥様は御丈夫におなりなさいまして?」

僕は答へました。

「えゝすつかり丈夫に……真黒になつてゐます。」

それが不思議なことには、何だかかう遠い無関係な女のことをでも話してるやうな調子に、僕の心へは響いたのです。それから突然、沢子の眼は悲しい色を浮べました。それで初めて凡てがはつきりしてきました。――凡てがと云つて、何の凡てだかは自分にも分りませんが、兎に角、自分の心が家庭といふものから離れて宙に浮いてる、といつたやうなことなんです。

沢子は、神話の話や雑誌の話などを少し持出しましたが、ともすると僕達は沈黙に陥りがちでした。実際長い間黙つてることもありました——口を利くこともないといつた風に、或は、口を利くのが恐ろしいといつた風に……。そして彼女はやがて帰つてゆきました。

それを僕は玄関まで送つていつて、それからまた二階の書斎へ上つたのですが、何かゞ気になつて、また階下《した》へ下りてきたものです。すると、妻がいきなりかう云ひました。

「まあ、嬉しさうにそは〳〵してゐらつしやること！」

妻の皮肉な眼付とその言葉とが、僕の胸を鋭くつき刺したのは勿論のことです。

そして僕はいつとはなしに、ぼんやり書斎に引籠つて、妻のことなんかは頭の隅つこに放り出して、沢子の若々しい面影を眼の前に描き出してる自分自身を、屢々見出すやうになりました。

僕は妻を愛してゐたのでせうか？　妻は僕を愛してゐたのでせうか？　……勿論僕達二人は、普通の意味では愛し合つてゐました。けれど、何かゞ、本当の切実な生活感が、深い所に潜んでるもの——それは後で申しませう——それに対する自覚が、欠けてゐたのです。

僕と妻とは、結婚当初から可なりよく融和して、凡そ夫婦といふものが愛し合ふ位の程度には愛し合ひました。僕は大して深酒ものまず、道楽もせず、一種の学究者でして、生活が華かでない代りに、至つて真面目だつたのです。妻は所謂良妻賢母といつた型《タイプ》の女で、几帳面に家事を整へてくれました。で僕達はまあ幸福な家庭を造つたわけです。所が、お互に性格の底まで触れ合ふくらゐに馴れ親しみ、それから次には、夫婦の鎹《かすがひ》と世間に云はれてる子供が出来、生活が複雑になつてくるに従つて、妙な工合になつてきたのです。妻の生活の中心は子供となり、僕の生活の中心は自分の勉強となつて、而もその両方が、まるで別々の世界かの観を呈したものです。妻は子供を偶像として押立て、僕は自分の仕事を偶像として押立て、そして互に領分争ひみたいな調子になつてきたのです。

現代の婦人の生活は、結婚して子供が出来ると共に、自分の生活であることを止めて、全く奉仕の生活となります。子供に奉仕するのです。凡てのことは子供を中心に割り出されます。良人の仕事なんかはどうでもいゝのです。良人はたゞ、子供の立派な生育に必要なだけの金と地位とを得てさへくれゝば、それで充分なんです。——それから第二に、彼女の精神的進歩はぴたりと止つてしまひます。否却つて精神的に退歩してきます。善良なる保姆、それが彼女の理想となります。——第三に、彼女は良人を十重二十重に縛り上げて、自分の従順な奴隷にしようとします。献身的な奉仕的な愛を要求します。

所が、男の方から云へば、それらの凡てが間違つたものに見えます。勿論、自分自身に見切りをつけて、子供の生長にのみ望みを属するといつたやうな、隠退的な心境にはいつた者は別ですが、さうでない者、まだ自分自身を第一に置いて考へてる者は、妻のさういふ態度が心外なものに思はれます。第一に、妻が真向に押立てゝる偶像――子供――に対して、一種の反抗心を起します。第二に、精神的に退歩してゆく妻を、愚劣な女だと軽蔑します。第三に、自分を身動き出来ないようにとする妻へ反抗して、あくまでも自由でありたいと希ひます。――而も一方に、彼は第一義的な自分の仕事といふものを持つてゐます。そして、その仕事に理解のあるやさしい女性の魂を必要とします。さういふ女性の魂を欠いた彼の生活は、如何に落寞たるものでせう？　所謂悟道徹底した者でゞもなければ、その落寞さに堪へ得ません。大抵の者は、淋しい魂の彷徨者となります。

　結婚に次で来る幻滅《デスイリユージョン》――それが男の大なる躓きです。この躓きを無事に通り越す者は幸です。

　然しこんな議論はもう止しませう。それは理屈では分らないことです。一々切り離して眺むれば全く無意味なやうな、日常の些細な事柄が、積りに積つてくる――その全体の重量を背に荷つた人でなければ、分るものではありません。……君は、豊島与志雄氏の理想の女といふ小説を読んだことがありますか。何なら読んでごらんなさい。この間《かん》の消息が可なり詳しく、執拗すぎると思はれる位の筆つきで書かれてゐますから。

　で、要するに、その頃僕の心は、可なり妻から離れて、或るやさしい魂を求めてゐたことだけは、君にもお分りでせう。

　さういふ心で僕は妻を眺めてみて――今迄よく見なかつたものを初めてしみ〴〵と眺める、といつた風な心地で眺めてみて、喫驚したのです。何といふ老衰でせう！　髪の毛は薄くなつて、おまけに黒い艶がなくなつてゐます。昔はくつきりとした富士額だつたその生え際が、一本々々毛の数を数へられるほどになつてゐます。顔全体がとげ〳〵と骨張つてゐて、眼の縁や口の隅に無数の小皺が寄つてゐます。或る時彼女が庭に立つて、真正面から朝日の光を受けてるのを見た時、僕はまるで別人をでも見るやうな気がしました。昼間の明るい光の中に出てはいけない！　さう僕は咄嗟に感じたのです。……けれど、それらのことや、少し背を屈み加減にして肩を怒らしてることや、長火鉢の隅にかぢりついてる時が多くなつたことや、なか〳〵腰を立てない無精な癖がついたことや、怒りつぽい苛立たしい気分になつたことや、手足の筋肉がこち〳〵に硬ばつてきたことや……そんな無数の事柄は、肺炎の衰弱から原因してると一歩譲つて考へても、どうにも我慢の出来ないのは、彼女の全体――身体と精神との全体に、一種の冷かな威厳を帯びてきたことです。僕と意見が合はうが合ふまいが、そんなことに頓着なく自分の意見を主張し、家の中を冷然と監視し、その言葉附から挙動から態度に至るまで、少しの余悠もない厳粛さを示してるのです。やさしみとかゆとりとか濡ひとか柔かみとかいつたやうなものは、つゆほども見えないのです。一体彼女は表情の少い至極善良な――この善良といふことは、鈍重といふことゝ一歩の差ではないでせうか――その善良な女だつたのですが、それが、僕の気付かぬまに、冷かな威厳の域へまで変化して――向上してきたわけです。
さういふ妻を見出した僕が、いくら自ら抑へても、沢子の方へ心惹かれていつたのは、当然ではないでせうか。殊に、沢子をよく知つてゐる君には、僕が沢子へ惹きつけられていつたことは、よくお分りでせう。そして僕は、益々妻へ対しては冷淡になつてゆきました。

それになほいけないのは……これは一寸話しにくいことですが……僕の性慾が可なり弱かつた――友人等にそれとなく聞き合して比較してみると、非常に弱かつたといふことです。生理的の欠陥があるとは自分で思つてはしませんが、兎に角僕は普《なみ》外れて性慾が弱いやうです。所が、夫婦生活には、この性慾といふことが可なり重大な条件らしいのです。大抵の女は、性慾の飽満を与へらるれば、それで自分は愛せられてるのだと思ふものです。

所で……かういふ風に停滞してゐては仕末に終へませんから、物語だけをぐん／＼進めませう。

妻は僕と沢子との間を、ひそかに窺ひすましてゐたらしいです。沢子から手紙が来ると、「あなたの恋人から……」などゝ云ひ出したものです。「手紙よりも、ぢかに逢つてゐらつしやい、許してあげますから、」などゝ云ひ出したものです。「馬鹿！」と僕は一言ではねつけましたが、彼女の眼付がいやに真剣になつてるのを感じました。

そのうちに、馬鹿げたことが起つたのです。僕達はごく稀に、絵画展覧会や音楽会などへ行くことがありました。そして……十一月でしたか――丁度昨年の今頃です――僕は何の気もなく或る音楽会の切符を、妻と二人分だけ前以て買ひました。考へてみると、妻が肺炎になつてから後、二人で出歩くのはそれが初めてだつたのです。その前日から丁度、道子――長女の道子が、感冒の様子で少し熱を出してゐました。然し大したことでもなさゝうだし、折角切符まで買つてあるのだからといふので、女中によく道子のことを云ひ含めて、僕達は出かけたのです。音楽会は、ピアノとヴァイオリンとで、演奏者の顔も相当によく揃つてゐて、可なり成功の方でした。

その帰り途です。寒い風が軽く吹いて、月が輝つてゐました。濠に沿つた寂しい道を、僕達は少し歩きました。晴着をつけお化粧をしてる妻と並んで歩くのが、僕には変に珍らしく不思議だつたのです。暫く黙つて歩いてゐましたが、妻は急に慴へたやうな声で、「道子はどうしてるでせう？」と云つたものです。その時、僕の心のうちに、非常な変動が起りました。何かしらもや／＼としたものが消えてしまつて、凡てがまざ／＼と浮んできたといふ感じです。自分が如何に勝手なことをしてゐたか、彼女を如何に苦しめてゐたか、彼女と自分とが如何に遠く離れてしまつたか、といふやうなことを、しみ／″＼と感じたのです。僕の胸は涙ぐましい思ひで一杯になりました。僕は低い声で、自分自身に云つてきかせるかのやうに云ひました。

「節子、何もかも許してくれ。僕がみんな悪かつたのだ。僕はどんなにお前を苦しめたらう！　そしてまた、どんなに自分自身を苦しめたらう！　僕の心は誤つた方向へ迷つてたのだ。今僕には何もかもはつきり分つた。僕はお前を本当に愛してる。あの……沢子さんと交際するのがお前につらいなら、僕はこれから断然交際を止してしまはう。それが本当なのだ。もう往き来もしなければ、手紙も出すまい。僕はそれを誓ふ。誓つて絶交してみせる。ねえ、これで何もかも許してくれ。節子、二人だけの途を進まうぢやないか。」

　妻は泣いてゐました。僕も涙ぐんでゐました。そして、何かに感謝したい心で一杯になつてゐました。

　僕は後で考へてみて、どうしてその時さう感傷的な心地になつたのか、自分でも不思議なくらゐです。実際、それから家に帰つてきて、すや〳〵と眠つてる道子を見出して、ほつと安心した気持で妻と顔を見合した時、僕は自分でも変に気恥しかつたのです。とは云へ、その感傷的な心地のうちにこそ、僕の本当の魂があつたのかも知れません。

　けれどもそのことから、事情は急に険悪となつたのです。宛もさうなるのが運命でゞもあるやうに、一歩々々破綻へ押し進んでいつたのです。そして僕自身は、余りにうつかりしてゐました。

　僕は妻へ誓ひはしたものゝ、どうしても沢子のことを忘れる――心の外へ追ひ出すことが出来なかつたのです。その上、妻と僕との間は、また以前通りの冷たいものになつてしまつたのです。あの音楽会の晩は、云はゞ燃えつきる蠟燭の最後の焔みたいなものでした。そのために却つて、僕達の間は一層陰鬱になつたのです。そして僕はそれを元へ引戻さうとは努《つと》めずに、沢子の面影へばかり心を向けたのです。

　僕は妻へ内密《ないしよ》で手紙を書きました。勿論内容は何でもないことばかりを選んだのですが、度数は前より多くなりました。沢子からも年内に一度手紙が来ました。一度は自身で訪ねてきました。そして、神話の原稿も可なり続いたから、正月号から暫く休むといふ社の意向だと、済まなさゝうに僕へ告げました。僕が妙に黙り込んでるので、暫くして帰つて行きました。

「神話の原稿も当分いらないさうだから、これで沢子さんとの交渉も絶えるわけだよ。」

　そんな白々しいことを、いくらかてれ隠しの気味もあつて、僕は妻へ云つたものです。妻は僕の方をぢろりと見て、「さうですか。」と冷淡に云つたゞけでした。

　それから正月になつて、僕は手紙を書いてる現場を妻から押へられたのです。霙交りの風が物凄く荒れてる夜でした。風の音に聞入りながら沢子のことを考へてると、何とも云へない悲愴な気持になつて、こま〳〵と而も要所を外した文句で手紙を書き初めました。その時妻がふいに僕を襲つたのです。恐らく彼女は虫が知らしたとでもいふのでせう。いつもは子供を口実に早くから寝てしまつて、夜遅く僕の書斎へやつて来るなどゝいふことは、殆んどなかつたものです。所がその晩に限つて、嵐の音に乗じて夜更けに僕を襲つた――さういふ風に僕は感じたのです。襖の開く気配《けはい》に振返つてみると、何かを狙ひすますやうな眼付で、足音も立てずに僕の方へ寄つて来るぢやありませんか。僕は喫驚して……或る神秘的な恐怖を感じて、いきなり立上つたものです。その僕の様子がまた、彼女には異様に思はれたに違ひありません。彼女は一瞬のうちに凡てを悟つたらしいのです。いきなり書きかけの手紙を摑んで、これは何です？　と聞いたのです。僕はどうすることも出来ませんでした。

それから、痛ましい場面が起りました。妻は口惜し泣きに泣きながら、僕へがむしやらにつゝかゝつてきました。わざ〳〵年賀状まで出しておいてすぐに……と云ふんです。実は、僕は沢子へ年賀の葉書を書いて、これだけはいゝだらうと妻へ見せたのでした。つまらない技巧を弄したものです。それから、妻は僕の手紙の文句を一々切り離して、例へば、「この荒涼たる冬のやうに私の心も淋しい……春の柔かな息吹きを待ち望んでゐます……ともすると生活が嫌になります……理解ある友情が人生に於ての慰安です……」などゝいふ言葉――前後の文派にうまく包み込まれてはゐるが、僕の切ない心が影から覗いてゐるやうな言葉、それだけを一々取上げて、僕を責め立てるんです。次には、音楽会の帰りに自分から誓つておいて！　……あれも私を瞞着するためのお芝居だつたのでせう、と云ふんです――その点に彼女は最も力を入れてゐました。それから、始終隠れて逢つたり文《ふみ》をやりとりしてゐらしたに違ひない、などゝ……。其他、僕は一々覚えてはしません。彼女は恐ろしく興奮してゐましたし、僕も非常に興奮してゐました。そして、いきり立つた彼女の前に、僕は何といふ醜い卑屈な態度を取つたことでせう。反抗の心がむら〳〵と起つてくるのを強ひて押へつけて、ありもしない涙まで搾り出して、彼女の前に奴隷のやうに哀願したのです。今後の行ひで証《あかし》を立てると誓つたのです。

其場はそれきりに終りましたが、僕はそのために、何とか片をつけなければならない事情にさし迫つたのを、はつきり感じました。そして、片をつけるためと称しながら、とんでもない途へ進んでいつたのです。

僕は妻の目を偸んで、沢子へ長い手紙を書きました。――私はあなたへ一切を告白しなければならない、といふのを冒頭にして、いつとはなしに彼女を愛してゐたこと、彼女の面影が自分の心に深く刻みつけられてること、その彼女は、遠くを見つめるやうな澄み切つた眼でいつも自分を見つめてゐて、理解のあるやさしい心で自分を包んでくれる、晴々とした自由な純潔な少女――この少女といふのが大切なんです――少女であること、そして、自分は妻と二人の子供まである身でありながら、不自然だとは知りながら、そして妻を愛してゐながら、どうしても彼女の面影を払ひのけ得ないこと、などを長々と書きました。次に、妻との間が気まづくなつてることを少し書きました。それから、けれど自分は今長い苦しみの後に、或る晴々とした所へ出られた、危険の恐れなしにあなたと交際し得られる自信がついてる、やがては妻の心も解けて、あなたのお友達になるかも知れないと思ふ、といふやうなことを書き、但し当分のうちだけは、訪問を止してほしい、そして士官学校宛に手紙を頂きたい、と述べておいて、けれども私の告白があなたに不快ならば、あなたに苦しみをかけるならば、このまゝお別れするか否かは、あなたの自由だ、と手紙を結んだものです。

　実際僕は、他愛もないことを空想してゐたのです。自分の愛を葬つてしまつて、彼女と普通の交際を続け、やがては妻をも加へて、三人で親しい友達になる、といふのです。そして、士官学校では手紙を自宅へ廻送しないで取つて置いてくれるものですから、そちらへ手紙を貰ふことにしたのです。……それから、僕の心持のうちには、自縄自縛する気もあつたでせうし、凡てを彼女の手中に托して捨鉢になる気もあつたでせうし、其他何だか自分にも分りはしません。

　やがて彼女から返事が来ました。——私は先生をなつかしいやさしい方《かた》として、兄のやうに、叔父のやうに、……いえやはり先生といつた気持で、おしたいしてゐたのですが、それが、自分の不注意から、奥様の御心を害《そこな》つたのを、しみ〴〵と恥ぢられ悔いられてなりません。お許し下さいませ。これから御交際を続けるかどうかについては、随分考へましたけれど、先生も危険がないと仰言いますし、私の方も危険なんか感じられませんから、やはりお交りしても差支へないだらうと存じます。奥様を偽ることは悲しいけれど、やはりこれまで通り、先生として親しまして下さいませ。……と云つた要領の手紙でした。

　僕はそれを読んで、一種の不満を覚えました。何故かは分りませんが、恐らく僕は、彼女が僕の手紙を読んで、実は私もあなたを恋してゐました、もう苦しさに堪へきれません、と云つたやうな返事をくれることゝ、心の奥で待つてゐたのでせう。馬鹿げてゐます。が兎に角、彼女の返事によつて、僕は急に前途が開けてきたやうな気になりました。空想が実際となつて現はれるかも知れないと思ひました。そして僕は二度ばかり彼女へ、輝かしいとか晴れやかとか光明とかいふ文字をやたらに使つた、若々しい手紙を書いたものです。

　所が、或る晩、妻はまた僕の書斎へ押寄せてきたのです。彼女の様子で、僕はたゞごとでないと直様察しました。果して彼女は、糞落付きに落付き払つた態度で、僕へ肉迫してきました。

「あなたにこの字がお読めになりまして？」

　さう云ひながら彼女は、一枚の新らしい吸取紙を差出してゐます。それを見ると、僕は息がつまりさうな気がしました。沢子様といふ僕の文字があり〳〵と現はれてたのです。

　呪はれたる吸取紙哉です。吸取紙からいろんな秘密が曝露することは、西洋の小説なんかにはよくありますね。レ・ミゼラブルにも吸取紙が重大な役目をしてる所がありましたね。実際秘密な手紙を書く折には、ペンでなしに毛筆に限ります。慌てゝる余りに、吸取紙へまでは気がつきませんからね。而も日本の手紙のやうに、宛名を最後に書く場合には、その名前が一番吸取紙に残り易いものです。おまけに封筒までついてる始末です。

「私こんなに踏みつけにされて、そして捨てられるまで待つよりは、自分から出て行つてしまひます。」

さう云つたきり、妻は石のやうに黙り込んでしまひました。僕はもうすつかり狼狽して、哀願や威嚇や誓ひやを、自分で何を云つてるかも分らないでくり返しました。僕の言葉が終ると、彼女は冷かに云ひました。

「美事に証《あかし》をお立てなさいましたわね。」

その時僕はかつとなつたものです。突然調子を変へて云つてやりました。

「ぢやあどうしようと云ふんだ？　こんなに云つても分らなけりや、勝手にするがいゝさ。たゞ一言云つておくが、変なことでもやつたら、もう二度と取返しはつかないから、さう思つてるがいゝ。」

「私にも考へがあります。」

それだけの言葉を交はしてから、僕達はほんとに石のやうに黙り込んでしまつたのです。僕はもう万事が終つたといふ気がしました。

然しその時、僕はまだ分別を失ひはしませんでした。いろんなことを正しく……さうです、正しく考へ廻したのです。妻は僕を愛してゐたのです。僕は結婚してからも何回か、つい友人に誘はれて、待合なんかへ泊つてきたこともありますが、そんな時妻は、軽い嫉妬をしたきりで、大した抗議も持出しませんでした。然し此度は、彼女は僕の心を他の女に奪はれたのです。僕の肉体上の過失は許し得ても、僕の心が他へ奪はれることを許し得ない彼女の気持に、僕は理解が持てました。その上僕と沢子とのことは、病後のヒステリックな彼女の精神へ、殆んど焼印のやうに刻み込まれてきてゐたのです。僕は可なり激しい自責の念を覚えました。長年僕の影になつて苦労してきた彼女、まだ幼い二人の子供、輝かしい前途を持ち得る沢子、それから自分の地位や身分……そんな下らないことまで考へて、僕はもうぢつとして居れなかつたのです。前にお話したやうな妻へ対する不満なんかは、忘れてしまつたのです。その時の僕の心は、恐らく最もヒューメンだつたに違ひありません。

妻がなほ家の中にぢつとしてるのを見て、僕はその間に一切の片をつけたいと思ひました。沢子とも別れて自分一人の生活を守つてゆかう！　さう決心しました。そして沢子と別れるために、僕はまた馬鹿な真似をしたのです。せずにはゐられなかつたのです。

僕はその翌朝、沢子へ簡単な手紙を速達で出しました。――明後日午後一時に、東京駅でお待ちしてる。半日ゆつくり郊外でも歩きながらお話したい。けれど、あなたの気持によつては、来るとも来ないとも自由にしてほしい。……と云つたやうな、まるで不良青年でも書きさうな手紙です。

僕には沢子が必ずやつて来るとの直覚がありました。その日は学校をも休んでしまつて、十一時半頃から東京駅へ行つて、待合所の片隅に蹲つたものです。そして彼女へ何と話したものか、何処へ行つたものか、そんなことを考へてゐました。そのうちに、僕は何だか眠くなつてきました。それほど僕の精神は弱りきつてぼんやりしてゐたのです。

一時よりは二十分ばかり前に沢子はやつて来ました。僕は夢から覚めたやうにして、彼女の絹の肩掛の藤色の地へ黒い線で薔薇の花の輪廓だけが浮出さしてあるのを、珍らしさうに眺めました。すると、「先生、どこかへ参りませう、」と彼女の方から促したのです。その眼を見て僕は、彼女が事情を察してることを、何か決心してることを、瞬時に読み取つたのです。

初め僕は、大森辺かまたはずつと遠く鎌倉や逗子あたりへ行くつもりだつたですが、その方面には沢子の知つてゐさうな文士がいくらも居るらしいのを思ひ出して、急に方向を変へて、電車で吉祥寺まで行きました。そして井ノ頭公園とは反対の方へ、田圃道を当もなく歩き出したのです。

不思議なことには、妻に関する言葉は一言も僕達の口へ上らなかつたのです。全く忘れはてたかのやうでした。それから僕の告白の手紙についても同様でした。僕達は全く無関係な取留めもない事柄を、ぽつり〳〵話したものです。どんなことだつたか覚えてゐませんが、たゞ、気象学では雲を十種に区別してるけれど、僕にはその二三種きり見分けきれない、といふ事や、水蒸気が空中で凝結して雨になるまでの経路が、専門家にもまだはつきり分つてゐないさうだ、といふやうなことを、僕は彼女へ話したのを覚えてゐます。といふのは、北の空から薄い雲が徐々に拡がりかけてゐたからです。また彼女の方では、壁の中から爺さんと婆さんとが杖ついて出てくるといふ啄木の歌を読んで、童話を書きたくなつたといふことを、僕に話したのを覚えてゐます。

さういふ風に、何といふこともなく歩いてるうちに――三月の末のわりに日脚の暖い日でした――僕は次第に或る焦燥……といふほどでもないが、何かかう落付かない気分になりました。彼女もしきりに、洋傘を右や左へ持ちかへてゐましたが、ふいに云ひ出したのです。

「先生、私もつと遠くへ行つてみたい気がしますの、一度も行つたことのない遠くへ……。」

それだつたのです、僕が何かをしきりに求めながら、それが自分でも分らずにぢれてゐた、その何かは、そのことだつたのです。僕は嬉しくて飛び上りました。ほんとに愉快な浮々した……そしてどこかぼんやりした気持になりました。

僕達は吉祥寺駅へ引返し、可なり長く待たされてから汽車に乗り、立川まで行きました。汽車の中には、気の早い観桜客《はなみきやく》らしいのが少し眼につきました。

立川へ行くと、意外に早く日脚が傾いて、もう夕食の時刻になつてゐました。季節外れではありましたけれど、川の岸にある小さな家へはいつて、有り合せのものでよろしければといふその夕食を取ることにしました。そして、ひつそりした二階の隅つこの室に通つて、すぐ眼の下の川を眺めました。河原の中を僅かな水がうねり流れてるのを見て、「これが多摩川ですの……小さいんですのね。」と云ふ沢子の言葉に、僕はすつかり気がのびやかになつたものです。そして夢をでも見てるやうな心地になつたのです。現実かしら？ 夢かしら？ さう考へてるうちに、妻のことも家のことも、東京のことも、遠くへぼやけて消えてゆきました。世界のはてへでも来たといふ気持です。

それから、夕食をしたゝめて、ぼんやりして、雨が少し降り出して、雨の音を楽しく聞きながら、ぽつり／＼話をしたり、顔を見合つて他愛もなく微笑んだりして、女中がお泊りですかつて聞きに来たのへ、平気で首肯《うなづ》いて、別々の床へはいつて、安らかに眠つてしまつたのです。

かう簡単に云つてしまうと、君はそれが本当でないやうに思はれるでせう。然し実際にその通りだつたのです。僕はかう思ひます、妻子のある相当年配の男が恋をする場合には、その恋は極めて肉的な淫蕩的なものであるか、或は極めて精神的な清浄なものであるか、そのどちらかだと。そして僕のは、全く後者だつたのです。その上僕の眼には、沢子がごく無邪気な少女のやうに映じてゐたのです。前に云つたやうに、ごく晴れやかな清らかな娘だつたのです。僕はその晩彼女と対坐してゐながら、どうして自分はこんな若い娘に恋したのかと、幾度自ら怪しんだことでせう。そしてその時の僕の気持は、恋ではなくて、可愛いくてたまらないといつたやうな、そして親しいしみ／＼とした愛だつたのです。彼女の方でも、全く信頼しきつた、何一つ濁りや距てのない、清らかな澄みきつた眼で、僕をぢつと見てゐたのです。僕達は何もかもうち忘れて、うつとり微笑まずにはゐられませんでした。恋と云ふには、余りに親しすぎるなつかしい感情だつたのです。

それは、一時の幻だつたのでせうか？

翌朝、起き上つて、前日来のことがはつきり頭に返つてきた時――妙に顔を見合はせられない気持で相並んで、曇り空の下の河原の景色を眺めた時、深い底知れぬ悲しみが胸を鎖してきて、僕は手摺につかまつたまゝ、ほろ／＼と涙をこぼしたのです。沢子もしめやかに泣き出してゐました。暫く泣いてゐてから、彼女はふと顔を挙げて、「先生……」と云ひました。僕もすぐに、「沢子さん……」と答へました。そして二人は、初めて唇を許し合つたのです。

その後の僕の気持は、君の推察に任せませう。僕達は恐ろしい罪をでも犯したものゝやうに、慌ただしくその家を飛び出して、急いで東京へ帰つて来ました。その時僕の眼前の彼女は、もう清い無邪気な少女ではなかつたのです。自由な溌溂とした若々しい一人前の女、として彼女は僕の眼に映じました。そして東京へ近づくに従つて、僕は妻のことを、自分を束縛してる醜い重苦しい肉塊のやうに感じ出したのです。一方が若い香ばしい女性を象徴してるとすれば、一方は老衰しひねくれ悪臭を立てゝる女性を象徴してゐたのです。……沢子はきつと口を結び眼を空に定めて、端正と云へるほどの顔付で、ぢつと僕の横に坐つてゐました。飯田町駅で汽車から下りて、云ひ合はしたやうに右左へ別れる時、僕達は許し合つた眼付をちらと交はしてから、まるで他人のやうなお辞儀をし合つたものです。

僕は真直に家へ帰りました。再び雨が落ちてきさうな陰鬱な空合でした。僕の心は捨鉢になつてゐました。玄関から大跨に飛び込んで、「昨夜は遅くなつて三浦君の家へ泊つてきた、」と怒鳴るやうに妻へ云つたものです。妻は何とも答へませんでしたが、何かをその瞬間に直覚したらしく、ぢつと僕の顔を見つめました。その眼が一切の決算を求めてる、といふやうに僕は感じました。

そして、それが最後でした。

翌日僕は士官学校で、沢子の手紙を手にしました。――先生、もう致し方ございませんわ。私は先生を愛してをります。とたゞその三行だけの、名前も宛名もない中身でした。僕はその文句を、幾度口の中でくり返したことでせう。

それから三日目に、妻は僕の不在中に出て行つたきり、二人の子供まで置きざりにして、もう帰つて来ませんでした。

僕は気がつかずにゐましたが、妻はあの音楽会の晩以来、或はもつと前から、蛇のやうな執拗さで、僕のあらゆることを探索してゐたらしいのです。後で分つたのですが、僕がでたらめに口へ上せた三浦の家へも、果して僕がその晩泊つたかどうかを聞き合したのです。それからまた、僕は沢子からの手紙を本箱の抽出のいろんなノートの下にしまつて、抽出の鍵は鴨居の上の額縁の後ろに隠しておいたものです。所が、彼女が出て行つた翌日の晩、ふとその抽出をあけてみると、沢子からの手紙がみなずた〳〵に引裂いてあつたのです。最後の三行の手紙も勿論でした。

この手紙を引裂いたといふ仕打が、沈みかけてゐた僕の心を一時に激怒さしたのです。それから、暫くたつて後、彼女の代理としてやつて来たその叔父とかに当る男が、いやに人を軽蔑した口調で、更に僕を怒らしたのです。そのうちに僕は、変に皮肉な落付いた気持になりました。さうなつた時は、もう彼女とは別れるの外はないと胸の底まで感じてゐました。それからのことはお話するにも及ばないでせう。いろんな嫌な交渉があつて、結局僕は正式に妻と別れてしまひました。思へば不運な女です。彼女には何の咎もなかつたのですから。けれど僕に云はすれば、彼女も何とか他に取るべき態度が――勿論初めのうちに、あつたらうと思はれます。

妻とはもう別れるの外はないと徹底的に感じだすと共に、一方に僕は、全く反対のことを感じだしたのです。三歳と六歳の二人の女の児の面倒を、女中と共にみてやつてるうちに、僕は、その時になつて初めて、僕のこれまでの生活は、僕一人の生活ではなかつたこと、僕と妻と二人の生活だつたこと、僕と妻と二人で築き上げてきた生活だつたこと、それが巌のやうに厳として永久に存在すること、……などをひしと感じたのです。あゝ、それをも少し早く感じてゐましたら……！　然しもうどうにも出来ませんでした。その生活はぷつりと中断されたのです。そして僕は、僕達のさういふ生活の上へ、僕と沢子との生活をつぎ合せることが、僕にとつて如何なるものであるかを、そして子供達……さうです、子供達にとつて如何なるものであるかを、どしりと胸に感じたのです。僕は何も、再婚だとか継母だとか、さういふことを云つてるのではありません。それも勿論ありますが、それよりももつと重大なこと……何と云つたらいゝでせうか……この生活の接木《つぎき》といふこと、一方に節子が生きてゐるのに、そして僕達の――僕と節子とです――僕達の生活が生々しい截断面を示してゐるのに、それへ他のものをつぎ合はせるといふこと、それが許さるべきかどうかを、僕は泣きながら魂のどん底まで感じたのです。

僕はもう理屈を云ひますまい。このことは実感しなければ分らないことです。……さう、僕は此処へ来る途中で、運命の動き――運命の共鳴、といふやうなことを云ひましたね。平たく云へばあれです。節子と再び一緒になることにも、沢子と一緒になることにも、どちらにも僕は自分の運命の共鳴を感じなかつたのです。僕は一人で子供達と共に暮してゆかうと決心しました。そして、母を失つた子供達が、多少神経衰弱……もしくは神経過敏らしくなつてるのを見て、また、その未来を考へてみて、僕はどんなに悲痛な気がしましたでせう！　然し致し方もありません。

僕は沢子に逢つて、自分の心をぢかに話しました。彼女は泣きました。そして僕の心を理解してくれたらしいのです。それから長い苦しみの後に、僕達は只今のやうな平静な友情の域へぬけ出したのです。沢子が他に恋を得て、その人と結婚でもするまでは、僕は彼女の親しい友人として、彼女と交際を続けるでせう。

君は……人は、僕を卑怯だと思ふかも知れません。然し卑怯だか勇敢だかは、外的な事柄できめられるものではありません。と云つて僕は、勇者にも怯者にもなりたいのではありません。たゞ、僕の所謂天は――僕自身の天は、澄みきつてゐると共に変に憂鬱です。

五

宮原俊彦の話は、佐伯昌作に、大きな打撃――と云ふより寧ろ、大きな刺戟を与へた。昌作はその晩、何かに魅せられたやうな心地で、たゞ機械的に下宿へ帰つていつて、冷たい布団を頭から被つて寝てしまつたが、翌朝七時頃に眼を覚して起き上つた。そんなに早く起き上ることは、彼としては全く近頃にないことだつた。

起き上つて、珍らしく温い朝飯を食つて、さて何をしていゝか分らないで、火鉢にかぢりついて煙草を吸ひ初めた時、急にはつきりと前晩のことが見えてきた。――俊彦は話し終つてから、何かを恐れるもの丶やうに黙り込んだのだつた。長い話の後に突然落ちかゝつてきたその深い沈黙が、一種の威圧を以て迫つてきて、昌作も口が利けなかつた。それから俊彦はふいに眼を輝かして、「子供達が待つてるに違ひない、」と云ひながら立上つた。昌作も後に従つた。俊彦は非常に重大な急用でも控へてるかのやうに、馬鹿々々しく帰りを急いでゐた。足早に電車道をつき切つて、タクシーのある所まで行つてそれに乗つた。昌作も途中まで同乗した。二人は別れる時碌々挨拶も交はさなかつた。夜は更けてゐた。

それらのことを眼前に思ひ浮べながら、彼はぢつとしてをれない心地になつて、表に飛び出した。雨後の空と空気と日の光とが、冷たく冴えてゐた。彼は帽子の縁を目深く引下げ外套の襟を立てゝ、当もなく歩き出した。歩きながら考へた。

然し彼の考へは、長く一つの事柄にこだはつてるかと思ふと、それと全く縁遠い事柄へ飛んでいつたりして、少しもまとまりのないものだつた。がそのうちで、幾度も戻つてきて彼を深く揺り動かす事柄が一つあつた。

彼は宮原俊彦の話を、可なり自然にはつきりと受け容れることが出来たが、その終りの方、沢子と一緒になれないといふ所が、どうもよく分らなかつた。生活の接木《つぎき》などゝいふ変な言葉を俊彦は用ゐたが、そんな深い重大なことではなく、何かごく平凡な――常識的な事柄が、彼を支配したのであつて、それへ無理に理屈をつけたもののやうに、昌作には思へるのだつた。そしてその平凡な常識的な事柄がまた、昌作には、自分の想像もつかないことであるやうな気がした。非常に平凡で非常に曖昧だつた。而も一方には、その平凡な曖昧なものゝ上に、俊彦自身が云つたやうに、彼の運命が重くのしかゝつてるらしかつた。――そしてそのことが、昌作を或る暗い所へ引きずり込んでいつた。彼は何だか形体《えたい》の知れない壁にぶつかつたやうで、息苦しさまで覚えた。「つきぬけなければならない、つきぬけることが必要だ、」さう彼は心で叫んだ。それと共に、沢子に対する愛情が激しく高まつてきた。彼にとつては、宮原俊彦こそ、沢子へ縋りつかうとする自分を距てる毒虫のやうに思へた。――けれど、不思議にも、宮原俊彦に対するさういふ反感は、昼間の明るい光の中でこそしつかりしてゐるが、夜にでもなつて、何か一寸した変化でもあれば、すぐに音もなく消え去つてしまつて、全く反対のものになりさうなことを、昌作は心の奥の方で感じたのである。――昌作はどうしても落付けなかつた。何とかしなければならなかつたが、それが分らなかつた。

彼は考へ込みながら、ぶらり〳〵歩いた。そのうちに何もかも投げ出したい気持になつて、わりに呑気になつた。空腹を覚えたので、見当り次第の家で一寸昼食《ランチ》を取つて、それから、全く知らない碁会所へはいり込んで、日当りの悪いがらんとした広間で、主人と手合せをやつた。それにも倦いて、四時頃表へ出で、またぼんやり歩き出した。そしてふと彼は足を止めた。晩秋の淋しい光が、くつきりとした軒並の影で、斜め上から街路を蔽ひつくしてゐた。彼は急いで下宿に帰つてみた。昨日の今日だから、或は沢子から手紙なり電話なり来てるかも知れないと、突然そんな気がしたのである。

下宿で彼を待ち受けてゐたのは、沢子からの便りではなくて、片山からの電話だつた。朝から二度ばかりかゝつてきたと女中が云つた。

昌作は約束の四五日が今日でつきることを思ひ出した。然し彼にとつては、その四五日が如何に長い時日だつたらう。彼は遠い昔のことをでも思ひ出すやうに、五日前の片山夫妻との約束を考へた。そして、九州へ行かないことにいつしか決定してる自分の心に気付いて、自ら喫驚した。自然に決定されたのだ、といふ気がした。

「何とでもその場合に応じて断つてやれ。」

さう捨鉢に心をきめて、彼は片山の家へ行つてみた。今から行けば丁度夕飯時分で、夫妻といつものやうに会食するといふことが、今は一寸気にかゝつたけれど、構ふものかとまた思ひ返した。

禎輔は不在で達子一人だつた。昌作は何故ともなく安堵の思ひをした。達子は彼の姿を見て、待ちきれないでゐたといふ様子を示した。

「佐伯さん、一体どうしたの？　あんなに電話をかけたのに……。昨日も今日も五六回の上もかけたんですよ。するといつも、居ない、居ないつて、まるで鉄砲玉みたいに、何処へあなたが行つたか分らないんでせう。私ほんとに気を揉んだのよ。変に自棄《やけ》にでもなつて、何処かで酔ひつぶれでもしてるのぢやないかと、そりやあ心配したんですよ。……でも、宿酔《ふつかよひ》のやうでもないやうね。一体どうしたんです？　電話をかけたらすぐに来て下さいつて、あんなに頼んどいたのに……。」

黒目の小さな輝いた眼がなほちら〳〵光つて、受口《うけぐち》の下唇をなほ一層つき出してるその顔を、昌作は不思議さうに見守つた。

「あなたも御存じぢやありませんか、私は此頃はわりに謹直になつて、酒なんか余り飲まないやうになりました。たゞ、一寸用が出来たものですから、その方に馳けずり廻つてゐたんです。」

「でも昨日はあんなに雨が降つたのに、その中を……？」

「雨くらゐ平気ですよ。」

「嘘仰言い、懶惰《ものぐさ》なあなたが！　……それぢあ、やはりあのことで？」

昌作は自分の心が憂鬱になつてくるのを覚えた。達子が沢子のことを云つてるのだとは分つたが、それを今話したくなかつた。そして言葉を外らした。

「何か僕に急な御用でも出来たんですか。」

達子は眼を見張つた。

「急な用ですつて？　……あなたはもう忘れたの？　……四五日のうちに返事をするつて約束したぢやありませんか。あれから今日で幾日になると思つて？　丁度五日目ですよ。まあ、馬鹿々しい！　当《とう》のあなたが平気でゐるのに、私達だけで心配して……。あなたくらゐ張合ひのない人はないわ。片山はね、あなたがあんまり心をきめかねてるのを見て、何か屹度他《ほか》に心配事があるに違ひない、と云ふんでせう。私あなたの言葉もあつたけれど、実はかうらしいつて、あなたが話した恋のことを打明けたんですよ。すると片山は長く考へてゐましたつけ。そして、さういふことなら、その方はお前が引受けて、まとまるものならまとめてやるがいゝ、何も九州へ行くことが是非必要と云ふのぢやないから、他に東京で就職口を僕が探してやらうと、さう云ふんですよ。それから、一体佐伯君が恋してるつていふその女は、どういふ種類の女かつて、しつゝこく聞かれたものですから、私、よく分らないけれど、お友達の妹さんかなんか、そんな風な、ハイカラな女学生風の令嬢らしいと、さう云つてしまつたんですが、……どう？　さうぢやなくつて？」

「女学生風の令嬢だなんて、どうしてそんなことに……。」

「なりますとも。だつてあなたは、その女が自分にとつては、光明だとか太陽だとか、そんなことをくり返し云つてたでせう。あなたのやうに、玄人《くろうと》の女をよく知つてる人で……さうぢやありませんか、盛岡のことだつて、またその後のことだつて、考へてごらんなさいな……さういふ人で、相手が藝者だの……珈《カフ》琲《エー》店の女だの、場合に、それが私にとつては光明だの太陽だのと、そんなことを云ふものですか。そんなことを云ふからには、相手は若いハイカラな……令嬢といふにきまつてるわ。ね、当つたでせう。……何もそんなに喫驚しなくつたつていゝわよ。」

然し昌作が呆気《あつけ》にとられたのは、彼女のいつもの早急な一人合点からとはいひながら、女学生なんかは大嫌いだと平素彼が云つてた言葉を忘れてしまつて、どこかのハイカラな女学生風の令嬢だと勝手にきめてる、そのことに就てだつた。そしてそのことから、彼の気分は妙に沈んできて、たゞ自分一人の心を守りたいといふ気になつた。

「ねえ、もうかうなつたら仕方ないから、何もかも仰言いよ。……何処の何といふ人？　私出来るだけのことはしてあげるわ。」

「もう暫く何にも聞かないでおいて下さい。」と昌作は眼を伏せたまゝ云つた。「私はまだ何にも云ひたくないんです。あなたの仰言るやうな、そんな普通の恋ぢやないんです。恋……といつていゝかどうかも分りません。何だかかう……私自身が駄目になつてしまひさうなんです。いろんなことがごた〱してゐて、とんでもないことになりさうです。……私はもう少し考へてみます。考へさして下さい。私の心が……事情がはつきりしてきたら、すつかりお話します。是非お力をかりなければならなくなるかも知れません。けれど、今は、今の所は、自分一人だけのことにしておきたいんです。……馬鹿げた結果になるかも知れません。下らないつまらないことになるかも知れません。……まるで分らないんです。はつきりしてからお話します。」

「だつて私、何だか心配で……。」

「私一人だけのことなんです。私一人だけのことが、どうしてそんなに……。」

「心配になりますとも！」と達子はふいに大きな声を出した。「私あなたのことなら、何でも気にかゝるんだから、さう思つてゐらつしやいよ。お前はどうしてさう佐伯君を贔負《ひいき》にするかつて、片山もよく云ふんですが、え、、贔負にしますとも！あなたのことなら何でもかでも気にかゝつて、一生懸命になつてみせますすよ。私あなたを弟のやうな気がしてるから……私にも片山にも弟なんかないから、あなたを弟と思つてるから、気を揉むのは当り前ですよ。」

昌作には、何で彼女が腹を立てゝるのか訳が分らなかつた。けれど何故となく、非常に済まないといふ気がした。彼女を怒らしたのを、非常に大きな罪のやうに感じた。彼は突然涙ぐみながら云つた。

「済みません。僕が悪かつたんです。」

「悪いとか悪くないとかいふことではありません……。」さう云つておいて達子は、長く――昌作が待ちきれなく思つたほど長く、黙つてゐた。そして静に云ひ続けた。「実際私は気を揉んだんですよ。四五日とあなたが約束したでせう、そして一方に、さういふ女の人があるでせう、そしてそのまゝ音沙汰なしですもの、あなたがどんなにか苦しんでるだらうと思つて、自分のことのやうに心配したのよ。それに、片山はあゝ云ふし、そのことも早くあなたに伝へたいと思つて、昨日から幾度電話をかけたでせう。片山はまた片山で、何だかあなたに逢ふことを非常に急いでゐたんです。私には何とも云はないで、たゞ話があるのかも知れませんよ。私には何とも云はないで、たゞ話があると云ふきりですが……。さう〳〵、あなたがゐらしたら、会社の方へ電話をかけてくれつて云つてゐました。一寸待つてゐらつしやい、今かけてみますから。」

達子が立上つて電話をかける間、昌作は変な気持でぼんやり待つてゐた。ハイカラな女学生風の令嬢だの、九州へは行かないでもよいだの、弟だの、禎輔から急な話があるだの、そんないろんなことが、まるで見当違ひの世界へはいり込んだ感じを彼に起さした。そして、電話口から戻つて来た達子の言葉は、更に意外な感じを彼に起さした。

「あの、あなたにすぐ武蔵亭《むさしてい》へ来て貰ひたいんですつて。片山はあすこで二三人の人と会食することになつてゐて、今出かける所だと云つてゐます。けれど、食事をするだけだから、そして、何だか嫌な人達だから、あなたが来て下されば、逃げ出すのによい口実になるから、なるべく早く来て下さいつて。……丁度いゝぢやありませんか。うんと御馳走さしておやりなさいよ。武蔵亭、御存じでせう。片山の会社のすぐ近くの西洋料理屋。……私も一緒に行きたいけれど、お前が来ちやあ都合が悪いつて、人を馬鹿にしてるわ。」

達子が平気でさう云ふのを見て、昌作はまた一寸変な気がした。彼の頭に、その瞬間に、或る漠然とした疑惑が生じたのだつた。禎輔の胸の中に何かゞあるのではないかしら？　昌作は先日の禎輔の様子を思ひ出した。

暫く考へてから彼は、達子の言葉に従つて、兎も角も武蔵亭へ行つてみようと決心した。何かを得らるればそれでよいし、得られなければ上等の洋酒でも沢山飲んでやれ、とそんな気になつた。そして、今からではまだ早いと達子が云ふのを、下宿に一寸寄つて行くからと断つて、慌しく辞し去つた。

彼が立上ると、達子は後から送つて来ながら云つた。

「後で、明日《あした》にでも、どんな話だつたか、私に聞かして下さいよ。私一寸気になることがあるから。」

昌作は振返つた。然し彼女は先を云ひ続けてゐた。

「でも、何でもないことかも知れないわ。案外いゝ話かも知れないわ。……それから、その女の人のことね、気持がきまつたら聞かして下さいよ。その方は私の受持だから。……私がうまくまとめてあげますから、ほんとに、心配しないでもよござんすよ。」

昌作は外に出て、急に、何だか達子へ云ひ落したことがあるやうな気がした。といつて、それが何であるかは自分でも分らなかつた。考へてもをれなかつた。禎輔の話といふのがしきりに気にかゝつた。

けれど、実際達子が云つたやうに、すぐに行つては食事中だと気がついて、途中で電車を下りて少しぶらついてから、まだ早いかも知れないとは思ひながらも、待ちきれないで武蔵亭へはいつて行つた。

片山の名前を告げると、彼はすぐにボーイに案内されて、二階の奥まつた室へ通された。そして一目で、自分の疑惑が事実であることを見て取つた。

一方が隣室との仕切戸になつてゐて、三方白壁の、天井が非常に高く思へる、狭い室だつた。天井から下つてる電燈の大きな笠と、壁に懸つてる一枚の風景画との外には、殆んど装飾らしいものは一つもなく、真中に長方形の卓子が一つ、椅子が三四脚、そして小さな瓦斯煖炉の両側に、二つの長椅子が八の字形に並べてあつた。その一方に、外套と帽子とを放り出して、背広姿の片山禎輔が、先刻からぽつねんと待ちくたびれて、そして何か考へに沈んでゐたといふ風に、腰掛けてゐたのである。――昌作は初め、禎輔が他の客と会食中なのでこの室に待たせられることゝ思つたが、一歩足を踏み入れて禎輔の姿を認めるや否や、はつと思つた警戒の念から、それらのことを一目に見て取つた。

禎輔は先程からの沈思からまだ醒めないかのやうに、顔の筋肉一つ動かさないで、それでも落付いた声で、彼に云つた。

「遅かつたね。すぐに来るやうにと云つたんだが……。」

昌作は一寸どぎまぎした。

「でも、あなたは他の客と会食なさるといふお話でしたから、時間をはかつて来たんです。もうお済みになりましたか。」

「うむ……。」と禎輔は曖昧な答へをした。「君は食事は？」

「済みました。」

うつかりさう遠慮深い答へをしたのに、昌作は自ら一寸面喰つた形になつて、急いで一方の長椅子に腰を下した。

「ぢやあ、何処かへ酒でも飲みに行かうか。どうだい？　君のあそび振りも一寸見たい気がするね。」

　昌作は不快な気がした。揶揄されてるのだと思つた。彼が先にちよい〳〵あそんだのは、禎輔等のそれと違つて――禎輔が会社の方の交際でそんな場所に時々足を踏み入れてゐることを昌作は知らないではなかつた――それと違つて、比べものにならないほど安つぽい所でだつた。而も彼は近来、そんな所からさつぱり足を抜いてしまつてゐたのである。

「いやに変な顔をするぢやないか。」禎輔は云つた。「酒を飲むのだつて仕事をするのだつて、結局は同じことだらうよ。どちらも生きてる働きなんだからね。……だがまあいゝさ。それなら、此家《こゝ》に上等の葡萄酒があるから、そいつでも飲まうよ。」

　禎輔はボーイを呼んで、料理を二三品と、フランスから来たあの上等のを瓶のまゝ二本ばかり持つて来いと命じた。そして、それが来るまで彼はやたらに金口《きんぐち》を吹かして、昌作にもすゝめた。昌作もやはり黙つてその煙草を吹かしながら、向ふから話し出されるのを待つた。が禎輔の言葉は、彼が全く予期しない方面のことだつた。

「僕はね、」と禎輔は葡萄酒の杯を挙げながら云ひ出した。「芭蕉の句集をこないだから読み出してみたのだが、僕のやうな門外漢にもなか〳〵面白いよ。そして、ふと馬鹿なことを思ひついて、こゝろといふ字があるものだけをより出してみたのさ。何でも十四五句あつたやうだ。みんなは覚えてゐないが……実際さう胸にぴんと響くのは少いやうだね。

　　魚鳥のこゝろは知らず年のくれ
　　七夕のあはぬこゝろや雨中天
　　葉にそむく椿や花のよそごゝろ
　　椎のはなの心にも似よ木曽の旅
　　住つかぬ旅のこゝろや置火燵

その他まだ沢山あつたがね、そのうちで僕の心を惹いたのが二つあるよ。

　　もろ〳〵の心柳にまかすべし
　　野ざらしを心に風のしむ身かな

この二つのうちで、君、文学的に云つてどちらが傑れてるのかね。君は僕よりもこんなことには明るいのだらう……。」

昌作は、禎輔が先日持出した句のことを思ひ出した。

「あなたの云はれるのは、文学的価値ではなくて、思想的価値のことでせう？」

「さう、思想的価値、先づそんなものだね。……僕は野ざらしをの方が先達てまでは好きだつたものさ。所が其後もろもろのの方が好きになつたよ。そして、君を……また自分を、余り苦しめたくなくなつたのだ。」

昌作は驚いて禎輔の顔を見つめた。が禎輔は、ぢつと葡萄酒の瓶の方に眼を注いで、何度も杯を重ねた。

「君、この葡萄酒は旨《うま》いだらう。こいつを一人で一本ばかりやつつけると、愉快な気持になつて踊り出したくなるよ。君ももつとやらないか。」

「えゝ。」と昌作は答へておいて、機会を遁すまいとあせつた。

「それで……そのことで……私は九州へ行かなくてもよくなつたのですか。何だか私にはさつぱり分りませんけれど、奥さんが……。」

「あゝ、達子は君に何と云つて居た？」

「九州へ行かないでもいゝし、それに……あなたが私に急なお話があるとかで……。」

「それだけ？」

禎輔の眼付が急に鋭くなつたのを昌作は感じた。彼は何にも隠せない気がした。

「それから、私の……女のことについて。」

「君はその女のことをすつかり達子に話したのか。」

「いえ、その方のことは私が引受けてやると奥さんは云はれたんですけれど、まだ私の方の気持がはつきりしないものですから、詳しくは話しません。」

「それだけ、達子が君に云つたことは？」

「えゝ。」

「達子は君が何処かの令嬢に恋《ラヴ》したんだと云つてたよ。」

「令嬢ぢやないんです。」

「でも若い女なんだらう？」

「えゝ。」

禎輔はまたそれきり黙り込んでしまつた。昌作は不安な予感に駆られて、苛ら〳〵してきた。

「急なお話つて、どんなことですか。」

「君は、僕がなぜ九州なんかへ君を追ひやるのかと疑つたね。」

禎輔は急に額を曇らせながら、ゆつくりした調子で云つた。

昌作は喫驚した。そして急いで弁解しようとした。その言葉を禎輔は遮つた。

「君が疑ふのは道理《もつとも》だよ。そして、実は、君がその疑ひを達子へ洩らしたゝめに、僕は可なり安心したのだ。うち明けて云へば、僕は達子に暗示を与へて、君の心を探つてみたのさ。すると、達子がうまくその使命を果したといふわけだよ。」

昌作にはその謎のやうな言葉の意味が更に分らなかつた。禎輔はまた云つた。

「君が達子へ向つて、片山さんはなぜ私を九州なんかへ追ひ払はれるのでせう、と云つたことゝ、それから、君に若い恋人《ラヴァー》があるといふことゝで、僕は自分が馬鹿げたことに悩んでるのを知つたのだ。そして、いろ〳〵考へてみて、一層君に何もかもうち明けて、さつぱりしたいといふ気になつたのだ。……これだけ云へば、君にも大凡は分るだらう？」

然し昌作には更に分らなかつた。彼は何か意外なことが落ちか丶つてくるのを感じて、息をつめて待ち受けた。

「ぢやあ、君は知らなかつたのか。」と禎輔は低い鋭い声で云つた。「さうでなけりや、忘れてしまつたのだ。……いや知つてた筈だ。」

「何をです？」

「僕と君のお母さんとのことを。」

「あなたと母とのこと？」

禎輔は彼の眼の中をぢつと見入つた。

「僕と君のお母さんとの関係さ。」

「関係つて……。」

その時昌作は、今迄嘗て感じたことのない一種妙な気持を覚えたのである。頭の中にぼーつと光がさして、すぐに消えた。そのために、もや〳〵とした遠い昔の記憶の中に、見覚えのあるやうなまたないやうな一つの事柄が、眼を据ゑても殆んど見分けられないくらゐの仄かさで、浮出してきて、それが一寸した心の持ちやうで、現はれたり消えたりした。夢の中でみて今迄忘れてゐたことが、突然ぼんやりと気にか丶つてくる、さういつた心地だつた。勿論、一つの場面も一つの象《すがた》も彼の記憶に残つてはしなかつた。けれど、それを何だかよく知つてゐたやうでもあつた。知つてゐながら忘れてゐたやうでもあつた。或は初めから知らないのを今突然想像したやうでもあつた。——彼は見えないものを背伸びして強ひて見ようとするかのやうに、ぢつと自分の記憶の地平線の彼方に眼を定めたが……ふいに、さうした自分自身に気がついて、顔が真赤になつた。

「君はあの頃もう十一二歳になつてたから、普通なら当然察するわけだが、頗る活潑で無頓着で、今とはまるで正反対の性質らしかつたから、或はぼんやり感じたゞけで通りすぎたのかも知れないが……。」

そこまで云ひかけた時禎輔は、昌作が真赤になつてるのを初めて気付いたらしく、突然言葉を途切らしてぢつと彼の顔を見つめた。そして急き込んで云つた。

「君は知つてたぢやないか！」

昌作は宛も自分自身に向つて云ふかのやうに、低い声で呟いた。

「昔から感じてたことを、今知つたやうです。」

「昔から感じてたことを今知つた……。」さう禎輔は彼の言葉を繰返しておいて、俄に皮肉な調子になつた。「なるほど、さうかも知れない。君のお母さんは利口だつたからね、そして僕も利口だつたのさ。そして君はうつかりしてたものだ。」

昌作はもう堪へ難い気持になつてゐた。彼は哀願するやうな眼付を、ぢつと禎輔の顔に注いでゐた。それを見て禎輔は、非常な努力をでもするもの丶やうに、肩をぐつと引緊めて、それから落付いた調子で云つた。

「許してくれ給ひ。僕はこんな風に云ふ筈ぢやなかつたのだが……。僕は君が非常に素直な心持でゐることを知つてゐる。そして僕も実は素直に話したいのだ」そして暫く黙つた後に彼はまた続けた。「僕が高等学校の時だ。君の家が、君とお母さんと二人きりで淋しいものだから、僕は君の家に寄宿してゐたね。あの時、僕は君のお母さんを姉のやうに慕つたし、君のお母さんは僕を弟のやうに可愛がつてくれた。そして僕達は極めてロマンチックな愛に落ちたのだつた。僕は小説家でないから、それを詳しく説明出来ないが、君にも大体は分るだらう。そんな風だから、普通さういふ関係にありがちな、淫蕩的なことなんかは、少しもなかつたのだ。君がはつきり気付かなかつたのも、恐らくそのせいだらう。だが君も知つてる通り、僕がこちらの高等学校を出ると、わざ〳〵京都の大学へ行つてしまつたのは、実はそのことを罪悪だと意識したからだつた。然し僕は君のお母さんに対しては、今でも清い愛慕の念を持つてゐる、姉と母と恋人とを一緒にしたやうな気持で……。え、君はなぜ泣くんだい？」

昌作は禎輔の言葉をよく聞いてゐなかつた。たゞ何故ともなく胸が迫つて来て、いつしか眼から涙がこぼれ落ちたのだつた。彼は禎輔に注意されて初めて我に返つたかのやうに、そして自分自身を恥ぢるかのやうに、葡萄酒の杯の方へ手を差伸した。

禎輔は彼の様子を暫く見守つてゐたが、やがてふいに立上つて室の中を歩きだした。そして卓子のまはりを一巡してきてから、また元の所へ腰掛けて、何か嫌なものをでも吐き出すやうに、口早に話し初めた。

「僕は君に要点だけを一息に云つてしまうことにしよう。判断は君に任せるよ。……君が盛岡であんなことになつて、東京に帰つてきてからものらくらしてるのを見て、僕達は影で可なり心配したものなんだ。なぜつて、僕達は間接に君の保護者みたいな地位に立つてるのだからね。そして君の心を察して、初めは何とも云はないで放つておいたが、もうかれこれ二年にもなるのに、君がまだぼんやりしてるものだから、達子が真先に気を揉み初めたのだ。そして君自身も、今に生活をよくしてみせると、口でも云ひ、心でも願つてゐたらう。それに僕は、君に一番いけないのは仕事がないからだと思つたのだ。何も僕は、君に月々補助してる僅かな金銭なんかを、かれこれ云ふのではない。このことは君も知つてゐてくれるね。……そこで、僕は君のために東京で少々就職口を探してみたが、僕の会社の社長にも相談してみたが、どうも思ふやうな地位がないものだから、何の気もなく……全く何の気もなくなんだ。九州の時枝君のことを思ひついて、手紙で聞き合してみると、案外いゝ返事なんだらう。で僕もつい乗気になつて、本式に交渉して、あれだけの有利な条件を得たわけなんだ。時枝君の方では、古い話だが、僕の父の世話になつたことがあつて、その恩返しつて心もあるに違ひない。所が、この九州の炭坑といふことが……偶然そんなことになつたのだが、その偶然がいけなかつたのだ。九州の炭坑と聞いて、君が逡巡してるうちに、そして僕から云はすれば、九州へ行くくらゐ何でもないし、非常に有利な条件ではあるしするから、君にいろ〳〵説き勧めてるうちに、ふと、僕は自分の気持に疑惑を持ち初めた。君を九州へ追ひ払はうとしてるのぢやないか？　とね。」

　禎輔は葡萄酒の杯を手に取りながら、暫く考へてゐた。

「僕自身にも何だかはつきり分らないが……前後ごた〳〵してゐて、要領よく話せないが……要するにかうなんだ。その時になつて、頭の隅から、君のお母さんと僕とのことが、ふいに飛び出して来たのさ。そして僕は、一寸自分でも恥しくて云ひづらいが、達子と君とのことを……疑つたのでは決してないが、君のお母さんと僕とのことが一方にあるものだから、今に僕が死んだら、達子と君とが同じやうなことになりはすまいかと、いや、僕が生きてるうちにも、そんなことになりはすまいかと、現になりかゝつてるのではあるまいかと、馬鹿々々しく気になり出したものさ。君は丁度、僕が君のお母さんに馴れ親しんでたやうに、達子に馴れ親しんでゐるのだからね。」

　昌作は驚いて飛び上つた。それを禎輔は制して、また云ひ続けた。

「まあ終りまで黙つて聞き給へ。……そこで、一口に云へば、僕は君と達子との間を嫉妬したのさ。僕が嫉妬をするなんて、柄《がら》にもないと君は思ふだらう。全く柄にもないことなんだ。然しその時僕の頭の中では、僕と君のお母さんとのことゝ、君と達子とのことゝが、ごつちやになつてしまつてゐた。それに、君が九州行きをいやに逡巡してるものだから、或は達子に心を寄せてるからではあるまいかと、変に気を廻してしまつたのだ。それを肯定する考へと、それを否定する考へとが、僕の頭の中では争つたものだ。そしてまた一方には、僕は嫉妬の余り君を九州へ追ひ払はうとしてるのだと、自分で思ひ込んでしまつたのさ。そしてまた、それを自分で責め立てたのだ。君を追ひ払はなければいけないといふ考へと、そんなことをしてはいけないといふ考へとが、頭の中で争つたものだ。かう別々に云つてしまへば何でもないが、そんないろんなことが、それにまだ他《ほか》のことも加はつて、一緒にごつた返して、僕の頭はめちや〳〵になつてしまつた。全く神経衰弱だね。神経衰弱にでもならなければ、こんなことを考へやしない。……それでも僕は、自分を取失ひはしなかつた。そして達子のあの率直な快活さも、僕には力となつた。それからいろんなことがあつて、結局僕は達子を使つて君の心を探偵してみたのだ。そして、片山さんはなぜ私を九州なんかへ追ひやるのだらうかと、君が達子へ聞いたことゝ、君が他に若い女を持つてるといふことゝが、僕にとつては光明だつたのだ。なぜつて、君がもし達子へ心を寄せてるのなら、自分で気が咎めて、達子へ向つてそんなことを聞けるものではない。若い女の方のことは、云はないでも分りきつた話だ。……それから僕は、次第に考へを変へてきて、君を九州なんかへやらない方がよいと思つたのだ。君を九州へやることは、君自身を苦しめるばかりでなく、僕をも苦しめることになるからね。然し、是非とも君が行きたいと云ふなら別だが……君は行きたくはないんだらう？」

「行かないつもりでしたが、然し……。」と昌作は口籠つた。

「然しだけ余計だよ。そんなことは打棄《うつちや》つてしまうさ。……がまあ、今晩はゆつくり話をしよう。そして、このことは達子には内密《ないしよ》にしといてくれ給ひ。彼女《あれ》の心を苦しめたくないからね。」そして禎輔は何かを恐れるもの、やうに室の中を見廻した。「もつと飲まうぢやないか。どし〳〵やり給ひ。」


然し昌作は、云はれるまでもなく、先程からしきりに杯を手にしてゐた。禎輔の話をきいてるうちに、頭の中が変にこんぐらかつてきて、判断力を失ひさうな気がしたのである。

「人間の頭つて可笑しなものだ。」と禎輔は半ば皮肉な半ば苛立つた調子で云ひ出した。「思ひもかけない時に、思ひもかけない古いことが飛び出してきて、それがしつこく絡みつくのだからね。然し考へてみると、僕は昔の自分の罪から罰せられたやうなものさ。さうだ、その罪の罰なんだ。そして、君がお母さんの子だといふことがいけなかつたのだ。全く別の男なら、いくら達子と親しくしやうと、僕はあんな馬鹿げた考へを起しはしない。然し君は、君のお母さんの子だ。それがいけないのだ。」


昌作はその言葉を胸の真中に受けた。今にも何か恐ろしい気持になりさうだつた。然し彼はそれをぢつと抑へて、唇を嚙みしめた。すると、禎輔は突然荒々しい声で云つた。

「君は怒《おこ》らないのか。……怒つてみ給ひ。怒るのが当然だ。」

昌作は身を震はした。侮辱……といふだけでは足りない或る大きな打撃を、禎輔の全体から受けたのである。そして、自分が今にも何を仕出かすか分らない恐れを感じた。彼はぢつと、煖炉の瓦斯の火に眼を落して煙草を手にしてる禎輔の顔を、次にその眉の外れの小さな黒子《ほくろ》を見つめた。その時、禎輔は吸ひさしの煙草を床《ゆか》に放りつけて、眼を挙げた。その眼が一杯涙ぐんでゐた。昌作は息をつめた。

「佐伯君。」と禎輔は云つた、「僕が何で君にこんな話をしたか、その訳を云はう。普通なら、この話は僕達三人に悪い影響を与へさうだ。三人の間に或る気まづい垣根を拵へさうだ。然しそんなことは、僕と君とさへしつかりしてゐれば、何でもないことだ。或は却つてい、結果になるかも知れない。達子は少しも知らないんだからね。それで僕は、思ひ切つて君に打明けることにしたのだ。自分の心をさつぱりさしたい気もあつた。然し実は、人間の心に……魂に、過去のことが思ひもかけない時にどんな影響を与へてくるか、それを君に知らしたかつたのだ。あの盛岡の女の事件みたいな、単なる肉体上の事柄ぢやない。もつと深い心の上の問題だ。それを僕は君のために、あの……。」


禎輔は云ひかけたま、、変に考へ込んでその先を続けなかつた。昌作は或る不安な予感に慴えて、立上つて歩き出した。禎輔の調子が落付いてるだけに、それが猶更不安だつた。その上昌作は、もう可なり酔つてゐた。自分でも何だか分らない種々の幻が、頭の奥に入り乱れてゐた。それが歩毎にゆら〳〵揺めくのを、不思議さうに見守つてゐた。するうちに、彼はふと立止つた。禎輔の様子が急に変つたのを感じたのである。禎輔はきつぱりした調子で云つた。

「僕は君のことを考へたのだ。あの柳容堂の沢子と君とのことを。」

　昌作は殆んど自分の耳を信じかねた。

「君が恋《ラヴ》してるといふのはあの女のことだらう？」

「えゝ。」と昌作は口と眼とをうち開いたまゝ、機械的な答へをした。

「僕がそれを知つてるといふのが、君には不思議に思へるかも知れないが、実はごく平凡なことなんだ。少し注意してをれば、何でも分るものさ。会社の男で、君の顔を知つてる者がゐてね……君の方でも知つてるかも知れないが、名前は預つておかう。その男から僕は、柳容堂の二階へ君が度々行くといふことを、聞いてゐたのだ。そして、達子から君に恋人《ラヴァー》があるといふことを聞いた時、何故かそれを思ひ出して、実はすぐに彼処《あすこ》へ内々探りに行つたものさ。すると果してさうなんだ。……僕はこれで、秘密探偵の手先くらゐはやれる自信があるね。」

　それから彼は突然、非常に真面目な表情になつた。

「僕の頭にあの女のことが引掛つてたといふのには理由がある。あの女が彼処に出だして間もなく、今年の梅雨《つゆ》の前頃だつたらう、会社の或る若い男が――これも名前は預つておかう――あの女に夢中になつたものさ。僕も二三度引張つて行かれたが、あの女には確かに、プラトニックな恋《ラヴ》の相手には適してるらしいエクセントリックな所があるね。……そのうち二人の関係は可なり進んだらしく、一緒に物を食ひに歩いたこともあるさうだ。所が可笑しいぢやないか、愈々の場合になつて、あの女はその男をぽんとはねつけたものさ。何でも、私はやはり……、」

そして禎輔は、其処につゝ立てる昌作の顔をぢつと見つめた、

「やはり宮原さんを愛してゐます、といふやうなことでね。」

　昌作は立つてをれなくなつて、長椅子の上に倒れるやうに腰を下した。

「このことを君はどう思ふ？……僕は宮原といふ男とあの女との関係をよくは知らない。君はもうよく知つてるだらうが……何でも宮原といふ男は、子供のある妻君を追ん出してまでおいて、そのくせあの女と一緒にはならずに、而も往き来を続けてるといふぢやないか。二人の間には、常人には分らないよほど深い何かの関係があるものだと、僕は思ふよ。それからまた一方に、あの沢子といふ女は、胸の奥底は非常にしつかりしてゐながら、精神的に……或は無自覚的に、可なり淫蕩な……といふのが悪ければ、遊戯心の強い女だと、僕は思ふのだ。僕の会社の男が引つかゝつたのもそこだ。……それで、僕は君のために心配したのさ。君の方で次第に深入りしていつて、最後に、私はやはり宮原さんを愛してゐます、とやられたらどうする？……或はまたうまく君達が一緒になつたとした所で、あの女の心に宮原のことがいつ引つかゝつて来ないものでもない。手近

な例はこの僕自身だ。頭の隅に放り込んで殆んど忘れてゐた遠い昔のことが、ごく僅かな機会に、全く何でもない場合に、ふいに僕を囚へてしまつたぢやないか。ましてあの女と宮原とは、僕みたいな古い昔のことでもないし、そんななまやさしい関係でもない。心の奥まで、魂の底まで、深く根を下してる何かゞあると、僕は思ふのだ。……このことさへ君が分つてくれゝば、他のことはどうでもいゝ。僕と君のお母さんとの話なんかも、嘘だつたとしてもいゝさ。たゞ僕は君に、盛岡の二の舞をやつてくれるなと、老婆心かも知れないが、切に願ひたいのだ。こんど変なことになつたら、君の生活はもう二度と立て直ることはないだらう、といふ気が僕にはするのだ。」

昌作は咽び泣きが胸元へこみ上げてくるのを覚えた。身体中が震えた。そして叫んだ。

「さうです。此度躓いたら、私の生活はもう立て直りはしません。まるで暗闇です。何にも私を支持してくれるものはないのです。私はどうしていゝか分らなくなります。……此度躓いたら、もう何もかも駄目です。私自身は駄目になつてしまうんです。もう立上ることが出来ないかも知れません。もう今迄のやうなぐうたらな生活を続けることも出来ないし、働くことも出来ないかも知れません。全くめちやくちやになりさうです、此度躓いたら……。」

然し彼の心は別なことを感じてゐた。それは「此度躓いたら」ではなくて、「沢子を失つたら」であつた。彼はその時、沢子こそ自分の生活を照らしてくれる光であることを、ひしと感じたのだつた。生活を立て直すには、仕事を見出すことが第一であると禎輔は云つたが、また、何をやるかといふ方向を見出すことが第一であると俊彦は云つたが、それよりも実は、沢子こそ最も必要であることを、彼は感じたのだつた。沢子を失つたら、凡てが暗闇のうちに没し去るといふことを、感じたのだつた。――そして彼は突然涙に咽んで云つた。

「考へてみます。……よく考へてみます。」

禎輔は一寸肩を聳かした。昌作の言葉とその心との距りを少し気付き初めたかのやうに、彼の顔をぢつと見つめた。がその時昌作は、自分の心を曝すのが堪へ難くなつて、咄嗟に、殆んど滑稽なくらゐ突然に、卓子の方へ向き直りながら云つた。

「少し腹が空きましたから……。実は食事をしてゐなかつたのです。」

禎輔は呆気《あつけ》にとられてぼんやり眼を見張つたが、やがて機械的に立上つて云つた。

「つまらない嘘を云つたものだね。……だが、僕も実は碌に食事をしなかつたのだ。」

彼は冷たくなつた料理を退けて、新らしく料理を註文した。勿論葡萄酒も更に一瓶持つて来さした。二人は変に黙り込んで食事をした。食ふよりも飲む方が多かつた。

「君、今晩は酔つ払つて構はないから、沢山やり給ひ。」

そんなことを云ひながら禎輔は、急に昌作の眼の中を覗き込んだ。

「然し、思切つて恋をするのもいゝかも知れない。恋は若い者の特権だと誰かが云つてゐた。……だが、あの女のことは、なるべく早く達子へすつかり打明け給ひ。早く打明けなければいけないよ。」

何故？ と問ひ返さうと昌作は思つたが、口を開かない前にその思ひが消えてしまつた。彼は早く一人きりになりたかつた。一人きりになつて考へたかつた。何を考へていゝか分らなかつたが、頭の中に雑多な幻影が立ち罩めて、それが酔のために、非常に眼まぐるしく回転して、自分を駆り立てるがやうだつた。彼はむやみと葡萄酒を飲んだ。熱《ほて》つた額に瓦斯煖炉の火がかつときた。そして頭が麻痺していつた。本当に酔つてしまつた。禎輔も可なり酔つてゐた。話は当面の事柄を離れて、一般的な問題に及んでいつた。その問題は二人は論じ合つた。――昌作の頭には、自分が次のやうなことを云つた、といふ記憶しか残らなかつた。

――自分は盛岡で、フランス人の牧師に一年ばかり私淑してゐた。そしてその牧師から、自分が本当にクリスチャンにはなれないといふことを、明に指摘せられた。「イエス彼に曰《い》ひけるは主たる爾の神を試むべからずと録《しる》されたり。」けれども自分には、神を試みてからでなければ神を信じられなかつた。「誠《まこと》に実に爾曹《なんぢら》に告げん一粒の麦もし地に落ちて死なずば唯一つにて存《あ》らんもし死なば多くの実を結ぶべし。」けれど、自分は、自分自身のことしか考へてゐなかつた。「爾曹もし瞽《めしひ》ならば罪なかるべし然《さ》れど今われら見ゆと言ひしに因りて爾曹の罪は存《のこ》れり。」けれど自分は、さういふ罪を負つたパリサイ人になら甘んじてなりたかつた。そして今でも甘んじてなりたいと思つてゐる。……自分は人生の落伍者であり、人生に対する信念を失つてはゐるが、実はその信念を衷心から得たい。そしてそれを得ることは、先づ自分自身に対する信念を得てからでなければ、出来ないやうに思はれる。自分自身をつゝ立たせることが第一である……。

六

昌作は、夜中に、唸り声を出して眼を開いた、そしてまたうと〳〵とした。そんなことを何度か繰返した。朝の九時頃にまた、自分の唸り声にはつと我に返ると、此度は本当に眼を覚してしまつた。

何のために唸り声を出したか、それは彼自身にも分らなかつた。或る切端つまつた息苦しい考へ――どういふ考へだかは彼も覚えてゐない――のためだつたか、或は葡萄酒の酔のためだつたか、否恐らく両方だつたらう。頭の中がひどくこんぐらかつて、そして脳の表皮が石のやうに堅くなつて、そして恐ろしく頭痛がしてゐた。

彼は仕方なしに、顔を渋めて起き上つた。冷い水を頭にぶつかけておいて、かたばかりの朝食の箸を取り、丁寧に髯を剃り、乾いた頭髪へ丁寧に櫛を入れ、それから、やつて来た猫を膝に抱きながら、炬燵の中に蹲つて、ぼんやり考へ込んだ。室の中の空気が妙に底寒くて、戸外には薄く霧がかけてゐた。

彼は或る計画を立てるつもりだつた、もしくは、或る解決の途を定めるつもりだつた。——濃霧の中にでも鎖されたやうな自分自身を彼は感じた。九州行きの問題も、自然立消えのやうでゐて、実はまだ宙に浮いてゐた。片山禎輔の告白によつて、片山夫妻と自分との間に、新たな引掛りが出来てきさうだつた。宮原俊彦に対しても、このまゝでは済みさうにない何かゞ残つてゐた。そして沢子！　彼女一人が、それらのものゝ中に半身を没しながらも、俊彦との関係や禎輔の批評などを引きずりながらも、なほ高く光り輝いてゐるやうに、彼の眼には映ずるのだつた。そして、その沢子を得るには、どうしたらよいかを彼は考へた。慎重にやらなければいけない、とさう思つた。不思議にも、この慎重といふことが、今の場合彼には非常に大事だつた。もし軽卒なことをしたら、高く輝いてゐる沢子までが、いろんなごた〳〵したものゝ中に沈み込んでしまひさうだつた。さうしたら、自分自身がどうなるか分らない気がした。どんなことがあつても、沢子だけは高く自分の標的として掲げておきたかつた。——さういふ彼の気持を強めたのは、一つは亡き母のことだつた。彼は母に対して、一種敬虔な思慕の念を懐いてゐた。そして母と禎輔との関係については、別に憤慨の念は覚えなかつた。それを彼ははつきり考へたことはなかつたが、前から知つてるやうでもありまた知らないやうでもあつた。が何れにしても、それは遠い昔のことだつた。けれども彼は、今突然はつきりしてきたその事柄から、深い絶望に似た憂鬱と寂寥とを覚えた。母のことではなく、自分自身のことが、堪へ難いほど悲しく淋しかつた。沢子、お前だけはいつまでも僕のために輝いてゐてくれ！　そして彼は涙と焦燥とを同時に感じた。

——然し、慎重にしなければならなかつた。といつて、愚図々してもおれなかつた。彼はいろんな方法を考へた。片山達子に凡てを打明けてみやうか？……宮原俊彦にぶつかつていつてみやうか？……片山禎輔の力をかりることにしやうか？……沢子の前に身を投げ出してみやうか？……片山夫妻のどちらかを宮原俊彦に逢はしてみやうか？……其他種々？——然しどれもこれも、たゞ事柄を複雑にするばかりで、何の役にも立ちさうになかつた。一寸何かゞ齟齬すれば、凡てががら〳〵に壊れ去りさうだつた。一層ぶち壊してしまつたら？……然しその後で……？

立てるつもりの計画が少しも立たなかつたのは、彼の受動的な無気力な性質のせいでもあつたが、更になほ頭痛のせいだつた。二三日来の心の激動と前夜の馴れぬ葡萄酒の宿酔とのために、頭が恐ろしく硬《こは》ばつて痛んで、何一つはつきりと考へることが出来なかつた。頭脳の機関全体が調子を狂はして、ぱつたり止つて動かない部分と眩《めまぐ》るしく回転する部分とがあつた。それで彼は、前述のやうなことを、秩序立てゝ考へたのではなくて、一緒くたにまた断片的に考へたのだつた。凡てが夢のやうであると共に、部分々々が生《なま》のまゝ浮き上つて入乱れてゐた。

膝の上に眠つてしまつた猫を投り出して、それが、伸びをして欠伸《あくび》をして、没表情な顔で振返つて、またのつそり炬燵の上に這ひ上つてくるのを、彼はぼんやり見守りながら、いつまでも考へ込んだ。頭痛のために昼食もよく喉へ通らなかつた。戸外の霧がはれて、薄い西日が障子にさしてきてからも、彼はなほ身を動かさなかつた。

二時頃、柳容堂から電話がかゝつてきた。それでも彼の心はまだ夢想から醒めきらなかつた。ぼんやり電話口に立つと、沢子の声がした。

「あなた佐伯さん？……私沢子よ。……何してゐらつしやるの？」

「何にもしてゐない。」

「ぢやあ、一寸来て下さらない？　話があるから。今すぐに。」

「今すぐ？」

「えゝ。晩は他《ほか》に客があるとお話が出来ないから、今すぐ。お待ちして、よくつて？」

昌作は一寸考へてみた。がその時、彼は急に頭が澄み切つて、我知らず飛び上つた。沢子の許へ駆けつけてゆくといふ一筋の途が、はつきり見えてきた。彼は怒鳴るやうにして云つた。

「すぐに行くよ。」

そして沢子の返辞をも待たないで、彼は電話室から飛出して、大急ぎで出かけていつた。

けれど、柳容堂へ行くまでのうちに、訳の分らない恐れが彼の心のうちに萌した。何かに駆り立てられてるやうな自分自身を恐れたのか、或はこの大事な時にひどく頭がぼんやりしてるのを恐れたのか、或は一切を失ふかも知れないことを恐れたのか、或は一切を得るかも知れないことを恐れたのか、或は取り返しのつかないことになりはしないかを恐れたのか、何れとも分らなかつたが、多分それらの凡てだつたらう。恋してる女の所へ行くといふやうな喜びは、少しも感じられなかつた。そして彼は非常に陰惨な気持になり、次には捨鉢な気持になり、それから、何でも期待し得る胎《はら》を据えた而も暗い気持になつた。

彼を迎へた沢子は、何か気懸りなことがあるらしい妙に沈んだ様子だつた。

「あれから何をしてゐらして？」と彼女は尋ねた。

「いろんなことがあつたよ。」と答へて昌作は俄に云ひ直した。「が何にもしないで、ぼんやりしてゐた。例によつて猫の生活さ。」

「さう。ずつと家にゐらしたの。私あなたが昨日《きのふ》にでも来て下さるかと思つて、待つてたけれど、来て下さらないから、今日電話をかけたのよ。まあ……あなたは変な真蒼な顔をしてるわ。」

昌作はふいに拳《こぶし》で額を叩いた。

「少し頭痛がするだけだよ。感冒《かぜ》をひいたのかも知れない。

……強い酒を飲ましてくれない？　いろんなのを三四杯。ごつちやにやるんだ。感冒の神を追つ払ふんだから。」

「そんなことをして大丈夫？」

心配さうに覗き込む彼女を無理に促して、彼はいろんな色の酒を三四杯持つて来させ、煖炉の火を焚いて貰ひ、その前に肩をそばめて蹲つた。沢子も彼の横手に腰を下した。

「あなたは本当に家にぼんやりしてゐらしたの？」と彼女はまた尋ねた。

「さうさ。」

「あれからどんなことをお話なすつたの、宮原さんと？」

「あゝ、あの晩？」そして彼は沢子の顔をちらと見やつた。

「宮原さんの述懐を聞いたよ。」

「述懐つて？」

「君と宮原さんとの物語さ。」

沢子は少しも驚かなかつた。

「それから？」

「すぐに帰つて寝たよ。」

「いえ、その外に……。」

「何にも話しはしなかつた。もう遅かつたし、宮原さんの話が馬鹿に長かつたからね。そんなに話が出来るものか。」

「ぢやあほんとにそれきり？」

「可笑しいな。何がそんなに気にかゝるんだい。宮原さんには君が僕を紹介したんぢやないか。」

「でも、何か……むつかしい話をして、それであなたが苦しんでなさりはしないかと、たゞそんな気が私したものだから……」

「そりやあ、苦しんだかも知れないさ。」と不機嫌に云ひかけて、昌作はついむきになつた。「ほんとに苦しんだよ。いくら考へても分らないからね。」

「何が？」

「何がつて、僕にも分らないよ。何もかも分らなくなつてしまつた。何もかも駄目なんだ。もうどうなつたつていゝさ。」

そしてまだ云ひ続けようとしてゐるうちに、誠実とも云へるほどの沢子の眼付に彼はぶつかつた。変に気が挫けて、先が続けられなかつた。そして暫く黙つてた後に、馬鹿々々しい――その実真剣な――一つのことが頭に引つかゝつてきた。彼は云つた。

「僕はいくら考へても分らない。話を聞いても分らない、まるで謎みたいな気がするが……実際僕には謎のやうに思へるのだ。」

「どんな謎？」

「宮原さんと君との関係さ。」

「あらいやよ、関係だなんて。たゞのお友達……先生と……お弟子といつたやうな間ぢやありませんか。」

「今ぢやないよ。あの時……宮原さんが奥さんと別れた時に……。」

「だつて、宮原さんには二人もお子さんがおありなすつたでせう。」

「それだけの理由で？」

「えゝ、たゞそれだけよ。」

　が彼女はその時ふいに、耳まで真赤になつた。昌作は驚いてその顔を見つめた。けれど次の瞬間には、彼女はまた元の清澄な平静さに返つてゐた。彼は恥しくなつた。そして泣きたいやうな気持になつた。

「もうそんな話は止さう。」と彼は呟いた。

「えゝ、何か面白い話をしませうよ。……さう、私春子さんを呼んでくるわ。私ね、あの人に何もかも話すことにしてるの。あの人と宮原さんが、私の一番親しいお友達よ。……そりやあ気の毒なほんとにいゝ人なのよ。」

　さう云ひながら彼女は立上つた。昌作はぼんやりその後姿を見送つた。極めて善良らしくはあるがまた可なり鈍感らしい春子と、どうして沢子がさう親しくしてるのか、昌作には不思議な気がした。二人は全く似つかはしくなかつた。同じ家に二人きりで働いてるといふことゝ、春子が殆んど一人でその喫茶部全体の責任を負はせられてるといふことだけでは、二人が親密になる理由とはならなかつた。強ひて云へば、表面何処か呑気な楽天的な所だけが相通じてゐたけれど、それも春子のはその善良さから来たものらしいのに、沢子のはその理知から来たものらしかつた。——昌作は、やがて奥から沢子と一緒に出て来た春子の、一寸見では年配の分らない、薄く雀斑《そばかす》のある、にこ〳〵した顔を、不思議さうに見守つた。

「佐伯さん、お感冒《かぜ》ですつて？」

　眼の縁で微笑しながら春子はそんなことを云つた。

「えゝ、少し。」

「それぢや、お酒よりも、大根《だいこ》おろしに熱いお湯をかけて飲むと、ぢきに癒りますよ。」

　昌作が黙つてるので、沢子が横から口を出した。

「ほんとかしら？」

「えゝほんとですよ。寝しなにお茶碗一杯飲んでおくと、翌朝はけろりとしてゝよ。」

「あなた飲んだことがあつて？」

「えゝ。感冒をひくといつも飲むんですの。でも、利くことも利かないこともあつて……それは何かの加減でせうよ。」

　さう云つて春子は、眼の隅に小皺を寄せて、如何にも気の善《よ》さゝうに笑つた。

「ぢやあ何にもならないわ。私葡萄酒をお燗して飲むといゝつて聞いたけれど、それと同じことだわ。」

　それから二人の話は、宛も暫く振りで逢つた間柄かのやうに、天気のことや、風のことや、頭の禿のことや、紅葉のことなど、平凡な事柄の上を飛び廻つた。昌作は自分自身を何処かに置き忘れたやうな気持で、黙り込んでぼんやり聞き流してゐたが、二人の滑かな会話がいつしか心のうちに沁み込んで、しみ〴〵

とした薄ら明るい夢心地になつた。そして強烈な洋酒の杯をちびり〳〵なめてゐるうちに、心の底に、薄ら明りのなかに、或る影像が浮き上つてきた。その意外な不思議な幻想に自ら気付いたら、彼は喫驚して飛び上つたかも知れないが、然しその時その幻想は、彼の気持にとつては如何にも自然なものだつた。

——彼は、最後の病気をする少し前の母の姿を思ひ浮べた。狭い額に少し曇りがあつて、束髪の毛並が妙に薄く見えるけれど、ふつくらした皮膚のこまやかな頬や、少し歯並の悪い真白な上歯が、いつも濡ひのありさうな唇からちら〳〵覗いてる所や、柔かにくゝれてる二重頤や、厚みと重みとのある胸部などは、三十四五歳の年配とは思へないほど若々しかつた——と共に、三十四五歳の豊満な肉体を示してゐた。彼女はいつも非常に無口で、そして大変やさしかつた。ぢつと落付いてゐて、愁はしげに——でも陰気でないくらいの程度に、何かを思ひ沈んでゐた。そのくせ女中や他人なんかに対しては、極めてきぱきしてゐて、型で押すように用件を片附けていつた。家の中を綺麗に掃除することが好きで、朝晩は必ず仏壇に線香を焚いた。そして長い間その前に坐つてゐた。ごく小さな仏壇には、さゝやかな仏具と共に、古い位牌が三つ四つ並んでる中に、少し前方に、新らしい粗末なのが一つあつた。彼はその位牌の文字が気になつて、ぢつと覗き込んだが、どうしても分らなかつた。そのうちに、何処からだかぼーつと光がさしてきて、文字が仄かに見えてきた。木和田五重五郎と誌してあつた。彼はその名前に見覚えがあるやうな気がしたが、どうしてもはつきり思ひ出さなかつた。母は悲しい眼付をして、なほぢつと坐つてゐた。黄色つぽい薄ら明りがその全身を包んでゐた。けれど、今にも次第に暗くなつてきさうだつた。眼に見えるやうにぢり〳〵と秋の日脚が傾いていつた。冷々とした風が少し吹いて、さら〳〵と草の葉のそよぐ音がした。木和田五重五郎の位牌が、野中の十字架のやうに思はれた。雑草の中に一つぽつりと、灰白色の円いものが見えた。野晒しの髑髏だつた。その上を冷い風が掠めていつた。彼は堪らなく淋しい気持になつて、知らず識らず口の中で繰返した。——野ざらしを心に風のしむ身かな——。それをいくら止めようとしても、やはり機械的に繰返されるのだつた。一生懸命に止めようと努力すると、気が遠くなつて野原の真中に倒れた。胸がまるで空洞になつて、風がさつ〳〵と吹き過ぎた。自分の魂が髑髏のやうになつて、胸の中に……野の中に転つてゐた。晩秋の日はずん〳〵傾いていつた。大きな影が道に落ちてきた。風が止んで非常に静かになつた。

彼は立ち上つてまた歩きだした。胸がどき〳〵して、頭がかつと熱《ほて》つてゐた。眼が眩むやうだつた。細目に見開いてみると、すぐ前を厚い白壁が遮つてゐた。長年の風雨に曝されて、薄黒い汚点《しみ》が這ひ廻つてる、汚い剝げかゝつた壁だつた。その上を夕暮の影が蔽つてゐた。影の此方に四角な窓硝子があつて、ぼんやり人影が写つてゐた。それが堪らなく淋しかつた。彼は眼を外らした。表に面した窓から、小さな銀杏の並木の梢が見えてゐて、散り残つた黄色い葉が五六枚、街路の物音に震えてゐた。

彼が気がついてみると、沢子と春子とは、先程から話を途切らして、彼の顔をぢつと見てたらしかつた。彼は何だか顔が挙げられなくて、首垂れながら太く溜息をついた。

「熱でもおありなさるんぢやないの？」と春子が云つた。

彼は無意識に手を額へやつてみた。額が熱くなつて汗ばんでるのを感じた。

「なに、煖炉の火気を少し受けすぎたんだらう。何でもないよ。」

「でも変に苦しさうなお顔でしたよ。」

「へえ……実は一寸夢をみたものだから。」

「夢？」

「と云つて悪ければ……いややはり夢だよ。」

「おかしいですわね、眼をあいて、夢をみるなんて。」

「白日夢つてね。」

「あら……ひどいわ。人が本気で心配してるのに冗談なんか云つて。」

然し彼は、まだ先刻の幻想から本当には醒めきれないでゐた。春子と言葉を遣り取りしてるのまでが、何だか変に上の空だつた。けれど、彼はその時ぴたりと口を噤んでしまつた。沢子の鋭い眼付に出逢つたのだつた。彼女の眼には、彼が今迄嘗つて見たことのないほどの鋭い現実的な――彼には何故となく現実的と感じられた――色が浮んでゐた。

「余りこんな強いお酒を飲むからよ。」と彼女は云つた。「お水《ひや》を持つてきてあげませうか。」

昌作は彼女の眼を見返して、彼女がごまかしを云つてることをはつきり感じた。うつかり返辞が出来ない気がした。沢子は彼の顔をぢつと見てゐたが、やがて突然叫んだ。

「やつぱりさうよ。あなたは何かを苦しんでゐらしたに違ひないわ。宮原さんの仰言つた通りよ。」

「宮原さん……。」と昌作は云つた。

「えゝ、宮原さんはあなたが苦しんでゐらつしやるかも知れないつて……。」

彼女は云ひさして唇をかんだ。そして暫く空を見つめてゐたが、ふいに立上つた。

「私あなたにお見せするわ。」

彼女が奥に引込んで行く姿と昌作の顔とを、春子は不思議さうに見比べてゐたが、ふいに奥深い笑みを眼の底に漂はした。

「大丈夫ですよ。心配なさらなくても……。」

そんなことを云ひ捨てゝ、彼女は奥へ立つていつた。

沢子はなかなか出て来なかつた。昌作は待ちあぐんで苛ら〳〵してると、漸く沢子はやつて来た。そして一枚の葉書を彼へ差出した。

「今朝、宮原さんから来たのよ。読んでごらんなさい。」

昌作は受取つて読んだ。

御手紙拝見。またそんなむちやなことを云つたつて駄目ですよ。もう少し待たなくては。それから、佐伯君とは快く話が出来て、僕も嬉しい気がします。たゞ、変な工合になつて、誰にも話さなかつたことを、僕達の昔のことを、すつかり話してしまひましたが、後で考へると、少し早すぎたやうに思はれます。佐伯君のうちには、まだあなたが本当に知つてゐないものがあるやうです。或は、後で何か苦しんでゐるかも知れません。逢つたら慰めて上げて下さい。

何れまた。


昌作はそれを二度繰返して読んだ。眼の中に熱い涙がにぢんでくると同時に、また反対に、呪はしい憤りが湧き上つてきた。彼は葉書の表までよく見調べてから云つた。

「君はこれを、僕に見せるために、わざ〳〵持つて来たの？」

その泣くやうなまた詰問するやうな調子に、沢子は一寸眼を見張つたが、静に答へた。

「いゝえ。お午前《ひるまへ》に受取つたんだけれど、何だかよく分らないから、なほ読みながら考へようと思つて、持つて来たのよ。」

昌作はなほ云ひ進んだ。

「君は一体僕を宮原さんに逢はして、どうするつもりだつたんだい？」

沢子は暫く黙つてゐたが、もう我慢出来ないかのやうに云ひ出した。

「あなたそんな風に取つたの？ 私、そんな気持ぢやちつともなかつたのよ。……あんまりひどいわ。私あなたのことをいろ〳〵考へてみたの。考へると何だか悲しくなつて……」そして彼女は眼を濡ました。「自分でもなぜだか分らないけれど、たゞ変に悲しくなつて……こんな風に云つたからつて怒らないで頂戴……どうしたらいゝかといろ〳〵考へて、そしてふと宮原さんのことを思ひついたのよ。宮原さんは、そりやしつかりした真面目な方なんですもの。私どれくらゐ力をつけて貰つてるか分らないわ。よくめちやを云ふつて叱られるけれど、叱られて初めて、自分が軽卒だつたことに気がつくのよ。私何だか、あの方はいつも深いことばかり考へてゐらして、一目で心の底まで見抜いておしまひなさるやうな気がするの。そして大きい力を持つてゐらつしやるやうな気がするの。さうぢやないかしら？ 私一人そんな気がするのかしら？……いえ、確かにさうよ。それで私、あなたも宮原さんにお逢ひなすつたら、屹度いゝだらうと思つたの。そして私達三人でお友達になる……さう考へると非常に嬉しくつて、もう一日も待つてをれなかつたの。私宮原さんにいつも、無鉄砲で一人勝手だと云はれるけれど、自分ではよく考へてるつもりなのよ。私ほんとに悲しかつたんですもの……いろんなことを考へて。それが、三人でお友達になつたら、みんなよくなるやうな気がしたの。それをあなたは……。」

彼女は一杯涙ぐんでゐた。それが宛も小娘みたいだつた。昌作は心のやり場に迷つた。迷つてるうちに、いつしか自分も涙ぐんでしまつた。

「だつて、三人で友達になつてどうするんだらう？」

「私それが嬉しいわ。」

「然し三人の友達といふのは……一寸何かゞあればすぐ壊れ易いものだよ。……君達だつて、宮原さん夫婦と君と、躓いたぢやないか。」

「あれは私達が悪いのよ。」

「悪いつて？」

「だつて私達は……一寸でも……愛し合ふ気になつたんですもの。愛し合ふ気になつたのが悪いのよ。」

「愛し合ふ気になつたのが？」

「えゝ。」

不思議なことには、眼に涙をためて右の会話をしてる間、沢子は勿論春子までが、まるで十五六歳の子供のやうな心地になつてゐたのである。所が、ふと言葉が途切れて、互に顔を見合つた時、あたりの空気が一変した。昌作はそれをはつきり感じた。自分の眼付が情熱に燃え立つてくるのを覚えた。沢子は少し身を退いて、薄い毳《むくげ》のありさうな脹れた唇を歪み加減に引結んで、下歯の先できつと噛みしめてゐた。

昌作は堪へ難い気持になつた。顔が赤くなつた。眼を外らして首垂れると、ひどく頭痛を感じ出した。眼の前が真暗になりさうだつた。ふら〳〵と立上つて、室の中を少し歩いた。

「火に当りすぎたせいか、ひどく頭痛がするから、此処で少し休ましてくれ給へ。」

さう云つて彼は、向ふの隅の卓子に行つて坐つた。そして、沢子が持つて来てくれた外套を着て、その襟を立て帽子を目深に被つて、暮れてしまつた戸外の闇と明るい電燈の光とを、重苦しい眼でちらと見やつてから、卓子の上に組んだ両の前腕に頭をもたせた。凡てが駄目だ！ といふ気がした。沢子が暫く傍につゝ立つてゐたのを、それからやがて、彼女が水を持つてきてくれたのを、彼は夢のやうに感じながら、暗い絶望の底に沈んでゆく自分自身を見守つてゐた。――そして実は、昌作はその時嫌な酔ひ方をしてゐた。頭にまるで弾力がなくなつて、脳の表皮だけが堅く張りきつて、薄いセルロイドの膜かなんぞのやうに、びーん〳〵と音を立てゝ痛んでゐた。それが半ばは彼の暗い絶望を助長してゐた。

けれどその絶望の底まで達すると、彼の心はわりに落付いた。窓硝子にちら〳〵する街路の光や、その硝子越しに聞ゆる電車の響きなどは、いつしか彼を夢のうちにでもあるやうな心地になした。彼はうつとりと――而も何処か苛ら〳〵と思ひに沈んだ。自分が此処にかうしてつゝ伏してることが、遠い記憶の中にあるやうだつた。それを見守つてるうちに、疲労と酔ひと頭痛――遠い大きな頭痛とに圧倒されていつた。一切のことが茫と霞んでいつた。そして彼はぐつすり――殆んど安眠と云つてもよいほどに、眠つてしまつたのである。

数時間がたつた……。

遠い所で、調子のよい澄んだ声と、少し濁りのある調子外れの声とが、一緒に歌をうたつてゐる。——

山田《やーまだ》のなーかの一本足《あち》の案山子《かがち》
天気《てーんき》のよいのに蓑笠《みのかちゃ》つけて
朝《あーちゃ》から晩《ばーん》までたーだ立ち通ち
歩《あーる》けなーいのか山田の案山子《かがち》

………………

歌が止むと、何かに遮られたやうな低い話がする。

——駄目よあなたは、調子つ外《ぱづ》れだから。

——えゝ、私は何をやつても調子外れだけれど……だつて、かゞちなんて云へやしないわ。

——三つと六つのお子さんだから、さう云はなくちやいけないわ。

——六つでまだ片言《かたこと》を仰言るの？

——えゝまだ。いつぽんあち、かゝゝ、かゞち、なのよ。それに、宮原さんまで片言《かたこと》で一緒に歌つてゐらつしやるから、そりや可笑しいのよ。

昌作は、宮原といふ言葉に注意を惹かれるはづみに、はつと眼を覚した。上半身を起して振向くと、向ふの煖炉の側に、珈琲碗や菓子皿が幾つも取散らされたまゝの卓子に、沢子と春子とが坐つてゐた。二人は昌作が起上つたのを見て、ぷつりと話を止めてしまつた。それがまた、何か云つてならないことを云つたといふ様子だつた。昌作はぞつと寒けを感じた——その沈黙と一種妙な探り合ひの気配《けはい》とから。彼は深く眉根を寄せたが、それを押し隠すやうに伸びをして、黙つて煖炉の方へ立つていつた。

「ほんとによく眠つていらしたわね。」と春子が云つた。

「えゝ、たべ酔つてね……。」

その言葉に彼は自ら不快になつた。卓子の上の皿類を見廻しながら云つた。

「僕の知つた人が来やしなかつたのかい？」

「さあ……いゝえ誰も。幾人もいらしたけれど、滅多に見ない人達ばかり……ねえ。」と彼女は沢子の方を見た。

「えゝ。」と沢子は首肯《うなづ》いた。

「そんなに沢山客があつたの？」

「沢山といふほどぢやないけれど……今もね、お児さん連れの方《かた》がいらしたんですよ。」そして春子は慌てたやうにつけ加へた。「ご気分は？……少しはよくおなりなすつて？」

「えゝ、ぐつすりねたものだから……。」

その時彼は時計を仰いで喫驚した。九時近くを指してゐた。

二人が皿類を取片付けて奥へはいつて行つた間、昌作はぢつと煖炉の前に屈み込んだ。それは、或る家《うち》では最も客が込むけれど、或る家では妙に客足が途絶えることのある、一寸合間の時間だつた。そして柳容堂の二階は、後の部類に属してゐて、今が丁度さういふ時間に在つた。昌作はそれをよく知つてゐた。やがていろんな——恐らく自分の見覚ある——客がやつて来て、自分は此処から帰つて行かなければならない、と彼は感じた。もしくはぢつと我慢してゐて、沢子の帰りを待つ……然し彼はどんなことがあつても、さういふ卑しいことをしたくなかつた。それはたゞ沢子から軽蔑される——また自分で自分を軽蔑する——ばかりのことだとはつきり感じた。今だ！　といふ気がした。

　何が今だかは、彼にもはつきりしてゐなかつたが、彼はその日の初めから、変に調子の狂つてる自分自身を、頭痛のせいも手伝つて、どうにかしなければ堪へられなかつた。一方は暗い淵で一方は明るい天だ、といふ気がした。その中間に立つてる力が、もう無くなりかけてゐた。心がめちや〱になりさうだつた。——そして彼の決心を更に強めたのは、先刻夢のやうに聞いた歌だつた。その歌が変な風に頭へ絡みついてきて、静かながらんとした白い室の中で、自分の運命を予言する不吉な悪夢のやうな形になつた。

　長くたつて——と彼は感じたが、実は暫くたつて、沢子が奥から出て来た時、彼はすぐその方へ振向いた。沢子はぢつと彼の顔を見て、其処に立止つた。瞬間に彼は、殆んど閃めきのやうに、宮原俊彦の言葉を思ひ出した——僕の天は澄み切つてゐると共に変に憂鬱です。それが、全く沢子の立姿そのまゝだつた。彼は唇をかみしめながら、彼女の白々とした広い額を眺めた。

「沢ちやん、僕は君に話があるんだが……。」

と彼は云つた。

「なあに？」

　落付いた声で答へて彼女は寄つて来た。

　どう云ひ出していゝか迷つてるうちに、彼の頭へ、別な——もつと重大な事柄が引つかゝつてきた。彼は口籠りながら云つた。

「僕は真面目に、真剣に聞くんだが……それが僕に必要なんだよ……はつきり分ることが……本当のことを云つてくれない？君と宮原さんと、どうして結婚しなかつたかといふ訳を。」

　沢子は彼の真剣な語気に打たれたかのやうに、顔を伏せて暫く黙つてゐたが、やがてきつぱり云つた。

「宮原さんに二人もお子さんがあるから。」

「それは先刻《さつき》聞いたが、それだけのことで？」

　沢子はまた暫く黙つてゐたが、ふいに椅子へ腰を下して、ゆつくり云ひ出した。

「えゝ、それだけよ。他《ほか》に何にもありやしないわ。宮原さんはかう仰言つたの、私には二人も子供がある、私の生活はもう固まつてしまつてる、けれど、あなたは若い、自由な広い生涯が前に開けてゐる、そのあなたを、私の固まつてる生活の中に入れるには忍びない、忍びないだけぢやなくて、出来ないのだ……そして……まだあつたけれど、私よく覚えてゐない。」彼女の言葉は次第に早くなつていつた。「えゝ、さうよ、まだいろんなことを仰言つたけれど……私はもう固まつた生活を守つてゆけるとか、あなたは一つの型の中にはいるのは嘘だとか……そんなことを……私よく覚えてゐないけれど、それを私、幾日も考へ通したのよ。そして宮原さんの仰言ることが本当だと感じたの。理窟ぢや分らないけれど、たゞさう胸の底に感じたの。そしてどんなに泣いたか知れないわ。私本当は、宮原さんを愛してたの。宮原さんも私を愛して下すつたの。愛してるから一緒になれないんだつて……。私が泣くと、沢山泣く方がいゝつて……。それで私、泣いて泣いて泣いてやつたわ。自分でどうしていゝか分らないんですもの。そして構ふことはないから捨鉢になつたのよ。自由に飛び廻つてやれつて気になつて。けれど、宮原さんがゐらつしやることは、私にとつては力だつたわ。私一生懸命に勉強するつもりになつたのよ。」

「それぢややはり、心から愛してゐたんだね。」

「えゝ、心から愛してゐたわ。宮原さんも心から私を愛して下すつたの。」

「では結婚するのが本当だつたんだ。結婚したからつて、君が全く縛られるわけぢやないんだから。」

「縛られやしないけれど、私は、もつと自由にしてゐなけりやいけないんですつて。大きな二人の子供の世話なんか私には出来やしないんですつて……。私の世界は宮原さんの世界と違ふんですつて……。だから、愛し合ふだけで充分だつたのよ。」

「そのうちに年を取つてしまうぢやないか。」

「えゝ、年を取つてしまうわ。それまでの間のつもりだつたわ。」

「年を取つてからは?」

「年を取つてからは……結婚するつもりだつたのよ。それが本当だわ。もつともつと、いろんなことをしてから、勉強をしてから、そして世の中に……何だかよく分らないけれど、私が落付いてから……とさう思つたのよ。」

その時、二人は突然口を噤んでしまつた。そして驚いたやうに眼を見合つた。はつきりしてきた。過去として話してゐたことが、実は現在のことだつたのである。昌作は彼女の眼の中にそれを明かに読み取つた。彼女は顔の色を変へた。物に慴えたやうになつて、冷いと云へるほどにぢつと動かなかつた。そしてふいに、卓子の上につゝ伏して身体中を震はした。

昌作は息をつめてゐたが、ほつと吐息をすると共に、一時にあらゆる気分が弛んでしまつた。彼は云つた。

「君は僕の心を知つてゐたぢやないか。」

聞えたのか聞えないのか、やはり肩を震はしてばかりゐる彼女の姿を、彼はぢつと見やりながら、一語々々に力をいれて、出来るだけ簡単にといふ気持で云ひ続けた。

「僕の心を知つてゐて、それで……。然し僕は君を咎めはしない。君はそれほど真直なんだから。……けれど、少くとも僕のことを誤解しないでくれ給へ。あの……何とか云ふ会社員……

僕は片山さんから聞いたのだ……あんなあやふやなんぢやなかつたのだ。僕には君が必要だつたのだ。九州行きの問題が起つてから……その後で……気付いたんだが、僕に必要なのは、仕事でも、また、何をやるかつていふ方針でも、そんなものぢやなかつた。君が必要だつた。君ばかりだつた。僕は自分の生活を立て直す心棒に、君が必要だつた。こんなのは、本当の愛し方ぢやないかも知れないが、然し、君がなければ、僕の世界は真暗になつてしまうのだつた。友達……そんなではない……君の全部がほしかつたのだ。君は愛する気になるのが悪いと云つたけれど、愛せずにはゐられなかつたのだ。然しもう……。」

彼は終りまで云へなかつた。彼にとつては、もう凡てが言葉通りに……であつたといふ感じだつた。まだ何かを待ち望んではゐたけれど、それは全く空想に過ぎないことを、彼自らもよく知つてゐた。……すると突然、沢子は顔を挙げた。

「私にも分つてゐたけれど……他《ほか》に仕様がなかつたんですもの……宮原さんが……もし宮原さんがなかつたら、どうなるか自分にもよくは……。」

彼女は息苦しさうに顔を歪めてゐた。

「宮原さんがなかつたら……。」と昌作は繰返した。

「自分でも分らないの。」

その時、彼女の引歪めた顔と、白々とした冷い額と、遠くを見つめた惑はしい眼付とを、昌作は絶望の気持で見ながら、頭の中に怪しい閃めきが起つた。宮原が居なかつたら！……彼は自分で驚いて飛び上つた。沢子も何かに喫驚したやうに立上つた。そして彼を恐ろしい勢で見つめた。彼は眼がくら〳〵としてきて、また椅子に身を落した。

そのまゝ二人は黙り込んでしまつた。やがて沢子も腰を下して、煖炉の火に見入つた。その冷い彫刻のやうな顔を火先がちら〳〵輝らしてるのを、昌作はぢろりと見やつたゞけで、再び視線を火の方へ落した。

そして二人は、黙り込んだまゝ、夜通しでも動かなかつたかも知れない。けれど、それから十四五分たつた頃、階段に二三の人の足音がした。昌作は自分でも不思議なほど喫驚して、狼狽して、俄に立上つて、卓子の上にある外套と帽子とを取つた。そして、勘定を払ふのさへ忘れて逃げ出した。

沢子は機械的に立上つて、其処に釘付にされたやうになつて、彼の後ろから云つた。

「佐伯さん、また明日《あした》にでも来て下さらない？　私、まだ云ふことがあるから。」

「来るよ。」

さう彼は答へたが、自分にも言葉の意味が分つてゐなかつた。そして彼は階段の上部で、三人の客の側を、顔をそむけて駆けるやうに通りぬけた。

薄く霧がかけてゐて、それでゐながら妙に空気が透き通つたやうに思へる、静かな寒い晩だつた。昌作は夢遊病者のやうに、長い間歩き廻つた。彼は薄暗い通りを選んで歩いた。人に出逢ふと、何かを恐れるもの、やうに顔を外向けた。古道具屋などの店先に、古い刃物類があるのを見ると、一寸立止つたが、またすた〳〵と歩き出した。そして、初め彼は宮原俊彦の家と反対の方へ行くつもりだつたが、途々もさうするつもりだつたが、いつのまにか俊彦の家のある町まで来てしまつた。

　実は、彼が沢子と向ひ合つて、「宮原さんがゐなかつたら……」といふ件《くだり》の会話を交はして、彼女の惑はしい眼付を見た瞬間、彼の頭はまるで夢の中でのやうに迅速な働きをしたのだつた。最初に、もう到底沢子は自分のものではない、如何なる事情の変化があらうとも、彼女の心は自分の有にはならない、といふことを彼は知つた。次に、自分の生活が暗闇になつて、もう何にも拠り所がなく、再び立て直ることがない、といふことを彼は感じた。次に、もし宮原俊彦さへ居なかつたら……！といふこと――彼女の「ない」といふ言葉を「存在しない」といふ言葉に変へた意味、それが、暗い絶望の底から、一条の怪しい光となつて、彼の頭にさしてきた。そしてこの第三のことが、彼の胸深くに根を張つたのだつた。それがまた偶然の事情によつて助けられた。彼はこれまで宮原俊彦の住所を知らなかつた。所がその晩、沢子へ宛てた葉書を表までもよく見調べてるうちに、其処に書かれてる町名――番地は誌してなかつた――が、いつしか彼の頭に残つたとみへて、後でぽかりと記憶に浮んできたのだつた。――然し彼は、別に殺意……もしくは敵意を、はつきり懐いたのではなかつた。一方には、却つて反対に、絶望に陥つた瞬間、彼は或る広々とした――真暗ではあるが広々とした――境地へ、自分が突然投げ出されたのを感じた。真暗ではあるが、暗いなりに静まり返つて落付いてゐた。黙り込んで煖炉の火を見てた時、彼はさういふ自分自身を見守つてゐたのだつた。――以上の二つのことが、彼を力強く支配してゐた。彼は宮原俊彦の住んでる町と反対の方向へ行くつもりでありながら、知らず識らずその町へ来てしまつたのである。

　来てしまつて、その町名を眼にとめると、彼は慴えたやうに立止つた。一切のことが――前述のやうなことが、初めて彼の頭にはつきり映つた。その瞬間に、云ひやうのない感情が彼の胸から湧き上つた。宮原俊彦に対して、今迄の敵意と同じ強さで、情愛……思慕に等しい友情が、高まつてきた。その同じ強さの敵意と友情とが、不思議にも二つながら、彼を俊彦の家へ引張つてゆかうとした。俊彦の家を探しあて、、その胸を刺すかもしくはその前に跪くか、何れかに彼を引きずり落さうとした。然し彼は何故か、それを非常に恐れた。行つてはいけないと自ら叫んだ。……彼は足を踏み出すことも、足を返すことも、二つながら為し得なかつた。

　宛も何かに憑かれたかのやうに、彼は暫く惘然と佇んでゐたが、やがてふら〳〵と前へ進みだした。そして数十歩行くと、眼の前が真暗になつた。堪へ難い頭痛がして、額がかつと熱《ほて》つて、胸が高く動悸して、足に力がなかつた。彼は立つてをれなくて、其処に屈んだ。傍の高い物に半身をもたせてるうちに、気が遠くなるのを覚えた……。

それは約二十分ばかりの間だつたが、昌作は非常に長い時間だつたやうに感じた。気がついてみると、四五人の人影が四五歩先に立つて見てゐた。自分は通りの少し引込んだ所にある墨塗の埃箱にもたれてゐた。締りのしてあるらしい裏口の戸と、傍の竹垣の上から覗いてる篠竹の粗らな葉とが、彼の眼にとまつた。彼は喫驚して立上つた。一寸見当を定めておいて歩き出した。後ろの四五人の人影が何か囁き合つてるらしい気配《けはい》がした。彼は振向いて、まるで影絵のやうなその人影をちらと見た。それが妙に彼の心を広々と――そして切《せつ》なくさした。彼はふと口の中で歌ひだした。

山田《やーまだ》のなーかの一本足の案山子

………………

それから先がどうしても思ひ出せなかつた。無性に悲しくなつた。明るい通りまで走り出して、少し行つて、俥に乗つた。処を聞かれると、半ば無意識的に片山夫妻の住所を告げてしまつた。――自分は一思ひに九州の炭坑へ行つてしまはう、真暗な坑《あな》のなかへ。自分にとつては働くことだけが必要なのだ――さう彼は心のうちで叫んだ。そして、それは根の浅い気持で、一寸事情が変化すればすぐ崩壊しさうなことを、彼は感じたけれど、また一方に、それが自分にとつては本当の一筋の途であることをも、彼は感じた。

彼は後の方の感じを壊すまいと、ぢつと胸に懐いて、何ともいへない真暗な而も底深い気持になつた。そして、首垂れながら涙を落した。

片山夫妻は幸にまだ起きてゐた。彼がはいつて来た姿を、頭から足先までぢろ〱見廻した。

「佐伯さん、まああなたは……!」

達子にさう云はれて初めて、自分が真蒼な顔をして泥に汚れてることを、彼は知つた。そして、つゝ立つたまゝ云つた。

「私はやはり九州の炭坑へ行くことにきめました。坑《あな》の中へはいつてゞも働きます。」

禎輔が喫驚して、惘然と眼と口とをうち開いたのに、昌作は気付かなかつた。彼は不覚にもまた涙をこぼしながら、熱い額を押へて其処に坐つた。

（「中央公論」大正12年1月号）

青銅の基督

「一名南蛮鋳物師の死」

長与善郎

一

父秀忠と祖父家康の素志を継いで、一つにはまだ徳川の天下が織田や豊臣のやうに栄枯盛衰の例に洩れず、一時的で三代目あたりからそろ〳〵くずれ出すのではないかと云ふ諸侯の肝を冷やす為めに、又自分自らも内心実はその危惧を少からず感じてゐた処から、さし当り切支丹を鎗玉に挙げて、凡そ残虐の限りを尽した家光が死んで家綱が四代将軍となつてゐた頃の事である。

実際、無抵抗な切支丹は、所謂柔剛その宜しきを得て、齢に似合はずパキ〳〵と英明振りを発揮して、早くも「明君」と云はれた家光が、一方「国是に合はぬ」事は何処迄も厳酷に懲罰して苛責する処がないと云ふ「恐ろしさ」を諸侯に示すには得易からざる無難な好材料であつた。「何と云つてもまだあの青二才で」と高を括つて見てゐるらしく思はれた諸侯達を就職のとつ始めに度胆を抜いてくれやうと思つてゐた若将軍の切支丹に対する処置の酷烈さと、その詮索し方の凄まじい周到さとはたしかに「あはよくば又頭を擡げる時機も」と思つてゐた諸侯の心事を脅し、その野望を断念せしめて行くには効き目は著しかつた。奥羽きつての勢力家で、小心で、大の野心家であつた伊達政宗さへ、此年少気鋭な三代将軍の承職に当つて江戸に上つた際、五十人の切支丹の首が鈴ケ森で刎ねられるのを眼のあたり見て、その耶蘇教に対する態度をガラリと変へた程であつた。

かくて何でもかんでも徳川の基礎を万代に固める事が自家一代の使命であると心得てゐた家光は、諸侯と直接刃を交へて圧迫するやうなまづい手段に依らずに、諸侯がとも角も同意しない訳に行かぬ理由と名義の下に、此日本の神を否定し仏を否定し、国法を無視し、羊のやうな柔和な顔をして、其実国土侵略の目的を腹に持つてゐる狼の群を鏖殺しにする事に依つて、間接に徳川の威勢を天下に示し、同時に自分の威力の反照を眼のあたり見る事が出来る事を此上なく面白がり、喜んだ。何となく気味のわるかつた姻戚の伊達政宗迄が思いがけない奥羽での切支丹迫害の報告書を奉つた時、彼は自分がもうそれ程迄におそれられてゐるのかと云ふ得意の為めに、まだどこか子供々々した俤のぬけきらぬ顔を赭くし、パタ〳〵とその書面を叩き乍らそれを奥方に見せに座を蹴つて立つた程であつた。

併し切支丹が神の道と救いの教えを説くと称して実は日本侵

略が目的であると云ふ事は只彼の構へた口実ではなかつた。実際彼はさう信じてゐたので、それは又その筈であつた。朝廷に最も勢力のあつた神道主義者と仏僧との耶蘇教に対するあらゆる反対讒訴姑息な陰謀は秀吉時代からの古い事であつたが、まだその他に商業上の利害の反目からフランシスコ・ザヱリオ以来日本の貿易と布教とを一手に占めてゐた葡萄牙人を陥れやうとして元来西班牙の広大な領土は宣教師《ばてれん》を手先きに使つて侵略したものだと実しやかに述べ立てる西班牙人があり、又家康の時には更に西班牙と葡萄牙とを商敵とする新教国の和蘭人が現はれて家康の前に世界地図をひろげ、耶蘇教国の君主すら宣教師《ばてれん》を危険視して国外に放逐してゐる位であるなぞと云つて眼の前で十字架をへし折り、聖母の画像を踏みつけて見せた事もあつた。のみならず捕獲した葡萄牙の商船から発見したものだと称して偽造の密書——所謂「和蘭の御忠節」を勿体らしく捧呈したりしたのである。

さなきだに切支丹には誤解される点が実に多かつた。罪を犯して悔い悲しむ者は、罪を犯さぬつもりでゐる過ちのない傲慢な者より救はれ易いと云ふ意味が罪その物を肯定する教と見做された事も当然な事であつたが、又霊魂《あにま》の救はれる事の為めに肉体の死苦を甘んじると云ふ事がやがて死の讃美に思はれ、そしてその死に民衆を「嗾かす」ばてれん達は又国民を亡ぼして行く者と見做された事なぞも凡て尤もな事には相違なかつた。

且つ慶長の初めには疫病が流行り、天変地異がつゞいた。こんな事を仏僧や神官が神仏の怒りとして持ち出さずにおく訳はなかつた。秀吉はそれには耳を貸さなかつたが、切支丹の一婦人に懸想してその婦人を妾にする事が出来なかつた時、始めて本当に切支丹は憎いと思つた。彼はその女を裸にして竹槍で突き殺させた後で、今日の吾々が子供の時から耳にタコが出来るほど学校で聞かされた常套語の元祖を放つた。

「外国の土に善く適《あ》ふからと云つてその木をすぐ日本へ持つて来て植へると云ふ事は間違つてゐる。日本には日本の桜がある。」

そして自ら朝鮮を侵略して行つた此猿英雄は一度でそれが懲らし得るつもりで、先づ廿六人の「侵略者」を長崎の立山で磔刑にし、虐殺の先鞭をつけた。

家康は秀吉よりも一層切支丹を最初から嫌つてゐた。徳川の運命と同じく、切支丹の運命にとつて致命的であつた関ケ原の決戦が済み、切支丹の最も有力な擁護者であつた石田三成、小西行長、黒田孝高等が滅び失せて後は元和八年の五十五人虐殺を筆頭に露骨に切支丹迫害が始められた。かくてそれ迄は自ら洗礼をうけ、或は切支丹に厚意を持つてゐた西国の諸侯は幕府の嫌疑を怖れるが故に改宗し、切支丹の討伐にかゝつた。そして爾後切支丹の根絶やしは徳川家代々の方針となつた。

寛永十五年正月、島原の乱が片付き、続いて南蛮鎖国令が出て後、天文十八年以来百余年の長きに亘り、二千人以上の殉教者と三万数千人の被刑者とを出してなほ執ねく余炎をあげてゐた切支丹騒動なるものは一段落ついたやうに見へた。
「一つ時はほんに日本全国上下を挙げてなびいた位えらい勢ひぢやつたもんぢや。信長が本能寺で討たれた頃にや三十万からの生粋の信者がおつた相な。それが此通り消え細る迄にやお上の仕打ちも随分と思い切つて酷ごいには酷ごかつたが、片つ方も、亦執つこいとも執つこいもんぢやつた。が、かうなつて見れや此国に切支丹が容れられなかつたと云ふなあ、それが結局天主《でうす》の御所存ぢやつたのかも知れんてな、」

　こんな疑念がひそかに切支丹に厚意を持つ人々の念頭にもきざしかけてゐたその頃の事である。

　それでもなほ全国市町の要所々々には

　　定

きりしたん宗門は累年御禁制たり、自然不審なるもの有之者申出づべし、御褒美として

ばてれんの訴人　銀三百枚
いるまんの訴人　銀二百枚
立ちかへり者の訴人　同断
同宿並に宗門の訴人　銀百枚

かくし置き他より顕はるゝに於ては其処の名主並びに五人組まで一類共可処厳科也、仍下知如件

奉行

と認めた檜の高札がいかめしく樹てられてゐた頃の事である。

長崎の古川町に萩原裕佐と云ふ南蛮鋳物師がゐた。

二

「おい。お佐和。此間のあの「虎」をどこへやつたんだ。」

「よくもかう珍なものを集めたものだ」とつい人がおかしくなるほど煤ぼけた珍品古什の類を処狭く散らかした六畳の室の中を孫四郎は易者然たる鼈甲の眼鏡をかけて積んである絵本を跨ぎ、茶盆を跨ぎして先刻から机の上、床の間、押し入れの中と頻りに引つくる返へして何か探してゐたが、かう荒々しく声をかけた。

「ぬしは又売つちまつたんだらうが。え？　俺にかくして。」

　孫四郎の調子にはもうやゝ、刺があつた。その刺にさゝれて、隣りの四畳で針仕事をしてゐた細君はやぶれた襖をあけた。

「まあ、「又」なんて誰がいつそんな事をしましたらうか。」

やゝ上気した頬の赭味のために剃つた眉のあとが殊に蒼く見へる細君はかう云い乍ら羞ぢらいげに微笑むだ会釈を客の裕佐の方へなげ、「まあ、此散らかし方！　まるで屑屋さんのやうですわ。」と尻上りの調で云つて一寸突つ立つた。

「貴様、探して見い。ありやせん。」

　孫四郎は邪慳にかう云い捨てゝ敷けば却つて冷た相な板のやうに重い座蒲団をドサリとわきへ放りなげ、長煙管の雁首で、鉄に銀の象嵌をした朝鮮の煙草箱を引き寄せ乍らその長い膝をグツと突き出して座つた。

「それやこんなものよりやずつと傑作じや。此間の縁日の虎を

早速やつて見たんぢやがな。」

彼はかう云つてひよろ長い体の居ずまいを直し、裕佐が縁近く持ち出して胡座をかいて見てゐた一枚の絵を煙管でさした。それは山田長政が象に乗つて暹羅の国王の処に婿入をする図で、版画にする原画であつた。

「ほうら。ありましたがな、こんな処に。矢つ張り貴郎が御自分でお蔵ひになつたんですわ。」

細君は嬉しさの余り長い白い脛を一寸あらはして、束になつてくずれてゐる錦絵を跨ぎ、安心と怨めしさとが一緒になつて堅くなつた表情を向け乍ら一枚の絵を夫に渡した。そして「いつだつてかうなんですの。」とや、とげ〳〵しく云つて、そのとげ〳〵しさに自ら上気した顔を更にぽつと赭らめ乍ら裕佐に笑顔を見せ、チラリと又夫を顧みて、次ぎの間へ去つた。

「あつたか。」孫四郎はうけ取り乍ら一言かう云つて、大事さうにフツと一息かけ
「こゝへ来て御覧。こゝの方がまだ明るい。」

と云い乍らその絵をサラリと敷居の上へなげ、飲み残しの冷たい茶をゴクリと一息に呑むと今度は眼鏡の球を袖口でこすり乍ら下から覗き込むやうにじろり〳〵と裕佐の顔を視入るのだつた。

諏訪神社の縁日に虎の見世物が出て非常な人気を博した事はついその十日程前の事であつた。孫四郎の絵ではその虎の檻が街頭に引き出されてゐる。「朝鮮産大虎」「大入々々」「大人一文小児半文」と書いた札を背にして切りに客を呼んでゐる男が一方にゐる。かと思ふと張り子のやうな虎が檻一杯に突つ立つていかめしく睨んでゐるその檻の前には「おらんだ人」と肩書きのある紅毛碧眼の異国人が蝙蝠傘をさした日本の遊女と腕を組んで、悠長にそれを見物してゐる。ステツキをついて猩々のやうに髯を生やした馬鹿に鼻の高い「おろしや人」が虎よりは見物人の方を見乍ら長閑にパイプを喫かしてゐる。大小をさした丁髷の侍のわきには日本の子供と支那人の子供とが遊んでゐる。――

「ふむ。―」裕佐は思はずその絵のユーモアに微笑まされた。

「なるほどこれや面白い。」

「近来の傑作ぢやらうがな。ヘツヘ」

むしろ好んで皮肉を銜ふやうなその歪んだ口許に深い皺を寄せ乍らにや〳〵と傲りがに裕佐の顔を見てゐた孫四郎はかう云つて高く笑ひ出した。

「傑作ですね。版にしたら又一しほ面白いでせう。」

その笑い声の下品さに嫌気を感じ乍らも裕佐はかうほめざるを得なかつた。「あの虎は君が画くと面白からうと僕も思つてゐたんです。」

「へ、へ。中々見逃しやせぬよ。」

と孫四郎は又雁首に煙草をつめながら
「往来にさらしてある見世物に「大入」はおかしいが、そこがかう云ふ絵の愛嬌ぢやでな。」かう云つて又笑つた。

たしかに齢よりは十位老けて見へるがその実漸く四十になつた許りの此絵師は当時長崎きつての唯一の版画師であつた。

　実の処裕佐は口に出してほめた以上に内心感服―むしろ驚いてゐたのであつた。「実際変な奴だ。」と彼は思ふのだつた。人間としては猶ほ更の事、画家としての孫四郎にも彼は決して飽き足りてはゐなかつた。孫四郎は趣味のみに生き、自分は趣味のみに生きる事は出来ない。趣味のみに生き得る孫四郎の趣味はどうしても偏頗で局部的であり深みがない。自分はよし趣味によつて絵筆を執り、鑿を把る事があるとも、その趣味はいつしか消えて見へなくなり、それに代つて全身の心が現はれ、直ちに万人の心をピタリと打つ底の生ける魂が儼として作品を支配しきる処迄行かなくては気がすめない。

　孫四郎の画くものが現に面白い事は否定出来なかつた。唯「面白い」と云ふ丈けにすぎぬ藝術は所詮二流以上のものではあり得ないと裕佐は思つてゐた。併しその一流の境を求める自分はまだその俤の窺はれる仕事すらしておらぬのに、孫四郎はとも角その「面白い」自家の一道を既に摑まへてゐる。「山田長政」や「虎」の絵にはその「摑んだ」と云ふ感じが顕著に出てゐる。そして彼はその狭い道の上で傍眼もふらずにめき〳〵と進みつゝある。孫四郎の到底了解し能はぬ底の傑作にも広く共鳴を感じ得る自分は、まだその広汎な理解と燃えたぎる深い内心の慾求とを寸分も生かして居らぬのに孫四郎はとも角もその卑俗な趣味の偏狭に徹底して、それを自家の製作の上に生かし、悠々自適してゐる。かくて裕佐はその先輩に飽き足らぬ乍らも一方羨ましく思ひ、その「面白さ」さへもない自己の仕事を顧みて淋しく感ぜずにはゐられなかつた。

「どうも僕は少しいろんなものに引かれすぎるのかな。」

　裕佐は思はずかう嘆息を洩らして破れ芭《や》蕉の乱れてゐる三坪ばかりの庭の方を向いた。

「いろんなものに引かれるのは結構じやないか。つまりそれ丈け、おぬしは眼があるのだからな。」

　さう出られゝば「勿論」と裕佐は云い度くなるのだつた。しかし自分の裡にはたしかに孫四郎なぞの窺いも得ぬ何かゞあると自信してはゐるものゝ、まだその現の証拠を実現した訳ではない。実現して眼のあたり見た上でない以上矢張り内心不安であり、空虚である。畢竟誰にでもある単なる自惚れ、架空の幻影ではないかと疑ふ。自分で疑ふ位なら人が見縊る事に文句は云へない。

「とに角僕は何か一つの道に徹底したいよ。差し当り僕はどうもその事を願はずにはおられない。自分が結局どの道にも徹底出来ない質なのではないかと云ふ気がどうもしてな。」

　裕佐は又おとなしくかう云つてかゝえた膝をゆすぶつた。

「ふむ、徹底すると云つたつて、こんな一文や二文のおもちや仕事に徹底したんじやおぬしは満足は出来なからう。もつとえらい仕事でなけれやな。――わしの仕事なぞは貧乏人の子供対手の乞食仕事だ。之れでも随分丹精はして造る。こんな阿呆らしいやうな絵草紙一枚だつて見かけよりや骨を折つとるんだ。しかしいくら骨を折つたつて結句子供だましの夜鷹仕事を。でもこんなのらくらの遊び人の絵をとも角も一文や二文で買つてくれ手があるから不思議さな！　どうで雪舟も山楽も拝む事の出来ぬ肴屋や八百屋の熊公八公がわしの御上客だ。殿様だ。それがわしには相応しとるて。ヘツヘツヘ。奴等にや又わしのやうな乞食絵師が相当しとるんだ。だからわしのやうな者もなけれやならんのさ。雲上人相手の白拍子ばかりじや世の中は足らん。熊公八公相手の夜鷹もなけれやな。どうだ。君も徹底して夜鷹になるか。」

孫四郎はかう云つて煙脂だらけの黒い口をあいて笑つた。

裕佐が此版画家に対して何よりも嫌に思ひ、それが為めに友に飢へてゐ乍らもさう繁々と訪ねて深くつき合ふ気にどうもなれなかつたのは実に此男の下等な偽悪趣味であつた。

人の心持ちを何でも下等に浅薄に解釈して独り見抜いたやうな得意の薄笑ひを浮べ、人がそれに不快を感じて何かへコマすやうな事を云ふと誰も呶鳴りもしないのに「まあさ、さう呶鳴らんでも」と云つて笑ふ。笑へば必ず故意の冷笑である。いかなる場合にも冷笑する事が人生で最も優越な事であると思ふ事にしてゐるらしい此男は、人情として笑ふ事が必ず不可能である場合にも必ず意識してヘラ〳〵と笑ふ。何がそんなにおかしいのかと訊けば「何もかもおかしいのだ。自分自身も可笑しいだ」と答へて又笑ふ。無論決して本当におかしいのではない。只おかしがる事が好きなのである。おかしがつてゐたいのである。そして又おかしがり度いために凡て人生一般の対照物をその冷嘲の的となる下賤な階段迄引きずり降ろさずにはおかないのだから相手が不快がるのは無理はない。そして相手が苛立てば苛立つほど彼はます〳〵その犬儒主義を享楽する上に満足を感じて、相手が何でそんなに苛立つのか合点が行かぬやうな顔して冷静にかまへるのみである。それが彼の「勝利」なのだ。

併し、今彼のくだ〳〵しい毒舌を聞いた者は、彼の冷かな犬儒趣味が決して単なる彼の興味から出るものでない事を容易く見抜き得たであらう。表面氷の如く見へる彼の自己冷嘲の奥には苛立たしい刺があり、ひねくれた者の弱い火があつた。その火は彼の意識を裏切つて蒼ざめた頬をぽつと赭くしてゐた。

「しかしとに角君は画家ですよ。僕は画家ではない。」

「夜鷹」と云ふやうな言葉をつかふ孫四郎の興味に例の厭気を催しながらもその上気した顔を見ると何となく気の毒なやうな気がして、裕佐はかう云つた。

「低いなりにもな。ハ、ハ。わしは之丈けの絵商人《ゑあきうと》さ。何と云つたつて。併しおぬしなぞは産れから云つてもわしなぞとは仕事の訳がちがはなけれやならん。それにまだ若いし、――あせる事はないさ。些しも。」

何の心切気もない調子でかう云ふと彼は長い立て膝を抱え乍らその冷却した顔を又横に向けた。

「此間の又兵衛張りの人物画はどうした。面白く行き相だつたが。」

「駄目だ。ふむ。」

只「人物画は」とは云はずに「又兵衛張りの」と一寸嫌がらせを附け加へずにはおかない彼の癖に、裕佐がかうぶつきら棒に応じたのを、孫四郎はなほも平然として訊いた。

「君、鋳物をやる気はないんかね。阿父さんの伝法でやつて行きや、忽ち日本一だが。」

「ふむ、誰もまだあの術を知つてゐるものは他にないからな。」

裕佐は孫四郎の言葉の意を自分の方から云つた。

「あれでも其道のコツを飲み込む才がありさへしたら案外面白い、い、仕事が出来るもんぢやないかとわしは思ふがなあ。」

俺がやつたらと云ふ顔附きで孫四郎はかう云ひながら蒼い頤をなでた。

「さうも思へるが、どうも僕にや…」

「物足らんか。望みが太いでな。は、。」

かう云つて孫四郎は形だけの欠呻をした。

「姐さん。一寸出て見なされ。又お通りですよ。」

此時上口の格子戸をガラリとあけて、かう娘の声が聞こえた。

「あら、そう。もうそんな時刻でせうか。」

かう云つて細君は襖を開けて現はれ「萩原さん。一寸出て御覧なさらない。おいや?」と口についた糸を指で取つて丸めながら二人の方を向いて云つた。

「何です。」裕佐がかう云ふのを「丸山連さ。」と孫四郎は「知つてゐるくせに」と云はぬ許りに押へつけるやうに云つて、

「おいやな事もなからう、切支丹じやなし。なア。」と裕佐の顔を流し眼に見て附け加へながら立ち上つた。

「でも貴方なんぞ御覧なさらない方がい、わね。毒ですわ。」

細君はむつつりと下を向いてゐる裕佐の方にかう云つて出て行つた。

異国に対して厳酷であると共に臆病であつた幕府は当時長崎在留の異国人の住居を出島の廓内に禁制すると共に、一方丸山の遊女を毎夜そこにつかはし、侍らしめて、紅毛人の歓心を買ふ事につとめてゐた。

雨の日も雪の日も灯ともし頃になれば、三十人、四十人の遊女がさはればポロ々々と剝げて落ち相な粉飾に綺羅を尽し交代に順番に応じて、奉行から差遣の同心に駆られ、曳きづられて、丸山から出島へと練つて行くのであつた。そして其翌暁には前夜のそれとは見まがいも得ぬ落剝した灰色の姿に変つて三々伍々蕭条と又丸山へ戻つて行くのであつた。

「さあ、此方もそろ〳〵お出掛けなさるか。今夜こそ一ちよあれを描いてやらんにや。」

「何を。」と裕佐は「もう此処へは決して二度と来まい」と心に呟き乍ら云つて起ち上つた。

「おらんだ屋敷さ。「紅毛人遊興の図」だ。」

孫四郎はかういひ乍ら半紙を綴じた帳面を懐に入れ、矢立ての墨を改めて、腰にさすと変に興奮した体で衣紋掛けの羽織を

取つて引つかけた。

「まあ、又お出かけ。萩原さん、誘惑されないやうに用心なさいよ。」

出て来た夫の出で立ちを見ると細君は光る眼で裕佐の方を見乍らかう云つた。

「へ、へ誘惑されちやいけませんは皮肉だな。」孫四郎は延び上つて行列の方を見乍ら云つた。「どうだ。一緒に行くか。童貞の青年。」

「いや、僕は此処で失敬します、では又。」

裕佐は細君の方に向つてかう云ふと、薄暗い人込みの中にすぐ姿をかくして了つた。

三

「俺は弱過ぎる。なぜかう人を求めるのか。後で必ず後悔する事が分つてゐるのに。」

裕佐は何遍も自分にかう云つた。そしては時々後ろを振り向いた。背の高い孫四郎が群衆の上に延び上つて、その蒼ざめた小さな皮肉な顔で笑ひながらどこ迄も自分の跟を見送つてゐるやうな気がしてならなかつた。彼はその視線を背中に感じてムヅムヅするやうに体を顫はした。「行列を盗み見てゐるあの眼のあやしさを見ろ、わしが誘惑するもないもんだ。へ、あの猫被り奴。」こんな事を何もかも見抜いたやうな調子で細君に云つてゐる孫四郎を後ろに想像すると、彼はたまらない悪感を感じ乍らも、不思議にその予言に支配されるやうな気がしてならなかつた。

然し大股に急ぐ彼の歩調はいつの間にかのろくなり勝ちだつた。眠むくてたまらぬ者が気がついては眼を無理に開き乍らもつい居睡りをするやうなものであつた。何とも云へぬ淋しさが重い黒雲のやうに上から彼の頭を抑えつけてゐた。自分を信じない者が唯孫四郎に止まるなら「あんな奴に俺の何が分つて堪るものか」と平気でゐられる。併し孫四郎の冷たい表情の裏には同じ相恰の運命の顔があるやうな気がした。それを自分の莫迦らしい気の故であるといかに思ひ、その不快な幻影を払ひ退けやうと頭を打ち振り乍らも脳裡にこびりついた孫四郎の顔は只孫四郎の顔とは思へず、その皮肉は只孫四郎の皮肉とは思へなかつた。此方が力なく反抗すれば向ふは更に恐ろしい声で「あいつに何が出来るか、ヘッへ！」反響し相に思はれた。

彼はステツキで堅い地を叩き、咳払とも、叫びともつかぬ声をしぼり出して空を仰ぎ、そして歩いた。通りでは遊女の列にからかふ男の下等な笑ひ声や、甲高い気違ひじみた女の声が聞こえた。一種の本能で裕佐はその行列を見るのはいやだつた。それで小路に入つた。しかし何方へ向つて？彼は自分の家の方へは行かなかつた。彦山の中腹を少し降りた処に父の建てた自分の古家。六十になる出戻りの伯母と二人で彼が住むでゐるその家には朝日はよく照るのだつた。日が照つてゐる間そこは彼にとつて真に落ちつける唯一の温い自家であり、「道場」であつた。彼はそこに祀つてある「伎藝天」と共に暮して少しも淋しくなく、孤独の楽しみに充実して酔つてゐる事が出来た。しかしそこは昼の家である。日が向ひの稲佐嶽にかくれて、眼下の町々にちらほら灯りが瞬き始め、さらさらと云ふ夕の肌寒い風が障子の穴から忍び込むが否や、彼に全く新らしい第二の一日と世界とが始まり、彼は落つきを失ふのだつた。天上に二三の星が何かを招くやうにきらめき、地上にぽつ〳〵と明りが光りそめる事は朝赤児が眼を明くのと同じ新鮮な感じで彼をおのゝかすのであつた。かくて夜の世界の不安と寂寥と、戦慄と魅力とが魔の如く彼を襲ひ、捕へた。魔に捕へられる事は恐るべき苦痛であり、又寒い喜びであつた。何かが抵抗すべからざる力で若い彼の心臓を涌き立たせ、真昼の端正な「伎藝天」迄が妖艶、阿娜な姿に変じて燃える眼で彼を内から外へ誘ひ駆りたてるのであつた。

その家に帰る事は思つた丈けでも恐ろしい苦痛な事であつた。それが苦痛でなくなる迄彼は外で、夜の世界で、疲れ切らなければならなかつた。

彼は大坡戸の海岸の方へ向つて浜から来る汐臭い秋風に顫へながら歩いた。毎も其処を通る毎に癖のやうに引きづられて立ち寄る支那店の前をも彼は今気がつかずに通り越してゐた。

彼は海岸へ出た。蕭条たる十一月の浜辺には人影一つなく、黒い上げ汐の上をペラ〳〵と撫で来る冷風のみが灯りを点けた幾十の苫舟を玩具のやうに翻弄してゐた。岸に沿つて彎曲してゐる防波堤の石に腰かけて杖を垂らせばその先きの一二寸は楽に海水にひたる。犇々と上げくる秋の汐は廂のない屋根舟を木の葉のやうに軽くあほつて往来と同じ水準にまで擡げてゐる。

——彼はそこに腰をかけた。

海に突き出して一つの城廓のやうに館が右手に見へる。点々たる星の空の下にクツキリと四角く浮き出すその家の広間の中は煌々としてどの位い明るいのかと想はれる。たしかに白昼よりも明るいにちがひない。しかも何と云ふ物々しい、無気味な明るさであらう。そこには人の家らしい落ちつきや、幸福は微塵もない。島を囲む黒い漣がぴた〳〵とその礎を洗ふ如くに、夜よりも闇い無数の房々がその明るい大広間を取り巻いてゐる。そこからは落寞たる歓楽の絃歌が聞こえ、干乾びた寂しい笑ひ声が賑やかに洩れて来る。——それは普通和蘭屋敷と呼ばれてゐる「出島の蘭館」である。

裕佐はその異様な家の方に向つて歩き出した。そして歩き乍ら彼はキヨロ〳〵と四辺を物色した。孫四郎を彼は探してゐたのである。出島へ渡る為めには艀に乗らなければならない。艀の渡し守は奉行から遣はされてゐる侍である。異国人と、遊女と、仏僧の外そこへ行く事の許されぬ禁錮の島へ孫四郎の行く訳はない。「どうせ嘘にきまつてゐる。あの道楽者が今更らしくこんな処へ絵なぞ描きに来るものか。」と彼は思つた。しかしそう思つて振り返つた瞬間、彼は大きな、白い、首の長い一の顔を見たやうな気がしてギヨツとした。彼は身顫ひし、そして怖い物見たさのやうにもう一度それを見た。それは番小屋の後ろから高く首のやうに突き出た新しい白木の高札であつた。

ばてれんの訴人　銀三百枚
いるまんの訴人　銀二百枚
立ちかへり者の訴人　同断
同宿、並びにかくし置き、他より顕はるゝに於ては　——
云々

の文句が威脅するやうに墨黒々とそれに書かれてゐる。それは人間の書いた字ではなく、鬼の書いた字のやうに思はれた。「ばてれん」とは教父、宣教師の事であり、「いるまん」とは法の兄弟、即ち準宣教師の事であり、「立ちかへり者」とは一丹宗門を転んで、再び切支丹に帰つた者の事である。

「誰だ。」歩いてゐた侍は寒相に腕をこすり乍ら訊いた。

裕佐は返事をしなかつた。

「何者だ。」

「鋳物師だ。」

「鋳物師とは何だ。」

「銅を鋳る工匠だ。」

「銅を鋳る。そして何をつくる。」

「何でも。富士山でも、君の首でもつくる。」裕佐は一寸からかひ度い気持ちになつた。

「貴様よく来るな。島へ行き度いのか。」

「或る女を見度いんだ。だけど行つちや上げないよ。」

そして彼れが去らうとした時、眼の前にあつて手に取るやうに猥らな高声の聞こえて来る和蘭屋敷の二階に女の叫び声が聞こえて、けたゝましい跫音と同時に大きな菊の鉢がその窓から落ちた。そして石に砕ける音がした。一時森とした後、猫を抱いた日本の女の小さい顔と、その上にのしかゝつた恐しく巨きな毛むくぢやらの男の顔とが現はれ、そして彼等は何かいがみ合ひ乍ら笑つて、赤いカーテンをおろした。

四

「あなた、もしや——これではなくつて？」

女はふつくらした人差し指で膝の上に十字を描いた。

「何だ、それは。」男は眼を円るくして女の顔を凝視した。

「これよ。」と女は又書いた。「分つてらつしやるくせに。」

「切支丹か？」

「叱！」

女はあわてゝ制し乍ら眉を寄せて、四辺の気配ひをうかがひ、ほつと息を吐いてからまつすぐに彼の眼を見て、うなづいた。

「僕が？なぜ。」

「只、そんな気がしたのよ。そうぢやなくつて？」

「さうぢやない。あれ等から云へば、僕は異端邪宗の徒だ。」

「誰でも罪な、けがれた事をしてる時は神聖なものゝ事を口にしたり、思ひ出したりし度くないものですね。でなくちや呑気に楽しめませんものね。」

「ところが僕はそんな神聖なものを信じちやゐないよ。奴等の云ふやうな意味では。」

「さうお。なぜ？」

　女は又彼の眼を視入りながら追窮した。

「なぜと云つたつて僕は切支丹は嫌いだからさ。」と男は声を低めて云つた。「奴等は奴等の仲間でない者は人間ぢやないと思つてゐやがる。良心の無い者だと思つてゐやがる。ふむ。羊の皮をかぶつた奴等の謙遜な傲慢さ位胸糞のわるいものはないよ。」

「それはまつたくですわね。今時の信者つたら本当に駄目ですわ。虫がよくつて、不信実で、卑怯で、後でおきまりの痛悔《こんちりさん》の禱《ガラッサ》を唱へさへすればどんな恐ろしい地獄の罪でもキレイに贖はれると思ひ込んでゐるのですものね。始めから赦される事を当てにして、きりしと様のお像でも何でも踏めと云はれゝば平気で踏むのですもの。切支丹でないと誓へと云はれれば平気で偽の誓ひも立てますしね。あんた不貞節な虫のいい事で救はれるなら本当に救はれる事位お安い事はありませんわ。」

「さうでない者だつてまだゐるにはゐるが。」と男は一寸横を向いた。「とに角お上と云ふ奴があんまり滅茶な虐め方をしやがるからみんながいじけちまつたんだ。人間が堪える力にも限度があるからな。」

「それは無論よ。無理はありませんわ。」と女はしめやかに云つた。「人間は狡るく利口にならないでは生きてゐられないのですものね。誠だの、正直だの、熱い情けだのなんてそんな間抜なものは、今時の人はみんな捨てちまはずにはゐられないのだわ。昔の勇ましい信者達は何と云ふお馬鹿さんだつたのでせう！――おゝ、だけど寒いわね。」

　女は障子をキチンとしめに褄を乱して起つた。

「あら、花火」と彼女は縁の欄干に手を突いて云つた。「寂しい花火だこと。」そして又右を向き「今晩は。お馬鹿さん。」と云つて手を振つた。

「此方へ這入れよ。寒い。」と男は火鉢を抱いたまゝ動かずに云つた。

「人に顔を見られるのが嫌だから？こそこそ泥棒さん。」と女は男の方を向いて白い歯を見せた。

「何だかおぬしのお客はわしの知つてる仁のやうな気がするがな。へゝへ。」と彼方で男の声がした。その声を聞くと客はぞつとしたやうに体をふるはせた。

「貴方のお連れのやうな人ぢやなくつてよ。もう少し取り柄のある人だわ。見に入らつしやい。」

　かう云ひ乍ら女は障子をピシンとしめて這入つて来た。そして男の手を両手で取つて「おゝ冷たい。」と云ひ乍ら眉を寄せ、紅い下唇をむいて見せた。

　二人は少時じつと顔を見合せながら座つてゐた。

「君、信者だらう。」やがて男が云つた。

「妾が？信者？へえ、これは面白い！」女は笑つた。「何か云はうと思つて云ふ事がないもんだからあんな事を。」

「かくしたつて分つてゐるよ。少くとも以前《まへ》にはさうだつたのだらう。え?」

「まあ、妾、そんな女に見えて?、妾一度信者になつたらどんな目に逢つたつて転ぶやうな女ぢやなくつてよ。」と彼女は云つた。「だけど妾、あの方の事は中々くわしいのよ。今日は師走の、八日だわね。だから、さん、じゆわん、えわんぜりした様の御命日だわ。お丶もうぢき降誕祭が来るわね。それからお正月——あ丶あ。—」

「さうだよ。君は信者だ。僕は探偵だから一眼で分る。」

「止して下さいよ!あんまり冗談を云ふと罰が当るわ。」と女は遮切つて、や丶真剣に眼を光らせた。「信者がこんな商売をしてゐると思つて?」

「ぢや、君は、僕が信者である事は金輪際許されない事だと思ふのかい。」

「さあ、許されないつて事はないわ。あなたのやうな善い人ぢやありませんか。」

「処が君にそんな商売をさせてゐるのは誰だ。僕のやうな「善い人」ぢやないか。」

「だつて、本当に人を救ふ事の出来るやうな善い人でも、魔がさせば、人の魂を殺す事も出来るものだわ。殺す事があるものだわ。」

「無論僕は善い人でも信者でもないさ。邪宗徒だ。だが不幸な境遇で罪な商売を強ゐられた為めに信者になれないやうな宗門なら、俺はそんな宗門を呪つてやるよ。」

「お志、有り難ふ。ところが妾は又妾のやうな堕落した罪人がさうたやすく這入る事を許されて、髪の毛だけでも救はれる事が出来るやうな宗門ならちよつとも有り難いとは思はなくつてよ。それどころか軽蔑しますわ。妾は妾のやうなものに堅く門を閉ぢて決してうけ入れないやうな厳しい宗門をこそ崇めますわ。讃美しますわ!」と女は強く云つた。

「ぢや、「まりや・まつだれな」は救はれてはならなかつたのかね。」

「止して下さい!ちがいますよ!」と女は叫ぶやうに云つた。「あの方は始めから清かつたのです。よしどんな事をなさつたにしろ魂の清さが全でちがいますわ。そして本当に心の底の底から悔恨なすつたのだわ。だから救はれなすつたのよ!妾なんぞ始めつから魂が腐つてゐて悔い改める心なんぞ爪の垢程だつて持つてやしない。大違いよ。そんな比較をされちや妾腹が立つわ。だから妾、自分が救はれやうなんぞとは夢にも望んではゐなくつてよ。却つて救はれない事を望みますわ。讃美しますわ!本当によ!妾は此儘で地獄に堕ちて行けば本望なんですの。」

「そんなら、僕も地獄に行くさ!甘んじて喜んで。お前と一緒に!」

「へむ。いらつしやい。」

女は素つ気ない調子で低くかう云ふと、蒼褪めた顔に、かすかな小皺を漾せて冷やかに笑つた。そして「まあ御馳走の遅いこと。どうしたんだらう。」と独り言を云つて、ポンポンと手を拍つた。

「お前、俺を信じないのかね。俺の誠を。」

男は燃えるような眼で女の眼を見つめて云つた。

「信じなくつてよ。」

女は眼を外らしもせず、冷然と男の眼を見返へして答へた。

「しかし今俺の事を「善い人」と云つたぢやないか。」かう云い乍ら男は愚劣な事を云つたもんだと思つたらしく顔を赤くした。

「え丶、善い人は善い人よ。結局ね。一寸信者らしい感じを妾に起させたくらい。」女は眠むた相に答へた。

「だが実のある男だとは思はないんだな。」

「え丶。少くとも或る道にかけては。貴方は若いやうで齢取つてゐるのね。何だか貴方が亢奮して被仰る事はお爺さんが、若者の言葉をつかつてゐるやうだわ。どこか不自然な、虚偽な処があるわ。」

「虚偽。俺が。ふむ。そう思へるかね。」

男は一度赭くなつた後で苦々しくかう云つて、ごろんと仰向けに横になつた。そして女の心底を読まうとするやうにけはしく女の顔を睨み見た。

「さう思へてよ。妾にはもう貴方は分つた。」

女はどこ迄も冷然と答へた。「貴方。誰か妾に似たい丶人があるんぢやなくつて?」

「え?——」男はギクリとして耳の根迄赭くなつた。

「ホラ、赭くなつた! 赭くなつた! 詰まつたでしよ?」

女は男と共にサツと上気したやうに顔を赭くして膝を叩いた。そして刺々しく笑つた。「さア、白状なさい。貴方はどうせ妾の眼力をくらませはしないわ。まつすぐに白状してお了いなさい。妾ちつとも怒りやしなくつてよ。宥して上げるわ。どうせ妾、貴方に惚れてる訳ぢやないんだから。」

「宥してくれ。だが…」と男は云つた。「俺が君に対して不実だと云へば嘘だ。君が信じないのは当り前だが、君はもう俺にはそんな借り着のもんぢやない。決して。」

「よくつてよ。そんなに苦しい弁解をしないでも。貴方はまだ坊つちやんね。」と女は笑つた。「失恋した男の人はよくその恋人に似た似而非《えせ》女をあさるものだわ。そしてその恋人の幻をその似而非《えせ》女の形骸でまやかしてゐる事に自分で気がつかないんだわ。女こそい丶面の皮だわね。そのくせ厚かましく実があるなんぞと思はせやうとするんだわ。自分を不実な男と思ふのが自分でいやだもんだから! だけどそれでもい丶のよ。今式でい丶のよ。ねえ、その人は切支丹?」

「うむ。信者の娘だ。」

「まあ、可哀相に。それで貴方は断はられたのね。なぜそんな偏狭な事をするんでせうね。貴方のやうな可愛い人に。妾に出来る事なら、一肌ぬいで上げるんだのに。そんな顔するのお止しなさいよ。妾ちつとも貴方に嫌味を云つてるんぢやないわ。妾、貴方が妾なんぞに実があつて下さる事を冗談にも望んぢやゐなくつてよ。本当に！　貴方の深い実は何かもつと他の尊いものに捧げられてゐれやい丶のよ。天国《パライソ》にあるその恋人の神聖な幻にでもね。こんなきたならしい、漆喰の人形のやうな女のむくろなんぞに捧げられべき質のものではないわ。妾ちやんと知つて丶よ。そして貴方も御自分でちやんとその事を知つてなさるのだわ。だから貴方のやさしい燃えるやうな言葉には空《うつ》ろな響があるのは当り前すぎるわ。いくら貴方がそれを御自分では不満足でもね。」

　そして女は起ち上り、沈んだらしく黙り込んでゐる男のわきへ近づくと、長煙管の烟をフツとその顔へ吐きかけた。

「貴方、怒つた？」

　男は飛び上り、痺れる程の力で女の手頸をぎゆつと摑んで引き寄せると、その白い濃厚な薫りのする胸に嚙む如く接吻した。と、女の肌に頸から吊してあつた細い黒檀の珠数とその先きにぶら下つてゐる銅貨のやうなものがちらりと見へた。

「や。何だ。これや。メダイか！」

「念珠《コンタス》よ！　それでも。」

　ムキに男に抵抗して遮二無二鎖を引きちぎられた時、女は投げ出すやうにかう云つて男を睨んだ。それは古い南蛮渡りのコンタスであつた。

「お前、こんなものを持つてゐるのか。」

　と男は夢中でそれを灯りの下へ持つて行き乍ら訊いた。

「異人さんから貰つたのよ。引つ奪《たく》つて来たのよ。」と女は云つた。「一昨日の晩だつたかしら、和蘭屋敷で。あそこにはそれはほしいものがうんとあつてよ。あいつ等は狒々だから、妾達がほしいと云へば垢だらけの襦袢とだつて何でも交換してくれるわ。此指輪だつてさうよ。」女はかう云つて、琥珀と群青石の指輪を一つ宛はめた両手を餉台の上に並べて見せた。

「ほう、何と云ふい丶色配《あ》いだ。肌の味だ。」男は女の言葉も耳に這入らぬらしくかう云つて、そのコンタスに見惚れながら何遍もそれを撫で丶ゐた。

「妾の肌の膏がついたからよ。」

「そして此彫り物も素敵だ。さんた、まるや、まるやかな。」

「びるぜん様ではないわ。まるや、まつだれな様だわ。」と女は云つた。「貴方、「びるぜん」て横文字でどう書くか知つてる？　知らないでしよ？　ほ丶、妾、教はつたから知つてるわ。」

　女は餉台の上に飲みかけの茶をこぼし、その水を人さし指の先きにつけてあやしくVirginisと書いた。そして自分で怪しむらしく、小頸をかしげ〳〵終りのisを消しては書き、消しては書きした。

「それ見ろ。お前は矢つ張りあれにちがいないよ。どうしても。」

「あれ。あれですつてへえ！あれがこんな神聖なものをこんな穢れた肌に平気で着けてると貴方思ふの？」女は笑つて云つた。「信者が見たらどんなに怒るか知れはしないわ。冒瀆だつて。でも妾はさうぢやないんだから平気よ。只飾りにつけてるんだわ。」

かう云ひ乍ら女はそつと男に近寄り、急にそのコンタスを引つたくつた。そしてあはてゝ袂の中にそれをかくし乍ら「叱！」と云つて睨み、何喰はぬ顔ですました。

その時、襖があき、酒と、肴とが運ばれた。

「さあ、お前さんも、」と彼女は云つた。

「一つお上り。口をあいて。口をよ。」さうして彼女は杉箸を裂き、一切れの寿司をつまんで、運んで来た男に云つた。

「口をおあきつてばさ！」彼女は男がさし出した手の平をぴしやりと撲つて云つた。男は賤しく笑ひ乍らあんぐりと黒い口を開いた。

「馬鹿な、犬さん。さあ、お帰り。之はおあづけよ。」

彼女は大きな飯の塊を無理に男の口に押し込み、その無様に頬張つた口つきを見てあは〱と高く笑い乍ら、もう一片の海苔巻きをつまんでその男の掌の上へポイと投げた。

「ワン々々、之はどうも、えらい御馳走様。ヘツヘツ」

賤しくかう笑つてピシ々々と膝節の音を立てながら起ち上つた時、そのつるりとした男の顔は無気味な赭味をさしてゐた。そしてその細い眼がこんなに大きく開くのかと驚かれるほど大きく眼をむいてギヨロリと女を睨むと再び眼を細くして声もなく口を一杯に開き、そして去つた。

「あれは犬なのよ。本当に犬なのよ。」

と女は一寸の間気配いを覗つた後で云つた。「お上から廻はされてこんな処に迄化けて這入りこんでゐるのよ。」

「あれを嗅ぎ出しにか。」

「えゝ。だから妾犬扱いにして態とお客の前で足の指を舐めさせてやつたりするわ。するとあの犬、本当に舐めてよ。」

「お前を恨んで、疑つちやゐないのか。」

「疑つてるでしよ。無論。妾は又わざと疑らせてやるのよ。このコンタスだつて此方から見せてやつた事があるわ。あんまりしつこく神棚の奥をのぞいたりなんかするから。」

「そんな無茶な事をして摑まつたらどうするんだ。」

「摑まつたつて殺されるだけだわ。殺されゝば妾本望だわ。こんな軀、いつだつて……妾、貴方見たいに臆病ぢやないわ。」

そして彼女はからかふやうに一寸男の顔を見、にこりと笑つて酒を飲んだ。

「妾もう自分の先きの短かい事を知つてゝよ。」

「あゝ、哀しい。又ちやるめらが聞こえるわ。ほら、ね。」女は深い溜息を吐いて云つた。「そりやさうと、貴方は彫物師さんね。ぢやなかつた、鋳物師さんね。」と彼女は摘まんでぶら下げたコンタスを眺め乍ら又急に元気な調子で云い出した。

「貴方、これほしい？ ほしけれや上げるわ。その代り貴方、これをお手本にして一つ妾を彫つてくれない？　綺麗に。上手に。え？そしたら妾こんな嬉しい事はないわ。此妾が聖母様に似やうつてわけだから！」

「何の事だ。」

「まあ分らないの？　貴方は妾を造るつもりで実は貴方の胸の中に生きてゐる恋人の像を造るのよ。むろん！そしてそれが貴方の胸の中の恋人に似れば似る程それは屹度まるや様のやうに神々しく美しくなるのだわ。そしてそれが又どこか妾にも似るのよ！　あゝ何と云ふ光栄でせう！」

「よろしい！」男は呻るやうに云つた。「俺はそれを造るよ。屹度。それを見たらお前は俺がどんな人間か始めて少し分るだろう！」

「えゝ、どんな実のある人かそれを見たらね。妾にではなくつてよ。だけど、さうしたら妾、貴方の奥さんになるわ。」

　さうして女は又男の眼を睨み、高らかに笑つた。

　通りを流す哀れなちやるめらの音の中に秋の夜は更けて行つた。

五

　朝日の照り返へしに眼がチク／＼としみるやうな石だゝみの道を裕佐は自分の家の方へ歩いてゐた。何と云つて弁解してもおのづと滅入り込んで行く胸の暗さを抱いて悄然とうな垂れた彼の姿は惨めであつた。誰がけがれてゐると云つて、世にも自分程良心の汚れてゐる者はあるまい、誰も彼も俺を買ひ被つてゐると彼は幾度か心の中に云ふのだつた。自分の軽蔑してゐる孫四郎さへも、自分よりは単純な、正直者に思はれた。彼は通りの誰を見ても謙遜な心持ちで一種尊敬の念を起さずにはゐられなかつた。「綺麗な靴を穿いてゐる者は心してぬかるみをよける。だが一旦靴が泥にそまると、だん／＼泥濘を恐れなくなる。そして遂に靴が泥だらけになると、もうどんな泥の中にも踏みこんで平気になつて了ふ。」彼は人から伝へ聞いたある宣教師のこんな言葉を思ひ出して、本当だ、と心から思つた。たしかに俺の靴はもう泥だらけだ。俺にはもう本当に罪を悔いる事は出来ないのだ、否、感じる事も出来ないのだと彼は思つた。併しさうして滅入りながらも彼はそこにも或る虚偽がある事を意識した。事実彼は未だ酔つてゐた。むせ返るやうな前夜の幻に酔つてゐた。けはしく睨むでゐるその奥で見る者の心をぎゆつと捕へ、底知れぬ闇の世へ引つさらつて行くやうな、奇しくも甘い眼つき、脅かすよりはむしろ唆かすやうに八の字を寄せるその狭い額、その淡紅な薄い唇、むせ返へるやうなみづ／＼しい黒髪の膏と、化粧した肌の香い、—その女が、散々いやがらせを毒吐いた後で「貴方、怒つた？」と云つて上から彼の顔に煙を吐きかけた時の笑顔。その顔が彼の脳裡に刻み込まれて離れなかつた。

　彼がその女、—名は君香と云つた—に逢つたのは昨夜が二度目であつた。最初彼女が和蘭屋敷へ赴く列の中にゐたのをちらりと通りで見た時、彼は実に撃たれたやうに驚いたのであつた。「何と云ふそつくりな似方であらう！」そして彼は自分の胸の動悸を自ら聞ける程に喜んだのであつた。「俺はあの女を買ふ事が出来る。そしてあの女に依つて恐らく、あの人に触れ得ぬ悶へをまやかす事が出来る。」と第一に彼は思つた。「そして同時に俺の一方のかねての野望をも充分満たす事が出来る。俺はその口実を得た。」次に彼はかう思つた。と、急に胸が押しつぶされるやうに苦しくなり出した彼は頭を振り、「オヽ！」と叫び、力任せに自分の股を撲り、又項垂れ、そして自家へ帰ると、其夜つぴて悩みあかすのであつた。「何と云ふ見下げた、卑劣な奴だ。俺は。」

しかし夜が明けるが否や、真つ蒼な顔をした彼は鼠色の沖から吹き来る浜風に身を顫はせ乍ら、出島の渡しのわきにたゞずみ、一舟一舟、七八人宛組みになつて蕭条と戻り来る遊女の群を充血した眼で見守つてゐるのであつた。五番目の舟に君香はその窶れた小さい顔を茶色のこそ頭巾につゝんで乗つてゐた。そして館《やかた》の二階の窓に寝間着姿の半身を乗り出して、にや〳〵とぼんやり彼女等を見送つてゐる二三の外人に向つて唾を吐き、「馬鹿。」と云つて、後ろ向きに腰をかけると、頭痛がするらしくその蒼い米かみを押へてゐた。

裕佐は彼女の跡をつけた。そしてその家を見届けると、自家へ帰つて午迄寝た。彼が妓楼と云ふものに始めて上つたのはその夕《ゆうべ》であつた。

彼は今も君香の事を想ふと、その幻が、彼の久しい恋人であつた信者の娘、モニカの幻とごつちやになり、一つになり、そしてモニカの幻は前者のそれの後ろに次第に消えて行くやうな気がした。否、後ろに消えて行くと云ふよりは、それより高く、上に、暁の星の如くうすれて行く如く思はれた。その二つの幻が混同する事は彼にはまぎらしやうのない苦痛な事実であつた。彼が二年の間一すじに焦がれに焦れ、その焦れが崇拝になり、遂にそれが絶望と定まつた時、次第に熱情的な占有の慾望が静かな諦めの祈りと変り、宗教的あこがれと変じ、一方天高く遥かに仰ぎ見る如き額づいた心で居ながら、而もその人が世にも不幸な儚ない者に思はれて、慈悲の眼で、蔭から見守つてやりたくなる。その秘めやかな宗教的記念。その記念故に今迄とも角も身の過ちを免れて来られたのに、その記念に対する美しい慾望の実相は、実は此の遊女に依つて充たした処のものであつたのかと思はざるを得ない事は彼の心を止めどなく傷け、真暗にせずにはおかなかつた。それにも拘はらず、彼はその女の事を想ふと、幸福に充たされずにはゐられないのであつた。

「何だか貴方の亢奮して被仰る事は不自然で、虚偽な処があるわ。」とあいつは云つたつけな。そして「自分を不実な男だと自分で思ふのが嫌だもんだから、強ゐて人に自分を実のある者と思はせやうとする厚ましくも。とも云つたつけな。」彼はほゝ笑み乍ら独り語つた。「あいつはからかつてゐるんぢやない。実際本当の事を云つたのだ。しかし見てゐろ。その不実者が何をするか。――おゝさうだ！」と彼は何かに思ひ当つた如く、ステツキを打ち振つて云つた。「俺は、あいつを身うけする事が出来るのだ、俺は身うけしてやるだらう！屹度！そして俺は今の世間の小狐共から遊女にうま／＼釣られた、あの間抜けが。と笑はれて見たい。それは俺から一層緊張した力を引き出すであらう。素的だ！あいつは俺を嫌つてはゐないな。たしかに、自惚れではない！」

　彼はその時の幸福を想像して、躍り上る程の力を内に感じ乍ら荒々しく自家の格子戸をあけた。一夜を妓楼に明かした彼は伯母への手前、さう云ふ場合にすぐそれと気取られるやうな悄衰した後ろ暗い状を見せまいとして、わざと此方から伯母を圧倒するやうな態度に出やうと其瞬間に思つたのである。

「夜前此御仁がお見へになつてな。」と伯母は少し不安な調子で云つた。「お前に何ぞ御用があると云つてぢやつた。」

　そして彼女は大きく切つた檀紙に沢野忠庵と認めた名札を渡し乍ら裕佐の顔色を覗つた。

「沢野忠庵」と裕佐はその名札を持つて立つた儘訝かし気に首をひねつた。「聞いた事のある名だが、どんな人ですね。」

「日本人じやないのよ。異人さんでな。それも御前、まあ二た眼とは見られぬ恐ろしい顔のな。それが又和服で、しかもお役人らしい羽織袴を着てぢや。」かう云つて、伯母は溜息をついた。

「さうですか。はゝ。」と裕佐は何だか笑い度くなつて笑つた。「何とか言《こと》づけてゐましたか。」

「又来ると云つてぢやつた。―お前、」と伯母は声を低めて云つた。「あれは、ばてれんぢやなからうか。」

「さア。近頃のばてれんと来たら穢多にでも、おんぼうにでも平気で化けるから、或はさうかも知れないが。」裕佐は尤もらしく頸を傾げて云つた。「しかしそれにしても変ですね。僕に用があるなんて。事によると天狗かな。」

　天狗とは当時迷信家達の間に悪魔《でえもん》とか、支那で謂ふ「鬼」とか云ふ意味に遣はれて居た。

「さうよ！　ほんに！」伯母は思はず恐怖の真面目さを以て云つた。「あゝ何と云ふ厭なものが舞ひ込んだもんぢやらうか。妾はもう恐ろしうて。恐ろしうて。あの仁がばてれんの化けた者ぢやとしても、お上のお役人ぢやとしても、どつちにしてもお前の身に吉い事はない気がするでな。ほんに天狗よ。」

「之を御覧なさい。何しろ僕はこんな物を持つてゐるのですからね。」

　裕佐はさう云い乍ら、懐から例の念珠《コンタス》を出して見せた。

「まあ、お前。それは！」

　伯母は内心恐れきつてゐたものを面と見せられたやうに眼を円るくし、魂消たやうに裕佐の顔とコンタスとを見比べたなり、小皺だらけの耳の根迄赭くして、歯のない口をモグ々々と動かした。

「は、は、は、！」と裕佐は大声で笑つた。「僕は鋳物師ですからね。どんな物だつて参考に入り要なのですよ。まあ、見て御覧なさい。面白いものでせう。」

　遊女君香を愈々身うけする段になつた時伯母が必ず、強制的に反対しない迄も、喜ばないであらう事を想ふと彼は、今から一寸いけずをし度くなるのだつた。そして彼は恐ろしい疑惧と絶望の淵に沈んでゐる伯母をそこに残したなり、口笛を吹きながら自分の「道場」へ立ち去つた。

「おゝ、桑原。あれは悪魔に見込まれたのぢや。切支丹ぢや。そして妾もそれで摑まつて共に殺されるんぢや！」

　彼は伯母が後でかう呟いて身も世もあらず滅入り込むでゐる様を想像して、心から気の毒に思い乍らも、おかしくなつて独り笑つてゐた。そして例のコンタスに幾度も接吻しつゞけながら室の中を歩き廻はつてゐた。

六

　裕佐は其日の日暮れ近く迄客を待つてゐた。しかし誰も来なかつた。で、彼は先刻から選り揃えておいた七八冊の挿絵入りの漢書―それは皆彼の父が丹精して手に入れたものであつた―を風呂敷に包み、又、彼の父が始めて南蛮鋳物の術を習ひに幕府から欧羅巴へ派遣させられた時の土産である小さい浮彫の鋳物を懐ろに入れると、包みを抱えてふらりと表へ出た。

　古書と古道具の一切を売買する銅座町のある店で彼はその漢書を売り、又その浮彫を見せた。それは「大天使《アルカンジョ》みける」が龍と闘つてゐる黙示録《あぽかりぷす》の中の一図で、むろん基督教に関係ある物ではあるが、直接耶蘇の生涯を題材にしたものではないので、単なる異国の美術品として、門外漢に見せても直ぐ様疑られる惧れのある品ではなかつた。

「結構なもんですなア。何ですか、之も譲つて頂けませうか。」

　狡猾相な主人は涎を流さん許りの表情を隠し得ずにかう云ひ乍ら彼の顔色を覗つた。

「いや、それは売るんぢやないんです。」

　裕佐は思はずかう答へた。彼はそれをも売るつもりで持つて来たのであつたが、それを主人に見せると同時に急に惜しくなつた許りでなく、何故かそれは自分にとつて売つてはならぬ意味のある物のやうに俄かに思はれて来たのであつた。そしてさう答へた事にホツと安心した一息をもらして、漢書の金を受け取ると、又その鋳物を懐にして愴惶と店を出た。

「之で俺は又、二度や三度はあの女に逢ふ事が出来るのだ。確実に。」

　かう思ふと彼はもう胸がぞご〳〵と躍るやうに身を顫はせた。そして興奮した足取りで、北風に逆らひ乍ら坂道を上つて行つた時、「萩原さん」と後ろから思ひがけない声がした。

　彼は振り返つた。そして一人の青年が小走りに彼を追つて来るのを見た。

「藤田君？」

　と裕佐は云つた。そしてサツと顔を赭らめ乍らも何か思ひがけぬ喜びに出逢つたやうに、にこ〳〵して逆戻りに其方へ近づいて行つた。

「暫く。どうも貴方ぢやないかと思つた。」

　と青年は寒気の中を急いだ為めにその健康な色の頬をなほ林檎のやうに紅くし、汗ばんだその白い額を一拭ひして、息を吐き乍ら云つた。

「本当に暫く。すつかり御無沙汰して了つて。」裕佐は少しもじ〳〵して云つた。「皆さん、お変りないの。」

　さうして彼は顔を赭くした。「皆さん」と云ふ言葉がすぐ或る人を指しての意味に此青年に取られる事を想ひ乍ら、而もその意味に取つて貰ひ度い為めに。

「え、有り難う。皆丈夫です。」と青年は何か工合悪気に下を向いて答へた。そして、「此方こそ御無沙汰してゐます。」と口籠るやうに云つた後で、「之から何方へ？」と訊いた。

「別に何方へと云ふ訳でも――」

「さう。ぢや、よかつたら少し一緒に歩きませんか。久しぶりに……」

　美しい青年はそのぱつちりした大きな黒い瞳に、弟の兄に対するやうな親しみをこめて裕佐の顔をのぞいた。彼は一つの包みを持ち、紺飛白の着物に羽織も着ず、足袋も穿かずに、ヒヾの切れた足にほう歯の下駄を穿いてゐた。

「え、歩きませう。」と裕佐は云つた。「何処へ行つたんです？」

「何、一寸町へ。売り物があつて。――」

「売り物？」

「え丶、」青年は少し羞かし相に云つた。「造花を売りに、」

「造花、造り花をですか。」

「え丶、一寸必要があつて。」そして彼は包みの中から一つの白百合の造花を出して見せた。「こんな無細工なものだからどうせ少し丶か売れやしません。」

「君が造つたんですか。」

「い丶え、皆んなで造つたんです。僕の母や姉や近所の人達で。」

　裕佐は俯向いて、黙り込んだ。

「此頃では始終造花を売つて居られるんですか。」彼は突拍子もなくこんな事を訊いた。

「い丶え。――今日丈けです。今夜は降誕祭《ナタラ》ですから。」

「降誕祭。――今夜がですか。」

「本当は今夜ではありません。明後日です。」彼は四辺を見乍ら云つた。――けれども本当の当日には詮索がきびしいから仮りに今夜ひそかな御祝祭をするのです。「――よかつたら来て御覧なさいませんか。」

　裕佐は赭くなつた。偶然にも吉三郎と云ふこの青年も自分も共に町へ売り物に行き、そして共に若干の金を懐にしてゐる。併し自分のは女は買はんが為の金であり、吉三郎のは聖なる人の誕生を祝し、それを記念せん為めのひめやかな集りを飾らうとしての金子である。「むろん俺には切支丹とならない立派な理由があるのだ。そして俺があの女を「買ふ」と云ふのも、それには否でも応でも金銭が必要とされる不快な事情からで、決して所謂遊蕩ではない。何で恥じるに当るものか。」少しでも真面目な心ある凡ての遊蕩者が初めに必ずする如く彼は心の中にかう弁解した。

しかしさうは思ひつゝも彼は此青年と並んで歩き乍ら何となく自分を汚れたものに感じないわけには行かなかつた。吉三郎は自分より三つしか齢下ではない。しかもいつ迄もその童顔の失はれぬ、あふるゝ日光のうちに伸び〳〵と育つ若木のやうなそのまつすぐな善良さ。顔の明るさ、星の如く澄んで微塵の濁りも見へぬ子供のそれのやうな綺麗な瞳、そのみず〳〵しい健康な体の全体に現はれてゐるふつくらとしたやはらかみ。それは此の世の意地悪を知らず、皮肉を知らず、淫慾の妄想に苦しめられる不眠の夜な〳〵を知らぬ者の如き顔である。単純な信仰者にのみ見られる平和の顔である。その人と今並んで歩く自分の顔のいかに不健全に病人の如く蒼褪め、頽廃して見える事であらう。彼は自分のぞべ〴〵した絹の着物と青年の粗末な身なりとの対照からも、ついかう意識せずにはゐられなかつた。

「此奴は単純なんだ。羊や兎のやうに。しかしその単純が何だ。」

彼はかう思つて呑気に吉三郎を子供扱ひしやうと思ひ乍らも、どこかに引け目を感じずにはゐられないのが自分で不快であつた。「よかつたら来て御覧なさいませんか。」と吉三郎に云はれて、「いや、僕は或る遊女の所に行かなければなりませんから」とは云へるものではない。

「僕がですか？」裕佐は口を切つた。「しかし僕は信者ではありませんからね。」

「構やしません。来て下されば嬉しいのです。」と青年は云つた。「尤も万一の事があつては御迷惑ですから、無理におすゝめもしませんが。」

「発覚ですか？　そんな事は平気ですが。——貴方のお家で僕が行つては御迷惑でせう。」かう云つて裕佐は自分の言葉の刺に顔を赭くした。

「そんな事あるもんですか。」と青年は苦し相に打ち消した。「それに僕の家でやるんではないんです。わきでやるんです。遅く夜中に。」

「しかしいづれ貴方のお家の方も入らつしやるんでせう。」

「えゝ。父は病気で来られませんが母と姉とは行きます。貴方が入らつしやれば姉は喜ぶでせう。」

此一言を聞くと裕佐は耳の根迄をサツと赤くした。彼はさはつて貰い度くない、その癖全くさはられなかつたら又不満である傷口にさはられたのである。それは永い涙の忍従と苦がい〳〵血とによつて漸々皮を被ぶせた許りの深い傷手であつた。而も再び皮を引剥がされた傷口からは、皮の出来る前よりら更に治し難い程の痛みを以てだく〳〵と血が流れ出さずにはゐなかつた。彼は咆え度い口を封じられたやうに全身を顫はせた。

「止しませう。――お気の毒だから。貴方の方にも自身にも。」

裕佐は青年の同情ある慰め言に却つて立腹したかのやうに顔を火の如くほてらせて苦々しくかう云つた。

吉三郎は苦し相に口を噤むだ。

「今時の切支丹は実際駄目です。」と青年はやがて口を切つた。「彼等は基督の精神を本当に了解して消化する丈けの力がないのです。それで只教義を鵜呑みにしてゐるのです。だから形に囚はれてゐて動きがとれず、偏狭なのです。偏狭なら偏狭なりに毅然とした強い処があれば又美しいのですがね、あの島原の乱此方、実際教会には偉大さが無くなつて了いました。」

「真の基督教はしかし」と俯向いてゐた青年は又続けた。「自由な宇宙的精神がすなほに共鳴してうけ入れ、愛する事の出来るものでなくては生命がないと僕は思ふんです。僕も一時は親兄弟に叛いて教義を捨てやうかと本当に煩悶した者です。僕は此宗門に深い疑いと反感を持つてゐました。殊に肉体に対しての解釈に於て。しかし今では自分を切支丹であると自分で許す事に何等の矛盾を感じてはゐません。なぜなら真に本当の神をみづからの内に信じる者は畢竟切支丹です。だから僕は切支丹です。」

「君は本当に神を信じられるのですか。」

「お丶信じますとも！」青年はきつぱり云つた。「神《でうす》を信じる。私には之より当り前な事があらうとは思へません。私自身の意識の存在を信じるのとちつともちがひはありません。」

「君は生れつきの信者ですからね。しかし僕にはそんな信仰はない、」と裕佐は云つた。「又必しもその信仰を必要と感じてもゐません、」

「嘘ですよ。貴方だつて実は信じてゐるんですよ。」と青年は断言的に云つた。「信仰はその人の生れ乍らの性質です。胸です。自覚すると否とは別としても。貴方は神の性質を先入主で誤解して居られるんぢやないでせうか。切支丹の唱導して来た人格的な神の先入主によつて。それは実際一寸奇異な事です。なぜと云つて、神と云ふもの丶観念を始めて本質的に明かにして、それを精神的な実在と正しく解釈した人は基督です。その神の観念の本当な確立丈けでも基督の人類に対する功績は絶大なものです。然るに、その教えを奉づる切支丹によつて、多くの人は神に対する窮屈な先入主を抱くやうになつたのです。無理のない事ではありますがね。人間と云ふものは何でも物を人格的にしか考えられない原始的な癖を持つてゐるものですから。しかし教養のある貴方々迄がそれに引つか丶るのは詰らない事です。そんな筈はありませんよ。貴方は宇宙の精神的中心、――何と云つたらい丶か、――つまりそれがちやんと儼存してゐる事で宇宙の大体の平衡と秩序とが保たれて、無事に進んで行き、それが少しでも傾ぐと世界の運命が狂ひ出すと云つたやうな無形の核心を貴方が感じられないなんて。人類と個人との幸福や、安穏が一つにそれに係つてをり、それに従へば平安を得、離叛すれば絶望に陥る一つの宇宙的意識――良心がある事を。静かに考えて見られゝば貴方がさうしてとも角も人生に絶望せずに、平穏に生きて居られるのは只盲目な、偶然な自然の現象だとのみ思へますか。」

「さうです。只自然と運命の為めです。其他の信仰はすべて生死の法則に支配されるか弱い生物の人間がその弱さの為めに自分で考え出した作り物ですよ。」と裕佐は云つた。「あしたに生れて夕に死んで行く儚ない運命の人間には彪大な宇宙の力に対して、先天的に一種宗教的な性質を与へられてゐる事は事実です。それなしには人間は自然に対抗出来ないのです。神や悪魔に対する信仰はその宗教的性質が生み出す一種の感じです。その感じは人間の本能と共に進化しては行くでせう。しかしいくら進化した処で結局感じは感じです。幻に対する感じです。僕は幻を信仰する事は出来ませんね。」

「併しその幻がなかつたらどうでせう。貴方は生きてゐられると思ひますか。」青年は確信のほゝ笑を浮べ乍ら云つた。

「それなしには貴方の生活は根底から無意味になるのですよ。根柢から！そして生き甲斐を感じる事は愚か、生活を持ち続けて行く事も出来ないと僕は思ひますがね。いや、断然出来る事ぢやありませんよ。たとへ一つ時でも。人間はそんな強い者ぢやありません。」青年はその美しい眼を輝かして云つた。「人間は決して完全な無意味に堪えられるものではありませんからね。どんな虚無主義者だつて虚無主義と云ふ主義を立てゝ、生きずにはゐられない丈けの何かを与へられてゐるんです。彼等だつて自分の満足する事をすれば必ず嬉しいし、空虚な時は必ず淋しいのです。それならその喜びや、淋しさはどこから来るのでせう。「良心から」と貴方は被仰るでせう。それならその良心はどこから来たものでせう。確かにそれは幻に対する感じにすぎないと云へるでせう。しかしその幻は吾々人間にとつては実在なものです。儼然たる生きた実在です！肉体にとつては太陽が神であり、精神にとつては神が太陽です。悪魔主義者にはその悪魔が変態な神です。虚無主義者には虚無が神です。そしてその人達の生活は各々それに近づいて行く事です。」

「むろんさう云ふ風に云ふなら僕には僕の宗教がありますよ。しかしそれは君の云ふやうなものとは全で別なものです。僕は決して安穏ではありません。それどころかかなり不安で、絶望的にさへなり勝ちです。それは神に遠ざかつた生活をしてゐるからだと貴方は云ふでせう。しかし僕は又それが好きでもあるんですよ。僕は動乱を好んでゐます。神に祝福された平安も求めないではありませんが、又必ずしもそれが得られなくとも僕は平気なのです、」

「それはね、貴方が矢つ張り心の奥底で無意識に神を信じて居られるからの事なんですよ。」と青年は音もなく彼等の上に落ちて来る褐紫色の桜のわくら葉を拾ひ乍ら云つた。「しかしまあ、貴方は藝術家です。だから藝術によつて神にふれて行かれゝばいゝのです。貴方の天賦は矢張り神が貴方に授け玉ふたものなのですからね。その天賦を殺して基督信徒にならる、事を神が望み玉ふとは僕は思やしません。否、むしろそれは神に対する反逆です。なぜと云つて吾々の心霊は一の親である精神によつて万人共通的に作られてゐる同じ性質のものです。だから貴方が貴方の神に近づきふれて行けば行く程、つまり貴方は普遍的な全一な神に近づいてゆくのです。貴方は貴方の神に額づく事によつて万人の神に額づくのです。個人にどうしてそれ以外の事が出来るでせう。」

裕佐は全く意外であつた。彼は此青年の頭のい丶事を知つてはゐたもの丶まだ見た処は依然として子供のやうな此童顔の青年から此等の事を聞かうとは全く思ひがけないのであつた。彼は青年の進歩におどろいた。

「よく人が単に自分を切支丹と認めない丈けの為めに、自分自身の信仰を否定して、故ら神を迄否定する傾きがあるのは実際悲しむべき馬鹿げた事だと思ひますね。良心の鋭い、理性的な人であればあるほどさうなる傾きがあるのは全くなげかはしい事です。」青年はつゞけた。「それらの人は皆めい〳〵自分の裡に神を感じる事の出来る頼もしい人達なのです。しかし今時それらの人は皆余りに基督教に囚はれるのです。なぜと云へば今時本当に良心と理性との眼覚めた人が一度も基督教に囚はれずに済むと云ふ事は恐らく不可能な事だからです。人間が本当に救はれる唯一の合理的な福音がフランシスコ、ザヱリオによつて吾々の前に持ち来たされたのです。実際それはあらゆる精神と信仰との堕落し、衰微しきつた今日に於て全く唯一の光明であり、救ひの門だつたのです。苟も精神的要求の豊かな人が自分を無良心だと思はずに、その門に冷淡で無頓着である事は出来る事ぢやありません。その苛責と拘泥に打ち克つて、然も邪道に陥らない事はむしろ奇蹟です。それで多くの真面目な人が自からも人からも無良心と思はれる事の不安に負けて、大した格別な動機もなくて信者になつたものです。それらの人は又自分が信者になれないのは発覚して殺される事が怖いからだと人から思はれたり自分でも思ふ事が強腹なので、只自分の空しい勇気を示したい丈けの為めに洗礼をうけたりしたものです。そしてさう云ふ馬鹿々々しい「潔よさ」に負けない丈けの強さと僻みを持つた人は無理に悪魔主義になつてその尊い生命を持ちくずし、自棄に棒に振つて了ふのです。――貴方が苦しまれた事は私はよく知つてゐますよ。」

「全くもし藝術がなかつたら僕は破滅したでせう。」と裕佐は遮切つた。「――しかし今では僕は全でちがつた考を持つてゐます。僕は異端です。それは決して自暴自棄からではありません。僕は悪魔主義者でもなければ神主義者でもない、一種の自然快楽主義者です。そしてその事に些しも良心の苛責を感じてはゐません。実際の処僕はもう宗教には冷淡です。僕に信仰があらうと無からうと、それを君がきめる事は勝手ですが、僕にはどつちでもい丶事なのですよ。」

「さうです。結局どつちでもい丶と云ふ放任した気持ちに迄ならなくては駄目です。それは自暴自棄に似てゐて、凡そ反対なものです。」

「ふむ。その意味とはちがふのですが。」裕佐は冷やかに苦笑して云つた。「併し君の親切な厚意から出る故意の誤解を僕は拒まうとは思ひません。僕の方から云はせれば、君こそ単に基督のお弟子としてのみ畢る事は惜しくてならないのですが、しかし僕は、君が自由思想家になる事を君に勧めやうとも思ひません。それは人間として僭越な事ですからね。だから君も僕を此儘に打つちやつといてくれ給へ。」

「無論です。人は要するにめい〳〵の人生観によつて生きるよりないのですからね。又それでい丶のですからね。」青年は淋し相に云つた。

「しかしもし今日本で基督の像を真に生けるが如く写す事の出来る人がゐるとしたら、それは貴方丈けだと云ふ事を僕は知つてゐます。お世辞ではありません。だから僕は安心して貴方を信じてゐますよ。」

「ふむ。恐縮ですね。」と裕佐は云つた。「しかしとも角僕はその百合の花を一つ買はせて貰い度いものですね。いけませんか。」

「どうぞ買つて下さい。――しかし一寸此処で休んで行きませうか。」

「此処でもい丶が、あの神社の中はどうですか。あそこにはもう少しキレイな茶店があります。」

「神社仏閣は僕らには少し鬼門なのですよ。只の参拝者のやうな風をしてそれとなく礼拝しない者を探りに来てゐるお役人がよくゐますからね。」

「うるさい狂犬達ですね。ぢやまあ此処にしましよう。」

そして二人は或る見晴らしの縁台に腰をかけた。

七

眼下に一目に見渡される町々の家にはもう明りがついてゐた。

「奇麗ですね。何と云ふ沢山の明りでせう。あれを一々みんな人が点けてゐるのですね。」青年は真面目にかう云つた。

「天には星が光り、地上には人が明りをつける。僕は此処でよく夕方此景色に見惚れて了います。人が明りをつけると云ふ事は実際神秘な感じのものですね。只夜になつたから明りをつけると云ふ以外に深い意味を持つてゐます。何だか涙ぐみ度いやうな、可哀いやうな、有難いやうな感じではありませんか。」

「本当に、いかにも地上らしいい丶感じですね。」裕佐もかう云つた。

「地上らしい、実際です。だから愛さずにはゐられません。祈り度い心にならずにはゐられません。同じ明りでもあの星のいやに落ついた冷やかな無限の明りとの感じの違ひを御覧なさい。何と云ふ儚ない、いじらしい感じでせう。泡のやうに生じてはすぐ消えて行く此儚い人間と云ふもの丶いかにも点け相な明りではありませんか。人間は本当に可哀相なものですね。」

そんな事を云はれると裕佐は泣き乍ら笑ひ度いやうな気持にもなるのだつた。此青年の姉に失恋した彼は幾度こゝへ来てぼんやり腰を卸し、深い溜息を吐いては、こみあげて来るその涙を羽織の裏に隠した事か知れなかつた。

「僕も此処へはよく来たものですよ。」

「さうですかね。——僕は此処へ来て此景色を見ると毎も何だか悲愴な厳粛な気持ちになつて祝福し度い心に充たされるんですよ。此町は実に苦しむだのですからね。恐らくこれ程精神的に苦しんだ土地は日本国中他にはないでせう。そして今でもなほです。変な言ひ草のやうですが僕は此町その物が何だか可哀相で仕方がないのです。」青年は一寸黙つた。

「あの立山を見ると僕は実際ゴルゴタのカルヴル山を見るやうな敬虔な気持ちになつて心が引しまらずにはゐられません。僕等もいづれは彼処へ引張られて行く時が来るのでせうが。——」

青年は右手に半ば諏訪山にかくれて兀鷹の頭のやうに見へる真黒な兵をさしてかう云ふと、俯向き乍ら下駄の歯で土を掻いてゐた。

裕佐は言葉もなく黙つてゐた。そして魔物を見るやうにその黒い丘をちらりと見ると体を顫はせた。

彼は昔その丘に一度は伯父に連れられ、一度は母に連れられて、切支丹の虐殺を見に行つた事があつた。

八つの時伯父に抱きあげられて黒山のやうな人の垣の頭越しにその刑場を見た時、十幾本かの十字架を遠巻きに燻し立てゝゐるその薪の火がその十字架に燃えうつり、燃えうつゝた火に肉に喰い込む程くゝりつけてある荒縄がぷつりと切れて、自分と同じ位の小さい子がその十字架から落ちて倒れ、煙の中を小走りに走つて、隣りの十字架に素裸のまゝで縛りつけられて唇を嚙み、眼を屹と天に向けてゐるその母親の処に駈け寄つて、泣き叫び乍らその胸に犇と抱きついた——それをちらりと見た時、彼は泣きも得ず只地団太を踏んで、なほ終り迄それを見続けやうとする伯父の頭髪を滅多矢鱈にむしつた。伯父は上気して顔を真赤にし、彼がグツと云つて一時息が吐けなかつた程荒々しく地びたに放りなげ、そして周囲の人を見乍ら「意気地なし奴」と云つてとげ〳〵しく笑つた。放り出された彼は転げ乍ら伯父の足を力一杯ピシヤ〳〵と撲つた。そして腹の底からの軽蔑と憎悪とを以て伯父を睨みつけ乍ら「帰らうよ！帰らうよ！」と火の如く叫んで聞かなかつた。

「此弱虫奴が！だから来るなと云つたに！」伯父はかう云つてにく〳〵しげに少年を睨み乍らも彼を引つれて帰つた。

少年は生長し武士道によつて教育された。「気が弱い」「意気地なし」と云ふ事は彼には此上ない恥辱に思はれて来た。彼は又熱心な忠君愛国主義者になつた。そして日本の国土を狙ふ夷狄の悪魔に憑かれた者。国賊が虐殺される事は当然な正しい制裁だと考へるやうになつた。彼は十字架を作つてはそれをぶち壊はす遊戯に快感を感じ、切支丹と指を差される者には石をぶつけた。そして、彼が十六の秋、丁度父が外国へ行つて留守であつたので、無理にいやがる母の手を引いて又虐殺を見に行つた。

その時の虐殺ぶりは、彼等がそこへの途中脳貧血を起して頭を抱え乍ら戻り来る何人かに行き逢つたほど又一層ひどいものであつた。併しそれはなほ彼の病的な好奇心を戦慄させ刺戟した。「今日こそは見てやるぞ。参つてはやるまい。」彼は心の中で幾度もかう自分を励ました。

濛々と煙が立ち昇つてゐる刑場に近づくと火葬場の煙の如き異臭が風に送られて来る。掃き清められた広い刑場の奥手には白衣を着た女達がずらりと髪の毛を木の釘にくゝりつけられた儘だらんとぶらさげられてゐる。彼等は体の重みの甚しい苦痛の為めに閉じた眼がつるしあがり、顔は蒼い土色をし、そしてその引つつた髪の毛根からは血がしたゝつてゐる。中には自分の重みの上になほその子供を帯にくゝりつけ垂れ下げられてゐる。そしてそれを遠巻に焚木の煙がじり〳〵と燻してゐる。

彼等と向き合にその夫と、父と、兄弟と、外人のばてれん達とが並んで座らせられてゐる。或る者は竹の鋸で少しづゝ徐々とそのさし延べた頸背をひかれてゐる。ばてれんの前には又釜が置かれ毒を混ぜた硫黄がぐら〳〵煮つめられてゐるその蒸発する毒気は凡て管によつてその男の口に当てはめられ、鼻は塞さがれてゐる。男はむせる事も、咳する事も出来ず、苦悶したまゝ、顔は見る〳〵真黄色になり、どす黒い土色になり、そして皮膚がばさ〳〵と剝げ落ちて行くのである。

凡てそれらは拷問である。刑者にとつて殺戮は欲する処ではない。被刑者がもしその苦痛に堪えず宗門を「転ぶ」と一言云ふならば彼等はすぐその場に刑をとかれるのである。併し、信徒の強情が不退転であればある丈け拷問の残虐は工夫を進めたのである。然もいかなる死苦の中にも彼等は「舌を嚙み切つて自ら死ぬるやうな創造者に対する罪」は許されてゐないのである。

「ゼズス・マリヤ！ゼズス・マリヤ！」

「キリエ・レンゾ、キリエ・レンゾ」

「アベ・マリヤ・アーメン・デウス！」

女達は無理にむき開いた眼で天を仰ぎ乍ら唱へた。

「パライゾは確かだ。光栄な一つ時を忍べ！」

「身を殺して霊を殺す事の出来ぬ者を怖れるな。アーメン！」

信者達は或ひは自らを或は他を励ましてかう云つた。そして拷問の中に一人々々その地上の生命を「神の御手に還し」て行つた。

裕佐は、併しその鋸びきを見た訳ではなかつた。役人がその大きな竹の鋸を持つて現はれた時、彼はもう既にひどい脳貧血を起してゐた。彼はそれでも幾度か空を見たり、霜枯の草を見たり又外つぼの丘の樹木や家に眼を向けて心をまぎらし、気を確かに持たうと努めた。「国賊だ。いゝ気味なんだ。」彼は又強いてかう呟いても見た。そして事実みづみづしい女の肉体に対する残酷な苛み方は彼の性慾に異様な苦しい挑発を促してゐたのであつた。彼はその事に驚き羞じ乍らも一方その残忍な肉感を自ら誇張し、煽動しやうと努力してゐた。しかし或る女の腰紐にその肥つた乳飲児が暴れ乍らくゝりつけられるのを見た時、彼は遂に我を忘れて叫び、そして後ろにゐる男に倒れかゝつた事を自ら知らなかつた。——そして彼は家へ帰つても寝かされてゐた。

その時以来彼は陰鬱な「黙りん坊」と呼ばれる青年になつた。

彼は人間の精神と云ふものゝ力を眼のあたり見た。人間の思想、信仰、救はれやうとする願望、それのいかに怖るべく強く、動かし難いものであるかを見た。人が肉体によつて生きてゐるのでなく、実に精神によつて生きてゐるものである事、精神は生死よりも強いものである事を現実に見た。肉体としては到底堪えられやう筈のない事を、人は精神の故に敢然と堪えるのみでなく、却つてそれを望み、喜んでうけるのである。「精神一到何事か成らざらん」と云ふ事を彼は小さい時から聞かされもし、信じてもゐた。しかしそれがかく迄実際に怖るべきものであるとは彼は決して想像も出来なかつたのであつた。——彼は本当にそれ迄知らずにゐた或る世界の前に驚き、打ちのめされたのであつた。——そして其の事は彼に勇気と深い悲しみとを与へた。

かく迄人を怖るべく強きものにする力ある宗門には何か自分の全く知らない或る非常な物があるにちがいないと彼は疑い出した。人々が「国賊」と呼ぶ「彼等」が事実それにちがひないとしてもそれだからと云つて憎み排斥しきる事の出来ぬ何かしら尊い威力を彼等の中に彼は感じない訳には行かなくなつた。一体その様な不純な野心からあれ程の決心と威力とが出得るものであらうか何方が正しいのか？それはとも角としても彼は何だかその「彼等」に好意と一種の尊敬を感じないではゐられなくなつた。そして自分が空虚な詰らぬ者に思はれて来た。

併し一方彼は又そこに他の疑念をも抱かざるを得なかつた。なぜあれほど迄の残虐を忍んでも宗門を転んではならないのか。転んだ者は仲間から排斥されるのか。人間の魂が救はれると云ふ事の為にはそれほどの肉体の犠牲がどうしても必要なのであらうか。天地はもつと悠々としたものである其天地の中に人間が生かされてゐる処にはもつと自由と、赦しとがあつていゝ訳である気がする。さうでないとすれば人間にその犠牲にすべき肉体を態々与へた者は余りに無慈悲である。「恐らく一方が不正な為めだ。基督教が残酷なのではない。」と彼は考へた。しかしさう考えても何だか基督は厳酷にすぎる人のやうに思はれた。その宗門は余りに窮屈な、苛酷なものに思はれた。此世にはもつと此世に調和した自由な宗教があつていゝ訳ではないか。——そんな気がした。

彼は生長し、基督教に対する自分の誡解を覚り、そして良心が苦しむでゐた時、此青年の姉に恋をした。

「貴方は天主《でうす》様とその御子のきりしと様をお信じなさるか。」

と恋人の父は訊いた。

「信じません。——まだ。」

「それでは…」と父は宣言した。「不信徒の方との婚約は許されてゐませんから。」

そして彼は失恋した。

彼は失恋し、そして藝術を得た。「以伎藝天為我妻」彼は自分の室の襖にかう太く書いた。

八

「此処にも高札が樹つてゐますね。あれを見て平気ですか。」

裕佐は此切支丹とのひそ〳〵話を人に見られて疑はれはしないかと、つい何度も四辺を見廻はしては心に羞じるのであつた。それ故彼は石段の上り口に突つ立てられてゐる禁制の高札を指して態とかう訊いた。

「平気ですよ。僕はもう。慣れてゐますから。」

と青年は答へた。そして彼の意を察したものか「しかし遅くなりましたね。僕はもう帰らなくてはなりませんが。」かう云つて彼は立ち上ると改めて注意深く周囲を見廻はした。

「実は先刻貴方をお招ぎして見たのは、今夜は少し特別な訳があるからなんです。貴方にも一度見せ度い人がゐるのです。」

「僕に見せ度い人ですつて。」

「えゝ。或る長老です。八年ぶりで天草から脱走して来られたんです。それは立派な人ですよ。」

「もしかしたら行くかも知れませんが。——何時どこでですか。」

青年は彼の耳に或る事を私語きそして去つた。

「誰が行くものか。」裕佐はその後ろ姿を見送り乍ら暗い心に呟いた。彼は青年の自分に対する熱い厚意と同情に感じないではゐられなかつた。吉三郎はたしかに彼の失恋に同情して、彼が自暴自棄に陥る事を怖れ、強いて彼に希望を持たせやうとして、彼としては珍らしくいろ〳〵な「慰め言」を云つたのである事も裕佐には分つてゐた。しかし裕佐が何よりも彼から聞く事を求めてゐる唯一の事、「私の姉は貴方を愛してゐます。そして貴方々の結婚を私はきつと纏めるでせう。」其事を青年は云はなかつたのである。その一言が聞けない以上、青年の千百の慰め言や、勇気づけの感想は、彼にとつて啻に煩さい無駄口であるに止まらず、更に彼の忘れかけてゐる傷口を新しく掻き破る丈けの事である。

「あの馬鹿奴。長老が俺にとつて何だ。」

彼はその愛する青年の事をかう云つてステツキで石を打ち、百合の花を叩き捨てやうとして捨て得ず、掌の中に握りつぶし、そして立ち上つた。

「忘れやう!彼処へ行きやいゝんだ!」

彼は頭を打ち振り乍らかう呟いて、石段の降り口の方に向つた時、後ろから青年と行き違ひに来る男の声を聞いた。

「何でもな、男には皆「ノ」の字が附くんぢや。ジワンノ。カラノ。ミギリノ。抔と云ふ風にな。女子《おな》ぢやつたらジワンナ。カラナ。イザベリナと云ふやうに「ナ」が附くんぢや。」

それは聞いた事のある声だつた。裕佐はハツとして、思はず立ち止まつた。その瞬間その男は裕佐に追ひつき乍ら「おや、萩原ぢやないか。」と声をかけた。

「さうだ。萩原だ。君は…」

「わしぢや。分らんかね。富井ぢやよ。」

「分つてゐるくせに、とぼけるな」と云ふやうに男は云つた。そして頭巾を取つた。

「わしは今な、おぬしの家へ行つたのぢやよ。おぬしは近頃毎日のやうに家を明かすと云つて伯母さんはこぼしてじやつたぜ。」孫四郎は歯の抜けた口を開いて声もなく笑ひ乍ら云つた。「御心配なさるな。あの仁は堅いでと、わしは云つて来たぢや。はつは。」

「だが変な処で逢つたな。どこへ。今頃。」

彼は又かう云ひ乍ら、裕佐の身なりをわざとらしくじろ〳〵と凝視めて附け足した。「どうしたね。えらう伊達ななりをしてムるぢやないか。わしの処へ見える時とは全で別人のなりぢや。」

そして彼は又意味あり気に前の方を頤でしやくつて見せた。その小路を行けば丸山へ出ると云ふ事を諷するやうに。

「丸山へ行くのさ。」と裕佐は云つた。「僕が丸山へ行くと云ふ事が君にはそんなに興味があるのかね。」

「さうさね、清廉高潔な君子然たる仁がびく〳〵ものでこつそり悪所通ひをやつてゐる処を見つけちまふなぞはと角人の面白がるこつちやてな。へ、へ、さもしいもんで。」

裕佐は一言も云はず、すぐ其場で此男と別れやうかと思つた。孫四郎が自分を偽善者と思ひ、噓吐きと思つてゐる事は彼には分りすぎてゐた。しかし孫四郎の前で、又誰の前でも「俺は遊ばない。女にふれた事はない」とは彼は一度も云つた事はないのである。「俺は遊ばない」と称して、蔭で遊ぶのは偽善であらう。しかし、恥を知らぬ。自堕落な連中が、どこ迄も只道楽を道楽として臆面もなく下等に馬鹿話を吹聴し合つてゐる時、一人沈黙を守るのは偽瞞でもなければ衒《ぶ》る事でもない。懺悔や告白はひそかに自分の神の前に於てのみ神妙に為すべき事であつて、人前で、殊に孫四郎如き者の前で軽々しく喋々すべき事柄ではない。少くとも打ち明けるべき場合に、打ちあけるべき相手にならぬ自分は決して蔭日向を好む男ではない。―と裕佐は思つてゐた。その心持ちが微塵も分らずに「こんな何喰はぬ顔してゐて……」と簡単にこそ〳〵者ときめてゐる孫四郎の心事が彼には此上もなく不愉快だつたのである。

「それやそうと、わしは今一寸その事でおぬしを訪ねたのだがな。」と孫四郎は急に態とらしく調子を改めて云ひ出した、「おぬしの処に先夜沢野と云ふ仁が行きやせなんだか。」

「沢野。あゝ、来た相だけれど、俺は逢はなんだ。」

「左様か。おぬしあの仁を知らんかな。元とキリシトフア・フエレラと云つてゐた天国の門番さんぢやが。」

「そうして今では地獄の番犬になり下つた男ぢやないか。」

「は丶。まあそんな処かも知れぬ。あの踏絵を発明したのはあの男ぢやからな。」

「あの発明も最初にはえらい効き目のあつたもんぢやが。」と連れの男が云つた。「もう此頃ぢや信従者は皆えらうなり居つたで。中々あんな事位ぢや手にはおへんて。」

「いや、それでもな、満更役に立たぬでもないさ。何せ、今迄んとは紙ぢやからな。大勢が踏んで踏つけて汚ないボロ紙になつちまふと、もうゼズもマルマもあつたもんぢやないわ。何が書いてあるかてんで分りやせんのだからそれを踏んだがさうひどく気が咎めもせんのぢや。只の反古紙を踏むと思へばな。」

「本当にえらい発明だ。」と裕佐は云つた。「そしてその犬を僕に紹介してくれたのは君なんかね。」

「まあ紹介と云ふ訳でもないが。何せさう云ふ訳で、今迄の紙の踏絵ぢや一向役に立たぬで、何か彫り物で、いつ迄もその有り難いお像がはつきり残るやうな物を作る工人はなからうかとあの男がわしの処へ訊ねに来たもんぢや。」

「それで僕に思ひ当つてくれた訳か。」

「さうぢや。わしの知つてゐる彫物師は他にもあるが、そこが親友の間柄ぢや。へへ。おぬしの専門は南蛮鋳物ぢやが金物なら木彫よりはなほ磨滅する憂いもなしな。わしがさう云つて話すとあの唐人先生、日本にさう云ふ鋳物師があるとは知らなんだ、鋳物で出来るなら素よりそれに越した事はないと云ふて大喜びさ。どうぢや。一つやつて見んかね。儲けもんぢやぜ。」

「ふむ。そしてそれを君や世間の有象無象に踏んづけさせてくれやうと云ふんだね。——有り難う。僕は御免蒙るよ。」

裕佐はさう云つて、挨拶もせず不意に横道へ曲つた。

しかし一人になるが否や、どうしてこんな乱暴な別れ方をしたのかと彼は悔むのであつた。なぜか彼は、常々厚意を持つてゐた孫四郎の細君の姿をふと考へた。そして彼等夫婦の仲と、寂しい愛とを思つた時急に哀れな気がして来た。もし自分の憤りが単にひねくれた邪推にすぎなかつたとしたら本当に気の毒な事をした、余りに大人気なかつたと思つた。併し彼はなほ憤りを鎮める事は出来なかつた。「そんな事はない。彼奴はその位のいたづらはし度がる奴だ。もう彼奴とは愈々絶交だ。」彼は強ゐて自分にかう云い乍ら蒼い顔をして妓楼ののれんをくぐつた。

九

女はすぐ出ては来なかつた。物悲しいほどの寂しさに滅入つてゐた裕佐は、しかしその女の室に入つて、見慣れたいろいろのものを見ると次第に心持が甘く明るく変つて行くのであつた。彼はごろんと肱枕を突き、何気なく欄間の額を見てゐた。誰が書いたものか南画風な淡彩で、白髪な支那人と赭ら顔の遊女とが「枕引き」をして遊んでゐる図である。絵は瓢逸を狙つてや、俗になつてゐるが下手ではない。それに『木まくらの角は丸山たをやめに心ひかる、みつうちの髪』と云ふ狂歌の讃がしてある。

「呑気な奴だな。」と彼は思つた。しかし今の彼にはそれが少しもいやではなく、却つてそんなものを見てゐる事でくさくさした気持がのんびりと柔げられて行く事が快かつた。

しかしその途端、突然襖があき、いつにもまして絢爛な装ひをした君香が這入つて来るが否や、「貴方。お検べよ。」と低く鋭く云つた。

裕佐は一寸ぎくりとした。先刻変に大胆な心持ちで孫四郎の連の前でいろいろな事を口走つた事を想い出したのであつた。然し彼は横になつた儘自分の前に生人形の如く突つ立つてゐる女を眺め乍ら云つた。「何だ。冗談だらう。」

「嘘だと思ふなら之を御覧なさいよ！」と女は真剣に云つた。

「貴方を探訪《たづ》ねて来たのよ。」そして彼女は奉行所の役人丈けが持つてゐる大きな名札を見せた。

「はゝ。驚かしやがるな、犬奴。」それを見ると裕佐は笑つた。

「だがどうして奴、俺が此処にゐる事を嗅ぎつけやがつたのかな。」

「それが犬だからよ。」と女はやゝ安心したらしく云つた。「貴方、此犬を知つてるの？」

「いや、まだ逢つた事はない。」

「貴方、大変な者と関係が出来ちやつたのね。これは貴方、あの仲間からユダと云はれてゐる転びばてれんだわ。――妾を検べに来たのかしら。」

「さうかも知れぬ。とに角逢つてやるから此処へ通せよ。」

「妾の事だつたら平気よ。あゝ屹度さうよ。自楼の犬が犬同士密告したんだわ。ほつほ。面白い！　妾からかつてやらう。」

そして女は起つて行つた。

再び襖があき、二人の男が這入つて来た。一人は七尺の鴨居を頭を下げてくぐる程の大男の異国人であり、一人は、ずんぐりとしたその供の下役であつた。大男は不器用に和服の羽織袴を穿き、四辺を圧する程の悠揚さでギゴチなくそこに座はると軽く頭を下げた。

「御遊興のお邪魔をして済みません。」と下役は礼をし乍らいかつい調子で云つた。「此沢野さんは日本語にはもうカナリ堪能なんですが、しかし万一の不便があつてはと云ふんで、私が幾分通訳の意味でお伴に上つた訳です。」

「先夜は宅へお入で下すつた相で失礼しました。」裕佐は赤面し乍らも落ちついて云つた。彼は自分がかう云ふ場所へ来てゐる時、それを狙つてわざわざ冷やかしのやうに訪ねて来る此役人の心に不愉快を感じてゐた。しかしさう云ふ反抗的な気持ちで此男に逢ふが否や、彼の気持はぐらりと変つて、落ちついてゐる以上に此異国人に対して何となく一種の不愍さを直覚的に感じたのであつた。

実際此巨大な異国人の感じは一種異様な驚くべきものであつ

た。室に這入つて来る処を一眼見た時、彼は癩病人に逢つた如くハツとして、思はず顔を背向けた程無気味であつた。頬のこけた蒼白の顔の上部、両の鬢と額とは大火傷の痕の如く赭黒く光つてひつつれてゐる。そして眉間と、左右の米嚙みの処に焼け火箸で突いた程の穴の痕が残つてゐるのである。それが何を語るものか裕佐には忽ち覚られるのであつた。

　切支丹の拷問に「囚徒」を逆吊りにして、その頭の鬱血と、胸を臓腑が圧迫する事の為めに、口からは素より、遂には眼と鼻とから迄出血して、大抵七八時間の「早さ」で往生するのを妨ぐ為めに、眉間と米嚙みとに小さい穴をほがしそこから鬱血をしたたらすことによつて死を長びかす仕方のある事を彼は聞いてゐた。此ばてれんのフエレラは嘗てその拷問には堪えたのである。しかし更に一層残酷な拷問、――温泉嶽の沸騰する熱湯の中に逆吊りに浸たされた時、彼は遂に夢中で転宗を叫んだのであつた。転宗を一度叫んだ以上彼はもう「天国とは縁が切れた」のである。而もなほその厳しい監視と、堪え難い迫害とは続くのである。かくて彼は思ひきつて自己に対する自棄な反逆から、奉行に身を売り、切支丹探しの犬となり、踏絵の法を案出して、奉行の歓心を得やうとした。「どうせ天国に叛いた上は地獄の鬼となれ。」彼はさう云ふ捨て鉢な気持ちになつたのであつた。

「富井さんからもうお聞きになつたかも知れませんが…」

　フエレラはその硫黄の灰のやうな色をした頤髯を逆に撫でながら横を向いてかうボツボツ云つた。「貴方に一つお頼みしたい事がありまして。」

　人の顔をギロギロと偸み見はするが、決して真面には見ず、人に顔を見られる事を臆したやうな風で口籠る如く丁寧な言葉をつかふ此男の様を見ると、仮令それ此が男の「手」かと疑つても裕佐は苦しい程気の毒になるのだつた。

「え、、分つてゐます。聞きました。」裕佐は急いで云つた。

「踏絵の事でせう。」

「さうです。その事です。」フエレラは始めてほ、笑みを見せて云つた。「お願ひ出来ますでせうか。」

　その時君香が自分で茶を持つてそこへ這入つて来た。そして二人を見て、「入らつしやい。今晩は。」とにつこり微笑み乍ら云つて茶を注いだ。

「実は少し急がれてゐますんで…」と下役が口を切つた。「と云ふのは、御存じの通り、踏絵の検べは毎年正月の末に行はれる事に定まつてゐるんで、なるべくならば来年のそれに間に合せたいと思ふんです。それで貴方がもし幸にそれを承諾して下さるとすると、一刻も早くお願ひしておく方がい、と考へたんで、実はこんなお席へ迄出しやばりたくはなかつたんですが――」

「へえ。さう？」君香は茶化したやうな調子で横から云い出した。「だけどどうして此人が妾のお客である事が貴方々にお分りになつたんですの？此人はまだそれやこそ〳〵の坊つちゃんで、妾の処へなんぞ通つてる事をどんな親友にだつて打ちあけられる人ぢやないんですのにね。」

「私達は今そこで偶然富井さんに行き逢つたのです。そして随分そこらの楼《うち》を訪ねたのです。」とフエレラは云つた。

「富井さん？—あゝ、あのいやな奴。」と女は云つた。そしてフエレラの顔をじつと見入り乍らつゞけた。

「異人さん。貴方、いゝお声ね。説教でもなすつたらさぞよく通るでせうね。だけど—貴方、随分苦労なすつたでしよ？一通りならない煩悶をなすつたわね。そして今でもまだ貴方のお顔にはちやんとさう書いてあるわ。いゝえ妾、苦労人が好きなんです。呑気人は嫌いよ。」

「ふむ。さう見へる筈です。此顔ですから。」とフエレラは冷やかされたと取つたらしく苦笑した。「私怖いでせう。」

「えゝ、子供は泣くでせうね。ほゝ。だけど凡そ怖いのとは反対よ。貴方、昔はさぞ立派だつたでせうね。ほんとにどんなに立派だつたでせう。今だつて貴方が其処に座つてゐらつしやると何だか他の人達が貧弱で、見すぼらしくつて気の毒なやうですわ。だけど、」と君香は小頸をかしげた。「貴方のお顔には何か肝心なもの—何と云つたらいゝか知ら—まあ命の光り水気と云つたやうなものがすつかり失せて了つたわね。その立派なお鼻から両方の口許へかけてのいやな皺なんぞは昔はなかつたもんにちがいないわ。きつと後で出来たものだわ。さうでせう？妾、之れでも人の心を見抜く事は名人なのよ。だけど唯一人、どうしても気心の知れない人があるの。それは此人、」彼女はかう云つて裕佐を指した。

「ふむ。」裕佐は赤面し苦々しくかう云つて横を向いた。

「ふむ、ですつてさ。あの口の端を一寸引つ吊つた処を見て下さいよ。あれが此人の唯一のお得意な皮肉の表情なんですの。

「ふむ」位で人をごまかさうたつてごまかされるやうな妾ぢないわ。妾かう云ふ狡るい人は嫌い。」

さうして彼女はその眉を上げ、下眼をつかうやうにして頤を出した。

「沢野さん、之から時々妾の処に来て下さらない？　おいや？もう貴方、自由なんでしよ？　こんな街をうろついてゐて富井さんに逢ふ位なんだから。妾あなたの淋しい気の引けたやうな処を見ると何だか涙ぐみ相になつてよ。貴方又体が馬鹿に巨きいからなほその寂しさが眼につくんですわ。恰度不幸な人の住んでゐる家が大きくて立派であればあるほど哀れな感じが深いやうなもんだわ。貴方がいくら威張つて、すごい眼付きをして歩いたつて矢つ張り駄目よ。後ろから見ると貴方はまるで死刑囚のやうよ。どうしてゞせう。貴方は貴方の今迄経て来た煩悶丈けでも尊敬される資格があるのに。だけど、妾が占ふ処によると—」彼女は顔を横にねせて下から見るやうにして云つた。

「貴方はきつと終りを完ふしない方だわね。貴方はきつと病気ぢや死なない方だわ、」

「そう思いますか、」

黙然としてゐたフエレラはその蒼白な頰に異様な赭味をさし、濁つた眼に無気味な光りを湛へて女を見た。

「おゝ美しい顔。」と女は思はず云つた。「あラ、もう消えちまつた。暗い空の中にひらめく稲妻のやうだつたわ、」そして彼女は立ち上り乍らやゝ乱れてゐた褄をそろへた。「妾、今の貴方の顔に惚れちまつたわ。本当に、夢の中で見た事のある悪魔《ルシヘル》の顔にどこか似てゐたわ。それよりも弱々しかつたけれど。貴方本当に来て頂戴ね。妾全身の愛で夢中に可哀相がる事の出来る人に飢へてゐるんですの。妾自分が愛されやうなんて気はもう全で微塵もなくつてよ。だけど妾心から可哀相だと云ふ気にならなくつちや本当に愛する事は出来ないんですもの。だからかう云ふ――」と裕佐を指し乍ら「温和し相でゐて心底の骨の強い人には妾決して惚れる事は出来ないの。此人はこんな人の善さ相な顔してゐて心《しん》はそれは氷のやうにきついんですからね。ほゝ、どうもお八釜しふ。」

そして女は去つた。

「如何でせう。今の話は。」

間の抜けたやうな沈黙を破つて、下役は眼で笑い乍らかう云つた。

「折角ですが――多分お断りする事になるでせう。」

むつつりしてゐた裕佐は下役の冷やかすやうな顔をぽかんと見てゐた後で思い出したやうにかう云つた。

「どうしてゞすか。」

「第一に材料が今の僕の気持ちに全で向かないからです。それに自分の作物を人の下駄にする気もしませんからね。」

「下駄。はゝ、しかし鋳物でしたら、同じ物が幾つも作れるんぢやないですか。だから其中の幾個かは踏絵につかはれても、他に別のを残しておけるでせう。」

「しかし幾つ作つた処でどれも自分の子である事に変りはありませんからね。それに又たとへ作り度い気があつたにした処で、僕には碌なものを造れる自信もないのですよ。」

「何も作品としてさう非常な傑作でなくともいゝのです。只本当の信者がいくら自分をごまかさうと思つてもつい気が咎めてそれを踏みにくゝなる丈けの一種の神聖さ、――信者にとつての犯し難い威厳と云つたやうなものがそこに現はれてさへゐればよいので、その程度に作つて頂ければ御礼は奉行から相当に差し上げられる事になつてゐるのです。」

「私達は」とフエレラが云つた。「無暗に人を疑つて許りゐる役人のやうに思はれてゐますが、そして又信者達からはさう思はれるのが当然ですが、貴方々に迄そんな疑ひの謎をかける者では決してないのです。其点は安心して下さい。」

「考えては見ませう。しかし作る気がしないものは何とも仕方がありませんからね。」

役人達は十中九迄諦める事になつて帰つて行つた。

一〇

裕佐が其夜妓楼を出たのは子の刻に近かつた。頭はズキ々々と痛んでほてり、体は疲れてゐた。雪もよいの闇空から吹く新鮮な冷風が心地よく鬢や顔に当つても枯れ果てた心の重苦しさはなほらなかつた。自分は一生結局之と云ふ何の仕事もせず、徒らに生の悪夢にひたつて平凡に死んで行く運命の者ではなからうか。併しその事は案外此頃の彼には簡単に諦められる事のやうな気がしてゐたのだつた。仕事が結局何だ。事業本位で齷齪と膏汗を流して生き、且つ死ぬる事が、与へられた束の間の生のうちに次から次と美しき幻を追ひ、充実してそれに酔いながら死ぬる享楽本位の生活よりも果してどれ丈け人生本来の意義に叶つた事か、それが第一疑問である。事業、それも畢竟或、る享楽を目的とするものにすぎぬとすれば、直接その結局の目的の為に生きる事が現世に於て軽蔑され、手段たる事業の為めに生きる事が尊敬されやうと、それが死と云ふ絶対者の前にどれ丈けの根本的差別をなすものであらう。畢竟只「自分の気のまぎらし方の区別」に過ぎなくはないか。そんな気が近頃の彼には屢々真面目に起るのであつた。「かと云つてその自分の享楽の為めに他人が眼に見へて不幸になり、多くの運命が狂はせられる事が事実に於て自己の享楽の障りとなり、苦となるとするならば、自己の享楽が他人の享楽と一致する処に生づる更に深い調和的な享楽の欲を満たす法は何であるか？」彼はさう考えて、「それはね、貴方が矢つ張り識らず〳〵神を信じてゐるからの事ですよ。」と云つた吉三郎の言葉を思い出した。そして自分にとつて享楽が享楽となつてゐたのは君香が自分を真に愛してゐると思つてゐたからの事で、それは又自分が矢張り何かの事業によつて自己を不滅化する処に得られる幸福の意識を欲してゐ乍ら、その事業が自分に覚束ない事を思ふが故に、その空虚をまぎらさうとして無理にあんな空な享楽主義を肯定したかつたからの事だと思つた。「もしあの女が…俺が全心をこめて愛してゐる心算のあの女が」と彼は更に考えた。「一緒に死なう」と俺に促したら、「よし死なう」と其時俺は云ふではあらうが、いざとなつたら矢張り決して死にはしないだらう、そしてあの女の死んで行く様を案外冷然と見てゐるかも知れない。あの女が毎も俺に「実がない。狡るい。」と云つたり、「此人はこんな人の善さ相な温和しい顔してゐて、心《しん》はそれは氷のやうにきついんですからね。」と云つたりしたのは皆本当だ。」しかしさう思ふと彼は自分が厭になると共に可哀相になり、腹が立つて来た。

「あいつだつて……」と彼は思つた。「俺が思つてゐたやうな女ではない。せめてそれ丈けが俺の意識の上での生活の望みでもあり慰安でもあるあの女の誠は畢竟「遊び女の誠」にすぎなくて、それを身うけが出来る抔と夢みてゐた俺は矢張りお芽出度い坊つちやんに過ぎなかつたのだらうか。」

君香が始め悪く云つてゐたフエレラを一眼見るが否や急に態

度が変り、哀憐の情を起したらしい其心理は彼には合点も行き、気持ちよくも思へたのであつた。しかも君香が冗談のやうに皮肉のやうに饒舌つた言葉の中にはとても只笑つては聞き流せない実感らしいものが多くあつた事を彼は疑へなかつた。彼女の云つた事はどこ迄が真実で、どこ迄が嘘なのか彼にはさつぱり見当がつかなかつた。フエレラは彼女の昔の情人にでも似てゐて、それを「夢に見た事のある悪魔《ルシヘル》」なぞとごまかしたのではなからうか。それは自分の好きなものを態と誤り内心嫌いなものを故らに褒める遊び女らしい一つの技巧に過ぎなかつたであらうか。或は唯単に嘲弄であつたのであらうか。

「疑つてもゐないくせに疑つたやうな顔して実のある処を見せやうつたつて其手は喰はなくつてよ。」と彼女は後で云つた。

「嘘つき。あれつぽちの事で苦しめる柄でもないのに。」とも云つた。「無論よ。妾、貴方を思ふ存分苦しめて上げ度いわ。貴方はもつと苦しまされる必要があるのよ。だけど妾は甘いからそれが出来ないのよ。あゝ妾貴方を本当に苦しめてやり度い。それは貴方を愛するからよ。貴方の為めを思ふからよ！。」彼女は又こんな事も云つた。

彼はそれらのことを想い出して、泣き乍ら笑い喚き度いやうな気がした。「あゝもしあいつ迄が俺を見捨てたら、あいつの愛がまつたく信じられなくなつたら？……」

ふと彼は吉三郎の明るい顔を思い出した。そして「あいつは幸福だな」と呟いた。

「オイ、自暴に寒いと思つたら其筈だ。雪だぜ。」と一人の鍬のやうなものを担だ男が云つた。「此土地に歳暮《くれ》の中に雪が降るなんて、陽気の奴、気が違やがつたな。」

「本当に。俺ア霜だとばつかり思つてたに。」ともう一人の男が云つた。「なにぢき上つちまわワな、一寸たア積るめえよ。」

「なるほど雪だ。トボ々々と暗い坂道を上つてゐた裕佐は始めて気がついたやうにかう呟いて、墨のやうな重い空を見上げた。チラ〳〵と大きな雪の片々が顔や肩にふりかゝるのが彼には快かつた。

「お前、金槌を持つて来たか。」又一方の男が訊いた。

「そんなもの持つて来るもんかな、馬鹿臭え、」ともう一人が答へた。

「だがまア、行く丈けは行くだ。行つて見て誰も来てなかつたら帰るのよ。掘つて見ましたが何矢つ張り犬の死骸でしたつて云やア済むんだからな。」

「本当に悪い悪戯をしやがるな。十字架をおつ樹つといて猫の死骸をほじくらせやがる。それつてえも役人共が死んじまつた者の棺桶をほじくり返へして迄検べるやうなしつつこいマネをしやがるからだ。」

「何も死んだ者を検べる訳ぢやねえ。それで後に生き残つてる自家の者を検べるんさ、だけど又片つ方も片つ方だ。死骸の頭へ頭陀袋位掛けられたからつて御苦労さんに土ん中の棺桶の蓋をひつぺがして迄外さなくつたつてよさ相なもんぢやねえか。

頭陀袋一つで亡者が浮ばれねえつて訳でもあるめえに、」

「両方が意地の張りつくらをしてけつかるんだ。お蔭げでこつちとら迄こんな雪ふりの夜更けにこき使はせやがつて。だが来たからにや只ぢや帰らねえて、」

　こんな事を彼等はブツ々云い乍らや、千鳥足で裕佐の前を歩いて行つた。

　裕佐は自家へ帰る気はなくなつてゐた。彼は今何よりも眠りを求めてゐた。一切を忘却の川に流し捨て、翌朝の日光と共に自己を生れ変つた如く新鮮な、生き〳〵した者にして呉れる眠りの「救ひ」を求めてゐた。それが得られ相に思へるならすぐにも彼は飛んで帰り度かつた。しかし帰つた処でその救ひは到底得られ相もないのみか、只果てしない覚醒の闇になほも身を任し続けるよりない事は眼に見へてゐた。其時二人の労働者の会話が計らずも彼の好奇心と、望みとを犇と捕へたのであつた。

「よし、あいつ等に蹤いて行つて見やう。」

　そして彼は何かを予感する如く、彼等の後に黙然と従つた。

「オイ、道を間違えやしねえか。墓地はこつちぢやねえぜ、」

「薄野呂奴。もうあそこに墓が見へてるぢやねえか。袈裟を着た坊主が踞んでるやうな格恰をしてよ。」

「なるほど、近道をしたんだな。――ヤ、人がゐるぞ。何か白いものが動いてるぢやねか。」

「ぼけちやいけねえぜ。オイ。手前先刻の酒ですつかりぼけちまやがつたな。あれや、杉の木に雪がつもつたのが風で揺れてるんぢやねえか。」

「さうぢやねえよ。や、提灯かな。はゝ。なるほどあそこに新しい塚があらア。あれだな、うめえ〳〵、」

「何だ、手前掘るつもりなんか。」

「わけはねえや。どうせ泥をぶつかけてあるばかりなんだからな。それに棺桶だつて直ぐ蓋ア開けられるやうに釘を外へ打ち抜いてあるんだからひつぺがすなア造作はねえや。」

「ふむ。それや自家の者が頭陀袋を取り外す為めのこんだ。もう今頃行つたつてちやんと本式に釘づけにしちまつてあらアな。見ろ。梟めがホウ々と笑つてけつから。」

「釘づけだらうが粕づけだらうが構ふ事アねえて。そいつをぶつこはしや、銀の十字架かメダイが取れやうつてもんだ。さうすれやそいつを潰ぶして銭にした上に褒美の酒手が貰へるつて訳だ。」

　併し裕佐は自分の後ろに、半丁ほど離れて、二人の婦人らしい人影が跟いて来るのを見た。彼は一寸立ちどまり、そして彼等がその墓地へ、その新塚へ、行く者であるかどうかを見届けやうとした。併し二人の婦人はその墓地の手前で立ち止まり、何かを私語くらしく左手の道を指し、そして非常な早足で其方へ曲つて行つた。

「きつと降誕祭《ナタラ》へ行く連中かも知れない。」と裕佐は思つた。

「だがなんであんなに急ぐんだ。まだそんな時刻でもないに。」

と、又二人の去つた後を丁度又半丁程の距離で、更らに二個の黒い影が忍びやかに跟けて来るのを彼は見た。闇眼でよくは判らないがその一方は非常に背高く、そして二人は黒いマントのやうなものを頭から被り、一言も口を利かず少時く立ち止つてじつと此方を見てゐる様子であつたが又二人の婦人の跡をつけて左手へ曲つて行つた。

「何だらう。」裕佐はやゝ不安の気に襲はれて訝かり始めた。「事によつたら、あの一人はフエレラではなからうか。もしさうとすれば……」と彼は考えた。「彼等はもう今夜降誕祭《ナタラ》のある事に感づいてそれを探りに行くのではなからうか。」

そう思ふと彼は一種不安の緊張の為めに身を顫はした。「よし。あいつらの後を俺が又跟けて行つてやらう。」そして其方へ向つて彼は大股に歩き出した。

「降誕生へは俺は行くまい。」と彼は又独り言つた。「あの人に逢ふ事は恐ろしい。そして此穢れた体の俺が行く事はその神聖な祭りの清浄をけがすものだ。俺は只窓から中を盗み見てやらう。只一眼！　そして俺は外で見張りをしてゐてやるんだ。」

彼は急いで後へ引き返へし、曲り角を左へ折れると坂の頂上にちらりと明りが見へた。その灯の赤さによつて、「焚き火をしてゐるな。」と彼は思つた「あり難い。そしてあの茶屋へ行つたら多分様子が知れるだらう。」

彼がその茶屋であり又一膳飯屋でもある家に這入つて行くと、二人の男は後ろ向きに土間の炉椽に腰をかけて焚き火にあたつてゐた。

「ぢや卵酒でもつけますか。温まりまするで。」

五十前後の歯を黒く染めた主婦は這入つて来た裕佐に莞爾とお辞儀をし乍ら「お寒ふ。おあたり。」と云つた後で、又二人にかう訊いた。

「いや、肉類も卵も禁止だ。今は一寸、精進物の他はやつてならん折なんでな。」一人の男は頭から足の先き迄ギヨロリと裕佐を見た後でかう云つた。「只熱燗に漬物でも添へてもらへれや結構だ。」

「此犬共奴。」と裕佐は思つた。「降誕祭《ナタラ》と悲しみの節とを間違へて下手な化け方をしてやがるな。彼はかう心に苦笑し乍ら態とそのマントのやうなものを着た大男の前へ廻はつて「御免」と云い乍ら煙草に火をつけた。大男は頭巾を眼深にかぶり、黒い毛織の襟巻きを鼻の頭が隠れる迄ぐる〳〵と頤に捲きつけて俯向きながら、その恐ろしく大きな痩せた両手を火にかざしてゐたが、ゆつくり顔を擡げるとハツとしたやうに「や、萩原さん、先刻は失礼。変な処で逢いましたね。」かう云つて底光りのする眼で愛想よく彼に会釈した。

「どうも貴方らしいと思つたんです。」裕佐もハツとし乍ら云つた。「今頃こんな処にお務めですか。」

「御苦労さんです。一寸用がありましてね、」フエレラはその連れを顧みて苦笑し乍ら云つた。「で、貴方は？　何か墓地に用事でもおありになつたんですか。此夜更けに。」

「あんまり気違ひじみた世話厄きを見るとつい此方迄物好きな

気持ちになるもんで」裕佐は一寸黙つた後でかう云つた。「何しろ死んだ者の体の検査迄しないと気が済まない世話厄きが居るんですからね。」そして彼は二人の「おかしな男」に逢つた事と、その二人が何をするか見やうと思つて跡をつけて見た事を有体に話した後で附け足した。「それに僕は雪の中を歩く事が好きなんですよ。此土地では珍らしいから」

「さう。雪の夜は美しいもんです。」フエレラは云つた。「しかし貴方は今夜もつと美しいものを見られるでせう。――そしてそれは多分先刻お願いした貴方の仕事にいゝ材料になるでせう。」

「何です。それは。」

「降誕祭《ナタラ》です。ゼズスの誕生を信者達が祝ふ祭りです。それは美しいもんです。」

「さうでせうね。そして貴方々はそれを捕縛しに来て居るんですね。」

「ふむ。ところが奴等だつて中々さう容易く捕まるやうな間抜けはしませんよ。もう心得てゐますからね。」と連れの与力が云つた。「第一今夜はその祭りの当夜ではないんです。御存じの通り。だから奴等は用心深く先き廻はりをしてこんな晩にやるんです。こつそりと。それもどこでやるんだか全で分りやしません。」

「なるほど。それで貴方々は此処の内儀さんからその場所を嗅ぎ出さうと思つて、あの仲間らしく思はせやうとしたんですね。――だがさう云へば今貴方々の前を二人の婦人が歩いて行きましたね。」

「えゝ、茂木の方へ。」と又与力が云つた。「よくやる事ですが、私達が跡を跟けてると思ふんで、足跡をくらますつもりで態と大浦の方へ曲つて行つたやうな風でした。ヘツヘ。」

「だが大抵分つてはゐます。」とフエレラは云つた。「どうせすぐ近所に祈唱が洩れ聞こえるやうな人里の中で彼等は集まりはしませんからね。いつも大抵茂木のはづれにある醤油屋の庫を彼等は密会所にしてゐます。行つて御覧なさい。もうそろ／＼始めてゐる時分です。」

「私達は今夜は捕縛なんぞはしませんよ。御覧の通りの仕度ですからね。只一寸様子を見る丈けです。何しろ向ふは多勢ですからな。」と与力が口をそへた。「えゝ、道ですか？ 茂木の入り口の処で右に細い田圃道がありますがね。何でも人通りの少い筈の処に足跡が多かつたらそこを行きやいゝんです。ヘツヘ。時ならぬものが降つてくれたお蔭げで足跡を見つけるにや丁度いゝ都合でさ。」

そして二人は顔を見合はせてにやりと笑つた。

「茂木までは少し大変だな。それに風も出て来た。」裕佐は呟くやうにかう云つて一寸外を覗いたが、主婦の処へ行つて茶代を払ふ振をし乍らそつとその手に銀貨を握らせた。そして今夜此近くに切支丹の集まりがあるのを知らないかと低く厳かに訊ねた。主婦は眼を円くし、銀貨と彼の顔とを見比べてゐたが実際何も知らない様子であつた。

　裕佐は外へ出た。

一一

　雪はもう止んでゐた。そしてサラ〳〵と淡雪をふり落とす松の梢の上に高く、二三の星が深淵の底に光る金剛石のやうに寒くまたゝいてゐた。

　彼は急ぐと云ふより寧ろ走つてゐた。そして発作的に何遍も後ろを振り返へつた。彼等が自分の跡を跟けて来ないと云ふ事は彼には一層無気味な事であつた。彼等はいやに余裕綽々としてゐる。そして凡てを見抜いてゐるらしい。信徒の集会所は茂木であると彼等は云つてゐるが果して本当にさう思つてゐるのであらうか。併しもし今夜の密会所を彼等が知つてゐるとするならば、彼等は何であんなに空とぼけて迄それを探らうとするのであらう。さう思ふと「矢張り知つてはゐないのだ。」と彼は安心もした。しかし何故自分に、此何者であるか分らぬ自分に、彼等は軽々しくその秘密な知識を打ちあけるのであらう？彼は自分の去つた後で彼等がカラ々と笑つてゐるのを眼に見るやうな気がした。「何でもいゝ。早く知らせなくてはならない。」

　彼がさう思つて目あての家の方へ道を曲らうとした時道端の納屋の後ろから突然ぬつと一人の男が現はれた。

「待つてゐました。萩原さん。」と其男は青年らしい声で云つた。「貴方が此道を通られはしないかと思つて来てゐたんです。此処を通つてはいけません。雪に足跡がつきますから。」

「だがぐず〳〵してはゐられませんよ。もうそこの茶屋には与力が来てゐるんですから。」

「もう？」吉三郎は流石に驚いたやうに云つた。「しかし大丈夫です。奴等はあの場所を知つてる筈はありません。さア、此処を飛ぶんです。よござんすか。」

　そして彼は三尺程の溝を飛び越へ、熊笹の茂つてゐる一間余りの崖を攀じ登ると上から手を差し延べた。裕佐がその後に続いた時、その叢の中からは藪鶯がチ、、キ、、と啼いて飛び散つた。崖の上は桑畑であつた。

「えらい処へ案内して済みませんでしたね。」青年は元気よく太息を吐き乍ら笑つた。「だが本当によく来て下さいましたね。其代り今夜のは本当に今迄にない立派な降誕祭《ナタラ》です。」

「長老は来られましたか。」

「えゝ。実はもう七日程前から私の処におかくまいしてあつたんです。私は是非貴方に一度あの長老を見せたかつたんです。」

「しかしよく天草から無事に渡つて来られる事が出来ましたね」

「熱心な信者の船頭がうまく隠してお連れして来たんです。何しろもう七十近い齢で八年の間あの天草の全で無人島同様な所に乞食のやうな生活をして、僅かな信者を作り乍らかくれておられたのですからね。しかしその矍鑠とした気力と、つや〳〵

しい顔の輝きとの少しも変らないのには全く驚きますよ。」
　風と闇とに抵抗して二人は漸く道らしい道へ出てゐた。そこは峠の絶頂で眼の下に底知れぬ闇の如く黒く展がつてゐる千々岩灘が一眼に見へ、左手には宛ら生ける巨獣の頭の如く尨大に見へる島原の温泉嶽が蜿々と突き出てゐる。ごう〳〵と哮つて彼等に吹きあたる風の音は、その既に幾十の人命を呑み食つてなほ飽き足らぬ巨獣の吼へる声の如く思はれた。と、又遥かに――漂渺の彼方には海上としては高過ぎ、天空としては星の光りとも見へぬ、海とも空ともつかぬあたりに天草のいさり火が吹きすさぶ木凩に明滅する如く微かにまたゝいてゐるのであつた。
「御覧なさい。こゝへ来るともうこんなに沢山の足跡が見へるでせう。あそこに箒のやうに風で曲つてゐる森が見へますね。」と吉三郎はグッと襟を押えて掻き合はせ乍ら云つた。「あの森の下にその家はあるんです。どうです。全で見へないでせう。昼間なら屋根は見へるんですが。」
「しかし万一発覚された場合には、逃げ道はあるんですか、」
「えゝ、無論です。しかしどうせ私が外で見張り番をしてゐますから、踏み込まれるやうな心配はありませんよ。」
　まつたく其の家はすぐ側迄行つてもそれと知らずには一寸気がつかない程闇の中にあつて闇にとけ込んで見へる不思議な一軒家であつた。
「さあ、裏から廻はりませう。さうすれば此真つ暗に見へる「天の岩戸」の中にどれ程の光りが湛へられてあるか、貴方は屹驚なさるでせう。」
　併し其「岩戸」の中の光景は「裏から廻はつて」這入つて見ずともその一分の光りも洩れぬ壁に耳をあてればカナリ充分に想像は出来るのであつた。その厚い壁を通してそこからは裕佐が嘗て夢想にも聞く事の出来なかつた世にも美しい合唱が洩れ聞こえて来るのだつた。
「あはれみの御母《おんはゝ》天つ御みくらに輝ききらめける皇妃にて在《ましま》す
御身に御礼をなし奉る
流人となれるヱワの子供ら
御身に叫びをなし奉る
此涙の谷にてうめき泣きて御身に願をかけ奉る――」
「聞こえますか。あれはサルベンジナと云つて、「まりあ」に憐れみを乞うお禱りの歌です。今夜は殆んど一晩中祈り歌ひ明かすので、降誕の祝ひの歌の他にあゝいふのも歌ふんです。」
歌はなほつゞいた。
「あはれみのお眼を我等に垂れ玉へ
慈《いつく》しき御手の御執り成しによりて此の悩みのさすらいの後に
御胎内の尊きにて在すひりをの若君を我等に見はし玉へ
深く御柔軟、深く御哀憐すぐれて在す
びるぜん、さんた、まるやの御母
おうら〳〵のびす。おうら〳〵のびす。」
「此処が這入り口です。牛小屋ですがね。」吉三郎はかう云ひ乍ら納屋のやうに見へる裏口の戸を開けた。「御覧なさい。貴方始めてですか。之も毎年やる儀式なんです。」

　炉にあか〱と焚かれた火の余燼が綺麗に掃き清められた小屋の中をほんのりと温く照らしてゐた。一隅には一匹の黒白の斑の牛が新らしい藁をタツプリと敷いて静かに口を動かし乍ら心地よげに臥してゐた。牛の前には赤飯を盛つた盆が供へられ、そのわきにはなみ〱と「産ぶ湯」の水をたゝえた飼桶が置いてあり、その水に灯かげが赭く映つてゐた。勿論、火が焚いてあるのは「御子」が凍えぬやうにとの意味である。

　吉三郎は指でコツ〳〵と合図をするやうに扉を叩いた。と、ぱつと扉が開き、あふるゝ許りの光り――裕佐にはさう感じられた――が滝のやうにそこから迸り出るのであつた。

「吉三郎さん？―お一人？」

　扉口に立つた女はかう張りのある声をかけて扉に片手を靠せながら、胸にかけた小さい金の十字架がぶらりと前に垂れる程頭をかがめて薄暗い小屋の中の方をのぞくやうに見た。

「いや。一緒。丁度うまくお会ひ出来たんでね！」吉三郎は元気よく云つて、眩し相に眼をしばだゝき乍ら呆然と傍に突つ立つてゐる裕佐の方を顧みた。

「あら。さう。――」女は一歩退いて一寸眼を伏せた。「妾、随分、心配してゐたのよ。」

「だらうと思つてゐました。さあ、萩原さん。上つて下さい。」

「いゝんですか。」裕佐は畏れるやうにモジ〳〵と口籠つた。

「僕は上るつもりではなかつたんですが。」

「いゝどころではありませんよ。無論。」

　吉三郎はかう云つて自ら上り乍ら、此「よくやつて来た珍客」に何か歓迎のお愛想を云はないかと促すやうに姉を見た。

「本当にようこそ。――随分大変で御座いましたでせう？こんな山ん中で。――」

　むしろ努めた感じで之丈けの事を云つたモニカの調子は、最早心に思ふ半分も云ひ現はし得ぬ、羞じらい深い娘の口調ではなかつた。ましてそこにチヤーミングな余情を含ませんが為めの態とらしいあまい「舌足らずさ」ではない。かと云つて、それは又善良な教養ある人妻にのみ見られる一種の世故慣れた母らしい落ちつきの声でもない。決して無愛想な調子ではないが、気の利いた世俗的な感じでは更にない。冷たいと云ふにしては奥底に「心」がありすぎる。しかし只温かく、柔和なと云ふのともちがふ。それでゐて角立たしい気持があるのでは微塵もない。

「随分暫くでございましたね。」

　むしろ弟の方に体を向けながら彼女は又かう云つて裕佐の前に高島田に結つた頭を下げ、軽く手を突いた。そして「暫く。」と吃るやうに漸く云つてあはてゝ其処に座はり、ぺこんと頭を下げた裕佐の赭くのぼせた顔をちらりと見ると、かすかに苦し気な微笑をたゝえ乍ら又弟に顔を向けた。が、其時彼女の頬にひらめく如くさした赭味は、四尺とは離れてゐなかつた弟の眼にもとまらないらしかつた。

　彼女が島田に結つてゐる処を見るとまだ人妻でない事はすぐ知れる事であつたが、その縹緻と、年輩とを以て未だに独身でゐるのはなぜかと云ふ怪訝も同時に誰にも起る筈であつた。一度ならず二度迄も信者からの縁談を彼女が断つた真の理由を知つてゐるものは只弟の吉三郎のみであつた。「あの姉はね、母になる事を怖れてゐるのですよ。自分の運命が「畳の上で」息を引取るものとはちがふ事を何となく迷信的に自覚してゐるのですよ。僕はさう思つてゐます。」吉三郎は嘗て裕佐にかう云つた事があつた。

「あゝ、さう。」起ちかけた彼女は又何か弟にさゝやかれて無雑作に低く云つた。「あの詰らない花を貴方、買つて下さいましたのですつてね。お陰様でこれ丈けでも飾りが出来ましたんですのよ。」

　外見は廃家のやうに見えるその五十畳許りの家の中央には枝葉を繁らせた大きな松と竹とが樹てられ、その枝にさした幾十の紅白の蠟燭があか／＼と燈つてゐた。そこには又一々「アーメン・ゼウスぺてろ何某」「全く、よはんな、何某」など、認められた五色の紙切れと、造花の白百合とが無数に結び垂れ下げられてあつた。正面には高く両つの燭台の間に聖像が掛けられ、そのわきの壇上にはばてれんらしい黒衣の老人が腰かけて一人の男と何か熱心に話してゐた。そしてその前には白襟に黒の礼装を着た多くの女達と、男とが並んで、頭をたれながらその話しに耳を傾けてゐた。

「あちらに行らつしやいませんか。およろしかつたら。今長老様のお話が始まつてゐる処ですの。」モニカはかう二人にさゝやくと、軽く一礼してそつちへ去つた。

「まあ自由にして、下さい。努めないで。」と吉三郎は云つた。

「僕は又見張りに行つてゐなければなりませんから。」

「いや、今度はわつしが行つてゐますじや。」と一人の百姓らしい男が傍から立ち上つて遮切つた。「貴方許りに行かせてちや相済まない。」

「でも貴方は年寄りだから。—それに風が強いのですよ。」

「なあに、風位。かう見へたつてわつしはまだ／＼あんた抔よりは頑丈ですて。へツへ。」

　年寄りはもう下駄を突つかけてゐた。そして吉三郎がなほ危ぶむで「大丈夫ですか。本当に。」と訊いた時にはもう外へ出てゐた。

「さうだ。私は貴方のその問を待つてゐたのだ。それは大事な問題です。」と長老の声は響いた。「だが吾々は霊《あにま》に於て神の国に生きる事が出来ると同時に肉体に於てカイザルの国に属してゐるのですからね。今の現世に於て、吾々は何と云つてもカイザルの支配を受けない訳に行かないのです。が、吾々が捷利——即ち救ひを得る道は、徒らにその事実にあらがふ事ではなく、苟も自分の霊が害はれ、縛され、殺されるのでない限りは、此運命を諦め、出来るならばそれに超越して、カイザルのものはカイザルに返し、忍べる処迄は彼等の要求に譲り、ゆるして、只霊に於て益々神の国と其義しさとを求める事である。吾々はそれでい、のであつて、又どうせ自由なものは霊丈けなのですからな。吾々は肉体に於ていかに束縛され、迫害を受けるとも、もし霊に於て義しく生きるならば、常に神の愛を感じて喜び、自由である事が出来るのですからな。」

「しかし奴等の無法と云つたら――」一人の男は膝を乗り出した。「もうお話にも何もならねえチヨツカイ厄きの悪魔でムいますでな。」

「たしかに悪魔の暴力は今殊にはげしい。神の国とその義しきを求める事が強ければ強い丈け吾々は苦しませるのです。」長老は少し顔を曇らせた。「しかし悪魔は決して最後のものではない。必ずその後ろにまだ何かある。吾々はその悪魔の後ろにゐるものに試練を受けてゐるのです。しかし――」長老は一段声を強くして云つた。「吾々は基督が十字架につかれた事を弥が上にも生かさなくてはならない。吾々の使命が皆基督と共に十字架につけられる処にあるとするならば、基督があれほどに進んで自ら十字架の苦難につかれた意味はどこにあらう。それは却つてその重大な意義を消すことになる。殉教者は尊まれなくてはならない。が、云ふ迄もなく殉教のみが尊まれてはならない。吾々はカイザルの支配下に生きながら、而も身を殉ぜずに立派に義しく生きた多くの聖者のある事を知らなくてはいけない。吾々の幾多の先輩は既に義しき者の強さを遺憾なく発輝し尽したのです。吾々は今義しき者の賢さを示さなくてはならない。「蛇の如く悧しくあれ」と云ふ事は素より放縦な狡猾をさして云ふのではない。併し深く身を愛する事は霊を大切に守る事である。その霊と肉とは只自分の物ではなく、神のもので又隣人のものである。もし基督の教へが父なる神を真心をこめて愛し、その義しきを求め、又隣人を愛することであると同時に、又その神によつて与へられた身の生を神ならぬもの、為めに空しく抛げ捨てるやうな愚かな不敬な事をせずに、それを深く愛し尊重して自然に生きる処に自づと神の恵みを受けて無信徒の知らぬ楽しみを楽しむ事にあるのでないとするならば、基督は十字架にはつかなかつたでありませう。

「しかし乍ら皆さん。」長老は語をついだ。「私達の尊い先輩が造り、今又此わたし達が現に造りつ、ある日本での切支丹の事蹟は決して単に日本一国の史上に於てのみの異彩ある光りではありません。永久に神の国とその義しきとを求める凡ての熱烈な真心の鑑となるでせう。日本人はその美しい真心を強く持つ上に於て他のいかなる国民にも決して劣らぬ者である事を吾々切支丹によつて程強く示した事は嘗てないのです。此事実は永久に日本国民の深い力となり、希望となるでせう。わたしは遥々遠い国から此心を求めて、此心にふれ度くて貴方々の処に来た。基督と云ふ大なる星と導きと、その光りの暗示とによつて、遥かに離れてゐる二つの小さい星がま、たき合ふやうに、私と云ふ一つの心が貴方々と云ふ心を尋ねて、はるかに暗い長い海上を、荒い波や風と戦つて此処迄辿り来た。そこには暗礁があり、そして岸に着いてゐる私を岡へ上げなかつた。私達はお互に岸の上と岩の上とから呼び合つた。叫び合つた。八年の間。しかも遂に貴方々の真心が一つの強大な引力に結晶して私を其暗礁から引きづり上げ、此処へ連れて来たのです。私の心は今貴方々の百合のやうにやさしい清らかな愛と、燃えるが如き真心とのさ中に抱かれ、ひたつて、今死んでも悔む処もない程の法悦に酔つてゐます。私の期待はそむかれなかつた。あゝ此地上に於て此の如き深い喜びが神から恵まれるのでなしにどこにあり得ませう!あゝ真心ほど美しく、その力ほど強いものはないのだ。併しもしそれが真理の巌の上に立ち、その光りによつて輝くのでないならばそれは決して此世を導いて行く力とはなり得ないのです。吾々は基督によつて示された真理と、神との名に於てなほ益々団結を固くしなければなりません。それは此くらき世に光りを燈し、それを守らんが為めである。あゝ我等をしてなほ強く此聖なる団結を増さしむる神への愛を弥まし玉へ。アーメン。」

長老がかう云ひ終るが否や群がる男女達は各々その胸に十字をかき、長老の傍に集まり跪いてその衣の襞に接吻した。

「アーメン・ゼズス!アーメン・ゼズス!」

しかし彼等が口々にかう呟いた丁度其時であつた。長老の真後ろにあつた「非常口」の扉が突然カタリと音がして一寸程開いた。とサツと其処から風が吹き込んで聖像の両側にある燈を消した。忽然として我れを忘れた歓喜と此世ならぬ陶酔との絶頂にあつた一同の顔は一斉に化石した如く蒼く硬ばり、そして彼等はハツと一時に息をひそめて、睜開いた視線を其方に向けた。

そこには真暗闇の中に燭火の反射によつて二つの眼が光つてゐるのが見えた。一同は棒のやうに立ち上つた。

「静かに!」と長老は制した。「あわてゝはいけない。私にお任せなさい。」

そして彼は静かに後ろに振り向いた。

一二

吉三郎は長老の身を守らうとして逸早くそのわきに来て立つてゐた。併し彼がその「二つの眼」と長老との間に立ち塞がつたやうに吉三郎とその二つの眼との間に裕佐は割り込んだ。

「君達は黙つてゐらつしやい。」と裕佐は低く鋭く吉三郎に云つた。「そして誰も摑まる必要はない。さあ、早く、あつちから!」と裏口をさした。そして彼はその扉口をガラリと開けた。

「はあ!貴方は矢つ張り「見に来て」ゐましたね。」

その闇の中の男は云つた。

「さア外で話をしやう!外で!」裕佐は自分で外へ出乍ら云つた。「犬は人間の座敷に立ち入る資格はない!」

そして彼は扉を閉めやうとした。併し扉は何かを間にはさまれたやうに動かなかつた。

二つの眼は蛇の眼のやうに動かず、じつと長老を見つめてゐたが
「お、。アントニオ・ルビノ！　ルビノ！」

と低くふるへるやうに叫んだ。その声を聞くと長老はや、愕然としたらしく反響するやうに重く応へた。

「お、汝はキリシトフア・フエレラ！　フエレラ！」

「フエレラ」と云ふ語を聞くと家の中の一同は又湧き立つ様にざわめいた。「ユダ！　ユダ！」と云ふ声が聞こえた。そして一二の侍は隠し持つてゐた刀を執つた。

その時、呼び笛の声が高く響き、もう一人の男が闇から現はれて、その閾に足をかけた。裕佐は縄を持つてゐるその右の手頸を掴んだ。

「何だ貴様は！」その男は抑えられた手を強く振り乍らわめいた。「仲間か！」

「さうだ。俺は此仲間の頭だ！　掴まへるなら俺を掴まへろ！」

「お、長老様！　早く〳〵お逃れになつて！」

モニカはかう叫んで、長老の膝にすがりついた。

「わたしはい、。海神はわたしが所望の宝なんだ。わたしを投げれば海は鎮まる。」

長老は自若として厳かに云つた。しかしモニカは聞かなかつた。

「い、え、役人は貴方様のゐらつしやる事を知つてはゐなかつたのです。どうして貴方様をこ、に残して妾達は逃れられませう！」

「わたしの云ふ事を聞きなさい！」長老はや、激した如く顔を赭くして命令するやうに云い放つた。「わたしはもう既に身を隠しすぎたのだ。時を待ちすぎたのだ。しかしそれは何の為めだ。貴方々真に生きねばならぬ人達を守らんが為めではなかつたか！　さあ、早く！」

そして彼は鋭く裏の戸口を指すと、又後ろに向いて捕手の方に一歩近づいた。

「さあ、わたしを捕へなさい。昔の親友よ！　大なる神は屹度君の罪をも宥し玉ふだらう。」

長老は厳かにかう云い乍ら、自分の裏に一同をかばう如くその大きな両手を拡げた。そして一眼フエレラの眼を屹と視ると眼を閉じた。

フエレラは水のやうに真蒼になり、無言のま、静かに縄を取り出した。しかし彼が閾の上に立ち上るが否や、彼はフラ〳〵としてよろめき、そしてもう一人の男の足許に倒れた。

一三

半時間程を経て後、裕佐は一人道もない峠の上を歩いてゐた。いばらや萱の為めに傷ついた足や手から血を流してゐる事も知らぬらしく夢中によろ〳〵と歩いてゐる彼の姿は宛ら夢遊病者のやうであつた。そしてとある草原へ来た時、彼はそこが雪で

濡れてゐる事も考えず、自づと倒れるやうにそこに身を転ばした。

何と云ふ一夜であつたのであらう。ガン〻と鳴り響く混沌たる彼の頭の中には先前からの一切の光景、人物の顔——夢のやうな墓場の景から茶屋の中でのフエレラとの異様な邂逅、青年の顔、昼の花園の如き光りと色とにあふれた祭りの光景とその歌、モニカの顔、長老の顔、そして最後に突然蛇のやうな眼を持つた探偵者の襲撃が一座の有頂天を破つた時「お、、長老様。早く〳〵お逃れになつて！」と叫んで、その膝許に身を投げた時のモニカと、それに対して儼然と答へた時の長老の姿、フエレラの昏倒。

それらが一時に彼の頭の中にグル〳〵と渦の如くとめ度なく廻転し、そしてその一つ〳〵の印象がくつついたり、離れたりした。凡てが全く夢と他思はれなかつた。

「さうだ。俺は此仲間の頭だ！　捕まへるなら俺を摑まへろ！」俺はあんな事を云つたのだな。——ふとかう思つて彼はゾツと身を顫はせた。併し「俺には矢つ張り勇気があるんだな。真心から出る勇気が、」と思ふ子供らしい意識が彼の顔に満足気な微笑を浮べさしてゐた。

実際彼は指揮官フエレラの実に思いがけない昏倒の為めに、捕縛が「その場丈けとしては」とも角不成功に畢つた事を思ふと、もうその後を「どうなつたか」と追窮して考える気にはなれなかつた程満足な自意識に酔つてゐた。そして自意識がそのやうに満足した時にのみ人の心に湧然と起つて来る一種の愛感——凡ての悲劇的運命の中に生死を賭して真剣に生きてゐる人々、その緊張した一々の顔——に対するなま〳〵しい哀憐が彼の胸の裡に苦しく痛ましく起つて来るのであつた。そしてその「悲劇的な運命」の人々の顔が、抽象的に人類全体の一つの不幸な姿に見へて来た時、彼の眼にポロ〳〵と熱い涙が浮んで来た。

彼がその涙にうるんだ眼で、既ういつの間にか去つて微かに遠雷のやうに聞こえる嵐の音に耳を傾けながら、降る如く一面に星の現はれた空をぽかんと仰向いて見上げてゐた時、突然何か驚くべきものを見たやうに彼は「アツ」と云つた。彼が驚いたのは当然であつた。彼が何心なくぽかんと視入つてゐた大空の一角には、実に故らに星を其形に並べて鏤めたとしか思はれぬ巨大な十字形の一星座が判然と見へるのであつた。愕然として思はず彼が半身を起し、そしてその恐ろしい巨大な十字架に相応する丈けの基督のすがたをふと心に描いた時、突然稲妻のやうにある天啓が彼の頭に閃いたのであつた。

彼の眼の前に、再び、現実のそれよりはなほ一層高き神秘なる美と権威とに於て、長老と、モニカとの結合体が髣髴と現はれた。その結合体が星座の大十字の中に燦然として見へた時、彼はその前にひれ伏した。が、次の瞬間彼は「オ、！」と叫んで飛び上つた。

「オ、、之だ！　之だ！」彼は拳を空に打ち振つて喚いた。

「オヽ、今こそ、俺はあの聖像を造らう！　あゝ、もう俺には造れる！　造れる！　有り難い！」

一四

其翌日、彼が伯母に起された時にはもう午を過ぎたうらゝかな日が真上から長崎の町を照らしてゐる頃だつた。隈なく晴れ上つた紺青な冬の空の下に雪にぬれた家々の甍から陽炎のやうに水蒸気がゆら〳〵と長閑に立ち上つてゐた。

伯母は彼の枕許で役人が来た事を知らせてゐた。

「え？　役人？」

裕佐はドキリとして思はず身を起した。「摑まへに来たのか？」彼は昨夜捕手に向つて云い放つた自分の夢中な言葉を不意に思い出した。

しかし彼は其瞬間さつと顔色を変へたが、案外すぐ落ちつい た気持ちに返へつた。そして一寸黙つて考えた後で決然と玄関へ立つて行つた。

「何です。」彼は突つ立つた儘訊いた。

しかしフエレラはゐなかつた。

「いや、別に、新しい用事で上つた訳ではありませんが。——昨夜は失礼しました。」

役人は頭を下げた。それはフエレラと共に彼を妓楼に訪ねた「通訳の伴」であつた。

「昨夜お願いした事ですが、——実は早くはつきりした御返事を伺い度いので。——矢張りどうしてもお願い出来ますまいか。」

「いや。」と裕佐は急に安心と、喜びの為めに勇んで云つた。「やりますよ。お引きうけしませう。」そして彼は附け足した。「実はその事を今日貴方の方へ云いに上らうと思つてゐたのでした。」

「え？　承諾して下さる。さうですか。それなら願つたり叶つたりです。」役人は安堵したほ、笑みを洩らし乍ら云つた。「どうぞ精々よく作つて下さい。お出来ばへがよければよい丈けお礼の高も増へるのですから。はゝ。」

「それでは本当によく出来れば出来るほどつまりお礼は減るわけですね。」裕佐は一寸かう云い度くなつた。しかしそれより彼はもうその嬉しい仕事の想像に気を取られてゐた。そして只、「承知しました。」と云つた。

役人は時々様子を見に来させてくれと云いおいて帰つて行つた。

「どうです。かう云ふ天狗ならいつでも来て貰い度いでせう。」と彼は元気よく伯母に云つた。「大黒さんが来たやうに嬉しいでせう。」

「ほんに妾はもうこんな嬉しい事はないよ。いよ〳〵お前にも運が向いて来たのだね。」伯母は袖で眼を拭き乍ら云つた。

「はゝ、本当にさうですよ。」

裕佐はかう云つたが、何だか胸が擽つたいやうな気がした。

「さア、此金で、俺はあいつを身うけする事が出来るんだ。もしそれが出来る事なら！」彼はかう考えてゐた。そして晴々してゐた彼の顔は俄かに曇つて来た。

しかし其時伯母が彼の顔をのぞき乍ら云つた。

「だけど、お金はとれても惜しいもんぢやね。そのお前が丹精して造つたものが人の足に踏まれるんぢやと思ふとな。」

「ふむ。心にもない事を、人の気を察したつもりで。」と裕佐は苦々しく思つた。「もし察したつもりで云ふならば、それを踏む事を強ゐられ、踏まねば殺される切支丹の方の事を思ふがいゝ。」

しかしさう思つた時、裕佐は更に或る恐ろしい不安にドシンと胸を打たれたのであつた。「俺が作るその踏絵をあの人も、そしてあの弟、――立派な思想と信仰とを抱いたあの美しい有為な青年も踏む事を強ゐられる事になるのだ。彼等はそれを能う踏むであらうか？　踏んでくれるならば有り難い。それは自分の神聖な作品であつても、もしあの人の浄よい足がそれを踏むならば俺はいやではない！　否、むしろそれを本望とするであらう！　だが、あの人は、あの熱心な信女はそれを為し得るであらうか？。」

彼はそこにゐられなくなつて、自分の室に入り、まだ畳んでない床の上に寝転び乍ら考へつゞけた。

「もし俺がそれを作つた為めに、そしてそれがよく出来てゐる事の為めに、それを踏むあの人の良心がなほ一層苦しみを増し、それをなし能はない事になるとするならば、俺はあの人を、恋人を自ら殺す事になる！」

そして彼は悶へ、一刻前の凡ての輝ける希望と、喜びとは忽ち底知れぬ絶望と懊悩とに変つた。「あ、あ、」彼は凡てがいやになり、真つ暗になつて力無く呻めいた。

「しかし…」と彼は又考えた。「あの人は今迄幾度となくあの踏絵の試錬を経て来たのだ。仮病をつかつて役人を欺く事は殆んど不可能な事である。矢張り否応なしに苦しい痛恨禱《コンチリサン》を頼りに踏んで来たものにちがいない。たとへそれは皺くちやな、何の反古か知れない程の紙であらうと、あの人はとに角それに堪えたのだ。」それは彼には実に意外な事に思はれたが、又嬉しい意外の事であつた。

「さうだ。何の画像か読めぬほどの紙屑であらうと、判然たる鋳物であらうと、それが聖像であると云ふ意識に於て変りはない筈である。それならばあの人は今迄幾度かそれを為し得た如く、今度の俺の聖像に於てもそれを為し得るであらう。」

彼は又彼女の傍に賢い弟の吉三郎がついてゐる事と、昨夜の長老の説教とを思い出した。「いや、あの人は軽々しく『神ならぬ物の為めに神から与へられた身を空しく犠牲にするやうな愚かな不敬な真似はしない』であらう。――そして、さうだ。俺は又その試錬の時の前にはあの人達を訪ねて、是非それを――宗教的意味に於ては単なる物質の破片にすぎぬ鋳像を、俺の為めに踏むでくれるやうに頼んでおく事も出来るのだ。」

そして彼は又希望を取り戻した。

一五

その日の夕方、彼はもう仕事にとりかゝつてゐた。

「踏絵にすると否とはとに角として、俺はあれをとに角作らう。作らずにはおけない。たゞ作る事、それ自身の為めに。」

そして彼はもう安心して、その仕事に没頭してゐた。

彼はもう「あの人」の事も考えなかつた。君香の事も忘れた。そして長い間寂しい闇の野中へ行き暮れ、不安にさ迷つてゐた者が、一道の光明——人家の明りをハツと見つけて、只もうひた走りに其処へ行きつく事を考える他には何も考えない時の如く、机にかゝりきつて、幾枚かの下図を引いた。

一歩も外出せず、不眠の夜をつゞけた余念ない三日の没頭の後に下図はまづ彼の望みどほり出来上つた。そして下図が出来上るが否や彼は粘土の捏ね上げに取りかゝつた。そしてその捏ね上げがすむと彼は青銅の鎔炉にかゝつてゐた。

自分のどこからこんな無限な精力が出て来るのかと彼は自分でおどろいてゐた。

彼の仕事が進むにつれて彼の処にそれを「拝見」に来る者が多くなつた。それは彼の伯母が「お上からの仰せつけで」自分の甥が名誉ある仕事を「お引きうけ申し」てゐる事を近所にふれ廻はしたからであつた。むろん昼間は誰も彼の仕事部屋に這入る事は厳禁されてゐた。が、中には只の物好きな見物人のやうな顔をして「拝み」に来る信徒の女もゐた。

「まあ、何と云ふ結構な。—有り難い。こんな有難いお像を拝んだ事はほんに妾始めてゞござんすわ。」その信徒はうつかりかう口を滑らして自分の信徒である事をあかしてゐた。しかし藝術なぞの分りやうもないかう云ふ普通の人の心でも打つ何かが自分の作に宿つてゐると思ふ事は裕佐にはうれしかつた。

「萩原さん。奢らんけれやいかんぜ。あんた、俄かに大福長者になられるんぢや。」

「あんた方の仕事はえゝなア。当り出いたら大したもんぢや。」

こんな事を云ふ男達も少くなかつた。

年は改まつて裕佐は廿七になつた。

元日の朝彼は窓に立つて昇る太陽を拝んだ。「わが仕事に祝福を垂れ玉へ。願はくは夫を我が意の如く成さしめ玉へ。生命の主よ。」彼はかう口の中に祈つた。

彼の仕事は着々と云ふ程には捗取らなかつたが比較的早く進んだ。

「ぢや、月末の踏絵式までには結構間に合いますな。」と見に来た役人は云つた。

「それ見い。やつて見れば、お主にはこれ丈けの腕はあるんぢや。だからわしがあんなにすゝめたんぢやに。——」と孫四郎は或る晩来て見て云つた。

「よう出来とるよ。ちと西洋式な香いは多いが、まあ西洋の材料ぢやからな。此襞のつけ方なぞは、此大天使《アルカンジョ》ミケルの襞にそつくりぢや。が、決して劣つとりやせん。」

彼はわざと「龍と闘へる大天使ミケル」の浮彫と、裕佐の作とを手にとつて見比べ乍らかう云つた。が、裕佐はもう此男の「ケチを附ける癖」には腹も立たなかつた。何物も只褒める丈けでは済まさない此男が之丈けの事でも云ふのは余程感心した事を意味するのが裕佐には分つてゐた。

或る晩裕佐は君香に手紙を書いた。

「新年お芽出度ふ。お変りないか。俺が久しく君の処に御無沙汰してゐるのは君が想像するやうに、君の揶揄ひに憤慨しての事ぢやない。たしかに俺は「坊つちやん」だが、巨人の坊つちやんだ。だからあんな事抔気にしてはゐない。俺は今或る仕事の為めに生れて始めての「急がしさ」に追はれきつてゐる。それは君がいつか俺に「参考品」としてあのコンタスをくれて、「之を手本にして妾の像を作つて下さいね。云々」と云つた、まあそのやうな仕事だ。全くあのコンタスは今や全で別物のやうな生きた力で俺の役に立つた事をお礼する。お蔭げで俺は今度もしかしたら、始めてい、仕事をしたと云ふ自分の満足を買へる上に、大分金儲けをするかも知れない。少くとも女一人を身うけする事が出来る位の金は悠に得られる予定だ。だが俺は「不実」だから君を身うけしやうなんぞとは素より思つてゐない！　一寸そんな事を考えた事もあるが、まあ君の身はあの「紅毛の犬」に任せる事にしやう。

尤も今夜あたり、俺は一寸君を訪ね度くはある。しかしつ、しむ事にした。俺の仕事は多分明日あたり出来上るのだ。仕事の神は猜疑深く、おまけに君のやうに悪戯気に富んでゐるから、俺はもう一日と云ふ処で其神にた、られる事を怖れる。もう一息と云ふ処でその神はと角そんな悪戯をやり度がるのだ。今夜もし君の処へ行つたら、俺の仕事はきつと呪はれて滅茶々々な失敗に畢るだらう。だから俺は行く事を控へる。それはたしかに「悪所通ひ」だからね！

しかし此「関所」を通り越したら行くよ。いくら君がいやでも！

しかしまあ君の健在を祈らう。俺の体はひよろ〳〵だが、元気は大したものだ。まだ君をいやがらせる位の力は十二分に持つてゐるよ。」

　　　　　　　　　　　　　　　　　　不実な男より」――

君香殿
翌日の朝、彼の仕事は出来上つた。降誕祭《ナタラ》の夜から廿五日目であつた。

三人の役人がそれをうけ取りに来た。

裕佐は綿で包んだ青銅のピエタを見せた。

「はア、之ですか！」

三人の役人はそれを見るとハツとしたやうに顔の色をかすかに変へた。そしてその聖像《ピエタ》と裕佐の顔とを交る〴〵見比べた後で、役人同士又互に顔を見合はせた。

「見事に出来上りましたな。」

二人の役人は同じやうな事を一斉に云つた。

「之を今日頂いて行けるのですね。」もう一人は云つた。

「まだそれ一つしか出来てゐないのですから。」と裕佐は答へた。「貴方の方に上げるのは仝じ物をもう一つ二つ作つてからにして下さい。」

「しかしとりあへず奉行に御覧に入れ度いのですが。奉行も随分楽しみに待つて居られますんで、とに角今日之を拝借して行く事は出来ますまいか。」

裕佐は断る訳に行かなかつた。そして「どうか大事にして下さい。」と惜し相に云つた。

三人の役人は丁重にその聖像を抱えて帰つて行つた。

一六

奉行からは其後何の便りもなかつた。そしてその聖像は四日経つても帰つて来なかつた。裕佐は苛立つて来た。彼は出来上つた許りの自分の作をもつと自分の傍においてゆつくり眺め度かつた。それに即しきつた苦しい製作者の立ち場から、鑑賞者の自由に離れた立ち場に移つて、心ゆく限り眺めて楽しみ度かつた。人にも見せ度かつた。殊に誰よりも早く吉三郎姉弟に見せ度かつた。「あの豚共奴に見せるべき真珠ではないんだ。勿体ない！」彼はかう奉行の冷淡に腹を立てゝ、取り還しに行かうかとさへ思つた。

しかし其晩であつた。

彼は例の如く遅く床に這入つて仕事中から一層癖になつた不眠に悩んでゐた。外には冬らしい風がさら〳〵と吹いてゐる様子であつたが、家の中は森として、一間隔てた六畳から伯母のかすかな鼾が聞こえてゐた。

其時彼の室の窓を何かコツ々々と叩く者があつた。漸くまどろみかけてゐた彼はハツと眼を睜開き、そして黙つて耳を澄ましてゐた。風で折れた木の枯枝が窓の戸に当るのかなと思つた。しかし又コツ々々と叩く音は聞こえた。たしかにそれは人の指が叩く音である。「もし人とすれば誰だらう。」かう思ふと彼は俄かにいろ〳〵の想像の興奮の為めに顔が赭く輝いた。彼の頭の中に恐ろしい想像と、嬉しい想像とが一時に混乱した。しかし恐ろしい想像の方が強くなつた。

「きつと吉三郎だ。之は碌な事ではない。」彼は最早かう決め込み乍ら、寝間着の襟をかき合はせて立ち上つた。そして決心した者の如く、二歩許り歩いてその窓の雨戸をあけた。

「誰です。」彼は云つて闇の中を睨んだ。

「妾よ！」

其処に立つてゐた一人の女性は黒い頭巾を取つた。

「君香か！」彼はギヨツとして思はず叫んだ。「ど、どうしたんだ！」彼は眼をこすつた。

「叱！　静かに！」君香は四辺を素早く見廻はし乍ら云つた。

「一寸、出てゐらつしやい！　大変な事なのよ！」

「何だ！」裕佐はヒラリと窓を飛びこえて外へ出た。そして戸を閉めた。

「貴方、大変よ！」君香は鋭く云つた。「貴方ぐずぐずしてゐると明日にも摑まるのよ！　だからさア、早く妾と一緒にお逃げなさい！」

「一体、何の事なんだ！　どうした訳なんだ！」

「貴方の作つた聖像が今奉行所で問題になつてゐるのよ。そして貴方は切支丹だと云ふ事になつたのよ！」

　裕佐には何の事かさつぱり訳が分らなかつた。

「貴方に分らないのは当り前よ。だけどつまりあの聖像はあんまりよく出来すぎたのよ。無論妾は見た訳ぢやないけれど、お役人達はたしかに貴方のお作の神聖な力に打たれたのよ。それであんな物を切支丹に見せたらそれを踏む気はしなくなつて、却つてなほ有り難がつて信心深くなるだらうつて云ふのよ。そしてあんな神々しいものを作る事が出来る貴方自身も矢つ張り切支丹にちがいないと云ふ事になつたのよ。」

「馬鹿な！」裕佐は呆然として只かう云つた。「そしてお前、一体どうして、どこからそれを聞いたんだ！」

「あの「赤毛の犬」から聞いたのよ。」

「赤毛の犬？　フエレラからか？」

「さうよ！　貴方は馬鹿ね！　妾があの赤毛の犬をあんなに可愛がつて見せたのは一体何の為めだつたかつて事が貴方には全で分らなかつたのね！」

「え？　それでは…」

「それだから貴方は坊つちやんだつて云つたのよ！」女は罵詈するやうに云つた。「まさかこんな事が起らうとは妾だつて考えてゐた訳ぢやないけれど、あの犬を摑まへて、舐めさせておきやきつと何かの役に立つ事があるとあの時妾ふつと思つたからよ！　そして妾貴方の悪口を云い乍ら、根掘り葉掘り今度の事をすつかりばらさせてやつたのよ！」

「本当か。いつ！」

「今夜たつた先刻の事よ！あの犬は此頃もう気が少し変になつて妾の処に全で入りびたりなのよ。」

「何と云ふ気違い奴。だが彼奴がいくら決め込んだつて此方がさうでない事を明かにすれや何でもない事ぢやないか！」

「まあ、どうして、そんな事が出来ると思つて！　どんな手段でよ！　そんな誓ひ位でそれが出来る事なら妾だつてこんな心配をして上げはしないわ。貴方、自分の胸と頭を断ち割つてあの犬達に見せる事が出来て？」

「よし。そんなら逃げる許りだ！」裕佐は一瞬間黙つて、考えた後で云つた。「面白い！　お前と一緒ならどんな無人島へでも行くぞ！　だが一寸待つてゝ、くれ！」

「何か取つて来るの？　そんな暇はなくつてよ！」と女は云つた。「お金は妾が少しは持つてゐてよ！　さアお逃げなさい。すぐ！」

「だが、どこへ！」

「天草へ行くのよ！　妾の故郷へ！　あそこは無数の島があつ

て昔から奉行の手が届かない唯一つの隠れ場所なのよ。そして妾の家にゐらしやい！　そしてしばらく様子を見てゐるのよ。それは妾が知らせて上げるわ！」

「何だ。お前は行かないのか！」

「妾は行く事は出来ないのよ！　行き度いんだけれど。今夜妾が飛び出たんでもう妾の後には追つ手がついてゐるのよ。今頃はきつともう大騒ぎをして探してゐてよ。そして妾が摑まれば貴方も摑まつて了ふわ！」

「誰が一人で行くものか！　俺はそんな処で寂しさと憤慨の為めに死んぢまうだらう。お前が摑まれば俺も摑まつてやる許りだ！」

「よくつてよ。とに角そこ迄一緒に行くわ！」

二人は闇と風との中を浦上の方へ向つて走り出した。

裕佐には運命の実相はどうしても信じられないのだつた。それは本気で信じられるには余りに馬鹿々々しい話に思はれた。しかし身うけし度いと願つてゐた女と夜逃げをすると云ふ事が彼の若い浪曼的な興味を燃やしてゐた。そしてその興味が、それでもなほ一方に起る恐怖ともつれ合つて彼を戦かせてゐた。

しかし峠の茶屋にさしかゝつた時彼女は云つた。

「お待ちなさい！　事によつたらもう此処に来てゐるかも知れなくつてよ。妾見てやるわ。貴方一緒に来ちやいけなくてよ！」そして彼女は一人で進んで行き、中を一寸のぞくと彼を手招ぎした。

「一体何と云ふ事になつたのであらう！　もし之が本当に冗談でないとすると！　そして誰が、何の権利があつて、人をこんな目に遭はせるのだ！」と思ふと、裕佐はむら〳〵と殺伐な怒りに燃えたつのであつた。そして彼女の後についてその茶屋へ這入つて行かうとした時彼女の叫び声が聞えた。

彼女は早くも彼等を見つけて隠れてゐた二人の男に手を押えられて悶えてゐた。

「お離しつてば！　摑まつてやるから！」そして彼女は男の手に噛みついた。

「ふむ。お前丈けの事ならいくらでも離してやるさ！」男は軽く女の頭を突きのけ乍ら云つた。「だが他に誰かゐるだらう。お前がわざ〳〵此夜半にかけつけて行つて駈け落ちを誘つた色男がよ！」

「此処にゐる！」

裕佐はそこへ出て突つ立ち乍ら云つた。「それがどうしたんだ！」

二人の男は嬉し相ににやりと笑つた。そして女の手を離した。

「へ、案の定お入でなすつたな。色男。用事は馬にあるんぢやない。此牝馬に乗つてゐる貴様にあるんさ。」

さう云つた男は降誕祭の晩に裕佐がその手頸を握つた与力であつた。

「貴様は切支丹だとあの時云つたつけな。」

「皆を助けてやり度い為めにだ！　だが俺が切支丹だつた処で

それが何だ！　貴様に何の関係あるんだ！」

「当り前よ。あつてたまるもんかな！だが国家にはあるんだ相だ。」

「お前さん達此人を切支丹だと思つてゐるのかい！藪睨みの当てずつぽにも程があるよ！」と君香はつんざくやうに笑つた。

「もし此人が本当にさうだつたら何で自分の仲間を殺すやうな踏絵なんぞを作るだらう！　それ丈けで分らないんてまあなんて馬鹿な役人達だらうねえ！」

「役人が馬鹿だらうと利口だらうと俺達の知つたこちやねえや。とに角一緒に来りやい〻んだ。さア。」

　裕佐は無念相に黙つて考えてゐたがキヨト〱して娘の持つて来た熱い茶を飲んだ。

「よし、行く丈けは行つてやつてもい〻。そして俺を切支丹だと疑ふなら俺はあの踏絵を自分で踏むでやらう。さうすれやい〻、訳だナ！」彼は茶を飲む事によつて考えた事を云つた。

「処があの踏絵を作つた者の罪は、それ踏まない者の罪よりは重いんだ相だ。」復讐心に燃えた眼を横に向け乍ら与力は云つた。

「まあ、何ですつて!?」裕佐よりも早く君香は叫んだ。それなら一体踏絵と云ふもの〻、意味《ワケ》はどこにあるんだらう！「そんな事ならわざ〱面倒な踏絵なんぞを踏ませなくつたつて疑つた者をどん〱片つ端から殺して行きやい〻、訳ぢやないか。その方がよつぽどお前さん達らしいわ！」

「まつたくさな！　たしかに理屈はあらア。」と与力は云つた。

「奉行の前でさう云つて見ろよ！　其通り！さうしたら多分御放免にあづかるだらうて！」

「さア。貴様はおとなしく楼へ帰れ。な。親方は心配してら。大事な玉が遁げちやつたつて。」ともう一人の男が君香の手を取つて云つた。「多分明日の晩あたりは又お芽出度く此色男に逢へるだらうよ。そしてお祝いの酒盛りでもやるがい〻やな。」

「もうどうせ遁げたつて駄目だよ。お前の為めに網の目のやうに非常線を張らせられてあるんだからな。」与力は又裕佐に向つて云つた。「おとなしく従つて来るのが一番利口だよ。」

　そして四人は茶屋を出た。

一七

　裕佐は奉行の前での訊問に於て、態度が「尊大」であつたのが非常な損であつた。そして彼に「手頸を摑まれて動けなかつた」与力の復讐心がその損をなほ大きくした。

「とに角踏絵を踏まない者は処刑をうけるのが掟だ。なぜうけるかと云ふと国法に背く切支丹、つまり国賊と云ふ事になるからだ。それは分つてゐるな。そして貴様はあの時自分でわざ〱その国賊である事を与力に宣言してくれた相だからな。」と代官は云つた。

「併し君達が僕を疑り出したのは君達に頼まれたので僕が作つたあの踏絵からではないか。」と裕佐は云つた。「だから僕はそれを踏むでやらう。何なら、それをこゝでぶちこはして見せてやらう。君達の眼の前で。」

彼は君香が与力に云つた言葉をも繰返へした。

「いや、わしはあの像が傑作である事は認めるんぢや。」奉行は云つた。「あの傑作はわしの方で大事に所蔵するだらう。信者の心を本当に試めすにはあれ位の傑作でなくちや役に立たぬでな。その点君の功労は永く記念しておくだらう。しかし」奉行は流石にや、云い渋り乍ら云つた。「甚だ奇怪な行きがゝりにはなつた訳であるが、あの作に現はれてゐる君の信仰、――それはたしかに普通一般の信者のそれよりは力強く、深く、怖るべきものであるが、此処にゐる凡ての同僚が等しくそれを認めるが故に、遺憾ながら我等は君を死刑に処せねばならぬ。それはつまり君が信者として又一種の伝道者としてばてれん、同様に重んぜらるべき者であると認めるからぢや。」

奉行は息を吐いて静かに四辺を見廻はした。

「しかしそれだけではと!」彼は又語調を柔らげて云つた。「否、それ丈けでも充分処刑の理由にはなつてゐるのぢやが更に万全を期して云ふならば、それ丈けの理由を以て君を処刑する事はまだ幾分一人決めの推量に依る処分であると、の非難をうけても仕方がないと云へる。吾等は法官としてどこ迄も一人決めの推量を排し、現実の証拠を尊重する。ぢやからして、その証拠を見やうではないか。今度の踏絵の調査に於てぢや。君の傑作がもし吾々の不吉な想像を裏切らなかつたら、君は自分の仕事の成功の証明に免じて瞑すべきぢや。が、反対にもしそれが吾々の想像を裏切つたとしたらぢや。君は生命の無事を大に祝すべきぢや。」

かくて、審問は終つた。

が、其晩長崎の町には踏絵の鋳造者萩原裕佐が「特別なお慈けを以て」秘かに斬罪に処せられたと云ふ噂が拡まつた。

正月の廿八日から三十一日迄、四日間に亘つて踏絵の儀式は奉行所に於て荘重に行はれた。

そしてその儀式には裕佐の作「青銅のピエタ」がつかはれた。三日間のうちに十五名の踏み得ざりし者が現はれた。かゝる事は前例のない事であつた。

最後の日更に四人の者がそれを踏まない事の為めに捕へられ、「検べ」の為めに残された後、モニカは白無垢の装束を着け、したゝる如き黒髪を一と処元結で結び、下げ髪にして静々と現はれた。

水を打つた如き式場の中央に藁莚を敷き、その上に低い台を置き、更にその上に、踏絵は置かれてあつた。そして其左右には与力が向い合いに床几に腰を卸し、一々の者の「踏み方」を疲れた眼できつと睨み見てゐた。二千人以上の其日の「踏み方」は畢つてもう日暮れに近かつた。

モニカは神色自若としてその前に進み、跪き、先づその像を手にとつてじつと打ち眺めた。

「あゝ貴方は、矢つ張り、信心を持つてゐらしつたのですね。有り難ふ。」役人にも聞こえぬ程の低い声で彼女はかう呟いた。そして急にそれを抱きかゝえる如く犇と胸に押し当て、接吻し、又それを恭しく台の上に置くと手を合はせて拝んだ。勿論彼女は其場に引き立てられた。

　彼女の後に君香はつゞいた。君香は同じ事をし、そして自分を摑まへた役人に云つた。

「妾は信者ではないのよ。それは本当。だけど妾には此お像を踏む事は出来ないわ！　人間としてそんな事は出来ないわ。さあ縄をおかけなさい。地獄の犬殺しさん達。」

　そして彼女は曳き立てられ乍ら云つた。「あゝ嬉しい！　妾は今日の日をどんなに長く待つてゐたゞらう！」

　翌日の夕方立山の刑場には廿一の新しい十字架が樹てられてゐた。しかしそこに曳き立てられた者は廿一人ではなかつた。廿一人がその十字架にくゝりつけられた後、更に二人の男囚が意外な処から曳き立てられて来た。それは長老アントニオ・ルビノと萩原裕佐とであつた。

　此二人の面被が剝がされた時、二人の女が十字架の上で叫び声を挙げ、そしてその一人は其場に気絶した儘息を引き取つた。それは君香であつた。彼女はその一週間前から全く絶食したのであつた。

　長老は一同に最後の言葉をかける事が出来ないやうにその口を布で塞がれてゐた。

「あゝ長老様！もう何も被仰る事はございません。妾達は勝ちました。天国は妾達の物でございます！」

「おゝ何と云ふ光栄な喜び！」モニカは煙の中でかう云つた。

　裕佐は刀を持つて自分の方に進んで来る男を見ると唐突けにその胸を蹴飛ばした。そして驀らに竹矢来の方に向つて走り乍ら「助けてくれ！誰か！誰か！誰か！吉三郎！」と叫んだ。血走つた彼の眼は狂ふ如く此友を探してゐた。恰かもその友の救ひに最後の望をかけてゐたやうに。しかし彼の縛された手には縄がついてゐた。その縄で彼は後ろに引き倒された。彼は起き上り、そして自分を捕へに来た者を再び蹴らうと足を上げた時、「助けてやらう。お慈けだ！」と云ふ声が後ろにして、刀が脊中から彼の胸を突き抜いた。彼は足を宙に上げたまゝ斃れた。

　かくして奇怪なる運命の操りによつて生涯としては廿七を最後に、仕事としては「唯一つの聖像」を此世への供物として彼はあへなく死んだ。

　其時その刑場で一人の版画師が「二人の女と南蛮鋳物師の死」と云ふ諷刺画を描いてゐた。

「あゝお蔭でわしにも傑作が出来たわ。」その男は、矢立てを帯に突つ込むとかう云つてそのなま〳〵しい残忍な画を役人達の前で一同に見せ乍らトゲ〳〵しく大きな口をあいて笑つた。云ふ迄もなくそれは孫四郎であつた。

　しかし「貴方は矢張り信心を持つてゐらしつたのですわね。」

とモニカが云つた事は誤りであつた。

萩原裕佐は最後迄決して切支丹ではなかつたのである！　彼は只一介の南蛮鋳物師にすぎなかつたのである！

附記　寛文の頃長崎古川町に萩原裕佐といふ南蛮鋳物師がゐた事、そしてその踏絵の神々しく出来すぎた為めに信者と誤まれて殺された事は事実である。又拷問の仕方や、始めの歴史叙説は無論、沢野忠庵と云ふ転び伴天連が踏絵を発明した事も事実であり、アントニオ・ルビノと云ふばてれんが殺された事も事実である。此作の生れるヒントを与へてくれた長崎永見氏に此処で記念としてお礼を述べておく。一九二二年一一月二九日

（「改造」大正12年1月号）

おせい

葛西善蔵

『近所では、お腹の始末でもしに行つてたんだ位ゐに思つてゐるんでせう。さつきも柏屋のお内儀さんに会つたら、おせいちやんは東京へ行つてたいへん綺麗になつて帰つたと、ヘンなやうな顔して視てましたよ』と、ある晩もお酌をしながら、おせいは私に云つた。

父の四十九日の供養に東京に出て行つて、私もそのまゝ弟の家の二階で病気の床に就いてしまつた。肺炎の熱が続き、それから喘息期節にかゝつて、三ケ月余り寝通してしまつた。その間ずつといつしよに出て行つたおせいの看病を受けてゐた。四十九日が百ケ日が過ぎても、私は寺へ帰つて来れなかつた。『◇がお供をつれて歩いてる……』東京の友人たちの間にも斯う噂さゝれたりした。

『近所ではそんな風に思つてるのかなあ。何しろこの辺と来てはそんなことの流行るところだからな。……それではどうかねひとつ、僕等もこさへて見ようか知ら。おせいちやんさへ構は

ないんだと、僕はちつとも構はないね。僕に落胤があるなんて、男の面目としてもわるい話ぢやないな』と、私も冗談らしく云つたが、しみ〴〵と顔を視てゐると、やはり気の毒な気がして来る。

山の上の部屋借りの寺へ高い石段を登り降りして三度々々ご飯を運び、晩は晩で十二時近くまで私の長い退屈な晩酌のお酌をさせられる——雨、風、雪——それは並大抵の辛抱ではなかつた。それが丁度まる三年続いた。まる三年前の十二月、彼女の二十歳の年だつたが、あと半月で二十四の春を迎へるのだつた。その三年の間、彼女は私の貧乏、病気、痯癪、怒罵——あらゆるさうしたものを浴びせかけられて来た。私はエゴイストだ。また物質的にも精神的にも少しの余裕もない生活だつた。私は惨めな自分の力いつぱい仕事に向けるやうにして、喘ぐやうな一日々々を送つて来たのだつた。『少し長いものが一つ出来るまで世話して置いて呉れ。それさへ出来たらお前のとこの借金も返してやるし、おせいちやんにも何でもお礼をする。僕は仕事さへ出来ればいゝんだから、仕事が出来て金さへはいるやうになつたら、お前とこのお父さんにも資本だつて何だつて貸してやるよ』私は斯う子供にでも云ふやうなことを云つたりしては、叱つたり宥めたりして、自分の気紛れな気分通りを振舞つて来たのだつた。おせいの家への借金もかなりの額になつてゐたが三年経つたが、長篇どころか、この夏貧弱な全収穫の短篇集一冊出せたきりで、その金もおせいの家の借金へは廻らず、自分の父の死んだ後始末などに使つてしまつた。私はチエホフの「犠牲」と云ふ短篇が思ひ出されたりした。医学生の研究台となり、性慾機関となり、やがてその医学生は学校を卒業して女と別れて行く、女はまた別の医学生に見出されて同棲して同じ生活を繰返さゝれる——おせいと自分の場合とは違ふとしても、二十だつた娘がもうぢき二十四になる——この三年間のことを考へただけでも自分は気の毒にならずにゐられない。何と云ふ忠実ないゝ娘だつたらう。せめて性的にでも慰めてやるべきだつたらうか。が、自分は今、春になつて雪でも消えたら、遠く郷里の山の中に引込みたいと思つてゐるのだ。自分はその時のことを考へると淋しくなる。自分のやうな人間のために多少でも婚期に影響した——そんなこともあり得ないとは、或は云へないかも知れない。

『関係してるんだらう。ないと云ふのはどうも嘘らしいな。案外君と云ふ男は何にもしてゐないやうな顔してゐて、何でもやつてるんだからな。わかりやしないよ。さうなんだらう？　また君としても、関係してると云つてる方が気が楽ぢやないか』と、ある友人が私に云つたりした。

『まあさうだな。それではさうと云ふことにして置くさ』と、私も苦笑するほかなかつた。

夏父を郷里に葬つて鎌倉に帰つて来ると、私はすつかりポカンとしてしまつて、それを紛らすため何年にもしたことのない海水浴に出かけて行つた。建長寺境内から由井ケ浜まで汗を流しながら毎日通つた。海水場の雑踏は驚かれるばかりだつた。砂の上にも水の中にも、露はな海水着姿の男女が膚と膚と触れ合はんばかしにして、自由に戯むれ遊んでゐる。さうした派手な海水着の若い女たちの縦ひまゝな千姿万態のフヰルムが、夕方寺に帰つておせいのお酌で飲み始めると、何年にも憶えない挑発的な感じで眼先きにちらついて来て、私は頓に健康が恢復された気になり、チエホフの医学生の役をも演じ兼ねない危険を感じさせられたりしたが、それも十日とは続かなかつた。無茶な海水浴通ひからまた昨年来止んでゐた熱が出だして、東京で静養を強ひられることになつた。昨年も今年も、おせいの看病で私は救はれて来た。

『どうだねおせいちやん、春になつたら僕の方のゐなかへ行かないか。奥州の方も見て置くさ。山の林檎の世話なぞして、半分百姓見たいなことをして暮すつもりだがね、急にはうまくは行くまいがね、三年もしたらどうにか百姓並の飯位ゐは喰へるやうになるだらうと思ふよ。僕の女房だつておせいちやんが行つて呉れると吃度喜ぶよ。斯うして四五年も別れて暮して来てるんだからね、女房だけでは僕の仕事の方までの世話が出来ないさ。僕の方のゐなかからだつて、いゝお婿さんは見つかるよ……』と、私は此頃も酒を飲みながらおせいに云つた。

『あなたさへつれて行つて下さるなら、私はどこへだつて行くわ。お婿さんなんか私は要らないわ……』と、おせいはいつもの相手を疑はない調子で云つた。

『行うよ。いつもの通りあの鞄を持つて、魔法壜を肩にさげて……』

どこへ出かけるにも、おせいは私の薬を飲むための用意の魔法壜を肩にさげさせられた。さうした脊丈の低い彼女の姿を、私は遠い郷里の山の中へ置いて、頭の中に描いて見た。

――十一年十二月――

（「改造」大正12年1月号）

一千一秒物語

稲垣足穂

藝術とはココア色の遊戯である

トゥリスタン・ツアラ

序詞

さあ御食事がすみましたら
こちらの方へ集つて下さい
いろんな煙草が取り揃へてあります
目録によつてどれでもお好み次第に……

星しげき今宵、コメット・タルホは
敬愛する紳士淑女諸君に向つて
かくの如き数々の小話を語らうとする

月から出た人

油絵のローデンバツハの夜に　黄いろい窓から洩れるギターを聞いてゐると　時計の螺旋のもどける音がして　チーンと鳴るかと思つてゐると　これは又！　キネオラマの大きいお月さんが昇り出した
そして地から二呎ばかり離れたところで止ると　その中からシルクハツトをかむつた人が出て来て白い花の上に飛び下りたオヤと見てゐると煙草に火をつけて　短かいステツキをふりながら歩き出した　ついて行くと並木路をズン〳〵歩いて行つたその時　青白い路の上に落ちてゐる木の影が大へん面白い形をしてゐたので　それに気を引かれたハヅミに　今度眼を上げると　すぐその先を歩いてゐた筈の人が見えなくなつてゐた　耳をすましてみたがシーンとして靴音らしいものは聞えなかつたので　元のところへ引き反して来ると　お月さんも何時の間にか高く昇つて　静かな夜風に風車がハタ〳〵と廻つてゐた

星をひろつた話

ムービーから帰りに　黒い大きな西洋館の影を通ると　練瓦の歩道の上に何かキレイな光つたものが落ちてゐた　誰か見て居やしないかと見廻すと　向ふの街角で青い瓦斯燈の眼が一つ光つてゐるだけであつた　しめた！　と思つてそれをひろつてポケツトに入れると　一生懸命に走つて帰つた　そして家へ帰るなり電燈のそばへ持つて行つてよく見ると　それは空から隕ちて死んだ星であつた　何だくだらない！　窓から放り出してしまつたが　頭がフラフラして来た…………

その金曜日の夕方　雑貨店へ帽子を買ひに入ると　チラツと前の大鏡へ　ネクタイを撰つてゐる青年の姿が見えた　その拍子に向ふの青年もチラツと鏡を見たので　僕の眼とその青年の眼がカチツと合つた！　ハツと思つたがもう遅かつた　その青年はズカ〳〵と近づいて来て肩越しにジーと後から見た

「君！」と彼は云つた

「何？」と横を向いたまゝ答へると

「この前の水曜日の夜――」と云ひかけた

「そんなことはね………」と帽子をいじりながら答へると

「そんなことじやないよ!!」と大きな声で青年が叫んだ　ビツクリして顔を向けると

「君は星をひろつたらう?!」と大変な権幕でどなつた

「僕が?………」皆んながこちらを見てゐるので赤くなつて答へると

「さうさ　それを何うしたのだ?」

青年は再び大変な元気でどなつた　その刹那　ハツとあの晩の瓦斯燈にちがひないと思つたので逃げやうとすると　後からグツとつかまへられた！　そして入口のガラス戸がギーと開く音が聞えたゞけで街のアスフアルトの上へかち飛ばされた

投石事件

「オヤ　今晩もお月さんがぶら下つてる?」

石を投げつけるとカチン!!!

「あ痛た！……待て！」

お月さんはさかとんぶりになつて追つかけて来た　僕は逃げた　垣を越え　花園を横切り　小川を飛び　一生懸命に逃げた　そして踏切を今飛び抜けやうとする前を　ヒユーと呻を立て、最大急行列車が通つた　マゴ〳〵してゐると　グツとつかまへられてしまつた　お月さんは僕をこづき廻して電信柱の根元で頭をガンといはした！　それで僕は気が遠くなつてしまつた

気がつくと　露が一パイ下りて　畑の上に白い靄がうろついてゐた　そして遠くの方でシグナルの赤い目が泣いてゐた　電信柱がブン〳〵鳴つてゐた　僕は立ち上つて埃をはらつて　お月さんをにらんでやつた　お月さんは知らぬ顔をしてゐた　家へ帰ると身体中が痛み出して熱が出た………

それでも朝になつて街が桃色になつた時　いゝ空気を吸はうと思つて外へ出た　すると四辻の向ふから　誰か見覚えのある人がニコ〳〵しながらこちらへ歩いて来た　「ヤ！昨夜は何うも失敬しました」とその人が云つた　誰だらうと黙つて靴先を見つめてゐると

「君おこつてゐるの?」と顔をのぞきこみながら云つたから首を横にふると

「じや仲なほりをしませう」つて僕の手を握つた　その刹那　ハツとこれは昨夜のお月さんだ！　と気がついたので顔を上げると　誰も居なかつた　そして遠くの辻を牛乳馬車が通つて行

くのが見えた

流星と格闘した話

オペラがはねて帰り途　自分の自動車が街角を廻る刹那流星と衝突した！
「邪魔するな！」と自分は云つた
「ハンドルの取り方が悪い！」と流星が云つた
双方とも水掛論になつた　二人はとつくんで街上に転ろがつた！　そして上になり下になりした！　シルクハットが踏みつぶされた！　瓦斯燈が曲り！　ポプラが折れた！　自分はとう〳〵流星を圧へつけた　けれども流星ははね反して自分を圧へつけて　歩道の角の練瓦へ頭をコツンと当てた　それで自分は気絶してしまつた
一時頃　自分は巡廻のポリスに助け起されて家へ帰つたけれども　すぐピストルの弾丸を験べて屋根へ上つた　そして煙突の蔭へかくれて待つてゐた　しばらくするとシユーと云つて流星が頭の上を通り過ぎた　ねらひ定めてズドンと撃つた!!!　流星は大弧を描いて月の光に霞んでゐる遠くのガラス屋根の上に落ちた！
自分は階段を飛んで下りて電燈を消して寝てしまつた

ハモニカを盗まれた話

俺がある夕方　帽子とステツキを取つて表へ出やうとすると出合頭に流星と衝突した
ハツと思ふと誰も居らなかつた
それで俺はプラタヌの下を歩きながら考へた　するとそれが果して流星であつたか何うかわからなかつた　衝突したかしなかつたかさへ何うかわからなかつた　一体何うしたのだらう？　でも衝突したハヅミに帽子を落したことを思ひ出したので帽子を験べて見ると　砂がついてゐた
じややつぱし——俺は考へなほした　そんなら流星は一体今時分に俺の家の前で何をしてゐたのだらう？……俺の胸にハツと思ひ当つたので　宙を飛んで家の方へ走つた　けれどもすべては遅かつた　部屋へ駆けこんでテーブルの引出しを開けた時俺はやられた！　と叫んだ　ハモニカがもうなくなつてゐた

或る夜倉庫の蔭で聞いた話

「お月さんが出てるね」

「何！　安物ですよ　あいつはブリキ製ですよ」

「ブリキ製だつて？」

「えゝ何うせニツケルメツキですよ」


（僕が聞いたのはこれだけ）

月とシガレツト

或る晩　自分は活動写真から帰りに石を投げた
その石がお月さんに当つて　アツと云ふ間に　お月さんの端が

かけてしまつた
お月さんは赤くなつて怒つた
「さあ元にかやせ」

「何うもすみません」

「すまないよ」

「後生ですから！」

「いや元にかへせ」

自分は色々に嘆願したが　お月さんはなか〳〵許してくれなかつた　けれども自分は　とう〳〵巻煙草を一本お月さんにやつて堪忍してもらつた

お月さんと喧嘩をした話

ムービーの帰りにカフエ黒猫へよると　隅のテーブルに丸いボールみたいなものがビールを飲んでゐた
「オヤ！　君はお月さんじやないか？　何だ今夜は月夜だのに変な工合だと思つてゐたんだ　もう二時間も遅れてゐるじやないか？　君がこんなとこで飲んでゐるのがわかると君は皆から殴られるよ」
自分がかう云ふと　お月さんは肩をそびやかして
「殴らうと殴られやうと貴様の知つたことぢやない」とどなつた
「それで君は責任がすむんかい？」と自分が云ふと
「すまうがすまうまいが俺の勝手だ　お前こそ不良少年早く帰れ！」
お月さんは真赤な顔をして云つた
「何だ！不良少年だと？」
「さうだ！　不良少年だから不良少年と云つた　それが何うした？」
「じや皆に云ひつけるよ！」
「あんな奴等が束になつて来たつて」
お月さんはかう偉さうに云つたので　自分はムカ〳〵として表へ出やうとすると　お月さんは後から自分の頭へビール瓶を投げつけた　それがカウンターの鏡へ写つたのでヒユツと身をかはすと　瓶は鏡に当つて
パツシヤシ!!!……コツパ微塵に砕けた
「卑怯な！」
「何を生意気な不良少年！」
「何をちよこざいなお月さん！」
「さあ来い!!!」
お月さんは短刀を引き抜いた　自分は椅子をふり上げた　そら行け！　自分は口笛を吹いた　お月さんの悪い友達と自分の友達とが引つくんで転んだ　誰かゞスイツチをひねつたので真暗がり……テーブルが飛んだ！　カーテンが落ちた！　植木鉢が割れた！　×××……自分はお月さんの横つ腹を蹴り飛ばした！　お月さんは自分の足をはらつた！　シマツタと思ふ内誰かゞふり廻してゐるテーブルの角が自分の頭に当つた！　フ

ラ〱とした隙にお月さんは逃げ出した　自分は後から六連発を出して続けさまにズドン〲と撃つた　けれどもお月さんはとう〱風を食つて逃げてしまつた

……………………………………………

赤十字の自動車と警察の自動車が来て怪我人を験べた　そして自分がポリスに報告をしてゐる時　東の地平線からお月さんがフラ〱しながら昇つて来た　自分は鉄砲を取り上げた　そしてねらひ定めて一発ズドン!!!
確に手答へ！　お月さんは真逆様に落ちて行つた
一同はバンザイと云つた

思ひ出

柔らかな春の月が中天にかゝつて　森や丘や河が青く霞んでゐました　そして遠くの方に岩山の背が光つてゐました
そこら中一面に　月の光がシンシンと降り注いで　ずつと遠くの遠くの方から　トンコロピーピー　と笛の音が聞えて来ます　それは悲しげな　なつかしい調子で　聞えるか聞えないのかわからない位に　かすかに伝はつて来ます　耳をすますと　その笛の音につれて　恨むやうな　嘆くやうな　悲しむやうな声が何か歌つてゐるやうですが　何を云つてるのかちつともわかりません
トンコロピー……ピー……
笛の音がすると　月の光が一しきり　シンシンと降り注いで来ます　すると
「多分こんな晩だらうよ——」
何処からか　こんなつぶやき声が聞えました
「え？　何うしたのが？」
私は驚いて問ひ反しましたが　その声は何にも答へませんでした　そして只　月の光がシンシン降つてゐるだけでした
すると又　何処からともなく　さつきのつぶやき声が投げやるやうに　悲しげな調子で聞えました
「多分こんな晩だらうよ——」
「え？　何うしたのが？」
私は再び問ひ反しました　けれどもその声は　もう何にも答へやうともしませんでした

……………………………………………

青い月夜で　山や丘や森が　夢のやうに霞んでゐました
トンコロピー……ピー……

MURMUR

——ツキヨノバンニテフテフカトンボニナツタ
——え？
——トンボノハナカンダカイ？
——え　何だつて？
——ハナカミデサカナツ、タカイ？
——え　何だつて？

――ワカラナイノガネウチダトサ

月光鬼語

真夜中に　フト眼を醒ますと　裏庭に当つて只ならぬ人の声
「しからば拙者がたんだ一撃！」

「否しばらく　種ケ島にては近隣を驚かす恐れあれば　これなる名弓にて――」

「如何にも左様　心得て御座る」

「御油断めさるな！」

「委細承知………」

ビユーと弦を引く音ビユン！　弦を離れた矢の行方？　キヤツ！　と中空で悲鳴がすると　温室のガラス屋根へ真二つに割れたお月さんが墜落した気勢！　ハツと思つて庭へ飛び降りると　何事もない　真昼のやうな月夜だつた

或る晩の出来事

或る晩
月の影さすリンデンの並木路を口笛吹いて通つて行くと　エイツ！　ビユン！　と大へんな力で投げ飛ばされた！　それだけだつた　話はね

THERE IS NOTHING

A氏の説によると　それは〱大へんな　何う云つていいかそりや素的な　ビツクリするやうな事があります　それでしまひ！　その事と云ふのは

SOMTHING BLACK

箱を開けると何か黒いものが飛び出した
ハツと思ふ間に何処かへ見えなくなつた
箱の中は空であつた
それでその晩寝られなかつた

黒猫の尾を切つた話

黒猫をつかまへて　ハサミで尾を切ると　パチン！　と黄いろい煙になつてしまつた　その刹那　頭の上でキヤツ！　と云ふ声がしたので　窓を開けると　尾を切られたホーキ星が逃げて行くのが見えた

突き飛ばされた話

真夜中に眼をさますと　電燈が消えてしまつて　真黒闇の中に何か知ら青いものが光つてゐる
手探りに本を取つて　ビシヤンと圧へつけて　眠てしまつた
翌朝　何うなつてるかと　ソーと本を取つて見ると　何もなかつた　そして黄いろい粉が円くついてゐた　かいでみると花火のやうな匂ひがした
変なものだ　何だらう？　とボンヤリ考へてゐると　だしぬけ

に後からポカンと殴られた　部屋を見廻すと　誰も居なかつた　気味が悪くなつて出やうとすると　ポンと後から突き飛ばされた！　ふり向くと一緒に鼻先でピシヤンと扉がしまつてしまつた

はね飛ばされた話

夜遅く帰つて来ると　テーブルの上に　何だか丸い小さいものが乗つてゐた　近づいてよく見やうとすると　だん〳〵膨れて来た　ビツクリしてゐる内に　グーと大きくなつて　部屋一ぱいに拡がつたので　廊下へ押し出されてしまつた　廊下からドアーに鍵を卸して　息をこらしてゐたが　ミシ〳〵と音がすると　ピチンと鍵が飛んでしまつて　内部からグングン押しながらはみ出して来た　真青になつて懸命に圧して居たが　とう〳〵ドアーの蝶番が壊れて　ズドン！　といふ音と共に窓ガラスを破つてはね飛ばされた

庭から上つて来た時　部屋の中は　紫色の煙で一ぱいで電燈がボーと霞んでゐた　そして自分は　はね倒されたドアーの上に坐つて長い間ぼんやり考へこんでゐた

……………………………

押し出された話

或る夜遅く帰つて来て　部屋のドアーを開けやうとすると　内から押してゐるものがある　力を一ぱい出したが向ふも大へん強く押してゐるので　ドアーが壊れさうになつた　無理にこじ開けて入つてみると　誰も居らない　オヤ？　と思つて見廻すと　机の上に本が一冊載つてゐる　誰がひつぱり出したんだらうと　何気なく手に取つて開けたハヅミに　何かムクムクと起き上つて来て　ヤツ！　と云ふ間にホイホイホイと廊下へ押し出されて行つた………　気がつくと　何時の間にか門の外へ突き出されて　青い星が沢山にキラキラしてゐるのが見えた

キツスした人

お月さんが或る晩遅く　巴里の場末を歩いてゐると　後から顔をねじ向けて　無理にキツスした者がある　その途端　アツと声がして　向ふの街角を曲つて行く後姿をチラツと瓦斯燈の下で見た　お月さんはその刹那あの人だと思つた　けれどもそのあの人は誰であるかわからなかつた　お月さんは三日ばかしの間　一生懸命になつて考へたが　何うしても思ひ出せなかつた　そしてそれはとう〳〵わからず仕舞になつてしまつた

霧に欺まされた話

白い霧が降つてゐる真夜中頃　青い瓦斯の目の下を通つて小路に入ると　パッと広いアスファルトの路があつた　両側のショーウインドーには明々と昼のやうな電燈や瓦斯燈が点つて　綺麗な帽子や衣裳が眩しく輝いてゐたが不思議にも　誰一人も居らないで　幽霊のやうな淋しさが充ちてゐた　そしてそこらのガラス戸のギーと開閉する音や　耳のそばや周囲で　ザワ〳〵群集のこみ合つてる声がするだけであつた　何うしたんだらうと思つて通りがゝりに広い店の中をのぞくと　ズーと奥の階段の方で　何か透明な陽炎みたいなものが　忙しくこみ合つてゐるやうであつた　何だらう？　妙な気持で歩いてゐたが　ちつとも足音がしないので　気味が悪くなつて　二三丁ばかし一生懸命に走つた　と思つたら何時の間にか小路を抜けて　見覚えのある黒い洋館のガランとした石段の上に　電気がふるへてゐるのを見た……

ポケットの月

或る晩　お月さんがポケットへ自分を入れて歩いてゐた　坂路で靴の緒がほどけたので　結ばうとうつむいたハヅミに　ポケツトからお月さんが転げ出て　急雨に濡れたアスファルトの上をコロコロコロと転げ出した　しまつたと思つてお月さんは一生懸命に追つかけたが　お月さんは加速度を増して転んで行くので　お月さんとお月さんとの距離が次第に遠くなつて行つた　そしてお月さんはとう〳〵　ズーと下の青い靄の中へ自分を見失つてしまつた

嘆いて帰つた者

昨夜　ひよつくり枕辺に誰かゞ来て　涙を流しながら何だかしきりに云つたが　何を云つてるのかちつともわからないので黙つてゐると　それは大へん嘆いて帰つたが今になつて思ひ出して見ると何うもそれが　昨夜の美しい月夜にミルク色に霞んでゐた空から下りて来たお月さんらしかつた

雨を撃ち止めた話

窓を開けてみると未だ雨が降つてゐた　自分は何うしやうかとしばらく考へてゐたが　やがて鉄砲を出して弾丸をつめた　そして真黒な空の真中をねらつて　ズドンと引金をひいた　その刹那　キヤツ！　と云ふ声がすると　パッと米国星条旗の空がヒラ〳〵と頭上にひるがへつた

月光密造者

真夜中頃に　露台の方で人声がするので　鍵穴からのぞいてみると　黒い影が二つ三つ何か機械を廻してゐた　その刹那　自分は新聞で見た——近頃ロンドンで出来た或る秘密な仕掛で深夜月の高く上つた頃　人家の露台で　月の光の酒を醸造する

ムーンシヤイナーの連中であるのに気がついた　それで自動ピストルを鍵穴に当てて続けさまに十二発　ドドドド………と撃ち放した　すると露台の下の屋根や路上に当つて　おびたゞしいガラス瓶の壊れる音が聞えた

自分はすかさず扉を開けて飛び出さうとすると　同時に風のやうなものがスーと入れかはりに　家の中へ流れこんで来たので吹き倒されてしまつた　しばらくして気がついて　露台へ出て見ると　誰も居らなくなつてゐた　そして下の方にビール瓶が沢山壊れてゐるのが見えた　その中で何うもなつてゐない瓶が一つ屋根の端に止つてゐたので　ひろつて来てすかしてみると水のやうなものが入つてゐた　何だらう？　とふつてゐるとコルクがひとりでに抜けた　ギボン！　と静かな夜気に響くと瓶の口からおびたゞしい蒸気のやうな靄が上つて　月の光の中に溶け合つてしまつた………

自分はびつくりして　瓶の中に何にもなくなるまで見つめてゐたが　それつ切りで何の事もなかつた　そして只月が平常よりほんの少し青いだけであつた

彗星を取りに行つた話

或る夜遅くから　自分は彗星を取りに出かけて行つた　マロニエの下でモーターサイクルを止めて　石段を上つて行くと　左側に黒い小舎があつた　懐中電燈で照らしてみると　白い字でHOTEL DE COMETEと書いてあつた　ハイカラだなあと思ひながら扉を押してみたが　なかなか堅くてビリとも動かない仕方がないのでナイフを出して　錠前の螺旋をはづして　部屋へ飛び込むと一緒にストンと床板がはづれて真暗な中へ落ちたと思つたら燦爛と星の輝く虚空に中ぶらりになつてゐる………よく見ると　小舎の天井が突き抜けで屋根がなく　自分は鏡から出来た地下室の床の上に乗つてゐたのであつた　何だ馬鹿馬鹿しいと思つて立ち上つたハヅミに　ポン！　と大へんな力ではね反されて　何時の間にか元のマロニエの下に立つてゐたそして手に異様なものを握つてゐるので験べてみると小さい紙片であつた　マツチをすつてみると鉛筆でNe soyez pas en colère とある

星を食べた話

或る夜　露台へ出ると　何か白つぽいものが落ちてゐた　口へ入れてみると　冷たくてカルシユームみたいな味がした何だらうと考へてゐると　だしぬけに後から街上へ突き落された　そのハヅミに口から星のやうなものが飛び出して　アツと云ふ間に　尾を引いて屋根の向ふへなくなつてしまつたぼんやりして自分が敷石の上に起きた時　月下に黄いろい窓がカラ〳〵とあざ笑つてゐた………

AN AFAIRE OF THE CONCERT

北星の夢幻曲が初まりかけると　突然　オーケストラの中から

黄いろい煙がパツと舞ひ上つて　見る〳〵内に　会場に拡がつてしまつた
入口に居つた係員達が驚いて　窓といふ窓を皆んな開け放してその排出に努めた　煙がなくなつてしまつた時　何うしたわけか　オーケストラも　沢山の人々も　何時の間にか居なくなつて　広い会場内には　只眩しい花瓦斯の光が淋しげに降りそゝいでゐるだけであつた
一体何うなつたのか？　会場内に居つた人々は　皆んななくなつてしまつたので　知る由もなかつたが　その不思議な出来事は　多分　その夜降るやうに　空一ぱいに輝いてゐた星屑のせいだらうと云ふ事に衆論が一致した

TOUR DE CHAT NOIR

月が上り出した頃　自分は黒い円錐形の塔のやうなものが立つてゐるのを見た　窓も扉もないので何処から入るのだらうと思つて周囲を歩いてゐると　パチンと音がして真黒な中へ落ちこんだ　と思ふと何時の間にか塔の中へ入つてゐた　床も壁も奇異な幾何模様で彩られて真中の円テーブルの上に黒猫が乗つてゐた　何気なく背中を撫でやうとすると　ピチンとスイツチを入れる音がしてグルグルと塔が廻転を初めた　そして自分は赤と黄の渦巻にもまれて　円錐の上までせり上げられるとポンと外へ放り出された　キリ〳〵二三回空中でトンボ反りをしてしばらく電線にひつかゝつてゐたが　線が切れると一直線にその下を通つてゐた馬車の上に落ちた
けれども半分居眠つてゐた御者はそれに気がつかず　藁の上に失心した自分を載せて　青い月夜の路を遠いカンツリーの方へ運んで行つた

星か？　花火か？

或る晩　帰りにルールブリタニヤを歌ひながら　帽子を放り上げると　星にぶつゝかつた　星が一つ落ちて来た　煉瓦の上でカチンと音がしたので　その辺に落ちてゐた白いものをひろつて瓦斯燈の傍へ行つた　そしてメタルにしやうかと思ひながらよく見やうとすると　パチンと爆発してしまつた！
自分はびつくりしてぼんやりしてしまつた　しばらくたつて角のポリスボツクスへ駆けこんだ
「君は星だと間違へて花火をひろつたのぢやなからうか　じやほんとうの星はその辺に落ちてゐる筈だ」
ポリスはかう云ひながら現場へやつて来て　懐中電燈を出して探した　何も見つからなかつた
「じややつぱし星だつたのだらうか？」
ポリスはかう自分に云つた
「だつてあんな花火みたいな星があるんでせうか？」
「さあ？」
「花火にしては――」
自分は云ひ続けた

「あんなにピカ〳〵してゐた筈がないんです」

ポリスと自分とは五分間ばかしもジーと考へこみながら立つてゐた

「星にしても花火にしても」

時計を出して見ながらポリスは云ひ続けた

「この事件は何うも不思議だ」

それで自分とポリスとは黙つて云ひ合はしたやうに並んで歩き出した………

自分を落してしまつた話

昨夜　メトロポリタンの前で電車を飛び降りたハヅミに自分は自分を落してしまつた

ムービーの広告画の前で煙草に火をつけたのも――角を曲つて来た電車に飛び乗つたのも――窓からキラキラした灯と群集を見たのも――向ひ側に腰かけてゐたレヂーの香水の匂ひもハツキリ頭に残つてゐるのだが

飛び降りてから気がつくと自分が居なくなつてゐた

瓦斯燈とつかみ合ひをした話

霧の深い夜　ステツキをふりながら散歩してゐると　ツーと目の前へ紅い星が落ちた

走つて行くと　火のついた紙巻煙草であつた　よく見ると　未だ吸ひかけたばかりの上等のハヾナだつたので何気なく口にくはへると　シユーと火花を吹き出した　驚いてゐるとポンと鳴つて流星花火のやうに飛んで行つて瓦斯燈に当つたのでガラスが壊れて消えてしまつた

あつけに取られてゐる内に　瓦斯燈が飛んで来て　自分を敷石の上へはね倒した　自分は起き上つて瓦斯燈を蹴り飛ばした

瓦斯燈は自分にしがみついて来た！　双方は組んだりもつれたりして力一ぱい殴り合ひを初めた　自分はとう〳〵瓦斯燈を圧へつけて　ピストルの根元でたゝき壊してしまつた　そしてフラ〳〵しながら立ち上ると頭の上の霧の中でアハ、、、、と笑ひ声がした

ピストルを上に向けて引金を引くと　何か石のやうなものが落ちて来て帽子に当つたが　験べてみる元気もなかつた

家へ帰つて来ると　自分はそのまゝ寝床の上に倒れてしまつた

そしてうと〳〵しかけた時　何かポケツトの中でムク〳〵と動いたと思ふと　ピシユ!!!　と板を突き抜いたやうな音がしてバラ〳〵木の屑が落ちて来た

ハツと思つてはね起きてみると　天井に穴が開いて　二階を通して屋根まで一直線につらぬいてゐた　自分はてつきり何物かゞポケツトから逃げたのに違ひないと思つて　あまりにその勢の素張らしいのに空恐しくなつたがさて　それが星であつたか　煙草であつたか　考へやうとしてゐる内に　又眠くなつてうと〳〵してしまつた

星でパンをこしらへた話

夜更けの街を歩いてゐると　大へん星がきれいだつた　周囲を見ると　誰も居なかつたので　塀の上へ登つて二つ三つ取つてポケツトに入れて　知らぬ顔をして歩いてゐた　すると後の方に足音がするので　ふり反ると　お月さんが立つてゐた

「何が入つてゐる？」

お月さんは自分のポケツトを指して云つた

「何にも――」

かう云ひながら逃げやうとすると　お月さんは自分の腕をつかんだ　そして暗い小路に引つぱりこんで　練瓦塀へ圧へつけて散々に殴つた　それから捨セリフを残して歩きかけたので　自分は後から煉瓦を投げつけると　お月さんに当つて　アツと云つて敷石の上へ倒れる音がした　その間に自分は靴を脱いで一生懸命に逃げた　そして家へ帰つてからポケツトを験べてみると　星は粉々に砕けてしまつてゐた　ところが皆はそれはメリケン粉だと云つた　自分はさうではないと云ひ張つてゐたが次の日　Aがその星の粉でパンを三つこしらへて皆んなに食べさした

星に襲はれた話

星の色がおかしいので　戸を堅く閉めて寝てゐると　一時頃コト〱とノツクする音が聞えた　黙つてゐると　いよ〱戸が壊れるやうにたゝくので一体誰だらうと　ピストルを握つて　二階の窓をソーと開いて　のぞいてみると　何か黒いものが戸の前にうづくまつてゐた　よく見やうと身体を乗り出した時　ポンと後から突き落された　植込の中へ逆様に　頭を下にして落ちた自分がはひ出した時家中の窓が皆んな開いて電燈が点つてゐた　耳をすますと　何だかザワ〲こみ合つてゐるやうであつた　それで窓ぎはへ忍びよつて　ピストルを撃ちこむと　バタ〱と窓がしまつて電燈が消えてしまつた　そして真黒な家の中でひどい螺旋のとけるやうな音がして　煙突から沢山な星がプーと上つて行くのが見えた

果して月へ行けたか？

Aが問ねた

「果して月へ行けたか？」

Bが答へた

「行けるものか！」

水道へ突き落された話

或る夜　人通りのない街を歩いてゐると　突然　足の下から黒い棒のやうなものが飛び出して　自分を突き飛ばして　向ふの角を曲つてしまつた　すかしてみると　水道の蓋が開いてゐたので　何事だらうとの

ぞきこんでゐると　後から突き落された！　バチヤンと真暗な中で水の音がして　頭の上でガチヤンと蓋がしまつた！　と思ふと家へ帰つてゐたのに気がついた

月を上げる人

夜遅く公園のベンチにもたれて噴水を見てゐると　後の木立で話し声がした
「おや　もう遅れてゐるよ！」
「じや大急ぎでやらうよ」
するとカラ〳〵と滑車の廻る音がして　東の地平線から赤い月がスル〳〵と昇り出した
「もうい丶か知ら？」
「オーライ！」
そこで月は止つた　それから歯車のゆる〳〵噛み合ふ音が聞えて　月もゆる〳〵動き初めた　自分は驚いて見つめてゐたが気がつくと　木立の方へ飛んで出た　けれどもその時は何の気勢もなく　白い路の上に只の月の光が落ちてゐた　耳をすましてみると　もう辺りはシーンとして　聞えるものは樅の梢にそよぐ夜風の音ばかりだつた

MAN OF THE MOON

ホフマンスタールの夜の景色に昇つたパノラマのまん円い月から人が出て来て　水のやうな青い光に照らされてゐる街や丘や池のほとりや並木路を　何の目的もなく歩き廻つて　月が頭の上にグルーと半円を描いて落ちる時又月の中へ入つてしまつたその刹那にパタツといふ音がしたので　よく考へてみると　丁度散歩から帰つて来てドアーをしめた時であつた　それでその人が自分であつたことに初めて気がついたのである

コ丶アの悪戯

或る晩　コ丶アを飲まうとすると　茶碗の中から黒い棒が飛び出してコツンと鼻先に当つた！　ハツとした途端濃いコ丶ア色の中からゲラ〳〵と笑ひ声がしたので　気味が悪くなつて窓の外へ放り投げた
しばらく立つて　ソーと窓から首を出してみると　闇の中で壊れた茶碗の片が白く見えてゐた　それで一体何うなつてるかと庭へ下りて　よくのぞかうとすると　ホイ！　といふ懸声と共に屋根の上へ放り上げられた

月のサーカス

総てのものがガラス箱に入つて何の音もしない深夜
遠い街燈の下を　ゼンマイ仕掛の木馬が沢山走つて行くのが見えた　追つかけて行くと　公園の前の大きなテント張りの中へ入つてしまつた
幕の隔間からのぞいてみたが　テントの中に何か瓦斯のやうなものが一ぱい立ちこめてゐたので　その上　アセチリンの光が

暗いのでよくわからなかつた　それでソーと忍びこんで　すかさうとすると　傍にあつた大きなトランクの下から何か黒いものが躍り出して　アツと云ふ間に自分をはね倒した　その刹那テントの中が俄に混雑して　大きい貨物自動車が二三台　凄まじい音をさせて自分の上を通り抜けて行つた…………
気がつくと　何時の間にか皆んな居なくなつて　ホテルの上に青い月が照つてゐた　そして自分は起きると　露に濡れた草の上へすはりこんで　ありともつかないかすかな月の光のゆらめきを見つめてゐた

MOON RIDERS

月が高く昇つた頃　何処からともなく　月影のゆらめきの中から　白い仮面の騎士が現はれて　音もなく街を走つて又何処ともなく　月影のさゆらぎに消えてしまふと云ふことを聞いた夜の一時頃　街を歩いてゐると　遥かの街角を一散に廻つて行く白い一隊を見たので　早速モーターサイクルに乗つて追つかけた　白い一隊は公園を横切つて　高架線のレールの上を走つて郊外の方へ進んで行つた　バルブを全開にして風を切つて走つてゐる自分の足の下には　家や立木やシグナルや　その外何かわからないもの、影が　入り乱れ立ちかはり　不思議な月夜の模様を織り出しながら後の方へ飛んで行つた　が　とう〳〵アカシヤの並木路に出た時　その行方を見失つてしまつた　仕方がないので帰らうとして　加速度のままで広場の方へ廻ると丁度そこに白い騎士が集つてゐた　ハツと思つてブレーキをかけやうとする内に大へんな勢でその真中へ衝突した！　そのハヅミに前の輪を柔らかい砂地に突きこんで　モーターサイクルはさかとんぶりを打つてひつくり反つた………
下敷になつた自分がやつと起き上ると　遥かの野の果の木立の中へ　白い一隊が駆けこんで行くのが　チラツと見えて　露に濡れた草の上に　白い何にも書いてないカードが沢山に落ちてゐた

煙突から投げこまれた話

或る晩　歩いてゐると　三角形の屋根の上に黒猫の目が一つ光つてゐた　何うしてもう一つ見えないんだらうと首を傾けた時ヤーツ!!!　と懸声がして身体が宙に浮き上つた！　そして眼の下に月光に照らされた屋根や庭園や白い路が恐ろしい速さで廻つて行つたと思つた瞬間　ドシンと煙突から家の中へ投げこまれた…………

停電の原因

或る夕方　電燈が点らなかつたので人々が騒いでゐた　自分は早速　電燈会社へ交渉に出かけて行つた　すると不思議にも事務所には誰も居らずにシーンとしてゐた　発電所の石段を駆け上つて　ドアーを開けてみたが　ここにも誰も居らず　ダイナモが暗の中で微かに光つてゐるだけであつた　窓から来る薄

明りですかしてみると　何だか粉のやうなものが一ぱい充ちてゐるので　何事だらうと入つて行つた途端　バタ〳〵と音を立て、何か鳥のやうなものが頭の上を通つて行つた　そして低い空を青いツアイライトの方へ飛んで行くので　追つかけて行つてピストルで撃つと　バタツと歩道の上に落ちた　近づいてよく見るとバネ仕掛の蛾が敷石の上で壊れてゐた　それと同時に街にパツと電燈が点つた

黒猫を撃ち落した話

夜中に眼をさますと　部屋の電燈が消えて　廊下の方に点つてゐた　誰がいたづらをしてゐるのだらうと思つてスイツチのところへ行つてみたが　何事もない　何うしたわけだらうとふり向くと　今度は廊下も真暗になつて何かコトコト云ふものがある　ローソクつけてうかゞはうとすると　頭の上をスレ〳〵に窓の外へ飛んで行つたものがある　ハツとしてローソクを落した途端　亜鉛屋根の上を逃げて行く物音がしたので　窓からピストルを撃つとパツと煙が立つて　何かヒラ〳〵したものが落ちた　しめた！　と思つて降りて行つて　懐中電燈で照らして見ると　練瓦の歩道の上にボール紙で造つた黒猫が落ちてゐた

蝙蝠の家

或る夜　練瓦の塀に鳥のやうなものがひつゝいてゐた　よく見ると　黒ブリキの蝙蝠だつたので　ステツキでたたき落さうとすると　バネがかゝつてバタバタと飛んで行つた　追つかけて行くと　街角の三階の窓へ入つてしまつた　それで梯子をかけて上つて行つてのぞかうとすると　ピシヤと音がして黒い幕が下りてしまつた　その真中に白いカードがくつゝいてゐるのでよく見ると　PICK UP THIS CARD と書いてあつた　引きちぎると円い穴が開いてゐた　のぞかうとすると黒い棒のやうなものが飛び出して梯子をはねた　アツと云ふ間に自分と梯子は三階と街路との間に半円を描いて仰向けにひつくり反つた！

散歩前の小話

或る夜　散歩から帰つて来て自分は　街角で見た不思議な光景を解くために考へてゐた　長らくして後　やつとパノラマであつたことがわかつたので　何気なく壁を見ると　花模様の間に何かひつゝいてゐるやうであつた　何だらうと近づいてよく見やうとすると　後からドンと突かれた　と思つたら壁の外へ出てゐた　そしてスレート屋根の上にまん円いお月さんが昇りかけてゐた

自分は三分間ばかしぼんやりしてゐたが　その時　未だこれから散歩するところだつたのに気がついたので　口笛を吹きながら歩き出した

THE BLACK COMET CLUB

或る国の若い藝術家たちによつてクラブがつくられた　それはいつ誰が云ひ出すともなく出来上つて　二三ケ月の内に立派な会になつたのである　ところが又不思議なことに　何の事情もないのに　二三ケ月立つ内に解散になつてしまつたのである　ところで後になつて験べてみると　それは丁度　その頃地球の近くを通つた黒い彗星の作用によるので　その彗星が近づいて来る時にクラブが出来上り　去つて行くにしたがつて壊れてしまつたので　そのグループのことを誰云ふともなしにBLACK COMET CLUBと呼ぶやうになつたのである

友達がお月さんに変つた話

或る夜　友達と並んで散歩しながらお月さんの悪口を話したところが友達が黙つてゐるので
「ねえさう思はない？」
と云ひながら　ふと横を向くと　何時の間にかお月さんに変つてゐた　ハツと思つて逃げると　お月さんは追つかけて来た　一生懸命に走つたが曲り角で追ひつかれて　お月さんは後から自分を押し倒して　その上を転んで行つた　それで自分は敷石の上に板のやうになつて倒れてゐた
深夜の街に起つたこの奇異な出来事について早速カイネ博士が出張をした
「ともかくその月は三角だと云はなければならぬ　何故なら転んで行つた趾にこんな型がついてゐるから」
博士はアスフアルトの上に印されてゐる鋭角の少さい穴を次々に見ながらかう云つた
「そしてそれが大へん速く廻つてゐたために円形に見えたのである」
続けてかう得意げに人々に説明しながら　博士は歩道の上に倒れてゐる自分を引き起した　するとそれはボール紙を切り抜いた人形であつた

見て来たやうなことを云ふ人

「君はあのお月さんも星もみんなほんとうにあると思つてるのかい？」
或る夜ある人がかう云つた
「うんさうだよ」
自分がうなづくと
「ところが君そりや欺されてるんだよ　あの空は実は黒いボール紙で　それにお月さんや星型のブリキが張つてあるだけさ」
「じやお月さんや星は何う云ふわけで動くんかい？」
びつくりして自分が問ひ反すと
「そりやゼンマイ仕掛さ！」
その人はかう云つてカラ〳〵と笑つた　その時　ふと気付くと　誰も居らなくなつてゐたので　オヤと思つて上を仰ぐと　縄梯

子の端が星空へスル〳〵と上つて行くのが見えた

フクロトンボ

或る夕方
「フクロトンボが行く」
と云ふ声がしたので　窓から飛び出してみると　ヒラヒラしたものが沢山　青いツアイライトの方へ流れるやうに飛んで行くので　追つかけながら帽子を投げつけた　すると敷石の上へ一つ落ちた　しめたと思つてよく見ると　只の黒トンボだつた
「何だ　只のトンボだ」
とひとり言を云ふと　耳のそばで
「それが面白いんだ!!!」
と云ふ声がして　ハツと思ふ間にはね倒された！　塵をはらひながら起き上ると　瓦斯燈の下を黒い影が向ふの方へ歩いて行つて　よく見やうとしてゐる内に角を曲つてしまつた

辻強盗

或る晩　四辻を歩いてゐると　お月さんが横合からピカピカした短刀をさしむけて
「金を出せ！」
と云ふので　ポケツトにあつた金貨を一枚渡した　その金貨は夕方　デパートメントストアーの塔の上にひつついてゐたのを梯子をかけて取つたのである　夕方に塔にひつゝいてゐた金貨とは勿論お月さんであつた

銀河からの手紙

或る夜　寝てゐるとズドンと音を立てゝ天井を斜にぶち抜いて飛びこんだものがある！
ハツとはね起きてスイツチをひねつてみると　黄いろい煙が一ぱいに立ちこめて　床の上に小さい真鍮の砲弾が落ちてゐた
取り上げて蓋を開けると　三つに折つたアートペーパーが入つてゐて

Mon cher !

I'm going to descend on the top of mountain with my scarlet cap.

A man of the star in the milky way.

と書いてあつた　それですぐマントを着て山へ登つて行つた
そして頂上のあちらこちらを探してみたが　銀河から来た人は何処にも見つからず　上の方から綱の下りて来る気勢もなかつた　自分は長い間　ジーと星明りにキラキラする岩角の雲母を見つめながら待つてゐたが　やがて　遥かの海の果が　月の出前に赤くなつてゐるのに気がついてがつかりしながら降りて行つた

THE WEDDING

樅の梢に黄いろい月が昇り出した頃から　自動車や馬車がひつきりなしに芝生の間を廻つて来て　花で飾られた玄関へ止つた

そして白熱瓦斯の光が眩しく照つてゐる大広間には　金モールのギヤルソンが忙しく行きゝして　鏡のやうなリノリユームの上には　リボンのついた華奢な靴やキラキラしたエナメルの靴が沢山動いてゐた

やがて銀のベルが鳴つて　棕櫚の葉蔭から　若い公爵とその人形のやうな花嫁が現はれた　牧師はいかめしい口調で聖句を読んだ　そして若い公爵が赤い顔をして　花嫁の手を握らうとした刹那　パチンと花嫁が消えてしまつた！　公爵がハツと驚いた時　しをれたゴム風船が床の上に落ちた

あつけに取られた人々が　牧師の手にしたバイブルの表紙にCOMET TARUHO'S MAGIC BOOKといふ字を見たのはそれから数分立つてからである

自分によく似た人

星と三日月が糸でぶら下つてゐる晩　ポプラが両側に並んだ細い路を歩いて行くと　その突き当りに　自分によく似た人が住んでゐるといふ真四角な家があつた

近づいて行くと　自分の家にそつくりそのまゝなので何うもおかしいと思ひながら　トン〳〵二階へ上つて行くと　椅子にもたれて背をこちらに向けて本を読んでゐる人があつた　自分の来たのに気がつかないのか　それとも友達でも来たと思つたのか　ふり向きもしないので「ボンソアール！」と大きな声で云ふと　その人は驚いて立ち上つてこちらを見た　驚いたことには　その人とは全く自分自身だつたのである　そしてその夜から自分は部屋の大きい姿見をはずゝことにした

真夜中の訪問者

或る夜　一時頃に目がさめて　何うしても眠られないので　天井を見たり壁を見たりしてゐたが　ふとその前の日に買つたお伽話の本が　未だそのまゝ二階に放つてあるのを思ひ出した　それで起き上つて　取りに行かうとして扉を開けると　そのハヅミに　スーツと　黒い三角の半透明な影のやうなものが入つて来た！　ギヨツとして立ちつくしたが　廊下へ飛び出すとすぐ扉をしめて鍵を下した　そして庭へ下りて　外から窓をソーツと開けて　隙間からのぞいてみた　ところが不思議なことに何にも居なかつた　オヤと思つて窓から部屋へ入つてみると大へんにいゝシガーの香りがわづかに残つてゐたばかりであつた

ニユーヨークから帰つて来た人の話

ニユーヨークに廿年間住んでゐたその青年は　或る夜　高楼に登つて　火星の写真をとつて　二弗の罰金を取られた

その原板といふのを見たが　それには星らしいものはちつとも見えなかつた　それにかゝはらず　又その青年もそれによつて色々に弁解をしたが　ポリスといふのが随分わけのわからない男で　二弗の金を支払はせたのだ　そんなことを理由もなしに

やつたポリスもポリスなら　そんな気まぐれな写真をとつた青年も青年ではないか　そして彼が何の必要あつてそれをやつたか？　又そのポリスが法律第何条によつて罰したか？　といふことがわからないやうに　このへんな話も　ほんとうにあつたことか？　それともうそであるか？　それは何ともわからないのである――

月の客人

月の冷たい深夜　白い並木路を一台の箱形の自動車が走つて来て人気のないホテルの玄関に止つた　タキシードをつけた紳士が　まあこれ位　その中に入つてゐたのかと思はれる位　大勢出て来てホテルの中へ入つて行つた　おどろいて玄関からのぞいてみると　煌々と電燈が点つてゐる奥の方の　蛇紋石の階段の上を黒い影が忙しく行きゝして　耳をすましてみると　マヅルカらしい伴奏の音につれて人の舞ふやうな気勢がかすかにする　そしてさはさはと衣ずれの音にまじつて　裂いたやうな笑ひ声がどつとぶちまかれる…………

こんなことが次の朝一人の口によつて伝へられた時　ホテルの前には黒山のやうに人々が集つて来て　その久しく空屋になつてゐるホテルへ入つた不思議な深夜の影について色々と取沙汰をし合つた　さうして云つた　それは多分　夜もすがらあれ位あざやかに冷たくすべてのものを照らしてゐた　あの月の客人であらうと

何うして彼は酔よりさめたか？

或る晩　Aが歌をうたひながら歩いてゐると　円い井戸の中へ落ちこんだ

HELP！ HELP！

大声をあげて呼ぶと　誰かゞ駆けつけて綱を下してくれた　それでやつと助かることが出来たのであるが　驚いたことにはその時　Aは自分の手に持つてゐた　半分飲みさしのビール瓶の口からはひ出して来たのである　ところが　Aはこの不思議に格別驚きもせず　口笛を吹きながら平気で家の方へ帰つて行つたといふのである

THE GIANT-BIRD

月の青い晩　自分は支那街を通つてゐた　煉瓦の上に緑色の卵が落ちてゐた

何気なく口に入れると　ポシヤ！　といつて壊れて　黄いろい煙が出た　しばらく歩いてゐると　腹のなかゝらグルグルとこみ上げて来たものがある　ゲプッ！　とやるとそのハヅミに口の中から何だか知れないへんなヒヨコが飛んで出た　びつくりしてゐると　それは見る見る大きくなつて街一ぱいにひろがつた　同時にひどい旋風が起つて自分は歩道の上へ吹き倒された　鳥はそのまま舞ひ上つてしまつた

黒い箱

青い月の光が街上に流れてゐる夜　ハイド氏の家へ一人の紳士が飛びこんで来て云つた
「これを開けてもらひたい」
それは黒い頑丈な箱で　周囲には宝石の唐草模様がついてゐた　そしてそのなかに何んな秘密があるのかと思はれるそんなに神秘めいたものであつた　ハイド氏は早速色んな形をした鍵が沢山ついてゐる輪をポケツトから出して　その鍵を順々に箱の鍵穴に合はして行つた　いづれも合はなかつた　ハイド氏はさらに第二の輪を取り出して同じことを専念に試みた　かうしてそこに　この私立名探偵が持つてゐるあらゆる形をした六十箇ばかりの数の鍵がそれを開けるのに無駄になつた時　やつと合つたのである　カチツ！と　ハイド氏の眼は光つた　紳士の胸はとゞろいた　さうして箱の蓋は開かれた
さて　あつけに取られたハイド氏は云つた
「空虚じやありませんか？」
紳士は云つた
「さうです　何も入つてないのです」

月夜のプロジツト

時計が十一時を打つた時　お伽話の本を読んでゐた男は思ひ出したやうに立ち上つて窓を開けた　そしてそこに青い光が一ぱい降つてゐるのを見ると　半身を突き出しながらどなつた
「おい今晩も飲まうじやないか？」
すると隣りの窓から返事がした
「オーライ！」
やがて　青い電気に照らされた舞台のやうに青いバルコンの真中に円テーブルが持ち出された　そして二つの黒い影がそのまはりに立つて　何も入つてゐないコツプをさし上げて云つた
A VOTRES SANTÉ!
驚くべきことにはそのコツプには何時の間にか水のやうなものが入つてゐた　それを一息に飲むと一人が云つた
「だん〴〵うまくなるじやないか？」
他の一人が答へた
「そりやさうさ　十三夜だもの！」

赤鉛筆の由来

昨夜　自分は夢に　赤いホーキ星が　煙突や屋根をかすめて通つて来て　物乾場の竹竿にひつかゝつて　落ちたのを見たところで　朝起きて験べてみると　この赤いコツピーエンピツが落ちてゐたのである

土星が三つ出来た話

街角のバーへ土星が来ると云ふので　験べてみたら　只の人間であつた　その人間が何うして土星になつたかと云ふと　話に

輪をかけて話するからだと　そんな何でもないことに輪をかけて　土星が来るなんて云つた男こそ土星だと云つたら　そんなつまらない話に輪をかけて得意らしくしやれたつもりの君こそ土星だと云はれた　つまり土星が三つ出来たわけである

お月さんを食べた話

こんな話を聞いた

或る晩　Aが公園を歩いてゐると　マロニエの梢からまん丸いものがぶら下つてゐた　それは何かの卵らしいものだつたので口に入れると　クシヤと云つてこはれて炭酸瓦斯のやうなものが出た　しかしそれからしばらく立つと　大へん胸の中が一ぱいになつてつかへて来たので　口を開けると　何か白い風船のやうなものが出て　おどろいてよく見やうとしてゐる内にフワ〳〵と空へ昇つて行つてしまつた　そしてAはぼんやりしながら　青い月明りの夜路を帰つて来たと云ふのである　そのAの食べたものが卵であつたか？　風船であつたか？　それは何ちらともわかつてゐない　只Aの友達で何でもよく知つてゐると云ふ男が　その奇異な事件について　そのマロニエの梢からぶら下つてゐたものが　卵にしてはあんまり丸く　風船玉にしてはあまりに堅く　そしてAがそれを星明りに見つけたにかゝはらず　帰る時に青い月夜だつたと云ふ三つの理由から　多分お月さんだらうと云ふことに決めたのである

話は只それだけである　さて　自分はそれを聞いて何れがほんとうだと思つたか？　卵か？　風船玉か？　それともお月さんか？　自分はその何れとも決めてゐない　元々云へば　それが何時何処で起つたことで　Aと云ふのは何んな男で　その友達の何でもよく知つてゐると云ふ男も誰だか知らない　その上こんな話を誰から聞いたのかさへもはつきりと覚えてゐない　そしてそれについても別に何うとも思つてゐないのである　何故なら　そんな話があつたなかつたにかゝはらず　やはり毎晩お月さんが当り前に出てゐる以上　そんなことを考へるのは自分に取つてあまりに関係のないことだから

お月さんが三角になつた話

「或る夜　友達と三人で歩いてゐると　三角形のお月さんが照つてゐた　すると驚くではないか！　自分達も三角形になつてとう〳〵お月さんに重つてしまつたんだ」

自分が或る少年にこんな話を聞かした　するとその少年はびつくりしたやうに自分の顔を見つめたので

「うそだと思ふのならその証拠を見せてあげやう」

かう云ひながらポケツトからボールを二つ取り出した

「ね　こちらのボールは只のボールだが　こちらの方はお月さんが化けて居るのだよ　何故と云ふなら」

説明しながら自分は只のボールを机の上にころがした

「そら　何うもならないだらう——こちらのをころばすと

……」
自分は今一つのボールをころがした　すると机の上にそのころんだ趾にかすかな鋭角形のキヅが次々に出来た
「こんな型がつくだらう　これが三角の角の当つたところだ」
少年の顔をのぞきこみながらかう云ふと　少年は黙つて引きつけたやうになつてしまつた
その次の日　少年は学校でぼんやりして何か考へこんでゐた　そして先生に呼ばれた時　単語一つも答へられなかつた　それで先生は放課後にその少年を残して
「君は何時もよく出来るのに今日は一体何うしたのだ」
と問ねた　すると少年はその奇妙な煩悶を先生に打ち開けたのである
その夕方　少年と物理の先生とが連れ立つて自分のところへやつて来て　昨夜の話をもう一度聞かしてくれと云つた　それで自分はその話を先生に説明してみたが　先生は自分の云ふことをほんとうにはしなかつた　で　自分は机の引出しから三角形の独楽を出した　そして机の上でブーンと廻して見せた　すると　先生は驚いたやうに黙つてしまつたが　しばらくすると首を傾けて
「何うもおかしい？」
と云つた
それから　その物理の先生は　学校でまるで人が変つたやうに無口になつて　毎日複雑な方程式を解いたり幾何の図を引いたりしながら考へこんでゐた　そして夜になると　必度　六つかしい顔をしてお月さんをにらんでゐると云ふことをその少年から聞いた　するとおかしいことにはお月さんがだん／＼と三角形になつて行つたのである
以上のやうなことを　或る夜　二人の友達の内の一人が話した　すると今一人の友達が眉をひそめて
「だつて君　お月さんは円いんじやないか？」
と云つた
ところが話をした方の友達が
「だからさ　おかしなことだと云ふんだよ　この話は」
つて云つた
そして二人の友達が遅くなつて別れた時　スレート屋根の上に三角形のお月さんが光つてゐたと云ふから余計にこの話は不思議である

星と無頼漢

或る夜　四辻の角にあるバーに無頼漢共が大勢より集つて騒いでゐた　それがため　その室には強いエジプト巻の煙が一ぱい立ちこめて電燈が紫色に見えてゐた
ところが宴がたけなはであつた時　この集りの中に星が一つ化けてまじつてゐると云ふことを隣りの者にこつそり告げたものがあつた　そしてこのことが次から次へと耳打ちをされた、め

今まで　にぎやかにグラスがかち合つて歓声が上つてゐた座は急に白けてしまつて　互の心と心との間で暗闘が起り出したそして無頼漢共は一体何れが星であるか見つけやうとして　腕をくんだまゝ黙つて他の者をうかゞひ出したのである　かうして一時間ばかし立つたが　にらみ合ひは止まないばかりか　なほのこと一刻も油断をせずに他の者の顔をにらんでゐた
「あいつだ！」
突然かうどなつたものがあつた　皆が一せいにその方に目を注いだ時　その男は立ち上つて隅の方に居た一人を指した
「あんな青い煙草を持つてるから星にちがひない！」
その男は続けて云つた　この騒ぎがあつて皆はガヤガヤしながら座表へ放り出された　そして指さゝれた男は皆に殴られた後に帰つたが　さて何うしたのか　元のやうに面白くならず　未だ何だかこだはりが出来るのであつた　そして
「今のは何うも間違ひらしい」
と云ひ出したものがあつた　で又にらみ合ひが初まつた
「今云つた奴が怪しい！」
今度はかう云ふことになつて　その男が放り出された　ところがそれからも
「いや未だ星がまじつてゐる気がする」
と云ふことになつて　初めに云ひ出されたものが見つけ出されて放り出された　かうして廿人ばかり集つてゐたのがだん〳〵減つて　とう〳〵最後に残つた二人がやはり　星である！　ない！　の云ひ争ひで格闘をやり出した　そして一人の方が一人を表へ蹴り出してしまつてから　フラフラしながら帰つて行つたのは真夜中をすぎてゐて　バーの中は椅子もテーブルも無茶苦茶にこはされてゐた
ところが　朝になつた時しらべてみると　バーは少しもそんな騒ぎがあつた趾が見えないのである　さう云へばその筈　その夜は何処にもそんなことは起らなかつたのだ　それは只　気まぐれなバーの主人が妄想を起してそんなやうな気がしたにすぎぬと云ふのであつた

果してビール瓶の中にホーキ星が入つてゐたか？

「昨夜遅く街を歩いてゐると　向ふから青く光つたものがやつて来るのさ　よく見るとホーキ星なんだよ　ところがそのホーキ星が僕に巻煙草を一本くれたんだ　煙草をね　——で　僕は吸はうと思つてマッチをすつたが　いくらつけても駄目なのさおかしいじやないかね　ところが君　驚いたことには　よく見ると　その煙草は石筆なんだよ　つかないのも道理さ——僕は一ぱいまかれたと思つてふり向くと　ちやうど街角の方でこちらを見てゐたホーキ星が　僕が後を見たのと同時に　あはてゝそこにころがつてゐたビール瓶の中へかくれたのがチラッと見えたのさ　これは面白いと思つて　僕はソーと近づいて行つたんだ　そして堅くコルクをつめて持つて帰つて来たのさ　その瓶を——これがそれだよ　この中にはホーキ星が入つてるん

だ」

かう云つて　その人はその不思議なビール瓶をさし出した　自分はびつくりして瓶とその顔とを見くらべてゐたが　しばらくして云つた

「ほんとうですか？」

「ほんとうとも！　ほんとうのホーキ星が入つてゐるのだ」

如何にもほんとうらしくその人は瓶をふつた

「でもそれは普通の瓶じやないんですか」

自分はその瓶の中にゆれてゐる水みたいなものをすかしながら云つた　全くそれは只のビール瓶に只のレツテルが張つてあるだけで　その中に入つてゐるのも只のビールらしいものとしか思はれなかつた　その人が云ふには

「だからさ　面白いんぢやないかね？　只のビール瓶に只のホーキ星が入つてゐるのは――」

「じや見せて下さいませんか？」

「見せるとも　今見せてあげやう」

快くうなづいて　その人はテーブルの引出しから大きなネジ釘を一本取り出した　何をするのかと見てゐると　それを指先で廻しながらキリ〳〵とコルクの中へねじこんで行つた　ポン！と云つてコルクが抜けた　その人は　さあ！　と云はんばかりにコツプの中へ瓶をかたむけた　どうだらう！　そこに充されたのは　やつぱし初めに思つた通りの只のビールであつた　なあんだ　自分は笑ひながらその人の顔を見た　何か云ふだらうと待つてゐたが　何も云ひさうにないので　一寸気づまりになつた　が　その人がコツプを取り上げて　一口飲みかけた時思ひ切つて問ねた

「ホーキ星は？」

するとその人は怒つたやうな真面目な顔をして云つた

「ホーキ星はこれじやないか！」

それはそのビールが全くホーキ星であるやうな　そんなにしつかりとした口調なのである　さうしてニコ〳〵しながら一息に飲んでしまつた　自分はあつけに取られて見てゐたが　さてビールがホーキ星であると云ふのは一体何んなことだらうと考へてみた　どうしてもわからない　もう一度　一生懸命に考へてみた――　その間に次の一杯　その次の一杯がついで行かれた　何れも同じ只のビールで　ホーキ星なんかちつとも出なかつた　かうして自分が　もう一度問ねてみやうか？　それとも問ねたら叱られるか知ら？　と思つてゐる内に　その人は皆んな飲んでしまつた　そしてそのあとには空瓶が一本残つた切りである

何うして彼は煙草を吸ふやうになつたか？

真面目なのか出鱈目なのか知らないが「お月さんは三角形だ」と云つてゐた青年に　或る少年が「それは一体何うい ふわけか？」と首をかしげながら問ねた　それは如何にももつともなことである　その少年に取つて　又恐らく青年に取つても　月

が三角に見えるなんていふ筈が何う考へてみてもないのは明らかなことだから――ところがその答へが面白い「かうやつてこの煙の輪を通してお月さんを見るとね　三角に見えるのだよ」かう云つて青年は　指先にはさんでゐたシガレットから煙を一ぱい吸ひこんで　パッパッと円い輪をたくみに吐いた都合のいゝことには　丁度その時　青い月が窓からさしてゐて部屋の中には向ひ合せになつてゐる二人の外　空気を乱すメヒストたちは一人も居なかつた　そしてテーブルの上の置電燈のスイッチをひねつた時　青年の口から白いフワ〳〵した夢のやうな輪がいくつも出て　すひこまれるやうにそこにさしこんでゐる青い光の中へ消えて行つた　その間に青年は輪を通しては月を見ながら　又輪を造つては月を見た　不思議なことにはさうしてみると月が如何にも三角に見えてゐるやうであつた少くとも少年の眼にさう映つた　さらに驚くべきは青年の哲学によると　月がほんとうに三角に見えても見えなくても　さうしたことにかゝはりなく　電燈を消した部屋で青い月光に向つて　煙の輪を吐くといふのは　月が三角であるのと全く同じやうなことであつたのである　さう云へば　その青年は煙の輪を造るのが非常に上手であつたし　又そんなことをするためにのみ生れて来たやうな人間でゞもあつた　加ふるに　その夜　少年が又如何にもそんなことをやつて見せたり聞かせたりするやうに出来た少年らしくもあつた　或るひは見えたのである　さて　その不思議な理論と実際とを少年が信じたか？　といふに

それは何うだか私は知らない　その青年は私ではなかつたのだから――ともかく　青年はかうして幾度も　煙草の五六本も続けさまに吸つて　輪を造つて少年にのぞかせやうとしたけれども　その何れもが何ういふわけか失敗に終つたのである　ところが　次の日から　その少年のポケットには小さな紙の箱が入つてゐて　少年は人の居ないところへ行つては　しきりに煙の輪を造ることを研究した　かうして三ケ月ばかし――それ以上もたつたであらうか？　ともかく数月かたつて毎夜いゝ月夜が続くやうになつた頃　その少年はもう立派な　そしてローマンチックな――銀製のシガレットケースにペルシヤの細巻を入れてゐるやうな（多分兄さんのを持ち出したのであらうが）喫煙家になつてゐたといふのである　これはその時になつて初めて青年にわかつたことであり　それを私が青年の口から聞かされたのである　その少年はそれを最も親しい友達にすら秘密にしてゐたのだから　もつともその時　少年は見事な煙の輪を吐くことが出来たのにちがひない（それは勿論私の推察であるが）そしてそれによつて第一の目的である月を見るといふことが何うなつたか？　果して三角に見えたか？　といふことについては何にも聞いてはゐないし　また聞く必要もない　その青年並びに私に取つて「あの愛らしいTが何うして煙草を吸ふやうになつたか？」といふことだけが面白い話題なのである　私たちはそんなやうなこと――小さい子供が煙草を吸つてみたり　一寸生意気な口のきゝ方をしたりすることにのみ　一方ならぬ興

味を引くやうに出来た人間であるから——

MOON SHINE

Aが竹竿の先へ針金の円い輪をつけた
何うするの？　つて問ねると　三日月を取るんだつて　僕は笑つてゐたが　君　驚くじやないか　その竿の先へとう〳〵三日月がひつかゝつて来たものだ
さあ取れた〳〵　Aはニコ〳〵しながら三日月をつまみかけたが　熱ツヽ　と云つて床の上へ落してしまつた　すまないがそのコップを取つてくれ　つて云ふから渡すと　その中へサイダーを入れ出したのさ
何うするつもりだい？　つて問ふと　この中へ入れるんだ　つて云ふんだ　そんな事をすればお月さんは死んでしまふよ　つて云つたが　Aは　かまふものか　と云つて鉛筆で三日月をはさんで　コップの中へ放りこんだじやないか
シヤブン!!!　つてね　へんな紫色の煙がモヤ〳〵と上つたよ　するとそれがね　Aの鼻へ入つたのだ　Aはハクシヨン！　とやる　続いて僕も　ハクシヨン！　とやる　それで気が遠くなつてしまつた
気がつくと　君　驚くじやないか？　時計はもう十二時まで廻つてゐるのだ　それに不思議な事に三日月はやつぱし空にかゝつてゐるじやないかね
Aは時計と三日月とを見比べて　しきりに首をふつてゐたが
ふとテーブルの上のコップを見ると　顔色を変へてしまつた　コップの中には何にもなくなつてゐるのだ　そしてサイダーが少し黄いろくなつてゐたのさ　Aはコップを電燈の傍ですかしながら　ジーと見つめてゐたが　何う思つたのか口のそばへ持つて行つた
止せよ　お腹が痛くなつても知らないよ　つて僕は云つたが　Aは　かまふものか　と云つて　そのサイダーをグーと飲んでしまつたのさ　君　それからだよ！　Aがあんな妙な風になつてしまつたのはね

でも　それから僕は　いくら考へてもわからないものだからとう〳〵S氏のとこへ行つて話したんだ
デスクの前で　S氏はホウ〳〵と云つて聞いてゐたが　まさか？　と云つたから　僕は
いや　そりやほんとうですよ！　つて云ふと　S氏はフン　それでその晩お月さんは照つてゐたかい？　つて聞くんだ　僕はえゝそりや美しい月夜でそこら中真青でした！　つて云ふと
S氏は葉巻の煙を円く輪に吐いて
そりやムーンシヤインさ!!!　つて笑ひ出したのさ
一体何の事だいつて？　さうさ　それがさ　今に至るまでわからないから君に聞いてみやうと思つてたのさ

さよなら　よき夢をごらんなさい！
私の紳士淑女諸君！
又、明晩御目にかゝりませう

（大正12年1月、金星堂刊）

子を貸し屋

宇野浩二

一

団子屋の佐蔵がこれ迄にどういふ経歴を持つてゐたかは、この物語に大した関係がないのであるが、今でも彼の言葉に多分の上方訛がある様に、生国は大和で、どちらかと言ふと、若く見える方だが五十歳をもう半分以上越してゐた。その年になる迄に経験して来た商売の数は、彼自身にさへ中々思出すのに骨が折れる位であつた。が、今の商売の一つ前の商売は、二階の押入の隅にある、極大の古ぼけた柳行李の中に一ぱい詰められてあるもので知る事が出来た。それは羅紗の小切をミシンで細工した、安物の子供靴であつた。――彼が毎日毎日大きな風呂敷を持つて、市内の羅紗屋を廻つては切屑を買集めて来るのである。すると、彼の相棒であつたミシン職人の太十が、家にゐて、それを無数の靴に縫上げるのである。佐蔵は外《ほか》にそれらの切屑を直にミシンに掛けられるやうに裁《た》つことと、それに出来上つた品物をそれぞれの向きに売りに行くことを受持つてゐた。儲けは極めて少なかつたが、それでも二人の者がその日その日の暮しをして、さて月々の終にはほんの少しづつだが、（それは然し大の男二人のものとしては、何といふ僅かな金高だつたらう！）郵便局に貯金をすることが出来た。

　太十は佐蔵よりは十五歳も年下だつた。それは彼等が未だ近附きにならなかつた前のことであつたが、話し合つて指を繰つて見ると、殆ど同じ時分に彼等はそれ〴〵女房と別れた経験を持つてゐたのである。唯、佐蔵のは死に別れたのであつたが、太十のは生き別れたのであつた。詳しい話は分らないが、彼は三歳になる子供を残されて、彼女に逃げられたものらしかつた。だから、二人で一軒の家を持つて、彼等がこの共同の商売を始めた時、佐蔵は全くの一人者であつたが、太十は当時四歳であつた太一を連れてゞあつた。

　太十は一滴も飲まなかつたが、佐蔵は毎晩二合づつ飲んだ。その代り彼は年も年だつたが、決して女気のあるところへ近寄らうとはしなかつた。それでゐて、十日に一度、半月に一度は、自分の毎日の晩酌に入る金を溜めた程の金を出して、初のうちは遠慮して辞退してゐた太十に、彼の気に入つた所へ遊びに行つて来るやうにと勧めた。そんな時、太十は着物を着更へて、帽子の塵などを払つて、ぼつ〳〵晩酌で顔を赤くしてゐる佐蔵に子供を預けて、いそ〳〵と出かけて行くのである。子供の太一は佐蔵に十分馴れてゐたので、父親の帰つて来ない晩には、佐蔵と一緒に寝た。

　常の晩には、ガラ〳〵とミシンの踏台を踏みながら、太十が無数の子供靴を次から次へと機械のやうに製造してゐる傍で、佐蔵は、癖で始終洟をすゝりながら、不器用な手附で切屑を選り分けたり、選り分けた切の一束を型に依つて裁ち庖丁で切るのである。子供の太一は早くから寝てしまふので、さういふ時の二人の話は、謂はゞ水入らずで、男やもめ同志の気散じな話題に落ちて行つた。が、流石に年が大分違ふのと、それに佐蔵には何処か堅苦しい性質があるので、それがどんなにか心安い話であつても、決して放縦に流れるやうな事はなかつた。太十は何となしに佐蔵に一目置いてゐた。

『お前さん、子供といふものは人間の持つてるものゝ中で、一番の宝物だよ。』と佐蔵が言つた。『私らと違《ちが》うて、太十さんなんぞ未だ若いんやから、いつ迄も独り身でゐる訳には行かないだらうが、まあ〳〵成るべくお前さんの好き嫌ひは二の次にして、上《かみ》さんを貰ふといふよりは、子供のお母さんを貰ふといふつもりで探す方がいゝぜ。』

『……………』何とか答へたやうだつたが、太十の声はミシンの音で聞きとれなかつた。もつとも、それはわざと聞きとれない程の声で答へたのかも知れなかつた。彼はその二三日前に、佐蔵が買出しに出かけてゐる留守の間に、諜し合はしておいて、そツと彼の所へ一時間ばかり遊びに来てゐた女のことを考へてゐたのであつた。佐蔵はまさかそんな事があつたとは知らなかつたが、十二階下あたりの女か、それとも勤めをしてゐる女か、何にしても太十に近頃相当に深い仲の女が出来てゐるらしいといふ事だけは察してゐたのであつた。

　佐蔵はそれを決して猜んだり、嫉妬したりする男ではなかつたが、今も言つた通り、若し太十がその女と行く行く一緒になるやうな事になつたら、女の性質に依つては小さい太一の一生の仕合せと不仕合せの運が定つてしまふことを心配したのであつた。それは然し実は或肉屋の女中であつた。

　それから一月以上経たなかつた或晩のことに、佐蔵が太十に言つた。

『太十さん、お前さん此頃何ぞ心配事があるんやらう。若しそんな事があるんなら、斯うして一緒に暮してるのも、何かの因縁なんだから、私《わし》に出来ることなら相談に乗らうやないか、話せることなら聞かうやないか？』

　ガラ〳〵ガラ〳〵と音を立てゝたミシンの機械の音が少し不規則になつたゞけで、急に答へが来なかつたが、暫くするとばたりとその音が止んで、太十は台の上から下りて来た。

『佐蔵さん、誠に面目ない事が起つたんで……、』と太十は切屑をそろへてゐた佐蔵の傍に坐つて、『実は大抵あんたも察してくれたらうが、この半年程前から或肉屋の女中と馴染を重ねてゐたんだが、そいつが今度身持になつたもんで……』

『それや困つたな、』と佐蔵も思はず仕事の手を止めて、太十の顔を見上げた。『それで、それがお前さんの子と分つてるのかね？』

『……』暫くしてから、『まあ、大抵さうだらうとは思ふんだが、こいつばかしは、朝晩一緒に暮してゐる訳ぢやないから、どんな事になつてるか分らないんだけど……まあ、兎に角、仕様がないんだ。』

『もう幾月ぐらゐになるんかね？』と佐蔵は又いつの間にか切屑をそろへる仕事を始めながら聞いた。

『もう六月といふんだがね。』

『そんなに前から関係があつたんかい？』

『さあ、丁度五六ケ月前からなんだが、』と太十は次第に恥かしいのを忘れて、一所懸命に話し出した。『少し可笑しいやうな気がするんだがな、九、八、七、六、』と指を折つて、『どうも五ケ月一ぱい位のところだと思ふんだが、六月といふんだがね、女に聞いて見ると、さういふ勘定になるといふんだ。』

『それで、お前さんその女は嫌ひぢやないんだね？』と佐蔵は聞いた。『その女はお前さんに太一ちやんといふ子があるの知つてんの？　子供を可愛がりさうかね、自分の子でない子でも？　然し、自分の本当の子がないんならだが、それがあつて、継しい子にも目をかけてくれると言ふやうな女は滅多にないツてよ。……困つたな。』

　佐蔵は仕事の手を止めて、自分の事のやうに心配さうに言ひながら、軽い溜息を吐いた。

『それはね、』と太十は又きまり悪さうな顔になつて、『私の口から言ふのは何だが、それや確かりした、訳の分つた、極く悧巧な女だから、……そのうち、何だつたら、あんたも一度会つて見てくれるとい丶んだがな。』

『それや一度是非会つたげよう。』――

おみのといふ、その女が佐蔵等の家へ初めて表向きにやつて来たのは、その翌々日だつたかであつた。

銀杏返しに襟のついた着物を着て、『御免なさい、』と言つて、そこの一間半間口の硝子戸を開いて、彼女が這入つて来た時、いつもより早く得意廻りを引上げて帰つて来て、店の帳場で鼻の尖に眼鏡をかけて帳面を調べてゐた佐蔵は、女が思ひの外若くて、而も藝者かと思へる程小綺麗なのに驚いた。然し、流石に年だけあつて、直に気を落着けて、

『おみのさんですか、あんたは？』と彼の方から声をかけた。そして、『どうぞお上り。太十さん！』と奥の方に向つて叫んだ。

彼女は実際太十には少し過ぎもの丶やうに見えた。その細面の、少し中低の、きツと結んだ口元などを見てゐると、成る程、太十が言ふやうに悧巧ものらしかつた。彼女は一通りの礼儀も心得てゐるらしく、佐蔵と太一に一寸した土産物なども持つて来ることを忘れなかつた。それで、どちらかと言ふと、口数の少ない方だつた。顔も十人並以上であつた。どの点から見ても、太十に過ぎものであるといふ外には、佐蔵には非の打ちどころがないやうに思へた。

『太十さん、大したもんやないか？』と女が帰つてから、佐蔵は少しも皮肉の意味なしに言つた。『少しよ過ぎるな。果報負けがするぜ。』

『……』太十は答へないで、唯嬉しさうににや〳〵してゐた。

それは二人とも不断のやうに、仕事に取掛りながらの会話であつた。と、暫くしてから、

『さうさう、』と佐蔵は急に思ひついたやうに、『太十さん、私は先から妙な気がしてゐたんだが、今気がついたんだ。何処やらあのおみのさんと、太一ちやんとが似てるやうな気がするが、お前さん、さう思はんかね？』

すると、どうしたのか、太十は突然顔を赤くして、それを佐蔵に見られまいとするかのやうに、ミシンの方に一層顔を近づけて、仕事の手を早めながら、『さうかね、まさか、』と半分機械の音で消される声で言つた。

『いや、似てるよ、確かに。あの口元の辺などが殊によう似てるよ。』と佐蔵も仕事の手を休めないで言つた。

まつたく、それは妙な話で、それから又ずつと後の事であるが、矢張り太十の別れた（或ひは逃げられた）女房に、そのおみのがよく似てゐるといふ話が出た事があつた。すると、お噺のやうではあるが、母親似であるところの太一と、そのおみのとが似てゐるといふのは合理的な話に違ひなかつた。そして、それを太十が気が附かないで、何にも知らなかつた佐蔵に発見されたといふ事は、太十に甚だ嬉しい気がされた。太十は一層

おみのに心を引かれた。太十はもうおみのが以前どんな女であつたらうが、又どんな事をした女であつたらうが、或ひは現に彼女の腹にある子が自分のであらうがなからうが、そんな事はどうでもいゝ、是非行く行くは彼女と夫婦にならうと決心した。『お前さんたちの都合で、私が太一ちやんを貰つて育て、もい、よ。』と佐蔵も言つてくれた。然し、おみのは『何と言つても太一ちやんはあんたの長男なんだから、どんなに苦労しても私たちで育てゝ行きませう。』と言つた。

ところが、彼等に思はぬ災難が振りかゝつて来た。それは彼等の商売である羅紗の子供靴が、その時分から流行り出したゴム靴の為にすつかり販路を奪はれてしまつて、散々な悲境に陥つた事である。暫くは値段を下げて見たり、その外の方法で対抗しても見たが、矢張り駄目であつた。仕様がないので、靴をこしらへる代りに、それ等の小切を幾つも幾つも継ぎ合はして、寒い地方の田舎の人達が着る、袖なしをこしらへて見たり、或ひはやつぱり田舎行の座蒲団の皮にしたりして、売出して見たが、どうも思はしく行かなかつた。貯金どころか、佐蔵の晩酌も、太十が女のところへ出かける小遣も出なくなつた。

災難はそれだけではなかつた。その年の暮に、当時世界中を荒し廻つた流行性感冒といふ病気に罹つて、太十は床に就いてから十日目に死んでしまつた。その時、おみのは妊娠九ケ月目であつた。彼女の悲嘆は言ふ迄もないが、佐蔵の力落しは一通りではなかつた。彼はいつとなく今迄の商売を止めてしまつて、毎日腕組をして考へてゐた。太十と二人で溜めた少しばかりの貯金を引出して、彼はその七分をおみのにやつた。それから彼は三月余り、商売品の残りを売つたり、貯金の金などで居食ひをしたりしてゐた。そして最後に家の雑作と権利を売つた時にも、その半分をおみのにやつた。

おみのの子が正月に生れた時、彼は本所の或場末に、彼女と母親との住んでゐた家へお祝ひに行つてやることを忘れなかつた。又も妙な話であるが、その赤ン坊が太一と兄弟だと言つても、誰もが疑はない程似てゐた。若し太十が生きてゐて、その子を見たら、どんなに喜ぶだらう、と佐蔵が言つて泣くと、おみのは半分聞かないうちから、産褥の中で目に涙を一ぱい溜めた。帰る途々、佐蔵は考へて、太一にしても、今度のおみのの子にしても、父親の太十には不思議な程似てゐないのに、それでゐて同じ父親で、異つた腹から生れた二人の子供が兄弟のやうに似てゐるとは、不思議なことがあるものだな、と思つた。――さうさう、死んだ太十が言ひ出したことに、彼の別れた上《かみ》さんといふのに、今度のおみのが、おみのの方がずつと別嬪ださうだが、よく似てゐると言つたが、なる程、その二人の女の子供同志が似てゐる位だから、よつ程よく似てたんだらうな、と考へた。そして死んだ太十のことを思出して、途々彼は人に見られると怪まれたらうと思はれた程、拭いても拭いても涙が止まらなかつた。

しかし、その子は半月と生きてゐないで、生れた時から弱くて病気ばかりしてゐたものだから、区役所に届ける暇さへなかつたうちに、死んでしまつた。その知らせを受取ると、佐蔵は早速くやみに行つた。そして又泣いた。『年とると、どうも涙もろくて困る。』と言つて、泣いた。太十が死んでから三ケ月半目だつたか四ケ月目だつたかに、やつと家の雑作が売れたので、佐蔵はそれから今のところへ引越して来るにつけて、それを知らせみのに会はないのである。それ切り、然し、彼はお旁々雑作を売つた金の半分を持つて、本所へ尋ねて行つたところが、おみのの一家は一ケ月ほど前に越して行つたといふことで、色々その行先を聞いて見たが、到頭分らなかつた。で、佐蔵は今、太十の忘れ形見の太一を育ててゐる訳である。

二

佐蔵が引越して行つて、そこで今度の商売の団子屋を始めた所といふのは、浅草公園の裏手の、軒並に銘酒屋が並んでゐる一劃にある、××横町であつた。だから、得意といふのは無論それ等の銘酒屋等であつた、そしてそれが目的でもあつたのだつた。団子の外に汁粉とか、季節には氷とか蜜豆なども売出しに繁昌をした。ところが、再び商売の運が向いて来たと見えて、毎日相当た。客はそれ等の近所隣の銘酒屋女たちであつた。だから、繁昌する割合に掛け倒れが随分あつたので、そんなにどし〳〵お金が儲かるといふ訳には行かなかつたが、佐蔵に何より嬉しかつたのは、さういふ客の女たちは、元より賤しい稼業の者等ではあつたが、稼業は稼業、心持は心持で別のものと見えて、来る者も来る者も、申し合したやうに優しく太一を可愛がつてくれることであつた。

ところが、よく〳〵運の悪い男で、佐蔵がそんな町でそんな商売を始めて一年と経たない時に、同じ町内に同じ商売敵が現れた。それが外の者なら未だしもだつたのだが、その辺での一寸した顔役の妾が主人だつたので、無論その方が佐蔵のよりはずつと資本もかけ、ずつと小綺麗に、恐らく品物だつても上等で、人手も多かつたものだから、一週間としないうちに佐蔵の店の方は寂れてしまつた。と言つて、それが今も言つたやうに、顔役だものだから、抗議を言ふ訳にも行かず、それよりももつと打撃だつた事は、客たちが佐蔵を気の毒に思つても、その顔役の手前を兼ねて、同じ暖簾をくゞるなら、その新しい店のそれを度外視することが出来なかつたことであつた。

少しばかり運が向いて来たかな、と思ふ間もなく、直それが又傾いてしまふなどといふことは、佐蔵のやうなそんな不運な長年のこの世を渡つて来たものには、又かとさへ思ふ気にならなかつた。寧ろそれが当り前のやうな気がする位であつた。他所行から不断着に着かへたやうな心安ささへあつた。が、さういふ境遇に陥つて、彼が流石に最も情なく思ふのは、晩酌が楽めないことであつた。けれども、それにも亦彼は馴れてゐない訳ではなかつた。何故と言つて、さういふ時は、これ迄さういふ境遇に陥ちた時にして来た通りに、大した用もないのに朝早く目が醒める苦痛は仕方がないと諦めて、夜は日が暮れると共に寝床に這入つてしまふことであつた。彼は煎餅蒲団にくるまつて、太一と一緒に寝るのである。

『をぢさん、此頃家《うち》さびしいな、』と太一が廻らぬ言葉で言つた。『もつと賑かにしようよ、』

『あゝ、さうしよう。さあ、早く寝よう、』と佐蔵は言つた。

『あゝ、さうしよう、さうしよう、』と佐蔵はそれを口の中で、軽い子守唄のやうに節をつけて言つた。そしてその声は次第に小さくなつて、心の中の声になつた。

『さうしよう、さうしよう。さて、どうしよう。又何か別の商売の工夫をするかな。それには何がいゝかな。やつぱり食ひ物屋かな、食物屋も大抵のものはやつて来たな。もうこの年になつて、俺の手で食ひ物屋をしても、客が汚ながつて寄りつきさうもないし、さて……』

そして彼は長い、過去つた六十年の間に、いろ〳〵とやつて来た商売を順序もなしに思ひ出して見るのである、だが、それを半分もしないうちに夢の世界に這入つてしまふのが常だつた。然し、その夢の世界は、眠る前の彼の追憶の続きのやうなものであつた。無論それは場面としては取りとめのないものではあつたが、朝鮮で雑穀屋をしてゐた時分の彼とか、或ひは内地に帰つて薬の行商をしてゐた時分の彼とか、一転して田舎でだるま茶屋のやうなものを始めて、その時にはもう死んでゐた筈の女房が同じ場面に出て来たり、その女房と今の太一とがやつぱり同じ場面に出て来たり、するうちに目が醒めて、現在の彼自身を煎餅蒲団の中に、すや〳〵と眠つてゐる太一の傍に見出すのであつた。

ところが、或日、彼が上り口の板の間に、腰かける代りに、その上にちよこなんと坐つて、ぼんやりと表の「だんご」と墨太に書いた入口の障子を眺めるともなしに眺めてゐた時、そこががらりと開いて、何処か他所の方で遊んでゐたと見える太一の姿が現れたと見る間に、つゞいて後から一人の女がついて這入つて来た。それは以前に二三度来たことのある、その辺の銘酒屋女の一人であつた。相当に年とつてゐるのと、顔が面長で、一寸美しい顔立の、取澄ましたやうなところがあるからか、斯ういふ女たちとしては割合に落着きのある、上品な女なので、彼にはいつとなしに見覚があるやうな気がした。

『今日は、をぢさん、』と女は言ひながら、入口の障子の後をぴつしやりと閉めて、這入つて来た。

『団子しかないんだよ、』と佐蔵は上り框のところへ両足を下ろして、腰掛けた姿勢になつて言つた。が、さう言つてから、ふと団子の用事ぢやないらしいな、と思つた。

『いえ、今日は一寸外のことで来たのよ、』と果して女は斯う言ひながら、佐蔵の腰かけてゐる傍に来て、太一を後《うしろ》からその両方の肩に手をかけて、自分の膝のところへ抱きながら、自分も腰をかけた。

『外のことツて……？』と佐蔵が不思議さうに聞き返すと、

『それがね、今、太一ちやんに途で約束して来たの、ね、太一ちやん、』と女は太一に加勢を求めるやうに言つて、『あたし一寸一時間程、太一ちやんを貸して欲しいの。』

『どうするんだい？』と佐蔵は稍々驚いた顔をして聞いた。

『どうするつて、ね、太一ちやん、煮たり焼いたりする訳ぢやないし、』と女は未だ半分太一の方に言ひかけるやうにして、『一寸一時間か、……一時間も掛らないわ、三十分位でいゝの、貸して欲しいの。』

『どうするんだい？』と佐蔵は未だ腑に落ちない様子で、語気を強めて聞いた。

『どうするつて、そんなに真面目な顔をして聞かれても困るわ、』と女も稍々当惑した調子で、『なにね、私、子供が好きなの。それで散歩に行くのに、一緒に手を引いて歩きたいもんだから。ねえ、』とそこで女は又太一の加勢を求めて、『もう太一ちやんと相談してしまつたんだけどねえ、太一ちやん！』

『……』太一は女に上から顔を覗き込んで斯う言はれると、無言のまゝで点頭いた。

『なアんだ、そんな事か、』と佐蔵は急に安心したやうに、いつもの人のよささうな顔付に戻つて言つた。そして一寸考へてゐた風であつたが、急ににこ〳〵して、『太一ちやん、お前はどうなんだい、行きたいのかい、姉さんと、え？』と彼は六歳の太一の顔を覗き込みながら聞いた。

太一は答へる代りにうなづいた。

『さうだらうな、』と佐蔵は言つた。『家には女ツ気がないし、此奴のお父つあんのゐた時ツから女といふものがゐなかつたんで、それに今はこんなしみつたれなをぢさんと二人ツ切りやから、本当に何処へも連れてツてもらふ事なんてないんやからな。』

『ね、行つてもいゝでせう。大事にして連れて行くから？』と女は中腰になつて催促した。

『さうか、』と佐蔵は再び上り框の上に上つて、『そんなら、着物を着かへさしてやるから、一寸待つておくれ、』

そして、太一は着物を着更へさせられて、女に手を引かれていそ〳〵と出かけて行つた。彼は死んだ父親の太十と違つて、人懐こい、気散じな性質だつた。『屹度、誰にでも可愛がられるだらう、』と佐蔵はその小さい後姿を見送りながら独言つた。

それから一時間ほどすると、別のずつと年の若い、やはり酩酒屋女には違ひないが、先のよりはずつと山出しらしい女が太一を連れて帰つて来て、『姉さんがいづれ後でお礼に伺ひます、』と言つて直に帰つて行つた。

『おゝ、太一ちやん、えゝ事をしたな、』と先から殆ど同じ所で、同じやうにぼんやりしてゐた佐蔵が彼を迎へて、にこ〳〵しながら言つた。

『さあ、汚さないうちに着物を着更へておかう。えゝ事をしたな、何処へ行つたね、え。おゝ、さうか、花屋敷か、花屋敷は面白いだらう。』

『又、連れてつてやると言つたよ、』と太一は年よりもずつと老《ま》せた口をきゝながら、佐蔵に助けられて帯を解いてゐたが、その時、『あゝ、さう〳〵、あのお母ちやんが、』と言つて、言ひ違へたのを又言ひ直して、『あの姉ちやんがこれををぢさんのお土産にツて言つたよ、お酒の代りだと言つてたよ。』そして四ツに畳んだ一円札を出した。

『なに、お土産?』と佐蔵は吃驚して言つた。『お前、どうしてこんなものを貰うたんだい。お前はお前でそんなおこしをどつさり買つて貰うて、その上に……をかしいな? 太一ちやん、お前、あの姉さんと花屋敷へ行つたんやらう、そして、その、花屋敷へ行つただけなのかい?』

太一は黙つてうなづいた。

『をかしいな、』と佐蔵は腑に落ちないらしく、『をかしいな。それで、これををぢさんのお土産にツて?』

『あゝ、お酒の代りだと言つてたよ、』と太一は忽ち雄弁になつて、『あの姉ちやんはをぢさんが好きだ、好きだと言つたよ。』

『をかしいな、それにしても、』と佐蔵は未だ頻りに首を傾けてゐたが、『まあ、そのうちに先のあの女が来るだらう。そしたら……』

そして、そのうちに日が暮れたが、女は到頭顔を出さなかつた。太一に聞くと、『直そこの家だ、』と知つてゐさうだつたが、恰度彼女等の稼業が繁昌しかゝるそんな時分に、尋ねて行くのもをかしいと思つて、佐蔵はその晩はいつものやうに太一を抱いて寝た。

その翌日の午過ぎに、ひよつこり昨日の女が這入つて来た。珍らしく朝から団子が売れたと思つて、考へて見ると、恰度彼岸の最初の日だつたので、佐蔵はあわてゝ団子をこねたり、餡粉をこしらへたりする事にせつせと稼いでゐた時だつた。

『をぢさん、昨日はどうも有難う、』と女は言つた。

『おゝ、お前さんに聞かうと思つてゐたんだ、』と佐蔵は仕事の手を休めて、『あんな、お前さん、どうして大枚のお金を私にくれたんだ? あれは返すよ、あんなものは貰へないよ、貰ふ訳がないもの。』

『まあ、をぢさんツたら、厭アな人……』と女は言つた。『だつて、あれは坊やの借り代ぢやないの。大枚のお金だなんて、厭アなをぢさん? そんな堅苦しい事を言はないだつて、取つてくれたらいゝぢやないの。何も私たちのお金だと言つて、そんなに軽蔑しなくつたつて……』

『いや、何もそんなつもりで言うたんぢやないが、』と佐蔵はそんな風に言はれたので、少し困つて顔を赤くしながら、『それにしても、そんな事を……』

『だつて、』と女は引取つて、『私の志だわ。今日《こんにち》、私たちが子供を借りたいと思つたつて、どうせ私たちのやうな商売をしてゐるものに、誰も心よく貸してくれる人なんかありやしないんだもの。私たちはこんな商売をしてるから、まあ女の片輪者になつたやうなもので、一生で子供を持つ望みはなし、と言つて、私たちだつて女ですもの、それや本当に、堅気のお上さんのやうに、子供を連れて歩きたいと、これは私が特別かも知れないけど、餓《かつ》れたやうに思ふことがあつてよ。それををぢさんがかなへてくれたんだもの、あの位のお礼は安いつたつて、一寸も高くはないわ。』

『……。』佐蔵はこの話に少し動かされて、黙つてしまつた。

『それに斯う言つちや何だけど、』と女は益々雄弁につゞけた。『をぢさん家《ち》は以前と違つて、あの「吉野屋」が出来てからは、随分不景気になつたでせう。私たちはみんなさう言つて、をぢさんを気の毒だと言つてるのよ。だけど、ね、あの「吉野屋」のお上さんのコレがあの人でせう、だから、来たくつたつてをぢさんとこへ来られないの。だから、みんなをぢさんが気の毒だと言つてるわ。ね、だから、お金だと思はないで、お酒だと思つて、取つといておくれよ。それでも、お金が厭だと言ふんなら、私、お酒と換へて来たげるわよ。これから、私ちよい〳〵坊やを借りに来たいんだもの、をぢさんと喧嘩するのは厭だから……』

『よく分つたよ、お前さんの言ふ事、』と佐蔵は半分泣き顔をしながら言つた。『貰うとくよ、有難く、貰うとくよ。お金で貰うとくよ。酒ぢや私《わし》一人しか楽めないから、その中で半分は酒を買ふにしても、半分は太一ちやんの分にして、太一ちやんのものを買つてやるから。有難う、貰うとくよ。』

『さう、そんなら私も嬉しいわ。ぢやあ、さよなら。今日は一寸忙しいから、又明日にでも坊やを借りに来るかも知れないから、貸してね。太一ちやん、さよなら、』と言つて、女は帰つて行つた。

　佐蔵は再び団子をこしらへる仕事に取りかゝつた。彼は心の中で久しぶりで、今日は団子が売れたし、思はぬ金が手に這入つたし、今夜は晩酌をやらうと思つた。

三

それから三日おき、或ひは一日おき位のこともあれば、毎日のこともあつた。

『をぢさん、太一ちやんを借りて行くよ。』

と例の女が入口の「だんご」の障子の間から首を覗かして、言ひに来た。

『あゝ、いゝとも、いゝとも、』と佐蔵は言ひながら、いそ〳〵と太一に着物を着更へさせては出してやつた。そして、その度毎に太一は一寸した手土産の外に、帯の間に一円札を挟まれて、彼は帰つて来た。

　佐蔵は直に又不安に思ひ出したが、つい太一がいつでも喜んで行きたがるので、それに引かされて、承知してゐたのであつた。それは太一が喜ぶ上に、彼には今この世での最も楽みであるところの、晩酌が又毎日のやうに出来るのが、言ふに言へない誘惑であつたに違ひなかつた。

それがやがて一ケ月も後には、太一は毎日呼ばれて行つたばかりでなく、近頃では同じ家の者ばかりでなく、他所の家の、別の酩酒屋女が彼を借りに来るやうになつた。すると、どうかすると、一日に二度も、三度も出かけることになつて、着物を着更へてゐる暇さへなくなつた位であつた。そして、その頃になつて、やつと佐蔵にその真相が分つたのであつた。――

初めての日のこと、小さい太一は、着物を着更へさせられて、迎へに来た女に手を引かれながら、一旦は彼女の家に連れて行かれたのである。もつとも、彼女の家と言つたところが、太一には決して知らない、初めての家はなかつた。それは彼の家から、家数にしても十軒余りしか離れてゐない。その辺のどの家でもが同じやうな建物であるところの一軒で、入口の格子戸を開けると、中は一寸した土間になつてゐて、そこに細長い覗き硝子の嵌まつた障子が立つてゐる。或日、彼が石畳を敷いたその路次の中を、ブリキの喇叭を吹きながら、外に連れがないので、ぶら〳〵と一人で所在なささうに歩いてゐると、そこへ何処からか、お参りか買物かの帰りらしい、その辺の女が傍に寄つて来て、

『坊や、お菓子を上げようか、姉ちやんとこへお出で、』と言つて、いきなり太一の手をとつて、その家に這入つたのが最初であつた。

覗き硝子の嵌まつた障子の内は長四畳で、部屋の隅の方に鏡台が二つ並んでゐるのと、派手なメリンスの座蒲団がその傍に積み重ねてあるのと、それから壁の上の方の棚に、何かごた〳〵と箱のやうなものが積んである外には、部屋の中はがらんとしてゐた。女は太一をその部屋に案内すると、メリンスの座蒲団を部屋のまん中に持出して、

『坊や、こゝへお坐り。坊や何か御馳走して上げようか。坊やどんなものが好き？』と聞いた。と、奥の方の部屋から、

『御馳走は此方へもしてもらひたいね、』と叫ぶ声が聞えた。

『今日は少し位奢つても罰は当らないだらう。』

『奢るわよ、』と女は奥の方に向つて言つて、それから又太一に向つて優しく、『坊や、幾つ……おや、まだそんなに小さいの。だけど、まあしつかりしてるのね。坊やのお母さんは？』

太一は頭を横に振つた。

『お母さん欲しかない？』

太一はそれには答へないで、つまらなさうにブリキの喇叭を吹いた。

『姉ちやん坊やのお母さんにしてくれない？』と女は然し熱心に言ひつゞけた。『そしたら、坊やを好きな所へ連れてつて上げるわよ。坊や、姉ちやんと花屋敷へ行くかい？』

太一はそこで点頭いた。

『お上さん、』と女は再び奥の方に向つて、

『婆やさんゐるの？　おすしでも食べませうか、奢るわ。さあ、坊やには何がいゝかね、甘いものは厭だわね、団子屋の坊ちやんだもの。それよりか玩具を買つて上げよう。何、電車？　飛

行機？』

『坊やにこの柿餅をお上げよ。』とその時、突然、奥の間との境の唐紙が開いて、四十がらみのお上が柿餅の鉢を突き出した。

『有難う。』と女はそれを受取つて、太一に勧めてから、何か思ひ出したやうに、『坊や、一寸待つて、ね、』と言ふなり、唐紙の向ふに立つて行つて、お上の坐つてゐる長火鉢の横手に蹲みながら、少し声をひそめて、『ね、お上さん、行つて来ますわよ。……ゆきちやんを、会津屋まで寄遣して下さいね、サーさんと花屋敷の中で会ふことになつてんの、だから、どうしたつて彼処で十分や二十分か〻るだらうと思ふから、ね、そのつもりで、ゆきちやんをよこして下さいね、お願申しますよ……。』

そして、女は太一の待つてゐる玄関の間に帰つて来て、

『坊や、お待遠様。』と太一の頭の上から被《かぶ》さるやうに顔を覗き込ませて、『坊や、何といふ名なの？……太一ちやん……い〻名ね。太一ちやん家《ち》はお父つあんと二人ツ切りなの？……お父つあんぢやない、をぢさん、……さう……お父つあんも亡くなつたの……。』

妙に太一はそんな子供に共通なはにかみを持つてゐなかつた。だから、もうずつと前からよく知つてゐる人のやうに、その女と一緒に佐蔵の家に帰つて来たのであつた。そこで彼等は佐蔵の許しを受けて、花屋敷へ行く為に、太一は着物を着更へさせられて、再び女と一緒に家を出た。

一寸先の家に寄つて、それから太一はその女に手を引かれて、約束通り花屋敷へ行つた。女は太一がもう少し見てゐたいと思ふやうなところでも、ずんずん素通りしてしまつて、獅子の檻の前に来ると、暫くの間彼方此方と見廻してゐた様子だつたが、やがて軽く口の中で舌鼓を打つて、

『未だ来てないのか知ら？』と呟くと、それからぶら〱と太一の手を引張つて、花屋敷の中を見物して歩いた。

『太一ちやん。』と女が言ふには、『これから始終花屋敷でも活動でも、何処へでも太一ちやんの好きなところへ連れてつたげるよ、その代りね、その代りね、斯うして姉ちやんと二人で外を歩いてゐる間は、姉ちやんと言はずに母さんと言ふの、ね、母さんとね。言へる？』

太一は素直にうなづいた。

『太一ちやんは本当に悧巧だね。ぢやあ、一二三、と、これからはもう姉ちやんつて言はないで、母ちやんと言ふのよ。』言ひながら、女は又しても獅子の檻の前に帰つて来た。成る程、そこに彼女に向つて持つてゐたステッキを振つて、合図をする一人の男が待つてゐた。男は口髭を生やした、それで白足袋などを穿いた、然し立派な風采の持主だつた。彼を見付けると、彼女は太一に、『太一ちやん、一寸こ〻で待つて、ね、』と言ひ残して、その男の傍に走つて行つた。

『随分遅いのね、何してたの？』と女は男に一寸睨みつけるやうな目附を投げて言つた。『ぢやあ、直ぐに行きませうか。あ

の子？……あれは看板なのよ。二人ツ切りで歩いてゐると、この辺ぢやあ物騒だからね、「おい〳〵」なんて呼び止められちやあ。だから、子供連れと見せかけるのよ。』

『それやいゝが、』と男は優男型の顔に似合はず太い声で、『向ふへ行つたらどうするんだい、まさか、あんな小さな子供をまく訳には行かないぢやないか？』

『そこは細工は流々よ。』と女に得意さうに言つた。『表にうちのゆきちやんが待つてるの。ゆきちやんに後からそツと附けて来さして、いざといふ時には、あの子をゆきちやんに渡して帰してしまふやうな仕掛にしてあるんだから、安心なさい。』

　そして又、女は一間ほど離れたところで獅子の仔を見ながら待つてゐた太一のところへ帰つて来て、『さあ、太一ちやん、お待遠様、あのをぢさんと一緒になつたの。あのをぢさんに太一ちやんのことを話したらね、可愛い子だから、何か買つて上げようと言つてたわ。さあ、一緒に行きませう。姉ちやんのことを母ちやんと言ふのを忘れちやいけませんよ。』

　で、太一の手を引いて、女は男と一緒に花屋敷を出た。それから雷門に出て、角の店で男の手から太一におこしを買つてくれた。そして彼等は一度電車通に出て、馬道の方へ、つまり後戻りするやうな道筋をとつた。やがて、馬道の会津屋といふ看板の出た宿屋の中に這入つた。その家の廊下のところで、男を先にやつておいて、

『あのね、太一ちやん、』と女が太一に言ふには、『私ね、これから一寸をぢさんと話があるから、太一ちやん先へ帰つてゝくれない？　今、家にゐるもう一人の姉ちやんがゐるでせう、——ほら、来た、来た、』と言つて、女が顔を上げた方を見ると、如何にも、おゆきと呼ばれる、その女よりはずつと年下の、やはり酩酒屋女が、店の間の方からやつて来た。『あの姉ちやんと、ね、先にお帰り。太一ちやん、お悧巧だから、あの姉ちやんの言ふことをよく聞くんだよね。』さう言ひながら、女は懐から一円札を出して、太一の帯に挟みながら、『これをね、家へ帰つたらをぢさんに、お土産の代りに、お酒を買つて下さいツて、ね、言へる？　さう言つて上げるのよ。それから、帰りにこの姉ちやんが言ふだらうけれど、太一ちやん、家へ帰つても、をぢさんには、唯花屋敷へ行つた、といふ外に、他所のをぢさんに会つたことや、他所の家へ這入つたことなど言つちやいけないよ。言つたら、もうこれから姉ちやん何処へも連れてつて上げないよ。ね、分つて……お悧巧ね。ぢやあ、さよなら。』

　太一はそれから、おゆきといふ女に連れられて、そこから余り遠くない家まで帰る途々にも、同じやうな事を言つて聞かされた。だから家へ帰つてから、佐蔵には花屋敷へ行つたと外、何にも言はなかつたのである。

　けれども、それが、一度や二度のことなら、十分佐蔵に分らずに済んだかも知れなかつた。或ひは又、もつと度数が多くても、最初の女だけだつたら、やつぱり真相は彼に知られずに済

んだかも知れなかつた。が、それが佐蔵に知れる前に、同じ商売をしてゐる隣の家とか、向ひの家とかに知れて行つた。すると、それ等の家々の女たちが、同じやうな必要から太一を借りたがつた。

然し、おせき――といふのが例の女の名前であつた。――はさうして始終連れて歩いてゐるうちには、それはたとへ彼女の商売の上の手段からであつたとは言ひながら、いつとなく太一が自分一人のもの丶やうな愛着を感じ出した。初め彼女が教へた通りに、悧巧な太一が、一日家を外へ出ると、『母ちやん、母ちやん、』と呼ぶのも、彼女には堪らなく嬉しかつた。だから、彼女には、出来ることなら、もう太一を外の女たちに、商売上から言つても、或は愛情から言つても、利用させたくなかつた。

ところが、太一の方で彼女の思ふやうにならなかつた。何故と言つて、近所の同業の女たちが、おせきやおせきの家の者に頼んでも埒があきさうにないと思つたので、皆直接に太一を取込む手段を廻らしたのである。太一は前にも言つた通り、少しも人怖ぢしない、直ぐに馴れる性質だつたので、忽ち彼女等の言ふことを聞いた。だから、或日さういふ女たちの一人が太一と一緒に、太一の後から附いて団子屋の佐蔵の家へ這入つて来た。

『をぢさん、私にも太一ちやんを貸してくれない、お礼をするから……』斯うその女はあけすけした口調で言つた。

『なに？』と佐蔵は不機嫌な顔をして聞き返した。『お礼をするから貸してくれ？』

『あら、そんな恐《おつ》かない顔をしつこなしよ、』と気軽女らしい物言ひで、『だつて、をぢさん、いつでもおせきちやんとこへ貸してるぢやないの？』

『………』さう言はれると、佐蔵は忽ち言葉に窮した。何もさういふ約束で貸してゐるのではないが、実際、いつでも太一を貸してやると、酒代だと言つては、一円札を貰つてゐるのは嘘ではないからである。その事を内々気に咎めてゐただけに、彼は此際ぐつと詰まらない訳に行かなかつた。然し、やつとしてから、『あれや別だよ。……私《わし》んとこは何も子を貸す商売をしてるんぢやないからね、』

『それや知つてるわよ、』と女は然し少しも悄気ないで、『だつて、何も借りて行つて苛める訳ぢやなしさ、おせきさんより余計にお礼をしてもい丶からさ、そんな事を言はずに貸しておくれよ。』

『一体、ぢやあ、借りて行つてどうするんだい？』と佐蔵は尋ねた。

『そんなに苛めないでよ、をぢさん。そんな冗談を言はないでよ、』と女はやつぱり気軽な調子を改めずに言つた。

『いや、私は本当に何にも知らないんだ、』と佐蔵は益々真面目な顔になつて、ずつと前から心の底で気になつてゐたことを、この機会に知らうといふ気になつて聞いた。『え、どうするんだ、子を借りて行つて？　それを話したら、貸してやるまいものでもない。』

『ぢやあ、本当にをぢさんは知らないの、本当？　本当に知らないの？』と女は信じられないといふ顔附で、駄目を押すやうに言つてから、

『私たちの商売では、一度外へ出ると、夜分家《うち》で何人もの客をとつて稼ぐ位のお銭が稼げるもんだから、まあ言はゞ藝者の遠出見たいなもんだわね、大変割がいゝんだけど、それ、此節警察の方が馬鹿に喧ましくつて、私たちが年頃の男と歩いてると、それこそ本当の兄弟とでも、「一寸来い」なんだからね、それや骨が折れるのよ。そこへ行くと、おせきさんは豪者《えらもの》だけに、考へたわね、つまり子役を使ふんだよ。………をぢさん、分つて？　うちの太——太一ちやんだつたかね、太一ちやんを借りに来るのはその為なんだよ。それには、実際持つて来いの坊ちやんだからね。年頃もいゝし、それに本当に悧巧な子だからね。ね、をぢさん、私、二円お礼してもいゝわよ、然し、二円は初め一度つ切りにしておいてね。これから一寸々々《ちよい〳〵》借りたいと思ふから、ずつと一円に定めといて、ね、貸してくれない？　つまり家《うち》からその辺まで一緒に行つて、お客と待合はして、それから近くの宿屋へ喰はへ込む迄の間だけさ。…………………

……………………………………………、幾ら何でも。

宿屋へ着いたら、後から家の者に附けて来さして、それに坊やを渡して大事に、間違ひなく帰すからさ。もつとも坊やにお土産位はいつでもお客に買はしてやるさ。ね、いいだらう、ね？』

　佐蔵は先程からぢつと腕を組んだまゝ、その四角な顔を泣きさうに歪めて、黙つてゐた。そして口の中で呻つてゐた。

『ね、をぢさん、それだけの事さ、』と女は気性と見えて、初めからの快活一点張りで、『何も坊やに悪い事をさせる訳ぢやあなし、危い目をさせる訳ぢやあなし……いゝでせう？』

　が、佐蔵は徹頭徹尾口を閉《ふ》さがれたやうに黙つてしまつた。そして目だけぱちくりさしてゐた。実際、もう取返しのつかぬ事をしたといふ自責の思に、彼は煩悶に堪へられなかつたに違ひないのだつた。と言つて、口の中からむづ〳〵する程出かゝつてゐるところの、『馬鹿！』と相手に浴びせかける言葉が、唯唇の辺を波打つて震はせるだけで、敢て出ないのである。何故と言つて、彼は知らずにとは言ひながら、これ迄にもう何度となく太一にさういふ後暗い仕事をさした報酬を、幾晩かの二合の酒に代へて飲んでしまつてゐたからである。

　然し、相手の気軽な女は、佐蔵のそんな心の煩悶が、顔附にあり〳〵と読まれるにも拘らず、少しも関心しない様子で、

「ね、太一ちやん、』と子供の方に向つて言つた。『もう、太一ちやんとはすつかり約束してしまつたんだわね。その代り用事が済んだら、帰りに、迎ひに来たうちの婆やと一緒に活動写真を見せる約束をしたんだわね。その時はもつとも私は行けないけど、婆やを附けてやるんだから、大丈夫よ。……ね、坊や、

い、だらう？』

そして女は、よくおせきがさうするやうに、上り框に腰をかけたまゝで、自分の膝のところへ太一を後向きに引寄せて、後から彼の両肩に手をかけながら、『ね、ね、』と彼の顔にその白粉臭い顔を覗かして言つた。小さい時分からずつと男とばかり寝てゐる太一には、そんな小さい子供ながら、そんな匂さへ懐しい気持がされた。

『太一、』と佐蔵は暫くしてから、決心したやうに口を開いた。『お前、行きたいのかい？』

それに対して、太一は恐れ恐れのやうにだが、然し間違ひなく首を縦に振つた。

『ぢやあ、行つて来い！』と佐蔵は女に答へる代りに、斯う吐き出すやうに太一に向つて言つた。『さあ、ぢやあ、着物を着更へさしてやらう。』——

それが始まりで、佐蔵はいつとなく、おせきの外にも、近所の幾人かの女たちから、頼まれて太一を貸してやるやうになり、又何の為に、どういふ風に、太一が彼女等に利用されて居るかを知りながら、それを許すやうになつてしまつたのであつた。

四

それから三日ほど後のことであつた。佐蔵が一向こね栄えのしない、小さな擂鉢に半分ほどの団子を身の入らない様子でこねて居た。彼にはそんな売れない団子の粉をこねる事の情なさよりも、それが売れなくても、毎晩の晩酌に事欠かずに暮して行ける近頃の身の上を情なく思ふ心で一ぱいだつた。太一はもう何処かへ、近所遊びに出かけた留守であつた。子供を持つ親は滅多なところへ住めないといふ事を、ずつと以前、誰だつたかが話したのを聞いたことがあつたが、滅多な所へ住めないどころか、こんな滅多な事を子供にさして、毎日の日々を稍々安楽に暮してゐるといふことが、佐蔵には自分で自分の頭を殴りつけたい程、腑甲斐なく、情なく考へられた。で、彼はこつ〳〵と居睡りでもして居る人のやうに、ゆる〳〵した手附で団子をこねて居た。

『御免なさい、』と言つて、そこへ這入つて来たのは、おせきであつた。

『お、、』と言つて、佐蔵は忽ち擂鉢を動かして居る手を止めたが、いつに似ず笑ひ顔の代りに、黙つて、ひどく不機嫌な顔をして居た。

『加減でも悪いの？』とおせきは佐蔵の傍でなしに、いつもの上り框のところへ行つて腰をかけた。

佐蔵は土間の汁粉を沸かす為の七輪や、或ひは団子やそれ等のものを盛る器の並べてある囲ひの中に居たが、前掛で手を拭き拭き、矢張り無言のまゝでそこから出て来た。

『太一ちやん留守なの？』とおせきは聞いた。

『あゝ、』と佐蔵は無愛想に答へながら、おせきの傍の、同じ上り框に並んで腰をかけた。

『太一ちやん此頃方々へ呼ばれて行くのね？』とおせきは少し嫌味らしく言つた。

『………』佐蔵は相手に先手を打たれて、一寸弱つた形だつたが、稍々あつて、『姉さん、お前さんはひどい女だね、』と言つた。

『どうして？』と女の方でも不満らしい口附で聞き返した。

『私《わし》は、お前さんばかりは信用してたんやが、』と佐蔵は相手を咎めようとして、いつか自分自身を責める様な口調で、『実際、それといふのも、元はと言へば私の浅墓からの罪やが、お前さん、太一ちやんを飛んでもないものにしてくれたな、飛んでもないものに。飛んでもない道具に使うてくれたな。』

『済みません、済みません、』とおせきは初めの反抗的な様子をからりと捨てゝしまつて、忽ちしんみりした調子になつた。

『済みません。それををぢさんから、今日言はれるか、明日言はれるかと、実は毎日びく〳〵しながら、私の方だつて、今日打明けようか、明日あやまらうか、と思ひ思ひしながら、つい今日の日になつてしまつて……』

『いや、さう言はれると、私も悪いんやから、困つてしまふが、』と佐蔵の方でも急に弱くなつて、『だけど、愚痴を言ふやうだが、それがお前さんだけやつたら、未だ私《わし》にしても何とか諦めが附くんだが、此頃ではお前も知つてる通り、方々からやつて来てね、それかてお前さんに役立てたことが分つての上なんだから、断つてしまふ訳には行かないしするしな。』

『済みません、済みません、』とおせきは言つた。『だけどね、をぢさん、変なもので、初めはほんの自分の商売の、まあ謂はゞだしのつもりであゝして借り借りしたんだけど、此頃ぢやあ、妙なもので、太一ちやんの顔を見ないと寂しい気がするのよ。ね、をぢさん、私、今までそんな事夢にも思つたことがないどころか、子供なんかなくつて仕合せだと思つてたんだけど、此頃になつてすつかり考が変つてしまつたわ。私、あんな子供が一人あつたら、どんなにいゝだらう、とさう思ふわ。あんな子供があつたら、私今よりもつと十倍も苦労してもかまはない、とさう思ふわ。をぢさん、もう私なんか長い間こんな商売をして来たんだから、自分に出来ることなんかないんだから、私、あんな子を貰ひたいわ。……』

その時、

『御免なさい、』と入口の、例の「だんご」と書いた障子の向ふで声がして、明るい日の照つて居た午頃のことだつたので、若い女のらしい、派手な着物の影が射した。又、誰か太一を借りに来たんだな、と此方に居た二人とも即座にさう思つた。が、どうしたのか、声と共に障子が開かないので、

『誰方《どなた》？』と佐蔵は中から応じた。『まあ、お這入んなさい。』

『御免なさい、』と声はもう一度言つて、静かに障子が開いて、果して矢張りその辺の女らしい恰好の者が姿を見せた。

おや？と思つて、佐蔵がその方に目を光らした時、新来の女は中の方に背中を見せて、丁寧に後を閉めて居るところであ

つたが、やがて此方を向いた時、双方ではツとして顔を見合はした。それはおみのであつた。

『まあ！』と言つて、おみのは意外な事に驚いたらしく、一足二足歩きかけたところで、土間のまん中に突立つてしまつた。

『おみのさんかい！』と佐蔵も上り框から腰を上げて、そこへ釘付けになつたやうに、立つた切りだつた。

『ぢやあ、をぢさん、私帰るわ、さよなら、』と言つて、仲に這入つたおせきはばつが悪さうに挨拶した。

『あ、、さよなら。』と佐蔵も極り悪さうに言つた。

『私、どうしませう？』とおみのは、おせきが帰つてしまつて、佐蔵と二人切りになつた時、口の中で言つた。

『暫くだつたな、どうしてるかと思うてゐたよ、』と佐蔵はやがて不断の調子に返つて言つた。『お前さん、この近所に居るのかい。まあ、ここへ来てお掛けよ。』

『え、、有難う、』と言つて、おみのも決心したらしく、おせきの腰かけて居た跡に腰かけた。

　佐蔵はその時、おみのの何処となしに変つた姿をつく〴〵と眺めた。

『私、こんな恰好になつて、極りが悪いわ、』とおみのが言つた。

『まあ、仕様がないよ、』と佐蔵は傍に並んで居るおみのの方をなるべく見ないやうにして言つた。

『太一ちやん居るんですか！』とおみのは聞いた。

『あ、、今何処かへ遊びに行つてるよ、』と佐蔵は答へたが、太一と言はれると、又何とも言へぬ心咎めがして、気が重くなつて来るのを感じた。さて、『お前さん、どうして私がこ、に居ることを知つたんだい！』と聞いた。

『いえ、』とおみのは多少狼狽した様子で、暫く躊躇して居たが、

『知らずに来たんですよ。』

『知らずに？』と佐蔵は言つてから、ふと心に思ひ当つたことに驚いたらしく、『ぢやあ、お前さんも子を借りに来たのかい？』

『…………』おみのは真赤になつて俯向いた。そして、佐蔵も亦真赤になつた。で、二人は暫く無言に陥ちてしまつた。

『私、ついこの一ケ月程前からこんな所へ来るやうになりましたの。この横町の、もう一つ向ふの横町の、一番隅つこの家ですの。……』とおみのが言ふのを、

『お母さんは？』と佐蔵が中途で引取つて聞いた。

『母は去年の暮に亡くなりました、』とおみのは言つた。

『お前さん、それからずつと独り身だつたのかい？』と佐蔵はいつか不断の遠慮のない調子になつて、『それとも、はゝあ、悪い男にでも掛つたんやな……』

『…………』おみのは答へなかつたが、その佐蔵の言葉を肯定したやうに見えた。

『まあ、こんな所ぢやあゆつくり話も出来んから、お上り、』

と言つて、佐蔵は先に立つて、四畳半一間切りの奥の間に這入つて行つた。おみのも黙つて後に附いて行つた。佐蔵はそれから又土間へ下りて来て、茶の用意などをして、おみのに出してやりながら、

『まあ、過ぎた事などを色々聞いたつて、え丶事なら兎に角、見かけた所あんまり仕合せな日を送つたやうには見えない。そんな事を話すのも聞くのもお互に楽しくもないから、まあよさうよさう、』と佐蔵は言つた。

『今日《こんち》は?』とその時又表の方で声がしたので、佐蔵が立つて土間へ下りる障子を開けると、太一を先に立て丶、知らない女が這入つて来た。

『今日《けふ》はお断り、お断り、一寸用事があるから、』と佐蔵は不機嫌な声で言つた。『太一ちやん、お上り、一寸用事があるから。』

『どうして?』と新来の女は言つた。『忙しかつたら二十分か三十分でい丶んだから、坊やを貸してほしいんだがね。少し奮《は》発《ず》むからさ。』

『いや、今日はどうしてもいけないんだ。差支へがあるんやから、』と佐蔵は邪慳に聞える程の調子で言つた。

その時、女はふとそこに脱いであるおみのの下駄を見て、思ひ切りよく、『さう、ぢやあ、仕方がないわ。』

女が帰つて行つた後に、入口の障子戸が開いて居たところで、暫く所在なささうにぼんやりして居た太一が、又ふら〳〵と表の方へ出て行きさうにしたので、佐蔵は苦々《にが〳〵》しさうな顔をして、

『太一ちやん、太一ちやん、』と呼んだ。『用事があるといふのに。』

太一は佐蔵に手をとられて、おみのの待つて居る奥の間に這入つて来た。が、彼は無論彼女を覚えて居なさうだつた。けれども、

『大きくなつたわね。い丶子になつたわね、』などと、おみのが一言二言いつて居るうちに、彼は直ぐに馴付いてしまつた。

『本当に人見知りしない、い丶子だわね、佐蔵さん。然し、太十さんにはちつとも似て居ないのね?』

『似てないね、』と佐蔵は相変らず不機嫌な顔で答へた。彼は太一を見て、つく〴〵、乞食の子でもこんなに人馴付つこくはないと思つた。それは勿論生れつきには違ひないが、然し又今の乞食よりももつと浅間しい商売をして居る事、それを自分がさせて居る事を考へて、佐蔵は益々気が滅入るのであつた。そして、それをおみのに見られてゐることが、彼の心持を一層重くしなければならなかつた。太一がそんな稼ぎをするお蔭で、せめてその金の半分は太一の為に用《つか》つてやらうと思つて、この頃では、彼は、自分自身は三年前から着て居る通りのごつごつした、垢にまみれた双子縞の着物を着つゞけて居たが、太一にはさつぱりした、新しい、多少光のある着物などを着せてあつたが、それさへ如何にも売物の飾りのやうに見えて、彼は誰に詫びやうのない恥かしさに襲はれた。

『お前さんもやつぱりこの子を借りに来たんかい？』とそこで佐蔵は自分に叱る言葉を、相手に向けるやうに、剣のある声で言つた。

『え、……ですけれど、』とおみのも亦何か別の事を考へてゐるやうに見えた。が、暫く言葉が途切れた。

『何か外に用かい？』と佐蔵は黙つて居る事の辛さに、斯う畳みかけるやうに聞いた。

『え、……』とおみのは半分口の中の声で、『私、こゝであんたに会はうとは思はなかつたんだけど、こゝで会うたのを幸ひに、あんたに聞いて貰つて、お詫することがあるんですの。……』

『をぢさん、外へ遊びに行つて来てもい、？』と傍で退屈して居た太一が突然斯う言つた。

『今日はもう何処へも行つちやいかん、』と佐蔵は珍しく太一に厳しい口をきいた。滅多にない事なので、太一が吃驚したやうな顔をして居ると、

『ぢやあ、太一ちやん、ね、』とおみのが懐から五十銭銀貨を一枚出して、『これで何か好きなものを買つてらつしやい。そして、買つたら、直に帰つて来るのよ。』

佐蔵は黙つてゐたが、太一がいそ〳〵と出て行く背中から、

『今日は何処へも他処《よそ》の家へ寄つちやあいかんよ、屹度直に帰つて来るんだよ。』

『私、ね、』とおみのは太一の後姿を見送つてから言ひ出した。

『しかし、私、今あやまると言つたつて、本当にあやまりたい人はもう死んでしまつて居るの。だから、その代りにあんたに聞いて貰ひたいの。そしてあんたより外に聞いて貰ふ人はないの。』

『私《わし》に？』と佐蔵は一寸不思議さうな顔をしたが、『あ、、さうか、太十さんのことやな。』

『え、、』とおみのは言つて、又暫くぢつと口を噤んで居たが、やがて思ひ切つたやうに、『いつか私の生んだ子ね、あれは太十さんの子ぢやないんですの。……私、口下手だから、詳しい事は言へないわ。兎に角、初めから心に責められながら、ついそんな嘘を吐くやうな事になつてしまつたの。それや、然し、決して悪い心ばかしぢやなかつたのよ。私、太十さんに惚れてたの、だから、太十さんの子にしたかつたの、そしてあの人と一緒になりたかつたの。ですから、もう一人の男は今だつて、私にその男の子が出来たことは知らないのよ、私が太十さんの子だと言つたもんだから。――然しね、その男が今だに引つ掛りになつて、私、到頭こんな商売に身を落すやうになつたの。だけど、お蔭でその男とは、今度こそ綺麗に手を切りましたわ。』

そこで、おみのが到頭しく〳〵泣き出して、言葉が切れたので、佐蔵はその間を閉《ふさ》ぐやうに、

『本当か、それは？』と無論大方嘘ではないと思つて居たのであるが、そんな言葉を挟んだ。おみののやうな口数の少ない女

がそんな長い嘘の話の出来る訳はなかつたから。

『え、……』とおみのは俯向いたまゝで言つた。『私、私、あの子が生れた時、あの子が太一ちやんとよく似てるとあんたに言はれた時、本当に穴に這入りたいと思ふ程辛かつたわ。だけど、不思議ね、何処か太一さんに実際似てたわね……』

その時、表から太一が帰つて来た。

『よし〳〵、もう分つた、分つた、』と佐蔵は言つた。『出来てしまうた事は仕方がない。そんな事を言うたら、私も実際心にもないことだが、太一がこんな風になつて、死んだ太十さんにどんなにか済まんと思つてるんだ。いづれえゝ考がついたら、こゝに居るうちはどうにも仕様がないけど、そしたら引越して、そして太一ちやんを当り前の人間に育てゝ行きたい、と一日でも思はん日はないんやが……。』

そこへ、ゴム風船のやうな玩具と、絵草紙と、飴のやうな菓子とを持ち切れない程抱へて、太一が這入つて来た。

『あ、仕様がないな。五十銭みんな買つて来たんやな、贅沢なことばつかり覚えてしまうて、本当に仕様がないな、』と佐蔵は半分独言のやうに言つてそれから、『後を閉めて来なかつたな、』と舌鼓打ちながら、自分で立つて、入口の障子戸を閉めに行つた。

五

それから、おせきとおみのの姿が、毎日ほど佐蔵の家に現れるやうになつた。だが、佐蔵の物言はずの性分は次第に甚しくなつて行くばかりであつた。店の硝子張りの陳列棚に並べてある団子は、昨日も一昨日も同じ恰好をして、昨日も一昨日も少しの増減もなしに、唯黒い餡粉の色が土色になり、乾き、ひゞ破れて行くに過ぎなかつた。実際、一日に一人の客さへない事が決して珍しくなかつた。だが、佐蔵は意地になつたやうに、それが幾らこしらへても唯陳列の役目にだけしかならないところの団子を、三日目毎には新しくこしらへることを怠らなかつた。そして、元から光線の都合の悪い店の土間は、一層薄暗くなつたやうに見えた。その中で、佐蔵は腕組をして、その四角な顔を心持ち俯向けて、溜息ばかり吐いてゐた。それは無論商売の団子が売れないが為ではなく、商売でない商売が繁昌して、本業の方から鐚一文這入らないのに、暮しに少しも困らないといふ状態が、情けなくて仕様がないからに違ひなかつた。けれども、そこへ毎日程やつて来るおせきにしても又おみのにしても、流石に女のことだから、何故佐蔵がいつもそんな苦い顔をして居るかを了解することが出来なかつた。

彼女等は又彼女等同志の煩悶と嫉妬とに忙しかつた。言ふのは、彼女等は一人の太一を狙つて、張合つて居たからである。その心持は丁度二人の女が一人の男を張合ふのと少しも変らなかつた。だから、彼女等は今は次第に彼女等の商売の手段としての太一を借りることは二の次になつてしまつて、何よりも太一を『自分のもの』にしたい慾望に燃え出した。

おせきにして見ると、最初に太一を発見したのは自分であるといふ気が、いつも彼女の心の中で躍つて居た。のみならず、太一は先にも言つたやうに、どんな初めての人にも直に馴れる性分であつたとは言へ、何と言つてもその親しさの優劣を定める段になると、彼はおせきの袂を抑へるに違ひなかつた。

ところが、おみのも亦、彼女自身十分有力であると信ずるところの主張を持つてゐた。それは言ふ迄もなく、彼女は太一との元を尋ねると他人でない関係であつた。若し太十が生きてゐたら……と彼女は当然考へるのである。若し太十が生きてゐたら、太一は彼女の子になるべきものだからである。彼女はおせきの目の前で、幾度その関係を明らさまに述べようと思つたか知れなかつた。が、彼女はさうした時の佐蔵の思惑を計り兼ねて、いつも半分口元まで出かゝるのを呑み込んだ。無論、佐蔵といふ人がゐなければ、彼女はそれを以て、おせきへの戦闘の火蓋を切り、それを以ておせきから完全に太一を取上げてしまはうとしたに違ひなかつた。

実際、おせきも、そんな深い関係が敵方にあるといふことをはつきり知つたならば、恐らく随分落胆したに違ひなかつた。が、幸か不幸か、彼女はそこ迄は知らなかつた。唯、彼女はおみのが自分より先から佐蔵を知つてゐるらしいこと、それはどんな関係でだか知らないが、可成り深い知り合ひであつたらしい事に、少なからず引け目を感じてゐたに違ひなかつた。

そんな訳で、此頃では彼女等は例の客を他所に啣へ込む為の囮としての用事などはどうでもよかつた。又そんな用事がさう毎日ある訳のものでもなかつた。けれども、毎日欠かさず太一を借りに来た。流石に女同志のことであるから、始終佐蔵の店で顔を合はして睨み合ふやうな事はあつたが、別に口に出して争ふことはなかつた。が、心の中では申し分なく刃を研ぎ合つた。初め彼女等は優先権を取る為に、一刻でも他より早く佐蔵の家に出かける競争をした、然し、それが双方に次第に露骨になつて来ると共に、次には方針を変へて、前の日から約束するといふやうな方法を取つた、が、それも忽ち衝突するやうになると、今度は、朋輩を頼んで、その者たちの名前で借りるやうな事もやつて見た。或ひは又、自分たちがどうしても用事の為に手の放せない時などだと、人を頼んで太一を一日借りさせて、そんな風にしてでもこの二人の敵同志は、互に敵の手に太一を渡さないやうにと争ひ合つたものである。

それを佐蔵は元より知らないでゐる筈がなかつた。が、彼はそれをどうする事も出来なかつた、或ひはどうとかする事が出来たとしても、さうする事が彼に何の光明をも齎らさなかつた。彼の何よりの心配は太一が一日一日と変にませた子になつて行くことであつた。まだ父親の太十がゐた時分、佐蔵が初めて四歳の太一を見た時に、これは実に人見知りしない、気散じな性質の子だと言つて、賞めたことがある。が、その性質が今こんな風に迄発展しようとは思はなかつた。彼にはその罪の大部分が自分の責任であるやうな気がしない訳に行かなかつた。それにつけても、此頃彼の心持を一層暗くさせるのは、太一を中にして、彼のところへ毎日程やつて来る二人の女の争であつた。おみのにしても、おせきにしても、彼女等はそれを一人づつ離して言ふと、それ〴〵決して悪い性質のものではないので、彼は彼女等が好きでこそあれ、決して憎く思ふものではなかつた。けれども今のところでは、この二人の者が寄つて、太一を一層悪い子にしてゐることは確であつた。彼は時々ふと、本妻と妾とが争つてゐるのを見て、無情の心を起した石童丸の父親のやうな、自分が気がすることがあつた。すると加藤左衛門とは違つて、彼は一人でなく太一を連れて、そつと何処かへ行つてしまはうかと幾度思ふことがあるか知れなかつた。が、直に自分自身の商売からは一文の収入もなくて、そればかりかその争つてゐる二人の女からの金でその日その日を暮してゐる現在の身の上を思ふと、太一を連れて何処へ行くとて、自分は兎に角、小さな子に乞食をさせることは、(今彼にさしてゐることが乞食の一つ手前のやうな事であるとは言へ、)彼はそれを思ふと、忽ち亀のやうに、手足が縮む思をしなければならなかつた。

或日、珍しく日が暮れてから、ひよつこりおみのがやつて来た。その日は、佐蔵はいつもより早く店をしまつて、夕飯を済ましてから、太一を活動写真に連れて行く約束をしてあつたので、おみのが来た時に、ほんの灯が這入つて間もなくの頃だつたにも拘らず、彼はもう二合の晩酌を八分通り空にして、その四角な顔を真赤に染めてゐた。

『どうしたんだい、おみのさん、』と彼は酒の上の機嫌で珍しく元気な声で迎へた。『これから肝腎の稼ぎ時といふのに、ぶら〳〵してちやあ叱られやしないのかい?』

『大丈夫よ。いゝ機嫌ですね、』と言つて、おみのはつか〳〵と上に上つて来て、佐蔵の向側の食卓に、所在なささうに坐つてゐる太一を見ると、『先程は太一ちやん、有難う。』と言つた。

『あゝ、その帰りか、』と佐蔵は傍から引取つて、『大分ゆつくりだつたんだね、いゝ事があつたのかい?』

『まあ、一つ、お酌しませう、』と言つて、おみのは徳利を取上げた。

『久し振りだな、おみのさんにお酌してもらふのは、』と佐蔵は盃を突出しながら言つた。が、言つてふと後悔したのと、

『さうね、』と言つたおみのの顔が曇つたのを発見したのと、殆ど同時であつた。自然、座の空気が沈みさうになつたので、気を変へさせるつもりで、

『一杯上げよう、』と佐蔵は自分のを一息に飲み干して、それをおみのに向けた。

『有難う、』と言つて、おみのは受けたが、矢張り沁々した調子で、『私、一日でもいゝからあの時分に帰りたいわ。』

『昔の愚痴は言はんことにしよう、さあ、それをぐツと飲んで、返しておくれ、』と佐蔵は言つた。『なるやうにしきやならんのやから。』

『それや、さうですけども、さ、』おみのは盃を返しながら、

『……私、せめてあの子が生きてゝくれたら、それや子供の為に、今の何倍といふ程苦労しなければならないでせうけれど、でも、苦労しても面白いと思ひますわ、ずつと苦労の仕甲斐があつて張合ひがあると思ひますわ……太一ちやん、私の子になつてくれない？』

佐蔵はおみのが自分の述懐に一所懸命になつてゐる間に、空になつた盃に手酌で一ぱいついで、景気をつけるやうにぐツと一息に飲んだ。が、ふと、その瞬間に、この女たち（おみのにしても、おせきにしても）ひと並に、子のないのが寂しいのだな、と思ふと、不断余りそんな事を思つたことがないのに、彼は彼自身も子のないことが急に寂しい気がした。すると、この女たちも自分も心持に変りはない、さうだらう、殊に女として見れば、心細さも亦一倍だらうな、と言つた風な事を考へて、何だか目と目の間が擽つたくなつて来た。――これはいけない、と思つたので、

『おみのさん、お酌をしてくれよ。』とわざと元気な声で盃をさし出した。

『済みません、』と言つて、おみのが徳利を傾けると、生憎、酒はもう盃に半分しか残つてゐなかつた。『これは失礼。もうお酒しまひなの？』

『あゝ、』と佐蔵は如何にも残り惜しさうに言つたが、急に気《き》を変へて、『いや、これでいつもの定めだけ飲んだから、止めとかう。』

『をぢさん、早く行かうよ、』とその時傍から太一が言つた。

『さうさう、』おみのが言つた。『今日は太一ちやん、をぢさんに活動写真に連れてつて貰ふんだつて、言つてたわね。私も一緒に行きたいな。佐蔵さん、いけない？』

『行つたつてい、よ、』と佐蔵は余りすゝまない調子で返事をした。

『いゝでせうねえ、太一ちやん、い、わね、』とおみのは太一を片手で抱くやうにして言つた。

『こんな肝腎の時間に、そんなに勝手に出かけてもいゝのかい？』と佐蔵が注意すると、

『い、わよ、藝者や娼妓ぢやなし、借金がある訳ぢやないんですもの、』とおみのは言つた。

『………』佐蔵は黙つてゐたが、太一も変つたが、おみのも随分変つたものだな、と思つた。

間もなく三人して活動写真に出かけたのであるが、その帰りに、おみのがどうしても附合つてくれと言つて聞かないので、なるべく人目に立たない、或路次の小さな鳥屋に這入つた。流石に子供の太一は眠がつて、そこのしみだらけの壁に囲まれた四畳半の部屋に這入ると、直に佐蔵の膝の上で眠つてしまつた。人におごられる事の嫌ひな佐蔵は、好きな酒も遠慮しいしい飲むので、少しも甘い思がしないものだから、お尻が落着かなくて、幾度帰らうと言ひ出したか知れなかつた。が、おみのはその反対に、一本の徳利が半分にもならない先から、お代りを注

文して、
『飲んで下さい、飲んで下さい。私のお酒は飲めないんですか。その代り私も今夜は幾らでもお附合ひしますから、さ、』と飲む程青くなる質で、目を据ゑて、手を震はしながら、固くなつてゐる佐蔵に頻りに勧めた。

言ふ迄もなく、だから、一時間も経つた時分には、おみのは人間が変つたかと思はれる程酔ひつぶれてしまつた。

『私は今日限りこんな商売を止めてしまはうと思つてゐますの。』と彼女は酔払ひの口調で、唯四角な顔を真赤に染めて、にや〳〵笑つてゐる佐蔵を前に置いて、自分で喋つて自分で答へた。『え、止めつちまふんですとも、誰がこんな商売をいゝ年になる迄してゐられるもんですか。だけど、困つたわね、私のやうな女は……と言つて、外に自分の口一つ養ふのに、何にも出来る商売がないんですもの。だけど、だけど、私は止めるんですよ。私、もう借金なんかちつともないの。借金なんか、綺麗さつぱり返してしまつたのよ、えゝ、返しちまつたのよ、佐蔵さん、あなた、私の言ふこと信用しない、信用する？　ぢやあ、どうしてそんなに笑ふの？……あゝ、こんなによく煮えたわ、太一ちやん起しませう。なアに、かまはないぢやないの、今度は私の膝で寝さすからさ、かまはないや。私、私の膝で寝さして見たいの。私太一ちやんの阿母さんぢやないの、ねえ、私、太一ちやんの阿母さんなんですもの、さうですよ、誰が何と言つたつて、さうですよ。……』

そしておみのはひよろ〳〵した足取で立上つた。佐蔵が片手を上げて『おみのさん、おみのさん、』と叫びながら止めようとするのだが、膝に寝てゐる太一の為に立上る訳に行かないので、そのうちに彼の膝と寝てゐる太一の身体の上に、彼女は被《かぶ》せかゝるやうに倒れかゝつて来た。そこで、太一が吃驚して目を醒ますと、彼女はやつと身体を起して、
『太一ちやん、さあおとゝが煮えたから、姉ちやんと一緒に食べようね、姉ちやんと一緒に。姉ちやんは酔つてるんぢやないわね。』
『危いから、おみのさん、危いから、』と佐蔵はおど〳〵しながら止めた。

然し、彼女はよろ〳〵しながらも、半分は太一を杖にして、元の席に戻つて行くと、太一に煮えたものを食べさせることを忘れて、彼を膝の上に横抱きに抱きながら、片手で彼の背を叩き、『坊やはいゝ子だ、寝んねしな、』とうたひ出した。然し、その文句をよく知らなかつたと見えて、『いゝ子だ、坊やは寝んねしな、寝んねの坊やは寝んねしな、寝ん寝ん坊やはいゝ子だよ、』と同じやうな出鱈目の文句を繰返してゐたが、その声が次第に巧みに、次第に震へを帯びて来たと思ふと、しく〳〵と泣き出した。そして泣きながら、唄は未だ暫く止めなかつた。太一はいつの間にか又寝てしまつた。佐蔵は殆ど持て余して、やつと泣き止んだ時分に、
『さあ、おみのさん、もう遅いから帰らう、』と彼が言ふと、

『えゝ、帰るわ、帰るわ、』と彼女は言つた。そして後の言葉を何か言ひさうにして、暫く口を閉さがれたやうに無言でゐたかと思ふと、急に又しく〲泣きながら、『私、だけど、もう帰る家がないんですもの。昨日までの家へ帰るのはいや、どうしてもいや。佐蔵さん、あんたん家《ち》へ置いてくれない。何もそれはお上さんにしてくれと言ふんぢやないんですよ、太一ちやんの守にしてほしいの。私、しかし、たゞで置いてほしいと言やしないのよ、あんたが困つたら、私、稼ぐわ、ね、いいでせう、そしたら？　それでもいけない？　あんただつてもうお上さんなんか欲しかないでせう、私だつてさうよ、もう一生亭主なんか持つ気はないわ。その代り、私、一生のお願ひがあるの、分つてる、分つてる？　分つてるでせう？　私、子が欲しいの、太一ちやんが欲しいの、だけど、あんたも太一ちやんが欲しいでせう。そしたら、ね、斯うしませう、太一ちやんに私とあんたとの相合つ子にしませう、ね、それがいゝわ、それが。太一ちやんがあんたの子で、太一ちやんが私の子で、それであんたと私とは別に夫婦でない……と。ね、いゝぢやないの、いゝぢやないの？』

『分つたよ、分つたよ、』と佐蔵は閉口しながら言つた。『然し、兎に角、帰らう、もう十二時過ぎたんだからね。』

『帰るわよ、』と言ひながら、おみのは青い中に目だけ真赤に泣き張らした顔を上げて、それでも勘定などは間違ひなしに自分の手で払つて、ふら〲と立上つた。

　佐蔵は自分の帯を解いて、それで背中に背負つた太一をしつかり縛つて、梯子段を下りる時にも、入口を出る時にも、未だ頻りに何か言つてゐるおみのを片手で支へながら、厭に赤々と電燈の輝いてゐる中にも流石にもう人影のちらほらしか見られない六区の道を自分の家の方へもつれるやうな影を落しながら、歩いて行つた。やがて、とある四辻に来た時、おみのの体を支へてゐた佐蔵が急に立止まつて、

『さあ、おみのさん何処だい、お前さんの家は？』とまるで気絶してゐる者にでもするやうに、耳の傍に口を持つて行つて、大きな声で聞いた。『家まで送つてつて上げるから、さあ、この道を左へ行くんだらう？』

『私、もう家に帰らないんだつてばさ、』とおみのはその物凄く据はつた目で、佐蔵を叱りつけるやうに言つた。『あんたん家《ち》で泊めてよ、何も押しかけ女房に行く訳ぢやあなし、私を女と思ふからこそ、そんなに片苦しいことを言ふんでせう、ね、佐蔵さん、後生だから、泊めてよ、泊めてよ、私は太一の阿母さんですよ。』

　斯う言ひながら、決して正気を失つてゐないものと見えて、あべこべに佐蔵を引張るやうにして、道を右の方へ、佐蔵の家の方へずん〲歩き出した。

六

　それから、二日の間といふものおみのは佐蔵の家の二階で、

大病人のやうに寝てしまつた。さうなると、深切者の佐蔵は氷嚢を買ひに行つたり、薬屋に走つたり、世間体も何も忘れて、親身の者のやうに看病してやつた。だが、元より性の知れた病なので、三日目の朝になると、おみのはもう大抵快くなつてしまつた。その朝彼女は寝床の中から、長い間多分佐蔵が団子をこしらへてゐるらしいごと〳〵ごと〳〵と如何にも活気のない音が、階下から聞えて来るのをぼんやりと聞きながら、自分で自分の考へ事に、顔を赤くしたり、体を固くしたりして、煩悶してゐた。彼女は此間酒の席で夢中で叫んだことを、実際真面目に心で考へてゐたのであつた。

『さうだ、私は太一ちやんの阿母さんなんだから、阿母さんに違ひないんだから……。これや、籍こそ未だ入れてなかつたけど、あの子の父さんの太十さんとは、何にも離縁になつたんぢやあない、死に別れたんだもの、謂はゞ私は太十さんの後家なんだから。……』

目の上まで蒲団を被つて、真暗な中で考へてゐると、彼女にはそれがもう動かすことの出来ない、佐蔵などが束になつて来ても無論のこと巡査が来ても、主人が来ても、誰に指一本差させるものでない、当然のことのやうな気がした。すると、彼女は何とも言へぬ嬉しさに、胸が脹れ上るやうな思をして、直に寝床から起上つて、差し当りそれを佐蔵にどんな風に言ひ渡さうかとさへ思案した。が、ふと蒲団の中から顔を出して、枕元の障子に、珍しく二三日振りで晴れたと見えて、赤々と射し込んでゐる日の色を見ると、さういふ自分だけの考が、露のやうに蒸発してしまふのを見出さねばならなかつた。すると、彼女は忽ち胸の中ががらん洞になつた気がして、涙さへ出ないやうな悲みに襲はれた。

ふと、彼女は思ひ出して、太一はどうしてゐるのだらう、とその気配がしないかと聞耳を立てゝ見た。が、階下からは相変らず、佐蔵がごと〳〵ごと〳〵と、どうせ一円も売れはしないに定つてゐる団子を、丹念にこねてゐる音と、それに交つて拍子を取るやうに、彼が、癖の、すツすツと洟をすゝる音が聞えて来るばかりであつた。多分、もうそんなに早くから、太一は何処かへ遊びに出てしまつたか、それとも未だ寝てゐるのであつたらう。

その時、ふと建て附けの悪い入口の戸の開く音がして、それと同時に団子をこねる音が止んだので、おみのは更に耳を澄ました。それは恐らく昨日もさうだつたやうに、おせきが太一を借りに来たのに違ひないと思つた。おせきと言へば、まさか彼女はおみのがこんな所で寝てゐるとは夢にも知らないだらう、この二日程、誰の妨げもなしに、毎日太一を連れて歩いて、いゝ気になつてゐるのだらうが、若し、彼女が下の上り框の所へ腰かけてゐでもする所へ、自分が寝間着姿のまゝで下りて行つてやつたら、どんなに驚き、そして失望するだらう、と思ふ間もなく、然し、若しかすると、太一が自分のことを喋つてゐはしないかと気が附くと、痛快な気持の直後から不安な気持が湧いて起つた。

『今日は、』と佐蔵の挨拶する声が聞えた。その調子が案外にも、おせきなどではなく、誰か余り知らない人に言ふやうだつた。その瞬間おみのは若しかすると、主人の方から自分の居所が分つて、何か言ひに来たんぢやあないか、と心配した。が、黙つて出て来たのは悪かつたにしても、もう借金は一文もないんだし、別に悪い事をして来た訳ではなし、と思ふと、矢でも鉄砲でも来い、といふ気になつて、一層耳を澄ました。

『あの、一寸お願ひがあつて伺つたんですが……』と客の声は、無論おみのには聞いたことのない声で、而も相当に年取つた女らしかつた。

それが、暫く聞いてゐると、客は一人でなくて、子供を連れてゐるらしかつた。――

『まあ、こゝ迄お這入んなさい、』と階下で佐蔵は器物を片脇へ寄せながら、不思議さうな目をして、客を迎へた。彼にしても、彼自身に決して疚ましい所はないが、ふと何かおみのの事で来た人ではないか、といふ気がして驚いたが、見たところ、それは彼女の主人筋に当るやうな種類の女ではなく、それよりももつと貧しい、然し堅気の、何処かの裏長屋の女房らしい様子なのと、当歳位の赤ン坊を背負つた上に丁度太一位の子供の手を引いてゐるのを見ると、何といふことなく安心した。が、直ぐ次には、矢張りどんな用事で来たものか、少しも見当が附かないので、彼の不安な気持は改まらなかつた。

『御免なさい、』と見知らぬ女は直に遠慮を止めて、つかつかと上り框の所まで進んで来て、『早速ですが、此方さんですね、あの、子供を貸して居らつしやるのは？』とぢつと佐蔵の顔を見据ゑながら聞いた。

『はア……』と言つたが、佐蔵は生れて以来この時程面喰つたことはなかつた。嘗て自分で考へて、少しでも曲つたことをした覚えのない程、正直者の佐蔵は、実際この突然の闖入者の思ひもかけない質問には、泥棒が探偵に会つたよりももつと狼狽してしまつた。彼はその四角な顔を恥で真赤にして、後の言葉に詰まつてしまつた。が、相手の女はそんな事には一向気が附かない様子で、『あの、それで私お願ひに上つたんですが、』とつゞけた。『此方さんではそのお貸しになるお子さんがまだお一人切りださうですが、それが大変お忙しいといふ話を伺ひましたので、それでお願ひに上つたんですが……』と女は流石に少しづつ言ひにくさうに口籠り出した。

無論それだけで、佐蔵にも――又それ等の言葉を二階で聞いてゐたおみのにも、（彼女はいつの間にかそつと寝床を脱け出して、抜き足で梯子段の下り口の所まで忍んで来てゐた）――女が何を願ひに来たかは略々察しることが出来た。が、その時分には佐蔵は未だ、先の咎められたやうな感情から解放され切つてゐなかつたので、黙つて俯向いてゐた。

『私の方では、突然来てお願ひするんですから、』と女はつゞけた。『あなたの方の御商売の決して邪魔にならんやうに、あなたのとこのお子さんだけで間に合はなかつた時で宜しいんです、勿論お金なども幾ら幾ら欲しいとそんな注文はありません、あなたのとこでお使ひ下すつて、その半分でも、三分一でも、相当のところを分けて下さりさへしましたら、それでもう満足なんですから、どんなものでせう、お使ひ下さる訳には行きませんでせうか、この子なんでございますが。……』

果して、佐蔵の予想通りであつた。そしてその事が彼の心持を一層暗くした。彼は相手の言葉が切れてからも暫くむつつりと口を閉ぢてゐたが、やがて、

『それは、あんたの子か？』と聞いた。

『え丶、私の子です。』

『お父つあんはないのか？』

『あるんですけど、もう半月から体が悪くて寝てるもんですから……』

『商売は何をしてるんや？』と佐蔵は相変らずむつつりした口調で聞いた。

『夜店の方へ出てたんですけど……』と女は答へた。そして一寸間を置いてから、佐蔵の顔を伺ひ伺ひ『どうでせう、お願ひ出来ないでせうか？』

『よつ程困つてるのなら何だが、私《わし》はこんな悪い事は止した方がい丶と思ふけれどな、』と佐蔵は言つた。が、今更言はなくても、余程困らなければ、こんな事を頼みに来る筈はないと直ぐに気がついた。亭主が半月から病気をしてゐて、その上こんな子供を幾人も抱へてゐる苦労から思つたら、言はゞ男一人と子供一人の自分が、その子供を稼がしてゐる方が余程罪が深い訳だつた。さう思ふと、さう思つても佐蔵は矢張り人に泥坊を勧める程心苦しく思つたが、それ以上女の言ふ事を防ぐ勇気を持ち兼ねた。が、流石に女も同じ心持に責められてゐたと見えて、暫く返事しなかつた。

『矢張り困つてるもんですから、』と女は然し到頭言つた。

『いや、困つてるんだつたら、そんな世話は何でもないんやから、いつでもするけど……』と佐蔵は言つた。彼はその時初めて気がついたのであるが、当の女は言ふ迄もなく、その背中の赤ン坊の着物の粗末なのに引きかへて、どんなに苦しい工面の結果であらう、腰かけてゐる女の膝にもたれてゐる、その売物の子供だけは、随分古い物らしいが、光つた着物を着せてあるのを発見した。すると、彼は又見す見す一人の子供が泥池の中に陥ちるのを、自分が見てゐて見殺しにするやうな、それどころか、それを知りながら突き落す手伝をするやうな心苦しさを感じた。

『一体、どの位お金が入るんだね？』と彼は聞いて見た。何なら、彼は太一で儲ける金を、ただで分けてやらうといふやうな気がしたのである。

『いえ、それはもう、私の方で突然こんな無理なお願ひに出たんですから、』と女はまさか佐蔵の心の中が分らないので、飽く迄割前をもらふつもりで言つた。『よくあの、藝者などで言

ひます分けとか、四分六とか、あんな風に、あんたの方でこれ位と思ふところで定めて下すつたら、もうそれで結構ですから。』

そんな風に言はれると、佐蔵は又ぐツと詰まつてしまつて、今先一寸考へた、たゞでこの見も知らない女に金を分けてやるといふ事が、余り謂はれがない事なので、ひどく極りの悪い思がして来た。なアに、貧乏して困るのは誰も同じことなんだから、考へて見れば何もそんなに悪い事をさせるといふ訳ではなし……と思つて、

『それや、私の方はちつとも手が掛ることぢやなし』と彼は言つてしまつた。『斯うしてぢつとしてれば、お客さんの方から貸してくれと言つてやつて来るんやから、手数料も何も、そんなものは入らんよ。』

その時、もう朝から何処かへ出かけてゐたと見えて、片手に大きな駄菓子の袋を持つた太一が、表の方から這入つて来た。彼は家の中に見知らぬ人が来てゐたのに、一寸目を見張つた様子だつたが、その傍に自分と同じ位の年の子がぼんやりして母親の膝にもたれて立つてゐるのを見出すと、つか〳〵と歩いて来て、手にしてゐた袋の中から菓子を一つ摑み出して、

『これを上げようか。』と言つた。

が、相手の子は、母親の傍にくつ附いてゐるのにも拘らず、年よりも二歳も三歳もませた太一の、迚も相手にはならなかつた。彼は黙つたまゝで、太一と母親の顔を交る交る見てゐるばかりだつた。

『坊ちやん、お悧巧ですことね、』と母親が代りに答へた。『克三、有難う、と言つて頂きなさい。坊ちやんはお幾つ？』

『六歳。』と太一は答へた。そして、『お茶飲んで来よう。』と言つて、上り框に手をかけて、やつと上に上ると、奥の間の方へ這入つて行つた。

後に残された二人の大人は溜息を吐いた。実際近頃の太一の様子を見てゐると、到底売れない団子屋風情に養はれてゐる子とは見えなかつた。多分博奕打や藝者やの子にしても、こんなに贅沢でそしてこんなに我儘ではないに違ひない、それと言ふのも、佐蔵自身が気が咎めるところから、彼をこんなに贅沢にこんなに我儘にしたのであると思ふと、彼は死んだ太十にも、自分にも、或ひは太一その者にも申訳のないやうな気がした。

さて、彼と並んで、腰かけてゐる女の溜息は又全く別のものであつた。彼女は自分の子が、迚も太一とは比べものにならない程鈍なのを見ると、斯うして決心して、苦しい工面をして、自分の子の克三を着飾つて連れて来たものゝ、多分太一の半分の半分の働きも出来ないだらう、人に聞いたところでは、唯この辺の女の外出の時に、手を引かれて歩くだけの仕事だといふのではあるが、それが子供のことであるだけに、中々何でもない事ではないに違ひない、唯人に手を引かれて歩くのにも、随分上手と下手とがあるだらう、この克三では間に合ふか知ら？……と心配になつたのであつた。

『この子は、然しあんたがゐなくても、一人でこゝにゐるか知ら？』と佐蔵が聞いた。

『ゐられるわね、克三。』と母親はその子の顔の傍に顔をくつ附けるやうにして言つた。『ね、母さんが家で話したこと覚えてるだらう、父さんも言つてたらう、お前はそれで父さんや母さんの言ふことをよく聞き分けたんだね。それにお連だつてあるんだから、そら、今、このお菓子をくれた坊ちやんがあるだらう、あの坊ちやんと遊んでる？　こゝで。そしたら、夕方母さんが迎へに来て上げるからね、ね、いゝだらう？……』

だが、子供は黙つて、表の方の、日の色が斜めに少しばかり三角形に射してゐる、「団子」と書いた障子の方を、ぼんやりした目付で眺めてゐるだけであつた。『ね、ね、』と幾ら母親が言つても、彼は答へなかつた代りに、少しづつ少しづつ、その大きな目に涙をにじまして行つた。

『太一ちやん、太一ちやん！』とそこで佐蔵が奥の方に向つて呼んだ。――

が、その時、太一はいつの間にか二階に上つてゐたのであつた。――二階では、その時まで梯子段の下り口のところに蹲んで、下の話声を盗み聞きしてゐたおみのが、太一の帰つて来る音を聞いた時分に、そツと立上つて、元の寝床の傍に帰つて、寝間着を着更へたのであつた。そして、成るべく音を立てないやうに、そツと蒲団を押入にしまつた時分に、太一が上つて来たので、おみのはにこ〳〵して彼を迎へながら、

『太一ちやん、早いのね、』と手招きしながら出来るだけ低い声で言つた。『何を買つて来たの、姉ちやんに少しくれない？』

『上げよう、』と太一は言つて、例の袋の中から一つ取出して、おみのの傍に持つて来たが、突立つたまゝでゐたので、

『まあ、お坐りよ、太一ちやん、』とおみのは言つて、彼の体を後から抱くやうにして、自分の膝の上に坐らした。『太一ちやんは誰が一番好き！』

『をぢさん……』と太一は答へた。

『いや、そんなんでなくて、方々の姉ちやんたちのうちでよ、』とおみのは少し耳の辺を赤くしながら尋ねた。それで、彼女は心の中で、太一が自分を言ふだらうと予想したのであつた。さうでなくつても、少なくともこの場でだけでも、自分を差してくれるだらうと楽んだのであつた。が、太一が直に返事をしないので、『ね、誰？　おせき姉ちやん？』と促して見た。

『……そんな事言へないよ。』

実際、太一といふ子は、考へると、恐ろしいやうなところがあつた。と言ふのは、そんなに誰にでも直に馴染んだ一方に、如何にも男の子らしい、口数の少ない子であつた。それで、例へばおみのとか、おせきとか、その外さういふ商売の女たちが、一緒に歩く都合から、『これから家へ帰る迄は、私のことを母さんと言ふんですよ、』とか、『姉ちやんと呼ぶんですよ、』とか注文されると、必ずそれを実行した。そして又『太一ちやん、この事は家へ帰つて、をぢさんにも、それから他所の姉ちやん

たちにも、屹度言はないでね、言つちやあいけませんよ、』と言はれると、全く士《さむらひ》のやうに、口を切られても喋らなかつた。今、おみのはふと彼のさういふ性質を考へて、昨日一昨日、自分の病気中は、多分おせきに手を引かれて出てゐたに違ひない太一から、彼女のことを探つて見ようと言ふ考を、すつかり諦めてしまつた。彼女は忽ち名付けやうのない寂しい気持に襲はれて、口を噤んでしまつた。無論、太一も彼女の膝に腰かけたまゝで、黙つて、然し何の物思ひもなささうな様子で、むしや〳〵と袋の菓子を食つてゐた。それで部屋の中の空気が変に沈んでしまふと、階下の話声がぼそ〳〵と又おみのの耳に聞えて来たのである。

『この子は、然し、あんたがゐなくても、一人でこゝにゐるかしら?』といふのは佐蔵の声である。

『ゐられるわね、克三、』と女の答へる声がした。『ね、母さんがお家で話したことを覚えてるだらう……』と女は哀願するやうに、その子にくど〳〵言ひ出したのを聞くと、おみのは思はず首を長くして、一層はつきりとそれを聞きとらうとした。彼女にはまざ〳〵と、どんな女か知らないが、貧乏な母親が、その子に言ひ含めてゐる様子やら、その傍で佐蔵が困つたやうに、その挽臼のやうな顔を泣顔の表情にして腕を組んでゐる有様やらが、はつきりと窺はれた。が、どんなに家で言ひ含められて、やつと得心して来たのであらうが、何と言つても年の行かぬ子のことであらうから、今になつては悲しくなり、寂しく感じ出して、容易に母の言葉に頭を点頭かせる決心がつかないのであらう、その子の心持より尚一層困つて、母親が『夕方母さんが迎へに来て上げるからね、ね、いゝだらう?』と泣くやうに言つてゐる言葉を聞くと、おみのは堪らなくなつて来た。その時、『太一ちやん、太一ちやん!』と下から佐蔵の呼ぶ声が起つたのである。

その声に、彼女の膝にゐた太一が立上つたのと、思はず、我を忘れて、彼の代りに、

『はい!』とおみのが返事したのと、同時であつた。彼女は今は佐蔵の思惑も何も忘れて、太一の手を引きながら、階下へ下りて行つた。

『坊ちやん、坊ちやん、』とおみのは珍しく気軽な調子で言つた。『何といふ名なの?――克三さん――いゝ名だわね。克三さん、いゝ子だからね、夕方お母さんが迎へに入らつしやる迄こゝに入らつしやいね、姉ちやんと太一ちやんと、三人で遊びませう。』

七

他所の子まで預かつて、世話するやうになつてからといふものは、佐蔵の家の様子はすつかり変つてしまつた。それは又、おみのがその家に同居するやうになつてから、と言つた方が適当であるかも知れなかつた。それが半月も経つてからは一層であつた。と言ふのは、その時分には克三の外に、お俊といふ、

公園の或劇場に下足番をしてゐる者の七歳になる娘も頼まれて、毎日佐藏の家に詰めかけてゐた。お俊は女の子のことでもあり、年も上だし、殊に子供の時分から母親なしに育つた子だつたので、此方でも手数がかゝらず、借りに行つた方でも十分役に立つので喜ばれたが、克三にはいつも手古摺らされてゐた。

目のぎよろりとした、子供の癖に細長い、瓜のやうに青い顔した克三は、初めて来た日に、やつと母親とおみのとにだまされて、佐藏の家に一人残つたのはよかつたが、母親が帰つてから十分と経たないうちに、到頭しく〱と泣き出した。それを預かることを主になつて引受けたのは、おみのであるだけに、それを宥めるのに彼女は一通りでない苦心をしなければならなかつた。玩具の電車を買つてやらうといふことで、やつと彼をすかして、彼女が手を引いて通りの玩具屋でそれを買つて、

『さあ、克ちやんはいゝ子だからね、家へ帰つて太一ちやんやをぢちやんや姉ちやんやと一緒に、この電車で遊びませうね、』

などと言ひながら、入口の「団子」の障子をがらりと開けて這入つて来ると、そこの薄暗い土間を隔てゝ、例の上り框の所におせきが腰かけてゐた。佐藏は先に克三たちが来た時に、邪魔をされたので、中途で止めてゐた団子をこしらへ上げる為に、土間の囲ひの中で、七輪の下を煽いでゐた。

『をぢさん、いゝわよ、私が太一ちやんの着物を着せるからさ。』

斯う上り框に腰をかけて、おせきが言つてゐるところであつた。

『入らつしやい、』とおみのはつい佐藏の家の者のやうな口をきいた。

『まあ、おみのさん！』とおせきは余りに不意のことなので、吃驚して叫んだ。咄嗟の間に、彼女は到頭おみのは佐藏と一緒になつてしまつたんだな、と思つた。が、それと共に佐藏にも、おみのにも、おせきにさう思はれたに違ひないと反省されたので、二人とも期せずして、何は兎もあれ、それだけは何とか一番いゝ方法で、おせきにその誤解を弁じておきたいと思つた。が、元々物言はずの佐藏に、そんな咄嗟の場合、どんな言葉も見出すことが出来なかつた。が、おみのが言つた。

『私ね、』と彼女は克三の手を引きながら、おせきの傍に進んで行つて、『もう商売を止めて、今日からをぢさんとこの二階を借りてるのよ、遊びに入らつしやいね、これからちよく〱。』

余り不意の事に驚いて居る間もなく、こんな風に先手を打たれたので、おせきは愈よ腹の中が穏かでなくなつた。一寸の間、太一のことも何も忘れて、

『まさか、をぢさんと夫婦になつた訳ぢやないでせう？』と意地悪さうに言つた。

『それは何方《どつち》からも御免だとさ』とおみのは蓮葉な調子で応じた。それから忽ち調子を変へて、『それはさうと、太一ちやんに着物を着更へさせるんでせう、私、しませうか？』

『それはおせきさんの方が勝手が分つてるやらう、』とその時初めて佐蔵が持前の重々しい口調を、尚一層重々しくして声をかけた。

『おせきさん、あの下の押入の中の箪笥を知つてるだらう、あそこの一番上の引出しにあるから着せてやつて……』

　そこへ太一が奥の間から出て来て、彼は流石にまだそんな大人たちの込み入つた話には何の興味もある訳がないので、それよりも克三の手に持つてゐる玩具の電車を最先に見逃さなかつた。

『電車買つたの？』と太一は言ひながら、先から別にそれを見ようともせず、手に持つたまゝで、ぼんやりと入口の方に目を見張つてゐた克三の傍に行つた。そして自分の手で相手の摑んでゐる電車の屋根を一寸触りながら、『こんなのよくないや、』と言つた。すると克三は忽ち罅が入つたやうにわーッと泣き出した。

『まあ、太一ちやんの意地悪ね、』とおみのは声でだけ叱るやうな調子で言つて、『ぢやあ克ちやん、もつといゝ電車を見に行つて来ませうね、』と克三の顔の傍で言ひながら、外の人たちに挨拶して、再び表に出て行つた。

　それから、おみのは町で一寸した手土産を買つて、克三を連れて、前の主人の家へ出かけて行つた。佐蔵には主人の家を突然に出たやうに言つてあつたが、実はもうこの前に断つてあつたのだつた。だから、今彼女は克三を連れて、こんな子供もゐるから、これから用のある時には借りに来てやつてくれと披露目に行つたやうな訳でもあつた。おみのはそこで一時間余り遊んで、帰つて行つた。少しづつ克三が馴れて来たのが、何よりも嬉しかつた。彼女は表に出ると、忽ちおせきのことを思ひ出した。が、彼女はもうその事がそんなに気にかゝらなくなつたのを発見した。それどころか、おせきもお客の一人に違ひないのだから、せい〴〵来てくれる方がいゝとさへ思つた。それにしても早くこの克三も太一のやうにうまく役立つやうになればいゝ、それには自分が是非とも骨折つてさうしようと思つた。つまり、彼女はすつかり子を貸す商売屋の心持になつてゐた。だが、と彼女は考へるのである、商売は商売で、いくら太一があゝしておせきに毎日程借りられて行つても、寝るのも食べるのも悉く自分の家でしてゐる訳だから、太一は彼女のものではなくて、此方のものに違ひないのだから……。

　家に帰ると、無論、もう太一もおせきもゐなくて、佐蔵が一人ぼんやりと土間に向つた障子を開けて、奥の間の火鉢の傍に坐つてゐた。それを見ると、何といふ理由なしに、彼女は急に暗い気持になつたが、出来るだけ快活を装つて、

『克ちやん、そら、今買つたビスケットををぢさんにも上げませう、そして、みんなで電車ごつこをしませう、』と言ひながら、克三の手を取つて佐蔵の傍に行つた。佐蔵は何を考へてゐるのか、浮かぬ顔をして、返事をしなかつたので、おみのはそれにはかまはず、『さあ、克ちやん、こゝが雷門で、克ちやん

のそこの膝の前の、畳の破れたところが上野ですよ。チリン〳〵、動きまアす、』などと言ひながら、玩具の電車を畳の上で走らした。克三も嬉しがつて遊び出した。

『ねえ、佐蔵さん、』と暫くしてから、おみのは矢張り克三を遊ばせる手を休めないで、『あんたの気性は私もよく知つてゐますが、屹度こんな妙な事になつたのを苦にして、心配して居らつしやるんだらうと思ひます。それには突然私などがこんな風に、押しかけて来て、どんなに御迷惑だらうとも思ひます。それは、いづれ今でなくても、今晩でも、明日でも、少しゆつくりした時お話するつもりですけど、私、どうしてもあの太一ちやんを子に欲しいと思ふんです。あんたが太十さんに義理を立てゝ、手放さなければ、あんたと相合ひの子でもいゝから、兎に角、私、太一ちやんを子に欲しいと思ふんです。その代り、あの子が大きくなつて決して人に後指をさゝれないやうに、私これからどんな辛い事でもします、して養ひます、私のつもりでは、あの子には今のやうな商売――まあ、商売見たいなもんですからね――あんな商売を一日も早く止めさせたいんです。……』

いつの間にか、おみのが克三を遊ばしてゐる手を止めて、話しつゞけてゐたので、克三は暫く独りで電車を屋根越しに摑んで畳の上を走らしてゐたが、それも直ぐに止めると、又しく〳〵泣き出した。

『あゝ、克ちやん、悪かつたわね、姉ちやんが、』とおみのは吃驚してその方を見ながら『さあ、遊ばう、』と言つたが、もう克三は電車の方は振り向かなかつた。

『それや私も、太一ちやんにあんな事をさしておくのは、一時も反対なんやけど、』と佐蔵が言つた。『私が意気地がない為に、今のところで、明日から早速これといふ商売が始められる訳ぢやなし、それで私は毎日頭痛をしてゐるんや。』

『私もその事は、こんな事を言ふと失礼ですけど、考へてゐないんではないのですが、』とおみのは克三を膝の上で揺すりながら言つた。『それかと言つて、私がこれ迄のやうな商売をつゞけてゐたんでは、あんたが相手にして下さらないでせうし、それでね、それでね、今日のこの克ちやんの時でも、私、横合から顔を出して悪いとは思ひながら、斯うして無理に預かつてしまつたやうな訳なんです。それや、こんな事でも、決して人様の前に大きな顔をして出られる商売ぢやありませんけど、まだまだ、何とか言ひ訳が立つと思ふもんですから、それで私、これからこの子ばかりでなく、何処からでも頼まれ次第みな預かつて、太一ちやんの代りに貸すことにしたら、と斯う思つたんです。』

『…………』佐蔵は腕を組んで何にも言はずに溜息を吐いてゐた。

『それは、その代り、佐蔵さん』とおみのはつゞけた。『決してあんたの手はかけません。こんな事は男のする商売ぢやありません、私が一切します。それで、そのうちに少しでもお金が溜つたら、そしたら、あんた何か考を立てゝ商売を始めたらいゝぢやありませんか、ね、どうです？』

佐蔵は矢張り腕を組んだ切りで、その四角な顔を木のやうに固くして答へなかつた。

その時、何でも子を借る客が這入つて来たので、二人の話はそのまゝになつてしまつた。即ち、太一が出てゐるので、さし詰め克三の出て行く番であつた。いつもの子はゐないが、違つた子でもいゝかと聞くと、『いゝわ、』と女は答へた。丁度、都合がよかつたことには、その女はさういふ稼業のものにしては、相当に年をとつてゐたので、おみのが詳しい訳を話すと、それも呑み込んでしまつて『赤ン坊ぢやないんだし、それに表を歩くんだから、いゝでせうね、』とおみの方に小声で言つて、それから克三の方に向つて、『ねえ坊ちやん、電車なんかつまらないから、花屋敷へ姉ちやんと一緒にお獅子や虎を見に行かうね、』と誘つた。が、克三は矢張りぽかんとしたまゝで、何とも答へなかつたので、

『克ちやん、まあいゝわね、』と傍からおみのも元気づけるやうに言つた。『克ちやん、花屋敷へお獅子や虎を見に行くの？まあ、いゝわね。』が、それでも克三はまだそのぎよろりとした目を見張つて躊躇してゐる様子なので、『ぢやあ、斯うしようか、克ちやん、この姉さんと一足先に行つてない？　そしたら、後から直ぐに姉ちやんが迎へに行つたげるから、ね、』それからおみのは女の方に向つて、『それぢやあね、私後から附いて行きますわ。だから、お家の方に来てもらはなくても、私が連れて帰ります――ね、そんな風にしませうよ、』と小声で言つた。

それでも愈よとなると、克三は迚もその見知らぬ女と一緒に行きさうになかつたので、到頭、初めからおみのも一緒に附いて行くことになつた。それで、愈よ、おみのがゐては、先方の女の商売に差支へのある時になつて、彼女はその辺で一寸お菓子を買つて来るといふやうな事を言つて、やつと欺すことが出来た。が、さうして、女が克三の手を引いて、待合はせてゐた男に会つて、それから三人で宿屋へ行く途々、何度も克三が泣きながらむづかるのが、後から見え隠れに附いて行くおみのを屢々はら〳〵させた。或時などは、余り心配になるので、思はず余りその近くを歩いてゐて、もう少しで、『帰りたい、』とか『母さんの家へ、』とか言つて泣きながら後を振り向いた克三に見附かりかけた位であつた。然し、そんな風にして、やつと克三はその第一回の勤めを果したのである。

ところで佐蔵はその商売に就いて何にも言はなかつた。例へば預かつてゐる克三の分として、その親と幾らづつ分けるかといふやうな事も、だから彼は知らなかつた。それどころか、おみのが来てからは、太一のことにしても、克三のことにしても、その方の用事で来たものには、一切彼女が交渉に当ることにしてゐた。もつとも、その「団子」の障子を開けて這入つて来る者で、その外の用事を持つて来る者はなかつたから、つまり此

頃では佐蔵はどんな世間の人とも会はずに毎日を送つてゐた、と言ふ方が当つてゐた。彼はもう毎晩の二合の酒を酌む時でさへも、物言ふ術を忘れた人のやうに、黙つて、そして始終何か思案に耽つてゐるやうに見えた。

そして、二日経ち三日過ぎしてゐるうちには、克三も少しづつ馴れて来たやうだつたが、然し太一とは比べものにならなかつた。それは多分、克三の方が古くからゐて、太一の方が新来だつたとしても、さうであつたに違ひないやうに、二人の子供の性格の違ひだから何とも仕様がなかつたが、借りに来る客は皆『太一ちやんを、太一ちやんを、』と注文して来た。けれども彼がゐなければ、仕様がないので克三を借りて行くやうな訳であつたが、それで、元々二人しかないのであるから、出て行く数は克三だつて、太一と決して多少の変りはなかつた。つまり、それだけ「子を貸し屋」の評判は、もうその辺の銘酒屋の中で、知らないものはない程に広まつたからでもあるのだつた。半月程して、前に言つた、お俊が来るやうになり、又それから半月程と経たないうちに、二人も子が増えた。太一を合はして五人にもなつたのである。そして、さうなると、おみのはまるで毛色の変つた保姆のやうな仕事をしなければならなかつた。が、彼女は何と言つても自分の企て丶ゐる商売の栄えるのに、この上なく満足さうに働いてゐた。

唯、彼女にも、いつの間にかもう団子をこしらへる事さへ止めてしまつて、死んだやうに二階の一間に坐つてゐた佐蔵と共通して、(近頃では佐蔵の部屋が二階になつて、おみのが下にゐたのであつた。)夜分になぞ、身体が少し暇になると、忽ち心に掛るのは太一のことであつた。といふのは、もうずつと前から、彼女は太一をなるべく商売に出さないやうにしてゐた、佐蔵は例に依つて何にも言はなかつたが、元より彼もその意見に違ひなかつた。ところが、肝腎の太一がそれを甚だ喜ばないらしいことであつた。彼はいつの間にかおみのや佐蔵の目を盗んで、そつと表に出てしまふ、それが表で遊んでゐるのならい丶のであるが、今はもうその辺のどの家でもが彼自身の家のやうに馴染であるところの、それ等の家の何処かの格子戸を開けて這入つて行くのである。そして、その家で、何か忙しいことがあつたり、女たちがゐなかつたり、要するに余り面白いことがなささうだと、彼はさつさと出てしまつて、又別の家の格子戸を這入つて行つた。すると、何処かの家で屹度彼を歓迎して、殊に彼の必要な時には、無論わざ〳〵彼の家まで断るやうな事をせずに、相当の金だけを摑まして、そして彼女等の仕事に使つた。だから、おみのたちが、家でどんなに彼に商売をさせないやうにしても、それが到底無駄になるのだつた。そればかりでなく、此頃では、おせきが割合に顔を見せないと思つてゐると、或日「団子屋」に矢張り子を借りに来た女の一人が、『今、そこの通りをおせきさんと太一ちやんとが歩いてゐたわ、』といふやうな報告を齎らした。

その晩、おみのは久しぶりで佐蔵の晩酌の相手をしながら、その話をして、二人でほツと溜息を吐き合つた。不断の無口な然しどんなにむつかしい顔をしてゐる時でも、太一に向つては必ずその四角な顔を優しさうに笑はせることを忘れない佐蔵が、いつになく真面目な顔をして、『ねえ、太一ちやん。お前はもう来年から学校へ上るんだらう、ねえ、い丶子だから、太一ちやんは学校へ行くだらう。学校へ行く子はもう余り近所の家へ遊びに行つたり、女の人と遊んだりしないんだよ。どこかへ遊びに行きたうなつたら、をぢさんにさう言つたら、をぢさんが屹度連れてつてやるからね。をぢさんだつたら、電車にでも、汽車にでも、太一ちやんの好きなものに乗せてやるからね。……』

『さうなさいね、太一ちやん、』とおみのも傍から言つた。さう言ひながら、彼女はふと親子三人がさうして一つの食卓を挟んで、夕方の飯を食つてゐる光景を想像して、何とも言へぬ嬉しい気がした。佐蔵のことををぢさんと言ふ代りに父さんと、自分のことを姉さんの代りに母さんと言ひたい気がした。『太一ちやん、学校好き、嫌ひ?』

だが、太一はそれに返事しようともしないで、まづさうに皿に盛られてあるお菜を、彼方を突ついたり、此方を突ついたりしてゐた。

『太一ちやん、御飯どうしたの、一寸も食べないぢやないの?』とおみのが彼の顔の傍に顔を寄せながら言つた。『さあ、姉ちやんが魚《とゝ》の身をとつたげるから、ね、御飯をお上り。』

太一が黙つて頭を振つてゐるのと、それに並んで昼間の忙しくしてゐる時とは変つて、何となく寂しさうな顔をしてゐるおみのの様子を佐蔵は盃の縁を嘗めながら見てゐると、暫く気がつかずにゐたが、矢張り二人が何処やら似てゐるのを見出した。ふと又、昨日も克三の母親が来た時『この頃はお蔭様で、あんまり彼方でも此方でも御馳走をいたゞいたり、甘しいお菓子を貰つたりしますので、家のものなど一寸も食べなくなりまして……』と言つたことなど思ひ出した。

『私はな、おみのさん、』と佐蔵が言つた。『もう一日もこんな商業をつゞけてるのが厭になつた。こんな事をしてゐるより、まだ車屋でも土方でもしてゐる方がい丶。と言うて、私も丈夫さうには見えても、もう年が年で、体の方が言ふことを聞かないし。……』

『それは私にもよく分つてゐます、』とおみのが言つた。『ですから……と言つて、何商売を始めるにしても、元手なしには出来ないんですから、それで一日も早く少しばかりのお金でも纏めようと思つてゐるんですわ。ね、佐蔵さん、もう少しの辛抱です。』

『私はもうその我慢がならんやうになつた。私だけなら、もうこんな腐つてしまうた体やから、どつちへ転んでもかまはんけど、太一ちやんのことを思ふと、一日も早くこんな所を浮び上らないと……私はもう何とも言へん恐くなつて来た。』

それから、三日と経たない日のことであつた。或日、幾ら待つてゐても、外へ出たまゝの太一が帰つて来なかつた。団子屋では、多分おせきと何処かへ行つたものだらうと想像して、八時頃、おみのが探しに行つて見た。が、多分おせきもうその家にはゐないだらうと予想して行つたおみのの意外だつたことには、丁度その時彼女の順番だつたと見えて、そこの見世の、硝子の嵌まつた障子の向ふ側に、厚化粧をしたおせきが、客を呼ぶ為に坐つてゐた。

『太一ちやん来ませんでした？』とおみのは少し狼狽した口調で言つた。

がらりと障子が開いて、おせきが顔を出して、『え、え？』と聞いてから『太一ちやん？　今日は一度も来ないわ、私も今日はつい先まで頭が痛くて寝てたもんですから、どうしたのかと思つてたんですよ。ゐなくなつたの？』

成る程、おせきは顳顬のところに、黒い頭痛膏を貼つてゐた。『え、。ぢやあ、又』と言つておみのは商売の邪魔をしてはと思ひ、又一つにはすつかり的が外れたのに狼狽しながら、夢中でそこを飛出したが、さて、もう何処へと言つて探しに行く見当がつかなかつた。で、とぼ〳〵と帰つて行く途で、ふと、あんな事を言つてながら、おせきが何処かへ太一を隠してしまつたんぢやないか、といふ気がした。帰つてその事を佐蔵に言ふと、佐蔵も『ひよつとすると、そんな事かも知れないな、』と溜息をしながら言つた。が、おせきが隠してゐるなら、いづれ見付かるだらう、とおみのにしても、佐蔵にしても、多少安心な思をした。が、その翌朝、いつになく早くおせきがやつて来て、

『太一ちやん帰つて来て？』と尋ねた。その心配の現れた顔を見ると、どうしても彼女が隠してゐるとは思へなかつた。佐蔵は女たちを残して置いて、警察へ届けに行つた。そして佐蔵が力のない足取で帰つて来た時、いつもの上り框のところで、二人の女はいつになく親しさうに、一緒になつて目に涙を溜めて何か話してゐた。

『どうせ、私、誰かに取られたんだと思ふわ、』とおせきが言つた。『私だつて、そんな気が始終起つたもの。』

『さうでせうね、』とおみのが言つた。『あの子はあんまり人馴付つこ過ぎましたものね。』

『さうよ、気味が悪くなる事がある位だわ、』とおせきが言つた。『さう言つちやあ何だけど、猫でも犬でも、あんまり馴付き易いのに限つて取られるもんですからね。それでゐて、そんなのに限つて、何処か真が薄情なのね。』

『さうよ、さうよ、あの子も、』とおみのはもうはつきり目に袖を当てゝ、泣きながら言つた。

『何と言つても自分の子でなければ駄目ね、』とおせきが言つた。『おみのさん、欲しいわね、だけど、私たちは……』そしてておせきも到頭顔に袖を当てゝ泣き出した。

そこへ、佐蔵が帰つて来たのであつた。

『駄目ですか?』と女たち二人は声を合はして聞いた。

『まだ分らんよ、』と佐蔵は言ひながら、すご〳〵と這入つて来た。

そして、その時分から、克三や、お俊や、その他の商売の子供たちが、ぼつ〳〵親たちに送られてやつて来た。

（「太陽」大正12年3～4月号）

地獄

金子洋文

川はすつかり涸れてしまつた。水が一滴ものこさず、燃えてゐる天空に吸ひとられてしまつた。

大きな岩石が所々に横はつてゐる。それは呻いてゐる動物のやうに見えた。その動物を火のやうな小石が取囲んでゐる。

樹木は黄色に見えたり、赤色に見えたり、黒色に見えたりした。彼等も彼等で悪闘してゐることが明かであつた。他の樹木の陰へ自分の枝を、葉をかくしたがつてゐた。瞬間でも恐しい太陽からのがれたがつてゐた。

それは実に怪奇な、眺望であつた。我々はその眺望を十間上の人道から眺めることが出来た、而しそれを永く正視することが出来なかつた。すぐ昏倒しさうになると同時に、その景色は幻のやうに我々の眼から消え去るのであつた。

梅雨期にはいつてから雨が一滴も降らない。毎日のやうに燃えるやうな晴天がつゞいた。

『明日は降るかも知れない』かうした百姓達の願望は十数日を

経たが達し得なかつた。苗は萎み初めた。百姓達は火のやうな太陽を呪咀しながら、田へ川水を運んだ。

川は低かつたので、水車を用ゐることが出来なかつた。彼等は自分の力で水を運ばねばならなかつた。女も子供も老人も一所に水運びのために働いた。桶といふ桶は皆外へ持出された。

而しかうした無智な努力はまるで無駄であつた。三日とたゝない内に、彼等は悉く疲れてしまつた。彼等は絶望の眼で死んで行く苗を眺めるばかりであつた。

一日手を拱ねて苗の死んでゆくさまを傍観した百姓達は、翌日になつて又川から水を運んだ、全部の苗を助けることが不可能でも、せめて一小部分でも助けたかつたのだ。

裸体になつた男も女も皆川に集まつた。桶に水をくんで、馬の背や、牛の背に積んで田に運んだ。

直射する火のやうな光の下を、人間も動物も全身汗みどろになつて、あへぎ〳〵斜面を登つた。

『こん畜生ツ、怠けやがつて』馬や牛を叱る熱にういた毒々しい言葉が、水気のない、重い空気を震動させた。百姓達の神経は次第に鋭く、荒々しくなつて行つた。

川は涸れた。そこで凹所にある水をとるために生命がけの喧嘩が初まつた。在郷軍人の助治は、自分の子供が桶で頭を殴られたといふので、さびた刀剣を持ち出して茂吉の女房を追つた。それを取押へた老人の多助が一寸ばかり肩を切られた。女同志が裸体のまゝで摑み合つた。女だけに喧嘩はお可笑しく惨らしかつた。髪を摑んでふりまはす、股に嚙りつく、しまひには取組んだまゝ川原を転げまはつた。人々はそれを取押へやうとせず、いゝ見物だと言つた風にぼんやり眺めてゐた。

喧嘩は二日と続かなかつた、続けやうにも水が全くなかつた。彼等は全く絶望した。

『井戸の水を田に使つちやいけない。』その翌日かういふふれが村中にまはつた。若し井戸の水を田に使ふやうなことがあつたら、彼等は生きて行くことが出来なかつた。

百五十余人の人間が住んでゐるA村には、井戸が八つあつた。而しその内二つは酒田家のもので百姓達には使へなかつたし、二つの井戸水は油が浮いてゐて飲むことが出来なかつた。だから四つの井戸で百余人の人間が、生きて行かねばならなかつた。苗を殺すのは情けなかつたが、それより自分達の生命が大事であつた。勿論僅かな井戸水などは田にとつて焼石に水である。

A村の所々に散在してゐる田を合はせると三十七町歩余あつた、それは全部酒田家の所有であつた。この外に酒田家では百二十余町の田畑を郡内に持つてゐたし、温泉の権利を自分一人で握つてゐた。この湯の権利はもとA村のものであつたが、一万三千円で小学校を建築して村に寄附した時、その交換として湯の権利を自分の手におさめたのであつた。

『明日になつたら雨が降るかも知れない。』

百姓達は毎晩執拗にこの希望を繰返して寝床にはいるのであつた。而し焦慮のために熟睡することが出来なかつた。彼等は一時間とたゝない内に眼をさました。

『女房《おかか》』と、男は女房に声をかけた。

『良人《おど》』と、女は答へた。

それから夫婦は裸体になつたまゝ起き出でて、草履をひつかけて外へ出る、彼等はよく知つてゐた、而し彼等はある希望を持つて、三方の山を見るのであつた。

山には一片の雲さへ見えない、金属のやうな星が、熱にうかされたやうにきら〳〵光つてゐるのを見るに過ぎなかつた。

夜風が枝葉をすべつて彼等の裸体にまつはる。

『良人《おど》』と、女はかなしい声で男を呼んで、男の腕に身をなげるのであつた、彼等は抱き合つたまゝ泣くのであつた。

ゴウツと、遠雷のやうな響きが地底からひゞいて来る、それは熱湯の噴出してゐる地獄の音であつた、夫婦はその音響を寂しい胸に聞いた。

『あの熱湯が水であつたら』

彼等は眼をその方に向けた、何といふすさまじい壮観だつたらう、はるか、一里余町はなれた東方の山上に、ゆら〳〵と渦を巻いて蒸気が、白煙のやうに立のぼつてゐた。それはこの地上の最も崇厳華麗な呪咀であつた。

凡ての百姓は、凡ての夫婦はこのやうに、夜空を眺めて泣かねばならなかつた。彼等は一夜の中に三度も寝床をはなれた。

そして、

『雨が降るかも知れない』と、空な願望をもつて、夜空を眺めるのであつた。

田は亀裂を生じて五分ばかりづつ大きな口をあいた、苗は悉く死んだやうに見えた、『水がほしい』と呻いてゐるやうだ、百姓の絶望は極度に達した、そこで彼等は年に一度の祭典の時にしか用のない神様を思ひ浮べた。

二

雨が降らなくなつてから、十九日目に、(その日は六月の二十七日であつた) A村の九人の重だつた百姓達が平吉の家に集まつた。(この村では、村会議員は酒田の旦那が指名して選んだ酒田家の召使であつて、殆んど耄碌した老人のみであつた、だからむづかしい村の事件は九名の委員で討議することになつてゐた、百姓達はそのことに少しも不審をおかなかつた、その九名のうちに三人の村会議員が混つてゐた)
平吉の家は村の北端の嫁菜橋の傍にあつた、太い柱が八本正面を向いてゐる大きな家であつた。而しその柱も悉く真黒にきたなくなつて、方々の壁がくづれてゐた。昔の豪勢を知つてゐる村の年寄達は、そこを通る度毎に嘆息して言つた。
『どんな太い屋体でも女の細腕にはかなはねえもんだ』
約束時間の七時少し前、五人の百姓達が、暗いむつとした顔をして、庭に面した縁側に胡座をかいて、他の人達の来るのを待つてゐた。

彼等は平吉の家にはいつてから、多少ホツとした軽い心持になつてゐた、それは掃除の行届いたさつぱりした家に来て、平吉の女房の明るい、艶かしい姿と、上手なお世辞と親切にふれたからであつた。彼女はいつものやうにあでやかに笑ひながら、軽い冗談を言ひ〳〵、皆にお茶をすゝめたり、まづい羊羹を切つて出したりした。

『どんな不快《いや》な気持の時でもきれいな女子《をなご》の笑顔は悪くねえもんだ。』縁側に大きな胡座をかいて、煙草をすつてゐた助吉がこんな風に思つた。

『こんなにきれいな女子《をなご》を女房にした平吉は幸福もんだな』と、ある百姓が心の中で独言した。『身代をつぶしたつて、きれいな女子《をなご》に換へられねかべ』

『あの女子《をなご》の眼がいゝな、あの眼で男を殺すのだな。』

『あれで浮気でなかつたらな、平吉も村一番の幸福者だべ』

彼等は平吉の女房に対する平常の非難などすつかり忘れて、それ〴〵こんな風に考へてゐた、その上に彼等は美しい他人の女房を前に見ながら、一番好きな淫らな空想をいろ〳〵積重ねることができた。だから彼等は僅かな間ではあつたが、長い間の重荷をそつと傍らに下すことが出来たのであつた。

『地獄の湯気が馬鹿に紅《あか》いな。』と、この時外で勘兵衛の太いしやがれた声が皆に聞えた。『あの湯が水であれば、俺等もこんなに苦しまなくてよかべな。』

『本当だな』こはれた摺鉢に蚊やりをこしらへて土間から上つて来た平吉が、年寄の声をきゝつけて、大きな声で答へた。

『勘兵衛さん、皆集つて待つてゐたよ。』

『さうげ、俺は松蔵と五四郎とさそつて来たんで、一寸おそくなつたのだ。』

背の低い勘兵衛と二人の百姓が、

『晩になつたな。』と、暗い顔で挨拶しながらはいつて来た。

『さあ勘兵衛さん上つてくれえしや』と、平吉の女房はやさしく、いたはるやうに言葉をかけた。

『おつねさん、晩になつたな。』

三人は縁側に上つた。

『勘兵衛さん、地獄がそんなに紅《あけ》いか。』

『真紅だよ、熱いお日さんがうつるのだからな。』

『川音がなくなつてから、地獄の音がひどくきこえてくるな』

『おつかねえやうだ』

『あれが水だつたらな。』

『本当だな。』

九人の百姓達は縁側から座敷にうつつてぐるり輪をこしらへて胡座をかいた、それで今まで軽い気持でゐた彼等も、再び前のなやましい重い気持に帰らねばならなかつた。そして彼等はひどく緊張し出した。

暫くの間誰も口を切るものがなかつた、いつもの会合のやうに、世間話や女の話を序曲として、本題にはいつて行くには、人々の心にはゆとりがなかつた。彼等は悩ましさうに、或は疲労しきつたやうに、下を向いたり、ぼんやり横を向いたりしてゐた。

『雨乞をしたらなんとだべな。』

突然、勘兵衛がその小さい光る眼をぱちくさせながら、口を切つた。と同時に外の三人の老人連が、ホツとしたやうに、顔をあげて勘兵衛の顔を見た、それから若い仲間の心をさぐるやうに眼をまはした。

川下の孫助が、細い眼をしよぼ〳〵動かして、いつもの癖の額を右手で撫でながら、

『さうだな』と、同意に近い言葉を発した。

『平吉さんは知らねべども、』と、平吉に向つて勘兵衛は言つた『二十年ばかり前だが、(一寸間をおいて)さうさな、その頃お前さん十位であつたかな、やつぱり今年のやうな旱魃《ひでり》があつたんだ、その時にも雨乞をやつたが、六日目にザアツと大雨が降つてきたもんだ、この頃は時勢がかはつたで、あまり雨乞もはやらねえが、かうなつちや、雨乞をするより仕方がなかべ』

それから暫くの間、また沈黙がつゞいた。そこへ平吉の女房が白い浴衣に着替へて、団扇を二本手に持つて出て来た。そして夫の近くへ坐ると、その美しい浮気な眼を方々にくばりながら、二本の団扇で人々に風を送つた。

『雨乞などしたつて、何もならねえすべ』平吉は年寄連の気持を損ねないやうに気を配りながら、軽い言葉で雨乞を否定した。

『そんなことしたつて、今更死んだ苗が、生きかへつて来ねえすべ。』

若い仲間は、さうだ〳〵と言ふやうな強い面附で平吉を見あげた。ことに在郷軍人の助治は何かしらひどく昂奮してゐた、彼は太股の上で拳骨を握つて、何か言ひたさうに唇をもぐ〳〵させてゐた。平吉の女房は若者達のこの態度を見て、ホツと安心したらしく、忘れかけた団扇の手を急に強く動かした。

『苗はまだ死んでゐねえすて』勘兵衛もおとなしい言葉で応へた。『死んだやうに見えてもまだ五日位は大丈夫保つべ、その内雨が降つてくれるとな。』

『さうだな。』と調子はづれた高い声で五四郎が合槌をうつた。

『それでも雨が降らなかつた時には、何うする意りだす、勘兵衛さん。』

『さあ。』

『雨乞も雨乞だが、俺達にはもつと大事なことがあるべ、もつと大事なことが、俺達は生命がけでもやるぞツ』

この時助治がもう我慢がならねえと言つた風に、まるで喧嘩調子でどなつた。

『まあ、まあ助さんそんなに気を荒立てるものでねえす』と、平吉は大きな眼で押へつけた。『俺に任せておいてくれ、だんだん順序たてゝ話さなくちや。』

『それだつて、それだつて』

『まあいゝてば、いゝてば』

『俺の考へでは、この際酒田の旦那さんに頼むより仕方がなかべえと、思ふすな。』

『さうだ、さうだ』と若い連中は眼を輝かした。

『どんなことを頼むのだす』と勘兵衛は、眉をしかめ、眼にかぶさつてゐる白い眉毛をひどく動かして訊ねた。

『先づ小作米を下げること、、それから、米が出来なかつた時は、一つの庫にはいつてゐる米を、村に寄附して貰ふのだす。』

『そんな、そんな無茶なことを何うして頼むことが出来るもんだつて』と、勘兵衛は少し吃りながら強く遮つた。

『何が無茶だ』と、助吉は市《まち》と田舎の言葉をごつちやにしてどなつた。『五つの庫に米がうなつてゐる程、つんでゐるぢやねえか、日本国中がこの旱魃で米の相場は毎日々々上るばかりだぞ、酒田の旦那は寝てゐてまる儲けだ、何十倍の儲けだ、一つの庫の米を俺達にくれたつて、罰はあたるめえ。』

『それだつて、そんなこと無茶だへ、助吉さん。』

『まあ助さん待つてくれ』平吉はまた助吉のいきり立つのを押へつけた、『お前のやうに喧嘩腰ではものがまとまらねえよ。』

『それだつて、あの酒田は俺達にどんなことしたと思ふんだ、村から湯の権利を盗んだのは酒田の旦那だべ、あんな大きな財産をつくつたのも俺達小作人のおかげだべ、それで自分はどんなことをしてゐるんだ、舞妓ばかり買ひやがつて、何百人の舞妓を水あげしやがつて。』

『その通りだ』と、友治と言ふ顔色の蒼い眼の光つた若い男が、唇をそらして、軽く吃り吃りどなつた。『青森で舞妓を水あげして、巡査に捕つたことだつて、俺は東京新聞で見て知つてるぞ』

『友治……』勘兵衛の眼はするどく光つた。

『お前は高等（高等小学校のこと）を出て学問あるからそんなこと言ふのかも知れねえが、お前の死んだ父が、酒田から厄介になつたことを考へりや、そんなこと言はれた義理ぢやなかべ』

『俺の父《おど》は父《おど》だ、俺は俺だ』と友治は、厚い重い唇を痙攣的にふるはしながら言つた。

『先づ俺が不思議に思つてゐるのは、何うして、この田地や、郡内の田地が皆酒田のものだが、わからねえことだ。』

『そんなこと学問のあるお前にわからねえか』

『俺にはわからねえ、第一酒田だつて、先祖から金や田地を荷《しを》つて生れて来たものぢやなかべ、いくら働き手だつて、村中の人の力を合せただけ、一人で働いたわけでもなかべ、そしたら何うしたわけで、酒田一人が田地を持つてゐて、俺達が何も持つてゐねえだ、それが俺にはわがらねえんだ。』

『多分手品を使つたのだべ。』松蔵が嘲笑つた。

『手品……』老人連はきよとんとした顔を見合せた。

『酒田の旦那は藝者をあつめて、よく手品使の真似をするつてことだよ。』

『手品は知らねえが、大納言さんの（酒田の綽名）蛸踊は港では名高けえもんだよ。あはゝゝゝゝ』孫助はかう言つて、突然不調和な大きな声で笑ひ出した。その踊るやうに手をあげた彼の様子がひどくおどけてゐたので、むきになつてゐた百姓達も、急にどつと吹出してしまつた、平吉の女房の笑声が一番、晴々と、干高にひゞいた。

三

すぐに、その笑声をひつたくるやうな苦い沈黙が落ちて来た。彼等は一様に胡坐を組みなほした。そして一種の圧迫を心の内に感じた。

『酒でも出しすか。』と、女房が人々の心を和げやうとした言葉も何の効果もなかつた。平吉の眼がぎろり女房の方に光つた。暫くの間誰も口出すものがなかつた。

『そのことはまた考へなほすことにするべ。』と、勘兵衛は注意深く若者達の考へを片づけた。『何しろ酒田さんは村の恩人様だものな、あんなに立派な学校を寄附してくれたのも酒田さんだし、橋をこしらへてくれたのも、道路をこしらへてくれたのも、皆酒田さんのおかげだからな、今更讎呼ばりはひどかべ。』

『そりや勘兵衛さん余つぽど話が違ふすべ。』平吉は出来るだけ冷静な態度で応へた。『学校学校て言ふども、あれや村が持つてゐた湯の権利と取つ換こをしたのぢやねえか、酒田さんが温泉場をつくつていくら儲けたと思ふす、五万や十万円の小さな金でねえすて、村会議員のお前さん達が、うまく酒田さんにだまされたのだと言はれたつて、口のあきどころがなかべ、それに温泉をこの村にこしらへるならまだいい。こゝへ持つてくると村の風儀が悪くなると言ふのは、皆体のいゝ口実だすべ、村に湯を持つてくると、村の者に無料で湯を貸さねばならねえものだから、Ｔ村に温泉場をこしらへて、自分一人で儲けやうとしたのだ、風儀々々つて、自分は舞妓ばかり買つてるくせに、風儀もくそもあるものか。』

『本当だ。』

『それに道路だつて、橋だつて、自分の懐から金でも出したものであるまいし、皆郡役所や県庁の金ぢやねえか、村会議員を自分できめて、村のことを一人でかきまはすんだもの、その位ゐのことするなあ、あたりまへだべ』

かう言つて平吉は一寸老人連を眺めまはした。而し誰一人彼の言葉に抗らふ者がゐなかつた。

『而し、そんなことは今はどうでもいゝことだす、たゞ旱魃がこのまゝ続いて米が一粒もとれなかつた時、何うすればいゝか、それが一番大事な先決問題だす、村の者が喰つて行くことが出来なかつたら、何うする意だす、酒田さんは相場で何十倍儲かつたもの、一庫の米を村にくれたつて何も困ることはなかべ』

『平吉さん、そんなこと言つたつて、酒田さんのために外の村へ引越して行かれたら、村はもつていかれねべ』始めから何も言はなかつた忠助さんが、心配しさうな顔でかう言つた。

『引越して行きたかつたら、行けばいゝぢやねえか。』と、助吉は投げつけるやうな調子でどなつた。『俺達が働かなかつたら、百姓といふ百姓が皆働かなかつたら、一万町歩の田地があつたつて、米一粒とれなかべ。』

『藝者と舞妓を連れてきて、田を耕せばよかべ。』と、毒々しさうに友治が皮肉つた。

『そんなこと理窟にならねかべ』と、勘兵衛は早口で叱つた。

『兎も角、この際だから、小作米を三俵半から三俵に下げること、若しもの時は、庫の米を出して貰ふことを交渉すべ』

『さうだ、俺も行く』と、松治郎が応じた。

『そんなこと出来ねえ、大恩ある酒田さんに手向ひなど出来ねえ、罰があたる、それより雨乞すべ。』

『雨乞なんか何になるものか。』

『多数決できめるべ。』と、平吉はきつぱりした語調で言切つた。『雨乞をしろと言ふならしてもいゝ、而し俺等の方で折れる以上は、勘兵衛さん達も折れてくれてもよかべ』

『それぢや仕方がねえ、弥左衛門さんに聞いて見るべ。』皆は一様に床を背負つてゐる弥左衛門に眼を向けた。

弥左衛門は初めから何も言はなかつた、彼は啞であつたのだ。而し言葉を発することが出来なかつたが、他人の話ははつきり聞くことが出来た、寧ろ凡てのことを心へ直接感ずることの出来る人であつた。

彼は五十に近かつた。色の黒い、優しい眼をした痩形の男であつた。彼の様子を見れば現在百姓をしてゐないことが明かであつた。

彼は若い時に市に出て絵を習つたことがあつた。当時、酒田家、平吉の家と三つならんで富裕であつた彼の両親は、不具の彼の希望を入れて絵師にせうとしたのであつた。

而し二年もたゝない内に、彼は病気のために田舎へ帰らねばならなかつた。彼は今軽い藁仕事や、鶏の免倒など見て弟と一所に暮してゐた。彼の家もひどく貧乏してゐた。

村の重大な会議のある度に弥左衛門もそれに加はつた。彼はいつまでも何も言はなかつた。たゞ人々の討議や決議をきいてゐるだけであつた。ある時は一度も口を開かないで帰ることさへあつた。が、村の凡ての百姓は彼の人格を尊敬してゐた、そして彼がゐなければ重大な会議がうまく決まらないやうに信じてゐた。

『弥左衛門さん、お前さんの意見は何うだす。』と平吉は訊ねた、彼の女房が弥左衛門の前に硯箱と紙を差出した。

女房が筆をとつてやると、弥左衛門はそんなものはいらないと言ふ風に頸を振つて、彼女の白いふつくらした手頸を押へた。そして平吉に向つて、

『ワア、ワア、ワア』と、どなつた。

それは明白であつた、若者達はそれ見ろツとばかりに、晴々とした顔で老人達を見た。

『書いてもらつたらよかべ』と、勘兵衛が力なささうに言つた、

平吉は筆をとつて弥左衛門に渡した。

『平吉さんに任せる』

　弥左衛門は立派な筆蹟で書きのけた。

『それぢや年寄連にも顔を立てて、明日から雨乞をすることにするべ、勘兵衛さん文句なかべ』

『仕方がねえす』勘兵衛の小さな顔はます／＼暗く小さくなつて見えた。

　雨乞は七日間、酒田家へ交渉するのは三日目ときまつた、それから密造の冷たい濁酒が出た。雨乞の準備や、神女の選定や、酒田へ行く委員の顔振や、その他細かいことは盃をまはす間にぽつり／＼きめて行つた。


　その晩の内に雨乞のふれが村中にまはつた、それは百姓達にとつて一握の藁であつた、急に村中がざはめき出した。家畜を叱るらしさうな男の声、久振りで笑ふ女の声、それにうろつく犬の声までまじつて、村は珍らしく活気づいた。

　九人の神女は九人の委員の家から一人宛出ることにきまつた。女房、娘、母親——老婆しかゐない友治だけは、隣家の松治郎の女房を借りることにきめた。

　八幡様を祀つてゐる小さい神社はきれいに掃除された、そして境内の樹々に〆縄を結び、汚ない天幕まで張つた。

　狂人の太陽がかくれて、澄んだ淡紅の黄昏の色が山から村へ下り初めた頃、村の女や子供達は雨乞の行列を見るために、ぞろ／＼嫁菜橋へ集つた。

『あしたになつたら、雨が溢《まか》るべ。』

『あしたでねえ、今夜のうちに雨が溢《まか》るべ。』

『誰が雨を降らすなんだべ。』

『神さんだべ』

『神さんは雨袋を持つてるんだべな。』

『さうぢやねえ、天の川から流すのだべ』

『天の川でねえ、ひうたんだべ』

　男の子や女の子達が各自に雨乞に対する空想をひろげてやかましく語り合つてゐた。そこへ、

『退《ど》けれ、退《ど》けれ』と、背の低い勘兵衛が肩肌をぬぎ、手拭で鉢巻をして元気よくやつてきた。

『勘兵衛爺さんだ、勘兵衛爺さんだ』と、子供達は騒いだ、

『行列はすぐ出るべ』

　勘兵衛が平吉の家へはいつて五分とたゝない内に、白装束をして腰へ〆縄をまわした若者が、八人どが／＼と外へ出て来た。そして四人で二箇の大きな盆踊の太鼓をかつぐと、他の四人が細い柳の枝でドドン／＼と叩き初めた。子供達はお祭の時のやうに喜んで、ワアツと声をあげた。

　行列が進んだ。初めに太鼓の若者が八人、次に九人の神女、その後へ、村の老若男女がつゞいた。それを子供達が両側からはさんでわい／＼騒いだ。

　九人の神女はそれ／″＼白、赤、緑の装束をつけてゐた。髪を

ザランとお下げにして、細い藁で結んでゐた。衣裳は短かくて膝きりない、膝の下はあらはな白はぎである。彼女達は素足に草履をはいてゐた。

『誰が一番いゝ女子《をなご》だべ』と尋常五年の悪僧で通つてゐる辰蔵がつぶれた片方の白眼をぎろつかせて大きな声で叫んだ。

『そりや勘兵衛とこの姉つ子だべ』背の低い始終鼻の下に蠟燭をぶらさげてゐる松四郎がどなつた。

『さうでねえ、平吉とこの女房《をか》だべ、赤い衣裳《べゝ》がほんげい（非常に）似合はあ。』

『赤いべべがほんげい似合はあ、』このおしまひがひどくおかしかつたので、百姓達は昨日までの懊苦を忘れてどつと笑つた。九人の神女までもぶつと吹出した。平吉の女房ははしやいでゐる辰蔵を横に見て、浮気たつぷりの眼で叱りつけた。

　彼女の少し濁つたやうな大きな眼は、非常に人々の淫慾をそゝつた。その眼はすぐ人々に何かを語つた。ものを見る眼でなくて、何かを語る、人間の底の底にかくれてゐる怪しいものを語るための眼であつた。

　彼女の髪は真黒であつたが、あまり艶がなかつた。彼女は決してきちんと髪を結ばなかつた。いつでも乱してゐるが、結つてから二三日たつたやうに形をくづして結つてゐた。それが彼女の趣味にかなつてゐたばかりでなく、彼女を一層美しくしてゐた。彼女の顔で一番美しいのは、その紅い唇であつた。その唇は男から吸はれるためにつくられたやうに形がよかつた。その唇を一分間とつゞけて眺めてゐるなら、どんな怜悧な男でも、すぐ彼女の術策に陥入つてしまふばかりだ。

　子供達の観察は全くあたつてゐた。九人の神女のうちで美しいのはやはり勘兵衛の娘と平吉の女房であつた。（可愛らしい勘兵衛の娘のことは、いつか別の時にくはしく語ることにする）

　彼女は紅の装束をつけてゐた。それは彼女に最もふさはしかつた、その濃厚な色は、彼女のなめらかな、白い餅のやうに柔かい、豊満な肉体を、あやしく浮きたゝせた。彼女のまはりには甘い淫慾の空気が浮動してゐるやうに見えた。彼女は彼女らしく衣裳をつけてゐた。それは八人の神女とことごとくちがつてゐた。張りきつた胸の肉がひろくあらはれてゐた。衣裳を強く下にひつぱつてゐるので、ふくれあがつた両乳が格好よくもりあがつてゐた。

　彼女は軽く肩を動かして、（その律動はすぐ丸い腰につたはつた。）進んで行く、赤い衣裳の下からのぞいてゐる。ふく〳〵した白はぎ――一体彼女は何処へ行くのか。それは祈願のための参神ではなくて、神を誘惑するために行く、美しい妖女のやうに思はれた。

　ドドン〳〵と、太鼓がなる。九人の神女は口で何かぶつ〳〵唱へながらその後へつゞく、この怪奇な行列は人々に不思議な幻想を呼起した。今に何か起るに違ひない。人間の力で成し得ない異常な奇蹟が忽然と起るに違ひない。

『晴天の空から、滝のやうに雨が降つてくる』こんな気持を抱かせた。

行列は村を過ぎて左折し、軽い坂路にかゝつた。その突きあたつた所に社があつた。

大樹に取囲まれた境内には、三方に篝火をしてゐた、数人の若者や村の委員達が朽ちた鳥居の前で行列を迎へた。

社前の礼拝がすむと、人々は無言のうちに自分達の場所についた。九人の神女が社前にずらりとならんでゐる。それから二間ばかり離れて太鼓が三本の柱に結びつけられ、その傍に八人の太鼓をうつ若者がならんだ。百余人の村の人間がそれを中心にして大きい垣をつくつた。

ドン〳〵ドコ、ドコドン……こんな調子で二つの太鼓がなりはじめた。すると、周囲の百姓達が一斉に手を拍ち初めた。そしてあるくゝりに来ると、ワ、ワ、ワツと喚声をあげた。

と、白、赤、緑の三人の神女が、くる〳〵と風車のやうに身体をまはして中央までかけて来た。そして、ドンドンと強く打つ太鼓でぴつたり静止して、右足をさつと前にあげた。これをきつかけに、情念で胸をやくやうな、単純で怪奇な踊りが初まつた。

繊細な踊りしか見てゐない都会人が見たら、それは実に恐しいリズムを持つた踊りであつた。その踊りには技巧といふものがなかつた。人間の肢体が、棒のやうに上に上つたり、下に下りたり、左右にひろがつたりするのであつた。そしてその線の織出すものは美以上の性慾の綱であつた。

この単調な踊りは際限なくつゞいた。そして三人の神女が昏倒しさうになつた時、初めて他の三人の神女がかはつて、くるくると風車のやうにまはつて中央に踊り出した。同じことがまた繰返された。

次の晩は行列はしなかつた。すぐに境内に集つて、前の晩と同じやうなことを繰返した。百姓達も神女達も少しも疲れてゐなかつた。彼等は太鼓の音をきくと、一種の自己催眠に陥入るのであつた。

六日目には必ず雨が降るといふ予言が、三日目の朝村の全体にひろがつてゐた。この予言が誰が言つたのか、何処からきたのかわからなかつた。村で一番老人の助右衛門が言つたと言ふ者もゐるし、いやさうぢやない、易者が言つたのだ。その易者はお福婆さんのところに宿つてゐるなどと、本当らしく言ふ者さへあつた。

かやうに予言の出所はまちまちであつた。而しかうした簡単な虚言が、百姓達を鼓舞したことは想像以上であつた。

『困つたことが出来た』と、平吉はこの噂を聞いた時、苦い顔をして心の裡で思つた。『勘兵衛さんの智慧だな。』

午前十一時になつて七人の委員が、(九人の内、忠助と弥左衛門だけが加はらなかつた。) いよいよ酒田に行くために集まつた時、勘兵衛は村の噂を楯にとつて、異議を唱へ出した。

『六日目まで待つことにしたら何うだべ、それに酒田さんはまだ町から帰つてねえはづだ。』

『あんな噂なんかあてになるものか』助治は火の出るやうな眼をしてどなつた。『酒田はたしかにゐる筈だ。町から昨日帰つたことを、俺は知つてゐるんだ』

助治は怒りのあまり、勘兵衛を殴らうとして、皆に押へつけられた。

ごた〳〵した結果、酒田の在、不在をたしかめるために使をやつた。

『市《まち》から今晩帰るさうだす』これが使の返事であつた。

若い者達がいきり立つたが、仕方がなかつた。そこで翌日の午前中に酒田に行くことにきめて、彼等は別れた。

四日目が来た。相変らず焼きつくやうな天気であつた。而し雨が降るといふ噂が、ます〳〵強く村中に繰返された。

その日も勘兵衛は異議を唱へた。が、ごたごたやつてゐる所へ、酒田から使が来た。

『旦那さんが昨夕帰つたから、用があつたら来てくれつて』勘兵衛も最早いやだと言へなかつた。七人の委員達は、それぞれ違つた考へを胸に抱いて、酒田家に向つた。

四

境内には、一人残らず村の人間が集つてゐた。ゐなかつたのは、姉の病気でK村へ行つた平吉一人であつた。村の人達はひどく昂奮してゐた。それはいろ〳〵の意味に解することが出来る。

明後日になつたら雨が降るといふ歓びもその一つであつたし、酒田の旦那が委員達に梶棒を喰らはしたとか、唾をひつかけたとかいふ種々の噂も彼等を昂奮させたのだ。

百姓達にとつては、実に重大な問題が眼前に降つて落ちて来た。村の絶対の権威、彼等が神以上に神聖化し、偶像化し、礼拝して来た酒田家が、忽ちひつくりかへつて、彼等に降臨して来た。彼等は同じ高さに、同じ地上に、酒田家といふ神聖な偶像に対立したのだ。たとへ瞬間的だとは言へ、酒田家に対する彼等の感情は全く変つてしまつたのだ。酒田家は彼等にとつて川を隔てゝ対峙する敵となつたのだ。

『酒田は何んだ。あんな奴は村から追ひ出してしまつたらよかべ』

『梶棒を持出すならこつちも梶棒を持出すべ、どつちが勝つか、なぐりつこならやつてみべ』

『地主など、みな百姓の血を吸ふ獣だんべ』

こんなに罵る言葉が若い仲間から毒々しく吐き出された。

丁度この時、三十にまだ一つ二つある若い友治が、交渉に行つた委員達を代表して、社前の前の大きな石の上に上つた。

篝火のせいか、彼の顔色は蒼白かつた。彼は非常に昂奮してゐた。どういふ風に話したものか、今日の交渉を委しく順序たてゝ、百姓達に語るには、彼は全く冷静を欠いてゐた。彼は石の上に佇立したまゝ暫の間口をあかなかつた。

五六分間経つた。と、まるで喧嘩でもするやうな調子で、彼は急に語り初めた。彼は軽い吃りであつた。だが、その吃りが彼の語調に熱を加へた。

『我々は何のために酒田家へ行つたか』かういふ理由から彼は語り出した。彼はその理由を説明した。が説明に順序がなく、屢々、怨言や、『彼と我とは同等に生きる権利がある』とか『彼は我々から生産を奪取してゐる』とか言つた風な、百姓にはわからないむづかしい理窟の方まで飛んで行つた。

而し、こんな時、昂奮してゐる百姓達にとつて、むづかしいわからない議論は非常に効果があつた。何故なら、彼等はそんな言葉の意味が了解できなくとも、語る者の感情を直接自分の胸に感じることが出来たからである。

友治が『飢饉が来て、村全体が餓死せうとしたら、酒田家が村のために五つの庫を一つ残らず開くのが当然の義務なのだ。それだのに、一つの庫の保証さへ与へないといふのは、彼は我々百姓を犬畜生のやうに考へてゐるからだ』と叫んだ時、百姓は一斉に怒声をあげて酒田家を罵しつた。

友治の報告はます〳〵熱を加へ、調子をたかめた。彼はそれから交渉の顛末を語り出した。彼は事実を余りに語らずに、折衝が生んだ怒りの感情のみ語つた。

『村民を代表した我々は座敷へも上げられなかつた。まるで犬畜生のやうに扱はれた。しまひに彼は唾をひつかけて我々を追ひ出した』彼はこゝで意久地のなかつた老人達を非常に憎んだ。『我々は決してこれでへこたれはしない。我々は明日も酒田家へ行く、今度は頼みに行くのでなく、対等の権利で談判に行く、若しそれでいけなかつたら、我々は彼を敵にして闘ふばかりだ』

皆拍手した。やつてくれ〳〵と大きな声でどなつた百姓もゐた。がや〳〵と、罵声、怒声が境内を埋めてしまつた。

この時大きな感動が彼等に伝はつた。

『森ケ岳に雨雲が出たぞツ』ふるひつくやうな驚きの言葉が、彼等の口から口へ電流のやうに流れた。

彼等は一斉に背のびして、薄暗い空の一方を眺めた。彼等は狂喜した。黒雲が森ケ岳の一方に姿をあらはした。それは非常な早さで西方にのびて来るやうに思はれた。彼等の内では、この早い奇蹟のおとずれに感動して声をあげて泣くものさへあつた。

忽ちの内に雨乞の太鼓がなり初めた。

神女が風車のやうにまはりながら、踊り出した。百姓達は異常な感動で手を拍ち、喉がさけるやうに力いつぱい、ワアッワアツと叫んだ。

五

『もう一本……』

酒田大納言は（作者は藝者達にならつて、彼をかう呼ぶことにする。）傍らにかしこまつてる女にかうさゝやいた。彼の言葉は上品で重々しかつたが、その眼は憤りを表示するやうにきらり光つた。

若い美しい女がたかい香薫をのこして去ると、大納言は初めて自由に生き返つたやうに、その太つた上半身をうんとのばした。それから彼はそのなめらかに磨かれた皮膚の上に、美麗な周囲に頗る不調和な渋面をつくつた。

彼の家はA村から東方に四五町はなれたある高地に建つてゐた。今彼が晩酌をとつてゐる座敷からは、木立に囲まれたA村の一帯が眼下に瞰下すことが出来た。

この座敷は彼の家では一番新らしく清麗なものであつた。彼は三年前知事閣下を迎へるために、(と称されてゐる)、わざわざ東京から腕利の大工を呼寄せて建てた別館の一室である。

彼は過去に於て、多額納税者として、貴族院議員に選まれた名誉を荷つてゐた。だから彼にとつて一県を支配してゐる知事の如きは、一個のあはれな属吏に過ぎなかつた。而し彼は是非其新任の知事閣下を呼び迎へる必要を感じた。

第一は新築する別館に、一県として最上の金箔を塗りつけるためであつた。それに依つて彼は、無智な百姓達から永久に尊敬をうけることが出来るのだ。第二は、彼が経営する温泉のために絶対に必要であつた。Y駅からT温泉まで、自動車が走ることの出来る、四里の道路をつくつてくれる人は、知事閣下と、少数の県会議員をおいて他になかつたからである。

彼は自分の計画に十分成功することが出来た。彼は知事閣下に対して、最も平凡な、常套手段を用ゐたに過ぎなかつた。彼は美酒を灘から取寄せ、美人をT港から寄んだ。

知事閣下が、すつかり有頂天になつて帰つたあとで、彼は上品に微笑しながら独言した。

『うまく行つた。だが、あいつはまだ何も知らない田舎者だ。あの女が自分の何であるかも気づかなかつたらしい。灘から酒を取寄せるなんて、俺にも似合はないへまをやつたものだ。あいつには少し濁つた地酒で結構だつた。』

知事のあとに、五人の県会議員がこの新館に招ばれた。その結果は何を生んだか。作者の知つてゐる範囲では、Y駅からT温泉までの立派な道路が出来上つたことと、T港の美人が、知事閣下の光栄ある子供をやどしたことの二つである。

別館は全部檜で、つくられてゐた。村の人達は、一名檜御殿と言つてゐる。無智な村民達は別館が出来上つた当時、その建築の香ひをかぐために、身体を半分に折つて出掛けて行つたものである。

一間半の床間には、この県出身のF画伯の軸が下つてゐた。彼は広業やF画伯を出世させたのは、凡て自分の力であるやうに吹聴してゐるが、これは全くの虚言である。

その他の調度類は、それ〴〵高価を誇つてゐるだけで、少しも調和がとれてゐなかつた。非常に古典的《クラシック》のものがあるかと思へば、けばけばしい米国趣味の物品などがあつた。

一言で言へばこの檜御殿には我々の心をひくものは何一つないと言つてい丶。我々ははげしい不快と反感をうけるばかりである。たゞ我々が羨望に堪えないのは、豪放な自然の眺望である。

大納言は見苦しい渋面をつくりながら、その光つた眼を星の降つてゐる夜空になげた。彼は一方の空が篝火のために薄紅に染まつてゐるのを見た。そこから熱した夜気を大きく震動する太鼓のうなりがひびいてきた。

ドドン〳〵ととゞろく太鼓の響が、心地よく彼の心臓にひびいた。その音ははげしい反抗心をそ丶りたてたが、同時に上手な按摩に肩をうたる丶時のやうな快味をも与へた。彼は貪るやうにその音に聞き惚れた。

彼が、かうした血を湧かすやうな、時を忘れてから何年になるだらう。二十三で百万以上の財産が自分の所有になり、遊蕩の味を覚えてから、殆んど三十年を経てゐた。この年の間に、彼は女の持つてゐる一切を知りつくしてしまつたと言つていい。(たゞ一つ知らないものがあつた。それは若い青春の恋である。だがそんなものは彼にとつて何の価値があつたらう。)彼は数百人の舞妓の貞操をおかした。全県にわたつて、殆んど彼の恩恵にあづからない藝者がゐない位、黄金の力で彼女等の貞操を蹂躙した。

而し、この特種な遊びも、いつの間にか彼の遊蕩心を吸引しなくなつた。彼は今でも、屢々舞妓から藝者に出世する時の特別の恩恵者となる時はあるが、それは惰性と周囲の勧めに依るためである。十四五の小娘がふるえたり、泣いたり、喚いたり逃げやうとしたりすることは、一向に彼の淫蕩の血を湧かさなくなつた。

而し、それでも彼は女を遠のけるわけにはいかなかつた。彼は立派な体軀を持つてゐた。そして美食をとり、清浄な空気まで自由にすることが出来た。だから彼の体軀には、人三倍の勢力が貯へられてゐた。彼はそれを何うにかしなければならなかつた。

それには、再び同じことを繰返すことはあまりに無意味であつた。彼はあらゆることをした。あらゆる種類の女、あらゆる方法、他人の女を無理にものにしたことも四五度はあつた。女優、淫売婦、藝者、女郎、彼の知らな女はない位だ、十数人の藝者舞妓が一所に雑魚寝をしてゐる室に行つて、朝まで帰らないことさえあつた。かつて、かう言ふこともあつた。彼と同じ境遇の女が、東京の近郷にゐた。女は月に一度位都に出て役者を買つた。彼は役者に替つて、その女に招ばれて行つたことさへある。

かつては妻も取替へたことがあつた。それも平凡であつた。結局知つて見れば凡てが千篇一律であつた。彼は最も容易に成し遂げられる舞妓の方に帰つたのであつた。

今彼の生活は殆んど乾燥無味であつた。彼に残された僅かばかりの刺戟は、酒と風呂のみであつた。彼は朝八時に眼をさました。それから裸体のまゝ湯殿に行く。

その湯殿は箱根のある温泉宿の湯殿を模したもので、柔かい寝台が用意してあつた、彼はそこに横はつて、昔ローマの高官がしたやうに、美しい女性に全身を摩擦させるのであつた。一時間たつぷり湯殿にゐるのが彼の習慣であつた。次の朝、元気のいゝ別の美しい女性がかはつた。

二度目の妻君は、強度のヒステリーにかゝつて実家に帰つてゐた。広い家には十余人の下男下女と、A町から連れて来た二人の美人がゐた。

かうした平穏な生活の中に、突然大きな礫石が投げられたのであつた。それは少しも気にかけなかつた奴隷達の反旗である。彼の血は新らしい刺戟で、数十年振で活気づいた。彼の肉体ははちきれさうにうづいた。

六

なりひびく太鼓の音を強い反感と快味でぢつと聞いてゐた大納言は、暫くたつて、

『馬鹿な奴らめ』と冷たい微笑をその丸い鼻の下にあつめて独言した。『あんな馬鹿な真似をして雨が降ると思つてゐるのか、このきらきら輝いてゐる星が、あいつ等の眼に見えないのか、馬鹿奴ツ』

そこへ美しい女が、小さい銚子を持つてしづかにはいつて来た。

『お前はあつちに行つてゐなさい。』と、大納言はさしのべた女の白いふく〳〵した手を眺めながら言つた。『この女のきれいな指も今は俺の心をひかなくなつた。』

『はい』と、顔色の蒼い女は、優しいきれいな声で答へた。それから軽くお辞儀をして座敷を去つた。

銚子を自分でとつて、それから舌の上をころげるやうな美酒を彼は口にふくんだ。彼はこくりと喉をうるはして、また美しい星空に眼を向けた。

太鼓がドドン〳〵と夜気をつたはつてながれてくる、時々ワワアツとあやしい人間の喚声がそれにまぢる。——大納言は今薄紅の空の下に行はれてゐる、最も愚かな人間の所行を考へた。すると、彼は自分の冷笑を押のけてむくむくと起上つてくる憤りを何うすることも出来なかつた。

『平吉の奴ツ』と、急に彼は半白の髯を強くひねりながらどなつた。彼はまた今日の午前に起つた出来事を思ひ浮べたのであつた。

『村の百姓達が来ましたさうです。』と言つて女が別館にはいつて来た時、大納言はその重厚な肩を一寸動かして、

『おゝ、さうか』と言つた。彼はうまいお茶を飲みながら、東京から送つてきた毎夕新聞の相場欄を見てゐた。彼の心は少しばかり満足であつた。一晩のうちに『また一万円ばかり小使がはいつた』のである。

『百姓達は何の用事があるのだらう、』と、彼は新聞から、眼

をはなさずにかう考へた。『東株が少しぐらつき出したな。』

彼は無意識に立上らうとして思ひ止つた。百姓達が訪れてきたのに、すぐ会つてやることは彼の権威に関する。彼はある大臣が、この権威のために面会人をいつも三十分乃至一時間ほつておくことを聞いて知つてゐた。

『かつきり二十分だけ待たしてやらう』と、彼は考へた。『あいつ等はまた寄附金を貰ひに来たのだらう。千円位くれてやつてもいゝ』

彼の念頭には旱魃のため百姓達が苦しんでゐることなどは毛頭なかつた。

丁度二十分たつて彼は百姓達が来てゐる筈の台所の方に出て行つた。彼は勘兵衛が先に立つて、三度も四度も頭を低く下げて願ひごとを語る様子を思ひ浮べた。

『あいつも悧巧な爺だ。』

而し、二つの室をとほつてから、ふと土間に眼をやつた時、彼はいつもと非常に違つてゐることを、彼等の様子から見ぬいた。

よく顔の知らない若者達が（彼は村会議員以外、村の住民をあまり知らなかつた。）ひどく緊張した顔をして、棒のやうに立つてゐる。その肩越しに、悄げ込んでゐる勘兵衛、弥助などの老人達の顔があつた。

彼は、形容の出来ない感情が、ぐつと腹から胸に持上つてくることを知つた。彼は、渋面をつくつて百姓達の立つてゐる土間の近くへ行くと、

『何だつ』と、重々しい言葉で口を切つた。

『お願ひに上つたのだす』と、平吉は軽く辞儀をしてから、おちついた静かな調子で言つた。

『何の願ひだ』

『旦那さんも知つてなさる通り、旱魃つゞきで川はすつかり涸れてしまつたし、折角植ゑつけた苗もまるで死んでしまつたのだす、それで……』

平吉は顔をあげて、また四十代にしか見えない、肉の緊つた、赫ら顔の大納言を眤つと見あげた。彼は暫らくの間無言で、大納言の返す言葉を待つた。それに依つて、彼は自分の言葉をいろ〳〵に変へる必要があつたのだ。

『それで何うした』

『小作米を下げてほしいのだす』俺の思ふ壺にはいつて来たなと考へながら、平吉は早口で次の条件まで一気に言つた。『それからもし米が一粒もとれなかつた時には、お庫の米を村に寄附してもらひたいのだす』

『庫の米を……だ、誰がそれを寄附するのだ』

それは、恰かも面上に泥をたゝきつけられたも同様であつた。大納言は、非常な侮辱を感じた。昨日まで奴隷のやうに柔順であつた彼等が、いつの間にこんなに変化したのだらう。そして、その態度や言葉は何うだ。まるで対等の人間の討議や交渉と少しもかはつてゐないではないか。彼等はいつの間に、神聖な酒

田家を忘れたのだ。酒田家の恩恵があつたればこそ、彼等は今日まで生きてゐることが出来たのだ。若し酒田家がなかつたら、俺がゐなかつたら、この村が立つて行けると思ふのか。学校を建てたのは誰だ。道路をつくつたのは誰だ。村教育費は、殆んど自分一人で背負つてゐるではないか。俺は前貴族院議員だ。貴様達は土百姓だ。この天地の隔りが、貴様達にわからないのか。何といふ乱情な態度だ。口をきくのもけがらはしい。誰が貴様達の傲慢な願ひをきいてやるものか――。

彼の心は怒りのために沸騰した。

『庫の米を、誰が寄附するのだ』と、再び彼は少しふるえを帯びた声で叱咤した。

『怒れ馬鹿者奴、それが俺の手なんだ』と心の内で冷笑しながら、平吉はたかぶらうとする自分の感情を堅く押へつけた。

『そりや、勿論旦那さんからだす、五つの庫の一つだけ村に寄附してもらひたいのだす』

『自分のものを寄附するもしないも、お前達の知つたことでないぞ』

『それぢや、村の人間が餓死しても、あなたは知らねえと言ふのだすか。』

『餓死する奴はするがいゝ、そんなことどうだつて俺は知らねえぞ』

大納言は少しく自重を失つて、自分がひどく嫌つてゐる、荒々しい田舎の言葉でどなりつけた。彼は自分の尊厳を守るために、怒りを顔に出すまいとつとめてゐたが、内心は烈火のやうに憤つてゐた。

『さうだけれど、私達はあなたのところの小作人だすて、寄附するしないはあなたの自由でも、あなたの持つてゐる米には大関係あるすべ』

『さうだ』、この時まで顔を真蒼にして、がた〳〵ふるえてゐた助治が、非常な勇気で、低かつたが強い語調で応じた。

『馬鹿ツ、お前達は気でも狂つたのか、自分のものと、他人のものと見境がつかなくなつたのか。』

『見境はちやんとついてゐるす、あの米は皆私達の汗でつくつたものだす。』

『それを要求するのは吾々の権利だすべ』と、友治は少し前に進んで、大納言を冷たい眼で睨みつけた。

大納言はこの一言で彼の内心の憤怒を、ぱつと顔にあらはした、彼は自制と尊厳を失ひかけた。

『貴様達は強盗か、貴様達はロシアの過激派にかぶれたんべ』

『過激派が何故悪い』と、助治はます〳〵蒼白になつて、前より高い声で叫んだ。彼は自分の従弟が持つてゐた雑誌で、労農ロシアを激賞してゐる頁を読んだことがあつた。だがこの時彼はその記事をすつかり忘れてゐた。彼は出鱈目を言つた。

『ロシアでは皆働いてゐるんだぞ、地主など一人だつてゐねえんだぞ』

『帰れツ、帰れツ』と、突然大納言はその太い腕を高く振つて叱つた。『貴様達と話するのは口のけがれだ。土百姓ツ』彼の口から白い唾がとんだ。それが若者の背後に小さくふるえてゐた、孫助の頭の上にひつかゝつた。

『立派なあなたが、さう狂人のやうにわめいたら、みつともねえがすべ』勝ち誇つた平吉はますます冷たい態度で、怒りふるえてゐる大納言を見あげた。『明日またやつて来るべ、旦那さん、それまでよく考へておいて貰ふすべ』

この一言は尊厳を誇つてゐる大納言にとつて、実に大きな打撃であつた。彼は自分の立つてゐる場所がにはかにぐらつくやうな衝動を感じた。だが、彼の年齢が漸く僅かばかりの自重を取返へすことが出来た。彼は暫くの間平吉の顔を睨つと眺めてゐたが、

『お前は皆の代表者だな』と、空な重々しいつくり言葉で質ねた。『お前は誰だ』

『嫁菜橋の平吉だす』

『平吉』急に彼は何かを思ひ出すやうにして上眼をつかつた。がその眼が平吉の顔に帰ると同時に、大納言は怒りに充ちた顔をにはかにくづして、にたりと冷笑した。

『俺は貴様達の要求を拒絶する。勝手にしろ』と言つたまゝ、重い足音を残して、座敷へ引返した。

七

『平吉の奴ツ』と、大納言は空になつた盃を再び口に持つて行つた。『皆あいつの智恵だ』

新らしい憎悪が、そのひろい胸を一ぱい埋めるやうに、次から次へと湧いて来た。

『生活は力だ』この時、彼はかつてある若い代議士が酒宴でどなつた言葉を思ひ浮べた。『力で来い、貴様達百人が強いか、俺一人が強いか力で来い。』

彼は体内を巡る、勢にあふれた血のひゞきをはつきり聞くやうな気がした。彼は百姓達を憎んだ。ことに平吉の冷静を憎んだ。『俺はあの土百姓に負けなかつたか。』

若し負けたとしたら——。

『さうだ。俺は復讐する。この俺があんな土百姓に負けてたまるものか』彼はつゞけざまに盃を乾した。

酔が憤りにからんだ。彼の眼は次第にあやしく輝き初めた。彼はまた雨乞の行はれてゐる薄紅の空を眺めた。彼はその愚かな場面を想像した。と、次の瞬間、彼の眼から火花が走つたやうに感じられた。彼は大きく呼吸《いき》を吸ふと同時に、快よく、にたりと微笑した。それは平吉に与へた時の冷笑と同じものであつた。

『おい、おい』太い高い声で、彼は女を呼んだ。それからはげしく手を拍つた。

『おい、与次郎の黒い汚ない着物を持つて来い、黒い着物だぞ。』

女が意外な命令をきいて、少し躊躇してゐるのを見ると、彼

は叱るやうにせき立てた。

『早く持つて来い、与次郎の黒い方の単衣だ』

間もなく女が、まだ新らしい下男のかたい単衣を持つて来た。大納言はそれを襯衣の上から身につけて、その上を錦紗の太い帯で結んだ。そして腰に手拭をぶら下げると、

『何うだ』と女に笑つて見せて『俺も雨乞に行つてくる、皆に黙つておけ』と言ひ棄てて庭へ下りて行つた。

田の畦をわたつて神社の裏の杉林にまで来た時、大納言は腰へ下げてゐる手拭をとつて上手に頬冠りをした。それから、着物の裾をつまんで両腰の帯の間にはさんだ。

今彼の心には、少し前まで烈しい憤りや憤悪は僅かしかのこつてゐなかつた。勿論尊大な誇りも、名誉心もなかつた。彼の心はたゞ狂はしい慾望で充たされきつてゐた。

杉と杉の細道を要心深く周囲に眼を配りながら彼は進んだ。彼の胸はふるへた。それは初めて女に会ひに行く時の男の昂奮とよく似かよつてゐた。

『何を俺は怖れてゐる』と、彼はある怖れにふるへてゐる彼の心を叱りつけた。『神女が何んだ。彼等の雨乞が無意味なやうに、俺の今しようとすることにも深い意味がない筈だ』

『いや、それはかへつて雨乞に意味ある方がいゝ』この時彼の復讐心が反撥した。『神女をけがすことに依つて、彼等の四日間の祈願は忽ち煙のやうに消えてしまふのだ。そしたら、俺は平吉に復讐することが出来ると同時に、俺に叛いた百姓全体に復讐することが出来るわけだ』

かう思ふと、彼の胸は異様な喜びにおどりあがるやうな気がした。あやしい慾望は、彼の全身を駈け巡つた。

彼は百姓達が合唱してゐる神社の背後まで忍び寄つた。『さて、これから彼女を何うしておびき出したらいゝだらう。』

彼はふと、平吉の女房が彼の自動車や車の往復になげた、美しい浮気な眼を思ひ浮べた。

『女をこゝへおびき出しさへしたら、その後は意のまゝだ』

丁度この時であつた。彼は社の左側面を、ふら〳〵と空中を泳ぐやうにして自分の方へ近よる、女らしい人影をみとめた。彼は吻つとして、暗い地面に身を伏せた。

女は一間ばかり近くで地上に倒れるやうにして、うづくまつた。そして太い疲労しきつた呼吸を一つ吐くと、そのまゝ死んだやうに社殿の柱に身を寄せた。

『神女だ、たしかに神女だ』

彼は暴風のやうに自分の胸をさはがせながら独言した。

『神女なら誰だつて同じことだ』彼は冷静を取戻して大胆にふるまつた。彼は地面を匍つた。『たしかに平吉の女房だ』

…………………、…………………、……………………、

……………、…………、………………。

彼は自分の呼吸がとゞまり、眼が眩むやうな気がした、そんなに怪奇に充ちた美しい女の姿を、彼はかつて見たことがなかつた。それは人間の美しさでなかつた。妖女の美しさだ。彼は

暫の間恍惚としてその妖美に見とれてゐた。

『おつねさん』彼は自分の手が土に汚れてゐることなどはすつかり忘れて、…………………………。『あの時も俺は……………………………、…………………………』と、彼はちらと、……………………………ことを思ひ浮べた。

『おつねさん』彼はぐつと力を入れて呼んだ。

三度目の声で女は初めて自分に帰つた。彼女は眼の前に男の姿を見ると、あつと驚いてそのどろんとして眼をまん丸にしたが、暫くすると、再び意識を失つたやうに、ぐんなり柱に身をもたせかけてしまつた。あつい、甘い女の呼吸が大納言の顔にふりかゝつた。

『…………』、…………、…………………………………………………。

『…………、…………』…………………。…、…………、…………………

八

平吉が姉の家を出たのは黄昏頃であつた。戸口を出るなり、彼は思ひきり呼吸をフウと吐き出した。

『姉の生命ももう永くはない』と彼は思つた。『何もかも一所くただ。世の中つてこんなものだらう』

彼はどん／＼途を急いだ。

今彼の心にはいろ／＼な考へがごた／＼してゐた。その内からどれを引出して思慮し、検討し、解決していゝかわからなかつた。暑い悪い空気の中にながく坐つてゐたせいだらう、頭の中がもや／＼してゐた、彼はその長い足で目茶苦茶に歩いた。

太陽は空になかつた。方々で蜩がないてゐた。その爽やかな声が彼の心に快よくひゞいた。

途はまだ暑かつたが、黄昏の風が緑にからんでゐた。太陽の余映が低い空を真赤に染めてゐる。——彼は右手にひゞく地獄の音をはつきり耳にした。

二三十分歩くと、体中が気持よく汗ばんで頭がはつきりして来た。今までもや／＼してゐたものが、すつかり何処かへ消えてしまつたやうに思はれた。

『姉もたうとう死ぬまで、俺がわからなかつたわけだな。』と、彼は今日姉の夫から言はれた、一つ一つの言葉をはつきり思ひ浮べた。

『義兄があゝ言つた言葉のうちには、姉が言はない、怨言や、忠言がまじつてゐたことは事実だ。而しそれはさうでも、姉が自分を理解しないで、自分と女房を恨んで死んで行くことだけは、少しも間違のないことだ。だが、それは何うすることも出来ないわけだ。俺が今女房を追ひ出したところで、なくなつた金がかへるわけでなし、今の自分が生れ変るわけでもない。それに、姉達の考へは、むしろ悉くが間違つてゐる。女房には罪は少しもない。俺にもない。誰にもない』それはたゞ今日のよくない社会の罪だ。と彼は思つた。

　平吉はたつた一人の姉や、親類から来る忠告や、侮辱にはあきく〳〵してゐた。彼等は未だに平吉の若い時代の遊蕩を持出しては、彼と彼の女房とを非難した。彼等は堅くかう信じてゐた。『財産の半分は遊蕩のために、半分は女房をもらふためになくしてしまつたのだ。』と、彼等には何よりも財産が大事であつた。その外は何うでもよかつた。財産さへふえてゐたら、彼の遊蕩も、彼の女房も非難されず尊敬されたにちがひなかつた。

　彼等のその気持が、平吉にわからないではなかつた。而し、わかつたところで、それは、今になつては余りに愚かしかつた。彼は何も抗言しなかつた。勝手にしろと思つた。

　だが、彼も自分の女房について何か言はれると、平気ではゐられなかつた。彼は屢々腹を立てた。彼は非難する人間も憎かつたが、その非難をうける女房の浮気にも腹が立つた。

　彼は親から貰つた金を、殆んど酒と女で失つたと言つてい丶。そして、今の女房は、彼が最後に夢中になつて遊んだ女であつた。

　彼女は浮気者であつた。彼女は平吉に惚れてはゐたが、時々浮気心を起した。彼女の浮気は凡ての女が持つてゐるものの、濃厚なあらはれに過ぎない。ある感動に（軽い意味で藝術的な）出会ふと、彼女は一切を忘却して、その感動を誘発した対照物に、自分を投げ出すのであつた。人間であらうと、動物であらうと、無生物であらうと、少しも関はらなかつた。

　彼女はいろ〳〵なものに、器物にまでその美しい色眼を使つた。だから、村に浪花節が来たり、活動写真が来たりすることは、彼女にとつて最も危いことであつた。彼女は、すぐそれ等の男に惚れ込んだ。而し、感動が遠のくと、彼女はその男達をふり向きもしなかつた。彼女の夫はやはり平吉でなければならなかつた。

　平吉と一所になつてからも、彼女は四五度浮気をした。それで、二人はひどく喧嘩をした。而し四五年たつて、女房の何もかもが判ると、平吉はそのことで腹を立てることが出来なかつた。それは村の女の悉くがやつてゐることだ。たゞ自分の女房のやり方が、あけつぱなしなだけである。それに平吉も、二度ばかり外の女と遊んだことさへあつた。

　喧嘩をしたり、別れ話を持ち出したりした後で、彼は自分がどんなに女房に惚れてゐるかを知つた。と同時に、女房が自分をどんなに強く愛してゐるかを知つた。彼は、女房の浮気だけは、何うしても見て見ぬ振りをするより仕方がないと思つた。それが、母体から持つて来たものだとすれば、その浮気をなくするには、彼女を殺すより仕方がないではないか。

　それは余りに愚かなことだ。貞操は、それ程重大なものでない。それ以外に、女房はまだいろ〳〵な立派なものを持つてゐるではないか。一つのきづ丶で、何うして自分が心から惚れてゐる女と、別れるなんてことが出来るものか、と彼はさう思つてゐた。

『女房のいろ／＼な美点や、欠点が、何うしてあの人達に判るものか』と、平吉は途を急ぎながら考へた。彼は義兄が遠廻しに言つた、女房に対する非難を浮べたのであつた。

『もうあの人達の非難や忠告に、心をわづらはすことは真平だ。俺には今大事な村のことが托されてゐるではないか。』

彼は思ひ切つて、それ等の考へを振り棄てた。

九

右手に轟く地獄の爆音をきゝながら、平吉は坂途をのぼつた。その音響は、彼の胸に壮快な気分を湧きたたせた。彼は冷水を浴びるやうな涼味を全身に感じた。

坂の中途で彼は立止つた。そこから、松林と杉林の切れ目から、彼は地獄の白霧を眺めることが出来た。

何といふ壮烈な眺めだ。ことごとく緑黒色にうづくまつてゐる小山と小山の間から、渦をまいた白い蒸気が立上つてゐた。それに夕色が反映して、恰かも火煙を噴出してゐるやうに見えるのであつた。

平吉はそれを眤つと眺めてゐる内に、形容の出来ない感動が内に起つて、涙が眼にあふれてくることを感じた。

彼は、暫くの間立像のやうに立止つてゐた。彼は屢々見たことのある、地獄の状景を思ひ浮べた。あの壮観をきはめた熱湯の噴出、一切のものを破壊しないでは止まない熾烈な熱湯の力。——あの激怒、あの反抗こそ、今この地上に横はる一切の醜悪と禍根を除くものだ。

『俺達百姓を救ふものはたゞ××しかない』と、思ふと、彼は最早そこに静止してゐることが出来なかつた。彼は村のことを考へた。百姓に結果を報告する筈の友治のことが気になり出した、彼は又途を急いだ。

下り坂になると、彼の足は駈けるやうに早くなつた。が反対に、彼は心の冷静をとりかへすことが出来た。

『友治はうまくやつてくれるだらう』と、彼は考へた。『あの男はすぐ昂奮するだらう。そして、目茶苦茶なことを言ふだらう。而し、彼はきつと百姓達の感情を沸騰させるに違ひない。』

さうなつたら、百姓達の頭から、あの神聖な偶像さへ消えてしまつたら、俺達は充分勝つことが出来るのだ。

いろ／＼な障害や、圧迫や、苦闘が彼の眼に見えた。而し自分達の仕事は、貧しい兄弟にさゝげる、人間として最も偉きな貢献であると考へるところに、大きな歓びがあつた。自分達は、自由や平等を獲得するために立つたのだ。正義のため、真理のため、個人の生命を犠牲にすることは、人間の光栄でなければならない。そのために失つた我々の生命は、幾世紀を通じて永遠に生きることが出来るのだ。

彼はまた、今日午前に行はれた、酒田との交渉を思ひ起した。それは明かに自分達仲間の勝利を物語つてゐる。

『あいつの憤りやうと言つたらなかつた』と、平吉は溢れてくる、皮肉のまじつた、喜びを味ひながら考へた。『而しあいつは俺の名をきいた時、何故あんないやな冷笑を顔に浮べたのだらう、あの冷笑にどういふ意味があるのだらう、口惜しさのあまり自分をごま化したのか、それとも何だらう。』

この疑問は、今朝から彼を悩ましたものであつた。而し、そのことを深く考へる前に、彼はもつと重大なことに彼の注意の全部を奪はれてしまつた。坂を下りきつて、T川を横ぎつてゐる花見橋にさしかゝつた時、彼ははつとして立止つた。彼は一瞬間自分の視力を疑ふやうに眼をしばたゝいた。

『雲だツ』と、彼は突然大きな声をあげて叫んだ。『雨雲だツ、雨雲だツ、森ケ岳に大きな雨雲がのびて出たぞツ』

それでは、村にひろまつた予言が本当であつたのか。――いや、さうぢやない。あれは六日目だつた。明後日の予言だ。だが、あの雨雲の模様では今晩中にザアツとくるに違ひない。

彼は冷笑した。而しその冷笑はおどりあがつてくる歓びに、忽ち消え失せてしまつた。彼は両手を高くあげて叫んだ。

『勝つたぞ、勝つたぞ、お天気まで俺達の味方したんべ』

雨が降る、苗が全部助かる。そして我々の労苦は、完全にむくひられる。いやそればかりではない。我々は、労苦以上の大収穫を捷ち得たのだ。それは何だ。神聖な偶像をたゝきこはしたことだ。酒田の仮面をひきはいだことだ。百姓の眼を開かせたことだ。今彼と百姓達の間には、朦朧とした神秘がなくなつた。我々は溝を隔てゝ対峙した。残されたものは闘だ。正義の闘だ。そして正しい団体の勝利だ。

『俺達は勝つたぞ。』平吉は歓びに狂喜しながら、地面を強くどしん〳〵と踏みつけながら歩き出した。彼は森ケ岳を仰いだ。

『さあ、降つてくれ、雨、雨、溢るだけ降つてくれ』

三里余町の途を歩いて村に着いた時は、もうあたりは暗かつた。彼は非常に空腹を覚えた。地蔵松のところで、彼の足は自家の方に向いたが、勢のいゝ雨乞の太鼓の音や、ワアツワアツとあがる歓びにあふれた百姓達の声をきくと、女房のゐない暗い家に帰つて、まづしい夕飯を食べる気はしなかつた。一分間も早く雨乞の場へ行つて、仲間の狂喜してゐる姿を見たかつた。

彼は右に向いた足を左にかへした。そして田の畦を通つて境内に行かうとした。松林の中をくぐつて、社前に出やうとした時だ。彼は僅か一間ばかりしかはなれてゐない眼の前を、黒い大きな人間のかたまりが、右に横ぎつて行くのを見た。その大きなかたまりは、淫猥を企らんだ一組の男女であることを、彼はすぐ見ぬいた。

『畜生ツ、俺達の雨乞をけがす奴はどいつだ。』

と、心の内でどなつた時、彼はかすかに抵抗する女の声をきいた。

彼の心は忽ち暗いあらしにおそはれた。彼はふみこたえた。激怒と、極度の冷静が、そのあらしの中に降つてきた。彼は一切を知つた。

『あいつの冷笑はこれであつた』と、平吉は火のやうに燃える心の内でどなつた。『天罰が漸く貴様の上に落ちて来たぞ。この生命知らず奴。』

何うすればいゝか。どんな手段で彼を捕へ、女房を遁したらいゝか、この憎むべき悪人をどう処刑すればいゝか、神の叡智のごとく、彼の心の内に、ひらめいた。

彼は焦燥する心を押へつけて、立像のやうにそこに踏み止まつた。そして彼等の姿が、六七間はなれた地上に転がるのを見届けた時、彼は急いでそこをはなれた。

猿のやうな敏捷さで彼は動いた。社殿の背後に飛び上つた彼は、柱にぶら下つてゐる祭典の時用ゆる細い糸の綱をひつたくつた。次に帯をといて裸体になつた、彼はすぐ仲間の傍に走つた。

彼は決して狼でなかつた。決して大声で叫ばなかつた。彼は助治や友治や、その他二三人の若者に耳打ちした。そして静かに自分の後について来るやうに命じた。

『雨乞をけがした奴は、どいつだ』と、わめくやうに大声でどなつた時、彼等は一つの黒い影が風のやうに左手に走るのを見た。その時、その姿と彼等の距離は十間以上はなれてゐた。

『逃がすなツ』と、平吉は怒鳴つた。

『この畜生ツ』と助治もどなつた。

平吉は走つた。四五人の若者もその後につゞいた。

『もう女房は安全だツ』と、平吉はその長い足で疾駆しながら、心の内で思つた。『あいつがあの太つた身体で駆けれるものか。畜生ツ、今すぐだ。』

彼等が逃げて行く黒い姿に追ひつくまでに、三分とはかゝらなかつた。追ひつくや否や、平吉はその強い拳でしたゝか男の背後をついた。男はよろめいてあふ向けに倒れた。その上にのしかゝつた彼は、横にかゝへてゐた着物を、すつぽり男の顔にかぶせて、忽ち細綱でぐる〳〵つと巻きあげてしまつた。

『誰だつ、どいつだ』と、若者達が顔をのぞかうとした時は、すでに男の顔はすつかり包まれてゐた。大きな男は、まるで死んだやうに微動さへしなかつた。

『鉄道の奴だべ』と平吉はどなつた。「さあ、皆で仲間のところへ持つて行くべ」

忽ち小毬のやうに、男の身体が持ちあげられた。彼等はその獲物をかついで、雨乞をしてゐる百姓の許に帰つた。

忽ちの内に、境内は大混乱を呈した。雨乞は止んだ。熱叫した群集は、大きな垣をつくつてわめいた。

『鉄道の奴なら殺してしまへツ』

『あいつ等は俺達の讐だべ』

『殺せツ』

『なぐり殺せツ』

彼等は、鉄道工夫の暴行に対して抱いてゐる、平素の怨恨をさらけ出してわめいた。

『神さんをけがした奴は、地獄へぶち込むのが村の掟だんべ』

この時一人の老人が、大きな割れるやうな声で叫んだ。一種の不思議な感動が人々の心のうちにながれた。瞬間、群集はひつそりしづまりかへつたやうに見えた。がすぐに、

『地獄にたゝき込めツ』と、誰かが悲痛な声をあげて怒鳴つた。

『地獄だツ、地獄だツ』

『さうだ』

『さうだ、地獄だツ』

　ワアワアツと大きな喚声が、前よりもはげしく爆発した。平吉は何事かどなつた。（それは無意識に彼の口をすべつた叫びであつた。彼は群集の熱叫を押へつけやうとした。彼は瞬間不幸な自分達の敵を助けやうとした。）而し、その言葉は熱狂した群集の耳には、はいらなかつた。彼等の数十の手は平吉を倒して、忽ちのうちに地上の獲物にかけられた。

　彼等はまるで軽い玩具のやうにその獲物を肩にのせた。そして狂はしい喚声を連続的に爆発させながら、途を走つた。老人も走つた。女も走つた。子供までつゞいた。

　丁度この熱狂した数十の群集が、村をはづれて地獄へ行く山道にさしかゝつた時、突然絹をさくやうな女の悲鳴がひゞきわたつた。と同時に
『あーめだツ』と、おびえたやうな声がひゞいた。

『雨だツ』

『雨だツ』

　悲しさうな声が、彼等の唇からもれた。而し次の瞬間、ばら〱と降りかゝる雨の音をはつきり耳にした時、彼等は殆んど狂喜して踊りあがつた。彼は喚めいた。怒鳴つた。泣きぢやくつた。

『雨だツ』

『雨が降つたぞツ』

　彼等は何もかも忘れた。自分達は今どんなことをしてゐるか、どんな忌しい運命の手が次の日、自分達を待つてゐるのか少しも考へてゐなかつた。彼等は夢我夢中であつた。そして、狂人の群の様に乱舞しながら恐しい地獄へ向つて驀進した。


（一九二二、七、二八）

（「解放」大正12年3月号）

火事の夜まで

今野賢三

一しきり吹雪がバツと二人を包んだ。

――涙ぐみながら、心から微笑んでゐるちよ子の顔がおれの眼の前にある。

歯をガタ〳〵させながらからだをすぼめて、ひしとより添ふて、顔見合せて立止つた二人をまた、バツと吹雪が襲ふた。

警察から此処まで来る（五六町の間）ちよ子が、疲れ切つてゐながらも、うはごとでも言ふやうに、のべつにしやべつたことを書く前に、ちよ子とおれとの仲を一寸ことわつておかねばならぬ。

おれは新聞配達夫なのだ。

〇〇新聞の拡張のために東北の此の小さな町に来てゐる。

拡張に駈けまはつてゐる間に、ふと、ちよ子の家を知つた。家と言つたところが名ばかりで、馬小屋よりちつとばかり体裁がいゝのだ。正直に書く。それは晩秋の或る一日である。ちよ子が世間に内密で、淫売をやつてゐることを知つて………。

が、ちよ子の身の上を知つてからのおれは、遊ばふ――といふ気持どころの話ではなくなつた。

ちよ子の母はある寺に飯焚きとなつてゐた。弟は、ある商店に奉公にやつてあるのだが、どうやら肺病になつてゐるらしいのを、すぐに引取つて療養も出来ず、その商店に秘してそのまゝにしてあるといふのであつた。

おれはつひに夫婦の約束をした。それは此の冬を迎へてからだ、軽卒だ、と笑ふものは笑ふがいゝ。どんな困難も引受けるだけの、誰もが前にもなんの恥るところもない、立派な決心をしたのだから……。

それから暫く後の或る日――。

おれはその馬小屋のやうな家でも、新婚のよろこびをたゞへて、仲間と共にほんの形ばかりの式をあげた。そしてみんな安酒でたわいなく酔払つた。夜遅くまで騒ぎちらした。隣り近所へはなにも知らせないから、そのらんちき騒ぎも、たゞ、『あんな女のところへ来て酔払ふなんて……』と眉をひそめさせたことだらうと思ふ……。その夜――。

その夜を！　おれはどうして忘れられるか！　なるほど、ちよ子は淫売として警察から睨まれてゐたことをおれは知らないこともなかつた。

が、なにごとだ。仲間の帰つたあとで、おれたち二人の寝入りばなを、警官に踏み込まれた。

ちよ子の挙動がいけなかつた。あはて丶逃げようとしたのだ。それはわかつてゐる。ちよ子は単純な考へより出来ない女だ。あまりの不意打ちに面喰つてあはてたまでに過ぎないのだ。おれにはその場でさうハツキリわかつた。ところが同じ人間でありながら、警官には、やましいところがあるから逃げようとした、ずるいもの――と見えたのだ。

そしてちよ子は、その場から、あの寒い夜を、ブル〳〵震えながら警察に引立てられたのだ、おれの弁解なんて、てんでとりあげられなかつた。おれは警察までくツついて行つて、喧嘩口調になつて、署長にまで面会を求めたが誰一人とりあつてくれなかつた。顔を蒼くして、あはれみを求めるやうにふりかへつてぢいツとおれを見詰めたちよ子の眼をあたまにのこして、世間がすつかり寝しづまつた夜中を、しよんぼりと警察を出たおれの心持は!!

翌日、ちよ子が一週間の拘留を言ひわたされたことを知つたもの丶、その不法に対して戦ふだけの、ちからのない自分に腹を立てるだけだつた。それでもおれは、ちよ子を一刻も早く警察から出してやりたい一心に、たゞ一人で、もがきあせつた。しまひに、仲間を駈けまはつて訴へた。が、仲間は『金があつたらなんとかなるだらう!』と言ふだけにすぎなかつた。泣き寝入りになつて了ふことはたまらないことだつた。と言つて、やつぱり、泣き寝入りになるより仕方がなかつた。おれの心は熱した。呪はしさに熱した。

昼は家のなかでもがいてばかりゐた。

配達に出ると、新聞のとつてゐない家にまでぼんやり、投り込んで歩いて、あとで気がついてその新聞をとりもどしたりした。朝日のゆくところへ、報知を投り込むなどのヘマが、幾度もくりかへされた。

夜は――他人とすれ違ふと、なんとなく後ろぐらい気持になつたりしながら、野良犬のやうに警察のまはりをうろついた。此処が監房かな? と思はれるあたりをそれとなく眺めて、口笛を鳴らして見たりした。

そして待ち遠しい一週間は過ぎた………。

――吹雪の晴れ間に、ちよ子は油気のないほつれた髪を掻きあげる。顔はまつたくやつれた。それでなくとも痩せてゐるのに……。

おれを見詰めてゐるうちに、その眼はます〳〵潤んで来るやうに見える。それでも、口元の微笑だけは崩さない。

……ハア〳〵息を切りながら、ちよ子のしやべつたのはかうである。

『警察に行きさへすれば、すぐに尋問がはじまつて、あかりがたつて、あの巡査を、それ見ろ！　と見かへしてやることが出来ると、ほら……途中から、さう思ふようになつて……。警察の門を入る頃はあたしの心もよつぽどおちついてゐたのさ……。安々とすぐに帰れるものとばかり思つちやつたの。さうなんだよ、ねえ。心ではちつとも悪いことはないんだから……。

すると、すぐにあたしをしらべるどころか、おどかすやうにして、留置所へだまつて入れツちまつたのさ。

それから一時間以上も、じり〳〵と待つたけれど、誰一人呼び出しに来ないぢやないか！　あたし、最う……情けなくなつちやつてね。廊下の高い天井に、薄暗い電気がたツた一ツぶら下つてゐるばかりなんだらう……。そして、外から、ビーンと戸が閉められてあるんだからね。

それでも、はじめ、留置所へ入れられる時は自分ながら感心するくらゐ、気強くなつてゐたのさ。まつたく、おかしいくらゐ平気だつたの……。

だけど……しまひに、やりきれなくなつちやつた。

コト、コトといふ靴の音を聴いてゐるとたまらなくなつてねえ……。あんた！

やつと、部長さんか、誰かゞ近づいて来たんだな――と、思つて、ほツとして身体をシヤンとして顔をあげると、なんのこツた。便所へ反れて行つた靴音だつたの。

それは、生れてはじめて、泣くにも泣かれない心持であつたのさ……。

夜明けが近くなつた時、腋下から冷々と寒さが沁み込むんだものねえ。

あたし、ぶるツ〳〵震えて、さうしてゐるうちに、ねえ、どうしても這ひ上ることの出来ないやうな、暗い穴の中へでも、はうり込まれてゐるやうな気がしちやつたの。

ねえ、どうなるんだらう？　と思ふと、心配でたまらなくなつちやつたのさ。

……そして……しまひに、あたし、泣いた！

だけど、あたし、それア新米の巡査だからなにもわからないんだらう。夜が明けるときつと、署長さんがしらべてくれる、さうするとわけなくゆるされる……馬鹿だつたねえ。あたし、さう思つて、自分をなだめたものさ。

……ところが、署長さんは、まるきり駄目だつたの。ほんとに腹が立つてならない……。

口髭をひねりながら、あの助平ツたらしい眼で、あたしをじろ〳〵見てさ。

あんまり威張るものぢやないよ――と、怒鳴つてやりたかつたの。ほんとに癪にさわる面つたらなかつた。

それでも、あたしは、あの新米さんが間違ひだらうから、すぐ帰つてもかまひませんか、と、おとなしく言つてやつたその実、それア、まつたく、すぐに帰れるものとばかり思つてゐたのさ。だから、まア、あたしもあたしよ。すぐ立つて出ようとすると、いきなり、あの、いけ好かない署長が、ぐつと睨みつけて、誰が帰れと言つたツと、怒鳴つたのさ。あたし、びつくりしちやつた。

その時、署長もやつぱり、あの巡査と同じ仲間だと思つたら、最うおさへようとしても涙が出て、……そして、あたしのがれツこないと思つちやつたの……。

『おまへにやましいところがなければ、逃げる必要がないぢやないか。どんなに偽を言つても、金を取つて、あの男を客にしたことはわかつてゐる』かう言つてあたしを責めたのさ。あたしが、幾ら夫婦になつたのだと言つても、

『なにをごまかすかツ!』とおどかしつけて、そしてとう〳〵一週間の拘留にしツちやつた、あたし、口惜しくて〳〵、ほんたうに! あたしたちは、同じ人間でありながら結婚することも出来ないのかと思つたらね。あたし、どんなに情けなかつたか知れない。

あたりまへに、夫婦になつたから寝たといふだけなのに、なぜ悪いのか、あたしには、どうしてもわからない。あんたわかる? 悪いことか知ら? ねえ、どこが悪いの? どうして悪いの?……それも、みんな貧乏だからだ——と、あたし思つたの。

だけど、あたし、憎たらしかつた。あの署長も、あの巡査も、みんな……。

……ねえ、そして、あたし、署長に泣いて喰つてかゝつたのさ。

けれども、いくら言つても駄目だつた。泣いて喰つてかゝつた時は、あたし夢中になつてゐたの。殺すんなら殺してくれツといふ心持だつたのさ……。

それで、あんまり腹が立つて、なんとかして、仕返しをしてやりたかつたの。ねえ。あたし、留置所のなかで泣きながら考へた……そして、うまいことを思ひついたの。

それは、死んでも警察の弁当は喰ふまいと決心をしたの。どんなに苦しくつても、どんなに、どんなに辛くつても、弁当は口にしまいと、ねえ。

すると、はじめ、あたしをなだめたり、すかしたりしてねえ。子供みたいに……しまひに、怒鳴りつけたの。それでも口を結んで、眼を瞑つて、あたし顔をあげないでだまつた。

あんた、あんた、それは、ずゐぶん、ずゐぶん苦しかつてよ。

そして、あたし、しまひになぐられたの、

だけど、不思議ねえ、なぐられゝばかへつて、強くなつてゆくやうな気がした。巡査たちが、手古摺つてゐるのを見るのがなによりも気持がよかつた。ざまア見ろツと笑つてやりたかつた。なぐつた時なんか、あたしぐつと巡査を睨みつけてやつたものさ。可笑しかつてよ。その巡査が一寸面喰つたやうな顔をしたのが……。

ほんたうに、あたし、その時は、自分ながらすごいと思ふほど、強つい心持であつたのさ。
……けど、……。ねえ、あんた。三日まではがまんしたの。三日まではがまんしたけど、とう〳〵、あたし敗けちやつた。あんまりお腹が空いて、水ばかり飲んでゐてもがまんしきれなくなつて、四日目から喰べちやつた。あんた、さうして敗けたのは口惜しい。あれまでがまんしながら……あたし、それを思ふと口惜しくてならない。なんてい口惜しいことだらう！　ほんたうに残念だ。ねえ。こんな口惜しいことはありやしない。いつそ、死にたかつた、あんたにはすまないけど、彼奴等の見てゐる前で死んだら、どんなに気持がいゝだらうと思つたの。どんなに！　どんなに……。』

ちよ子の眼は涙でいつぱいになつた。おれはその眼をだまつて見入つた。おれの感情はぶる〳〵と震えた。いろんな気持がいつぱいになつて、なんにも言へなくなつてしまつて、だまつて、ちからを込めて、ちよ子の手を握つたのだ……。その瞬間、おれたちの心持がぴつたりと触れ合つたのを、あきらかに感じた。そして、心のなかで、あたゝかに抱き合つたのだ……。

——のし板のすきから粉吹雪が吹き込む。家のなかを時々、粉雪まじりの冷たい風がながれる。天井裏からも時々チラ〳〵と冷たいものが洩れてくる。
……ちよ子は警察からもどつてから、風邪の気味で寝てゐる。

それにおれは、ちよ子の弟の三次郎を引取ることをも考へねばならない。肺病だとわかつてゐながら、どうしてうつちやつておくことが出来よう！。

おれが囲炉裡に両手をかざしてそのことを考へてゐると、寝てゐるちよ子が不意におれを呼んだ。

何気なくふりかへると、なにかを射るやうにひかつてゐる、ちよ子の眼に出ツくわした。

『あんた、あたし考へれば考へるほど、憎たらしくなつてくるの！　ほんたうに！』

ぼうと熱して汗ばんでゐる顔は、それでなくとも昂奮が波打つてゐるやうに見える。

今の、そのちよ子の言葉で、おれはギクリと胸を刺されたやうな気がした。

おれの胸にも、今までかつて経験したことのない、はげしいいきどほりが、今更に刻々燃えて来るのが感じられる。家のなかが、上下左右に、動揺して見えるほどある苦しい感情が昂まつて来た。それは、なにかに、自分のからだぐるみ叩きつけたい気持だ。

おれの返辞がないので、ちよ子は蒲団のなかに顔をうづめるやうにして、こんどは静に眼を瞑つた。

おれがはじめて、此の、ちよ子の家に入つた時の感じがあたまに浮んで来た。家のなかの掃除が小ぎれいにゆきとゞいてはゐたが、囲炉裡にちよつぴりとしか、炭をつがないのが、妙におれは気になつて無駄口をたゝいてゐながら、そのことにたへず心持がつかまつてゐた。そして、ちよ子が炭をつぐとき、一かけか二かけかを大事さうに数へて入れるやうに見えた。おれはその手もとを見つめながら、

『なんていしみツたれだ！』と思つた。

が、今になつてわかつて見ると、それは、貞操ととかへツこする炭の一かけらでも、貧乏に打ひしがれたちよ子にとつては、どんなに尊いものであつたか知れなかつたのだ。

ちよ子が淫売をしてゐた――といふ、そのことを思つて見るさへ、今日はまた不思議に、おれはたまらない気持になつて来る。

『なにもかも狂ひ出して了へッ！』

かう怒鳴つて見たい気持だ。

ふと、ちよ子が眼を開いた。

『ねえ、あんた、弟もどうかしなければいけない……お母さんだつて、早く家へ連れて来たいんだけどもねえ……』

ほつと溜息をからませるやうに言つた。そしておれの顔をまじ／＼と見まもつた。

充分におれに気をかねて、やつと言つた言葉だとはおれによくわかつた。

『おれもそのことを考へてゐたのだよ……。』

軽くかう応じて、おれは囲炉裡のなかへ眼を落した。

三次郎、母親――おれの収入は限られてゐる……かう思ふと、見る／＼おれの心持は暗くなつた。果しない暗さのなかを、たゞわけもなくもがくやうな苦痛を感じて来た。

……そして、感情だけが、いたづらに燃えて来る。

『なんてい世の中だツ！』

思はずかう叫び散らしたくなる。


その日から四五日後――。新聞を入れた袋を小わきにかい込んで、おれは夕暮れの町に飛出した。

手足の冷たさが、あたまのしんまでぴいんと突き透るやうな気がする。往来は鉄板のやうに固く、そしてなめらかに凍つてゐる。そのうへに、まんべんなく雪がかぶさる。その雪を蹴散らすやうにして、おれはトツ／＼と駈ける。

……知らず／＼にからだにぬくもりが出てくる、雪のなかに晒してゐる面や耳がポツ／＼とほてつてくる。

ふと――その背から、たてがみ、眉毛まで真白にして、時々フーと白い息を吐いて、首をふかく垂れたまゝ、黙々と歩く駄馬がおれの眼に入つた。

あへぎ／＼生きてゐる、駄馬のやうな生活をしてゐる人間が、そこにも、こゝにも、至るところにうごめいてゐるのがおれのあたまに見えて来た。おれは今更に、足を止めてしみ／″＼と駄馬を見送つた。

――ちよ子のかりそめの風邪が、最う肋膜になつてゐる。

『もしや肺病になりやしないか？』

かうした予感が、どうしておれのあたまにははたらかずにゐよう。

『拘留されたのが原因だ！』

ハツキリさうわかつてゐる。

そのやうにわかつてゐながら、おれはどうすることが出来るといふのか！。

うしろから、『あぶねいツ！』と叫ばれてハツとわれにかへつた。箱橇を押して来た俥夫の声である。

その箱橇がつばめのやうにおれのかたわらをすり抜けてゆく。

雪はまんべんなく鼻や口を塞ぐ。

町には最うまばらに灯がはいつた。

人の心を圧しつぶすやうに蔽ひかぶさつてゐる夕暮の空が、刻々、薄暗さを濃くする。

右に、左に、ぽん〱と新聞を投り込みながらおれは駈ける。

……ふと、おれのあたまに、あくまで警察の弁当を喰ふまいとした、ちよ子のいぢらしい姿が見えてくる。署長に喰つてかゝつた場面や、なぐられてもだまりこくつた姿や――、想像のなかに明瞭に浮んでくる。

『ちよ子は偉かつた！』

おれはかう思ふ。そして、肺病になつたら？……。

おれの胸は熱して、痛くなつて来た。

『ちよ子ツ！』

おれの心で力いつぱいかう叫ぶ。

かたわらの大きな呉服屋が眼に入る。するとおれは機械のやうに左手で新聞をピーツとこきあげてから、右手はひとりでにその新聞をポンと店へ投り込んでゐた……。


真黒な夜の空を、がむしやらに吹き荒れる風に載せられて飛ぶ雪が、恐しい力で襲ひかゝるやうに紙窓を叩きつける。

おれは囲炉裡の傍にうづくまつて、煤けたランプの下に憂鬱な自分の心持を凝視めてゐた。……すると一しきり、此のちつぽけな家までかツさらつてゆくやうな烈しい風が煽り立つて、ワアツとわめきながら遠くへ駈け去つた。

ちよ子の寝息がかたわらにある……。

それは丁度、水の底から表面の渦巻を仰ぐやうに、今まで自分の眼に映つて来た、『世の中』といふものをあたまのなかに描き出して見る。するとなにかしら明瞭にわかつて来たやうな気がする。

ちよ子が寝返りを打つたので、思はずわれにかへつてその顔を見る。その額から、頬骨の出てゐるあたりに、なんとも言へない、若い女と思はれない生活の疲れが浮き出て見える。

母や弟とわかれ〱になるまで、ちよ子はどんなに生活の辛さをなめて来たことか。

……可愛いらしく結ばれた口元にだけ、多少害はれない若さがたゞよつて見える。その油毛のない、バサ〳〵な髪を見るやうに、からだは最う、荒み果てゝゐる。それを思ふことはおれにとつてたまらないことである。さうして、ふみにじられたからだを、おれは今、自分のものとして抱いてゐる。いたわつてゐる。

――そしてちよ子は今、自分によつて幾分か生活の疲れを休めてゐるのだ。充分に安息をあたへなければならない、その時！　肋膜になつてゐる。

何といふ事だ！

『最うかうしちやアゐられない！』

何事かしずにゐられないといふせつぱつまつた気持が湧いてくる……。

おれはさうした、目茶苦茶に燃えてくる感情を圧さへて、なにかしら、苦痛を呑み込むやうにとにかく眼を瞑つた。

ゴーツと家のまわりをとりまいて流れてゆく風の隙をくゞつて、ふと、おれの耳に半鐘の鳴るのが聞えて来た。

犬がどつかでしきりに吼え立てる。

『ハテナ？』

と思つて、耳を澄ましてゐるうち、二三ケ所で一時に半鐘を叩きはじめた。

『火事だ！　火事だ！』

誰ともなく外でわめいたものがある。

近所で、戸をガタピシさせながら、あはてゝ飛び出す気勢がする。波止場の方の工場の汽笛が、獣が悲しさうなうめき声を発するやうに鳴り出した。

『ちよ子火事だ！』

先づ、ゆり起しておいて、すばやく家の外に飛び出して見た。不思議におれの胸は高鳴る……。空の半ばは最う火事の反映で明るくなつてゐる。雪はチラ〳〵と頬にふりかゝる。

見える。火が見える。十町ばかりはなれた、黒い人家の屋根の一角を染めて、黒煙りのなかから焔の舌がチロ〳〵と吐き出されてゐる。

ゴーツと風が煽り立つて、雪で眼や口がふさがれる。それでもかまはず、おれは延びあがつて、なほも火の手のあがつてゐる方を見つめる。

雪のなかをまろぶやうに駈けてゆく人の影がある。

家のなかではちよ子がしきりにおれを呼びたてる。

おれの心持は何んといふ変になつてゐることだらう。

大きな家が焔に化して、焼け落ちる様が、非常に美しいものに思ひ描かれてくる。胸の鼓動はます〳〵高鳴る。

……おれはいきなり、ものをも言はず家のなかに引返して、あはてゝマントをさがした。

『此処は大丈夫だ、一寸見て来るからな！』

かうちよ子に言葉をかけるといつしよに、おれの身体は最う家の外に出てゐた。

遠く仰ぐと、火はます〳〵広がつてゆくやうである。焔の舌がたけり狂ふやうに雪空を舐めまわすのが、刻々明瞭になつてくる。『阿鼻叫喚！』かうした言葉ですぐ想像されるやうな場面がおれの眼にさながらに見えてくる。

おれは駈け出した。雪の路をまろぶやうに駈け出した。半鐘はますます〳〵はげしく叩かれる。警笛はしつきりなしに、悲しくうめくやうに鳴らされてゐる。雪のなかを飛ぶやうにあちこちから人々が駆け出してゐる。

おれの心のどつかで叫ぶ。

『もつと燃えてくれ！　もつと燃えてくれツ！』と……。

なにかも焼き払はれたならどんなに快い気持だらうと思ひながら、おれはひた走りに走つてゐるのだ……。

（十二、二、十二）

（「種蒔く人」大正12年3月号）

地獄の叛逆者

井東　憲

1

――遊女浪路は、今日も又、うす暗い陽当りの悪い自分の部屋で、長火鉢の灰を掻き平《なら》し乍ら、むつつりと、浮ない顔付をして、故郷の父の事、病身の娘想ひの母の事、どうなつたか分らない兄弟の事なぞを、それからそれへと、取り留めもなく、思ひ煩ひ乍ら、たうとう階下へ寝にも行かないで、一日過して仕舞つた。

彼女は、昨夜から何となく、気分が進まなかつた。昨日風呂へ這入つてゐる時、ふとした事から、心が妙に滅入つて了つて、一時は見世へ出るのも、嫌になつて了つた。湯の中へ、凝つと沈んだまゝ、どこも洗はうともしないで、ぼんやり湯殿の柱を見詰めてゐると、それが漸々と、ひとりでに後退りをして、靄々とした、黒い雲のやうなものが、眼を掩つたかと思ふと、どこか遠くの方で、淡い音で半鐘が鳴り響いた。そして、身体全体がクラクラとなつて、わけも分らない黒雲の底へ溶け込んで仕舞つた。喉を絞め上げられるやうな、身体中の血が、一時になくなつて行くやうな、何とも例へやうのない恐ろしい気持になつて来た。

で、何とか叫ぼうとしたが、勿論、声は喉で苦しく塞き止められて、息だけが又元へ押戻されて来るだけだつた。黒雲の中へ、ピカピカと星が散つたかと思ふと、急に動悸がはげしくなつて、いくらか意識が明らかになつて来た。

と、彼女は湯槽の中で、パチヤ〳〵して苦しがつてゐる、自分を発見した。

したたか、湯も飲んだらしかつた。身体中、萎べたやうに真蒼になつて、紫色の唇は異様に顫えて居た。

彼女は、あはてて飛び出て了つた。

廊下で出会つた妹女郎の雪路が、吃驚したやうな顔付して、

『姉さん、どうかして？』

と、心配さうに尋ねたが、浪路はうるささうに手を振つただけで、自分の部屋へ駈け込んで了つた。

部屋へ這入ると、彼女は直ぐ様横になつて、凝と心を落着けやうと骨を折つた。

と、漸々、鉛の板でも剝がすやうに、少しづゝ、快よくなつて行つた。

が、頭だけは、執拗に能くならうとしなかつた。何時、先刻のやうにならないとも限らないぞ、と云ふ威嚇するやうな不快な気分が、煙のやうに附き纏つて、却々、離れようとしなかつた。顳顬が、うづくやうに、チクチクと痛んだ。彼女にはそれが、かうして一本々々の神経が、爛れ腐つて行くのではあるまいかと果敢なまれた。

少し自暴になつて、首を思ひさま振ると、重い首の根が、ポキポキと悲しく鳴るのであつた。

と、彼女は、身の竦むやうな戦慄を感じて、そつと劬はるやうに、首の根を押へて見た。すると、思ひ做しか、指で押へた所が、窪むやうである。

で、此度は、顎の下と、眉毛の下を撮んで見ると、矢張り、幾等か痛みを感じるやうであつた、（いや、今頃からそんな訳がない、屹度、頭の加減なんだ。）と、ある不快な絶望的な考へを、無理にも圧へ付けやうとしたが、其考は、頗る意地悪く鋭い頭を擡げて来るのであつた、怖る可き病毒は、もう、身体全体を蝕ばみ腐らしてゐるように思はれた。どす黝い、ねばねばした悪臭を持つ毒血は、三年程の此の生活の裡に、凡ての美しい血と健康とを奪つて了つたのだ。そして、今喰ひ残されたものは、空《うつ》ろのやうに枯細つた骨組と、赤茶化た犬も喰はない爛れ肉だけなのだ。が、然し、それもう、見苦しく壊れようとしてゐる。

頭痛するのも、足がだるいのも、眩暈がするのも、屹度其為に違ひない。

――かう思ひめぐらして来ると、彼女は身体中を掻き挘つて慟哭したいやうな、弾かれ、置き去られたやうな、便りない孤独を痛感するのであつた。冷たい、涙が、ひとりでに、彼女の頰に伝つて流れた。

自分はもう、このまゝ腐つて行くのだと絶望された。

すると、周囲に在る、あらゆる物も、可愛さうで情けなさうで、悄然と黙想して、果敢ない命を泣いてゐるやうに思ひ做された。又（お前ばかりが悲痛で淋しいのではない、世の中のあらゆるものは、孤独で悲惨で、虐げられてゐるのだ。）と云つて、なぐさめ合つてゐるやうであつた。

が、浪路には、「腐つて行く己れ」が、只管淋しかつた。何物にも、なぐさめられないやうに、心もとなかつた。

其時、はるか遠方で汽車の警笛の響と、地を震はせて走る車体の響とが、夕暮の静けさを破つて聞えて来た。

彼女は思ひ出したやうに立上つて、小さな窓から、それを茫《ぼん》然《やり》と眺めた。直ぐ窓の下から広がつた麦畑は、遠く海辺まで生え延び、二三寸ほどの緑の芽は、今や入没しようとする夕陽を浴びて、茶緑色に波打つて居た。汽車は、今、其麦畑を横切つて、虫のやうに長く匐ひ乍ら、N山のトンネルへと向つてゐた。

その寂莫とした、暮れ行く夕空を眺めてゐると、彼女の胸の底へ、むせ返るやうな灰色の悲哀が犇々と甦つて来て、もう此れ以上見るに堪えられなくなつて了つた。まるで、自分の魂のどん底を見せ付けられたやうであつた。

で、此麼時、いつも遣るやうに、酒でも呷らう！そしてあの焼付くやうな陶酔の裡に、凡ての煩悶を忘れようと思つて、茶簞笥の抽斗に手を掛けた。

その時、鵜母さんが、後ろの障子を開けて、

『浪路さん、もう御仕度に懸つて下さい。』と云つて這入つて来た。鵜母さんの眼は、意地悪さうに輝いてゐた。

鵜母さんの額には、明らかに、（この呑んだくれ女郎は又やつてゐる、な。）と云ふ、下げすむやうな皺が読まれた。

× × ×

其夜彼女は三人の客を取つた。彼女は、例の如く、飲める丈飲んで、廊下を暴れて歩いた。

未だ底冷えの寒さだと云ふのに、素裸になつて、自分でもどれ程の声だが分らないやうな声を振り絞つて、高らかに淫靡と猥褻の歌を唄つて歩いた。

その調子は明らかに、「さあ、どうせ腐れかかつた自分なんだ、崩れるとも、壊れるとも、どうにでも勝手になれ!!」と云つた、捨鉢な自嘲と反抗に満ちたものであつた。

淫蕩な、もの好きなお客どもは、彼女の後を、面白さうに跣いで歩いた。や、此奴は素敵な見世物だ、面白いぞ、かう来なくちや不可ねえ。だから此の街は捨てられねえてへんだ、と云つたやうに。

泥酔と乱舞と、吸鳴り合ひと、荒淫の餌食と………これが彼女の三年来の生活の凡てであつた。お客は毎晩、甲から乙

へと、幾等でも押し掛けて来た。そしてそれは、人間が皆、人格的に清められない限り、永久に続くかと思はれた。

斯くして彼女は、不断の凌辱と、屈辱と、悪虐とを堪へ忍ばなければならなかつた。彼女のお客は三人共、太陽の登らない裡に帰つた。それは丁度、如何なる種類の野獣も、清い太陽の光輝の前では、さすがに其姿を掻き消すかのやうに。——

浪路が今日、自分の部屋で、眼が醒めたのは、午前の十時頃であつた。楼内は一通り朝の掃除が済んだ後なので、無気味で、退屈な静寂が漲り渡つて居た。髪を結ひに下りて行くらしい遊女の上草履の音が、長い廊下に反響して、懶気な響を立てゝゐた。居続けのお客も居残りもないらしい。

彼女は蒲団からは起き出でたが、顔を洗つただけで、飯を食べる気には、迚もなれなかつた。髪を結はうなぞとは、思つても嫌であつた。

で、長火鉢の前に座つた儘、又一日、物思ひに沈んで居たのである。

2

太陽は如何にも春らしく、悠長に輝きくるめいてゐた。

山海楼の遊女等は、今やつと朝餉を終つた所であつた。別に運動に出掛けられるでもない彼女等は、何処か居心持の善い部屋に集つて、下らないお饒舌をするより外、仕方なかつた。又、それが、唯一の慰楽でもあつた。

若し、この一座に加はらない者は、故郷の同胞や、恋人たちや、病院に呻吟してゐる朋輩達やに、種々な悶絶の記録を、禿びた筆で、書き付けたことであらう。

が、その者たちも、面白さうな笑声を耳にすると、思はず筆を擱いて、誘はれるやうに、饒舌のお仲間に這入るのであつた。

其頃になると、主人の廻し者の鴇母さん達も、呑気で片意地の悪い店の者も、只眠がつてばかり居る小女も、皆、思ひ〳〵に影を潜めて仕舞ふのであつた。

で、廊下中は、訪問客の上草履の音で、騒躁しい位であつた。何処の小さな部屋からも、笑声か呶鳴り声かゞ洩れ聞えた。それは又、何か大きな戦の後のやうでもあつた。

遊女等は、今自分の言ひ度ひ事を云はなければ、迚も他に言ふ機会はないのだと云つたやうに、肚の中に蓄めてある限りの、云ひたい限りの、無駄口や、怨恨や、呪咀の言葉をならべ立てた。

それは本当に、生地の儘の、人生の地獄から湧き起つて来る、悲痛そのものゝ、怨訴の声であつた。

どの下らない無駄口を取つて見ても、其うちには、虐げられ蹂み躪られた者の、呪符に裏附けられた涙と、身心を以ての実感の、血のしたゝる痕とが見られた。

一楼、二十九人の遊女等は、皆、好む所に依つて、それぞれ話相手を見付けに行つた。

浪路のところへも、例の通り四人の仲間が集つて来た。四人は、思ひ〳〵に寝そべつたり、坐つたりしてゐた。煙草の嫌ひな者は、（それは先づなかつたが。）昨夜の台の物の残りを食べて居た。

雪路は、妹女郎らしく、皆に上り花を淹れて出した。

『だからくよくよ考へない方がいゝんだよ。いくらどんなに考へ込んだつて、結局成るやうにしか成らない世の中なんだから。まあ、何だね。生命さへありや、それでい、として置くんだね。生命さへありやあ、又、どうにかした風の吹き廻しで、い、芽も出て来るかも知れないやね。』

かう云つて、一龍は相手の顔を慰めるやうにながめた。

『だけど私《あたし》、この間なぞは、面当《つらあて》にも舌でも嚙んでやらうと思つたよ。いくら金を借りて居るからと云つたつて、御部屋の言草と来たらあんまりだからね。（お前達のやうな者は、こちらの吩咐け通り、只ハイハイと云つて働きやそれでい、んだよ。それが気に入らなけれや、さつさと借金を返したらい、ぢやないか。）と、まあかうだからね。弱い家業だ、これが運命なんだ、と思つたから我慢したやうなものの、一時は本当に、あの悪たれ婆の面を、殴り付けてやらうと思つた位だよ。』

紋弥は、斯う云つて、其時の凄惨な有様を、今目前に髣髴と思ひ浮べてゐるかのやうな、切迫した昂奮を漲らした。顔中は、微かな痙攣に顫えてゐた。

『それが苦海の憂き務めと云ふんだ、よ。』

浪路はかう自嘲するやうに、呶鳴るやうに云つて、声高に笑つた。が、それは、苦しいから笑つて見たのだと云ふ、本当の苦笑であつた。

だから、それに釣り込まれて笑ふ者は、一人もなかつた。却つて、寂しい沈黙がその跡塡めに来た。四人の遊女達は、何か目に見えない、淋しい便りない一線の霊妙な、然し力強い一本の糸で、各々の心臓を結び付けられたかのやうに、が然し一寸でも口を利けば、直ぐ其糸が断ち切れて了ふかのやうに、眼を俯せて黙り込んでゐた。その中を、浪路の神経質な苦笑の余韻が、硝子のかけらのやうに、縫つて行つた。

無智で、迷信的で、希望も自信も何も皆失くして了つた彼女等の話は、実に下らないものであつた。が、しかし、其れには一つの理由があつたのだ。と云ふのは、彼女等は頗る慎重な態度で、成る可く自分自身の問題に触れまいと願つてゐたからである。腫物にでも触れるやうに、其れを怖れてゐたのである。腫物は、触れれば、遠慮なく痛痒し、血を入染ませた。弱い彼女等は、その結果を怖れてゐた。――が、触れずに捨てて置けば、益々病状は深刻に悪化して行くと云ふ事は、彼女等の自覚の外にあつた。或は、それを自覚してゐても、どうにもならない所に、彼女らの悲劇の源があるのかも知れない、が。

で、彼女等は、上辷りな、下らない、毒にも薬にもならないやうな、何処も痛まないやうな話を選んだ。

若し、どうにかした加減で、話が痛切な自分の問題に移ると、彼女等は、ハタと行き詰つて沈黙して了ふのが常であつた。

『雪路さん、此頃は少しは馴れて？』

暫く経つてから一龍が、堪へ難い沈黙を破るやうに、かう云つた。

若く、美しい、遊女になつて三ケ月しか経たない雪路は、突然にかう云はれると、何と云つてい、のか、返答に弱つて、丸で処女《きむすめ》のやうに真赧くなつて了つた。

『え、え、少しは……でも未だ馴れませんものですから。』

微かな声で、言訳でもするやうに、やつと答へた。

『だが何だね、こんな温和しい、浮世の荒波一つ知らないお嬢さんを、たとへお金のためとは云ひ乍ら、此麼怖ろしい廓へ身を沈ませた親御の心はまあ、どんなだらうねえ。私たち見態ない、あばづれなら兎も角もさ……』

突然、熟々と雪路の横顔を眺めてゐた紋弥が、嘆じ入つたやうにかう云つて、同意を求めるやうに、浪路を見詰めた。

浪路は、黙つて頷いた。その眼のうちには、明らかに憐憫と同情とが読まれた。その時、それは到底言葉に云ひ表はせる程のものではなかつたが、恐ろしく緊張した、憤怒とも反抗とも定らかならない、だが、物凄いある冷い影が、彼女の神経質な面を、一瞬間、引釣らして走つた。

『雪路さんのお国は、Y市ですつてね。Y市の河村屋と云へば、歌にまで唄はれた御大家ですつて、ね。そこのお嬢さんが、又どうして此麼地獄へ落ちて了つたんでせう、ね。』

かう云つた一龍の眼には、哀憐に堪へないと云つたやうな涙が入染んで居た。

雪路の美しい瞳は、思はず涙に霞んだ。今まで手ぐすね引いて待ちかまへて居た悲しさ淋しさが、堰を切られた水のやうに、一時に流れ出て来た。

泣いてはならない、涙を出してはならない、と思へば思ふほど、意地悪く涙は流れ出た。

それを塞ぎ留めやうと思つて、努力し苦んでゐる雪路のいたいげな姿は、三人の者に取つては迚も我慢出来ないものであつた。誰か何とか云つて、この歔欷の不安な瞬間を破る者がない限り、四人の者は涙に洗はれて了ひさうであつた。此の廓《さと》では、何より禁物な、それが有つては、一日も商売が務まらない涙に。

一龍と紋弥は、何か云はうとしたが、お互ひに顔を見合はせた切り、項垂れて了つた。

『ヘツ』浪路は、嘲笑するやうに軽侮するやうに斯う云つて、

『どの花魁だつて、元を糺せば皆なお嬢様だあね。』

と叩き付けるやうに云つた。そして、ある力と争ふやうに、唇を嚙んだ。

妹女郎の雪路は、この姉女郎の言葉から、身心を刺し徹されるやうな、鋭い皮肉を感じて、周章てて涙を拭つた。

『お前さんはまあ何を云ふんだねえ』一龍が憎悪に堪へないと云つたやうに云つた。『それやさうだらうけれど、雪路さんの場合は丸で違ふよ。お前さんのやうに、お酒ばかり飲んでゐる暢気者にや解るまいけれどさ。』

真面目で正直な一龍は、浪路の言葉から悪意だけを汲取つて、プリプリ怒つて了つた。

『それや申訳ありませんでした。』

浪路は故意と滑稽な身振をして、点頭をした。紋弥は、苦笑してゐた。

その時、楼内で一番お饒舌で、意地悪な、だが楼主には誰より気に入られてゐる友絵が、肥つちよな体軀をそつと忍ばせて這入つて来た。

友絵は這入つて来ると、いきなりその狡猾さうに光つてゐる眼を輝かし乍ら、

『いよう、又愁歎場をやつてゐるね。そんなにお前達見態に考へると、頭が禿げて仕舞ふよ。いゝ花魁様は、さう考へ込むもんぢやないよ。本当に。』

と云つて、一龍と紋弥をぢろりと睨んだ。一龍、は其皮肉な顔を、さも見下げ果てた奴だと云つたやうな軽侮を含んだ眼付で睨んで、物をも云はないで出て行つた。

と、又紋弥も雪路を悪魔からでも、助け出すやうにして、連れて出て行つた。

二人の後姿は、確かに敵意と挑戦に燃えてゐた。

浪路は心の中で、(此の女がこの位な敵視と疎外を受けるのは、何より当り前のことだ。陰険で姑息で、ただ利己的なばかりの此女が、楼内の皆のものに嫌はれるのは、悪魔がもてないより当然の事だ。が、然し、此女はどんなに嫌はれても、白眼で睨められても平気でゐるところを見ると、良心が無いのか知らむ。淋しくはないのか知らむ。況してや此麼地獄に落ちてゐるのに。)と思つて、居続をして今帰つたばかりのお客の悪口を吐いてゐる友絵の大きな赤ら顔を瞶めた。

実に不思議だ、と浪路は思つた。と、ふと、いつか情夫の正吾の云つた言葉を憶ひ出した。

(いや、何処へ行つたつて、友絵のやうな人間は有るものだ、俺達の工場にだつてあゝ云つたやうな卑劣な、いやな人物は沢山ゐる。慥かに残念な事にはちがひないが、それも又仕方がないことだ。彼奴等は、憎む可き裏切者だ、どうしたつてあき足りない虫けらどもだ、が、彼奴等には人間並な良心がないのだ。正義の眼が盲《つぶ》れてゐるんだ。だからお気の毒な、呪はれた光明のない者どもなんだ、可愛さうなもんだ。)と云つた言葉を。

すると何だか急に友絵が、何処へ行つても相手にされない、心細い、淋しい人間のやうに思ひ做されて、涙含ましい程、気の毒になつて来た。

屹度、彼方此方嫌はれ抜かれた揚句、自分のところへ逃げ込んで来たのに違ひないと思はれた。

友絵は、昨夜一座した仲間達の悪口を、洗ひざらひ並べ立ててから、扨て、と云つたやうに浪路の方を向き直つて、

『此頃はちつとも社会主義者の正さんが見えないねえ。』

と嫌味たつぷりで云つた。

が、浪路は黙つてゐた。すると、友絵は正吾の悪口を吐き出

した。

しかし、浪路は、そんな悪たれ口なぞは、耳にも入れないで、友絵の事を思ひつゞけてゐた。

『何と云ふ不幸な女だらう。』

と。

3

廓内は火の消えたやうに、寂寥《ひつそり》として、それは丸で大暴風雨の後のやうであつた。

楼主は平常より最と苦り切つてゐた。遊女どもは毎日暖い日向に集つて、玉高《ぎよくだか》の増えない話をし合つてゐた。お客には、いろいろな誘惑の手紙が送られた。が、何の反響もなかつた。以前として廓は闇の底のやうに、さびしかつた。

丁度、折悪しく、兵隊は行軍中であつた。唯一のお客である工場の連中は、同盟罷業騒ぎで、一人も影さへ見せなかつた。工場の多い市《まち》は、何となく殺気立つてゐた。

何かが起りさうであつた。爆発か、暴動か——それは計り知れない事であつたが、兎に角、巨人が息をひそめて居るやうに、無気味で不安であつた。

資本家も労働者も、各々の異つた意味で、何か起るだらうと、お互に其心を模索し合ひ、様子を窺ひ合つてゐた。そして、昂奮し合ひ、苛立ち合つてゐた。

剛欲張りの横着物の楼主等に取つては、この好景気の最中に、こんなうら枯れた寂莫が来ようなぞとは、夢にも思はない事であつた。凡てが馬鹿〳〵しく、腹立たしかつた。

太陽は其麼事にはお関ひなく、高らかに初夏を讃美してゐた。裏の畑は、素晴らしい深緑《ふかみどり》の波を愉快で堪らないと云つたやうに、身体中で打つてゐた。今出揃つたばかりの、白絹《シロシルク》の穂は、上機嫌で重い頭を振り立て乍ら、豊年か何かの歌を唄つてゐた。

土地第一流に指折られてゐる山海楼にも、矢張りお客がなかつた。二十何人からの遊女は、極僅かばかりのお客を、奪ひ合つてゐた。

嫉妬と反目と、呶鳴り合ひは、毎日断える事を知らなかつた。その中で、浪路だけは素敵な景気に見舞はれてゐた。廓中で、藝者の箱が這入るのは、山海楼だけであつた。

今まで五組や六組の藝者が、毎日上がらない事はなかつた、盛んな時の事を考へてゐる楼主どもには、それは勿論不服ではあつたが、もう暫く、藝者の提灯にお目に懸らない他の楼主から見ると山海楼だけは不景気の外にあつて輝いてゐた。大分仲間からうらやまれた事で有つた。

浪路のお客は、今日で十日程も居続けして騒ぎ廻つてゐた。その遊び方は、いくら市中が不景気で、意気が騰らなくても、矢張り金を持つてゐる人は、幾等でも持つてゐるものだ、と云ふ事を思はせるに充分なものであつた。お客は市内の資本家の息子で、近頃浪路に馴染んだ小森と云ふ男であつた。未だ三十前だと云ふのに、何処か小才子然としたところが、歳よりも五つも上に見せてゐた。
浪路の部屋には、朝から晩まで、淫蕩と泥酔と頽廃の鼻持ちのならない臭気が、或る種の罪の表象のやうに、漂ひあふれてゐた。

浪路は飲めるだけ飲み、酔へるだけ酔つた。それは丸で、身も魂も要らない人間が、此麼ものは邪魔糞だ、と云つて酒溜の中へ、自分を叩き付けてゐるやうでもあつた。

小森は、かうして下らない空騒ぎを遣る事が、この種の職業の女には、何より喜ばれる事だと固く信じて、誇らしげに鼻を高くしてゐた。凡ての人間は、酒精と肉慾と金権だけを目当に生きてゐるんだ、それだのに、此の俺は其麼に偉い人間だらう、その凡てを摑んでゐるんだ、而もちつとも吝々はしない…………さあ、金の欲しい奴は皆な来い、そして此の幸福者の顔を拝んで行くがいゝと云つたやうに、高慢ちきに納り返つてゐた。――これが小森のタイプであり、固い信条であつた。

浪路はこの小森の脂切つた、嫌に澄し込んだ、荒淫らしい顔付を眺めてゐると、胸元が憎悪と苛立たしさにむかついて来て、反吐でも吐き掛けてやりたいやうな気分に襲はれるのであつた。

こんな貪婪な、呪つても足りない男等のために、自分の尊いものを穢されなければ、生きて行かれない自分なのかと思ふと、自分の運命が目が眩むほど、腹立たしく思はれた。

彼女は矢鱈に苛立つた。そしてその結果は、目に見えないある存在への反抗となつて、酒樽のやうに飲んで、暴れ廻るのであつた。涙をほろほろ落し乍ら、自分自らの堕落を嘲笑しながら、苦しい心を抱えて舞ひ狂ふのであつた。――ある時、この焼き爛れるやうな苦悶の心中を、情夫の正吾に打明けた時、正吾は息をはづませ乍ら、昂奮して、（然うだ、そんな心持は、俺達のやうな忍従の生活を続けて来た者には能く分る。それは腹の底が煮えくり返るやうに苛立たしいものだ。能くまあ今まで忍んだものだ、が、もう耐え忍ぶのもさう永くはあるまい。すさまじい大風は、面が痛い程吹き荒れてゐるんだ、そして誰か腐つたものへ火を掛けろ!!と、心ある者は叫んでゐるんだ。吹き荒れる風は、この醜悪な不正義な不必要なものなぞは、焼き払はうとして待ちかまへてゐるのだ。罪悪の根源なんか一刻も早く叩き壊さうと思つて、すつかり用意をして首を長くして待つてゐるんだ。誰かが火を付ければいゝんだ。さうすれや、総ゆる下積の人間どもは解放され自由になつて、本当の人間らしい生活をする事が出来るんだ。

――何しろ、お前達が不幸にして無智で無力で、惨虐と酷使とを、歯を喰ひ締めて我慢して、無理に泣き寝入つてゐる其上へ建られた廓なんてものは、お前達が本当に醒め起きて一揺ぎすれや、それで手もなく壊れて了ふんだ。と云つた。

彼女はその熱のやうな言葉を、酒を飲む度びに、酔乱れた頭の芯で、必ず憶ひ起した。その一撼すりや、と云つた言葉が、妙に心のどこかに引懸つて離れなかつた。

『私、あなたのやうな人は大嫌い、本当に虫が好かないんですもの。』

ある夜、浪路は迚も堪らなくなつて、是非来ないやうにして呉れと云ふ祈願を込めて、投り出すやうに、斯う云つた。

鴇母《をば》さんはその傍で、自分の信仰する神様をでも、足蹴にされたやうな、怒気を含んだ顔付をして、

『この妓《こ》はまあ何と云ふ失礼な事を云ふんだねえ。』と云つて、慾のない馬鹿者だと云はぬばかりに浪路を睨んだ。

そして、『浪路さんはね、お腹の中ぢや旦那に参入つてゐるんですけれどね、そら、其処が儘にならぬがつとめの身つて云つたやうな訳でねえ、へゝ、思ひ切つて、旦那、自由な身体にしてお上げなさいよ。こんなに惚れてるものを、言はば奥さんを、こんな所へ置きつぱなしにするなんて、罪が深いつたつて、女罰が当りますよ。』

と、出鱈目を云つて、小森の御機嫌を迎へやうとした。浪路は、小森と鴇母さんを、等分に睨み付けた。

が、小森は鷹揚に哄笑して、如何にも自信あり気に、

『鴇母《をば》さん、心配御無用だ、其積りでちやんと、この通り金は懐に忍ばせてあるんだ、なあ浪路……』

と云つて、金持らしく膨れてゐる内懐を叩いて見せた。

その調子には、何となく人を蔑視したやうな傲慢さと、必ずどうかして見せると云つたやうな蛇の如き執着力とが現れてゐた。

浪路は長火鉢に俛伏《うつぶせ》になつて、なる可く其麼話は耳に入れまいとして、小声で鼻歌を唄つてゐた。が、耳は意地悪く、彼等の談話には敏感であつた。

彼女はこんなつらい事が、未だ幾日続く事であらうと思ふと、ぞく〳〵するやうな悪感と戦慄とが、身内を顫はした。

『アゝ、嫌だ嫌だ。』としみじみ思つた。

と、思はず身体中が滅入るやうな溜息が漏れ出た。

『あゝ、花魁は昨夜のお疲れが出たさうな、どれお邪魔にならないうち憎まれ者は帰りませう。』

鴇母さんはかう微笑しながら、意味有り気に云ふと、猥らがましい眼付を二人に濺ぎ掛けて、出て行つた。

鴇母さんの跫音が階下に消えると、男は何か云ひたさうに、女の顔を覗き込んだ。そして段々浪路の傍へ膝《いざ》行り寄つた。

浪路は、何か非常に強い圧力を持つた、それでゐて妙に不気味な何物かに近寄られたやうな、嫌な感じを味つた。その何物かからは、かうしてゐる裡にも、毒気か邪気が雲のやうに湧いて出て、彼女を抱き竦めて仕舞ひさうであつた。

彼女はその時、自分の弱い境遇を、深刻に覚つた。そして、もう此処まで来て了つては、どうにもならない事かも知れないと思つた。彼女は思はず唇を顫はした。

小森の云はうとしてゐる事は、浪路にはちやんと推量が付いてゐた。それは、何年かこゝに住んで、幾百人かの男たちの玩弄物になつてゐる彼女には、お金の有る物好きなお客〔の〕云ひ出しさうな事は、その眼付だけで直覚が出来た。

実際、この廓のなかには、迚も的の着かないその事を望み乍

ら、其麼物好きなお客を釣出さうとして骨を折つてゐる遊女等が、うぢやうぢやとしてゐた。実にそれは有難い光明のやうなお客であると思はれてゐた。

(俺はお前が気に入つたから、今日から自由にしてやる。)と云つて財布を引張り出すお客が、真実に沢山ある筈がない。実際、それは、稀に見る地獄の太陽であつた。が、多くの遊女等は——此れが真実の太陽であり救主であると信じてゐる数多くの遊女等は、この有難い太陽に出会はない裡に、これを待ちこがれ乍ら、暗黒の底で悶絶し、くたばつて了ふのであつた。

で、どうにかして、うまく自分から浮び出る者があつても、其頃になると、いゝところはすつかり甞《しゃぶ》り取られてゐるので、結局、娑婆では幽霊並の身心しか持合はしてゐなかつた。墓場を見付けて娑婆へ行くやうなものであつた。だから、地獄で出遭ふ太陽は、どれ程尊いか知れない。が、浪路は、その太陽の本当の価値を、能く知つてゐた。だから少しも喜ばなかつた。寧ろその申出を憎んだ。否、彼女は自分の性格から、本能的に、お客等の温情の蔭にかくされた、利己主義を心の底から憎んでゐた。

此のお客は、ほんの気まぐれから、自分を金の威光で連れ出して行くのだ。而していゝ玩具にしやうとするのだ、只それだけなんだ。愛も恋も何にもないのだ。で、自分は、この地獄から又別の地獄に移されるだけなのだ。(嬉しくもなんともない、嫌なこつた。)と彼女は思つた。

例へ自分が受出されたにしたところで、——だと云つて、この怖ろしい廓の存在は、どうにもなる訳でも何でもないのだ。一人遊女が減れば、又直ぐ後から他のが引張られて来るだけだ。自分の心一つで、不幸な女を一人造り上げて了ふ事にもなる。それに自分は迚も他の仲間を見捨てゝ此処を出て行くやうな、手前勝手な事は出来ない。自分は最後まで、此処に踏停つて、多くの不幸な遊女等と運命を一つにしながら、この廓のなくなる日を、待つてゐれば、それで結構なのだ。それが、自分に与へられた、唯一の道であらうと、彼女は思つた。

斯う思つて来ると、彼女の心は、海の草のやうに、生々と、舞り立つて来るのであつた。どこか明るい所を歩いてゐるやうな、何となく晴々しい、何物にでも微笑み掛けてやりたいやうな、優しい心持にさへ成つて来るのであつた。

そして、その心の行方は、彼女の決心を益々強固にするに役立つものであつた。

彼女は、どんな事をしたつで、こんな奴に受出されるものか、と思つた。

暫く経つと小森は、たうとう彼女の予覚してゐた、あの事を口説きはじめた。彼は、傲慢な口調で、自信深気に説き初めた。

『実は俺はお前を自由な身体にしてやらうと思ふんだ。何に、俺はお前を身受けしたからと云つて決して、妾や何んぞにしやうと思つてゐるんぢやないんだ。立派な仲酌人《なかうど》を立つて、家へ入れてやる。俺の家にやあ、俺のやる事に文句を云ふ権利のある奴なんて、一人だつてないんだ。あの財産だつて、言はゞまあ俺の腕一本であれだけに仕上げたんだ。俺が二十七から二年ばかりの裡に、あれだけにして了つたんだ。』

　小森は、斯う誇らし気に云つて、自分の金儲けの才能や、家人に対する優位を、暗に仄めかした。彼女は、つんとして黙つてゐた。

『今は俺の工場ばかりぢやない、此市全体の工場が、性《たち》の悪い職工共の、ストライキやなんかで、騒いだり休んだりして居るが、何に奴等が幾度騒ぎ廻つたつて、俺の方でうんと圧を強く出りやあどうせ使ふ者と使はれる者との事だから、頭を下げて来るのは知れ切つた事なんだ。少し工場の方が活気が立つて来りやあ、お前を最と居心持のいゝ土地へ住はせてやる位な事は、何でもないんだ。そればかりのことは、寝転んで居たつて出来るんだ。』

　かう小森は資本家らしく云つて、どうだい俺の勢力は？何と親切な男ぢやないか？と云つたやうに、脂切つた鬚の多い顔をつるりと撫で廻した。そして、盃を彼女に差し付けながら、そつと彼女の様子を窺つた。

　浪路は此話を、話手とは丸で違つた意味の感激と昂奮とを感じ乍ら、身受けされると云ふのは、自分でないかのやうな冷静な面持をして聞いてゐた。

『ところで俺は、』と真面目になつて、小森は続けた。

『此処へ二百円だけ置いて行く。それや勿論お前の半分にも足りないんだが、お前がうんと云はないうちは、いくら惚れた弱味のある俺だつておいそれと全部は出せないからなアハ……で、今度俺がこゝへ…何に二三日すりや来るなつたつて屹度来るが、其時まで金は預けて置くから、いゝ返事を考へて置いて呉んないか。』

　人を馬鹿にするにも程があるもんだ、人間を商品と思つてゐやがる、幾等こんな穢がれた所にゐたつて、人間の尊い心は、黄金の光くらゐぢや買えないんだぞ——と遊女浪路は思つて、反抗と軽侮とでお客の顔を眺めた。

『私、他人のお金で、こゝを出やうなんぞとは夢にも思つた事は有りません。只、その御親切だけを頂いて置きませう。』

　彼女はかう冷やかに云つて、札束を握つた男の手を押しのけた。

『まあ、そんなひねくれた事を云ふもんぢやないぞ。やらうと云ふものは取つて置きやいゝんだ。話はこの位の事にしておいて、今夜は目出度く酒だ……』

　小森は、女の悪意に満ちた態度から来る、気まづい雰囲気を吹き消す積りでかう叫んで、無理に浪路の懐へ金を捻ぢ込んだ。

4

　旅のお客は十二時前に帰ると云ひ出した。

で、浪路は其お客を送り出して、常になく急いで梯子段を登つて行つた。

心臓は、全で、初恋の折のやうに、熱情と甘い期待とに、あやしく昂り狂つてゐた。嬉しさは、つい胸先までこみ上げて来て、荒いからはずみのものとなつて、鼻の穴を心持震はして出て行つた。と、歓喜にときめいた感情は、赤い焔となつて、顔中に散つた。

ふと、彼女には遊女を三年もした二十五の女に、こんな若やいだ熱情がある事が、不思議に思はれた。自分はさう捨てたものではないと、ある生命の感激を感じた。

何となく気臆れがする恥しさが、暫く、自分の部屋の前で、浪路を佇ませた。

楼内は、それ自らが一個の神経病病みのやうに、何となくざわめいて、落着きがなかつた。突飛な笑声や、疳高い呶鳴り声が、無理に落着かうとしてゐる、彼女の敏感な神経を驚ろかした。

彼女の頭の上の、二個の電燈は、泣き腫れた二つの眼玉の如く、恨むやうに輝いてゐた。

部屋の中からは、正吾の軽い咳払ひの音が聞えて来た。が、しかし、それだけでは何をしてゐるのか解らなかつた。

屹度、又考へ込んでゐるんだ、と浪路は思つた。

その内、立上るらしい気配がして、何処か抽斗らしい物を開るやうな、微かな物音がした。

男の退屈な、待ちわびてゐる心持が、浸み透るやうによく感じられた。

突然飛び込んで、舞ひ掛るか、抱き付くかしてやりたくなつて来た。

彼女は昔、子供の頃やつたことのある、或る無邪気な悪戯を憶ひ出した。

で、それをやつて驚ろかしてやらうと思つて、迸り出る笑ひを噛み締めながら、障子に手を掛けた。

障子を思ひ切つて、さつと開けると、正吾は半分ほど開けられた簞笥の前に、覗き込むやうにして蹲つてゐた。振り返つた顔の色は、先刻とは見違へる程、蒼白であつた。それは全で、罪を犯してゐた人のやうに。

浪路は、調戯ひ半分に拡げられた手をだらりと下げて、裏切られたやうな心で、男の後ろに立つた。それでも、浪路の心は、明るく晴々と亢奮してゐた。

浪路は男のおづおづとした、何か詫入るやうな顔付からも、何等の悪意も不快も読まなかつた。

簞笥を開けてゐたことも、情人らしい思廻しと、優しい配慮からする、一種の親切の現れだらうと思つた。

『あなた随分待つたでせう。私、貴男に知れないやうに這入つて来て、胆つ玉の下る程嚇かしてやらうと思つたのに、残念な事をしちやつた、障子が鳴るんですもの。何をしてゐらつしやつたの？私の着物なんか先の儘よ。』

と浪路は微笑みながら云つて、男の傍へ寄つて行つた。

女の此のやさしい言葉に依つて、男のどぎまぎした驚ろきは、漸々、明方の雲のやうに、消えて行つた。すつかり落付いて来た。

と、自分の心の底が、痛いほど見透された。自分は何のために、他人の簞笥の抽斗を開けてゐたのか、と云ふ事の理由が、恐ろしいくらゐ深竦に、罪の意識に顫えてゐる良心を突き刺した。それだのに、女は、恋人として自分に微笑み掛けてゐて呉れるのだ。女は全々自分を正直な善良な人間として、どんな行為までも信用してゐて呉れるのだ――さう思ふと、正吾には自分と云ふ人間が、腹立しいほど小さく卑怯な人間に思はれた。事もなげに、女の愛情の懐に寄り縋つて、いゝ気になつて罪を押し匿してゐるに忍びなくなつて来た。黙つてゐる事は、自己と、恋人とを欺く事であつた。どんな瑣細な事でも此女の前では隠してはならないと思はれた。

正吾は内心から疼き上げるやうな、強い自責の要求に責め立てられた。

そしてあやまるやうに、

『お前の居ない留守に、簞笥なんかを開けて申訳なかつた。それも余りいゝ意味で開けたんぢやないんだ。暗い心で、顫え乍ら覗いてゐたんだ。だからお前見態にいゝ意味に解釈されると、本当に穴へでも這入り度くなつて仕舞ふんだ。』

と云つて、彼は相手に自己を解きほぐして見せやうとした。さうする事に依つて幾等かでも、罪悪の意識に痛んでゐる自己を、救ひ出さうとした。

『まあ、貴男は真面目になつて、頭を下げたりなんかしてさ。貴男は、悪気で他人のものなんかに手を着けるやうなお方ぢやないわ。』

浪路は、そんな串戯は止めて呉れ、と云つたやうに、手を振り乍らかう云つた。

『実はさう云ふ風に云はれると、尚頭が上らなくなつて了ふんだ。いくら善良なお前だつて、これから俺の云ふ事を聞けば、必ず怒つて仕舞ふよ。と云ふのは、俺が今日こゝへ来たのは、お前に会ひたくつてばかり来たのぢやないのだ。半分はお前に会ひたくつて来たのだが、後の半分は金を借りやうと思つて来たのだ。或は、金の事ばかりで来たのかも知れないんだ。それは俺がお前の手紙を受取つた時、是非、会ひたいな、と思ふよりも、此の女から金を借り出さう、五円でも十円でも、と思つた事でも知れるんだ。』

彼はかう一口に云つて、情婦の様子を窺つた。

『まあ、随分不人情な方ね。』

浪路はかう呟いて、あきれ果てたと云つたやうに彼を睨んだ。が、それは表面ばかりで、内心では矢張り男を信じ切つてゐた。愛に微笑してゐる唇が、雄弁にそれを語つてゐた。

『が、然しそれには勿論理由のある事なんだが、そら、お前の知つてゐる土屋も山木も皆俺達ストライキの仲間は、この五六日と云ふもの、食ふや食はずに働いてゐるんだ。工場の哀れな仲間の為めに、ね。で、俺がお前の手紙を貰つた時は、丁度十二三人の仲間と、死ぬまで此の問題の為めに奮闘しやうと血の約束を換はし乍ら、籠城のパンの事に就いて相談し合つてゐた時なんだ。だから、其麼事を云つちや申訳がないが、此処へ来やうなぞとは、思つても見なかつたんだ。手紙は一寸見ただけで、ポケットへ捻ぢ込んぢまつたのだ。』

かう云つて彼は、苦しさうな顔付をした。

『それが、どうしたわけで私のところへ入らしつたの？』

彼女は、やさしく訊いた。

『何だか、そんな調子で云はれると、こちらの心の加減か、皮肉に聞えるな。が、まあその時林田がね、「天よ、神様よ、百両恵んで下さい。さうすれば此の哀れな虐げられた者どもは、可成りな仕事が出来るんです。私共は慾は云ひません。たつた百両です。が、それもお許しなくば、五十両でも、否三十両でも、否え二十両でもいゝんです。」かう頓狂な声で叫んだのだ。平常なら彼奴の調子ぢや皆な笑はせられて了ふんだが、場合が場合だものだから、却つて悲痛に泣くやうに聞えたのだ。すると感激家の小山が第一に、「俺は嬶を裸にしても五両拵らへる。」と云ひ出したんだ、で、皆なそれに力を得て、例へ五十銭づゝでも拵へて来ると云ひ出したんだ。』

『何んてゐらい人達なんでせう。林田さん、本当にうまい事を云つたものねえ。』

彼女は感じ入つたやうに云つた。

『其時俺はどうした訳か、不図、お前の手紙の事を思ひ出して、あの女に幾干か借りて来ようかと思つたんだ。その事を土屋に話すと、『さう、あの女ならかう云ふ問題には同情が有るから、此前の時のやうに、どうにかして呉れるかも知れない』と云つて呉れた。で俺は、その言葉に力を得て、（諸君、僕は屹度十円位拵らへて来ます、当があるんです。）と叫んで拍手に送られて出て来たのだ。』

かう云つて、正吾は情婦をちらと覗き込んだ。

『さう。でも貴男は、先刻から何とも其麼事云はなかつたぢやないの？』

『お前の境遇を考へたら、すつかり云ひ出しにくくなつて了つたのだ、だが若しもお前の持物が増えてゐるやうならば、借りて行かうと思つてね、それで簞笥を覗いてゐたんだ。』

彼はかう云つて、そつと冷汗を押へた。

『さう、そんな事なの、ぢやあ詫るほどの事でもなんでもない、わ。』

浪路は、飽く迄、平然としてゐた。

『で、貴男は、本当の所幾らお金が入用なの？』

『さあ、十円あれば結構なんだ。お前にこんな事を頼みに来るのは、本当に行き詰つて了つたから来たのだから、若し融通が付いたら借して呉れ、何より尊く使ふ金なんだから。』

彼は、頼むやうに、情婦を見上げた。

浪路は、此の話が出たはじめから、小森に預つた二百円を、正吾に与へようと思つてゐたのだ。

それが、あの穢れた金の、最もいゝ使ひ道だと思つてゐた。斯うして、用ひられる事に依つて、あの呪はれた金は、浮ばれるのだ、と思つた。

彼女は何等の、疑懼も反省もなく、さう固く胸の中で、決心して了つてゐた。

彼女がさう決心した時には、その強固な決心の前には、必ず身に振りかゝるであらう災難の憂慮も、当然受く可き心身の苦痛の予覚も、何らの権威をも、持たなかつた。

自分は当然なす可き事をするのだ、と思つただけである。

彼女に取つては、かう考へ、それを実行する事が何より自然であつた。勿論、犠牲になるのだなぞと云ふ観念なぞは、彼女の何処を捜しても見当らなかつた。

正吾等の仲間が、どんなに喜ぶか知れないと思つたものゝ正吾に金を渡して仕舞つてから感じた事である。

『本当に幾らなのさ、全部では？』

『全部では先づ百五十両つてところだらうね。それだけありやあ、皆な命懸の連中だから、思ひ切つた事が出来るんだ。資本家の強慾張り共を、うんととつちめてやる事が出来る。』

彼はかう力強く云つて、ある一点を憎々しさうに、睨つと睨みつけた。

その眼光は、焔のやうに燃えてゐた。

『この前のやうな、休業を続ける積り？』

彼女は、心有り気に訊いた。

『あれ位ぢや此度は済ませない積りだね。もう労働者も前とはずつと目醒めて来てゐるから、迚も生ぬるい事ぢや済まないね。命限り、根限り、遣れるところまで闘ふんだ。それが為めには、俺達はどうなつたつて関はないのだ。忍びに忍んでゐた結果が、永年の鬱憤と反抗とで爆発するんだから。何しろ此前のやうに、賃金だけの問題ぢやなくて、人格の問題なんだからね。』

かう云つた労働者の顔付は、もう悲憤で、熱鉄のやうに燃えてゐた。

『罪人を沢山出さないやうに、うまくやらせたいものだねえ。』

彼女は、彼の手を握り締め乍ら、呟いた。

『どんな場合だつて、今の世の中では、少し正義な仕事をしようと云ふには、当然犠牲は要るんだから、それやあ已むを得ないさ。』

『貴男だけは罪人にしたくない、わ。』

浪路は凡ての事を理解してゐた。で、この場合こんなエゴイスチツクな事を云ひ出すのは、情人と自分との仲に、ある冷たい溝渠を拵へる事だと云ふ事も、能く知つてゐた。がこんな言葉も淋しい彼女としては、言はずにはゐられなかつた言葉であつた。

正吾は、感謝するやうな眼付で、情人をちらと眺めた。情婦は便りないやうに、溜息を吐いてゐた。

血の気の褪せた、白粉ばかりが極立つて眼に付く蒼白い顔は、何とも云へない表情のもとに、微かに引釣るやうに痙攣してゐた。憐れな女だ、と彼は熟々思つた。その後から又、人間は皆憐れで寂しいのだ、と感じた。と此度は、胸がむかむかとして来た。怖ろしく熱い塊が、胸一面へ溶けて拡つた。それは堪えられなく血の怒り狂ふ、だが又引入れられるやうに淋しいものであつた。と此度は素早く持論が浮んだ。——今の社会は、ある矛盾と悪制とを病んでゐるのだ、と云ふ。

『例へ俺達の方が失敗して、何年刑罰を喰はうとも、俺達は決して罪を犯した人間ぢやないんだ。人間的な立場で云へば、尊い心の勝利者なんだ。潔白な犠牲者なんだ。』

かう云つた正吾の眼差しは、けはしく光つてゐた。

浪路はその峻烈に燃え輝く眼差しから、ある深刻な秘密の意味を、汲み取る事が出来た。

それは白熱化した、プロレタリアの悲憤とでも云ひたいものであつた。

『私二百円貴男に差し上げますわ。』

彼女の調子は、至極安値なものであつた。

『え?』

正吾は何か聞き違ひかと思つて、又訊き改《なほ》した。二百円——そんな言葉が耳へ這入つたには這入つたやうだつたが。

『不要なお金が二百円有るから、貴男に差し上げるわ、いゝやうに使つて頂戴。それだけありやあ少しや、やりたい事も出来るでせうから。』

『え、然しそんな沢山な金が、此麼所に居るお前に有りつこがないぢやないか。』

彼の眼は、不審でたまらなさうであつた。

『当り前なら有りつこはないんですけれど、お客が呉れたんですわ。何にもそんな事はどうでもいいぢやありませんか。』

如何にも彼女の言振りは、金の出所なんかどうでも善ささうであつた。

『いや、ちつとも良くはない。それぢやお客が呉れたとしても、それだけの金を只、おいそれと呉れようがないよ。何とか云ふ条件がなけれやあ、ね。若し条件があるとすると、迚も俺にや手が出せないね。』

この穿鑿的な調子は、彼の性格であつた。

『縦令どんな条件が附いてゐたつて、私が肯かなけれやあ、それ迄ぢやありませんか。ではかうして頂戴。ある廓の下らない女郎から、職工の皆様の運動へ寄附するつてな事に……』

『莫迦な、そんな事を云つたつて、それやあ表面だけの事で、魂胆があるに極つてるんだから駄目だよ。其金にやあ、屹度何か訳があるに違ひないんだ。』

『そりやあ、どんなお金だつて、何とかと言ふ訳はありますわ。そんな理屈ぽい事を云はないで、取つて置きやいゝぢやありませんか。』

かう云ひ乍ら、彼女は正吾の前へ、札束を差し付けた。札は神棚の後ろに匿してあつた。

『訳の分るまでは、どうしたつて貰へないな。』

正吾は斯う云ひながら、浪路の手を押し戻した。

『どうせ俺だののお前だのの金に喰付いてゐる因縁は、苦しい訳に極つてるんだからね。それが分つてゐて、どうしたつて手の出せようがないぢやないか。』

するると彼女は屹となつて、云つた。

『ぢやあ、貴男は私の折角の親切を無にする気なの？貴男は一体、今の場合此のお金が、出所がどうのかうのなんて云つてゐる時ぢやないぢやありませんか。私はこのお金を、貴男の仲間のお方に差し上げるんです、わ』

此の言葉を聞くと、正吾はどうしたらいゝか、殆ど迷つて、了つた。只俯向いて黙つて仕舞つた。

浪路は、苛立たしさうに立上がると、その札束を、もぢもぢしてゐる正吾の前へ、叩き付けるやうに置いた。

5

その日は、朝から雨であつた。

辺りは何となく鬱陶しかつた。

重苦しい、苛々した底意地の悪い気分が、隅から隅まで漫遍なく行き渉つて、チヤブ台の上の小さな湯呑茶碗までが、ピリピリする神経を持つてゐるかのやうであつた。

鏡は勿論の事であるが、神棚も簞笥も、火鉢も、屛風も額も、其他のこまごました道具までも、凡ての物が、心あるもののやうに、生きて光つてゐた。暗い怖ろしいほど沈鬱な、尖り切つた顔付をして。

天井は今にも落ちて来さうに低かつた。空気は、灰色に濁つて、死に掛けた動物の吐息のやうであつた。

障子は茶色に曇されてゐた。

たつた一つの西向の窓は、未だ明けられずにあつた。其戸の隙間からは、白乳色の雨空の色が覗いてゐた。雨は懶気に、静かに降り濺いでゐた。

薄暗い部屋の中では、蒲団の下で、浪路が凝と何ごとかを考へつづけてゐた。

艶のなくなつた房々とした髪の毛が、だらしなく解きほぐされた儘、微かに枕の上で顫えてゐた。

彼女には、昨夜、たつた一人のお客があつた。が、そのお客は宵の裡に帰つて了つた。彼女はその老人のお客に帰つて貰ひたくはなかつた。せめて、大引迄居て欲しかつた。と云ふのは、このお客は親切にも、彼女に自由の時間を与へて呉れたし、他の浮ついたお客どもよりも、何処か確りした頼りになる所が有るからであつた。

それよりも、このお客が大引まで居て呉れれば、又、お客を取りに階下まで行かないでも済むのだつたから彼女には非常に便宜な嬉しい事であつた。が、老人は急に家の事を思ひ出して、大急ぎで俥に乗つて帰つて行つた。

彼女が自分の部屋で寝たのは、三時であつた。それから彼女は、ぢつと考へつゞけてゐた。

頭の上の壊れ掛つた時計が、巻の足らない音で十時を打つてゐた。

浪路は身動きもしないで、ある事を考へ続けてゐた。それは、幸福と云ふことに就てであつた。

何故彼女がこんな縁の遠い問題に就て考へはじめたかと云ふ事は、考へてゐる主人公にも分らないことであつた。たゞ慢然と思ひ続けて居ただけである。

一体、私なぞに幸福なんてものがあつて堪るもんぢやない、と云ふいつもの結論に達したのは、考へはじめてから五時間も経つてからであつた。そしてそれは、私達なぞにはと云ふところまで達して、凡そ人間にはと云ふ幻滅の悲哀にまで達して、涙と絶望のケーオスの中に沈んで悲壮な終りをつげるものであつた。

で、彼女は成る可く悲愴な場面迄来ないやうに注意しながら、幸福の影と云つたやうなものの味はへる、幼年時代の思ひ出に耽つてゐたのであつた。

一つやうな出来事を、幾度も幾度も表裏から見、縦横から眺め、焼直し染上げして、楽しんでゐたのであつた。

其処には、やはらかい緑の野があつた。緑野を彩る赤や黄の一本一本の小草にも、それぞれの思ひ出と、なつかしい愛情とが微笑んでゐた。M河は、神銹びた伝説と、限り知れない愛着とを波立つて、緑野の間を、悠々と流れてゐた。崔巍とした故郷の連山は、昔ながらの、少しも変らないいつくしみを以て、彼女に話し掛けてゐた。

いくら熱愛しても足りない父母のなつかしい姿。敬愛し愛護し合つた兄妹の面影。籔の彼方にいつも微笑んでゐる幼馴染み………凡てが夢であつた。

この夢のやうな思ひ出をはづれると、そこには、すぐ様、絶望の深淵が、厳粛に待ちかまへてゐた。

故郷の幼馴染のなつかしい顔が、あはい緑草の香気の中へ消え込むと、此度はその顔が正吾のに変つて了つた。

喜び勇んで梯子段を飛び下りて行く、正吾の汗ばんだ顔付が、明瞭りと浮んで来た。

『俺達は賃金の為めに運動するんでも、少しばかりの自由の為めに闘ふんでもないのだ。自分の真実の人格を取返すために血を流して闘ふのだ。』と云つた正吾の言葉を、其儘に力強く思ひ起した。

正吾の姿が朦朧として来ると、金の事だけが、頭の芯にこびり附いて残つた。

浪路は其忌はしい金の事を振り払ふやうに、

『どうしよう?』と思つて見た。

が、然しそれは結局、二つの道ではたりと行き詰つて了つた。(あの嫌な小森の言ふ通りにならうか、さうすれば金の事はどうにでもなる。)――と云ふ事と、(鞍替をして金を拵らへようか?)と云ふ事との。

成程、彼女にはこの二つの道が有るやうであつた。だが然し、実行する気になれない彼女である限り、無いに等しかつた。否、無いより、余計な悩みをしただけ、不可ないかも知れない。

浪路は、金の事を考へてゐるのは、実に身皮を剝がれるほど、嫌な事であつた。

考へてゐる側から、(どうにでもなれ!)と云ふ破壊的な自暴自棄な考へが、凄い勢で押し掛けて来るのであつた。

頭の芯が、グワンと鳴り響いて、辺りが苛立たしいほど、暗く淋しく、思はれて来た。執念く、頭の芯で、「どうにでもなれ!」と呼び続けてゐた。

で、彼女はこの問題を、振捨てようとして身踠いた。

が、しかし、それは徒労であつた。却つて苦悩を増して行つた。それ程、この問題は、執念く彼女を苦しめてゐた。

彼女は蒲団の上に起き直つて、鉛を鎔かし込まれたやうに熱した頭を、一刻も早く静かにしようとして、深い溜息を吐いた。溜息はひとりでに、続いて出た。

其時、誰か二三人の遊女達が、荒い上草履の音を立て乍ら、大忙ぎで階下へ駈け下りて行つた。何故か彼女には、只事ではないかのやうな、不吉な予感がした。

何か恐ろしい、意外な出来事が、起りさうであつた。不安な、圧し付けられるやうな悪感が、身体中を細い繊維のやうに顫はして走つた。

上草履の音は四方から、パタパタと起つて来た。そしてそれが一つの八釜しい騒音となつて、階下へ消えて行つた。

と、その八釜しい騒音の滅入あたりから、周章てて騒ぎ廻るらしい人声が、何か物でも叩き付けて居るやうに、聞えて来た。

彼女は思はず耳を欹てた。

其裡に、

『浪路、サ、アン、、、』

と、呼ぶらしい声が、一句づゝに切れて、聞えて来た。

『おやツ』

と思つて、立ち上がらうとしてゐると、梯子段を駈け登る性急な音がして、鴇母さんと紋弥とが、息を切らせ乍ら彼女の部屋へ這入つて来た。

『何をしてゐるの、雪路さんが大変ぢやあないの?』と紋弥が呶鳴つた。

『浪路さん、雪路さんが卒倒したんですよ。早く行つて上げて下さい。』

と、鴇母さんがあはてて云つて、茫然として立竦んでゐる彼女を促した。

二人とも真蒼になつて顫えてゐた。

雪路の病体は、その儘炊事場の隣りの、女中部屋に寝かされてあつた。洗面所の前で卒倒すると其まま此処へ運び込んで了はれたのである。

血の気の失せた、腐つた牛乳のやうに真蒼になつた雪路の顔色は、全で死人のそれのやうであつた。蠟細工のやうな、高く引緊つた鼻は、息をしてゐるのかしてゐないのか、冷たいやうに落着いて、微動さへしてゐなかつた。唇は紫色に変色して、薄気味悪く、あの世の者のやうに引結ばれてゐた。若し、永久のやうに引閉ぢられた眼瞼が、………睫が、病的に痙攣してゐなかつたならば、周囲に居た人々は、本当に彼女は死んで了つたものと、思ひ込んで了つたかも知れない。

　それで部屋の中には、不思議と、死人のやうな、むつとする異息が、漂つてゐた。

　浪路が狼狽てて雪路の病室へ這入つて行くと、病床を取り囲んでゐた六七人の人々は、待ち構えて居たかのやうに、彼女を眺めて、『浪路さん、雪路さんが御気の毒でしたね。』

　と、心配さうに口々に云つた。浪路は、

『皆様いろいろと有難うムいました。』

　と云つて、御礼とも感謝とも付かない御辞儀をした。

　早速、雪路の病床に近寄つて上から覗き込むと、雪路は丸で生命の絶えた病葉のやうになつて、昵つと横臥してゐた。

　浪路の視界は急に曇つて来た。涙を出すまいとしても、うづくやうに涙は湧出て来た。憐憫と愛慕の情は、彼女を駆つて、深淵のやうな淋しさの中へ、引入れた。

『泣いちや不可ない。泣くのは大禁物だよ。』

　楼主の婆さんが、縁起でもないと云つたやうに、手を振り乍ら云つた。

　浪路はその声で、我に還つた。

　若し楼主がその時、黙つてゐたならば、夢中になつた彼女は、実際泣き崩れて仕舞つたかも知れない。

　浪路は、涙の顔を拭ひ乍ら、誰にともなく、『少しはいゝのですか？』

　と、訊いて見た。

『あたしが見出した時よりは、些しはいゝやうですわ。先刻は丸で死んでゐたんですもの。あたしどんなに心配したか知れやあしない。でもこゝまで漕ぎ付ければ、後はお医者さんがどうにかして呉れるからね。浪路さん、本当にあたしの胸は、未だドキついてるよウ。』

　友絵は、自分のだらしなくはだけられた、高く張り出た鳩胸を息苦しさうに叩いて見せた。彼女は襷掛けで、今働き終つたばかりの恰好であつた。その言葉にも、その動作にも何らの誇張も見られなかつた。只、深い思ひやりと、親切とだけが、友絵をいゝ人間に見せてゐた。

　浪路は、頭を下げ乍ら、（此の人も矢張り善良な人間なんだ。）と感謝するやうに思つた。

　医者はこんなところに能く有る形の、たゞ愛嬌と常識と丈けで生きてゐるやうな、幇間のやうな老人であつた。

　医者が来た頃には、狭い部屋には迚も這入り切れないほど、楼中の遊女達から、若い者、鴇母《をば》さん、女中なぞ迄、皆それぞれに心配さうな顔付をして集つて来た。

　他の妓楼の者達までも、見舞ひを云ひに集つて来てゐた。

　浪路は、一人づゝ手を取つてお礼を云つた。

　医者の診察の結果は、急性脳貧症であるとの事であつた。幾等か加減のいゝ時を見て、直ちに廓外の市立病院へ入院させるように、と云つた。が、生命の程は請合へないと云つてゐた。

見舞客は、皆暗い顔付をして、お互ひに心の中で悲しみ合つた。お互ひに、暗黙間に、自分達の悲惨な運命を果敢なみ合つてゐたのだ。

『この可哀さうな遊女は、死ぬまで親の顔を見られないのだ。』

と云ふ遊女にのみ付き纏ふ悲劇が、皆の心の底に、暗号のやうに悲しく残つた。

浪路は、永い間の経験で、迚も不可能な事だとは思つたが、それでもと思つて、

『この妓《こ》の生きてゐるうちに、一目でもいいから、親の顔を見せてやつて下さい、』

と云つて、拝むやうにして、楼主に頼んで見た。

浪路の願ひが、厳然と斥けられて了つたと云ふ話は、楼内の遊女たちを、可成り深刻な、哀愁と絶望との中へ投り込んで仕舞つた。

或る者は、楼主の無情と利己主義とを怨んだ。憎悪した。

或る者は、斯様な惨酷な廓の存在を呪つた。

浪路の火のやうな胸の中は、沸き立つやうな勢で、義憤と叛逆と屈辱とに燃え熾つた。どうしたつて、此夜あたり、店に出るものかと、固く決心をした。

そして、鴇母さんに、

『私、今夜見世を休みます。』

と、きつぱりと云つた。

楼主が堪り兼ねて、自ら意見をしに来た時、浪路は刃のやうに冷やかに、

『私は此夜は看病するのですから、何と仰有つても、お客は取りません。』

と、きつぱり云ひ渡した。

楼主はすつかり自分の権威を蹂み躪られて了つたので、面《つら》憎くさうに浪路を睨みつけて、何かわめき散しながら、孰囲いて部屋へ帰つて行つた。

午后五時頃から、しきりに出初めた雪路の熱も、峠の七時を通り越すと、幾等か引いて行つた。身踠も、苦痛も訴へなくなつた代り、病人はぐつたりと疲労して、此まゝになつて了ふのではあるまいかと気づかはれる程、能く眠りに落ちて了つた。

光の弱い電燈の下で、氷枕の上に凝つと眠つてゐる雪路の顔は、昼間とは較べ物にならないくらゐ、衰弱し疲憊し切つてゐた。僅か六七時間の裡に、かうも変り果てて了ふものかと思はれるくらゐ、凄惨なやつれ果てた姿に変つてゐた。

生々としたところは、何処にも見当らなかつた。凡てが、死と腐肉の表象のやうであつた。

浪路は、心配で堪らなさうに凝と雪路の枕辺に坐つてゐた。誰かが呉れて行つた、何処かのお宮の御札までが、今夜は何より有難いもののやうに思はれた。

うろ憶への祈願の文句なぞを、口号《くちずさ》んで見たりした。

遊女等は、出来るだけ上草履の音を忍んで歩いた。

暇のある者は、替る替る見舞ひに来て呉れた。

それは稍十時頃であつた。

浪路が看病をしてゐるところへ、鴇母さんが惶たゞしく飛んで来て、

『浪路さん、困つた事が出来ました。あのね小森さんが登つて来て、花魁の御部屋にちやんと坐り込んでゐるんですよ。』

と云つて、困却したやうに、浪路の顔色を窺つた。

此の言葉を耳にすると浪路は、雪路の騒ぎに構《かま》けてすつかり忘れてゐた、あの金の事を思ひ起した。と、重苦しい、何かに圧迫されるやうな、どす黝い憂悶が、頗る辛辣に襲ひ掛つて来た。と、それは、心のある一点から、身体中を敏捷に刺し、貫いて行つた。身体中が痛いやうに、冷りと戦ひた。耳から大脳へ掛けて、電波のやうな唸《うな》りが響いたと思つた。

が、不思議と、心の楔と云つたやうなところは、糞落着に落着き腐つて、只、来る可き結果が来ただけなんだと、片意地に澄し込んでゐた。

それに気が着くと、脳の中は、軽々しくさへなつて行つた。

『で、鴇母《をば》さんは何と云つて呉れたの？手の放されない病人があるから、今日はお客を取りませんと云つて呉れたでせうね。』

『それはちやんとさう申したんですがね。却々聞かないんですよ。一目でもいゝから浪路に会はせろと云つて、呶鳴り散らしてゐるんですよ。ぐでぐでに酔払つて、ね。』

鴇母さんは、弁解するやうに、かう云つた。

『私今夜はどうしても、あの人と会ひたくない、わ。』

かう彼女はきつぱり云つたが、何故か、心の底では、自分の態度を、「何と云ふ卑怯な自分であらう」と、不快に思つてゐた。

『でも其麼事を云つてゐて、階下へでも下りて来ると五月蝿から、一寸会つてお上げなさいよ。さうして追払つて了へばいゝぢやありませんか。』

浪路には、自分の研き澄まされ、過度に鋭敏になつた心がよく分つてゐた。其心は、さゝくれ立つて、病的にうち顫えてゐた。鬱勃とした憤懣が、器に溢れる程、沸然と煮えくり返つてゐた。鳥渡自分の気分に染まない者が近寄つても、猛り立つた心は、盲目的に爆発しさうであつた。

其心は、やつとの事で、病人に対する慎重な心使ひと、無理押しな自制とに依つて、僅かに締めくゝられてゐるだけだつた。

浪路は自分の為めにも、相手の為めにも、病人の為めにも、誰の為めにも、小森に近寄つて貰ひたくなかつた。火薬のやうに己れの心を怖れてゐた。

『鴇母さん頼みだから、今夜は帰へして頂戴。いろ〱な事で胸がむか〱してゐるんだからさ。ね、お願ひだから。』

浪路は頼むやうにかう云つた。

『私仲へ這入つて本当に弱つちまふが、何と仰有るかもう一度欺して見ませう。』

鴇母さんも、本統に困つたらしくかう云つて、又二階へ上つて行つた。

浪路はそれを裏梯子の下で待つてゐた。

五分ほどすると、鴇母さんが息をはづませ乍ら、梯子段を飛び下りて来た。

彼女は、思はずドキリとした。

話のうまく行かなかつた事は、鴇母さんの困惑したやうな顔付でよく分つた。

鴇母さんは、仰山に胸の辺りを叩きながら、声をひそめて、

『駄目、駄目、迚も花魁が行かなけれやあ駄目ですよ。私が何と云つたつて、本統にしないんですもの。それに小森さんと来ると、嫌やに疑り深くて、諄いからねえ。もう二階の所まで跟いて来てゐるのですよ。』

と云つて、二階を指差した。

浪路は思はず溜息を漏らした。泣き出したいやうな焦燥と、涙ぐましいやうな哀感が、彼女を一寸淋しくした。

彼女は、黙つて病室へ引返さうとした。身体中が、重くなつて、熱してゐた。

『浪路さん、それぢやあ困りますよ。』

鴇母さんは、踊り掛るやうにして、浪路の袖を引張つた。

と、浪路は、頭の中がクラ〱となつた。重い得体の知れない塊が、身体の中で爆発した。

『もう、駄目だツ。』

ふと、彼女は絶望的にかう思つた。それ切り、彼女は、滅茶苦茶に狂ふ熱血に、身をまかせて了つた。苛々した涙が、口惜しさうに頬を流れた。もう一度、辛抱強く折れて出るには、彼女は余りに熱情的であり過ぎた。

『うるさいツ。』

浪路は、かう叫んで鴇母さんを突き飛ばすと、一目散に突進するやうに、二階を目掛けて上つて行つた。

浪路の眼玉は、血走り狂つて、憎悪と怨恨と反抗とに燃え立つてゐたのだ。

小森は、熟柿のやうに真赧に酔泥れて、廊下の中程に、無態《ぶざま》な格好をして立つてゐた。

彼は、浪路が勢ひ込んで上つて来るのを認めると、

『いよう。来たね。花魁の俺の妻君…』

と云つて、巫山戯た身振りで、彼女を抱き擁えやうとした。

『う、る、さいツ。私今夜は病人があつて、休業なんですから帰つて頂戴。』

浪路は、疳高な声でかう呶鳴つて、小森の腕を振り払つた。

『帰れだつて…』

小森は、眼を剝いて、屹となつた。

『え、え、帰つて頂戴。私貴男のやうなお客は大嫌ひです。商売をしてゐる時だつて、登つて貰ひたかあない。』

浪路は、嘔き出すやうに云つた。

『何に、俺が大嫌ひだつて、不都合な奴だ。すべた女郎のくせ

に生意気な事を云ふな。俺はな、此市中でも知らないものはない、小森工場の小森英吉なんだぞ。きさま等のやうなすべた女郎のところへ来てやるのは、余程の思召しなんだ。』

小森は、腕を顫はせ乍ら、毒吐《どくづ》いた。

『ヘツ。そんな有難くない思召しは、こちらの方から御免蒙りますよ。』

彼女は、わざと憎々しさうに云つた。

『よし、能く云つた。憶えてろ。何かで仇を打つてやるから、さあ、帰るから、此間の金を寄越せ。』

小森はかう云つて、彼女の部屋へ、つか／＼と這入つて行つた。浪路は、頭の中で、何物かゞ、バラ／＼と砕れたと思つた。それは、重い鉄鎚でグワンと一つ喰らはされたやうでもあつた。と、狂暴な、どうにでもなれと云つたやうな、捨鉢な熱情が、脳の底で沸き返つた。

『金ですつて?金なんかあるもんか。あんな穢れた金なんて、全部人《みんな》に呉れてやつて仕舞つた。』

『何だと。馬鹿にするなツ。』

小森は、かう腹立たしさうな叫声を上げると、女の横面を、思ひさま一つ殴り付けた。

彼女は、その狂暴の腕力を喰つて、フラフラとなつた。

『さあ、殴れ。強慾張りの助平野郎、殴るなら殴れ。幾等でも殴れ。馬鹿野郎…』

浪路は、男に殴られると、燃え上る如くヒステリツクに激昂して、腹の底に溜つてゐただけの慢罵を、遠慮なくあびせ掛けた。もう、彼女の腹中には、廓も、お客も、病人も、何もなかつた。たゞ、限りない憎悪と呪咀と、叛逆があるだけであつた。

彼女は、身体中を、ブル／＼激怒に震はせながら、男の前に咆吼した。

『強、慾、張り、イ』と。

小森の相貌は、人間が示し得る限りの、残忍と獰猛とに彩られて、矢張り限りない憤怒に燃え狂つてゐた。

『何だこのすべた女郎奴がツ。』

丸太のやうな鉄拳は、ところ嫌はず彼女をめた打ちに殴り付けた。彼女の頬からも、口からも、気味悪いほど血が流れ出た。脳の中は、焦熱地獄のやうに燃えくるめいて、視界は只、チカ／＼と明滅するだけであつた。

その明滅の縞の中に、真黒な力み反つた黙が、恐ろしい勢で、猛り狂つてゐた。

彼女は、其物凄い姿を、一寸睨めつけた切り、素敵な勢でクラ／＼に廻転してゐる、真暗な穽の底へ、落ち込んで了つた。その穽は、どう廻転してゐるのか分らなかつたが、兎に角、素敵な早さで廻つてゐた。

浪路は、その真暗な底で、

『助、平、野郎オツ。』

と、慢罵し呪咀しつゞけた。


（大正12年3月、總文館刊）

生まざりしならば

正宗白鳥

（一）

牛島夫妻は、芝の家を出ると直ぐに、小田原へ電報を打つて置いて、銀座でビスケツトや餡パンや牛肉の缶詰や甘栗や、それに絵本だの玩具だのをドツサリ買つて、予定の時刻に新橋から汽車に乗つた。四五日続いた酷寒のあとで、今日《けふ》は急に春になつたやうに温かつたので、重ね着した肌は汗ばんで、スチームで温められた車室にぢつとしてゐるのが気持が悪いくらゐであつた。おそではセルのコートを脱いで地味な大島の羽織をも脱いだ。成るべく気に留めないやうにと心掛けてゐるのに関はらず、汽車に乗るたびに、人々の風俗が目についてならないのであつたが、今日《けふ》は土曜日で、箱根へでも行くらしい客と、丸髷に結つた藝者とが彼女の真向ひに乗合せてゐたので、ことに無関心ではゐられなくなつた。さほどの容色《きりよう》ではないが、歳が若くつて身装《なり》がいゝから美しく見られると思はれるにつけて、自分が浮世を棄てた気で身じまひをかまはなくなつたことが顧みられた。いやに取澄してゐるその女の目が絶えず此方へ注がれてゐるらしいのが次第に煩く思はれだした。「なんだい、鼻の下の長い赭《あか》つ面《つら》の、口の中の臭さうな男にねだつて、たまに遠出《とほで》をするのに、金満家の奥様にでもなつた気でゐるから、チヤンチヤラ可笑《おかし》い」と、反抗的な気持にさへなつた。

「かう温いと小田原は梅が咲いてるだらう」と、夫《をつと》の長吉が窓外の春めいた景色を眺めて云つたが、おそでは返事をしなかつた。

横浜から乗つた客の中にも、藝者連れの一組がまじつてゐた。この方は大勢で、誰れも様子ぶらないで、悪巫山戯をし合つては騒ぎだした。おそでは真向ひの藝者によつて焦立《いらだ》たしい思ひをさせられてゐたのを忘れて、新たな客の騒ぎを見ては、自分もその仲間に加つてゐるやうな思ひをして笑つた。停車場で買つたサンドヰツチや蜜柑なども、駄洒落を言合つていろ〳〵に戯れながら食べてゐるのを見ると、いかにも旨さうに思はれた。男の一人が甘納豆を手玉に取つて、口を空へ向けてその一粒々々を巧みに受けては自慢すると、他の男も藝者どもゝその真似をした。若い藝者が紙捻《こより》をつくつてそつと男の襟に挿むのを見ると、おそでは自分だちが昔してゐた悪戯を思出して可笑しくなつた。一人の男が縁喜結びにした紙を老妓に貰つて、それを額に載せて顔を仰向けにして、額の紙を鼻の下まで辷り落して、突出した唇で受留めると、他の男も女も熱心にその藝当を真似た。老いたる顔の長い男は、目をパチクリさせて紙を辷らせながら、「おれは長つ面《つら》だから前途遼遠だ」と云ふと、おそでもみんなと一しよに声を出して笑つた。

「馬鹿なことをしてる」と、長吉は小声で云つて、年甲斐《としがひ》もない老人の所行を苦々《にがぐ》しく思つてゐたが、

「あんな人、気さくでいゝぢやないの」と、おそでは云つた。

この頃は次第に気六ケしくなつて来た夫《をつと》も、昔はあんな馬鹿遊びをして日を暮したこともあつたのだと、昔を懐《なつか》しがつてゐたが、

「俊一は停車場へ迎へに来てるだらうか」と、夫《おつと》に話掛けると、周囲の騒ぎは他所事《よそごと》となつてしまつて、心は俊一の上にのみ集つた。

「気分が悪くさへなければ迎へに出てゐますさ。上田さんにもこの前さう云つてあるんだから、楽みにして出掛けてるでせうよ。あの子の気が向いたら明日《あす》は自動車で箱根へ遊びに行かうぢやありませんか。あの綺麗な湖水を一度見せてやりたいと思つてゐますの。屹度喜びますよ。湖水なんてまだ見たことないんでせうから」

「お前は時々妙なことを云ふね」と、長吉は柔和な切れの長い目に微笑を浮べて、「俊一が湖水を見たことがあるかないか、誰れよりもお前が一番よく知つてる筈ぢやないか」

「本当にさうでしたわね。上田さんが私だちに秘密《ないしよ》で俊一を箱根なんぞへ連れて行きやしまいし、外にあの子をかまつて呉れる者はないんですから」と、おそでは自分と夫《をつと》との外には、世界中で、あの羸弱《かよわ》い一人子《ひとりご》の手頼《たよ》りになるものは一人《いちにん》も半人《はんにん》もないことを、今更のやうに思詰めながら、「でも、私、時々はかう思ふんですよ。……あなたは笑ひなさるかも知れないけど。……俊一は私だちが気がつかない間に、いろ〳〵な変つた事を見たり聞いたりしてゐるんぢやないかと思はれるんです。この子は突拍子もないことを云ふつて、あなたは笑ひなさるけれど、俊一にはさういふことを云ふ訳があるのかも知れませんよ。私だちに分らないからつて、一概に笑つて済ましちやいけないでせう。……上田さんの不断の事だつて、なか〳〵よく知つてゐるんですもの。学校へ行けないから、読書《よみかき》は充分に出来ないけど、知慧《ちゑ》は人一倍にあるんです。あなたは小《ちい》さいものだと、誰れをでも見くびつてゐらつしやるからいけないの」

「知慧《ちゑ》はどうでもいゝから、身体《からだ》がもつと丈夫になつて呉れゝばいゝんだがね」

「それは、身体《からだ》だつて丈夫になりますさ。身体《からだ》がよくならないのなら、なんであの子一人《ひとり》を小田原なんぞへ打やらかして置けるものですか。五年しか寿命のない子は、何処にゐても五年しか生きられないと極つたなら、私は一日だつて、あの子を私の側から手放しすりやしませんよ」

「それはおれだつてさうさ」

　長吉も今日《けふ》は、今までに例のないほどに俊一の身の上を案じてゐて、それに関連した自分だち夫婦の将来についてもおそで

よりはもつと深刻に思悩んでゐたので、黙つて独りで考へてゐるのは堪へがたかつたが、俊一の事に深入りして話を触れると、今日はおそでが人前《ひとまへ》をも憚らないで、非常識なことを云つたり、泣顔《なきがほ》をしたりする恐れがあるので、虫を殺して彼女に逆はないやうにして、わざとニコ〳〵したりしてゐた。

　おそでは例の藝者連れの一組の方へまた目を注いだ。そちらでは魔法罎やポケツトウイスキーが取出されて、酒盛《さかもり》がはじめられてゐた。

　さつき泣きだしさうにしてゐたのに、もうあんな者を面白がつて見てゐると、長吉は妻の気まぐれを浅間しく思つたが、その方が昨夕のやうな狂態を見せられるよりは無事でよかつた。小田原通ひも既に一年あまりになるのであつたが、彼れは今度ほど暗い気持で汽車に乗つたことはなかつた。部屋借りなぞして俊一に不自由な思ひをさせるのが痛々しさに、無理な工面をして、小さいながらも去年の夏に別荘を建てゝからは、月に二三度夫婦連れで俊一を見舞ひに行くのは、何よりもの楽みになつてゐて、あの子のためにならどんな苦労でも厭はない。衣服《きもの》なぞどんな流行おくれの者を着てゐてもいゝ。たとへ借金に責められても、あの子だけには出来る限りの贅沢をさせてやりたい」と、夫婦は心を一つにして話合つてゐたくらゐであつたが、今日は別荘を建てたことをも長吉は後悔してゐた。自分が死んだあとまで俊一が生残つてゐたなら、どんなに悲惨であらうかと思ふと身の毛も弥立《よだ》つやうで、いつそ今のうちに、自分だちに看護されながら穏かな往生を遂げて呉れゝばいゝと、かつて思ひもそめなかつたことを望んだりしてゐた。

　国府津あたりまで来ると、俊一が出迎へに来てゐるかどうかと、二人《ふたり》は頻りに気にしだした。が、小田原へ着いて見ると、看護婦の上田も出てゐなかつた。

「今日《けふ》は加減が悪いのか知ら」と、おそでは心淋しくなつた。

「電報がおくれたのかも知れないね」と、長吉は気休めを云つた。雑沓してゐる電車に乗るよりも今日《けふ》は歩いて行かうと云つて、土産物を両手に提げて停車場を出た。そして、電車には乗れない俊一が、歩くか、俥に乗るかして此方へ来かゝつてはゐないかと、それを待設けながら向うへ目をつけてゐた。

　おそでは藝者連れの一組を乗せた自働車が、自分の側を威勢よく行過ぎるのを見送りながら、ちよつと眉を蹙めた。

「あなたもたまには、あんな風に陽気に遊びたいと思ひなさらない？」

「そんなことを思つたつて為様がないぢやないか。いつになつても余分な金は出来やしないのに」

「お金のあるなしに関はらないでさ。あなたは全くあゝいふ気持になれなくなつたのか知ら。人間の性分も歳を取ると変つちまふことがあるんですかね」

「おれは別段性質が変つたやうにも思はれないがな。変つたのは顔付くらゐなものだ」

「顔の変つたのは私ですよ。女は若くなくちや駄目ね。私だちの前にゐた丸髷に結つてた藝者は若いから艶があつて綺麗だつたわね。あなたゞつて始終《しよつちゆう》横目《よこめ》を使つて見てゐたぢやないの」

「何だ、馬鹿な。前にゐる女を見るのに横目を使つてどうするんだい」

長吉は苦笑した。彼れは若い時分の不身持《ふみもち》のむくゐで、生れながらに病毒を宿してゐる俊一を生んだことを、この頃は果てしなく悔いると共に、さういふ因果な子を自分のために生んだ田舎藝者の小千代に対して、稍々もすると憎悪の念を抱くやうにさへなつてゐたが、小千代ばかりではない、藝者といふすべての藝者を咀《のろ》ふやうな気持にさへなつてゐた。藝者の出る宴会をば成るべく避けるやうにして、たまにさういふ所へ行つても不快な感じに苦むのを例としてゐるほどで、さつきも、汽車の中でいろんな藝者連れの客と乗合せて、自分の愚かな昔を見せられるやうなのに悩んでゐたのであつた。

おそでは、夫《をつと》が若い美しい女を見ても、以前のやうに心を動かさなくなつたらしいのが、本当だとしても、喜ぶよりも、男としての衰へとしてむしろ物足らなく思ふのであつたが、さうして気取つて上《うは》べだけ装つてゐるのだと思はれて小憎らしかつた。

「でもあの藝者はちよつといゝ女ね。あなたゞつてさう思ふでせう。高慢ちきなところがあるからいやだけど、騒いでた藝者とはまるで人柄《ひとがら》がちがふぢやないの」

「それはさうだ……」長吉は、おそでが何時になつても、藝者といふ者を女の中の花でもあるやうに思極めてゐるのを卑んだが、自分が骨の髄までも藝者きらひになつてゐることは、おそでの痛い所に触れる訳なのだから、決して口へは出さなかつた。

「あのくらゐな藝者を自分の者にして大威張で旦那顔をしようとするには大抵ぢやないわね」

「それはさうだ」

「あなたは四十にまだ大分間があるのに、お爺さんじみちやつたんですね。男は陽気なことが好きなやうでなくつちや出世しないのぢやないでせうか」

「お前は時々は陽気になつてはしやぎだすから仕合せだよ。尤も昨夕のやうに陽気になり過ぎて取組合《とつくみあひ》をやつたりしちや困るけれどな」と、長吉が笑ふと、おそでも笑つて、

「あの時は私の虫の居所が悪かつたの。およねの奴もいやに突《つ》掛《か》つて来るんですもの。……それは昨夕《ゆうべ》のやうな見つともない姉妹喧華《きやうだいげんくわ》なぞ止した方がいゝんですけどね。でも、私時々は陽気な遊びをしたいと思ふことがあるんだから、今夜は俊一の所で、皆んなで何か賑かなことをして遊ばうぢやありませんか。俊一だつて喜ぶでせうよ」

「それもいゝだらう。だが、俊一の喜びさうな遊びは何だらう？　あの子が心《しん》から悦しさうな顔するのを、おれは一度でも見たいと思つてるんだけれど、駄目だな」

「さう思ふのはあなたの気のせいなのよ。俊一の身体《からだ》はいくら

不自由だつても、他人《ひと》が面白いと思つてることはあの子にも面白いんです。悦しくつてたまらないつていふやうにニコ〳〵してることがあるのに、あなたは感じないんですかね。あなたよりも私の方が俊一の気持をよく知つてるんですよ」

　ブラ〳〵歩いてゐるうちに、土産物の重みで手がだるくなつた。電車の線路を横切つて、狭い道を浜の方へ進むと、松葉杖をついた俊一の後姿《うしろすがた》がふと二人の目に映つた。

「俊ちやん」と、おそではあたりを憚らず、大きな声で呼掛けた。

　まん丸い顔した看護婦の上田が、足を留めて振返つて会釈すると、俊一も重い足を留めてニヤリと笑つた。

「今病院へ行つて来ましたのよ」と、上田は夫婦の近づくのを待つて云つて、一しよに家の方へ向つた。

「今日《けふ》は元気がよさゝうね。血色もいくらかよくなつたし」と、おそではいつも会ふたびに云ふやうなことを云つて、俊一に寄添つて、鼻の尖つた目のドンヨリした痩せた顔を覗いて見ながら、彼れの身体中《からだぢゆう》を舐《な》め尽くしたいやうな情火に燃えてゐた。彼れの腰のまわりは、骨膜炎のために蜂の巣のやうに穴があいてゐて、そこには、一日として医者の手当てを怠つてはゐられないほどに多量の膿《うみ》が溜るのであつたが、おそでは出来るものなら、俊一の骨をも肉をも腐らせてゐるさういふ膿を、自分の唇で吸取つてやりたかつた。

　夫妻は俊一を中に挟んで何か話しながらトボ〳〵と歩いた。

（二）

　僅かに三室《ま》しかない小さな別荘で、間に合はせの安普請《やすぶしん》なのだが、病弱な子供を本位として造られてゐて、風通しも日当りもよかつた。寝台を据付けて、そこから寝ながらガラス越しに庭や松林が見えるやうになつてゐた。庭には小さな池がつくられて、夏は金魚などを飼つたり水遊びが出来るやうになつてゐた。庭木戸から出ると、海は直ぐ近くなので、波の音はよく聞えて来たが、俊一は毎日の病院通ひ以外には戸外へ出ることを好まなかつた。退屈な思ひをしてゐる看護婦が、自分が遊びに行きたいために、屢々俊一を唆《そゝの》かすので、彼れは子供心にも、断つてばかりゐては悪いやうな気がして、三度に一度は誘ひに応じてゐたが、自分から進んで、活動写真を見たいとも海を見たいとも言出したことはなかつた。庭に鞦韆具《ブランコ》が備へつけられてあつたが、それは近所の子供に利用されるか、時としては、看護婦と近所にゐる若い学生との遊び道具に用ゐられるばかりであつた。彼れは寝台に横たはつてゐない時には、日当りのいゝ障子の側に、火箸のやうに細い、青白い足を投出して、冬になつても残つてゐる蠅の動くのを見たり、木立《こだち》の多い隣りの庭へ朝から晩まで来ては鳴いてゐるいろ〳〵な小鳥の声を聞いたりした。あるひは絵本を見ることもあつた。看護婦がをり〳〵聴かせて呉れる昔噺や怪談や人情話にも耳を傾けた。学校へは一度も行つたことのない彼れも、いつとなしに文字を習ひたくなつて、此方へ来てからは、看護婦が新聞や雑誌などによつて教へて呉れる文字を熱心に覚えようとした。

　ある時、彼れは母親が送つてくれた子供の雑誌を開けて見てゐるうちに、「ねてゐてころんだためしはない」といふ文句を、自分ひとりで読得たのが悦しくつて、屢々それを口に出した。

「うまいことを云つてるわね。全くその通りだわ。俊ちやんのやうに何もしないで、家の中で寝てばかりゐるのが、間違ひがなくつてい丶んですね」と云つて、看護婦は、欠伸《あくび》凌ぎに小唄を唄ふのと同じ調子で、「ねてゐてころんだ」を繰返した。をり〳〵遊びに来る分松葉《わけまつば》の抱《かゝ》への三子《こ》にも、「俊ちやんの名言」として吹聴した。

　上田にでも三子《こ》にでもをり〳〵揶揄《からか》はれるのが、腰部の痛みと同じやうに俊一の心に痛く響くのであつた。彼れは声を上げて泣くことはなかつたが、どうかすると、首垂れて萎れてゐることがあつた。ふと癇癪を起して、絵本を破つたり玩具を壊したりすることもあつたが、元気な子供のやうに暴《あば》れだす力はないのだし、顔付も薄弱く出来てゐるのだから、その癇癪も傍の者を驚かすには足らなかつた。

　今日は日が温かつたし、医者の手当てを受けたあとだつたので、俊一の機嫌もよかつた。土産《みやげ》の玩具のうちでは天狗の面を喜んで、それを自分の寝台の側に懸けた。「買つた時にはこんなものは為様があるまいと思つたのだが、かうやつて見ると、成ほど面白いね。しかし、お前は夜《よる》こんなものを見ても怖くはならないか」と、長吉が訊くと、

「怖いものか。僕はこんな真赤《まつか》い顔が好きだ」と、俊一は答へた。

「へえ、お前は赤いものが好きなの？　はじめて聞いたわね」と、おそでは俊一の好みの一つをはじめて発見したやうに喜んだ。

　彼女は東京の家にゐる時とはちがつて、此方では、気持よく台所働きをして、新しい魚を材料に二三品の料理を注意して拵へて、四人で食卓を囲んだ。銚子もつけて、彼女自身も久振りで猪口を手にした。酒をうまいとは思はないのだが、昔自棄飲《やけの》みをした癖が残つてゐるので、飲むとなると随分飲めた。「お母さんの顔はあの天狗様のやうになつたらう。女が真赤《まつか》い顔しちや見つともないけれどね」と云つたりして、酔ふほどに飲んだ。長吉も不断より快く余分に飲んで、上田にも勧めて、無理強いに二三杯猪口を重ねさせた。たゞ一人《ひとり》青白い顔してゐる俊一は、みんなの顔が紅味《あかみ》を帯びて来るのを不思議に思ひながら見廻してゐた。

「此間うちは寒う御座いましたから、俊ちやんは何処へもいらつしやらなかつたのです」と云つて、上田は公園の梅が咲きかけたといふ噂を伝へた。

「ぢや、明日《あす》はみんなで梅見にでも出掛けませうね」と、おそでは調子づいて云つたが、するとふと、片足の短い俊一の松葉杖突いた姿に衆人の意地悪い目が注がれる有様が思出されたの

で、人目《ひとめ》の多い所へ遊びに出掛ける興味は薄らいでしまつた。親子だけで、人通りの少い淋しい浜辺《はまべ》か野良《のら》の方を撰んで散歩したかつた。それよりも今夜のやうに家の中に閉籠つて、傍に気兼ねしないで遊んでゐる方が却つてましなのかも知れないと思はれたりした。

「俊一は今何処か行つて見たいと思つてる所があるの？　公園へは行きたいの？　箱根の山へでも登つて見たかあないの？」と訊くと、俊一は首を振つた。

「僕は舟に乗つて見たいな。艪が押せるとい丶んだけれど、僕は駄目だらうな」

「だつて海は危《あぶな》いぢやないの。この辺の海は荒いから、舟がひつくら返つたら助かりやしないよ。お前は舟に乗つたことがないから、珍らしいもの丶やうに思ふんだね。それなら、もつと身体《からだ》がよくなつてから、汽船に乗せて上げようよ。みんなで房州へでも行きませう。……ねえ、お父さん」と云つて、おそでは、長吉が悲しさうな目付で俊一を見詰めてゐるのを顧みて、

「この頃、お父さんはお酒を召上ると、却つて沈んぢやつていけない。今夜は羽目《はめ》を外《はづ》して賑かに遊ばうつて、あなたも約束しなすつたぢやないの。……俊一の気に入りさうな遊びつて何だらうね。……」と云つて、看護婦の方へ向いて、「上田さんはいろ〳〵な流行唄《はやりうた》を知つてらつしやるから、唄つて聞かせて頂戴ね。私なぞ、長いこと、寄席へも浅草へも行つたことがないから、当節の唄は些とも知らないのよ。いつだつたか、雨がシヨボ〳〵降つてゐた日に、あなたは井戸端で洗物しながら唄つてらしつたわね。雨は降る〳〵城ケ嶋の磯につて。声がい丶から、私聞惚《きゝと》れてゐたんですよ。私なぞ喉が干枯《ひから》びちやつて駄目なんだけど、あなたは病気したことがないし、歳も若いから、声もい丶んですね」

「唄でも何でも、上田さんに隠し藝があるんなら、一つやつて貰いたいもんだね」長吉はいくら酔つても、今夜は妻子の顔を見るにつけて起つて来る鬱陶しい思ひを、掻散らさうとして、お世辞でなしにさう云つた。

「私は無藝大食だから駄目ですわ。奥さんのを一度聴かせて頂きたいつて、三子《こ》さんによくさう云つてゐるんですよ」

「私は何をしてもカラツ下手《ぺた》なの。若い時分には逆立歩《さかだちある》きはちよつと上手だつたのだけど、この歳でそんな真似は出来ないわね」

おそではふと興に乗つて、汽車で見た瓢軽《ひようきん》な遊びの真似をした。紙捻《こより》をつくつて額に載せて、仰向けた平顔《ひらがほ》をゆすぶり〳〵昼のところまで辷らせて、「うまく行つたわね。あなたもやつて御覧なさい」と左右を見た。俊一は面白がつてニヤリと笑つたが、長吉は何を馬鹿なと云つたやうに苦笑した。

「サア、やつて御覧なさい」と、おそでが上田の額へ紙捻《こより》を押付けると、上田は半ばお義理に真似て見たが、自分で笑つてばかりゐて熱心が足らなかつたので、二三度やり直しても、いつも鼻のところから横へ落ちた。同じ平顔《ひらがほ》でも、艶のある頬の肉

を微動させながら、紅い下脣《したくちびる》を突出して、接吻をでも待受けてゐるやうな上田の動作は、長吉の目についた。俊一は上田のしくじりを更に面白がつて笑つた。

「サア、あなたもやつて御覧なさいな。俊一が面白がつてるぢやありませんか」

おそでは夫《おつと》にも迫つた。長吉は妻や看護婦の頰で撫でられ、唇で濡らされた紙捻《こより》を額に載せて、同じやうに道化《どうけ》た真似をした。俊一はます〳〵面白さうに、声を立てて笑つたが、「お前もやつて御覧」と、母親に勧められると、いやだと首を振つて後退《しりごみ》した。

「極りが悪いの？　だつて、此処にはお父さんとお母さんと、上田さんと、みんなお前の好きな人ばかりゐるのぢやないの。遠慮することはありやしないよ。どんな悪戯《いたづら》をしてもいゝんだよ。思切り暴《あば》れて御覧なさい。誰れも叱りやしないから。……お母さんは俊ちやんと一しよに暴《あば》れてもいゝんです」

「お前に暴れられちやたまらないね」と、長吉は戯談らしく云つたが、心の中では本当にさう思つてゐた。喜怒哀楽の昂進した時のおそでの挙動の物狂ほしさを、彼れは危《あぶな》かしがつてゐたのであつた。「俊一はお父さんの髪を解いてお呉れ。以前は髪《かみ》梳《す》きが好きだつたのに、この頃はいやになつたのかい」と云つて、奇麗に分けてある自分の長い髪をわざと手で掻乱して、頭を前へ突出したが、俊一は母親の渡した櫛を手に取ることさへしなかつた。

「床屋さんはもう廃業したのね。お父さんの髪の毛は長くつて煩《うるさ》いから、鋏でチヨキ〳〵と切つて上げればいゝのに。俊ちやんが切るのなら、お父さんだつて怒んなさりやしないよ」とおそでは、不断看護婦が繃帯や膏薬など切るのに用ひてゐた剪刀を引寄せて、自分で毛を切る真似をして見せた。

「そいつは御免だ」と、長吉が頭を引込めると、

「いゝぢやないの。俊ちやんの慰みに切らせておやんなさい」と云つて、おそでは俊一を嗾《け》しかけた。

「切らせたきやお前の髪でも切らせるさ」

「よ御座んすとも。罪ほろぼしにいつか切らうと思つてたこともあるんだから」

「俊一はお父さんやお母さんの髪を切つたつても、首を斬つたつても、幸福《しあはせ》にも楽《たのし》みにもなりやしないね。サア、お父さんのところへお出で。絵本を読んで聞かせてやらう」と云つて、長吉は危険な剪刀は妻の手から取つて後《うしろ》の方《ほう》へやつて、俊一を招いたが、俊一は萎《しほ》れた顔して大儀さうにして、坐つた所を動かなかつた。

夫婦が戯れるにしても争ふにしても、上田は傍で見てゐるのを快しとしないで、湯に行くと云つて出仕度をした。

「どうせ明日《あす》はお風呂を立てさせるのよ」とおそでは云つたが、上田は買物もして来ると云つて外へ出た。

「あの人はよく辛抱して呉れるけれど、他人は他人だから、やはり気が置けていけない。親子三人でかうして暮してゐられた

ら、私迷はないでゐるんだけど、駄目ねえ」と、おそでは真面目になつて歎息した。

「だからお前が思切つて此方に居《ゐ》つくことにしたらいゝぢやないか。おれは下宿住ひでも我慢すると云つてるんだから。さうすれば看護婦の高い給金だけでも助かるんだから、お前の収入がなくなつても、どうにかやつて行けんことはないだらう」と、長吉は真面目に云つた。

「そりや、私にだつて、繃帯の掛け方くらゐは分らないことないから、看護婦まかせにして置くよりは、私が始終《しよつちゆう》側についてゐた方が、俊一の身体《からだ》のためにもいゝに違ひないんです。だけど、私が一銭の稼ぎも出来なくなつて、あなたの収入ばかりを当てにするやうになつちや、心細いんですもの。あなたゞつて下宿生活《くらし》を平気だなんて今こそ云つてゐらつしやるけど、長くは辛抱が出来やしませんよ」

「なに、おれは辛抱して見せるよ。それにおれ一人だつたら、一週に二度くらゐは此方へ泊りに来られるだらう」

「私を俊一の側へつけといて、あなたは東京で一人《ひとり》で暮してた方がいゝと思つてゐらつしやるの？　此間からの話の様子ではどうもさうらしいわね」

おそでは、一刻も俊一を離れてはゐられないと思詰めるたびに、自分の職業などは抛り出して小田原に定住する気になるのであつたが、自分の目の届かなくなつたあとの夫《をつと》の身持が疑はれるので、さうも極めかねた。近年夫《をつと》はどんな女とも関合《かゝりあ》ひをつけてはゐないらしいけれど、機会さへあつたら誰れにでも手を出しさうな様子が見えてゐるのだから、少しでも油断は出来やしないと、彼女の猜疑の目は、留守番と台所の手伝ひのために同居してゐる妹のおよねの上にさへ及んでゐた。

「お前が此方へ来たいのなら、さうしようと云つたまでぢやないか」と、長吉は話を外さうとしたが、おそではこの頃の癖で、いやにこだはつて来だした。

「俊ちやん、お父さんはね、お前やお母さんを何時棄てゝ、他所へ行つちまふかも知れないんだよ。だけど、心配しないでおいで。お母さんは大丈夫、俊ちやんを離れやしないよ。どんなに貧乏しても、二人で仲よく暮しませうね」

おそではさう云つて、俊一を抱締めて頰擦《ほゝづ》りしたが、俊一が悲しさうな顔すると、彼女も涙を落して、夫《をつと》に棄てられたあとの母子の境涯を想像しては悲みに耽つた。

「下らないことを云ふものぢやないよ」長吉は妻のいやみな泣つ面を見ると、酒の酔ひも醒めるやうに感じながら、「俊一は此方へおいで。お父さんが面白いお話を聞かせて上げようね」と、両手を差延べて、俊一の細つこい身体をぐつと引寄せようとしたが、おそでは、取られまいとしてます〳〵抱締めるので、俊一はだし抜けに、「いたいよ〳〵」と叫んで泣出した。そして、驚いた二人が一度に手を離すと、彼れは力もなく横に倒れた。

やがて俊一が機嫌を直したころには、さつき嶮しくなりかゝつてゐた夫婦の心も和らいで、三人は火鉢を囲んで、甘栗など食べながら邪気《つみ》のない笑話に耽つた。昨日《きのふ》は何を食べたか一昨日《おとゝひ》は何を食べたか、この頃は夜よく眠られるかといふやうなことを、おそでは俊一に訊ねたが、上田が側にゐないのを幸ひに、彼女の日常の行為をも彼れから訊うとした。

「上田さんは笠間さんと箱根へ行く約束をしとつたよ」と、俊一は先日耳に留めたことを話した。

「××にゐる書生さんとかい。……今度の人は親切でよく辛抱して呉れると思つてゐたけれど、ぢや、あの人もそろそろいや気がさして来たのだね」

「上田と笠間といふ人との仲が怪しいのかい」と、長吉は横から口を出した。

「それは極つてゐますさ。私は大分前から勘づいてゐたんです。そんなことはどうでもいゝんだけど、あの人が行つちまふと、また代りを捜さなければならないから、苦になるんです」

「どうでもいゝつてことはないよ。お前は何とも思つてゐないやうだけれど、若い男と女とが巫山戯た話なぞしてるのを俊一に聞かせるのはよくないよ」

「それは構はないぢやないの。この前の人もあゝだつたし、どうせ若い人を頼めば、そのくらゐなことは大目《おほめ》に見てゐなきや駄目ですよ。看護婦が色男をこしらへたからつて、あなたが嫉《やき》妬《もち》やかなくつてもいゝのよ」おそではツケ〳〵と夫《をつと》をやつつけて、俊一には柔しく、「それで笠間さんはこの頃毎日やつて来るの？」

「時々遊びに来るの。縁側へ腰を掛けて話をするんだけど、僕は側へ行かんやうにしてるんだ。昨日はお菓子を持つて来て、僕にも食べろつて云つたけれどね、僕行かなかつたの」

「なぜ？　笠間さんは活潑ないゝ人ぢやないの」

「でも、僕はあの人は好きぢやないよ」

「笠間さんがお前の気に入らないことを云つたのかい。お前は何でもよく分るからね」

俊一は自分の病気について侮辱的な言葉を笠間が云つたことをよく覚えてゐたが、それを両親の前に打明けては悪いやうな気がしたので黙つてゐた。

「俊ちやんはこの頃も上田さんは好きなのだらう。あの人のすることで気に入らないことがあつて？　かういふところがいけないと思つてることがあるのなら隠さないでお母さんに仰有いよ」

「そんなことはない」

「お前は上田さんが好きなのね。この前の人よりも」

俊一が首《うな》づくのを見て、長吉が、

「ぢや、少々給料を増してもいゝから、もつとゐて貰ふやうにするんだな」と云ふと、

「六十円だつて特別なんですもの。この上出してたまるものですか」と、おそでは、はじめ高い謝礼を出渋つた夫《をつと》が、無雑作にさう云ふのを怪んだ。

「でも、俊一の気に入つてるのなら、少々の金は惜まないで引留めといたらい丶ぢやないか」

「それはさうだけど、お金さへ出しやゐてくれるとは限らないわ」おそではさう云つて、置時計を見て、「俊ちやんはもう寝んねしなきやならないでせう。今夜はお母さんが寝かして上げようね」と、俊一に寝仕度をさせて、十歳にもなる男の子としては軽過ぎる身体を横抱きにして、寝台の上へ運んだ。柔かい夜具をふはりと掛けてやつて、おとなしく目を閉ぢた俊一の細つそりした顔を暫らく見下ろした。

　言葉が止切れると、東京とはちがつた周囲の寂しさが二人の心にしみ入つた。長吉は食卓の上に頬杖を突いて煙草を吸ひながら、寝台の方へ目をやつてゐたが、おそでの身体《からだ》が邪魔になつて、俊一の寝姿は見られなかつた。都会の濁つた空気の中にゐては健康が長く保たれないといふ医師の注意によつて、一人《ひとり》子《ご》をこの海岸に住はせることになつたのも、今になつて見れば、一時の気休めに過ぎなかつたことが分るにつけて、自分だち親子三人の身は暗い闇に鎖されてゐるやうに思はれてならなかつた。そして、近年夫妻が、こんな不具な児を生んだ罪亡ぼしのために心を合はせてゐたのが、昨今はお互ひの心に隙間《すきま》が出来て来たので、大切な一人子《ひとりご》の始末が長吉には言ひやうのない煩ひになつて来た。

「俊一さへ生まれてゐなかつたら、こんな愚かな女とはとつくの昔に別れてゐる。三十を過ぎたばかりで生気を失つて末枯《すが》れた顔や肉体をしてゐるやうな女を、男盛りの自分が、後生大事に守つてゐるにはあたらなかつたのだ。それも俊一が人並に健かになる望みがあるのなら、それだけを楽みにして、外の事には目を瞑つてゐてもい丶のだが、どうせ望みはないに極つてゐる」と思ふと、いろんな苦労に堪へる張合ひがなかつた。

　彼れは寝台の側に立つてゐるおそでの後姿を見ながら、せめて彼女を此方に定住させて、自分一人東京で気儘な下宿生活をするやうにでもなつたらと望んでゐた。上田が俊一の気に入つてゐるのなら、おそではどうならうとも、さういふ女に俊一の短い一生の介抱を頼むことにしたらい丶と、おそでの亡くなつたあとを空想したりした。そんなことを空想するにつれて、若い学生と上田との関係が不快に感ぜられだした。

「俊一はもう眠つきましたよ」と、おそでが火鉢の側へ戻つて坐つたところへ、看護婦も帰つて来た。温上りで一層艶々してゐる上田の若い顔は、今度は不思議に長吉の目を惹いた。

「あなたも毎晩淋しいでせうね、波の音ばかり聞えて」と、おそでが云ふと、

「さうでも御座いませんわ。この頃は私もスッカリ小田原に馴れたんですね」と、上田は爽かな声で応へて、「今三子《こ》さんに会ひましたのよ。だし抜けに後から私の目を圧えてお酒臭い息を吹掛けるから、私吃驚《びつくり》しました。あの人は気さくでいつも面白さうですのね。明日《あす》は此方へお伺ひすると云つてました」

　長吉は、妻が若い藝者など相手にして、得意になつて自分の

昔を語つたりするのを好まなかつたが、でも、三子《こ》の快活な気質と、太《ふと》り肉《じゝ》の健かな若い身体《からだ》に対しては不快な感じを寄せる訳に行かなかつた。

(三)

翌日も温かい日であつた。俊一は誰れよりも早く目を醒まして、雨戸の隙間から差して来る朝の光で天狗の面を見たり、窓際へ来て鳴いてゐる小鳥の声を聞いたりしてゐたが、昨夕《ゆうべ》は不断よりもよく眠れたゝめに、何が悦しいともなく、ひとりで微《ほゝ》笑《ゑ》まれた。先日《こないだ》上田さんが笠間さんに、「あの子はいくら手を掛けたつてどうせ駄目なんです。一度風邪《かぜ》を引いても、それでおしまひなんです。何も知らないんだから可愛さうですよ」と小声で云つてゐたのを、自分のことを話してゐるのだと、俊一は耳に留めてゐて、今もその言葉を思出したが、その言葉は少しも彼れを悲しませはしなかつた。父や母が傍にゐて呉れるのは何よりも悦しくつて、時々来て呉れるのが待たれてはゐたが、自分が両親に随いて東京へ帰りたいとも思つてゐなかつた。

炊事でも洗濯でも、すべての雑用を足して呉れる隣家《となり》の主婦《かみさん》が、台所口から声を掛けると、おそでは目を醒まして、「今日《けふ》は朝からお風呂を立てますから水を汲んで下さいね」と、寝床の中から云つた。

東京のゴミ〳〵した所で働いてゐる夫妻は、雨戸を開けて田舎の朝の空気に触れると、日頃の疲れが拭はれてしまふほどの快さを覚えた。長吉は朝餐の仕度の出来る間浜辺を散歩することにした。日はよく照つて風もないので、沙の上に蹲んで大海を見渡してゐたが、すると、そこへ笠間がやつて来て、顔を見合せると、先方から挨拶した。

「御散歩ですか」と云つて、相手の顔をよく見ると、以前と違つて血色がよくなつて頬に肉もついてゐるので、「大変お丈夫になりましたね」と云ふと、

「えゝ。身体《からだ》はスツカリよくなりました。月が変つて温かになつたら、此方を引上げようと思つてゐます」と、笠間は元気よく云つて、目礼して行過ぎた。

「彼奴、おそでや上田にはよくお喋舌《しやべ》りしてるくせに、おれを煙《けむ》たがつてあんまり話をしたがらない」

長吉はさう思ひながら、笠間の方を見やつてゐたが、健かになつて東京へ帰つて行く笠間の幸福を思ふにつけて、俊一の事が新たにいたましく胸に迫つて来た。そして、同じ人間の形を具へて生れて来ながら、俊一のみが悲惨な生存を続けねばならないのを、考へれば考へるほど諦めかねた。

で、家へ帰つて、

「笠間さんは肺病が根治したのだらうか。見たとこは大変達者さうになつてるね」と、誰れに云ふともなく云ふと、

「海岸でお会ひになつて?」と、上田は訊ねて、「あの方はこの頃は、病気しない前よりも強くなつたから寒い日にでも海岸を運動してゐらつしやるんですつて」と、手拭を姉様かぶりに

して、障子に紙箒《はたき》をかけながら云つた。

「難病が癒つたあとは格別に悦しいものでせうね。肺病のやうな病気でも養生次第で完全に癒るんですかね」

「あの方も一時は絶望してゐらしつたんですつて。だから、これからは生命《いのち》ひろひをした気で勉強するのだと云つてゐらつしやるんですよ」

　笠間の生国や通つてゐた学校について、二人が訊ねたり答へたりしてゐる間、おそでは側にゐながら口出しないで浮かない顔してゐたので、長吉が気にして、言葉を掛けると、

「さつき上田さんのお手伝ひをして、俊一の繃帯を取替えたのですけどね。それはひどくなつてるの……」と、おそでは萎《しを》れて云つたが、その顔は不断よりも一層婆《ばあ》さん染みてゐた。「以前よりも、つとひどいんです。五つも六つもの穴がぺつたり膿でふさがつてゐて、ガーゼを通すと、穴の中は横の方まで空虚《うつろ》になつてゐて、此方からあつちへガーゼが通るんですもの。まるで田舎のお竈《へつゝひ》見みたいに、口は別々になつてゝも、奥は一しよに穴が開いてるんぢやありませんか。あなたも一度よく見ておやんなさい」

「それはおれも医者からよく聞いてゐるよ」

　長吉は、今更云はなくつてもいゝことを妻が口に出すのを苦々《にがにが》しく思ひながら顔を蹙めた。

「聞いたゞけでは駄目ですよ。病気の本元《ほんもと》をよく見なければ」

「おれは医者ぢやないし、見たつて為方がないぢやないか」

「顔だけ見てると、俊一も次第に丈夫さうになつてゐるから、あなたは平気でゐられるんです」

　さう云つて夫《をつと》の冷淡を攻めだしたおそでも、平生は俊一の患部を熟視することを恐れて、看護婦の手伝ひをする時でも、成べく目を外らすやうにしてゐたのであつたが、今朝は、事によつたら今後自分一人で病児の世話をしなければならぬと覚悟して、勇気を出して、日々の手当ての仕方を看護婦に教はつた。そして、地獄をのぞいたやうな戦慄を覚えたのであつた。

　掃除を済まして、不断は乱雑になつてゐる家の中を綺麗に取片付けて、四人揃つて遅い朝餐の膳に向つたが、夫妻は気持よく食物を味ふことが出来なかつた。風呂が沸くと、長吉が入つたあとで、おそでは俊一の身体を拭つてやつて、障りのない所を丹念に磨いてやつた。手の指先や手首などを、石鹼や垢磨《あかすり》を用ひていじり廻してゐると、俊一はおとなしく、愛撫によつて受ける快感を楽んでゐるやうにニコついた。湯の温かみで彼れの青い皮膚にも、人間らしい艶が出て、頰にも紅味《あかみ》が差した。

「俊ちやんの身体《からだ》にはこれだけ元気があるんだから、いゝ空気を吸つておいしい物を食べて養生してゐれば、次第に丈夫になるんですよ。さう心配することないの」と云つて、おそでは急にまた希望を回復して、自分の心を慰めた。

　夫妻が案じてゐたやうに、看護婦が暇を呉れよと申出はしなかつたし、隣家《となり》の主婦《かみさん》の給金や家の費用も滞りなく支払ふことが出来たし、子供を相手に一日遊び暮らして、夜の汽車で二人《ふたり》

一しよに帰りさへすれば、例の通りなのであつたが、午過《ひるす》ぎに留守居《るすゐ》のおよねから、盗難に会つたといふ意外な電報が来たので、二人《ふたり》は吃驚《びつくり》して顔の色を変へた。

「戸締まりをよくしなかつたんだらう。家を空けて遊びに出てゐたのかも知れない」と、おそでは妹の不注意を憤つて、側にゐたら殴りつけてでもやりたいやうに昂奮したが、衣類持物のすべてを盗まれてしまつたやうな気がするとともに、ドンヨリした萎れた両眼に涙が浮んだ。

「大切な物をみんな盗まれてしまつたら、これからどうするんですよ。今日《けふ》の日から着のみ着のまゝで路頭に迷はなきやならないぢやありませんか」

「さう慌てなくつてもいゝよ。……しかし、電報が来たのだから直ぐ帰らなきやなるまいな」長吉は努めて落着いて云つたが、この頃自分の心の内や外に微《ほの》見えかゝつてゐた悪運のおとづれが、この盗難を最初として続々起つて来るのではないかと恐ろしく感じた。

「なに、家《うち》ぢゆう捜したつて碌な物はないんですよ」と、強いて笑ひを浮べて、看護婦の慰問に答へて、おそでを促して帰り仕度に取掛つた。いくら急いだつて、汽車の中で二時間あまりじつとしてゐなければならないのを思ふと、二人はもどかしくてならなかつた。

「お母さんは四五日したらまた来ますからね。上田さんの云ふことをよく聞いておとなしくしてゐらつしやいよ」と、おそでは俊一に別れを告げたが、俊一はいつもの通りで、ちよつと寂しい顔をしたばかりで、さして別れづらい様子を見せなかつた。

「俊ちやんをお頼みしますよ」

「ぢや、お大事に」

上田は、戸口《とぐち》でいつもの通りの挨拶を取りかはして、二人がアタフタと出て行くのを見送つたあとで、家の中へ戻つたが、盗難の話を聞かされたゝめに、病児と自分との二人生活《ふたりぐらし》が俄かに心細く思はれだした。

「俊ちやん、あなた怖かない？　東京のお家《うち》のやうに此処へ泥棒が入つたら困るわね」と云ふと、

「さうしたら何でも持つて行かせればいゝでせう」と、俊一は事もなげに云つた。

「泥棒つて、たゞ物を取つて行くばかりぢやないのよ」

「ぢや、どうするの？」

「刃物で斬つたり突いたりするかも知れないの。刃物を振廻されたりしたら、あなたゞつて怖いでせう。私今夜から此処で寝るのが怖くなつてよ」

「ぢや、あなたも東京へ帰つちまふの？」

「帰りたくつても、あなたを一人《ひとり》此処へ打やらかしといて帰りやしないわ」上田はふとこの病児を不憫に思つてさう云つて、「俊ちやんはこの頃は東京へ帰りたかないんですか。たまにはお母さんに随いて帰んなさればいゝのに」

「帰りたい時にはいつでもさう云つてやれば、お母さんが迎へ

に来て呉れるんだからいゝ」

「お母さんが大事なひとり息子《むすこ》を田舎へ打やらして置くのも不思議だけれど、あなたが孤児見たいにこんな所に一人《ひとり》ぽつちにされて、さう淋しいとも思はないのは、私不思議でならないわ。親子の仲はそんな筈ないと思ふんだけど、……」

さう云はれると、俊一も母親の懐かしい思ひが胸に迫つて来たが、口へは出さなかつた。そして、自分で寝台の方へ行つて横になつた。仰向けに寝たまゝ目をパッチリ開けて、低い天井を見ながら、窓外の物音に耳を留めてゐたが、其処では近所の子供が囂しい声を立てゝ遊んでゐた。俊一には言葉がよく聞取れなかつたが、時々は煩さく感ぜられる子供等の騒ぎも、今日は心の慰みとなつた。彼れは障子を開けて、彼等の活潑な挙動を見下ろしたりした。四人も五人もの子供が、向ひの危かしい石垣の上に登つて、互ひに他を突落さうとし合つてゐた。拍子を取つて勢ひよく飛下りる者もあつたが、飛下りて平気で地上に立つのが、俊一の目には不思議なことゝして映つた。彼れは誰れの足にも腰にも怪我のないのを不思議がつた。さういふ騒ぎの間に、小鳥が隣りの樹木から自由に此方へ飛んで来るのを、彼れの目は見のがさなかつた。

俊一が外へ心を惹かれてゐる間に、上田は縁側で日向ぼっこをしながら、朝のうち読みそこなつた新聞を読んでゐたが、そこへ三子《こ》が湯屋の帰り途に立寄つた。髪をハイカラに結つてゐて、面長な引締つた顔立も、中流の奥様らしいがベタ〳〵したやうな歩きつ振りが、どうしても田舎の藝者か酌婦見たいで本性をあらはしてゐた。「あの人は顔ばつかりお上品らしくしようとしてゐるけど、胴から下がだらしがない」と、おそでが上田に云つたことがあつた。

上田はいゝ話相手として迎へて、夫妻が例よりも早目《はやめ》に帰京した訳を話した。姉《ねえ》さんには是非聞いて貰ひたいことがあつたのに惜しいことをしたと、三子は大袈裟に云つて、

「此方の御別荘へ、有りつたけのお金をつぎ込んで、簞笥の中も金庫の中も空つぽだなんて云つてたけれど、泥棒に取られるやうな物がまだ有るんですかね」と、冷かすやうな口調で云つたが、「でも、お気の毒ね、たまに俊ちやんに会ひに来なすつたのに」と、同情した表情をして、寝台の方を覗いて、「俊ちやん。寝てゐらつしやるの?」と声を掛けた。

俊一は振返つて微笑したが、直ぐに寝床に横はつて、二人の方から顔を背向けた。「あなたのお母さんはあなたの生れる前に三子《こ》さんのやうだつたのよ」と、かねて上田から聞かされてゐたのだが、彼れはそのために却つて三子《こ》に親しみがたくなつてゐた。

「私この頃思余つてることがあつて、姉さんの智慧を借りたいと思つてゐたのよ。姉さんがゐないから上田さんに聞いて頂かうか知ら」三子は馴々しくさう云つて、温まつてゐた肌の冷くなるのをふと気遣つて、障子を締めて火鉢の側へ寄つて、「かういふ家にゐて、気儘に寝たり起きたりしてゐたらいゝでせう

ね」と、何かを考へてゐるやうな目をしてあたりを見廻してゐた。

「淋しくつて為様がないわ。それに大切な病人を預つてるんだから油断は出来ないんですもの。私さつきから考へてゐたのよ。俊ちやんの身体《からだ》に極りがついたら、私の白衣生活もおしまひにしようと思つてゐたのですけど、それまで待つてゐられさうでないの」

「でも、もう少しの間でせうから、勤めてお上げなさいな。あなたならこそ、牛島さんも安心して俊ちやんを任かせてゐられるのよ」

これまでにもをり〳〵話合つてゐたやうに、おそでが病児を打やつて置いて、夫《をつと》の側に喰附いてゐるのを、二人で非難して、口では何と云つてゐても、子供よりは御亭主の方が大切なのであらうかと、さういふ実感を持つてゐない二人は、いろ〳〵に当推量をし合つたが、話がそつちへ外れて、いやに真面目《まじめ》になりだすと、三子は最初話しかけた話を進めるのが後目《うしろめ》たくなつた。

「此方の主婦《おかみ》さんは嫉妬《しつと》深《ぶか》いのね。今度なぞ側で見てるといやになるんですよ」と、上田が云つたので、

「それは焼餅《やきもち》やきですとも。だから、私牛島さんには成るべく口を利かないやうにしてゐるのよ。あなたも気をつけてゐらつしやい。詰らない疑ひを受けちやいけないから」と、三子は応へて、「でも、上田さん、何よ」と調子づいて、「男でも女でも、あんまり焼かなさ過ぎるのも張合ひのないものよ。私の知つてる人の奥さんは、御主人が何をしてゐても、本当に平気でゐるらしいの」

「ケーさんて方《かた》でせう。主婦《おかみ》さんに聞いてよく知つてますわよ」

「ケーさんでもコーさんでもいゝから、上田さん親身《しんみ》で聞いて下さいね。……私、その人に月に三度ともしみ〴〵会やしないのよ。一年の余《よ》も喧嘩一つしないで照降《てりふり》なしに続いて来てゐるのだけど、その人のお腹の中が、私にはどうもよく呑込めないの。私の身をどうして呉れるんですよと、改まつて一つ訊けばいゝのだけど、それを口に出すのが怖いやうで、何時会つても云はれないのよ。……私は前から気をつけてゐたから、大《たい》した借金は残つてゐないのでせう。年末《くれ》にも、浜の××屋だの此処の××からいろ〳〵な反物を持つて見せに来るし、家の姉さんが傍から勧めるし、私も去年ので間に合はせるのは気が利かないから、浮《うつ》かり手を出しかけたの。下着も慾しい、長襦袢も慾しい、帯も慾しい。今年《ことし》は山繭《やままゆ》が流行《はや》つてるなんて、私だつて、お正月には切立《きりた》ての新しい物を身体《からだ》につけたいには極つてゐまつさ。だけどここが大事な所だと、私は考へちやつたの、まだ二年や三年稼がうと思へば稼げなかないし、ちつとやそつとの借金でこの先が暗くなるつてことはないのだけど、若しもあの人に心から私の身を引取つて呉れる気があるのなら、私の方でも今のうちにその覚悟をして、あの人に成べく余計な迷惑は掛

けないやうにしなきやならないと思つて衣服《きもの》のことなんぞ目を瞑つて我慢したのよ。御覧なさい。私は指嵌《ゆびはめ》さへ一つ持つてゐないのぢやないの。私だつて以前は負けること嫌ひな見栄坊《みえばう》だつたから、頭の物だつて、手足《てあし》につけるものだつて、何処へ出ても恥かしくない物を、一身上《ひとしんしよ》持つてゐたのだけど、ある事のために、さういふものはみんな無くしたのです。……年末《くれ》にあの人に会つた時に、お前はお正月の仕度は出来たかと訊かれたから、そんな者はどうでもいゝんですと、負惜みを云ふと、さうかつて、それつきりだつたの。見栄坊の私が、物はよくつても去年のお古《ふる》を着てまがひ珊瑚の簪なんぞ差して、見栄も外聞もかまはないで、お座敷へ出てゐるのは誰れのためだか何のためだか、あの人はよく知つてるくせに、とゞの詰りの肝心なことを私の前で言出さないのだから、私じれつたくて仕様がない。先方でも私の方から言出すのを待つてるのかも知れないけど、私どうしても思切つて口には出せないのよ。家の事情でお前の一生を見てやる望みはないから、これまでの縁だと思つてくれと云はれはしないかと、詰らないことが気になつてならないの」三子はふと声に力を入れて、「全体あの人の奥さんが焼餅をやかないからいけないんだわ。騒いでくれゝば、いゝか悪いか、どちらかにキツパリ道がつくのだけれど、奥さんがおとなしいから、張合ひがないつたらない」と云つて、「上田さん、あなたはどうお思ひになつて？」

「私には分らないわ」上田は相手の手放しの惚気《のろけ》を座興として聞いてゐたのであつたが、ふと自分の胸に思当るところがあつた。「それで、その方があなたの一生を見てやると仰有つたら、あなたは直ぐにも今の稼業をお止めになるの？」

「さうよ。私今が丁度廃業にいゝ汐時だと思つてゐるの。看板の空いたのがあるからつて私の気を引いて見る人もあるけれど、私気乗りがしないの」

「あなたの稼業は傍《はた》で思ふほど面白かないんですかね」

「私別段稼業をいやだつて思やしないんですけどね。でも、好き好んで藝者なぞになるものぢやないわね。あなた方の御商売の方が尊いのよ」

「さうでもありませんよ。私もはじめは白衣生活にあこがれてゐたのですけど、内輪へ入つて見るといやなことばかりなのですよ」上田はかねて見聞してゐる内輪のいやな事を話さうとしたが、相手に蔑視《さげす》まれるのが気になつたので、話を転じて、

「ケーさんとかはいくつにおなりなさるの？」

「牛島さんよりも一つか二つ上なんですよ。もうお爺《ぢい》さん」

「さう」

「変に思つてゐらつしやるわね。でも、男で本当に手頼りになるのは四十くらゐな人なのよ。あなたは二十代の若い方がお好きなんでせう」

三子は平気でさう云つたが、上田はドギマギして返事をしないで目を伏せた。笠間のことを三子に知られてゐるのではないかと思ふと、顔が火照《ほて》つて来て、向合つてゐるのが堪へられな

くなつた。
「俊ちやんは私だちの話を聞いてゐたのね」と、三子は、目をパッチリ開けて此方を見詰てゐる俊一の方を顧みて云つたので、上田はそれを幸ひに
「俊ちやんはお医者さんへ行かなきやなりませんね」と云つて座を立つた。

（四）

上田は三子よりは却つて三つ四つ年上であつたが、色恋についての経験や知識は三子に及ばないと思つてゐたので、をり〳〵此処へ来ておそでや自分に向つて、無遠慮にしやべり立てる彼女の話をいつも好奇心をもつて面白く聴いてゐたのであつた。今日《けふ》は三子が帰つたあとで、俊一を連れて病院へ往来する間に、三子の云つたことを思出してゐると、笠間に対する自分の気持がそれによく似てゐるのぢやないかと思はれだした。お互ひに心の中で思合つてゐても、どちらかが口へ出して云はないかぎりは、煮切らない日がいつまでもつゞくのだと、上田は笠間と自分との仲をさういふことに極めてしまつた。「でも、あの女《ひと》はケーさんに一生を見て貰へるか貰へないかが分らないだけで、一年の余も関係は続いてゐるのだけれど、そこへ行くと、私だちの間は綺麗なものだ」と、自分の肉体の潔白を誇る気にもなつたが、それをひそかに誇つたあとでは直ぐに、三子などのやうに自由に自分の肉体をあつかひ得られる境涯の人々の羨ましさが力強く胸に湧立つた。今までに二三度誘惑を斥けて自分の潔白を守つて来たことも、おそでなどに向つて口でこそ自慢げに吹聴したものゝ、真実《ほんとう》は幸福を取逃がした口惜《くや》しさが感ぜられてゐた。……そして、今差当つて自分をかまつて呉れさうな男は、笠間の外には無いのに、その笠間も月が変つたら東京へ帰つてしまふのだと思ふと、上田は愚図々々してゐられない気がした。


夜になると、平生の夜にまして淋しかつた。退屈醒ましに、俊一に童話を一つ二つ読んで聞かせたが、気乗りがしなかつたので、いつものやうな親切な説明は附加へないで、書物を押やつた。どうせ笠間は、近所の噂を憚つて夜は遊びに来ないに極つてゐる。誰れか話応へのある人が訪ねて呉れゝばいゝと、頻りに心待ちにされた。三子などは今時分、唄つたり喋舌《しやべ》つたり、いろんな男に巫山戯られたりしてゐるのであらうと想像すると、妬ましくなつた。いくらか報酬がよくつて気楽であるために、病児を相手に浮々《うか〳〵》と幾ケ月も過したことが後悔された。

「泥棒が来たらどうしようね、俊ちやん」と、黙つてばかりゐるのが堪へられなくなつて、独言でも云ふ気で、ふと話をしかけたが、俊一が返事をしないので、「泥棒だつて、あなたをどうもしないだらうけど、私はひどい目に会はされるかも知れないから、気味が悪いわ。笠間さんにでも泊つて貰ふといゝんだけれどね」

「さうしたらいゝでせう。僕笠間さんが来たつて構やしない

よ」

「あの人は本当にいゝ人よ。あなたはさう思はない?」

　俊一はあの人は嫌ひだとは云ひかねて、ニヤリと笑つたゞけであつたが、上田は独言を続ける気で、

「私笠間さんがこの家へ毎晩泊りに来てくれるといゝと思ふのよ。あの人だつてあんな汚らしい貸間に一人ぽつちで寝てゐるよりや、此処へ泊りに来た方がいゝにちがひないのだけど、世の中は面倒くさいものね。俊ちやんも身体《からだ》が丈夫でもつと歳を取つたら、屹度好きな女の人が出来るにちがひないわ。あなたは今どんな女の人をいゝと思つてゐて? 三子さんのやうな人? 私のやうな人?」などと云ひながら、俊一の側へ寄つて、自分の顔を押出して見せたが、俊一は返事はしないで微笑してゐた。三子や上田の若い艶のいゝ顔は、母親の顔とはちがつた味はひをもつて、彼れにも感ぜられてゐたのであつた。

「あなたはお父さんに似て、顔立《かほだち》は悪かないのよ。病気のために血色が悪いから何だけど、本当はいゝ男なの。鼻筋が通つて面長《おもなが》でちよつと品がいゝのね。鼻の格好が笠間さんにも似てゐるのね」

　上田はさう云つて俊一の鼻を抓んでいぢくつて、彼れが後退《しりごみ》すると抱かゝへて、頰《ほ》つぺたをおつゝけた。「私の鼻はあなたとはちがつてペタンコでせう」と、俊一の手を執つて強いて彼女の鼻をいぢらせた。毎日大小便の世話までしてゐるので、俊一の肉体のどこに触れるのも珍らしいことではないし、いつも臭気のある汚い肉塊のやうに彼れを見做してゐたのだつたが、今夜はかつて感じなかつた快感が感られた。……空想の昂奮した今夜の彼女は、鼻ばかりではなくつて、俊一の肉体のどこをでも笠間の肉体であるやうに夢見た。俊一自身も、彼女のくどい愛撫を避けるやうに身体《からだ》を動かしながらも、彼女に手放されたくない気持になつてゐた。

「さあお休みなさい」と、やがて、上田は俊一を寝台の上へそつと置いた。そして、火鉢の上で滾《たぎ》つてゐた鉄瓶の湯を金盥にうつして、唇を拭い手を洗ひ、戸締りに気をつけて寝床に就いた。

（五）

　今度牛島夫妻が来たら、何とか口実をつくつて暇を貰ふことにしようと、略々極めて、上田は四五日の間ソハ〳〵して過した。その間に一二度笠間が縁側へ立寄つてくれたのだが、折悪く、隣りの主婦が庭の掃除に来てゐたので、通り一ぺんの笑話を取りかはしたゞけであつた。

「今月一杯でいよ〳〵此方をお立ちになるの?」と訊くと、

「えゝ、もういつでも立てるやうに準備が出来てるんです。僕のために送別会でもやつて呉れませんか」と、笠間は云つた。

「こんな土地にでも永くゐらしつたんだから、いよ〳〵お別れとなると、思ひの残ることもあるでせうね」

「そりやあるかも知れませんね」

「私も少し事情が出来て、近々に東京へ帰ることになるかも知れないんです」

「ぢや、僕と一しよに帰つちやどうです」

「御迷惑ぢやなくつて？」

それから互ひに揶揄《からか》ふやうな口を利き合つたのであつたが、上田はあとでの思出に、笠間の心の底がまだ見極められないので抵梧《もどか》しかつた。抵梧《もどか》しさのあまりに、あたりが鎮まつて、隣りの主婦《かみさん》も来てゐない夜には、病児を側へ引寄せては、惜気《おしげ》もなく、若い女の熱の籠つたキッスを、病児の肉体のあちらこちらへ与へた。かうして、病児が笠間と化してそこに寝てゐると思ふと、泥棒の恐怖も自から忘られた。

「×時の汽車で行く」といふ牛島夫妻の電報を見ると、上田は四五日以来の事を考へて、稍々後目《うしろめ》たい気持がした。早速鏡に向つて粉飾《おめかし》をして、俊一の顔をもよく洗つてやつて、時刻が来ると、外出をいやがる俊一を宥《なだ》め賺《すか》して、停車場へ連れて行つた。途中で、「お母さんにいろんなお喋舌《しやべり》しちやいけませんよ。よ御座んすか」と、いく度も言聞かせたがそのたびに、俊一は首《うな》づいた。

窓から顔を出してプラットホームを見てゐた牛島夫妻は、汽車を下りると直ぐに、俊一の側へ寄つて行つたが、彼れの顔が、この前よりも著しく窶れて色が青褪《あをざ》めて、目元《めもと》や口端《くちばた》に洩らした笑ひさへ凄いやうなのに驚いた。二人はこも〴〵上田に訊糺したが、上田は、

「別段お悪いつてことないんです」と云つて、「暫く家にばかりゐらしつたのに、久振りで此処までお歩きになつたので疲れなすつたのでせう」

「ぢや、お迎へに来て貰はなきやよかつたのにね」と云つて、おそでは俊一を衆人の目から庇《かば》ひながら停車場を出て、俥を連ねて家へ行つた。

いつものやうに土産は多かつたが、俊一は悦しい顔もしなかつた。

「先日《こなひだ》あんな風に慌てゝ帰つたから、気になつて、今度は早く様子を見に来たのよ」と云つておそでは、上田の問ひに応じて盗難の話をした。……盗まれた物は二三点の衣類に過ぎなかつたので、留守居のおよねの身にも怪我はなかつたのだから、夫妻は帰つて見て安心したのだけれど、およねが恐れて、この後の留守番を堅く断はつたのに困つた。で、いつそのこと、これを機会に、おそではある商店への通勤を止して、芝の家を片付けて小田原に定住することにして、長吉は下宿住ひをしようかと、夫妻の間に話が略纏まりかけてゐるのであつた。

「さうなつたら俊ちやんのためにもよろしいんですね」と、上田が云ふと、

「盗難も、弱い子供を打遣《うつちや》らかしといた天罰かも知れないのね。以後気をつけろつて、何処かの神様か仏様かゞ泥棒になつて私だちを戒めて下すつたのかも知れませんよ」と、おそでは此間から殊勝らしく感じてゐたことを云つた。

盗難は神仏のお諭《さと》しのやうにまで、おそでが祭上げるのは、長吉には可笑《おかし》かつたが、それを縁に生活変更の覚悟を妻がしだしたのは、彼れの思ふ壺に嵌つた訳なので、何よりも悦しかつた。それで、妻のその覚悟を弛めさせないやうにと、此間から自分も真顔で盗難をあがめ奉つてゐた。

「お前が俊一の看護に一心になつてゐてくれゝば、おれも安心して一生懸命に働かれるよ」と、屢々云つて、母親の愛情によつて子供の難病のよくなることを空想するとともに、彼自身の自由な生活の道が久振りで新たに開かれるのを空想してゐた。今来て見ると、俊一は意外に衰へてゐたが、上田はこれまでよりも艶《なま》めかしいやうに、彼れには思はれた。

その後の病児の食事や睡眠などについて、夫妻は上田に訊糺して、変りはないと聞いて一時安心はしたが、俊一が例になく不機嫌に振舞つて、取つてやつた土産の西洋菓子を畳の上へ抛出したりするのを見ると、それが病気の重くなつたゝめではないかと疑はれた。「気持が悪いのかい」と、左右から訊ねたが、俊一は返事をしなかつた。

で、不断のやうな陽気な遊びやお喋《しやべ》舌りは自から遠慮されて、しめやかな夜を過した。上田自身の希望でゞもあり、おそでも覚悟してゐたので、看護婦解雇の打合はせもされた。

「私だつて二三日身を入れて上田さんに教はつたら、俊ちやんの看護や手当てが、間違ひなしに出来ないことはありません。長い間人まかせにしてゐゝ気になつてゐたのがいけなかつたのです」と、おそでは決心を強めて云つた。そしてその夜は病児の眠りを守るやうに、寝台の直ぐ側へ自分の寝床をのべた。

俊一は寝仕度をしてゐる上田の方を見やつて、彼女が昨夕《ゆうべ》や一昨日《おとゝひ》の夜とはちがつて、きつい顔をしてゐるのを不思議に思つた。留守中の上田の所行ををり〳〵母親に向つて打明けてゐる彼れも、先日来の彼女の不思議な所行は誰れにも云つてはならないやうな気がしてゐたが、上田が東京へ帰りさうな話をさつき傍で聞いてからは、彼女に別れることが何となく悲しくなつて、母親が代りに来てくれることもさして悦しくは思はれなかつた。それに上田が笠間と一しよに帰るらしいことを考へると、不断から何となく好きでなかつた笠間が憎らしくさへ思はれだした。

「俊ちやんは眠れないの?」真夜中にふと目を醒ましたおそでが、電気を点けて、寝台を覗いて云ふと、俊一は目を瞑つて夜具の中へ顔を引込めた。

「気分が悪かないの? 脊が痛かないの?」

「どこも痛かないよ」と、俊一は力を入れて答へた。

「それだといゝけれど、夜中にでも気持が悪かつたら、お母さんを起しなさいよ」

「ハイ」

俊一はキツパリ答へたが、母親が電気を消して寝床に就くと、再び目を開いて闇の中を見詰めた。遊び友達と云つては一人ももたないで育つて来た彼れは、この土地へ来てから知合ひになつた隣りの主婦《かみさん》やその子供や、三子や笠間や、病院の医師や看護婦などの言語動作を耳目に触れて、わづかに世の中を知つてゐたのであつたが、みんなが彼れを、「死にか、つてゐる人間」「可愛さうな人間」として取扱つたり噂をしたりしてゐるのを、彼れはつねに胸に留めてゐて、自分は足が悪くつて外の人のやうに飛んだり跳《は》ねたりが出来ないのに、夢の中では屢々外の人にもまさつて飛べもし駆けられもされるのを不思議に思つてゐた。そして、闇の中で目を開けてゐると、誰れかゞ寝台の上へやつて来て、自分を捉へて何処か遠い所へ連れて行きはしないかと思はれて、多少恐ろしかつたが、連れられて行つて見たい気もした。両親には平生離れてゐるし、隣りの主婦《かみさん》や三子や医師など、彼れの世の中のすべての人々の言語動作に懐かしみも親しみも寄せられないでゐる彼れは、知らない誰れかに連れられて遠い所へ行つても構ふことはないと、ひとりで覚悟を極めてゐた。むしろさうなることを待設けることさへあつた。今夜は闇の中で目を開けてゐると、ことにさう思はれた。……波の音は不断よりも強く響いて来た。風が吹いて雨戸が音を立てた。今にも誰れかゞ寝台の側の窓の戸を開けて入つて来さうな気がして、俊一は顔をそつちへ向けたが、そのまゝで知らず知らず浅い眠りに落ちた……再び目が醒めた時には、音のしてゐた雨戸の隙間《すきま》は明るくなつてゐて、自分が同じ所に寝てゐるのを、彼れは知つた。

寒い風が吹いて日差しも鈍かつたので、夫妻は朝から火鉢に親しんで、内輪の暮し向きの話に耽つて、外へ出ようとはしなかつたが、正午過《ひるす》ぎに三子の訪ねて来る前触《まへぶ》れがあると、長吉は彼女に会ふことを嫌つて、一人《ひとり》で寒さを冒して公園の梅を見に出掛けた。

おそでは三子の此間の話を上田から聞かされてゐたが、今日《けふ》はさういふ浮《うは》ついた他人の事に関《かゝ》はり合つて笑ひ興ずる気にはなれなかつた。で、「姉《ねえ》さん」と三子が威勢のいゝ声で呼掛けて入《はい》つて来ても、いつものやうに調子を合はせて迎へはしなかつた。盗難の事や夫婦別居の事など一通り話が運んだあとで、三子は、

「姉さんが小田原へ越してゐらつしやれば、私は相談相手が出来て心強くなるわね」と、喜んで、「それで、牛島さんは一週に一度づゝくらゐ此方へ泊りにゐらつしやるの？」

「えゝ、さう。……毎日一しよにゐて喧嘩ばかしゝてゐるよりや、その方が二人のためにもいゝんですよ」

「姉さんも変つたわね」

「変つたつて？　何が変つたのさ。私が何年立つても亭主一人を後生大事に守つて、一日だつて放さないやうにしてるつて、あなた達は笑つたことがあつたわね」

「……でも姉さんは可愛い俊ちやんのために、旦那様と別々に暮さうといふのだから、結構なことだけれど、私を御覧なさいな。あの人に奥さんがあるために、いつまでも一しよになれないで愚図々々してるんぢやありませんか」三子は忌々しさうに

云つた。

「……私は本当の事は知らないけど、話にだけ聞いてゐると、あなたは全く愚図々々ね。成つちやゐないわよ。早くどちらかに極めたらいゝぢやないの？　あなたに腕があるのなら、ケーさんとかをうまく抱込んで、奥さまでも何さまでも、さつさと追拠出《おつぽりだ》させるやうにしたらいゝぢやないの？　どうせ藝者稼業をしてゐるのに、お上品ぶつて世間の人に遠慮や斟酌をするには当らないのさ」おそでは自分の昔を顧みて、三子のやうな場合を想像しながら、ふと昂奮して云つた。

「だけど、あの人のお腹《なか》の中が私には分らないんですもの」三子は甘えたやうな口調で、「それは私を可愛がつては呉れるのですけど、私の一生の手頼りになつて呉れるのだか呉れないのだか、それがハツキリ分らないの。姉さんだつたらあのくらゐな年輩の男の人の心がよく分るでせうけど、私には見当がつかないのよ」

「歳を取つた男はづるいからね。家《うち》の人だつてさうですよ。……三ちやんはケーさんにお金の迷惑も掛けないやうにして慾も得も棄てゝかゝつてるのに、その実意が先方へ通じなくつちや馬鹿らしいぢやないの？　いゝ加減あなたを釣つといて、いざとなつたら脊中を向けようつていふ腹なのかも知れないよ。当てにしないで用心しなきやいけないね」

「ケーさんは決してづるかないのよ。余計な悦れしがらせなんかは云はないのよ。……姉さん一度ケーさんに会つて下さらない？」

「いやなことだね。お温い所を見せつけられて溜るものぢやない」

「あら私真面目なのよ。……ケーさんの様子を通りがゝりにでも、姉さんに見て貰ひたいの。姉さんなら、私なんぞとはちがつて、一目見《めみ》たら、あの人の価値《ねうち》が分るでせう」

さう云はれると、おそでもうかと得意になつて「全体ケーさんて云ふ人は何処の誰れだか、正体を明《あ》かして御覧な」

「姉さんが会つて呉れゝば明かしてもいゝわ」と云つて、三子はおそでが首《うな》づくのを見ると、次の室にゐて此方の話を耳に留めてゐるらしい上田に遠慮しながら、畳の上に書いて見せた。そんなことではおそでがよく呑込まないので、硯蓋を持つて来て鼻紙に書いて、その人の家の道筋の図取りまでもした。

「小綺麗ないゝ家なのよ。奥さんが実家《おさと》へ行つてゐた時に、私夜おそく庭木戸から忍んで行つて、夜明頃まで泊つたことが一度あつたの。夜中に私が鼾をかくと、ケーさんは私の耳を引張つちや起し〳〵するの」

「戯談ぢやないよ」おそでは睨みつける真似をした。鼻紙に書かれてゐる名前は見るか聞くかしてゐるやうな気がした。

「私姉さんにはまだ秘密《ないしよ》で話したいことがあるのよ。姉さんに後立《うしろだて》になつて貰つて一仕事して見たいことがあるんですよ。一日箱根へでも行つてゆつくり相談したいんだけど、姉さんは一人ぢや出られないか知ら。旅費は私の分は私が出してもいゝわ」

「箱根へでも何処へでもそのうち行つてもいゝけれど、当分は駄目らしいの。それよりも私一度この土地のお茶屋で遊んで見たいよ。お金が出来たら、三ちやんの家の人をみんな××へでも呼んで御馳走したいと思つてるんだけれど、こんなに貧乏ばかりしてゐちや駄目ね」

「お止しなさいよ、そんな無駄なことは。……それよりも、姉さんは此方へ越してゐらつしやることに極つたら、此方で一商売はじめなすつちやどう？　私いゝことを思ひついてるのよ」

「相談つてそのことなの？　あなたの思つてること大抵は察しがついてるさ」

　おそでは意味ありげな笑ひを浮べた。上田を憚つて明らさまに口へは出さなかつたが、三子がかねて他所事《よそごと》のやうに話してゐたことを思出して、「叔父さんのお店のやうな爺《ぢゞ》むさい商売のお手伝《てつだひ》は私の性には合はないのだからね。俊一に手が掛かゝらなければ、もつと面白い稼ぎをして見たいのさ」と、ふと心が浮々《うき》した。色気のある社会には、牛島が好まないために、長い間遠ざかつてゐるし、藝者屋だの料理屋だのを営むには、いゝ手蔓もないし、資本も得られさうでなかつたが、三子から聞いてゐる曖昧屋なるものは、自分の力でゞもやつてやれないことはなさゝうに思はれた。地道な稼業ではうまい儲けの得られないことを長い間に知つて来た彼女は、昔通つて来た社会が利益の多いところだつたやうに慾の上から思はれたし、第一いろ〳〵な男をあやつつたり、いろ〳〵な男に揶揄《からか》はれたりする楽みは、ともすると思出されてならなかつた。

「私には私の望みがあるのだしさ。姉さんは智慧もあるし腕もあるのに、面白い稼ぎもしないで、陰気な顔してボンヤリしてちや損ぢやないの」

　三子がおそでを唆かして帰つたあとで、おそでは上田を顧みて、今日は自分が俊一を病院へ連れて行かうと云つたが、

「俊ちやんは少し熱があるやうです。風邪《かぜ》をお引きになつたのでせう」と云つて、上田は検温器を病児の腋の下へ挿んだ。

（六）

　長吉が公園から市街《まち》の方を散歩して、コーヒー店へ寄つたりなどして帰つた時には、病院の代診が上田に呼迎へられて、病児の腰部の洗滌をして、発熱に対する注意をもして帰つて行つたあとであつた。おそでは代診に聞いたことを話して、

「昨日《きのふ》寒いのに停車場まで迎へに出たのがいけなかつたんです」と、昂奮して上田の不注意をもなじつた。

「さうばかりでもあるまいよ。昨日《きのふ》停車場で見た時に非常に褻れてると思つた。医者は別段変つたことも云はなかつたのだね」

「変つたことつて何も云はなかつたわね。上田さん」

「えゝ、何も仰有いませんでした」

　長吉は寝台の側へ寄つて、萎れて老人らしい相をしてゐる病

児の顔を見入つて、

「気分が悪いのかい。身体《からだ》の何処が痛いなら痛い、気持が悪いなら悪いと云つて御覧」と訊ねたが、

「僕はどうもないんだ」と云つて、俊一は額を顰めて目を瞑つた。

「それならいゝが黙つてゐちや駄目だぞ。上田さんでもお父さんでもお母さんでも、お前のために此処についてるんだから、安心して元気を出さなきやいけないよ」

　俊一は目を開けてうなづいたが、父の顔を見るのが煩さかつたので、再び目を瞑つた。……発熱とそれに伴ふ五体の疲労によつて悩まされたゝめか、平生茫然として人の顔を見たり人の話声を聞いたりしてゐた彼れも、今は見馴れた人間の顔も自分を苦めるものゝやうに思はれだした。父母の顔でも絵本で見た赤鬼や青鬼のやうに見えだした。彼れはふと手を伸して、寝台の側の柱に懸つてゐる天狗の面を引たくつて畳の上へ抛出した。夫妻はそれを見て呆気《あけ》に取られた。

　そこへ、隣りの主婦が冷し氷と病院の薬とを持つて来たので、上田は早速病児に服薬させたが、俊一は顔や手を動かせて彼女の接近を避けるやうに努めた。笠間や三子の顔も目の前にちらつくやうで気持が悪かつた。

「お薬はにがくつて?」と、上田が訊ねると、

「いゝえ、にがかない」と答へた。

「お薬を飲んで温かくしてれば直ぐに癒りますよ。お母さんは今夜は此処に泊るんだから安心してゐらつしやい」と、おそでが云ふと、

「みんなが黙つてゐて呉れるといゝんだけれどな」と、俊一はこの別荘へ来て以来はじめてさう云つた。

　夫妻は声を潜めた。俊一は氷袋が額に載せられてゐるのも関はないで、顔を夜具の中へ引込めるやうにした。そして周囲の声は暫く聞えなくなつたが、これまでに耳に触れてゐる人々の言葉が棘をもつて一つ〳〵浮んで来た。さつき聞いてゐた三子と母親との話だつてハツキリ耳に覚えてゐたのだが、その話の意味がいくらか分ると、彼れの羸弱《ひよわ》い頭には痛かつた。「風邪《かぜ》を引いてもあの子の身体《からだ》は危《あぶな》い」と、上田がある日笠間に話してゐたことを思出して、お医者さんや上田さんが云つてゐるやうに、僕が今風邪《かぜ》を引いてゐるのなら、僕は死ぬるかも知れないと、ひとりで考へられた。

「お前はとに角当分此方に泊ることにして、おれだけ帰つて行かう。俊一の病気が若しも悪いやうだつたら、電報でも打てば直ぐにやつて来るよ」と、長吉はおそでに云つて、こま〳〵した家の用事を互ひにさゝやいたが、今日《けふ》は病児をうしろに夫婦の別居生活に関つた話をヒソ〳〵としてゐるのが、おそでには手頼りなく淋しく思はれて、しまひには、妻子を此処へ置いて自分一人東京で暮さうとする夫《をつと》の心根《こゝろね》を無慈悲の至りのやうに言ひだした。

「だつて、お前がさうしようと云つたのぢやないか。おれがこ

ちらから毎日東京へ出勤する訳には行かないのだから、止むを得ないよ」と、長吉が穏かに云つても、おそではさういふ条理の立つた言葉にも耳を貸さないで、ブル〳〵首を振つた。

「今日《けふ》の俊一は不断とはちがふんです。いつか悲しい思ひをしなければならないと、何年もの長い間私だちが恐れてゐた日が来たのに、あなたは一人で東京へ行つて勝手な真似をしようとしてるんぢやありませんか。あなたの顔を見てゐればあなたがお腹《なか》の中で何を企《たく》んでるか、私にはちやんと分るんですからね」と、いきり立つて、妹のおよねの事まで持出して声を荒らげた。

「ぢや、おれが店を止めて此処で何もしないでボンヤリ暮すのがお前の本望なのかい。俊一の治療代にも差閊へるやうになつてもい丶つて云ふのかい」

「私は今のやうな陰気な貧乏暮しをするために、あなたの所へ来たのぢやないんですよ。若いうちを面白い目もさせないでこき使つて、俊一の身体《からだ》に万一の事があつたら、それをい丶機会《しほ》に私を追出さうと、あなたは思つてるにちがひないんだ」

二人の争ひが募つてくると、上田は傍にゐるのがゐづらくなつて、そつと座を外して、隣りの家へ行つたが、他人がゐなくなると、おそでは夫《をつと》の身体《からだ》にむしやぶりついて悪対《あくたい》を吐きだした。殆んど一夜も離れないやうに同棲してゐながら、妻の肉体に嫌悪を覚えて疎々《うと〳〵》しくしてゐる長吉は、その代りに妻の悪対や取組合《とつくみあひ》に苦しめられるのを我慢してゐたのであつたが、今夜は少しの理由もないのに、争ひを起されたのを憤つて、拳をかためておそでの頬《ほつ》ぺたを殴りつけた。……十年の間お互ひに自分の望みを殺して同棲してゐた鬱憤を相手に対して一度期に晴らし合つてゐるやうに、二人は次第に五体にある力を尽くして争つた。火鉢を引くり返したり、障子を倒すまでも止めなかつた。

上田や隣りの主婦が音を聞きつけて、そつと様子を見に庭先へ来た時には、おそでは青褪めた顔して、ヒツ〳〵と泣入つてゐた。そして、物心《ものごころ》ついて以来、はじめてかういふ男女の争ひを見せつけられた俊一が、ひとりで寝床を出て松葉杖突いて、寒い風の吹いてゐる戸外へ出ようとして、玄関先に倒れたのを、夫妻は知らないでゐた。

（「中央公論」大正12年4月号）

佗しすぎる

佐藤春夫

1

清吉の弟の妻――詳しく言へばつひこの間まではさうであつた邦子が、或る土地から藝者になつて出てゐる。

百合香といふ名ださうである。

2

その女は以前にも今度と同じその土地で藝者であつたのだが、無理をして清吉の弟の妻になつた。たしか、その時はまだ十八ぐらゐであつたらう。それを五年程経つた今日、清吉の弟は捨てた――と、どうもさう言はなければなるまい。

相談づくで別れたのではあつたが、その場合に清吉の弟は別れようとする者にすつかりを打ち明けたのではなかつたらしい。そのやうにして妻と別れるとすぐ、外の女をつれて朝鮮へ渡つてしまつた。がらに無い仕事を思ひついたやうなことを言ひ出して、朝鮮へ行つたのもみんな今度の女の為めであつたかも知れない。――さう邦子が澄江に言つたさうである。清吉は澄江からさう聞いたが、女同士はいづれ手紙でもやりとりしたのであらう。

芳蔵に女があつた？　さう聞いて見れば思ひあたる事も無くはない。けれども自分の弟に女があつてそのために女房を離縁したとは、清吉も知らずにゐた。――たとひ知つてゐたにしたところでどうにもなりはしなかつたが。といふのは、彼等が夫婦別れをする時に、清吉は当時、一つ家に一緒に住んでゐながらも彼等のどちらからも相談をうけはしなかつた。いや然ういふより、相談されることを清吉の方で避けてゐたから彼等が相談をかけなかつたのかも知れない。現に、邦子の方の人たちが芳蔵に向つて「兄さんもそばにゐらつしやることだから一とほりは相談をして見なすつたら……」と言つたのに答へて芳蔵は言つたさうだ「さうですね。だが兄貴の言ひ草はきまつてゐるのです。自分のことは自分だけで考へて自分の一等尤もと思ふことをするんだね。それより仕方がないぢやないか――と、さう口ぐせに言つてゐる人だから、今度だつて同じことを聞かされるだけで、てんで相手にはしませんよ。」今になつて考へると芳蔵は兄に相談しにくい事があるのでそんなことを言つたのかも知れないが、それにしても芳蔵が清吉のことをさう言つたのは必ずしも嘘ではなかつた。彼等には兄でありながら清吉は、目の前に出来てゐる事に就て彼等のために何も言はなかつた。

言へなかつた。さういふ清吉になつてしまつてゐた。一たい物ごとに就て他人に述べるやうな意見を持つてゐるためには自分自身しつかりした理想を抱懐してゐる人か、でなければごく浅薄なものの見方で満足して結論する人かこの二通りだけであるが、清吉はもう今は何にも理想らしいものは持てなくなつてしまつてゐるくせに、それだのにもの事をさう上面《うわつら》だけ見てはつきりした意見を押し立てるほどの浅薄でもなかつた——少くとも、男女関係のことに就ては殊にさうであつた。といふわけは、清吉自身でも夫婦別れといふことは身に覚えのある、それも二度までも覚えのあることで、そればかりではない、つひその一年半ばかり前には、兄弟よりももう一層仲よくしてゐた或る友達の夫婦別れの中へ引き入れられて行つて、そこでひどい目にあつた経験があつた。煮えた鉛を嚥まされるといふ言葉を、清吉はこの事件の追想と同時によくおもひ出す。その結果は仲間からは物笑ひになるし、尾鰭をつけて伝へられるし、その友人とはどうしてももう二度とはつき合へない気持になるし、それでゐてその妻君の方の心持が忘れ難いし、全く何やかやと清吉はこの出来事に立ち入つたためにその二年ほどの間に、作り事のやうなことには鏡で自分を見ると小びんには白髪が出るし、口髭にさへそれが十二本も数へられた。——鏡にうつした自分ばかりではない。心のなかをふり返つて見て、一時はもうめちやくちやであつた心がやつと少しばかりは整頓したらうと突きつめてゆくと、なるほど静かにはなつたやうである。しかしそれがいつのまにか、それこそごく消極的、独善的な、個人主義的な、それも煮え切らないものになつてゐた。さうして彼の思想だけでは、しかし、他人の生活といふものと自分の生活とを、忘れても混合させまいと努めるやうになつてゐた。自分の心持でさへ考へつめれば解らなくなるのにどうして他人の心持まで解るものか。そのためにならば命を捨ててもいいとまで思ひ込みもしないで、うつかりしたことを言へるものぢやない。ところで自分のためにも捨てられない命が、どうして他人のために捨てられるものか。最初から最大の犠牲を覚悟しないで他人に同情を示すなどといふことは間違ひのもとだ。犠牲などは真平なことにしよう。だからたとひ目の前で他人——自分以外の人間が死なうが生きようがただ凝つと見てゐてやらう。とこんなふうに清吉は多少意固地な気持で決心をした折からであつた。

さういふ清吉だつたから、弟の夫婦別れにも、早くからその空気を感じてゐながらも一言も意見は言はなかつた。けれども意見を言はないといふ事は意見が心の中にわだかまつてゐないといふ事とは少し違ふ。清吉は事もなげに別れようとしてゐる彼等弟夫婦を見ながら、当人たちよりも自分の方が辛い思ひをしてゐるのじやないかとさへ思へた。清吉は根がそのやうな感傷的な男であつた。さうして自分の感傷的なことに気がつけばつくほど、例の「他人の事は他人の事」といふ仮面をしつかり自分の心から外すまいと用心した。それにつけても自分自身に覚えのある別離の心持、別れてしまつて久しい後の心持といふやうなものが、弟達のこの事件によつて事新らしくひしひしと憶ひおこされた。さうして今の芳蔵夫婦を見ての辛《つら》い思ひといふのもやはりは彼等のために催されるのではなくて、唯ただ自分の追憶がさう感ずるのだらうかと考へもした。

それにまた、清吉としては邦子をやはり自分の弟の妻にして置きたい気持がどつさりあつた。邦子は清吉が別れたふたりの妻をふたりともよく知つてゐたし、またつひこの間の清吉とその友人の妻君との妙な行きがかり、一さう切なくなり増つて行つた恋の出来事をも目のあたりに知つてもゐたし、それに妻を無くし家を無くして芳蔵の家へ住むやうになつてから、邦子は、気まぐれな清吉の癖の多い生活ぶりをもうおほよそ呑み込んで来てゐたし、それだから邦子は実に込み入つた清吉のどんな話題にでも立入つた調子で対話出来るやうになつてゐた。――すべての親愛といふのもつまりは永い話題をしつくりと持ち合してゐる間柄といふことではないだらうか――「あの時」「あの人」と手短かな一ことで互に同じ幻影を目の前に立たせることが出来る。更にはただ睫を動かしただけで複雑な気持を知り合ふ。それが人間の親密である……で、清吉には今になつて見ると親密な人といふものは殆んど無くなつてゐた。もともと感情的なくせに強がりで、だものだから他人に自分を明しにくい性質で、いつも唯ひとりかふたりかの人に向つてより外には常に自分を匿してゐるさびしい清吉であつた。それがこの七年の間にそれぞれの状態で妻を二人までつぎつぎに、それにつづいては、毎日のやうに往き来してゐた唯一の親友とその親友の細君――これが清吉の恋人になつて来てゐたのであつたがそれだから、今度は親友と恋人とをふたり一度に失はなければならないはめになつた清吉にとつて、もう、互に古い話題を持つてゐるといふ人は殆んどなくなつてしまつてゐた。さうして二十三四から三十までのこの六七年の月日が、清吉にとつてはわけても波瀾の多かつた時であつて見れば、事毎に思ひ出はあつたし、また自分を匿す清吉のまわりにはさまざまに人々からの誤解が絶えないにつけても、さまざまな折にふれて彼自身の生涯に就ての過ぎ去つた話題の為めにだつても、清吉は邦子を失ひたくはなかつた。さまざまな状態にあつた清吉を見て来ただけに、わり合ひによく清吉を知つてゐる邦子であつた。親身の妹のやうになつてゐる邦子であつた。事実、清吉のところへ出入する人たちで、それほど個人的でない人のうちには邦子のことを清吉の本当の妹だと思込んでゐる人さへあつた。それほど彼等の感情が円滑で自然であつたからではなからうか。さうして邦子の方でも言つたことがある――

「わたしにはもう兄さんといふ人は、このごろはつきり呑み込めて来たわ。はじめのうちは気むづかしやの冷淡な人だとばかりしか解らなかつたのに――。兄さんも損なたちね。」

そんなことを慰める邦子であつた。

「このごろはちつとも腹を立てないわね、兄さん。苦労したので気が練れたのか知ら。――だとすると、腹を立てないのは可哀想なわけよ。」

「何を！　生意気を言ふない。」

そんな対話をする彼等であつた。それを、弟がこの女を離別してしまへば、清吉は邦子を広い浮世の人ごみのなかに見失つてしまはなければならないのである。清吉が以前に親愛し合つた人たちが彼の以前の生活を半分わけにして、何処か彼には何の関係もないところへ運び去つたと同じやうに、邦子もやつぱり清吉の生活の或る部分を持つたままで清吉の眼界から遠く没し去らうとしてゐる……。この気持は人と別れたことのない人間には何とも説明のしようもないちよつとしたしかし身に沁みる心持だ——今に芳蔵にも邦子にもわかつて来るだらう……

清吉が、しかし、何と考へたところで邦子は清吉の妻ではない。そればかりか、清吉がそんな気持、邦子に対するそんな好意をなまなかに抱いてゐるだけに、芳蔵にむかつて意見を述べることは反つてやめたいやうな気がする。——さういふ清吉でもあつた。清吉は翻つて芳蔵の腹になつて見ることもした。すると芳蔵の邦子を疎んずる心持も或る点ではわからないでもなかつた。これとても肝腎な、芳蔵には外に女があつたことを知らないでは何にもならなかつたが、ともかくも邦子にもよくないところはあつた。といふのはこの女はどうもひどく家事の下手な、下手なばかりではない投げやりなふしだらなので、そのために台所などはまるで男世帯よりももつと荒涼としてゐた。邦子は不運な家に生れて、十三の時から兄のために藝者屋町へ送られてそこで育つたのだらうで、きちんとした家庭の生活といふのはどんなものだか見覚えたこともなかつたに違ひない。それだからそんな点で邦子をあまり責めても可哀さうではあるが、ともかくもその程度がだんだんと嵩じてくるので、清吉も黙つてそれを見てゐながらもむかし自分の最初の妻が、外《そと》に仕事を持つてゐたとは言ひ条、そんな風に流し元などがふしだらになつて来てそれから追々と夫婦仲が荒んで来たことなどを思ひ出しては絶えずうすら寒い気がすることがあつた程であつた。一たいにそんな事などはどうでもいい清吉でさへさう感ずる程なのだから、ごく世俗的できちんとした性格の芳蔵になつて見ればそんな些細なことが相当に家のなかをいやにしてゐたかも知れない。事実、よく芳蔵は日曜日で会社の休みの時など、舌打をしながら、そこらの小汚いものをつまみ上げたりして整理してゐるやうなことも度々あつた。それを見兼ねて清吉は邦子にもう少しどうにか家のなかをきれいにするやうに勧めたこともあつた。そんな機会の或る場合に邦子は言つた——

「でもあの人が（と芳蔵のことを指して）どんな気持だかわかりもしないのに、家のなかなどきちんとしたりしても張合ひも何もあつたものじやないわ。わたしも、つまらないからもう投つ散らかしてあるんです。」

そこで清吉が「なるほど、それも尤もさ。だが両方でそんな工合じや一層いけなからう。それにあれだぜ、——家のなかをきちんとするとかしないとかいふのはそんな理窟より人のくせだよ。」さう言つてから、彼は意味あり気な笑ひ顔をして冗談らしくつけ加へた「俺は、ひとりこんな女を見たことがあるがね、それや夫婦別れの話が持ち上ると、急に簞笥や行李を引き出して、別れようといふ亭主の着物やら襦袢やらほどき初めたのさ。さうして言ふにはね、きれいにして置いて上げなけや、いづれ当座のうちだらうが不自由をするだらうし、またあとの人に私がだらしのない人間だつたと思はれてもいやですからね——つて、さう泣きながらほどきものをしてゐるのさ。」

「もう解つてよ、兄さん。お京さんの話なんかもう沢山。いづれわたしなんかお京さんのやうなしほらしい真似は出来さうもありませんよ。——馬鹿にしてゐるわ、兄さん。おのろけなんかおよしなさい……」

「何がおのろけだい。よその女房の話をさ。」

「だからおよしなさいてのさ。自分の女房でもありもしないくせに……」

「…………」

3

お京といふのは、清吉のついこの間までの親友の細君で清吉には恋人である（といふべきか？　あつたと言はなければならないか）その女のことである。

4

清吉はいつものやうに見かけだけ元気よく歩いてゐた。彼の頭のなかをいつものやうな追想やら感懐やらがごちやごちやと往来した。それらの或るものは頭のなかをちらと閃き去つただけだつたが、或る者は彼の思案の表面へ忌々しく出没した。無論、考へなければならない題目は沢山あつたが考へて面白いやうな題目は一つもなかつた。さつき買つた手袋はどうも最初から少し小さすぎたのを、店の奴が大丈夫ちやうどいいと言つて売りつけたのだが、それがたえず気になつてならない。どんよりとした十一月末の空は味気なく寒かつたし、まだ早い夕闇のなかを列をなした街燈がそれぞれ一つづつ黄色い光のかたまりになつて中有にぼやけてゐた。で、それがどうといふわけも格別ないけれども何かにつけて全くくさくさする気の滅入つて仕方のない日であつた。往還の人といふ人は歩いてゐる者も乗りものにある者も誰も彼も家庭の方へ急いでゐる——と少くも清吉にはさう見えた。さうして清吉には急がうにも急ぐべき家路はない。

一たい清吉は、弟の家庭が解散してしまつてから後、或る知り合ひの家の二階へほんの当座のつもりで世話になつてゐたけれども、その知り合ひの家にゐることは清吉には好ましくない予覚は以前からあつた。けれども先方が勧めてくれる好意に対してちよつと辞り切れなかつたのである。といふのは清吉はこの知り合ひの家に対して今までに時折、五十とか百とかぐらゐの金を泣きつかれて貸したことが三四度あつた。それがどうもいつ払へるといふ見込みもないから、住むところが無いなら当分来てはどうか——二階が明いてゐるからといふ話であつた。清吉はもとより貸した金は払つて貰へるものとは思つてゐなかつたが、先方が払ひたい意志を持つてゐてそれが出来ないのを苦しく思つた上で、その心持の負担を軽くするために、宿なしになつてゐる清吉を世話しようといふ申入れに対してこれはどうも一時でも受けて置いた方がいゝと思つた。また事実、清吉はそれほど住む場所に就て急に困つてゐたのでもあつた。しかしその家へ来て見て清吉は、以前から腑に落ちない事に思つてゐたこの家の人たちが一層気に入らない気持がだんだんと増して来た。そこの二階へ住むやうになつてからも清吉は金のある時を見込まれると時をり彼等から金を貸りられた。返す見込みとてもちよつと無ささうに思へるのに、ちよつと一週間とか一ケ月とか言つて金を貸りられるのも、清吉にはもとより愉快ではなかつたが、それほどの困窮のなかへ他人を置いてくれようといふ親切が清吉には気に入らなかつた。彼等がたとひ清吉に借金を申し込まないと仮定したところが、気持の上だけでも清吉にその困窮の空気を感じさせるのだが、事実上でも清吉は金を借りられる事によつて清吉も貧棒をした。三ケ月ほどの間に合せて二百円となにがしほども貸りられたのでは遊んで食つてゐない清吉にとつては痛事であつた。清吉は無論、その月月になにがしかの金は支払ふつもりではあつた。しかし好意的に置いてゐることにしてかうして時々金を借りられるのはたゞ金の問題でなく不愉快であつた。清吉が自分を落して考へてもいいならこの人たちは最初から時々清吉に金を借りるために清吉をここへ置いたのだといふかも知れない。けれどもその人たちとて決してそんな腹の人ではなかつた。たゞその日その日が苦しかつたのである。さうして親切なことも親切ではあつた。けれどもその人たちには清吉の気ごころは全くわからなかつたと見える。といふのは清吉は寧ろ人からなまなかな親切をされるよりはそつとして置いてもらひたい性質であつた。ところが運の悪いことに清吉は、その家へ来ると殆んど直ぐその日からえたいの知れない皮膚病にかかつた。さうして一ケ月半も患つた。そのうちに癒るだらうと思つたものが、だんだんとひどくなつて来て、しまひには足の甲などに出来たもののために立居さへ自由でなくなつた。どうしたつて同居してゐる人たちの手の親切を受けずにはゐられなかつた。その行き届いた親切を清吉は感謝することは無論感謝した。それでも一口に言ふとその人たちと清吉とはどうしても気質が合はなかつたのだ。彼等の親切がどうも度を超えてゐるやうに清吉には感じられた——すべてが彼等の生活の様式に支配されることになつて、些細なことまで清吉の好みは無視された。たとへばあの事である——あんまり髪がおどろになつたから洗つてやらうといふ。おでき、のために両手ともつかへなくなつてゐる清吉にはそれはうれしいが、さて主人が細君に命じてやれ金だらひだとか水差だとかそこへ敷く新聞紙だとかシヤボンだとかタオルだとか小さな手拭ももう一枚、雲垢とり香水だの櫛だの、もうかうなると清吉にはいけない。――大業にさういふものを持ち出されると清吉には、この行届いた親切が一そどうやらうるさかつた。それは決してわざとらしくは無いまでもあまり物々しすぎた。いつのころからかヴアカボンド魂を持つやうになつて身につける物の外は一切持ちたく無くなつてゐる清吉にくらべて、清吉を親切に取扱つてくれるこの家の人たちは例へばちよつとした旅行をするにもちやんと革紐でくるんだ毛布やらサツクのなかへ納つたコツプやらを持つて歩きたいといふのがこの人たちのやり方であつた。ただちよつとした好みの違ひだけである。けれども妙なところで我がままな気むづかしい清吉は、彼等の親切を有難いとは思ひながらもどうもそれを喜べなかつた。丁寧に、さうして式部官のやうに行き届いた煩縟で自分の頭が洗はれてゐるのを面倒に思ひながら、気の合はないといふのは不思議なものだと清吉はつくづくと思つた。さうしてあの時――二年前に病気をした時、お京の手でアルコールで背中を拭いてもらつた日のことを一瞬間たのしく思ひ浮べたあとで、そんな優しい手が自分からもう永久に遠いところにあるのを清吉は身に沁みて感じてゐたが、やつとの思ひで頭を洗つて貰つてほつとしたと思つてゐると、一たん下へおりて行つた主人が再び二階へ上つて来て、見るとその両方の手が愕いた人の手つきのやうに拡げられてあつたから、どうしたのだらうと思つてゐると、彼は言つた――

「さあ、油をつけて差上げませう」その両方の掌にはもう油をつけて来てゐるのであつた。

「油ですか。僕はどうも油はいやなのだが……」

「いや、髪を洗つたあとじや油をつけなけれや衛生上悪いと言ひますよ」

衛生も何もそんなことはどうでもいい。が、さう言はれて嫌やな表情をしたものの清吉は、折角そのやうに用意して来てくれたものを、それも相手が好意づくである以上、清吉はもう決然と断ることも出来なかつたし、相手はまた人の表情などに気をつける人じやなかつたから、清吉はまだ濡れてゐる髪の上へねつとりと油を塗りつけられた。清吉は相手が二階から下りるのを待ち兼ねて新聞紙で自分の頭をくしや〳〵にふいてしまひながらそんなにまでいやなものを断りきらなかつた自分を腹立しく感じると一緒に一種妙なをかしさがこみ上げて来て、清吉は苦笑しながら心のなかで言つた――

「親切な人間といふものはたまらないな。人の生活の様式をすつかり自分のの通りにしないぢやゐられないのだから。で、そのとほりにしないと腹を立てるのが俗人の親切だ……」

……その時の心のなかのひとりごとを、清吉は今歩きながら、その時の光景と一緒にひよつくりと思ひ浮べた。さうしてその時の言葉のあとへつけ加へて考へた――それに親切を道徳にしてゐる人間は、自分だけ親切をすればいいことに人にも自分への親切を要求するのだからな。だから比較的に金のある清吉が貧乏をしてゐる彼等に金を都合してやることも当然な道徳的な義務だと思ひ込んでゐるかも知れない。でもなければああ度々、事もなげに金を貸せと言へたものぢやなからう。それや彼等の貧乏もわかつてはゐる。——よくある奴だけれども、若い夫婦で生活の方針も何も充分には立つてゐない人たちである。人事ぢやない、清吉ももう十年近く前に初めての女房を無理に持つた時が丁度それだつた。金の無いことの苦しいのは清吉にだつて思ひ当ることがある。だから借せと言はれてみればどうにかしもするが、あの人たちのやり方は一たいどうだらう？不運つづきで思はしく行かない事情もよく聞かされるが、それにしても夫は毎晩、妻君を相手に酒を飲んできやつきやとふざけ合つてゐる。半年ほど前に新婚した夫婦で若夫婦とは言ふものの、もう清吉と同じ年ぐらゐな男に二十二三にもならうといふ女だ。新婚と言つても男は以前金のあつたころには道楽をしつくしたと言つてゐる人だ。そのふたりが人前も憚らずにふざけながらの晩酌もいいが、清吉にしてみればこの酒手を自分が出してゐるやうな気もする。そんなケチなことまで考へさせられる。酔つぱらふとふざけ方が嵩じて、目にあまるといふほどじやないまでもどうも清吉の趣味に合はなくなつてくる。けれどもその同じ食卓にゐる清吉はいやな顔一つせずに、出来ずにゐる。うつかりいやな顔でもして相手がそれに気づいたら、それをただ趣味が犯されたからと思つてくれる相手ならいいがひとり者奴が嫉けてゐるな！　とでもとられたのぢや自分が情けない——そんなふうにまわり気な気の差すへんな清吉であつた。それ故、清吉はそんな場合仕方がなければ「これも人生への御奉公だな」と思ひながら冗談口の一つも一緒に言はせられる。さうして一緒になつて打興じてゐるものと相手に思はれてゐるとすれば、その莫迦々々しさはまるで四重五重だ。最初にきつかりと断ればよかつたものをその時の一時の気の弱さから相手の好意を無にしかねてうつかりこんな気の合はない人のなかへ厄介になつて来てしまつた自分が、清吉にはその頃から少しづつ腹立しくなつてゐた。だがあの亭主の細君になつたわけぢやなし、あの細君の亭主になつたわけぢやなしさ。さう後悔するにはあたらない（さう清吉は自分自身の気持を滑稽化しながら）人の女房がひどく気に入るのにもう懲り懲りしたが、あまり気に入らないでも困りものだなあ。——ふいと、気持を可笑味の方へ転換することを覚えてゐる清吉であつた。さうして自分自身をなだめるためには苦笑を、さうして悲しい或はそのほかの真剣な気持を他人に表出する時には複雑な冗談を。こんな方法で清吉は寧ろ快活な人のやうに、或る時は不真面目な人のやうに、或る時は誠意のない人間のやうにのみ思ひ込まれてもゐた。それを知つても清吉はその他人に自分を徹しようとも試みなかつた。清吉は自己韜晦者であつた。さうして無言のうちにすつかり彼を理解しない人にとつては清吉はわかりにくい人間であつた。ことに異性には難解な人物らしいからな——清吉は例によつて道化た調子でさう考へて、幾年か同棲《どうせい》した末に別れなければならなかつた女たちのことを今はおぼろげに、けれども憎みではない寧ろ或る懐みをさへ持つて、さうして自分の孤独な性格を認めることでその罪の一半を清吉自身でも自分の分前にしながら、おれは異性には難解な人物だといふ短い一言のなかへそのすべての気持を込めてあつた。それにしても今はもうそんな家庭でさへもおれには無いのだからな……。清吉はむかしの女たちと相対してゐる夕餉のありさまを空間に一閃させた。さうしてそれが消え去つた後で、心のなかで言つた——

「全く何かにつけて、程を知らない人たちだ!」

それはむかしの女たちに対して言つたのぢやない。さつきまで考へてゐた現在の同居者夫婦との夕食の食卓の光景を最後にもう一ぺん思ひ浮べた時に、さつき一たん途切れてゐた彼等のことをさう結論したのである。さうしてもつと晴やかな気持の時に考へればさすがにさうではなかつたらうが、清吉は何故か今日は到底、そこに自分の今日の夕飯が用意されてゐるであらうその食卓のある家——ともかくも今日の清吉自身の住み家である家へ帰つて行く気にはなれなかつた。さうして清吉は意識的にその家とは反対の方向へすたすたと歩きつづけてゐた。すべての人がそれぞれに自分の家庭の方へ急いでゐるであらうこんな日のこんな夕方に。

お京の家の夕餉のさまが、言ふまでもなく今までにもう幾度か清吉の目にまざまざと浮び上りさうになつてゐた。それを掻き消すために清吉は精一ぱいで努めた——あんなにくどくどと現在の同居者外山夫婦のことを追つかけ追つかけ考へつゞけてゐたのも、実はそれがとぎれる時にお京の家のことが憶ひ出されさうになつて仕方がなかつたのでそれを防ぐための一つの手段であつた。が、たうとう外山のことに結びついてお京やお京の亭主のことが、清吉の心の表面へ浮び出てしまつた。——お京たちは外山夫婦をもよく知つてゐるのだし、またどうやら清吉が外山のうちにゐることも知つてゐる筈だから、さうして日ごろから外山夫婦を不愉快がつてゐたあの男のことだから、お京の亭主はきつと清吉のことを「彼奴は気むづかしい神経質な人間のやうな面《つら》をしてゐるくせに、よくも外山のやうな奴と一日も一緒に居られるものだね。僕は外山タイプの人物は見るのもいやだがね」と、お京を相手にそんなことを言ひはしないかと、ふとさう空想された清吉は、実際いま現にそんなことが言はれてゐる声をでも聞いたやうに腹立しくなつて来た。それにしてもお京は何と答へるだらう……。清吉は新らしい手袋のはまつたおぼつかなくもどかしい手で、煙草を一本、外套のポケツトのなかのモロツコ皮のシガレツトケースからやつとさぐりだした。その煙草を、吸ふでもなくただ吹かしながら清吉はぢつと考へつめて歩いた。……「そんな思ひやりのない事を言ふものぢやありませんわ。清吉さんは、だつて行くところがないのです」然うだ。お京さん、さう言つてくれ………

往む家もない
　恋もない
その日その日を
　お京よ！
私は、私は
　　かうして
味ない煙草を
　　吸ふばかり

いつのまにやら、清吉の心のなかではそんな出鱈目な文句が出来上つてゐた。——とつぷりと暮れた夕方の擦れちがひざまに道行く人々がその香をふりかへつて見るほどの、新らしい鑵のロオド・バイロンを清吉は本当に「味ない煙草」と言つてゐるのである。贅沢には人の悲しみを癒す力がないからであらう。出鱈目のその文句を清吉は何度でもくり返してみた。何でもよかつたのだ。ただ、どうしても「お京よ！」と呼びかけたい気持ちであつた。さうして繰返し繰返した。子供を眠らせようとあせるお母さんが出まかせな子守唄を熱心に歌ふように、清吉は自分の悲しさを、寝就かせようとしてゐるだけであつた。

すべての幸福な家庭ではもう夕餉が終つたに違ひない。さうして家庭のない人間だとても腹は空く。清吉は空腹をも感じながら歩いた——どこへといふ目あても別になかつた。

突然、清吉は立ちとまつた。

5

邦子が藝者をしてゐる土地はこの辺だ。さう、さう。たしか百合香といふのださうである。邦子が実家へ帰つたのは夏のはじめであつた——もう半年顔を見合はない。会へば邦子も思ひがけないことに喜ぶだらう。

佇んだ清吉は時計を出して見た。それから自分の心のなかを少しためらひながらもと来た方へひき返しながら、辿るともなく見まわしてみた。さうして町の見当を見まわしてみた。清吉はくふるい記憶を辿つた。——そのころ未だ学校へ通つてゐた芳蔵が学校仲間の悪友と一緒によく遊びに出かけるらしく、さうして彼らは時をり集つては遊び場所の噂などをしてゐることがあつたが、そのころ小耳に挟んだところでは、そのころは八重子と謂つた邦子の出てゐた家といふのは、清吉が今歩いて行く少しさきの或る大きな呉服屋の角を右へ折れてすぐとつつきの狭い通のもう一度右へまがつてどうとかすると、玉突場を兼ねた洋食屋があつてその近所のたしか「梅のや」とかいふ家であつた。いつか芳蔵や邦子とこの辺を歩いた時にも邦子が自分でそんな話をしたことがあつた。百合香になつた邦子も同じ土地の同じ家から出てゐるとすればやつぱり梅のやにちがひない。それにしても清吉は一帯に藝者といふものを知らない上に、その土地のことなどは全くの不案内であつた。さうして未だ義妹のやうな心持の去らない邦子と一緒に今日の夕飯をどこかで食べようといふ自分の思ひつきを実行したく思ひながらも清吉は、勝手を知らない場所へ踏み込んで行く不安があつた。それでもいつのまにやら、聞いたことのある方角の方へは歩いてゐた。

それにしても――と、清吉は考へた――芳蔵は今どんな様子であらう。あの時、いよいよ邦子とは別れるといふことを相談の形で実は報告された時に、清吉はただ一言だけ芳蔵に言つた――ごく自然な穏《おだや》かな調子で、

「誰しも自分の思ふやうにするのが一番さ。ひとに相談するまでもないよ。自分の好きなことをして自分で責任を避けないのだ。俺もその流儀で来た。いいとも、勝手なことをしようぢやないか。そのうちにはてんでに人生といふものも追々と判つてくるだらうから。」

芳蔵は黙つて聴いてゐた。清吉は、しかし、弟の家庭が解散されて荷づくりなどごた〳〵と始めるのを見るのが嫌であつたし、それに弟の家庭が無くなれば、さて直ぐに行くところとても無いので、旅に出てしまつた。清吉の旅の留守に芳蔵は予定より早く出発してしまつた。朝鮮へ行つてからはがきのたよりがあつたが、筆不精な清吉は返事もやらなかつた。清吉の筆不精は一族のなかでは有名だから、芳蔵がそのために怒つてゐるやうなこともあるまいが、それつきり先方からも便りがないのは、黙つて女をつれて行つただけに気がひけてゐるのかも知れない。どんな女をつれて行つてどんな暮し方をしてゐるものやら。女と言へば、いつか夜おそく或る乗換場でひよつくり同じやうに家へ帰らうとする芳蔵に出合つた時、今思へば芳蔵は女をつれてゐた。そんなことは知らなかつたから、どんな女だつたやら見もしなかつたが、果してあの女かしら。女をつれて行つたことさへ教へないくらゐだから従つて詳しいことを言つて寄来しようもあるまいが……。一たい、女があるならあるとあの時、打明けたところで別に小言を言つたり干渉したりするやうな清吉でないことは知つてゐる芳蔵だのに、何故さうと言はなかつたのだらう。さう言へば邦子にしたところが、実家は仲のあまりよくない兄がゐるだけでその兄とてもささやかな洋服屋をしてゐるのだから、実家へかへつてからどうするといふ考へでもあるのかとさすがにいくらか心配して聞いた清吉に対しても邦子も別にこれといふことは言はなかつた。そのくせどうやら二月もたたぬうちにまた藝者に出たところを見ると、別れ話の時からそのつもりもあつたのかも知れない。相談しても初まらないと言つてしまへば全くさうには違ひないものの、清吉の身になつてみれば芳蔵からも、邦子からも何かと聞かせて欲しかつた。あれぢや全く、かげでつらひ思ひをしてゐた自分が芳蔵からも邦子からもごく冷淡な人間と思ひ込まれてゐたのも同然だ――清吉はふとそんな軽い不満を彼等に対して感じたが、気がついて――ほい！　おれは全くの個人主義者になり済してゐる筈だつた。人からも厄介なことを聞かされまい。自分でも人には言ふまいといふ方針ぢやなかつたか。自分では人に何も

打明けないで人から親身に相談をしてもらひたいと要求すれば、これもまた一種の虫のいゝことと言はなければなるまい。芳蔵も邦子もつまりは、あれで清吉の方針を尊重したことになつてるぢやないか。さう言へば今夜も邦子に逢つて何の用がある自分であらう？　別に邦子を慰めようとするのぢやない。慰められようといふのでもない。理窟はいらない。一緒に飯を食へばいいのだ。ただ話題のあるところへ行きたいのだ。さうして清吉にはさしあたり邦子のところより外には話題のあるところはなかつたのである。

　邦子が再び藝者になつた話を聞いたらお京はさぞびつくりするだらう。清吉を信じ切つてゐる単純なお京は、芳蔵のことを「清吉さんに似合はず不人情な人だ」と思ふだらう。また「そばに清吉さんが附いてゐながら……」とも思ふだらう。お京はたつた一度あの時（と、清吉はそのあの時をありありと思ひ浮べながら）あの時に一度だけ邦子に逢つただけだが、邦子もお京を好いてゐたし、お京もひどく邦子を好いてゐたつけ。さうしてお京はよく邦子の噂をして言つた――「もうかうなれば、清吉さん、あなたと一緒になることはあきらめるより外はないのだから、ただわたしもせめて邦子さんのやうに、あんなにほがらかな気持でいかにも楽しさうに『兄さん』と呼んで見たいわ。」

　さう言つてお京は小声で「兄さん」「兄さん」と邦子の声音《こわね》を真似てゐたつけが……。お京、今日はまたどうしてかうお京のことが思ひ出されるのであらう。あ！さうだ！　今日は十一月の二十四日か。思ひ出のある日だつた！　もしやお京も今ごろ、ひよつくり二年前の今日を思ひ出してゐたのぢやないかしら。清吉は妙に耳をすまして見るやうな心持がした――どこかでお京の声が遠くから聞えて伝はつてくるのぢやないかと。裏どほりにいつか来てゐて、ただ耳をすませば自分の靴音が聞かれる――

家もない
　恋もない
その日その日を
　お京よ！
私は、私は
　かうして
味ない煙草を
　吸ふばかり

6

「ええと……先づ、ホツトウヰスキイを一杯と、それにこれだ。」

　清吉はウヱイトレスの持つて来たメニユーの上を指でおさへて命じながら、やつぱりさつきのつづきを考へつづけてゐた。――邦子をどこでどう呼べばいいだらう。知つた家とてもなし、夕飯をたべる場所とても知らない。これはやつぱりウエイトレスに電話をかけさして邦子から何かと聞くのがいい。さうだ、それまでは空腹ではあるが先づあんまり食べまい。さう決めた清吉は改めてその家のなかを見まわした。なるほどこの家に相違ない――玉突屋と洋食屋とを兼ねてゐる。――二階からカチ〱と玉の音が聞えてゐる。これが以前に芳蔵などのよく出入したといふ家に違ひない。さうすれば邦子の――百合香の家といふのは間違ひなくこの近くなのだ。……近くでなくてもいい、何れ電話をかけて貰ふのだから。

「姐さん、ちよつと電話帳をかしてくれませんか」

ホットウイスキイを先づ持つて来たところで、清吉は電話帳を借りてみたが、どうしてだか梅のやといふ家の番号は見つからなかつた。

「姐さん、この辺にたしか梅のやといふ藝者屋がある筈だがね。無い？　電話の番号を知らない？」

「帳面には御座いませんか」

「見つからないやうだ」

そんな会話をしてゐると、突然にコツク場のかげから女の声して。

「梅のやさんならすぐそばぢやないか。」さう言ひながらおかゝみらしい三十ぐらゐの年増がちよいとコツク場の方から顔を出して、清吉を見ると、「いらつしやいまし。」と一目ちらりと見たやうであつたが言つた「梅のやさんへ何か御用事ですか。藝者衆？」さう言つて愛嬌笑ひをしたが、或はその女自身ももとはその藝者衆ぢやなかつたかと思はれる風情であつた。畜生！　この女までが中高で丸髷のせいでか年こそふけてゐるがどうやらお京に似てゐる――清吉にはそんな気がする。

「ええ、さうです」極く生真面目な調子で清吉は答へた「百合香といふのです。そんな名のが居ますか」

「百合香さん？　その方はもう去年ぐらゐからゐないのぢやありませんか知ら」

「はてね？　僕はつひこの間――さうこの七月か八月ごろにでも出たのだと思ひますがね」

「お若い方でせうか」

「いいや、二十三四ぐらゐの」

「ぢや、また新らしい百合香さんといふのが出たのか知ら。その方に御用でございますか。――それぢや電話の番号をさがすより、ちよつと一つ走り、お前行つてお上げよ。――梅のやさんならわけはないから」あとの方の半分はウエイトレスに言つたのである。さうして彼の女は、まだ新米《しんまい》らしくそこを知らない若い方の女に、梅のやの場所を――そこの角を曲つて、車屋さんの……髪結ひさんの……といふ風におしへてから清吉に言つた――

「で、もしその方がいらしつたら、ちよつとここまで顔を出して見てもらひませうか。ねえ？　お名前はおつしやらないでもいいでせうか。――あ、さうさう、それではね（さう言つておかみはウエイトレスをふりかへつて）梅のやさんへ行つたら、百合香さんに来ていただきさへすれやわかるお方だとおつしやいよ。え、あそこの家《うち》はうちをよく知つてゐるのだから居さへすれやお見えになりますよ」

　おかみの親切には何だか、何もかも間違つて呑み込んでゐるやうな調子があつた。それが、顔を直ぐ赧くするくせのある清吉の頬をかつとさせるやうな気がしたが、けれどもコップに半分ほど飲んでゐる酒のために清吉の頬は前からもう赤くなつてゐたので別に目立ちはしなかつた。

　注文した皿を卓の上へ置くと若い女は早速、梅のやへ行つてくれたが、百合香は今出てゐて、貰へば貰へるお座敷だけれどもそれでもまだ一時間ぐらゐしなければ……といふ返事であつた。

「あ、然うですか。ありがたう。なにそんなにまでして用は無いのだ」

　清吉はさう言ひながら、邦子を待つて飯を食ふ考はあきらめて、その代りに今度は別に腹にたまりさうなものを改めて注文した。沈鬱さうな清吉を相手にする人は誰もなかつた。おかみはさつきあれだけのことを取計らつてくれるとそのまま二階の玉突台の方へ行つてしまつたし、若い女は大きな鏡の前で自分の髪を直してゐた。出前を主にしてゐるらしいこの店は部屋も粗末だし、そんなことはどうでもいいが、まだストオブを用意してゐないからうすら寒い。清吉の頭の上の方では玉台をまわり歩く人の足音が鈍く伝はつて、その客の数は少いらしいがさつきのおかみの声もまじつて何だか知らない談笑の声のなかを縫ふやうに玉の音がカチカチと冴えてひびく。あの足音は太つた男のもので快活な笑ひ声だな、そんな用もないことをふと思つて見たりしてそのもの音を聞きながら清吉は、ホツトウヰスキイのつぎには冷いのをもう一杯飲んだ。顔は真赤になり体は温くはなつてきたけれども心持は少しも所謂酔つた人のやうではなかつた。さうして二階の賑やかさにくらべて清吉は、自分の身のまわりは何だか足もとでこほろぎが鳴き出すやうな気がして、自分と相対する人はみな黙つてしまひ、自分の行くさきざきはその度ごとに方何間かの間さびれてしまふやうな気がした。影がうすいといふ言葉があるが清吉のはうすいのではなくへんな影がさして、さう言へば自分の顔はエル・グレコ筆の肖像画のやうに一種の気味悪さ、一脈の魔気があつて、それだから女子供は何となく清吉を憚るやうなところがある。さうして自分はしんから人と喜びを分ち合つた覚えはない——それが清吉自身の誇張したつまりはセンチメンタルな気持で、清吉はもう少し酔つて来てゐるので、これが清吉の酒くせなのである。

7

　どうしてもひとりではいけない気持であつた。さればと言つて今、語り合ふべき人はやはりなかつた——どうしても邦子より外には。清吉はあの洋食屋から出てくると一丁とは歩かないうちにもう一度その家へ引きかへした。清吉をおくり出して客のないひまを講談雑誌を見てゐたウヱイトレスは、また帰つて来た客を表戸の口に発見して、忘れものでもしたかと頓狂な声でたづねた。清吉は半分ひとりごとの口調で答へた——

「いいや、さうじやない。ここまで来たのだから、やつぱり逢つて行かうと思ふのだ。あと一時間もすれば貰へるわけだね——百合香は。それぢや君、僕はこの辺の勝手は少しも知らないのだから、どこかそんなうちをおかみさんに聞いて見ておそへて下さい、面倒だが……」

二階から下りて来たおかみはうちの家号をおそへて、それだけぢや無論わからなかつたので、ウヱイトレスと二人で外まで出て来て指ざしながら教へてくれた。清吉の後すがたを見送りながら、ふたりの女たちは囁き合つてゐる様子であつた。そのすぢ向ふの酒屋の角を曲つてつき当つてまたまがるその角の奥まつた家といふのが、現にさう教へられて清吉が今来てゐるところなのだが、さういふ家に座り慣れないせゐか清吉にはどうしても居心地がよくなかつた。馴染のない人には口の重い清吉は、女中を相手には冗談を言ふ心持にもなれなかつた。なまなか酒をのめばへんに生真面目になる清吉である。それは初めから承知の上ではあつたが百合香はなかなか来なかつた。それにこの家は百合香が出入することのないうちらしかつた。年増の女中が言つた——

「いやですね、旦那は。時計をお肴にしておひとりで飲んでゐらつしやるのですね。もう一時間はたつぷりお待ちなすつたでせう。何しろこんな場所ではありますし、時間のほどは当てになりませんから、それまで誰か別の子でもお呼びになつてお待ちなすつてはいかがでせう」

「さうさ。それもいいが……」と清吉はあいまいな返事をして、知らない女などがくればこの場合一さう息苦しい気持になるだらうし、それに邦子に逢ふまではともかくもさう席をくづさないでゐるのがいいと思つた。さうして言ひつづけた「……だが、やつぱり、もう少しひとりきりで待つて見ようよ。別のひとが居たりしては叱られるからね」——清吉の冗談は硬ばつてゐる。

「おやまあ、大へんですね」

「大へんも大へん。深い仲だからさ。——それに今夜はわけても他聞を憚るやうな話に、うまい金儲けの相談に来たのだからね。——だから君はさう気を揉んでくれなくてもいいのさ。それにこのとほり僕はいけない口なのだから、忙しいところをお気の毒だからひとりで放つて置いてくれれば結構。御邪魔だがさうして置いてくれたまへ」

「ええ、え。そんなことは何ですけれど、百合香さん、本当にどうしたのでせうね。こんなに待たれてゐる身になりながら……。ね、さうでせう?」

そんなことを言ひながら、それをしをにして女中は立つて行つてしまつてた。どの座敷もしんとして別に忙しいけはひとてもないが、女中はそんな陰気な気心の知れないお客を嫌つて気づまりがしたからであらう。全く清吉自身でも自分が気づまりであつた。気分の転換をしたかつたけれどもその方法とてもない。いや、ただこの場の気分の転換だけぢやない。生活全体が行きづまりになつて、それをどうにか開展しないでは居られないのである。あの時――もうお京とは逢へないと思ひあきらめた時から、どうにかしてその日その日でも月日さへ立てばいいと自分を自分で甘えかして生きて来たのが、知らない間にぼつぼつと嵩じて来て、自分は浅はかな安逸と甘つたるいさびしさとに自分の身をまかせてしまつてゐるのではないだらうか。何一つ信ずるところとてもなく、さればと言つて懐疑の海底へもぐり込まうといふでもなく……。さういふ理に落ちた、さうしてそれにふさはしく冷え切つた酒を清吉は手酌でついだ。

清吉は自分の心のなかに行き来するさまざまな人――男や女の影を沢山、つぎつぎに見つづけて行つた。清吉の心は一つの十字街であつてそれらの影はそれぞれの方向へ歩き去つた。すべて皆、過去のものである。清吉の新しかるべき未来を暗示するものは一つもなかつた。たつた一つ、澄江だけが清吉の心の十字街のなかに未来の道を向いてぼんやりと佇んでゐる……。しかしそれをよく見つめてゐるとそれは澄江ではなくてやつぱりお京――その十字街を過去の方へしくしく泣きながら歩み去つたお京の姿になつて来る。それは清吉自身にも苦しいし、澄江にだつて気の毒ではあるし……

こんな気持まで考へて来た時であつた。

「や！　来たぞ」と清吉は突嗟に、伏せてゐた目を、外がわの方へ見上げて聴き耳を立てた。カタカタカタといふ急ぎ足の駒下駄の音が不意にその時、清吉の居る表二階へ――さうして清吉の記憶の耳へひびいて来たからであつた。邦子の足音だ！　聞き慣れた自分の家族の足音である。寒いころに外へ買ひ物に出て急いで帰つて来る邦子の足音だ！　清吉にはこみ上げて来る気持であつた。

「百合香です。今晩は！」

「あら、百合香さん。随分お待ちですよ」

そんな会話がそれから何やらぺちやくちや下から洩れて来て、足音ばかりではないその声も邦子のものではある。けれども声の方はどこかつくり声で足音のやうに清吉の胸にはひびいて来ない。あの足音を不意に聞きわけた瞬間には、ひとりの藝者の急ぎ足の幻影と邦子の姿とをごつちやに思ひ浮べた。それが清吉には思ひもかけない悲しみであつた。弟のもとの妻を二度目とは言へ藝者などをさせるのは困るといふ抽象的な心持が、その足音を聞いた一瞬間に忽然と一つの具体的な心持に変つた。

その悲しいとも済まないともなつかしいとも味気ないともつかない気持で清吉はぢつと百合香の邦子が部屋へ来るのを待ち受けた。さうして別の事を考へ込んでゐる間だのに突嗟にそんなものを聴きつけた自分の耳を不気味にもいとしくも哀れにも感ずるのであつた。その時しづかに階段を踏む音がして、殆んど音もなく開いた障子のかげから手を突いて様子ぶつた邦子が

――いや、百合香が、おちよぼ口で硬ばつた表情で顔をのぞかせた。清吉は言つた。

「何だい？　その顔は！　ハ、ハ、ハ！」

　百合香の邦子の硬ばつた顔が突然いぶかしさうな、それ故、全く自然な顔になつた。ぽかんと半分口を開けて目を見開いた。――それはまだ邦子がまだ弟のところへ来ても世帯やつれもせずに、三年も前までは豊かに持つてゐた無邪気なのどかな麗朗とした表情と似てゐる。百合香の表情はすぐに変つた――全く邦子のものになつた――

「あら　兄さんね！」邦子は畳の上をすべるやうな早足でもう清吉の火鉢の向ふに座つてゐた「どうしたの。珍らしいこと！」

　邦子は、火鉢の上にかざしてゐる清吉の大きな骨張つた手を挟んで自分の小さな二つの手で掌と甲とから押へた……

「冷たいでせう」

　――しばらくの無言のあとで邦子はさう言つた。さうしてこの思ひつのつたひとりでの動作にふと気がついたかのやうに、そつと清吉の手を解き放して、灰のかぶつてしまつてゐる火を掻き立てると、自分もその上へ手をひろげてかざした。

「……」清吉の答は無言であつた。冷たいだらうといふ邦子の言葉には然《さ》したる意味もなかつたのだから。

　邦子はほつと溜息をしたやうに清吉には感じられた。清吉は邦子がこんなところで自分に逢ひたくはなかつたのだらうか、それを聞かうとしたがそれを言ひ出さうとするとちやうど言葉がぶつつかるやうに邦子が言つた、

「ああ、ほんとうにうれしいわ。ここは知らないうちだから御名指だと聞いて誰かと思つて来たのよ。――兄さんは新陽亭で聞いて来たのですつて？」

「新陽亭といふのかね。ああ、向ふ角の洋食屋さ。――あそこは芳蔵のよく知つてゐたうちぢやなかつたか知ら。おれは何だかじろ〳〵見られるやうな気がしたが、それだとすると、芳蔵とおれとはやはり似通ふたところもあるから、おれのことを芳蔵が年とつたと思ひやしないかなどゝ思つてね」

「……」邦子は何か思ひ出しでもしたのか黙つてゐたが「大丈夫――あそこは代が変つてしまつたから。兄さん。それよりはさあお酌」気を換へるやうに邦子は急にそこにあつた銚子《ちようし》を取上げたが振つて見て「何だ？　空つぽぢやないの」さう元気のいい声で言つた。それから手を鳴らしかけて、ぐるつとあたりを見廻してつひ後《うしろ》にあつたベルの紐のボタンを押してから座り直して「兄さん。みんなひとりで飲んで？　飲めるやうになつたのね。藝者の言ひ分にすれや感心だわ――そのくせ赤くも何ともなつてゐないわ。」

　気がついたが、さういふ邦子も今までの座敷で飲まされたのか、ほんの少しは酔つてゐるやうであつた。それとも沈み勝ちな清吉を直ぐに見てとつてわざと努めたはしやぎ方とも思へる。さう思ひながら清吉は自分の頬をちよつと撫ぜて見て、

「あたり前さ。もう醒めちやつたよ」

「どうして?」

「どうしても無い。酒なんてものあ初めの三杯分赤くなれや、あとはいくらでも同じさ。あとからあとから醒めるさ——顔だつてもとの通りになるよ。ましてたかが一本の酒で、さ」

「えらい事を言ふわね。一たい何本飲むの。——いつの間にそんな馬鹿なことを覚えたの」

「それも藝者の言ひ分かね。だが馬鹿なことぢやない。酒を飲むのも案外精神修養さね。今のさつきも酔つぱらつて大いに反省してゐたところだつた。だが、酒といふものはまづいな。おれには直ぐに酸つぱくなるぜ。——酔ひもしないのにさ。全く馬鹿々々しい飲ものだ」

その時障子の外から「おや、急に元気におなりですわね」障子を開けた女中は心得て酒を持つて来たのだが、ちよつと腰を据へながら「百合香さん。こちらは本当に現金ね。あなたが来ないうちは鼠に引かれさうだつたのよ」

「うそだよ」と清吉が言つた「え、姐さん。今だから白状するが、どうして心中の相談を持ちかけやうかと思つてね。策略をめぐらしてゐたからさ」

「姐さん。それも無理心中よ」邦子もさう言つた。

三人は、三人してそれぞれ下手に笑つた。

8

女中が出て行つた後で邦子はやつと言つた——

「時に朝鮮から便りはあつて?」

「うん、一ぺんはがきが来たよ。こちらからも何とも言つてやらなかつたがそれつきりさ。」

「やつぱり誰かつれて行つたのですつてね」

「……おれもさういふ噂は聞いたよ」

「困つてゐるつてぢやないの?」

「?」

「お金のことではなくつてよ、そのひと、いの事でさ。兄さん、知らない?」

「それは聞かないよ」

「さう。それぢや言ふまい。わたしが余計なことを言つちや悪いから……」

「いいよ。言つてごらん」

「でも、根が噂だし、告口のようだわ」

「いいてば。お前が告口するのぢやない……おれが詰問すると思つて」

「……それより、あの人、ほんとうに朝鮮に居るのでせうか。門司にゐるのだといふ人がゐてよ——おせつかいがゐてね、いろんなことを聞かせるのですもの」

「いろんなこととは?　だが京城にゐることはどうも本当のよ

うだがな」

　実際、芳蔵が門司にゐるといふのは初耳であつた。それにいろいろな事情から見て、やつぱり朝鮮にゐるのは本当らしかつた。しかし、邦子がたうとう話し出したやうに、芳蔵が女のことで困つてゐる――といふのは、その女の親たちといふのはよくない人たちで、それが朝鮮だか門司だかまで娘と一緒について行つて、店も何もその女の名義でさせてゐるし、新らしい事を思ひついても一つ一つ干渉はするし、会社をやめて見て一本立をしても折角の事業も何も自分の計画どほりには運べず、それに女の親たちのやり口があまりきびしいのでさすが人好しの芳蔵もいや気がしてゐる――もうそんなことはやめて東京へ帰りたいと、その土地で逢つた或る人に芳蔵が言つたのを別の或る人が聞いて来て、邦子はその第二の人から聞いたといふのであつた。邦子は心《しん》から心配さうにつけ加へた――

「兄さん。何とかして上げたらどう？　もしそれが本当ならばさ」

「うむ……」清吉は生返事をした。しばらくしてから言つた
「が、別にどうと言つて仕様もない。折角やりかけたことだ。序に精一ぱい苦労をして来るがいい。させて置くが第一だらう」

「それもさうか知ら――兄さんの気質では」

「あたり前さ。今時分になつてそんなことに干渉するほどなら、お前との別れ話の時にも言ふことはあつたよ――今は始まらないから言はないが。芳蔵だつて男一疋だ。好きなやうにさせて置くのが本当の情だらうぢやないか。まあ見てゐようよ。おれの金でも費はれてゐるなら兎も角も、スツてゐるのはおやぢからの遺産さ。それも芳蔵自身のわけ前だ。それに今直ぐまさか死なうと言つてゐるわけでもあるまいぜ。アハ、ハハハ」

「兄さんといふ人は他人のことにはいやにてきぱきしてゐるのね。――御自分はどう？」邦子は不平げであつた。

「おれだつて男一疋さ。見ろ、好きなようにしたおかげさ――このとほりあがいてゐるのよ」

「えらい！」盃を五六度やり取りしてゐるうちに酔つて来てもともと深川生れの邦子はたうとうてきぱきした調子になつた。それから優しくからかふような口調で「で、兄さん。もう、あきらめはつきましたかね、お京さんは」

「そいつばつかりは今夜はよせよ。――気がついたのさ、途中で。あんまり気が滅入るから思ひ当ると今日は恋の二週年の祥月命日だつた。……お京と言へばあの亭主にはあれから遭つたのだよ」

「へえ？　添田に！　いつ？　どこで？」

「何、もう半年近くも前さ。ひよつくり路でぱつたりと顔を見合したのだ……」清吉はその時のことを思ひ出し思ひ出し話し初めた――

　添田のことを、清吉はあの時以来、添田とは言はずに「お京の亭主」と呼んでゐる。少くとも心のなかではさういふふうに

呼んでゐる。といふのはあの男のことを添田と呼ぶと、どうやら以前まだ兄弟のやうにしてゐたころのなつかしい気持にふいとなつてしまふ。その無二の友を無くしたことをはつきりと身に覚える。事実、清吉のこころのなかにはそのなつかしい記憶がまだに生きてゐるのであらう——清吉は、お京の夢はごく稀にしか見なかつたのに添田の夢は腹立たしいほどよく見るのであつた。それもいがみ合つてゐるやうな夢などではなく気の合つた冗談を言ひ合ひながら一緒に散歩してゐるところである。さうしてそんな夢のなかの散歩がながくつづいてから、清吉は夢のなかで不意に、さうだ、おれは以前添田とももう絶交してゐる筈だつたのにとさう思ひ出すと、いつもそのとたんに夢がさめるのであつた。——うつかり添田といふ名を口にしたあとでもちようどその夢のさめぎわのやうな気持になる。清吉にはそれが悲しかつたし、悲しいばかりではなくあの事件の解釈が一層こんがらがつて来るやうで考へ込まずにはゐられない。いつそ「お京の亭主」と呼んでしまへば同じ添田でも別の人に感じられる。それにすべてがお京と一緒にお京のために失はれたやうで、同じ失はれたにしてもあきらめやすい——と言はうか、あきらめにくいと言はうか、ともかくもお京の名によつて堪え忍ぶことも出来る。清吉にとつてはさういふ添田であつた。

9

まだ夏も初めであつた。芳蔵と邦子とのうちは解散してしまつてゐるし、旅から帰つた清吉がともかくも外山のうちに落着いて間もない頃であつた。そのころまだ外山のうちに居た外山の甥といふ少年——まだやつと十五かそこらの子供をつれて清吉は散歩に出た。子供の相手は気が紛れた。

清吉は何気なく、しかも俯向いて歩いてゐた。向ふから来る人も俯向いてゐたのであらう——ふたりの行人は擦れ違ふつひ三歩ほどの距離でふいと顔を上げ合つた——

添田だ！

兼ねて添田を知つてゐる外山の甥もその時気がついたのであらう、慌ててお辞儀をしながら、低い声で

「添田さんだよ！　ねえ！」

少年は清吉の袖を引いた。清吉はちらと添田を見たきりだつた。ふたりはもう擦れ違つてしまつてゐた。ほんとうに添田であつた——清吉のこの時の感情では、その人は「お京の亭主」ではなく「添田」だつた。さう思ひながら歩いてゐる清吉に向つて、少年はもう一ぺん言つた、

「添田さんだつたよ。——どうしてお辞儀をしなかつたの？」

深い事情を知らない少年は、むかしあれほどだつた友達同士がお辞儀一つし合はないで通つたのを怪しんで尋ねたのである。清吉は何とも答へずに、ただふり返つて見たいといふ感情を感じながらそれを抑へる感情もあつた。毎日顔を見合はずにはゐなかつた友達、さうしてもう一年半近くも見なかつた友達、添田もちらりと清吉を見上げたつけ。清吉は別にふりかへつては

見なかつた代りに、瞬間的に捉へ得た添田の姿をもう一度思ひ浮べた。白い新らしいヘルメツトをかぶつてゐた。白いズボンにホームスパンの上着であつた。――ひどく痩せてゐたと思ふが……

「ね」と清吉は少年に言つた「添田はひどく痩せてゐたね」

「ああ、痩せてゐたよ。若く見えたよ。けど、ひよつとすると添田さんは病気ぢやないのかね。僕、ふとそんな気がしたよ」

「何故？」

「でもね、添田さんは僕がお辞儀するとにつこり笑つたよ。あの人は面白い人で、僕が見てゐると今まで、元気のない病気のやうな時だけだよ――子供に笑つたりなんかするのは。元気のいい時にはいつでも怒つたやうな顔をするよ」

この少年はなぐさみに小説なども読むほど早熟であつたので、そんな観察を持つてゐたのであらう。さう聞けばなるほど清吉にも、それは添田らしい事にも思へた。それとも添田は近ごろ気が優しくなつたのかも知れない。添田！　お京にもそんなふうににつこり笑つてやれ、いつでも………

しかし、三町ほど歩いてゐるうちに清吉には「添田」はもううとましく「お京の亭主」といふ気持になつてしまつて来てゐた。丸善の二階へ上つた清吉は、さまざまな書物を手に取つては見たが、どんなことを書いた本だか現に見ながら気がつかないほどであつた。といふより寧ろ、黙つてふさぎ込んでゐる自分をあの早熟な少年に気取《けど》られまいと思つて心にもない書物を取り上げて見てゐたのであつた。

――あのことがあつて以来、一層多く添田の夢を見るのぢやないか知ら。清吉にはそんな気もする………

10

邦子にはその時のことを手短かに話しながら清吉自身でははつきりこまごまと思ひ出してゐた。さうして清吉は邦子に言つた――

「不意に顔と顔とを見合したのだからよかつたのさ。それが双方で一町もさきから気がつき合つてゐたのであつてごらん。両方とももつと複雑な不自然な顔つきをし合はなけれやならなかつたらうからね。――だとすると、僕は考へただけでも気切《きせつ》ないよ」

「兄さん、気が弱いからいけないのよ、何も悪いことをしやしまいし。恥しいのは添田ぢやありませんか。私だつたら睨みつけてやつてよ」

「フ、フ……」邦子が子供らしい単純な調子で言ひ放つたのが清吉にはをかしくもあり可憐でもあつた「でね、邦子。それから三日ばかりしてからのことだがお京が通つたのだぜ――外山の家の前を、僕の二階の下をね、それを外山の甥が発見して『添田さんの奥さんが通るよ』つて隣の部屋の窓から頓狂な声で知らせたものさ、僕は客があつて座を立てないうへに、その客がまた噂でお京や僕のことを知つてゐるのだらう――だから、さう言はれて覗いて見るわけにもゆかない。少年にして見れば先日添田とおれと妙な具合に行き逢つたことをうちへ帰つて話したらしく、それでいくらか例のいきさつがわかつたものらしいね——だからお京の行きすぎるのを僕に知らせたのだらうぜ。——ただひどく腑向いてとほつたさうだよ、お京は。——お京も添田から僕の噂でも聞いたのだらうか。それで思ひ出して僕の二階の下を通つてくれたのだね。……」

「何だ！　そんなことなの？　そんなことがそんなにうれしいの？　いやな兄さん。いつまでもいつまでも」

「………」

　大分酔つぱらつて来てゐる蓮葉な邦子に話の腰を折られて清吉はふつと黙つてしまつた。なるほど邦子の言ふとほりでもある……

「急に黙つてしまつたのね。——兄さん慍つたの？」

「何が、慍るものかね。ただ気の毒になつたのだよ——」

「お京さんが？」

「いやいや！　お京はあれでいい筈ぢやないか。気の毒なのは手前のことさ！」清吉はから元気を出して気軽さうに言つた。さうして手もとの盃をぐつと一つ飲み干して、手酌でつぎかけた。

「おや、これは失礼」さう言つた声も言葉も、それが突嗟に出た時、清吉にはいかにも、プロフエツシヨナルに悲しいものに感じられた。それをきつかけに清吉は気を変へて言つた——

「ところで、百合香姐さん（とわざと邦子をさう呼んで）御稼業御繁盛ですかね」

「へい。おかげさまでぼつぼつ。それに御覧のとほりのいい旦那がありますからね」と邦子も一とほりの冗談を言つたが、ほんとうの声になつて「わたしなどね、兄さん、まだしもむかしの事もあるので知らせてくれる御座敷もある方よ。新らしく出たての子などはそれや可哀さうなものよ、何しろこの不景気でせう。……兄さん大分飲むぢやないの。あとで発しますよ——さすがに兄さんだけに心配だね、百合香姐さんも。」

11

　なるほど、清吉はいつの間にかひどく酔つてゐた。便所のなかでふと「影は妹のごとくやさしく」といふ句を思ひ出して「影は妹のごとくやさしく」「影は妹のごとくやさしく」と何度も何度も口のなかでつぶやきながら部屋にかへる清吉の足もとはよろよろしてゐた。けれども頭のなかははつきりしてゐた。も一度いままでの座蒲団の上へ坐りながら清吉は時計を出して見たが、言つた——

「どうれ。もうそろそろ御帰館にしようかな。——外山家の二階へ御帰館ぢや佗しすぎるが」

「御帰館？」さう言つて邦子も帯の間から小さな時計を出して覗いた「兄さん。いけない。まだ早いぢやないの。十時過ぎたばかりよ。もう一時間は帰さないわよ。——話も少しあるの。

その代り線香は自腹を切りますよ」

「これや、ひどい達引だな。さういふわけなら二三日居つづけをしてもいいよ。ところが、線香は自腹を切る代りに、よく聞いて見ると話といふのが金を借せぢやないのかい。ハ、ハ、ハ」

「違ひない。たうとう見抜かれちやつた」

口さきではやつぱり冗談を答へたものの邦子はひどく真面目に見えた――見てとつた清吉に哀れを感じさせたほど。さうして清吉が言つた――

「話といふのは何だい。言つてごらんよ」

「ええ。それともまた今度にしようか知ら。兄さんも酔つぱらつてゐるしわたしも酔つぱらつてゐるもの。――また来てくれるわね、兄さん」

「約束はしないがそんな気持になればね。何しろその話といふのをお聞かせよ。折角言ひかけたのだ。気になるから」清吉はすつかり尻を落ちつけた。

清吉は何となく邦子自身の相談のやうに感じたのを、邦子にもその心持が通じたと見える
「言ふわ。――だが、わたし自分のことぢやないのよ。どうせわたしは自分のことなどは見切りをつけて成るやうにさせてゐるのだからね。澄江さんのことよ、兄さん。この間、ひよつくり澄江さんが来たの。わたしおどろいたわ」

「へえ、澄江が？　ひとりで？　これや面白いね――令嬢が藝者のうちへ訪問するのだ。新派の一場面……」

「兄さん、冗談ぢやないわよ」邦子は酔つぱらひらしくなつてゐる清吉を、わざと強さうな声で、しかしほんとうにたしなめながら「兄さん、澄江さんは涙をながして話しましたよ。兄さんの心持はどうしてもわからないといふの。さうしてほかに相談をする人もなしわたしのところへ来たのですつて。だからわたしは言つたのです――今までのわたしならそれやわたしからも話をして何とか相談をして上げないものでもない。けれど、わたしもかうなつてしまつちや、もう兄さんのところへ出入りをしていいものだやら悪いものだやらもわからず、遠慮をしなければならないとなつて見ると、かげながらの相談は出来るまでも、それより一そ御自分で兄さんに当つてごらんなさいつて。――でもね、澄江さんのおつしやるには、何が何でもそんなことは自分では出来ないのださうです。教育のある人といふのは不自由なものだわね――澄江さんのつもりでは兄さんも私にならば好いてゐるとか嫌つてゐるとか打明けたところをおつしやるだらう。それをあけすけに聞いてほしいといふのだわね、つまりは。一たい、兄さんは好き？　きらひ？　その点だけでもあつさり言つてごらんなさいよ。」

「好きだね、あつさり言へば。前から好きだ、今でも嫌いぢやない。それにきさくな性質のくせに、そんなことを自分で直接言へないところも僕には悪くない」

「それぢや何が悪いの？　器量？」

「器量もさう悪くはあるまいぜ」さう言ひながら清吉は、澄江がさびしさうに片頬笑みした顔つきを思ひ出した「いや、悪いやうではあるが僕にはもつと美しくてもいやな顔立があるさ。それに顔なんてものはどうでもいいさ――不愉快でさへなけりや。器量のいい女房を持つのは、景色のいいところへ住むやうなものさ。たまに来て見る人はひどく感心する。住んでゐる当人にはいつの間にか何でも無くなる」

「それぢや、気ごころ？　あの方は気ごころよしですよ。何よりも気ごころが一番いいわ」

「気ごころも悪くはないさ。……気ごころのいい女と住むのは間取のいい家へ住むやうなものだな」

「そんな余計なことはどうでもいいわよ。――はつきりおつしやい。気のない人ね、煮え切らないよ、兄さんは。今に始まらないけれど。気が進まなけれや進まないで断れやいいぢやないの。――もうお酒など飲まなくつてもいいぢやないの。みんな空ですよ（と言つて邦子は清吉の手から盃をひつたくるやうに取上げながら）。……澄江さんの言ふにはさ、嫌はれたものなら嫌はれたで、わたしだつても厭々でも行くところはある。自分では無くとも家《うち》ではさがしてゐる。はつきり厭だと言はれればあきらめもつく。それならそれで家《うち》のいふとほりにする、唯、好いてゐてくれるものやら嫌はれてゐるものやらどちらだかどうしてもわからない、それが苦しいのだ――とまづかう言つて泣いてゐたのだが、なるほど兄さんの話を聞いて見れや澄江さんのたよりない気持も無理ではないわよ。それからまた澄江さんはかういふのよ――兄さんの態度があんまり煮え切らないやうだから、もしや兄さんがまだむかしの誰かを忘れ兼ねて何かそんな人と交渉をでも持つてゐるのぢやあるまいかつて。わたしは、だから答へたのよ。それや心持の上ぢや或はまだ憑きものがおちないかも知れぬ……」

「憑きものか！　これやうまい事を言つたな」

清吉が思はず挟んだ言葉を抑へて邦子が言ひつづけた。

「……さうよ、お京さんのことよ。でね、私は答へたの――憑きものは落ちないかも知れないけど、一たん別れた人とどうなどといふやうな気性の兄さんぢやありません。それはわたしがよく知つてゐる。それにもとの人たちだつて皆もうそれぞれに旦那さんも持つてゐるのだから、つてね。さう言へば兄さん、千駄木町がお嫁入りすることは知つてゐる？」

「へえ？　知らないよ」

「私のところへ逢ひに来たわよ。もとはあんなに仲が悪かつたのに、わたしがかうなつて見ると話に来るのね。――邪推しちやいやよ、誰も兄さんの悪口など言やしないのだから……」

12

千駄木町いふのはもと清吉の妻であつた女のことである。いま邦子から聞くとその女が今度再縁するさうである。邦子もよくは知らなかつたが、相手は何でもキヤメラマンか何からしいので、結婚すれば遠方へ——といふのはアメリカぢやないか知ら、ともかくも遠くへ行くらしいといふのである。さてさうと決つて見ると未練でも出るか、とさう邦子が冗談半分に尋ねた時、清吉が「いいや、もう沢山。（と手を振つて見せてから）未練どころか。いい気持だ、安心をした」と答へたのには何の嘘もなかつた。事実、清吉には難題であつたあの女も、これで立派に卒業したと清吉自身で思つた——清吉は日ごろから「恋愛学校」といふ言葉を持つてゐたが、これは恋愛を学ぶ学校といふ意味では勿論なく、恋愛は人生を教へる学校といふつもりであつた。全くあの女を通して清吉は沢山学んだ。清吉自身はもう済んだつもりでゐたが、しかしその上に先方でもさう型がつくとあれば、本当に清吉も吻《ほつ》とする。卒業したと清吉が思つたのはそこのところであつた。さうして今更よけいなことだが、今度はうまくゆけばいいと思ふ。がそんなことよりも邦子から聞けば、あの女は時々銀座で清吉のうしろ姿を見かけると、いつも新らしい洋服を取交へて着てゐると言つたさうだけれど、いつあの女に銀座で見かけられたか知ら——そんなに度々。本当に清吉はつひこの間まで毎日のやうに銀座あたりをうろつき歩いてゐた。お京のことがあつてあまり徒然だからそんなことをしてゐたのだが、お京との噂がひろまつてゐることに気がつくと、うつけてしよんぼりとした自分を見られまいと、知つた人などには逃げ隠れしながら歩いてゐたのを、あの女がそんなに度々見つけたのか知ら。ちつとも気がつかなかつた。そんなふうだとすればあの惨めな——見かけが立派な様子だけにその惨めさが一層目立つであらう自分を、何時、誰が、何処で見かけたかも知れない。——さう思ふと清吉にはこの事の方があの女の再婚よりはずつと問題になりさうな気がする——あの時はあれより外に仕方もなかつたのだが、男にはもう少し見えがあつてもいい。……そんなことを考へてゐる清吉を邦子は何と看て取るかも知れない。清吉は言つた——

「それでお前は何かい、また千駄木町に逢ふかね」

「ええ、遠くへ行くときまればいづれお別れに一緒に御飯でもたべませうと、つひこの間電話がかかつたから、約束をしてよ」

「それなら、もし噂が出たらおれのことも言つてくれ——喜んでゐるつて。……だがわざ〳〵言ふにもあたらないよ。あ、然うだ。それよりはね是非言つてもらひたい事がある。夫婦別れの時にいろいろ向ふの荷物へ紛れて行つたものがあるのさ。何つまらないものばかり——それに欲しいものは取つて置いてもいいとも言つたし。ただね伊万里の——焼物の名前だよ——古い伊万里の小さな手あぶりがあるのだ。煙草盆の代用にしてゐたのさ。オランダ模様のうつしらしく妙な異人の絵があるのさ——お前も知つてるだらう。あれさ。あれは私の気に入つてゐるのだ。何でもないものだが好きなのだ。多分向ふへ行つてゐるのだと思ふ。あれにだけは未練があるのだよ——僕のやうな暮をしてゐると自然とああいふものが身のまわりのなぐさめになるのだから。これは是非忘れずに言っておくれよ。何ならお前持つて来てくれると尚ありがたい。」

13

邦子は再び澄江の問題に帰つて、よほど熱心な態度で、それに執著してゐる。それは清吉のさびしさを澄江が救ふだらうと邦子は思ひ込んでゐるからである。邦子のこころづかひは、酔つぱらつて来てゐる清吉にもひしひしと解る。しかし清吉は言つた――

「無論、そのとほりだ――澄江がいやで外にどうといふ女もあるわけぢやない。だからおれは澄江にすまなくはない。それにしても澄江のどこが気に入らないかといふだらう。そこだよ。自分でもよくは判らないのだ。ただまあ、お前も言ふとほり僕にはまだ憑きものも落ちないしさ。だが心配はするな――その憑きものも今では立派におれの詩の世界のものになつてゐる。あの女はおれに本当の愛を教へたのさ。だからおれの心のなかにはいつでもおれと一緒に生きてゐる。そこで澄江だが、あれはちやんとした令嬢だよ――人生の不仕合せといふものは未だ知らない。知らなけや一生知らないで過せば何よりさ。だが妙なことを言ふやうだがおれは苦労をした人間がすきだ。苦労をしなかつた人間は色あざやかな南国の大きな花だし、苦労をした人間は色はつつましく形も小さいが香の高い北の方の花だ――か果物だか、何でもそんなひねくつたことを言つた人があるが、その苦労をして来てひねくれなかつた人間をおれは好きさ。……

「……今ふいと思ひ出したが、おれは昔、女房にすればよかつたにと今になつてさう思ふ娘がひとり知つてゐたのだがね。わき道へ這入るがまあお聞きよ、――この話は、邦子、お前にもまだ始めての筈だ。昔さ。おれが二十二のころだ。下宿屋の女中だつたよ。が、しとやかな娘で、さうさそのころ十八だと言つた。下宿の女中にしてはあまりしとやかだからよく聞いて見ると、親も兄弟も無いので或るお屋敷で育つてつひこの間までそこで奉公してゐたと言つた。なぜそこをやめて来たと聞いたら、わけがあつて――いやなことを言はれたからと答へただけだつたが、主人に口説かれたとか、妾だといふ噂が立つたとかそんなことではなかつたのかな。柄の大きな美しい子だつた。それがどうしたわけだかひどく僕を好いてね。下宿の女中をしてゐても末が案じられるから看護婦になる。その試験を受けるから本を教へてくれと僕に言ふのだ。それから僕の靴を閑さへあれば日に三度くらゐは磨くのだ――自分できまり悪げに笑ひながらさう言つたつけ。それから部屋へうるさいほど這入つてくるのさ。をかしいことにはその都度いつも手拭で姐さんかぶりをして箒を持つてね。掃除に来たといふつもりだらう。そのくせいつでも僕の机のそばへ来てもぢ〳〵してゐるのだ。人の足音でもすると箒を持つて立つ。いま思ひ出してみるといぢらしいね。だが、そのころおれは未だ若かつた。或る綺麗なお嬢さんにうつとりしてしまつてゐてね。その可愛いい女中はただ馬鹿々々しくをかしかつた。さうしてそれつきり忘れてゐたさ。つひこの間それを思ひ出したよ。——或る外国の小説を読んでゐるとね、そのなかの男が相手の貴婦人に云ふ言葉がある——『私はむかし或る娘を知つてゐた。それや洗濯屋の娘で、洗濯の注文と一緒に度々文をとどけたつけが、私はその折釘流の文字を見てをかしかつた。そんな字をかく、娘におもはれるのが恥しいやうな気がして、その折釘流の文字のなかにまごころがあらうなどとは夢にも思つて見なかつた——私はまごころといふものは襞のたくさんある絹の衣物の下にだけつつまれてゐるものと思ひ込んでゐた。何しろ私は若かつたから』とそんなことを言つてゐるのさ、その小説のなかの男は。読みながら私もふいと思ひ出したのだよ、あの下宿の女中を。——いかにも、『何しろ私も若かつた。』いまあの娘がゐればいいがな。どうしたか知ら。——さうだ。お京とは同じ年だな——おれは親も兄弟もないといふところが、思ひ出してへんに気に入つてゐるよ、今では。……

「澄江は令嬢だよ。素直な令嬢だよ。赤木清吉の第三人目の女房にならなくとも行くところはいくらでもある。家で捜してくれるところへ行つて見てはどうか知ら。それやいざさうとなれや赤木清吉たるもの些は淋しからうさ。だが……」

「……兄さんそれじや断るの？　初めは貰つてもいいやうな顔をしてゐたくせに。——あ、さうか。兄さん。仕方がなけや外にも行くといふ澄江さんの言ひ方《かた》が兄さんの気に入らないのぢやないか知ら——男といふものは我慢なものだからね。さうぢやない？　兄さん」

「外の男のことは知らない。が、おれがどうしてそんなことを言ふものか。さう言つてゐる澄江の心持は本当だとも。本当のことは他人にもまつ直《す》ぐにわかるよ——いとしいほどわかる。或る人がね、或る青年に恋を打ちあけられて『それぢやその人のことを君はどれくらゐ長く思つてゐられる？』と問はれた時、その青年が『さうですね（としばらく考へてみて）まあ五分ぐらゐ』と答えたさうだが、いい答へさ——澄江も、あの人と一緒になれなけや死にますとも一生尼で暮しますとも言はないところがいい……」

「いいところづくめの澄江さんを、それぢや兄さんは何故いやなの。わからないわね。——赤木清吉の三人目の女房などと、兄さん自分でひねくれてゐるのぢやないの——苦労をしてひねくれたのよ、兄さんは」

「——さうさう性急に横槍を入れちやいけない。いふだけのことを聞けよ。——苦労をしてひねくれたのぢや折角の北方の果物が腐つてゐるやうなものだぜ。——吾輩、たとひ苦労はしたとしても決してひねくれない。ただね、年はとつた。見てくれ、この頃では三日に一本の歩合で白髪になるとさ。年をとつて女にのぼせ上らないのだ。誰だつておれを四十近いといふぜ。こんなに年をとるつもりぢやなかつた。「この秋や何ぞ年とる雲に鳥」か。「この秋や何ぞ年とる雲に鳥」。年はとつた、だが壮心を失つてなるものか……」

最後にもう一本といふ酒で清吉はひどく酔つぱらつて、どうしたのだか思ひがけなく雄弁になつて来てゐる。清吉は言ひつづけた――

「澄江に言つてくれ。――いや、今度逢つた時自分でよく話し合ふよ。おれはつひこの間まで人生の幸福を望んでゐた。だが今では幸福などはもう飽き飽きした――まだ味はないうちからうんざりする。高い枝の酸つぱい葡萄だからさう思ふのだらう。幸福もいいとも。幸福な人は幸福であれ――だ。だが赤木清吉には幸福は向かない。あいつは（と清吉は自分のことを第三人称で呼んで）めちやくちやな性格だ。神様はあんな奴には幸福はわけては下さらない。その代にや――然うだな、何かしら下さるだらうて。幸福を追うて赤木清吉の妻となるべからずさ。――そんな男のところへ親だつて娘をやりたがるまい。当り前さ。おれに娘があつてもおれもやらない。さういふ親をふり捨てて、人の世の幸福を無視する清吉のところへ来るのは、これや全く考へものさ。過《あやまち》を改むるに憚るなかれさ。」

煙にまかれたやうに邦子はぢつと清吉の顔を見てゐたが、邦子は静かに言つた「それぢや、澄江さんがそこまで決心がついて来れば、いいの？」

「さう。先づ然うだ。だが人にうつかりそんなことを要求出来るものか……」

「それぢや兄さんはひとりの方がいいといふの？」

「それがさ、何もかもわからないのだ！　信ずることがないからさ。だからどんな些細なことだつて考へ込んでしまつて手も足も出ない。澄江のことだつてもそのとほりだ。大根《おほね》がぐらついてゐる。澄江のことは宿題にしてくれ。お前がくどく言つてくれる気持は解るさ。ありがたい――澄江の心はもとより。……おれはもつとしつかり自分の正体を突とめて見る。ねえ、ただ今のままでいけないこと、これだけは全く確だ。おれは窓を閉め切つて鎧戸までおろしてゐる――譬へて見ればさ。さうして置いて自分でああうす暗いいやな部屋だとこぼしてゐる。暗いのがいやなら窓を開け放せばいいのだ。ほんとうに暗いのが好きなら黙つて暗がりを愛してゐればいいのだ。暗いのだか明るいのだか外も見ないで、自分で閉め切つてそのうす暗さをかこつことを楽しんでゐる――間違ひだとも。……一流の詩人といふ名誉が何だ。名誉はおれが侮蔑してゐる連中だつても享有してゐるよ。目ざすものをしつかりと見つけて、日一日とそこへ近づいてゐる喜びだね――持ちたいのは。」

清吉は突然に黙つた――それから目を伏せて火鉢のなかに林立してゐるロードバイロンの金口を見つけると唐突に言つた。

「おい、邦子。革命といふことがあるのだぜ！　お前知つてゐるかい。知らないだらう。知らなくつて幸さ。知つてれや柄になくおれがそんなことを言ひ出したのを笑ふだらうぜ、それとも怒るかな。何しろ、邦子。革命といふものがあるのだぜ。藝者なんてものは、その時には無くなるのよ。借金などは踏み倒してもいいのだぜ。好きな男といつでも一緒になれるんだぜ。それやどうだか知らないが、ともかくもおれのやうな煮え切らない人間は居なくなる。それからおれのやうなひとりぼつちの人間は居なくなる——誰でも「兄弟」と呼びかけ合ひさへすれやどんな心持でも今に分り合ふのだとさ。いいな！——嘘でなけや尚いいな。で、さういふ時代が来るために革命といふものがあるのだとよ！　さうなれやおれだつてそれまでのうちに——といつて何時《いつ》のことだか知らないが、よく考へて置いてこの世の思ひ出に革命軍の一兵卒にならぬとも限らず、さてはそんなものをよそにして西行法師のやうに散る花に諸行無常を観ずるかも知らずさ。それとも佗びて住むかね。芭蕉のやうに。——つまりは伊万里焼の手あぶりなどと同棲するのだが。何でもい、どうかして今のところを突き抜けるのだ……などと言ひながら一生をうやむやに暮すのだらうか。つまらないな。けれども人間はざらにある。その珍重でもない人間のひとりが何をしでかさうと神さまには何でもなからう——だが人間にとつて見れや、一生は一つだから、さて何でもかまわずやつて退《の》けるといふわけにもゆかない。思へば神さまは馬鹿だよ——折角こしらへた人間といふからくりはこれやどうも出来損ひだぜ——殊にこのおれなどはさ！」

　清吉はぺら〳〵としやべつた。何を言つてゐるのだかもう自分でもよくはわからなかつたし、呑まれてゐるやうにぽかんとして控へてゐる邦子を見るのもをかしく気の毒でもあつた。それから自分のことを「この酔つぱらひ奴、ひどく図に乗つた調子だな」と気づいてもゐた。それでも清吉の気持は不思議に冴え冴えとしてゐた。

14

　時計は十一時半のところをすこしすぎてゐた。

「どうれ、いよいよお帰りだ」清吉は立ち上つた。

「ちよつとお待ちなさいよ。いま自働車が直ぐくるわ。——だつてそんなに酔つぱらつてしまつてひとりぢや帰れやしないわ。」

「さうかなあ——そんなに酔つぱらつたか知ら。ぢや仕方がない。ブルジョアになるとしようか。」

　清吉は火鉢のわきへしやがみ直しながら、まだ残つてゐたコツプの水を飲み尽してから改まつた口調で言つた——

「お前が言ふまでもなく、澄江のことは僕もよく考へるよ。」

15

　外へ出て見ると風が出てゐてその寒い夜風は清吉の頰に気持がよかつた。清吉は帽子を脱いでしまつて、その序に空を見上げた。

「やあ、いい月夜なのだな」清吉は夕方のあの一面に重く垂れさがつてゐた雲を思ひ出して「おれの気焔で雲は吹き飛ばされたのかな」

　邦子は、けれども何とも答へなかつた。酔の醒めぎわなのであらう。ふさいで見えた。清吉はその邦子に言ひたかつた「お前も今日は飲んだよ。だが酒はおよし」――けれどもこの言葉は清吉の喉《のど》もとで消えてしまつた。清吉が噛みころしたのだ。そんな言葉をわざわざ言ひ現すのは清吉の趣味に合はなかつたから。その代りに清吉は言つた
「ね、百合子さん――ぢやない百合香さん。君はお化粧は下手くそだよ。素顔の方がよつぽどいい。お白粉《しろい》にしても眉を引くにしてもあまりきつぱりと硬《かた》すぎるのだ」

「さう」と邦子は素直に答へてから思ひ出したやうに蓮葉につけ加へた「いい事よ。どうせ兄さんに惚れられようと思やしないのだから。それこそおせつかいだわ。」

「ほい！　これは失礼」

　清吉と邦子とはその横手を出て自動車の来てゐる表どほりまで出た。自動車のなかへ這入つて行く清吉には何も言はずにそこまで送り出た邦子は運転手に言つた――

「愛宕下よ。まつ直ぐとつとと行けやいいんだわ。でも急いで衝突などしなくてもいい事よ。これでも兄弟の出来そこなひだからね」

　清吉のひとり乗つた自動車は駆けて行く。ふと外を見た清吉は街の灯がぼやけて光が蜘蛛の巣のやうに見えるのを感じた。目のなかがくしや〳〵して来てゐる。「はてな？　おれは泣いてゐるのか知ら。どうして？　何のために？　誰のため？　何も今更に泣くことは無かつたのに。いや、やはり泣いてゐるらしい。泣いてゐる。おれのなかのセンチメンタリストが泣いてゐる。が、おれは泣いてはゐない。居ないとも」そんなふうに自分の心のなかで呟いたが急に大きな声で――

「おいおい！」

　と運転手を呼びとめた。しかしその声で運転手が疾走をゆるめた時に、清吉は
「いや、よしよし、何でもない」

　と言つた。――清吉は直ぐに愛宕下へは帰らずに、どこでもいいそこら中を精一杯走らせて見ろと運転手に言ひつけやうとして、しかし馬鹿な！　と思ひかへしたのであつた。ただ酔つぱらひらしく呟いた――「佗しすぎるよ、まつたくあの二階は。」ふと向ふから来る自動車を見て擦れちがひざまに清吉は、あの車のなかにはどんな人間がどんなことを考へながら乗つてゐるのかな？　そんなつかぬことを思つて見て清吉は行き過ぎた車を見返つた。何もよく見られなかつた。清吉は自分の車のなかを見まわしたが、今始めて気がついたことには、この車は清吉が時々乗つた事のあるボロ車ではなくて気恥しいほど大きくもあり立派でもあつた――これやおれが乗るにはもつたいない。身のまわりに藝者とお酌とをうんと積み上げて乗り込む車だつたに。その立派な車の正面に小さく嵌め込んである楕円形の鏡を清吉は何気なく見出して、それからまだくしやくしやし

てゐる自分の目を手の甲で拭いてから、物珍らしげに自分の顔をぢつと見た――頰の嶮しく瘦せてゐるその鏡中の顔が酔ひざめて青くなつてゐるのを。

（一九二三・二月―三月）

（「中央公論」大正12年4月号）

二銭銅貨

江戸川乱歩

上

『あの泥棒が羨しい。』二人の間にこんな言葉が交される程、其頃《そのころ》は窮迫してゐた。場末の貧弱な下駄屋の二階の、たゞ一間しかない六畳に、一貫張《くわんば》りの破れ机を二つ並べて、松村武《まつむらたけし》とこの私《わたし》とが、変な空想ばかり逞しうして、ゴロ〳〵してゐた頃のお話である。もう何もかも行詰つて了つて、動きの取れなかつた二人は、恰度《ちやうど》その頃世間を騒がせた大泥棒の、巧みなやり口を羨む様な、さもしい心持になつてゐた。

その泥棒事件といふのが、このお話の本筋に大関係を持つてゐるので、茲《こゝ》にザツとそれをお話して置くことにする。

芝区のさる大きな電気工場の職工給料日当日の出来事であつた。十数名の賃銀計算係が、一万に近い職工のタイム・カードから、夫々《それ〴〵》一ケ月の賃銀を計算して、山と積まれた給料袋の中へ、当日銀行から引出された、一番の支那鞄に一杯もあらうといふ、二十円、十円、五円などの紙幣《さつ》を汗だくになつて詰込んでゐる最中に、事務所の玄関へ、一人の紳士が訪れた。

　受付の女が来意を尋ねると、私は朝日新聞の記者であるが、支配人に一寸お眼にかゝり度《た》いといふ。そこで女が、東京朝日新聞社会部記者と肩書のある名刺を持つて、支配人にこの事を通じた。幸《さいはひ》なことには、この支配人は、新聞記者操縦法がうまいことを、一つの自慢にしてゐる男であつた。のみならず、新聞記者を相手に、法螺《ほら》を吹いたり、自分の話が何々氏談などとして、新聞に載せられたりすることは、大人気ないとは思ひながら、誰しも悪い気持はしないものである。社会部記者と称する男は、寧《むし》ろ快く支配人の部屋へ招じられた。

　大きな亀甲縁《べつかふぶち》の眼鏡をかけ、美しい口髭をはやし、気の利いた黒のモーニングに、流行の折鞄といふ扮装《いでたち》のその男は、如何にも物慣れた調子で、支配人の前の椅子に腰を下した。そしてシガレット・ケースから、高価な埃及《エヂプト》の紙巻煙草を取出して、卓上の灰皿に添へられた燐寸《マッチ》を手際よく擦ると、青味がかつた煙を、支配人の鼻先へフツと吹出した。

『貴下《あなた》の職工待遇問題に関する御意見を。』とか、何とか、新聞記者特有の、相手を呑んでかゝつた様な、それでゐて、どこか無邪気な、人懐しい所のある調子で、その男はかう切出した。そこで支配人は、労働問題について、多分は労資協調、温情主義といふ様なことを、大いに論じた訳であるが、それはこの話に関係がないから略するとして、約三十分ばかり支配人の室に居つた所の、その新聞記者が、支配人が一席弁じ終つたところで、『一寸失敬』といつて便所に立つた間に、姿を消して了つたのである。

　支配人は、無作法な奴だ位で、別に気にもとめないで、恰度《ちやうど》昼食《ちうじき》の時間だつたので、食堂へと出掛けて行つたが、暫くすると近所の洋食屋から取つたビフテキか何かを頬張つてゐた所の支配人の前へ、会計主任の男が、顔色を変へて、飛んで来て、報告することには、

『賃銀支払の金がなくなりました。とられました。』

　と云ふのだ。驚いた支配人が、食事などはその儘にして、金のなくなつたと云ふ現場へ来て調べて見ると、この突然の盗難の仔細は、大体次の様に想像することが出来たのである。

恰度《ちやうど》其当時、その工場の事務室が改築中であつたので、いつもなれば、厳重に戸締りの出来る特別の部屋で行はれる筈の賃銀計算の仕事が、其日は、仮に支配人室の隣の応接間で行はれたのであるが、昼食《ちうじき》の休憩時間に、どうした物の間違か、其応接間が空《から》になつて了つたのである。事務員達は、お互に誰か残つて呉れるだらうといふ様な考《かんがへ》で、一人残らず食堂へ行つて了つて、後には支那鞄に充満した札束が、ドアには鍵もかゝらないその部屋に、約半時間程も、抛り出されてあつたのだ。その隙に、何者かゞ忍入つて、大金を持去つたものに相違ない。それも、既に給料袋に入れられた分や、細い紙幣《さつ》には手もつけないで、支那鞄《しなかばん》の中の二十円札と十円札の束《たば》丈けを持去つたので

ある。損害高は約五万円であつた。

色々調べて見たが、結局、どうも先程の新聞記者が怪しいといふことになつた。新聞社へ電話をかけて見ると、案の定、さういふ男は本社員の中にはないといふ返事だ。そこで、警察へ電話をかけるやら、賃銀支払を延す訳には行かぬので、銀行へ改めて二十円札と十円札の準備を頼むやら、大変な騒ぎになつたのである。

彼の新聞記者と自称して、お人よしの支配人に無駄な議論をさせた男は、実は、当時新聞が、紳士盗賊といふ尊称を以て書き立てた所の大泥棒であつたのだ。

さて、管轄警察署の司法主任其他が臨検して調べて見ると、手懸りといふものが一つもない。新聞社の名刺まで用意して来る程の賊だから、なか〳〵一筋縄で行く奴ではない。遺留品などあらう筈もない。たゞ一つ分つてゐたことは、支配人の記憶に残つてゐるその男の容貌風采であるが、それが甚だ手頼りないのである。といふのは、服装などは無論取替へることが出来るし、支配人がこれこそ手懸りだと申出た所の、亀甲縁《べつかふぶち》の眼鏡にしろ、口髭にしろ、考へて見れば、変装には最もよく使はれる手段なのだから、これも当てにはならぬ。そこで、仕方がないので、盲目《めくら》探しに、近所の車夫だとか、煙草屋のお神さんだとか、露店商人などいふ連中に、かく〳〵の風采の男を見かけなかつたか、若《も》し見かけたらどの方角へ行つたかと、一々《いち〳〵》尋ね廻る。無論市内の各巡査派出所へも、この人相書きが廻る。つまり非常線が張られた訳であるが、何の手ごたへもない。一日、二日、三日、あらゆる手段が尽された。各停車場には見張りがつけられた。各府県の警察署へ依頼の電報が発せられた。斯様《かやう》にして、一週間は過ぎたけれども賊は上がらない。もう絶望かと思はれた。彼《か》の泥棒が、何か他の罪をでも犯して上げられるのを待つより外はないかと思はれた。工場の事務所からは、其筋の怠慢を責める様に、毎日々々警察署へ電話がかゝつた。署長は自分の罪でゝもある様に頭を悩した。

さうした絶望状態の中に、一人の、同じ署に属する刑事が、市内の煙草屋の店を、一軒づつ、丹念に歩き廻つてゐた。

市内には、舶来の煙草を一通り備付けてゐやうといふ煙草屋が、各区に、多いのは数十軒、少い所でも十軒内外はあつた。刑事は殆んどそれを廻り尽して、今は、山の手の牛込と四谷の区内が残つてゐるばかりであつた。今日はこの両区を廻つて、それで目的を果さなかつたら、もう愈々《いよいよ》絶望だと思つた刑事は、富鬮《とみくじ》の当り番号を読む時の様な、楽しみとも恐れともつかぬ感情を以て、テクテク歩いてゐた。時々交番の前で立止つては、巡査に煙草店の所在を聞訊しながら、テクテクと歩いてゐた。刑事の頭の中はFIGARO, FIGARO, FIGAROと埃及《エヂプト》煙草の名前で一杯になつてゐた。ところが、牛込の神楽坂に一軒ある煙草店を尋ねる積りで、飯田橋の電車停留所から神楽坂下へ向つて、あの大通りを歩いてゐる時であつた。刑事は、一軒の旅館の前で、フと立止つたのである。といふのは、その旅館の前の、下水の蓋を兼ねた、御影石の敷石の上に、余程注意深い人でなければ、眼にとまらない様な、一つの煙草の吸殻が落ちてゐた。そして、何と、それが刑事の探し廻つてゐた所の埃及《エヂプト》煙草《たばこ》と同じものであつたのである。

さて、この一つの煙草の吸殻から足がついて、さしもの紳士盗賊も遂に獄裡《ごくり》の人となつたのであるが、その煙草の吸殻から盗賊逮捕までの径路に一寸探偵小説じみた興味があるので、当時のある新聞には、続き物になつて、その時の何某刑事の手柄話が載せられた程であるが――この私の記述も、実はその新聞記事に拠つたものである――私は茲《こゝ》には、先を急ぐ為に、極《ご》く簡単に結論丈けしかお話してゐる暇がないことを遺憾に思ふ。

読者も想像されたであらう様に、この感心な刑事は、盗賊が工場の支配人の部屋に、残していつた所の、珍らしい煙草の吸殻から探偵の歩を進めたのである。そして、各区の大きな煙草屋を殆んど廻り尽したが、仮令《たとへ》同じ煙草を備へてあつても埃及《エヂプト》の中でも比較的売行きのよくない、その FIGARO を最近に売つたといふ店は極《ご》く僅かで、それが悉《ことごと》く、どこの誰それと疑ふまでもない様な買手に、売られてゐたのである。ところが愈《いよ》々最終といふ日になつて、今もお話した様に、偶然にも、飯田橋附近の一軒の旅館の前で、同じ吸殻を発見して、実は、あてずつぽうに、その旅館に探りを入れて見たのであるが、それがなんと僥倖にも、犯人逮捕の端緒となつたのである。

そこで、色々、苦心の末、例《たと》へば、その旅館に投宿して居つた、その煙草の持主が、工場の支配人から聞いた人相とはまるで違つてゐたり、なにかして、大分苦心したのであるが、結局、その男の部屋の火鉢の底から、犯行に用ゐたモーニング其他の服装だとか、亀甲縁《べつかふぶち》の眼鏡だとか、つけ髭だとかを発見して、逃れぬ証拠によつて、所謂紳士泥棒を逮捕することが出来たのである。

で、その泥棒が取調べを受けて白状した所によると、犯行の当日――勿論、その日は職工の給料日と知つて訪問したのだが――支配人の留守の間に、隣の計算室に這入つて例の金を取ると、折鞄の中にたゞそれ丈けを入れて居つた所の、レーンコートとハンチングを取出して、その代りに、鞄の中へは、盗んだ紙幣《さつ》の一部分を入れて、眼鏡をはづし、口髭をとり、レーンコートでモーニング姿を包み、中折の代りにハンチングを冠《かぶ》つて、来た時とは別の出口から、何食はぬ顔をして逃げ出したのであつた。あの五万円といふ沢山の紙幣を、どうして、誰にも疑はれぬ様に、持出すことが出来たかといふ訊問に対して、紳士泥棒が、ニヤリと得意らしい笑ひを浮べて答へたことには、

『私共《わたくしども》は、からだ中が袋で出来上つてゐます。その証拠には、押収されたモーニングを調べて御覧なさい。一寸見ると普通のモーニングだが、実は手品使ひの服の様に、附けられる丈けの隠し袋が附いてゐるんです。五万円位の金を隠すのは訳はありません。支那人の手品使ひは、大きな、水の這入つた丼鉢でさへ、からだの中へ隠すではありませんか。』

さて、この泥棒事件がこれ丈《だ》けでおしまひなら、別段の興味もないのであるが、玆に一つ普通の泥棒と違つた、妙な点があつた。そして、それが私のお話の本筋に、大いに関係がある訳なのである。といふのは、この紳士泥棒は、盗んだ五万円の隠し場所について、一言も白状しなかつたのである。警察と、検事廷と、公判廷と、この三つの関所で、手を換へ品を換へて責め問はれても、彼はたゞ知らないの一点張りで通した。そして、おしまひには、その僅か一週間ばかりの間に、使ひ果して了つたのだといふ様な、出鱈目をさへ云ひ出したのである。其筋としては、探偵の力によつて、その金のありかを探し出す外はなかつた。そして、随分探したらしいのであるが、一向見つからなかつた。そこで、その紳士泥棒は、五万円隠匿の廉《かど》によつて、窃盗犯としては、可也《かなり》重い懲役に処せられたのである。

困つたのは被害者の工場でる。工場としては、犯人よりは五万円が発見して欲しかつたのである。勿論、警察の方でもその金の捜索を止めた訳ではないが、どうも手ぬるい様な気がする。そこで、工場の当の責任者たる支配人は、その金を発見したものには、発見額の一割の賞を懸けるといふことを発表した。つまり五千円の懸賞である。

これからお話しようとする、松村武と私《わたし》自身とに関する、一寸興味のある物語は、この泥棒事件がかういふ風に発展してゐる時に起つたことなのである。

中

この話の冒頭にも一寸《ちよつと》述べた様に、その頃、松村武と私《わたし》とは、場末の下駄屋の二階の六畳に、もうどうにもかうにも動きがとれなくなつて、窮乏のドン底に、のたうち廻つてゐたのである。でも、あらゆるみじめさの中にも、まだしも幸運《しあはせ》であつたのは、恰度《ちやうど》時候が春であつたことだ。これは貧乏人丈《だ》けにしか分らない一つの秘密であるが、冬の終《をはり》から夏の始《はじめ》にかけて、貧乏人は、大分儲けるのである。いや、儲けたと感じるのである。といふのは、寒い時丈け必要であつた、羽織だとか、下着だとか、ひどいのになると、夜具、火鉢の類に至るまで、質屋の蔵へ運ぶことが出来るからである。私共《わたしども》も、さうした気候の恩恵に浴して、明日はどうなることか、月末の間代の支払はどこから捻出するか、といふ様な先の心配を除いては、先ず一寸《ちよつと》いきをついたのである。そして、暫く遠慮して居つた銭湯へも行けば、床屋へも行く。飯屋ではいつもの味噌汁と香の物の代りに、さしみで一合かなんかを奮発するといつた塩梅《あんばい》であつた。

ある日のこと、いゝ心持に煠《ゆだ》つて、銭湯から帰つて来た私《わたし》が、傷だらけの、毀《こは》れかゝつた一貫張《くわんばり》の机の前に、ドツカと坐つた時に、一人残つてゐた松村武が、妙な、一種の昂奮した様な顔付を以て、私《わたし》にこんなことを聞いたのである。

『君、この、僕の机の上に二銭銅貨をのせて置いたのは君だらう。あれは、どこから持つて来たのだ。』

『ア、、俺だよ。さつき煙草を買つたおつりさ。』

『どこの煙草屋だ。』

『飯屋の隣の、あの婆さんのゐる不景気なうちさ。』

『フーム、さうか。』

と、どういふ訳か、松村はひどく考へ込んだのである。そして、尚ほも執拗にその二銭銅貨について尋ねるのであつた。

『君、その時、君が煙草を買つた時だ、誰か外にお客はゐなかつたかい。』

『確か、ゐなかつた様だ。さうだ。ゐる筈がない。その時あの婆さんは居眠りをしてゐたんだ。』

この答を聞いて、松村は何か安心した様子であつた。

『だが、あの煙草屋には、あの婆さんの外に、どんな連中がゐるんだらう。君は知らないかい。』

『俺は、あの婆さんとは仲よしなんだ。あの不景気な仏頂面が、俺のアブノーマルな嗜好に適したといふ訳でね。だから、俺は相当あの煙草屋については詳しいんだ。あそこには婆さんの外に、婆さんよりはもつと不景気な爺さんがゐる切りだ。併《しか》し君はそんなことを聞いてどうしようといふのだ。どうかしたんぢやないかい。』

『マアい、。一寸《ちよつと》訳があるんだ。ところで君が詳しいといふのなら、も少しあの煙草屋のことを話さないか。』

『ウン、話してもい、。爺さんと婆さんとの間に一人の娘がある。俺は一度か二度その娘を見かけたが、さう悪くない姿色《きりやう》だぜ。それがなんでも、監獄の差入屋とかへ嫁《かたづ》いてゐるといふ話だ。その差入屋が相当に暮してゐるので、その仕送りで、あの不景気な煙草屋も、つぶれないで、どうかかうかやつてゐるのだと、いつか婆さんが話してゐたつけ。………』

かう、私が煙草屋に関する知識について話し始めた時に、驚いたことには、それを話して呉れと頼んで置きながら、もう聞き度くもないと云はぬばかりに、松村武が立上つたのである。そして、広くもない座敷を、隅から隅へ、恰度《ちやうど》動物園の熊の様に、ノサリ〳〵と歩き始めたのである。私共《わたしども》は、二人共、日頃から随分気まぐれな方であつた。話の間に突然立上るなどは、さう珍しいことでもなかつた。けれども、この場合の松村の態度は、私《わたし》をして沈黙せしめた程も、変つてゐたのである。松村は。さうして、部屋の中をあつちへ行つたり、こつちへ行つたり、約三十分位歩き廻つてゐた。私《わたし》は黙つて、一種の興味を以て、それを眺めてゐた。その光景は、若《も》し傍観者があつて、之を見たら、余程狂気じみたものであつたに相違ないのである。

さうかうする内に、私は腹が減つて来たのである。恰度《ちやうど》夕食時分でもあつたし、湯に入つた私は余計に腹が減つた様な気がしたのである。そこで、まだ狂気じみた歩行を続けてゐる松村に、飯屋に行かぬかと勧めて見た所が、『済まないが、君一人で行つて呉れ』といふ返事だ。仕方なく、私はその通りにした。

さて、満腹した私が、飯屋から帰つて来ると、なんと珍らしいことには、松村が按摩《あんま》を呼んで、もませてゐた。以前は私《わた》共《しども》のお馴染であつた、若い盲唖学校の生徒が、松村の肩につかまつて、しきりと何か、持前のお喋《しやべ》りをやつてゐるのであつた。

『君、贅沢だと思つちやいけない。これには訳があるんだ。マア、暫く黙つて見てゐて呉れ。その内に分るから。』

松村《まつむら》は、私の機先を制して、非難を予防する様に云つた。昨日、質屋の番頭を説きつけて、寧《むし》ろ強奪して、やつと手に入れた二十円なにがしの共有財産の寿命が、按摩賃六十銭丈け縮められることは、此際、確かに贅沢に相違なかつたからである。

私は、これらの、たゞならぬ松村の態度について、ある、言ひ知れぬ興味を覚えた。そこで、私は、自分の机の前に坐つて、古本屋で買つて来た講談本か何かを、読耽つてゐる様子をした。そして、実は松村の挙動をソツと盗み見てゐたのである。

按摩が帰つて了ふと、松村も彼の机の前に坐つて、何か紙切れに書いたものを読んでゐる様であつたが、軈《やが》て彼は懐中から、もう一枚の紙切れを取出して机の上に置いた。それは、極く薄い、二寸四方程の、小さいもので、細い文字が一面に認《したゝ》めてあつた。彼は、この二枚の紙片《かみぎ》れを、熱心に比較研究してゐる様であつた。そして、鉛筆を以て、新聞紙の余白に、何か書いては消し、書いては消ししてゐた。そんなことをしてゐる間に、電燈が点いたり、表通りを豆腐屋のラツパが通過ぎたり、縁日にでも行くらしい人通りが、暫く続いたり、それが途絶えると、支那蕎麦屋《しなそばや》の哀れげなチヤルメラの音が聞えたりして、いつの間にか夜が更けたのである。それでも松村は、食事さへ忘れて、この妙な仕事に没頭してゐた。私は黙つて、自分の床を敷いて、ゴロリと横になると、退屈にも、一度読んだ講談を、更らに読み返しでもする外はなかつたのである。

『君、東京地図はなかつたかしら。』

突然、松村がかういつて、私の方を振向いた。

『サア、そんなものはないだらう。下のお神さんにでも聞いて見たらどうだ。』

『ウン、さうだね。』

彼は直ぐに立上つて、ギシ〳〵いふ梯子段を、下へ降りて行つたが、軈《やが》て、一枚の折目から破れ相になつた東京地図を借りて来た。そして、又机の前に坐ると、熱心な研究を続けるのであつた。私は益〳〵《ます〳〵》募る好奇心を以て彼の様子を眺めてゐた。

下の時計が九時を打つた。松村は、長い間の研究が一段落を告げたと見えて、机の前から立上つて、私の枕頭へ坐つた。そして少し言ひにく相に、

『君、一寸《ちよつと》、十円ばかり出して呉れないか。』

と、云つた。私は、松村のこの不思議な挙動については、読者にはまだ明してない所の、私丈《わたしだ》けの深い興味を持つてゐた。それ故、彼に十円といふ、当時の私共に取つては、全財産の半分であつたところの大金を与へることに、少しも異議を唱へなかつた。

松村は、私から十円札を受取ると、古袷一枚に、皺くちやのハンチングといふ扮装《いでたち》で、何も云はずに、プイとどこかへ出て

行つた。

一人取残された私《わたし》は、松村の其後の行動について、色々想像を廻らした。そして独りほくそ笑んでゐる内に、いつか、ついうと〳〵と夢路に入つた。暫くして松村の帰つたのを、夢現《ゆめうつゝ》に覚えてゐたが、それからは、何も知らずに、グッスリと朝まで寝込んで了つたのである。随分朝寝坊の私は、十時頃でもあつたらうか、眼を醒して見ると、枕頭に妙なものが立つてゐるのに驚かされた。といふのは、そこには、縞の着物に角帯を締めて、紺の前垂れをつけた一人の商人風の男が、一寸した風呂敷包を背負つて立つてゐたのである。

『なにを妙な顔をしてゐるんだ。俺だよ。』

驚いたことには、その男が、松村武の声を以て、かういつたのである。よく〳〵見ると、それは如何にも松村に相違ないのだが、服装がまるで変つてゐたので、私は暫くの間、何が何だか、訳が分らなかつたのである。

『どうしたんだ。風呂敷包なんか背負つて。それに、そのなりはなんだ。俺はどこの番頭さんかと思つた。』

『シツ、シツ、大きな声だなあ。』松村は両手で抑へつける様な恰好をして、囁く様な小声で、『大変なお土産を持つて来たよ。』

といふのである。

『君はこんなに早く、どつかへ行つて来たのかい。』

私《わたし》も、彼の変な挙動につられて、思はず声を低くして聞いた。

すると、松村は、抑へつけても、抑へつけても、溢れて来る様な、ニタ〳〵笑ひを顔一杯に漲らせながら、彼の口を私の耳の側まで持つて来て、前より一層低い、あるかなきかの声で、かういつたのである。

『この風呂敷包の中には、君、五万円といふ金が這入つてゐるのだよ。』

下

読者も既に想像されたであらう様に、松村武は、問題の紳士泥棒の隠して置いた五万円を、どこからか持つて来たのであつた。それは、彼の電気工場へ持参すれば、五千円の懸賞金に与ることの出来る五万円であつた。だが、松村はさうしない積りだと云つた。そして、その理由《わけ》を次の様に説明した。

彼に云はせると、その金を馬鹿正直に届け出るのは、愚なことであるばかりでなく、同時に、非常に危険なことであるといふのであつた。其筋《そのすぢ》の専門の刑事達が、約一箇月もかゝつて探し廻つても、発見されなかつたこの金である。仮令《たとへ》このまま我々が頂戴して置いた所で、誰が疑ふものか。我々にしたつて、五千円よりは五万円の方が有難いではないか。それよりも恐しいのは、彼奴《やつ》、紳士泥棒の復讐である。こいつが恐しい。刑期の延びるのを犠牲にしてまで隠して置いたこの金を、横取りされたと知つたら、彼奴《やつ》、あの悪事にかけては天才といつてもよい所の彼奴《やつ》が、見逃して置かう筈はない。――松村は寧ろ泥棒を畏敬してゐる様な口調であつた。――このまゝ黙つて居つてさへ危いのに、これを持主に届けて、懸賞金を貰ひなどしようものなら、直ぐ松村武の名が新聞に出る。それは、態々《わざ〳〵》彼奴《やつ》に敵のありかを教へる様なものではないか。とかういふのである。

『だが少くとも現在に於ては、俺は彼奴《やつ》に打勝つたのだ。エ、君、あの天才泥棒に打勝つたのだ。この際、五万円も無論有難いが、それよりも、俺はこの勝利の快感でたまらないんだ。俺の頭はいゝ。少くとも貴公《きこう》よりはいゝといふことを認めて呉れ。俺をこの大発見に導いて呉れたものは、昨日君が俺の机の上にのせて置いた、煙草のつり銭の二銭銅貨なんだ。あの二銭銅貨の一寸《ちよつと》した点について、君が気づかないで、俺が気づいたといふことはだ。そして、たつた一枚の二銭銅貨から、五万円といふ金を、エ、君、二銭の二百五十万倍である所の五万円といふ金を探し出したのは、これは何だ。少くとも、君の頭よりは、俺の頭の方が優れてゐるといふことぢやないかね。』

　二人のインテリゲンチヤが、一間《ひとま》の内に生活してゐれば、其所に、頭のよさについての競争が行はれるのは、至極あたり前のことであつた。松村武と私《わたし》とは、その日頃、暇にまかせて、よく議論を戦《たゝか》はしたものであつた。夢中になつて喋《しやべ》つてゐる内に、いつの間にか夜が明けて了ふ様なことも珍しくなかつた。そして、松村も私も、互に譲らず、『俺の方が頭がいゝ』ことを主張してゐたのである。そこで、松村がこの手柄――それは如何にも大きな手柄であつた――を以て、我々の頭の優劣を証拠立てようとした訳である。

『分つた、分つた。威張るのは抜きにして、どうしてその金を手に入れたか、その筋路を話して見ろ。』

『マア急《せ》くな。俺は、そんなことよりも、五万円の使途《つかひみち》について考へたいと思つて居るんだ。だが、君の好奇心を充す為に、一寸《ちよつと》、簡単に苦心談をやるかな。』

　併し、それは決して私の好奇心を充す為ばかりではなくて、寧《むし》ろ彼自身の名誉心を満足させる為であつたことはいふまでもない。それは兎も角、彼は次の様に、所謂《いはゆる》苦心談を語り出したのである。私は、それを、心安だてに、蒲団の中から、得意さうに動く彼の顎の辺を見上げて、聞いてゐた。

『俺は、昨日君が湯へ行つた後で、あの二銭銅貨を弄んでゐる内に、妙なことには、銅貨のまはりに一本の筋がついてゐるのを発見したんだ。こいつはをかしいと思つて、調べて居ると、なんと驚いたことには、あの銅貨が二つに割れたんだ。見給へこれだ。』

　彼は、机の抽斗から、その二銭銅貨を取出して、恰度、宝丹の容器を開ける様に、ネヂを廻しながら、上下に開いた。

『これ、ね、中が空虚《から》になつてゐる。銅貨で作つた何かの容器なんだ。なんと精巧な細工ぢやないか。一寸見たんぢや、普通の二銭銅貨とちつとも変りがないからね。これを見て、俺は思当つたことがあるんだ。俺はいつか、牢破りの名人が用ゐるといふ、鋸《のこぎり》の話を聞いたことがある。それは、懐中時計のゼンマイに歯をつけた、小人島の帯鋸《おびのこぎり》見た様なものを、二枚の銅貨を擦り減らして作つた容器の中へ入れたもので、これさへあれば、どんな厳重な牢屋の鉄の棒でも、何なく切破つて脱牢するんだ相だ。なんでも元は外国の泥棒から伝つたものだ相だがね。そこで、俺は、この二銭銅貨も、さうした泥棒の手から、どうかして紛れ出したものだらうと想像したんだ。だが、妙なことはそればかりぢやなかつた。といふのは、俺の好奇心を、二銭銅貨そのものよりも、もつと挑発した所の、一枚の紙片れがその中から出て来たんだ。それはこれだ。』

　それは、昨夜松村が一生懸命に研究してゐた、あの薄い小さな紙片れであつた。その二寸四方程の薄葉らしい日本紙には、細い字で次の様に、訳の分らぬものが書きつけてあつた。

陀、無弥仏、南無弥仏、阿陀仏、
南無阿陀、弥、阿弥陀、無陀、
南無陀仏、弥、阿弥陀、無陀、陀、
南無陀仏、南無仏、陀、無阿弥陀、
無陀、南仏、南陀、無弥、
無阿弥陀仏、南無阿陀、弥、阿弥、
無阿弥、南陀仏、南阿弥陀、阿陀、
南弥、南無弥仏、無阿弥陀
南無弥陀、南弥、南無弥仏、
無阿弥陀、南無陀、南無阿、阿陀仏、
無阿弥、南阿、南阿仏、陀、南阿陀、
南無、無弥仏、南弥仏、阿弥、
南無陀仏、弥、阿弥陀、無陀、
南無阿弥陀、阿陀仏

『この坊主の寝言見たやうなものは、なんだと思ふ。俺は最初は、いたづら書きだと思つた。前非を悔いた泥棒かなんかゞ、罪亡ぼしに南無阿弥陀仏を沢山並べて書いたのかと思つた。そして、牢破りの道具の代りに銅貨の中へ入れて置いたのぢやないかと思つた。が、それにしては、南無阿弥陀仏と続けて書いてないのがをかしい。陀、とか無弥仏とか、悉く南無阿弥陀仏の六字の範囲内ではあるが、完全に書いたのは一つもない。一字切りの奴もあれば、四字五字の奴もある。俺は、こいつはたゞの悪戯書きではないなと感づいた。恰度《ちやうど》その時、君が湯屋から帰つて来た足音がしたんだ。俺は急いで、二銭銅貨とその紙片れを隠した。どうして隠したといふのか。俺にもはつきり分らない。が、多分この秘密を独占したかつたのだらう。そして凡てが明らかになつてから君に見せて、自慢したかつたのだらう。ところが、君が梯子段を上つてゐる間に、俺の頭に、ハツとする様な、すばらしい考《かんがへ》が閃いたんだ。

『といふのは、例の紳士泥棒のことだ。五万円の紙幣をどこへ隠したのか知らないが、まさか、刑期が満るまで其儘でゐやうとは、彼奴《やつ》だつて考へないだらう。そこで、彼奴《やつ》には、あの金を保管させる所の、手下乃至《ないし》は相棒といつた様なものがあるに相違ない。今仮にだ、彼奴《やつ》が不意の捕縛の為に、五万円の隠し場所を相棒に知らせる暇がなかつたとしたらどうだ。彼奴《やつ》としては、未決監に居る間に、何かの方法でその仲間に通信する外はないのだ。このえたいの知れない紙片れが、若《も》しやこの通信文であつたら………かういふ考が俺の頭に閃いたんだ。無論空想さ。だが一寸甘い空想だからね。そこで、君に二銭銅貨の出所についてあんな質問をした訳だ。ところが君は、煙草屋の娘が監獄の差入屋へ嫁《かたづ》いてゐるといふではないか。未決監に居る泥棒が外部と通信しようとすれば、差入屋を媒介者にするのが最も容易だ。そして、若《も》しその目論見が何かの都合で手違ひになつたとしたら、その通信は差入屋の手に残つてゐる筈だ。それが、その家の女房によつて親類の家に運ばれないと、どうして云へやう。さあ、俺は夢中になつて了つた。

『さて、若《も》しこの紙片れの無意味な文字が一つの暗号文であるとしたら、それを解くキイは何だらう。俺はこの部屋の中を歩き廻つて考へた。可也《かなり》難しい、全部拾つて見ても、南無阿弥陀仏の六字と読点丈《だ》けしかない。この七つの記号を以て、どういふ文句が綴れるだらう。俺は暗号文については、以前に一寸研究したことがあるんだ。シヤーロック・ホームズぢやないが、百六十種位の暗号の書き方は俺だつて知つてゐるんだ。――Dancing Men 参照――で、俺は、俺の知つてゐる限りの暗号記法を、一つ一つ頭に浮べて見た。そして、この紙片れの奴に似てゐるのを探した。随分手間取つた。確か、その時君が飯屋へ行くことを勧めたつけ。俺はそれを断つて一生懸命考へた。で、たうとう少しは似た点があると思ふのを二つ丈け発見した。その一つは Bacon の発明した two letters 暗号法といふ奴で、それはaとbとのたつた二字の色々な組合せで、どんな文句でも綴ることが出来るのだ。例へば fry といふ言葉を現す為には aabab, ababa, babba と綴るといつた調子のものだ。も一つは、チヤールス一世の王朝時代に、政治上の秘密文書に盛んに用ゐられた奴で、アルファベットの代りに、一組の数字を用ゐる方法だ。例へば、』

松村は机の隅に紙片れをのべて、左の様なものを書いた。

A　B　C　D…………………

1111　1112　1121　1211…………………

『つまり、Aの代りには一千百十一を置き、Bの代りには一千百十二を置くといつた風のやり方だ。俺は、この暗号も、これらの例と同じ様に、いろは四十八字を、南無阿弥陀仏を色々に組合せて置換へたものだらうと想像した。さて、こいつを解く方法だが、これが英語か仏蘭西語《フランスご》か独逸語《ドイツご》なら、ポーの Gold bug にある様にeを探しさへすれば訳はないんだが、困つたことに、こいつは日本語に相違ないんだ。念の為に一寸ポー式のデイシフアリングを試みて見たが、少しも解けない。俺はこゝでハタと行詰つて了つた。六字の組合せ、六字の組合せ、俺はそれ計り考へて又座敷を歩き廻つた。俺は六字といふ点に、何か暗示がないかと考へた。そして六つの数で出来てゐるものを、思ひ出せる丈け思ひ出して見た。

『滅多矢鱈に六といふ字のつくものを並べてゐる内に、ふと、講談本で覚えた所の真田幸村の旗印の六連銭を思ひ浮べた。そ

南無仏	陀	無阿弥陀	無陀	南仏	南陀	無弥	無阿弥陀仏	南無阿陀	弥	阿弥	無阿弥	南陀仏
●●●	●	●●●●	●●	●●	●●	●●	●●●●●	●●●●	●	●●	●●●	●●●
キ	濁音符	ド	ー	カ	ラ	オ	モ	チ	拗音符	ヤ	ノ	サ

南阿仏	陀	南阿陀	南無	無弥仏	南弥仏	阿弥	南無陀仏	弥	阿弥陀	無陀	南無阿弥陀	阿陀仏
●●●	●	●●●	●●	●●●	●●●	●●	●●●●	●	●●●	●●	●●●●●	●●●
ハ	濁音符	ダ	イ	コ	ク	ヤ	シ	拗音符	ヨ	ー	テ	ン

んなものが暗号に何の関係もある筈はないのだが、どういふ訳か、「六連銭」と口の中で呟いた。すると、するとだ。インスピレーシヨンの様に、俺の記憶から飛び出したものがある。それは、六連銭をそのまゝ縮小した様な形をしてゐる、盲人の使ふ点字であつた。俺は思はず「うまい」と叫んだよ。だつて、なにしろ五万円の問題だからなあ。俺は点字については詳しくは知らなかつたが、六つの点の組合せといふこと丈《だ》けは記憶してゐた。そこで、早速按摩を呼んで来て伝授に与つたといふ訳だ。これが按摩の教へて呉れた点字のいろはだ。』

さういつて松村は、机の抽斗《ひきだし》から一枚の紙片れを取出した。それには、点字の五十音、濁音符、半濁音符、拗音符《えうおんぷ》、促音符、長音符、数字などが、ズツと並べて書いてあつた。

『今、南無阿弥陀仏を、左から始めて、三字づつ二行に並べれば、この点字と同じ配列になる。南無阿弥陀仏の一字づつが、点字の各々《おの〳〵》の一点に符合する訳だ。さうすれば、点字のアは南、イは南無といふ具合に当嵌めることが出来る。この調子で解けばいゝのだ。そこで、これは、俺が昨夜この暗号を解いた結果だがね。一番上の行が原文の南無阿弥陀仏を点字と同じ配列にしたもの、真中の行がそれに符合する点字、そして一番下の行が、それを翻訳したものだ。』

かういつて、松村は又もや左の様な紙片れを取出したのである。

『ゴケンチヨーシヨージキドーカラオモチヤノサツヲウケトレウケトリニンノナハダイコクヤシヨーテン。つまり、五軒町の正直堂から玩具の札を受取れ、受取人の名は大黒屋商店といふのだ。意味はよく分る。だが、何の為に玩具《おもちや》の紙幣《さつ》なんかを受取るのだらう。そこで、俺は又考へさせられた。併《しか》し、この謎は割合簡単に解くことが出来た。そして、俺はつく〴〵あの紳士泥棒の、頭がよくつて、敏捷で、尚ほ其上に小説家の様なウヰツトを持つてゐることに感心して了つた。エ、君、玩具《おもちや》の紙幣《さつ》とはすてきぢやないか。

『俺はかう想像したんだ。そして、それが幸にも悉《こと〴〵》く適中した

ジ	濁音符	ー	ヨ	拗音符	シ	ー	ヨ	拗音符	チ	ン	ケ	ゴ	濁音符
南　 無陀 　仏	 　陀 	 無陀 	弥 　陀 阿	弥 　　 	南　 無陀 　仏	 無陀 	弥 　陀 阿	弥 　　 	南　 無陀 阿	 　陀 阿仏	南弥 無　 　仏	弥 無　 　仏	 　陀
●　 ●● 　●	 　● 	 ●● 	● 　● ●	● 　　 	●　 ●● 　●	 ●● 	● 　● ●	● 　　 	●　 ●● ●	 　● ●●	●● ●　 　●	● ●　 　●	 　●

ナ	ノ	ン	ニ	リ	ト	ケ	ウ	レ	ト	ケ	ウ	ヲ	ツ
南　 　　 阿	弥 無　 阿	 　陀 阿仏	南　 無　 阿	南　 無陀 	弥 無陀 阿	南弥 無　 　仏	南弥 　　 	南弥 無陀 	弥 無陀 阿	南弥 無　 　仏	南弥 　　 	 　陀 阿	南弥 　陀 阿
●　 　　 ●	● ●　 ●	 　● ●●	●　 ●　 ●	●　 ●● 	● ●● ●	●● ●　 　●	●● 　　 	●● ●● 	● ●● ●	●● ●　 　●	●● 　　 	 　● ●	●● 　● ●

訳だがね。紳士泥棒は、万一の場合を慮《おもんぱか》つて、盗んだ金の最も安全な隠し場所を、予《あらかじ》め用意して置いたに相違ないんだ。さて、世の中に一番安全な隠し方は、隠さないで隠すことだ。衆人の目の前に曝して置いて、しかも誰もがそれに気づかないといふ様な隠し方が最も安全なんだ。恐るべきあいつは、この点に気づいたんだ。と、想像するのだがね。で、玩具《おもちや》の紙《さ》幣《つ》といふ巧妙なトリックを考へ出した。俺は、この正直堂といふのは、多分玩具の札なんかを印刷する店だと想像した。——これも当つて居つたがね。——そこへ、彼奴《やつ》は、大黒屋商店といふ名で、予《あらかじ》め玩具《おもちや》の札を註文して置いたんだ。

『近頃、本物と寸分違はない様な玩具《おもちや》の紙幣《さつ》が、花柳界などで流行してゐる相だ。それは誰か、ら聞いたつけ。ア、、さうだ、君がいつか話したんだ。ビックリ函だとか、本物とちつとも違はない、泥で作つた菓子や果物だとか、蛇の玩具《おもちや》だとか、あ、したものと同じ様に、女の子を吃驚させて喜ぶ粋人の玩具だといつてね。だから、彼奴《やつ》が本物と同じ大きさの札を註文した所で、ちつとも疑《うたがひ》を受ける筈はないんだ。かうして置いて、彼奴《やつ》は、本物の紙幣《さつ》をうまく盗み出すと、多分その印刷屋へ忍び込んで、自分の註文した玩具の札と擦り換えて置いたんだ。さうすれば、註文主が受取に行くまでは、五万円といふ天下通用の紙幣《さつ》が、玩具《おもちや》の札として、安全に印刷屋の物置に残つてゐる訳だからね。

『これは単に俺の想像かも知れない。だが、随分可能性のある想像だ。俺は兎に角当つて見ようと決心した。地図で五軒町といふ町を探すと、神田区内にあることが分つた。そこで愈々《いよいよ》玩《おも》具《ちや》の札を受取に行くのだが、こいつが一寸難しい。といふのは、この俺が受取に行つたといふ痕跡を、少しだつて残してはならないんだ。もしそれが分らうものなら、あの恐ろしい悪人がどんな復讐をするか、思つた丈けでも気の弱い俺はゾッとするからね。兎に角、出来る丈け俺でない様に見せなければいけない。さういふ訳で、あんな変装をしたんだ。俺はあの十円で、頭の先から足の先まで身なりを変へた。これ見給へ、これなんか一《ちよ》寸《つと》いゝ思つきだらう。』

さういつて、松村はそのよく揃つた前歯を出して見せた。そこには、私が先程から気づいてゐた所の、一本の金歯が光つてゐた。彼は得意さうに、指の先でそれをはづして、私の眼の前へつき出した。

『これは夜店で売つてゐる、ブリキに鍍金《めつき》した奴だ。たゞ歯の上に冠せて置く丈けの代物さ。僅か二十銭のブリキのかけらが大した役に立つからな。金歯といふ奴はひどく人の注意を惹くものだ。だから、後日俺を探す奴があるとしたら、先づその金歯を眼印にするだらうぢやないか。

『これ丈《だ》けの用意が出来ると、俺は今朝早く五軒町へ出掛けた。一つ心配だつたのは、玩具《おもちや》の札の代金のことだつた。泥棒の奴、きつと、転売なんかされることを恐れて、前金で支払つて置いたゞらうとは思つたが、若《も》しまだゞつたら、少くとも二三十円は入用だからね。生憎我々はそんな金の持合せがない。ナアニ、何とかごまかせばいゝと高を括つて出掛けた。——案の定印刷屋は、金のことなんか一言も云はないで、品物を渡して呉れたよ。——かやうにして、まんまと首尾よく五万円を横取りした訳さ。……さてその使途《つかひみち》だ。どうだ、何か考はないかね。』

松村が、これ程昂奮して、これ程雄弁に喋《しやべ》つたことは珍しい。私はつくづく五万円といふ金の偉力に驚嘆した。私は其都度形容する煩を避けたが、松村がこの苦心談をしてゐる間の、嬉し相な様といふものは、全く見物《みもの》であつた。彼ははしたなく喜ぶ顔を見せまいとして、大いに努力して居つた様であるが、努めても、努めても、腹の底から込み上げて来る、何とも云へぬ嬉し相な笑顔は隠すことが出来なかつた。話の間々にニヤリと洩らす、その形容のし様もない、狂気《きちがひ》の様な笑ひは、私は寧《むし》ろ凄いと思つた。併し、昔千両の富籤《とみくじ》に当つて発狂した貧乏人があつたといふ話もあるのだから、松村が五万円に狂喜するのは決して無理ではなかつた。

私はこの喜びがいつまでも続けかしと願つた。松村の為にそれを願つた。だが、私には、どうすることも出来ぬ一つの事実があつた。止めようにも止めることの出来ない笑ひが爆発した。私は笑ふんぢやないと自分自身を叱りつけた。けれども私《わたし》の中の、小さな悪戯好きの悪魔が、そんなことには閉口たれないで私《わたし》をくすぐつた。私《わたし》は一段と高い声で、最もをかしい笑劇を見てゐる人の様に笑つた。松村はあつけにとられて、笑ひ転ける私《わたし》を見てゐた。そして、一寸変なものにぶつつかつた様な顔をして云つた。

『君、どうしたんだ。』

私はやつと笑ひを噛み殺してそれに答へた。

『君の想像力は実にすばらしい。よくこれ丈けの大仕事をやつた。俺はきつと今迄の数倍も君の頭を尊敬する様になるだらう。成程君の云ふ様に、頭のよさでは敵はない。だが、君は、現実といふものがそれ程ロマンチツクだと信じてゐるのかい。』

松村は返事もしないで、一種異様の表情を以て私を見詰めた。

『言ひ換へれば、君は、あの紳士泥棒にそれ程のウヰツトがあると思ふのかい。君の想像は、小説としては実に申分がないことを認める。けれども世の中は小説よりはもつと現実的だからね。そして、若《も》し小説について論じるのなら、俺は少し君の注意を惹き度い点がある。それは、この暗号文には、もつと外の解き方はないかといふことだ。君の翻訳したものを、もう一度翻訳する可能性はないかといふことだ。例《たと》へばだ、この文句を八字づつ飛ばして読むといふ様なことは出来ないことだらうか。』

私はかういつて、松村の書いた暗号の翻訳文に左の様な印をつけた。

ゴケンチヨーシヨージキドーカラオモチヤノサツヲウケトレ
ウケトリニンノナハダイコクヤシヨーテン

『ゴジヤウダン。君、この『御冗談』といふのは何だらう。エ、それが偶然だらうか。誰かの悪戯《いたづら》だといふ意味ではないだらうか。』

松村は物をも云はず立上つた。そして、五万円の札束だと信じ切つてゐる所の、かの風呂敷包を私の前へ持つて来た。

『だが、この大事実をどうする。五万円といふ金は、小説の中からは生れないぞ。』

彼の声は、果し合をする時の様な真剣さが籠つてゐた。私は恐ろしくなつた。そして、私の一寸《ちよつと》したいたづらの、予想外に大きな効果を、後悔しないではゐられなかつた。

『俺は、君に対して実に済まぬことをした。どうか許して呉れ。君がそんなに大切にして持つて来たのは、矢張り玩具《おもちや》の札なんだ。マア、それを開いてよく調べて見給へ。』

松村は、恰度《ちやうど》暗の中で物を探る様な、一種異様な手附で——それを見て、私は益々気の毒になつた。——長い間かゝつて風呂敷包を解いた。そこには、新聞紙で叮嚀に包んだ、二つの四角な包みがあつた。その内の一つは新聞紙が破れて中味が現れてゐた。

『俺は途中でこれを開いて、この眼で見たんだ。』

松村は喉に閊へた様な声で云つて、尚ほも新聞紙をすつかり取り去つた。

それは、如何にも真にせまつた贋物であつた。一寸見たのでは、凡ての点が本物であつた。けれども、よく見ると、それらの札の表面には、円といふ字の代りに団といふ字が、大きく印刷されてあつた。二十円、十円ではなくて、二十団、十団であつた。松村はそれを信ぜぬ様に、幾度も幾度も見直してゐた。さうしてゐる内に、彼の顔からは、あの笑ひの影がすつかり消去つて了つた。そして、後には深い〳〵沈黙が残つた。私《わたし》は済まぬといふ心持で一杯であつた。私《わたし》は、私《わたし》の遣り過ぎたいたづらについて説明した。けれども、松村はそれを聞かうともしなかつた。その日一日はたゞ唖者《おし》の様に黙り込んでゐた。

＊　＊　＊

これで、このお話はおしまひである。けれども、読者諸君の好奇心を充たす為に、私《わたし》のいたづらについて、一言説明して置かねばならぬ。正直堂といふ印刷屋は、実は私の遠い親戚であつた。私はある日、せつぱ詰つた苦しまぎれに、その平常《ふだん》は不義利を重ねてゐる処の親戚のことを思出した。いくらでも金の都合がつけばと思つて、進まぬ乍ら久振りでそこを訪問した。——無論、このことについては松村は少しも知らなかつた。——借金の方は予想通り失敗であつたが、その時図らずも、あの本物と少しも違はない様な、其時は印刷中であつた所の、玩具の札を見たのである。そして、それが、大黒屋といふ永年の御得意先の註文品だといふことを聞いたのである。

私《わたし》はこの発見を、我々の毎日の話柄《わへい》となつてゐた、あの紳士泥棒の一件と結びつけて、一芝居打つて見ようと、下らぬいたづらを思ひついたのであつた。それは、私も松村と同様に、頭のよさについて、私の優越を示す様な材料が摑み度《た》いと、日頃から熱望して居つたからでもあつた。

あのぎこちない暗号文は、勿論私の作つたものであつた。併し、私は松村の様に、外国の暗号史に通じてゐた訳ではない。たゞ一寸《ちよつと》した思ひつきに過ぎなかつた。煙草屋の娘が、差入屋へ嫁いてゐるといふ様なことも、矢張り出鱈目であつた。第一、その煙草屋に娘があるかどうかさへ怪しかつた。たゞ、このお芝居で、私の最も危んだのは、これらのドラマチックな方面ではなくて、最も現実的な、然し全体から見ては極めて些細な、少し滑稽味を負びた、一つの点であつた。それは、私《わたし》が見た所のあの玩具《おもちや》の札が、松村が受取に行くまで、配達されないで、印刷屋に残つてゐるかどうかといふことであつた。

玩具の代金については、私は少しも心配しなかつた。私の親戚と大黒屋とは延取引《のべとりひき》であつたし、其上もつといゝ事は、正直堂が極めて原始的な、ルーズな商売のやり方をして居つたことで、松村は別段、大黒屋の主人の受取証を持参しないでも失敗する筈はなかつたからである。

最後に、彼《か》のトリツクの出発点となつた二銭銅貨については、私は茲《こゝ》には詳しい説明を避けねばならぬことを遺憾に思ふ。若《も》し、私がへまなことを書いては、後日、あの品を私に呉れたあの人が、飛んだ迷惑を蒙るかも知れないからである。読者は、私が偶然夫《そ》れを所持してゐたと思つて下さればよいのである。

——(一一・一〇・一)——

(「新青年」大正12年4月号)

同志の人々

——二　幕——

山本有三

人　物

橋口　吉之丞　　寺田屋騒動に荷担した薩藩の士。
谷元兵右衛門　　同
林　　庄之進　　同
有　馬　休　八　　同
堤　　小兵衛　　同
是　川　大　介　　同
吉田清左衛門　　同
永山　弥一郎　　同
田中　河内介　　同、中山大納言の家臣。
其息　磋磨介　　同
見張の役人。

時　代
文久二年五月一日。夕刻より夜にかけて

場　所
船の中。

第一幕

大きな和船の艫の間。

右側は艫の戸立、左側は隔の壁板で仕切られてゐる。壁板には出入の引戸がついてゐるが、外から堅く錠がおろされてゐる。

正面は腰の船板。その上部に四角い小窓が二つほど開いてゐて、そこから夕日があか〳〵と差込んでゐる。部屋の中に太い柱が一二本。凡てが古びた感じ。

有馬は立つて小窓から外を眺めてゐる。橋口は腕をまくし上げて谷元に傷を巻きかへて貰つてゐる。堤は無聊さうに柱にもたれかゝつてをり、林は書きものを、永山は黙然と端坐してゐる。是川は入口から遠い、隅の方の柱の蔭に腹匍ひになりながら、金物《かなもの》のやうな堅いもので頻に床板《ゆかいた》を叩いてゐる。そしてまた床《ゆか》に耳を押し当《あて》ては、何かを聴き取らうとしてゐる。その近くに吉田がゐる。

年齢は二十三四歳前後の者が多い。年長者の永山にしても三十歳は越してゐない。髪は皆薩摩風の小髻に結んでゐる。但し何れも無刀。


谷元。（橋口の腕の晒を解き終へると、窓のところに立つてゐる有馬に）おい、有馬。

有馬。（振りかへり）何だ。

谷元。少し寄つてくれ。蔭になるから。

有馬無言のまゝ少し寄る。

谷元。（傷口を見ながら）大分肉が上つて来たな。

橋口。（自分も見ながら）うム、お蔭で大変よくなつた。

谷元。併しまだ痛むだらう。

橋口。いや、もう大したことはない。今日は八日目だからな。

谷元。もうさうなるかな。あゝ、あの晩のことを思ふとむしやくしやする。

永山。おい、その話は止せ。もう過ぎたことだ。

谷元話を止めて繃帯をしかへてやる。

吉田。（床《ゆか》に耳を押しつけてゐる是川に）どうだ。何か聞えるか。

是川。駄目だ。

吉田。波が高いせいかな。

是川。これだけやつて居るのだから通じない筈はないのだがな。（またこつ〳〵と床板《ゆかいた》を叩く）

谷元。（晒を巻きながら）少しきついか。

橋口。いや、丁度いゝ。

谷元。さうか。――さ、これでいゝ。

橋口。有難う。

谷元。（有馬に）おい、まだ小豆島は見えてゐるか。

有馬。うム、見えてゐる。併しもう大分うしろの方になつてしまつた。

谷元。間もなく周防灘にかゝるのだな。

橋口。（独ごとのやうに）あゝ、あと幾日かな。

堤。（あくびをし乍ら）何処へ。鹿児島までか。

橋口。うム。

堤。汝《わい》は馬鹿だな。国へ帰れると思つてゐるのか。

橋口。己達《おいどん》は帰りたくなくつても、送り返されるのだから仕方がないさ。

堤。だからおめでたいといふのだ。汝《わい》は自分の行く先を知らないのか。

橋口。何をいつてゐるのだ。此船は真直《まつすぐ》に薩摩へ行くのではないか。

堤。おい、国のことを考へるよりも、まあ、辞世の句でも考へておけ。

橋口。余計なお世話だ。辞世なんか寺田屋へ集る前にちやんと書いておいた。

堤。ふん。寺田屋か。馬鹿〳〵しい。

橋口。　何が馬鹿〳〵しいのだ。

堤。　汝《わい》はあれを馬鹿〳〵しいとは思はないのか。

橋口。　おい、堤。汝《わい》は真面目でいつてゐるのか。あれは己達が生命《いのち》がけでやつた仕事ではないか。

堤。　だから一層馬鹿らしいといふのだ。己達はあんなに意気込んでゐたのに、その結果は何だ。こんな風に押し込められてしまつただけではないか。

橋口。　己《おい》は今のことをいつてゐるのではない。あれを企てた精神をいつてゐるのだ。

堤。　駄目だ〳〵。そんなものが何になる。己達は勤王だの、討幕だのと大きなことをいつてゐたつて、一体何をやつたのだ。何一つ仕出かしてゐないではないか。成程われ〳〵は此間、幕府と内通してゐる九条関白を夜討するといつて伏見の寺田屋に集つた。併し門口から一歩も踏み出さない内に、藩から取り鎮めに来た者のために、みんな叩き伏せられてしまつたではないか。

橋口。　あれは叩き伏せられたのではない。君命だといふから一時を忍んだまでだ。取り鎮めに来たのは高が八九人の小人数だから、斬り捨て丶通るのは容易のことだが、彼等も『頼む、頼む。』と哀願するし、殊には殿様にご憂慮をおかけ申してはと思つたから、一先づ思ひ止つただけではないか。

堤。　貴様はあの時鎮撫使と斬合《きりあひ》をやつて手痛い傷まで受けて居るのに、まだ目が醒めないのか。己達はこんなに幽閉されてしまつたのに、まだそんななまぬるいことをいつてゐるのか。

橋口。　なに。

谷元。　しつ。


外で重たい錠を開ける音がする。人々は黙つてしまう。是川も床を叩くことをぴたりと止める。

やがて見張の役人が這入つて来る。


役人。　永山弥一郎は居るか。

永山。　（昂然と）居る。

役人。　お目附からお呼び出しだ。

永山。　目附？　よし。（心に決するところあるもの丶如く出て行く）

役人去る。続いて錠の締る音。間。


有馬。　（不安さうに）何で呼び出されたのかしら。

堤。　大抵分つてゐるではないか。

有馬。　分つてゐる――そんなことが、そんなことがあるものか。

橋口。　永山どんが殺されるといふのか。馬鹿なことをいへ。

有馬。　さうだとも。堤は先刻からいやにおぢけづいて居るのだ。

橋口。　若し己達が殺されるものなら、かうして国許に護送される筈はない。京にゐた間にとうに斬られてゐる筈だ。

堤。　お前等《はんら》は何処まで人がい丶のだ。こんなに欺かれ、陥《おとしい》れられてゐても、それがみんなには分らないのか。何よりも此間の寺田屋のいきさつを考へて見るがい丶。君命だと称して己達を取り鎮めに来た使者たちは何といつた。『暫く待て。殿も固よりご同意のことであるから、一先づ邸へ帰つて殿にお目通《めどほり》をしてくれ。その上で打ち立たれても遅くはあるまい。』さう繰返し〳〵頼んだではないか。相手は同藩の者であるし、殊に君命を帯びて来たのであるから、己達は心残がしたけれど一挙を中止して、錦小路のお邸へついて行つたのだ。ところがどうだ。邸内に這入るや否や、殿にお目通を許されるどころか、直に座敷へ押し込められてしまつたではないか。それから四五日押問答をした挙句が、謹慎のま丶国許へ護送だ。凡てがかういふ遣り口ではないか。それ故今度国許へ護送だなぞといつても、何処へ護送されるのか分るものか。

谷口。　いや、それは考へ過しだ。

堤。　そんなことはない。藩の重役どもは事々に幕府を恐れてゐるのだ。だから己達をこんな風に扱ふのではないか。何でこのま丶にしておくものか。

谷口。　そんなら先刻橋口がいつた通りとうに錦邸で斬られてゐる筈だ。当藩は先君以来勤王のお家柄だから、われ〳〵の義挙に関しては必ず御憐察があるに相違ない。

堤。　まあ、おめでたい夢を見てゐるが、い丶。（是川が床板を叩いてゐるのを見て）うるさいな。いつまでそんなことをやつてゐるのだ。

是川。（無言のま丶、首を上げる）

堤。　止さないか。見張の者にでも見つかると厄介だぞ。

是川。　大丈夫だ。分からないやうにやつてゐるから。

堤。　いくらそんなことをやつたところが下に通じるものか。

是川。　どうして。

堤。　田中どんは船底にはゐやしない。

是川。　いや、そんな筈はない。河口《かはぐち》で乗船するとき、河内介どんと磋磨介どんが、この下の部屋に入れられるのを己《おい》は確に見たのだ。

堤。　その時はどうあらうとも、もう居やしない。

是川。　汝《わい》は何でそんなことを言ひ張るのだ。

堤。　田中どんはわれわれの同志だから、護送をするなら、この部屋に入れるのが当然だ。それをわざ〳〵船底の別な部屋に押込めたといふのは、はじめから底意があるからではないか。それが汝《わい》には読めないのか。

是川。　いや、それは思ひ違ひだ。田中どんは己達と違つて中山大納言殿のご家来だから、別の部屋に入れられるのに不思議はない。

堤。　ところが今はその主にさへ見離された身体ではないか。

是川。　いや、見離されたのではない。主人はお公卿だから、幕府を憚つて引き取られないだけのことだ。併し幸《さひはひ》に当藩で御庇護あつて、己達と一しよに薩摩へ護送されるからは……。

堤。　おい、是川。己達すら今は風前の燈火ではないか。他家の家来、まして主に離れた者が何で安穏の筈がある。

吉田。　本当にもうやられたのかしら。

堤。　うム、とうにやられてゐるとも。

是川。　いや、そんなことはない。……そんなことがあつてたまるものか。

堤。　いや、この推量に誤はない。何なら己《おい》は賭をしてもいゝ。

橋口。　堤。何をいふのだ。人の患《うれひ》に賭をするといふことがあるか。

是川。　汝《わい》は一体田中どんに怨みでもあるのか。何故先刻からそんなことばかりいつて居るのだ。

堤。　いや、意趣も遺恨もない。それどころか実に落着いた立派な仁だと思つてゐる。寺田屋のあの騒動の最中にも、河内介どのは悠々と軍扇を使つて、少しも動ずる景色が見えなかつた。己《おい》はそれを見てほと〳〵感服してゐる。しかしどれ程の器量人でも、行きどころがないやうになつては……。

是川。　もう止めてくれ、そんな話は。

堤。　おい是川。他人の心配をするよりも、自分の始末をしてはどうだ。

是川。　そんなことはとうにしてある。汝《わい》はまだ覚悟がついてゐないのか。

堤。　それなら余計なことはしないで、ぢつとしてゐたらよいではないか。

是川。　汝《わい》こそ黙つて居るがいゝ。

橋口。　おい、そんなもの、相手になるな。堤は先刻から嫌がらせばかりいつて居るのだから。

林。　（筆を止めて）おい、殉難の『じゆん』はどうであつたかな。

有馬。　殉難。かうだ。（指で書いて見せる。）

林。　うム、さうだ。有難う。（また書きつゞける。）

谷元。　何を書いてゐるのだ。

林。　これか。この間の寺田屋の事件を記しておかうと思ふのだ。

堤。　そんなものを書いたつて何になる。己達はみんな叩つ斬られるのだ。

林。　だから書いておくのだ。死後己達の精神を伝へるものはこの外にはないではないか。

堤。　汝《わい》もやはり甘《あま》いな。己達が殺された後で、そんなものを残しておいてくれると思ふのか。

林。　（相手にならないで、先を書きつゞける）

間。風の音。波の音。

吉田。　（床板を叩いてゐる是川に）おい、矢張何にも聞えないか。

是川。　（無言。たゞ叩いてゐる）

吉田。　本当にやられてしまつたのかしら。

是川。　（無言）

橋口。　通じないのか。――おい、己《おい》に貸して見ろ。

是川。　（元気なく叩く物を捨てる）

　　　橋口代つて床板を叩く。

　　　間。

是川。　永山どんはどうしたんだらう。大分長いな。

谷元。　もう帰つて来さうなものだ。

有馬。　さうだな。

堤。　いや、今度は己達の番だ。

是川。　おい、泣きごとは止めないか。

堤。　己《おい》は本当のことをいつただけだ。

是川。　何が本当のことがある。汝《わい》は生命が惜しいのでびく〳〵してゐるのではないか。

堤。　汝《わい》は生命が惜しくないのか。

是川。　なに。

堤。　まあ、お互に後生を願はうよ。

是川。　あゝ、こんな奴が仲間にゐたと思ふと………………同志の名折だ。

堤。　ふん、汝達《わいどん》はたゞ強がつてゐるのだ。

是川。　強がつてゐるとは何だ。

堤。　さうではないか。内心では心配でたまらないのだが、強いて空威張をして自分の弱さを隠さうとしてゐるのだ。

是川。　えゝ、いはしておけば。

堤。　さうでなければ、何故永山どんのことをそんなに心配するのだ。帰つて来ようと帰て来まいと平気な筈ではないか。

是川。　無礼なことをいふな。（急に堤を擲りつける）

堤。　何をするのだ。（擲り返さうとする）

有馬。　（堤を止める）おい、止さないか。止さないか。

谷元。　（是川を止め乍ら）おい、是川、是川。

是川。　離せ。こんな腰抜は成敗しないと。

堤。　腰抜とは何だ。

有馬。　（堤を止めながら）おい、止さないかといふのに、お互に同志の者ではないか。

堤。　もうかうなれば同志もくそもあるものか。

谷元。　おい、何をいふのだ。是川も止さないか。内輪喧嘩なんか見つともないではないか。

　　　強いて両方を引き離す。

　　　間。

吉田。　（急にしく〳〵泣き出す）

有馬。　どうしたのだ。

吉田。　（泣き乍ら）いや、何でもない。何でもない。

有馬。　おい、吉田、どうしたのだ。

吉田。　たゞ、今のを見てゐたら、急に涙が出て来たのだ。

　　　……………いや、もういゝ、もう直つた。

有馬。　どうも寺田屋以来みんな気が立つてゐて仕方がないな。

谷元。　無理はないさ。企は失敗する、押し込めはくふ。そりや誰だつて……….。

堤。　おい、人の機嫌をとるやうなことは止めてくれ。

間。

小窓から波のしぶきが時々はいる。

谷元。　大分しぶきが飛び込むな。

林。　(書き乍ら) いよ〳〵周防灘にかゝつたのだらう。波が高くなつて来た。

間。

橋口。　(けたゝましく) 是川。是川!

是川。　何だ。

橋口。　おい、聞える。

是川。　聞える。本当か。(床《ゆか》に耳を押し当《あて》る)

橋口。　(床を叩くと、自分もまた耳を押しつける) ほら。

是川。　うム、聞える。聞える。――どれ、己《おい》に貸して見い。(叩いて耳を当てる) うム、確に聞える。――おい、みんな。田中どんは生きてゐる。下から合図が聞える。

林。　なに、田中どんが。

是川。　(床に伏したまゝ、船底に向つて大声で叫ぶ) おうい、田中どん!

谷元。　しつ、そんな大きな声を出す奴があるか。

是川。　(心配さうに) 見張に聞えたか。――まあ、谷元。ちよつと耳を当てゝ見ろ。本当に聞えるのだ。おい、みんなも聞かないか。

橋口。　(伏せつたまゝ) おい、下でもどんどん叩いてゐるぞ。

是川。　さうか。ぢやこつちでもどんどん叩いてやれ。

谷元等二三の者も耳を床に当てる。

是川。　聞えるだらう。

谷元。　うム。

是川。　あゝ、何だか胸がどき〳〵して来た。

橋口。　かうなるとこの位の合図ではもの足りないな。

是川。　あゝ、こゝに穴を刳り明けて、磋磨介どんと話がして見たい。

谷元。　(起き上り) 確に田中どんは存在だ。

是川。　おい堤。先刻の賭はどうした。

橋口。　はゝはゝ、これは一言もあるまい。

堤。　いや、糠悦《ぬかよろこび》といふこともある。

是川。　何をいふのだ。不吉なことをいふな。それ程疑はしくば床《ゆか》へ耳を当てゝ見るがいゝ。

その時突然外で重たい錠をはづす音がする。一同緊張する。

戸が開くと、永山が沈んだ顔をして這入つて来る。やがてまた戸が締まる。

是川。　どうだ。永山どんも帰つて来たではないか。

林。　その争《あらそひ》はもう止めないか。(永山に) 実はみんなお前《はん》のことを心配してゐたのだ。

永山。　さうか。それはどうも……。

林。　で、何の用事だつたのだ。呼び出されたのは。

永山。　おい、車坐になつてくれないか。談合したいことがあるのだ。

　　一同車坐になる。

永山。　実は目附から難題を持ちかけられたのだ。それで今迄押問答をしてゐたのだが、どうにも自分だけでははからひかねたから、お前等《はんたち》の意見を聴きたいと思つて帰つて来たのだ。

有馬。　難題。それはどういふことなのだ。

堤。　今更改まつてきく程のことはない。きまつてゐるではないか。

橋口。　そんなにいひ渋ることはない。己達《おいどん》はみんな覚悟をしてゐるのだ。

永山。　いや、われ〳〵の身命にかゝはることではない。それどころか向後は却て寛大な取扱を受けることだらう。併しさうなるためには、己達はある非道なことを行はなければならないのだ。

有馬。　一体何をしろといふのだ。

永山。　この船底にゐる田中河内介殿父子を殺害しろといふのだ。

吉田。　なに、田中どんを。

永山。　さうだ。

是川。　（突然堤を睨みつけ）堤、それは何だ。

堤。　己《おい》は別に何もしやしない。

是川。　嘘をいへ。今「それ見ろ。」といはぬばかりの目附をしたではないか。貴様は人の患を喜ぶのか。

永山。　おい、扣へないか。まだ話は済まないのだ。

谷元。　で、どういふ訣で田中どんを殺せといふのだ。

永山。　それはいふまでもなく幕府を憚つてのことだ。寺田屋の一件以来、田中どんは身を寄せるところもない有様であつたから、藩では行きがかり上ひとまづ田中どんを引き取つて、己達と共に薩摩へ送ることにした。これはお前達《はんたち》も知つてゐることだ。ところが主すら引き取らぬ反逆者《むほんにん》を、殊更藩で庇護するといふことは、幕府に対して如何にも事を構へるやうに聞える。だからどうしても田中どんを国に匿ふ訣にはいかないといふのだ。そこで向ふに着かぬ内に是非とも己達《おいどん》に処分をしろとかういふのだ。

是川。　そんな理不尽なことがあるものか。猟師すら窮鳥が懐に入れば射たぬといふではないか。一旦田中どんを匿《かく》まつておき乍ら、途中から変替をするとは何事だ。それこそ薩藩の名折ではないか。

永山。　いや、それは己《おい》もどの位いつたか分らない。併しどうしても受けつけられないのだ。

堤。　さうだらう。それが分る位なら、公武合体なぞと煮え切らぬことは唱へない筈だ。藩の重役どもは何といつても江戸が恐《こわ》いのだから、田中どん父子は見殺しにしても、幕府の機嫌を損ねない方が大切なのだらう。

永山。　さうだ。何処までもさういふ態度なのだから己《おい》は実に困つてしまつたのだ。

吉田。　さうでなければ己達もこんな風にはなりやしなかつたのだ。

橋口。　いや、今は愚痴をいつて居る場合ではない。――永山どん、何故同志であるわれ〳〵に殊更田中どんを殺せといふのだ。己《おい》にはそれが呑み込めない。

永山。　それはかうだ。表《おもて》向《むき》藩で手を下せば、田中どんの主である中山家に義理が立たぬ。さうかといつていつまでもこのまゝにしておいては幕府の怨《うらみ》を買ふ。そこで同志の間に仲《なか》間割《まわれ》が起つて殺された体にすれば、藩としてはどちらに対しても不義理にならないで済む。それ故是非とも己達の手でやつてくれとかういふのだ。それからなほ目附のいふのには、若し己達が此役目を果せば、自然幕府への義理合もよいから、帰国の上は寛やかな取扱をするといふ話だつた。

有馬。　寛やかな取扱とは。

永山。　帰国の上は二三ケ月の軽い謹慎で済ませるといふのだ。

堤。　そんな話は当になるものか。

谷元。　いや、それは差し迫つた問題ではない。それよりも己達はこれを引き受けるか、引き受けないか、それが何よりも肝要なことだ。

橋口。　さうだ。それをきめるのが真つ先のことだ。

谷元。　ところで若し己達が此役目を拒んだらどういふことになるのだ。

有馬。　それこそ重く罰せられるだらう。

谷元。　いや、己達のことは措いて、田中どんの身体はどうなるであらうといふのだ。

堤。　己達が引き受けなければ、それは役人どもが殺すまでだ。そして表向はどこまでも己達の仕業にされるだらう。

永山。　さうだ。恐らくさういふことになるだらう。

吉田。　では、田中どんはどちらにしても………

永山。　さうだ。

林。　それならもう談合するせきはないではないか。

是川。　ないとは。

林。　気の毒ながら田中どんに犠牲になつて貰ふより外はない。

是川。　では、田中どんを殺さうといふのか。

林。　どちらにしても助からぬ人なのだから、止むを得ないではないか。

是川。　いや、己《おい》は不同意だ。同志の者を殺して自分たちの罪を軽くして貰はうなぞとは人非人の仕業だ。己《おい》にはそんな得手勝手なことは出来ない。

林。　いや、これは決して自分の利得のためではない。己達が再挙をはかる上には………

是川。　再挙！　こんな状態で再挙なぞ許れるものか。

有馬。　いや、謹慎さへ許《ゆる》されさへすれば、己達はまたどんな働でもすることが出来る。やがては藩論を覆すことも出来よう。いや、是非とも天下を覆へさなければならないのだ。

是川。　さうするためには猶更田中どんのやうな謀士が必要ではないか。己達は身代《みがわり》に立つても是非田中どんは生かさなくつてはならない。

堤。　己《おい》は身代《みがわり》に立つことなぞは迷惑だ。第一そんなことは申し出しても取り上げられる筈がない。

是川。　汝《わい》は先刻から田中どんの死を祈るやうなことばつかりいつてゐたが、それでそんなことを唱へるのだな。

堤。　己《おい》は小さな行きがかりでいつてゐるのではない。その証には外の者も皆同じ意見ではないか。

是川。　おい、みんな。何故今度に限つて、こんなひねくれた奴と一しよになるのだ。何故田中どんを殺さうといふのだ。

橋口。　是川どん、お前《はん》は田中どんとは別懇の間だから、不同意なのは無理はないが、併しかういふ事情であつて見ればもう仕方がないではないか。

是川。　仕方がないとは何だ。おい橋口、己達は生死を誓つた同志ではないか。生きるときは一しよに生き、死ぬときは潔く一しよに死ぬのが道ではないか。

永山。　では汝《わい》はどうしようといふのだ。

是川。　田中どんのために死んでやるのだ。田中どんを救ふために根かぎり戦つて、力が尽きたらみんな一しよに死んでしまうのだ。

谷元。　いや、それは暴論だ。そんなことをして役人を傷けたところが何になる。たゞ寺田屋の二の舞をやるだけではないか。それで田中どんが助かるのならい丶。田中どんも死に、己達も死に、同藩の役人たちも死ぬだけではないか。

是川。　汝達《わいどん》は今まで死を覚悟してゐたのではないか。それが二三ケ月の謹慎で済むと聞いたら急に生命が惜しくなつたのだな。

林。　おい、是川。何をいふのだ。われわれがかうした押し込めの恥辱を忍んで、今日まで切腹をしないで来たのは何のためだ。たゞ再挙を計りたいからばかりではないか。寺田屋でこそ失敗をしたけれど、この次には、この次こそ皇国を安ずる偉業を成就させなくつてはならないのではないか。われ〳〵は大事を控へてゐる身体だ。大事の前には心を鬼にしなくつてはならない。そのためにはある時は同志をも、ある時は親友をもあやめる位の苦肉がなくつては、とても大業は出来やしないぞ。

是川。　それが同志の者の意見か。それでも汝達《わいどん》は田中どんと同志だといふのか。あ丶、己《おい》と同じ意見の者はないのか。一人もないのか。(永山の方を向いて) 永山どん、あんただけはそんなことはありますまいな。

永山。　(無言)

是川。　何故黙つてゐるのだ…………あ丶、貴殿《おはん》も矢張

…………

永山。　外に思案はないではないか。己は目附から此話を聴かされた時既にさう思つた。併し自分だけでは計らひかねたか

らみんなの意見を求めたのだ。ところが多数のものも同じ意見である以上、もう引き受けるよりは外はないではないか。

是川。（力なく座に突つ伏してしまう）

堤。併し己達《おいどん》が引き受けるとして、誰が一体その任に当るのだ。

永山。さうだ。それが一番難関だ。

谷元。敵を斬るのは何でもないが、同志を斬りに行くのはたまらないな。

橋口。それは誰にしてもいやなことだ。併し引き受けるときめた上はやらない訣にはいかない。どうだらう。誰かれといふより籤を引くことにしては。

有馬。成程。それがいゝだらう。

林。では己《おい》が籤を作らう。だが、何人行くことにするのだ。

橋口。相手は二人だから三人もあつたらいゝだらう。

林。よし、それでは長いのを三本作るからそれを引いた者は行くんだぞ。

林、紙を裂いて紙縒《こより》を作る。

間。船に当る波の音。風の響。

林。さあ、出来たから引いてくれ。

橋口。どうも籤も引くつて、いゝ気持のものではないな。――えゝ、思ひ切つて。（籤を引く）助かつた。短い。

林。では、その次誰か。（籤を前に出す）

是川。（突然起き上つて籤をみんな奪つてしまう）えゝ、止めてくれ、こんなもの。

林。おい。何をするのだ。

堤。卑怯ではないか。汝《わい》は気おくれがしたのか。

是川。いや、それは己《おい》が引き受ける。

吉田。汝《わい》と誰が。

是川。己《おい》ひとりでいゝ。

吉田。けれども………

是川。こんなことは誰にしたつて厭《いや》なことだ。だから己《おい》ひとりで沢山だ。

橋口。だが、汝《わい》は田中どんを斬ることについては今まで不同意を唱へてゐたのではないか。

是川。さうだ。

橋口。それだのに何故引き受けるのだ。

是川。どうしても助からないものなら、己が殺してやりたくなつたのだ。

谷元。併し汝《わい》は田中どんとは親しい間柄ではないか。

是川。うむ、それだから引き受けたいのだ。どうか己《おい》をやらせてくれ。己《おい》は二人を立派に死なせてやりたいのだ。

谷元。さうか。さういふ心なのか。

林。併しひとりで行くことは。

是川。いや、大丈夫だ。きつと己《おい》がやつて見せる。どうか己《おい》に任せてくれ。

橋口。どうだらう。では、是川に任せては。

堤。　己《おい》に異存はない。外の者はどうだ。――
（見渡して）皆異存はないやうだ。

永山。　それではこのことを目附に答へなくつてはならない。是川も同道してくれ。

是川。　（無言のまゝうなづく）

永山。　（戸のところへ行つて）お役人衆、ご面倒ながらお開け下さい。

外で錠を明ける音がする。その間是川はさつき合図を取り交はした床《ゆか》のところに立つたまゝ、ぢつと下を見てゐる。

やがて戸が開いて二人の姿が外に消える。また錠を締める音。

小窓から差し込んでゐた光がもう薄れてゐる。

烈しい風の音。

第二幕

同、船底の一室。

小さな、きたない部屋。天井に格子のはまつた、四角い穴がある外何処にも明いたところがない。そこが出入口で、そのすぐ下に粗末な梯子段がついてゐる。

第一場と同じ日の夜。部屋の中には乏しい明がともつてゐる。

外は風の音がすさまじい。

田中河内介とその子の磋磨介とが黙然として坐つてゐる。二人とも無刀。磋磨介は床《ゆか》の上をぢつと凝視してゐる。しばらくそのまゝの状態が続く。

河内介。　磋磨介、

磋磨介。　はい。

河内介。　何をそんなに見てをるのだ。

磋磨介。　父上。驚きますな。

河内介。　どうしたのだ。

磋磨介。　いや、あんな小さな身体をしながら、あんな大きなものを運んでゐますから。

河内介。　羽蟻を見てをるのか。

磋磨介。　所在がないものですから、あれを何処へ運んで行くかと、先刻から見て居るのです。

河内介。　この船も余程古いな、羽蟻が沸くやうでは。

磋磨介。　どうせわれ〳〵を護送するやうな船ですから、新しい気遣はありません。……併しよく疲れないものですな。あんなに休まずにやつてゐて。

河内介。　うム、実際根気よく働いてゐる。

間。

二人ぢつと床の上の蟻を見てゐる。

磋磨介。父上。

河内介。うム。

磋磨介。動いてゐるものを見ると羨しくなりますな。

河内介。（答へない。）

間。

河内介。お丶、また大分飛んで来た。

磋磨介。（突然扇でばた〳〵と羽蟻を叩き殺す。）

河内介。何をするのだ。止せ。取り尽せるものではない。それにこれはさう刺しはせぬから大丈夫だ。

磋磨介。い丶え、刺すからではありません。癪にさはるから殺してゐるのです。

河内介。何がそんなに癪にさはるのだ。

磋磨介。見てゐるうちに急に腹が立つて来たのです。

河内介。は丶は丶、虫に腹を立てる奴があるか。

磋磨介。い丶え、虫でも何でも、かうして自由に飛んだり、歩いたりしてゐるのを見ると憎くなつてまゐります。

河内介。所在がないとつまらぬことにまで腹を立てるな。

磋磨介。どうもこんな奴に目の前を飛んで歩かれると、面当をされてるやうな気がしてたまりません。どうだ。大きな体はしてゐてもお前なぞは動けないのだらう。押し込めをくつてゐるのだらう。口惜しかつたらかうやつて飛んで見ろ、歩いて見ろと、寄つてたかつて……え丶、畜生。（と、また叩く）

河内介。虫を嫉むやうになつては、われわれの境涯もおしまひではないか。

磋磨介。併し父上！

河内介。いや、愚痴だ。愚痴だ。

間。

磋磨介。あ丶、かうしてゐると海の上を自由にかけ廻つてゐる、あの風が羨ましい。あ丶、自分もあ丶いふ風に力強く駈け廻りたいな。

河内介。（ふと、聞き耳だてして）磋磨介。

磋磨介。はい。

河内介。大勢の足音がするやうだな。

磋磨介。こちらへですか。

河内介。うム。

二人耳を澄ます。

磋磨介。い丶え、何にも聞えやしません。

河内介。さうかな。

磋磨介。今時分誰も来る筈はないではありませんか。

河内介。聞き違ひかしら。

磋磨介。風の音でございませう。

河内介。（ぢつと考へてゐる）

磋磨介。今夜はひどく吹きますな。嵐になりやしますまいか。

間。

磋磨介突然立ち上つて梯子のところに行き、上をのぞく。それからまた静かに元の座にかへる。

河内介。どうしたのだ。

磋磨介。いゝえ、何でもなかつたのです。たゞ鳥渡もの音が聞えたやうな気がしたものですから。

河内介。さうか。

間。

磋磨介。父上、もう何時《なんどき》でございませう。

河内介。おほかた四つ近くであらう。

磋磨介。もうさうなりませうか。

間。

河内介。磋磨介。

磋磨介。はい。

河内介。これはかねて話しておいたことではあるが………

磋磨介。（突然）お待ち下さい。父上。人影が！

天井の格子が明いて、上から人が下りて来る。磋磨介きつとなる。下りて来たのは是川である。両刀を帯してゐる。

是川。磋磨介どん。

磋磨介。おゝ、貴殿か。誰かと思つた。――父上、是川氏でございました。

河内介。おゝ、さうか。

是川。（河内介に一礼し乍ら）ご安否は気づかつて居りましたが、何しろ今の身の上なので。…………

河内介。いや、それはお互のことです。貴殿もご息災で何よりに存じます。同志の方々もご無事でせうな。

是川。はい。みんな健固です。

磋磨介。是川氏、よく訪ねてくれた。――寺田屋以来だな。

是川。うム始終別々に押し込められてゐたので、逢ふ折がなくつて残念だつた。もつとも大阪で乗船の節、貴殿《おはん》の後姿だけは見かけたのだが、場所が場所であつたから言葉をかけることが出来なかつた。

磋磨介。さうか。それは少しも知らなかつた。だが、貴殿は何処に入れられてゐるのだ。

是川。この上の部屋だ。

磋磨介。この上？ では、先刻貴殿はこの天井を叩きはしなかつたか。

是川。おゝ、叩いた。貴殿達《おはんたち》の安否が知りたかつたので………

磋磨介。さうか。矢張貴殿だつたのか。はじめは何だか分らなかつたが、余り続けざまに音がするので、だん〳〵不思議に思ひ出したのだ。それで何といふ訣なしにこちらからも叩き返へして見たのだ。

是川。いや、あれで己達《おいたち》はどんなに雀躍《こをどり》したかしれない。己《おい》が「田中どうん。」と、どなつたのは聞えなかつたか。

磋磨介。いや、それは聞えなかつた。併しあのこと〳〵といふ音は、どんなに懐しかつたか分らない。もとより貴殿が叩いてゐるとは知らなかつたが、二人ぎりで、こんな中に押し込められてゐると、外のものはどんなものでも懐しいのだ。あのびゆう〳〵唸つてゐる風の音でさへしみ〴〵恋しく思はれる程だ。外はどうなのであらう。世の中はどうなつてゐるのであらうと思ふと、無性に外のことが知りたいのだ。併しこゝは船のどん底だから空一つ見ることが出来ないのだ。

是川。　お察しする。お察しする。

磋磨介。　庇護を受けてをりながら、かういふことをいつては恩を知らぬやうに聞えるかもしれないが、併しこの頃の貴藩の扱には某は不服でたまらないのだ。これでは匿つてくれるのではなくつて、ほとんど罪人の扱だ。それで自分は毎日腹ばかり立てゝゐる。貴藩には今のところお礼をいひたいよりも、怨をいひたい心の方が、先に立つてゐる位だ。併し貴殿等はよもやかういふ扱を受けて居るものではあるまいな。

是川。　（無言）

磋磨介。　はじめ京の藩邸に押し込められた時は、名は同じ押し込めでも、食事は五つ組の椀、毎日浴湯を賜はつて、実に丁重を極めたものだつた。ところが薩摩へ護送するといつて此船に乗せてからは、待遇が全く違つてしまつたのだ。併しこれは恐く小役人どもが考へ違ひをしてをるのだと思ふ。貴殿から上役の人へ何とか話をして貰ふわけにはいかぬものだらうか。

是川。　（困る。無言）

河内介。　磋磨介、それは是川殿に申すことではない。筋違《すぢちがひ》のことだ。

磋磨介。　併しこのまゝでは余りにひど過ぎますから。

河内介。　ときに是川殿はもう謹慎は許れたのですか。

是川。　いや許《ゆる》されたどころではありません。

河内介。　さういふお身でよくこゝへ来られましたな。

是川。　（いひにくさうに）実は、貴殿達《おはんたち》にどうしてもきいて貰はなくてはならないことがあつてやつて来たのです。

磋磨介。　そんなに改まらなくつてもいゝではないか。で、頼《たのみ》といふのは。

是川。　（一層いひにくさうに、もぢ〳〵してゐる）

河内介。　（すぐに洞察して）左様か。――では、こゝに出向かれたのは貴殿ご一人ではありますまい。

是川。　いや、ひとりきりです。

磋磨介。　父上。それは何の話でございます。

河内介。　何を申してをるのだ。分つてをる筈ではないか。

是川。　（両手をついて）田中どん、まことに申しにくいことだが、どうか何にもいはずにこれで切腹をして貰ひたい。

（脇差を二人の前に差し出す）

間。

磋磨介。　なるほど、父上の予測のとほりだ。これではわれ〳〵を虐遇するのも当前《あたりまへ》だ。併し某は理由もなく切腹するわけにはいかない。何の咎でわれ〳〵は腹を切らねばならないのか、それを承らう。

河内介。　磋磨介。今更そのやうなことを是川氏に尋ねる要はないではないか。

磋磨介。　いや、切腹といふなら検使から申渡を受けるのが常法だ。書付《かきつけ》を読んで貰ひたい。

是川。　磋磨介どん。どうかさう角目立たないでくれ。己《おい》は検使ではない。書付なぞも持つてはゐない。己《おい》はたゞ貴殿達《おはんたち》のためを思つてやつて来たのだ。大抵は貴殿《おはん》も察しがついてゐること〻思ふ。どうか何にもいはずに潔く切腹をして貰ひたい。

磋磨介。　いや、上意でないなら切腹はお受け出来ない。如何に親しい間柄とはいへ、たゞ貴殿の言葉一つでさう易々死ぬことが出来るものか。

是川。　なるほど、貴殿《おはん》がさういふのは無理はない。併しこのま〻だともつと悪いことが起るのだ。

磋磨介。　では、誰かわれ〳〵を殺しに来るといふのか。

是川。　いや、どうかそんな風にはとらないでくれ。たゞ時勢が悪いのだ。実際時勢がよくないのだ。どうかさう思つて諦めて貰ひたい。

磋磨介。　それではじめの約束とは違ふではないか。貴藩ではわれ〳〵を薩摩へ匿《かくま》つてくれるといつたではないか。あすこなら安全だといつたではないか。それとも匿ふといつたのは、あれはわれ〳〵をおびき出す手段であつたのか。貴藩ではじめからわれ〳〵を騙すつもりでか〻つてゐたのか。

是川。　いや、決してさういふわけではない。何度もいふとほり今の時勢がよくないのだ。藩では匿ひたくつても……実際板挟で苦しいのだ。それや貴殿達《おはんたち》はもつと切ないには相違ない。それは重々分つてゐる。けれども、みんな辛いのだ。己《おい》もこのことではどんなに苦しんだかしれない。どんなに争つたかしれない。併しどうしても力が及ばなかつたのだ。

磋磨介。　では、幕府に対する手前、われ〳〵を匿ふことは出来ないといふのだな。

是川。　まあさう思つてくれ。

磋磨介。　さうか、分つた。——では、寺田屋の一件に関係の者はみんな殺《や》られるのだな。……さうなのだらう。

是川。　（無言）

磋磨介。　是川氏、何故返事をしないのだ。同志の者はみんな一しよに殺されるのだらう。……それとも貴殿等だけは助かるのか。……おい、何故黙つてゐるのだ。

是川。　（なほ無言）

磋磨介。　さうか。さうなのか。——併しどうして貴殿等は助かつて、われ〳〵父子だけ殺されるのだ。貴殿等もわれ〳〵と同じことをやつたのではないか。若し罪があるとすれば両方とも同じではないか。父上、父上。何故先刻から黙つてをられるのです。何故こ〻を責めないのです。……い〻え、某は黙りません。某は生命が惜しくつてかういつてゐるのではありません。訣さへ分ればそれは随分死にもいたしませう。併しある者は助かつて、われ〳〵だけ死ぬやうなそんな依怙の沙汰には服すことが出来ません。――それや成程われ〳〵は主から見離されてゐる。だから主のある人達とは境遇が違ふ。併し薩藩の重役はわれ〳〵を庇護するといつた。それは確にいつた。某はこの両の耳でたしかに聞いた。某はそれを信じたればこそかうしてこの船に乗つたのだ。そして明い南国を毎日〳〵憧れてゐたのだ。…………

是川。　磋磨介どの、貴殿《おはん》のいふことは一つ〳〵もつともだ。併し今はどうにもしようがないのだ。だからどうかもう何にもいはないで潔く切腹してくれ。貴殿《おはん》に立派に死んで貰ひたいと思つて、己は殊更この役を引き受けて来たのだ。貴殿《おはん》の介錯は外の人にはさせたくないのだ。今となつてはこれが貴殿《おはん》に対する己《おい》のせめてもの志なのだ。

磋磨介。　いやだ。国家のために死ぬのなら、もとより身命は惜しまないけれども、理由もなしにこんな汚い船底で死ぬのはどうしてもいやだ。

是川。　潔く死ぬといふことは、決して場所についていつたのではない。死方の美しいのをいつたのだ。どうか武士らしく死んでくれ。

磋磨介。　いやだ。何といはれてもいやだ。死ぬ時は自分勝手に死ぬ。貴殿の指図なぞは受けやしない。

是川。　おい、磋磨介どん、己《おい》は貴殿達《おはんたち》二人だけを殺しはしない。己《おい》も一しよに死ぬ。だからどうか一しよに死んでくれ。

磋磨介。　是川氏、何をつまらないことをいつてゐるのだ。貴殿がわれ〳〵と一しよに死んだところが何になるのだ。たゞ死骸が一つふえるだけではないか。一体貴殿やわれ〳〵は何のためにこゝで死なゝければならないのだ。そんな無意義な死方をしたところが、何の足《たし》にもならないではないか。

是川。　貴殿《おはん》には己《おい》のこゝろが分らないのか。

磋磨介。　分らないこともない。併しそんな見えや痩我慢はお互にもう止さうではないか。某は形ばかりの武士道なぞは大嫌だ。何も腹を切るばかりが武士の本分でもあるまい。今の世の中は男が何人あつても足りないのだから、こんな下らないことで死ぬのは真平だ。

是川。　（訴へるやうに）磋磨介どん。

磋磨介。　いや、某は卑怯でかう云ふのではない。生命が惜しくつてかういふのではない。死すべきときに本当に死にたいと思ふからだ。不正なものを倒して正しい世の中にしたいと思へばこそ、今の生命が惜しまれるのだ。回天の事業が成就しないうちは某にはどうしても目をつむることは出来ない。少くともその曙光が見えるまでは、どんなことをしても死にきれないのだ。見ろ、幕府はまだ傲然と構へてゐるではないか。そして天朝のために尽さうとするわれ〳〵を苦しめてゐるではないか。われ〳〵が望んでゐる聖徳の国はいつ来るのだ。まだその曙さへ見えないではないか。そんな時に、そんな時にどうしてやみ〳〵死ぬことが出来るものか。われ〳〵が本当に働かねばならないのは寧ろこれからではないか。

是川。　さうだ。これからだ。同志の者も皆さう考へてゐるのだ。だからその偉業をやり終ふせることが出来るやうに同志の者のために犠牲になつて貰ひたい。それは実にいたはしいことだ。こんなことを頼むのは恥知らずのやうではあるが、どうかその大業のために身を捨てゝ貰ひたい。

磋磨介。　いや、その仕事は貴殿等だけでやることではない。某もやりたいのだ。それをやりたいばかりに今日まで苦労を重ねて来たのではないか。自分が本当に働くのはこれからなのだ。

是川。　さういはれると己《おい》は一層苦しくなるが、貴殿達《おはんたち》はどうしても助からないのだ。そんなことにならないやうに、己はどんなに骨折つたかしれないのだけれど、どうしても……

磋磨介。　是川氏、某は何も助けてくれといつてゐるのではない。某はそんな卑怯な男ではない。たゞ働きたいといつてゐるのだ。

是川。　併しそれが出来ないのだ。出来る位ならこんなに頼みはしない。だからどうか……

磋磨介。　いや、他人のために死ぬことなぞは何といはれてもいやだ。

是川。　己《おい》は武士の情で貴殿《おはん》にこんなに切腹を勧めてゐるのに、貴殿《おはん》はどうしても聴き入れないのか。

磋磨介。　切腹が何で武士の情だ。一緒に事を起しておきながら、自分たちだけ助かつて、われ〳〵父子を殺すのが、何で武士の情だ。貴殿は一体敵なのか味方なのか。それをまず明白にして貰はう。

是川。　どうかそんなものいひはしないでくれ……己《おい》もつらひのだ。……これだけ頼むんだから……磋磨介どん……己のこゝろが分つてくれてもいゝではないか。

磋磨介。　いや、分らない。そんな得手勝手な心は某には分らない。われ〳〵は主に見離された身体だと思つて、貴殿等は恐くわれ〳〵を蔑むのだらう。主に離れた奴なぞは犠牲にしてもかまはないと考へるのだらう。

是川。　さう、ものをひがんで考へられては……

磋磨介。　ひがみ、何がひがみだ。一緒に事を起したのだから、どこまでも一緒にやりたいといふのが何でひがみだ。おのれだつて地位をかへたら何といふか分るものか。少しはこちらの身にもなつて見ろ、こんなところでむざ〳〵殺される者の身にもなつて見ろ。

是川。　だから己《おい》もつらいのだ……だから己《おい》は争つたのだ……併しどうしても駄目だつたのだ。……貴殿《おはん》も切ないだらうが、己《おい》も………

磋磨介。　何度同じことばかりいつてゐるのだ。おのれが何といつたつて、そんな信も義もない奴の犠牲にはなるものか。

是川。　ぢや、これほど頼んでも。

磋磨介。　いやだといつたら厭だ。――や、刀に手をかけたな。某を斬るといふのか。斬るなら斬れ。おのれは寺田屋の二階で書いた連名帳を忘れたのか。同志であるわれ〳〵を斬るといふなら斬つて見ろ。殺されるのに、切腹なぞと恩を着せられて死ぬのは迷惑至極だ。さあ、殺しに来たのなら早く斬れ。

是川。　磋磨介どん。頼む。頼む。己《おい》も一しよに切腹するから、どうか、どうか己《おい》と一しよに死んでくれ。頼む、頼む。

磋磨介。　いや、某はおのれの生命なぞを望んではゐやしない。切腹したければ勝手に切腹するがいゝ。おのれのやうなものは、もう今日からは友とは思はぬ。信もおかぬ。（前においてある脇差を手早く手許に引き寄せ乍ら）さあ、斬るなら斬れ。某にも某の覚悟がある。斬れるものなら斬つて見ろ。


　是川は耐へに耐へてゐたがその言葉が終るか終らぬうちに、いきなり磋磨介を抜打にする。

磋磨介。　うムむ、おのれ！（脇差で渡り合はうとしたが、深手なのでばたりと倒れる）

　河内介はぢつと瞑目してゐたが、急に磋磨介の傍に寄る。


磋磨介。　（倒れたまゝ）うムむ。残念だ。残念だ。

河内介。　磋磨介。手は重い。いま苦痛を鎮めてやるぞ。

磋磨介。　うムむ、無念だ。無念だ。

河内介。　（磋磨介の手から脇差を取つて）これ、磋磨介、父が介錯をしてやるぞ。


　河内介は子息の介錯をすると、刀の血を拭つて静に鞘におさめ下におく。それから自分の羽織をぬいで息子の死骸の上にかけてやる。

河内介。　（是川に）見苦しいところをお目にかけてお耻しう存じます。

　是川は磋磨介に一刀を浴せるとすぐに二三歩すざつて相手の来襲に身構へてゐたが、河内介の動作を見てゐるうちに、だん〳〵その張がゆるんで来る。そして河内介に言葉をかけられると、急に刀を投げ出して床《ゆか》の上に両手をついてしまう。


是川。　田中どん。済まなかつた。済まなかつた。己《おい》が悪い。己《おい》が悪かつた。

河内介。　（ぢつと是川を見つめてゐる）

是川。　磋磨介どんの敵だ。田中どん、どうか己《おい》をこの己《おい》を、存分に………

河内介。　（たしなめるやうに）是川氏。

是川。　己《おい》はこの役を引き受けた時からもう覚悟はきめてゐたのだ。殊に磋磨介どんを手にかけた上は………どうか、どうかご存分にしていたゞきたい。

河内介。　是川氏、何をいふのです。これ位のことにうろたへてどうなさる。回天の偉業を志すほどの者がそんなことでどうなさるのです。

是川。　けれど、己《おい》にはもう………

河内介。　では貴殿はわれ〳〵を犬死させやうといふのですか。貴殿は伜の言葉を何と聞いたのです。あれをたゞ愚痴とのみお聞きになつたのですか。某は何度伜を止めようと思つたか知れません。併し黙つてゐました。それはあんなにも此世に執し、維新の義挙に燃えてゐるものがあることを、しつかり心に刻みつけて貰ひたいのです。某は一言も発しなかつたが、無念なことは伜に百倍してゐます。貴殿は何故われ〳〵のこのおもひを生かして下さらうとはなさらないのです。何故この心を成就させようとはつとめられないのです。これを生かしてくれることが、これを成就させることが、生きてゐるもの、勤《つとめ》ではありませぬか。

是川。（声を立て、泣き出す）

河内介。　ひとりの血を見た位でそんなに心が弱くつてどうなさる。本当の悲壮なのはむしろこれからですぞ。是川氏、どうかしつかりして下さい。……これからは貴殿方の時代です。どうか、どうかしつかりやつて下さい。今となつては某の願はたゞこれだけです。――では、こゝでお指図どほり切腹をしますから、ご面倒でもご介錯をお頼みします。

是川。（無言）

河内介。　どうしたのです。さ、立ち上つてご用意を。……是川氏、是川氏。……貴殿にはまだ某の言葉がお分りにはならないのですか。

是川。　いゝえそれは分つてゐます。

河内介。　それなら、

是川。　では、是非がありません。（力なく立ち上る）

河内介。　（切腹の用意をする）

是川。　何かご遺言は。

河内介。　たゞ同志の方々によろしくとお伝へ下さい。

是川。　（涙をふき乍ら）承知しました。

河内介。　ではご面倒ながらご介錯を。

河内介、脇差を腹に突き立てる。是川は後に立つて太刀を打ち下す。併し足許がしつかりしてゐなかつたか斬り損ふ。

河内介。　（苦痛を堪へながら）う、う　……うろたへるな。……こ、こゝだ。（右手で首のあたりを叩く）

是川。　（きつとなつて）ご免。

首を落す。併し是川は刀を下げたまゝ、放心したやうにしばらくの間立つてゐる。それから力なく、ぐつたりと坐つてしまつて、またしばらく茫としてゐる。突然二つの首を引き寄せて抱くやうに両腕の間へ抱へ込む。そして二人の顔をいつ迄も心に刻みつけておかうとするやうに、ぢつと首を見つめる。涙が止め度なく流れる。やがて首を前において、開らいてゐる眼をつむらせる。併しなか〳〵閉ぢないので長いこと瞼を押へたまゝでゐる。それから懐から紙を出して、首級の面に飛んでゐる血を静かに拭きとつてやる。外は風の音がいよ〳〵烈しい。

幕

一二、三、一九、

（「改造」大正12年4月号）

蠅

横光利一

一

真夏の宿場は空虚であつた。ただ眼の大きな一疋の蠅だけは、薄暗い厩の隅の蜘蛛の網にひつかかると、後肢で網を跳ねつ、暫くぶらぶらと揺れてゐた。と、豆のやうにぽたりと落つた。そうして、馬糞の重みに斜めに突き立つてゐる藁の端から、裸体にされた馬の脊中まで這ひ上つた。

二

馬は一条の枯草を奥歯にひつ掛けたまゝ、猫脊の老いた馭者の姿を捜してゐる。

馭者は宿場の横の饅頭屋の店頭で、将棋を三番さして負け通した。

「何に？文句を云ふな。もう一番ぢや。」

すると、廂を脱れた日の光は、彼の腰から、円い荷物のやうな猫脊の上へ乗りかゝつて来た。

三

宿場の空虚な場庭へ一人の農婦が馳けつけた。彼女は此の朝早く、街に務めてゐる息子から危篤の電報を受けとつた。それから露に湿つた三里の山路を馳け続けた。

「馬車はまだかのう?」

彼女は馭者部屋を覗いて呼んだが返事がない。

「馬車はまだかのう?」

歪んだ畳の上には湯飲みが一つ転つてゐて、中から酒色の番茶がひとり静に流れてゐた。農婦はうろうろと場庭を廻ると、饅頭屋の横からまた呼んだ。

「馬車はまだかの?」

「先刻出ましたぞ。」

答へたのはその家の主婦である。

「出たかのう。馬車はもう出ましたかのう。いつ出ましたな。もうちと早よ来ると良かつたのぢやが、もう出ぬぢやろか?」

農婦は性急な泣き声でさう云ふ中に、早や泣き出した。が、涙も拭かず、往還の中央に突き立つてゐてから、街の方へすたすたと歩き始めた。

「二番が出るぞ。」

猫脊の馭者は将棋盤を見詰めたまゝ、農婦に云つた。農婦は歩みを停めると、くるりと向き返つてその淡い眉毛を吊り上げた。

「出るかの。直ぐ出るかの。悴が死にかけてをるのぢやが間に合はせておくれかの?」

「桂馬と来たな。」

「まアまア嬉しや。街までどれ程かゝるぢやろ。いつ出しておくれるのう。」

「二番が出るわい。」と馭者はぽんと歩を打つた。

「出ますかな、街までは三時間もかゝりますかいな。三時間はたつぷりかゝりますやろ。悴が死にかけてゐますのぢやが、間に合せておくれかのう?」

四

野末の陽炎の中から、種蓮華を叩く音が聞えて来る。若者と娘は宿場の方へ急いで行つた。娘は若者の肩の荷物へ手をかけた。

「持たう。」

「何アに。」

「重たからうが。」

若者は黙つていかにも軽さうな容子を見せた。が、額から流れる汗は塩辛かつた。

「馬車はもう出たかしら。」と娘は呟いた。

若者は荷物の下から、眼を細めて太陽を眺めると、

「一寸暑うなつたな、まだぢやらう。」

「誰ぞもう追ひかけて来てゐるね。」

若者は黙つてゐた。

「お母が泣いてるわ。きつと」

「馬車屋はもう直ぐそこぢや。」

二人は黙つて了つた。牛の鳴き声がした。

「知れたらどうしやう。」と娘は云ふと一寸泣きさうな顔をした。

種蓮華を叩く音だけが、幽かに足音のやうに追つて来る。娘は後を向いて見て、それから若者の肩の荷物にまた手をかけた。

「私が持たう。もう肩が直つたえ。」

若者は矢張り黙つてどしどしと歩き続けた。が、突然、「知れたら又逃げるだけぢや。」と呟いた。

五

宿場の場庭へ、母親に手を曳かれた男の子が指を銜へて這入つて来た。

「お母ア、馬馬。」

「ああ、馬馬」男の子は母親から手を振り切ると、厩の方へ馳けて来た。そうして二間程離れた場庭の中から馬を見ながら、

「こりやツこりやツ。」と叫んで片足で地を打つた。

馬は首を擡げて耳を立てた、男の子は馬の真似をして首を上げたが、耳が動かなかつた。で、ただ矢鱈に馬の前で顔を顰めると、再び「こりやツ、こりやツ。」と叫んで地を打つた。

馬は槽の手蔓に口をひつ掛けながら、又その中へ顔を隠して馬草を食つた。

「お母ア、馬馬。」

「ああ、馬馬。」

六

「をつと、待てよ。これは悴の下駄を買ふのを忘れたぞ。あ奴は西瓜が好きぢや。西瓜を買ふと、俺もあ奴も好きぢやで両得ぢや。」

田舎紳士は宿場へ着いた。彼は四十三になる。四十三年貧困と戦ひ続けた効あつて、昨夜漸く春蚕の仲買で八百円を手に入れた。今彼の胸は未来の画策のために詰つてゐる。けれども、昨夜銭湯へ行つたとき、八百円の札束を鞄に入れて、洗ひ場まで持つて這入つて笑はれた記憶については忘れてゐた。

農婦は場庭の床几から立ち上ると、彼の傍へよつて来た。

「馬車はいつ出るのでござんしやうな。悴が死にかかつてゐますので、早よ街へ行かんと死に目に逢へまい思ひましてな。」

「そりやいかん」

「もう出るのでござんしよな、もう出るつて、さつき云はしやつたがの。」

「さアて、何してをるやらな」

若者と娘は場庭の中へは入つて来た。農婦はまた二人の傍へ近寄つた。

「馬車に乗りなさるのかな。馬車は出ませんぞな。」

「出ませんか?」と若者は訊き返へした。

「出ませんの?」と娘は云つた。

「もう二時間も待つてますのやが、出ませんぞな。街まで三時間かかりますやろ。もう何時になつてゐますかな。九時になつてますかな。街へ着くと正午になりますやろか。」

「そりや正午や。」と田舎紳士は横から云つた。農婦はくるりと彼の方をまた向いて、

「正午になりますかいな。それまでにや死にますやろな。正午になりますかいな。」

と云ふ中にまた泣き出した。が、直ぐ饅頭屋の店頭へ馳けて行つた。

「まだかのう。馬車はまだなかなか出ぬぢやろか?」

猫脊の馭者は将棋盤を枕にして仰向きになつたまゝ、簀《す》の子を洗つてゐる饅頭屋の主婦の方へ頭を向けた。

「饅頭はまだ蒸さらんかいのう?」

七

馬車は何時になつたら出るのであらう。宿場に集つた人々の汗は乾いた。併し、馬車は何時になつたら出るのであらう。これは誰も知らない。だが、もし知り得ることの出来るものがあつたとすれば、それは饅頭屋の竈の中で、漸く脹れ始めた饅頭であつた。何ぜかと云へば、此の宿場の猫脊の馭者は、まだその日、誰も手をつけない蒸し立ての饅頭に初手をつけると云ふことが、それほどの潔癖から長い月日の間、独身で暮らさねばならなかつたと云ふ彼のその日その日の、最高の慰めとなつてゐたのであつたから。

八

宿場の柱時計が十時を打つた。饅頭屋の竈は湯気を立てゝ鳴り出した。

ザク、ザク、ザク。猫脊の馭者は馬草を切つた。馬は猫脊の横で、水を充分飲み溜めた。ザク、ザク、ザク。

九

馬は馬車の車体に結ばれた。農婦は真先に車体の中へ乗り込むと街の方を見続けた。

「乗つとくれやア。」と猫脊は云つた。

五人の乗客は、傾く踏み段に気をつけて農婦の傍へ乗り始めた。

猫脊の馭者は、饅頭屋の簀の子の上で、綿のやうに脹らんでゐる饅頭を腹掛けの中へ押し込むと、馭者台の上にその脊を曲げた。喇叭が鳴つた。鞭が鳴つた。

眼の大きなかの一疋の蠅は馬の腰の余肉《あまじし》の匂ひの中から飛び立つた。さうして、車体の屋根の上にとまり直ると、今さきに、漸く蜘蛛の網からその生命をとり戻した身体を休めて、馬車と一緒に揺れていつた。

馬車は炎天の下を走り通した。さうして並木をぬけ、長く続いた小豆畑の横を通り、亜麻畑と桑畑の間を揺れつゝ、森の中へ割り込むと、緑色の森は、漸く溜つた馬の額の汗に映つて逆さまに揺らめいた。

十

馬車の中では、田舎紳士の饒舌が、早くも人々を五年以来の知己にした。しかし、男の子はひとり車体の柱を握つて、その生々とした眼で野の中を見続けた。

「お母ア、梨梨。」

「ああ、梨梨。」

馭者台では鞭が動き停つた。農婦は田舎紳士の帯の鎖に眼をつけた。

「もう幾時ですかいな。十二時は過ぎましたかいな。街へ着くと正午過ぎになりますやろな。」

馭者台では喇叭が鳴らなくなつた。さうして、腹掛けの饅頭を、今や尽く胃の腑の中へ落し込んで了つた馭者は、一層猫脊を張らせて居眠り出した。その居眠りは、馬車の上から、かの眼の大きな蠅が押し黙つた数段の梨畑を眺め、真夏の太陽の光りを受けて真赤に栄えた赤土の断崖を仰ぎ、突然に現れた激流を見下して、さうして、馬車が高い崖路の高程でかたかたときしみ出す音を聞いてもまだ続いた。併し、乗客の中で、その馭者の居眠りを知つてゐた者は、僅かにただ蠅一疋であるらしかつた。蠅は車体の屋根の上から、馭者の垂れ下つた半白の頭に飛び移り、それから、濡れた馬の脊中に留つて汗を舐めた。

馬車は崖の頂上へさしかかつた。馬は前方に現れた眼匿しの中の路に従つて柔順に曲り始めた。しかし、そのとき、彼は自分の胴と、車体の幅とを考へることが出来なかつた。一つの車輪が路から外れた。突然、馬は車体に引かれて突き立つた。瞬間、蠅は飛び上つた。と、車体と一緒に崖の下へ墜落して行く放埒な馬の腹が眼についた。さうして、人馬の悲鳴が高く一声発せられると、河原の上では、圧し重なつた人と馬と板片との塊りが、沈黙したまゝ動かなかつた。が、眼の大きな蠅は、今や完全に休まつたその羽根に力を籠めて、ただひとり、悠々と青空の中を飛んでいつた。

（一九二一年作）

（「文藝春秋」大正12年5月号）

会葬の名人

川端康成

一

私には少年の頃から自分の家も家庭もない。学校の休暇に郷国へ帰省した時は親戚に寄食する。多くの縁者の家から家へ渡り歩く。しかし休暇の大部分は私に最も近しい二軒の家で過すのが習はしである。その二軒は淀川の南と北で、河内の国の町と摂津の国の田舎村である。私は渡船で往来する。そのどちらへ行つても「お越しやす」でなくて「お帰へりやす」と迎へられる。

二

二十二歳の夏休み、三十日足らずの間に私は三度葬式に参列した。その度毎に亡父の絽の羽織袴なぞを着けて白足袋を履き数珠を持つた。

最初に河内の家の分家から葬式が出た。当主の実母が亡くなつたのだつた。孫が三十にもならうといふ高齢だつたし、長い患ひで手を尽した看護を受けたし、要するに心残りのない極楽往生と云つてよかつた。悄然とした当主の容子や孫娘達の薄赤らんだ瞼なぞを目のあたり眺めると、その人達の悲しみは私にも伝はつて来た。けれども直接に亡くなつた人を偲びその死を悼む心はなかつた。仏前に焼香しても棺の中の人の顔を私は知らないのである。そんな人がゐることも常々忘れてゐた。

出棺前に礼装の私は数珠と扇を持つて、摂津から来た従兄と連立つて弔問に行つた。若い私の一挙一動の方が従兄に較べて格段と落着き礼式に適つてゐた。楽々と役をつとめてゐた。従兄は少し驚いて私を眺め私の真似をした。本家にはいとこ達が五六人集つてゐて沈んだ顔を見せてゐる必要はなかつた。

一週間程して、摂津の従兄から河内の家の私へ電話があつた。姉が嫁入つてゐる家の分家に葬式があるが、あなたも行かなければならないと云ふのだつた。以前私の家の葬式にその家から来てくれたのださうである。私は摂津の従兄と一緒に伴を連れて汽車で行つた。その家へ弔問に行つても喪主の外はどれが家族だか見当もつかなかつた。誰が死んだのかも私は知らなかつた。従姉の家は会葬者の休憩所になつてゐたが、従姉の家の親戚は座敷が別だつた。その座敷では亡くなつた人の話をする者がなかつた。暑気と出棺の時間を気にしてゐた。時々、誰が死んだのだとか、行年何歳とかの問ひが出た。私は碁を打続けて出棺を待つてゐた。

再び河内の家へ摂津の従兄が勤先から電話をかけた。姉の嫁入先の極遠縁の葬式に代参をしてくれと云ふのである。葬式のある家も村名も墓の在場も従兄さへ知らなかつた。話の間に従兄は冗談を云つた。

「あんた、葬式の名人やさかい。……」

私はふと黙つた。私がどんな顔をしたか、電話だから従兄には分らない。私は家人に三度目の葬式に行つてくると云つた。葬式屋のやうだと、この家の従兄の若い妻君は苦笑してゐた。縫物をしてゐた従妹は私の顔を眺めてゐた。その晩は摂津の家へ泊り翌朝そこから出かけることにして私は淀川を渡つた。会葬の名人と笑交りに云つた従兄の言葉で私はふと自分を顧みた。私の境遇と過去がその言葉に聞耳を立てた。実に私は幼少の頃から数へ切れない程葬式に参列してゐた。摂津地方の葬式の習慣を体得してゐる。一つには肉親達の死に度々遭つたからである。また一つには煩はしく会葬し合ふ田舎村で家を代表して会葬したからである。浄土宗と真宗が最も多かつたが禅宗や日蓮宗の葬式も知つてゐる。記覚してゐるだけでも人間の臨終を五六度は見てゐる。末期の水の最初の一筆で死人の唇を潤ほしたのも三四度覚えてゐる。焼香順の第一番目や最後の所謂抑への焼香を勤めたこともある。御骨拾ひ御骨納めにも度々行つた。死後の七日七日の仏事の習慣にも詳しい。

その夏の三人の死人は皆生前その顔も知らなかつた。直接な悲しみは感じやうがなかつたが、墓場で焼香する時だけは雑念を払つて死者の冥福を静かに念じた。若い人の中には両手を垂れたまま頭を下げて焼香するのが少くないのを見てゐても、私は合掌する。そして多くの場合、死人と縁故の薄い会葬者達よりも私の心は敬虔であるやうに思はれる。さうあり得るのは葬式の情景に刺戟されて私に親しい亡き人々の存命中や臨終や葬式の日を思ひ出すからである。また反対に思ひ出すことによつて私の心は自然に静かになる。そして生前私に縁遠い人の葬式であればあるだけ、私は自分の記憶と連立つて墓場に行き、記憶に対つて合掌しながら焼香するやうな気持になる。だから少年の私が見も知らぬ人の葬式にその場に適はしい表情をしてゐたにしても偽りでなく、身に負ふてゐる寂しさの機を得ての表れである。

二

私は父母の葬式に就ては何の記憶も持つてゐない。存命中のことも少しも覚えてゐない。父母を忘れるな、思ひ出せと人々が私に云ふ。思ひ出すにも思ひ出しやうがない。写真を見ると、絵姿でもなし生きた人間でもなしその中間のもの、肉親でもなし他人でもなしその中間のもの、といふ気がして、変な圧迫を感じ写真と私が顔を見合つてゐるのがお互恥しい。人から父母の話をされてもどういふ心持で聞いてゐればいいのかに迷つて早く切上げて欲しいとばかり思ふ。命日や行年を教へられても電車の番号と同じく直ぐ忘れる。父の葬式の日に仏前で鉦を叩くな、燈明を消せ、かはらけの油を庭に流してしまへと私が泣きむづかつたと伯母から聞いた。この話だけは不思議に私の心を打つた。祖父も江戸に来たが、父は東京の医学校を卒業した。その校長の銅像が湯島天神にある。私が東京に来た初めての日にその銅像の前に案内された時は非常に妙な気がした。矢張り銅像が半ば生物のやうに感じられて眺めるのが耻しかつた。

祖母の葬式は私が小学校に入学した年であつた。祖父と二人で虚弱な私を育ててゐた祖母は孫を学校に入れたといふ軽い気の弛みで死んだのだ。葬式の日は豪雨で私は家の出入りの男に負はれて墓へ行つた。白衣を着た十一二の姉が矢張り男に負はれて私の前に赤土の山道を登つて行つた。祖母の死によつて初めて私は自分の家の仏壇に対して生きた感情を持つやうになつた。閉め切つた仏間の襖を祖父の見てゐない時を選んでは外から極細目に開けては閉めまた開けては倦むことを知らずに燈明の明るい仏壇を偸視して時を過した。しかし襖を開き切つて仏壇に近づくことは厭がつたのを覚えてゐる。平地からは日光が退いて山や峠の頂だけを染めてゐる静かな明るい西日の色を仰ぐと、何故か私はいつも八歳の時の仏壇の燈明の色を聯想する。仏間の白い襖に尋常一年らしい片仮名で祖母の長つたらしい戒名を楽書きしたのが、家を売る頃までそのまま残つてゐた。

男の背の姉の姿は唯白い喪服だけしか後年思ひ浮べられなかつた。その白衣に頭と手足をつけやうと瞑目して努めると赤土道と雨が次第にはつきりして来るだけで、思ひ通りにならないので焦立たしくなる。負ふてゐた男の後姿も浮んで来ない。そしてこの宙に浮んだふわりと白いもの、これが姉に関する私の記憶の総てである。姉は私が四五歳の頃から親戚の家に育てられそこで私が十一二の年に死んだ。父母の味と同じく姉の味を知らない。祖父は姉の死を悲しめ、悲しめと私に強要した。私は自分の心の中を捜してみたが、どの感情を何物に託して悲しみを感じたらいいかに迷つた。唯老弱な祖父の哀傷極まつた姿が私の心を刺し貫いた。私の感情は祖父に走り寄りそこに止まつたままで祖父を越えて更に姉の方へ行かうとはしなかつた。

祖父は易学に通じ占断の術に長じてゐた。目を患つて晩年は盲目に近かつた。姉危篤と聞き静かに筮竹を数へて孫の命を占つた。視力の衰へた老人を手伝つて算木を並べてやりながら、だんだん暗くなる老顔を私はぢつと見てゐた。姉の死の報せを祖父に告げるに忍びないで手紙を二三時隠してゐてから決心して読んで聞かせた。普通の漢字はその頃私に読めた。草書で分らない字は祖父の手をとつてその掌に私の指で幾度も書いてみて読む習はしだつた。その手紙を読む時に握つた祖父の手から受けた感触を思ふと今でも私の左の掌は冷々えとする。昭憲皇太后の御大葬の夜に祖父が死んだ。私の十七歳の夏である。祖父は息を引取る前に痰が気管につまつて胸を掻きむしるやうにして苦しんだ。仏様のやうな方だのに往生際にどうしてかうお苦しみになるのかと、枕辺にゐた一人の老婆が云つた。その苦しみを正視してゐられないので私は一時間足らず別室に逃げてゐた。唯一人の肉親の私がさうしたのは薄情だと、ある従姉が一年程後に私を責めた。私は黙つてゐた。さう見られるのは尤もだと思つた。何事によらず我身を弁解することを少年時代の私は甚だ好まなかつた。また老婆のあの言葉が私を手痛く傷けてゐたので死の近づいた枕辺を外した理由を一言でも説明するのは祖父の恥と云ふより自分の恥を洗ひざらすことだと思へた。そして従姉の言葉を受けて沈黙してゐた私に寄辺ない寂しさが急に自分の内へ内へと落ち込んで来た。唯一人だといふ感じである。葬式の日多くの来葬者から弔問を受けてゐる最中に突然鼻血が鼻孔を流れ下つて来るのを感じた。はつと帯の端で鼻を抑へて庭に裸足のまま飛出し敷石の上を走つた。人目の届かない木蔭の高さ三尺くらゐの大きい庭石の上に仰臥して出血の止まるのを待つた。樫の老樹の葉の隙間から眩しい日光がこぼれ青空の細かいかけらが仰げた。鼻血が出たのは生れて初めてと云つてよかつた。この鼻血が祖父の死から受けた私の心の痛みを私に教へた。家の混雑と唯一の家人である私がせねばならぬ人々との応対と葬式万端の用事に紛れて物思ひの寸暇がなかつたので、祖父の死そのものや我身の今後を落着いて考へなかつた。自分は弱つてゐると思つてゐなかつた。鼻血が私の気を挫いた。殆無意識で飛出したのは自分の弱い姿を見せたくなかつたからだ。喪主の私が出棺近くにこの態では皆にすまないし一騒ぎになると思つたからだ。庭石の上は祖父の死後三日目に初めて持つた自身の静かな時間であつた。その時唯一人になつたといふ寄辺なさがぼんやり心に湧いた、翌朝親戚や村の人六七人と御骨拾ひに行つた。山の焼場には覆ひがない。灰を掘返すと下は一面火が残つてゐた。火気を受けて暫く骨を拾つてゐると、再び鼻血が出て来た。竹火箸を投出して何か一言二言云ふと帯を解いた尖で鼻を抑へいきなり山へ一散に駈け登つた。頂上まで走つた、前日と違つてどうしても血が止まらなかつた。帯の長さの半ば以上と手が血だらけになり草の葉にぽとぽと落ちた。静かに仰臥すると麓に池が見下せた。水面に躍つてゐる朝日が遥かな私に照り返つて眩暈を催させるのであるやうな気がした。眼に衰へを感じた。三十分程して遠くに声を合せて幾度も私を呼ぶのを聞いた。黒だからいいもののひどく血で濡れてゐる帯を気にしながら焼場に戻つた。人々の眼は斉しく私を咎めてゐた。御骨が見つかつたから私に拾へと云ふのだ。私はしらじらと寂しい心で小さい骨を拾つた。湿りが乾いて硬くなつた帯をその後身に巻いてゐた。二度の鼻血は誰にも知られずにすんだ。その後も決して人に云はない。肉親達のことを私から口を切つて人に語つたことも、人にたづねたことも今日までに一度もない。(こゝに書くのが初めてだ。小説は唯独り自ら密かに思ふ思ひである。)

私の育つたのは都会に遠い田舎だから、祖父の葬式には少し誇張すると全村五十軒が私を哀れんで泣いてくれた。葬列が村の中を行く時辻々に村人が立つてゐて棺の直ぐ前に進んだ私が前を通ると女達が声をあげて泣き可哀さうに可哀さうにと云ふのがよく聞えた。私は唯耻しくて硬くなつた。一つの辻を私が過ぎるとその辻の女達が抜道を先廻りして次の辻でまた同じ泣声を繰返した。幼少の頃から周囲の人々の同情が無理にも私を哀れなものに仕立てようとした。私の心の半ばは人々の心の恵みを素直に受け、半ばは傲然と反撥した。

祖父の葬式以後も祖父の妹の葬式伯父の葬式恩師の葬式その他親しい人々の葬式は私を悲しませた。そして父の遺した礼装は従兄の婚礼に一度慶びの日に私を飾つただけで数へ切れない程の葬式の日に私を墓場に運んだ。遂に私を会葬の名人たらしめた。

三

その夏休みの三度目の葬式は従姉の家から十二三丁離れて隣村にあつた。私は従姉の家へ遊びに行つたやうなものだつた。一晩泊つた。帰り際の私に従姉の家人が笑ひながら云つた。

「ひよつとしたら、もう一ぺん来てもらはんならんかもしれまへん。この夏はとてもよう越さんやろ云ふ肺病の娘さんが、一人おまつさかい。」

「名人が来んと葬式が出せまへんかな。」

私は羽織と袴を風呂敷に包んで摂津の従兄の家へ帰つた。庭に従妹がゐた。上機嫌に笑つてゐた。

「葬式屋アん、お帰りやす。」

「阿呆云ふてんと、塩もろて来とくなアれ。」

と私は門口につつ立つて云つた。

「塩。なにしなアんの。」

「身を浄めるのや。そやないと内へ這入れまへんがな。」

「やらしいこと。神経病みやな。」

従妹は塩を一握りして来て私に仰々しく振りかけると、「こいでよろしよまつか。」と云つた。

私の脱いだ少し汗ばんでゐる着物を従妹は日向の椽に干さうとしてゐた。一寸その臭ひを嗅ぐ風をし眉をひそめて見せながら、その時思ひ浮んだ冗談を嬉しさうに云つた。

「いややな。兄さんの着物、お墓臭アい。」

「あたげん（縁喜）の悪い。墓の臭ひなんて知りませんと。」

従妹はまだ笑つてゐた。

「知つてまつせ。髪の毛の焼けるみたいな臭ひだつせ。」

（「文藝春秋」大正12年5月号）

無限抱擁

瀧井孝作

一

根津にある松子の母親の寓居で、元日の昼過ぎ信一が其処の隣りやお向ふ等への年礼を済ました。信一は暮に松子と結婚し両人は一緒に根津の母の家に居て年を越した。松子は暮に感冒の熱を発し未だ気分がすぐれず簡単に曲げた髪で茶の間に坐つてゐた。

母親のてつは御慶に自家の聟を遣りたがつて居たから、それで今戻つたかれに「有難う」と言つた。

松子が尋で頻笑《つい》んだ。

「其麽《そんな》に起きて居ても善いの?」

左う言うて信一は火鉢の側にゆき、松子の体を案じて掌を額に当てると、松子が額を其方へ傾けて「熱はないのネ」と言ふた。

「気分が悪いのを我慢してをるのぢや無い?」

「いいえ」

それから信一が年始に出た羽織と袴とをぬいですぐ母親に渡した。彼の坐は蒲団が直された。

「お茶をあがりますか」と尋ね、頷いたので松子が急須へ口挿《くちざし》をした。上があけられた茶棚に西洋菓子がきのふの紙函の儘であつた。

「阿母さんは牛乳《ちち》の入つた御菓子を好かないのですよ」と、母親が煙草をつけてから若い者の方へ顔を向けた。

「でも、おいしいわ」娘が間でいふた。昨日銀座へ出て、米津の風月のを土産にと考へたが、結局其を自分がたべる事になつた。左う思うて信一は濃く出たお茶を飲んだ。

三人は左様な談話でしばらく茶の間に居つた。茶の間から玄関の二畳をとほして表ての窓の外には、軒に五寸余りの日和空が覗いてそこに下がつた旗《ふらふ》の布があり、裏通りとは云ひながら正月の騒音が聞えるのであつた。

而して少時黙つて居つた松子が又話しかけた。

「羽根をつきたいわネ。阿母さん」

「風に吹かれるよ。頭髪《あたま》も其風《そのなり》では」

「束髪にしますわ」

母は病気を思つて黙つた。が、

「羽子板は揃へてあるけれど?」

「ねえ、よう御座んすわネ」と松子が笑窪が深んで、今度は信一へ尋ねた。

母親が揃へて居るといふ羽子板は大小三色箱が添うて玄関の間《ま》に取出して有つた。中で大振な弁天小僧のおし絵の似顔は顔が焼けない為の薄葉《うすえう》を被《か》ぶつて居た。それ等の品物は松子が過去の身の上を信一の頭にやや追憶さした。が今、花やかな品の内にあるのを悪う思ふ事はなかつた。

「ね、もう元気なのよ」

松子が又意を促した。

「からだに障らぬのならば」

「さうを。——阿母さん、頭を解かしてネ」と、娘が甘へる口気の儘直ぐ座蒲団の上の体を浮かした。

母のてつも徐ら起つて、通りへ沿う窓下に置いてある鏡台の前へ軈て母子が寄つた。

信一は尚茶の間に居た。が、湯島へ出かける由を言つて無造作に起つた。湯島の下宿へ来る郵便を見る筈で、掛つた中折帽をとり玄関へ来ると、松子が鏡の裏の顔で頷いた。左うしてかれは土間へ下りた。

一時間余り後、この根津の寓居へ信一は戻つた。

寓居で松子の母親は、松子のこれまでの毀れ物の様な不安定な暮しの身を、その結婚に由つて直したかつた。で、それには仲人を間に入れて式をなし、又良い婿として信一を迎へるのであつた。信一は好きで松子と結婚した左ういふ待遇を或ひは煩はしく覚えた。

また茶の間に入り、信一は湯島の方へ言うて越した、大阪の叔父が三ケ日をすまし松の内に東京へ来る由を告げた。

「暮の時は多用で脱《ぬけ》られなかつたが、つて。四日の朝くる塩梅なの」

松子は聴いて、母親へ

「御親類の方が、御座《おいで》下さるのですわ」と詞を添へた。

「叔母も一緒のやうな手紙でした」とかれが言つた。

こんどの結婚の事を、信一がやや独断でやつた故、田舎の父は後で愚図々々言ふた。叔父の出京は、其の善悪を確かめるのと、又嫁の実家へ義理をつくすのと、二つの意味があつた。

かれの頭は、親の手数《てかず》なしに事を運んで、女房を貰つた事を自身詮性《かひしやう》がある故ととつた。で、父の不本意を聞いて、親仁が我儘をいふと思つた。又叔父の遣つてくるのは、其厚意を感ずると一緒に、叔父には其勤めをさせて置く、——といふ頭があつた。

松子の母親は、竹内の親類の者が出てくる事を尤もな事と思つた。松子はかれの面を見乍ら

「叔父さんと叔母さんと御座《おいで》になれば、茲は手狭でしよ。湯島の方に泊つて頂くのですわネ」と言つた。

信一は頷いた。丁度下宿の隣室が空いてゐた。

「私達も往つて居なければなりませんわネえ」

「さう」これから手頃な家があるまで夫婦は下宿住居なのであつた。

母親のてつは起つて電燈をネヂた。

「其《それ》までに感冒《かぜ》がぬけないとね」と娘に言うて、お勝手へ支度にと出た。

松子は薄く身仕舞をして居た。「でも先刻《さつき》表へも往かなかつたわ、ネえ」と、かれの方へ長火鉢を間にして頬笑んだ。

其翌日、松子は気分が悪くて得う起きなかつた。午後も肩蒲団を頸筋に巻付けて寝て居た。信一はまた頭に触はると熱があつた。様子のはつきりしないのは何者かが呪うて居る故かと憶ふた。前の複雑な境涯に居た松子と、この新婚の際に有る障礙とを想ひ到ると、信一は呪うて居る者を見る様に思へた。松子に科《とが》はないが、以前の境涯の不純な事がしきりに頭に泌むだ。前には茯田が居た。又その前にはもつと誰かが居たのだ……。しかし其《それ》を松子の科《とが》とは思へなかつた。松子は已《すで》にかれの身近《みぢ》かに居た。

其日母親のてつは松子の寝てゐるのを見て、何時も果々《はかばか》しくない娘を聟の前で気が退けた。また之ではやがて来る聟の方の身内へも立派な健康《ぢやうぶ》な嫁としては出せないと思へた。左様な心を裏切る松子の容態で、母親の頭は沈んだ。そうしててつは癇が起つてくる毎にある、煙草の吹《すゐ》がらをやけにはたく癖で、長火鉢の根に坐つて口を噤んで居た。この羅宇の音は松子に分つた。

松子の病気はこの十日程、或時は一日措いて熱が発《で》た。歯の根がガチあふくらゐ顫へる悪寒に次でひどい上気《のぼせ》がくる。町医者は風邪だといふた、其薬餌でも効目が出ないのであつた。が、信一は病源を気労れだと思うて居た。過去の事がある根津の陰気な、この寓居を脱《の》がれ、長閑《のどか》の場所を想つた。

「病院へ往《い》かうか」左う信一は口を開いて、左《と》も右《かく》寓居を離れる気で居た。

「病院なんて、さう手軽に行《ゆ》かないよ」と、母親はやや憤《おこ》つた。かれが露骨に年寄を余計者と考へた。其が母親に分るのだ、——と信一は思つた。

少時黙つた。母親は引目《ひけめ》な眸を俯《うつむ》けた。枕の上に頭を著けてゐた、松子は

「もうすぐ直りますわ。阿母さん」と言つた。

「お前さんの塩梅、はつきりしないか、ネえ」

「翌日《あす》は屹度直るわ。阿母さん」

娘は左うして、平常の声音でまた続けた。

「あさつて、もうお客さんでしよ」

それを聞いて、信一は其座の重たい頭から、平気になるのを覚えた。母親は全く松子へ頭を傾けた。それから松子は湯島で暮す事に就て、翌日《あす》の晩湯島へ移る事、持物は手周りの物だけ等、具体的に母と話して居つた。

「鏡台、孰《どち》らにしませう?」松子は彼の面をみて尋ねた。

「小さい方も鏡は上等です、横須賀に居た時分からので」と母が間でいつた。

「左うね、姿見は持つのに厄介だが?」信一は一寸迷つた。

其様な事柄があつて其翌くる三日、——松子は起き出た。而

してその夕暮れ人力車で、夜具一組、著更入《きがへいり》の平たい葛籠《つづら》、姿見、等を湯島へ運んだ。松子は信一と伴共《ともども》、夜の十時過ぎ根津の母の寓居を出て、電車で上野へ来た。電車の内《なか》は正月《はる》の夜らしい酔漢《ゑひどれ》が居たが、街はしづかであつた。表てを閉《しま》ひかけた小間物屋で、丸髷に入るので松子は赤い手柄を幾筋か並べては迷つたが、しまひに信一に選ばせて買つた。松子はかれの外套にすり寄つて信一の内懐《うちふところ》で、手を把られながら歩いて居たが、も少ししたらと云うて、水色の手柄を掛けたい様な意を洩した。松子はとつて二十五の齢で無理ではないが、其趣味《このみ》をかれは黒《くろ》人《うと》じみてゐると思つた。事理《わきまへ》はなくても良いが無垢《むく》な暮しを信一は望んだ。で、彼は其には頭《かぶり》を振つて、襟巻に埋めた松子の頤を覗いた。道の上で一寸留つた松子は素直に彼の愛撫を脣で応《うけ》た。左うして二人は湯島天神の坂を昇つた。

朝日で、東向の木綿の窓掛が赤く染んでをる時、夫婦は其寐床を離れた。直ぐ松子は夜前《やぜん》の赤い手柄、髷形、など頭の物を携へて、結《ゆ》ひ付《つけ》の根津の髪結へ往つた。今朝八時に東京駅へ著く、叔父から電報があつたので。

信一が駅の降車口から叔父を本郷へ案内して来た時、松子は未だ戻らず髪が手間どるかと思はれた。

下宿の信一の居間は、四畳半二た間が湯島の崖の中腹に造られた離座敷で、東は硝子窓、南は欄干《てすり》付の縁側、其で見晴しが十分能《で》きた。叔父は暖い日のさし込むこの室が気に入つて、直ぐ赤革の鞄の蓋を開けた。かれの婚儀や新世帯への祝ひの物嫁さんの実家《さと》へと云うて松屋町の福島屋の煉羊羹、など孰れも水引をかけた物を拡げた。叔母は差支が出来て来れない代りに、直ぐ松子へあてて書いた手紙を品物の間へ挟んで置いて居た。

やがて松子が入つて来た。叔父は坐作《ゐずまい》を直してから、そのお辞儀をうけて、松子の気品のある沈著な有様に目をつけた。たつぷりな頭の髪、玳瑁《べつかふ》の櫛と笄、濃い眉毛と美しい目もと、下《しも》豊《ぶくれ》で厚く紅い唇、（信一ははじめて松子を見た時、曾て大阪への初旅で逢つた、この叔父の先妻にできた娘の子の俤《おもかげ》に松子《このひと》の下豊を顔立が似通うてゐると憶つた事があつた……）其は可愛くて、叔父は破顔《にっこり》してながめた。この嫁は叔父の心に叶つた。

それから実家《さと》へ顔出《かほだし》すると言ふ叔父同道で、信一夫婦は出かける事になつた。根津まで歩くので、見物がてら帝国大学の構内を抜ける道をとつた。叔父は五十台の大阪の商人で、大学の景色は信一が案内するので興味を惹く様であつた。松子は青い手套の手で風呂敷包を前に保つて静かに従《つ》いて来た。信一は外出には毎《いつ》も銀のふちのやけた近眼鏡を掛けた。道の片側で煉瓦を敷き詰めた其上を歩き桜の透いた梢を仰いだ。葉が茂つてこの桜の木には桜の実が成つてゐた頃、樹下《きのした》を松子と伴《とも》に往来した事がある。その時分女の境遇は未だ宜いとはゆかなかつたが、お互の心持は漸《やゝ》不安がとれかけて居た……。かれの頭を其様な追憶が掠めた。弥生町の坂の上では、穏やかな午後で、上野の山と根津の屋根々々とが澄んだ、其裾に根津の町が見えた。松子は、もう来たわネ、といふ顔付をした。叔父は中折帽を冠り直し実に満足気な面持で、下つてゆく道に歩を運んで居た。

左右の軒並は正月飾りの竹の葉で横町が籔の様に埋つた、其ずつと奥へゆき二階建長屋の一軒が左うで、森本寓と実家《さと》の名札が読まれた。叔父は一寸佇んで居て、土間では、後《うしろ》むきで表付の下駄を脱ぎ揃へて昇つた。

松子が来訪を告げ、小さい丸髷《まげ》の母親は、真面目な堅い表情で出迎へた。直ぐ
「座《いら》つしやいませ」と招じた。

叔父は、始ての挨拶をのべた。而して続けて、

「この度は又……」と頭を屈めた。

母親のてつは漸《やゝ》作つた声で其応答をした。が、感情は亢《たかぶ》る塩梅であつた。

「善く能《で》きた女《ひと》の様で、叔父《てまへ》としても実《こと》に喜悦《よろこび》で御座います」

「教育もない、ゆき届かぬ者で。――娘は稚《ちいさ》い時、父に亡《なく》なられ、言葉では言へませぬ苦労を致しましたが……」

其様な会話が有つた。松子は其間にお勝手へ起つて、其支度に掛つた。茶の間の母親は松子を顧みて、

「お支度宜しければ、むさ苦しい処ですけれど玆へ出しましよ、ネ」と左う伝へた。

軈て、辺りの仕出料理屋の物が二人前と、正月の蓋物などで食卓の上は揃つた。母親は電気が来なくて暗いと断つて、叔父と信一とに猪口を出した。叔父は酒は好物で、猪口を乾して、関西人故灘や伊丹の本場の事を話の材料とした。松子は側の信一に
「おてうしと猪口、下宿《あちら》へ置いて、叔父様《さま》が召上りますわネ」

と言つた。

「御事《おこと》多い間《なか》で、ごゆつくりはなりますまいが？」と、母親が叔父に其滞在の事を尋ねた。母親はお礼返しをする心組があつた。

「三日間の積りで出まして」叔父は無造作に答へた。

「では、あんまり、せはしなう厶《ござ》いますわ、叔父様」

松子があどけない顔で、直ぐ引留めた。母親は一日延ばす様進めた。叔父は頷いた。

信一の顔は僅かの酒で直ぐ赤く染つてゐた。食後の脊を小窓の障子のあるその壁際に寄せて、横坐りで居た。松子と母親とは茶の間の片隅に食卓をひいて、食事をした。

その夜寓居を出てから、叔父は往来で、肩を並べた信一に
「森本の暮しは？」と尋ねた。

信一は直ぐ
「今は、素人下宿をして、お国の学生を世話してゐる様なの」

と答へた。而して松子の事も
「初婚ではないのです」左う続いていうて置いた。

叔父は頷いた。年齢から其が自然に聞做された。少時お互に黙つた。信一は其余は口を噤んだ。叔父も訊《き》かなかつた。

松子は二人の後《うしろ》に従つた。

湯島へ帰つて、草臥がある叔父の為に次の四畳半へ直ぐ床を

展べた。

　松子は其隣りの居間で、叔母様から始て頂いた手紙を開いて、信一に渡した。常《いつも》の叔母の習つてない筆附で、言ふ事を飾らず直《ぢ》かに述べた、文面は面白く且有難かつた。

「信一は気の取りにくい処もあるでせうがそれをお前さん心の安まる様とりなし、又内の事は女房の役目故――こんな事書いてあるよ」

「左うを」松子は其をみて頬笑んだ。

　それから寝しな、信一は此間中《こないだうち》、松子の病気の事を憶つた。

「けふ、熱は無かつたなア」

「いい塩梅、ネえ」

　左う言うて、寝《しん》に著いた。

　朝、叔父の御膳には沢の鶴の瓶詰が上つた。叔父は其を楽みにした。而して常《いつも》は福娘といふの味に慣れてゐると言ふので、松子は辺《あた》りの酒屋の其を探す事にした。

　昼過ぎに信一は、叔父を丸の内、日比谷、銀座界隈へ案内した。松子は一寸阿母さんの処までゆくと言ふたので、離れてお互に気遣はれるのだと思つて、信一は松子を残して来た。

　日の暮れ見物を済まして下宿へ戻ると、松子は廊下まで出迎へた。居間には福娘の大きい瓶が出窓の厚い台に載つてゐた。

　翌日、信一は社へ出勤する事があつて、松子がお客様の案内役をした。其晩根津の母親が来た。松子は朝から叔父同道で浅草観音、上野、三越白木屋などを見物した、其の日の出来事を細々《こまぐ》と母親に聞かせた。松子は左うして
「けふ叔父様に買つて頂いたの」と、女物の下駄が揃つてゐる紙函を出した。其は夕方信一には「わたしの履物の古びたの、叔父様お気附になつたのネ」と言添へて笑つた品である。

　母親は其をみて「左うですか」と慎ましく言つた。而して母親は暫らく居て、叔父の方へ更に
「どうか宜しく」と頼み、あすの朝東京駅へは得う見送れぬと断つて、土産物の海苔を置いて帰つた。

　叔父は元気で、尚信一夫婦が相手で話した。

「土産物の海苔も二百枚あるで」と叔父は、信一が十帖、根津から十帖の其を左う言ふのであつた。又、味《うま》い浅漬の大根を持帰りたいと言ふので、信一が漬物屋で其を小さい樽詰に荷造りさせた。

　其夜叔父は左ういふ土産物の費用と逗留の宿料と、また朝は自働車で東京駅へ行くと言ふて其車代まで、信一に渡して、

「之で、用事はすんだ」と、叔父は満足相な面持をした。

　翌朝、叔父は東京駅の建物の内部を隈なく見物した。叔父は商用で各地に旅行するので駅の構へなどに興味があつた。而して八時半の特別急行の車室に入つて、自分の座席に落着いた。

信一は窓へ
「浅漬は涼しい処に置くやう、ボーイに預けなさい」と気をつけた。

　松子は、窓が動いて叔父が隔る、其方をみつめ、取残されて

尚佇んでゐた。が、一寸頭を下げて、その儘信一に寄添うて来た。

夫婦はそれから、呉服橋、駿河町、白銀町と通りを歩いて、荷車の繁しい撒水の多い道を、松子は草履で悩み宛ら、押して須田町まで来た。東京駅の事を終へて直ぐ根津へ向ふ筈のを此朝二人は左様な道草を欲した。須田町で体が疲れて電車の中へ入つた。

根津へ来て、信一は寓居の茶の間に坐つて頭は軽かつた。軒々は飾りの竹がとれて道端に其焚残りの灰が散つて居た。左様な七草の朝の片付いてをる事につけても頭が軽かつた。

松子は叔父が来て以来《このかた》元気で、熱はなく病は抜けたと思はれた。

左ういふ松子は其から後、壮健《すこやか》になつた。

二

六畳間の松子は、一度階下の流元へ降りて、晩飯が済んだ皿小鉢を水につけて置いて、昇つて来た。左うして彼女は軈て一隅に坐り、翌朝の浸物《おひたし》にする蔬菜の下拵へをして居るのであつた。

二枚の唐紙を開けて、信一は置火燵がある奥の間に居た。信一は、松子の動作をみてゐて、自分は貧乏だが斯様な直かな心持で夫婦が暮して居る、其が何よりだと思へた。……はじめ下宿へ松子が来て四五日も過ぎぬに、信一は其迄の居間の勝手を見失ひ、かはつて松子が物のありかなどを心得て居た。信一は其様な松子の遣方を惟頬笑んでゐた。すると松子は、内の事は女房の役目故、と叔母様のお手紙にありましたワ！　と事を左う言うて、羞ぢて笑窪を深めた。信一は内外共に彼女が入つて来る事を平気で居れたし、松子は安心して深入するのであつた。松子は以前あすこにゐた頃扱帯の一部分瘤を作り御守なる物を持つてゐた。信一と一緒になつて間もなく、下宿で、松子は其扱帯をこき垂れ、瘤を端へおくる事をした。松子は出た御守札を見てゐたが急に何かを引破くのであつた。傍の信一が其狼狽の故を尋ねると、彼女は次第に参り、泣顔でその手をさし伸べて、気を悪くしないでね、茲にある事存じませんでしたわ、知らなかつたのですもの、と言ふた。其は荻田の小肖で、その人を信一は初めて見るのであつた。信一はその肖像をみて却つて松子にむいて自信が出た。自身の結婚を自然に思へた。御免なさい、ごめんなさい、低く松子は言ふた。信一は頷いて、頭も平らかであつた。其以後松子はほかの扱帯を締めるのであつた。一月の末、信一は職業口のことで関西へ向け、夕方汽車の座席を占めて、東京を起つた。曇つた硝子窓をみて運ばれながら、彼の頭は逆に引返したくなつた。結婚後始て離れる夜で、松子と相隔る事を厭がるのだ。感情の鈍《ほ》の斯様な頭は思ひ掛なかつた。予期にない故、信一は弱つた。松子の側を離れ難い其心持を下り列車は拘《かま》はずに動いた。斯様な目をみるのなら来るのぢやないと思へた。信一は途中下車にて戻らうと考へて、闇の窓辺で何遍か起き上つた。段々隔たるに連れ頭は変つた。頭は移つたが、かやうな感情の鋩を見て、信一は更に妻との間柄が深く分るのであつた。大阪の叔父の家に寄り、泊らずに真直ぐに帰京すると、松子は朝の灯が点つた電車で駅まで迎へに来た。妾、発句を作りましたワ、お待して居りました間に、と居間で其を見せた。るす中や今日もこたつのいらぬ日。たばこつけ君にあげてる心かな、しやしんとならび二人にたいようてらしてる。左様な塩梅の数句を松子は書留て居た。その頃信一は職業の口に迷つて社会的には不本意で居た。其堪らない孤独から松子が傍に居ると、お前だけだ！ と云ふ頭になる事があつた。信一は口言はずに其で惟妻を抱〆めるのであつた。打込んだ斯様な気持は松子に通ずると思はれた……。

奥の間の信一は、松子が菠薐《はうれん》艸の紅い部分を揃へる、其麼ものをみてゐた。松子は面をあげ

「何、見てゐらつしやるの」と、顔を見合せた。信一の眼は直ぐ、お前さんを、と云ふ答へをした。

「大阪へ、又写真をお送り致しましよ、ねえ」

松子が神妙に言出した。信一はも一遍夫婦で撮るのは気乗せず億劫なので、斯う言ふた。

「現物の方尚よいから撮直して、と云ふ叔父の手紙だが、あんな言分は半ば常談だよ。其通りにすると笑ひ草だよ」

「でも、悪ふムんすわ」

松子の詞《こと》には、手紙を真直ぐに受入た丈の力がこもつてゐた。

信一は其には終に同感した。

「ぢや、単りで写した束髪のがある、其を焼増にして、遣りなさいよ」

松子は「左う致しましよ」と、頷いた。

「比間のはあなたの方本当によく撮れて居りますワ。お国のお父さんからは御便りありまして？」

「昨日こんなのが来てゐる。写真の返事は未だだが」

左うして渡した、端書の文句を松子は読んだ。ひがんになつた東京はさだめてあつたかい事と思ふ、高山は山に雪があるで寒い、家内皆無事である親類も皆無事である、白山神社例祭は本年五月五日と定まつたけれど又十五日に定まつた都合上十五日頃に帰高してはどうだ、廿日より新聞がこないから誠にさびしくてたまらない何卒〳〵新聞早く到著する様にしてください、新聞社へ何か原稿の一つも月に出す様に致し是非〳〵大至急送附して下さい此ハガキ着次第返事待居り候草々

「お前さんの事書いてないが、大阪の叔父が言うて遣つて、納得したのだ。氏神の祭に来いとあるのは、嫁への愛想だよ」

「左うを。この新聞の事？」

「社を止めたので、社で送るのを中止したのだ。其を読んで、僕は堪《こた》へたが」

「左うを。家で取つて居る分を、毎日封じてお送り致しましよ、ねえ」

「手数だが、其なら親仁はよろこぶ」

「妾が致しますワ、ねえ」
「ぢやあ、其様に新聞の事返事を出すよ」
松子は頷いた。其で信一は、父へ端書を書いた。松子は階下へ降りた。階下で晩の中に湯がく菜の香ひと、燃ゆるガス混炉の音が聞えてゐた。
四五日過ぎた。大阪の叔母の端書が届いた。松子さんほんたうのお顔はしらぬけれど今日の写真はまことによく写つて居ります。先日のもわるい事はありませぬ、海苔の金を送ります。
この朝かやうな塩梅のを読んで松子は
「海苔をお送りしたのは、差上げた心算《つもり》なのですか？」と信一に尋ねた。
「僕が金がないからさ」答へは無造作で、素直に出た。松子は軽く
「びんぼう御自慢、ねえ」とにつこりして、あとへかう続けた。
「妾は、一番お菜《かず》に苦労ですワ、幾品もあると嬉し相になさる」
左う云ふ松子は苦労相な顔はしなかつた。割烹の部分の新聞切抜を丹念に貼附てゐながら其献立を一遍も用立てない。信一は遅い朝餉のあとの満腹故、其麽ことに頭は働かなかつた。
それから毎日の事で、松子が起つて衣紋棹の物を外づし、信一は縕袍を重ねてゐた湯帷子を脱ぎすてた。
「社はひまなんだから、ゆかないでおかうか」
其は、勤めより細君と遊んでゐる方が楽み故、理屈は簡単であつた。松子は佇んで顔をみてゐたが
「左うを」と、彼に惹かれて笑窪を深めた。すぐ又夫婦は腰を落付けて、特に珍らしい処もない顔を見合せて、時を過すのであつた。
左うして昼近く漸と松子は六帖間で己れの仕事を拡げる時分、信一が奥の居間から表二階へ出て窓の外なる長閑な花をながめ渡し、窓敷居に尻をすゑた。やがて
「おい、袴を出して」と言ふ。云はれて細君は面をあげ其に頷いた。
而して松子は中折れ帽をとつてすぐ良人の背《うしろ》から梯子段を降りた。玄関で
「すぐ帰る」と言葉を残した、其まうしろむきの姿を松子が眺めた。
午後、戻つた信一が梯子段を昇ると、松子が独り笑ひをみたやうな顔で
「お早うムいましたわ」と左う云ふて迎へた。が未だ独り笑ひの顔面であつた。而して松子の話す処に依ると、さきほど、起つて押入の唐紙を開けると唐突に内側の何かがドシンと乗掛つて来、彼女ははねのく機みに居間の真中へ真仰向になつた。不意で息の根が止まるやうであつた。畳の上へ起かへり漸と気付いた。押入に積あげられてた本の嵩が棒なりに、押入の外側へたふれ出てゐた。本の類に彼女が推こかされたのだ。それで松子は笑ひが一時止まなかつたと云ふ。

「怪我しない？」

「本の方が傷んだやうですわ」松子は紅いてがらの髷をかしげ左う云うて坐つてゐた。

居間は北向の窓があり、六帖は西日がさしこんでゐた。二間を通じて世帯の道具らしい物もない片付いた住居で、一人残される妻は可憐なのを、信一は斯時始て気付いた。

晩、信一は、松子が三組町の母の宅へゆくのでそこへ遣り、遅くに呼びにゆく都合で、やりかけの創作《しごと》の為壁際の机に向つた。早めな夕飯の後、出掛けの松子は愚図々々として、ずうつと彼の机へ寄つて来て、一緒に連て出たい振で、促した。

「阿母さんの裏二階へ見えた人、絵工《ゑかき》さんですの。今晩は皆《みん》なでお花を引きますわ」左様な塩梅に促した。

「こんどの下宿人？」

「え、絵をおかきで若い人妙に静かな方よ。左うね沈着《おちつき》すぎる位よ」

「兎も角あとから往つてみるよ」

「左うを」

なほ出掛兼てゐる松子は、抱寄せられ信一の膝に腰かけるのであつた。「往つておいで」といふ、その愛撫を脣でうけた。左うして静かに起つて離れ、松子はかへりみ顧み、梯子段の頭では嫣然とし、やがて頭の髷が降口に消えた。

信一は創作《しごと》の机を壁際に押つけ坐つてゐた。少時坐つてゐたが味《うま》くゆかぬし、頭は松子の跡を逐うて迷ひ出した。信一は奥の間を起ち出で、約束の時間となら早いが、迷ひ出いたので迷ひの種の処へゆく事にキメた。而して仕事の机の上もその儘、梯子段を降りるのであつた。

来た信一に、松子は、花合せの座で松子自身の蒲団をぢき隣りへ直し、而して
「火燵《おこた》に座《いら》したのでしよ。暖かいから最う火燵の中では、芽が出ますわ」軽くそんな事を喋べつて、仲間に加へた。

信一は真むかひに坐した、二十四五位ゐな男の人の目礼をうけた。こんどの下宿人なことが分つた。眼の大きい頬骨のとがつた顔で、絣の絹物の古びた膝は横坐りになつてゐた。その右は、Kといふ表二階の方に住むM鉱山の染料部の勤め人、それから次は信一、松子、母親と云ふ順なのだ。而して信一は、室内の裏向の枠絹《わくばり》、皿筆刷毛、座右の趣味的なかざり付、左様な物の辺りまで目を遣つた。

松子は揃へた札を出して
「高業さんの番ですわ」と言ふた。

左う画のはうの名を云はれた人は今、花合《はち〱》の数のことを不得意な塩梅で、石を遣りとりする膝元へ眼を落してゐた。

「姉さん、代つて播いて下さい」と、Kは同い齢《どし》の松子を左う呼んだ。お国訛がついてゐた。

「あ、左う」高業さんは一寸どぎまぎしてゐた。

信一はそれから母親の老《ふ》けた顔へ目を移した。母親が親になると、不手際からよく札の分配を間違へるので、娘の松子が代

つて播いてゐた。こんど松子は高業さんの代りをまた無造作に勤めた。

松子が親の番のとき、その膝もとにはくつきで松の鶴とあかの短尺とが並び、其時、どを二が梅の赤札が取り込み、場へは松のカスがめくれた。つぎの順番《まはり》で松子が、膝下の二十札か役を割る赤か孰れかで場の松をとる都合になつたが彼女は素の松を次に廻すのであつた。信一は事柄をぢつと注意してゐて、花合せに慣れてゐる訳はないが、賢い頭脳の働きだと思へた。

十一時に、夫婦が一緒に表てへ出て、通りはしづまつてゐた。妻恋坂の小路では、味噌問屋のあたり夜業《よなべ》で作る味噌豆の香がたち籠つてゐた。石畳の坂の半ばで、松子は自家へちか道の狭い階段を、降りようとした。きのふ其下の段に或る堆物《うづたかいもの》を見掛けた、信一は

「石段には糞《うんこ》があつたよ、ふんづけるな」と注意した。

松子は留められて「おかしな物、けふはお掃除してありますわ」と答へたが、良人が広い甃《いしだゝみ》の上を降りてゆく其方へ従つた。

「脊のたかいお家ね」と松子がいふた、其家の横手から湯島の崖下の道を、夫婦は互に肱肩でもたれ合つて、通り過るのであつた。横丁を半分入つた煉瓦壁の下の溝へ、信一は玆が習慣になつた、小用をする。その間、松子は佇んでゐた。

「ねえ、お前さんも為ない？」信一は其様な風を、この晩野蛮にしひた。

「可笑《おかし》いわ、殿方と異つて」

「代つて、番をしてゐてあげるからさ、ね」

いなめぬ松子は

「厭な方あつち向いて、ねえ」といふた。左うしてから蹲んだ。煉瓦壁の夜空の高い辛夷の梢は、ぬれ紙の塩梅の花が漂ふのであつた。

四月の末、晩に、信一は奥の間で、畳にひろげた夕刊新聞の紙面へうつむいてゐた。松子が荒川堤の桜の花のことをいふて見にゆきたがつてゐた。信一が相手にならずにゐると、その方へ

「ねえ、阿母さんがこのお休みに皆でゆきませうつて」と更に声をかけた。

「僕は往かないよ。花見はへんに気がうはつくからな」

「あなたが座《いら》つしやらぬのは、いや」松子は甘へた。

「お花見の趣味はきらひだ」

「では、屹度阿母さんの方もお中止《やめ》ですわ。折角の皆の楽みが」

「僕は往きたくないのさ」

左様な風で信一は新聞の紙面から顔をあげなかつた。すると松子は少時して「厭あ」といふて起つて来た。左うして信一の顔の下の紙面へぢかに素足で乗つて

「どこを読んで座つしやるの。玆、玆」と半ば本気で、新聞を踏み破くのであつた。

一寸褰げてゐる袷の裾、踏〆てゐる丸味な踵、其で顔を揚げた、信一は直ぐ傍なる、半分泣顔の有様でゐる松子が、いぢらしかつた。かやうな仕種《しぐさ》の松子には前にも一遍逢ふた……松子が幼時嬉戯したことのある芝山内の往時の跡を見ようと若夫婦での外出をしたが、その日春先の雨を含んだ空を想ひになり、止さう！　と途半ばで戻つて終つた。夕食後、松子は昼間のよそい着の儘で長火鉢の側にゐた。信一は遣りかけの創作《しごと》の為時間を惜んでゐた。一寸往つて来ます！　何処へ！　どこでもないわ遊びにゆくんですわ！。会話《はなし》の塩梅が異《おか》しいので信一は机の際で顔をみ合し！　いけない！　と留めた。松子は沈んで黙つて、酒塩にとつてある酒を棚から持出して猪口で二つ三つ重ねた。どうしてそんな事をする！　憂さ払ひですわ！　信一は起つて来て酒器をとりあげると、上気して苦し気な息をつき彼女は猶飲まうとするのであつた。あなたは薄情ですわ、体を自由にせようとするだけで、些とも思つて呉れないのですもの、一つ手助けをして頂かうと思ひますといつも、内の事は女房の役目故、と仰しやるのですもの。些とは構うて下さるのが良人の情あひですのに。こんなこと阿母さんにも云つて往けないし、阿母さんも斯様な塩梅とは知らないワ！　と泣いて、こんな者お嫌でしよ、もうどこかへ往きますワ！　其麼風に掻きくどいた。信一は彼女の思詰た感情が反映するわくわくする胸で、松子のふらふら体を起して出掛ようとするのを遮ぎつて、四解気ない、妻を寝かしつけようとするのであつた。その時頭は妻の鋭い詞と駄々とを左う考へてゐて忍んででも居られたら実に厭だが、露はなのでその方がいいと判断した。自身は又、書生時分からの我意《がゐ》をその儘捨てない、非難には堪《こら》へた。妻の詞は図星を指してゐた。普段と異つてゐる松子は疲れと酔ひとで胸元をはだけて今はだらしなく信一の腕にもたれてゐた。左様な女房を介抱する図を、左うして信一は顧みるのであつた……。

松子は、夕刊新聞のひろげた紙面を踏まへて頑固にまた踏かへた。「往つて下さるのねえ」と尋ねる声は艶があつた。その気持の張りにぐひと惹寄せられて、信一は終ひに花見に行く事を頷いた。

感情が漸しづまつて、松子は「御免なさいね」とあやまつた。その気持の済む為信一は大きく頷いた。夫婦はやがて穏かで、彼は斯麼事を聞いてみるのであつた。

「何故、その様に一緒にゆきたがるの？」

「それはねえ。良人《あなた》を自慢したいの」左う答へて、細君は下豊な面を染めた。

花見にと母の住居の表戸に錠掛けて、母親松子信一、Kと絵師の高業、左う云ふ五人は三組町から打連れた。Kがお手物の染料をかけたと云ふ好みの手拭を呉れたので、連中は一本づつ其を持つた。

一杯な花の八重桜は散りぎはで、花の下の大きな雑沓のひまひまに太いさくらの幹が現はれた。

信一は母や女房やを宰領するので自然、連れのK絵師をも引廻す塩梅であつた。花見の興の助けにならぬのが気の毒であつたが、仕方がなかつた。

皆は淡い草臥れを覚えて、晴れた休みの日の夕暮が来た。帰り道広い川ぶちで、女伴れの信一達は下駄で踏込む渡船に乗つた。――この渡船で妙な図に逢ふたのである。

花見客を満載して船が離陸した時、板桟橋の上へひとり、洋服姿の四十歳位で口髭のある酒の酔が、ふらふら来て留つた。漸く出離れた舟へ酔漢は面てを据ゑ「おをい待て！」と連れがある様子で声をかけた。

水の上の船はかまはず隔たり、乗客は桟橋の人に向いて声で相手になつた。すると

「泳いでゆくぞ！」と男はその真似をしてみせた。

「泳いで来い！」渡船の乗合は酔漢の面を面白がつた。

酔漢は中折れ帽と上は著とを脱ぎすてた。しやがんで身につけた物を段々に板桟橋の上に並べるのであつた。遠目からも著ふるびのめりやす襯衣が露はになつた。軈てその襯衣をも剝ぎとつた。

後の土手には花見帰りの人が溜つてゐた。雁木へ降り佇んだ三人四人は、裸身の際《きは》で工合悪い塩梅で退《ど》いて土手へ戻つた。端の水際には男が一人になり、それで可笑味よりも反つて惨酷な光景になつた。

酔漢は腰のズボン下を脱がうとしたが、止した。不活潑に物憂く雁木を便り、川へ踏込んだ。ズボン下の内股まで水づき、指をポキン〳〵折り曲げ、男は沈黙のなり身をのべ、泳ぎ出した。

乗客がぎつしりの渡船は沖にゐた。河の水の上には泳ぐ人の真黒い頭だけが出て、其は下もへ下もへゆく。四辺は不安になる。

「酔つてゐる！　流れる！　早く助けてやれ！」意地悪く目守つてゐた人々は、声々に喚んだ。

渡船の船頭はへんに真面目な面持で、力限り岸の方へと漕いだ。岸では船頭が一一乗客の渡し銭の銅貨を集め、助け船は手間どれた。空船になり船頭と伴れらしい人とが、艪を漕ぎ出した。

渡船を揚つたものは一様に残らず、直ぐ堤の上に登り人垣を作つた。対岸《むかふ》の土手の人垣は花見帰りが段々に溜つて濃くなつた。

信一はへんに一段落ついた感じと、尚見るのは堪へられない気持とがあつて

「帰らう！」とうながした。動かうとせぬ女共を棄てておいて、ひとり土手の横腹をこそこそと降りた。水に溺れて今死ぬ人をみるのは厭だし、救はれて揚つた時互に顔を合はすのも信一は恥かしかつた。河面を隠した大きな土手を顧みて「帰らう！」と皆に声をかけた。人垣を絵師の高業が離れた。尋いでK、跡から母と松子とが、こそこそと土手を降りて来た。

三

暖い蒸々する夜であつた。松子の頭の生際は或部分黝く墨がひかれてゐた。信一は二三日前から気がついてゐたのだが、その晩かの女の面を見て思はず言つた。

「墨がついてゐるよ、ここ」左う云うて彼は自身の前額に手をあげた。

「眉墨なの」松子は穏かに答へた。直ぐ続けて「生際が一寸抜けましたのね」と笑顔になつた。

「髪結の学校に出てから？」

松子は点頭いた。

信一は黙つた。とり返しのつかぬ事をしたと思ひ、自身の失策の気がした。松子は生際の良い髪の毛の豊富な女であつた――女髪結を志した根本はその髪の美しいのに拠るのであらう――が、傷いては一つの特長がなくなるのだ。信一は髪結の学校のいけない事が分つた。髪結の学校では互交りに自身の頭髪をけいこに貸し合ふ。日日何遍か宛頭は道具代りになるのだ。

(それで翌日から止めたらよいと得う言はなかつた。左う断然と出なかつた。其時左うすれば或は遅くはなかつたであらう。後の日の肺を悪くする事だけは免かれたかも知れぬ)

「髪は減りますわね。けど多すぎる位なんです故」松子は左う心を慰めた。

彼は点頭き、漸あつて、窓の縁へ体を移した。「風が吹くが頭が重いよ」と云つた。

「今晩お仕事お休？　では阿母さんとこへゆきましよね。これ直ぐ縫ひ上りますわ」

妻は晒しの肌衣を造つてゐた。松子は一方の瞳にほしがあつて左うなる、電燈の真下の細い針をもつて手もとに段々頭が屈みこむ。松子が髪結の仕事を選んだのは、その嗜好もあつたが、裁縫では左う頸が屈みこむ不自然の故であつた。

女髪結になり、かの女自身働いて彼は彼の創作に没頭してよいと云ふ、松子が考へをのべ左様な企を申出た時、信一は聞とりその考へを黒人の女によくある思想だと思ふた。結婚して間もない最初にその申出があつた時、松子自身の体の弱い理由で思留らせた。それから、四、五月経て押返し云はれた時、松子はその母親の為、行末一人の母をみるので、彼は妻の働かうとする覚悟が分つた。左うして信一は、働かないと安心がゆかぬ妻の心根を合点して、その企を首肯いた。かの女は髪結の学校の六十日間速成科と云ふのへ、今日で十日間出たのである。

「今晩お仕事お休ねえ」又、松子は顔をあげた。

信一は窓敷居に腰をかけて黙つてゐた。昼間は勤の身、帰宅後は壁際に仕事の机を押付て居て、何時も時間を惜む。信一は細君に向いて
「頭が重くて、悪い晩だな」といつた。松子は
「蒸々するから」と応じ、「外をお歩きなさいましな」といつた。

軈て松子は出来上つた晒しの肌衣を拡げ、赤襟がよいか彼に相談した。肌衣は奥の三畳の方へ仕舞こんだ。間もなく松子は外出の前掛の紐を結びながら、信一を促すのであつた。

夫婦の頭は直ぐ母の住居へ向いた。母親は茶の間に独り居た。而して三人は笑顔になつた。その晩母が
「ねえ竹内さん。松子が髪結の学校へゆくのにも都合がよいし、往つたり来たりの面倒もなくなるわけですが。この家の二階へ引移つてはどう？　下宿人をおくよりもねえ」母親は其相談をした。

「左う」と、信一は口を噤んだ。彼の頭は、新婚直ぐの半年の間、両人限のくらしをして其味を十分味つた故、茲で二人の間に母親が入るのを、或は丁度頃合なのかと思へた。が即座には答へが出でず黙つたなりでゐた。

松子はセルの膝かるく坐し、信一に
「未だお二階あいてゐないのですし、直ぐにはねえ」といつた。松子は母と住むことを望んでゐた。この頃早朝学校へゆくので、朝飯は母の家で食べ、信一も跡でこの茶の間で食べてゐるのだ。松子は又
「月ずゑまでに空くかしら、阿母さん？」左う尋ねた。

「事情を曰へば退いて貰へるがねえ」

「さうを。なら宜いのねえ」

信一の頭は、松子の無造作な有様に惹かれた。又彼はかの女と母親との話に向いて他意を表さないので、自然母と同居のことになる、自身の立場を思うてゐた。

「四畳半に机を置いて、誰もそのさまたげをしないことにしてね」左う母親は云つた。

彼は点頭いた。

「茲へくれば入用も少しはぶけますわネ」左う曰ふ松子は、雑用を記入する紙の処々、幾円かりましたと書いてあり、母親にその算段をさせてゐた。

「では、空きましたら移りましよねえ」かの女は母と良人との顔をみて曰つた。

信一は前刻の松子が生際を見、只点頭いた。母親はぢみな髷で一寸お時儀をした。

それから夫婦は外へ出た。松子がいうて、本郷座のさきの何地蔵の縁日に足を運んだ。境内でかの女が拝んでゐる間、彼は佇んでゐた、左うして信一はもう盛り過ぎの夜店商人の品物の傍を通り、盆栽花卉の類の場所で、芝桜と云ふ日本名がある、長い伸びた一村の渡種の草花を見いだした。軟かい好きな花であつたが、彼は億劫で只行き過ぎた。

ある角を曲り、不意に淋しい通りになつた。水道の給水場の堤下をすぎ、学校、病院などの大きな建物の根を歩いた。

「ここですわ」左う云うて松子が佇んだ。髪結の屋の軒下にゐた。硝子棚の内は、怪しい別に大きな島田髷があり其他粗悪な鬘で結髪の標本があつた。信一は薄白く置いた塵埃をみた。上が教場なのだと云ひ、木綿のカーテンの窓明りを見上げて、歩

きだした。帰りの道で、松子はお国から習業に来る寄宿生の上を云ふた。かの女は直ぐ通へる自身を頭に置いて云つた。

信一は黙つてゐた。より添うて更けた通りを行つた。濁りのある空は風の音がする。組んだ二個の手が汗染むので、松子は袂の半帕をとり双方の手をふいた。

戻つた、夫婦は、居間の電燈をつけた儘寝た。毎時もの通り薄く唇を開いて妻が直ぐ眠つた。信一は松子の額際の眉墨をみ、やや跡からその傍に眠つた。

四五日過ぎの夕方、松子が信一に

「けふ下のお内儀さんが、跡はお身内に借りたい方がある故つて」といふた。――母親の下宿の画工さんと住居を交換する、其を穏当と考へて、下へ松子が計つたが其を断られた。

松子の報告を聞いて、信一は、階下の内儀の意向を思ふた。松子が昼間居ない故、二階は腰が浮いて落付がない故下では不安なのだ。下の内儀は深切者であつた。其故に、不安が一層我慢できないのだ。彼の頭は左う考へた。

「出てゆくので、下の人は気が悪いのだ」と云ふた。

松子は点頭いた。そして口を噤んだ。彼も少時黙つてゐて、頭はほかに向けた。

月が変はり、母の二階は、もう空ける筈の画かきの高業が旅に出てゐた。其旅の宛名が分らぬので手紙が出せなかつた。画かきのずるけてゐるとは思はなかつたが、信一はいつまで浮腰の自分が、かなはぬ感があつた。離れた階下の人の心根も思はれた。左うして、信一は兎も角も母の住居に引移ることにした。そして枠絹などが残つておる一間を見、信一は高業と工合悪くなる場合のあるのを覚悟した。

画工の其人は半月過ぎて来た。玄関の間で母が、すぐ斯う云つた。

「お便りがなかつた故、松子らをさういつて、呼寄せましたがネ」

もう薄羽織の其人は土間に佇んでゐた。茶の間の方の小窓の障子が開いてゐた故、信一は窓で互の顔をみた。

「さう！」と、高業はことばをきり間を置いて「済まぬ訳でした。ぢや、跡から荷を貰ひに来るやうにしませう」と母親に云ふた。左うして上らずに、またすぐ外へ出た。

信一とは互に口云はなかつた。母親は留る間がなく其人は隔たつた。

何日かして松子も彼も折柄居なかつた時、画かきの人は転居した。転居先は分らず跡で端書を越すのかと思ふたが其も無かつた。窓で互の顔を合せた折の高業の弱り然かも上らずして去つたことを信一は憶出し、其人が頭に残つた。互に済まない心根で感じあつてゐると思はれた。《その後信一は道の上で高業に逢つた。一寸頬笑合ひ、十分程立話して前の拘泥は解けた……》

松子は日日髪結の其に通うてゐた。区画ある紙の一角毎に出校の印が捺され紙全面六十捺されると果てる。松子はその印が紙の大半になる迄通つた。そこで病気になつた。

信一が勤から夕方戻り、平袖の湯帷子に腕をとほし労れ気味で裏二階にゐた時、たすき姿の妻が昇つて来、畳の上に仆れた。脊は畳へぢかに腕は眉の上へのせた。

「少し熱があるワ」

左う云ふ松子の額際に、信一は口を噤んで手の平を当てた。それから体温器を挿し込んだ。それは間違かと思へる程昇つた。彼は体温器の度でぎよつと思つたが、寝床を造りかの女の胸から小蒲団を掛けた。信一は表二階へ目を移した。未だ西日のすだれが窓口に垂れてゐた。

母親は娘の裾の方で足先を握つて見て
「足の指は冷めたいよ」といつた。

「しろ田さんを呼ばう」と云ふ彼の言葉で、母親は直ぐ梯子段を下りた。

松子は紅い面の薄目でかう云つた。

「しろ田さん厭。病院にやられるから。病院でもう逢はれないから」かの女は急性の熱から伝染病の隔離病院を考へ
「病院は厭、裏門から車で出させるから」

聴く信一は、其言葉より、自分の気弱りを打消す為「大丈夫」と口で云つた。

「お盆が来るから、早く直さねば。直き直るわ」お盆にかかる病人は死ぬさうなと何時か云ふた、松子はそれを気に掛けてゐるのだ。


枕元を母親が代つて、信一は表へゆき縄からげの氷をさげて戻つた。茶の間は電燈の下にお膳が出てゐたが食慾はなかつた。彼は医者を待かねた。

母の知る町医のしろ田さんは酒で染めた顔を見せた。しろ田医師は容態をみてから、病人の胸元の氷袋をちやんと心臓の上に直し、胸部湿布の事を云ふた。タオルよりもネルが良いと、ネルを用ひるように繰返した。診断のことは確と云はなかつた。家の者に真向では物を云ふ医者の面持から病気は軽蔑出来なかつた。しろ田さんは半時間程坐つてゐて戻つて行つた。

松子の胸の湿布は枕元の袂時計の時間にて正しく取替へた。彼は又氷嚢を目守り其膀胱の薄皮の上の汗を手拭では拭ひとつた。電燈は覆ひをかけた。病人の神経の休まる為、亦室内の暑気を幾分減らす為。

松子は前刻彼様に何か云つたが、しろ田さんや母親には何も言はなかつた。頭は厳つい氷の袋で囲はれ、草臥れて仰向になつてゐた。十二時過ぎに熱は下りかけた。信一は下つた体温器を指に掛けて、直ぐ自身の頭がらくになるを覚えた。本当に熱の退くのを見定めて、漸く落付いた彼は母親には下で寝るように云つた。夜半に湿布を止めたが彼は枕元に尚坐つてゐた。窓の庇の空は段々に夜が明けた。

朝は、松子は水だけの低い枕で穏かに眠つてゐた。母親が交代し信一は階下へ降りた。流しの板の上は氷の残りが鋸屑の儘とけてゐた。

松子の発病は左う云ふ有様で、熱は一時下つたが、翌日の昼間再び昇つて夜更けて下がつた。熱が出るとかの女は「あつあ、あつあ」と息気づらくなる。病床の傍の者は其様から直ぐ不安になる。熱が退くと皆がらくになるのであつた。左様な有様がお盆から土用にまで続いた。熱の昇り下りが断続し松子は体が弱つた。

「氷が手のひらにひつつくんだよ」と看病の彼は云つた。

「こんなに冷やすと髪は傷むねえ」と娘の頭を指して母は云つた。

　母親は瘧でないかと思ひ、隣の内儀の瘧が直つたと云ふ町医を頼んだ。瘧かしらとは熱に間日がある故信一も考へた。頼んだ医者は腭に無精髯を生やし五十台のちよくな人であつた。診断のことは瘧のやうにも云はなかつたが、兎も角もキナエンをよこした。そして二度目は診て貰はなかつた。母は何処かで、胃腸の熱、野菜ソップ、左う云ふことを聞いてきてその手達をした。又、サイカク、キナエンなどの下熱剤を頑固に用つた。

　松子の捗かゆかぬ病に向いて、信一の心持は離れ段々冷淡になつた。始はこの上外で働いては体をこはす故と勤を休んで看病をした。信一はその出勤をずつと怠つた。壁の間の古い夏服をとり、体につけながら自分の其冷淡な心持が分つた。が、社の職の方さう抛つては措けぬので彼は出かけるのであつた。

　而して仕合せと松子の病ひは、時日が直す工合で以てその発熱が止んだ。でかの女は後の用心をし段々体は力づいた。

　夏の日をくらし、九月に暑さが和いできた。元気づいた松子は、前に述べた区画の大半捺印された髪結の学校の紙をとり出いて眺めた。もう僅かで果てるのであつた。松子は再び学校へゆく事とした。《髪結のはげしい体使ひで、病ひを出したが、――直つては、その懸念が薄かつた》

　松子は二度目通ひかけて、頭の髪はずつと減つた。病気あげくではあつたが、前に生際の傷んだ位よりも髪の毛の量がぐつと減つた。或折、信一は松子の顔に真向で

「髪はあと、また生えるかしら」と尋ねた。

「若いうちなら生えますわ」

　それは松子自身若い故と云ふのか、二十五なので時が過ぎたと云ふのか、分明しない返事であつた。其以上、えう信一は聞かなかつた。松子は

「もう髪結の方はすみ、此頃きつけの方の衣装科へ出てをりますの、之はぢきですから、うちで商売が出来ますワ、ねえ」と云つた。

「うん」

　而して松子は表の看板などの事や、まだ後の希望をば告げるのであつた。信一は聴とり点頭いて居つた。が、妻の頭の髪の早う尠くなつたのは見る毎に憾みに思へた。

四

　秋の彼岸の入りに、母、松子、信一、同伴で横須賀にまで出

かけた。横須賀にある松子の養父の墓へ行くのであつた。母はこの彼岸の墓参を前から口にしては、皆で暮らすやうになつた心喜びを見せてゐた。信一は松子が成人した其土地を見たかつた。又かの女達の知合で深田の小母さんと呼ぶ、剛《つよ》い性格の老婦人を見たかつた。

（――深田の小母さんは造船所の潜水夫の内儀だが、娘時代に何某へ嫁入し生れた女の子を残して離縁になり、子供が忘れられないで生家を家出し、藝者、娼妓にまでなり、而して潜水夫に嫁いだ。が舅と嫂とにいぢめ通され、其間に戦争が起り夫の潜水夫は旅順口へゆき其地に情婦があつて戦争後も永く戻らなかつた。

潜水夫に取残された彼女は、始、墓の茶碗を持込んで用ひた程の窮迫の間から、段々に仕上げ家作持ちまでなつた。家作の訴訟沙汰が起きた時彼女が公に出て弁じた程の婦人になつた。而して梅毒で夫の眼がつぶれたと聞き満州まで出迎へた。

また深田の小母さんは或る身縁のない女を養ひ年頃に横浜の何某へ嫁入らせた。男の子が生れたが、夫が放蕩者だと云ふ旁で子供を残した儘離縁させた。当の女の人は横浜へ戻りたいのだが深田の小母さんは頑固で、自家の水仕女にして終つた。また松子が横須賀で養父に死なれた跡十七の年聟を貰らつたが、其聟を悪く云つて離縁の策を立てたのは深田の小母さんの由。松子はそれからさま〴〵の境遇を経て今は信一の妻になつたが。

潜水夫の夫の失明はその後直つた。内儀は稲荷信者であつたが、その眼病の癒えたのを自分の信心からだと云ふた。而して増々稲荷に凝り彼女は気が狂つた。其は又直つたが、彼女の言葉では其も信心で直つたと云ふ。彼女は目下自宅に三峯様と称する祭壇を造り、自ら説を立て盛んに信者を聚めてゐるのだ。

「深田の小母さんは偉い女《ひと》ですから」左う松子は何時か云つた。信一は其婦人が逆に稲荷を利用してゐる点は剛い性格故、松子の偉い女と云ふ批評に首肯いた事がある。――）

午前の九時頃品川を離れた汽車の三等室の一隅に母子はゐた。松子は座席の上から時々、猾るい頬笑を信一の顔に洩らしては、半紙に何か書き留て居つた。その紙の跡は万年筆の字が読まれた。としよりが窓からおしへる土手の萩の花。汽車の窓まばらに見る案山子や黄ろい青い米の元。汽車の窓のぞけばすかして見る梨の棚。向側空ら車曳く馬子のたるさよ。発句のやうな物が幾つもあつた。けふの楽しい小旅行の甘へるような心持が、かの女を即吟詩人にしたのであつた。信一は同じ窓から、岡、畔、道端の赤い曼珠沙華の花茎を目標とし、眺が倦まなかつた。

横須賀では汐入の長い阪を登り入不斗の寺へ行つた。門前の店屋で樒を求め本堂から廻つて裏山の墓場へ出た。墓石に信一は手桶の水をそゝいだ。かの女達はお隣の墓石を

「赤んべ爺さんの墓も掃除がしてある」

「深田の小母さんがして下さるのねえ」

左う云つて其墓石にも額附いた。爛れ目で赤んべ爺さんと綽名された独り者が近隣の世話で玆に埋められた。その墓石と松

子の養父の墓石とは、深田の小母なる家の墓場に在つた。而して漸佇んで信一の頭には松子の少女時代が覗かれた。前から折々話で聴いてゐた故かその生活の有様は身近く親しまれた。

　三人連れはそれから寺の門前に戻り、聯隊の屋敷、練兵場の原、柏木田の昼の遊廓、その道筋を深田の方へ歩いた。残暑で汗染み疲れと空腹とを覚えて来た。信一はそれを口に出した。

「何か喰はふ。つまんで喰ふやうなものでも」

　やがて三人はある鮨屋の壁に造り附の長細い腰掛に並むだ。鮨の飯は少し硬かつたが、味く喰へた。表の暖簾を掲げて客が加はつた。倶に黒犬が従いてゐた。草鞋姿の女の客で横須賀在の女房らしかつた。その人は土間の犬へ海苔巻をとつては与へた。犬は耳と尾とのきつちりした真黒な毛色の純粋の日本犬であつた。犬を見戍つた信一の頭は、考へてゐた幼な顔の松子とこの日本犬とが、頭で感じは結びつくのであつた。日本犬の感じの松子の幼な姿が思はれた。

「良い犬だナ」信一の詞に、松子は

「さうね。でもこはいわ」と小声で答へた。

　而して三人の腰掛を退き喰殻の皿の前から体を離す時、地べたの犬は四肢でぐいと起き渦曲がりの精悍な尾を掲げた。

　彼の頭はかの女の稚い時を其麼風に思つたが、尋で道の上では、第二番目の目標の深田の小母の家をさし歩みを向けた。海軍病院の窓下から松並木の阪道を登つて往つた。

　玄関へ取次に出た初々しい髷の女の人が、――此家の養女のK子といふ松子の幼友達が

「あら、松子さん」

「まア」同時に云つたが松子は自身顔が赧むで、幼馴染の丸髷は始てゞあつた。左うして昇つた。色の黒い老けた女が――横浜から出戻りの女《ひと》が、カナ盥の水を運んで来た。

「小母さんは、あちら?」

　顔から濡手拭を除けしな松子の母は尋ね、K子が点頭いた。其は別棟の祭壇の方を云ふので母親は直に赴いた。

　信一は縁側に出た。垣根の二本の橙を越へて下の家々は甍が段々をなし海軍病院の窓も目の下で、湾には軍艦が三四見えた。座敷で、松子は髪結のことから相向の鵯色の手柄をかけた友の頭を言ひ、K子は絞染をやるなどと又云うてゐた。母親が戻ると松子は

「あちら、伺つても宜しい?」と尋るのだつた。続いて信一の顔を促すやうに見た。松子は祭壇などみようとする彼の考へを心得てゐた。

　米、炭の俵の上に寄進の名の挿札がある何俵か積上た土間から昇り、松子は坐つて玄関の間の唐紙を開いた。座敷の上は色々の大提燈と旌とが賑かだつた。祭壇の横の小座敷から白衣の老婦が――深田の小母が、両人を物色した。

　松子はまづ賽銭函に白銅を落し合掌した。信一は遠くに只坐つてゐた。香炉かね木魚、奥の龕には手帳鏡幣が有る、神仏混合の体であつた。

「茲へおいでよ」

左う云ひ小母が小座敷に招いたが、松子も信一と並んで動かぬ故、小母は起つて膝限の白衣で出て畳の上で向相《むかひあ》ふた。枯斑の頭髪、上下二重瞼でつよい眼色、脂肪太りの五十台の半ば上の婦人だ。なむあみだぶ、と時々薄眼では念仏を挿むくせがある。

「お聟さんの年は？」小母は松子に尋た。

「二十七のうまですワ」

「午、ぢや馬頭観音々々々と云て信心をすればよい。出世が能《でき》ますぞ」

「…………」

「何商売」

「筆で何か書く……」

「小説家」

松子は点頭いた。信一は黙つて見てゐた。午年故馬頭観音云々は附すぎてゐ出鱈目であるが、仕事の図星を云ふた詞は頭に泌むだ。小母は

「このあいだ白銅や銀貨を茶の鑵にギツシリいれ腚かり蓋して目張をして三個、三峰神社へ送つたが」と左う云ふた。巫女《かんなぎ》の営の弁解をした。

玄関の間の唐紙があいて、三十台の婦人が顔を出した。信者の様であつた。主《あるじ》の小母はその婦人に顔を向けたが、剛い眼色を松子達に移し

「あとからゆく故、休んでおいで」と云つた。

母屋では、湯で栗が出て開放《あけはな》した座敷で皮を剝ぎ、皆が各《てんで》に喰つた。小母があらい久留米餅の単へ物でそこに坐し「宜《よ》う来た〳〵」と喜で、松子の母には「漸と安心ぢやな。俺のことは養子が海軍さんで《横須賀で左う云ひ馴た》機関学校の事務をしてゐる、兵曹ぢや」左う聞かせた。潜水夫の夫は造船所で其監督になつてゐた。

「俺は段々脂肪がついて、この頃毎日運動に出ておるが」

「阿母さんは何時でも、阪道で穿物を脱て終ふの」横から初々しい髷のK子が云つた。松並木の海軍病院横の阪道が憶はれた。

三峰様なる狐の眷族のついて居る期間は、足は穿物をはき兼る。若い狐、老慵の狐、ボケた狐はお湯嫌で、壮《わか》いものはうろつきたがる。活動写真の一番前で畏隈の子供達の仲間で一しよに塩煎餅を噛つて折々見物をやる由で、

「子供が、小母さんはハダシだよと云た」

と、狐の事を色々と小母は無造作に云ふ。

松子は相槌打て聞た。松子の母には茲の小母は古馴染故楽屋話であつた。

信一は段々自身の倦怠を感じ、松子に向て

「帰らう」と促した。家の人は留たが、信一は我儘を仕て膝を起した。

前刻彼は松子の幼な姿を日本犬に喩へたが、小母の云ふ狐も結局同じで、不審は打無かつた。利口な小母は、狐と自ら前き

に云ふ。

母子の三人伴《づれ》は造船所の前に出た。工廠の退《ひけ》の時間で通用門から青服の多勢が列作つて出、駅の方の一本道へ進んだ。長い列は先に順ひ破れたが、同じ道で松子の若い婦人姿は目標になり、信一の頭はある負担を感じた。

眺る山の上は家々がずつと重つて居た。駅前長い崖沿ひの埃深い道は心持が倦むだ。

開いてゐた改札口を入り、彼は草臥て、車室で漸く母の面に目をやり、斯麼土地に得う住でゐたなと思ふた。

五

十二月三十日の夜、障子一重隔てた店の間で、松子はつぎつぎ髪結の客の髪を上げて居た。母親は娘に助《すけ》、梳手を脇でやる。障子一重隔てた店の間の動作は茶の間に分りそこに信一は坐つてゐた。彼は癇《かん》の出る六ケ敷面でゐた。商売をやつておる内の有様故……。彼は膝元の青藁、裏白、その物に目を落し正月の飾支度をしてゐたが億劫で、御飾は馬鹿気てゐた。母親が男手でする物と云ふ故彼は事をしてゐたが頭は楽《らく》ではなかつた。

左う云ふ茶の間の障子が一寸あき、松子は長火鉢に中腰で中《なか》休《やすみ》の莨を吸ふた。

「イヤダ」信一は云つた。女房にあたるのである。

松子は何故？　と瞳は向いた。

「かういふ仕事は厭なのだ」彼は馬鹿気ておる輪飾を曰《い》つた。が、松子は直ぐ茶の間を出しな

「罰があたる」左う云置た。気の張りの厳《きびし》い口気で。

あたつた女房は気楽では居なかつた。女房は可哀相であつた。併し彼の頭は飾造る内の用を億劫がり、厭々ひとり茶の間にゐた。

また障子があき、

「鷲見《すみ》さんですワ」松子は客のあるのをつげた。「お二階がよろしい？」左うたづねた。

「茶の間でもよい」

年下の友達の鷲見《すみ》は、いひなづけの女同伴であつた。信一が媒酌の口をきいて向ふの親は十九の厄年過ぎたらと曰《い》つた。その厄年はけふ明日の僅である。結綵《ゆひはた》かけた髪、野暮つたいがよい未通女《をとめ》である。

障子一重向ふの髪結の動作はよそに、客に向あふたが信一はズカズカと口云ふた。

「内の用厭々やるのだ。鷲見サンに飾《かざり》たのみたいネ」

「松子サンは忙しさうネ」鷲見は答の代に左う云つた。

「下らないことを始たものさ、こつちが気の毒だ」

聞ながら結綵の人はほゝ笑んだ。鷲見はひろがつた裏白の一枚を青藁にゆはひ附た。直ぐちり敷いた物は型づいた。半時間程で両人は帰ると言出し、信一は障子越し松子に客の起つのをつげた。

「少し歩かない？」

「厭ダ」彼は玄関で答へた。
が、道の上に佇む友達に曳かれ、マントの襟を立従《つ》いて出た。

その夜信一は道の上の薄い砂利を目にしても空腹を感じた。蕎麦屋の行燈にさそはれ、中で温い物をとり腹に入れた。稍元気をおぼえ又従いて大通りに出たが市内電車の軌道を越るのが厭になり。

「失敬」と云うて彼は動かなかつた。

いひなづけの女と鷲見とは向側で顧みた。が、信一はくびすを転《かへ》し帰るのであつた。裾がさむく足首に触はる。腹に饂飩がある故疲れは感じる。額に汗がで草臥れのなり友達には背を向けた。

信一は口云ふのも面倒で裏二階の居間に昇り、寝巻をつけてひとりで横になつた。店の方に松子は未だゐた。彼は敷布の上に根《こん》のない手足を捨てゝ枕の上の頭脳は段々に呆やけるのであつた。何時頃《なんじごろ》か分らなかつたが、這入つた女房がとなりの枕の上に頭髪をおしつけた。暗い顔で鬢付油か何かの香ひ。松子は斯麼事を告げる。

「宵の刻《うち》、口の中は何か溜り生臭いと思つて、鼻紙に取ると紙に染つて赤い物が出ましたワ。客の髪やりかけで」

今日の夕方同朋町の戻りにも天神下の泥溝《どぶ》に松子は咯血があつた由で、そして、

「年の暮故、休業できないわ」といふ。

グツタリした女房の松子の肩が触はり、彼は草臥は同感できた。が、鈍つておる彼の頭は、その咯血の事は盆やり聞く丈で、何云ふ工合にも頭脳は動かないのであつた。松子の瞼は閉て睡むつた。

元日に松子が門口に掲出《かゝげ》た休業札は毎日掲出の儘であつて、前の飾竹がとれてすきて入用の紙札は何時か剥がした。からだのすぐれぬ松子は、程近き大学病院の診断を聴かうと自身主張し又尻込し、診せることを未だ果さずに日暮しをしてゐた……。松子の母親は内の不浄場が鬼門なる山を何でか聞出し悪い故早う移居為用《ひつこししよう》と云ひ、そして女共は貸家探しにと出かけた。松子の体に小半日の行程は無理であつたが併しかの女は戸外へと連立つた。貸家は尋ね過《すご》し夕のこしらへの時間のなくなる場合晩の茶湯台の上には丼の物が載つた。

二月のある晩、信一は普段のまゝ盆やりおもてに出たが、往き馴れてゐる小石川のKの宅に何時か頭は向いた。小説家で劇作家であるK、Kを憶ふた。暮の時分作家仲間の噂で上野の某亭のX女にKが惚れたと云ふ噂があつて大三十一日の夜其亭で仲間の忘年会を催した。ボタ〳〵雪が降積《ふりつも》り造《こしら》へたやうな宵の忘年会で、噂のX女が出て酌をしたがKは猪口が一杯になつたらグイと猪口を引いた。酒は傾いた銚子から卓にこぼれた。又、鉢の漬物のお葉の中に一枚《ひら》竹の枯葉が交つてゐたが其をKはしらず無造作に箸にかけて含みまた竹の葉を吐き出した……。其憶出は信一の面を今頬笑ますのである。

K、Kは不在、湯島の将棋所にでかけたさうであつた。信一

は追うて真直ぐに天神下まで電車に乗つた。目あての家は一と間に橘中仙趣、露伴の可成《かなり》つよい字の額が掲出《かゝげ》てある。額の真下にK、Kの大きい肩がみえた。互に直ぐ覚つたが口は噤むで、信一は茶の間寄の坐で見知越の主人と二枚落の手合をやつた。頭も眉も白いうは手の主《あるじ》は一、一指を舐《なめ》ては駒を動かす癖がある。やがて信一の棋の脇に深切にK、Kはきた。

その晩、二人は将棋所から松阪屋の裏の鮨屋へ廻つた。鮨屋で腹はできKはなほ

「土産包んで呉玉へ、二人前づゝ」

左う云うて二包造らせた。道の上に出て包の片方は信一に渡すのであつた。信一は土産を受けたが未だ別れたくなかつた。一緒に足を運んだ。湯島天神の石の段々を昇り梅樹の枝の点燈を見あげ電車通に出た。

信一は自作の短篇小説を、当時重く見てゐたX誌の創作欄で紹介して貰ふ事をその誌の主筆に頼むでゐたが、同じX誌で今月紹介した新作は余り悪いので信一は裏切られた感じで《雑誌自体の立場では別段の事はしてないのだが》、自分のはよさうなど、語るのであつた。信一は自作の嫌な物と同列に置かれる事を厭ふ潔癖屋であつた《後、段々それは薄らいだが……》

それから信一はK、Kに向き言出《いひいで》うか奈何《いかゞ》迷つてゐた、口を遂に開いた。

「僕、社をよしたいのです。創作と両方は出来ない。両道《ふたみち》かけては、何方も頭が拘泥《こだはる》のです」

パンの問題を彼はK、K、との間でむきだしに言へた。そして、手段として信一は、Kのかく婦人物の代作出来ないか、それをはかるのであつた。婦人物は世間の要求でかきK、Kの生活は拡がる。信一はその一部分の働きをする程の心組でもつて平然と事をはかつた。

聞くK、Kは下駄の音を曳いて居た。が、

「君の筆は、通俗小説はダメぢやあ、ないか」

左う云ふてそれは簡単に拒絶した。が、務をよしたい感情とパンの問題は未だのこつておる故

「□□社をよせば困らうが」と、Kは相手の立場には同情した。信一は申出た暮しの手段が務と同性質と合点出来た。で

「代作はこの立場姑息な手段デスな、僕は取消ます」左う云つた。

K、Kは友達仲間のXの名をあげてあれなら書けるがと、文章を具体的に述べた。

信一は代作は断念した。根本の問題は、一度口を開いたのでゆるがせに能《でき》なかつた。社をよしたいと云うて愚図々々にはして置けぬのだ。腹に蔵《しま》つてある間は左程でなかつたが、宜加減でない相手に打開けた今は一図な問題になつた。信一は何とかせねばならぬ、自身の心の動向をはつきり味つた。

厚い外套の襟はゆがむでKは同じ足どりであつた。

「何とか考へてみよう。僕も補助はする」

「たのむ」

信一は頭を稍屈めた。

本郷三丁目の四ツ角でK、Kは俥屋を呼び俥の上に昇つた。その曳出されるのを見、問題が頭にある信一は佇むでゐたが、また、Kサンのお土産と云うて湯島の宅で松子の母の好物を出すことを思ひ、土産を提げ日和下駄を踏〆めて動き出した。

月が変つて田端に一軒住居が目当つた。詩人でまた散文をかくS・Mが引越と云、跡へ信一が移る約束をしたのである。彼岸の入に家は空《あ》いたが、松子の母が彼岸のわたましは悪いと兆《えんぎ》を云ひ、その過ぎるのをまつた。

ある夕方、社から戻つて彼は何時もの座についた。すると
「お顔の色、何かなすつて」松子は向いて尋ねた。

「何でもない」

信一は女房に左う答へたが、食後、「Kサンの処へ」と云うて、又出かけた。暗い下《さ》がり相な空に傘なしであつた。

目的の家の格子に立寄ると奥サンが出られた。Kの無造作な声が「昇れヨ」と隔てなく聞かれ、信一は階下の居間へ通つた。

電燈の下にK・Kは物臭な風《なり》で置火燵があつた。信一はその向ふに凭つたが面はある表情が出
「けふ限り、社よした」と云つた。Kは目戍つた。

「ま、四月号発売禁止になつたので、片手間で仕事する者は社で困るのです。僕には創作の方専心にやるよう月給は当分出すと云ふ、××サンの言葉で」

信一は顚末だけ伝へて口を結んだ。境遇が変つた淡い不安があつた。互に稍黙つてゐた。

「かいて出すンだね」Kは口数少なく云つた。

其一筋につながる信一は点頭いた。

Kは起つて、次の間の奥サンに左う云うて物臭な風を改めてきて
「外へ出ないか」と云つた。

玄関で信一は何時も伴うて出る故、奥サンに工合悪いのであつた。Kは何時も例の将棋所へゆくのだが、その晩は本郷座に誘ふた。

土間に太い綱が張つてある後で佇むで見物してゐると、劇作家のK・Kを座では二階桟敷へ案内した。沢村訥子は、信一は始て故その藝風を目戍つた。芝居は袖萩祭文。ずつと以前歌舞伎座で歌右衛門の袖萩の折、その袖萩の肩の柔かい線の美しさから、直ぐ見物席の方の女の肩を物色して実際の女に玆の袖萩程の柔かい線のない事を見た。——彼は訥子の袖萩から、また直ぐ見物席を物色し舞台の袖萩程の頑張つた感じの実際の女が居ない事を認めた。その安倍の貞任は本郷座の七間余りの舞台の上に装束がハミ出る程で、誇張の面白味があつた。信一は、老優沢村訥子に伴はれて昔に返る心持がして愉快であつた。幕が出たらKは
「未だ見るか」と云つた。

「もう宜い」

信一は社の方を辞職して戻つた、夕刻の頭の拘泥が大分とれ

た。雨が降出たが本郷座の前で松子の心配が思はれた。

「失敬」

「ぢやあ、又」Kは歩き出した。

戻つて信一は、女房に訥子の芝居の噂を聞せた。次ぎの朝は、田端へ移る荷拵をはじめた。翌《あす》越すので、夕食の折松子は何気なく
「翌《あす》、社へは？」と云つた。

「ウン、止《よし》たのだ」

「左うを」

「月給は来月とその次の月も貰へるのだ」

「今後《これから》お仕事一方ですワ、ね」

「うむ」

彼の境遇の移り変りを、松子は素直に享入《うけいれ》る。左うして、女房は出来事は何事も問ず普段の有様と殆異りが見え無い。彼の頭は職業無くなした気分が最早出て来《こ》ず、その感情を早う卒業能《でき》た事が、家族の気分を乱さずに済むだ。

田端の新居に引越し、髪結渡世の看板は休業の木札も添へ傘棚の上に仕舞こむだ。そして
「お前サンが健康になつたら」

「左うねえ」

と夫婦は云つた。《それは傘棚から最う下《おろ》されなかつた》松子の母はこの田端の高台の奥を辺鄙故心細がつた。「山の中だネえ」左う辺りの物が考へられた。松子は一段落して気をゆるめた故引越の二三日目旦《あした》床から出られなかつた発熱と咳嗽《せき》。信一は下田端の上原と云ふ医師を知つてゐた故、其人を招いた。

「大分、気管が悪いなあ」

信一は医者の詞を聞いた。其診察の態度はヂツクリと云ふ趣きがある。元軍医として日清、日露の役などに出働した話材をもつ、上原老人には古武士のやうな俤がある。気の壮《さかん》な老人は雑誌□□の読者で、彼の移居を話相手が殖ゑた風であつた。

その翌日松子は起出、玄関の間で障子張の手伝をしてゐた処、上原医師はきて
「労働してはいかん」直ぐ左う云ふた。信一は労働なる言葉に気づいた。

松子は奥の六畳で衿文《えもん》を合せ、その跡で
「先生、肺のはうは何うでせうか」と尋ねた。

「気管支の音がヱライからそれが静まつて、尚よく診《み》ませう」

と医師は云ひ、左うして信一の方に膝を向けるのであつた。

次の日は、信一が我孫子の方の友達に招れた行く約束の日で、宅をあけ、終列車で戻つた。草臥れて彼は直ぐ寐間に行くと、かの女は
「けふ上原サンのお宅で診て貰ひました。肺が悪いのです、つて。ねえ、中ツ位なのですつて。転地は何《ど》うでも宜い故しないが宜い」

松子は、注射、滋養食、摂生、医者に聴いた丈の事を残らず告げるのであつた。彼は女房を目成り、言葉を聴いた。松子の

交々《こもごも》抱く感情を一切汲《くみ》とりたい程の思ひで聴いた。病気は出来る丈何《なん》でもない事に考へる、頭は左う云ふ方向をとつた。

「あすの朝僕が上原サンに逢はふ。なほ専門医に診断きゝたくないか、左うするか」

　松子は点頭いた。

「年の暮に、夕方カツカ逆上《のぼせ》が出ましたし。口の中に赤い物の溜つたのも、それでしたのねえ」

　上原老人は彼に向いて隠《かく》すのも宜悪《よしあし》故本人のお尋ねで正直に云つたとの挨拶があつた。専門医の診断は、右肺は殆左肺は割に丈夫。左うして絶対安静に、と告げた。信一は肺病と聞いて驚くのは見苦しい。性の分つた病故、医者は上原老人が安心の出来る仁故其人を頼みにする事と覚悟した。

六

　五月の月末《じま》ひの暗い雨の晩、病人が頭にある信一は門《かど》まで戻りついた。玄関に母が出た。母は小声で
「あの子が血を吐いたヨ。今晩、留守で一人何うせうかと思つた」と告げた。

　信一は耳を疑つたが、年寄の不安の面持は頭に映つた。六畳間の病床の松子は例の右を上にした横臥であつた。頓服の薬がキイて睡てをると母は云ふ。宵は茶の間にゐたが寝床へ入ると十時頃ひどく咳嗽、唐突にゴクツと出た。茶碗でうけて、縁側に出してある。医者へ漸つと往つて頓服《くすり》を貰つて来たが、ひやし氷を買には動阪故未だ得うゆかぬ。左う母は告げた。

　信一は縁側に出た。四ツ折の新聞紙の蓋した洗面器の中に妙な形の茶碗に、半分量どろりとしてをる。夜十二時過であるが、信一はひやし氷を買にとまた玄関に出た。

　四月此方、松子は勉てゞはあるが、御飯はよけい食べる。滋養物は能《でき》るだけ多くとる。労働はしない。熱は七度台を下りないが苦にはしなかつた。肺病は余所の出来事で頭は自身のそれを半分打消してゐた。左様であつても考へなかつた。ところが五月上旬のある日、官製ハガキの四方墨で墨枠を造つた、一枚の死亡通知が来た。机の前で彼がそのハガキを受取と、松子は目敏く「何処から」と尋ね、「×サンの処から」左う聞いた松子の顔の色は変つた。肺病で寝てゐた知人の死、それが同じ病気の松子にこたへた。同じ病で手近で死んだ故仮染《かりそめ》に出来なくなつたのである。その後は段がついてかの女に弱りが出た……。

　或新聞紙の雑報にかう云ふのがあつた。東北線の上り列車の洗面所で朱《あけ》に染つて若い男女が死むでゐた肺病患者の兄妹で転地の途次であつたが、多量の咯血で死亡したとあつた。信一は直ぐその新聞紙を破き捨てた。小さな十行程の記事で松子が気付まいと思ふたが、その後、かの女は早うその記事を読むだとみえ出来事を云出した……。松子の咯血には種々原因があらうが、病気に不安の感を持出した事が可成影響して居る。

　彼が戻ると松子は目を開いた。

「いま氷買つて来たからナ、心臓の上にあて、ね」左う云ふと、

病人は目で肯いた。稍面を目合せた。

頭をそうと上げ氷枕をかひ、胸に氷嚢を抱かせ、項《うなじ》にも一個あてた。咯血の際は心臓を冷すのが肝要と聞いてゐた故、胸部には可成り大きい嚢をやつた。溶けて取換へる間、項の分《ぶん》を取り仮に胸に置く程の注意をした。約一時間半程で嚢に新しい氷を充《みた》し、氷枕は四時間目に開換《あけか》へる。前に九度上《うへ》の発熱の折の経験で手順は割に出来たが、病ひを云はれて初めての咯血故、病の裏書の出来た様なのが、不安で厭であつた。夜半に信一はまづ母親を休ませた。

朝方熱が上昇した。咯痰と共に出る魂つて暗い色のそれを、彼は紙で唇より取つてやる。食前にのむ水薬、其味を直すバナナの小切、二品を彼は口に運んでやる。二人の間に母が来
「お粥を食べなさイ」

母は枕元に膳を据えた。が、松子は食事は厭と云ふ様子をした。母は
「食べねば弱る一方ぢやヨ」ときつく云ふ。

「食べさせてあげよう」左う彼は云つた。

「起きますワ」

松子は母親に気兼ねして、起直り坐つた。フランネルの寐巻の袖の両手は、膝に置いて体を支へて居る。と、はげしい咳嗽が体を押揉むだ。面は真赤になり汗が滲《にじ》み、またゴクツと出た。彼はしまつたと思つた。金盥の中に敷いた紙にとろ〳〵吐いた。

「くるしい」

「あゝ」左う母は惹込れて、病人の肩にすがり力限り脊骨を撫で下ろす。

信一はオブラートに頓服を包んだ。咳嗽が歇むと病人は口嗽《うがひ》して薬は咽下した。其儘そうと体を横に寝かし、氷をすぐ心臓の上に抱かせた。金盥の中は覗くと約五勺程の量である。

「昨夜《ゆうべ》もその位《ぐらゐ》ヨ」

母親は左う云ふて、心持の弱りを努力し乍ら、金盥、膳の上に冷めた粥、等跡仕末をした。信一は医者の許へと出た。

外の空は暗く雨は降り続き、信一は直ぐ帰つて来た。肺に空洞が出来、血管の端が破れて、空洞に溜まる……。

午過ぎに、医者がやる出血止の注射を、彼は目戍つた。透明なゼラチンの容器を注射針と共に湯で温め、容器の硝子は鑢で切断し、注射器に吸ひ込せた薬液の泡は針の先に出し、それから、右膝の稍上内側を酒精《あるこほる》で湿んだ綿でよく拭いて其処を抓みあげ、溝のある針で横に深く射し込んだ。松子は一寸堪へてゐた。

手当《てあて》の跡で、上原医師は老人特有の錆びた声で病人に
「この病気に罹れば出血は止むを得ぬので、其を心配してはいけませんぞ」左う云つた。また田端に住むS、Kと云ふ五十幾歳の彫刻家は毎年二三回宛《づゝ》大咯血をやつて来たが相変らず大理石を刻んでゐる、左様な例を話した。松子は肯いた。が、信一はその例は、かの女の健康者でない事がむきだしに感じられて厭であつた。併し医者は頑固に病人として取扱ひ、安静の為物

言ふ事を禁じ、食事は流動物に限つた。生玉子は黄味だけ。

毎日雨天であつたが六日目に穏かな日和空が出た。恰も衛生掃除の日で、母は家まはりを掃除したり、玉子の函に溜つた痰のついた紙は裏庭で焼捨てた。

松子はずつと寝たきりであつたが段々熱は下《さが》り血痰も血線も消えて、恢復期に居た。掃除の済むだ午後、松子は自《ひとり》で憚りに起ち久々で縁側から庭を眺めた。

「広々と清々したわネ」

左う云うのを信一は机の前で聞いて、かの女の病上《やみあが》りの心持が頭にしみた。

松子は病床の枕元に、掃除の折出て来た品の豆人形を桐箱の蓋の上に飾つた。が、

「ねえ、何か面白い事がない？　退屈しますワね」

たづねられた信一は机の傍で、何でも自由に書留る事が、病床の日ぐらしに成る、左う考へた。

「毎日発句を作つて。与《あ》げといたあの帳面に附けなさいヨ」

「左うを」

松子はその後折々その帳面を見せた。唯目前の様子が無雑作に書留めてある。塀ごしにやつでがはを出す。うすびさすたちふじ二三本なすのむれうすびさす。まめ人ぎよかざりつけすき間から見てなすのなへ二三本。せまい縁しぼりのゆかた風がゆするうすぺら。病どこのまくら元見にくい箱やからすなき。うすぐらき庭いぬが垣をこす炊事の音。さにはの縁蚊のむれ高し日はくれる。をつとゐぬ母をらぬ座敷のひろさはたきかけ。

「おい、誰もゐないと云つてハタキを掛けたり、労働しては駄目だヨ」

「左うを」松子は薄笑を見せた。「ごめんなさい」

梅雨が明けた七月、信一は近頃の家庭の事情から得た材料で、短篇小説を書上げた。良人の貞操と云ふ題であつた。割に味く書けたと思へた。《同じ材料の物故、左に短篇小説挿入》


――良人の貞操――


「又、ヒヨイヒヨイ出掛けるやうに成つたね。小説書くのも飽いたのかねエ？」と、彼が門口を出た跡の玄関の、障子に添うて佇む娘の姿をみて、母親が茶の間から声をかけた。母親はこのごろ髪を染めない其しらがは目につく、年が割に老けてみえる五十台なのである。

「左うね。ですけど、色々用事があるンだわ。阿母さん！」

娘は亦だ障子の傍の儘で答へた。彼女は結婚して三年経つた廿六の、小柄な体が最《も》少し若くみせる、眉の濃い、頬の下に肉つきがあるが、いまは胸の病気で精神的な様子をしてゐる。

茶間で真岡地の湯帷子を縫つてゐた、母親は其返事をうけ、口を噤んだ。娘《むすめ》の淋しい心持に添うて婿の様子を口にしたが娘に却つて非難されるやうな事になつた。左う思つた。

娘は物足らぬ母の顔から気持が不安になつた。で、玄関の三畳から次の茶間へ体を移し、簞笥を脊にした母の傍へ寄つて往き、畳に牛蒡縞のネルの膝を置いた。母子が対座した。

「こんど出来た長いはうの小説が××雑誌へ売れたのです、つて」と、娘が話しかけた。

「左うかい」眼鏡の母の顔が娘へ向いた。而して「短いのがいくつも袋に入つて、本箱の上に載つとるよ。あれは?」と尋ねた。

「長いのを先に出して、跡で短いのを発表したがいい、つてお友達が云はれたとかで、とつて居るのです、つて」

「左うかい、まあ早う売れればいいが」

左様に話合つてるうちに、娘は母の気持がほぐれて来たと思ふた。母が口を噤んだ折其顔に頑《かたくな》なものが露はれ、母の気持のヘンに狂《まが》るいつもの癖に困《くるし》められてゐる娘は、斯う話をして其気持を柔げたのであつた。而して娘は庭の方へ眼を移した。濡縁の前に一株の女竹が若竹を見せて、其葉葉の向ふに、ダリヤの花が二輪伸出た茎の端に俯向いて居つた。

「先程、差出人《だして》の書いてない手紙が彼《かれ》の許へ来たが、何処からなの?」母が尋ねた。

「どんなの?」と娘が言ひ、娘は、母が郵便屋から郵便をうけとると打返して眺めてゐる様を憶つた。無筆である母が此頃少し読まうとする意向でか、莨など「あさひ」と指して読んでをる事があり、届く郵便など差出人や宛名を注意してゐる。其気持から訊くのだと娘は思つた。

母親は六畳間へ入つて往つて、或手紙を持つて来た。

「これだよ!」

裏に縞のある洋封筒の四角な表にペンで宛名があるだけの手紙であつた。娘が「みてごらん」と云はれて拡げた、其は会社の便箋二枚に病気見舞が書いてある、Mさんからのであつた。娘が読んで左う聞せた。

「左うかい」母は眼鏡をかしげ、而して畳の上に置かれた其手紙を又六畳へ持つて往つた。

妙な事気をつける? と、娘は母親のあとをみたが、軈て其丈で頭から消えて、亦庭の女竹とダリヤに惹かれた彼女は手を束ねて居た。

少時経つて、母親は湯帷子のもう袖を附けるだけに成つた長いぬいかけを膝下に措いた。而して「いつも夜遅く戻るが、遅くまで何をしとるのかネ?」と言ふた。彼の事なのが娘に直ぐ分る口気であつた。

「お友達のおうちで、お話や好きな将棋や何かで、時間の経つのを忘れるのですよ。阿母さん」娘が答へた。彼に関する事は頭に一杯で口に得《よ》う出さないで居たが、母親に問はれて穏当に言ひ、左うして自身心持が一杯になつて来た。次で娘は牛蒡縞のネルの肩を動かして咳をした。

咳が体を揉む娘を眺めて、母親は自身がつらい気がした。

「あまり咳くと、又熱が出て来るよ。あすこへ行つてジツとして寐てゐなさい」と、娘を目守り乍ら云ふた。母は其眼頭に涙を認めた。

彼の留守中彼を話題にした事で娘は頭が一杯になつたのだが、

自身は咳いたので涙が出たと思ひ、母に云はれてやすむ為、素直に起つて六畳の方へ体を移した。

茶間に残つた母は、夕の食事などの支度にかからうと思つて、手周りを型附け始て居た。

六畳間の床間寄に敷いてある、蒲団の上に娘は体を倒した。縁側に拡げた葭屏風には、明い西日の小庭が透いてゐたダリヤの花の色が透いて見えた。

彼女は、ピンで留めて措いた髪を括枕に押付けて、顔に蠅が来《き》又体に蒲団をかけると暑いので、拡げた新聞紙を二枚継で細長い紙の下へ体を匿す事をした。その頭には色々の憶ひが浮んだ。娘は忘れて了つても差支へない事を憶出すのであつた。

……

六畳のその娘の枕元へ、母親が冷しといた水薬の瓶を持つて来て置いた。而して母が

「あれは帰りが遅いやうぢやから、先に御飯にせうネ」と、顔を覆ふた新聞紙を持上げた。

生際に汗の玉が一杯な娘が母と顔をみ合せた。其処の縁側に拡げた葭屏風は墨を刷つた様に、うしろの庭には夕さびが来てゐた。

真上に電気がついてゐる、食卓に母子は向合うて坐り、娘は御飯二碗スープと半熟の卵二個の夕食をした。其膝の上で食後の散薬をオブラートに包み、少時して素湯で嚥んだ。食卓は、其儘一寸躊躇されたが跡で畳まれた。彼の帰りが遅いと思はれた。

其中に母が六畳に蚊帳を吊つた。蚊遣線香を燻くと病人が咳くので、夜は家の者が直ぐ蚊帳に入る事にしてゐた。娘は寝所へ往く前に、茶間の壁の粗末な不動様の掛地を拝んだ。それから蚊帳の前へ来て、蹲んで、娘は其麻地を手で軽く打つて蚊を逐つてから、中へ入つた。

窓寄の電気の明りが蚊帳に射しこみ、其中に敷寝が二つ並んでゐた。常《いつも》の様に母が敷いた彼の分があつて、彼と結婚して敷寝は一つであつたが、病気が分つてから母親が左う言うて床を別にしたのである、娘はそこの自分の枕に頭をつけてヂツとしてゐた。彼の望まれてではあるが、一緒になつた始は別な気もなかつた。其中に心持が惹かれて来た。今では一杯で、独だと自身が奈《ど》こか欠けた様な気がする。左うして娘は独仰向になつて居て、彼の戻りが待たれる。出先の彼の上を殆神経的に案じて不穏な新聞記事から推して、若し此先で斬られた等と言うて戻つて来たらどうせう！　と憶ふ。「遅いわ、何故帰らないでせうね」左う云ふと「もう直ぐ帰るよ」と母が慰めた。其中に母は茶の間の蚊帳に入つて寝た。娘が彼を待つのは病気の此頃特別なのである。——

「けふ、熱どれだけあつた？　あれから上つた？」

左ういはれて娘が眼を遣ると、彼が蚊帳の中にゐた。戻つたのであつた。平袖の湯帷子に薄手の紐の寝間著姿で、敷寐の上に居た。

「否、昼から、降《さが》りましたわ」

彼の枕元にある雑誌の上に灯がさして、娘は頭が覚めた。

「どちらへ往つてらしつたの？」

「本郷の方」彼がそんな答をして、猶顔を真向に直して「僕が外で何かあると思つとる？」と云ふた。彼のいつもの素朴な言分であつた。娘は、

「あなたに限つて、こんな事無いと思ひますワ」直ぐ打消した。左様な詞でお互に貞操の意味なのが直ぐ分つた。

「ぢや、奈《ど》こへ往つて来た？つて、ついいつも訊くのは？」

「唯、早う戻つて欲しいワ。唯寂しいのですワ」娘は正直に言ふた。

「僕は又、お前さんが嫉妬深いのかと思つた。泊つて来ないでも簡単に出来る、左様な事お前さんは分つてるから」左う云うて彼は一寸赧い顔をした。自身は厭な詞を出したと思つた。

「あなたに限つて、そんな事無いと思ひますワ」

「左う！　ぢや僕の勘違ひだつた」

娘は顔をみ合せて、一寸口を噤んでゐた。眸は、何？　と訊ねてゐた。

彼は身を起して、壁際の本箱の中から何か取出して来た。原稿であつた。

「僕の勘違ひだつたが。お前さんが其事気にかけるとつまらぬから、僕が外での実際の場合を、其事を小説に書いて、みて貰はうと思つてゐたのだ。書きかけだが」と、彼が書いた物を娘の手に渡した。

「左うしてゐて読みなさい」と云はれて、娘は仰向で青い明りで読み始めた。蚊帳の直ぐ外の、覆をまくつて反つた姿見の中に、上の方くつきりと筋を曳いて赤い蚊帳の縁が映つて居た。

《ある童貞》の標題がついた、原稿である。

自分はこんな話を憶出す。……岐阜市で著名な旅館の玉井屋へ、主人を訪ねて或日身なりの卑しい一人の男が来た。其男は数ケ年岐阜監獄に繋がれてゐた釈放囚であつた。男の云ふには、監獄の壁高く堅固な中に住んで何一つ目を楽しませるものがないが、中に唯この家の三階の物干場だけ、自分らが長い労役の間の、眼にこびりついた目あてであつた。其処に干される赤い衣赤いゆもじは、それを仰ぎみる日自分らの瞳がどの様にそれを焼きつけられたらう。其処に赤い衣赤いゆもじの干されぬ日は自分らは淋しく鬱陶しかつた。獄中には未だ沢山の連中がゐる、それら囚人の功徳の為に、物干へはいつも赤い衣赤いゆもじ干す事をお忘れにならぬよう。と、其男は告げに来たのであつた。旅館の主人は左様な事は始て聴くので、其妙な影響を及ぼしてゐるのに一寸驚いた。が、それから努めてなまめかしい衣や赤いゆもじを取揃へて干させるやうにした。と云ふ話である。

この話に出てくる、囚人のやうな切迫詰つた気持が、此頃自分の頭にある。折々夜眠れなかつたり、庭の茂つた青いものが重たく頭に訴へて来たり、又外では異性に眼が惹かれ、竿の干

場などにも瞳が吸はれる事がある。自分は結婚した当座、あまり目境がなくともいけないと考へて、予め房事の数を定めた。二タ月程してそれを減した。半年してそれが猶間遠になつた。自然に左うなつた。それが、彼女の病気が分つてからは、病に毒だと云うて、全然中止する事にした。もうまる三ケ月無いのである。

胸の病気の人は性慾が亢進すると云ふがそれは実際らしい。彼女が耐へてゐる気持が分る。彼女の其気持は、自分の慾望を刺戟するもので、又反対に自分に辛抱を強ひるものとなるのである。自分は巌畳な体格をしてゐる。肉食を廃して菜食にしたらと云ふが、簡単にはいかない。気持の方をかへる事は尚むづかしい。前の囚人と同じやうな頭になつたのである。

左う云ふ場合家庭の外で調節をつけようかと考へる事がある。其事の簡単に出来る場所がある、其処へ頭が向く、が、足は曲らずに真直ぐに戻るのである。家庭の外で左うしないで済むのは、自分がある思想（?）を持つてゐるが其考が、為ない方へ大変役立つのである。

自分は結婚後、今日まで全く他の女をしらない。自分ら夫婦は一緒になつて始めて異性を知り合ふた仲ではなく、自分は以前は色色な冒険をした。が、結婚を境として、自分は夫婦だけの性的生活に入り、他の異性に赴かない気持になつて――彼女の善良な心持と、自分が惚れて娶つた自身の責任感から左うなつた――それを、一種の童貞を守るのだと、自分で左う極めたのである。左う云ふ自身が、或場合は「又いつもの細君だ」と、彼女の顔を眺めて退屈を感ずる事があつた。が其退屈は余り根深くないものと見えて、事実の上で強いて異つたものへ赴かなかつた。一種の自分の童貞を破る事なしに済んだ。

この「一種の童貞」を守る心持が、自分の現在に非道く働きかけてゐるのである。

左ういふ自分は或晩友達と××町と呼ぶ、ある売笑婦のゐる特別な場所へ往つた。道の悪い暗い路次へ入つて、倉庫のやうな赤煉瓦の壁を前にした、妙な一軒きりの家が左うであつた。格子が嵌つて尺程の土間があり直ぐ障子で中の三畳間に長火鉢が置かれてあつた。其処の主婦は、一尺程の土間へ入つた友達の顔をみ知つてゐた。すぐ金額の話が出た。次で友の気に入る女がゐないらしかつた。自分は狭い土間に突立つて薄笑してゐた。暗い倉庫の煉瓦壁の前を、湯上りらしいお白粉をぬつた女が過ぎた。裏口の戸の音がした。「君はどうだ！　金はあるよ」と、友が云ふた。自分は好奇心から家の様子をみに来たので、それ以上の気はなかつた。其場の感情で何うなるか分らぬとは思つてゐたが、心は動かなかつた。で、口を噤んでゐた。少時して「又にせう」と云ふた。自分の頭《ある童貞》は固かつた。其儘帰つたのである。

自分は又、一夜ある遊び場所に居た。三四人連で、自分を措いては皆細君を持たない者であつた。女達も一緒に無駄口を聞いたり、懐紙を撚つて造花を作り莟など脣でそつとなめては色を染めて白い枝の妙な造花を挿へたりした。そんな遊びに時間が経つたが、自分一人は連れの気持と離れて、どうも感情が動かなかつた。皆は引揚げる事にした。自分の頭《ある童貞》が連れには迷惑をかけたのである。

――娘が、夏蒲団の縁に二つの肱を立てて読んでゐた。原縞はこれで切れてゐた。彼は顔を真向にして、

「ある童貞と云ふ気持が尚進んで解決がつけばこの原稿は完成するのだが、現在《いま》は此処迄しか書けないのだ。が、兎も角僕は外では何もないのだから……」と言つた。

娘は仰向の儘、中たるみの蚊帳の地に眸を揚げて、

「あなたに限つて、そんな事無いと思つてゐますわ」と、又言ふた。

七

王子《わうぢ》署警察医《しよけいさつゐ》……の署名のある、半紙の紙のきれを持上げて、松子は

「この方がお留守に見えましたの」と左う告げた。

六畳の間の信一は、戻つて汗臭い単衣は脱ぎ、裸体でゐたが目は女房に注いだ。

「警察の方で、病気をしらべたいから、診察させて呉れと仰しやいますの。麻地の夏服で折鞄を抱へた五十がらみの方でしたが、名刺を忘れた故代りにと云うて、此紙に認めたの」松子は畳の上に絞衣《しぼり》の膝を衝いて居た。

信一は佇つた儘、尋ねた。

「何故検べるのか、聞いた？」

「え、ご近所から警察へ云つて、検べるのを頼んだ人があるのですつて。ねヱ」

彼は尋で第二番目の質問に移つた。

「それで、お前は承諾した」

「え丶」妻は稍赧い面を上《あげ》た。「其方《そのかた》お人は好さ相な方で、ヒドイ暑がり屋で汗拭き〳〵くるし相故、又来て頂くのは気の毒で、阿母サンに相談の上診て貰ふ事と致しましたの。診察済むなり歩いてお戻りでした」

何か其丈の理由があつて出向いて来たには違ひないが、主人の不在に昇りこんで女の素肌を見てゆくのは無作法であつた。職権としても野蛮であつた。信一は王子署に出頭し、無作法者に談じようか知らと腹が立つたが、名刺を忘れたと云ふ半紙の端切《はしぎ》れ、貧しい医者の有様、其が分ると信一は渋面が歪むのであつた。復《また》事件の後で、この上複雑にするのは沢山と云ふ頭があつた。

信一は口を噤むで裸で六畳間を出た。糊の硬い湯帷子で再び戻り、机に向つた。

「一応、主人が留守故と断るものだ」と松子に目を注いだ。

「モウ宜い茶の間に往つて」

妻は一寸精消《しよげ》、病憔悴《やみやつれ》の真背向《まうしろむき》で出て往つた。

信一は前刻の名刺代りの紙のきれを持上げ本箱の抽出にいれ

た。何だか、不審な手にイヂラレた程の感情が頭に残つた。
――肺病伝染の危険、近隣の不安と申出、警察署の手、道理、仕打は意外。斯様な事が慣習になれば其でよい。が不意打は惨酷である――。

　茶の間の方から二人の話声が洩出てゐた。母娘《おやこ》は例の申告者を詮議する風である。

「角《かど》の女医ですワ」

「うん。何でも貧民長屋の病人の見廻《みまわり》とか行《や》つてる相ぢやから。警察についてがあるのぢやヨ」

「ヂキ傍で、女医に掛らないからかねえ」

　二軒長屋の平屋造《ひらやづくり》で角《かど》は女医と行商人、続いて土木の技手と彼、路地は尽きて向側は、ある私立大学の講師？　と其隣に美しい細君の見える二軒、井戸、角は会社員で、隣人はまづこの範囲に限られた。彼は路地に折々縄からげの氷塊をさげ込み彼の家からはこん〳〵咳嗽の音が響出る。隔てする隣人の立場は無理がない。其を咎める事は出来ない。左う云ふ風に信一は考へた。頭は理性の盾《たて》をあげ感情を抑へた。母娘の方は茶の間に差置いた。

　晩に信一は、S、Mの宅で、S、Mが前に居た現在《いま》は彼が住む、其隣人の事が話の種になつた。例の美しいお向ふの細君からS、Mの女中が草箒を借りて来てゐたら、或日郵便端書で草箒返却の催促状が舞込み、S、Mは新しい草箒を買はせ其先に例の端書を返事代りに挿してお向ふの垣の内へ女中に入れさせた由（この草箒の話はS、Mが随筆にものしC誌に掲載された）隣向ひで主人は反目し、また真向ひの大学講師も妙な工合であつた由。S、Mに左様な隣人の気風を聞いて信一は戻つた。

　夏の夜の路地は開いた窓々が点灯《あかり》を放つてゐる。が、草箒の事件の家は戸閉してあり避暑に出て留守故、自家の申告者では無いと思つた。自家の蚊帳に這入り彼は隣向ひの反目は何故？　と思つたが、際立つ事情が無くて考へに余つた。毎日気づかない何か積つてゐる？　其は直截の悪徳ではない

　警察医はだん〳〵頭に薄れたが、隣人はかの女達の気がゝりと成つた。何日か過ぎて、母親が流し元にゐたら、勝手口のすだれに巡査が覗いて何気なく、御病人の様子お見舞に出たが、とそれ丈云うて巡査は戻つた相であつた。

　夕の茶の間で、母は信一に向ひ、

「厭だねヱ」

　左う云うて眉を寄せた。隣人を含むでをるのが面に出た。この母親が見た夢だが。……硝子戸に寒冷紗が張つてある、すると病気の娘がゐて、娘は其を見乍ら、あれは黴菌除ださうながあんな物でバイキン除けには成らないでせうネ阿母さん、と云つた……。左様な夢を見る母は寝た間も心がゝりになるのだ。

　娘の松子は

「上原先生は、伝染病予防法とか云ふ物があつて、其手続知つた者の申出であらう、と仰しやいましたワ」と云うたが、次で

「向ひの浅間と角の女医と、両方の間に定《きま》つてるワ」

左う憎悪の言葉が出た。母親は娘に同じ《どう》

「向ひの細君、隣の細君が寄るとは、この家へ目配で何か云つてるヨ。厭だヨ。誰ぢやろ、ねヱ?」

と母親は例の煙管の吹がらをやけにはたき、煙管は畳の上にごろり差置いた。

左う云ふ来訪者の上でむきな母娘《おやこ》の面、其を信一は目戍つたが

「宜いぢや、ないか。気を広うしなさい」

と左う云つたが、彼は口を噤むだ。

一頻り咳嗽いた、病人は面をあげ

「人のなんぎをよそにして、警察署へ申出るなんてそんな不人情な、今迄聞いた事もない話だワ」

松子は傍白のやうに云つた。薄命を泣いてゐた。

九月の新涼に、例の草箒の話の家は雨戸が開いた。松子の母は待兼て何時も物和《ものやはら》かな有様の細君《おくさん》に、交渉をつけた。其細君と傍の井戸に佇む松子の母に、他の細君は遠慮する風が見えた。松子は子供好き故お向ふの四歳の女の子を自家に借りて遊ぶ。と彼は病妻の反抗心が覗はれるが、無遠慮には恥ぢた。母はお向ふの細君に、警察医の詞を伝へ其となく誰の為《し》わざか聞出《きゝだ》したがつた。

「やがて知れますワ、こんな悪事が知れずに居るものですか」

松子は左う云ふたが、秋の彼岸近く、母は表通の八百屋で凡ての事を聞出した。彼はS、Mの宅で同時に耳にした。

それは、すぐ真向の私立大学の法律の先生が書類を作り、土木技手、行商人女、医、会社員、其丈の人から書類の上に印行を継がせ、法律の先生は所管の王子署に申告したのである。

事実を聞知つた彼は、みずしらずの医者が顔出したと云ふ五週間程前の日に、頭は戻つた。何だか不審な手にイヂラレた程の感情が、生々《なま〳〵》と蘇つた。

昼過ぎに、松子の興奮した声が茶の間から洩出る故、信一は机の傍を起つた。

松子は長火鉢に両手をかけ、真向ふの勝手口のすだれの上から凝視は移さずに

「情《なさけ》知らず、恩を仇で返す悪魔、浅間の鬼め、悪事の張本人」

詞は松子の口を衝いて出た。顔に楽味《たのしみ》は消え、鋭い病的な直《ひた》面《おもて》、水とほしたセル地の両肩。母は流しの傍に身を曲げ何かしてゐる。

「止せ」

信一の詞にふり向いた、松子の顔は泣いて

「茲、私厭ですわ。鬼共がまはりにゐて。私も鬼ぢや、之から皆を呪つてやるから左う思へ」

再び生真面目で真直に向いた。人情の消えた、その思ひは人に尽した好意が水の泡のやうで、二十何年のかの女の人生観は破れて終ふやうであつた。信一は容色は病で衰へたが善い精神迄減らしたく無かつた。

「分つた。さ、こつちへ向きなさい」

信一は中腰の儘妻の肩に尽いた手で、半ば木偶のやうな松子の顔の向きを変へた。

母は台所から出て

「外を歩いてみないかと些とは気が晴れるよ、松子」と左う云つた。「ねえ竹内、連れて往つて下さいな」と頼むだ。

「左うだ。そうと往くなら、障はるまい」彼は松子に向いた。

母親は

「下の方の弘法様を拝んで、帰りにお彼岸の団子を買つて来てね」と用向を出した。

松子は頷いた。で、髪は直し顔はふいて、更へたセルの上に単へ羽織の紐は結むだ。銭湯以外表には出ない松子だが。

外の日は洋傘で除け、松子は徐に体を運んだ。夫婦丈故心はぴつたりした。稍落付いたので彼は、徳義上してはならぬ事を向ひではしたが、向ふの立場では無理がない、左う云ふことを静かに説いた。木蔭の坂道を下りた。大竜寺の鯖大師の堂に松子が上り、彼は下に佇むだ。それから裏手の子規居士の墓の前に立つた、信一は

「僕は孫弟子に当るのだ」といひ、松子は墓の前に頭を下げた。

門前から中里橋の方に出ると、松子は気分が直つたか

「清々したところ、ねヱ」と云つた。道端の石に手巾をあて、下を電車が二回過ぎた二十分程腰掛てゐた。

上の方の通路に出、餝金工場の前の菓子屋で松子は団子と餅菓子とを買つた。左うして戻つた。

再び茶の間では、松子は羽織を脱ぎ草臥れた横坐りて、母と三人で、茶を淹れ菓子をつまむだ。跡は無事に済むだ。

秋は雨が多くて、信一には妻の病む今年に限り意地悪い空だつた。雨が歇んだ夕、表の窓を開けると東隣の樫群の梢に赤い虹が出た。空はもち直すかなと虹の薄れる迄仰いでをつた。と、下はお向ふの座敷の電気が二枚のすだれに映り、暮きらぬ外光と溶けて鉛色のいゝ感じであつた。信一は稍暫窓に佇むだ。

（後、かの女の亡くなつてからであつたが、真向だけのけ、他の細君達が判を捺した過ぎた日の事を詫つた。彼は詫言を受入れた）

八

信一とS、Mの二人づれが田端の改札口を出た。つきあたりは崖、崖の根に沿うて左の方に道は曲つてゐるが、又右の崖の横腹にはZ字形の小径がついてをる。今改札口を出て、下の道をゆく者と性急に崖の小径をとる者と群れは二つに分れる。崖に登るのは近道をとるのである。

信一は家路にちかい崖の小径の傍までゆくと、つれは引留めて

「崖は疲れるから、本道を往かう」と左う云つた。

聞いて、信一はある憶出からビクッとした。S、Mの疲れると云ふその言葉が頭にひゞいた。彼は崖のZ字形の小径は見捨て、つれの方に従つた。

S、Mは柵に沿ふ道の上に足を運びながら、引留めた事について
「他から戻つた時は、疲れてをるので、本道から迂回《まわ》る事にしてゐる」とわけを述べた。土地に住みついた言葉であつた。

信一の頭はある憶出に捉はれてゐた。

……四月、松子を伴うて専門医の診断を受に出掛た折の憶出である。松子がまづ診察室を出、彼は医師に病状を聞いてから、次室のドアを開けると、扉の傍に妻は佇んでゐた。萎《しほ》れた面に笑窪があつた。門外のだら〳〵坂を下りながら松子は
「どう?」とたづねて、例の笑窪の面を揚げた。

信一は真実を云ふのは残酷かしらと思つたが、たづねられて直ぐ偽は出来ず、秘密を抱く事の嫌厭感も頭に上り、彼は打開《うちあけ》る事とした。彼は自身変な度胸を意識しながら、打開た。

「うむ。右の肺は殆駄目だつて。左は割に丈夫なんだ。医者は、一縷の望と云ふ詞があるがそれより稍ましで二縷位の望みがある、と云つたよ」

肱肩はひつつくやうに並むでゆく、松子の頬の色は無かつた。

「絶対安静で、憚りへ行くにも成丈ちかい、明い部屋に居たらよいつて」

信一は正直に云つた。彼は田端迄戻るには、市内電車に揺れるより山の手線の方が疲れが尠い、左様な事も判断せねばならなかつた。而して代々木駅の乗換の高い橋の昇り降りが又思ひであつた。

電車の中で口はきかず目は窓に向かず、漸と田端まで戻り、夫婦は改札口を出た。崖のちか道の根本《ねもと》で、彼は松子が弱つてゐるのは分つたが、

「茲、登るか」と尋ねた。松子は頷いた。

崖道はけづれたやうな土に処々杭と板とで昇り段が出来、Z字形に辿るのである。中途で彼は
「休む?」と尋ねると
「なんともありませぬ」妻は返事をした。左うして登つた。

……

信一は、松子が土気色の面で崖道を登つた、半年程前の唯一遍限の出来事を憶出し、其実感が頭に沁むだ。疲れてゐた故広い道につけば宜かつた、其悔が又頭に応《こた》へた。松子の病段々に悪い現在、原因は性急に崖道をとつて、此崖道にもあると思へた。彼は考へから心持は参つた。

信一は以後は性急に崖道など登るまいと心に定めた。友の言葉の暗示から左う合点したが、直ぐ言へる思つきではない故、彼は黙つてゐた。——S、Mと信一との二人づれは広い道を徐《しづ》かに山の上の通りに出て、右左に分れた。信一は崖の憶出のくつついた頭で宅に戻つた。

何時もの茶の間に母と松子と居つた。戻つた後に向いて
「お昼は?」と母は尋ねた。

「未だ」

「晩だらうと思つて、用意はしてありませんから、缶詰を開《あ》け

なさい」

母親は遅い昼の食卓を出した。松子は何よりも彼の戻りが早いのが嬉しかつた。信一は柱の根に新聞紙を敷いて缶詰は柱の根に押あてゝ柱をその支へとなし缶を切開けるのであつた。が、何時ものマークと異つた缶詰で切り難いので、うむと力が要つた。左うして切開けると、背後の松子は笑ひ出した。そして「わたしまでウーンと力《りき》むでゐるんですもの、可笑いわ」と云つた。

彼は、松子の目頭に泪のある赧い面を戍つた。妻の心持の動きは自然であるが、病やつれの上に気分を用ふのは悪い故「莫迦だな」と、信一は稍本気でいふのであつた。

十一月の末に、松子は又喀血をやつた。その四五日前から食事は進まず、顔の下半部黒い蔭がついて、他《わき》からも変な様子が見えたが、気遣はれたが、発熱、咳嗽が増して血が出て来た。三日間に渡り、四回金盥にうけた。医者は血止の注射一回と、また別な薬液の皮下注射をやつた。医者は其小さい空ビンは火鉢の中に捨てた。信一がのぞいた、灰の上の硝子容器の貼紙にはmorphineとあつた。彼はこの注射のあと病状に附いて居た。例の右を上にした横臥の松子は、枕の上にうと〱しかけすぐ目は開いた。何度か目を開いた。

「睡りかけると表の方で子供が泣くのですもの、睡れませんわ、ねヱ」

障子の硝子から庭の屋根越しに紙鳶《いかのぼり》が見え、子供が表の方の原つぱに居たらしかつたが、彼の耳に泣声はしなかつた。

「何で、あんなに泣かすのでせう」松子は又目を開けた。

「うん」と彼は左う云つた。病人の神経は亢ぶつてゐる故、反対は出来なかつた。其様な工合で時間は経ち、現《うつつ》の状態は過ぎて、松子は醒めた。薬の効目の消えた事が彼に分つた。

稍よくなりかけて、何時もの六畳で信一は松子に、手の吸呑のスープを吸はせてゐると、妻の目にはある動揺が出た。妻は吸呑の先を唇から退けた。其目の表情は、茶の間の方の母に気兼する風であつた。彼は妻の介抱をし乍ら心持の接触から夫婦間の情的生活の感じを、味つたが、松子はそれを味つて、現在《いま》母に遠慮するのであつた。信一は遠慮はいらないと思へたが未だ左う云へない故、口を噤むでゐた。

松子は父に早う死別れた一人子で、母娘《おやこ》きりであつた。田端に引移つた当座、松子は斯麼夢見の話を彼に伝へた事がある。長い夢の続きで前の方は忘れたが、しまひに母は疲れたと云うて苦し相にしてゐる、松子が母の脊中を撫でさすつてやる、一生懸命になでゝ居る其中に夢が醒めかけ現《うつつ》になる、と自身《松子》が一生懸命、阿母さんの脊中でなく寝床にちかい畳の上を撫でゝゐるのであつた、畳をなでゝ居るのであるが、阿母さんが苦しむでる故、畳でも宜いからと矢張一生懸命なでてゐた。左う云ふ夢である。彼は妙に感じがあると思ひ乍ら聞いた。

病気の松子が夜中などに非道く咳嗽く、と隔つた茶の間に寝てゐる母は「う、う、う」などゝ云ふ声を洩す。信一は松子の傍に寝てゐて母の心持を体に感じるのであつた。

彼は、母親に向け、ある疑問？ を抱く折が来た。不治と云はれる病、左う云ふ娘に便《たよ》らねばならぬ母、松子が丈夫ならば宜いが病気が拭ひ去《と》れない限り、母は何うなるのか、何うすればよいのか。信一が母を見ると其疑問が余儀なく頭に上つた。松子は其母との関係を思ふと、「？」はギユツと圧される程彼に重たくなるのであつた。此不安を松子は一層きびしく感じてゐるに相違ない。病人が神経を用ふ事を思ふと、彼には二重の負担になるのであつた。娘と妻との二つの務を毎日荷はせる、母親の不自然な位置が思はれた。併し不自然を逃れる為、其で別居すれば気を遣ふ程の母娘で、現在の事情からもそれは不可能であつた。彼は左様な工合で母親に余儀ない疑問？ を向けた。何う極りをつけたら宜くなるか、神経衰弱の故《せい》か分らぬが、夏から秋へかけ其が頭の中の問題になつた。

秋の彼岸過ぎに箱根に在る友達の招きで、信一は其地へ出かけた。登山電車の中に腰かけてゐると、まはりの家や樹木がみんな傾《かし》いで物珍しかつた。夕方彼は縁側の硝子戸に佇むで、山の部分を取入れた庭を眺めて、梢に目をやつた。頭は自家《うち》の事を考へてゐた。不図母に就ての問題で、左う考へない方が宜い、左う考へないでゐる処に、解決の道があると思へた。一図な頭の向きが転じたのである。彼はことが分つた程のかるい頭で吐《ほつ》とした。左うして梢の硝子戸から顔は離すのであつた。翌日は大湧谷から芦の湖に行つた。大湧谷のぶく〳〵噴いてゐる箇所は物を痕跡なく一切溶かして終ふとの事、芦の湖の元箱根村の美しい篠山、それ等が彼の頭に残つた。箱根に二泊して戻つたが、彼は仕事の上のある思つきも出来て宜かつた。

それから彼はむき出しに母に疑問？ を向けなくて済んだが、母娘と彼と位置境涯は依《い》然としてゐた。彼は左う考へない、其意識から性格を直す風にしてゐたが、境遇から生れる感情には負かされがちであつた。で、信一は松子の病気其由つて来たかの女の以前ゐた場所が呪はしかつた。かの女を間接ではあるが左う云ふ場所にやつた、母の上に頭はめぐつて来た。而して其は考へない事として彼の頭は打消すのであつた。左様な塩梅で暢気《のんき》に時を過した方が宜いとは分つても、左うは能なかつた。松子も母親もまた同じ心持であらうと考へられた。……

十二月中旬のある日、何時もの如く彼は匙で粥を口に入れてやり、食慾のない病人は少しでよした。彼は茶の間の方の母に向いて、膳を型づけさせた。母親は型づけてから再び茶の間の針箱の傍に坐つたが、

「何うして御飯を食べんのぢや。其では何時直るか。ほんとに甘へてばかりゐて厭だよ！」

左う六畳の方に向いて云つた。言葉のとがりが、病人の傍の彼の耳についた。彼は辛棒能ず茶の間の方に起つて往つた。間の敷居の上に佇むで

「そんな事、云ふものぢやあ、ない」と窘《たしな》めた。

頭から云はれた母は、面持に気の亢ぶりが出た。外れて落ち

た針仕事用の眼鏡は、庭へ投捨た。
「わたしは、居ない方が宜いのだろうからな。出ていかう。あゝ、あ。悔《くや》しい」母は露出《むきだし》に彼に向つた。針箱の傍から起つて長火鉢の根の座に体を移し、「何時からさう思つてゐたが」と云うて、泣き出した。

信一は長火鉢の根の母の傍に近づいて坐つた。病床の松子は「阿母さん！」左う留めるやうに呼んで、六畳の方で泣くのであつた。彼は又其枕元に起つて往き
「興奮しては病気に障るんぢやあ、ないか」と制した。彼も顔に涙をつけてゐた。家の凡ての物が急に歪むだ有様であつた。

と恰度、玄関に誰か来たが、母が出ない故信一が障子を開けた。徳永翁が土間に入つてゐた。徳永翁は彼の郷里の恩人で、毎年十二月に出京する翁に彼は四五日前に深川の方の旅宿で逢つてゐた。信一は茶の間の障子に向いて
「徳永サンだよ」と伝へた。而して翁を六畳の方に招じ入れた。徳永翁は病気見舞であつた。

松子は起きやうとしたが、翁に留られた故、泣脹の目元で枕の上から挨拶をした。母親は茶の器を運んで来たが、又直ぐ戻つて、間《あいだ》の障子を閉めた。信一は徳永翁に対座し乍ら、涙が膝の上に落る程の仕宜で、感情から声籠つて云へなかつた。

少時して翁は起ち上り玄関に下りてから、神明町の停留場の方面を尋ねられたので、信一は見送る為、従いて出た。病人には「落《おち》ついて居なさい」と出がけに言置いた。

信一は外で目隠《めかくし》された風で前だけ見た。狭い横町の道で伴れの一歩前に足を運んでゐたが談《はなし》は仕難《にく》かつた。停留場で直ぐ電車に乗る翁に別れ、彼は矢張目隠された風で真直ぐに戻るのであつた。

信一が外出した間に松子は母親に口をきいた塩梅で、家《うち》の有様の歪みは稍直つてゐた。――徳永翁は跡から手紙で「たゞならぬ御様子は見受られ候が」と云うて慰めの言葉があつた。

信一は咽喉が痛かつたが、彼行合《かのゆきあひ》の跡《あと》一日置いて、発熱で倒れた。松子の病牀と彼の床が並むだ。松子は六畳の床の間より南枕であつたが彼は逆に北枕にした。信一は熱が八度前後に昇ると目も頭脳も朦朧となつた。彼は絶えず体温器を検しては其目盛と自身の状態とを考へ、松子の発熱の場合が分明《はつきり》分ると思つた。上原医師は例の聴診器をつけて信一を起し、胸、脊中、順に診《み》ながら
「ほう、良い体ですなあ」と云つた。信一は結核伝染の杞惧は消えた。偏桃腺炎故、嗽《うが》ひと頸部の湿布を行《や》つた。

彼が寝ついて三日目の朝、松子は又咯血をやつた。同じ夕方又金盥に受ける程やつた。彼は未だ頭がふらついたが、頸の湿布の儘起出、自分の寝床は型づけるのであつた。

松子は四日間続けて都合五回、之迄にない咯血をやつた。傍《はた》が耐《たへ》られなかつたが顔を反向る事は出来ず、左う云ふ場合の本人松子の素直な様子に一番惹かれた信一は其に依つて心持が支へられるのであつた。

松子の体は、健康時、六月咯血の時、十一月のそれ、彼の頭の中には其姿が型《かた》みたやうに出来てゐるが、現在衰弱を目にすると段々に本人は小さくなるのであつた。夏、医師に病人と比較されたのも気にした信一は今は其勇気がなかつた。

枕頭に血どめに呑む麦角浸《バッカクシン》の赤い瓶、咳嗽どめに然も日に二回以上呑めないモルフイネ剤のきつさうな無色の瓶、薬の瓶は並むだ。母親が云ふ故、彼は友人に頼みある専門医を聘して、立会つて貰つた。

専門のM医師の診断の結果を、彼は友人に質《たゞ》して、「俗に寒《かん》と云ふあの時節は馬鹿に出来ぬ、寒を越せば持直す」左う云ふたと友人は伝へた。信一は其詞の裏の寒を越せぬ意味は胴忘れして悟れなかつた。

九

「鷲見《すみ》の子供が出来たよ、女の子ダ」——前に書いた、年下の友人の鷲見は許嫁《いいなづけ》の厄年が過ぎて結婚、直ぐ子供を作つた。

「左う、何時お産があつたの?」

「八日の朝」信一は松子の母に云つた。

「お祝を持つて往かねば、ねヱ」

信一は暮《くれ》に鷲見に逢つた折、貧乏故出産のお祝出来ないと断つて置いた。で、それを母につげた。義理は欠きたくなかつたが、信一の現在は弱つてゐた。

「仲人親《なかうどおや》だもの、唯ではすみませぬ」

母親は弱味が出せない方で、この正月は餅を搗き、重の物、或は羽子板まで飾立てたが、義理も了《ちゃん》と仕《し》たいのだ。母の仕方は家《うち》の現状《ありさま》とは凡そ不調和であつたが、信一は左うさせて置く他《ほか》なかつた。

「根津の方に往つて都合して来ませうね」

左う云ふ母の詞にやがて彼は頷いた。二年前の春、信一の頑固な手前勝手《エゴイズム》について妻の松子が泣いて諫めたことがある。最近、友達は信一の性格に撓《しな》ひが出て来たと評した。彼は家庭に交つて左う変つたのか知らと思へた。——娘の病ひが永引き医者丈に便りきれない母親が色々迷信染みた事をする。信一は其に始は拘泥し干渉して禁《とめ》てゐたが、現在は母の仕宜にさせて置く。何とかの行者の云ふた楽観的な言葉に信一は耳を傾ける程になつた。茲《この》自分を枉げたのは之は看病に疲れた故——左う彼は思つた。

母は根津の質屋で都合した物で何か調へて、産《よろこび》には女が出向くものと称し、鷲見の宅に往つた。鷲見は松竹キネマの社員で動阪の館に来た折、屢々病人を見舞うて呉れた。（後鷲見の子供の宮参に、仲人親は犬張子をやる物と母は主張してやまなかつた。彼がもつと弱つた場合であつたが）

一月初旬《はじめ》に降積つた庭の雪が庭に凍りついた。信一は薄汚れの雪に目をやり、俳句を作りたがつた。永い間仕事机に坐らず、物質上の破綻、また精神上の苦痛、二つを彼は抱いてゐた。病人の介抱で気はゆるめなかつたが制作のないのは淋しい。制作の本能を充せる俳句を作らうと思立つたが、併し一句も出来なかつた。——昔の花屋日記なる本に、芭蕉の病床に侍し諸子に発句の出来る様が記述してあるが、実感から嘘らしく思へる。花屋日記は文献上から後の作り物との説有——

薄い夕日が消え、夕四時に電燈が点く。日の消えた、電気のくる少し前の時刻が辛らかつた。夜の病室は電熱機、たてた炭火、両方で湯を湧かし室を温めた。が人が防げない寒さの芯《しん》が四方からとりつめて来る。庭の雪が幾日も寒気を証拠立てゐる。病人に一番害《さは》る寒気。

松子の母が彼に向いて

「竹内、床を四畳半に移す方がとおもふがねヱ」と相談した。四畳半は家中で湯暖故左う云ふが、信一は母の居間に床を移して、娘にずつと近づきたい母の心持が分つた。彼は母の面を目成つたが漸く頷いた。

「六畳をあけ、あなたは仕事が出来るから」

母は従来の茶の間の物を台所と玄関の三畳に移した。三畳は茶の間になつた。夜は四畳半に松子の病牀と母の寝床が並ぶ事になつた。

その晩母は彼に、実は叱る故断らずに行つて、池の端の卜《うらない》にみて貰つたが、病人はこの寒《かん》が六ケ敷い、寒を越せば直るが六ケ敷い、左う云はれたとつげた。信一は聞いて、いくら卜者だつて左様な無遠慮な詞は云ふまい。母がつきつめて左うとつたのであらうと考へた。松子の病の状態を怖しくて母に細かく云はずにゐたが、母は自ら知つた。「俗に寒《かん》と云たあの時節は馬鹿に出来ぬ、寒を越せば持直す」と云ふたM医師の詞、其は卜者程不愉快でないと思へた。

松子は左枕に横臥した下の左の方の痛みを云ふた。割に丈夫と云はれた左肺の方も浸潤して来たが、併し当人は痛い左枕は変へぬのであつた。左の耳と左の腰とが擦爛れた。掛蒲団が重いと云ふ故、友禅縮緬の搔巻を出し上の掛蒲団に代へた。取て置の搔巻は「阿母さんの死ぬ時著るンだヨ」と冗談云はれた品で、今松子が著るが、其不用意な詞が讖をなしはせぬか？ と思へた。

松子は静かな病人であつた。前にも書いた、始終の素直な有様が看病人の心を励し支持力になつたが、唯一度斯う云ふた。

「外の景色も見たいわ、乳母車に乗せて連れて行つて」

左う彼に頼むだ。彼は面は笑つて其希望を打消した。と

「左うを、丈夫になつたら」と、松子は云ふのであつた。

盗汗《ねあせ》の体を拭ひ炙《あぶ》つた寝巻を著せかけようとすると、一度松子は坐つて、急に泣出し

「こんなに痩せて、阿母さん」と、下向いて骨立つ膝の上に手を据《す》えた。

母は今に直ると云つて慰めた。

信一は、松子が咳嗽の苦痛を緩和と去熱の為の胸部に温湿布、盗汗の寝巻腰巻など昼夜三四回程取換る故、病人は裸身は見てゐる筈だが、己れの衰弱は露骨に感じない、其が、不図気付い

て了つた。左う思つて病人を目戍つた。

松子は其後、左うして蒲団の上に半身起すと、漸休んで、疲労から目はぼろ〳〵涙を落した。

食事は、粥、玉子、ソツプ、ソツプは毎日鶏の骨二つづゝ煮出し病人がよく飽ないと思へる程続けてゐた。が営養は、段々病勢に負けるのが目に見えた。松子は牛乳は吐く癖がついてゐたし、又食慾が少なかつた。みんながやきもきしたが本人は尚努力してゐた。傍《はた》で強いると、涙ぐんだ。傍の情と自らキメてゐる心持とに板挟になる。薬方は主治医が、「たゞの量では効かなくなつてゐる故、きつくして居ます」と云ふた事がある。

寒《かん》の半ば頃、或朝松子は
「阿母さん、起して、起して」急に呼んだ。「抱きかゝへて〳〵」

起されて坐つた松子は抱れて母の胸に確りもたれ懸り、母は背《うしろ》に倒れ相で、尻に座蒲団を二つ折にしてかつた。寝巻の肩に縕袍を著せかける、松子の浮腫の面は苦痛の表情で、額にみる〳〵泌出る汗の玉、大きい呼吸、其呼吸の毎頭《たび》は揺らいだ。熱は九度程で何時もと大差ないが、容態は異つて来た。

母は寝かさうとすると、病人は抱いて〳〵と云ふ。彼が母に代つた。松子は体の量で寄懸る故、彼は反身で坐つた腰骨が痛く成つたが我慢した。松子は抱れてゐれば、未だ神経が落ついた。母と彼とが交代に抱いて居てやる。

午後に上原医師は、カンフル二つを一緒にして、病人の左腕に注射した。信一は其を戍つて最うそんな容態になつたのかと思つた。四畳半には薬の匂が迷ひ、松子はカンフル臭い息を吐いた。

医者は起つて、従《つ》いて出た彼に玄関で
「困難ですぞ」と云つた。

信一は、弱い事云はない医師と思つてゐた人に、其を云はれた故応《こた》へた。上原老人は跛を曳いてゐた。片方足袋の無い、足の踝の辺繃帯してゐた。足駄の上に降りた老人に、彼は障子に摑《つかま》り乍ら
「御足は」と尋ねた。

「腫物が出来てなあ」そうして俥に乗らぬ上原老人は泥濘の路地を戻るのであつた。

松子はもう横になれずに、屈めた頭はぬるい安火《あんか》の上の坊主枕に居《つ》けてゐた。

「阿母さん、髪はみんな剪つてお不動様にあげて下さいな、よくなれば又生えるから」と云ふ。

已《すで》に、其髪は周りを残し内側の大部分剪取つて、深川不動に願掛に母が持つて往つた故現在は僅かである。母は
「此間の分だけで聞いて頂けるヨ」と慰めた。其願掛の札は病室の天井に挿してある。母は不動様の他《ほか》、ちかい田端の赤紙仁王にも往き、鯖大師にはお百度踏んでゐる。

「左うを」

其松子の生地のすいた割に角長い頭顱《あたま》に、彼は目を移した。

其は汗の玉が生地にみえる。松子は苦痛に稍慣れ、又耐へて、抱いてと云はない……

六畳間の寝床に、彼は帯の結目を前に廻して横になる。母と交代に寝《やす》むのだが、枕の上で彼は楽しい空想を頭に描いた。此頭の中が外に分れば弱るぞと思つた。そんな空想、其が催眠法になる。が、寝床の隣に赤い焼けた畳、松子の病床の跡、其が目につくと眠れなかつた。

彼はそつと日剝暦の傍によつて、節分《せつぶん》まで数へて捲り上げ、何故かその日が心あてになつた。

二月一日、母は医者に云はれ、病人の有様から、床を座敷に移したいと云出した。黄味だけの生玉子も吐くし、腰は抜けたし、又可成《かなり》潔癖な病人の、そさうを見るやうになつた。母の詞は或場合を暗示した。が、信一はそれを直ぐ肯かなかつたが。母は座敷に移したい主張を止めず、その剛い眼色に彼は反対出来なかつた。

松子を敷蒲団の上の儘曳ずつて、再び六畳の床の間寄に病床を直した。横臥の方が宜からうと云ふと病人は従つた、枕頭の品々も元の様に移した。松子は信一に向いて

「こんな病人、もう厭におなりでせう！」と、愛情の事を尋ねた。

「否《ラーフ》、僕は厭にならないよ。厭ならかう介抱はしない。何時迄も介抱をしてあげるよ」

「左うを」

其松子の顔には何の表情も浮ばない。信一は其で驚いた。質問の内容に凡ふさはぬ平静、別な事を尋ねてゐる様！

信一は松子に神経で触れてゐたが、抱いて〳〵と呼んだ時分から様子が異つて、かの女は別人になつた。（苦痛が一部の神経の働きを傷けた）半ば何処かに行隔つた、かの女が自ら不自然な位置に心づき、大事なことを急に質《たゞ》したのであらう。が、かの女の位置からは信一の答へでは半ばより腑に落ない？……

信一は又松子の薄い表情から、一人の生命の薄れる場合傍に従いて行けない其道程が、感じて漸と分るやうにもなつた。

其日の新聞紙は小田原の方に出掛てゐた有名な年寄の病死を報道してゐた。前に寒さが老体に応《こた》へたと云ふ病の報の伝つた時、彼は妻の容態から考へて、此年寄も寒《かん》を持越すやうにと思つた。が死んだ。――

夕方母親は危篤の電報を打てと云ふ故、国の父、大阪の叔父、松子の郷里の叔父、三通の電文と友達に速達を書いて、山の上の道を急いで渡辺町の郵便局まで往つた。

晩、病人の手の脈を握つてゐると、不規則で激しい故、彼は医者を聘《よ》びに起つた。足首の腫物で動けない上原医師が、急な場合にはと云うて紹介された山の上のT医師を聘ぶ為。其医者は恰度車で他へ出がけで、信一の事情を聞いて彼の宅に前《さき》廻る事にした。五十台のT医師は座敷に踏入るなり

「嗚呼」と顔面を歪めた。検脈だけで、呼吸困難だから起さな

い方が宜いと云つた。彼がカンフル注射を頼むと、医者は函を開いて
「これがカンフルですよ」左う云うて彼に指示し念を押して、彼が二つと云ふ故、その通り注射をした。カンフルは以前の折程句はなかつた。病体の反応が弱いのかと思へた。医者は器械の函を仕舞つて、ひげもぢやの面を歪めながら起ちかけた。彼が玄関の三畳に従いて行くと、T医師は開いてゐる茶の間に体を入れた。云はふとする故、信一は火鉢の根に坐つた。膝を折つた気の弱い医者は低声で
「奥さんですか。お気の毒です。呼吸困難では。朝まで六ケ敷いですよ。お知らせになる処があれば」と云つた。
信一は黙つてゐた。
「酸素吸入やりますか。効《きゝ》はしないが、呼吸は幾分和らぎます」
信一は点頭いた。医者は吸入器械を借す約束をして起つた。彼は直ぐ其を求めに出た。妙に悲壮なと云ふ感傷気分に、堕《おち》ない様に努力をしてゐた。彼は動阪の薬舗迄酸素をとりにゆく道の上で、逢ふぞと思つてゐた友人の鷲見《すみ》に逢つた。——動阪の館に来る鷲見は必ずこの道を通る——友達の鳥打帽を目掛て彼は太い声をかけた。鷲見は直ぐ事を聞いて彼の宅に向つた。信一は重い酸素の鉄棒、風呂敷包の器械の箱二つを携へて戻つた。
病室で、鷲見が手伝ひ、水に通す酸素吸入の仕掛をしたが、勢が鈍いので、鷲見は、
「医者に問はう」とむきな面持で起かけ、其番地を尋ねた。と松子が
「金工場の横丁ですわ」左う知つてゐて云ふた。信一は気の確かな静かな病人に目を移した。鷲見が戻つて、畳の上に居《す》えた鉄管の端に附く捻《ねぢ》を直し、酸素の勢がよくなつた。病人の顔へ硝子の漏斗を当がふた。松子は
「阿母さん。鷲見サンにあちらでお茶をあげて頂戴な」左う云つた。松子は呼吸が激しい故口が渇き絶えず吸呑から番茶を呑んでゐた。
信一が云うて、鷲見は田端駅の終電車で若い細君と赤子の処に帰つた。明朝再び来る約束で。
松子が聽て幾らか楽なやうで睡眠を催した。眠れば力の経済になる故彼はすゝめたが、病人も眠らうとした。が咽喉がかわくのと折々ゴクツと変な呼吸とで眠は妨げられた。
「眠りたいけど、駄目ねヱ」松子は目を開けて左う云つた。信一は友人がペンに削るやうと云つて呉れた白い鵞の羽二枚をとり出し、それを重ねて水を掬ひ絶ず唇を濡らす様にした。
朝になり雨戸を開けた。障子は青白く、酸素吸入の瓶の水は沸続けてゐた。松子の顔は目が隠れる程浮腫れ、断続の急を呼吸、糸のやうなかぼそい生命が目に映るやうであつた。病人は股の間を気にし、台所から出て来た母にそれを知らせた。母は優しく宥《ゆる》したが、病床の足の方に廻り、例の捲巻を持上げた。

動かすのは危ないと信一は感じたが、直ぐ制止するまでに頭が到らなかつた。下を拭ひとり少し足を動かしたハヅミに、松子は

「アツ」

と云うて、瞬間醜い顔になつた。傍で手を握つてゐた彼の頭に沁《しみ》こんだ。手に応へがなく病人の眼色は消え口は固く閉ぢ、歯に衝当る舌の音、咽喉の音？

　母は直ぐ手を握り耳の傍で呼んだが、変な音は絶え、唇にわづかに泡が吹出した。枕の上の顔は、彼《あの》内面的な醜さは直ぐに消えてゐたが……

　信一は室の有様が急激に異つたので驚いた。奈辺《どのあたり》に往きつゝあるのだらう？　しばらく盆槍してゐたが、吹出してゐる酸素吸入の漏斗をば、其顔によくあたる様《やう》正しく直すのであつた。

（大正十二年四月）

（「改造」大正12年4月号）

幽閉

井伏鱒二

山椒魚は悲んだ。

——たうたう出られなくなつてしまつた。斯うなりはしまいかと思つて、私は前から心配してゐたのだが、冷い冬を過して、春を迎へてみればこの態だ！　だが何時かは、出られる時が来るかもしれないだらう。

　この山椒魚は、此の通り彼の岩屋に閉ぢ込められてしまつたのである。元来、彼がこの岩家に入つて来るやうになつたのは一昨年の秋のことであつたのだが、ほんとに思はず知らずのうちに二年半の年月が過ぎてしまつたのだ。そして二年半の倦怠の限りの毎日が過ぎた今日、この岩屋から何気なく鳥渡出てみようと思へばこの始末である。出る口が小さくて外にぬけ出ることが出来ない。何うしても駄目だ。さゝいのことであるのだが、ほんの少し体が大きくなつてゐる。仕様のないことゝ言はなければならない。

——あゝ悲しいことだ。だが、ほんとに出られないとすれば

僕にも考へがある。

彼は斯う言つて、い丶考へが有るかのやうに呟いたが、それのある道理はなかつた。

彼はこの二年半の月日の間に、雨蛙を二疋と五尾の目高とを食つたゞけであつた。彼等は一年に一疋の蛙でも食つてゐれば十分なのだ。食へば食はないのに越したことはないけれど。そして彼等の仲間は彼と同様に、薄ぼんやりの生活を送って、ぐづでのろまの者許りなのだ。彼の様に岩屋の中に幽閉されるのは極くすくないが、彼等は常々斯うい ふ怖ろしい目に遭遇しないとも限らないといふ観念と、だから用心するがよからうといふ教訓とだけは心得てゐるのである。けれども彼だけは、うつかりしてゐる間に斯ういふ破目になつてしまつたのである。

——僕もつい失念してゐたのだ。何うにかならないものだらうか？

せめて斯うでも言つてゐるのが今は慰めである。

この棲家、最早彼にとつては永遠の棲家は、入口はさういふ具合に小さかつたが、内側は可成の広さである。(それで彼もうつかりしてゐたのであるが。) 河の流れの入り込む岩屋の入口に、始終目をつけてゐれば、たまには小さな魚や蝦や蛙が、まぐれ込むのを見逃がさないですむ。だから何うにか斯うにか、生きてだけは居られる。

それにしても思ふま丶の身体の自由は、また仲間のものとの交渉は？　彼は斯ういふことについて考へてみると、全くなさけなくなつてしまふのである。この二年半の間には、一度もこの岩屋の外へ出てみやうとも、仲間のところに遊びに行き度いとも思つたことはなかつたのだが、自分の体が全然外界との交渉を断たれたと気がつくと、急に、何処へでもい丶外の広々とした流れに泳ぎ出てみたくなつて来たのである。大きく尾や足を動かして、流れにつれて、流れに逆つて、又は流れを横切つて泳いでみたい気持に、やもたてもたまらなくなつて来るのであつた。

——だが、何うにもならないことだ。僕程不幸な者は三千世界にまたとあらうか。悲しいことだ。

これを嘆かないでゐられやうか。

けれども見様一つによつては、これまでの二年半の間の生活とちつとも異らない、悠暢な、何者にも攪拌されない生活を続けて行くことが出来るともいはれやう。さう見れば、まんざら棄てた境涯でもないらしい。第一我々の生活は、わざわざ岩屋から出て行つて暮すほどの価値あるものであるだらうか、何うであらう。といつても、それはあきらめまぎれの、といふよりあきらめかねた気持をたぐつて行つての言葉で、彼にとつてこの観念が慰めになる道理はなかつた。

——何うしたものだらう？　大地震が起つて天地がひつくり反れば、僕もあの河の流れに投げ出されるだらうに。

これではまるで終身懲役だ。ほんの少しの年月をうつかりしてゐた罪の罰としては、これはあまり重過ぎはしまいか？

——神様、あゝ貴方はなさけないことをなさいます。

彼はさう呟いて岩屋の口から、外の流れを見た。流れの深みには、細い細い藻の茎が、丁度お正月に子供らが揚げる紙凧の糸の様に水底から水面まで悠つくりと延びて、水面に及んだところで確かに、その成育を中止し、小さな花だけを空中にもたげてゐる。さうした藻は一本だけではない。幾本も幾本も生ひ繁つてゐるのである。それ等の藻の茎の間には、また何十尾とも数しれぬ目高が流れに逆つて、雨上りの地面の砂鉄の流れの跡の様に、ほの黒く泳いでゐる。彼等は流れのゆらめきによろめいて、左に行つたり右に行つたりするものであるが、それがまた鳥渡した流れの調子によつて、一尾がふとその群から右によろめき出たかとおもふと、他の幾尾ともなくの小魚類はそれと同時に放出されたかの様に一斉にその後にしたがつて行く。しかしそれもわづかの間で、又もや或る一尾が一本の藻の茎を邪魔に思つて、左によろめいてその群から離れると、前と同じく他の幾尾もはそれの後に遵つて行くのである。彼等は左によつたり右によつたり、こゝを先度と流れにおし敗かされまいとしきりに努力して泳いで、また決して群からは離れまいとした。

——目高達は何の理由で、間違つてよろめいて出た奴の後をばかりお手本にするんだ。

彼は——山椒魚は恰かも目高達よりは一歩悟入してゐるつもりで苦々しく呟いた。

時々ではあるが流れの淀みのところの水底からは、蛙がバネ仕掛の様に力よく水面まで突進して来て、ついとその三角形の鼻先を空中に出したかとおもふと、もとの水底へ同じく律をつくって潜り込んでしまふのである。水面には水すましが二三匹浮んでゐるのであるが、彼等はさうした蛙の気まぐれの出現に驚きあはてゝ、勢ひよく、直線を目茶目茶に折り曲げた形に水面を逃げまどふものである。

岩屋の外は、さういふ活動の世界であるのに、岩屋の内は、また何と惨めでほの暗い闇の世界であることか。こゝろみに彼が、岩屋の岩の壁に体をすりつけてみると、ぬらぬらと体は岩に触れて、総毛立つ気味の悪い水さびの手ごたへがある。岩の壁に水さびは発生してゐるのかそれとも自分の体に発生してゐるのか彼には解らなかつた。何にしても自分も年をとつたものだと、つくづく思つた。岩屋の天井にはぜに苔と杉苔とが、ぎつしりとくつついてゐる。ぜに苔は緑色で扁平に岩の面を蔔つてゐて、杉苔は薄緑の針の様な小さい茎を持つて、朝と夕には必ず丸い露を宿らせた。彼は或日、杉苔の密生する茎の間から茎と同じく小さな数本の紅色の軸が生へて来て、その先に矢張り小さな緑色の実の結ばれてゐるのを発見した。それは一週間計り彼の目をよろこばせたが、間もなく花粉を散らすと共に消失してしまつた。花粉は飛んで岩と岩との間や湿つた岩壁にくつ着いた。彼はこの苔の実の散るのを好まなかつた。何となれば岩や岩の間にくつ着き損じた花粉が彼の住んでゐる流通の悪い水の面に散ると、第一水が汚なくなると思つたからである。

散つた花粉は水面にも岩の面にも、肉眼では見えないものになつて、岩屋の中はもとの静寂の状態に返つた。たゞもやの様な黴が毎日消えたり生へたりするより他は。だが、山椒魚は、それ等を流転して行くものゝ光景と思ひつめて、

――露の玉や、苔の実や黴は、今僕にとつて何んな関係があるか、またそれ等は僕に何を暗示しやうとしてゐるのであるか？

と考究した。しかしその解訳に到着するより先に、岩屋の入口から一尾のえびがまぎれこんで、岩の壁の水際にとまつて触角をしきりに動した。もう随分夜が更けてゐるのでこの小動物は寝泊りに来たのかも知れない。あるひは苔の花粉の香を嗅いで、それを食べにやつて来たのかも知れない。

山椒魚はこの小さな動物が一生懸命物おもひに耽つてゐるやうな様子を見ると、それを一呑みに食つてしまふのも惨酷らしく思はれて、ぢつとながめた。だがおそらく物思ひに耽つてゐるのではなく、よく寝込んでゐるのであらう。何しろそのまゝにしてやる方がいゝ。

その夜外界の川の上には蛍が、流れの方向と反対に川下から川上に向つて幾匹ともなく飛んで行つてゐたが、蛍達が光つて火の線を引くと、それが水に映つて彼の岩屋の中にまで、極く薄らいでゞはあるが光つて来るのである。その灯りでみると水際のえびは車えびであるらしく、体が透明で一片の肉塊から出来上つてゐて、その腹部とも思はれるところに、雀の稗草ほどの大きさをした卵の黒点の群体が見える。

――寝てゐるのではないな。物おもひに耽つてゐるのだな。

小さいこの肉片が何の物思ひに耽つてゐるのだらうと思ふと、滑稽でもある。

車えびは何に驚いたか、水際をはなれて宙返りをして山椒魚の横腹にとんで来て泊つた。えびの足の間繁く水をかくのと、触角の動くのとが山椒魚の腹に感じられた。多分頓狂な眼をとび出して、えびはえびで物思ひに耽つてゐるのであらうが、ふり向いてそれを見れば自然体を動かさなければならない。さうすればえびは驚いてとび立つに違ひない。この小動物は山椒魚の腹を岩の塊とでも思つてゐるのであらうから。

最早、夜が更けていつもながらの川の流れは静かである。川底の水草も流れに一様になびかされて、もつれ合つたりからまつたりしながら、静かに揺れてゐる。総てゆるやかに動き、暗い。淀みの泡沫はこの静寂の中にもかすかな音をたてながら消えて、また発生する。

つまり静けさの溶液が彼等をすつかりとり囲んでゐるのである。

――兄弟静かぢやないか？

えびは返事をしなかつた。物思ひに耽るやうな風をして、しらばつくれて、さては卵を産みつけてゐるのに違ひない。

岩屋の口から外界の空に瞳を凝らせば、蛍の火が流れてゐる。向ふの遠いところには、星が輝いてゐる。星は星によつて大小

異り、色も輝き様も違つてゐるが、大体からいへば皆目ばたきしてゐる小さな汚点にひとしい。

山椒魚は今ねむりに陥ちようとしてゐる。

淋しいとでもいひ度い程の静けさにとり囲まれながら、その横腹には今は最早彼にとつては懐かしい友達に思はれはじめた小さい肉片の小動物を泊らせながら。

――兄弟、明日の朝までそこにぢつとして居てくれ給へ。何だか寒いほど淋しいぢやないか？

（「世紀」大正12年8月）

椿

里見　弴

三十を越した独身の女が、洋紅の覆ひを深々とかぶつた台電燈のもとで、床の間の方を枕にして、左下に、ねながら講談雑誌を読んでゐた。まるで風のない寒い晩だつた。まだ十二時は打つまいと思はれるのに、いつの間にかすつかり人通りが杜絶へて了つて、もの音のなくなつたことが、鋭く耳につきだした。頁をめくる序に、ちよいと目をやると、五寸ほど離して並べてとつた寝床には、姪にあたる二十歳の娘が、これは右を下に、つまり向ひ合せに安かな眠顔の鼻から上だけくつきりと天鵞絨の掛襟をぬいて、大へんな美人に見える。珍しさうに、叔母はぢツと眺めてゐた。

「おすましねえ」

と揄揶つて、一緒に笑ひだしたい気持だつたが、娘はまるで造りもの丶やうに、寝息さへ聞かせなかつた。ひとりで、声を立てずに笑つて、ほんのちよいと身動きをすると、引越のとき表変をさせたばかりの青畳が微に鳴つて、夜着の下からふわりとあつたかい風が、顎や頬へ流れかゝつた。

それからまた暫くは、小説の節をたどるよりほか、なんにも思はなかつた。生憎、ちつとも眠くなつて来なかつた。

プウー、と短く、どこか遠くで汽笛が鳴つた。それで、あんまり静なのがちよいと気になつた。今夜だけに限られた静さのやうな気がしだした。女中を起して、寝床をもつてあがらせ、今夜はうちぢうみんな揃つて、二階にねようかしら、とも思つてみたが、起きて行くのが面倒なので、そのまゝ読みつゞけた。そのうち、男女関係のかなりきはどいことを書いたところへ来たけれども、なんともなかつた。引き続きに思ひ出されるやうな男などもなかつた。なんにも思はずに読み耽つた……。

バサツ。

すぐ枕もとだつた。あともさきもなしに、たゞそのもの音ひとつきりだつた。畳の上に何か落ちたのに違ひないが、何であるか、顔をあげて見る気にはなれなかつた。左の片手に持つてゐた雑誌を、そうツと布団の上へ置き、手先を引つ込めて、胸のところで握り合せた。左の冷たさが、右の掌へ滲みた……。

見ると、姪が、薄ウく眼をあいて、ぢツとこちへ瞳を据えてゐる……。

ギヨツとした。

「なによ！」

跳ね起きて、「なによ、節ちやん！」

「いやア！」

夜着ごと飛びついて来て、膝へ面をふせた。

「なんですつたら！」

「なんなの？」

そうツと顔をあげかけた。

「知らないわ！」

膝の重みをはね返して置いて、躊躇《ためら》はず枕もとを見た。感じられたよりは一二尺遠く、床の備後表の上に、真ツ赤な大きな椿が一輪お椀の蓋でもふせたやうに、ぽつくりと散つてゐた。

前にゐた家《うち》の庭に、真盛りを見残して来るのが惜まれて、差配に頼んで、沢山剪つて貰つて来たのを、青磁の瓶《かめ》に生けて飾つた、――それがもう四日あとのことになる……。

「いやだわ、節ちやん」

それが、まあよかつた、と云ふ調子に落ついてゐたので、姪の娘も起き返つた。

「なアに？」

「なによ、あんたこそ！」

「だつて姉さんが……」

「あたしどうもしやしないわ」

「あら、きやツて云つたぢアないの！」

「だつてあんたが薄目なんぞつかつてこつちを見てるからさ」

「あら、それより前きに姉さんが、可怕《こは》さうな顔をして、本読むのよして、布団のなかに手を引つ込めたぢアないの」

「まア、見てたの？」

「あたし、泥棒でもはいつてるのかと思つたのよ」

「馬鹿ねえ、どうして目を覚したの？」

「姉さんが呼んだんぢアないの？」

「いやよ、呼ぶもんですかね」

「あら、ほんとに呼ばない？」

「知らないことよ！」

「あらア？　ぢアあたし寝惚たのかしら」

「いゝえ、椿が散つたのよ」

「いやア？」

と、いきなりしがみついて、「いやよ〳〵、おどかしちアいやよ！」

「あら、びつくりするわよ！」

「だつて姉さんがそんなことを云つて……」

「おどかすんぢアないわ。見てごらんなさいな、そこに……」

「いや〳〵いや！　いやよ！」

「馬鹿ねえ、床の間に生けといた椿の花が散つたのよ。その音であんたが目を覚したんぢアないの！」

「あら、さうウ？」

やうやく顔をはなして、可怕《こは》々叔母の肩ごしに、床の間の方を窺き込んだ。「まア、いやだわ、真ツ赤なのね……」

「そんなこと知らないわ、赤いんだつて白いんだつて、散る時が来れア散るんでせうさ。真ツ赤ならどうだつて云ふのよ」

「なんだか、気味が悪いわ」

「ぢア、持つてつて、捨ていらつしやいな」

「いやよ、姉さん捨て来て頂戴よ」

「構はないわ、ほつときませうよ」

「でも、なんだか血がたれてるやうで……」

「およしなさいつてば！」

と美しい眉根に八の字をよせて、本気になつて窘《たしな》めたが、

「知らない、もうあたしねちまうわ」

いつかこちらの布団の上へ来てゐた姪を突きのけて、ころりと横になり、すばやく夜着を額の上までひつかぶつて了つた。

「あら、姉さんづるいわ！」

突き飛ばされた力をそのまゝ、これも布団へ転げ込んで、頭から夜着にくるまつて、ぢツと息を殺し、耳をすましてゐた。

しいんとした。

暫くさうしてゐたが、息苦しくつて耐らなくなつて来て、姪が、そうつと顔を出して見ると、いつの間にか叔母は普段のとほり肩をしつかりと包んで、こちら向きに、静にねてゐた。

(まアいやな姉さん！)と思ひながら、左下に寝返つた。と、部屋の隅の暗さに、電燈の覆ひの紅《くれなゐ》が滲んで、藤紫の隈《くま》となつて、しじゆうに見馴れた清方の元禄美人が、屏風のなかで死相を現はしてゐる……。

「あらいやだ」

思はず呟いて、すぐまたくるりと向き返へる鼻のさきで、だしぬけに叔母が、もうとても耐らない、と云ふ風に、ぷツと噴

飯すと、いつも中々笑はない人に似げなく、華美な友染の夜着を鼻の上まで急いで引き上げ、肩から腰へかけて大波を揺らせながら、目をつぶつて、大笑ひに笑ひぬく、——ちよいと始の瞬間こそ面喰つたが、すぐにその可笑しい心持が、鏡にものゝ映るが如くに、姪の胸へもぴたりと来た。で、これも、ひとたまりもなく笑ひだした。笑ふ、笑ふ、なんにも云はずに、たゞもうくツくと笑ひ転げる……。それが、しんかんと寝静つた真夜中だけに、——従つて大声がたてられないだけに、なほのこと可笑かつた。可笑しくつて、可笑しくつて、思へば〳〵可笑しくつて、どうにもならなく可笑しかつた。…。

（「改造」大正12年11月号）

飴《あめ》チョコの天使《てんし》

小川未明

青《あを》い、美《うつく》しい空《そら》の下《した》に、黒《くろ》い煙《けむり》の上《あが》る煙突《えんとつ》の幾本《いくほん》か立《た》つた工場《こうば》がありました。その工場《こうば》の中《なか》では、飴《あめ》チョコを製造《せいざう》してゐました。

製造《せいざう》された飴《あめ》チョコは、小《ちひ》さな箱《はこ》の中《なか》に入《い》れられて、方々《はう〴〵》の町《まち》や、村《むら》や、また都会《とくわい》に向《むか》つて送《おく》られるのでありました。

ある日《ひ》、車《くるま》の上《うへ》に、沢山《たくさん》の飴《あめ》チョコの箱《はこ》が積《つ》まれてゐました。それは、工場《こうば》から、長《なが》いうね〳〵とした道《みち》を揺《ゆ》られて、停車場《ていしやば》へと運《はこ》ばれ、そこから、また遠《とほ》い田舎《ゐなか》の方《ほう》へと送《おく》られるのでありました。

飴《あめ》チョコの箱《はこ》には、可愛《かはい》らしい天使《てんし》が描《か》いてありました。この天使《てんし》の運命《うんめい》は、ほんたうにいろ〳〵でありました。ある者《もの》は、屑籠《くづかご》の中《なか》へ、他《た》の紙屑《かみくづ》などといつしよに破《やぶ》られて捨《す》てられました。また、ある者《もの》は、ストーブの火《ひ》の中《なか》に投《な》げ入《い》れられました。また、ある者《もの》は、泥濘《ぬかるみ》の道《みち》の上《うへ》に捨《す》てられました。何《なん》といつても子《こ》供等《どもら》は、箱《はこ》の中《なか》に入《はひ》つている飴《あめ》チョコさへ食《た》べればいゝのです。そして、もう空箱《あきばこ》などには用事《ようじ》がなかつたからであります。かうして、泥濘《ぬかるみ》の中《なか》に捨《す》てられた天使《てんし》は、やがてその上《うへ》を重《おも》い荷車《にぐるま》の轍《わだち》で轢《ひ》かれるのでした。

　天使《てんし》でありますから、たとへ破《やぶ》られても、焼《や》かれても、また轢《ひ》かれても、血《ち》の出《で》る訳《わけ》ではなし、また痛《いた》いといふこともなかつたのです。たゞこの地上《ちじやう》にゐる間《あひだ》は、面白《おもしろ》いことゝ、悲《かな》しいことゝがあるばかりで、しまひには、魂《たましひ》はみんな青《あを》い空《そら》へと飛《と》んで行《い》つてしまふのでありました。

　いま、車《くるま》に乗《の》せられて、うね〳〵とした長《なが》い道《みち》を停車場《ていしやば》の方《ほう》へ行《い》つた天使《てんし》は、まことによく晴《は》れ渡《わた》つた、青《あを》い空《そら》や、また、木立《こだち》や、建物《たてもの》の重《かさ》なり合《あ》つてゐる、あたりの景色《けしき》を眺《なが》めて独言《ひとりごと》をしてゐました。

「あの黒《くろ》い煙《けむり》の立《た》つてゐる建物《たてもの》は、飴《あめ》チョコの製造《せいざう》された工場《こうば》だな、なんといゝ景色《けしき》ではないか。遠《とほ》くには海《うみ》が見《み》えるし、あちらには賑《にぎや》かな街《まち》がある。おなじ行《い》くものなら、俺《おれ》は、あの街《まち》へ行《い》つて見《み》たかつた。きつと、面白《おもしろ》いことや、をかしいことがあるだらう。それだのに、いま、俺《おれ》は、停車場《ていしやば》へ行《い》つてしまふ。汽車《きしや》に乗《の》せられて、遠《とほ》いところへ行《い》つてしまふにちがひない。さうなれば、もう二度《ど》とこの都会《とくわい》へは来《こ》られないばかりか、この景色《けしき》を見《み》ることもできないのだ。」

　天使《てんし》は、この賑《にぎや》かな都会《とくわい》を見捨《みす》て、遠《とほ》くあてもなく行《い》くのを悲《かな》しく思《おも》ひました。けれど、また、自分《じぶん》は、どんなところへ行《い》くだらうかと考《かんが》へると楽《たの》しみでもありました。

　その日《ひ》の昼頃《ひるごろ》は、もう飴《あめ》チョコは、汽車《きしや》に揺《ゆ》られてゐました。天使《てんし》は、真暗《まつくろ》な中《なか》にゐていま汽車《きしや》がどこを通《とほ》つてゐるかといふことは分《わか》りませんでした。

　その時《とき》、汽車《きしや》は、野原《のはら》や、また丘《をか》の下《した》や、村《むら》はづれや、そして、大《おほ》きな河《かは》にかゝつてゐる鉄橋《てつけう》の上《うへ》などを渡《わた》つて、ずん〳〵と東北《とうほく》の方《はう》に向《むか》つて走《はし》つてゐたのでした。

　その日《ひ》の晩方《ばんがた》、あるさびしい、小《ちひ》さな駅《えき》に汽車《きしや》が着《つ》くと、飴《あめ》チョコは、そこで降《お》ろされました。そして汽車《きしや》は、また、暗《くら》くなりかゝつた、風《かぜ》の吹《ふ》いてゐる野原《のはら》の方《はう》へ、ポッ、ポッと煙《けむり》を吐《は》いて行《い》つてしまひました。

　飴《あめ》チョコの天使《てんし》は、これからどうなるだらうと半《なか》ば頼《たよ》りないやうな、半《なか》ば楽《たの》しみのやうな気持《きもち》でゐました。すると、間《ま》もなく、幾百《いくひやく》となく飴《あめ》チョコのはひつてゐる大《おほ》きな箱《はこ》は、その町《まち》の菓子屋《くわしや》へ運《はこ》ばれて行《い》つたのであります。

　空《そら》が曇《くも》つてゐたせゐもありますが、町《まち》の中《なか》は、日《ひ》が暮《く》れてからは、あまり人通《ひとどほ》りもありませんでした。天使《てんし》は、こんなさびしい町《まち》の中《なか》で、幾日《いくにち》もぢつとして、これから長《なが》い間《あひだ》かうしてゐるのか知《し》らん。もしさうなら怠屈《たいくつ》でたまらないと思《おも》ひました。

　幾百《いくひやく》となく飴《あめ》チョコの箱《はこ》に描《か》いてある天使《てんし》は、それ〴〵違《ちが》つた空想《くうさう》に耽《ふけ》つてゐたのでありませう。中《なか》には、早《はや》く、青《あを》い空《そら》へ上《あが》つて行《い》きたいと思《おも》つてゐたものもありますが、また、どうなるか最後《さいご》の運命《うんめい》まで見《み》てから、空《そら》へ帰《かへ》りたいと思《おも》つてゐたものもあります。

こゝに話《はなし》をしますのは、それ等《ら》の多《おほ》くの天使《てんし》の中《なか》の一人《ひとり》であるのは、言《い》ふまでもありません。

ある日《ひ》、男《をとこ》が箱車《はこぐるま》を引《ひ》いて、菓子屋《くわしや》の店先《みせさき》にやつて来《き》ました。そして、飴《あめ》チョコを三十ばかり、他《ほか》のお菓子《くわし》といつしよに箱車《はこぐるま》の中《なか》に収《をさ》めました。

天使《てんし》は、また、これからどこへか行《い》くのだと思《おも》ひました。いつたいどこへ行《い》くのだらう? 箱車《はこぐるま》の中《なか》にはひつてゐる天使《てんし》は、やはり、暗《くら》がりにゐて、たゞ、車《くるま》が石《いし》の上《うへ》をがた〳〵と躍《をど》りながら、なんでものどかな田舎道《ゐなかみち》を引《ひ》かれて行《い》く音《おと》しか聞《き》くことが出来《でき》ませんでした。

箱車《はこぐるま》を引《ひ》いて行《い》く男《をとこ》は、途中《とちう》で、誰《たれ》かと道《みち》づれになつたやうです。

「いゝお天気《てんき》ですのう。」

「だん〳〵のどかになりますだ。」

「このお天気《てんき》で、みんな、雪《ゆき》が消《き》えてしまふだらうな。」

「お前《まへ》さんは、どこまで行《ゆ》かしやる。」

「あちらの村《むら》へお菓子《くわし》を卸《おろし》に行《ゆ》くだ。今年《ことし》になつてはじめて東京《きやう》から荷《に》がついたから。」

飴《あめ》チョコの天使《てんし》は、この話《はなし》によつて、この辺《へん》には、まだところ〴〵田《た》や、圃《はたけ》に、雪《ゆき》が残《のこ》つてゐるといふことを知《し》りました。

村《むら》に入《はひ》ると、木立《こだち》の上《うへ》に、小鳥《ことり》がチュン、チュンといゝ声《こゑ》を出《だ》して、枝《えだ》から、枝《えだ》へと飛《と》んでは囀《さへづ》つてゐました。子供等《こどもら》の遊《あそ》んでゐる声《こゑ》が聞《きこ》えました。そのうちに、車《くるま》は、ガタリといつて止《と》まりました。

この時《とき》、飴《あめ》チョコの天使《てんし》は、村《むら》へ来《き》たのだなと思《おも》ひました。やがて箱車《はこぐるま》の蓋《ふた》が開《あ》いて、男《をとこ》は、果《はた》して飴《あめ》チョコを取《と》り出《だ》して、村《むら》の小《ちひ》さな駄菓子屋《だぐわしや》の店頭《みせさき》に置《お》きました。また、他《ほか》にもいろ〳〵のお菓子《くわし》を並《なら》べたのです。

駄菓子屋《だぐわしや》のおかみさんは、飴《あめ》チョコを手《て》に取《と》りあげながら、

「これは、みんな十銭《せん》の飴《あめ》チョコなんだね。五銭《せん》のがあつたら、五銭《せん》のをおくんなさい。このあたりでは、十銭《せん》のなんか、なか〳〵売《う》れつこはないから。」と、言《い》ひました。

「十銭《せん》のばかりなんですがね。そんなら、三つ、四つ置《お》いて行《い》きませうか。」と、車《くるま》を引《ひ》いて来《き》た、若《わか》い男《をとこ》は、言《い》ひました。

「そんなら、三つばかりも置《お》いて行《い》つて下《くだ》さい。」と、おかみさんは、言《い》ひました。

飴《あめ》チョコは、三つだけこの店《みせ》に置《お》かれることになりました。おかみさんは、三つの飴《あめ》チョコを大《おほ》きな硝子《がらす》の罎《びん》の中《なか》にいれて、それを外《そと》から見《み》えるやうな処《ところ》に飾《かざ》つて置《お》きました。

若《わか》い男《をとこ》は、車《くるま》を引《ひ》いて帰《かへ》つて行《い》きました。これから、また他《ほか》の村《むら》へまはつたのかも知《し》れません。同《おな》じ工場《こうば》で造《つく》られた飴《あめ》チョコは、同《おな》じ汽車《きしや》に乗《の》つて、ついこゝまで運命《うんめい》を一しよにして来《き》たのだが、これから互《たがひ》に知《し》らない場処《ばしよ》に別《わか》れてしまはなければなりませんでした。もはや、この世《よ》の中《なか》では、それ等《ら》の天使《てんし》は、互《たがひ》に顔《かほ》を見合《みあ》はすやうなことは恐《おそ》らくありますまい。いつか、青《あを》い空《そら》に上《あが》つて行《い》つて、お互《たがひ》にこの世《よ》の中《なか》で経《へ》て来《き》た運命《うんめい》につ

いて語《かた》り合《あ》ふ日《に》よりは他《ほか》になかつたのであります。

罎《びん》の中《なか》から、天使《てんし》は、家《いへ》の前《まへ》に流《なが》れてゐる小《ちひ》さな川《かは》を眺《なが》めました。水《みづ》の上《うへ》に、日《ひ》の光《ひか》りがきら〱照《て》らしてゐました。やがて日《ひ》は暮《く》れました。田舎《ゐなか》の夜《よる》は、まだ寒《さむ》く、そして寂《さび》しかつた。しかし夜《よ》が明《あ》けると小鳥《ことり》が、例《れい》の木立《こだち》に来《き》て囀《さへづ》りました。その日《ひ》もいゝ天気《てんき》でした。あちらの山《やま》のあたりは霞《かす》んでゐます。子《こ》供等《どもら》はお菓子屋《くわしや》の前《まへ》に来《き》て遊《あそ》んでゐました。この時《とき》、飴《あめ》チョコの天使《てんし》は、あの子供等《こどもら》が飴《あめ》チョコを買《か》つて、自分《じぶん》をあの小川《をがは》に流《なが》してくれたら、自分《じぶん》は水《みづ》の行《い》くまゝに、あちらの遠《とほ》い霞立《かすみだ》つた山々《やま〱》の間《あひだ》を流《なが》れて行《い》くものをと空想《くうさう》したのであります。

しかし、おかみさんがいつか言《い》つたやうに、百姓《ひやくしやう》の子供等《こどもら》は、十銭《せん》の飴《あめ》チョコを買《か》ふことができませんでした。

夏《なつ》になると、燕《つばめ》が飛《と》んで来《き》ました。そして、その可愛《かはい》らしい姿《すがた》を小川《をがは》の水《みづ》の面《おもて》に写《うつ》しました。また、暑《あつ》い日盛《ひざか》り頃《ごろ》、旅人《たびびと》が、店先《みせさき》に来《き》て休《やす》みました。そして、四方《よも》の話《はなし》などをしました。しかし、その間《あひだ》、誰《たれ》も飴《あめ》チョコを買《か》ふものがありませんでした。だから、天使《てんし》は、空《そら》へ上《あが》ることも、またこゝから他《ほか》へ旅《たび》をすることもできませんでした。月日《つきひ》が経《た》つにつれて、硝子《がらす》の罎《びん》は自《し》然《ぜん》に汚《よご》れ、また塵《ちり》がかゝつたりしました。飴《あめ》チョコは、憂鬱《いううつ》な日《ひ》を送《おく》つたのであります。

やがてまた、寒《さむ》さに向《むか》ひました。そして、冬《ふゆ》になると、雲《ゆき》はちら〱と降《ふ》つて来《き》ました。天使《てんし》は、田舎《ゐなか》の生活《せいくわつ》に飽《あ》きてしまひました。しかし、どうすることもできませんでした。ちやうど、この店《みせ》に来《き》てから、一年目《ねんめ》になつた、ある日《ひ》のことでありました。

菓子屋《くわしや》の店頭《みせさき》に、一人《ひとり》のお婆《ばあ》さんが立《た》つてゐました。

「何《なに》か、孫《まご》に送《おく》つてやりたいのだが、いゝお菓子《くわし》はありませんか。」と、お婆《ばあ》さんは、言《い》ひました。

「ご隠居《いんきよ》さん、こゝには、上等《じやうとう》のお菓子《くわし》はありませんが、飴《あめ》チョコならありますが、いかゞですか。」と、菓子屋《くわしや》のおかみさんは答《こた》へました。

「飴《あめ》チョコを見《み》せておくれ。」と、杖《つゑ》をついた、黒《くろ》い頭巾《づきん》を被《かぶ》つた、お婆《ばあ》さんは言《い》ひました。

「どちらへお送《おく》りなさるのですか。」

「東京《とうきやう》の孫《まご》に、餅《もち》を送《おく》つてやるついでに、何《なに》かお菓子《くわし》も入《い》れてやらうと思《おも》つてな。」と、お婆《ばあ》さんは答《こた》へました。

「しかし、ご隠居《いんきよ》さん、この飴《あめ》チョコは、東京《とうきやう》から来《き》たのです。」

「なんだつていゝ、こちらの志《こゝろざし》だからな、その飴《あめ》チョコをおくれ。」と、言《い》つて、お婆《ばあ》さんは、飴《あめ》チョコを三つとも買《か》つてしまひました。

天使《てんし》は、思《おも》ひがけなく、二《ふた》たび東京《とうきやう》へ行《い》つて見《み》られることを喜《よろこ》びました。

あくる日《ひ》の夜《よ》は、はや、暗《くら》い貨物列車《くわもつれつしや》の中《なか》に揺《ゆ》られて、いつか来《き》た時分《じぶん》の同《おな》じ線路《せんろ》を、都会《とくわい》をさして走《はし》つてゐたのであります。

夜《よ》が明《あ》けて、あかるくなると、汽車《きしや》は都会《とくわい》の停車場《ていしやば》に着《つ》きました。

そして、その日《ひ》の昼過《ひるす》ぎに、小包《こづゝみ》は宛名《あてな》の家《いへ》へ配達《はいたつ》されました。

「田舎《ゐなか》から、小包《こづゝみ》が来《き》たよ。」と、子供達《こどもたち》は、大《おほ》きな声《こゑ》を出《だ》して喜《よろこ》び、躍《をど》り上《あが》りました。

「何《なに》が来《き》たのだらうね、きつとお餅《もち》だらうよ。」と、母親《はゝおや》は、小包《こづゝみ》の縄《なは》を解《と》いて、箱《はこ》の蓋《ふた》を開《あ》けました。すると、果《はた》して、それは、田舎《いなか》で搗《つ》いた餅《もち》でありました。その中《なか》に、三つの飴《あめ》チョコがはひつてゐました。

「まあ、お婆《ばあ》さんが、お前達《まへたち》に、わざ〳〵買《か》つて下《くだ》さつたのだよ。」と、母親《はゝおや》は、三人《にん》の子供《こども》に一つづつ飴《あめ》チョコを分《わ》けて与《あた》へました。

「なあんだ、飴《あめ》チョコか。」と、子供等《こどもら》は、口《くち》では言《い》つたもの、、喜《よろこ》んで、それをば手《て》に持《も》つて、家《いへ》の外《そと》へ遊《あそ》びに出《で》ました。

まだ、寒《さむ》い早春《そうしゆん》の黄昏《たそがれ》でありました。往来《わうらい》の上《うへ》では、子供等《こどもら》が鬼事《おにごと》をして遊《あそ》んでゐました。三人《にん》の子供等《こどもら》は、いつしか飴《あめ》チヨコを箱《はこ》から出《だ》して食《た》べたり、傍《そば》を離《はな》れずについてゐる白犬《しろいぬ》のポチに投《な》げてやつたりしてゐました。そのうちに、全《まつた》く箱《はこ》の中《なか》が空《から》になると、一人《ひとり》は、空箱《あきばこ》を溝《どぶ》の中《なか》に捨《す》てました。一人《ひとり》は、破《やぶ》つてしまひました。一人《ひとり》は、それをポチに投《な》げると、犬《いぬ》は、それを銜《くは》へて、あたりを飛《と》びまはつてゐました。

空《そら》の色《いろ》は、ほんたうに、青《あを》い、なつかしい色《いろ》をしてゐました。いろ〳〵の花《はな》が咲《さ》くには、まだ早《はや》かつたけれど、梅《うめ》の花《はな》は、もう香《かほ》つてゐました。この静《しづ》かな黄昏《たそがれ》がた、三人《にん》の天使《てんし》は、青《あを》い空《そら》に上《あが》つて行《い》きました。

その中《なか》の一人《ひとり》は、思《おも》ひ出《だ》したやうに、遠《とほ》く都会《とくわい》のかなたの空《そら》を眺《なが》めました。沢山《たくさん》の煙突《えんとつ》から、黒《くろ》い煙《けむり》が上《あが》つてゐて、どれが昔《むかし》、自分達《じぶんたち》の飴《あめ》チョコが製造《せいざう》された工場《こうば》であつたかよく分《わか》りませんでした。たゞ、美《うつく》しい灯《あかり》があちら、こちらに、靄《もや》の中《なか》に霞《かす》んでゐました。

青黒《あをぐろ》い空《そら》は、だん〳〵上《あが》るにつれて明《あか》るくなつた。そして、行手《ゆくて》には、美《うつく》しい星《ほし》が光《ひか》つてゐました。

（一九二二、十二）

（「赤い鳥」大正12年3月号）

やまなし

宮沢賢治

小《ちひ》さな谷川《たにかは》の底《そこ》を写《うつ》した二枚《まい》の青《あを》い幻燈《げんとう》です。

一、五　月《ぐわつ》

二疋《ひき》の蟹《かに》の子供《こども》らが青《あを》じろい水《みづ》の底《そこ》で話《はなし》てゐました。

『クラムボンはわらつたよ〔。〕』

『クラムボンはかぷかぷわらつたよ。』

『クラム〔ボ〕ンは跳《はね》てわらつたよ。』

『クラムボンはかぷかぷわらつたよ。』

上《うへ》の方《ほう》や横《よこ》の方《ほう》は、青《あを》くくらく鋼《はがね》のやうに見《み》えます。そのなめらかな天井《てんぜう》を、つぶ〳〵暗《くら》い泡《あわ》が流《なが》れて行《ゆ》きます〔。〕

『クラム〔ボ〕ンはわらつてゐたよ。』

『クラムボンはかぷ〳〵わらつたよ。』

『それならなぜクラムボンはわらつたの。』

『知《し》らない。』

つぶ〳〵泡《あわ》が流《なが》れて行《ゆ》きます。蟹《かに》の子供《こども》らもぽつ〳〵〳〵とつゞけて五六粒泡《つぶあわ》を吐《は》きました。それはゆれながら水銀《すいぎん》のやうに光《ひか》つて斜《なゝ〔〕》めに上《うへ》の方《ほう》へのぼつて行《い》きました。

つうと銀《ぎん》のいろの腹《はら》をひるがへして、一疋《〔ぴ〕き》の魚《うを》が頭《あたま》の上《うへ》を過《す》ぎて行《ゆ》きました。

『クラムボンは死《し》んだよ。』

『クラムボンは殺《ころ》されたよ。』

『クラムボンは死《し》んでしまつたよ………。』

『殺《ころ》されたよ。』

『それならなぜ殺《ころ》された。』兄《〔にい〕》さんの蟹《かに》は、その右側《みぎかは》の四本《ほん》の脚《あし》の中《なか》の二本《ほん》を、弟《おとうと》の平《ひら》べつたい頭《あたま》にのせながら云《い》ひました。

『わからない〔。〕』

魚《うを》がまたツウと戻《もど》つて下流《かりう》の方《ほう》へ行《い》きました。

『クラムボンはわらつたよ。』

『わらつた。』

にはかにパツと明《あか》るくなり、日光《につこう》の黄金《〔きん〕》は夢《ゆめ》のやうに水《みづ》の中《なか》に降《ふ》つて来《き》ました。

波《なみ》から来《く》る光《ひかり》の網《あみ》が、底《そこ》の白《しろ》い磐《いは》の上《うへ》で美《うつく》しくゆら〳〵のびたりちゞんだりしました。泡《あわ》や小《ちひ》さなごみからはまつすぐな影《かげ》の棒《ぼう》が、斜《なゝ〔〕》めに水《みづ》の中《なか》に並《なら》んで立《た》ちました〔。〕

魚《うお》がこんどはそこら中《ぢう》の黄金《〔きん〕》の光《ひかり》をまるつきりくちやくちやにしておまけに自分《じぶん》は鉄《てつ》いろに変《へん》に底《そこ》びかりして、又上流《またかみ》の方《ほう》へのぼりました〔。〕

『お魚はな〔ぜ〕あゝ行《い》つたり来《き》たりするの。』

弟《おとうと》の蟹《かに》がまぶしさうに眼《め》を動《うご》かしながらたづねました。

『何《なに》か悪《わる》いことをしてるんだよとつてる〔ん〕だよ。』

『とつてるの。』

『うん。』

そのお魚がまた上流《かみ》から戻《もど》つて来《き》ました。今度《こんど》はゆつくり落《お》ちついて、ひれも尾《お》も動《うご》かさず〔た〕ゞ水《みづ》にだけ流《なが》されながらお口《くち》を環《わ》のやうに円《まる》くしてやつて来《き》ました。その影《かげ》〔は〕黒《くろ》くしづかに底《そこ》の光《ひかり》の網《あみ》の上《うへ》をすべりました。

『お魚は……。』

その時《とき》です。俄《にはか》に天井《てんぜう》に白《しろ》い泡《あわ》がたつて、青《あを》びかりのまるでぎら〳〵する鉄砲弾《てつ〔ぽ〕うだま》のやうなものが、いきなり飛込《とびこ》んで来《き》ました。

兄《〔にい〕》さんの蟹《かに》ははつきりとその青《あを》いもののさきがコンパスのやうに黒《くろ》く尖《とが》つてゐるのも見《み》ました。と思《おも》ふうちに、魚《うを》の白《しろ》い腹《はら》がぎらつと光《ひか》つて一ぺんひるがへり、上《うへ》の方《ほう》へのぼつたやうでしたが、それつきりもう青《あお》いものも魚《うを》のかたちも見えず光《ひかり》の黄《き》金《ん》の網《あみ》はゆら〳〵ゆれ、泡《あわ》はつぶ〳〵流《なが》れました。

二疋《ひき》はまるで声《こゑ》も出《で》〔ず〕居《ゐ》すくまつてしまひました。

お父《とう》さんの蟹《かに》が出《で》て来《き》ました。

『どうしたい。ぶるぶるふるえてゐるぢやないか。』

『お父《とう》さん、いまおかしなものが来《き》たよ。』

『どんなもんだ』

『青《あを》くてね、光《ひか》るんだ〔〕よ。はじがこんなに黒《くろ》く尖《とが》つてるの。それが来たらお魚が上《うへ》へのぼつて行《い》つたよ。』

『そいつの眼《め》が赤《あか》かつたかい。』

『わからない。』

『ふうん。しかし、そいつは鳥《とり》だよ〔。〕かはせみと云《い》ふんだ。大丈夫《〔だ〕いぜう〔ぶ〕》〔だ〕、安心《あんしん》しろ。お〔れた〕ちはかまはないんだから。』

『お父《とう》さん、お魚はどこへ行《い》つたの。』

『魚かい。魚はこわい所《ところ》へ行《い》つた。』

『こわいよ、お父《〔とう〕》さん。』

『いゝい、大丈夫《〔だ〕いぜう〔ぶ〕》だ。心配《しん〔ぱ〕い》するな〔。〕そら、樺《かば》の花《はな》が流《なが》れて来《き》た。ごらん　きれいだらう。』

泡《あわ》〔と〕一諸《いつしよ》に、白《しろ》い樺《かば》の花《はな》びらが天井《てんぜう》をたくさんすべつて来《き》ました〔。〕

『こわいよ、お父《とう》さん。』弟《おとうと》の蟹《かに》も云《い》ひました〔。〕

光《ひかり》の網《あみ》はゆら〳〵、のびたりちゞんだり、花《はな》びらの影《かげ》はしづかに砂《すな》をすべりました。

二、十二月《ぐわつ》

蟹《かに》の子供《こども》らはもうよほど大《おほ》きくなり、底《そこ》の景《け〔〕》色《し〔き〕》も夏《なつ》から秋《あき》の間《あひだ》に〔す〕つかり変《かは》りました。

白い柔《やはら》かな円石《まるいし》もころがつて来《き〔〕》小《ちひ》さな錐《〔きり〕》の　形《かた〔ち〕》の水晶《すいせう》の粒《つぶ》や、金雲母《〔き〕んうんも》のかけらもながれて来《き》てとまりました。

そのつめたい水《みづ》の底《そこ》まで、ラムネの瓶《びん》の月光《〔げ〕つこう》がいつぱいに透《すき》と〔ほ〕り天井《てんぜう》では波《なみ》が青《あを》じろい火《ひ》を、燃《も》したり消《け》したりしてゐるやう、あたりはしんとして、たゞいかにも遠《とほ》くからといふやうに、その波《なみ》の音《おと》がひゞいて来《く》るだけです。
　蟹《かに》の子供《こ〔ど〕も》らは、あんまり月《つき》が明《あか》るく水《みづ》がきれいなので睡《ねむ》らないで外《そと》に出《で》て、しばらくだまつて泡《あわ》をはいて天井《てんぜう》の方《ほう》を見《み》てゐました。
『やつぱり僕《ぼく》の泡《あわ》は大《おほ》きいね。』
『兄《〔にい〕》さん、わざと大《おほ》きく吐《は》いてるんだい。僕《ぼく》だつてわざとならもつと大《おほ》きく吐《は》けるよ。』
『吐《は》いてごらん。おや、たつたそれきりだらう。いゝかい、兄《〔にい〕》さんが吐《は》くから見《み》てておいで。そら、ね、大《おほ》きいだらう。』
『大《おほ》きかないや、おんなじだい。』
『近《ちか》くだから自分のが大《おほ》きく見《み》えるんだよ。そんなら一緒《しよ》に吐《は》いてみやう。いゝかい、そら。』
『やつぱり僕《ぼく》の方大《はうおほ》きいよ。』
『本統《ほんとう》かい。ぢや、も一つはくよ。』
『だめだい、そんなにのびあがつては。』
　またお父《とう》さんの蟹《かに》が出《で》て来《き》ました。
『もうねろねろ。遅《おそ》いぞ、あしたイサドへ連《つ》れて行《ゆ》かんぞ。』
『お父《とう》さん、僕《ぼく》たちの泡《あわ》どつち大《おほ》きいの』
『それは兄《〔にい〕》さんの方《はう》だらう』
『さうぢやないよ、僕《ぼく》の方大《はうおほ》きいんだよ』弟《おとうと》の蟹《かに》は泣《な》きさうになりました〔。〕
　そのとき、トブン。
　黒《くろ》い円《まる》い大《おほ》きなものが、天井《てんぜう》か〔　〕ら落《お》ちてずうつとしづんで又上《またうへ》へのぼつて行《ゆ》きました。キラキラツと黄金《〔きん〕》のぶちがひかりました〔。〕
『かはせみだ』子供《こども》らの蟹《かに》は頸《くび》をすくめて云《い》ひました〔。〕
　お父さんの蟹《かに》は、遠《とほ》めがねのやうな両方《れうほう》の眼《め》をあらん限《かぎ》り延《〔の〕》ばして、よく〳〵見《み》てから云《い》ひました〔。〕
『さうぢやない、あれはやまなしだ、流《なが》れて行《ゆ》くぞ、ついて行《い》つて見《み》やう、あゝいゝ匂《にほ》ひだな』
　なるほど、そこらの月《つき》あかりの水《みづ》の中は、やまなしのいい匂《にほ》ひでいつぱいでした〔。〕
　三疋《〔ぴ〕き》は〔ぽ〕かぽか流《なが》れて行《ゆ》くやまなしのあとを追《お》ひました〔。〕
　その横《よこ》あるきと、底《そこ》の黒《くろ》い三つの影法師《かげぼうし》が、合《あは》せて六つ踊《をど》るやうにして、山《やま》なしの円《まる》い影《かげ》を追《お》ひました〔。〕
　間《ま》もなく水《みづ》はサラサラ鳴《な》り、天井《てんぜう》の波《なみ》はいよいよ青《あを》い焔をあげ、やまなしは横《よこ》になつて木《き》の枝《えだ》にひつかかつてとまり、その上《うへ》には月光《げつこう》の虹《にじ》がもかもか集《あつ》まりました〔。〕
『どうだ、やつぱりやまなしだよ　よく熟してゐる、いい匂《にほ》ひだらう。』
『おいしさうだね、お父《とう》さん』
『待《ま》て待《ま》て、もう二日《か》ばかり待《ま》つとね、こいつは下《した》へ沈《しづ》んで来《く》る、それからひとりでにおいしいお酒《さけ》ができるから、さあ、もう帰《かへ》つて寝《ね》やう、おいで』

親子《おやこ》の蟹《かに》は三疋《〔ぴ〕き》自分等《〔じぶ〕んら》の穴《あな》に帰《かへ》つて行《ゆ》きます〔。〕
波《なみ》はいよいよ青《あを》じろい焔をゆらゆらとあげました。それは又《また》金剛石《こんごうせき》の粉《こ》をはいてゐるやうでした〔。〕

◆

私《わたし》の幻燈《げんとう》はこれでおしまひであります。

（「岩手毎日新聞」大正12年4月〇日）

白

芥川龍之介

一

或春《あるはる》の午過《ひるす》ぎです。白《しろ》と云《い》ふ犬《いぬ》は土《つち》を嗅《か》ぎ嗅《か》ぎ、静《しづ》かな往来《わうらい》を歩《ある》いてゐました。狭《せま》い往来《わうらい》の両側《りやうがは》にはずつと芽《め》をふいた生《い》け垣《がき》が続《つゞ》き、その又《また》生《い》け垣《がき》の間《あひだ》にはちらほら桜《さくら》なども咲《さ》いてゐます。白《しろ》は生《い》け垣《がき》に沿《そ》ひながら、ふと或横町《あるよこちやう》へ曲《まが》りました。が、そちらへ曲《まが》つたと思《おも》ふと、さもびつくりしたやうに、突然《とつぜん》立《た》ち止《ど》まつてしまひました。

それも無理《むり》はありません。その横町《よこちやう》の七八間先《けんさき》には印半纏《しるしはんてん》を着《き》た犬殺《いぬころ》しが一人《ひとり》、罠《わな》を後《うし》ろに隠《かく》したまま、一匹《ぴき》の黒犬《くろいぬ》を狙《ねら》つてゐるのです。しかも黒犬《くろいぬ》は何《なに》も知《し》らずに、この犬殺《いぬころ》しの投《な》げてくれたパンか何《なに》かを食《た》べてゐるのです。けれども白《しろ》が驚《おどろ》いたのはそのせゐばかりではありません。見《み》知《し》らぬ犬《いぬ》ならば兎《と》も角《かく》も、今犬殺《いまいぬころ》しに狙《ねら》はれてゐるのはお隣《となり》の飼《か》ひ犬《いぬ》の黒《くろ》なのです。毎朝顔《まいあさかほ》を合《あは》せる度《たび》にお互《たがひ》の鼻《はな》の匂《にほひ》を嗅《か》ぎ合《あ》ふ、大《だい》の仲《なか》よしの黒《くろ》なのです。

　白《しろ》は思《おも》はず大声《おほごゑ》に、「黒君《くろくん》！　あぶない！」と叫《さけ》ばうとしました。が、その拍子《ひようし》に犬殺《いぬころ》しはじろりと白《しろ》へ目《め》をやりました。「教《をし》へて見《み》ろ！　貴様《きさま》から先《さき》へ罠《わな》にかけるぞ。」――犬殺《いぬころ》しの目《め》にはありありとさう云《い》ふ嚇《おどか》しが浮《うか》んでゐます。白《しろ》は余《あま》りの恐《おそろ》しさに、思《おも》はず吠《ほ》えるのを忘《わす》れました。いや、忘《わす》れたばかりではありません。一刻《こく》もぢつとしてはゐられぬ程《ほど》、臆病風《おくびやうかぜ》が立《た》ち出《だ》したのです。白《しろ》は犬殺《いぬころ》しに目《め》を配《くば》りながら、じりじり後《あと》すざりを始《はじ》めました。さうして又生《またい》け垣《がき》の蔭《かげ》に犬殺《いぬころ》しの姿《すがた》が隠《かく》れるが早《はや》いか、可《か》哀《あい》さうな黒《くろ》を残《のこ》した儘《まゝ》、一目散《もくさん》に逃《に》げ出《だ》しました。

　その途《と》端《たん》に罠《わな》が飛《と》んだのでせう。続《つゞ》けさまにけたゝましい黒《くろ》の鳴《な》き声《ごゑ》が聞《きこ》えました。しかし白《しろ》は引《ひ》き返《かへ》すどころか、足《あし》を止《と》めるけしきもありません。ぬかるみを飛《と》び越《こ》え、石《いし》ころを蹴散《けち》らし、往来止《わうらいど》めの縄《なは》を擦《す》り抜《ぬ》け、五味《み》ための箱《はこ》を引《ひ》つくり返《かへ》し、振《ふ》り向《む》きもせずに逃《に》げ続《つゞ》けました。御覧《ごらん》なさい。坂《さか》を駈《か》け下《お》りるのを！　そら、自動車《じどうしや》に轢《ひ》かれさうになりました！　白《しろ》はもう命《いのち》の助《たす》かりたさに夢《む》中《ちう》になつてゐるのかも知れません。いや、白《しろ》の耳《みゝ》の底《そこ》には未《いまだ》に黒《くろ》の鳴《な》き声《ごゑ》が虻《あぶ》のやうに唸《うな》つてゐるのです。

「きやあん。きやあん。助《たす》けてくれえ！　きやあん。きやあん。助《たす》けてくれえ！」

二

　白《しろ》はやつと喘《あへ》ぎ喘《あへ》ぎ、主人《しゆじん》の家《いへ》へ帰《かへ》つて来《き》ました。黒塀《くろべい》の下《した》の犬《いぬ》くゞりを抜《ぬ》け、物置《ものお》き小屋《ごや》を廻《まは》りさへすれば、犬小屋《いぬごや》のある裏庭《うらには》です。白《しろ》は殆《ほとん》ど風《かぜ》のやうに、裏庭《うらには》の芝生《しばふ》へ駈《か》けこみました。もう此処《ここ》迄《までに》逃げて来《く》れば、罠《わな》にかゝる心配《しんぱい》はありません。おまけに青《あを》あをした芝《しば》の上《うへ》には、幸《さいは》ひお嬢《ぢやう》さんや坊《ぼつ》ちやんもボオル投《な》げをして遊《あそ》んでゐます。それを見《み》た白《しろ》の嬉《うれ》しさは何《なん》と云《い》へば好《い》いのでせう？　白《しろ》は尻《しり》つ尾《ぽ》を振《ふ》りながら、一足《そくと》飛びに其《そ》処《こ》へ飛《と》んで行《い》きました。

「お嬢《ぢやう》さん！　坊《ぼつ》ちやん！　今日《けふ》は犬殺《いぬころ》しに遇《あ》ひましたよ」

　白《しろ》は二人《ふたり》を見上《みあ》げると、息《いき》もつかずにかう云《い》ひました。（尤《もつと》もお嬢《ぢやう》さんや坊《ぼつ》ちやんには犬《いぬ》の言葉《ことば》はわかりませんから、わんわんと聞《きこ》えるだけなのです）。しかし今日《けふ》はどうしたのか、お嬢《ぢやう》さんも坊《ぼつ》ちやんも唯呆気《たゞあつけ》にとられたやうに、頭《あたま》さへ撫《な》でてはくれません。白《しろ》は不思議《ふしぎ》に思《おも》ひながら、もう一度《ど》二人《ふたり》に話《はな》しかけました。

「お嬢《ぢやう》さん！　あなたは犬殺《いぬころ》しを御存知《ごぞんじ》ですか？　それは恐《おそ》ろしいやつですよ。坊《ぼつ》ちやん！　わたしは助《たす》かりましたが、お隣《となり》の黒君《くろくん》は掴《つか》まりましたぜ。」

　それでもお嬢《ぢやう》さんや坊《ぼつ》ちやんは顔《かほ》を見合《みあは》せてゐるばかりです。おまけに二人《ふたり》は少時《しばらく》すると、こんな妙《めう》なことさへ云《い》ひ出《だ》すのです。

「何処《どこ》の犬《いぬ》でせう？　春夫《はるを》さん。」

「何処《どこ》の犬《いぬ》だらう？　姉《ねえ》さん。」

　何処《どこ》の犬！　今度《こんど》は白《しろ》の方《はう》が呆気《あつけ》にとられました。（白《しろ》にはお嬢《ぢやう》さんや坊《ぼつ》ちやんの言葉《ことば》もちやんと聞《き》きわけることが出来《でき》るのです。我々《われ〳〵》は犬《いぬ》の言葉《ことば》がわからないものですから、犬《いぬ》もやはり我々《われ〳〵》の言葉《ことば》はわからないやうに考《かんが》へてゐますが、実際《じつさい》はさうではありません。犬《いぬ》が藝《げい》を覚《おぼ》えるのは我々《われ〳〵》の言葉《ことば》がわかるからです。しかし我々《われ〳〵》は犬《いぬ》の言葉《ことば》を聞《き》きわけることが出来《でき》ませんから、闇《やみ》の中《なか》を見通《みとほ》すことだの、かすかな匂《にほひ》を嗅《か》ぎ当《あ》てることだの、犬《いぬ》の教《をし》へてくれる藝《げい》は一《ひと》つも覚《おぼ》えることが出来《でき》ません。）

「何処《どこ》の犬《いぬ》とはどうしたのです？　わたしですよ！　白《しろ》ですよ！」

　けれどもお嬢《ぢやう》さんは相不変《あいかわらず》気味《きみ》悪《わる》さうに白《しろ》を眺《なが》めてゐます。

「お隣《となり》の黒《くろ》の兄弟《きやうだい》かしら？」

「黒《くろ》の兄弟《きやうだい》かも知《し》れないね。」坊《ぼつ》ちやんもバットをおもちやにしながら、考《かんが》へ深《ぶか》さうに答《こた》へました。「こいつも体中《からだぢう》まつ黒《くろ》だから。」

　白《しろ》は急《きふ》に脊中《せなか》の毛《け》が逆立《さかだ》つやうに感《かん》じました。まつ黒！　そんな筈はありません。白《しろ》はまだ仔犬《こいぬ》の時《とき》から、牛乳《ぎうにう》のやうに白《しろ》かつたのですから。しかし今前足《いままへあし》を見《み》ると、――いや、前足《まへあし》ばかりではありません。胸《むね》も、腹《はら》も、後足《あとあし》も、すらりと上品《じやうひん》に延《の》びた尻《し》つ尾《ぽ》も、みんな鍋底《なべぞこ》のやうにまつ黒《くろ》なのです。まつ黒《くろ》！　まつ黒《くろ》！　白《しろ》は気《き》でも違《ちが》つたやうに、飛《と》び上《あが》つたり、跳《は》ねまはつたりしながら、一生懸命《しやうけんめい》に吠《ほ》え立《た》てました。

「あら、どうしませう？　春夫《はるを》さん。この犬《いぬ》はきつと狂犬《きやうけん》だわよ。」

　お嬢《ぢやう》さんは其処《そこ》に立《た》ちすくんだなり、今《いま》にも泣《な》きさうな声《こゑ》を出《だ》しました。しかし坊《ぼつ》ちやんは勇敢《ゆうかん》です。白《しろ》は忽《たちま》ち左《ひだり》の肩《かた》をぽかりとバットに打《う》たれました。と思《おも》ふと二度目《どめ》のバットも頭《あたま》の上《うへ》へ飛《と》んで来《き》ます。白《しろ》はその下《した》をくゞるが早《はや》いか、元来《もとき》た方《はう》へ逃《に》げ出《だ》しました。けれども今度《こんど》はさつきのやうに、一町《ちやう》も二町《ちやう》も逃《に》げ出《だ》しはしません。芝生《しばふ》のはづれには棕櫚《しゆろ》の木《き》のかげに、クリイム色《いろ》に塗《ぬ》つた犬小屋《いぬごや》があります。白《しろ》は犬小屋《いぬごや》の前《まへ》へ来《く》ると、小《ち》さい主人《しゆじん》たちを振《ふ》り返《かへ》りました。

「お嬢《ぢやう》さん！　坊《ぼつ》ちやん！　わたしはあの白《しろ》なのですよ、いくらまつ黒《くろ》になつてゐても、やつぱりあの白《しろ》なのですよ。」

　白《しろ》の声《こゑ》は何《なん》とも云《い》はれぬ悲《かな》しさと怒《いか》りとに震《ふる》へてゐました。けれども、お嬢《ぢやう》さんや坊《ぼつ》ちやんにはさう云《い》ふ白《しろ》の心《こゝろ》もちものみこめる筈《はず》はありません。現《げん》にお嬢《ぢやう》さんは憎《にく》らしさうに、「まだあすこに吠《ほ》えてゐるわ。ほんとうに図々《づう〳〵》しい野良犬《のらいぬ》ね」などと、地《ぢ》たんだを踏《ふ》んでゐるのです。坊《ぼつ》ちやんも、――坊《ぼつ》ちやんは小《こ》径《みち》の砂利《じやり》を拾《ひろ》ふと、力《ちから》一ぱい白《しろ》へ投《な》げつけました。

「畜生《ちくしやう》！　まだ愚図々々《ぐづ〳〵》してゐるな。これでもか？　これでもか？」

　砂利《じやり》は続《つゞ》けさまに飛《と》んで来《き》ました。中《なか》には白《しろ》の耳《みゝ》のつけ根《ね》へ、血《ち》の滲《にじ》む位当《くらゐあた》つたのもあります。白《しろ》はとう〳〵尻《し》つ尾《ぽ》を巻《ま》き、黒塀《くろへい》の外《そと》へぬけ出《だ》しました。黒塀《くろへい》の外《そと》には春《はる》の日《ひ》の光《ひか》りに銀《ぎん》の粉《こ》を浴《あ》びたモンシロ蝶《てふ》が一羽《は》、気楽《きらく》さうにひらひら飛《と》んでゐます。

「あゝ、けふから宿無《やどな》し犬《いぬ》になるのか？」
白《しろ》はため息《いき》を洩《も》らした儘《まゝ》、少時《しばらく》は唯電柱《たゞでんちう》の下《した》にぼんやり足《あし》をとめてゐました。

三

お嬢《ぢやう》さんや坊《ぼつ》ちやんに逐《お》ひ出《だ》された白《しろ》は東京中《とうきやうぢう》をうろ〳〵歩《ある》きました。しかし何処《どこ》へどうしても、忘《わす》れることの出来《でき》ないのはまつ黒《くろ》になつた姿《すがた》のことです。白《しろ》は客《きやく》の顔《かほ》を映《うつ》してゐる理髪《りはつ》店《てん》の鏡《かゞみ》を恐《おそ》れました。雨上《あめあが》りの空《そら》を映《うつ》してゐる往来《わうらい》の水《みづ》たまりを恐《おそ》れました。往来《わうらい》の若葉《わかば》を映《うつ》してゐる飾《かざ》り窓《まど》の硝子《がらす》を恐《おそ》れました。いや、カフエのテエブルに黒《くろ》ビイルを湛《たゝ》へてゐるコツプさへ、――けれどもそれが何《なに》になりませう？　あの自動車《じどうしや》を御《ご》覧《らん》なさい。えゝ、あの公園《こうゑん》の外《そと》にとまつた、大《おほ》きい黒塗《くろぬ》りの自《じ》動車《どうしや》です。漆《うるし》を光《ひか》らせた自動車《じどうしや》の車体《しやたい》は今《いま》こちらへ歩《ある》いて来《く》る白《しろ》の姿《すがた》を映《うつ》しました。――はつきりと、鏡《かゞみ》のやうに。白《しろ》の姿《すがた》を映《うつ》すものはあの客待《きやくま》ちの自動車《じどうしや》のように、至《いた》るところにある訳《わけ》なのです。もしあれを見《み》たとすれば、どんなに白《しろ》は恐《おそ》れるでせう。そら、白《しろ》の顔《かほ》を御覧《ごらん》なさい。白《しろ》は苦《くる》しさうに唸《うな》つたと思《おも》ふと、忽《たちま》ち公園《こうゑん》の中《なか》へ駈《か》けこみました。

公園《こうゑん》の中《なか》には鈴懸《すゞかけ》の若葉《わかば》にかすかな風《かぜ》が渡《わた》つてゐます。白《しろ》は頭《あたま》を垂《た》れたなり、木木《きぎ》の間《あひだ》を歩《ある》いて行《い》きました。此処《ここ》には幸《さいは》ひ池《いけ》の外《ほか》には、姿《すがた》を映《うつ》すものも見当《みあた》りません。物音《ものおと》は唯白薔薇《たゞしろばら》に群《むらが》れる蜂《はち》の声《こゑ》が聞《きこ》えるばかりです。白《しろ》は平和《へいわ》な公園《こうゑん》の空気《くうき》に、少時《しばらく》は醜《みにく》い黒犬《くろいぬ》になつた日《ひ》ごろの悲《かな》しさも忘《わす》れてゐました。

しかしさう云《い》ふ幸福《かうふく》さへ五分《ふん》と続《つゞ》いたかどうかわかりません。白《しろ》は唯夢《たゞゆめ》のやうに、ベンチの並《なら》んでゐる路《みち》ばたへ出《で》ました。するとその路《みち》の曲《まが》り角《かど》の向《むか》うにけたゝましい犬《いぬ》の声《こゑ》が起《おこ》つたのです。

「きやん。きやん。助《たす》けてくれえ！　きやあん！　きやあん。助《たす》けてくれえ！」

白《しろ》は思《おも》はず身震《みぶる》ひをしました。この声《こゑ》は白《しろ》の心《こゝろ》の中《なか》へ、あの恐《おそ》ろしい黒《くろ》の最後《さいご》をもう一度《ど》はつきり浮《うか》ばせたのです。白《しろ》は目《め》をつぶつたまゝ、元来《もとき》た方《はう》へ逃《に》げ出《だ》さうとしました。けれどもそれは言葉通《ことばどほ》り、ほんの一瞬《しゆん》の間《あひだ》のことです。白《しろ》は凄《すさ》まじい唸《うな》り声《ごゑ》を洩《も》らすと、きりりと又《また》ふり返《かへ》りました。

「きやあん。きやあん。助《たす》けてくれえ！　きやあん。きやあん。助《たす》けてくれえ！」

この声《こゑ》は又白《またしろ》の耳《みゝ》にはかう云《い》ふ言葉《ことば》にも聞《きこ》えるのです。

「きやあん。きやあん。臆病《おくびやう》ものになるな！　きやあん。臆《おく》病《びやう》ものになるな！」

白《しろ》は頭《あたま》を低《ひく》めるが早《はや》いか、声《こゑ》のする方《はう》へ駈《か》け出《だ》しました。けれども其処《そこ》へ来《き》て見《み》ると、白《しろ》の目《め》の前《まへ》へ現《あらは》れたのは犬殺《いぬころ》しなどではありません。唯学校《たゞがくかう》の帰《かへ》りらしい、洋服《やうふく》を着《き》た子供《こども》が二三人《にん》、頸《くび》のまはりへ縄《なは》をつけた茶色《ちやいろ》の仔犬《こいぬ》を引《ひ》きずりながら、何《なに》かわい〳〵騒《さわ》いでゐるのです。仔犬《こいぬ》は一生懸命《しやうけんめい》に引《ひ》きずられまいともがきもがき、「助《たす》けてくれえ」と繰《く》り返《かへ》してゐました。

しかし子供《こども》たちはそんな声《こゑ》に耳《みゝ》を借《か》すけしきもありません。唯《たゞ》笑《わら》つたり、怒鳴《どな》つたり、或《あるひ》は又仔犬《またこいぬ》の腹《はら》を靴《くつ》で蹴《け》つたりするばかりです。

　白《しろ》は少《すこ》しもためらはずに、子供《こども》たちを目《め》がけて吠《ほ》えかゝりました。不意《ふい》を打《う》たれた子供《こども》たちは驚《おどろ》いたの驚《おどろ》かないのではありません。又《また》実際《じつさい》白《しろ》の容子《ようす》は火《ひ》のやうに燃《も》えた眼《め》の色《いろ》と云《い》ひ、刃物《はもの》のやうにむき出《だ》した牙《きば》の列《れつ》と云《い》ひ、今《いま》にも噛《か》みつくかと思《おも》ふ位《くらゐ》、恐《おそろ》しい権幕《けんまく》を見《み》せてゐるのです。子供《こども》たちは四方《ほう》へ逃《に》げ散《ち》りました。中《なか》には余《あま》り狼狽《らうばい》したはづみに、路《みち》ばたの花壇《くわだん》へ飛《と》びこんだのもあります。白《しろ》は二三間追《げんお》ひかけた後《のち》、くるりと仔犬《こいぬ》をふり返《かへ》ると、叱《しか》るやうにかう声《こゑ》をかけました。

「さあ、俺《おれ》と一しよに来《こ》い。お前《まへ》の家迄送《うちまでおく》つてやるから。」

　白《しろ》は元来《もとき》た木木《きゞ》の間《あひだ》へ、まつしぐらに又駈《またか》けこみました。茶《ちや》色《いろ》の仔犬《こいぬ》も嬉《うれ》しさうに、ベンチをくゞり、薔薇《ばら》を蹴散《けち》らし白《しろ》に負《ま》けまいと走《はし》つて来《き》ます。まだ頸《くび》にぶら下《さが》つた、長《なが》い縄《なは》をひきずりながら。

× × ×

　二三時間《じかん》たつた後《のち》、白《しろ》は貧《まづ》しいカフエの前《まへ》に茶色《ちやいろ》の仔犬《こいぬ》と佇《たゝず》んでゐました。昼《ひる》も薄暗《うすぐら》いカフエの中《なか》にはもう赤《あか》あかと電燈《でんとう》がともり、音《おと》のかすれた蓄音機《ちくおんき》は浪花節《なにはぶし》か何《なに》かやつてゐるやうです。仔犬《こいぬ》は得意《とくい》さうに尾《を》を振《ふ》りながら、かう白《しろ》へ話《はな》しかけました。

「僕《ぼく》は此処《ここ》に住《す》んでゐるのです。この大正軒《たいしやうけん》と云《い》ふカフエの中《なか》に。——おぢさんは何処《どこ》に住《す》んでゐるのです？」

「おぢさんかい？　おぢさんは——ずつと遠《とほ》い町《まち》にゐる。」

　白《しろ》は淋《さび》しさうにため息《ため》をしました。

「ぢやもうおぢさんはうちへ帰《かへ》らう。」

「まあお待《ま》ちなさい。おぢさんの御主人《ごしゆじん》はやかましいのですか？」

「御主人《ごしゆじん》？　なぜ又《また》そんなことを尋《たづ》ねるのだい？」

「もし御主人《ごしゆじん》がやかましくなければ、今夜《こんや》は此処《ここ》に泊《とま》つて行《い》つて下《くだ》さい。それから僕《ぼく》のお母《かあ》さんにも命拾《いのちひろ》ひの御礼《おれい》を云《い》はせて下《くだ》さい。僕《ぼく》の家《うち》には牛乳《ぎうにう》だの、カレエ、ライスだの、ビフテキだの、いろ〳〵な御馳走《ごちそう》があるのです。」

「ありがたう。ありがたう。だがおぢさんは用《よう》があるから、御馳走《ごちそう》になるのはこの次《つぎ》にしよう。——ぢやお前《まへ》のお母《かあ》さんによろしく。」

　白《しろ》はちよいと空《そら》を見《み》てから、静《しづ》かに敷石《しきいし》の上《うへ》を歩《ある》き出《だ》しました。空《そら》にはカフエの屋根《やね》のはづれに、三日月《かづき》もそろそろ光《ひか》り出《だ》してゐます。

「おぢさん。おぢさん。おぢさんと云《い》へば！」

　仔犬《こいぬ》は悲《かな》しさうに鼻《はな》を鳴《な》らしました。

「ぢや名前《なまへ》だけ聞《き》かして下《くだ》さい。僕《ぼく》の名前《なまへ》はナポレオンと云《い》ふのです。ナポちやんだのナポ公《こう》だのとも云《い》はれますけれども。
　——おぢさんの名前《なまへ》は何《なん》と云《い》ふのです？」

「おぢさんの名前《なまへ》は白《しろ》と云《い》ふのだよ。」

「白《しろ》――ですか？　白《しろ》と云《い》ふのは不思議《ふしぎ》ですね。おぢさんは何処《どこ》も黒《くろ》いぢやありませんか？」

白《しろ》は胸《むね》が一ぱいになりました。

「それでも白《しろ》と云《い》ふのだよ。」

「ぢや白《しろ》のおぢさんと云《い》ひませう。白《しろ》のおぢさん。是非《ぜひ》又近《またちか》い内《うち》に一度《ど》来《き》て下《くだ》さい。」

「ぢやナポ公《こう》、さやうなら！」

「御機嫌好《ごきげんよ》う、白《しろ》のおぢさん！　さやうなら、さやうなら！」

四

その後《のち》の白《しろ》はどうなつたか？――それは一〳〵《いち〳〵》話《はな》さずに、いろいろの新聞《しんぶん》に伝《つた》へられてゐます。大《おほ》かたどなたも御存知《ごぞんじ》でせう。度々危《たびたびあやふ》い人命《じんめい》を救《すく》つた、勇《いさ》ましい一匹《ぴき》の黒犬《くろいぬ》のあるのを。又《また》一時《じ》『義犬《ぎけん》』と云《い》ふ活動写真《くわつどうしやしん》の流行《りうかう》したことを。あの黒犬《くろいぬ》こそ白《しろ》だつたのです。しかしまだ不幸《ふかう》にも御存知《ごぞんじ》のない方《かた》があれば、どうか下《しも》に引用《いんよう》した新聞《しんぶん》の記事《きじ》を読《よ》んで下《くだ》さい。

東京日日新聞。昨《さく》十八日《にち》（五月《ぐわつ》）午前《ごぜん》八時《じ》四十分《ぷん》、奥羽《あうう》線上《せんのぼ》り急行列車《きふかふれつしや》が田端駅《たばたえき》附近《ふきん》の踏切《ふみき》りを通過《つうくわ》する際《さい》、踏切《ふみき》り番人《ばんにん》の過失《くわしつ》に依《よ》り、田端《たばた》一二三会社員柴山鉄太郎《くわいしやゐんしばやまてつたらう》の長男実彦《ちやうなんさねひこ》（四歳《さい》）が列車《れつしや》の通《とほ》る線路内《せんろない》に立《た》ち入《い》り、危《あやふ》く轢死《れきし》を遂《と》げようとした。その時逞《ときたく》ましい黒犬《くろいぬ》が一匹《ぴき》、稲妻《いなづま》のやうに踏切《ふみき》りへ飛《と》びこみ、目前《もくぜん》に迫《せま》つた列車《れつしや》の車輪《しやりん》から、見事《みごと》に実彦《さねひこ》を救《すく》ひ出《だ》した。この勇敢《ゆうかん》なる黒犬《くろいぬ》は人々《ひと〳〵》の立騒《たちさわ》いでゐる間《あひだ》に何処《どこ》かへ姿《すがた》を隠《かく》した為《ため》、表彰《へうしやう》したいにもすることが出来《でき》ず、当局《たうきよく》は大《おほ》いに困《こま》つてゐる。

東京朝日新聞。軽井沢《かるゐざは》に避暑中《ひしよちう》のアメリカ富豪《ふがう》エドワアド、バアクレエ氏《し》の夫人《ふじん》はペルシア産《さん》の猫《ねこ》を寵愛《ちようあい》してゐる。すると最近同氏《さいきんどうし》の別荘《べつさう》へ七尺余《しやくあま》りの大蛇《だいじや》が現《あらは》れ、ヴエランダにゐる猫《ねこ》を呑《の》まうとした。其処《そこ》へ見慣《みな》れぬ黒犬《くろいぬ》が一匹《ぴき》、突然猫《とつぜんねこ》を救《すく》ひに駈《か》けつけ、二十分《ぷん》に亘《わた》る奮闘《ふんとう》の後《のち》、とうとうその大蛇《だいじや》を噛《か》み殺《ころ》した。しかしこのけなげな犬《いぬ》は何処《どこ》かへ姿《すがた》を隠《かく》した為《ため》、夫人《ふじん》は五千弗《ドル》の賞金《しやうきん》を懸《か》け、犬《いぬ》の行衛《ゆくゑ》を求《もと》めてゐる。

国民新聞。日本《にほん》アルプス横断中《わうだんちう》、一時《じ》行衛不明《ゆくゑふめい》になつた第《だい》一高等学校《かうとうがくかう》の生徒《せいと》三名《めい》は七日《か》（八月《ぐわつ》）上河内《かみかうち》の温泉《をんせん》へ着《ちやく》した。一行《かう》は穂高山《ほだかやま》と槍《やり》ケ岳《たけ》との間《あひだ》に途《みち》を失《うしな》ひ、且過日《かつくわじつ》の暴風雨《ばうふうう》に天幕《てんと》糧食《りやうしよくとう》等を奪《うば》はれた為《ため》、殆《ほとん》ど死《し》を覚悟《かくご》してゐた。然《しか》るに何処《どこ》からか黒犬《くろいぬ》が一匹《ぴき》、一行《かう》のさまよつてゐた渓谷《けいこく》に現《あらは》れ、恰《あたか》も案内《あんない》をするやうに、先《さき》へ立《た》つて歩《ある》き出《だ》した。一行《かう》はこの犬《いぬ》の後《あと》に従《したが》ひ、一日余《にちあま》り歩《ある》いた後《のち》、やつと上河内《かみかうち》へ着《ちやく》することが出来《でき》た。しかし犬《いぬ》は目《め》の下《した》に温泉宿《をんせんやど》の屋根《やね》が見《み》えると、一声嬉《ひとこゑうれ》しさうに吠《ほ》えたきり、もう一度《ど》もと来《き》た熊笹《くまざゝ》の中《なか》へ姿《すがた》を隠《かく》してしまつたと云《い》ふ。一行《かう》は皆《みな》この犬《いぬ》の来《き》たのは神明《しんめい》の加護《かご》だと信《しん》じてゐる。

時事新報。十三日《にち》（九月《ぐわつ》）の名古屋市《なごやし》の大火《たいくわ》は焼死者《せうししや》十余名《よめい》に及《およ》んだが、横関名古屋市長《よこぜきなごやしちやう》なども愛児《あいじ》を失《うしな》はうとした一人《ひとり》である。令息武矩《れいそくたけのり》（三才《さい》）は如何《いか》なる家族《かぞく》の手落《てお》ちからか、猛火《まうくわ》の中《なか》の二階《かい》に残《のこ》され、既《すで》に灰燼《くわいじん》とならうとしたところを、一匹《ぴき》の黒犬《くろいぬ》の為《ため》に啣《くは》へ出《だ》された。市長《しちやう》は今後《こんご》名古屋市《なごやし》に限《かぎ》り、野犬《やけん》撲殺《ぼくさつ》を禁《きん》ずると云《い》つてゐる。

読売新聞。　小田原町城内公園《をだはらまちじやうないこうゑん》に連日《れんじつ》の人気《にんき》を集《あつ》めてゐた宮城《みやぎ》巡回動物園《じゆんくわいどうぶつゑん》のシベリア産大狼《さんおほおほかみ》は二十五日《にち》（十月《ぐわつ》）午後《ごご》二時《じ》ごろ、突然巌畳《とつぜんがんでふ》な檻《をり》を破《やぶ》り、木戸番《きどばん》二名《めい》を負傷《ふしやう》させた後《のち》、箱根方《はこねはう》面《めん》へ逸走《いつそう》した。小田原署《をだはらしよ》はその為《ため》に非常動員《ひじやうどうゐん》を行《おこな》ひ、全町《ぜんちやう》に亘《わた》る警戒線《けいかいせん》を布《し》いた。すると午後《ごご》四時半《じはん》ごろ、右《みぎ》の狼《おほかみ》は十字町《じまち》に現《あらは》れ、一匹《ぴき》の黒犬《くろいぬ》と噛《か》み合《あ》ひを始《はじ》めた。黒犬《くろいぬ》は悪戦頗《あくせんすこぶ》る努《つと》め、遂《つひ》に敵《てき》を噛《か》み伏《ふ》せるに至《いた》つた。其処《そこ》へ警戒中《けいかいちう》の巡査《じゆんさ》も駈《か》けつけ、直《たゞ》ちに狼《おほかみ》を銃殺《じうさつ》した。この狼《おほかみ》はルプス、ヂガンテイクスと称《しよう》し、最《もつと》も兇猛《きようまう》な種属《しゆぞく》であると云《い》ふ。なほ宮城動物園主《みやぎどうぶつゑんしゆ》は狼《おほかみ》の銃殺《じうさつ》を不当《ふとう》とし、小田原署長《をだはらしよちやう》を相手《あひて》どつた告訴《こくそ》を起《おこ》すといきまいてゐる。

五

或秋《あるあき》の真夜中《まよなか》です。体《からだ》も心《こゝろ》も疲《つか》れ切《き》つた白《しろ》は主人《しゆじん》の家《いへ》へ帰《かへ》つて来《き》ました。勿論《もちろん》お嬢《ぢやう》さんや坊《ぼつ》ちやんはとうに床《とこ》へはいつてゐます。いや、今《いま》は誰一人起《たれひとりお》きてゐるものもありますまい。ひつそりとした裏庭《うらには》の芝生《しばふ》の上《うへ》にも、唯高《たゞたか》い棕櫚《しゆろ》の木《き》の梢《こずゑ》に白《しろ》い月《つき》が一輪浮《りんうか》んでゐるだけです。白《しろ》は昔《むかし》の犬小屋《いぬごや》の前《まへ》に、露《つゆ》に濡《ぬ》れた体《からだ》を休《やす》めました。それから寂《さび》しい月《つき》を相手《あひて》に、かういふ独《ひと》り語《ごと》を始《はじ》めました。

「お月様《つきさま》！　お月様《つきさま》！　わたしは黒君《くろくん》を見殺《みごろ》しにしました。わたしの体《からだ》のまつ黒《くろ》になつたのも、大《おほ》かたそのせいかと思《おも》つてゐます。しかしわたしはお嬢《ぢやう》さんや坊《ぼつ》ちやんにお別《わか》れ申《まを》してから、あらゆる危険《きけん》と戦《たゝか》つて来《き》ました。それは一つには何《なに》かの拍子《ひやうし》に煤《すゝ》よりも黒《くろ》い体《からだ》を見《み》ると、臆病《おくびやう》を耻《は》ぢる気《き》が起《おこ》つたからです。けれどもしまひには黒《くろ》いのがいやさに、――この黒《くろ》いわたしを殺《ころ》したさに、或《あるひ》は火《ひ》の中《なか》へ飛《と》びこんだり、或《あるひ》は又狼《またおほかみ》と戦《たゝか》つたりしました。が、不思議《ふしぎ》にもわたしの命《いのち》はどんな強敵《きやうてき》にも奪《うば》はれません。死《し》もわたしの顔《かほ》を見《み》ると、何処《どこ》かへ逃《に》げ去《さ》つてしまふのです。わたしはとうとう苦《くる》しさの余《あま》り、自殺《じさつ》をしやうと決《けつ》心《しん》しました。唯自殺《たゞじさつ》をするにつけても、唯《たゞ》一目会《めあ》ひたいのは可《か》哀《あい》がつて下《くだ》すつた御主人《ごしゆじん》です。勿論《もちろん》お嬢《ぢやう》さんや坊《ぼつ》ちやんはあしたにもわたしの姿《すがた》を見《み》ると、きつと又野良犬《またのらいぬ》と思《おも》ふでせう。ことによれば坊《ぼつ》ちやんのバットに打《う》ち殺《ころ》されてしまふかも知《し》れません。しかしそれでも本望《ほんまう》です。お月様《つきさま》！　お月様《つきさま》！　わたしは御主人《ごしゆじん》の顔《かほ》を見《み》る外《ほか》に、何《なに》も願《ねが》ふことはありません。その為《ため》に今夜《こんや》ははるばるともう一度此処《どこ》へ帰《かへ》つて来《き》ました。どうか夜《よ》の明《あ》け次第《しだい》、お嬢《ぢやう》さんや坊《ぼつ》ちやんに会《あ》はして下《くだ》さい。」

白《しろ》は独《ひと》り語《ごと》を云《い》ひ終《をは》ると、芝生《しばふ》に顎《あご》をさしのべたなり、何時《いつ》かぐつすり寝入《ねい》つてしまひました。

×　　×　　×

「驚《おどろ》いたわねえ、春夫《はるを》さん。」

「どうしたんだらう？　姉《ねえ》さん。」

白《しろ》は小《ちひ》さい主人《しゆじん》の声《こゑ》に、はつと目《め》を開《ひら》きました。見《み》ればお嬢《ぢやう》さんや坊《ぼつ》ちやんは犬小屋《いぬごや》の前《まへ》に佇《たゝず》んだ儘《まゝ》、不思議《ふしぎ》さうに顔《かほ》を見合《あは》せてゐます。白《しろ》は一度《ど》挙《あ》げた目《め》を又芝《またしば》の上《うへ》へ伏《ふ》せてしまひました。お嬢《ぢやう》さんや坊《ぼつ》ちやんは白《しろ》がまつ黒《くろ》に変《かは》つた時《とき》にも、やはり今《いま》のやうに驚《おどろ》いたものです。あの時《とき》の悲《かな》しさを考《かんが》へると、——白《しろ》は今《いま》では帰《かへ》つて来《き》たことを後悔《こうくわい》する気《き》さへ起《おこ》しました。するとその途端《とたん》です。坊《ぼつ》ちやんは突然《とつぜんと》飛び上《あが》ると、大声《おほごゑ》にかう叫《さけ》びました。

「お父《とう》さん！　お母《かあ》さん！　白《しろ》が又帰《またかへ》つて来《き》ましたよ！」

白《しろ》が！　白《しろ》は思《おも》はず飛《と》び起《お》きました。すると逃《に》げるとでも思《おも》つたのでせう。お嬢《ぢやう》さんは両手《りやうて》を延《の》ばしながら、しつかり白《しろ》の頸《くび》を抑《おさ》へました。同時《どうじ》に白《しろ》はお嬢《ぢやう》さんの目《め》へ、ぢつと彼《かれ》の目《め》を移《うつ》しました。お嬢《ぢやう》さんの目《め》には黒《くろ》い瞳《ひとみ》にありありと犬小屋《いぬごや》が映《うつ》つてゐます。高《たか》い棕櫚《しゆろ》の木《き》のかげになつたクリイム色《いろ》の犬小屋《いぬごや》が、——そんなことは当然《たうぜん》に違《ちが》ひありません。しかしその犬小《いぬご》屋《や》の前《まへ》には米粒程《こめつぶほど》の小《ちひ》ささに、白《しろ》い犬《いぬ》が一匹坐《ぴきすわ》つてゐるのです。清《きよ》らかに、ほつそりと。——白《しろ》は唯恍惚《たゞくわうこつ》とこの犬《いぬ》の姿《すがた》に見入《みい》りました。

「あら、白《しろ》は泣《な》いてゐるわよ。」

お嬢《ぢやう》さんは白《しろ》を抱《だ》きしめた儘坊《まゝぼつ》ちやんの顔《かほ》を見上《みあ》げました。坊《ぼつ》ちやんは御覧《ごらん》なさい、坊《ぼつ》ちやんの威張《ゐば》つてゐるのを！

「へつ、姉《ねい》さんだつて泣《な》いてゐる癖《くせ》に！」

（「女性改造」大正12年8月号）

大震火災記《だいしんくわさいき》

鈴木三重吉

一

今度《こんど》の怖《おそろ》しい大地震《おほぢしん》の震源地《しんげんち》は相摸灘《さがみなだ》の大島《おほしま》の北上《きたうへ》の海底《かいてい》で、そこのところが、横巾最長《よこはゞさいちやう》二三海哩《かいり》、たて十五海哩《かいり》の間《あひだ》、深《ふか》さ二十尋《ひろ》から百尋《ひろ》まで、どかりと落《お》ちこんだのがもとなのです。

そのために東京《とうきやう》、横浜《よこはま》、横須賀以下《よこすかいか》、東京湾《とうきやうわん》の入口《いりくち》に近《ちか》い千《ち》葉県《ばけん》の海岸《かいがん》、京浜間《けいひんかん》、相摸《さがみ》の海岸《かいがん》、それから、伊豆《いづ》の、相摸灘《さがみなだ》に対面《たいめん》した海岸全帯《かいがんぜんたい》から函根地方《はこねちはう》へかけて、少《すく》くて四寸以上《すんいじやう》の揺《ゆ》れ巾《はゞ》六寸《すん》の波動《はどう》の大震動《だいしんどう》が来《き》たのです。それが手引《てびき》となつて、東京《とうきやう》、横浜《よこはま》、横須賀等《よこすかとう》では、忽《たちま》ち一面《めん》に大火災《だいくわさい》がおこり、相摸《さがみ》、伊豆《いづ》の海岸《かいがん》は地震《ぢしん》とともに海嘯《つなみ》をかぶりなぞして、全部《ぜんぶ》で、くづれ倒《たふ》れた家《いへ》が五万《まん》六千、焼《や》けたり流《なが》れたりしたのが、三十七万《まん》八千、死者《ししや》十一万《まん》四千、負傷者《ふしやうしや》十一万《まん》五千を出《いだ》し、損害総額《そんがいそうがく》百一億円《おくえん》と計上《けいじやう》されてをります。

東京《とうきやう》の街《まち》だけでも、二里《り》四方分《はうぶん》の面積《めんせき》にわたつて四十一万《まん》の家々《いへ〳〵》が灰《はい》になり、死者《ししや》七万《まん》四千、行衛不明《ゆくゑふめい》二十一万《まん》、焼《や》け出《だ》された人口《じんこう》が百四十万《まん》、損害《そんがい》八億《おく》一千五百万円《まんえん》に上《のぼ》つてゐます。横浜《よこはま》、小田原《をだはら》なぞは殆《ほと》んど全部《ぜんぶ》があとかたちもなく焼《や》け滅《ほろ》びてしまつたのです。

これまで世界中《せかいぢう》で一ばんはげしかつた地震火災《ぢしんくわさい》は今《いま》から十五年前《ねんまへ》に、イタリヤのメッシーナといふ重要《ぢうえう》な港《みなと》とその附近《ふきん》とで十四万人《まんにん》の市民《しみん》を殺《ころ》した大地震《おほぢしん》と、十七年前《ねんまへ》、サンフランシスコの震火《しんくわ》で二十八町《ちやう》四方《はう》を焼《や》いたのと、この二《ふた》つですが、今度《こんど》の地震《ぢしん》は、揺《ゆ》れ方《かた》だけは以上二《いじやうふた》つの場合《ばあひ》にくらべると、ずつと軽《かる》かつたのですが、人命以外《じんめいいぐわい》の損害《そんがい》のひどかつた点《てん》では、全《まる》でくらべもつかないほどの大災害《だいさいがい》だつたのです。

この大《おほ》きな被害《ひがい》も、つまり大部分《だいぶぶん》が火災《くわさい》から来《き》たわけで、たゞ地震《ぢしん》だけですんだのならば、東京《とうきやう》での死人《しにん》も僅《わづか》二三千人《にん》ぐらゐ、家屋《かおく》その他《た》の損害《そんがい》も八九十分《ぶん》の一ぐらゐに止《とゞ》まつたらうといふことです。

地震《ぢしん》の、東京《とうきやう》での発震《はつしん》は、九月《ぐわつ》一日《じつ》の午前《ごぜん》十一時《じ》五十八分《ふん》四十五秒《びやう》でした。それから引《ひ》きつゞいて、余震《よしん》（揺《ゆ》れなほし）が、火災《くわさい》のはびこる中《なか》で、われ〳〵のからだに感《かん》じ得《え》たのが十二時《じ》間《かん》に百十四回《くわい》以上《いじよう》、その次《つぎ》の十二時《じ》間《かん》に八十八回《くわい》、その次《つぎ》が六十回《くわい》七十回《くわい》と来《き》ました。どんな小《ちひ》さな地震《ぢしん》をも感《かん》じる地震計《ぢしんけい》といふ機械《きかい》に表《あら》はれた数《すう》は、合計《がふけい》千七百回《くわい》以上《いじやう》に上《のぼ》つてをります。

二

災害《さいがい》の来《き》た一日《じつ》は丁度《ちやうど》二百十日《か》の前日《ぜんじつ》で、東京《とうきやう》では早朝《さうてう》からはげしい風雨《ふうう》を見《み》ましたが、十時《じ》ごろになると空《そら》も青々《あを〳〵》とはれて、平和《へいわ》な初秋《はつあき》びよりになつたのでしたが午《ひる》どきになると突然《とつぜん》ぐら〳〵〳〵と揺《ゆ》れ出《だ》したのです。同《おな》じ市内《しない》でも地盤《ぢばん》の強《つよ》いところと弱《よわ》いところでは震動《しんどう》のはげしさもちがひますが、本所《ほんじよ》のやうな一ばんひどかつた部分《ぶぶん》では、あつと言《い》つて立《た》ち上《あが》るとぐら〳〵ゆすれる窓《まど》をとほして、目《め》のまへの、鉄筋《てつきん》コンクリート建《だ》ての大工場《だいこうば》の屋根瓦《やねがはら》がうね〳〵と大蛇《だいじや》が歩《ある》くやうに波《なみ》を打《う》つてゐると見《み》る間《ま》に、その瓦《かはら》の大部分《だいぶぶん》が、どしんとずりおちる、あわてゝ外《そと》へとび出《だ》すはずみに、今《いま》の大工場《だいこうば》がとゞんとすさまじい音《おと》をたてゝ、全《まる》つぶれに倒《たふ》れて、ぐるり一ぱいにもう〳〵と土烟《つちけむり》が立《た》ち上《あが》る、附近《ふきん》の空地《あきち》へ遁《に》げようとしてかけ出《だ》したものゝ、地面《ぢめん》がぐらぐらうごくので足《あし》が運《はこ》ばれない、そこへ、あたり一面《めん》からびゆう〳〵と木材《もくざい》や瓦《かはら》がとびちつて来《く》るので、どうすることも出来《でき》ずに立《た》ちはだかつてゐると、例《れい》の倒《たふ》れた工場《こうば》からはもう、えん〳〵と火《ひ》が上《あが》つて来《き》たと話《はな》した人《ひと》があります。

或人《あるひと》は、電車《でんしや》で神田《かんだ》の神保町《じんぼうちやう》のとほりを走《はし》つてゐるところへ、がた〳〵と来《き》て、電車《でんしや》はどかんと止《とま》る。びつくりして一ばんにとび下《お》りると同時《どうじ》に、片《かた》かはの雑貨店《ざつくわてん》の洋館《やうくわん》がずしんと目《め》のまへに倒《たふ》れる、そちこちで、はり裂《さ》けるやうな女《をんな》の叫《さけ》び声《ごゑ》がする。それから先《さき》は全《まる》で夢中《むちう》で須田町《すだちやう》の近《ちか》くまで走《はし》つて来《き》たと思《おも》ふと、行《ゆ》く手《て》にはすでにもう〳〵と火事《くわじ》の黒烟《くろけむり》が上《あが》つてゐたと言《い》つてゐます。

全《まつた》くさうでせう、最初《さいしよ》の震動《しんどう》は約《やく》十四秒《びやう》つゞいたのですが、それから、もの、三分《ぷん》とたゝないうちに神田《かんだ》以下《いか》十二区《く》にわたつて四十箇所《かしよ》から発火《はつか》したのです。本所《ほんじよ》や浅草《あさくさ》では、十二時《じ》に、おの〳〵十二三箇所《かしよ》からもえ上《あが》つたくらゐです。それから一分《ぷん》おき二分《ふん》おきに、なほどん〳〵方々《はう〴〵》から火《ひ》が上《あが》り、夕方《ゆふかた》六時《じ》近《ちか》くには全市《ぜんし》で六十箇所《かしよ》の火《ひ》が、おの〳〵何《なん》千といふ家々《いえ〴〵》をなめつくしてばり〳〵とのびひろがりとう〳〵夜《よる》の十二時《じ》までの間《あひだ》にはすべてで八十八箇所《かしよ》の火《ひ》の手《て》が、一《ひと》つになつて、とう〳〵本所《ほんじよ》、深川《ふかがは》、浅草《あさくさ》、日本橋《にほんばし》、京橋《きやうばし》の全部《ぜんぶ》と麴町《かうじまち》、神田《かんだ》、下谷《したや》の殆《ほと》んど全部《ぜんぶ》、本郷《ほんごう》、小石川《こいしかは》、赤坂《あかさか》、芝《しば》の一部分《ぶぶん》とが―つまり東《とう》京《きやう》の商工業《しやうこうけふ》 区域《いき》の殆《ほと》んどすつかりが、まるで影《かげ》も形《かたち》もなく、きれいに焼《や》きつくされてしまつたのです。

その発火《はつくわ》のもとは、病院《びやうゐん》の薬局《やくきよく》や、学校《がくかう》の理《り》科学室《くわがくしつ》や、工《こう》場《ぢやう》なぞの薬品《やくひん》から火《ひ》が出《で》たので、諸工場《しよこうぢやう》の工作《こうさ》炉《ろ》や、家々《いへ〴〵》の焜《こん》炉《ろ》なぞから来《き》たのもありますが、そのほかに飛《と》び火《ひ》も少《すく》なかつたやうです。何分《なにぶん》地震《ぢしん》で屋根《やね》なぞがこはれ落《お》ちてゐるところへ、どんどん火《ひ》の子《こ》をかぶるのですからたまつたものではありません、当夜《たうや》、火《ひ》の中《なか》をくゞつて遁《に》げて来《き》た人《ひと》の話《はなし》によりますと、二十間巾《けんはゞ》ぐらゐの往来《わうらい》でも、片《かた》がはが焼《や》けて来《き》て、焰《ほのほ》が風《かぜ》のやうにびゆうと低《ひく》く地上《ちじやう》を這《は》つたと見《み》ると、向《むか》う側《がは》はもう真《ま》つ赤《か》に燃《も》え上《あが》るといふすさまじさだつたさうです。かけ出《だ》した各消防署《かくせうばうしよ》のポンプも、地震《ぢしん》で水道《すゐだう》の鉄管《てつくわん》がこはれて水《みづ》が全《まる》で出《で》ないので、どうしようにも手《て》のつけやうがなく所《ところ》により、僅《わづ》かに掘割《ほりわり》やどぶ川《がは》の水《みづ》を利用《りよう》して、やうやく二十二三箇所《かしよ》ぐらゐは消《け》しとめたさうですがそれ以上《いじやう》にはもう力《ちから》が及《およ》ばなかつたのです。大《おほ》きな工場《こうぢやう》や、工事中《こうじちう》のビルデイングなぞには、地震《ぢしん》でがら〳〵とつぶされて、何《なん》百人《にん》といふ人《ひと》が下《した》じきになり、うめき叫《さけ》んでゐるところへ忽《たちま》ち火《ひ》が廻《まは》つて来《き》て一人《ひとり》ものこらず焼《や》け死《し》んだのがいくつもあります。

多《おほ》くの人々《ひと〴〵》は、大《たい》てい、そら火《ひ》が廻《まは》つたといふので、着《き》のみ着《き》のまゝ遁《に》げ出《だ》したやうです。中《なか》には、安全《あんぜん》と思《おも》ふところへ早《はや》く家財《かざい》なぞを持《も》ち出《だ》して一《ひ》と安神《あんしん》してゐると、間《ま》もなく、ふいに思《おも》はぬところから火《ひ》の手《て》がせまつて来《き》たりして、せつかく持《も》ち出《だ》したものもそのまゝほうつて遁《に》げ出《だ》す間《ま》もなく、今度《こんど》は逆《ぎやく》に真向《まつか》うから火《ひ》の子《こ》がふりかぶさつて来《く》るといふ調子《てうし》で、あつちへ、こつちへと、いくどもにげにげするうちに、とう〳〵掘《ほり》わりのところなぞへ追《お》ひつめられ、仕方《しかた》なしに泥水《どろみづ》の中《なか》へとびこむと、その上《うへ》へ、後《あと》から何十人《にん》といふ人《ひと》がどん〳〵おちこんで下《した》のものは押《お》しつけられて溺《おぼ》れてしまふし、上《うへ》の方《はう》にゐた人《ひと》は黒《くろ》こげになつて、けつきよく一人《ひとり》のこらず死《し》んだやうな場所《ばしよ》もあります。

てん〴〵に包《つゝみ》なぞをしよつて駈《か》け出《だ》した人《ひと》も、やがて往来《わうらい》が人《ひと》一ぱいで動《うご》きがとれなくなり、仕方《しかた》なしに荷《に》をほうり出《だ》す、それをもむりにしよつて突《つ》きぬけようとした人《ひと》も、その背中《せなか》の荷物《にもつ》へ火《ひ》の子《こ》がとんでもえついたりするので、つまりは同《おな》じく空手《からて》のまゝやつとくゞりぬけて来《き》たといふのが大方《おほかた》です。気《き》の毒《どく》なのは手近《てぢか》の小《ちひ》さな広場《ひろば》をたよつて、坂本《さかもと》、浅草《あさくさ》、両国《りやうごく》なぞのやうな千坪《つぼ》二千坪《つぼ》ばかりの小公園《せうこうゑん》なぞへにげこんだ人《ひと》たちです。そんな人《ひと》は、ぎつしりつまつたなり出《で》るにも出《で》られず、みんな一しよにむし焼《や》きに会《あ》つてしまひました。

そんなわけで、なまじつかなところではとても危《あぶな》いので、大《だい》部分《ぶぶん》の人《ひと》は、遠《とほ》い山《やま》の手《て》の知《し》り合《あ》ひの家々《いへ〳〵》や宮城前《きうじやうまへ》の広地《ひろち》や、芝《しば》、日比谷《ひびや》、上野《うへの》の大公園《だいこうゑん》なぞを目《め》がけて避難《ひなん》したのです。平生《へいぜい》は普通《ふつう》の人《ひと》の這入《はひ》れない、離宮《りきう》や御苑《ぎよえん》や、宮内省《くないしやう》の一部《ぶ》なぞも開放《かいはう》されたので、人々《ひと〴〵》はそれ等《ら》の中《なか》へもおし〳〵になつて遁《に》げこみました。

遁《に》げるについて一ばん邪魔《じやま》になつたのは、いろんなものをはこびかけてゐる、車《くるま》や馬車《ばしや》や自働車《じどうしや》です。多《おほ》くのところではそれが往来《わうらい》に一ぱいつゞきはだかつてゐるので、歩《ある》かうにも出《で》ようにもあがきがとれなかつたと言ひます。そんなところでは、たゞぎゆう〳〵押《お》され〳〵て、やつと一寸《すん》二寸《すん》づゝ動《うご》いて行《ゆ》くだけなので、目《め》ざす広場《ひろば》へつくのに、平生《へいぜい》なら二十分《ぷん》で行《ゆ》けるところを、二時間《じかん》も三時間《じかん》もかゝつたと言《い》つてゐた人があります。ぐづ〳〵してゐるうちには後《うしろ》の方《はう》の人《ひと》は見《み》る〳〵むし焼《や》きになり、横《よこ》の方《はう》からはどん〳〵火《ひ》の子《こ》が来《き》て、着物《きもの》や髪《かみ》にもえつくといふやうなありさまで、女《をんな》や子供《こども》の中《なか》には、ふみ倒《たふ》されて死《し》んだものもどれだけあるか分《わか》らないと言《い》はれてゐます。

中《なか》でも一ばん悲惨《ひさん》だつたのは本所《ほんじよ》の被服廠跡《ひふくせうあと》へにげこんだ人《ひと》たちです。そこは、ともかく何万坪《なんまんつぼ》といふ広《ひろ》い構内《かうない》なのですから、本所《ほんじよ》かいわいの人《ひと》たちはだれもそこなら安全《あんぜん》だと思《おも》つて、どん〳〵荷物《にもつ》をはこび込《こ》みました。夜《よる》になつてからは、いよ〳〵多《おほ》くの人《ひと》が、むりやりにわりこんで来《き》て、ぎつしり、一ぱいにつまつてしまひました。ところが、そこも、やがて、ぐるりと火《ひ》の手《て》につゝまれ、多《おほ》くの荷物《にもつ》へどん〳〵もえ移《うつ》つて来《き》て、とう〳〵、三万《まん》二千といふ多数《たすう》の人《ひと》が、すつかり黒《くろ》こげになつてしまひました。

その群《むら》がりかさなつて倒《たふ》れた人《ひと》の一ばん下《した》になつてゐたゝめに、辛《から》くもたすかつて息《いき》をふきかへし、上部《じやうぶ》の人《ひと》がすつかり黒《くろ》やきになつたのち、やつともぐり出《で》たといふ人《ひと》が二三十人《にん》ばかりあります。そんな人《ひと》たちの話《はなし》をきくと、全で身の毛もよだつやうです。或一人は、当夜《たうや》、火《ひ》の手《て》がせまつて息苦《いきぐる》しくてたまらないので、人《ひと》のからだの下《した》へぐい〳〵顔《かほ》を突《つ》つこんでうつ伏《ぶ》しになつてゐたが、しまひには喉《のど》がかわいて目《め》がくらみさうになる、そのうちに、たまたま、水見《みづみ》たいなものが手《て》にさわつたので、それへ口《くち》をつけて、夢中《むちう》でぐい〳〵飲《の》んだまではおぼえてゐるが、あとで考《かんが》へると、その水気《みづけ》といふのは、人《ひと》の小便《せうべん》か焼《や》け死《し》んだ死体《したい》の脂《あぶら》が流《なが》れたまつてゐたのだらうと話《はな》しました。

そのほかいろ〳〵の方面《はうめん》の遭難者《さうなんしや》について、さま〴〵の、いた〳〵しい話《はなし》を聞《き》きました。永代橋《えいたいばし》が焼《や》けおちるのと一しよに大川《おほかは》の中《なか》へおちて、後《あと》でたすけ上《あ》げられた或婦人《あるふじん》なぞは、最初《さいしよ》三《み》つになる子供《こども》をつれて、深川《ふかがは》の方《はう》からのがれて来《き》て、橋《はし》の半《なか》ば以上《いじやう》のところまで、ぎゆう〳〵押《お》されてわたつて来《き》たと思《おも》ふと、急《きふ》に、さきが火《ひ》の手《て》にさへぎられて動《うご》きがつかなくなり、やがて真上《まうへ》へもびゆう〳〵火《ひ》の子《こ》をかぶつて息《いき》も出来《でき》ません、婦人《ふじん》はもうこれなり焼《や》け死《し》ぬるものと見《み》きはめをつけ、やつと帯《おび》や小帯《こおび》をつないで子供《こども》をしばりつけて川《かは》の上《うへ》へたぐり下《おろ》し、下《した》を船《ふね》がとほりかゝつたら、その中《なか》へ落《おと》すつもりで待《ま》つてゐるうちに、つい火気《くわき》で目《め》がくらんで小供《こども》をはなしてしまひ、自分《じぶん》も間《ま》もなく橋《はし》と一しよに落《お》ちこんで流《なが》れて行《い》つたのだと話《はな》してゐました。隅田川《すみだがは》にかゝつてゐた橋《はし》は両国橋《りやうごくばし》のほかはすべて焼《や》けおちてしまつたのです。

浜町《はまちやう》や蔵前《くらまへ》あたりの川岸《かし》で、火《ひ》に追《お》はれて、筏《いかだ》の上《うへ》なぞへ飛《と》び込《こ》んだ人々《ひと〴〵》の中《なか》には、夜《よ》どほし火《ひ》の風《かぜ》を浴《あ》びつゞけて、生《い》きた思《おも》ひもなく、こゞまつてゐた人《ひと》もあり、中《なか》には頸《くび》のあたりまで水《みづ》につかつて、火《ひ》の子《こ》が来《く》るともぐり込《こ》み、もぐりこみして七八時間《じかん》も立《た》ちつゞけてゐた人《ひと》もあつたさうです。

三

かういふ一々《いち〳〵》の惨話《さんわ》を並《なら》べ上《あ》げるとなれば限《かぎ》りもありません。

同時《どうじ》に、一方《ぱう》では、あの怖《おそ》ろしい猛火《まうくわ》と混乱《こんらん》との中《なか》で、しまひまで、おちついて機敏《きびん》に手《て》をつくし、又《また》は命《いのち》をまでも投《な》げ出《だ》して、多《おほ》くの人々《ひと〴〵》を救《すく》ひ上《あ》げた、いろ〳〵の人々《ひと〴〵》の貴《たふと》い働《はたら》きをも忘《わす》れてはなりません。例《たと》へば、これまで、深川《ふかがは》の貧民《ひんみん》たちのためにいろ〳〵尽力《じんりよく》してゐた、例《れい》の富田老巡査《とみたらうじゆんさ》のごときは火《ひ》の危険《きけん》な街上《がいじやう》にしまひまで立《た》ちつくして、みんなを安全《あんぜん》な方向《はうかう》ににがし〳〵したあげく、自分《じぶん》は遂《つひ》に焼《や》け死《し》んでしまつたのです。又《また》、下谷《したや》から焼《や》け出《だ》された或《ある》四十恰好《がつかう》の一婦人《ふじん》は、本郷《ほんがう》の大学《だいがく》病院《びやういん》の後《うしろ》まで遁《に》げて来《く》ると、火《ひ》の手《て》はだん〳〵にそこへも延《の》びて来《き》さうになりました。その一角《かく》には、地震《ぢしん》でこはれかけた家《いへ》〳〵が、ゐる人《ひと》もなく立《た》ちのこつてゐます。その家々《いへ〳〵》へ火《ひ》がついたら、すぐに病院《びやういん》へもえ移《うつ》るわけです。婦人《ふじん》はそれを考《かんが》へて、そこらへ遁《に》げて来《き》てゐる人《ひと》たちをはげまし、綱《つな》なぞを集《あつ》めて来《き》て、それでもつて、みんなと一しよに、今言《いまい》つた家々《いへ〳〵》を倒《たふ》しておいて立《た》ちのいたと言《い》はれてゐます。案《あん》のごとく火《ひ》は丁度《ちやうど》、そのところまで来《き》て止《とま》つたのでした。

次《つぎ》には、これは築地《つきぢ》の、市《し》の施療院《せれうゐん》に這入《はひ》つてゐた或患者《あるくわんじや》の直話《ぢきわ》ですが、その病院《びやういん》では、当番《たうばん》の鈴木《すゞき》上与《かみよ》那原両海軍々《なはらりやうかいぐん〳〵》医少《いせう》佐《さ》以下《いか》の沈着《ちんちやく》な措置《そち》で、火《ひ》が来《く》るまへに、看護婦《かんごふ》たちに担架《たんか》をかつがせなどしてすべての患者《くわんじや》を裏手《うらて》の埋《う》め立《た》て地等《ちとう》へ移《うつ》しておいたのですが、同夜《どうや》八時《じ》ごろには病院《びやういん》も焼《や》け落《お》ち、十一時半《じはん》には構内《かうない》にある第《だい》一火薬庫《くわやくこ》が爆発《ばくはつ》し、第《だい》二火薬庫《くわやくこ》も危《あやふ》くなつたので、患者《くわんじや》たち一同《どう》を、川向《かはむか》うの浜離宮《はまりきう》へ移《うつ》す外《ほか》には途《みち》もなくなりました。川《かは》は丁度退《ちやうどひ》き潮《しほ》で、すさまじい濁流《だくりう》ががう〳〵とうづまき沸《たぎ》つてゐます。勇敢《ゆうかん》な高橋事務員《たかはしじむゐん》は、その中《なか》へ決然一人《けつぜんひとり》でとび込《こ》んで、やうやく向《むか》うの岸《きし》に避難《ひなん》してゐた船《ふね》にたどりつき、船頭《せんどう》たちに患者《くわんじや》をはこんでくれるやうに、こん〳〵と頼《たの》みましたが、船頭《せんどう》はいやがつて頑《ぐわん》として応《おう》じてくれません。すると幸《さひは》ひ、だれも人《ひと》のゐない船《ふね》が一艘《そう》、上手《かみて》から流《なが》れて来《き》たので、高橋《たかはし》さんはそれに乗《の》り移《うつ》り、氏《し》一人《ひとり》を見《み》かねて飛《と》び込《こ》んで来《き》た河田《かはだ》軍医《ぐんい》と二人《ふたり》で、岸《きし》から岸《きし》へ綱《つな》をわたし、それをたよりに、僅《わづか》一艘《そう》の船《ふね》で、すべての患者《くわんじや》を、重病者《ぢうびやうしや》は担架《たんか》へ乗《の》せたまゝ、一人《ひとり》ものこさず、すつかり無事《ぶじ》に離宮《りきう》の構内《かうない》へはこび入《い》れました。

それ等《ら》全部《ぜんぶ》の救護《きうご》は、こと〴〵く、少数《せうすう》の医員《いゐん》たちの外《ほか》、すべて二十《はたち》以下《いか》の、年《とし》わかい看護婦《かんごふ》五十名《めい》の、秩序《ちつじよ》たゞしい、犠牲的《ぎせいてき》の努力《どりよく》によつて仕《し》とげられたのです。

そのとき浜離宮《はまりきう》へは、すでに何万《なんまん》といふ市民《しみん》が避難《ひなん》してゐました。火《ひ》の子《こ》はだん〳〵にそこへも降《ふ》つて来《き》ます。そのうちに、人《ひと》の気《き》づかない、離宮《りきう》の物置小屋《ものおきごや》に飛《と》び火《ひ》がして屋根《やね》へもえ上《あが》りました。向《むか》う岸《ぎし》から患者《くわんじや》をはこんで来《き》たばかりの看護婦《かんごふ》たちのうち、田島《たしま》かつ子《こ》さん以下《いか》はそれを見《み》て、すかさず駈《か》けつけて、必死《ひつし》になつて消《け》しとめました。かつ子《こ》さんたちはそれから一《ひ》と晩中《ばんぢう》、バケツで池《いけ》の水《みづ》をはこんでは屋根《やね》へかけ〳〵して、一《ひ》と息《いき》も休《やす》まず働《はたら》きつづけたのです。その小屋《こや》を消《け》しとめなかつたら、火《ひ》は忽《たちま》ち離宮《りきう》の建物《たてもの》にも移《うつ》つたのです。さうなつたら——そこはすでに、両面《りやうめん》に火《ひ》の手《て》を控《ひか》えてをり、後《うしろ》は海《うみ》なので——何万人《なんまんにん》といふ避難者《ひなんしや》は、全《まつた》く被服廠《ひふくせう》の惨死者《ざんししや》と同《おな》じやうに、こと〴〵く焼《や》け死《し》ぬるか海《うみ》へおちて溺死《できし》するかして、一人《ひとり》も助《たす》からなかつたはずです。

このことは、前《まへ》に言《い》つた高橋《たかはし》さんたちの働《はたら》きとともに、まだ一寸《ちつと》も世間《せけん》につたへられてゐないので、特《とく》に、人々《ひと〴〵》の傾聴《けいちやう》を仰《あふ》いでおきたいと思《おも》ひます。

火災《くわさい》から避難《ひなん》したすべての人《ひと》たちのうち、怖《おそ》らく少《すく》なくとも百二十万《まん》以上《いじやう》の人《ひと》は、やうやくのことで、上《うへ》にあげた、それ〴〵の広地《ひろち》や、郊外《こうがい》の野原《のはら》なぞにたどりつき、飲《の》むものも食《た》べるものもなしに、一晩中《ひとばんぢう》、くらやみの地上《ちじやう》におびえ集《あつま》つてゐたのです。そのごつたがへしの群々《むれ〳〵》の中《なか》には、そこにもこゝにも、全身《ぜんしん》に火傷《やけど》をした人《ひと》や重病者《ぢうびやうしや》が、横倒《よこだふ》しになつてうなつてゐる、保護者《ほごしや》にはぐれた子供《こども》たちが、おん〳〵ないてうろ〳〵してゐる、恐怖《きようふ》と悲嘆《ひたん》とに気《き》が狂《くる》つた女《をんな》が、キー〳〵声《ごゑ》をあげてかけ歩《ある》く、びつくりしたのと、無理《むり》に歩《ある》いて来《き》たのとで、急《きふ》に産気《さんけ》づいて苦《くる》しんでゐる妊婦《にんぷ》もあり、だれよ〳〵と半狂乱《はんきやうらん》で家族《かぞく》の人《ひと》をさがし廻《まは》つてゐるものがあるなど、その混乱《こんらん》と惨《いた》ましさとは、実際想像《じつさいさうぞう》にあまるくらゐです。多《おほ》くの人《ひと》は火《ひ》の中《なか》をくゞつて来《き》て喉《のど》がかわいて苦《くる》しくてたまらないので、汚《きたな》いどぶの水《みづ》をもかまはずぐい〳〵飲《の》んだと言《い》ひます。上野《うへの》では不忍池《しのばずいけ》のあの泥腐《どろくさ》りの水《みづ》で粉《こな》ミルクをといて乳《ち》のみ児《ご》に飲《の》ませた婦人《ふじん》さへありました。

火《ひ》はとう〳〵翌二日《よくふつか》一ぱいもえつゞき、所《ところ》によつては三日《みつか》に飛《と》び火《ひ》で焼《や》けはじめた部分《ぶぶん》もあります。官省《くわんしやう》、学校《がくかう》、病院《びやうゐん》、会社《くわいしや》、銀行《ぎんかう》、大商店《だいしやうてん》、寺院《じゐん》、劇場《げきぢやう》なぞ、焼失《しやうしつ》したすべてを数《かぞ》へ上げれば大変《たいへん》です。中《なか》でも五十万冊《まんさつ》の本《ほん》をすつかり焼《や》いた帝国《ていこく》大学図書館以下《だいがくとしよくわんいか》、いろ〳〵の官署《くわんしよ》や箇人《こじん》が、二《ふた》つとない貴重《きちよう》な文書等《もんしよとう》をすつかり焼《や》いたのなぞは何《なん》と言《い》つても残念《ざんねん》です。大学《だいがく》図書館《としよくわん》の本《ほん》は、すつかり灰《はい》になるまで三日間《みつかかん》も燃《も》えつゞけてゐました。

以上《いじやう》の外《ほか》、火災《くわさい》を免《まぬ》がれた山《やま》の手《て》や郊外《くわうぐわい》の町々《まち〳〵》の混雑《こんざつ》も大変《たいへん》でした。家《いへ》のくづれ傾《かたむ》いた人《ひと》は地震《ぢしん》のゆれかへしを怖《おそ》れて、街《がい》上《じやう》へ家財《かざい》をもち出《だ》し、布《きれ》や板《いた》で小屋《こや》がけをして寝《ね》たり、どのうちへも大《たい》てい一ぱい避難者《ひなんしや》が来《き》て火事場《くわじば》に劣《おと》らずごた〳〵する中《なか》で、一日二日《いちじつふつか》の夜《よる》は、爆弾《ばくだん》をもつた或暴徒《あるばうと》が襲《おそ》つて来《く》るとか、どこ〳〵の囚人《しうじん》が何《なん》千人《にん》にげ込《こ》んで来《き》たといふやうな、根《ね》もない流言《りうげん》によつて一部《ぶ》の人々《ひと〴〵》は非常《ひじやう》におびえさわぎました。無論《むろん》電燈《でんとう》もつかないので夜《よる》は家《いへ》の中《なか》もまつくらです。いろ〳〵物騒《ぶつさう》なので、町々《まち〳〵》では青年団等《せいねんだんとう》がそれ〴〵自警団《じけいだん》を作《つく》り、うろんくさいものが入《い》りこむのを防《ふせ》いだり、火《ひ》の番《ばん》をしたりして警戒《けいかい》しました。

郊外《くわうぐわい》から見《み》ると、二日《ふつか》の日《ひ》なぞは一日中《にちぢう》、大《おほ》きな真《ま》つ赤《か》な入道雲《にふだうぐも》見《み》たいなものが、市内《しない》の空《そら》に物《もの》すごく、おほひかぶさつてゐました。それは実《じつ》はまださかんにやけてゐる火事《くわじ》の烟《けむり》の集《あつま》りだつたのです。

四

併《しか》し、震災《しんさい》の突発《とつぱつ》について政府以下《せいふいか》、すべての官民《くわんみん》がさしあたり一ばん困《こま》つたのは、無線電信《むせんでんしん》をはじめ、すべての通信機関《つうしんきくわん》がすつかり破壊《はくわい》されてしまつたために地方《ちはう》との聯絡《れんらく》が全然《ぜん〴〵》とれなくなつたことです。市民《しみん》たちも、摂政宮殿下《せつしやうのみやでんか》が御安全《ごあんぜん》でゐらせられるといふことは早《はや》く一日中《いちじつちう》に拝聞《はいぶん》して、まづ御安神申《ごあんしんもう》し上《あ》げてをりましたが、日光《につくわう》の田母沢《たのもざは》の御用邸《ごようてい》に御滞在中《ごたいざいちう》の両《りやう》陛下《へいか》の御安否《ごあんぴ》が分《わか》りません。それで二日《ふつか》の午前《ごぜん》に、まづ第《だい》一に陸軍《りくぐん》から大橋特務曹長操縦林少尉同乗《おおはしとくむさうちやうさうじうはやしせうゐどうじやう》で、天候《てんこう》の観測《くわんそく》をする余《よ》裕《ゆう》もなく冒険的《ばうけんてき》に日光《につくわう》へ飛行機《ひかうき》を駆《か》り、御用邸《ごようてい》の上《うへ》を旋回《せんくわい》しながら「両陛下《りやうへいか》が御安泰《ごあんたい》にいらせられるならば旗《はた》をふつて合図《あひづ》をされたい」と認《したゝ》めたかきつけと、東京方面《とうきやうほうめん》の事情《じじやう》を上奏《じやうそう》する書《しよ》面《めん》を入《い》れた報告筒《はうこくとう》を投下《たうか》し、胸《むね》をとゞろかせつゝ待《ま》つてゐると、下《した》から大《おほ》きな旗《はた》がふりはじめられたので、かしこみ喜《よろこ》んでまつしぐらに帰還《きくわん》し、摂政宮殿下《せつしやうのみやでんか》に言上《ごんじやう》しました。

皇族《くわうぞく》の方々《かた〴〵》のおんうち、東京《とうきやう》でおやしきがお焼《や》けになつた方《かた》もおありになりましたが、でも幸《さいはひ》にいづれもお怪我《けが》もなくておすみになりましたが、鎌倉《かまくら》では山階宮妃佐紀子女王殿下《やましなのみやひさきこぢよわうでんか》が御圧《ごあつ》死《じ》になり、閑院宮寛子女王殿下《かんゐんのみやひろこぢよわうでんか》が小田原《をだはら》の御用邸《ごようてい》の倒壊《たふくわい》で、東《ひがし》久邇宮師正王殿下《くにのみやもろまさわうでんか》が鵠沼《くげぬま》で、それ〴〵御惨死《ござんし》なされたのはまことにおんいたはしい限《かぎ》りです。

第《だい》一の飛行機《ひかうき》が日光《につくわう》へ向《むか》つた同《おな》じ午前《ごぜん》に、一方《ぱう》では、波多野《はたの》中尉《ちうゐ》が一名《めい》の兵卒《へいそつ》をつれて、同《おな》じく冒険的《ばうけんてき》に生命《せいめい》を賭《と》して大阪《おほさか》に飛行《ひかう》し、はじめて東京地方《とうきやうちはう》の惨状《さんじやう》の報告《はうこく》と、救護《きうご》その他《た》軍事《ぐんじ》上《じやう》の重要命令《ぢうえうめいれい》を第《だい》四師団《しだん》にわたし九時間《じかん》二十分《ぷん》で往復《わうふく》して来《き》ました。それでもつて大阪《おほさか》から日本《にほん》の各地《かくち》や世《せ》界中《かいちう》へ東京横浜《とうきやうよこはま》の大惨害《だいさんがい》が伝《つた》へられ、地方《ちはう》からの食糧輸送等《しよくりやうゆそうとう》がはじまつたのです。同飛行機《どうひかうき》は、火災地《くわさいち》の上空《じやうくう》を行《ゆ》きかへりしたので機体《きたい》が煤《すゝ》で真《ま》つ黒《くろ》になつたと言《い》はれてゐます。

摂政宮殿下《せつしやうのみやでんか》には災害《さいがい》について非常《ひじやう》に御心痛《ごしんつう》あそばされ、当日《たうじつ》たゞちに内田《うちだ》臨時《りんじ》首相《しゆしやう》を召《め》し、政府《せいふ》が全力《ぜんりよく》をつくして罹災者《りさいしや》の救護《きうご》につとめるやうに仰《あふ》せつけになりました。二日《ふつか》の午後《ごご》三時《じ》に政府《せいふ》は臨時《りんじ》震災救護事務局《しんさいきうごじむきよく》といふものを組織《そしき》し、さしあたり九百五十万円《まんゑん》の救護資金《きうごしきん》を支出《しゆつ》して、罹災者《りさいしや》へ食糧《しよくりやう》、飲料水《いんれうすゐ》をくばり、傷病者《しやうびやうしや》の手当《てあて》以下《いか》、交通《かうつう》、通信《つうしん》、衛生《ゑいせい》、防備《ばうび》、警備《けいび》の手《て》くばりをつけました。同日午後《どうじつごご》五時《じ》に、山本伯《やまもとはく》の内閣《ないかく》が出来《でき》上《あが》り、それと同時《どうじ》に非常徴発令《ひじやうちやうはつれい》を発布《はつぷ》して、東京及《とうきやうおよ》び各地方《かくちはう》から食料品《しよくれうひん》、飲料《いんれう》、薪炭《しんたん》その他《た》の燃料《ねんれう》、家屋《かおく》、建築材料《けんちくざいれう》、薬品《やくひん》、衛生材料《ゑいせいざいれう》、船《ふね》その他《た》の運搬具《うんぱんぐ》、電線《でんせん》、労務《らうむ》を徴発《ちやうはつ》する方法《はうはふ》をつけ、まづ市内《しない》の自動車数《じどうしやすう》百台《だい》をとり集《あつ》めて、新宿駅《しんじゆくえき》に積《つ》まれてゐた六千俵《べう》の米《こめ》を徴発《ちやうはつ》し、罹災者《りさいしや》への炊《た》き出《だ》しにあてました。

三日《か》には東京府《とうきやうふ》、神奈川《かながは》、静岡《しづをか》、千葉《ちば》、埼玉県《さいたまけん》に戒厳令《かいげんれい》を布《し》かれ、福田大将《ふくだたいしやう》が司令官《しれいくわん》に任命《にんめい》されて以上《いじやう》の地方《ちはう》を軍隊《ぐんたい》で警備《けいび》しはじめました。そのため、東京市中《とうきやうしちゆう》や市外《しぐわい》の要所《えうしよ》〳〵にも歩《ほ》哨《せう》が立《た》ち、暴徒襲来等《ばうとしうらいとう》の流言《りうげん》にびく〳〵してゐた人《ひた》たちもすつかり安神《あんしん》しましたし、混雑《こんざつ》につけ入《い》つて、色《いろ》んな勝手《かつて》なことをしがちな、市《し》中一《ちういつ》たいの秩序《ちつじよ》もついて来《き》ました。出動部隊《しゆつどうぶたい》は近《この》衛《ゑ》二個《こ》師《し》団第《だんだい》一師《し》団《だん》の外《ほか》、地方《ちはう》の七師《し》団《だん》、以下《いか》合計《がふけい》十師《し》団《だん》の歩《ほ》兵聯隊《へいれんたい》の外《ほか》、騎兵《きへい》、重砲兵《ぢうはうへい》、鉄道等《てつだうとう》の各聯隊《かくれんたい》、飛行隊等《ひかうたいとう》の外《ほか》、殆《ほとん》ど全国《ぜんこく》の工兵大隊《こうへいだいたい》で、総員《そうゐん》五万《まん》一千、馬匹《ばひつ》一万頭《まんとう》。それが全《ぜん》警備区《けいびく》に配分《はいぶん》されて、警備《けいび》の外《ほか》、配給《はいきふ》や救護《きうご》や、道路橋梁《だうろけうれう》の修《しう》理《り》などに全力《ぜんりよく》を上《あ》げて働《はたら》いたのです。軍用鳩《ぐんようばと》も方々《はう〴〵》へお使《つか》ひをしました。

同時《どうじ》に海軍《かいぐん》では聯合艦隊《れんがふかんたい》以下《いか》、多《おほ》くの艦船《かんせん》を派出《はしゆつ》して、関西《くわんさい》地方《ちはう》からどん〳〵食料《しよくりやう》や衛生材料《ゑいせいざいれう》なぞを運《はこ》び、避難者《ひなんしや》の輸送《ゆそう》をも扱《あつか》ひ出《だ》しました。

同日《どうじつ》、摂政宮殿下《せつしやうのみやでんか》からは、救護用《きうごよう》として御内帑金《ごないどきん》一千万円《まんえん》をお下《くだ》しになりました。

食料品《しよくりやうひん》は鉄道《てつだう》なぞによつても、どん〳〵各地方《かくちはう》からはこばれて来《き》たので、市民《しみん》のために食物《しよくもつ》はありあまる程《ほど》になりました。

赤《あか》さびの鉄片《てつへん》や、真《ま》つ黒《くろ》こげの灰土《はいど》のみの茫々《ばう〴〵》とつゞいた、がらんどうの焼《や》けあとでは、四日《か》五日《か》のころまで、まだ火気《くわき》のある路傍《ろばう》なぞに、黒《くろ》こげの死体《したい》がごろ〳〵してをりました。隅《すみ》田川《だがは》の岸《きし》なぞには水死者《すゐししや》の死体《したい》がうよ〳〵と浮《うか》んでゐました。街上《がいじやう》は電線《でんせん》や電車《でんしや》の架空線《かくうせん》がもつれ下《さが》つてゐる下《した》に、電車《でんしや》や自動車《じどうしや》の焼《や》けつくした、骨《ほね》ばかりのがぺちやんこに潰《つぶ》れてゐます。風《かぜ》が吹《ふ》くたびに、こげくさい灰土《はひつち》がもう〳〵とたつて目《め》もあけてゐられないくらゐです。二日三日《ふつかみつか》なぞはその中《なか》を、いろ〳〵の哀《あは》れな姿《すがた》をした罹災者《りさいしや》が一ぱいになつて、ぞろ〳〵流《なが》れ動《うご》いてゐました。いづれも、一時《じ》のがれに集《あつ》つてゐるところから、それ〴〵のつてを求《もと》めて行《い》つたり、地方《ちはう》へにげ出《だ》すつもりで日暮里《につぽり》や品川《しながは》のステイシヨンなぞを目《め》あてに移《うつ》つて行《ゆ》くのです。女《をんな》たちで素裸足《すはだし》のまゝ、疲《つか》れ青《あを》ざめてよろ〳〵と歩《ある》いて行《ゆ》くのがどつさりゐます。手車《てぐるま》や荷馬車《にばしや》に負傷者《ふしやうしや》をつんで通《とほ》るのもあり、尋《たづ》ね人《びと》だれ〳〵と名前《なまへ》をかいた旗《はた》を立《た》て、行衞《ゆくゑ》の分《わか》らない人《ひと》を探《さが》し廻《まは》る人《ひと》たちもあります。そのごた〳〵した中《なか》を、方々《はう〴〵》の救護班《きうごはん》や炊《た》き出《だ》しをのせた貨物自動車《くわもつじどうしや》がかけちがふし、焼《や》けあとのトタン板《いた》をがら〳〵と引《ひ》きずつて行《ゆ》く音《おと》がするなぞ、その混雑《こんざつ》と言《い》つたらありません。

地震《ぢしん》のために脱線《だつせん》したり、倒《たふ》れこはれたりした列車《れつしや》は、全被《ぜんひ》害地《がいち》にわたつて四十四列車《れつしや》もあります。東京《とうきやう》から地方《ちはう》へ遁《のが》れ出《で》るには、関西方面行《くわんさいはうめんゆき》の汽車《きしや》は函根《はこね》のトンネルがこはれて通《つう》じないので、東京湾《とうきやうわん》から船《ふね》で清水港《しみづみなと》へわたり、そこから汽車《きしや》に乗《の》るのです。東北《とうほく》その他《た》へでる汽車《きしや》には、みんながおし〳〵につめかけて、機関車《きくわんしや》のぐるりや、箱車《はこぐるま》の屋根《やね》の上《うへ》へまでぎつしりと乗上《のりあが》つて、生命《いのち》がけで揺《ゆ》られて行《ゆ》くありさまでした。

焼《や》け出《だ》されたまゝ落《お》ちつく先《さき》のない人々《ひと〴〵》は、日比谷《ひゞや》公園《こうゑん》や宮《きう》城《じやう》まへなぞに立《た》てならべられた、宮内省《くないしやう》の救用《きうよう》テントの中《なか》に這《は》入《ひ》つたり、焼《や》けのこりの板切《いたぎ》れなぞを拾《ひろ》ひ集《あつ》めて道《みち》ばたに仮小《かりご》屋《や》を作《つく》り、その中《なか》へこゞまつてゐたりして、焚《た》き出《だ》しを貰《もら》つて食《た》べたりしてゐたのです。

震災後《しんさいご》、もはやそは〳〵と二《ふ》た月《つき》ばかりたちまして、市民《しみん》は七万《まん》の死者《ししや》と、九十三万《まん》の人《ひと》が地方《ちはう》へ出《で》て出《い》つたのとで、二百五十万人《まんにん》が今《いま》では百四十万に減《へ》つてしまひました。行《ゆ》きどころを持《も》たない罹災者《りさいしや》の一半《ぱん》は、今《いま》もつて、救護局《きうごきよく》が建設《けんせつ》した、日《ひ》比谷《ゞや》、上野《うへの》、其他《そのた》のバラックの中《なか》に住《す》んでゐます。工兵隊《こうへいたい》は引《ひき》続《つゞ》き毎日爆薬《まいにちばくやく》で、やけあとの建《た》てもの、断片《だんぺん》なぞをドン〳〵とこはしてゐます。九階《かい》から上《うへ》が地震《ぢしん》でくづれ落《お》ちた浅草《あさくさ》の十二階《かい》も爆破《ばくは》されてしまひました。かうして片《かた》づけられて行《ゆ》く焼《や》けあとには片《かた》はしからどん〳〵仮小屋《かりごや》を建《た》て、もとの商《しやう》ばいにかへる人々《ひと〴〵》があり、今《いま》ではすべてゞ四万以上《まんいじやう》の小屋《こや》がけが出来《でき》、十七万人《まんにん》の人々《ひと〴〵》が這入《はひ》つてゐます。

小学校《せうがくかう》は全市《ぜんし》で百九十六校《かう》あつたのが百十八校《かう》まで焼《や》け、罹《り》災《さい》した児童《じどう》の数《かず》が十四万《まん》八千四百人《にん》に上《のぼ》つてゐます。その中《うち》の四割《わり》は地方《ちはう》や郡部《ぐんぶ》に移《うつ》つたものと見《み》て、あと八万《まん》九千の人《ひと》たちは、十一月《ぐわつ》に、もとのところに仮校舎《かりこうしや》が建《た》つまでは、どうすることも出来《でき》ないでゐるのです。中《なか》には焼《や》けあとの校庭《かうてい》に集《あつま》つて、本《ほん》も道具《だうぐ》もないので、たゞいろ〳〵のお話《はなし》を聞《き》いたりしてゐる生徒《せいと》もゐます。そのほか公園《こうゑん》なぞの森《もり》の中《なか》に、林間学校《りんかんがくかう》がいくつか開《ひら》かれてをりますが、そこへ通《かよ》ふことの出来《でき》る子《こ》たちは、全部《ぜんぶ》から見《み》ればほんの僅少《きんせう》な一部分《ぶぶん》に過《す》ぎません。

政府《せいふ》は東京《とうきやう》や、その他《た》の被害地《ひがいち》を再興《さいこう》するために復興院《ふくこうゐん》といふ役所《やくしよ》を設《まう》けました。東京市《とうきやうし》の如《ごと》きは、これからまづ根本《こんぽん》に、火事《くわじ》のさいに多《おほ》くの人《ひと》が避難《ひなん》し得《う》る大公園《だいこうゑん》や広場《ひろば》や大《おほ》きな交通《かうつう》路《ろ》、その他《た》いろいろの地割《ぢわり》をきめた上《うへ》、込《こ》み入《い》つたところには耐火的《たいくわてき》の建物以外《たてものいぐわい》には建《た》てさせないやうに規定《きてい》して、だんだんに再建築《さいけんちく》にかゝるわけですが、帝都《ていと》として、すつかりとゝのつた東京《とうきやう》が再現《さいげん》するまでには、これから少《すく》なくとも十年以上《ねんいじやう》はかゝるに相違《さうゐ》ありません。

最後《さいご》に今度《こんど》の震災《しんさい》について諸外国《しよぐわいこく》から注《そゝ》がれた大《おほ》きな同情《どうじやう》に対《たい》しては全日本人《ぜんにほんじん》が深《ふか》く感謝《かんしや》しなければなりません。米国《べいこく》はいち早《はや》く東洋艦隊《とうやうかんたい》を急派《きふは》して、医療具《いれうぐ》、薬品等《やくひんとう》を横浜《よこはま》へはこんで来《き》ましたし、なほ数隻《すうせき》の御用船《ごようせん》で食糧《しよくれう》や、何《なん》千人《にん》を入《い》れ得《う》るテント病院《びやうゐん》を寄贈《きそう》して来《き》ました。同病院《どうびやういん》は横浜《よこはま》と東京《とうきやう》に建《た》てられて、今《いま》では日本人《にほんじん》の手《て》で活動《くわつどう》してゐます。その外《ほか》、ニユーヨーク市《し》では、「一分早《ぶんはや》ければ一人多《にんおほ》く助《たす》かる」といふ標語《へうご》をかゝげて、市民《しみん》の間《あひだ》から忽《たちま》ちに一千万円以上《まんゑんいじやう》のお金《かね》をつのつて送《おく》り届《とど》けました。サンフランシスコ市《し》では、少年少女《せうねんせうぢよ》たちが日本《にほん》への義捐金《ぎえんきん》を得《う》るために花《はな》を売《う》り出《だ》したところ、多《おほ》くの人《ひと》が一束《たほ》を五十円《えん》、百円《えん》で買《か》つたと言《い》はれてゐます。

英国《えいこく》でも、皇帝《くわうてい》、皇后両陛下《くわうごうりやうへいか》や、ロンドン市民《しみん》から寄附《きふ》をよこし、東洋艦隊《とうやうかんたい》や、カナダからの数隻《すうせき》の船《ふね》は食糧《しよくりやう》を満載《まんさい》して出《で》かけて来《き》ました。

支那《しな》では北京政府《ペキンせいふ》が二十万元《まんげん》を支出《ししゆつ》して送金《そうきん》して来《き》た外《ほか》、これまで米穀輸出《べいこくゆしゆつ》を禁《きん》じてゐたのを、特《とく》に日本《にほん》のために、その禁《きん》令《れい》を解《と》いたり、全国《ぜんこく》の海関税《かいくわんぜい》を今後《こんご》一ヶ年間《ねんかん》一割引《わりひ》き上《あ》げて、それだけを日本《にほん》へ贈《おく》ることを発表《はつぺう》してゐます。もと支那《しな》の皇帝《くわうてい》であられた宣統帝《せんとうてい》は、今《いま》でも何《なん》の収入《しうにふ》もない境遇《きやうぐう》にあられる中から、手《て》もとに有《あ》りたけの一万元《まんげん》を寄附《きふ》された上《うへ》、今後《こんご》の生活《せいくわつ》費《ひ》として売却《ばいきやく》するつもりでゐられた高貴《かうき》な宝石《ほうせき》、什器《じうき》二十余点《よてん》を売《う》つて全部《ぜんぶ》十五万元《まんげん》のお金《かね》をよこされました。

そのほか露国《ろこく》でも、余裕《よゆう》の少《すくな》い沿海洲《えんかいしう》の市民《しみん》たちが全力《ぜんりよく》をあげて日本《にほん》を救《すく》へと叫《さけ》んでをり、フランス、イタリヤ、メキシコ、オーストラリヤでは、日《ひ》を極《き》めて興業物《こうぎやうもの》一さいをさし控《ひか》へ、各《かく》戸《こ》に半旗《はんき》を上《あ》げて日本《にほん》の不幸《ふかう》に同情《どうじやう》を表《へう》し義捐金《ぎえんきん》をも集《あつ》めてゐます。

いふまでもなく今度《こんど》の大災害《だいさいがい》は、精神的《せいしんてき》にも物質的《ぶつしつてき》にも全日《ぜんに》本《ほん》そのものゝ心臓部《しんざうぶ》を突《つ》き刺《さ》されたに等《ひと》しい大被害《だいひがい》です。単《たん》に物《もの》だけの百一億円《おくえん》の損害《そんがい》でも日露戦争《にちろせんさう》の費用《ひよう》の五倍以上《ばいいじやう》に当《あた》り、全国富《ぜんこくふう》の十分《ぶん》の一を失《うしな》つたわけです。われ〳〵は今後《こんご》お互《たがひ》に協《きよう》同努力《どうどりよく》して一日《にち》も早《はや》くこの大負傷《だいふしやう》を癒《い》やすことにつとめなければなりません。これまで多《おほ》くの人々《ひと〴〵》はふだんの平和《へいわ》に甘《あま》えて、だらけた考《かんがへ》に堕《お》ち、お金《かね》の上《うへ》でも間違《まちが》つた、無駄《むだ》の費《つひ》への多《おほ》い生活《せいくわつ》をしてゐた点《てん》がどれだけあつたか分《わか》りません。今度《こんど》の大震《だいしん》災《さい》を機会《きくわい》として、すべての人《ひと》が根本《こんぽん》に態度《たいど》を改《あらた》め直《なほ》し、勤勉質《きんべんしつ》実《じつ》に、本当《ほんたう》の合理的《がふりてき》な生活《せいくわつ》をする習慣《しふくわん》を固《かた》め上《あ》げなければならないと思《おも》ひます。

（「赤い鳥」大正12年11月号）

評論

評論
随筆
記録
座談会

侏儒の言葉（抄）

芥川龍之介

一　星

太陽の下に新しきことなしとは古人の道破した言葉である。しかし新しいことのないのは独り太陽の下ばかりではない。

天文学者の説によれば、ヘラクレス星群を発した光は我々の地球へ達するのに三万六千年を要するさうである。がヘラクレス星群と雖も、永久に輝いてゐることは出来ない。何時か一度は冷灰のやうに、美しい光を失つてしまふ。のみならず死は何処へ行つても常に生を孕んでゐる。光を失つたヘラクレス星群も無辺の天をさまよふ内に、都合の好い機会を得さへすれば、一団の星雲と変化するであらう。さうすれば又新しい星は続々と其処に生まれるのである。

宇宙の大に比べれば、太陽も一点の燐火に過ぎない。況や我々の地球をやである。しかし遠い宇宙の極、銀河のほとりに起つてゐることも、実はこの泥団の上に起つてゐることと変りはない。生死は運動の方則のもとに、絶えず循環してゐるのである。

さう云ふことを考へると、天上に散在する無数の星にも多少の同情を禁じ得ない。いや、明滅する星の光は我々と同じ感情を表はしてゐるやうにも思はれるのである。この点でも詩人は何ものよりも先に高々と真理をうたひ上げた。

真砂なす数なき星のその中に吾に向ひて光る星あり

しかし星も我々のやうに流転を閲すると云ふことは——兎に角退屈でないことはあるまい。

二　鼻

クレオパトラの鼻が曲つてゐたとすれば、世界の歴史はその為に一変してゐたかも知れないとは名高いパスカルの警句である。しかし恋人と云ふものは滅多に実相を見るものではない。いや、我々の自己欺瞞は一たび恋愛に陥つたが最後、最も完全に行はれるのである。

アントニイもさう云ふ例に洩れず、クレオパトラの鼻が曲つてゐたとすれば、努めてそれを見まいとしたであらう。又見ずにはゐられない場合もその短所を補ふべき何か他の長所を探したであらう。何か他の長所と云へば、天下に我々の恋人位、無数の長所を具へた女性は一人もゐないのに相違ない。アントニイもきつと我々同様、クレオパトラの眼とか唇とかに、あり余る償ひを見出したであらう。その上又例の「彼女の心」！実際我々の愛する女性は古往今来飽き飽きする程、素ばらしい心の持ち主である。のみならず彼女の服装とか、或は彼女の財産とか、或は又彼女の社会的地位とか、——それらも長所にならないことはない。更に甚しい場合を挙げれば、以前或名士に愛されたと云ふ事実乃至風評さへ、長所の一つに数へられるのである。しかもあのクレオパトラは豪奢と神秘とに充ち満ちたエヂプトの最後の女王ではないか？香の煙の立ち昇る中に、冠の珠玉でも光らせながら、蓮の花か何か弄んでゐれば、多少の鼻の曲りなどは何人の眼にも触れなかつたであらう。況やアントニイの眼をやである。

かう云ふ我々の自己欺瞞にはひとり恋愛に限つたことではない。我々は多少の相違さへ除けば、大抵我々の欲するままに、いろいろ実相を塗り変へてゐる。たとへば歯科医の看板にしても、それが我々の眼にはひるのは看板の存在そのものよりも、看板のあることを欲する心、——牽いては我々の歯痛ではないか？勿論我々の歯痛などは世界の歴史には没交渉であらう。しかしかう云ふ自己欺瞞は民心を知りたがる政治家にも、敵状を知りたがる軍人にも、或は又財況を知りたがる実業家にも同じやうにきつと起るのである。わたしはこれを修正すべき理智の存在を否みはしない。同時に又百般の人事を統べる「偶然」の存在も認めるものである。が、あらゆる熱情は理性の存在を忘れ易い。「偶然」は云はば神意である。すると我々の自己欺瞞は世界の歴史を左右すべき、最も永久な力かも知れない。

つまり二千余年の歴史は眇たる一クレオパトラの鼻の如何に依つたのではない。寧ろ地上に遍満した我々の愚昧に依つたのである。哂ふべき、——しかし壮厳な我々の愚昧に依つたのである。

三　修身

道徳は便宜の異名である。「左側通行」と似たものである。

×

道徳の与へたる恩恵は時間と労力との節約である。道徳の与へる損害は完全なる良心の麻痺である。

×

妄に道徳に反するものは経済の念に乏しいものである。妄に道徳に屈するものは臆病ものか怠けものである。

×

我々を支配する道徳は資本主義に毒された封建時代の道徳である。我々は殆ど損害の外に、何の恩恵にも浴してゐない。

×

強者は道徳を蹂躙するであらう。弱者は又道徳に愛撫されるであらう。道徳の迫害を受けるものは常に強弱の中間者である。

×

道徳は常に古着である。

×

良心は我々の口髭のやうに年齢と共に生ずるものではない。

我々は良心を得る為にも若干の訓練を要するのである。

×

一国民の九割強は一生良心を持たぬものである。

×

我々の悲劇は年少の為、或は訓練の足りない為、まだ良心を捉へ得ぬ前に、破廉恥漢の非難を受けることである。

我々の喜劇は年少の為、或は訓練の足りない為、破廉恥漢の非難を受けた後に、やつと良心を捉へることである。

×

良心とは厳粛なる趣味である。

×

良心は道徳を造るかも知れぬ。しかし道徳は未だ嘗て、良心の良の字も造つたことはない。

×

良心もあらゆる趣味のやうに、病的なる愛好者を持つてゐる。さう云ふ愛好者は十中八九、聡明なる貴族か富豪かである。

好悪

わたしは古い酒を愛するやうに、古い快楽説を愛するものである。我々の行為を決するものは善でもなければ悪でもない。唯我々の好悪である。或は我々の快不快である。さうとしかわたしには考へられない。

ではなぜ我々は極寒の天にも、将に溺れんとする幼児を見る時、進んで水に入るのであるか？救ふことを快とするからである。では水に入る不快を避け、幼児を救ふ快を取るのは何の尺度に依つたのであらう？より大きい快を選んだのである。しかし肉体的快不快と精神的快不快とは同一の尺度に依らぬ筈である。いや、この二つの快不快は全然相容れぬものではない。寧ろ鹹水と淡水とのやうに、一つに融け合つてゐるものである。現に精神的教養を受けない京阪辺の紳士諸君はすつぽんの汁を啜つた後、鰻を菜に飯を食ふさへ、無上の快に数へてゐるではないか？且又水や寒気などにも肉体的享楽の存することは寒中水泳の示すところである。（なほこの間の消息を疑ふものはマソヒズムの場合を考へるが好い。あの呪ふべきマソヒズムはかう云ふ肉体的快不快の外見上の倒錯に常習的傾向の加はつたものである。わたしの信ずるところによれば、或は柱頭の苦行を喜び、或は火裏の殉教を愛した基督教の聖人たちは大抵マソヒズムに罹つてゐたらしい。）

我々の行為を決するものは昔の希臘人の云つた通り、好悪の外にないのである。我々は人生の泉から、最大の味を汲み取らねばならぬ。『パリサイの徒の如く、悲しき面もちをなすこと勿れ。』耶蘇さへ既にさう云つたではないか。賢人とは畢竟荊棘の路にも、薔薇の花を咲かせるもののことである。

侏儒の祈り

わたしはこの綵衣を纏ひ、この筋斗の戯を献じ、この太平を楽しんでゐれば不足のない侏儒でございます。どうかわたしの願ひをおかなへ下さいまし。

どうか一粒の米すらない程、貧乏にして下さいますな。どうか又熊掌にさへ飽き足りる程、富裕にもして下さいますな。

どうか採桑の農婦すら嫌ふやうにして下さいますな。どうか又後宮の麗人さへ愛するやうにもして下さいますな。

どうか菽麦すら弁ぜぬ程、愚昧にして下さいますな。どうか又雲気さへ察する程、聡明にもして下さいますな。

とりわけどうか勇ましい英雄にして下さいますな。わたしは現に時とすると、攀ぢ難い峯の頂を窮め、越え難い海の浪を渡り――云はば不可能を可能にする夢を見ることがございます。さう云ふ夢を見てゐる時程、空恐しいことはございません。わたしは竜と闘ふやうに、この夢と闘ふのに苦しんで居ります。どうか英雄とならぬやうに――英雄の志を起さぬやうに力のないわたしをお守り下さいまし。

わたしはこの春酒に酔ひ、この金縷の歌を誦し、この好日を喜んでゐれば不足のない侏儒でございます。

神秘主義

神秘主義は文明の為に衰退し去るものではない。寧ろ文明は神秘主義に長足の進歩を与へるものである。

古人は我々人間の先祖はアダムであると信じてゐた。と云ふ意味は創世記を信じてゐたと云ふことである。今人は既に中学生さへ、猿であると信じてゐる。と云ふ意味はダアウインの著書を信じてゐると云ふことである。つまり書物を信ずることは今人も古人も変りはない。その上古人は少くとも創世記に目を曝らしてゐた。今人は少数の専門家を除き、ダアウインの著書も読まぬ癖に、恬然とその説を信じてゐる。猿を先祖とすることはエホバの息吹きのかかつた土、――アダムを先祖とすることよりも、光彩に富んだ信念ではない。しかも今人は悉かう云ふ信念に安んじてゐる。

これは進化論ばかりではない。地球は円いと云ふことさへ、ほんたうに知つてゐるものは少数である。大多数は何時か教へられたやうに、円いと一図に信じてゐるのに過ぎない。なぜ円いかと問ひつめて見れば、上愚は総理大臣から下愚は腰弁に至る迄、説明の出来ないことは事実である。

次ぎにもう一つ例を挙げれば、今人は誰も古人のやうに幽霊の実在を信ずるものはない。しかし幽霊を見たと云ふ話は未に時々伝へられる。ではなぜその話を信じないのか？幽霊などを見る者は迷信に囚はれて居るからである。ではなぜ迷信に捉はれてゐるのか？幽霊などを見るからである。かう云ふ今人の論法は勿論所謂循環論法に過ぎない。

況や更にこみ入つた問題は全然信念の上に立脚してゐる。我々は理性に耳を借さない。いや、理性を超越した何物かのみに耳を借すのである。何物かに、――わたしは「何物か」と云ふ以前に、ふさはしい名前さへ発見出来ない。もし強いて名づけるとすれば、薔薇とか魚とか蠟燭とか、象徴を用ふるばかりである。たとへば我々の帽子でも好い。我々は羽根のついた帽子をかぶらず、ソフトや中折をかぶるやうに、祖先の猿だつたことを信じ、幽霊の実在しないことを信じ、地球の円いことを信じてゐる。もし嘘と思ふ人は日本に於けるアインシユタイン博士、或はその相対性原理の歓迎されたことを考へるが好い。あれは神秘主義の祭である。不可解なる荘厳の儀式である。何の為に熱狂したのかは「改造」社主の山本氏さへ知らない。

すると偉大なる神秘主義者はスウエデンボルグだのベエメだのではない。実は我々文明の民である。同時に又我々の信念も三越の飾り窓と選ぶところはない。我々の信念を支配するものは常に捉へ難い流行である。或は神意に似た好悪である。実際又西施や龍陽君の祖先もやはり猿だつたと考へることは多少の満足を与へないでもない。

自由意志と宿命と

兎に角宿命を信ずれば、罪悪なるものの存在しない為に懲罰と云ふ意味も失はれるから、罪人に対する我々の態度は寛大になるのに相違ない。同時に又自由意志を信ずれば責任の観念を生ずる為に、良心の麻痺を免れるから、我々自身に対する我々の態度は厳粛になるのに相違ない。ではいづれに従はうとするのか？

わたしは恬然と答へたい。半ばは自由意志を信じ、半ばは宿命を信ずべきである。或は半ばは自由意志を疑ひ、半ばは宿命を疑ふべきである。なぜと云へば我々は我々に負はされた宿命により、我々の妻を娶つたではないか？同時に又我々は我々に恵まれた自由意志により、必しも妻の注文通り、羽織や帯を買つてやらぬではないか？

自由意志と宿命とに関らず、神と悪魔、美と醜、勇敢と怯懦、理性と信仰、——その他あらゆる天秤の両端にはかう云ふ態度をとるべきである。古人はこの態度を中庸と呼んだ。中庸とは英吉利語の good sense である。わたしの信ずるところによれば、グツドセンスを持たない限り、如何なる幸福も得ることは出来ない。もしそれでも得られるとすれば、炎天に炭火を擁したり、大寒に団扇を揮つたりする我慢の幸福ばかりである。

小児

軍人は小児に近いものである。英雄らしい身振を喜んだり、所謂光栄を好んだりするのは今更此処に云ふ必要はない。機械的訓練を貴んだり、動物的勇気を重んじたりするのも小学校にのみ見得る現象である。殺戮を何とも思はぬなどは一層小児と選ぶところはない。殊に小児と似てゐるのは喇叭や軍歌に鼓舞されれば、何の為に戦ふかも問はず、欣然と敵に当ることである。

この故に軍人の誇りとするものは必ず小児の玩具に似てゐる。緋縅の鎧や鍬形の兜は成人の趣味にかなつた者ではない。勲章も――わたしには実際不思議である。なぜ軍人は酒にも酔はずに、勲章を下げて歩かれるのであらう?

武器

正義は武器に似たものである。武器は金を出しさへすれば、敵にも味方にも買はれるであらう。正義も理窟をつけさへすれば、敵にも味方にも買はれるものである。古来「正義の敵」と云ふ名は砲弾のやうに投げかはされた。しかし修辞につりこまれなければ、どちらがほんとうの「正義の敵」だか、滅多に判然したためしはない。

日本人の労働者は単に日本人と生まれたが故に、パナマから退去を命ぜられた。これは正義に反してゐる。亜米利加は新聞紙の伝へる通り、「正義の敵」と云はなければならぬ。しかし支那人の労働者も単に支那人と生まれたが故に、千住から退去を命ぜられた。これも正義に反してゐる。日本は新聞紙の伝へる通り、――いや、日本は二千年来、常に「正義の味方」である。正義はまだ日本の利害と一度も矛盾はしなかつたらしい。

武器それ自身は恐れるに足りない。恐れるのは武人の技倆である。正義それ自身も恐れるに足りない。恐れるのは煽動家の雄弁である。武后は人天を顧みず、冷然と正義を蹂躙した。しかし徐敬業の乱に当り、駱賓王の檄を読んだ時には色を失ふことを免れなかつた。「一抔土未乾　六尺孤安在」の雙句は天成のデマゴオクを待たない限り、発し得ない名言だつたからである。

わたしは歴史を翻へす度に、遊就館を想ふことを禁じ得ない。過去の廊下には薄暗い中にさまざまの正義が陳列してある。青竜刀に似てゐるのは儒教の教へる正義であらう。騎士の槍に似てゐるのは基督教の教へる正義であらう。此処に太い棍棒がある。これは社会主義者の正義であらう。彼処に房のついた長剣がある。あれは国家主義者の正義であらう。わたしはさう云ふ武器を見ながら、幾多の戦ひを想像し、をのづから心悸の高まることがある、しかしまだ幸か不幸か、わたし自身その武器の一つを執りたいと思つた記憶はない。

尊王

十七世紀の仏蘭西の話である。或日 Duc de Bourgogne が Abbé Choisy にこんなことを尋ねた。シヤルル六世は気違ひだつた。その意味を婉曲に伝へる為には、何と云へば好いのであらう?アべは言下に返答した。「わたしならば唯かう申します。シヤルル六世は気違ひだつたと。」アべ・シヨアズイはこの答を一生の冒険の中に数へ、後のちまでも自慢にしてゐたさうである。

十七世紀の仏蘭西はかう云ふ逸話の残つてゐる程、尊王の精神に富んでゐたと云ふ。しかし二十世紀の日本も尊王の精神に富んでゐることは当時の仏蘭西に劣らなさうである。まことに、――欣幸の至りに堪へない。

創作

藝術家は何時も意識的に彼の作品を作るのかも知れない。しかし作品そのものを見れば、作品の美醜の一半は藝術家の意識を超越した神秘の世界に存してゐる。一半?、或は大半と云つても好い。

我々は妙に問ふに落ちず、語るに落ちるものである。我々の魂はをのづから作品に露るることを免れない。一刀一拝した古人の用意はこの無意識の境に対する畏怖を語つてはゐないであらうか?

創作は常に冒険である。所詮は人力を尽した後、天命に委かせるより仕方はない。

少時学語苦難円　唯道工夫半未全　到老始知非力取　三分人事七分天

趙甌北の「論詩」の七絶はこの間の消息を伝へたものであらう。藝術は妙に底の知れない凄みを帯びてゐるものである。我々も金を欲しがらなければ、又名聞を好まなければ、最後に殆ど病的な創作熱に苦しまなければ、この無気味な藝術などと格闘する勇気は起らなかつたかも知れない。わたしは正直に創作だけは少くともこの二三年来、菲才その任に非ずとあきらめてゐる。

鑑賞

藝術の鑑賞は藝術家自身と鑑賞家との協力である。云はば鑑賞家は一つの作品を課題に彼自身の創作を試みるのに過ぎない。この故に如何なる時代にも名声を失はない作品は必ず種々の鑑賞を可能にする特色を具へてゐる。しかし種々の鑑賞を可能にすると云ふ意味はアナトオル・フランスの云ふやうに、何処か曖昧に出来てゐる為、どう云ふ解釈を加へるもたやすいと云ふ意味ではあるまい。寧ろ廬山の峯々のやうに、種々の立ち場から鑑賞され得る多面性を具へてゐるのであらう。

古典

古典の作者の幸福なる所以は兎に角彼等の死んでゐることである。

又

我々の――或は諸君の幸福なる所以も兎に角彼等の死んでゐることである。

幻滅した藝術家

或一群の藝術家は幻滅の世界に住してゐる。彼等は愛を信じない。良心なるものをも信じない。唯昔の苦行者のやうに無何有の砂漠を家としてゐる。その点は成程気の毒かも知れない。

しかし美しい蜃気楼は砂漠の天にのみ生ずるものである。百般の人事に幻滅した彼等も大抵藝術には幻滅してゐない。いや、藝術と云ひさへすれば、常人の知らない金色の夢は忽ち空中に出現するのである。彼等も実は思ひの外、幸福な瞬間を持たぬ訳ではない。

告白

完全に自己を告白することは何人にも出来ることではない。同時に又自己を告白せずには如何なる表現も出来るものではない。

ルツソオは告白を好んだ人である。しかし赤裸々の彼自身は懺悔録の中にも発見出来ない。メリメは告白を嫌つた人である。しかし「コロンバ」は隠約の間に彼自身を語つてはゐないであらうか？所詮告白文学とその他の文学との境界線は見かけほどはつきりはしてゐないのである。

人生——石黒定一君に——

もし游泳を学ばないものに泳げと命ずるものがあれば、何人も無理だと思ふであらう。もし又ランニングを学ばないものに駈けろと命ずるものがあれば、やはり理不尽だと思はざるを得ない。しかし我々は生まれた時から、かう云ふ莫迦げた命令を負はされてゐるのも同じことである。

我々は母の胎内にゐた時、人生に処する道を学んだであらうか？しかも胎内を離れるが早いか、兎に角大きい競技場に似た人生の中に踏み入るのである。勿論游泳を学ばないものは満足に泳げる理窟はない。同様にランニングを学ばないものは大抵人後に落ちさうである。すると我々も創痍を負はずに人生の競技場を出られる筈はない。

成程世人は云ふかも知れない。「学人の跡を見るが好い。あそこに君たちの手本がある」と。しかし百の游泳者や千のランナアを眺めたにしろ、忽ち游泳を覚えたり、ランニングに通じたりするものではない。のみならずその游泳者は悉水を飲んでをり、その又ランナアは一人残らず競技場の土にまみれてゐる。見給へ、世界の名選手さへ大抵は得意の微笑のかげに渋面を隠してゐるではないか？

人生は狂人の主催に成つたオリムピツク大会に似たものである。我々は人生と闘ひながら、人生と闘ふことを学ばねばならぬ。かう云ふゲエムの莫迦々々しさに憤慨を禁じ得ないものはさつさと埒外に歩み去るが好い。自殺も亦確かに一便法である。しかし人生の競技場に踏み止まりたいと思ふものは創痍を恐れずに闘はなければならぬ。

四つん這ひになつたランナアは滑稽であると共に悲惨である。水を呑んだ游泳者も涙と笑とを催させるであらう。我々は彼等と同じやうに、人生の悲喜劇を演ずるものである。創痍を蒙るのはやむを得ない。が、その創痍に堪へる為には、——世人は何と云ふかも知れない。わたしは常に同情と諧謔とを持ちたいと思つてゐる。

又

人生は一箱のマツチに似てゐる。重大に扱ふのは莫迦々々しい。重大に扱はなければ危険である。

又

人生は落丁の多い書物に似てゐる。一部を成すとは称し難い。しかし兎に角一部を成してゐる。

或自警団員の言葉

さあ、自警の部署に就かう。今夜は星も木々の梢に涼しい光を放つてゐる。微風もそろそろ通ひ出したらしい。さあ、この籐の長椅子に寝ころび、この一本のマニラに火をつけ、夜もすがら気楽に警戒しよう。もし喉の渇いた時には水筒のウイスキイを傾ければ好い。幸ひまだポケツトにはチヨコレエトの棒も残つてゐる。

聴き給へ、高い木々の梢に何か寝鳥の騒いでゐるのを。鳥は今度の大地震にも困ると云ふことを知らないであらう。しかし我々人間は衣食住の便宜を失つた為にあらゆる苦痛を味はつてゐる。いや、衣食住どころではない。一杯のシトロンの飲めぬ為にも少からぬ不自由を忍んでゐる。人間と云ふ二足の獣は何と云ふ情けない動物であらう。我々は文明を失つたが最後、それこそ風前の燈火のやうに覚束ない命を守らなければならぬ。見給へ。鳥はもう静かに寐入つてゐる。羽根蒲団や枕を知らぬ鳥は！

鳥はもう静かに寝入つてゐる。夢も我々より安らかであらう。鳥は現在にのみ生きるものである。しかし我々人間は過去や未来にも生きなければならぬ。と云ふ意味は悔恨や憂慮の苦痛をも嘗めなければならぬ。殊に今度の大地震はどの位我々の未来の上へ寂しい暗黒を投げかけたであらう。東京を焼かれた我々は今日の餓に苦しみ乍ら、明日の餓にも苦しんでゐる。鳥は幸ひにこの苦痛を知らぬ、いや、鳥に限つたことではない。三世の苦痛を知るものは我々人間のあるばかりである。

小泉八雲は人間よりも蝶になりたいと云つたさうである。蝶――と云へばあの蟻を見給へ。もし幸福と云ふことを苦痛の少ないことのみとすれば、蟻も亦我々よりは幸福であらう。けれども我々人間は蟻の知らぬ快楽をも心得てゐる。蟻は破産や失恋の為に自殺をする患はないかも知れぬ。が、我々と同じやうに楽しい希望を持ち得るであらうか？　僕は未だに覚えてゐる。月明りの仄めいた洛陽の廃都に、李太白の詩の一行さへ知らぬ無数の蟻の群を憐んだことを！

しかしシヨオペンハウエルは、――まあ、哲学はやめにし給へ。我々は兎に角あそこへ来た蟻と大差のないことだけは確かである。もしそれだけでも確かだとすれば、人間らしい感情の全部は一層大切にしなければならぬ。自然は唯冷然と我々の苦痛を眺めてゐる。我々は互に憐まなければならぬ。況や殺戮を喜ぶなどは、——尤も相手を絞め殺すことは議論に勝つよりも手軽である。

我々は互に憐まなければならぬ。シヨオペンハウエルの厭世観の我々に与へた教訓もかう云ふことではなかつたであらうか？

夜はもう十二時を過ぎたらしい。星も相不変頭の上に涼しい光を放つてゐる。さあ、君はウイスキイを傾け給へ。僕は長椅子に寝ころんだままチヨコレエトの棒でも齧ることにしよう。

（「文藝春秋」大正12年1月～11月）

「赤と黒」創刊号

宣言

詩とは？　詩人とは？　我々は過去の一切の概念を放棄して、大胆に断言する！『詩とは爆弾である！　詩人とは牢獄の固き壁と扉とに爆弾を投ずる黒き犯人である！』

編輯雑記

■赤と黒と云ふ名前からして、第一、不穏で不健全なので、先づ当局とやらに睨まれさうである。みんな寄つて、いろ〳〵智慧を絞つて見たのだが、これ以上にいい名前がなかつた。否！これが我々の気分に一ばんぴつたり合つてゐた。我々同人は揃ひも揃つて貧乏人の集りだが、世界を赤化しやうとか、黒化しやうとか、そんな大それた量見は毛頭持つてゐない積りである。けれども、我々は「赤」であり「黒」であると云ふ丈けは事実だ。この雑誌に「赤と黒」と名づけた所以もここにある。

■今のところ、「赤と黒」の同人は、萩原恭次郎、岡本潤、川崎長太郎、壺井繁治の四人であるが、次号からは同人以外の作品をも載せて行きたい考へである。だから、我と思はん者は、どし〳〵原稿を送つて頂きたい。但し、原稿の取捨はすべて同人に一任されんことを願ふ。それにつけても欲しいと思ふものは金だ。諸君の傑作が沢山集まつた、みんなのせたいと思つても、印刷費の都合でどうしてものせられないことがある。苦しいものだ。この苦しい立場を了解してくれる人が諸君の中に一人でもあつたら、そして喜んで印刷費の幾分でも寄附してくれる人があつたら、我々同人はまた喜んでその寄附をお受けする。

■巻頭の宣言文は、もつともつと長いものであつたが、当局に遠慮してその大部分を削除してしまつた。けれども、あれ丈けでも我々の態度は十分にはつきりしてゐる積りである。勇気ある諸君はこれに対して、挑戦したまへ。我々はそれに対して、また応戦するであらう。この種の宣言は毎号続けて行く積りである。

■「赤と黒」はこの雑誌創刊と同時に、神田辺で一つ文藝講演会を開きたいと思つてゐる。いづれ詳細は新聞なり、ビラなりに依つて、諸君に伝へるであらう。（十二月十五日、壺井生）

（「赤と黒」大正12年1月号）

階級文藝に対する私の態度

久米正雄

階級文藝に対して

問題は自ら二つに分れる。

第一。真の「階級文藝」と云ふものがあるならば、――階級文学の定義は知らぬが、此場合極めて常識的に考へて、第四階級的意義を以て、階級闘争に関与する所多き作品、乃至、第四階級の生活を描ける作品と見て――それに対してお前は如何なる態度を取るか。云ふ迄もなく、「真に」さう云ふ作家の、「真の」さう云ふ作品には、認賞と敬意を払ふに吝なるものではない。

プロレタリアの心持なるものが、決してブルジヨアに分らぬとか、階級文学の主題は、ブルジヨア的観賞家には全然分らぬ、とか云ふのは、遂に似而非プロレタリア作家が、自己の表現不足を弁護する為に、強弁を恣にするものであつて、若し藝術至上主義が、彼らの云ふ如く、全く「迷信」であるとすれば、更にそれ以上の妄信であり、独断である。私は決して、プロレタリアの心理が吾々に分らぬとは信じない。反対者ならば反対者として仮りに敵ならば敵なるだけ、真にさう云ふもの丶立派な表現に接したならば、感銘度が深いに違ひない。たとへそれが快感でないにしても。其上藝術観賞の場合に於ては、屢々不快なるものであつても、感銘度が深ければ快感に変ずる。其意味で私は藝術に「国境」がないと共に、「階級」はないと信ずる。私は藝術上のインターナシヨナルを奉ずるものである。

繰り返して言ふ。真の「階級文藝」出でよ。私は双手を挙げて歓迎する。既成文壇に於ける、渺たる吾々の位置なぞの如き、掃蕩さる丶と否とは、問ふところではない。階級文藝でなくとも、実力ある新作家の出現は、たとへそれが寧ろ貴族的な傾向を持つてゐるとしても、掃蕩すべきものを掃蕩する。さう云ふ新作家に対して、吾々は尊敬をこそ持て、何の今更の恐怖と脅威とを感ずるものぞ。吾々は仮りに、さう云ふ真のプロレタリア作家に生田長江が云ふ所の、「退位」を迫られるとしても、其時になつて見苦しく悪びれたりしない丈の覚悟はある。さあ来い、たゞしモツブ共の出鱈目な気まぐれで、射殺されたりなぞはしないぞ。

第二。現在の、所謂「階級文学」に対しては、云ふ迄もなく感銘しない。普通の水準を以てして、幾らか有望だと思ふ人もないではないが、一二の低脳論客、三四の贋物作家に対しては、唾棄したい気もちをさへ感ずる。それは吾々がブルヂヨア的気持を持つてゐるからではない。真のプロレタリアから見ても必ず、同じ感じを持つに違ひないと思ふ。持たないとすれば、プロレタリアは自ら恥ぢるがい丶。而してさふ云ふ屑であればあるだけ、センセーシヨナルな事を云つて、自他をあやまつてゐる。もうプロレタリア運動も、鳥渡看板だけ赤く塗つてさへあれば、悉く味方と思はねばならぬ程、味方に饑ゑて居る訳でもなからう。尤も洗ひたて丶見れば、殆んど真のプロレタリアは居まい。そして会に一二居ると見れば、其人々は一個のプロレタリアではあつても、プロレタリア文学者ではなかつたりする。

要するに、現存の、自ら呼号する「階級文学」は、一種の似而非階級文学であつて、恐らくは後から真のものが現はれるにしても、靴の紐を解く資格さへあるまい。自分は文学の健全なる発達、合理的な革命の見地からして、心ある人々は、現存の所謂ブルヂヨア文学に対するよりも、より以上の義憤を、是ら似而非階級文学の喧噪に対して持つであらう事を、知己を待つ心で信じてゐる。

敢て云ふ。現下の社会組織の下に於ては、有ゆるものは商品となるとかや。彼らの錦の御旗たる所謂反抗精神さへ、彼らに依つて立派に商品化された。この売りもの丶階級文学よ！　私は此の売らる丶正義を見る毎に、自分の「微苦笑」の砦より飛び出して、売られた喧嘩なら買ひたいとさへ思ふ。が、吾々は静まらなければならない。そんなところへ無駄な勢力を濫費するよりは、右するにしても左するにしても、或る力を用ゐて戦ふべき時期が必ず来るから、其時の用に備へなければならない。其時こそ真に、プロレタリアとブルヂヨアの分れる時だ。真物と贋物の分れる時だ。

今、取乱してはならない。静に自分の畑のものを、培ひ育てなければならない。

最後に、自分自身の藝術的立場を一言するならば、自分も自分の所産せる藝術の結果として、何らかの形式に於て、社会革命の階級戦には参加したい希望は持つてゐる。それには、自分は今迄の環境と教養との関係から自分自身が見聞して来たブルヂヨア文明の、爛熟状態乃至は頽廃状態を、徒らに攻撃的に走つて正鵠を失ふ事なく、内部から如実に描き出したいと思つてゐる。そしてそれが自ら、間接に現代社会組織の欠陥を暗示し得れば、自分の職分は足ると思つてゐる。併し、それにしても、今、養つて置かなければならないのは、公平な観察と表現の力だ。先づ静に、そして惑はされずに進む外ない。(大正十二年の書初に)

プロレタリヤの世になつて初めて真のプロレタリヤ文藝生る

菊池　寛

同じ問題について、他の雑誌でも答へたから、重複するところは避けて、所謂プロレタリヤ文藝に対する私の疑問を二三挙げて置かう。

一、プロレタリヤ文藝と云ふけれども、現在のプロレタリヤに、文藝を鑑賞する余裕と力とが、あるだらうか。現在の虐げられたる第四階級には、文藝を鑑賞する余裕なんかは決して無いのだ。彼等を現在の奴隷のやうな状態に捨て、置きながら、文藝丈を与へて、それが何になるだらう。彼等の最も要望する所のものは、人間らしい生活だ。その日、その日の充分なるパンだ。いな、彼等の腰に纏つてゐる鉄鎖を断つことだ。真にプロレタリヤを思ふ慈眼鉄腸の士ならば、小説や評論など生やさしい事をやつてゐるよりも、爆弾を手にして、街頭に立つことが第一の急務ではないかしら。空腹と不幸とにもがいてゐるプロレタリヤに、小説などを与へて何になるのだ。彼等が「よしてくれ！　小説どころの騒ぎぢやないんだ！」と叫んだら、世の所謂プロレタリヤ文学者は、何と答へるだらう。真に社会改造の熱血が、胸にほとばしつてゐるなら、小説などは、まだるつこくて書いて居られないと思ふのだ。

一、所謂プロレタリヤ文藝が、真のプロレタリヤの要求でないことは前述の通りだ。プロレタリヤの要求でなくして、所謂プロレタリヤ文学者の主観的の要求なのだ。が、現在のプロレタリヤ文学者達が、果して純真のプロレタリヤかしら。その大部分は、私達と同じやうに、ブルジヨアの学校教育を受け、ブルジヨアの家庭に育つた人が多いやうだ。いかに、口に反抗的精神のお題目を呼号しても、彼等の血管には悲しいかなブルジヨアの血が流れてゐるのだ。彼等が、どんなにもがいてもブルジヨア社会の垢を洗ひ落すことが出来ないのは、私達と同じだらう。尤も、プロレタリヤ作家の中には、労働者出身と云ふ人も居るやうだ。が、一旦労働をしてゐたと云ふことが、果してプロレタリヤの資格だらうか。労働から足を洗つて、文藝に進まうと云ふことは、筋肉労働を欣ぶロシヤの労農新人などとは少し違つて居るやうに私には思はれるのだ。

一、前述の意味で、所謂プロレタリヤ文藝は読者の点から云つても、作者の点から云つても、真のプロレタリヤ文藝だとは、決して思へないのだ。社会改造主張の文学だとか、プロレタリヤ崇拝の文学だとか云ふべきものだらう。真のプロレタリヤ文藝は、現在のブルジヨア社会が倒壊しプロレタリヤの世になつてから、起るべきものだ。そのときに起つても遅くはないのだ。プロレタリヤの腰に、鎖が付いてゐるのに、小説などを与へて何になるのだ。啓蒙だとか宣伝のためならば、文藝以外に手取早い方法はいくらでもあるのだ。

一、既成文壇が頽廃し行きつまつてゐることは、自他共に認めるところだ。たゞ、プロレタリヤなる錦旗のもとに、未熟な藝術や、不合理な藝術観などの横行することを恐れるのだ。速製の赤大根的作家や評論家の張渠を苦々しく思ふ丈だ。文藝的に云つても、苦節十年の士である宮島資夫君や、内藤辰雄君や、新井紀一君などが、もつと華々しく認められることは、欣ばしいことだと思ふ。

主観同時に現実

加藤一夫

創作に従事するとき、何よりも私は、私の主観を重要視します。作家のうちの或るものは、藝術の創作に従事するには、自分のうちに何等の主観をもつて居てはならない、自分の思想や感情を、全く白紙のやうなものにして居なければならぬと主張するものがありますが、私にはそんな事は考へられません。何となれば、藝術は写真ではないからであります。もし哲学上の認識論に於いて、模写説が通用しないものならば、同様に藝術に於いても単なる写実論が通用しないのは云ふまでもありません。人生や社会に、どんなシヨツキングなる事件が起つたとしても、また起り得るとしても、それを感じ、それを観察し、それを解剖して、さて、それを一つの藝術品に創作しようとする心的過程に於いて、私達の主観が強烈に作用するのは当然であります。私が自然や人生や社会の諸象に対して、今までのブルジヨア作家達のやうな観察を下し得ないのも、また彼等と同様の感情に支配し得られないのも、これは決して或る成心を抱いて居るからではなく、私としてはこれより外に仕方のない事なのであります。しかし、同時にまた、さうは云つても、たゞ自分の経験して来た苦しい労働の経験や、貧乏の悩ましさや、それから、労働者らしい口吻を真似、無暗味に強がりを云つて見たり、我まゝを云ふばかりでもつて、プロレタリア作家だと自任する程私は独りよがりではないつもりです。今日のプロレタリア作家には、余りに単純な唯物史観的概念しか持ち合はせて居ない様に私には思はれます。こんな有様では、ブルジョア文藝破壊の潮流が押しよせて居る時代には、元気があつて喜ばれるかも知れないが、一年も経つと、直ちにその単調さに飽き〳〵されて来るに相違ありません。もつと眼を大きな社会人生にそゝがねばなりません。そして今日の如き社会に於ける自我が、どんなにその環境に在つて喘ぎ苦しみ自己を生かさうとするかと云ふ、生きた個人の感情が表はれねばなりません。表現派の文藝論なんかは、プロレタリアにもブルジョアにも適用する議論であるから、主観を強調する表現派の創作態度のもとにブルジョアも新しい運動の革衣を装う事も出来ますが、しかしタヾイストのやうなせつぱつまつた心情は今日の如き社会に於いてのみ表はれ得るものだと私は思ひます。しかし私は何もタヾイズムを主張するものではありません。たゞ本当の意味のタヾイストの心情やその藝術には、強烈に主観が表はれて居るのを心よく思ふばかりです。生はんかな強がりの藝術や、社会主義理論の解説のやうな小説よりは、遥かに人情の至心にしむ込む事を感ずるのです。

兎に角私は、プロレタリア的思想感情のもとに藝術を創作します。さうした主観を強烈に表現したいと願つて居ます。

しかし斯う云つたからとて私は、或る理想をもつて藝術を創作しようとするのではありません。理想が社会人生を革命しない様に、理想が藝術の本質を構成するものではありません。私は私の主観を強烈に表現し、私自身の苦悩を語りたいとは思ひますが、私の理想で捏ね上げられた世界を藝術の上でのみ創作しようとは考へません。さうした藝術は真実を欠いたものです。もし理想の社会が私の藝術の上で創造されるものなら、私の自我が、その世界で苦しむも悲しむも努力する事もしないかも知れません。私が藝術に熱愛を感じるのは、私が現実の社会で苦しむで居る事や努力を——即ち私の感情や意志を——私の藝術の上に投映する事が出来るからです。だから私は、現実は飽くまでも現実として残しておきます。そしてその現実の中に、私の主観を強烈に表白したいと思ふのです。

そして此の創作的熱意はやがて、私の活動を、単なる紙上の創作のみに限らず、自ら街頭に立つたり、陣営の一兵卒として闘かつたりする事にも向ける事になります。私に於いては生活も一つの藝術であります。社会運動も一つの藝術的衝動であります。

それの生産とそれの消費関係に就いて知ること

内藤辰雄

元来藝術は人間が人生に於いて発見したあらゆる約束——宇

宙と個人との約束――社会と個人との約束――国家と個人との約束――家族と個人との約束の拘束に対する人間の生命の謀叛でありまして、その生命とするところのものは（美）と（自由）にあります。……それは独自性の放射によつて成るものでありますから藝術は飽迄も個人的のものでなくてはなりません。それは（美）と（自由）に奉仕するものでありますから飽迄も貴族的のものでなくてはなりません。藝術が個人的のものであり、貴族的のものである、といふ内藤はケシからん、プロレタリアートの風上にも置けないといふプロレタリア作家があるか知れませんが、さう思ふ者は実際運動をやつたらいいのです。凡そ藝術の民主化位無意味なものはありません。それが単に藝術の一切の作品を国民的所有に帰せようといふのでしたら私は双手を挙げ、目に多年の涙をタメテ賛成いたしますが、日本現在の民主化作家の多くは、狂信的の態度をもつて、藝術そのものを何人にも理解される迄にせうと考へてゐるのである。無意味も甚だしい。藝術家が藝術にでなく、政治的偶然の要求、其他人間が発見した一切の約束の拘束が呈出する要求に奉仕してゐる間は藝術は生れません。そこに生れるものは無意味な労働と、無意味な商品と、これを見習ふ小僧と位のものです。何故なら破壊の無いところに創造があらう筈なく、作家が民衆の理解のレベル迄降る時、そこに民衆の向上を意図する民衆的作家の使命があらう筈がありません。民主化とは藝術の一切の作品を、小数の特権階級の所有からモギ離して、これを一般国民の所有にしようといふ実際運動者の口吻以外には無意義です。して見ればこのような無反省、無理解、……而して幼稚なる民衆藝術論をなす者に藝術家が無いといふのは明々白々のことであります。今日の所謂プロレタリア作家といはれてゐる連中が、僅かにその一二名を除けば悉くプロレタリア小説工場原稿製造機械係の職工であつて藝術家ではないといふのは、藝術がどんなものであるかを知らぬところから発生してゐるのであります。彼等のどこに独創がありますか　彼等のどこに貴族性がありますか!?……表現がありますか!?　といふものも彼等が思想にとらはれ、形式にとらはれ、安値なる再現慾にとらはれ、ウスッペラな名誉慾にとらはれて、自分が発見したあらゆる法則の拘束に対して、痛切に自分の生命が謀叛を感ぜないにも拘らず筆を取るからなのです。さうして困つたことにはこのような大バカ者に限つて、それを具現するに特種な個性を持つてゐない。自然から恵まれた精神の貴族性をも持つて居らず、美しき物に対する敏感性をも持つてゐない。だからして私はよく誰にでも向つて、現在の所謂プロレタリア作家なるものは、その一二名を除く他、断じて藝術家ではないといふものであるが、集多の凡庸なる批評家はどういふものかカラ騒ぎをしてゐるのであります……プロレタリア作家が多く出れば社会が革命に向つて脈搏を早めるとでもいつたように……しかし安神してゐて貰ひたい!……そこに労働を厭ひ、無為徒食し、大言壮語して、柄にもないプロレタリア藝術家志望のための青年が簇出して、藝術の権威を冒瀆する位のものであります。

といふと、藝術は富と閑散を所有する階級人の洗練された特種の感覚品性思想を持つてゐなくては創れないように聴へますが、しかし、それが如何に洗練された特種の感情や、感覚や趣味や哲学からなる物であつても、何等社会的の意味をなさぬものであつては——一般民衆に反感され、憎悪される位のものでありあます、よし、民衆がそれを理解し、観照する能力を持つに到つても、民衆はそれを拒否するでせう、民衆の自覚に正比例して社会的の意味をなさぬ藝術は亡ぶべきです。何故なら直接の生産者が彼等であつて見れば彼等はこんな藝術の生産者には米を与へなくなるでせうから……だから民衆の悦びとなるような藝術を作るのを厭ふ藝術家は自ら米を作ると一緒に詩を創ればいいのです。しかしこの場合に一つのミチが残されてゐます。それは特種な感情や感覚を持つ民衆藝術家にあつては、それが如何に高踏的態度を採つて居らうとも、民衆は……やがて小数から大衆——彼のゐたところまで追付いて行くでせうから……米と詩とが交換されないこともないといふことでございます。

藝術家であれば、常に美しきものへの到達のために国民の真先きに歩むべきです。自分は米を食つて生きてゐる人間であるといふことを考へながら、而して米は農夫が作るといふことを考へながら……しかし群衆の行列の最後の一人と肩を並べる気なら、誰か代つてその先頭に立つ者が出来るであらう。すべてには階級ならぬ段階があるのです……私の藝術創作の態度をいつて見れば、労働階級の智識者を目標に置いてゐます。といひますのは、私自身の生命の謀叛が、労働階級の智識者の生命の謀叛と共通するからであります。

しかしながら元来人間生命の謀叛なるものは人間が何かの拘束を受ける場合に発生するものでありますから、より長き藝術的生命を保たうとしてゐる私は、何物の拘束にも従ひません。もつと厳密にいへば、私自身の拘束さへ私の藝術には加へられないものであります。私の作品が藝術である以上は。

——技巧ばかりでは駄目だ、いゝ気持が創作品になくてはならぬとか、作家は作家である前に先づ立派な人間でなくてはならぬとか、創作してはいけないとか、原稿商人となつてはいけないとかいふことは熟知のことですからここではいひませぬ。で私はここに私のモツトウとするところを述べてお答へをすませます——私が文壇に出たいのは生活の方便のため——藝術創作に従ふのは神に近づかんがため——社会運動に加はるのは社会の一員であるため……。

新しい革命の為めに

吉田絃二郎

プロレタリア対ブルジュアの闘争現象が文壇に現はれて来たことは、今日ばかりのことではない。すでにたとへば英吉利文学史上に於いても、千七百七八十年代にはスコツトランドに於いては農民の子ロバート、バアンスがあの炎のやうな郷土愛と、仲間愛とを持つて農民のためにプロレタリアの革命歌をうたつてゐる。さらにさかのぼつて十四世紀ごろのことを考へて見ると、こゝにも今日と同じ現象があつた。あの百年戦争の結果は英国をして経済的にも非常な窮境に陥れた。国民はフランスとの戦に倦いた。国民は重税に疲れた。富者と貧者とのはげしい階級闘争が起つて来た。その際にはジヨン、ボウルのやうな庶民のための主義者が生まれて来た。到る処に、ブルジユアとプロレタリアの反目が惹き起されて来た。

　スコツトランドの田舎の小作人の子で、貧しい、身分の卑しい税吏であつたバアンスが農民の言葉を以て、農民の訴へを、苦しみを、悲しみを、喜びを、憤りをうたつた時は、ロンドンの文壇の人たちは花やかな大陸文学の美酒に酔つてゐたのであつた。かれ等は革命の炎が北方の一農民の手に握られてゐることを気付かなかつた。革命の炬火は最も人間らしい、原始人的な生ぶな人たちの手によつて点火せられなければならぬ。

　この数年来の日本の文壇にも十八世紀のロンドンの文壇に似た都会人的なブルジユア的な空気があまりに濃く漂ふてゐた。思ひ上つた風潮がたしかにあり過ぎた。プロレタリアの文学が声を大きくして来たといふことは、文壇のために来なければならぬあらしが来たと見るべきである。その結果は文壇に新らしい力を与へ、新らしい命や光りを与へるにちがひない。眠つてゐる者を鞭打ち、怠惰なる者を叱咤するにちがひない。過去の偶像が破壊せられ、新らしき真実の物が頭を擡げて来るにちがひない。私はこの意味で今年の文壇がもつと／＼真実の意味のプロレタリアの作品を生むことを希望する。

　無論いつの時代にもほん物とまやかし物はある。所謂今日のプロレタリア藝術の中にも随分名ばかりの物もある。嚢だけは新らしいが、中味はブルジユア的なものもある。ブルジユア的でないとしてもちつとも新味を持たない物がある。つとめてプロレタリアがらうとする物がある。今日、ロシヤの工場で歌はれてゐる純粋のプロレタリアたちの詩は極めてのび／＼した明るいものであるといふやうな話を私は聴いたことがある。かれ等はあの工場のベルトや、フライ・ホイールの唸り声や、ステイム・ハムマアの地ゆるぎにも新しい生命創造の交響楽を感じてゐるといふことである。かれ等の詩は男性的であり、太い、力強い線を以て作られた素純な、潑溂たるものであるらしい。

　今日の日本の社会状態は、或ひはツルゲネーフやゴーゴリたちのインテリゲンチヤの悩みの時代、××の準備時代までしか来てゐないのかも知れない。随つて日本の所謂プロレタリア文学にはまだインテリゲンチヤ的な巧みさや、弱さや、躊躇がありはしないか。過去の文学の幽霊が附き纏うてはゐないか。

　私たちが待ち望むプロレタリアの藝術は、今までの藝術が持つことができなかつたほどの原始人的な純な憤りの炎である。同時に人間的な、仲間的な親しみの声である。不正、不合理、悪に対する原始人的な率直な大胆な非打算的な憤りと、人間に対する兄弟的な親しみを持つことのできる大きな純粋なプロレタリアの藝術を私は望む。

　エゴイステツクな者、打算的な者は誰であらうと、ほんとうなプロレタリアの藝術を生むことはできない。プロレタリアの藝術を生む者はイヴアンの馬鹿でなければならぬ。

革命藝術の要求

藤井真澄

　藝術は美を創造するてだてである。美とは自己生命が思ふまゝに自由に拡張存続した場合の、満足感を云ふ。美的生活！それが我々生命の、全的な、そして最後の目的である。ところがそれはなか〱遂げられない。そこで、生命の要求は、必然に藝術作用を起してこゝに美的作品を生むのである。

　餓えたる者がうまいめしに出会つた時、惚合つた男女が抱擁する時、そこには藝術作品を生む必要はない。それ自身が、生命の満足感であり、美的生活であるからだ。だが、是れが拒まられた時、「あれがほしい！」と生命は叫ぶ。この「あれがほしい！」が藝術なのだ。遮ぎられ抑へられた生命が、藝術作品を生んで、それによつて一種の美的生活を為すのである。藝術作品に接して生ずる美の恍惚感が、不満の生命の沈澱物を洗流し浄化するのである。そこで藝術品とは、結局、抑圧生命の、潜在意識の、不平心理の、昇華にほかならなくなるのである。

　要之、藝術は其作家の生命の流れの、一種特別なる拡張存続道である。即ちそれは作家の生んだ子供にほかならない。従つて其作品には其作者の血が通つてゐなくてはならない。血を通はすことはなか〱むつかしい。それには作者自身の生命に対する強き観照力と、鋭き緊張力を必要とする。この間の消息を語るものに、明治維新が生んだ革命画家狩野芳庭の有名な言葉がある。

『手に握る所の筆は一の器具にあらずして、自家の肉体と同じからざるべからず。その内外機熟して筆正さに紙に落ちむとする時、傍に人あり、刀をもて筆を切断するに其切口より血淋漓として迸り出づるにあらば、始めて画をつくるべきなり』

　作者が其創作をなさんとする場合の意気は、正さに斯くの如きであらねばならぬ。更らにこの場合に於ける作者内心の生みの努力と、其出来上がつた作物を公表しようとする時に感想を語るものとして、近代思想の開祖イブセンの言語がある。彼れは或作品中の革命家をして斯く云はしめてゐる。

『魂の抜けたやうな筆耕屋の仕事を思ふと、何時も堪らない位ゐ反感が起る。それに俺が俺自身の思想を純潔なまゝに、さうして俺独りで享楽することが出来る時に、何でそれを或る形式に表はして、瀆す必要があらう?、然し今はそれを犠牲にするのだ。それは自分の愛娘を新夫の手に渡す母親のやうな感がする。だが、俺の思想を犠牲に供する——「民衆解放」の神の祭に犠牲として捧げるのだ』

　愛娘を新夫の手に渡す母親の感とは、よく云つてゐると思ふ。但しこの間の消息は売文売名のほかなき、日本の多くの偽藝術家共には分らぬ気持であらう。

さて最後に、今日我々人間生命の拡張存続を邪魔するものはなんであるか？　寒暑風雨や猛獣毒蛇などは昔の事であつたが、今日では、先づ自分自身の内に悪質遺伝があり、外的生物として病菌類があり、共団生活に於て不合理なる経済組織がある。つまりこの三つが、我々の生命の自由――美的生活を障害するのである。そこで、我々の生命は必然に、この三つの邪魔物に向つて闘争を起すのだ。この場合に生起する藝術に於ては、自分の悪質遺伝に対する治療、病菌に対抗する健康体、経済組織に対する改造――この三つつのものが基本質内容を成すのである。之を綜合して云へば、今後の藝術は一切闘争の美、一切革命の藝術と云ふ事になる。

それは自己完成の為めか、或は社会革命の為めか、藝術ではない。藝術品を創造する事その事が、自己完成の努力であり、社会革命それ自身なのである。それは美的恍惚感であると共に、其美の魅力は一切革命の源動力なのである。藝術創造即ち自己完成、自己完成即社会革命――それが我々の要求し主張する革命藝術である。

今日及び将来の作家は、少くともそれだけの自覚と決心を以て、其藝術作品を創造して貰ひたい。

藝術作品に対する作家の態度

新井紀一

鍍金はいつか剝がれるものだ。人道主義の鍍金、宗教家の鍍金、社会主義の鍍金、プロレタリヤの鍍金――と、かう数へ立てたらきりがない。で、今の文壇――と、さう狭く限らなくともいゝ、尠なくとも読書階級で広く読まれてるものゝ中には既にその鍍金の剝げかゝつてるのが可なり眼に着く。聖書の如く求道者の如く振舞つてる某、愛を売物とする某――と、これも数へたてたら限りがない。鴉は鴉のまゝで見る方がどんなにいゝか知れない。それが孔雀の羽根を拾つて来て自分の汚なさを隠さうなんかと心がけると、とんだ醜態だ。社会主義文学者だつてさうだ。プロレタリヤ文学者だつてさうだ。彼等の中には贋物が充満してゐる。まだ鍍金したばかりだからいゝ。が、その寿命もこゝ一二年だと思ふと、彼等が今得意で喇叭を吹いてる図が如何にも悲惨だ。ところで自分の事を云ふ。

新井紀一は真鍮であるかも知れない。鉄であるかも知れない。が、今のところ何の鍍金もして居らぬ。さうして、今にして思へば幸ひであるブルヂヨアの教育も受けなければ従つて智識も貰はなかつた。物質的にも精神的にも裸体で生れたまゝ今日まで裸体で育つて来た。その真掛値なしの純真プロレタリアとでも申さうか。これこそ実に私が喇叭でもつて叫んでも恥づかしくない事実である。

ところで私は抑々の小説を書き始めた時から――その時分はまだ衰へたりと雖も自然派、人道派、気鋭の技巧派の全盛時代であつた――私はプロレタリアの意識をもつて彼等ブルヂヨア藝術を全的に認めない立場に立つて自分の藝術を書いて来た。プロレタリアの持つ思想、感情、生活を描いて来た。終始一貫して今日に至つた。これは私が藝術を作する限り永久に変らない態度であらう。

人はよく云ふ。ブルヂヨア藝術家を目の敵にして彼等の撲滅を叫号企劃するなんか抑々末の末である。彼等はブルヂヨアでも何んでもありやしない。そんな暇があるなら実行運動に出て実際のブルヂヨアを仆せ――と。併し、である。ブルヂヨアとプロレタリアと何れが正しい生活であるかを考へたものならばその正しい生活に就くのが当然ではないか。その正しい生活――それが今非常な圧迫酷遇を受けてゐる。併かも益々酷くなる――を擁護主張するのが当然でないか。藝術は何れの階級に対しても決して帮間ではない。彼等の生活感情を支配する力である。ブルヂヨア藝術を撲滅するのは、ブルヂヨアの生活上の指針を破壊する事である。彼等の眼を潰すものである。何んでも末の末の事であるか。プロレタリア藝術はプロレタリアをして益々自己の正しさを覚らせるのだらう。不義に対する憎しみを燃え立たせるだらう。

私は只、私のプロレタリアの一人である事に安心して、今後も今まで通り何の附焼刃も鍍金も使ふことなしに、腹の底から湧いて来る物を書いて行かう。そこに出来上つたものこそ真実のプロレタリア藝術であり、プロレタリアの声である事に自信を持つて。

時代おくれの考。――知られざる一作家――佐藤春夫

今から旅に出るところでゆつくりしたことは書いてゐられませんが、一口に申し上げますと、新興の文藝運動に対して小生は案外――と諸君は思はれるでせう――同感を持つてゐるつもりです。健康な溌溂たる美の創生でせう。私も亦それに渇仰しますね。

階級意識といふものに対して私は一向無頓着です。こんな事を言へば、前述の事と理屈が合はなくなるかも知れませんがそれでも両方とも本当を言つてゐるつもりです。私は金持もさう忌々しくはない代りに、貧乏人もさう大して気の毒にも感じられません。さういふことも人生の重大な一面でせうが外にも天地がある気がするからです。私はどうやら性根からのブルジヨアらしいのです。これはどうも宿命的な事でどうにもしがたい気がします。――こんな宿命的などといふ考からしてどうやらブルジヨアらしいですね。本当のよき新時代が来て自分などが役に立たなくなつたら、潔よくさよならです。――せめてはさう言ふ時代の夜明けをはつきり見とどけて死にたいものです。――或は実際は、我々の国の藝術にもさういふ太陽が立派に昇

つて来てゐるのに、私が未だ気つかずに居るのであるとすれば、私のブルジョア藝術観はよくよく膏肓に入つてゐるのでせう。

今までに私が見たうちでは私は、この間発狂した高橋新吉君の小説――あの詩は私にも本当に解るとは云へないが――と、それから未だ世に現はれない作家諏訪三郎君の作品とを見て相当に感心しました。所謂プロレタリア文学かどうかは知りませんが、何れもさういふ階級を描いたものです。高橋君のはひどく頽廃的ですが、諏訪君のはずつと健実です。――この二人の作品が世に出ることがあつたら、私のこの方面の文学に対する理解の程度も或はわかつてくるでせう。

半鐘潰して大砲に

中西伊之助

一昨年の「改造」の新年号を買つて、編輯だよりを見ると、「新人の大作を歓迎する、但し、大家の推薦はお断りする。情実は閥を作るからだ」と、頗る僕の気に入つたことが書いてあつた。そこでその文句に惚れこんで一つその「新人の大作」を大に書いて、買つて貰ふつもりで、例の「赭土」を一気に千三百枚ばかり書きあげた。それが丁度その年の二月の末であつた。で、その原稿を同社へかつぎ込んだわけだ。なにしろ前半の冬に監獄から出て来た僕はとてももうどこの資本家も雇つてはくれないし、学者でも思想家でもない僕は、妙な論文を書いてみたところが、買手のないことはわかつてゐる。――尤も、僕は下らぬ翻訳ものでごまかしてゐるそんな連中より少しは理論もできると信じてゐたが――そこで一面には面白くて、一面には思想宣伝に最も都合のいゝ小説を書いて、その上に当分のしのぎをつける一挙三得のつもりで、その「大作」を改造社へ持ち込んだ。それまでには、僕は今の文壇にどんな風が吹き廻してゐるか、さつぱり知らない。ただ牢の中にゐた時、堺利彦老がシヨウなどの脚本集を差入れて下すつたばかりであつた。しかし、それ以前や、それから牢の中でも、北欧ものが好きだつたので少しばかりは読んでゐた、けれど日本の愚にもつかぬ小説などはどうでもよかつたのだ。僕の小説が葬られようが、悪口を云はれようが、一向差支へはないと思つてゐた。――尤も認められて、ほめられれば、心持は悪くはない――ただ改造社が出版してくれて、僕が飯が食へて、プロレタリアでも、ブルジヨアでも結構、それを買つてくれて、なるほどと得心、共鳴して、僕等の陣営に投じてくれれば、それに越した幸はないと思つてゐた。曽て、ガルスウージイが「正義」を発表して後に、監獄の規則が改正されたと云ふことをきいて、僕はかなり感心したが、僕は自分の小説で監獄の撤廃されるやうな世の中ができさせたいものだとも思つてゐる。だから、僕は小説家にならうとも、藝術家にならうとも思つてゐなかつた。――今もやつぱりその通り――むしろ僕の小説の如きは、従来の日本の作品から見れば、外道で、異端であるかもしれない。日本の従来の小説的価値を標準に純藝術品としての仲間入りは、こちらから御めん蒙りたい。

今までの僕の知つてゐる文学者の中でも、僕は二葉亭四迷が一ばん好きだ。あの人はいつも小説なんか書くのをもの足らなく思つていらいらしてゐたやうだが、壮図を懐いてロシアに行つて、帰途、印度洋で客死した。今になつて、あの人の心持が、僕にははつきり解る。あの雅号は、クタバツテシメイと云ふのださうだ。

最近、「改造」に「留置場の一隅にて」を発表して、現下のプロレタリア運動に深い暗示を与えた作品として僕を敬服させた江口渙君は、「読売」で、僕の「赭土」を、藝術、非藝術、半々だと云つた。これはその通りだ。正直なところ、僕もその見当であれを書いた。だからと云つて、大杉栄君が、「新潮」で云つたやうに、中の人物を決して理想化してはゐない。これはよくあれを読んで呉れたら解るのだが、一方の主人公の槙島久吉がさうだと云ふならば、それはまだ大杉君がプロレタリアの抜くべからざるブルジョアジイへの叛逆心と潔癖心を理解する素質がないのだ。幼少の時から飽くほど虐げられて来た。二十四五時代の純なプロレタリア青年の心を理解することができないのだ。あの主人公は、たとへ餓死しても、どんな理由があつても、暮夜ひそかに権力階級にぜにを貰ひに行くやうな心は持ち合せがなかつたのだ。話がつい横道に外れた。とにかく、僕はあの「赭土」にしても、それから今度改造社から発表した「汝等の背後より」でも、北欧文学あたりの実質から考へたら、立派な藝術品だと思つてゐる。尤も今度のは、だいぶ作風は変へたつもりだ。

日本の維新当時には、大砲を作るために、お寺の半鐘まで取り下したと云ふ話を聞いた。僕等プロレタリアは、今そんな忙しい気分になつてゐる。たいていそこゐらで、作の態度もわかるだらうと思ふ。

あらゆる至上主義に好意と尊敬とを持つ　芥川龍之介

文藝は俗に思はるる程、政治と縁なきものにあらず。寧ろ文藝の特色は政治にも縁のあり得るところに存在すとも云ふを得べし。プロレタリアの文藝と云ふものもこの頃やつと始まりしは反つて遅すぎる位なり。Crainquebille の世に出でしは今よりざつと二十年前なれば、遅すぎる位と云ふことは決して僕の誇張ならず。

其又プロレタリアの文藝、——でも何でもよし、政治的色彩ある文藝と云へば、兎角軽蔑を買ひ易けれど、パルナスの頂上へ達する途も東京市中の道路と同様、必しも藝術至上主義者の満足を買ふやうには出来て居らず。古来の雄篇と云ふ中には、実は種種なる政治的理由にその声価の一半を負うてゐるものも沢山あり。もし嘘と思ふ人はユウゴオの人気を考ふべし。それも面倒と思ふ人は山陽の評判を考ふべし。日本外史を有名にせしは詩人たり歴史家たる山陽よりも、尊王家たる山陽に依りしにあらずや。して見ればプロレタリアの文藝家の中にも、第二の山陽やユウゴオを得ること、必しもなしと云ふべからず。

勿論藝術至上主義者は政治的理由を待つて後、文名を後代に伝ふるは恥辱なりと云ふなるべし。僕はこの種の藝術至上主義者に尊敬と好意とを有するものなり。（ひとり藝術至上主義者に限らず、僕はあらゆる至上主義者、——たとへばマッサアヂ至上主義者にも好意と尊敬とを有するを常とす。）されどかのユウゴオの如く、或はわが山陽の如く、蒼生と悲喜を同うするは軽蔑すべきことなりや否や。僕は如何に考ふるも、彫虫の末技に誇るよりは高等なることを信ずるものなり。

唯僕の望むところはプロレタリアたるとブルジヨアたるとを問はず、精神の自由を失はざることなり。敵のイゴイズムを看破すると共に、味方のイゴイズムをも看破することなり。こは何人も絶対的にはなし能はざるところなるべし。されど不可能なることにあらず。プロレタリアは悉善玉、ブルジヨアは悉悪玉とせば、天下はまことに簡単なり。簡単なるには相違なければ、——否、日本の文壇も自然主義の洗礼は受けし筈なり。誰か又賢明なる諸公に自明の理を云云せんや。

人類は進歩するものなりや否や、多少の疑問なき能はず。僕は四道将軍とシベリア派遣軍の将軍諸公といづれが進歩せる人間なりや、常に判断に苦しむものなり。されどたとひ遅遅たるにせよ。進歩せざるにもあらざる如し。よし又進歩せずとするも、将来は進歩せしめざるべからず。この故に僕は何ものよりも精神の自由を尊重するなり。独乙国民は——或は欧羅巴洲民は、——更に又或は人類はベルネに負ふところなきにあらず。されどゲエテに負ふところは啻に数倍のみにあらざるべし。しかもベルネはゲエテを罵るに、民衆の幸福を顧みざる冷血動物を以てしたり。

（但し僕を咎むるにゲエテを気取るものとすること勿れ。僕はゲエテのみならず、多数の前人を気取るものなり。）

されどプロレタリアの文藝至上主義者はプロレタリアの文藝以外に、人類の進歩に役立つべき文藝なしと云ふかも知れず。もし然りとせば片意地なる僕は事の文藝に関する限り「どうだか」と諸公に答ふるあるのみ。唯幸ひに記憶せよ。僕はあらゆる至上主義者——たとへばマッサアヂ至上主義者にも尊敬と好意とを有することを。

（「改造」大正12年2月号）

藝術の革命と革命の藝術

青野季吉

一

プロレタリヤの藝術運動もだいぶ進行して来た。相当の有力なプロレタリヤの作家、批評家も現れた。もはやプロレタリヤの藝術は動かす可からざる事実である。如何にブルジヨア批評家の斜視乱視をもつてしても、この事実を拒むことは出来ない。

そこで私は、プロレタリヤの藝術運動が進行すればするほどそれの堕落、それの迷行を憂ふる一人である。私は人類社会の進行を信じ、そのために小さな自分の力を捧げ度いと念ずる点では、飽までもオプテイミストである。しかし人類社会の或時期をとり、或人間の群をとつて、その動きを見る場合には、私はペシミストの態度を棄てない。人はこれをもつて、ブルジヨア習癖の疑ひ深い態度と見るかも知れない。それは間違ひである。無産階級運動が、単なる群衆運動でなく、全階級的組織運動である限り、その立場に立つわれ〳〵は、常に一方においてオプテイミストであると同時に、他方に於てペシミストの準備を欠いてはならぬ。由来、無産階級の戦士の徹底的なリアリズムは、このオプテイミストとしての要素と、ペシミストとしての準備との渾然として融合した所から生れた者である。それあつて始めて、信ずることを知ると同時に、戦ふことを知るのである。

私がいまプロレタリヤ藝術家に向つて、何等かの叱責を加へたとしても、それをもつて幼きもの、成長を妨げるものとしてはいけない。生長を信ずることなくして、真の叱責は加へられぬ。正しく伸び行くものを凝視することなくして、堕落、迷行を指さすことは出来ぬ。無産階級の藝術の未来を信ずることにおいて、私は人後に落ちるものではない。今日のプロレタリヤ藝術運動の、本統の進行を凝視し、そのために微力を致さんと念ずることにおいて、私はたゞ足らぬことをこれ惧れてゐる。たゞ私は、未来を暗くする堕落、本統のもの、進行を傷ける迷行に向つては、何者の名を以つてしても、黙しておることは出来ぬ。

二

藝術は、言ふまでも無く、個人の所産である。個人の性情や直接の経験が、そこに個人の数だけの色彩を造り出すことは、勿論である。プロレタリヤの藝術と言つても、藝術家各人の先験後験の準備によつて、そこに幾多のバライテイの生ず可きは勿論である。特にプロレタリヤの藝術運動は、一イズムの運動でなく、一階級としての運動であるから、猶更さうである。プロレタリヤの藝術の執る可き形態が、かくかくであらねばならぬと云ふが如きは、プロレタリヤの藝術運動のひろがりに目のとゞかぬ者の言である。

そこにはバライテイがある可きである。それでなくては、健全な藝術の発途ではない。しかしまた一方に、プロレタリヤの藝術として、動かす可からざる共通なる要素がなければならぬ。この共通なる要素こそ、プロレタリヤ藝術が、階級藝術運動として、藝術革命の意義を発揮するものである。

これを広く労働階級にとつて見てもさうである。各労働人は各々その生活を個々の色彩をもつて営んでゐる。しかし労働階級が一個の革命的階級である所以は、各労働人に共通意識があり、それが生長の可能を有つ点にある。この意識なき労働人は形は労働人であつても、それが如何に貧苦の洗礼を受けてゐたとしても、いまだブルジヨアジーの隷属動物と選ぶ所なきものである。

然らば、プロレタリヤ階級の共通意識、プロレタリヤ文藝の有つ可き共通要素は何であるか？　その第一に来るものは、言ふまでもなく、革命的精神である。

貧しきもの、踏みにぢられたもの、飢ゑたるものを描いた藝術は、今日まであり余るほどある。特に自然主義運動以後の文学には、労働人や農人を描いたものは、枚挙に遑がない。しかし、労働者や百姓を描いたからと言つて、プロレタリヤの文学と言ふことは出来ない。それは何故であるか？　作者が封建的な憐みとか、ブルジヨア的な理解とか言つた眼で眺め、描いたからである。作者にプロレタリヤ階級の革命的精神といふ共通意識乃至要求がないからである。

作者が過去の或る時期において、労働の生活を送つたからとて、それを唯一の資格としてプロレタリヤの作家とすることは出来ない。今日ブルジヨア藝術を得意になつて書いてゐる連中にも、過去において労役にしたがつたものが相当にある。暗い炭坑からはひ出して来て、炭坑王となり、逃げ出されるまで貴族の娘を娯しんでゐた男もある。過去において労働生活をしたといふ経験が、プロレタリヤ作者たる資格の最後のものでない所以である。もちろん過去の労働生活は高価である。しかし、それにも増して高価なる可きは、それによつて、労働階級の革命的意識に到達した経験である。私は眼前に、労働生活からぬけ出した作家でありながら、沈潜した革命的意識を全く有せぬもの、それが次第に薄れ行く者を見るのは、遺憾に堪えぬのである。そして、それらが革命の藝術の名を冒瀆することによつて、いかにプロレタリヤ藝術運動の鋭角が、次第に鈍角化しつつあるかを見るのである。

誤解してはいけない。革命的精神と言つても、ヒステリカルな絶叫や、がむしやらな猪突を指すのではない。感傷的な呪咀や、末梢神経的な破壊顔を指すのでない。さういふものによつて、「革命」の快感を味ふてゐるが如きは、最も非革命的である。習俗的なる意味での、革命詩人ならそれでも結構であらう。しかしプロレタリヤの藝術家の共通意識として有つ可き革命的精神は、そんな皮相な欲求ではないのである。

これをまた、かのブルジョア作家らが、刺身のツマとして喜ぶ反逆的精神などと同一視してはならない。ブルジョア作者の動揺層は、退屈した心境の換気法として、反逆的精神の辛味を喜び、これをもつて革命的な意義と連絡させやうとする。それは全然異なれる二つのものである。プロレタリヤ作者の共通意識としての革命的精神は、無産階級の歴史的進行と共に生長した階級意識である。藝術がプロレタリヤによつて革命されるのは、この歴史的必然力あるが為めである。プロレタリヤ藝術が革命の藝術たる所以は、この共通意識によつて支持せらるゝが故である。——この場合附言しておきたきは、未来派表現派の如き、藝術革命の前駆として、われ〳〵はその貢献を認めるけれど、革命の藝術としてのプロレタリヤの藝術は、それらに欠くる強靭なる階級意識を有たねばならぬ。

三

プロレタリヤの階級意識は、いかなる意味においても、ブルジョアの個人主義を容るゝものではない。ブルジョアの個人主義と対立させて考へれば、それは正しく非個人主義の精神によつて、照らされてゐるのである。人はよく社会主義と個人主義などとの関係に苦労し、社会主義の世になつたら個人は没却されはしないかなどとの懸念から、大いに立論努めてゐるが、その場合に指示された個人の内容が、ブルジョア個人主義の尊重する意味のものであるならば、かゝる「個人」は無産階級の支配、階級社会消滅の未来においては、当然死滅すべきである。それは太陽を指すよりも明白である。個人主義精神は近代ブルジョア社会が完成させた唯一の道徳原理である。そして観念上の所産が常にさうであるが如くに、この歴史的な精神は、遂に永遠の座を冒し、超時代的ないはゆる永遠の理想に祭り上げられたものである。ブルジョア教養の一切の道は、ことごとくこれに続き、ブルジョア支配はその名によつて、永遠の幻覚を起させやうとしたのである。しかしその下から、革命的なプロレタリヤの意識が生長し、新内容を有つた気持が、必然の進行を以つて拡がつて来たのである。

それは決してブルジョア個人主義の心境ではない。全く別な意識である。私はいつかこれをコムレードの心持と呼んだが、とにかく個人主義的精神とは、全く異つた心持である。その革命的な意識の生成が、無産階級の階級的生長とも言へるのである。宗教的な傾向のある人々は、よく好んで、階級闘争を否定する理由として、無産階級は未来を支配すると称しながら、やはりブルジョア的闘争精神を以つて満たされてゐる。だから無産階級の支配の世もやはり醜い巧利精神の世であらう、と説く。かゝる言説の間違つてゐる事は、無産階級の階級的新意識の生成を見るに及んで、直ちに明白になるのである。

われ〳〵はプロレタリヤの文化の生長を信ずる。而して、われわれをしてプロレタリヤの文化を約束させるものは、実に、ブルジヨア文化の根本源泉たる個人主義的精神と正反対的なる非個人主義的精神であらねばならぬ。そしてまたわれ〳〵をして、プロレタリヤ藝術を約束させるものは、無産階級のこの共通の新意識でなければならぬ。

これを同じく非個人主義的な、宗教的な気持のあるものと混同してはならない。宗教的なその気持は、個人主義的精神の重荷に堪へられなくなつた正直者の、寄り合ひ助け合ふ消極的な避難民の気持である。それは非個人主義的ではあるであらう。しかし積極的な意識の結成ではないのである。世界を支配す可き必然なる約束を有つ意識ではない。それは非個人主義的に転向してはゐるが、個人主義的精神の蹴返しを常に受け止めてゐる気持である。プロレタリヤの共通意識としての非個人主義的精神は、積極的な生成である。避難民の気持ではなくて、占領民の気持である。

私は、プロレタリヤ藝術家の持つ可き階級的の共通意識として、この非個人主義的精神を強く指示せざるを得ぬのである。非個人主義的精神と言へば、消極的な言ひ表はし方であるが、これを積極的に言ひ表はせば、その人によつて何とでも名付け得らるゝであらう。とにかくそれは、無産階級の道徳原理たる可き新意識である。

藝術家の特性の一つは、万人の所有するものを強く持つと云ふことである。プロレタリヤの藝術家が真にプロレタリヤ階級から歩み出たものならば、その階級の新意識を強く体したものでなければならぬ。そして逆に、プロレタリヤの目覚めぬ心に眠つてゐるその意識を呼び醒さなければならない。それがなかつたならば、プロレタリヤ藝術と云ふも名のみであつて、労働階級から偶然浮び上つたもの、混雑した得意の表現に過ぎなくなる。われ〳〵は、さうした遊離産物を、プロレタリヤ階級の名において呼ぶことを、唾棄す可き冒瀆と考へる。

四

プロレタリヤ階級の共通意識として、鮮やかに看取されるものは、インタナシヨナルな精神である。世界主義的精神である。プロレタリヤ運動の大半は、インタナシヨナルの運動であるが、それは単なる戦術上の示現ではない。実に各国労働階級の共通意識に根を下した要求に基くものである。この倫理的意義を解することなくしては、インタナシヨナルの運動を理解することは出来ぬ。勿論、そこには経済上の必然はある。そのことはここで関説する必要を見ない。

この世界主義的精神を、前述の非個人的精神の延長と考へても差支へない。しかしこれはまた別途の発生として取扱つてもよい。この世界主義的精神は、無産階級運動の一定時期において力強く呼び醒まされたものであつて、今日において無産階級の未来を最も力強く約束するものは、この精神である。労働に国境なしとは、今日において万国の労働階級の合言葉となつてゐる。われわれは、労働階級から歩み出た作家だちや批評家だちに対して、この共通意識の有無濃淡を、問はないではおれぬのである。

ブルジヨア藝術が、伝統的であり、国民主義的である――日本主義がブルジヨア藝術の先達によつて唱導された事を想起せよ――に対して、プロレタリヤの藝術は、革命的であり、世界主義的でなければならぬ。それでこそプロレタリヤの藝術運動が、藝術革命の運動なのである。プロレタリヤ藝術が革命の藝術なのである。

勿論、ブルジヨア藝術にも世界主義精神が無かつたとは言はぬ。しかしそれは、キヤピタリストのインターナシヨナルと同様に、飽まで国民主義的精神に基礎をおいたものである。実にブルジヨア藝術の最もいゝ部分と雖も、その迷信を全部取去つては居ないのである。そこに革命せらる可きものがあるのである。プロレタリヤの世界主義的精神は、国民と云ふ伝統と何等のつながりを有せぬ革命的な精神である。真に世界主義的精神の名に値するものは、この新精神でなければならぬ。ブルジヨアのそれは、「国際的」とは言へやうが、「世界的」なるものとは云へぬのである。

私はいまこの事を説いてる間に、常に悲しい事実を思ひ浮べてゐるのである。それは何であるか? 今日、わが文壇において、プロレタリヤの作家と自称する人々との一部に、一種の国民主義的精神が、無批評のまゝ固くこびりついてゐるといふ事である。世界主義的な精神の裏付けが、全く欠けてゐるといふ事である。私はいま実例によつてそれを示してゐる暇がない、たゞそれらの人々は、やゝもすると、日本で独自のとか、日本に於てとか、さう言ふ発想を敢えてして、平然たるものがある。われ〳〵は、単にそれだけの言葉からでも、その人々の世界主義的精神の有無に疑義を挟むことが出来るのである。また他の場合を見れば、藝術上のインタナシヨナルな問題が、わが文壇に必然の約束を以つて紹介されたとしても、それをわれ〳〵の仲間のことゝして、自分に取上げて来ることゝしないのである。これらもまたいかにインタナシヨナルの精神が、稀薄であるかと見るに足るものである。

世界の兄弟を兄弟とする気持がなくて、無産階級から歩み出でたと言ふことは許されぬ。国民主義的な幻想を餌とする者に向つて、革命の藝術家たる名は許されぬ。それがプロレタリヤの藝術であり、革命の藝術であるが為めには、プロレタリヤ階級の劃歴史的の世界主義的意識の力強い裏付けを要求せねばならぬ。

五

私はいまプロレタリヤ藝術における欠く可からざる要素として、

一、革命的精神
一、非個人主義的精神
三、世界主義的精神

を数えて来た。翻つて考へて見るに、プロレタリヤの藝術は、如何なるものである可きかなどいふ事は、甚だしい無暴な探求であつて、生れて来るものを待つのが本統で、特に創造的な場合には、さうだと言へぬことはないのである。しかし私がここにした仕事はその事と、何等予盾せぬものである。私は現実に於ける労働階級の最高意識として生成してゐるものを指示して、プロレタリヤの藝術に対して、われ〳〵の求むるものを挙げて見たのである。

私はプロレタリヤ藝術の未来を疑はぬ、それであればこそ、現在のプロレタリヤ藝術運動における小児病的の混雑を見逃すわけにはゆかぬ。私だちは真に偉大なるものを育てゝ、勝利の戦ひを戦はねばならぬ。

（「解放」大正12年3月号）

創作合評——四月の創作

正宗白鳥　菊池寛
久保田万太郎　○
中戸川吉二　水守亀之助
久米正雄　中村武羅夫

佗しすぎる（中央公論）　佐藤春夫

中村。佐藤春夫氏の作品からやつて貰ひませうか。
菊池。「佗しすぎる」は、佐藤君のものとしてはいゝと思つた。
正宗。僕は少し読んでやめた。
中村。どうしてゞすか？
正宗。読みづらくて止めたんだ。一体に佐藤君のものは非常に読みづらいね、「都会の憂鬱」は略ぼ読んで厚みもあるし、味もあると思つたが。「改造」の方のも読んだが、どうも読みづらかつた。
中村。読みづらいと云ふのは、文章がですかね。
正宗。文章もさうだが、第一気分が僕らとぴつたりしないんだね。

中村。「佗しすぎる」は、作者としては大分気が軽くなつて書いてある。

菊池。気が軽いかね？

中村。「その日暮しをする人」なんかは気持が行き詰つて重苦しいが、この方は割合に軽快に明るくなつて、何時もよりも渋つてゐない。正宗さんの読みにくいと云ふのはどういふのか知らないが、僕は読み易く書けてゐると思ふ。

菊池。と云ふのは、これは作品として、藝術的に醱酵してゐるからではないですか。

中村。作者の全体の気持が明るくなつて、何だか今までの檻から出たやうな感じがある。

菊池。幾らか解脱は感じられる。軽いかどうかは分らないが。

中村。「その日暮しをする人」を書いてから、殆んど何にも書けないで居たのが、これだけの力作を書いたゞけでも、行き詰つて居た気分が、らくになつて来たのではないでせうか。

菊池。佐藤君の言葉を以てすれば、「現実が詩になりかけた」ためぢやないですか。

中村。佐藤氏は、現実を書くよりも、自分の心持をとほした詩を書くといふ風で、自分の詩にならないものは書かない。

菊池。さうです。だから、従来のものだつて、自分の詩にならないものは、書いて居ない。

中村。「その日暮しをする人」は、現実が生々しくて、作者の気持が能く融け合つてゐない。それが時が経つに従つて、楽になつたんぢやないですか。

中戸川。「剪られた花」も面白かつたが、あれよりもいゝ。

久米。弟の妻を描いて、それに自分の心を片寄せた、佐藤君のものとしては、楽になつて書いてあるんでせう。

正宗。佐藤君の是迄のものは少しも身にしみない。まるで僕らとは頭が違ふやうに思ふ。つまり違つた世界だ。その癖文章は凝つてゐるし、腕の優れた人と思ふが、どうも身にもしみないし、心に響いて来ない。僕に取つては、佐藤君のものなぞ馬の耳に念仏なのだ。

久米。それは正宗氏のやうに、なまな実感が出てゐるのとは違ひますね。

正宗。「改造」の方の作など努力して読んだ。非常に窮屈で、味を含ませてゐるやうだが、余韻が響かない。

中戸川。よく貴方の仰有る「意味あり気」ぢやないですか。

正宗。いや、意味ありげな所はなくなつたかはりに、味が抜けてゐる。

久米。佐藤君としては板について来たんぢやないかね。

菊池。藝者が描けてゐない。

中村。佐藤氏には現実を描写した小説は少ない。心持を訴へるのが主だ。僕とは傾向や素質は反対だが、然し気持はぴつたり同感される。

菊池。僕もさうだね。宇野君の「四人ぐらし」と較べて見れば、たしかに佐藤君の方が上品だ。

久保田。つまり根ざしが深いのですな。

菊池。深い。

久米。その代り宇野の方が小説家だらう。

久保田。それはしんみりしてゐる。

中村。佐藤氏は文章は巧《うま》いと云はれてゐるが、僕はむしろ文章は下手だと思ふ。

久保田。いや、わたしは、文章は非常に凝りすぎてゐると思ふ。

菊池。凝つてゐるですよ。あの靴音だけが聞えてゐるところなどは、凝つてゐると思ふ。

正宗。文章は凝つてゐて、ちやんと方式に合つてゐるよ。

久米。しかし、スタイルは苦心してゐない。

菊池。だが、佐藤君の持ち味は出てゐる。

久米。才稟が閃いてゐるところがあるから、文章が巧いと思へるんだ。つまりさわりだ。

久保田。いつもの佐藤氏より、もつと骨を折つてゐますね。

菊池。僕は骨を折つてゐないと思ふ。書き易い時に醗酵したんだ。

久保田。さうです。

菊池。苦心といふよりも、落着いて書いてゐると思ふ。

久保田。前半と後半と密度が違ふやうに思ひますが。

中戸川。後半の方が楽になつてゐる。

菊池。それは後半が佐藤君のものでないからだ。小説的になつてゐるところがまづい。


久保田。終ひになつて少し草臥《くたび》れたのぢやないですか。前の行き方では、とても押して行けなくつて。

中村。それは締切やいろ〳〵の点で、さうは行かなかつたのでせう。

正宗。久保田君は、読んだんですか。

久保田。読んだです。わたしは佐藤君のものは余程落着かなければ読まないことに決めてゐますが、これは読んで面白く思ひました。

中村。荷風氏の文章でもさうだが、佐藤氏の文章は劃《くぎ》りが長かないですか。つまり別行の少ないのも読みにくい原因ではないでせうか。終ひの方は足が地に即いてゐないで、ピヨン〳〵してゐる。どんなに長い作品だつて、初めの調子で一貫させて行かないのは、――読んでゐて、はつきり前半と後半の区別がつくのは、作の上乗なものとは言へませんね。

久保田。一時に発表したものとしては、「指紋」以来の長いものぢやないですか。

菊池。長いものだね。

久保田。だから幾分無理をして書いたところがあるのぢやないですか。

中村。洋食屋から待合に行く段取りなどは、少し古いと思ふ。

菊池。古くて拙い。

中村。心持を書いてゐる方が佐藤春夫氏のもので、人が出てくると佐藤春夫でなくなる。

久保田。それは私の言つた好き嫌ひの見えすいてゐるところです。

中村。洋食屋を出てから、女中が出たり、藝者が出たりすると、佐藤氏のものになりきつてゐない憾みがある。

菊池。かういふことは、もとから巧くないぢやないですか。

中村。つまり初めの街を歩いてゐる時はいゝのですが、人と交渉するところになるといけないんです。

久保田。煙草を出して火をつけるといふところなぞも、すつかり佐藤君の科《しぐさ》になつてゐる。

中村。佐藤氏らしくない場面の描写は、今までの通俗小説などにだつて幾らもある。佐藤氏の独特なところがない。

菊池。終ひの自動車のところなんか感心しないですか。

久保田。自動車に乗つてしまふと佐藤君のものになる。

菊池。やつぱり独り芝居が巧いんだね。

久保田。あの藝者なども、もう少し佐藤君の藝者になればいゝが。

中村。佐藤氏に欲まるのはお京です。だからこの藝者がお京なら巧く描けたらう。

久保田。佐藤君の雰囲気で包まれなかつたところがある。

中村。何と言つたつて人間を描く手腕の乏しい作家だ。人を描くとしても、岩野泡鳴の一元描写的に、佐藤春夫の見た人間を描くのでなければ出来ない。

久米。併し、さういふ自分の世界に安住する気持がなくなつたのぢやないですか。自分の心持を主とした「詩」から出て、現実の人間を書かうとしてゐるんぢやないですか。

中村。「都会の憂鬱」は人間が描けてゐる。この作品になると、人間より自分の心持の方を描くのに成功して、人間を描くと失敗してゐる。弟の嫁なんか作者が説明してゐるところはいいが、百合香になつて出てくるといけなくなる。

久保田。もつと何かあつてもいゝと思ふ。

菊池。僕なんか題材に対する同情があるね。

正宗。佐藤君のものは考へて読まないとわからないね。「彼等と私」なんかでも、余程考へてかゝらないとわからない。尤も考へてみてわかつたところでつまらないが。情緒はあるのだらうが、無味乾燥だ。

中村。文句には巧いところがある。「眼の中がくしや〳〵した」ところなど。

正宗。実際巧いところがあるね。佐藤春夫警句集に出してもいいね。

正宗。それは「彼等と私」の方にも、「女といふものはイディオチック・ビューティーがある」なんて云つてゐる。

正宗。「よく気のつく女房といふものは、間取のいい家に住むやうなものだ。」とか何かいふのはいゝね。

中村。寂しい生活をしてゐるものには、火鉢一つでも、慰められると云ふのなども面白い。あゝいふ表現になると、全く佐藤氏独特です。

中戸川。近松秋江氏なんかも、火鉢でさういふやうなことをよくやつたことがある。

正宗。読んだ後で救はれるとか、明るい気持になるとかいふことがないとつまらない。それよりは講談を読んだ方が面白い。文章の法則にかなつて、文章は整つてゐるがつまらない。

中村。すると、講談の方が、取り柄があることになるのですか。

正宗。しかし、僕はまるで見地がちがふから言へないが、厚味があつて、うまいといふことでは敬意を持つ作家だが、僕は佐藤君のものを読んで明るくも暗くもならず、感服もしない。

中戸川。最近「剪られた花」を読んで、僕は好きになつた。

菊池。俺のものを読みたければ、こゝへ来いといふ作家だね。

久保田。雑誌を開いて、わたしは第一に佐藤君のものを読まうとは思はないです。

菊池。僕は二三番目に読む気になるね。

中戸川。気の向いた時に読まねば、面白くない作風の作家なのですね。

中村。つまり単行本の作家ですね。

楠正成 (中央公論)　　武者小路実篤

中村。こんどは「楠正成」に移りませう。

菊池。久保田君、読んだですか。

久保田。わたしは赤坂城のところまで読みました。

菊池。しまひだけい丶ですね。

久保田。日本外史以上に出てゐないんぢやないですか。

菊池。さうですよ。

正宗。「楠公一代記」みたいなものぢやないですか。一代記を芝居にするのは随分丁寧すぎる。初め少し読んでやめたが、また読んで行くうちに、藤房の出て来るところから、正成や正行の気持を書いたところは面白かつた。

中戸川。「出家とその弟子」も一代記だな。

菊池。しまひの討死だけはよかつたが、あとは感心しない。兎に角、武者小路式の表現は一番面白い。

久米。可愛い丶武者絵ぢやないですか。

正宗。この人は文壇垢に染まず、芝居垢がつかず、丁度、子供の自由画のやうで、面白いと思つてゐる。しかし、これはやたらにだらだらしてゐる。読んで、一体何のために読むかと思つて馬鹿々々しくなつたが、藤房が出て来て、引退するところから武者小路氏の気持が出てゐて、正成等が反抗しないで、死に行くところは、人間味が出てゐる。

菊池。実感が出てゐるね。

久米。いつもの武者式のユーモアはあるかね。

菊池。「太閤と曾呂利」には、あつて面白かつたが、これにはない。

菊池。さういふ面白さはない。しまひだけの気持なら一幕で書けると思ふ。

中村。作者は、非常に自信があるものぢやないでせうか。

正宗。そりや長いから。芝居にするつもりはないのかね。

菊池。これなんか、シエクスピアのやうに舞台の両方で話し合つてゐるところがあるですが、をかしいですね。あんなことは芝居では出来やしない。

久米。文部省の推薦になるやうなものではないかね。

菊池。そんなものぢやない。

正宗。ならないでせう。

菊池。武者小路氏のテーマがこれにはない。今迄の運命観がわかると云ふ位のものだ。

中戸川。楠公の見方に何か新らしいものがあるのですか。

正宗。たゞ正成をかりて、かうしたんぢやないか、つまり阿呆に死んで行くといふ気持ぢやないか。「みんな馬鹿だから、自分も死ぬ」といふところは面白い。やはり後の気持だけを深く突込んで行く方がよかつた。こゝだけを芝居にすれば、非常に厚味が出来ると思ふ。

菊池。作者が意識したかどうか知らないが、革命をして、足利が来ると思ふのはいゝ、
中戸川。さうすると清濁合せて飲めない悲劇ですかな。

菊池。武者小路氏の思想とか哲学なしに、此頃の武者小路氏は芝居を本当に好んで書いてゐるやうに思ふ。「太閤と曾呂利」にしろ、武者小路氏の退歩かどうかわからないが、兎に角、非常に面白い傾向ぢやないですか。——前よりも藝術的になつた。

久米。たしかに面白い傾向だね。

中戸川。従来のものから言へば、さうでないところに価値があるのぢやないですか。

久米。「素盞嗚命」あたりから、思想の露骨はなくなつた。

正宗。兎に角、文壇垢のつかない、異彩を放つてゐる面白い人だね。

中戸川。武者小路神社を建てられる人だな。小説家のうちで神社を建てられるのは、この人だけだ。

正宗。これは一つの疑問だが、武者小路氏には、男女関係を書いたものでも、それを深めて行かなくて、すつすつと素通りして行くところがある。

中村。それは許す気持があるからでせう。

中戸川。「婦人公論」に出たものに、奥さんが一等列車に乗るといつてきかないことを書いた感想があつたが、あれなども、それは仕方がないと云つたやうに、至つて暢気に書いてありました。

正宗。やはり育ちによるのかも知れない。

菊池。戦争の気持をあたりまへの気持のやうに書いてあるのはいゝ。リアリスティックに書いてあるのがいゝ。

中村。興奮しないところがですか。

正宗。お伽噺の戦争のやうに思つた。

中戸川。「討つた逃げた」といつてるのは面白い。

菊池。正成が、「それでゆはへてもらうかな。そして、もうひ

とあばれあばれて見よう」なんて非常にいゝ。

久米。「楠正成、正季、こゝに在り。生命の惜しいものは、逃げろ。逃げろ。」といふところも非常にいゝな。

菊池。無邪気に書いてある。しかし、どうも六百人が何十万の軍勢を破るのはおかしい。

中戸川。片方の六百人はまだいゝですが、それに対しての何十万はちとひどすぎぎやしないですか。

久米。そりや虚数だ。日露戦争の時だつて、日本の軍勢は二十万位だと言ふからね。

四人ぐらし（中央公論）　宇野浩二

菊池。宇野君の小説の中ぢや一番しんみりして、よく書けてゐるが、その神妙さに作者の意識があるところに少し反感もある。しかし、読者にはわからないだらう。

久保田。宇野氏の妙ないつものふざけた言ひ方が邪魔にならないほど引き入れられたが、後で残らなかつた。（かういふことは喇叭を吹いて保証してもいゝ）なんて云ふのに、不調和を感じなかつた程、読んだ時はしんみりしたが、読んだ後ではさうでなかつた。

中村。そりや、こしらへたしんみりさだからぢやないですか。

久米。さうぢやないでせう。宇野の本質にも、あれでしんみりしたところはあるですよ。

中村。いや、この作のしんみりさには、本質以上に、しんみりさを誇張したところがあると思ふ。

菊池。さうです。七分のところを十分にして見せた。

久保田。お母さんが星を見つける所のくだりは、私は非常にいい所だと思つたですが、何だかぴつたり来なかつた。

中村。いやに殊勝さを衒つてゐるところがある。つまり懺悔的な気持のものにしたところが――。作者が実際の生活を書いて、さうして殊勝さが出てくればいゝが、作者がその気持を先に立てゝ書いてあるから、殊勝さを感ずれば感ずるだけ、不純なやうな気がする。

久保田。窮乏時代のものより真実味がない。

中戸川。しかし、「山恋ひ」はいゝぢやないか。

久保田。いや、わたしは「山恋ひ」はあまり感心しなかつた。

久米。宇野のしんみりしてゐるのには、佐藤君の影響を受けてゐるところがあるね。しかし、宇野の方が世話がかつてゐますが。両方ともくどき上手だが、同じくどき方にも世話がかつた町女房と、オペラ女優との気持の差異がありますな。宇野君と佐藤君とでは――。

菊池。ヒヤヒヤ。

中戸川。肌合の似てゐるところがある。

正宗。かういふお話もあるんだといふ気がするね。

菊池。僕には気持がいくらか残つてゐるね。

中村。私には残らない、以前に読んだ「若者」なんか、読んだ後に、しんみりさが残つたが、今度の「四人ぐらし」では、これでもかこれでもかといふ「殊勝意識」が働いて、しんみりさが残らなかつた。それから（おゝ神よ）などゝ括弧の中へ入れてある文句が、余り多過ぎるので、少しうるさい。

中戸川。「須田町は電車の分れ道、女の分れ道」なんていゝぢやないですか。

久保田。今月わたしは一番はじめに読んだ。

菊池。宇野君は一つものをあちこちからよく書くが、あれは感心するね。

中戸川。さういふところは、佐藤君と似てゐる。

菊池。自分の気持を書くからいつも同じやうなことが出て来るんだ。しかし、あゝ宇野君のやうに、一つの題材をいろいろに取扱つてゐれば、窮しないですね。ゆめ子の一件なんかでも、これで幾度だか知れない。

中村。終りの、裏返しにした掛物に紙雛を切抜いて張つてあつたことなぞ、主人公の気持とか、描き方の巧い拙いと関係なしに、あゝした事実だけに涙を誘はれる。

久米。ぢやあ今度のは、露骨に私で書いてあるんですか。

中戸川。私小説ですよ。

久米。私小説で書いてゐるとすれば、生れ変るつもりぢやないですかね。

菊池。僕は、事実にあれ以上の打つところがあるんぢやないかと思ふね。題材の効果は非常にある。

久米。そりやあ宇野のさわりぢやないですかね。

中戸川。読んでゐる時には涙ぐませる。

正宗。「蔵の中」のやうなものは今書かないですか。

久米。正宗さんは「蔵の中」をお褒めですが、僕は嫌ひです。

正宗。僕は面白いと思つた。

久米。宇野はもう少し人情の厚い男だ。「蔵の中」は皮肉だ。

正宗。この作の人間が当り前の人間で、「蔵の中」は変態な人間を書いてゐるが……。

久保田。わたしはあの人のものでは、「苦の世界」なんか今でも読みますよ。全くいゝものですね。人情小説では上乗のものと思ひます。

菊池。それはあの時代の作の方がいゝ。

正宗。今では当人の感激もなくなつたのでせう。

久米。近頃この作などは、力作ぢやないですかね。

菊池。いろ〳〵非難はあるが、宇野のものとしてはいゝものぢやないですか。

中戸川。僕はうまいと思つたが、感心しなかつた。

久保田。「山恋ひ」より骨は折れてゐないかも知れないが、いいものだ。

中村。私はあれを真当《まつたう》の才能でなくて、悪才と思ひますね。あつて自慢にならないものだ。

菊池。僕達を感心させるほど藝術的なものぢやないですし。

久保田。部分的には面白いです。

中村。然し「四人ぐらし」は、兎に角まとまつた作といふことは出来ますね。

久保田。 これにもう少し渋さが加つたらいゝですな。

菊池。 幾らかこれ以上に出てゐるといゝ。しかし佐藤君のやうな、完璧さはある。

中村。 かういふ心境小説を読んで、その作品に内容的破綻があるとかないとか言ふのは問題ではないかも知れないが、つまり人生問題的意義が含まれてゐないのが不満だ。

久米。 二つの作品を通じてこれを言へば、作者の心境が、佐藤君のは静かでスツキリとしてゐるし、宇野のはさゝ濁りの気分だね。二人とも、一種の心境を描く作家ぢやないですか。宇野の云ふとほりに彼等の「枯野文学」ぢやないかな。

中村。 何だか読者の方から言ふと、さう云ふ作者一人の心境なぞよりは、誰でもに共通した生活なり問題なりを、描き出す意気込みがあつて欲しい。

久米。 貴方はつまり、菊池の内容的価値を求めるんですね。

中村。 心境小説が多すぎるんだな、今の小説は。

菊池。 心境そのもの、価値が問題ですな。

中村。 宇野氏のものばかりでなく、少し島田清次郎めいた云ひ草になるかも知れないが、所を換へ時代を換へても、共通に触れる内容的価値——つまり作者の人生観なり哲学なりが、心境のなかに含まれて、それが一般に触れなければ、読む価値が少ないです。

菊池。 同じものでも、佐藤君の方が人生を悟らうとしてゐるやうだね。

中村。 さうです。

菊池。 佐藤君の方が何か解脱を求めてゐるところがある。

おしの　（中央公論）　芥川龍之介

菊池。 これとか、里見君や久米のなぞは、作品といふよりも作品見本です。

中村。 ムキになつてかういふ物を批評するのは気の毒ですね。僕は芥川氏の以前のキリシタン物は面白かつたですが、この頃のは詰まりませんな。作者が無理にキリシタン物から何か捜し出さうとしてゐるやうなのが、気の毒な気がする。

正宗。 芥川君は、いつも気持がのび〱して書いた時がないぢやないですか。

菊池。 僕は、なぜ芥川だけが自分のことを書かないのか不思議です。

正宗。 芥川君が昔のものに自分を探してゐる方が、永久的価値があると思ふ。意義があると思ふね。

中村。 題材に窮してゐますね。おしのといふ女が自分の子供の難病を救つて貰はうと思つて、神父様のところへ行つて、急に啖呵を切り出すところなど、余り溝を飛び越して、ちぐはぐな気がする。小説ならさういふ段取りもちやんと書かなけりやいけない。こんな女だとすると、さういふ神父様のところへ頼みに行く筈がないといふ気持がしますね。女が啖呵を切るのが、強ひて結末をつけたやうな気持がする。

久米。芥川はいつも理詰めで段取りをきめて置いて、肝心の所を飛び越すんです。

菊池。かういふ女なら頼みに行かないよ。

正宗。ふだんよりも出来が悪いといふわけぢやないでせう。

中村。わるいです。もつとい丶ものが他にある。

菊池。そりやある。だが、これはテーマがよくない。中央公論が無理に名前を並べようとするのがいけないんぢやないかと思ふね。もう少し芥川なぞには余裕を与へて好いものを書かせるのがい丶。

中村。同じ切支丹ものでも、いつかの男装してゐて、火をつけるのなどは、よかつた。

菊池。まだキリシタン物でも正月号の方がよかつた。これはキリシタン物としてはよくない。

中村。これは芥川さんのものとしては失敗の作と思ひます。

私と名づけられたる妖怪 (改造)　武林無想庵

正宗。妖怪なんて書いてゐるが、妖怪ぢやないですね。

菊池。書いてゐることは何時もと同じだ。

久保田。いつもほどこけおどしがない。

菊池。これで？

正宗。武林といふ人は、何にも書かないと面白い人ですがね。

菊池。四年前、四年前と、四年前を幾つ並べて言つても、ちつともその四年前が書けてゐないぢやないですか。

久保田。僕は「ボテ髪」なんかよりしんみり読めたですよ。

菊池。これから見れば、まだ島田清次郎の方が巧いですね。

久米。縦横無尽に斬りまくつてゐるんぢやないですか。

正宗。いや、書けないのを無理に文字を引つ張り出して書いてゐるところがある。

菊池。これは自信があるさうですね。

中村。私は作品の中で「俺の女房が〳〵」と云ふのが気がさして仕方がない。そりやどんな好い女房だか知らないが。

正宗。気がさすから無理に言ふんぢやないのかね。

久保田。非常に奔放な筆つきのやうだが、実は腹の底で非常に用心してゐるところがある。

正宗。それはたしかにある。本当に奔放なら面白いが。

中村。衒つてゐるところが厭味だ。

久保田。それはいつもより少ない。

久米。単語的に見ると面白いでせう。

中村。第一幼稚ぢやないですか。

菊池。幼稚だし、描けてゐないと思ふ。

中村。もつと内容に何かなければ。

菊池。この作品では何にもない。取れば幾らか会話が巧いだけですね。

正宗。それは調子に乗つてゐるが、かう云ふものを書かせると秋江の方がい丶。先に「改造」に近松君と武林君のとが載つてゐたのを読んで比較したことだが、秋江君のは同じ調子でも、割合、落ついてゐて、身に染みて読んだのに較べて、武林君のは潑溂としてはゐるが、面白くなかつた。

中村。 つまり会話なぞも、上手といふより、饒舌なんです。

菊池。 これは小説の表現派かも知れないね。さういへば喜ぶかも知れないが。

久保田。 このなかで「金田流――」云々といふのがあるが、あれは浅草の金田の飛石のことを言つてゐるのですから、後で考へて驚きましたよ。ほんとに金田の飛石はよく磨いてあるんですが。

中戸川。 あゝ、お墓を磨くところか。

久米。 しかしそれを久保田君に認められゝば、武林君も成仏していゝね。

朧　夜（改造）　　犬養　健

正宗。 正月「新小説」でこの人の「愚かなる父」といふのを初めて読んで感心したが、今度のは読みづらいし、窮屈で、堅くなり切つて、ギチ〳〵してゐる。朧夜の感じを書くつもりだつたさうだが、どうも出てゐない。

菊池。 あんまり一生懸命で定石ばかりを打つてゐるやうな気がするね。

正宗。 老成すぎる。

菊池。 小説の骨法をちやんと守つてゐて、ある程度まで成功してゐるが、全体の仕上げが巧く行つてないですね。

中戸川。 朧夜の感じは出てゐないが、しかし部分的に面白いところはある。

久保田。 少し題材に圧倒されてゐる気持があります。

水守。 さうです。多少材料を支配しきれなかつたところはあるでせう。

菊池。 これ迄の評判は裏切られなかつたが、大して感心はしなかつた。

中村。 これより、「姉弟と新聞配達」なぞの方がよかつたですね。

正宗。 あまり老成しすぎるといふことは、作家にとつて幸福かどうかわからない。

菊池。 終りの方に夏目さんの俳句が出てゐるから言ふわけぢやないが、いくらか夏目式の通俗に落ちやしないかと杞憂したね。

水守。 併し、それは材料のせいぢやないですか。この作者の心持としては必らずしもさうぢやないと思ひますね。

菊池。 材料もさうだし、手法のせいもあるね。

正宗。 これは何遍も書き直したものでせう。何んでも志賀氏がもう一度書き直せといふのをそのまゝ出したさうです。

中村。 子供の眼暈するのを、和作が連れて行く段取りになるのが、拵へすぎてありますね。

中戸川。 それはわかりますが。

中村。鶴子と和作との間に、以前特別な恋愛があつたやうにははつきり書いてないにも拘らず、和作の訪問が、加納の家庭にあれほどな動揺を起すでせうか。和作と鶴子との関係が明確に書いてゐないから不自然になつて来る。

中戸川。しかし、はつきりした恋愛に書いてない方が、効果を強めてゐるんぢやないですか。

水守。さうだ。あれは作者がわざと強く書くまいと抑へてあゝいふ風に書いたんぢやないですか。僕はさう思ふ。

中村。兄嫁が、和作を、鶴子の居る応接室に通す通さないで、ひどく気を揉むのなどは、不釣合な気がする。

水守。全体から云つて、しつくり行つてゐないと云ふ憾みはある。外の部分々々の描写にいゝところはあるが。

中村。描写では骨を折つてゐながら、感じは割りに深く書けてゐない。

菊池。しかし、かういふプロツトで、ちやんとかう書く人は稀ぢやないですか。しまひの和作の気持は一寸巧いと思つた。

中村。あの気持も、前にもつと何かあつたのでなければ、うそだ。

菊池。前に縁談でもあつた位に進行してゐなければ、――あれだけぢや不自然です。

中村。やゝ親しくなりかけたといふだけで、三年経つてから訪ねて行つて、家へ入るとか入らないとか云ふのが問題になるのは、をかしい。


中戸川。そこはをかしいね。

中村。和作にしても、何も、事実に恋愛も何もなければ、加納家の方をそんなに遠慮する必要はない。

菊池。岩野泡鳴の一元描写論を持ち出すわけぢやないが、場面を別々に書いてゐるのは、少し通俗的ぢやないですか。

水守。作者はあの場面と前後を対照させる為に、わざとさうしたと云つてゐたやうに覚えてゐますが……。

中村。計画がある作品だ。

水守。なかなか用意はしてありますね。

中村。用意はあつたが、力が足りなかつた。

中戸川。おまけに朧夜の感じを出さうと思つたのなら、なほ更むづかしい。

久保田。しかし、「姉弟と新聞配達」には早春の感じがよく出てゐましたね。が、これには朧夜つていふ感じはちつともないと、わたしは思ひましたね。

中戸川。作者として、かういふ力作は初めてでせう。

水守。さうです。可なりアンビシヤスな作です。併しそれはいけなくはないだらう。

中村。山気のある作品です。

正宗。山気はあるね。

中戸川。しかし、これを書いたのが悪傾向ぢやないですね。

久米。矢張、小品作家ぢやないのかなア。

水守。さうでもないと思ふ。僕は犬養氏は無理に抑へてゐるんぢやないかと思ふ。あれで頭は好いし、それに可なり覇気もある人だと思つてゐる。

久米。 志賀式のところがあるんではないですか。

中村。 この人の年齢相応の若さがない。不自然の老成ですね。かういふ行き方は作家を毒するものぢやないでせうか。

久米。「姉弟と新聞配達」は若々しいところが出てゐたね。

水守。 しかし、手法は矢張老成でしたよ。

菊池。 もつと、むちやむちやでいゝんだ。どうも滝井君にしろ犬養君にしろ、志賀直哉氏の悪影響を受けてゐるやうだね。

水守。 腕はあるんだから、抑へてゐる心持を放つとなか〳〵やれる人だらう。さうなると若老人でなくなる。

中村。 やつぱり人間はしつかりしてゐます。つかまへるところだけはちやんとつかまへてゐる。

久米。 そりや把握力がありますよ。

中村。 ぼんやり頭ぢや出来ないですよ。

菊池。 しかし、これ位の腕のある人は、今の新進作家の中には沢山ゐるですね。

水守。 さうでせうかね。

中村。 見ようと思つたことをよく見て、よくつかんで描き出してゐる。脱線がない、無想庵氏のやうな脱線ばかりの小説ぢやない。

生れ来る者（改造）　吉田紘二郎

中村。 これは愚作の標本だ。僕はこれを読んで、憤慨のあまり破いてしまはうかと思つた。こんな馬鹿な、つまらない、くだらない作品は、先づ少ない。これは私の感情ですが……。

正宗。 新潮のやうに、甘つたるいのかね。

中戸川。 ひどいものだ。

中村。 あんなことで、さう何遍も銀行の金を渡す人間が、あるものか。それも、そんな人間に描けてゐればいゝが、たゞ作者の道具にしか描けてゐない。愚劣だと思ふ江馬修氏の作品なんかより、遥かに愚劣な作だ。これから見ると江馬修氏など、拝んでもいゝ位なものだ。

正宗。 面白いタネなんですかね。

中村。 それは、なか〳〵野心的な作品でせう。――自分のやうな弱い人間が子供を生むのはいけない。それにも拘らず、生れて来るといふところに、自然の暴虐さがあるといふ事を描かうとしたらしいのですが、それがちつとも描けてゐない。実際、かういふ愚劣な作品を読むと、全くヒステリーになる。これが昔なら、僕は作者と真剣勝負をするよ。

久米。 大へんだな。

中村。 弱い弱いと、作者は頻りに説明してゐながら、その弱い人間がちつとも本当に出てゐない。作者の詠嘆だけだ。弱いなら弱いで、それだけでも描けてゐれば立派だが。そして或る人間に、何度でもどん〳〵公金をつかみ出してやるのですが、さうする人間が描けてゐない。作者がひとりで弱い弱いと言訳ばかりしてゐる。だから実際、さういふ金のやり方をするのは、その人間が馬鹿なんではなくて、つまり作者の頭が馬鹿だといふことになるのです。かういふものを発表するといふのはいけない。

久米。 さつきの心境小説かも知れないですね。寂人紘二郎の心境小説ぢやないですか。「新潮」のはいゝですかね。

正宗。「母を思ふ日」は甘いがまあいゝものです。母に対する抒情文だね。

中村。 その方は吉田氏のがらのもので、さうよくはないが、憤慨させるものでもない。しかしこつちのは随分キザな文句が出て来る。女学生の大向ふを感心させるやうな。

中戸川。 いや、今の女学生はこの程度には感心しないでせう。

中村。 窓硝子に映つた眼で、その人間の全運命がわかるなんてそんな馬鹿なことが、一体どうしてあるもんか！

同志の人々（改造）　山本有三

菊池。 僕は山本のものとしては、よく描けてゐると思つた。

水守。 僕はあまり感心しなかつたな。どうも第一幕の対話が生きて来ないやうに思ふ。骨を折つてゐることは認めるが、割に感じが出てゐない。

菊池。 この事件が面白いと思つてゐるせいか、割によく描けてゐると思つた。

水守。 初めの方の場面は少し長過ぎて上演しても退屈ぢやないですか。

菊池。 上演すれば前の方がだれるでせう。しかし会話でなかなか注意してあやがつけてあるからね。

久保田。 わたしはどうして山本君が、かういふ自分の心持とかけ離れたものを書いたか、その気持がわからないです。

菊池。 それに、勤王の心持なんか、もう僕たちに響いて来ないからね。

水守。 さう云ふことはあるでせうね。

菊池。 かういふ題材のものは境遇と人間描写より外に心持の上の要求は出来ないね。

久保田。 併し「津村教授」や「生命の冠」にしても、何か自分を土台にしてゐるところがあるが、この作には作者の人生観なり哲学なりが、何んにもないぢやありませんか。

菊池。 さうです。それは山本君の非常な欠点です。

久保田。 近頃の山本氏はどうも劇場——芝居のためにばかり芝居を書くのがあき足らない。

久米。 劇作家で詩人ぢやないかな。

菊池。 そりや、藝術至上主義だね。

久保田。 幕切で、二つの首を抱いて、慟哭するところは不自然ですね。

菊池。 あれは不自然だ。上演も出来ないし、あの幕切は感心しなかつた。しかし、河内介のしまひの白は割合に描けてゐると思つた。

久米。 読まないが、今鳥渡見たところ、台辞は簡勁らしく描いてあるぢやないか。

水守。 さうだ。河内介の白は簡潔でうまいと思つた。幕切の科は矢張どうも変だ。

久保田。 けれども、うまいですね。

菊池。 作者の生活とこの作と何の関係があるかと言へば、山本は一言もないだらう。

久米。 山本は「作劇」に志してゐるんぢやないかね。

菊池。 そりや、いゝ芝居を書かうとしてゐる。

久米。 山本は、だが実に寡作家だね。

菊池。 これだつて、一年もかゝつてゐるんだよ。

久保田。 わたしは「津村教授」が矢張好いと思ひますが、あれなんか随分かゝつたでせうな。

菊池。 かゝつてゐるですよ、山本も芥川と同じやうに自分の生活に封印しないで、もつと自分の生活を描くといゝと思ふ。

久米。 もう少し、自分自身から動いて来ると面白い。

久保田。 でも、「穴」なんていふものがありましたが、どうしてあゝ云ふものを書く気になつたのでせうね。山本君はあゝいふ生活を知つてゐるんですか。

久米。 そりや、あの頃は、演劇学生の気持で、あゝいつたものはすぐ書きたくなつたでせうよ。「ドン底」を見れば直ぐ同じやうなものと云つた風に。何しろ、あれを山本が書いたのは、高等学校の一年の時だつたですからね。

職　務（改造）
病　手（新小説）
久米正雄

正宗。 「職務」は非常に面白かつた、一体僕は今まで、久米君はどういふところがいゝんだかわからなかつたが、今度の小説は、西洋の小説を読んでゐるやうで面白かつた。

中戸川。 「職務」でも、「金魚」でも、久米氏の短かい小説は、皆いゝ。社会主義に対する皮肉を、もう少し書いてはどうだつたですか。

正宗。 僕はさう余計な註文をしないで、これはこれとして、ある気持が出てゐればそれでいゝと思ふね。

久米。 もつと厚味が出てゐればいゝんだな。

正宗。 これはこれとして批評されゝば好い。

水守。 僕もうまいと思ふ。しかし、捉まへどころに感心するので、手法のうまさは天下一品の称ある雑文の域を出てゐないぢやないですか。つまり、小説としてのうまみが出てゐないやうな気がするんだ。

久米。 実を云へば、これは「文藝春秋」の為めに書いたものです。

中村。 矢張、短篇の巧さはあるんだね。

菊池。 題材の面白さは買はないが、手法が面白い。

中村。久米氏の作品として、上手なものとしては感心する。これはタイプから云へば名作タイプであるが、僕はつまり久保田さんの言葉で云へば、斯ういふ種類の作品には、何うも折り合へない。冒頭の描写、外に出てからの気持、描写四十八手の表裏を尽した観はあるが。

菊池。僕は題材の価値は、通信で読んで知つてゐるから感心しなかつたが、手法の巧さは感ずる。

水守。僕は通信は知らないから、矢張、先づ題材の捉へ方に感心した。しかしどうもあの中尉が浮んで出てないと思つた。それに、あの場面の雰囲気が出てゐない。

菊池。さうだ。浮んで来ない。之よりチヤツプリンが出てくる作の方が巧かつたね。あれはチヤプリンがよく出てゐた。

水守。あれの方が藝術的だ。

久米。あれは僕がチヤツプリンに入つて書いたから、今度のよりいゝでせう。

水守。さうだ。今度のは作者が中へ入つて行つてゐない。

中村。僕は西洋の家屋の構造がわからないから、何とも言へないが、電信室が彼処に残つてゐるのが、何故発見されなかつたか、不思議に思ひましたね。

久米。それは十一月七日、一日のことだけだからです。

菊池。皆が騒擾の中にゐて忘れてゐたのだから、その空気をもつと書くといゝ。

久米。それを書くなら、十一月七日その日の事件を書かなくては……。

中村。屋根裏の電信室に居ても、これ〳〵の家屋の構造で、発見されなかつたといふことを、表面には書かなくても、作者としては研究をして掛らねばいけない。

久米。しかし一日だけのことですからね。僕は只職務を果したといふので、平凡なヒロイズムを出したところを狙つたのです。

中村。やはり手法の巧さですな。

正宗。然し今月のものでは、これはいゝものです。

菊池。「改造」にある三つの短いもの、中では面白い。

中村。職務のために踏みとゞまつたといふところは?

久米。つまり職務を果してしまへば、レーニンが来ようと、誰が来ようと平気で満足してゐるといふ心持を書いたのです。

菊池。つまり、一日の仕事に没頭してゐたところを書いたんだよ。何時もの久米は、これより巧いよ。

水守。僕は職務を全うすると云ふヒロイズムよりもあの中尉が剽軽な、少しぼんやりのやうな人間で、外へ出て見て天下がすつかり変つてゐるのを知つても平気でゐる人間のやうにした方が皮肉で、ユーモラスで好いと思つたが……。

中村。描き方で言へば、短篇の定石を打つてゐる。短篇小説の標本といつたところだ。

久米。おしまひの独白で、工兵中尉の心持を出さうとしたところはいけませんね。

中村。これは誰でもがする片付け方です。僕は「職務」より「病手」の方が面白いと思ひました。僕にとつてはこの方が価値がある。これは「学生時代」に入る作品と思ひましたが。

菊池。「職務」よりいゝ。

久米。だが、これはずつと以前の作ですよ。

中村。しかしこの方がいゝ。

久米。ぢやあ今の僕より、昔の僕の方がよかつたといふことになるのですね。

中村。理窟を言へばいろ／＼な瑕があると思ひますが、全体としての価値を問へばこの方がいゝと思ひます。たゞ終ひの病手を出したところは通俗に堕したぢやないですか。そして妹を終ひに出すところも変で、又まづいです。

久米。実はさういふところは、消さうと思つて消せなかつたのです。

中村。妹が何んだか意味あり気で、しかも何んでもない。挨拶しろといふ母の言葉が唐突で、へんな気持がした。やつぱり前半の手紙を見るまでの方が、うまさから言へばうまい。後の方はほんとかも知れないが、拵へもののやうに思はれる。内容的には「職務」なんかと異つて、何か持つてゐるところがあるので、それは高級とか安価とかは別にして、作品に価値を見出すのです。

久米。さう言はれると困るのですが、とにかく、これは菊池の「屋上の狂人」と一緒に出したものですが、しかし、どうも子供つぽくて、今まで出しかねてゐたものなのです。

踏　切（改造）　　里見　弴

水守。僕はざつと読んだが、そんな読み方ではどうもよくはわからなかつた。

中村。かういふのは、藤森淳三氏の「酒」かも知れないが、僕には酔へなかつた。

菊池。あんまり里見君の一人合点に陥つてやしないかね。省筆かも知れないがよくわからない。里見氏が思つてゐるほどこつちに来ない。理窟に堕したところがある。

中村。踏切に着いて、突然不安を感ずるところには、本当さが感じられない。不安だと言つて運転手にとめてくれといふ心持もわざとらしい。

久米。僕はかういふことは、鎌倉の踏切のところで経験したことがありますね。

中村。実際にはあり得る心持かどうかわからないが、この作品ではどうも頷けない。

菊池。不安が出てゐない。

中村。問題にならないことを問題にしてゐる。

久米。あり得ないことはないなア。

中村。併し、この作品として頷けない。

菊池。自分の心持でつけ足して行けばかうだらうとはわかるがぴつたりすぐには来ない。

久米。もつと生活を織込んで描かなくちや……。

菊池。題材は面白いが、はつきり描けてゐないですね。この気持を、はつきり言つて見れば、恋人同志なら一緒に死んでもい丶と思ふロマンティックな気持と、リアリスティックな気持とを描いてゐるのでせうが……。

中村。そりや、こつちで創作して読むので、それぢや、普通の読者には、価値がないぢやないですか。

正宗。意味はわかつたが。

久米。楽屋落ちになるから言はないが、どうして、里見君がかういふものを描く気になつたかといふことは、僕にはわかつたです。

菊池。恋人と歩いて、帰つて来ると、細君がお産をしてゐるといふのと同じやうな境遇で、ほんとかも知れないがこれだけの気持では通俗だね。

久米。前後の生活が描けてゐないからね。

中村。失敗してゐますね。無理に書いたところがあつて……。

久米。それはもう、無理ですとも。

菊池。出さなくてい丶作品だね。

中村。まあ、如何に里見氏贔屓の人でも、これだけは褒める価値を見出せないんぢやないですか。

菊池。「操り達磨」よりい丶。

久保田。しかし、あれほどのうまさがこれにはないですね。

菊池。ないよ。

久保田。いつもの里見君なら、つぶしにしてもうまさが残るのに、これはつぶしにしても何にもない。

或る夜 (改造)

葛西善蔵

菊池。今、読んだところではい丶。

中戸川。しまひはい丶ぢやないか。

中村。ちやんとした小説にすればもつと厚味が出て来るのぢやないですか。

中戸川。かういふのは、どうすればい丶とか、かうすればい丶とか言へないものですね。かうぬきさしのならないと云つたやうな……。

菊池。自分のものを持つてゐるのだから、そのものとしては何にも言へない。

久米。短いものとしても急いで書いたのではないですからね。

中村。かういふものばかりを書いて、作家としての葛西氏が一生を終るかと思ふと、僕は不安ですなア。

菊池。しかし、こんな作家も、一人位あつてもい丶でせう。

中村。作者側から言へば、もう少しどうにかなつたものにも、手を出して見なければ、作家としてのねうちがないわけぢやありませんか。

正宗。僕はあまり読まないが、以前汽車の中で金がなくなつて他人から新聞を借りて読んだ男のことを書いた小説や、その他二つ三つ読んだが、さう感心しなかつた。

水守。 葛西君のは矢張その人の面白さですよ。人を知つてゐないと安外面白味が分らないかも知れない。

菊池。 これは葛西でないと面白くないね。新進作家が書いたんぢや駄目だね。

正宗。 作家仲間で、葛西君は評判がいゝが、不思議ですね。

中戸川。 上手なのと、人の面白さを知つてゐるからでせう。

菊池。 かういふのは小説でなしに、一種の感想文ですね。

正宗。 「子をつれて」は小説らしくて人間もよく出てゐたし、人の面白さも分つたが、僕はどうも、葛西氏はじめ他の人の書く私小説には感心しない。

久米。 ほんとに四つん這ひになつて、犬の小便の真似をしたでせうか。

中村。 これは法螺ですよ。作者の肺病と同じ法螺ですよ。

久米。 然し心の中では犬の真似をしたでせうね。それがほんとうに、犬の真似をせずにゐられなかつたやうに、そこまでその座の空気が描ければ、更に面白いですね。

中村。 「子をつれて」は生活も出てゐるし、人間も出てゐる。この人のものは文壇生活をしてゐる人には、作者の持ち味で面白いでせうが、読者には割りにつまらないでせう。

菊池。 そりやつまらないでせう。

水守。 変な味、それがあるからいゝんですね。つまり人間の面白さが……。

義民甚兵衛（改造）
従　妹（中央公論）　　菊池　寛

久米。 「義民甚兵衛」は以前の小説を脚色したのかい？

菊池。 うん、さうだ。

久保田。 僕は三幕物として、上、中、下、非常にはつきり過ぎるくらゐはつきりしてゐて、形として三幕物の上乗なやうな気がした。あんまり段取りがはつきりしてゐるので、それが少し物足りない気持もした。

久米。 あれは元から芝居になると思つてゐた。

久保田。 わたしはしまひの磔《はりつけ》刑の場面が好きだ。おむすびを貰つて食ふところはいゝ。三幕目は面白かつた。

中戸川。 あそこはいゝ。

水守。 僕は第一幕で非常に感心したね。田舎の百姓の会話もうまく、生きてゐるし、多少小説的の描写かも知れんが、随分腕に感心した。

菊池。 そりや一幕目が一番まとまつてゐることはまとまつてゐるが。

水守。 二幕目の評定の場で、内輪の秘密話をしてゐるのに役人が傍についてゐるのはおかしくはないですか。

菊池。 さうです。あれは上演する時引つ込めさせる積りです。

水守。 親兄弟が甚兵衛を苛めてゐる。それを非難してゐる村民が矢張、甚兵衛を犠牲にすることになる。それは、両方の利己的なところを出してゐるのだから好いが、その対照を作者がはつきり意識して書いてゐないので、妙にチグハグなあいまいな感じしかうけとれない。あの双方の心理の推移とか、交錯とかに、作者の力の注ぎ方が足らないと思つた。

菊池。 さうだ。書く時も気がつかなかつたが、今云はれて見て初めて分つた。

久米。 それはあまり対照的になるから書かなかつたのぢやないか。

水守。 いや、それはさうとしても、その為に全体の感じが、いびつになつたやうな気がしました。無論、内容的に云つてですが……。

中村。 テーマはどうなんです。

菊池。 テーマは何でもないです。たゞ面白さだけだ。

久米。 小説の方だがあれにテーマを見出したことは幾らか傾向的ではあつたが、感心した。

水守。 テーマそのものは大したものぢやない。矢張、作者の技倆に感心したなア。しかし、終ひでは主人公が馬鹿でもあるやうだし、少しく悧巧でもあるやうなのが気になつた。

久保田。 すつかり馬鹿にさせてもいゝ。

中戸川。 しかし飯を食ふ時、さぞ旨からうといふところなぞはいゝと思ふなア。あそこで救はれた。

水守。 しかし技倆には感心した。第一幕は矢張巧いと思つた。全体としては少し物足りない。僕は第三幕だけでも何とかすれば面白い一幕物になると思つた。

菊池。 さう褒められても困るが、先きに小説に書いたので、もうあれ以上には燃焼出来ないのですよ。

水守。 技倆としては、全体から見て不完全でも、今度の二つで見ると山本氏のよりもたしかにうまいと思つた。

久保田。 作者の生活と関係があるからでせう。

久米。 人物では菊池が出てゐなくとも、人生観が菊池のものだから面白い。恐らく此作は、作家菊池にプラスしたものでもマイナスしたものでもないと思ふ。

久保田。 見物が見ても面白いから、劇場奉仕の芝居だと思ふ。

中村。 今度は「従妹」を始めませう。

中戸川。 これは「肉親」と同じやうなものだが、「肉親」ほど感心しなかつた。

正宗。 菊池氏のものは何時も簡単明瞭で、読み易いから読むのだが、これは「肉親」ほどの力がない。道筋はきまつてゐるがね。

中村。 余り筋書めいてゐるぢやないですか。

菊池。「従妹」だなんて、僕は実際女は描けないんですよ。

中戸川。 身の上話みたいだ。

中村。 従妹と淡い恋心があつたやうにも思はれるし、また単に義務関係のやうにも思はれるし、何時もの明確好みの菊池氏としては、その点が甚だ曖昧ではないですか。

菊池。 書きたかつたんだが淡い恋心なんか僕にはとても書けない。

中村。これは相当の長篇の材料になるものではないですか。惜しいものだと思ふ。

菊池。とても僕なんかには女は描けない。

正宗。菊池君のもの丶面白さは、多くのものに讃岐言葉が時々出るので、僕は興味を惹かれて、何時も面白く思つてゐる。

中村。菊池氏のものは皆さうだが、そのい丶ところは、卒直な点だと思ふ。それが作者自身のことを書いたのだと、はつきり読者に分るやうな題材を書いて、どんな悪いところでも醜いところでも、少しも誇張にならず、偽善的にも偽悪的にもならない卒直さがい丶と思ひます。大抵の者がはにかみか、みえかなしには書けないことを、菊池氏は女に迷つたなら迷つた、貧乏だつたなら貧乏だつた、無能だつたなら無能だつた、だらしがなかつたならだらしがなかつたと、少しの増減なく事実を書くところが好もしい。――それは作者としての上手下手の問題ではなく、その質ですが、私は非常に気持よく思ふ。

正宗。その代り陰影がない。

菊池。「従妹」なんて、書くものがなくて、仕方なしに書いたんだす。

中村。「悪魔に囚はれてゐる王女を救ひ出しに行くいさましい騎士の興奮と得意さ」なんていふ表現があるが、あれは厭ですね。

久米。それは多少文学青年的な感じを出すために書いたんぢやなかつたですか。

正宗。作者の実感ぢやなかつたのか。

菊池。さういふところは知つてゐる。あれは意識して書いたのです。僕の趣味ですね。

中村。同じことを書くんでも、もつと複雑な表現がなかつたでせうか。

菊池。さうすると、僕が佐藤春夫氏になつてしまふ。

正宗。あれは菊池君の表現で、はまつてゐる。

中村。だが、佐藤春夫氏にならないで、もつと日常的な言葉でも、あの気持が書けないことはないと思ふ。「かしま立ち」の何とか云ふ文句だつて眼ざはりになる。

菊池。僕はわざとさうしたんです。

久米。つまり文学青年的な感じを出すためにね。

菊池。うん。しかしこれで僕は人間が描けてゐるとはおもはない。僕には人間が書けないんだ。

正宗。誰でもさうだな。

久米。全く他人が描ければ大したものだがね。

中村。しかし、ものを書く以上は、そこまで行かなくては。

菊池。努力をしなくちやあ。

正宗。だから、私は葛西氏にも感心しない。

生まざりしならば（中央公論）

正宗白鳥

中村。僕は正月の時事に載つた「人生五十年」なんかよりか、「生まざりしならば」の方が無論、ちやんとした作品だし、人間も、はつきり描かれてゐるし、い丶と思つた。

中戸川。「亡夫の情人」には感心したが、それと同じやうにこれにも感心した。

久米。僕は「人生五十年」には感心したな。それよりもい丶と云ふんぢやア、よつぽどい丶んですね。

中村。三子といふ藝者が、おそでに面会して、身の所置を相談するところなど、実に潑溂として居る。初めの方は白鳥式と言はれてゐるあれがやつぱり鼻についたが、段々苦にならないで、作品の中に入つて行かれる。

中戸川。しかし、「亡夫の情人」はよかつたなあ。

久保田。わたしは、「亡夫の情人」は世間で言ふほど傾倒してゐませんが、「人さま〴〵」には非常に感心したんですよ。恐らく、わたしはあれに感嘆した元祖です。

中戸川。「人さま〴〵」には僕も傾倒したな。

中村。「私もはじめは白衣生活にあこがれてゐたのですけど、内輪へ入つて見るといやなことばかりですよ」これだけの会話で、上田といふ看護婦がはつきりしてゐるなどは、作家としての手腕だ。たゞ病人の子供は、それほど描けてゐない。

中戸川。さうですかね、僕は非常によく描けてゐると思つた。

中村。あ丶いふ子供は一つの型としても描ける。

正宗。さうだ。僕としては楽に描けるね。

中村。病人で松葉杖をついて、両親と離れて生活してゐるといふあ丶いふ条件があれば、それだけでも楽に描ける。そりや三子とおそでが一番よく描けてゐる。今迄の正宗さんの女性描写には感服しなかつたが、今迄のものは正宗さんの型に入つて、拵へてあつて、余り主観にくつ丶き過ぎてゐるのだが、「生まざりしならば」では三子でもおそででも、非常によく描けてゐる。これは、割合に正宗さん好み以外のものに描けてゐる。

正宗。つまりあまり女に深入りしすぎないからい丶のかね。深入りすれば自分の好きな女になるからなあ。

久米。正宗さんは自分に即したものと即さないものと、どつちが描きい丶ですか。

正宗。そりや即さないものの方さ。

菊池。自分以外のものの方が藝術としてはい丶ものになるね。

久米。けれども僕たちは、貴方の「私小説」「心境小説」の方に興味を感じますよ。例へば正宗氏夫妻がどんな生活をして居られるとか、世の中の大勢に対してどんな心境を持つて居られるかといふことを作品を通して知りたいですな。――作にも生活にも練達した作家が、どういふ風にいろいろな世相を眺めてゐるかを知るのが面白いです。

菊池。ぢや、作者を通して、何か見たいといふのは、中村氏の議論と同じぢやないか。

正宗。 しかし、作家が自分を書いてゐる時よりも、自分以外のものを書いてゐる時の方が、ほんとに自分がよく出てゐると思ふね。徳田君などでも、「初冬の気分」なんかよりも「何処まで」の方に自分がよく出てゐる。

中村。 作家の生活などゝいふものは、作者自身が語るよりも、後世の批評家が一人の作家の作品を通読して、この作家はかういふ人生観なり哲学を持つて、こんな生活をしてゐたといふことを、掘り出してくれればいゝものだと思ふ。

正宗。 ストリンドベルヒなんかは自伝小説ばかりを描いたし、フロオベルは他人の生活ばかり描いてゐたが、しかし、「マダム・ボヴリー」にはフロオベル自身がはつきり出てゐる。

中戸川。 「生まざりしならば」といふ題は僕は好かない。

中村。 長吉といふ男は、正宗さんの作には、これまで何遍か出て来てゐる人で、書き尽されたものだ。

正宗。 さうだね。

中村。 何といつても、おそでと、三子の会話はあれだけでも優れてゐる。が、部分的に言へば、三上[上田]が子供に接吻するところなどは、有りふれた、陳腐な段取りだ。

菊池。 しかしさう新機軸ばかりで小説なんてものは書けるものぢやないですね。やつぱり何でもないところは、旧機軸を踏んで書いたつて、僕はいゝと思ふんだ。

中村。 それはかまはない。

久保田。 「尾花の蔭」は、私には残つてゐます。

中戸川。 悪口言へば、一体正宗さんには非常にいゝものと、悪いものとがあるやうですね。其違ひが少しひどすぎますね。

菊池。 **久保田。** いや、正宗さんくらゐ、作品にムラのない人はない。

久米。 しかし、力を入れるものと、入れないものとがあるんですね。

菊池。 ムラがあると言へば、それは題材のせいで、手法はしつかりしてゐると思ふ。

久保田。 つまり正宗さんのは、持ち味の味ですよ。

中戸川。 作つたものゝうちで、よく出来てゐるものと、さうでないものとがある。

久保田。 昔のものでは、四五年前までは正宗さんのものは、何だか読んでゐて突つ放されるやうな気がして近寄りがたかつたのですが、此頃ではこちらも少し年をとつたせいか、何となく正宗さんのものに近しい、親しみを感じ出して来ました。

中村。 たしかに温くなつて来た。

正宗。 幾らか年をとつて、気力はなくなつたか知らんが、体は少しよくなつた。しかし考へてゐることは、昔と同じだよ。

中村。 だが、昔より優しくなつたです。

菊池。 正宗さんのこの頃のものには、達観した静寂味がどことなくある。皮肉がなくなつた。

久米。 徳田さんに言はせれば、正宗さんのが本当の惻隠の心だつて言つてゐたが、たしかにさういふところがありますね。

自嘲（新潮）　中戸川吉二

水守。楽屋小説だが巧いことはうまい。

久保田。巧いとは思はない。私には興味がなかつた。

中村。巧いといふ意味が、小説としてでなく、どんなことでもともかく一つの作品にまとめるといふ意味でなら、うまいと思ふ。しかし、中戸川氏のやうな年少気鋭であるべき人が、今から、かういふ退嬰的な生活をしてゐるといふことは悪いことだ。あゝいふだらしなさで、然も作品にだけはうまく書いて行くといふことは、作者前途のためによくない。

菊池。しかし中戸川氏として、さういふ生活に苛々してゐるといふことは、これから変るんだと思ふ。

水守。僕は強ち退嬰的だとは思はない。寧ろ、作者の心持がいくらか本当の生活に即いて来たのぢやないかな。

正宗。書けない時にいろ〳〵な作家の本を買つて読んだり、失望したりする気持は、今だつて僕らによくあることだね。

菊池。今までの小説より作者の心が動いてゐる。「プチイ・ブルジョア」なんかより、作者の気持が動きかけてゐるのがいゝ。

正宗。中戸川君が反省しだしたことがいゝぢやないですか。「反射する心」の厭味が、これにはない。

久米。しかし僕には、中戸川君がかなり僻みを感じてゐるところがあると思ふね。どうも仮設敵意識が先だつて、一人で僻みを起してゐるところがいけないと思ふな。

久保田。以前よりも中戸川君に油が抜けてゐると思ふ。

菊池。僕は幾らか作者の心が動いてゐるところを買つてゐる。細君なんか巧く描けてゐるぢやないか。

正宗。それが描けなくちや、作家になれない。

菊池。反省の出てゐるところに感心する。

中村。もう少し深さとか、コクが出て来なくてはいけない。

水守。さうだ。複雑味と云ふか、渋味と云ふか、それがない。しかし、それのないところが中戸川君らしくて好いところかも知れんけれど……。

正宗。この作だけで、どうかうとは言へない。

久米。作者にとつて、どうかうといふ意味はないでせう。

菊池。この中にある小説の構想は巧くないね。

久米。あれは全篇とそぐはない。

中村。何だか余計なものがあそこに食つついてゐる気がしてならない。

水守。僕はあつてもいゝやうな気がする。

中村。僕は余計だと思ふ。

水守。が、書くことは達者ですね。しかし、陰影がないから、いくらか稀薄になつた。

菊池。この作で年鑑を読むところなんかいゝぢやないか。

久保田。然し、あそこがしつくりしてゐない気持がしました。

菊池。我々の小説は誰のでも、その人のほかの作品をも背景として読まるべきものだと思ふ。

中村。私は作者を知ると知らないとに拘らず、作品そのものが独立して存在しなければ、価値が少ないと思ふ。

菊池。しかし、それは理想論だ。

中村。理想論だが、苟も作家を志す以上、さう云ふ風に努力しなければいけないと思ひますね。

菊池。それは、さうだ。

中村。さういふ意気が、近頃の文壇には余りなさすぎるぢやないでせうか。

菊池。犬養氏のものは幾らかさうぢやないですかね。

中村。自然主義時代の小説には、徳田さんにしろ、正宗さんにしろ、作者としてはちやんと狙つたところがあつた。

山犬と兎（新潮）　相馬泰三

菊池。評判はいゝんですか。

久保田。評判はいゝんです。「やまと」と「都」の月評に載つたですが。

正宗。「山犬と兎」といふ題をつけるのがをかしい。「山犬と兎」なら、さういふ風に書かなくてはいけない。自分をそのまゝ、書くのがきまりが悪いから、山犬とか兎とかいふやうに人間を動物に喩へてあんな名前をつけたのか知らないが、あれはお伽噺的な一寸した思ひつきだ。あゝする必要はない。

中村。作品の出来も、たゞ巧者が眼につくだけで面白くない。

水守。大して巧者でもないぢやないですか。

中村。一寸巧者だよ。

久保田。問題にする程のものぢやないですね。

中村。つまり、作者がもう少し力を出して、本当の経験をまともに描いてくれなくては困る。最近起つた女房との事件を書きながら、憤慨でも疑ひでもいゝから、もつと生々しい実感を出さなくてはつまらない。

久保田。これよりは「婦人公論」に出た方がいゝですね。

菊池。あの方がいゝ。

春田の小説（解放）　長与善郎

中戸川。僕は題材に感心したことは感心したが、書き方は感心しない。非常に鋭いことを言つてゐて、藝術になりきつてゐない。しかし、大小説だな。

久米。いつもの長与式といふわけぢやないですか。

中戸川。結局さうだが、たゞ自分を画家にしてあるので、それに、主人公が出て来るとまるでもう王様ですからね。その王様が厭ですね。描き方でも、心理描写なんか穿つてゐる言葉が使つてありながら、どうも溶け込んでゐない。そこまでいふのは推量に陥りすぎるかも知れないが、このごろの作家を中でやつつけてゐるが、これは少し考へちがひだと思ふ。

久米。「春田の小説」といふのは？

中戸川。いや、「春田の脚本」といふべきだね。春田といふ友人の戯曲が上演される。そのモデルになつてゐるとかゐないとかいふ画家の悩みを描いてあるんです。自分の細君が春田を崇拝してゐるくせに、自分の画はわからないで、春田の作品が出ると、すぐ雑誌を買つて来て読む。それをみつけて不愉快に思ふといふことなどが描いてあつて、――結局どうにもならないといふ気持をねらつたのです。

久米。しかし二百枚に書くといふのはどうかね。

中戸川。さあ。

久米。力作だらうね。

中村。長与といふ人は完成されないが、何か持つてゐるといふ感じがあるので、それで未来を嘱望されますね。

菊池。僕は「改造」に出た国立劇場賛否論を読んで、非常に頭のいゝ人だと思つたな。実際、頭がいゝな。

中戸川。之を読んでも、頭がいゝと思ふところは随分あるね。

中村。たゞあまり地金に過ぎる。泥や石の間に金がまざつてゐるんですが、それがまだ完全に吹きわけられて居ない。

中戸川。しかし、無理に吹きわけないといふ心持が意識的にあるんぢやないですか。

菊池。強情なところがあるね。勉強しようと思はないのだね。

中村。力作で、いゝものですか。

中戸川。僕は矢張どうも書き方に感心しないな。

正宗。本領は出てゐるかね。

中戸川。出てゐます。

中村。二百枚も書けば、そりや出してゐるでせう。

恋と牢獄（太陽）　江口　渙

正宗。僕は通読しました。社会主義者に恋愛を差し挟んだもので、通俗味のあるものだし、一寸探偵小説めいた、際どいところばかり描いてあるので、さういふ興味で読めるが、しかし、人間はありふれた類型で、読んでビリ〳〵せまつて来ない。何の技巧もなしにすらすらと読ませはするが……。

菊池。面白いですか。

正宗。面白い。警官に追ひかけられたりするところなど面白いよ。

久米。よく描いてありますか。

正宗。一と通り描いてある。監獄に連れて行かれるところなどよく描けてゐます。普通の人情味もちよい〳〵出てゐるのです。

中村。作者にとつて、増減のあるやうな作ですか。

正宗。僕は沢山読んでゐないからわからないが、しかし、一と通り人間が描けてゐる。もう少し描けば、ほろりとまではさせなくとも、人情味に絡んだところが描ける。しかし普通の人でも、かういふ題材を持つてゐれば、一と通り描けるでせう。

久米。全体として、江口の革命的精神を描いてゐるのではないのですか。

正宗。 社会主義者の売名的だとか何だとか云ふ内幕を皮肉に描いてある。革命家の偉いところを描かずに、凡庸なところを描いてある。江口氏のものとしてはいゝものでせう。

久米。 よささうだね。でも二百枚も書くのはえらいなあ。

久保田。 主義者の下らなさを描いてある。

中戸川。 力作を読んでゐないのは、悪いやうな気持がするな。

久保田。 しかし面白いものですね。社会主義者が読めば、怒るでせう。

凧（太陽）　加能作次郎

正宗。 あの人のユーモラスなところがあつてい〻。これは短篇としてい〻ものだ。僕等はかういふものが好きだ。

水守。 僕もうまいと思つた。加能氏の得意の物でせう。「祖母」などと同じやうに。併し、中程の説明が少しくどいですね。

正宗。 さうだ。如何にもくどいところはあるが、しかしこの人のものとしてい〻ものです。三分の一くらゐに短くするとよかつた。

水守。 さうです。ずつと短くした方が緊張してよかつた。材料から云へばさうピンとする程のものぢやないだらうが……。

菊池。 加能氏はしかしうまいですね。

正宗。 うまいです。

水守。 あの田舎言葉が加能氏の小説にはい〻ですね。

中村。 そりやい〻です。つまり菊池氏の讃岐言葉に加能氏の能登言葉ですね。

正宗。 「世の中へ」はい〻ものだが、しかしかういふものもい〻ですね。お爺さんとお婆さんの気持がよく出てゐる。

水守。 さうです。お終ひの方の爺さん、婆さんはよく書けてゐる。ちよつと書き過ぎた気もするが……。

正宗。 中頃がくどい。何もかも言ひきつてしまつてゐる。僕は今月よんだものでは、「凧」や「職務」はい〻と思ふ。

久米。 しかし題材が少し加能君の月並ぢやないですか。

水守。 そりや仕方がない。加能氏畑のものだから……。

正宗。 この人にはありふれた人間といふものがよく描ける。加能君は、普通の世間の人間として苦労したといふところがよく出てゐる。普通の文学青年が苦労したのと、単に世間の人間として苦労したのでは余ほど違ふ。

澄子（中央公論）　野上弥生子

菊池。 これをやる前に、僕は「海神丸」に就てちよつと言ひたいが、あの作品は、みんなが黙つてゐれば何か一言ぐらゐひたいし、みんなが褒めれば、何にも言ひたくなくなるやうな作品であつた。

中村。 どういふわけですか。

菊池。 努力の結果が出てゐるから。

中村。 しかし、破綻だらけのものぢやないですか。

菊池。破綻だらけ？　さうも思へない。相当にまとまつてゐると思つた。

中村。内容的にはしかし破綻だらけです。つまり概念の組合せだけで、ちつとも有機的になつてゐない。

菊池。だが、「海神丸」の方は、或る程度までは描けてゐた。「澄子」はつまらない。

中村。吉田紘二郎氏の「生れ来る者」が愚作の標本だとすれば、これは悪作の標本です。

菊池。どつちかといへば、これは小説といふところまで行つてゐない。

中村。行つてゐないですとも。

菊池。これは概念と常識とで書いてゐる。実感がない。ほんたうに描けてゐるところは何処にもない。何んにも描けてゐやしない。

中村。たゞ輪廓的に、型どほり筆を運んだといふだけに過ぎない。そして、作者の抱負として、この作のしまひに「今までの作はみんな此の長篇を書くための習作のやうな気がします。」と言つてゐるが、これだけの抱負を持つてゐて、これだけしか書けないなら、作家として致命的ぢやないですか。ろくな作も書かないくせに、わざ〳〵附言までして抱負を述べるのは、何んたる生意気だ！

菊池。どうして、かういふつまらないものを発表したか、疑ひたくなる。

中村。あゝいふ抱負を雑誌に発表することを許してまで、かういふものを書いたとすれば、作家として、何と言はれても、もう言ひのがれることは出来ない。

菊池。藤村千代子氏が、同じ雑誌に、先月発表した「追憶の父」とこれとは、段ちがひだね。銀と鉛だね。これと較べれば、あつちは銀だ。

中村。これは、失敗とか失敗でないとかいふところまで行つてゐない、全然駄目なものですね。

菊池。藤村千代子氏に比べると、野上氏の方には藝術的なものが一つとしてない。

中村。人を馬鹿にしてゐる。野上氏などがひそかに馬鹿にして居るらしい、通俗小説などの方に、こんな「澄子」なんかより、どれだけ描けてゐるものがあるかわからない。通俗小説に書くやうなことを書いて、通俗小説だけにも書けて居ないのぢや、情けない。

菊池。それは通俗小説の方が、どんな通俗小説だつて、これよりもつと描けてゐるですとも。

中村。子供が初めて実父の家に帰つて来たところなども、まるで型通りにしか描けてゐない。

菊池。あそこが描けてゐない。

中村。藝者上りの細君でも描かうといふのに、女の作家のくせに、この位にしか描けないのなら、三子を書いた正宗さんの爪の垢でも煎じて飲んだ方がいゝのだ。

菊池。女性の作家として、こゝが描けなくちや駄目だ。

中村。頭が硬いし、心が硬いし仕方がない。

菊池。取り柄がない。

久米。しかし、何となく正面を切つてゐる作家だね？

菊池。そして、何にもない。

中村。これから見れば田村俊子氏なんか、有難いと言つても好い。

久米。「B教授の幸福」なんか書くやうになつてからいけないですな。

菊池。「海神丸」であたつたので、また、こんな作であてる気があるのかな。

中村。さうとすれば、浅ましい。

中戸川。「二頭の仔馬」はうまかつた。

久米。あれはよかつた。

菊池。「海神丸」の悪影響だね。あれであてたものだから、大作家になつたつもりなんだね。

中村。何人かの人物を出して来て、而も人間の片鱗すら描けてゐない。

菊池。何にも描けてゐない。

中村。これだけの紙数を費して、中味は一頁もないぢやないですか。

中戸川。澄子の一代記なんだな。

菊池。かういふものから見れば、久米、里見、葛西、芥川の二頁小説の方がよつぽどいゝ。僕はこれで二頁小説の価値を初めて知つたよ。

正宗。「二頭の仔馬」や「七夕祭」のよかつたのは、あてる気がなかつたからかね。

菊池。僕は野上氏の愛読者だつたが。

久米。「ホトトギス」時代はよかつたが……。

正宗。初めは子供らしいものを書いたね。

久米。「霊魂の赤ん坊」は正面きつた大戯曲だつたが、あれ以来いけない。

菊池。小説でない。小説まで行つてゐない。

中村。小説の型を借りてゐるだけで、何にもない。鬼面人をオドすつもりか知らんが、慴えるものか。

中戸川。これは、あんまり硬くなつて、大作をやらうと心がけてゐるから却つていけないのだ。

菊池。自分以外の世界に踏み込まうとしてゐるのがいけない。これが本当に描ければ大作家だが。

中村。爺さんの心持とか、子供の心持とか、とにかく、それだけでも描けてゐれば、まだ取りどころがあるが、それすら、ちつとも描けてゐない。

菊池。一様に何んにも描けてゐない。野上氏のものでも、こんなつまらないものはない。一番悪い。

中村。吉田氏の「生れ来る者」だのこの作なんか、僕はかういふのを読むと腹が立つて、馬鹿々々しくて、若し、すぐ自分の前に相手がゐれば、負けても勝つても喧嘩するなり、取つ組合ひなりするが、さうでないから、相手なしに一人で腹を立て丶、地団太踏んでゐるだけなのは残念だ。

菊池。 今月いろ〳〵の作を読んでも、文壇の進歩といふことは矢張、少しも感じられませんね。

（大正十二年四月十日大金にて）

（「新潮」大正12年5月号）

新潮の合評に就いて

片岡良一

新潮の合評ももう四月になる。——五度目のももう大抵何処かで開かれたことだらう。——新潮としては呼物の随一だし、従つて反響も大いにあるさうで、至極結構だ。殊にその反響が、たまには近松秋江氏の「批評の批評」などのやうに negative な奴がないでもないが、大抵はい丶力の反響であるらしいのは、尚更結構だ。他の雑誌ではじめた合評にあんまり与太が多いらしいので、一層得をしてゐるらしい形があるのも、集め得た顔触れが事大思想で固つた文壇人の多くに、無条件で頭を下げさせるに十分なものであることも、雑誌としては御手柄なのだらう。

だがあの合評、さういふ御手柄の割合に、果して十分私達を満足させ得るものかしら。私のあの合評を読む度にまづ感ずるのは、餅屋は餅屋といふあの諺の感じだ。玄人らしい微妙さと複雑さと、甲所をはづさない確かさと、それから穿ちと、それがあの合評の身上だ。尤も合評会の会衆諸氏がさういふ玄人意識にやに下つて、「或る読者には一寸位際立つてゐたつて、そこを何ういふ風に処置するかゞ解らないだらうね」「そりやわからないですとも。今の話はもう専門的のことですもの」などゝいふ科白を得意らしく云つてゐるのを聞かされると、鼻持のならない気障さとさういふふくれ上つた専門家意識への反感とを感じさせられずにはゐないけれども、然し何と云つても、かういふものとして、相当の敬意と尊敬の念とは抱かせられる。如何にも玄人つぽい藝術批評として、作品の技巧を分析し、長所短所を解剖する所、さういふ所ではかなり安心して信用することが出来る。が、それだけだ。それだけがあの合評の身上だとすると、少し物足りない気がしなければならないと思ふが、事実それだけの身上なのだ。それ以上の、批評として最も大切な綜合といふものは、あの合評からは殆んど覗ひ得ない位のものだが然し誤解があつては不可い。此処で綜合といふのは何も作品の長所や短所を分析解剖して、其の締め括りとして決定する断定を云ふのではないのだ。「中村星湖は結局大したものではないといふことになりますね」とか、「三島章道は芝居に対する発言権なしだ」とか、さういふことの決定を指すのではないのだ。寧ろさういふことゝは方角違ひの、文壇的作品の多くを通観することによつて得られる、文壇其物に対する綜合をいふのだ。若しくは現在の文藝其物に対する綜合を云ふのだ。月々発表される何十篇かの作品を通観することによつて、其処に動いてゐる気運其物を観取するのだ。若し文壇が澱んで動かないとすれば、何故に動かないかを深く探るのだ。あの合評は惜しいことにさういふ点には殆んど触れてゐない。たまに触れても「之を要するに今月の文壇も一向動いてゐるらしくは見へないな」といふやうな、そんな所で行き止まりになつて了つてゐる。こゝまでゞは批評家の作品に対する態度が、只ひたすらに消極的なのだ。受身なのだ。此の消極の底を突抜けて積極的な態度が出るのでなければ。それは実際は批評ではなくて研究なのだ。作品の研究に過ぎないのだ。

尤も小島徳弥君の説に従へば、「合評は対象にをかれたる作品を少しでもよく理解するために、多くの個性の目を通すといふこと」を、主要な存在理由とするものだといふことだ。さういふものとして、それで満足するつもりなら、無論新潮の合評に就いて、何も云ふところはないだらう。たゞ黙つて頭を下げて、さうしてその研究報告を聞いてゐればいゝことになるのだらう。「月評は月々の作品の批評だ（之は私のいふ研究の意味だ。）そしてそれだけでいゝのだ。それ以上は月評の仕事ではない。」といふ意味のことも、以前誰かから聞かされた。さうして合評は形式こそ違へ、無論一種の月評だ。とすれば、それはかういふ研究的記録の範囲を出ないもので、差支へないことになるのかも知れない。

けれどもさうとすると、さういふ研究的記録といふもの其物の存在価値が、少々疑はしいことにはならないか。新潮の合評を、読んで、其処に集つた人々の言葉をほんとに味解することの出来る人にならそんな言葉を聞かなくつたつて、其処に云はれてゐるやうなことは、作品に接するだけで解る筈だ。従つてさういふことがよくは解らない人だけが、あの合評に随喜することになるのだ。が、それは実に正しい意味の感心ではなくて、「成程そんなものかなあ」といふ程の半信半疑の気持を自ら胡魔化して、感心したやうな気になるだけのことだ。あの合評に対する感心は、何処まで行つたつて「我意を得た」以上には出ない筈だと思ふ。批評とはそんなものぢやないだらう。作品に対して積極的であると同時に、読者に対しても積極的に働きかけるものでなければならない筈ではないのか。さうしてさういふ要素は新潮の合評には殆んどない。心細い限りだと思ふ。

だが、それは穴勝この合評に限つたことなのではない。今の批評壇一般に通じての現象だ。そしてそれだからこそ日本の文壇には一年中批評不振の声が絶へないのだ。おまけにあの合評に加つた唯一の批評家宮嶋新三郎氏が、殆んど何等の手柄もたて得なかつたことによつても証拠立てられてゐるやうに、あゝいふ研究的の方面にさへ、一頭地を抜くといふ程の批評家もゐないのが現状だ。それだからあの合評のやうなものでも、近藤経一氏が正しく道破してゐるやうに、「相当の権威をもつ」といふことになつてゐるのだと思ふ。何とも心細い批評壇の有様だと云はなければならない。

（「文藝春秋」大正12年7月号）

合評会諸氏に

川端康成

本誌の創作合評会に就て私が云つたことと、私が書いたことが、十月号所載の合評会で、一つの話題になつてゐる。それに対して、少しばかり答へて置く。

書いたことと云ふのは、本誌八月号に載つてゐる。左に全文を再記する。――「兎に角、月評には権威がないと云ふことが、概念として信じられてゐる。そして、これを救ふために、「新潮」の創作合評会が始められた。時宜を得たことは云ふまでもないし、勿論批評界に非常にいい刺戟を与へた。為めに広く月評界に活気が加つて来たやうでもある。集まる人々の顔触れから、一種の事大思想で、合評会の言論が、早くも権威を持つものとして、注視を集め信頼されるやうな傾向も見えて来た。信用していい点も多々あるけれども、従来の月評に権威がないと云ふことが、概念的に信じられたやうに、合評には権威があると云ふことが、概念的に信じられるやうになることは、非常に危険である。このことに就て、片岡良一氏が「文藝春秋」の七月号に書いてゐる「新潮の合評会に就て」は実に卓説であると思ふ。吾々現下文壇の青年は、合評会から恩恵と同時に害毒を受けることを覚悟しなければならぬ。」

御覧の通り、遠慮勝ちな、云はずとも分り切つた、報告的で平凡な感想である。問題になるべき性質のものではない。私はその恩恵に就ても害毒に就ても説明しなかつた。

もう一つ、宇野浩二氏作「心づくし」（中央公論七月所載）を、私は新聞に書いた月評で非難した。それを見た菊池寛氏が、「心づくしの悪口を云ふなんか、川端の気がしれない。」と、私の友人に云つた。菊池氏は新潟へ講演旅行に行く汽車中で読み、涙が出てしかたがなかつたさうだ。近頃、これ程動かされた作品はないと云ふ。私は菊池氏に会つて、「心づくしはそんなにいいでせうか。宇野氏に対して悪いことをしたのかもしれないな。もう一度読み直してみましよう。」と云つた。と云ふのは、新聞の月評はその性質上、一日二三の作品を強制的に読ませられて、心忙しくその批評を書くのだ。従つて、自分が何か人生に対して向上的で進撃的な気持でゐる時には、宇野氏の作品の如きは、真に腹立たしく反撥するからである。その後、水守亀之助氏から、「心づくし」が合評会で最も好評だつたと聞いた。「兎に角僕は、ああ云ふ作品には感心しては悪いと云ふ気がします。」と、私は云つた。「感心しては悪いと云ふ気持は非常によく分ります。」との水守氏の言葉だつた。感心しては悪いと云ふ言葉には、合評会諸氏時代の藝術観に対する私の反抗がある。壮年と青年の生活意識の相異がある。これを明らかにする為め、又宇野氏に対する責任を果す為めに、私は「心づくし再論」を書かうと思つた。が、書かずじまひだつた。此度の機会に私は、「心づくし」とそれに対する合評を読み返してみた。

二頁半に渡る諸氏の意見の中で、批評らしいものは余り見当らない。要点の一つは、「聖なる白痴」とでも云ふべき兄の存在が面白いと云ふことである。その面白味に就ての漫談が交されてゐる。材題的興味である。材題的興味は、批評の低い物尺の一つである。要点の二は、宇野氏が素直になつた。地道になつたと云ふことである。素直になり地道になるのは、よき作家としての低い条件の一つである。素直になり地道になつた作者の心の質が問題なのである。大体の傾向を云つて、合評会では、批評の低い物尺が愛用され過ぎてゐる。甘い。文藝観賞の物尺は沢山ある。作品の価値を批判する標準も高低幾階段あるか知れない。けれども、一時代の観賞法と批判の標準とには、共通した空気がある。合評会の人々は時々或る月評家を指して、文壇常識で物を云つてゐると云ふ。文壇常識とは、現今行はれる観賞法と価値標準の最も平凡な種類の謂ひである。今私は改めて、合評会の諸氏は文壇常識程度で物を云つてゐると云ひたい。現今最高の見識者を以て自任するであらう諸氏の言葉が、文壇常識程度から遠く出なくなつたことは、諸氏が進展せざること久しきに過ぎた証拠である。やがて現れるであらう新鮮なものに席を譲るべき時が来た証拠である。今日の作品は今日の価値標準で批判し、作家各々の創造態度に同情して作品を観賞するのは、評家の作家に対する義務であり、礼儀である。しかし身辺の世界に執し過ぎるのは、見識なき者である。現文壇の作品と、それを観賞する合評会諸氏の言説が吾々の心に深く触れないと云ふことが、吾々の実感となつた時、吾々は合評会諸氏の世界に安住するを潔しとしない。

さて私は、「心づくし」を批評する前に、左の如く書いた。再録するを耻とする暴言ではあるが。――「此頃の雑誌小説を読むと、廃人の行列を見てゐるやうだ。多くの人間が、養育院に引受られる資格があると云ふ証明書ばかりを、作者達が書いてゐるのでないかと思へる。是は誇張としても、「少し足りない人間」が何と多く材料にされてゐることか。或は精神力の劣弱な人間の人生に於ける下らない失敗が、何と屢々取扱はれてゐることか。だからつまらないとは云はない。けれども此等の作品は直ちに作者の精神内容の稀薄さと、生活意識の弛緩とを現してゐるのだ。一体、現文壇の雑誌小説を読んで、如何なる精神階程の人間が、何を感じ、どう動かされようと云ふのだ。吾々の精神生活に如何なる影響を与へ、如何なる交渉を持たうと云ふのだ。文学専門家であるなしに拘らず、今日の創作に耽読する者があれば、それは馬鹿でなければ幼稚と云ふに過ぎない。」

何かに昂奮してゐて云つた言葉だらう。しかし、創作は自分の心の世界の扉を明け放つことである。吾々はその聞かれた扉から、合評会諸氏の心の世界も覗いてゐる。

本誌十月号の「合評是非の問題」の一項は、数氏の雑談であるから、要点が摑みにくいので、答へるのが困難である。第一に、合評会の存在が是か非かと云ふのなら、私は是とする。快活で賑かな読物のなくなるのは淋しい。新潮社の本の広告文と同じく、文運隆盛の徴である。合評会の言説が是か非かと云ふ問題なら、これは複雑である。集る諸家の藝術観が必ずしも同一ではない。一人々々一言々々吟味しなければならない。また或る言説が吾々の心に深く触れないと云ふことは、その言説が非であると云ふことではない。その上に、藝術の世界では、殆どあらゆるアンチノミイが許されると、私は思つてゐる。絶対に正しくない藝術観なぞは容易にあり得ないと思つてゐる。唯吾々は、諸氏に慊りないが故に、諸氏とは全然別なものか、或は新しさと高さを加へたものを持たうと心掛けてゐるのである。これは当然なことだ。与へられた現状を素直に受容れて安住するのは、婦女子に於てのみ可憐である。

第二に合評会及び合評会に集る人々に対して、私は悪感情を持つてゐない。反感もない。言説を別にすることは、単なる反感ではない。反抗の心持はあるのかもしれない。しかし反抗には、その前に圧迫を蒙つたと云ふ感情がなければならない。そして藝術は精神のことである。私は合評会に精神的な力を感じたことはない。だから圧迫があるとしても、第一義以下のものである。また、新時代は旧時代に反抗的に立つ故に、新時代である。けれども、それは外から見た形である。新時代自らに取つては、その反抗が意識的か無意識的かの程度がある。意識的なものだけでも評論は生れる。創作はさうは行かない。ここに新進作家の悲しみがある。合評会諸氏は、もつと手酷く今の新進作家を軽蔑していいのである。

第三に、合評会が或時代の代表であると私が云ふのは正しい。唯その時代が、過ぎ去らうとする時代、傾かうとする時代と解するところに、諸氏の不安がある。諸氏は今日の文壇の流行人を以て自ら任ずる以上、今日の文壇の代表である。今日は明日でなく、明日は今日ではない。

第四に合評会は技巧批評が多いから非難されると云ふ説が、合評会の中にある。合評会が技巧批評の点で自負するところがあるとすれば、それは間違つてゐると、私ははつきり云ふ。技巧批評の方法と論点なぞは、諸氏誰も知らない。創作の体験に文壇常識を加へた玄人批評はある。しかし技巧批評に用ひられる文壇常識は最も発達の程度の低い文壇常識である。傑れた技巧家も低い技巧批評家であるのが、現状である。そしてまた、作家必ずしも批評に長じてゐるとは云へない。合評会の言説は同業者仲間の親愛な挨拶に近い。印象批評と軽い鑑賞批評が行はれ勝ちである。単なる印象批評と鑑賞批評は文藝を向上せしめるものではない。

第五に、新しい主張、新しい主義、新しい創作を示せとのことである。これのみに問題は懸つてゐる。これを果するのに四つの方法がある。一に、自分で新しい創作を書くこと。二に、自分の新らしい藝術観を提唱すること。三に、新進作家の作品中に新しいものを発見し、それを闡明するか、或は他人の新藝術観に走せ参ずること。四に、既成作家の作品並びに藝術観を、新しい藝術観の要求で批評すること。

私は右の四つのことを、この文章を手始めに、続々行ひたいと思ふ。そして、この文章に許されてゐるのは、右の中、合評会に現れた合評会諸氏の藝術観を批判すると云ふことである。私は当然行ふべきこのことを避けて来た。何故かと云ふに、合評会諸氏の藝術観は必ずしも同一でない。また菊池氏なぞは例外としても、諸氏が主義主張を明らかに示してゐるか否かは疑問である。諸氏の作品から捜し出して来る外はない。大同小異と見て一つに纏めてしまふ程には、吾々と諸氏との時代は隔つてゐない。しかし、私の不満とする幾つかの共通点があることは感じられる。その或る時代の所以を拾ひ集めて置いて、次回の論文で御目にかける。それから、諸氏が本年発表した作品に就ては、いづれどこかで簡単な批判を加へる。

現今文藝批評の言説が傾聴されず、広い範囲に達しないことを、わたしは遺憾に思つてゐる。創作月評の出るのも東京地方の新聞だけと云つてもいい。作品批評的な文藝教化を広く及ばし得るものは、合評会のみであると云つてい丶のである。諸氏の自重を祈る。

（「新潮」大正12年11月号）

新傾向藝術批判

新傾向藝術の爆発性
――今野賢三君の作品――

金子洋文

一

新傾向藝術批判といふことであるが、私は勝手に新興藝術批判と解釈した。新傾向といふことが、文壇の一方に、動きかけてゐる新らしい技巧主義や、新浪漫主義の藝術であるとするなら、私は批判どころか、些かの興味さへ起らない。気分に支配されたり、味や、匂ひや、巧さに酔ふと言つた風な、非熱情的な、非躍動的な藝術は、私にはすでに過去のものとしか思はれないのである。

二

階級意識がない、革命精神が稀薄だ、かういふ非難を、私の作品に対しても自分は時々きいてゐる。かうした非難を、自分は首肯する時もあるが、首肯出来ないことの方が多い。文学世界に発表した『女』などもある一部からさういふ意味で非難された。

あの作品は古いもので力むほどのものでないが、批評する人達があの作品の底にながれてゐる感情の爆発性を見逃してゐることは、甚だ残念である。またあの女を淫売婦のやうに解してゐるがとんだ間違だ。淫売婦が金を全部とらないで一円だけで満足するなんてそんなことはあまりにお伽話である。

あれは貧乏人の妻君と、その二階に間借してゐる貧乏学生との性の交渉を書いたものである。作者は貧乏人の醜悪な生活の中から美を見出さうとしたのだ。醜悪な現実から飛躍せうとしてもがいてゐる、一つの生命をかかうとしたのだ。

三

革命精神や、階級意識が生硬な言葉だけで作品の上に飛出して来てゐるのではしようがない。それは藝術ではない。さうした作者の観念が感情も一つとなつて、一人でににぢんで出て来るのでなければ仕方がない。さういふ意味で革命精神の最も直接的なあらはれは、感情の爆発性とである。感情の爆発性のない作品で、いくら言葉の上で、ブルジョアを倒せとか、革命を起せとかわめいたところで、それは藝術品として一夕の価値もないのである。

四

新興藝術の特質は感情の爆発性にある。

個人的な運命でなしに、人類そのものの運命に触れようとするところに新らしい意義がある。

それはあくまで主観的でなければいけない。味とか匂とかの感覚に拘泥することなしに、燃焼する内部の生命を、直截に紙の上にたゝきつけるものでなければいけない。悲惨な現実に対して泣言をならべてはいけない。悲鳴ではいけない。力にあふれた、歓喜と希望に燃えた叫喚でなければいけない。

力である。

生命の跳躍である。

歓喜の叫喚である。

複雑から単純へ、

一個の魂から世界の魂へ、

…………………………。

…………………………。

ひつくるめて言へば、自然主義に対する反逆でなければいけない。

五

かうして躍動的な、主観的な作者の思想感情を盛るには、古い容器では最早何の役にたゝない、過去藝術の一切の亡霊を追出すことが必要であると同時に、一切の過去の容器をもたゝきこはさなければいけない。火のやうな新らしき思想感情を盛るには、古典的な磁器や、水晶をちりばめた黄金の器ではしようがない。その思想感情にふさはしい容器を新らしく創造しなければならない。

六

かういふ意味に於て、今野賢三君が最近種蒔く人に発表した『火事の夜まで』は新興藝術の特質を論ずるにふさはしい、最もすぐれた作品である、この作品は新らしき容器に盛られた新らしき思想感情である。

今野君はこれまであまり作品を発表してゐない、種蒔く人に僅かに四五篇の短篇を発表してゐるに過ぎない。が、その多くの作品はまだ充分に過去藝術の亡霊から解放されてゐなかつた（これは私を私の凡ゆるプロレタリア作家に共通な、情けない事実である）が、今野君は『火事の夜まで』に於て、非常な跳躍を示した。それは今野君をよく知つてゐる自分にとつておどろく程の跳躍であつた。彼はすつかり裸になつて飛出して来た。彼は火のやうな燃ゆる感情を、最もふさはしい容器の中に表現したのである。

今野君は派手な作家でない。自分のやうな才人ではない（自分の欠点を沢山に持つてゐるこの才だ）が、今野君は最もたしかな途を一歩〳〵進んで行く作家だ。自分は今日芽を出してゐる若い作家の内で一番有望に思つてゐるのは彼だ。山川亮も非常に有望な作家だが、山川は僕と同様多分に過去の亡霊に悩されてゐる。

今野君は到底僕などの手の届かない独自な世界を開拓された新らしき土壌に、火のやうに真赤な、革命の花が咲き誇るだらう。自分は非常な期待をもつて彼の成長を眺めてゐる一人である。

プロレタリアの美学と表現主義　石渡山達

表現主義の紹介者としては、他に立派な学究家のあることであつて、我々のよくするところでもないから、こゝではたゞ自分だけの考へを主として一寸論じたいと思ふので、先づ手近から述べはじめてみよう。

元来、唯物論的であるべき自然主義の藝術家が、その唯物的歴史観をすら考へようともしないで、たゞデカダンに走り、或は安価なブルジヨアの世界に屈居して在りきたりの性慾描写や名慾描写の小さなうま味に享楽してゐるとき、同じ自然主義のものではあつてもゾラなどのものに近づかうとも、一方に於いてはロシアの革命的人道主義の影響をうけて、悶きながら出てきたプロレタリア文学のために、今や壇の浦の瀬戸際に追ひこめられてしまつた――これが、我が国文壇の目下の有様であるが、自然主義末派とかブルジヨア末派とかいふ攻激の声だけは盛んであつても、まだすべては自然主義の範疇から抜けでてゐるのではない。

そこへドイツの表現主義が、大戦終末と共に勃興し来つて、今迄の『在るが儘の自然と人生』との客観哲学をおしのけて、『自然を変形し破壊したところに自己の自由と表現との世界は創造される』といふことを教へてくれた。

これは実に由々しい問題である。マルクスがその唯物史観によつて示されたる世界は、唯神論的の基督を墓場へ送つたとしても、神はそれで死んでしまつたと云ふのではなかつた。天国は地上に置きかへられたとしても、そこに唯物的にみたる基督は再び蘇生しやうとしてゐたのであつた。そこには新しき意味の人道があり階級的にみたる神とサタンとの戦ひがあつた。神を、魂とみるかエネルギーとみるかとの相違はあつても、結局アブラハム以来求めきたつた神の姿は失はれたのではなかつたのである。そうして、それは絵画に於ける印象派の理論と一致してゐるところがある。『自然を捕へるところ神あり』といふ一元論に外ならないのである。そこには極く定められた範囲にだけしか人間の自由はあり得なかつた。藝術的独想や主観的理想も全く不必要なものとして残されなければならなかつたのであるが、これは人間として、殊に多情多恨なるべき中格性の藝術家にとつては耐え得らるべきことではない。今、私はアインシユタインの相対性理論を引き合ひに出して一寸いつてみようと思ふが、『進行中の物体を計らうとする時には、尺度も同時に伸縮する』『異れる場所にあつてこれを計ることは正確ではない』と云ふそこには、最はや一元論は成立しないのである。これは明かに二元論的、更にいひかへれば汎神論的でなければならない。そうして実に、物理的主観論といふべきではなからうかと考へられる。勿論深く究め突きつめたところには、綜合的一元論ともいふべきものにならなければなるまいかとは思はれもするが、兎もかく自然主義の理論にあてはまるべきではない。

絵画に於ける自然主義は、いふまでもなく十九世紀の中葉にフランスに於いてミレーやテオドル、ルソー等に芽を発し、それがマネー、モネー等によつて、印象派てふ綽名のもとに世にみとめられたが、今までの画室内の仕事を排して太陽の下に制作した。アトリヱに於ける人造的光線や官学にわずらはされたる画家の空想は明かに斥くべく——丁度、日本に於けるブルジヨワの末派の自然主義文学が有閑階級の、たいして生活苦なき環境に於ける性慾や名慾人道慾などに限られたが故に、生活意識の強烈なるプロレタリア作家の勃興をうながしたようなもので、その時代としては確かに一つの革命的な仕事であつたしまた従つて初期革命の雰囲気に於ける藝術としては意義あることでなければならなかつた。

しかし、『画家は自然の模倣である、自然の忠実なる奴隷たるところに神が現はれ藝術が作られる』といふことは、ルネツサンスに於いて正確なる遠近法が用ひられ、人体解剖学が応用され始めた時代から、既にそのまゝでよいのではない。それはレオナルド・ダ・ビンチがいつてる通り『画家は、自然と対立し相拮抗』してゐるのである。そうして『藝術家は、良心上自然に反対すべきではないが、自然の忠実なる模倣によつては成立しない』といつたゲーテの言葉と共に、自然主義乃至印象主義の時代は経過すべき当然の運命をもつてゐたのであらう。

表現主義は自然を無視してゐる。しかし如何なる主観といへども、全く環境なしに存在し得べきではない。尺度の伸縮はあつても尺度が存在しないのではない。たゞそれを如何に正格に表現するか、また如何なる表現が自己に最も正格であるか、或はそれを如何に利用し応用して主観に都合よき形像を創造すべきか、といふ点にだけ議論の余地は残されてゐる。

それは、ヘルマン・バールも云つてる通り、今日の表現派藝術が決して完成したるものだとは我々も思つてはゐない。更に進みゆき練られていつたところに何等かの落ち着き場所は求められなければならないであらうが、如何に表現主義者が自然を変更し圧迫して自己の主観に都合よき創造をあへてするからといつても、環境、時代、民族等の雰囲気から全く解脱してニルバーナの境地にたつてゐるのではないのだから、ひとり藝術にだけ落ち着き場所を求めることは甚だ無理体な注文でなければならない。我等は未だ、『内面精神の必然に相応するものこそ美である』といふカンデンスキーの言葉にでも有りがたみを求めるより外はないのである。それは家庭にとぢこもれる静思の美の外に、マリネツテイ等によつて教へられた通り、動乱の美、騒擾の厳粛をもつてヴイナスの殿堂の焼跡に建設すべきである。そうしてこれは、何もドイツに於いて、動的又は具体的表現主義の外にも、模様的或は印象的のものがあり、純藝術のものがあり、哲学的のものがあり、また、革命詩人ヱルンスト・トオラア等の如きものがあるといふように、様々の部分的傾向に分烈があるとしても我等はその総てを学ぶべき必要は少しもない。たゞ都合よきところだけを取り来り、そうして未来派も立体派も、かの後期印象派及び或る種の日本画すらも、我等の表現主義の霊肉として摂取すべきであらう。

我等は、ドイツ民族がもつ浪漫的主観的傾向が科学的研究癖と結びついて、既に印象派を脱却したる新古典主義を樹立すべき筈であつたことを考へてみなければならない。そうして若し、説の如く独逸民族の潜在意慾として音楽家としてのベイトベン、哲学者としてのカント、へーゲル、また彼の偉大なるドイツ人ゲーテの如き、大天才的画家や彫刻家を出さうとの考へがあると仮定してみたならばそこに不思議なる矛盾に逢着しなければならないが、それは軍閥流者の宣伝の如く、ユダア大王国の建設意志がロシアのユダア人にあるといふような日本人特殊のひがみ根性といふより外はないかもしれない。

話は少しそれたけれども、ドイツ人には科学癖、哲学癖と同時に浪漫癖ともいふ三つの癖のあることは既知の事実であつてみれば、彼等は、新しきギリシヤを夢み、天国を考へることがないとも限らないことで、カルゼルの軍国主義といつても矢つぱりこうしたことが非常に関係してゐたので、何等かの方法で世界に覇を唱へなければ止まないといふ潜在心理が表現主義の裏にもなければよいがと思はれないでもない。それは本物ではないが、自分などのみた表現主義まがひの活動写真では、大抵神を造りそこに認めさせようとかゝつてゐる。即ち一神論的至上主義に堕し易いようであるが、それでは変形種の征服主義に外ならなくなつてくる。自然をすら変形し圧搾しようとするそこに、印象派を一元論だと攻激した裏に、直ちに二元論を一元論にかへそうとするかの如きかくれたる意志がうかゞはれてゐはしないだらうかと思ふが、もしそうであるとするならば結局、ドイツ民族の自滅であり、また、これを階級的にみるならば、その階級の最後の一点での破綻となりはすまいかと思はれてくるのである。欧洲大戦の始まつた頃に『戦争では勝つても独逸帝国は滅びる』と岩佐作太郎氏は予言されたそうであるが、一神論的至上主義は、例とへそれが哲学的であるにせよ経済的であるにせよ、結局は滅びるものであると自分は考へてゐる。そうして、憶想の如くんば我等は独逸表現主義者ではないが、カンデンスキーも云つてる通り『国風を異にし、民族性を異にしたる処にはドイツ表現主義はあり得ない』のであるから、我等には我等の表現主義が存在し得るといへるのである。それは、少くも自覚したる古典主義にゆくならばレオナルド・ダ・ビンチの辺にまではゆかなければならなかつた筈のドイツの美術が、大戦の混乱や時代的苦悶、外的の圧迫、内的には革命の失敗より来る失望生活の苦痛等と様々の理由によつてドイツ藝術家の魂の鏡はゆがんだのであつた。今迄の科学と哲学とは彼等に都合よく使用されて、自然の変更、主観の誇張は行はれなければならなかつたであらうから、若しやがて、ドイツに美しき平安がくる時ありと仮定するならばその時こそ、汎神的二元論の中道に立脚したる完たき美術は作られ、新しき画家としてのゲーテは生れるであらう。

我等は何といつても日本人である。また別個の伝統があり癖があつて未だ全く脱却しきつてゐるのではないから、丁度、ギリシヤの石工によつて行はれたる印度ガンダーラ美術が実にギリシヤのそれとは異れる作品を生んだように、我等の表現主義は、ドイツのそれとは違つたものが出来なければならない筈であらう。これは絵画ではないが、藤井真澄氏の或る作品の如きはこうした傾向に進んでゐるのではないかと私は期待してみてゐる。

先きにも云つたように、我等には平和はきてゐない、外面的物質の上にも、内面的精神の上にも革命を要求してゐる。完きゲーテやビンチロにゆこうにも釈迦や基督にゆこうにも行かれはしないのである。我等は、我等の環境・時代・民族の雰囲気に於いて、我等の現実的主観に制作しなければならないだらうそうしてそれは、プロレタリアはプロレタリアの色彩的主観から、ブルジヨワはブルジヨワの色彩的主観から、藝術は作られねばならないだらう。『進行と同時に尺度は変る』。異れる世界より異れる世界の他をみることは、非常に煩雑なる手続きを要しなければ不可能なことであつてみれば、藝術に於いては殆んど可能性なきものといつてもよからう。

藝術は、階級的打算や宣伝的作意の有無にかゝはらず、常に、内容或は境遇に於いて相対的であり二元的である。従つて戦ひは未来までも続くのである。プロレタリアはブルジヨワに宣伝することはできない。ブルジヨワはプロレタリアに理解を求めることは全くできない。凡才と天才との素質の存在のある間は両者の戦ひがあるように、階級の存在する間は階級的の戦ひがなければならない筈である。正義でも人道でもない。強きは勝ち、弱きは滅びる、摩訶不可思議の理法の本に整然と戦ひは行はれてゐるのである。プロレタリアの作家が、自然主義的作品で宣伝しようとしたり、理解を強いたりすることはこの妙諦をしらぬ誤りでなければなるまい。人道主義や人情の弱点をねらふことは例とへ意識しないでしたとしてもいゝ事ではないのである。

新しきプロレタリアの作品は、新しくこの国に興るべき後期又は日本、表現主義とも云ふべきもの、藝術でなければならないと云へはしないだらうか。それは革命の先駆としての藝術であり、来るべき完成期への前進たるところの運動であるべきだらう。特に、絵画がプロレタリア藝術として存在すべき理由は実にこゝにあるのであつて、自然主義乃至写実主義の美術には存在してゐないのである。

――主観の爆発と自然への圧迫――プロレタリアの美学、とも角カンデンスキーから学ばなければならないだらう。

――五、五――

ダダイスト・ピカビア――（病中雅録）――　神原　泰

一　ピカビアの生れ

人類始まつて以来、書かれ来つた凡ての歴史は、殆んど全部が『帝王の歴史』『英雄の歴史』の色彩を帯びて居ないものはなからうと思ふ。

どんな事件もいかなる武人も、歴史家によつては非人間的な色彩を加へてのみ物語られる。よしそれが、人間の中でも最も人間的であり、往々にして最も内気な最も厭世的な、最も懐疑的な、最も神経的な藝術家の生涯であるとしても、それが一度び歴史家とか文学批評家とか美術史家とかの手にかゝると彼は変じて超人となり、天才となると同時に不具となり、精神病となるに正比例して大藝術家となる。

その罪が歴史家にあるか、歴史そのものの具体するニュアンスであるか、未だ軽々に断ず可からざるものがある。

然し私達が若し一度び古の伝記を見るならば、この英雄的色調は、純粋な藝術的嘆賞に原因し、結果としては一つの美学的要素を伝記に与へるものだと云ふ事がわかる。

一例をあげると、バサリは其著『ミケランヂエロの生涯』の第一行を

Nacque un figliuolo sotto fatale e feliee stella nlc Caseutino, di onesta e nobile donna, l'anno 1474 a Lodovico di Liosardo Buonarrot Simoni, disceso, seeondo ehe si dice, dalla nodil ssima ed antichissima famiglia dei cen'i di Cauossa.

と始めて居る。

その美しい、しかも恭倹な色調、大げさな然し少しもけばけばしい感じを伴はない字句、へり下つたつゝましやかさ、香、清浄、私達はそこに新なるキリスト降誕を見る。

そこには文明復興期に一つの悲壮な美しさを加へた世にも憐れな藝術家ミケランヂエロではなしに、天の使命によつておごそかにもそゝり立つ巨人が生れる。

これに比べると、『伝記』に時代を劃したと云はれるロマン、ローランの『世に顕れた人々の生涯』さへ、余りに乾燥無味であり、余りに事務的である。

△

一八七八年一月二二日フランシス、ピカビアはフランス人のマリー、ダバンスを母とし、スペイン人のマルツイネツツ・デ・ピカビアを父としてパリーで生れた。

彼の父は彼が持つて居たフランシス・ピカビアと云ふ美しい名からでも推測出来るやうにスペインの人であり、一時ハバナへ移住して居たが、後にアンダルギーに帰り住んだ大きな家の出であつた。

更にピカビアが一八九四年始めてアルツイスト・フランセーのサロンに出品した時、彼は十七才であつた事実から逆算しても彼の生年が一八七八年であつたのは確実であるし、彼の父がスペイン人で、母がフランス人であるのみか、彼の妻は、ラマルツインの姪の娘であり、ヂユシユウ家の出の旧称ガブリエル・ブツフエ嬢であつたから、多分はフランス人であると云ふ事なども、若しもピカビアが春のサロンの会長ででもあれば、世人の快諾を得られたであらうし、ピカビア自身も決して打消しはしなかつたであらう。

然し不幸にしてピカビアはダダイストであつた。

更に不幸にして、ピカビアは一九二〇年四月一日所謂『ラシルド夫人事件』が起つた時、かくもフランスのダダイストらしい上品さと明快な皮肉とで、明言して了つた。即ち

『女流文学家であり、よき愛国の士であるラシルド夫人殿。

貴方はたゞ一人で、唯一つのフランスなる国籍を持つて居るとおつしやいます。私はそれを御喜び申し上げます。然し私は数箇の国籍のものでありまして、ダダは私のやうなものであります。

私はパリーで、キユーバ、スペイン、イタリア、アメリカの家庭から生れました。そして最も驚くべき事は、私が同時に此等のすべての国籍のものであると云ふ非常にはつきりした印象を持つて居る事です。

それは疑もなく早熟の精神錯乱の一形式ではありませう。しかし私にはその方が、ウイルヘルム二世を唯一の独逸の唯一の代表者だと信じて居るらしくする人よりも好きです。ウイルヘルム二世と彼のお友達は、丁度奥様、貴方みたいによい愛国者でありました。

どうぞ私の最も鄭重な教意を御受け下さい。

フランシス・ピカビア』

二　ピカビアの顔

近代の美術史に心をひかれるもので、ギイヨームアポリネイルの『立体派の画家』を読まない人は殆ど無からうと思ふ。その本の良否はアポリネイルその人自らの如くには甚しく衆評を異にして居ないが、全巻到る処で彼の特色は盛んに発揮されて居るから歴史の直接材料としてはかなり危険であるが、読み物としては有益でもあり興味もありしかも感激にみちみちて居る。

若しも私が彼と同じ年齢であつたら私はどんなに彼の友達になりたがり、どんなに大きな愛情と尊敬と惑溺を彼に示した事だらう。

彼のかいたその美術書は、私達が愛読する多くの詩書よりも遥かに霊感に満ちて居る。

その為めかその本はかゝる本のうちでは一寸珍らしい程広く読まれ、版を重ねて居る。

日本でも邦訳こそ未だ出て居ないが、その本から得られた材料を骨子として立体派の紹介をされた方もあつたし、外国の本が引用したこれの一節を重訳された方もあつたし、かく申す私も――その他の類書と比較研究して出来るだけ彼の本のみによる事は避けたが――しばしばアポリネイルの御陰を蒙つて来た。(拙著『新しき時代の精神におくる。』を御参照下されれば幸甚)

しかし現在私達の手に入るのは、十八センツイメートルと十四センツイメートルのアテナ版であるが、初めてその本が街に出た時には、二十四センツイメートルと十九センツイメートルのフイグイエール版の気持のよい本であつた。

ことに私達異邦人にとつて有難い事は、後者には前者に見当らない画家の写真が挿入されてある事である。

マツイスとかピカソーとか云ふ著名な人達の顔なら、出版物でしばしば写真や肖像や戯画さへ伝へられるが、アポリネイルに感謝してい、事には、その本には現在ダダイストであり、其当時新参者の立体派の画家であつたピカビアの写真まで載つて居る。

その写真と一九二〇年に描かれた彼の『自画像』の二つさへあれば、よし彼がしばしば発表した画論や余りに健康な饒生が全然なかつたとしても、彼の藝術を理解するサイド・ライトに少しの不足もない。

或人達は藝術家の容貌とその作品がしばしば思ひ設けない程違つたものである事を口にするが、私の狭い見聞では、かゝる例は一度も出会つた事はない。ピカビアの顔なども、実によく彼の藝術を表はして居る。

彼の健康さうな顔――

いかにも豊かなどつしりしたよく肥へた頬――

運動家らしい、而も今迄の変屈な奇妙な気むづかしい藝術家タイプとは全然かけ離れた、殆ど有能な技術家かフランスの発明家とでも云ひたいやうな、科学的精神に満ちみちた顔――

深い思慮と卓絶した頭脳と明確な数学的精神を思はせる額から眉までの線と平面――

眉から眼にかけての内気らしい陰鬱な懐疑的な色合――

その眼の寛大な、同時に少しく絶望的な、内に守む情熱を物語るうるんだ瞳――

巨人そのもののやうに卓越した鼻――

美しい限りの髪の豊かな線――

深い信念とがむしやらな力を表わす口とあご!

彼こそダダイストだ！
彼の顔、そのものこそ余りにダダだ！
フランスのダダイスト、フランシス、ピカビア――

(未定稿)

(御詫び。此稿は頭初、(一)ピカビアの生れ(二)ピカビアの顔(三)ダダイズム、アンド、ダダイストの三部で合奏的効果による紹介をしようとして書始めたのであるが、強度の神経衰弱の為め、二三行前に書いた事を往々忘れたりする程なので、一先づ未定稿として置きたい、深く編輯者及び読者に御詫したく存じます。)

ダダイズムに就いて

山崎俊介

我々は余りに『人間的だ。』と云ふ規範内で常に『死』の容易性を味はされる。かかる人間の生死の連続を語る歴史は余り沈腐な砂上の足跡である。我々は『死』のトンネルを潜つて永劫の中に近づかうとしてゐる。是れが『人間的』など云ふのに対して反抗する仲間の生の泥流である。

如何にみても生命は流転と跳躍――而も単調な倦怠の反復だとは雖ど、断諦できぬ伝統の生活がある。はかない印象の味はいがある。藝術家は、この波流を乗切つて行進する船の首部のやうに、或は空にその首をもたげて星とか、雲とかの忽然や忍然さやを認り、或ひは海底に頭突を持つてゆきつつ、その底の計量できぬ深さに不安と恐怖と墓とを発見する。この戦の奮闘が、その個人性の一代記であり、船尾遠く続く船の足跡は、彼の行蹟を語る呟きの飛泡であり、永遠の高さに胴上げを試みる波頭の多くの手である。恁んな『人間概論は葬れ』『死に生きろ』『虚無に生きろ』是れが切実に叫ばれ、現在の行為として顕はれたるとき、総べては破壊された既存の因襲や慣習、人間感情はない、既往の『人間的』はないのだ。

いつまでも皆階級問題と藝術問題に戸迷ひの醜体を演じる連中は、砂の上に小便でもしてみろ、その影も匂ひもなく吸込まれた流体の残諦が『星だ』と『暗だ』と合点がいくまで、其処で座禅でも組んだがいゝのだ。けれど、その星の言語をどうして解するものが地上にゐるか、ただ解し得ない言語の下にのぼせた詩こそ、死の歌であり、人間性を無視した新しいダダの詩であり、藝術である。性慾許りに『非人道的』を求めた或る国のダダは、それも余りに容易な人間性であつてみれば、その煩悶を医やす訳には行かない筈だ、彼れらは死と接交して離れるな、接吻して生命を投擲しろ。

ダダイズムの本領とも云ふべきは、我々の生命に潜流する『非人間的』なものに向つてガムシヤラに突進するアクシヨンである。ダダイストは、『死』に依つて『人間性』を偽善な機械を、汚穢な血液の代りに紅茶がめぐる人形としてゐる。ダダイストからみれば人間は一のガラクタにしか見えないのだ。

○

ダダの新星が、ツーリツヒ、モントマルトレのグリーンヴツヒ村の空高く顕はれて以来、六七年余りになる。世紀はたゞに驚異と奇蹟と不可解の眼とで是れを眺め、或るものは、是れに顔をそむけ、或るものは、その理解に徒労の日を過した。私も日本と云ふ異国の端からダダの星を遠望して、それが余りに、仄かな光りのために、眺める眼を痛め、実体を究めるに困憊を感じた。次に述べるのは、私の眼に映じたダダの光りである。

○

ダダの運動の抑々の発端は千九百十六年にツウリツヒのヴオルテエルと云ふカフエーの中から起つた。その父として信拠しられてゐるはトリスタン、ツアラ（国籍不明であると森口多里氏は紹介されてたやうだが、此人はルウマニアのチユーだと云ふ一説を私はある外国雑誌から知つた。）と云ふ人で、彼の背は小柄で、殆んど儒人の姿態であつた。頭脳は明晰で、暗い憤怒はそれらのものから突発したものだ。それでモントマルトレの人々は誰れ知らぬものがなかつた。彼は大戦中の日を、戦禍に支障もなくスヰズで異常な苦心に虐げられつつ、ダダの宣言を書いてゐた、彼は儀式にあつての高僧と君臨の如くに偉大な祖師としてこの間を暮らしたらしい。その宣言とは次のやうなものであつた。私は訳出する穴費を避けて、森口多里氏の訳よりここに揚げる。

『――私は一の宣言を書く。そして私は何も求めない。だが私は或る事を云ふ。私は主義として宣言に反対だ。私はまた主義にも反対だ。――私は此の宣言を、人は新しい一呼吸して互に全く相反してゐる二つの動作を同時にやることが出来るものだと云ふ事を示すために書く。私は動作に反対だ。矛盾を止めるためではない。肯定のためでもない。私は賛成でもなく反対でもない。そして私は説明しない、何故と云ふに私は意義が嫌ひだからダダは何事をも意味しない。…………

吾々は真直な、強い正確な、また永久に理解されない仕事を欲求する。論理は混醋したものだ。論理は常に悪い……。

吾々にとつて神聖なものは、非人間的行動の振興だ。倫理は凡ての人間の血管にチヨコレートを注射することを意味する、云々。』

以上の文句が我々に稍、肯定の意味を伝えるもので、他の条に於いては、一寸理解の出来ぬ個所が多い。私はこの外、当時の宣伝運動の模様も記してみたいが、この紹介には止して、他日に譲る。

この宣言が早くも世に発表になると直ちにそれは理解ない人達の侮蔑にあつた。けれども彼らの意志や信念は強固侮るべからざるもので、総べての攻撃の矢面で、彼らは、雄々しい自己正しい真理を表現した。ダダは虚無だ。視覚に訴える何物があるか、味ふべき何物があるか、聴き入るに何の精進が必要か、我々は虚無だ。この批難は彼らの藝術を、徒らな若い道楽遊戯者のものする醜悪な藝術と見做したのだ。彼らを囲つて世の嘲笑は潮のやうに押寄せた。大戦も終つて、パリーに於ける好事家はこの新しい運動に注目し始めた。彼らの中では、この運動に参加する群の多数なことを驚異に満ちた眼で注意し始めた。

実際運動に参加した重なる同志の面とは次にあげる人達である。マクス、ヤコブ。ポール、モラン。ロイス、アラゴン。ヒリツプ、ソウポウルト。アンドレエ、ブレトン。ヂヤン、ポルハン。ツオルタア、アレンスベルグ。一九〇九年に露西亜に初めて表現主義を植付けたヴアジル、カンヂンスキイ。フランシス、ピカビア。（神原氏が紹介されてゐる。）マクス、エルンスト。ヂヨセフ、ステラ。ヂヨルヂユ、グーロツズ。其他枚挙すれば多くあるが他は略す。

この中で、フランシス、ピカビアは彼等の始祖トリスタンをしのぐ、大立物だ、彼は恁ふ云つてゐる。

『私はダダイズムに対して哲学を与へるべく務めた……私の観念は奇抜なことに在る。若し最後の五分間までみれば、永久《エタアナル》、倦怠《アンニユイ》をたたへる不滅な作はより大なる価値があるものだ。』是に致つてダダは新生命を与へられた訳である。是れらの人達の藝術は徹頭徹尾新しい人間界の改造である。その形象に於いては、『突飛』と『異形』とがその藝術の相面をなしてゐる。その藝術には想像もなければ、印象もない暗示性が含まれ、何んの根拠もなければ、ありきたりの韻文もないやうな文藝である。人々はこの前にきて、呆然と驚異に開口するだらう。また是れらを眺望するダダイストは汝らの欠伸で、不可解と無感覚とを嚙つぶして了へと悪魔的な微笑を洩らすかも知れない。

総べては大なる戯謔である、感情に訴へる内容の評価がないか、あるかの附け値である。併し乍ら、是れを如何に思考し如何にその不可解に悩むとてもその藝術の構成には新しい世界の一端が彷彿と浮かむで来り、既往の概念も倫理も根底を払つて一抹の塵をも認めないのだ。是れに対する批評は如何なる博学者と雖へども、寸分の評言を許さないまでも斬新奇抜さがある。そして彼の批判力は彼の口籠る腔中に渦巻くのみで、一言も吐息も洩れまいと思ふ。

ダダは一の予言的なもの、犬儒《シニカル》的なもの、破壊的衝動の源泉、深刻なる虚無主義の濃厚なもの、また近代文明にみる極みない頽廃困憊の端なく流れゆくものとして見られるのである。是らは総べて、大戦の災禍をうけた後の反逆である。精心的頽廃の鬱積に任かせて醸された世紀の暴裂である。従つてダダの立場は二つに別れてゐる無政府主義運動即ち、政治的改革を齎らすのが一、他方は人間改造と、藝術改造とである。それは非人間と非藝術とも云へるのだ。其処には非常に真摯なる宗教的な態度がある。

それは恰度科学者が、彼の眼に顕微鏡を絶えず離たずに持つて、細微密度の本質を探究するに似てゐるのだ。それ故には、ダダは、キヤピタル・レタアをもつて記す、既有の『美の藝術』『真理』とか云ふものには、異常な煩悶と激怒を味はされ、彼れらは『人間』以上を超へたるものを確証せんと努める、そしてそれに就いては猛悪なる、嘲美と侮卑とを投げかけるのだ。そんなことからみても、ダダは因襲のカラ深くに閉籠された権威の束縛を破壊する、ダダは解放と能動とで、さながら吸血鬼の如く活動する。それは一方に永遠的な倦怠と云ふ恐しい悪魔的な黒影を伴奏《フイトモテイフ》として、大なる効果を奏するのである。またダダはそれ故には好色主義であることは、『人間』より『非人間』へのかけ橋の至極自然なる通路である故に起るべき抒情の美である。この本能的な享楽は生命のある限り連続する不可避的な軌道である。是処にダダの行詰りがあり、停滞があるのである。そして是処では破壊も力を弱めてゆくのである。ただ自然の力に流れゆくより途はないのである。性慾に於いてダダは確かに煩悶の禍をどう泳ぎ援けられるかが疑問である。然しダダの手に依つて我々の近代生活は確かに一掃され、更新されてゐる。ダダは我々近代人の煩悶に巣喰つた無名な黴菌であつたらう。是れに依つて、一の新しい世界の一端は確かに展望できるのだ。

デカダニズムの文藝思潮批判

川崎長太郎

一

デカダン思想の内容は如何なるものか。

僕は先づこの具体的解剖を試みる為めに既往の文藝作品に就いて考へやうと思ふ。ボードーレール、ヴエルレエヌ、ロシヤに於いてアルチバアセフ等の藝術は、正しくデカダン思潮の圏内になるものである。然らばアルチバアセフの文藝に於ける根本思想は如何なるものか。絶望から来た虚無主義である。而してアルチバアセフは虚無思想より肉慾謳歌の自我主義に出て行つたのである。理想主義、この現実世界に理想を立て、解決統一或は幸福を求めた人間の意慾が、その結果に幻滅を見た時に経験する絶望、この絶望の要素をアルチバアセフの藝術に依つて、一々こゝに枚挙する暇はないが、要するに絶望にともなうふ虚無思想、幻滅哲学より出発して彼が肉慾礼讃に走つたのは事実である。(『サアニン』は初め『労働者セヰリオフ』は少し例外に属するが)多くはデカダニズムの範疇内に当然挙げられる所の作品であつた。即ち『この世の中はどうにもなりあしない。理想は吾に幻滅となつて帰つて来る』とその絶望の呻吟より、現実の現実主義的否定より、『だから肉慾の楽しみに陶酔するのだ。切那々々の快楽によつて人生の苦しみや、死の恐怖を忘れるんだ』と云ふ虚無主義的現実肯定である。而して彼は博愛を否定し一路に個人の自我を主張するのである。そして、デカダンの苦肉の酒に酔はうとする。この中心思想を階級意識の立ち場より観察する時、そこにブルヂヨア意識の介在を認めるのであるが、しかし一度神を求め、地上に弱想の夢を漁つて失ひに酬ひられずしてかゝる受難的思想を抱くに至つたアルチイバアセフに近い、ボードレール、アラン・ポオ扨はヴエルレエヌの妄影生活である。酒に女にたゞれる彼等の官能の背景には、常に傷いた、現実の不合理、自然の冷酷に虐げられた霊魂があるのである。無信仰があるのである。呻吟があるのである。理想主義、主我的生活意慾の痛しい残骸の上を流れるデカダンの官能、病的なる肉である。一個の性格破産者の心的記録である。

これを日本の過去文藝の歴史に徴した時、そこに黙阿弥の藝術である江戸末期文藝の色彩である。又現在の文壇に於いては谷崎潤一郎氏によつて代表される藝術である。しかしアルチバアセフと云ひ、ポーと云ひ、潤一郎氏の悪魔主義と云ひ、悉くブルヂヨア意識の所産である。この説明はしばしこゝでは省略しやうと思ふ。

二

理想主義の残塁たる虚無思想、虚無に立脚したデカダン官能陶酔の心的必然は、当初に於いて個人主義の立ち場にあるのである。個の意識生活の消息であつて、決して社会意識に依つての結果ではない。経済生活の批判に立脚したものではない、前述のデカダン文学なるが故に、それがブルヂヨアの藝術であるとその決定の一部条件によるのであるが、しかしこゝに社会運動、時代思想の反映たるデカダニズムの存在である。即ち一つの時代が必然的に行き詰つた所に生れる時代思想としてのデカダンであつた。個の意識生活より出発したデカダン思想よりして社会の情勢を母胎にしたデカダニズムである。即ち一の社会意識、一つの時代が、崩壊瓦壊を余儀なくされた時に、社会一般の風潮にして源出する、輿論的デカダニズムである。この消息を物語るものに、僕の浅識の範囲内に於いては、幕末時代及び革命当来期のロシヤである。その時代に擡頭したデカダンの生活意識の象徴たる、その文藝である。

徳川幕府三百年の封建制度の社会も傾いて行つた。民衆政治の権位も動揺した。そして明治維新の資本主義革命によつて幕府の命数が断たれる以前に於いて、社会組織の転換期に於いて人心の動揺、昏迷は必然的条件である。更に資本主義的国家制度の瓦壊それまでは、資本組織の権力によつて、経済的不安を持たなかつた。ロシヤブルヂヨア階級が、暫く無産階級の為めに、その社会生活の根本を危くされやうとした時、ロシヤ貴族有産階級が、慌て出し、動揺し、その理想が揺籃の中に投じられたも又当然である。彼等ブルヂヨア階級には崩壊が運命であつた。滅亡が運命であつた。かゝるブルヂヨア自身にとつての世の終りに於いて、健全なる生活意識をどうして所持して居られるか。当然投棄さるべき自己ブルヂヨアの文化、生活形態の権位を、ぢつとして把握して居られやうか。彼等の前には革命によつて惹起されたる所の死滅である。而して生きる彼等に、よく今までのブルヂヨア思想や、ブルヂヨア生活意識がその転換期に役立つものであつたらうか。自身では破壊しようとも、無産階級がそれを根絶せんとするのである。無理想、無目的、捨て鉢的生活、デカダニズムこそ彼等の危ふき生活に唯一の標識であつたのは当然である。個人主義に立脚したデカダンは個性の理想主義的精神が破滅に至つた場合の結果としての所産であつたが、時には社会組織の滅亡が産出したデカダンスである。その立脚地は甚だしく相違する。しかし帰する所は一である。官能謳歌の世界である。文藝作品上に於いて、前者後者との内容は異るけれど、そこに表現されたる官能的色彩は一つである。西洋人の肉も日本人の肉も余り変りがないと同じだ。ロシヤ革命前に於いて、無政府主義的耽溺藝術、及び表現派の文藝が盛んに崩壊階級、社会的生活破産者の手によつて生れた事は吾人の記憶する所である。こゝに詳細に渡つて、日本の維新革命前の藝術を解剖するは浅学の僕に適した仕事ではなからう。

僕は大体、デカダニズムの文藝思潮を、二つの立ち場より考へたのである。即ち個人主義の必然的結果として表出した、デカダンス、二に、ロシヤ、及び幕末の文藝を挙げて、社会組織の転換期の必然としたのである。いづれも破産がデカダニズムの起因であつた。前者に於いては人生的受難であり、後者に於いては社会的受難である。而して両者とも、ブルヂヨア階級の意識に依つて産出されたるものである。而して前者個人主義に立脚してデカダンスは何等の社会的条件は介在しないが、後者のそれは殆んど社会の運命が母胎であつた。しかしそれはブルヂヨア階級のみの生産であつたが、同じく社会転換期の反映が、崩壊階級即ちブルヂヨア階級（ロシヤの既往現実）のみでなく、無産階級に彼等の交渉を持たないであらうか。

三

デカダン思想は建設的思想ではない。破壊、絶望の生んだ官能世界の創造である。神より悪魔への極端なる転換、乃至は社会の進行外にはね出された落武者の思想である。官能的であつて社会的ではない。故に、一つの組織の後に新らしい組織を建設すると云ふ意慾なぞは持つ事が出来ないのである。たゞそれを所有するは破壊者である。被破壊者ではないのである。無産階級の為めに生活の母胎を破壊されたロシヤブルヂヨアに、たゞ肉のみが最後のものと提示されたのは当然であつて、建設的意思、建設者（資本主義社会の破壊にあつては、無産階級）に、デカダニズムが没交渉なるは必然である。彼等は社会を否定する事も現実を理想主義的に否定する事もない建設である。現実の創造である。新社会建設の職工である。故に、現実、及び社会組織よりはね出されたデカダニストの行く絶望も不必要である。希望であるが故に傷手はないのである。傷手をいやす酒は無用である。こゝに問題がある。これならば、武家政治に圧迫されて居た町人階級が、彼がデカダンスに傾倒したか、武家政治は瓦壊すべきであつたではないか、又明治維新の大気に依つて瓦壊したではないか。三百年来権力の下に虐げられて居た彼等町人なぞを建設の堂に馳せべき勇者ではなかつたかと。しかし武家政治を破壊したのは町人ではなかつた。武家であつたのである。薩長の武士であつたのであるが故に、刀を持つて居なかつたその階級は、新社会建設の仕事に這入れなかつた。のけものにされて居たのである。燃ゆるが故に、彼等が維新前にデカダンスであつたと云ふ理由がたつのである。

然らば日本現在の社会思潮と社会的デカダニズムの交渉には。さう云へば人は笑ふであらう。『君は革命があしたにも来ると思つて居る気狂ひか。あはて者か』と。成る程、日本の資本主義制度はまだ行き詰つて居ない。又それを転覆さすべき社会運動、無産者の破壊運動の微々たるものである。しかし資本主義制度の否定は、既に有識階級の常識になつて居る。思想界は社会の現実より一日早いのである。思想界は左傾して居るのである。されば日本のブルヂヨアにして、自己の生活の社会的崩壊を信じて居る者はないだらうか。そこに暗黒的運命の襲来を予知して居る者がないだらうか。而して革命前のロシヤブルヂヨアの抱いたデカダニズムの思想生活に進む者はないだらうか。ロシヤ革命前のデカダン藝術が行き詰れる今日ブルヂヨア文学の天地を開拓しないだらうか。又第三、第四階級の意識である。革命にはせやうが、デカダンに行かうがそれは個人の自由である。故に、第三、第四階級にして、階級意識の精神のみでなく、前述の個人主義的デカダニズムに階級意識とを調和さした思想、生活を所有する者はよいだらうか。僕は、第三第四階級に、デカダニズムの誕生を切に期待するものである。

新しき俳句の研究

萩原井泉水
其他　合評

都会の魂ただ冬の夜となる　一郎

碌人。わかつたやうで、分り難い作です。都会を一つの生き物と見たのですか。

一郎。これは、夕方の市中を見た感じなのです。

蒼天。私はむしろ夜更けの感じだと思つてゐました。

栄一。夜更けの感じ、それも家の中で静かに都会といふものを感じてゐるやうにとりたいと思ひます。

井泉水。冬の夜の疲労したやうな、とげとげしたやうな、非常に明るいもの、半面にある物すごい程の暗さ、さういふ感覚に都会の底にいきづいてゐる淋しさを感じた、といふ風に、私には思はれた。尤も、此句のリズムに出てゐるやうに、都会の悩みや、誇が、焔の燃えるやうに、燃え落ちて今はただ黒い塊のやうな夜になつたといふプロセスが此句の眼目と思はれる。斯ういふ単純な象徴的な句法を、私は好きだが、一人合点になつても困るし、あまり抽象的になつても困る。

枯木の中の小鳥ちくちくと太陽におさなく　日梢

裸木。『太陽におさなく』がどうでせうか。

井泉水。『幼く』とは、木の枝の小鳥を太陽の子供のやうに感じたのでせう。卵から孵つて間もないやうな小鳥が、ちく〳〵と（此の語音にも幼さが出てゐる）鳴いてゐる、木はまだ芽もふかないが春の光はぞんぶんに照つて、其小鳥の全身にきら〳〵してゐる、といふ心持はうなづかれる。

きたない首巻とらぬ施療患者の父と子　　栄一

一石路。かうも美しい気持がすこしもないのは困ります。

裸木。わざとらしいといふ感じがします。

井泉水。それは『きたない』といふ言葉が『施療患者』といふ言葉と相俟つて、其らしくこしらへたやうな感じを起させるからでせう。然し、此句の現はさうとしてゐる所は、施療患者の『姿』ではない、その『心』でせう。診察室にはいつて来ても、首巻をとらうともしない、寒い、硬い、カタストロフイーにかゝつてゐるような、人の愛もその寒さ、硬さを除くことが出来ない、否、自分から自分を替へまいとする其の心理を『首巻とらぬ』と云つた其所でせう。斯うした一箇の人間を私達の兄弟の中に見たとしたならば『美しい』と否とは問題でなく、又、決してわざとらしくもありますまい。

冬木少しは残された地所を洋服着て見に来る　　井泉水

蒼天。かうした句の面白さがわかりません。

井泉水。自分でどう説明するといふのも、むづかしいが、たとへば、大きな邸宅の土地が解放され土地会社の手かなどで分譲される場合と見てもいゝ。木立の密集してゐた所は、どん〳〵伐り開かれるが、所々に少しづゝ立木のまゝ残されてゐる。それが折柄、落葉をした淋しい木の姿で、そこに其地所を買はうとでも云ふ人が、洋服を着て、大股にあるきながら検分してゐる、其姿があたりのガランとした中に、ポツネンと見出される——目に見る所はさうした感じだけだが、『少しは残された』といふ、物の名残をとゞめた感じの言葉と『洋服着て見に来る』といふ、事務的な、冷たい、又、闖入者のやうな感じをもつた言葉とで——斯うした土地にも時の流れが押し寄せて来て、昔からの木がいつまでも、そこに立つてゐる事が出来ず、古い庭は毀され、開かれて、他の人の手に移つてゆき、其上には、新しい生活が新しい根をおろさうとしてゐるといふ観照も自然に味はれやうかと思ふ。

かれ獣のごとく笑はず冬を籠れり　　井泉水

碌人。『かれ』とは云つてあるが、作者の『われ』でせうか。然し、『かれ』と云つてあるからにはやはり第三者として、例へば、或家を訪ねると、其処の主人がむづかしい顔をして、机にでもしがみついてゐるので、『彼獣の如く……』と詠んだものともとれます。而して、それでは、一向つまらなく思はれますが――。

井泉水。第三者を第三者として客観したものとしたならば、なるほど、つまらぬ作になります。之はやはり作者自身です。然し、これを一人称にして、『われ獣の如く笑はず冬を籠れり』ともしたらば、猛々しく、自分の態度を人に告げてゐるようで、更につまらぬ句となります。そこです、言葉には『かれ』と第三人称を用ひて、『われ』といふ気持を出したのは――。つまり、自分が自分といふものを客観して、第三者として見するた時に感ずる淋しさ、その淋しさを出さうと試みたのです。獣といふもの――食ふたり、寝たり、又、或は考へたりする事も出来るのだらうが、笑ふといふ事をしない獣といふもの、そのやうに、自分の生活には、晴々と声を出して笑ふといふ日がなく今日も亦、きのふのやうに、自分の室に引籠つて憂鬱な冬を生きてゐる、さうした人間としての自分を、人間としてはあはれなもの、やうに、淋しく感じながら、さて、どうする事も出来ないといふ気持を出したいと試みたのですが――而して、斯ういふ試みが俳句として出来れば、俳句にはずいぶん、開拓すべき新領土がありさうに思はれますが、――此試の失敗であるかどうか、それは諸君の批判を待ちたいのです。

（「新興文学」大正12年7月号）

日録

室生犀星

八月三十一日

駿河台の浜田病院に行き生後四日のわが子を見る。女なれば朝子と命名す。妻もともに健かなり。

九月一日

地震来る　同時に夢中にて駿台なる妻子を思ふ。――神明町に出て甥とともに折柄走り来る自動車を停め、団子坂まで行く。非常線ありて已むなく引き返す。とき一時半也。

家内一同ポプラ倶楽部に避難す。芥川君、渡辺君に見舞はる。夕方使帰りて妻子の避難先き不明なりと告ぐ。病院は午後三時ごろに焼失せるがごとし。或ひは上野の山に避難したるかも知れず、されど産後五日目にては足腰立つまじと思ふ。――駿台、広小路、本郷一丁目総て焼けたりと聞く。されど空しく上野の火をながめるのみ。

夜ポプラ倶楽部にて野宿す。一睡なきほどに露にてからだ濡れたり。肺にて病める一家三人の一本の傘に露を避け、人々と離れて避難せるがあり、——また夜もすがら老媼の合掌して火の手あがる空を拝めるなどあり、上野あたりの煙の鼻に沁みてえぐさ言はん方なし。

二日

早朝、お隣りの秋山、百田、甥、車やさんの五人づれにて上野公園を捜す、——満山の避難民煮え返るごとし。正午近く美術協会に避難中の妻と子と合ふ。妻は予が迎へ遅き為め死にしにあらざりしかと云ふ。

上野桜木町に出で宇野君宅にて水を乞ひしかど、引越し中にて果さず、隣家にて産婦に水を与ふ。——帰らんとして宇野君に会ふ。田端へ避難したまへと言ひ別る。

晩宇野君二十人の同勢にて来る。

三日

ともかく産婦と子供だけを国へかへさんと思ひ、俥の蹴込みに米を用意して赤羽指して行く、途中暑気のためにみな疲る。

赤羽は二三万の避難人河口に蝟集す。今日汽車に乗らんこと思ひもよらず、とかくせるうち雨ふり日暮れる、——一同途方に暮れてゐしに、十六七の少女のありて、我が家の座敷空いて居れば来りて憩みたまへと言ふ。一同黙然として娘さんに連れ立つ、——別荘風な家にて小田切和一と表札に書かれてある、——

主人出で来り此宵泊りたまへといふ。予と妻、甥、女中、車やの五人泊まることになる。白飯のお握り出でしとき皆この家の主人の好意に泪ぐむ。

四日

早朝、岩淵の渡しを見るに、もはや人で一杯なり。産婦子供など列車に乗らんは命を棄てるも同様なりと通行の人々云ふ。

一同再び田端にかへらんことを思ひ、甥をして田端を見にやる。平穏也と告ぐ——時は日没に近ければ仕方なく此宵も泊ることになる。夕食に梨かじりつつ寝る。この家にも米なきごとし。

銃声と警鐘絶え間なし。

五日

親切なる小田切氏に別れ汽車に乗る。

四五人の消防夫産婦と子供とをかこみ保護して呉れる。しかもこの非常時にさへ産婦のそばに人波の押し寄せることを食ひ止めくれしため、やうやく窒息をまぬがる。

田端へ着き産婦やうやく疲る。

生後八日目の子供は上野の火にあひ、赤羽まで行きしが其疲れもなくゆめうつつに微笑へり。さきに亡くせしかばこんどはどうにかして育てんと思ふ。世に鬼はなしの言葉やうやく身に沁む。

六日

福士幸次郎君来る。君が家は深川なるによくも助かりしものかなと相顧みて言葉なし。

改造社の上村君来る。何か是非かけといはれしも断はる。何をか書かんものぞ、——佐藤春夫無事なることを知る。惣之助は如何と思ふ。
藤沢清造君来る。君は事変あるごとにいち早く来たらん人なるに、こんどはあまりに遅れたるため危からんと思ひしなりと、これまた無事を喜び合ふ。

七日

堀辰雄君来る、本所なれば母を亡くせしといふ。父は隅田川の石垣にしがみつき漸く助かりしといふ。十九の美青年この一夜にて二十一二歳に見ゆ。ともに泪なくして語るべからず。
上村君再び来り書くことを命ず。けふ一日にて十五里歩けりといふ君の顔を見て書くことを約束す。

八日

芥川君宅に行く、ともに動坂に行き食料品とケレオソードを買ふ。
夜、産婦発熱、下島先生提灯して来りたまふ。オリザニン注射をこころむ。——国元には九月一日を以て命日として仏花怠りなき由伝へらる。

九日

汽車の乗客静まり次第に帰国せんことを家内と相談す。郷里あるものの此の弱き心せんなけれ。——行きて已が身にふさはしき暮しを為さんかな。
藤沢清造君来る。わが家に留まることを勧めしかど、下宿にて暮らさんと言ふ。文章倶楽部記者来る。
中央公論の木佐木君来る。

十日

午前六時佐藤春夫君来る。昨夜日暮里に野宿せしと言ふ。おたがひ無事なりしことを語り、諸行無常の談尽きず、佐藤君一と先づ大阪に行かんと言ふ。予も又た帰国せんことを語る、——午後一と先づ麹町の弟君のところへ行かんといふ。再会を約して別る。

（「改造」大正12年10月、大震災号）

震災日記

加能作次郎

大正十二年九月一日、丁度昼飯の食卓に向はうとする時だつた。突然身体を投げ出されるやうな大激動を感じた。地震だと思つたが、もとよりあんな大烈震にならうとは予想せず、最初は柱時計の墜落しさうなのを支へて居た位だつたが、その中方々の壁が抜け落ちる、棚のものがガタ〳〵落ち始める。家全体がグワラ〳〵と、まるで大瓦石を懸崖に投げるやうな大音響と共に、今にも倒潰しさうな大震動を始めた。今やもとより時計どころでなく、立つて居ることも出来なくなつて、自分は夢中で側に泣き叫びながらキリ〳〵舞をして居た二人の子供を両腋に抱へ込んで簞笥の前にヘタばつた。震動は益々烈しくいつ止むとも覚えず、長男は縁側から庭に飛び出して物干杭につかまつて泣き叫んで居り、台所に居た妻は激震と同時にその場に打ち倒れた赤ん坊を引き抱へて外へ飛び出して居り、妻の叔父と下女とは玄関口で何か大声に叫びながら右往左往して居た。自分は逃げ出すにも逃げ出せず、屋内に居るのも恐しくて堪らず、極度の狼狽困惑の裡に、只だ夢中で、散り〳〵になつてゐる外の者達に向つて、家へ入れとか逃げ出せとか、自分にも訳の分らぬことを大声で怒鳴つてゐるばかりだつた。その中襖が倒れて来る、簞笥の上の鏡台がすぐ眼の前に転落して来る、それらを見た刹那、自分は咄嗟の間に最早駄目だと思つて、子供を両腋に緊と抱きつけたまゝ外へ飛び出さうとした。とその瞬間に震動が稍々緩かになつたので、またその儘腰を下した。そして全く震動が終つてから、ほつと胸を撫で下しながら裸足で外へ出て見ると、近所の人達も——男達は皆な勤めに出てゐたので女ばかりだつた。——皆な取り乱した姿で飛び出してゐたが、皆な物も言はず、只々恐怖に慄へた真蒼な顔を見合してゐるばかりだつた。

間もなく揺り返しがやつて来た。最初のと殆ど変らぬほどの激動だつたが、自分等は隣家との境の竹垣の根元に一かたまりに身を寄せて難を避けた。そして家の者にも近所のものにも火の用心をして呉れと注意して、震動がをさまると同時に、尚ほ危険を慮つて、近くにかなり広い原つぱがあるので取敢へずそこへ家族を避難させた。

その場合私の最も恐れたのは火災であつた。大地震の後にはきつと火災が伴ふことを知つてゐたし、好晴ではあつたが、二百十日の大荒れを想はせる南の強風が吹き募つてゐたし、おまけに水道が地震と同時にぱつたり止つて了つたし、丁度昼飯時の火の気のある時だつたから、若しやと思つて非常に心配だつた。

ところがその矢先に、急にあたりがキナ臭くなつて来た。驚いて四方を見まはすと、屋根や壁が落ちた為に、附近の空が灰色の土煙りで濛々としてゐたが、火事らしい様子も見えなかつた。が暫くすると、南方の空に濛々と黒煙が立ち昇るのが見えた。さあ大変だと思つて、妻子等のゐる原つぱへ飛んで行き、尚ほよく様子を見ると、火元はあまり遠くもなさゝうであり、且つ火の手が中々大きい、おまけに真つ風上で、黒煙が自分等の家の上空にまで拡がつてゐるのだつた。

原つぱには近隣の人達が百人ばかり逃げ出して来て、てんでに座蒲団を頭に被つたり地上に敷いたりして、ワイ〳〵騒いでゐる、その中又第三回か第四回目からの激震が起つた。大地がゆら〳〵と眼に見えて揺れ、深く陥ち込んで行くやうな気がして、人々の狼狽が一層甚しくなつた。一方に火の手が益々大きく盛になる、風は強い、皆な大変だ〳〵と叫びながら駈けまはつて歩く。私は子供等を妻の叔父と下女とに托して置いて、取敢へず極く重要なものだけを取り出すべく、私は机や本箱の抽出から、切抜の原稿や書類などを掻き集め、妻は簞笥から何か取り出して居た。その間に幾度かの余震が襲つた。その度毎に私達は驚いて外へ飛び出した。どんなに気を落着けようとしても、足腰が慄へてならなかつた。茶の間の食卓の上には、壁土が一ぱいに被ひかぶさり、既に飯のよそはれてあつた茶碗などが引つくり返り、棚から落つこつた鏡台や箱や空缶などが部屋中に散乱し、惨憺たる光景を呈してゐた。

再び原つぱへ戻つて見ると、もう荷物など運び出してゐるものもあつた。急に空腹を覚えたが、家へ食べに帰る勇気がなく、飯櫃を持つて来させ、握飯を作らせたものの中々咽喉へは通らなかつた。

火事は方々に起つて居るらしかつた。左手の方、小石川あたりの上空に、まるで真夏の層雲の様な物凄い黒煙が、濛々と高く天に冲して居るのが見えた。誰言ふとなく、砲兵工廠が爆発したのだといふことが伝はつた。その外麴町の九段附近や、神田の神保町あたりが、盛んに燃えつゝあるとの報も伝つた。

巡査が二人連れで、息をきらしながら馳けつけて来た。帽子の顎紐をかけ帯剣をしつかり握り、非常に緊張した且つ狼狽した顔で、まるで逃げ惑ひでもして来たかのやうに原つぱへ駈け込み、汗みづくの顔を拭ひもあへず、四方をきよろ〳〵見まはしながら、その中の一人が、

『あ、此処はいゝ、此処に居れば地震は大丈夫だ、此処は何番地だ。』と私達に言ふのが独語か何か分らぬやうな調子で怒鳴り更に大声で、

『四時から六時までの間に強震があるさうです、震源地は江戸川沿岸で、関東一帯に大被害を蒙つたさうです。それから火事に気をつけて下さい、今方々に大火が起つて居ますから。吾々はその方へ行かねばならないので、こちらへ見廻りに来られないから……』と叫ぶやうに言つて帰りかけた。

『あの火事は何処です？』

私は追蒐けて行つて、南方の空に漲つて居る黒煙を指しながら尋ねた。

『士官学校です。』

『士官学校！　そりや大変だ！』

皆な一度にどよめき出した。そこまでは直径にして七八町も離れて居るので、ふだんならば何処が火事かといふ風に、全く無関心に居るのだが、水道が断たれ風が強く、手の附けやうもないといふので、どんなことになるかも知れないと非常な不安恐怖に襲はれた。もう士官学校の囲を抜けて、加賀町に移つたとか薬王寺町へ来たとか、好い加減な想像を交へて、自ら恐れ戦くものも多かつた。そして皆な、一旦逃げ出して来た以上、地震が恐さに家へは帰れず、併しその儘ぢつとして居るにも居られない様子で、徒らにワヤ〳〵とうろたへ騒ぐばかりだつた。私は万一の場合には早稲田方面か戸山の原へ避難することに腹を決め、子供の着換へだけでも一まとめに持ち出すやうに妻に命じた。妻は叔父と共に家にかへり、間もなく小さな風呂敷包と毛布とを持つて来た。自分達のものも何か持ち出さうかと言つたが。

『要らない〳〵！　子供のものさへあれば沢山だ、その他のものは却つて邪魔になるから、何でも子供だけ連れて逃げ出せばいゝ、叔父さんと艶（下女）と四人で、誰でもいゝから一人宛連れて逃げるんだ。』と私は制した。

その中急に風向が逆に変つた。同時に士官学校の火事が下火になり、黒煙が白く薄れた。私はほつと安心した。そして思はず大声に叫んだ。

『大丈夫だ〳〵！　士官学校が消えた〳〵！』

官省や会社に勤めに出て居た人々が、下町の方から続々と帰つて来る。そして原つぱへ避難して居る家族達と、お互に無事を喜び合ふ。だん〳〵男が殖えて来るので、私までも気強くなつた。彼等は口々に自分の遭難談や、途中で目撃して来た惨害や火災について話した。警視庁が焼けて居る。日比谷の松本楼が焼けた、丸ビルや海上ビルデングが破壊して、多数の死傷者があつた。建築中の内外ビルデングが倒潰して七八十人惨死した。帝劇や東京会館も危ない。その他の丸の内の大建築は皆な崩れたり、壊はれたりした、銀座の方に火が起つた、日本橋にも、下谷にも浅草にも、本所にも深川にも、諸所方々に大火が起つて居る、神田の三崎町神保町方面は既に全焼した、九段上の火事もひどい、お茶の水や本郷の方も燃えて居る、下町で満足な家は一軒もない、牛込へ入つて来ると、この辺にも地震があつたかと思はれる位に静穏で無事なので驚いた、でも神楽坂の尾張屋銀行が倒れて、交番が粉砕された、柳町の国民銀行が倒潰して、その下の水菓子屋や肴屋蕎麦屋蓄音機屋が下敷になつた——さういふ風な恐しい物凄い報道が次から次へ伝はつた。

稍々傾いた残暑の烈日が、じり〳〵と焼けつくやうに草蓬々たる原つぱに照りつけて居る、空は青く深く、一点の雲もなく澄みきつて、思ひなしか、却つて物凄く、天変地妖の襲来を思はせる位、沢山の蜻蛉の群れ飛んで居るのも、常とは異つて無気味だつた。

夕方近く、一度家の中の乱れを取片附け、もう大丈夫だらうからこの儘居ようかとの話も出たが、さう言つて居る間にも頻頻として余震が起り、且つ夜中には強震が襲ふだらうとの警報があつたので、どうも無気味で家に止つて居る気になれなかつた。殊に多勢の子供があるので、何よりも彼等のことが気遣はれてならず、妻は割合に平気で冷静で、家に止ることを主張したが、私はびく〳〵しながら、家に寝て居るよりも、原つぱに野宿する方が、どれだけ安全且つ無事だか知れないと言つて、それに従はせた。そして急いで握飯をこしらへたり、私達の身の廻りのものも幾らか持つたりして、又原へ出た。近所の人達も、広い庭でも持つて居ない限り、皆なそこに野宿することにして居た。で私は一層心丈夫に思つた。

その原つぱに居さへすれば、地震だけは安全だつた。もう最初のものほどの強いのが起らうとも思はれなかつたが、よし起つたとしても、この大地が裂けて吾々が居ながら陥没するやうなものでない限り、絶対に安全だと思つた。

『本当にいゝ原つぱが残つて居て呉れたものだ、此処にごちやごちやと小さな借家などが建てられて居ようものなら、逃げ場がないのだつたのに、有難い……』

こんなことを誰も彼も言合つた。只だ火災だけが心配だつた。士官学校のが鎮火して、今では牛込に一ケ所も火事がないといふことが、非常に心安めにもなり、また有難くも思つたが、この混雑の場合何処からどうして出火しないにも限らないと不安でならなかつた。そして、せめてこの近所からだけでも、どうか火を出さないで呉れと、それのみを私は祈つて居た。

日が暮れた。東から北にかけての半面の空が真赤に染つて、物凄い大噴煙が、私達の頭上まで高く掩ひかぶさつて居た。ドドン、ドドンと、遠雷のやうな響が、絶間なく聞えた。砲兵工廠の火薬の爆発だらうと皆な噂した。現場を見て来た人や、現場から逃げ帰つて来た人々は、誰も彼も下町の方は全部火の海になつて居るなどと、物凄いそれらの光景を口々に語つた。浅草の十二階が倒れて、無数の死傷者を出したとか、順天堂始め駿河台の多くの大病院が焼けて、沢山の病人がどうしたとか、帝大が焼けてるとか三越や白木屋なども危険だとか、砲兵工廠の爆発で、首や胸やばら〳〵になつた黒焦の死体が、幾つも〳〵天から降つて来たとか、まるで嘘のやうな恐しい物凄い話ばかりだつた。私はせめて神楽坂あたりまででも様子を見に行きたいと思つたが、後が心配で一歩も子供達の側を離れることが出来なかつた。

夜が更けるに従つて一層悽愴の気が増した。風は依然として強く西方の空には星が降るやうに瞬き、銀河の流も見られたが、他の半面の空には、火焰の反映が益々広く濃く深く、段々轟々たる物の響も一層強く聞えた。暗黒な原つぱに、樹の蔭叢の下に茣蓙や雨戸など敷いて二十余軒の家族が隣合ひ向ひ合つて、寝転んだり蹲まつたり、恐怖に脅えながらぼそ〳〵と話したりして居るのを、数個の細々とした裸蠟燭の火が、ちら〳〵と明滅しながら仄かに照らして居る光景は哀れに心細く頼りないものだつた。喞々たる虫声が一層あたりを寂しいものにした。

時々大地の震動が起つては、寝て居る者が刎ね起き、坐つて居る者が飛立ち上るといふことが幾度も繰返された。只だ子供達だけは、何にも知らずに、したゝる夜露を被りながらすや〳〵と寝入つて居るのが、涙ぐましいほど可憐だつた。私は幾度も四人の子供の顔に帽子をかぶせ直してやつたり、蝙蝠傘をさし直してやつたりした。

十二時頃、火事を見に行つて居た妻の叔父が帰つて来ての話に、牛込見附から市ケ谷見附にかけての麴町の高台の火災が、今にも見附上の土手まで抜け出ようとする勢で、それが外濠を越して、牛込方面に移りはせぬかと、神楽坂あたりは避難準備をする者や、麴町から逃げ込んで来る者などで極度の混乱を呈して居るとのことだつた。その話も私達をひどく脅かした。まさかあの広い濠を越えてとはと、強ひて心を鎮めようとしたが、水は一滴もない、大方の家は屋根は瓦が落ちてむき出しになつて居る、それに連日の暑熱で乾ききつて居る、若し万が一にも何処かの屋根に飛火でもして来たら、それこそ事だと思つた。ぺら〳〵と一嘗めにこの辺まで延焼して来るのは明かだつた。私はその場合を想像して、すや〳〵眠つて居る子供をどんな風にして連れて逃げようかとそればかり考へて居た。戸山の原へ行くのが最も安全だと思ふにつけて、どうかその方向に火災が起らないで呉れと、始終背後を振り返つて居た。

真夜中の二時過ぎだつた。さすがにひつそりと静まつて居た。原つぱの入口の方に、新しい話声が起つた。近所の人で大磯から急遽帰京したのだといふことが分つた。私は側へ行つてその人の話を聞いた。その人は前日用事で大磯へ行つたのだが、昼間の激震と同時に、東京の自宅が案ぜられ、早速帰京しようとしたが汽車がなく、やつと自転車を一台買つて、十時間ぶつ通しで東京まで駈け戻つたのださうで、その途中の震害の惨状は迚も東京の比でないと話した。途中一軒として倒潰しない家はなく、道路には大亀裂を生じ、汽車は顚覆し、鉄橋は破壊し、火災が方々に起り、無数の死傷者の阿鼻叫喚の中を夢中で逃げて来た気持は迚もお話も出来ないと言つた。殊に大磯横浜間が最も激甚で横浜の如きは全滅だといふ話もした。

『鎌倉あたりはどうですか！』と私は尋ねた。

『勿論あの辺も全滅でせう、湘南地方は一帯にひどいやうです。大磯でも平塚でも藤沢でも大船でも、戸塚でも倒れない家は殆ど一軒もありません。殊に海嘯がやつて来ましたから、海岸の方は尚ほ更助かりません。』とその人が答へた。

私は大磯の正宗氏や、鎌倉に居たであらう久米氏、田中氏、葛西氏、逗子の里見氏、辻堂の中村武羅夫氏等文壇の友人や、その他湘南地方に暑を避けたり住居をもつたりして居る数人の知己朋友やその家族達はどうしたらうと、新たに気遣はれ出した。そして小田原箱根あたりも同様の災害を被つて居るらしいと聞いて、家族連れで十日ばかり行つて居た箱根から、ほんのその前日帰つて来て居た自分達の幸運を喜んだ。

不安な一夜が明けた。

『まあ、どうかかうか、お互様に無事に一晩過ぎましたが、此の分にどうか何事もなくて済んで下さればよう御座いますが……』

かう私達はお互に、不安の裡にも兎も角も一夜事無きを得た幸福を祝し合つた。

顧みると下町方面の朝空には、一面に漠々たる大火煙が漲り掩ひ、恰も夕焼に彩られた荘厳な真夏の大層雲を見るやうであつた。間もなく私達は、京橋も日本橋も、神田も浅草も、さても本所深川も、昨夜一夜の中に、その大半を焼き尽され今や全市全滅の大惨害を免るべくもなからうといふ驚くべく恐るべき報道を耳にした。更に続いて、それは不逞なる××の一団が、此機に乗じて恐るべき計画を遂行せんとて、或る種の行動を執つたので、この大天災のもたらした惨害を一層大きくしたのだといふことも、誰言ふとなく伝はつて来た。そしてそれに対して各自警戒を一層厳にすべき旨が、公に伝へられた。一夜の無事を喜んだ私達は、更に新たな、そして更に一層深刻な不安恐怖に怯えずに居られなかつた。（震災日記の一節）

（「文章倶楽部」大正12年10月号）

飯倉だより
（子に送る手紙）

島崎藤村

一

大震災のあつた日から最早《もはや》三十三日目になる。当地の様子はお前の居る木曾の山地へも日に〳〵はつきりと伝はつて行つたことだらうと思ふ。私がひどく心配したのは、お前が私達のことを案じて上京を思ひ立ちはしないかといふことであつた。震災以来、旅行の困難を聞くにつけ、お前の上京しないやうに、お前はお前でその地方にぢつとして居るやうに、私はそればかりを願つて居た。幸ひに私も無事、お前の弟達も無事、お前の妹も無事、それに飯倉一丁目まで延焼した大火をもまぬがれたので、そのことを早くお前に知らせてお前の上京を思ひとまらせようと願ひながら、交通断絶の当時私の心は唯案じ煩ふのみであつた。

私はこの驚くべき震災と火災と、その後の出来事に就いて、狭い範囲ながら自分の見聞したことをお前に宛《あ》てて書かうと思ひ立つた。しかも、今日までそれも果し得ずに居た。住み慣れた東京の三分の二は殆ど昔日の面影を失つてしまひ、飢餓は容赦なく無数の罹災者に迫つて来るばかりでなく、昨日は何十人の負傷者が町をかつがれて通つたとか、今日はまた大きな余震がひよつとするとやつてくるかも知れないとか、さういふ混乱した空気と惨目《みぢめ》な光景の渦の中にあつて、実際私は何を書き得たらう。過ぐる一箇月の間、私達は一緒になつて唯々《たゞ〳〵》互ひに心配を分つの外はなかつた。私達は忍耐と抑制とを続けて、漸くこゝまで出て来られたやうな気がする。

一昨日の午後、私は用達《ようたし》のついでに麻布森元町から十番の方へ歩いた。あの辺はお前もよく歩き廻つたところだらう。森元町から麻布新網町あたりへかけて、あの辺はこの界隈《かいわい》での最も震災のはなはだしかつたところだ。横町といふ横町には倒れた家屋の今だにそのままに成つて居るのがある。破れた瓦《こわ》や壁などのかき集めたのが往来に山のやうに積みかさねてある。私はその間を歩いて十番から麻布区役所の前へ出た。その時、私は日頃見かけない人達が列をつくつて、白服を着けた巡査に護られながら、六本木の方面から町を通り過ぐるのを目撃した。脊の高い体格、尖つた頬骨、面長《おもなが》な顔立、特色のある眼付なぞで、その百人ばかりの一行がどういふ人達であるかは、すぐ私の胸へ来た。中には十六七ばかりになる二三の少年も混つて居た。その人達こそ今から卅日程前には実に恐ろしい幽霊として市民の眼に映つたのだ。青く晴れた秋の空の下で見れば、いづれも風呂敷包を手に提げ思ひ思ひの風俗をして、中には鍔広《つばひろ》の麦藁帽子を風に吹かせながら、いそ〳〵と町の片側を並んで歩いて行つた。仲間同志の班長かと見えて、青い徽章を腕に巻きつけ、一行を譲り顔に附添ひながら行くのもあつた。私は何とも言つて見やうのないやうな感じに打たれたまゝ、おそらく芝浦をさして帰国を急ぐらしいその人達の一行を見送つた。

思はず私はこんなことを書いた。大震災以後、待ちわびた地方からの郵便が次第に早く私達の手に届くやうになつたことをも、こゝに書き添へよう。つい先頃までは、九月三日附の手紙も、九月十日附の葉書も、それがかなり長い日数をかけて同時に同じ地方から到着したこともあつたが、最早そんな混雑はなくなつた。昨日も私は木曾福島の親戚から出た九月二十八日附の便りを受取つた。それだけお前の居る神坂村《みさかむら》も近くなつたやうな気がする。

私はこの次の便りから震災当時のことをお前に書いて送らうと思ふ。昨今の東京は、あだかも一切を失つたものが灰燼の中から身を起して、漸く気を取り直さうとする人のやうに見える。戒厳令すらまだ解かれずにある。多くの人々は焼跡の整理と罹災者の救助とにいそがしい。着のみ着のまゝで焼け出され、僅に知人の許《もと》などに身を寄せて、もうそろ〳〵寒い雨の来る昨今の陽気に、ろく〳〵夢も結ばないやうな人達が、私の周囲にだけでも今は何程あるか知れない。

二

九月一日は丁度二科会の展覧会が開かれるといふ日で、絵画の好きなお前の弟達は朝から上野迄出掛け、昼すこし前に帰つて来て秋の展覧会のプログラムなぞをひろげて居た。お前の妹のところへは学校友達が遊びに来て居たし、東隣の大屋さんの女の児も遊びに来て居る時で、あの子供らしい声も玄関の方に聞えて居た。それほど私の家《うち》では事も無く暮して居る時であつた。今年の春から吾家《うち》の方へ来て手伝つて居るおきぬさんも元気、お幸（家婢）も相変らず働いて居る。あの二人は台所の方で昼飯の支度に忙しがつて居た。

そこへ地震だ。思はず私は自分の勉強部屋からすぐ障子の外の庭へ出た。私の地震ぎらひはお前もよく知つて居る通りだ。その私ですら、それほど大きな地震が来たとも思はなかつた証拠には、自分の子供等に声一つ掛けようともしなかつたくらゐで、今庭に居て家屋の揺れる音や物の落ちる音なぞを聞きながら、今に止むだらうと考へて居た。私は奥の部屋にある火鉢を庭に移して、火をいけて居た。そのうちに激しく揺れて来た。私が急いで庭の木戸を開けた頃は、家のものは多く跣足《はだし》で飛出して居た。

お前の知つて居る通り、こゝは狭く窪い坂の下で、周囲は石垣と高い家屋とに取りまかれたやうなところだらう。私達は逃げ場にこまつた。家《うち》の前から坂の方へ通ふ石段のところだ、どつと来た土崩れや倒れた塀で既に道を塞がれてしまつた。私達は東隣の裏庭にある青桐の下に集まつて、激しい震動の通り過ぎるのを待つた。子供等は、と見ると鶏二、蓊助、柳それから柳子のお友達の顔が揃つて居たし、大屋さんの家の女の児は跣足《はだし》のままのおきぬさんに抱きかゝへられて居た。今にも落ちかゝつて来さうな家屋の軋む音、物の倒れる音、壁土の崩れる音なぞを聞きながら、一同あの青桐の下にかたまつて居た時の心持はなかつた。どこの家の窓からはづれ落ちるともなく硝子の砕ける音をも聞いた。私達が崖でもつたふやうに、危ない石の間を渡つたり、崩れた土を踏んだりして、漸く植木坂の細い通りへ出られたのは、あの隣家の庭からであつた。

その時になつてもまだ私は、これで地震は止むだらうと思つて居た。おそらくこれは私ばかりでなく、何処をどう飛出したかと思はれるやうなこの界隈《かいわい》の人達の多くが同じやうに感じたことだつたらう。往来には平素落合ふこともすくないやうな近所の家族までが出て、若いものに手をひかれて居る年寄、眼を円くして居る子供、跣足《はだし》のまゝで震へて居る娘、そのいづれもが遽《にはか》な出来事に胸をはずませながら立つて居た。柳子や、あのお友達なぞはお幸の手に縋りついて居た。

植木坂を上つて電車通りまで出て見ると、はなはだしい破損の跡が一層眼についた。いかめしい土蔵の屋根は落ち、壁は崩れ、煉瓦といふ煉瓦の塀は大抵倒れて居た。私は飯倉一丁目の方まで行つて見ようとして、二度目の激しい揺り返しに逢つた。私に随《つ》いて来た鶏二は、私の手を堅く握りしめて居て放さなかつたくらゐだ。あの東京天文台の方へ曲らうとする角の古い屋敷が私達の見て居る前で崩壊しかけたのも、その時だ。私達がその日の昼飯の卓にむかはうとして支度しかけた頃から、まだものゝ二十分とは経つて居なかつたと思ふ。実に急激に、私達はこんな大きな異変の渦の中に居た。

三

揺り返しを恐れて、それからは家に這入らうとするものがなかつた。この近所の人達は相良《さがら》さんの邸の前を択んで、あの桜の木の多いところへ集つた。東京天文台に在勤する理学士の福見さんから後《のち》に聞いた話によると、大地震があつて間もなくあの高台から望んで見た時は、火は十一箇所から起つて居たといふ。私達が取りあへず避難した場所からは、それほどの火も望まなかつたが、最初に高輪の方角にあたつて空高く凄じい火煙のあがるのを見た。

私がすこし子供の側を離れかけると、鶏二はすぐ心配して言つた。

『父さん、どこへも行かずにおいで。みんなと一緒に集まつておいで。』

果てしのないやうな震動が気味悪く私達のからだに伝はつて来た。すこし激しい揺り返しが来ると思はず私達は顔を見合せずにゐられなかつたが、その度にみんなの眼の色が変つた。柳子や、あの学校友達の娘は恐怖のあまり、お幸の膝に泣き伏した。私達はそこに有合ふものを寄せあつめて、木の片に腰掛けたり、蓙《ござ》の上に坐つたりしたが、私達の多くはまだ跣足《はだし》のまゝであつた。熱い秋の日が桜の葉の間から射して来る度に、私は激しい渇《かは》きを覚えたが、それを如何《どう》することも出来なかつた。諸方の水道はすでに止まり、鳴戸鮨《なるとずし》の裏手にある深い堀井戸の水も濁つて居た。

やゝ揺り返しの鎮まるのを待つて、私達は相良さんの門前の方に移つた。そこの桜の木の下に薄べりを敷いて、近所の人達と一緒に夜明しする覚悟をした。息を切つて私のところへ馳けつけて来て呉れた人の話によると、神田方面はさかんに燃えて居るとのことで、その人の下宿も焼け、宿の人達は行方も不明になつたとか。あまりに息をはずませての話に、言ふこともよく聞き取れなかつた。その人は私の顔を見るだけに満足して、一片の西瓜《すゐくわ》を私と半分づゝ分けて食ひ、こゝへ来る途中で巡査にパンを貰つたがそれを誰にでもたゞで呉れたといふ話しなぞを残して置いて、また下町方面へ駆け出して行つた。多くの知人の家もどうなつたらう、それを思ふと私もぢつとして居られない気がした。

お前は私達の南隣に、日本銀行へ通勤する娘のあつたことを覚えて居るか。あの娘は手足を繃帯されたまゝ、荷車の上に載せられて、日暮れすこし前に家族の人達の心配して居るところへ着いた。娘は他の朋輩と四人連れで銀行の建築物《たてもの》の三階に居たといふ。中央に居た二人は圧死して、洗面台の下にあつた両側の娘達だけが不思議な生命を助かつたといふ。こんな悲惨な出来事が私達のすぐ隣から聞えて来た。その頃まで柳子の学校友達はまだ私達と一緒に居たが、健気《けなげ》なおきぬさんは永坂に住む親達の許まであの娘を送り届けに行つて来た。そろ〳〵暗くなりかけた桜の木のかげから望むと、下町方面は渦を巻いた煙の海のやうで、その上には入道のやうな大きな層雲の形が遠い市街を摑むかのやうに起つて居た。あれは雲か。それとも煙だらうか、と私が言つた時に、お前の弟達は全部が火事の煙だと言ひ張つた。今になつて思ふと、火焔と共に巻揚《まきあ》がつたといふ旋風――あのお茶の水の女子師範の建築物《たてもの》が、僅か四分の間に燃え尽したといはれるやうな恐ろしい旋風は、あの中に起つて居たのだらう。夕日をうけると共に次第に上の層から色変りがして暮れて行つた。煙にしては強すぎるほど異様に白く光つた陰影の濃い部分も次第に暮れて行く頃に、また驚くばかり地が震へた。私達は暗い葉のかげに提灯をつるし、薄べりの上に坐つて、火事場の方のことを心配しつゞけながら握飯を食つた。

四

何とも知れず物の爆発する様な音が一晩中火事場の方でドーンドーンと聞こえて居た。後になつて天文台の福見理学士にあの音の事を尋ねて見たら、あれには他の音も混つて居たらうが多くは町々の電柱の上に装置してある油の鑵のはぜた音だとの答へであつた。さうとは知らなかつたものには、あの物凄い音が耳について、あれを聞いて居るだけでも油断のならない思ひをさせた。お前の弟の遊び友達――今井さんに井福さんなぞは鶏二や蓊助と一緒になつて、互に少年らしく聞き耳を立て、あれは防火の手段として家屋を破壊するために投げる爆弾の音だらうといふものがあり、薬品の倉庫などの破裂する音だらうといふものもあつた。芝浦の方で、海嘯《つなみ》が来るかも知れないと言つて騒いで居るといふ噂の伝はつて来たのも、あの晩だつた。あの日の午後から夕方までに、私達のからだに感じた地震だけでも百十七回あまりあつたとは、後《のち》になつて聞いた。月明りに、飯倉の電車通りへ出て見ると、下町方面から焼出されて来る人の群が往来に続いて、それが夜明がたまで絶えなかつた。

私達が火災の危険を身に近く感じはじめたのは夜の二時過ぐる頃であつた。こんな麻布界隈まで火が迫つて来ようとは、私達はじめ近所の人々でも、誰一人そんなことを思ふものはなかつた。虎の門を焼き、巴町《ともへちやう》を焼き、神谷町《かみやちよう》を焼いた火が、やがて飯倉一丁目まで近づいて来たのは、実に僅《わづか》の間であつたやうな気がする。その時の火の手は三方から揚がつて居た。鈴木さんの病院の裏手あたりに立つて、今度の地震で崩れた崖の上の位置から向ふの岡の方を望むとたしか永坂町の高木さんの邸《やしき》かと思はれる高い建築物《たてもの》の壁に映る紅い火の反射が、おそろしく私の眼についた。右に往き左に往きする人中を分けてあの崖の上の位置まで走つて行つて見る度に、向ふの岡の上に立つ建築物《たてもの》は一層強く火の反射を受けて居た。それを見ると、私は自分の頬までが熱くほてつて来る気がした。火は麻布谷町《たにまち》の方面からも近づいて来た。夜の空に舞ひ揚がる火の子が徳川さんの邸の内に落ち、あの邸内の椎の樹の上に落ちる頃は、私達の家も焼けるものと覚悟した。私達は沢山に背負つて出る荷物が反つて煩ひになることを恐れ、着更への着物二枚づゝぐらゐのことにとゞめて、めい〳〵それを手に提げて、兎も角も三河台の角まで立退いた。もし火が追つて来たら、六本木から青山の方面へ立退く心支度をして居た。

そのうちに夜は白々と明《あけ》かゝつた。幸にも風が変つて、どうやら私達が危い所をまぬかれたと思ふ頃には、もうそこいらは朝だつた。遠《とほ》のいた火煙がまだもう〳〵と揚つて居る町の空には、北国の果にでも見るやうな燃えてしかも輝かない桃色の太陽を望んだ。何を見ても実に身にしみた。

私達が三河台の角から、もう一度相良さんの邸の前へ帰つて行つた頃は、大火も余程下火になつたやうに見えた。その時になつて見ると、麻布の郵便局も崩れ、多くの電柱も倒れ、電車も不通になり、地方との交通機関の一切が早く断絶したことを知つた。思ひがけない一台の飛行機が、勇ましいプロペラの音を朝の空に響かせながら、高輪の方角から進んで来た。人々は争つて空のよく見えるところへ出て、この救ひのない状態に陥入つた市民のために、特別の使命を果さうとしてやつて来たやうな空中の訪問者を迎へた。それが震災後に私達の望んだ最初の飛行機であつた。

五

この異常な場合に際会して、私は実際に目撃したこの近所の人達の心のあらはれをお前に話したい。あの飯倉片町の電車通りから緩《ゆる》やかな傾斜を間に置いて、すこし奥まつたところに、白煉瓦と石とを按排して造つた相良さんの邸の門はお前の眼にもあるだらうか。あれから鳴戸鮨の裏手へかけて、幾株かある桜の木の根元に薄べりを敷き並べ今度の大地震を避けて居た人達のありさまをお前に見せたかつた。そこには百五十人からの人が集まつたらう。私達の近所附合といふものも平素はごく冷淡で、その蓙《ござ》の上へ行つて坐るまで、私は自分のすぐ隣に居る人が竹沢さんの主人とも知らなかつた。私達の家の北隣は鈴木さんで、あそこの茶の間の窓から聞えて来る赤ん坊の声をお前も聞いたことがあるだらうが、高い石垣一つが隔《へだ》てになつて、今まで私は背中合せのやうに住んで居たあの鈴木さんがどこへ勤める人とも知らなかつたくらゐだ。大屋さんも、借家人も、あのうすべりの上では、まるで一家族のやうに膝を突合せて坐つた。私が南隣の杉山さんの全家族を見たのも、それが初めての時といつていゝ。そこには地震で負傷した娘が手足を繃帯したまゝあをむきに寝かされて居る。子か孫かと思はれるやうな人に背負《おぶ》さつて避難して来て居る髯の白い老人も居る。向ふの桜の葉が蔭を落して居る方では、私達の見て居る前でふところをひろげて、可愛い赤ん坊に乳を吸はせて居る年若な母親もある。足掛七年も飯倉に住んで居て、唯の一度もこんな光景が今迄に見渡されたらうか。それもその筈だ。私達はあまりに深い家の囚れに慣らされて居て、仮令《たとへ》一時でもそれを離れて見るといふ機会はめつたになかつたのであるから。こんなところに隣人を見つけた。それを思ふとうれしかつた。平素はめつたに口をきいたことも無いものが、そこでは言葉をかはし、握飯《むすび》を分けて食ひ、また揺り返しが来たと言ふ度に互ひに顔を見合せて同じ胸の鼓動を覚えた。もし私達の人生が永久に、この近所でいふお附合のやうな義理一遍のものであるとしたなら、どうしてこんな熱い泉が底を破つて迸り流れて来るだらう。

婦人もよく働いた。植木坂の上にある鈴木さんの病院は地震のために屋根の瓦を落とされ、塀を倒され、おそらくこの界隈での破損の一番大きかつたところだらうと言はれる。あそこでは家族の人達がみんな鎌倉の方《はう》であつたのに、年とつた看護婦と女中と、其女の手ばかりで、よく主人の留守を支へた。これは一例に過ぎない。日頃労苦の認められることも少い諸方の家の奉公人が思ひの外な勇気を示して、その主人を助けたことも、こんどの震災で見のがしがたい気がする。

六

最早六本木の辻あたりへは、この大火で焼落ちた市内の主な建《た》築物《てもの》や焼失した町の区域なぞの謄写版に刷られたものが貼り出された。飯倉片町あたりの電車の線路の上は焼け出されて来た人達の荷で満たされ、一丁目の坂の下の方から避難して来る無数の男女の群は青山渋谷の方面をさして続々この町を通りつゝあつた。

その頃は下火になつたとは言つても、まだ遠くの町は焼けて居た。下谷の徒士町《をかちまち》から順に火に追はれて取出した荷物も一つ捨て二つ捨て最後に上野広小路の焼跡へ避難した人が後《のち》になつて訪ねて来ての話しに、徒士町あたりが鳥越方面からの尻火《しりび》で焼けたのは九月二日の午後二時頃であつたといふ。こんな災害の激動を受けながらも、感じ易い女までが、足袋跣足《たびはだし》、尻からげに、風呂敷包を背負ひ、焼跡の方の灰にまみれた、手拭をかぶりながら、いづれも甲斐《かひ》々々しくこの町を通つた。乾き切つた道路に馳せちがふ自動車から舞ひ揚がる土ぼこりは、町の空を暗くした。私は通り過ぎる無数の避難者を眼前にして、一つところに長く立つては居られなかつた。町の様子を見るだけに満足してまた自分の子供の側へ引返して行つた。

不思議な昼飯時が来た。火事場のことが心にかゝりながら、私達は相良さんの邸の前で例より遅く握飯《むすび》を食つたが、誰もそれを昼飯と思ふものはなかつた。皆夕飯《ゆふめし》と思つた。子供等も疲れが出たと見えて、昼飯に呼び起されるまではそこにごろ〳〵して居たが、眼をさましたものはいづれも夜と昼を取りちがへたやうな顔付で、そこいらを見廻して居た。何といふ町の暗さだつたらう。引きつゞく揺り返しの測《はか》りがたさに、日中だか夕方だか分らないやうなその異様な暗さは、妙にみんなの心を重くした。この界隈には割合に堀井戸のある家があつて、幸ひ私達は飲み水には事を欠かなかつた。相良さんにあり鳴戸鮨にあり滝本さんにある深い堀井戸の水は、一時の濁りにとゞまつて、それを沸かして飲むことは出来た。

濃尾地方の震災——といへば、あれはもう何十年になるかと思ふほどずつと以前のことだがあの当時の記憶が私の胸に浮かんで来た。私はあの大地震の後でひどい地割れのした美濃地方を通つて、お前の今居る神坂村に郷里の人達を訪ねたことがある。その時、私はお前の祖母《おばあ》さんからあの震災当時のことを聞かされた。祖母《おばあ》さん達は震災地から離れた山の上に住んで居ても、毎日毎晩絶え間のないやうに伝はつて来る揺り返しを感じたといふ。私は祖母《おばあ》さん達が裏の竹藪で暮したといふ日数をはつきりとは記憶して居ないが、そこに戸板や蓙《ござ》を持出して夜も竹藪で寝たといふのだ。驚くほど長い日数の間であつたと覚えて居る。それを私は鶏二や蓊助の側で思ひ出した。こんな大きな地震の来た後では、もつと〳〵揺り返しの続くことを覚悟せねばなるまいと子供等に話した。今日の夕方の六時か七時頃はまた心配だと、子供等までそれを言ひ合つて居た。

『放火をするものがあるから、気をつけるやうに。』

その警告がこんな混乱した町の空気の中へ伝はつて来た。

七

私達が集まつて居た場所は片町の電車通りからもよく見える位置にあつたので、他からの避難者で疲れた足を休めに立寄るものも少くはなかつた。その中には築地方面から火災を逃れて来た七八人ばかりの婦人の連れもあつた。いづれも二人三人づゝの子供を連れて居て、火事場の混雑に夫《をつと》にはぐれてしまつたといふ人達であつた。私達が一時凌ぎに集まつて居た門前の近くには、こんな連中もやつて来て、向ふの桜の木の下に足を休めて居た。

そこへ見慣れぬ三十五六ばかりの洋服を来た男が来て立つた。この町の人達が眼にも見えない恐ろしい敵の来襲を聞いたのは、その男からであつた。私は不思議に思つて、そんな風聞を確かめるためにその男の方へ近づいて行つて見たが、その時はもう先方で立去らうとして居るところであつた。

物数奇《ものずき》か、悪戯《いたずら》か、それとも親切か、いづれとも分らないやうな其《その》男の残して置いて行つたものが、反つて皆を不安にした。他からの避難者の中にはそろ〳〵荷物を片づけはじめるものがある。私達と一緒に薄べりの上に坐つて居た人達までが、一人立ち、二人立ちして、何となく騒がしい町の様子を気遣ふやうになつた。

こんな時に耳の早いのは子供等だ。婦女《をんな》子供は成るべく町の外へ避難せよ。夕方にはそんな声さへ私達の耳へ入つた。大震、大火、旋風、海嘯《つなみ》――ありとあらゆる天変地異の襲ひかゝつて来たやうなこの非常時に、些細な風聞にも動かされ易くなつて居たのは、子供等ばかりでもなかつた。休まず眠らずに居た大人までが、みんな子供のやうになつて居た。

兎も角も、私達は他からの人の入込み易いこんな門前の位置から、婦女《をんな》子供を隠したかつた。もつと安全な場所に一同を置きたかつた。そこで私は竹沢さんと連立つて、相良さんの邸内をこの町の人達のために開放するやう、その交渉に出掛けた。主人は洋行中と聞いたが、留守を預る人は快く私達の言ふことを容《い》れて呉れた。やがて私が竹沢さんと一緒にそこを辞する頃は、あの門の鉄の扉が既に開かれて居て、二百人許《ばか》りの人達が邸の庭の内へ一時に崩れ込んだ。

『父さん――何処へ行つてるの。僕等は先刻《さつき》から父さんばかり探して居た。』

子供等は私が見えないのを心配して、この混雑の中を探し廻つて居たのであつた。

水を打つたやうな、シーンとした光景が、それから私達の周囲にあつた。

『井戸に毒薬を入れる者があるさうですから気をつけて下さい。』

こんな警告が、そこに集まつて居たもの、不安を増させた。みんな提灯のあかりを消して沈まり返つて居た。薄暗い庭の木立の方からは百日咳の赤ん坊の声が聞えて来るのみで、その他には音を立てるものもなかつた。子供一人声を出さなかつた。

夜中過ぎに、私は邸内の裏側まで用を達《た》しに行つて、試みに月明りの中を歩いて見たが、陰惨な空気は身を襲ふやうであつた。でも、門の内外の警戒の厳重なのに安心して、また自分の子供等の側へ帰つて来て横になつた。深い夜露に濡れながら、それが屋外で送つた二晩目だ。その晩はまた、瓦の崩れ落ちる音を聞いたほどの強い揺り返しも来た。

八

こんどの大火に追はれた人の話を聞くに、火が間近《まぢか》に迫つて来るまでは互ひに手を引き合つて居た人達でも、しまひには各自に自分だけ助からうと思つて居ないものはなかつたといふ。これと同じやうなことを私達は相良さんの邸の庭で経験した。あまりに厳重な鉄の扉の内に置かれて、逃げ路も塞がれてしまつたやうな人達は、そのために却つて非常な恐怖を抱いた。万一噂のある敵でも襲つて来た場合には、どうしたらあの塀を飛び越えられるだらうとか、どうしたらあの木の蔭に身を隠せるだらうとか、各自にそんなことを考へた。みんな自分のことだけしか思はなかつた。子供一人、声を出すもの、なかつたやうな、あのおそろしい沈黙がそれだつた。

『敵が来る、敵が来る……』

お伽話《とぎばなし》でもない限りは信じられないやうな二千人もの敵が襲つて来るといふ風聞はその翌日になつても続いた。敵は既に六郷川の附近で撃退せられたから安心せよといふものがあり、いや、その残党がもぐり込んで来ないとも限らないといふものがあつた。それにつけても私は曽て仏蘭西《フランス》の旅にあつて世界の大戦に際会した当時のことを思ひ出す。アウストリア対セルビアの宣戦が布告され、続いて独逸《ドイツ》に対する仏蘭西《フランス》の宣戦が布告された当時、巴里《パリー》の都はどんな混乱に陥つたことか。

『エスピオン、エスピオン……』

その声が仏独国境の交通断絶を聞くと同時に起つた。独逸人の経営する商店で巴里にあつたものは、その殆どすべてが巴里市民のために破壊し尽された。『エスピオン』とは探偵のことで、当時の仏蘭西人にいはせたら『独逸の犬』といふ意味にも当らう。あの頃の熱狂した仏蘭西人は仏蘭西人を疑つたが、こんどの大震災で東京の真中には『エスピオン』のかはりに、哀しむべき『幽霊』が飛出した。

『いづれ、こんなことを言ひ触らして歩く奴があるんでさ——斯《か》ういふ時には、馬鹿や狂人《きちがひ》がよく飛出しますからね。』

といつて憤慨するものがあつた。こんなに多くの人が苦しみを重ねて居るのを見たら、敵でも私達を救ふ気になるだらう。この悲惨な震災に乗じて、一層人の心を混乱に導くやうな同胞のあらうとは信じ得られないことであつた。私達は自分等のうちから飛出す幽霊を恐れた。そんな流言に刺激されて、敵でもないものが真実《ほんとう》の敵となつて顕れて来るのを恐れた。斯ういふ時に新聞でもあつて、正確な報道を伝へて呉れたらば、と私達は思つた。市中を護る巡査も既に疲れ切つて居たらうし焼死んだものもあつたらうし、市民の多くも休まず眠らずであつた。みんな、どうてんしてしまつたのだ。

一夜のにがい経験に懲《こ》りて、この町の人達が各自に互ひを護らうとするやうになつたのは、それからであつた。北隣の鈴木さん、小原さんなぞに随《つ》いて、お前の弟達も思ひ〳〵に用心の棒を携へ、日の暮れるころから町を護りに出るやうに成つた。夜の十二時には、また大きな地震が来るといふ流言の伝はつたのも、その三日目の晩であつた。

九

しきりにお前のことが気に掛つて来た。東京の大半は既に灰燼と化し、全市の死亡者は十万乃至《ないし》二十万と数へられ、本所の被服廠だけでも三万以上の人が死んだと言はれたばかりでなく、東京以外でも横浜全滅の報が伝へられ、震災の区域は湘南一帯の地から房州の方にまで及んで居ると知つた時の私達の驚きは。お前は長野または愛知方面からの新聞をひろげた時に、どんな心持でこの大震災の通信を読んだらう。当地の様子はどんな風にお前の地方へ伝へられたらう。

四日目から私達は北隣の鈴木さんの家の一部を借りて、取りあへず吾家のもの一同そこへ立退くことにした。これは、植木坂の下から相良さんの邸の前へ通ふ細い道路が危険であつた為に、揺り返しの度に破損を増して来て、何時《いつ》あの崖崩れと地割れのした方から高い石垣が崩れて来ないとも限らなかつたからで。私達はまだ自分の家の方に帰つて眠る気には成れなかつたが、お蔭で北隣の屋根の下に身を置くことが出来た。おそらくお前はなんにも此方《こちら》の様子が分からずに居たらうから、兎も角も私達が無事に立退いたことだけでも早く知らせたいと思ひながら、それを奈何《どう》することも出来なかつた。丁度、その四日目に私達の立退き先へ訪ねて呉れた人があつた。その人はお前の知らない青年だが、日頃身を寄せて居た日本橋の商家の全滅したため、早くも東京を去らうと思ひ立つた一人で、これから汽車に乗れるところまで歩いて行くと言つて、暇乞《いとまご》ひかたがた寄つて呉れた。その人の帰つて行くのが信州の小諸《こもろ》であつたから、私はあの町に信濃毎日の通信員のあつたことを思ひ出し、その通信員に逢つて此方《こちら》の様子を伝へて呉れるやうにとくれ〴〵も頼んで見た。私のつもりでは、もし信濃毎日紙上の一隅にでも此方《こちら》の様子を伝えて貰ふことが出来たら、あの山の上に居る多くの知人に安心して貰へるばかりでなく、さだめし私達の安否を気づかつて居るお前の眼にも触れることがあるだらうと。

お幸《かう》の父親はその日の中に常陸《ひたち》の大津から着いた。あのおやぢさんはお幸の事を心配して来たばかりでなく、他にも東京に奉公して居る子息《むすこ》や娘の身の上を案じて、川口までは汽車で駆けつけ、それから七里ばかり歩いて漸く東京に入ることが出来たといふ。地方から上京した人で、私達が一番早く迎へたのもあのおやぢさんだつた。お幸の父親は、こゝまで来る途中で行き逢つた人の群の中に、尋ね人だれそれ、立退き先どこそこ、何の某《なにがし》、と眼につくやうに書いた広告を人の背中に見つけ、洋《こう》傘《もり》の先にも見つけ、どうかすると歩いて居る人の頭の上にまでそれを見つけたと語つて居た。子供のことが心配なら、鶏二、蓊助、柳子のうちを大津の方まで預かつて行かうか、そんな風に言つて呉れるのも田舎気質のおやぢさんらしかつた。

旅行も困難になつて来た。戒厳令は既に布《し》かれ、焼け残つた銀行の扉も堅く鎖された。その四日目頃に私達の家にあつた貯へは米一升五合しかなかつた。頼めば玄米を分けて貰ふことも出来、茄子や南瓜なぞの乏しい野菜を手に入れることも出来たが、私達は事実に於いて籠城するに等しい思ひをした。

十

私は自分の身の周囲《まはり》のことばかり書いて、その他のことはまだ何もお前に書いて送らなかつた。父親としての私がお前に宛てゝ、書くことは、やがて若い若い時代に宛てゝ、書くことではなからうか。そこまで私はこの手紙を持つて行つて見るつもりで、筆を執りはじめたが、お前の知つて居る通りな病後の私の健康がそれを許しさうもない。私は震災の起つた当時の僅な身辺の報告にとゞめて、一ト先づこの手紙を終らうと思ふ。

焼跡の方からは、私達の心配して居た人達の消息がその後ぽつ〳〵分つて来た。お前も懇意な箱崎町の吉村さんは、おそらく今度の火事で危く生命びろひをした一人であらうが土州橋側の船に遁《のが》れてから四日目に私達へ避難して来た。辛くも取出した家具も荷車に積んで焼跡の電車通について歩いて来たといふ吉村さんの家族達の様子は眼もあてられなかつた。下町方面に住んで消息も多く不明であつた人達のことが知れて来るにつれて、ある人は巣鴨へ、ある人は渋谷へ、ある人は小石川へ、いづれも日比谷公園だの浜離宮だのに一旦火を遁《のが》れた上で、それぞれの場所へと避け惑ふた光景が想像せられる。神田から小石川の植物園へ逃れ、更に川越方面まで落ちのびた人の消息が漸く九日目あたりに成つて分つて来たのもある。私の知つて居るかぎりでも、窓から飛んで腰を打つたもの、顔を傷けたもの、芝草の中に顔を埋て火焔を防いだもの、あるひは被服廠で不思議な生命《いのち》を助かつたもの、さういふ人達の話を何程聞いたか知れなかつた。

私はこの手紙に多くの書漏《かきもら》したことのあるのを遺憾に思ふ。これまでの私の通信は僅かに九月の四五日迄あたりのことに過ぎなかつたが、あの頃はまだ市中の秩序も回復されず、電燈の無い町々は暗く、日の暮れる頃から人の往来も稀な時であつた。赤い笑ひがそこいらを支配して居る時であつた。この町に住む今井さんの小父《をぢ》さんなぞが古い刀を腰にさしたり鎗《やり》を持出したりする時であつた。怪しい敵の徘徊するものと間違へられて、六本木の先あたりで刺された犠牲者のことを後になつて聞けば、其まがひもない同胞の青年であつたといふやうな時であつた。其青年は声の低ひためと呼び留められても答へのはつきりしなかつたためと、宵闇の町を急ぎ足に奔つたためとで、そんな無惨な最後を遂げたといふ。斯《か》うした出来事が、たまに私のところへ見える二人の姉妹の親戚の間にすら起つて居た。私達の家の附近には、この町を去らうとした人のあつたのもあの頃だ。

『あなたがたを置いて、逃出すものと思つて下すつては困りますよ。決してさういふ訳ではありませんから……それはよく御承知を願つて置かないと困りますから……』

こんな言葉を残して置いて行く人もあつた。どこそこの家族は、郊外の方へ移るそうだとか、どこそこの主人は留守居を残して置いて娘達と共に田舎行を思ひ立つたとか、そんな噂を聞く度に実に心細い思をした。聞けば、こんどの大地震では、お前の居る山地の方ですらかなりの衝撃をうけたといふではないか。年老いた人のある家ではその年寄を背負つて屋外に飛び出したほどであつたといふではないか。私は自分の立退き先で、木曽福島救護団一行の人達からそのことを知つた。あの人達は檜木笠を手にしながら、その話を私にして呉れた。その後、日比谷の中央郵便局で地方行きの郵便物を受付けると聞いた時に、私は取りあへずお前宛《あて》の葉書を書いたが、その葉書すら無事にお前の手に届くであらうかと危ぶんだ。それほど周囲の事情は不安で、混雑を極めて居た時だつた。恰度《ちやうど》、木曽福島小学校の職員で私の許へ見舞に立ちよつて呉れた年若な教師があつた。その人は翌日にも木曽福島まで帰らうとする矢先で、お前宛に書いた葉書を預つて行かうと言つて呉れた。私は何かの厚紙の二つに折つてあるのを見つけ出し、その中にお前宛の葉書を入れて、それを木曾行きの先生のポケットに納めて貰つた。幸ひ私達は無事でゐるからお前もこの際には上京を見合せるやうにと書いたあの葉書は、実はその先生が福島まで持つて行つて投函して呉れたのだ。今後お前が再び見得る日の東京は以前の東京ではないだらう。お前の眼にある東京の大半は、今は殆ど昨日の面影を止めない。近代人の誇りとする科学がこれほど発達した時代に生れ合せて、一切の自然を征服し切つたつもりで居た私達はその増長した考へ方を根から覆へされた。どんな最大階級の言葉をもつて来ても、こんどの惨害を形容するには足りないと言つた人もある。この大自然の破壊に面しては、実に眼も眩《くら》み、胸もつぶれるばかりだ。

（「東京朝日新聞」大正12年10月8日～22日）

災後雑感

菊池　寛

震災は、結果に於て、一の社会革命だつた。財産や位置や伝統が、滅茶苦茶になり実力本位の世の中になつた。真に働き得るもの丶世の中になつた。それは、一時的であり部分的であるけれども、震災の恐ろしい結果の中では只一の好ましい効果である。

為政者も民衆も、この教訓を忘れなかつたら、来る筈であつた社会革命の惨害を避け得ることが、或は出来るかも知れないと思ふ。

×

我々文藝家に取つて、第一の打撃は、文藝と云ふことが、生死存亡の境に於ては、骨董書画などと同じやうに、無用の贅沢品であることを、マザ〳〵と知つたことである。かねて、さうであることは、知つてゐたもの丶、それを、マザ〳〵と見せられたのは、悲しいことだつた。

×

今度の震災では、人生に於て何が一番必要であるかと云ふことが、今更ながら分つた。生死の境に於ては、たゞ寝食の外必要のものはない。食ふことと寝ることだ。佐々木茂索、戯れて曰く、「クーネル」派の文学を興さんと。震後四五日、我々は喰ふこと、寝ることの外は、何も考へなかつた。「パンのみにて生くるものに非ず」などは、無事の日の贅沢だ。

凡ての商買の中でも、人生に第一義に必要な物丈が残つた。食物の店丈である。呉服屋や下駄屋でさへ、容易に店を開かなかつた。美術小間物屋や、写真屋や骨董屋やなどは、当分破滅の外はないだらう。自分の家の近所の楽器店では、味噌を売つてゐた。藝術の悲哀である。

×

むろん、かうした寝食丈の人生が、人生の凡てではないだらう。が、しかしそれはたしかに人生の究極の相である。究極の人生に藝術が、無用の長物であると云ふことは、我々に取つては、可なり不愉快な真実である。我々の仕事に対して信念を失つたことは、第一の被害である。

×

私は、曽て自分が労働することを考へて見た。私のやうな身体では、とても筋肉労働は出来ない。理髪のやうな仕事なら出来ると思つた。そして、理髪と云ふ職業は、如何なる世の中が来ても、要求される仕事だと思つてゐた。震災後、床屋が第一に店を開いたのを見て、私は私の先見が当つたのを知つて微笑した。

×

が、とにかくにも、自分の食ふ丈のものは、自分で作ると云ふことが、一番大切な仕事であると云ふことが、よく分つた。自分の食ふ物を自分で作るものは、一番強い人間だと思つた。そんな意味で、人生に於て一番よい、一番強い仕事は百姓だ。私は今更ながら、武者小路氏の生活を思はずには居られない。

×

今度の震災に依つて、文藝が衰へることは、間違ないだらう。我々が、文藝に対する自信を失くしたのも、一の原因となるだらう。その上、文藝に対する需要が激減するだらう。震災後、書店は長く店を閉してゐた。印刷能力の減少も、その大なる原因だ。雑誌の減少も、その一つだ。量に於ける文藝の黄金時代は去つたと云つてもいゝだらう。

×

小説は、まだいゝ、筆と原稿紙とさへあれば、どんないゝものでも書かれないと云ふ訳はない。もつと、悲惨なのは、戯曲である。劇場なくして戯曲をかくと云ふことは、どんなに創作本能の強い人に取つても、張り合のない仕事に違ない。折角勃興し来つた日本の劇界も、茲四五年の頓挫は免れまい。

×

震災に依つて、作家の主観が深められ、その為に文藝が深刻になると云ふ人がある。或は然らん。然し、それは作家本位の観察である。我々は、いゝ加減なことを書いては居られないと云ふ気がする。然し、それは作家側の考である。需要者側の要求する文藝はさうではないだらう。きつと、娯楽本位の通俗的な文藝が流行するだらう。読者は、深刻な現実を逃れんとして娯楽本位的な文藝に走るだらうと思ふ。そんな意味でも、文藝の衰頽は来る。

×

文藝界の衰退が来ても、我々の如きは、年貢の収め時だと思つて、甘んじて田園に去るが、気の毒なのは新進作家である。プロレタリヤ作家もブルジョア作家もあつたものでない。隠忍雌伏して実力を養ひ、新しき機運到来を待つ外はないと思ふ。

×

私なんかも、地震の被害は極めて軽かつた。揺れ始めると忽ち庭に飛び降りてゐた。たゞ、最初の地震の稍落着くのを待つて、日本橋の身寄の家を見舞つた。その帰途、万世橋に出ようと思つて進むと、黒煙が、濛々として、掩ひかゝつてゐる。これは、駄目だと思つて引返すと、三越の裏手が焼けてゐる。北方は、神田が焼けてゐる。たゞ神田と、丸の内との煙の間に、わづかに青空が見える。私は、其処を目指して進んだ。もう、道路は避難者と荷車とで、雑沓してゐる。青年会館と神田橋との間に出て見ると、神田橋の向ふ側が焼けてゐる。私は辛うじて神田橋と一つ橋の間の河岸に出た。避難者が、濠端に荷物を積んでゐる上に、無数の荷馬車や荷車が通つてゐる為に、私は二三度動けなくなつた。火の子が、頭の上に振りかゝつてゐる。簞笥や、蒲団の間に居る子供達は、泣き叫んでゐる。辛うじて車の間をすりぬけて、一つ橋を渡つたときに、初て蘇生の思をした。翌日、神田橋と一つ橋の間に、死屍が充満してゐると云ふ話を聞いて、私は慄然とした。もう、二三十分遅ければ、私も煙に捲かれてゐたと思ふ。従つて、私には焼死した人の場合がよく分る。

まだ大丈夫、まだ大丈夫と思つてゐる裡に、煙に捲かれて死んだ人が沢山あるだらうと思ふ。そんな意味で、私も生死の境に一歩丈踏み入れて居たと思ふ。

×

たゞ意外だつたことは一日の避難者が、みんな元気であつたことだ。意気が沮喪して居なかつた。思ふに、火事を避けてゐる人々にも、地震から来る死を免かれたと云ふ欣びがあつたからだと思ふ。それと同時に、地震を免れて、安心した油断から焼き殺された人が、大部分だと思ふ。

×

安政の地震や、明暦の大火を物の本で、読んで、その酸鼻の有様に、百年の後尚面を背けずに居られなかつたが、現代にそれ以上の悲惨事を見ようとは、思ひも及ばなかつた。

明暦の大火の時、浅草御門が、閉されたゝめ幾千人の人々が折重つて焼失したと云ふ記事を読んだが、被服廠の惨状の如きはそれ以上である。が、人間は強い、如何なる現実にも堪へ得るのである。

×

××を持つて、合言葉を使ふなどと云ふことは、大正の世にあるまじき事と思つてゐたが、震災後四五日の間は、私も××を手にして、合言葉を使つて、警戒に当つた。その合言葉が、「駒」と云へば「三」と答へるのである。私の家の近所にある「駒込三業組合」の「駒」と「三」とである。藝者屋と待合と料理屋の「三業組合」が合言葉を作るなど、恐らくは空前絶後の事であらう。

×

かうした災害に当つて一番気楽なのは、独り者である。私の知つた人で、下宿を焼き出されながら、毎日〳〵焼跡見物に飛び廻つてゐる人が、二三人もゐた。係累の多い人々ほど、かうした場合に苦しい。出家の第一歩が、恩愛の絆を、絶つことに在るのも、尤もな事である。

×

この一項は、広告である。私の経営してゐた「文藝春秋」も、九月号製本中に悉く焼けてしまつた。十一月に再刊することになつたから、それまで待つてほしい。右「文藝春秋」の読者諸君に本誌を通じて告げて置く。

×

私も、二日の夜池の端まで焼けて来たとき、飛んで来る灰と潮のやうに駒込橋方面へ逃げてゆく避難民に脅びやかされ、到頭家を捨てゝ、岩崎の解放地まで逃げて一夜を明した。For life のために逃げると云ふことは、イヤなことである。殊に子供とか老人などが連れだと堪らない。生涯の中に、どうかしてこんな目に二度と逢ひたくないと思つてゐる。

(「中央公論」大正12年10月号)

非難と弁護

（菊池寛に対する）

広津和郎

㈠

地震後の文壇の論議と云ふと、チト大袈裟過ぎるが、併《しか》し二三の文学者の間に、今度の地震のやうな大異変にぶつかると、藝術などと云ふものが如何に無力なものであるかと云ふ事を痛感すると云ふ説と、いや、藝術と云ふものは、かうした天災位で滅びるものでないと云ふ説と、かう云ふ相反する二つの説が唱へられた事は事実らしい。

私《わたくし》は地震後いろいろの雑用のために駈けまはらなければならなかつたので、とつくりと此《この》二つの説をよんで吟味して見る暇はなかつたが、併し吟味しては見なくとも、結局此《この》二説は共に解り過ぎる程解つてゐる明瞭な理論である。

藝術の無力説の主張者は菊池寛君で、菊池君の日頃からの物の云ひ方より推して見ると、同君が此際特に「藝術の無力」を感じたと云ふのも、同君としては頗る自然で無理でないやうに思ふ。

一二年前の事だつたと思ふが、同君は藝術の永遠性を否定して、いはゆる藝術至上主義者の夢に痛棒を喰はした事があつたが、その説の一節に、『どんなに傑作と云はれてゐる彫刻でも絵画でも、時が経てば滅びてしまはないとは限らない。火事で焼けないとも限らない』そんな意味の言葉があつたのを、私は覚えてゐる。

甚だしく菊池式の論法なので、それを読んだ時に、私は頬笑まずにゐられなかつた。どんなに傑作だつて何だつて、時が来て、地震や火事に遇つたら、絶滅しないとは限らない。だから永遠のものだとは云へない、とかふ云ふのである。

実際その通りであるには相違ない。焼けたり壊れたりしてしまつたら、台なしになつて、価値なんか消えてしまふに違ひない。今までだつて、さう云ふ例は歴史に無数にある。地震、火事、戦争、さう云ふもの丶ために、幾多の優れた藝術品が容赦もなく破壊された事実は、思つて見ても我々には惜しい気がする。

が、兎に角、『有』が『無』となつた場合に、今まで『有』が有してゐた価値が、『無』にも引続き存するものでないと云ふ見方に於ける菊池君の藝術の永遠性否定説は、論理的には間違つてゐない。物は云ひやうで丸くも四角にもなるが、藝術の永遠性の否定も、こんな風な順序に説いて見ると、なるほど一通りはさう耳にうなづける言葉らしくも聞こえる。

さて、さういふ思想を持つてゐる菊池君が、今度の大異変に遭つて『藝術の無力』を痛感したと云ふのは、理の当然である。菊池君は常に終始一貫して、菊池式の人生観藝術観を押通してゐると云ふ点は、はつきりしてゐるし、男性的であるし、或《ある》爽快さを我々に与へずには置かない。

だが、一応論理的にうなづける此《この》菊池君の『藝術の無力』説は、一二年前の『藝術の永遠性否定』説と共に、残念ながら我々の心を十分に納得させては呉れない。それは前にも述べたやうな菊池君のあの論理が、頗る取留のない、大ざつぱなものだからである。

地震や火事や戦争や、さういふ異常な破壊力に遭つては、藝術品が消滅してしまふと云ふ事は解つてゐるが、併《しか》しさういふ筆法で行けば、第一此《この》地球自身だつて、いつかは破滅してしまふ時が予想されてゐるのだから、大体『永遠性』などと云ふ事を、人間が口にするのが間違つてゐるのである。そこまで行けば、もう議論はなくなるし、第一言葉もなくなる。『永遠』なんていふ言葉は人間の字引から抜いてしまはなければならない事になる。

これは地球にしたつて、又人類にしたつて或《あるひ》は個人にしたつて同じ事である。いつか破滅する時があると云ふ仮定を根本にして云へば実際『永遠』なんていふものは、到底何処にも存在してゐるものではない。従つて人間の口にすべき言葉ではない。

㈡

だけれど、これでは話しが出来ない。言葉が成り立たない。又論理も成り立たない。何故かと云ふと、此遠い〳〵未来を予想した否定説を根本にして行けば、人間の生活でも学問でも藝術でも、何も彼《か》も儚いものになつてしまふからである。——ところが、こんな厭世観で、人間は現在を過ごすわけには行かない。こんな厭世観は生きて行く人間は、みんな頭の中から捨て行つてしまふ。宇宙的の厭世主義否定主義から、人間は人間的肯定主義活動主義に帰つてくる。帰つて来なければ、どうもかうも仕方がない。帰つて来て、そこに人間的な尺度で人間的な言葉をいろ〳〵に作り出す。人間的なと云ふ形容詞がついて、いろ〳〵な言葉そのものが生きてくる。人間の解釈での『永遠』と云ふ言葉も生きてくる。『藝術の永遠性』と云ふ言葉でさへも生きてくる。

これは地球、宇宙、人類の最後の破滅と云ふ事を問題にして云つたが、併《しか》し単なる天災にしてもやつぱり同じ事である。天災、戦争その他の破壊力に遭へば、みごとな藝術品でも何でも破滅しないとは限らない。併《しか》し人間の言葉は、さう云ふものをめやすに置いて作られてはゐない。さう云ふ事は仕方のない事である。人間の言葉以上の事である。人間が『藝術の永遠性』又は『永遠に滅びない藝術品』といふ言葉を使ふ時は、その藝術乃至《ないし》藝術品は火に遭つても水に遭つても、破損しないと云ふ意味ではないのである。今日生れて今日直ぐ滅びる藝術よりは、今日生れて明日もやはり生きてゐる藝術の方が、人間の言葉に従へば、「永遠性」があるわけなのである。

私は自分が好きなのでいつでも例に持出すが、奈良の博物館にある問答師の彫刻を見てゐると、遠い天平の昔に出来たその藝術品が今の自分の心に直ぐ通ふところの或る感動を与へる。さういふ場合『藝術の永遠性』と云ふ言葉が、ひとりでに唇に上つて来る。併《しか》しそれは此藝術品が『水火』に遭つても滅びないと云ふ意味では無論ない。いや、無暗に『水火』に遭つて堪まるものではない。『水火』に遭はずに、永く保存されて行く事を祈らずにゐられない。此の永久の保存（存在）を今日の我々にまで祈願させせずに置かないところに、我々人間の言葉で云ひ表すところの『永遠性』が認められる訳なのである。

今度の地震に出会つた場合の菊池君の『藝術の無力説』だつて、やつぱりそれと同じ意味で我々にはしつくりとは合点が行かない。菊池君が此思ひがけない人生の異常時にぶつかつて、人間生活の幾多のどん底、幾多の悲惨を見て、非常な感動を受けたと云ふ事実には十分な同感が出来るし、又『藝術無力説』が、その人生のむごたらしい現実を見て、いはゆる今日《こんにち》の藝術家生活の十分にふにやけ切つただらしのなさを思ひ、そこに深い反省をせずにゐられたかつた事の表示であるならば、その感動の単的な表示であるならば、たとひその言葉の意味に不満があつても或《ある》敬意を持つ事が出来る。

㈢

けれども、それが藝術全体に向つて菊池君が呼かけるところの一つの主張であるならば、到底賛成するわけには行かない。

菊池君はあの被服廠跡に立たせて見たならは、藝術至上主義者の里見君や葛西君が果して何と云ふだらう、と云ふやうなことを云つてゐた。この災害で藝術は微瑾だも受けないなどと云ふことを云つてはゐられないだらう、とかう菊池君は藝術無力説の主張の第一歩の論理を進めてゐた。私は葛西君が何と云つたか知らない、又里見君が何と云つたかも正確には覚えてゐない。里見君の感想は一寸目を通した事は通したのだが、余程前だつたので、よく覚えてゐないのである。

そして菊池君は、更に武者小路君の生活を思ひ、みづから耕すもの、生活と思つて、それこそほんたうの生活だと云つてゐた。——私の読んだ菊池君の文章には、さう云ふ事が断片的にしか書いてなかつたので、どう云ふ意味に武者小路君の生活を解釈してゐるかは解らなかつたが、併《しか》し菊池君は藝術の無力説から、直ぐにみづから耕すもの、生活のほんたうを主張する方へ飛んで行つてゐた。

無論、被服廠のあゝ云ふ驚くべき悲惨時の場合、藝術がそれをどう救ふ事が出来るものではない。藝術が地震をどう救へるものでもなければ、あの業火をどう救へるものでもない。併《しか》しみづから耕すものにしたところで、あの被服廠の業火をどう救へるものでもない。今度のやうな場合に、食に飢ゑ、衣に欠乏してゐる人々に向つて、藝術が彼等の腹を肥し、彼等の寒さを凌ぐたしになるやうな力を少しも持つてゐないと云はれても、藝術はさう云ふ力が自分にない事を十分に認めないわけに行かないし、又仕方がないとあきらめないわけには行かないだらう。――「自分にはどうしてい丶のか解らない」かう云ふより仕方がないだらう。

さう云ふ論法で、若《も》しそれ故に藝術よりも食をみたすもの、衣を給するものが上のものであり、力強いものであると云ふならば、火に追ひせめられてゐるものには、又パンや著物でも、彼等を救ふたしにはならないのである。餓や寒さを凌がせる意味で藝術よりも力強いものと云はれたものでも、火責《ひぜめ》から人間を救ふ事には何の役にも立たないのである。

㈣

被服廠に立つてよくよく細かに考へて見ると、彼等を救ふのに藝術も無力であれば、パンや著物もやはり無力である、此処にはそれ等よりもつと力強いものがなければならない、そしてその力強いものとは実に水である、水の外の何ものでもない、火に勝つものは水の外には何ものもない。

つまり論理で押て行くと、かう云ふ事にならなければならない。だから、火事の悲惨をふせぐのには、もつと水の準備がよく出来上つてゐなければならない。それは藝術の罪でもなければ、その他の何もの丶罪でもない。火に責められてゐるものには水こそ救ひであり、餓に泣いてゐるものにはパンこそ救ひであり、それと全く同じ意味で、藝術の渇きを感じてゐるものには、藝術こそ救ひである。それは別々に考へなければならない。主観的な思想としては兎も角、客観的な妥当を人に強ひる思想としては、それ等のもの、混同は、見のがすべからざる誤謬である。

それだから菊池君の『藝術無力』は、菊池君の主観的な思想としては兎も角、客観的に人々に向つてそれの真理である事を納得させるには、余りに根拠が薄弱であり余りに独断に過ぎる。――此故を以て、私は此説には何処までも反対しようと思ふ。とは云ふもの丶、一人の個人の生き方、人生の見方、その感情の動き方、頭脳の働いて行く方向と云ふ点を主とする立場から、菊池君の地震後の感想を見れば、そこに全然別な解釈が成立つて来る。

異常な時にぶつかり、異常なものを目撃した場合、人はや丶もすると、いろいろ違つた立場から見なければならないものを、混同して見てしまふ事がある。――その混同する個人自身の混同の仕方はその人の生活、その人の神経、その人の感情の種々相を我々に見せて呉れると云ふ点で、興味深い場合が多い。

トルストイの日記の中に、丁度それの好適な例がある。今手許にないので其言葉の一つ一つを此処に引証することは出来ないが、其意味は大体かう云ふ意味である。――トルストイは誰も知つてゐる通り、ロシヤの農民の悲惨な状態を毎日毎日痛い程見せつけられた。それでトルストイの心は常に痛んでゐた。或日トルストイはそれ等の悲惨な農民の家々を訪問してまはつて、或者は良人を失つて餓に泣き、或者は老衰の病床に伏して呻吟してゐる様を、いろいろと見て来た。そしてその日の日記に、その悲惨な状態を記した末に持つて行つて、『然るに我々はベトオフエンを解剖してゐる。』かういふ憤りを述べてゐる。

一方にかうして苦しみ悩んでゐる農民があるのに、それだのにそれを打捨て、我々はベトオフエンを解剖してゐる！

(五)

無論完全なる藝術論と云ふものは我々を首肯させ納得させる。正しいと云ふ事は藝術論（に限らずすべての論に於いてさうだが）の必須条件である。それ故に、正しくないトルストイの藝術論はトルストイが百万遍その説を繰返さうと、我々はそれを首肯しない。昔もさうだが、今でもトルストイ風の認識不足の藝術論（彼の宗教論でも同じくさうだが）には、私は飽までも反対しようと思つてゐる。トルストイの藝術論や宗教論に世の中が征服されては堪まつたものでないと思つてゐる。――併《しか》しトルストイがさう叫ぶ心持、その心持の底にある感情や神経や、一口に云ふとトルストイの生きて行く動きには十分な尊敬を払つてゐる。

さう云ふ意味で、私は今度の菊池君の『藝術否定説』の底を考へたい。今度の大異変にあつて菊池君が吐いた『藝術否定説』そのものは前にも述べた通り、菊池君の認識不足から来てゐる、菊池君のかう云ふ説が藝術界に向つてさけばれる挑戦であるならば、私は何処までも菊池君の相手方となつて、論戦する労をおしまない。

けれども、菊池君が大異変で非常な感動を受け、あゝ云ふ違つたものを混同せずにゐられない程の深いショックを感じたと云ふ点には、立派に菊池君の生きてゐる事が認められると思ふ、――その心持が深まつて行つて、今の藝術界の或《ある》マンネリズム、平易なマンネリズムに対する菊池君の不満と挑戦とになるならば、我々も亦菊池君の味方でないものではない。

今度の大異変に遭つても、『藝術はビクともしない』と云つた人人よ。君達の説に無論私は賛成である。藝術はそんな事で滅びるものではない。人間生活の滅びない間、滅びるものではない。けれども、若《も》し諸君の藝術と云ふ意味が少しでも『藝術が人生から遊離してゐるもの』と云ふ感じを持つてゐるならば、私は諸君の味方ではない。今度の大異変に遭つて、人間的に心持の痛む暇もなく、『藝術は微瑾だも負はない』かう云ふ余裕のあり過ぎる言葉が、得意気に諸君の口から出たのであつたとしたら、私は決して君達の味方ではない。

藝術は滅びるものではない。それは全く定理だ。動かすべからざる真理だ。――併し藝術は人生と共に悩み、人生と共に悲しみ、人生と共に苦しみ、又人生と共に喜ぶものだ、――若《も》しそれに関係ない藝術人生が悩んでゐる時にも悩まない藝術（何等かの形に於いて）一口に云へば人生に関心のない藝術、そんなものが若《も》しあつたとすればそれは我々には何の関係もないものだ。

無論藝術は人生の功利ではない、何の手段でもない。けれども藝術は人生と不即不離のものだ。――藝術家は人生に於ける最も敏感な感受性の所有者でなければならない。人生と共に絶えず心が動いてゐなければならない。

自分は菊池寛君の『藝術無力説』を否定すると同時に菊池君の心の動きを認めようと思ふ。そして菊池君の心が涸れたり萎びたりしない活力を持つてゐると云ふ事を喜びたいと思ふ。

補遺

先日私が本紙に書いた『非難と弁護』（菊池寛に対する）』の第四回と第五回の間がどうした訳か非常に脱けてゐた。一体新聞のやうに一つの纏まつた文章をきれ〴〵に分載される場合には、そのきれぎれの分載と云ふだけで、我々執筆者はかなり神経をなやまされるものだ。何処で切られるかわからない。一度読むと筋の通つてゐるのが、きれ〴〵に掲げられると、何だか前後の連絡が取れない気がする。

唯分載されると云ふだけで、これ位神経を悩まされてゐる上に、今度のやうに脱落があると、すつかり不安にもなり不愉快にもなつてしまふ。而もその脱落の個所があの論文の中の重要な部分だつたのだ。左にその脱落の個所だけ改めて此処に発表する事にする。

そこにトルストイの藝術否定説の萌芽があるのである。

無論おちついた、冷静な思想家、人生の諸事万端の静かな認識者には、此《この》トルストイの言葉そのものに、客観的に妥当な藝術論を見る事は出来ない。農民の悲惨は農民の悲惨であり、ベトオフエンの解剖はベトオフエンの解剖である。それはおのづからに別であるべき二つのものである。トルストイのせつかちがそれを混同してゐるのである。此《この》混同はトルストイの認識不足から来てゐる事は云ふまでもない。――私（或《あるひ》は我々）は一個の藝術論としてそれの客観性を認めないし、かういふ思想に対して何処までも反対すべき根拠を持つてゐる。

けれども、トルストイがその思想を以て人に強ひんとし、その藝術論を以て我々を屈服しようと威丈高に迫つて来る時、我々は何処までもそれと戦ひ、それの誤謬を明かに指摘してやる事に努力を惜しまないが、併《しか》しトルストイと云ふ一個の藝術家にして、その藝術家が農民の悲惨を見て、ああ云ふ言葉を発せずにゐられなかつたと云ふ、その主観的な気持に入つて行つて見ると、問題はおのづから別な姿を取つて来る。

トルストイの感情、神経、心の動き、人生に対する頭脳の働きがその底に生々として見えるからである、トルストイが如何に生てゐるかと云ふ事がその生活のいきが見えるからである。

人事万端に対して心の動かない藝術家には、かう云ふ間違つた混同に飛び込むだけの活力もないのである。――活力が死んだが故に冷静な、ほんたうの冷静ではない意味での冷静な藝術家には、トルストイのやうな誤謬に陥るだけの気力もないのである。

此《この》気力、活力の漲つてゐる藝術家の口から、たとひ藝術の否定説が叫ばれようと、そして否定説そのものは、如何に誤謬に充ちてゐようと、叫んだ彼自身は最も偉大な藝術家の葛藤を心の中に蔵してゐるのである。否定説そのものは反藝術であらうとも、否定説を唱へると云ふその気持は、天晴れなる芸術家なのである。――何故かと云ふと藝術は人生に内在的なものだからだ。人生に深く生きると云ふ事その事が藝術家をして藝術家たらしむる所以のものだからだ。

△

深切な読者は第四回の最後と第五回の初めとを引合せて、その間に右の六十行を加へて読み返して頂きたい。

（「時事新報」大正12年11月4〜9日、18日）

詩歌

詩
短歌
俳句

詩

阿毛久芳＝選

高村光太郎

樹下の二人

――みちのくの安達が原の二本松松の根がたに人立てる見ゆ――

あれが阿多多羅山、
あの光るのが阿武隈川。

かうやつて言葉ずくなに坐つてゐると、
うつとりねむるやうな頭の中に、
ただ遠い世の松風ばかりが薄みどりに吹き渡ります。
この大きな冬のはじめの野山の中に、
あなたと二人静かに燃えて手を組んでゐるよろこびを、
下を見てゐるあの白い雲にかくすのは止しませう。

あなたは不思議な仙丹を魂の壺にくゆらせて、
ああ、何といふ幽妙な愛の海ぞこに人を誘ふことか、
ふたり一所に歩いた十年の季節の展望は、
ただあなたの中に女人の無限を見せるばかり。
無限の境に烟るものこそ、
こんなにも情意に悩む私を清めてくれ、
こんなにも苦渋を身に負ふ私に爽かな若さの泉を注いでくれる、
むしろ魔もののやうに捉へがたい
妙に変幻するものですね。

あれが阿多多羅山、
あの光るのが阿武隈川。

ここはあなたの生れたふるさと、
あの小さな白壁の点点があなたのうちの酒庫《さかぐら》。
それでは足をのびのびと投げ出して、
このがらんと晴れ渡つた北国《きたぐに》の木の香に満ちた空気を吸はう。
あなたそのもののやうな此のひいやりと快い、
すんなりと弾力ある雰囲気に肌を洗はう。
私は又あした遠く去る、
あの無頼の都《みやこ》、混沌たる愛憎の渦の中へ、
私の恐れる、しかも執著深いあの人間喜劇のただ中へ。
ここはあなたの生れたふるさと、
この不思議な別箇の肉身を生んだ天地。
まだ松風が吹いてゐます、

もう一度この冬のはじめの物寂しいパノラマの地理を教へて下さい。

あれが阿多多羅山、
あの光るのが阿武隈川。

（「明星」大正12年4月号）

とげとげなエピグラム（抄）

○

詩はおれの安全弁。
無くてはならぬもののいのちは
うちからきまる。
外からきまるのは値段ばかり。

○

喰べたものを又喰べながら、
いつでも地平線を見てゐる駱駝よ、
不恰好でまぬけな駱駝よ、
お前がおれの中にゐるばかりで、
おれは助かるぞ。

○

彫刻はおれの錬金術、
出ないかも知れない金を求めて、
この禁苑の洞窟《ほらあな》に烈火をたく。
あんまりそばへ寄るな。

○

どうかきめないでくれ、
明るいばかりぢやない、
奇麗なばかりぢやない、
暗いもの、きたないもの、
あきれたもの、残忍なもの、
さういふ猛獣に満ちてゐる
おれは沙漠だ。
だから奇麗な世界に焦れるのだ。

（「明星」大正12年6月号）

山村暮鳥

蚊

自分は自分をみた
はじめてしみじみとみた

自分はおそろしい蚊の群集で
血に飢ゑ
うめきくるつてゐた
吊られた幗の中にごろりと
痩せこけてよこたはつてゐたのは
そしてその蚊の群集をながめてゐたのは
いふまでもなく
詩人山村暮鳥氏であつた

蚊は無数
その一ぴき一ぴきの自分

（「純正詩社雑誌」大正12年9月号）

ひぐらし

また蜩《ひぐらし》のなく頃となつた
かな　かな
かな　かな
どこかに
いい国があるんだ

松の葉

松の葉がこぼれてゐる
どこやらに
一すぢの
風の川がある

（「星のひかり」大正12年9月号）

北原白秋

水墨集（抄）

詩作のとき

かうも楽しみ楽しみ
詩作に耽れるわたしか、
ちやうど菊の真盛りである。
眺めてゐると。
日あたりの、閑かな陽炎の向ふに
ちいさな小供が浮んで来た。
あ、わたしだ、乱菊の
白い明りを頭《つむり》に、
なにか食べてる。
あ、あの蒸《ふ》かしたての唐饅頭、
それに縺れる黄色い蝶々、
見たばかりでもう、わたしは
ほれぼれとなつてる。
あ、あの塩餡粉。

南画中の半日

ああ、この水墨をわたしはくぐらう。
まさしく竹林の微風に逍遥《さまよ》ふわたしは
豆のやうな白い月をも瞳の外に忘れ、
山渓の橋をわたり、
時をり黒い馬酔木を岩壁の縁に眺め、
村里の酒舗を過ぎり、
飄々乎として画中の半日を遊ぶに、
凡てはうす墨の世の中にあつて
恬淡として無為の歩行を移す。
ああ、またしても竹林は竹林につづき、
一点二三点、雀は雀と吹かれて飛ぶ。

時雨

時雨は水墨《すゐぼく》のかをりがする、
燻《くす》んだ浮世絵の裏、
金梨地の漆器の気品もする。
わたしの感傷は時雨に追はれてゆく
遠い晩景の渡り鳥であるか、
つねに朝から透明な青空をのぞみながら、
どこへ落ちてもあまりに寒い雲の明りである。
時にはちりぢりと乱れつつも、
いつのまにやら時雨の薄墨《うすずみ》ににじんで了ふ。

(「詩と音楽」大正12年1月号)

加藤介春

石が吠ゆ

うすぐらい路上に
石くれがおそろしい姿をして
犬の走つて行くのを眺めてゐる

臆病でいぢわるい奴である——
犬が遠くへ行つてしまふと
不思議な声をして吠えはじめる

寒夜——路上の神秘で
恐しいことだが
やがてその石が走り出す

まるで気がちがふてゐるので
うすぐらい夜の路上をまつすぐに走つて行き
木に行きあたつて嚙みつかうとしてゐる

(「日本詩人」大正12年7月号)

風船乗りの夢

夏草のしげる草叢《くさむら》から
ふわりふわりと天上さして昇りゆく風船よ
籠には旧暦の暦をのせ
はるか地球の子午線を越えて吹かれ行かうよ
ばうばうとした虚無の中を
雲はさびしげにながれて行き
草地も見えず　記憶の時計もぜんまいがとまつてしまつた。
どこをめあてに翔けるのだらう
さうして酒瓶の底は空しくなり
酔ひどれの見る美麗な幻覚《まぼろし》も消えてしまつた。
しだいに下界の陸地をはなれ
愁ひや雲やに吹きながされて
知覚もおよばぬ真空圏内へまぎれ行かうよ。
この瓦斯体もてふくらんだ気球のやうに
ふしぎにさびしい宇宙のはてを
友だちもなく　ふわりふわりと昇つて行かうよ。

（「詩聖」大正12年1月号）

萩原朔太郎

仏陀

或は「世界の謎」

赭土の多い丘陵地方の
さびしい洞窟の中に眠つてゐるひとよ
君は貝でもない　骨でもない　物でもない。
さうして磯草の枯れた砂地に
ふるく錆びついた時計のやうでもないではないか
ああ　君は「真理」の影か　幽霊か
いくとせもいくとせもそこに座つてゐる
ふしぎの魚のやうに生きてゐる木乃伊《みいら》よ。
このたえがたくさびしい荒野の涯で
海はかうかうと空に鳴り
大海嘯《おおつなみ》の遠く押しよせてくるひびきがきこえる。
君の耳はそれを聴くか？
久遠《くゑん》のひと　仏陀よ！

（「日本詩人」大正12年2月号）

大砲を撃つ

わたしはびらびらした外套をきて
草むらの中から大砲をひきだしてゐる。
なにを撃たうといふでもない
わたしのはらわたのなかに火薬をつめ

ひきがへるのやうにむつくりとふくれてゐやう。
さうしてほら貝みたいな瞳《め》だまをひらき
まつ青な顔をして
かうばうたる海や陸地をながめてゐるのさ。
この辺のやつらにつきあひもなく
どうせろくでもない貝肉のばけものぐらいに見えるだらうよ。
のらくら息子のわたしの部屋には

（「新潮」大正12年6月号）

室生犀星

夕餉のしたくはまだできぬか

夕餉のしたくはまだできぬか
さぶしい汽笛があちこちに鳴つてゐるのに。

障子の紙が藍ばんで
うすい羽根《はね》のやうにふるえ
それを眺めてゐるとしだひに眼がちらつくほど
子供ごころになりやすい
樹《き》の幹のぬれたうそ寒い
寂しい冬の日暮れであるのに。

冬の日ぐれは
つめたい陶器の底にでも躊跼んでゐるやうに
どこを向いても白つぽく悲しい
それだのに

夕餉のしたくはまだできぬか
たどたどしげな幽遠な冬の気に沈んで
お前だちのしごとも渉取らぬのか。
早うそのあたたかい夕餉のしたくを急いで呉れ。

（「詩と音楽」大正12年1月号）

高麗の花

白い高麗の香合が一つと
その他には何も置いてない、
いまは立春に近いときで
長閑な光は障子のそとを流れてゐる。
その障子のそとに金網の長い鳥籠があつて閑寂な小鳥が止り木
を叩いてゐる。

古への高麗人は寂しい、
灰色めいた光沢《つや》をみせた斯のやうな香合ををりをりは形作つて
自ら心を遠きに遣つて眺めてゐたらしい。
まるで蛤のやうにのどかに生き永らひ
春の空気に緊つた形を動かしてゐる。

そこに名も知れない一人の高麗人が
いつも蹲んで心しづかに眺めてゐるやうに思はれる。
この高麗は梅花一点の内に沈んで
わたり一寸くらゐあるのに
机の上は決して広くはない、
古い高麗人の威厳は丁々と胸を打つてくるのだ
今は立春の時に近づいたから
この白い珍らしい花も少しづつ開かうとしてゐる。

（「新潮」大正12年3月号）

春の日のかげ

睫毛の長い瞳を見てゐたら
その睫毛が何ともいへぬほど美しい。

まぶたが動くたびに
睫毛はそつと瞳を匿す。

美しい流れを覆ふ繊弱い草のやうに
睫毛がふさがれてゆくと
瞳はその陰でいよいよ黒くみどりになる。
一そう羞かしがつて
そのためなほ美しくなる

（「帆船」大正12年4月号）

佐藤惣之助

春風

新嘉坡《シンガポール》でうんこらさと化粧品を買ひこんで
どうにかあの子を百合いろの大人にしやうと
今年もまつ青な片田舎まで帰つて来たが
あの子はまだ尼寺の三月の生木のやうに
どこかに雪をふくむで青ざめてゐるね
僕は発情的なシヤツのなかに、或は海の赤い頬に
匂ひのよい南の春風をたつぷりもつて
あの子を雨のやうに洗つてやらうと帰つて来たのに。

（「詩と音楽」大正12年1月号）

老年

老年もいいね
花もたべあき、空気にもあたりすぎ
この田舎ですら、又夏そのものですら
はるかにうしろの雲の中にあるやうな
何を愛し、何を歌ひ得やうといふやうな
そしてひそかに自然の二重の奥へ来て
神もない、幻影もない
この白昼のさなかにあつて

古風な印度人のやうに虚無を膝にのせ
いつまでも思想の遊星と遊星の間に
すずやかな火を焚いて
青青とした自然生活をするやうな。

ふあんたじあ

そのヴイオリンの四つの糸を
ふつつりときりはらつておしまい
凬は鋏、そして糸もなんにもない幽霊
へんな暗をもち、あかるみをもち
悲しみをふくむだ婦《をんな》たちの窓から飛行して
海峡の、又は谿谷の
名づけやうもない妖精どもの舞ひを
身内にいれ、思想の羽につけて
いつも半開の花やら昆虫たちとあそべる
ここは未来の小児の朝紅《あさやけ》のする
名もあたへられない片田舎だ

（「日本詩人」大正12年8月号）

佐藤春夫

オルゴオルにそへて弟に与ふ

恥多き物語書き得て得たる金いくらか。
病癒えそむる汝《なれ》が枕べに置かばやと
オルゴオルを買ひ来て、春の夜ふけに
まづみづから試みなぐさむなり……
これはこれ詩人が心の臓なれば、
うた湧き出づる箱のよろしさよ、
聞きつつをれば春の夜はそぞろに
こころはをさな子のごとく物好きになり
ふと、その箱のおもてに手をふるれば
思ひきや、これはこれ夢かとふるき思ひ出の
少女子《をとめご》がときめく心の臓をひそめをさめて
わが手にひびくをののきのかそけさよ
あやしさよ、いみじさよ、いとしさよ、
げに歌湧きいづるこの箱のよろしさよ。
な言ひそ、弟よ、汝《なれ》がいのちいま衰へて
人の世の喜びに置く枕べの小さなる箱一つと。
知れよ、汝《なれ》が兄は命壮《さか》んなる日にもなほ且つ、
人の世の喜びはただ小さなるわが心の箱一つぞと。

（「女性改造」大正12年7月号）

楊柳歌

楊柳青青楊柳黄
青黄変色過年光
妾似柳糸易憔悴

郎如柳絮太鎮狂

みどりに萌えし川やなぎ
春はむかしの夢なれば
日をふるままにうつろひて
秋は黄ばみぬ川やなぎ、
われをよしなき葉となさば
君や絮《わた》なす花ならめ
みだれはげしき君がため
やつるるぞかし我がいのち。

田中冬二

地球と暦（抄）

その一

私は水半球に
すばらしく大きな
赤い洋燈をのせた汽船を
すべらして
私の名をかきたい
秋の
夜になつて
地球が燈火で
美しく熟すると
銀河のナイフが
そつとのぞきます

その二

北回帰線のあたりから
もどつて来た燕よ
君は日本の港に
春の風景を背負つて来た
見たまへ
いやなかわいた冬のやつは
北方航路の汽船の上に
小さくさみしさうにしてゐるよ

その三

八十八夜
つめたい秋から冬を
紙袋の中でかさかさと
すごして来た種子よ
八十八夜が来て
君らが野良へ下りると
もう暗い夜道の一人あるきも
寂しいことはなく
何となくにぎやかで

君らのはなしごへでもきこえさうだ
そして君らは
やはらかい青い夜ぞらから
甘い酒でもよびさうだ

——二三、二、二二——
（「詩聖」大正12年4月号）

米沢順子

漢字

美しくおそろしい魅惑よ
悩ましき立体よ
われわれの心を
絶えず締めつけ嘲弄し
酔はせる塑像よ
そして壮大なアブノーマルよ

免れんとすればなほさら
心ひかる丶秘薬の香
果しれぬ暗黒《くらやみ》の伽藍の誘惑
父祖から受けつ丶いだ

いとも尊き病患《わづらひ》
いともうるはしき感能の玻璃皿

そして
常に煩はされつゞけながら
もつともなつかしく離れがたい悪友よ

（「日本詩人」大正12年10月号）

壺井繁治

無題

人生は生臭ひ食物だ、
人間は食物にたかる蠅だ、
ぶんぶん唸りながら怠屈な空間を濁してゐる……
いつまで食へば食ひ飽きるのだらう？
誰か一つぴしやりとやらないか、
俺は人間のひしやげた死体を見たいのだ！

屋根裏の歌

ガリガリガリ……暗黒、
屋根裏の鼠の尖んがつた噛音——
飢飢飢飢飢……

冬が裂けた！血血血血……
肺病患者の咳は黒い、
ゴホンゴホンゴホン……
夜は更けた、希望は死んだ、絶望が生れた、
盲目の厭世観が永遠にねそべつてゐる。

（一九二二・一一）

（「赤と黒」大正12年1月号）

吉田一穂

声

À Mademoiselle T

葉かげ掻きちらし戸《ドア》　階《ステップ》の雨。

（彼女すでに去りし……）

乱れうつ暴風雨《あらし》のなかに
ひそみ纏はるひとすぢの声
常に離れて言葉をおくる。

この夜、眠り得ぬ都市の青き瞼に
遠く点滅する嵐……。

母

あ、麗はしい距離《デスタンス》
常に遠のいてゆく風景……。

悲しみの彼方、母への
捜り打つ夜半の最弱音《ピアニシモ》。

（Octobre 1921）

運命

凝視むる、その焔の青き眸《まなざし》に
神々の言葉を誦《よ》む。
夜半をゆく静かなる群れのなかに
わが像《すがた》、影ひきて自らを印し、
縁どる唐草模様《アラベスク》の、無神の華々を飾《かざ》し
――その鏡のうちに。

（Décembre）

（「詩と音楽」大正12年3月号）

萩原恭次郎

●●

○○を露出した変人の顔　月経の日に

【便　所】の中は百鬼夜行だ
　強姦された時のやうに
憂鬱な薔薇の　ヂーンと開き放しになつて
しまつた日だ
俺は春の日を墓場から出て来た
　ピストルと金貨のオモチヤ——
金貨　金貨　金貨　金貨　金貨＝＝
　軌道を外れさうなアブナイ——
——太陽
銭だツ！銭だよ　みいんな銭だよ
　一杯ガマ口につめこんである銭ぢやないか
太陽の光りだつて銭で買へる時代だ！

　ゼニヲ　モツテイナイモノハ
　ニンゲンデ　ナインダ

——女も正義も————銭だ
血く　火く死く赤い赤い赤い
も　　も　　も　　真赤な銭なんだ！
——太陽形の銭が膏薬の代りにハリついて
ゐる局部から
　腐蝿した血が流れてゐる
金よ　女よ　酒よ　歌よ
——世の中は重い荷物だ　しよつて起てな
い荷物だ　厄介な邪魔な荷物だネ
×
毎日　毎日　一銭五厘の東京で
ふらふら新緑をお菓子かとでも思つて
白い洋傘のやうにアツチの巷コツチの巷に
赤い舌を出して笑つてゐるナメタン！
●●●舞踏場はガイ骨！
　赤いサケは血！
　踊り子は性慾の香料—
——ヤイーヤイーウヌードテツパラメー
ナサケーナーイーヤーツーダーナーアー

（「赤と黒」大正12年5月号）

千九百二十三年

裸体のモデル女が
　いつさんに駆け出して
　　笑つたら！
バーン！と短銃でやられた
赤い赤いキレイな世界だ！
　グルリ　グル
　　グル　グル　グルリ
地球が目玉のやうに廻つてる
　神様の小便が

桜の青葉へ！
　ボチボチと落ちた！
人間はみな阿呆にならなければならなかつた
　革命主義を笑つて
　腰を抜かした御用学者！
射たれた女はバタのやうな顔をして起き上つた！
トンでもないカンパスが
狂人の画家にありがたがられてゐる
カンデンスキーは
無花実を食べながら笑つてゐるだらう

（「東京朝日新聞」大正12年8月6日）

高橋新吉

『ダダイスト新吉の詩』（抄）

9

睾丸をおぢやにする
寒い寒い　肩ぎりしかない浴槽《よくそう》
　僕は君のお母さんに生魚の精神を見た事がありますよ
　お粥の中へ味噌を入れたのがおぢやでせう
石鹼をそんなに使はないで下さい
鍋の中でアプ〳〵撥ね返る川魚の精神をですよ
　だから君を信頼するのです
君のお母さんは多分狂人におなんなさるでせう

21

皿皿皿皿皿皿皿皿皿皿皿皿皿皿皿皿皿皿皿皿皿皿皿皿皿皿皿皿
倦怠
　額に蚯蚓這ふ情熱
白米色のエプロンで
皿を拭くな
鼻の巣の黒い女
其処にも諧謔が燻すぶつてゐる
　人生を水に溶かせ
　冷めたシチユーの鍋に
退屈が浮く
　皿を割れ
　皿を割れば
倦怠の響が出る。

22

料理人の指がぶら下つてゐる
茶碗拭きの鼻が垂れ下つてゐる
　残飯生活は皿なし
　　葱の匂ひ

庖丁の嫉視
　燻すぶるものは
　　くすぶれ

33

ダダイズムは或時寝転んでゐた
彼は起き上るらしくもなかつた
しかし不思議な事があつた。
彼は既に起きてゐたのだ
硝子に削刀を当てろ

（大正12年2月刊）

岡本　潤

深夜の赤電車

深夜の赤電車が闇を引き裂いて走る
　ごろごろごろごろごろ……
眠つた街区
呻く車輪
渦巻く風——黒い風
電柱は折れ
一軒——赤いレストランは花と砕けて
飛散する！血が踊る！
後へ——闇へ闇へ闇へ
車内のクツシヨンには疲れ果てた倦怠が乗つかつてゐる
電光の明滅——
不安は飛び去つた！
うなだれた憔悴
絶望の安易さ
ヤケクソの沈着だ！
歪んだ顔顔顔——

——どこまで走らせるんだ
　酔つぱらひの運転手め！
——どこだつて関うもんか
　手放しで——突進、突進！
走れ走れ走れ走れ！
ごろごろごろごろ……
どこまで行つても
闇だ　闇だ　闇だ！
走つて、走つて、つゝぱしつて
どこかの絶壁にでもぶつつかれば
刹那の痛快な火花が散るぞ！

（「赤と黒」大正12年1月号）

『憶東京』より

大東京を弔ふ

西條八十

少年《せうねん》の日《ひ》
私《わたし》の手飼《てが》ひの小鳥《ことり》は
野良猫《のらねこ》のために嚙《か》み殺《ころ》された、
古《ふる》びた籠《かご》のほとりに
落《お》ちゐた美《うつく》しい小羽根《こはね》を
私《わたし》は幾日間《いくにちかん》飽《あ》かず眺《なが》め、流涕《りうてい》したことか、
そのまゝの傷《いた》ましい思《おも》ひを、ああ東京《とうきやう》よ、
私《わたし》は今《いま》おまへの上《うへ》に感《かん》ずる。

虐《むごた》らしくも引《ひ》き裂《さ》かれた残骸《ざんがい》よ、
散乱《さんらん》した羽毛《うもう》よ、
ああ永遠《えいゑん》に逝《ゆ》きて返《かへ》らぬもの、愛惜《いとほ》しさ——
その上《うへ》に、大輪《たいりん》の月《つき》は夜々《よな〳〵》
白紙《しらかみ》のやうに蒼白《あをざ》めてはのぼり、且沈《かつしづ》み、
私《わたし》は昨日《きのふ》も今日《けふ》も、さびしく、
飢《う》ゑた獣《けだもの》のごとく彷徨《はうこう》する。

ただ見《み》る、茫乎《ばうこ》として天空《てんくう》に連《つらな》る褐色《かつしよく》の焦土《しやうど》、
ところ〴〵黝《うすぐろ》く、丘《をか》のごとく横《よこた》はる壊《くづ》れた土蔵《どざう》、
煉瓦壁《れんがべい》、燻《くすぶ》れる金庫《きんこ》——
又《また》、ジプシイのそれに似《に》た亜鉛張《とたんば》りの避難小屋《ひなんごや》——
さうしてこの雉子《きゞす》も啼《な》かぬ焼野原《やけのはら》を
点々《てん〳〵》木瓜《きうり》の花《はな》のごとく彩《いろど》るは
罹災民《りさいみん》の食《く》ひさした西瓜《すいか》の皮《かは》だ。

けふ昼《ひる》私《わたし》は旅人《たびゞと》のやうに草鞋《わらぢ》がけでこの野《の》を過《よぎ》り
被服廠《ひふくしやう》あとに山《やま》と積《つ》まれた
赤大根《あかだいこん》のやうな無惨《むざん》な焼死体《しやうしたい》に
心《こゝろ》ばかり野菊《のぎく》の花《はな》を手向《たむ》けて来《き》た、
その帰途《かへりみち》、神田橋畔《かんだきやうはん》に
私《わたし》は天空《てんくう》を晦《くら》くして低飛《ていひ》する燕《つばくら》の大群《たいぐん》を見《み》た、
かれらもやはりその塒《ねぐら》を失《うしな》つたのだ、
大《だい》なる包《つゝ》みを背負《せお》つて
薄暮《はくぼ》の街頭《がいとう》を右往左往《うわうさわう》する人々《ひと〴〵》とひとしく。——
だがもう秋《あき》だ、

塒《ねぐら》を失《うしな》つた渡鳥《わたりどり》は、日《ひ》ならず海《うみ》の彼方《かなた》に
温《あたゝ》かい住家《すみか》を捜《もと》めても行《ゆ》くであらう、
けれども哀《あは》れなる人《ひと》の子《こ》は、この糧《かて》をも褥《しとね》をも持《も》たぬ市民等《しみんら》は。

——

黄昏《たそがれ》、疲《つか》れて郊外《かうぐわい》の我家《わがや》に戻《もど》れば、

ここは又別世界《またべつせかい》に似《に》た静《しづ》けさ、蕭《しめや》かさ、
一本《いつぽん》の蠟燭《らうそく》の下《した》に家族《かぞくら》等はつどひ
小《さゝ》やかな夕餉《ゆふげ》を認《したゝ》めてゐる、
何《なに》もかも旧《もと》の儘《まゝ》だ、
白昼《まひる》路傍《ろばう》に観《み》たあの痛《いた》ましい大景《たいけい》は、
つひに一箇《こ》の幻《まぼろし》では無《な》かつたらうか？

けれども耳《みゝ》もとの事実《じじつ》が、直《たゞ》ちにその明《あか》るい疑念《ぎねん》を裏切《うらぎ》る、
京橋《きやうばし》の家《いへ》を焼《や》かれた兄夫婦《あにふうふ》が、
この春盲《はるめし》ひた老母《らうば》に、暗《くら》い一隅《ぐう》でかう話《はな》しかける、
「お母《かあ》さん、私《わたし》たちももう二度《ど》とあの東京《とうきやう》は見《み》られませんよあなたと同《おな》じ事《こと》ですよ」

一同《いちどう》は愕然《がくぜん》として、覚《おぼ》えず箸《はし》の手《て》を止《と》め
一斉《せい》に、落《お》ちくぼんだ老母《らうば》の眼窩《めくぼ》を見《み》つめる、
さうしたその睫《まつげ》のかげに秘《ひ》められた
孔雀《くじやく》の彩羽《さいう》のごと燈火《とうくわう》美《る》はしい昨日《きのふ》の都会《とくわい》の縮図《しゆくづ》にかぎりない
哀慕《あいぼ》の念《ねん》をよせる。

（一九二三・九、一三）

銀座哀唱

橋《はし》も並木《なみき》も焼《や》け失《う》せて
夢《ゆめ》の銀座《ぎんざ》となりにけり、
そゞろ侘《わび》しくさまよへば
潰《つひ》えし甍に秋日《あきび》照《て》る。

吾児《わがこ》のために紅《あか》き靴《くつ》
購《か》ひたる店《みせ》は何処《どこ》ならむ、
燈火《ともしび》明《あか》き珈琲《カフエー》店に
見《み》し美人《たをやめ》のかげも無《な》く、

夕《ゆふべ》となりて糠雨《ぬかあめ》の
焦《こ》げし歩道《ほどう》をぬらすとき
われは哀《あは》れに偲《しの》ぶかな
雪《ゆき》ふるころのこの街《まち》を。

去年《きよねん》の楽《たの》しきクリスマス
その夜《よ》のごとく鐘《かね》は鳴《な》り
その夜《よ》のごとく樅《もみ》の木《き》に
金銀星《きんぎんほし》は懸《かゝ》るとも。

はた明治屋の店《みせ》さきに
春待《はるま》つ子等《こら》にうち交《まじ》り、
赤《あか》き帽してをどけつゝ
サンタ・クロスの踊《をど》るとも。

褥《しとね》はうすきバラックに
夜半《よは》の粉雪《こゆき》のかゝりなば
疲《つか》れてねむる町《まち》びとの
夢路《ゆめぢ》はいかに寒《さむ》からむ。

荒《あ》れし都《みやこ》を傷《いた》みつゝ、
夕《ゆふべ》を歩《あゆ》む傘《かさ》のそと、

汝《なれ》も淋《さび》しき一人《ひとり》かな
塒焼《ねぐらや》かれし燕《つばくらめ》。

暗を行く電車

生田春月

一台《だい》の電車《でんしや》、
それにのつてゐるのは七分通《ぶどほ》り罹《り》災者《さいしや》らしい。
みなみな互《たが》ひの不幸《ふかう》をおもひ
みだりに言《い》はず落着《おちつ》いてゐる、寂《さび》しさうな顔付《かほつき》で。
だから焼失《しやうしつ》した市《まち》の区域《くいき》に入《い》つて行《い》つた時《とき》、
その中《うち》の職人風《しよくにんふう》の男《をとこ》が呟《つぶや》いた、
『なんてえ、暗《く》れえこツた』
暗《くら》い、暗《くら》い、そこは暗《くら》い神田《かんだ》だ、
町並《まちなみ》のない町《まち》だ、家《いへ》のない都《みやこ》だ。
駅《えき》のない高架《かうか》線路《せんろ》だ、
灯《ひ》のともらない橋《はし》だ。

死都哀唱

ゆめ・たけひさ（竹久夢二）

暗夜《あんや》の街《まち》にたゞ一つ
灯《ひ》をともし電車《でんしや》は走《はし》つて行《ゆ》く。

1　残《のこ》つたもの

それは忘《わす》れてよいもの
これは忘《わす》れてならぬもの
それとこれとを
二つの筥《はこ》に
わけておいたに
一つは焼《や》けて
一つは残《のこ》つた。
焼《や》けたのは
それは忘れてならぬもの。

2　動《うご》かぬもの

その日《ひ》から
とまつたままで
動《うご》かない
時計《とけい》の針《はり》と
悲《かなし》みと。

3　聖画《せいぐわ》

ニコライのドオムの壁《かべ》に
わかき　キリストの
顔《かほ》は蒼《あを》ざめ
聖《せい》マリアの胸《むね》に
泣《な》きたまふにあらずや、
月《つき》のもるドオムの
そこはかとなく
こほろぎの泣《な》くにあらずや。

4　ホテルにて

ゆふべあの人《ひと》が腰《こし》かけたままに
ホテルの露台《ろだい》の椅子《ゐす》二つ。

ゆふべあの人《ひと》が踊《をど》つたままに
二十五番《ばん》の赤《あか》い靴《くつ》。
ゆふべの歌《うた》のクロイツエルソナタは
ああまた聞《き》くすべもなし。

5　遠《とほ》き恋人《こひびと》

イエスともノオとも
書《か》かないで
九月《ぐわつ》一日《にち》の朝《あさ》
出《だ》した手紙《てがみ》が
あなたへの最後《さいご》の手紙《てがみ》。
ゆくへもしらぬ
私《わたし》は旅人《たびびと》。

その日《ひ》のままに
あなたは遠《とほ》い
生《い》き死《しに》さへも
知《し》るよしもなき
遠《とほ》き恋人《こひびと》。

イエスともノオとも
いまに言《い》ひやるすべもなく。

6　こほろぎ

焼野《やけの》が原《はら》のこほろぎは
こほろぎは
きのふのやうに
うたへども。
焼野《やけの》が原《はら》のこほろぎは
こほろぎは

きいてかなしむ
人《ひと》もなし。
焼野《やけの》が原《はら》のこほろぎは
こほろぎは
きのふのやうに
うたへども。

7　赤《あか》い地図《ちづ》

見渡《みわた》すかぎり赤《あか》い土《つち》。
東京地図《とうきやうちづ》を
赤《あか》インキでぬる男《をとこ》。
死《し》せる都《みやこ》の
街角《まちかど》に
はてしなき青空《あをぞら》の下《した》に。

（一九二三・一〇・一五）

施与

川路柳虹

——水《みづ》を召《め》しあがれ、遠慮《ゑんりよ》なく。
——御飯《ごはん》の仕度《したく》もあります。御勝手《ごかつて》に
何杯《なんばい》でもおかへなされ。
焼《や》けつく沿道《えんだう》の天幕《てんと》の中《なか》から
この世《よ》ならぬ優《やさ》しい言葉《ことば》が洩《も》れる。

地上《ちじやう》の人間《にんげん》がみな兄弟《きやうだい》だと
今日《けふ》ばかりは誰《だれ》しもが思《おも》ふであらう。
一切《いつさい》の憎《にくし》みと怨《うら》みを抛《なげう》つた
互《たが》ひの善魂《ぜんこん》が晴々《はれ〴〵》と
この日《ひ》の下《した》で握手《あくしゆ》する。

南無阿弥陀仏《なむあみだぶつ》、南無阿弥陀仏《なむあみだぶつ》、
ひとりの杖《つゑ》をついた老人《らうじん》は
合掌《がつしやう》して玄米《げんまい》のおむすびを押《お》し頂《いたゞ》く。
何《なん》にももたぬ掌《たなぞこ》に
一ぱい充《みた》される幸福《かうふく》があるのだ。

焦土

焼《や》け跡《あと》の赫土《しやくど》に
大粒《おほつぶ》の雨《あめ》がふりそゝぐ、
ぽつり、ぽつり
貪《むさぼ》るやうに、嚙《か》みつくやうに。
焦《こ》げ土《つち》のなかには
無数《むすう》の首《くび》がみえる、
怨《うら》み、嘆《なげ》き、怒《いか》り、笑《わら》ふ、
無数《むすう》の死《し》んだ首《くび》が無言《むごん》で突《つ》つ立《た》つてゐる、
名匠《めいしやう》の青銅《ブロンズ》像のやうに。

焦土の帝都

野口雨情

一

焼野《やけの》原見《はらみ》りや
涙《なみだ》が落《お》ちる、落《お》ちるよ
火攻《ひぜ》め火《ひ》の海《うみ》
火《ひ》の地獄《ぢごく》。

二

たゞの一夜《や》で焼野《やけの》の原《はら》と
なろと思《おも》ふか、思《おも》はりよか
なろと思《おも》ふか
火《ひ》の地獄《ぢごく》。

三

焼野《やけの》原《はら》なら
雉子《きじ》も啼《な》くに、なくによ
泣《な》くは火攻《ひぜ》めの
人《ひと》ばかり。

四

親《おや》は子《こ》を呼《よ》び
子《こ》は親《おや》をよんで、よんでよ
声《こゑ》は渦《うづ》まく
焔《ほのほ》は狂《くる》ふ。

五

これが都《みやこ》の
昨日《きのふ》の今日《けふ》か、今日《けふ》かよ
生《い》きて火攻《ひぜ》めは
この世《よ》の地獄《ぢごく》。

（大正12年11月、交蘭社刊）

『災禍の上に』より

女等

尾崎喜八

尻つぱしよりに結びつけ草履、
姉さんかぶりや海水帽子
災厄にめげぬ明るいたましひと、
その真剣さと、その親切さと、
おゝ、異常に美しいわが東京の女らよ。
おんみらの灰ばみ褪せた後れ毛を、
巨大な九月の太陽は金色に煙《けぶ》らせ、
秋風は吹いてなつかしく梳《くしけづ》る！

あゝ毎日の壮大な廃墟のなか、
避難と救済との世界的な騒擾のなかで、
一切の無駄をかなぐり捨て、
真の面貌に輝きいづるおんみらこそ美しい。
かつて見もせぬ魂と姿との神秘な合体は、
処女と母性との光を知らずしてふりまきながら、
讃嘆と信頼とをわれらの心に湧かしめる。
お丶、厄難から立現れた未知の花、
新らしい永遠のアンチゴーネの群よ！

（九月十日）

夢を見た男

大関五郎

彼は生れ故郷にたつた一人で暮してゐる母親に逢ひたかつた
――おまへが帰つてくるのを何よりの楽しみにしてゐる
一日も早くお金を貯めて丈夫な顔を見せておくれ
どうぞ怪我をしないように――
いつも同じやうなことをいつてよこすその母親にもう逢へない
のだ
さう思つてたまらなくなつてしまつた彼の眼に停車場の燈が光
つてゐた
大地震があつた、大火事があつた
東京が全滅した
朝鮮人が悪いことをやつた
殺してしまへ、殺してしまへ
その騒ぎが始まるとすぐに
石材人夫の彼は仲間の者といつしよに
その合宿所から一歩の自由もなくなつてしまつた
彼は泣いた
泣いても泣いても涙がとまらなかつた
仲間の者は酒を飲んだりして仲好くしてゐた

彼は夢を見た
それはいつかしら殺されてしまつた母親が
「おまへは正直な働き者だつたから私が可愛がつてあげる」と
いつて
美しい女神に抱きしめられるところだつた
仲間の者に揺り起された彼は
びつしよりかいた汗を拭きながら
小さな窓から初秋の空を眺めてゐた

或る夜がしづしづとふけた頃
警固に疲れた青年の一人が欠伸を噛みながら
「もう今夜きりで打ち切りとしませうぜ」といつた
それを聞いた彼は声をあげて泣いた
仲間の者がいくらなだめても泣きやまなかつた
警固の人達も

「君達はおとなしかつたから
明日からはふだんのやうに
石切山《やま》へ行つて働けるやうになつた
今夜はゆつくり寝た方がい、」と
くりかへしくりかへしいはずにはゐられなかつた
ある青年は「敷島」に火をつけて彼に持たせた
彼は吸ひなれないものを味はひながら
「俺はなぜ朝鮮人に生れたのだらう」と思つてうなだれてしまつた

いつものやうに鴉が飛んで行つて
村はだんだん朝になつた
彼は合宿所をどうして逃げ出したのかわからなかつた
彼はただ「他人に殺されるのなら自分で死にたい」と思つて
稲がふさふさ実つてゐる田圃を歩いてゐた

まだ戸の開かないとある家の庭さきの井戸の水を汲みあげて
飲めるだけ飲んだ彼はもうどうでもよかつた
彼は酔ひどれのやうに歩いて行つた
茄子畑のところで「お早う」と言葉をかけられて
「お早う」と返事をしたのがはつきり言へたので嬉しかつた
彼のうしろ姿を見送つてゐたのは
眼のしよぼしよぼしてゐる荒物屋の隠居だつた

まことに静かな大空であつた
彼はうつとりと虫の鳴いてゐる松山に入つてゐた
そこには野菊の花が咲いてゐて
かすかな松の匂にしみじみした彼は
メリンスの細い紐を一本の枝にかけた
そしてしよんぼりとなつてしまつた

Nihil

西條八十

その次の頁《ページ》に
こんな怖ろしい地獄の絵があらうとは
誰も知らなかつた、
人々は平日《いつも》のやうに談笑しながら
時のアルバムを開けた。

今度、地獄の絵のあとには
壮麗な新しい都市の写真が挿《はさ》まれてゐると
人々は信じ切つてゐる。

けれど、開けて見てそこが
ブランクで無いとは誰が言へよう。

人、火、地震

佐藤　清

ひどい人だ、火だ、しきりなしの地震だ、
それに息もつけない旋風だ。
火のついた障子が飛んでくる、
火の馬が飛んでくる、
足もとの砂利がかきさらはれて、
火の礫を頰に向けて撃つてくる。
人々はばた〳〵斃れる。うしろの人だちは
死骸を踏みにじつて入りこんでくる。

「兄さん、火で死ぬのはいやです、
裾に火がついたら、この紐でしめ殺して下さい！」

倒れても、倒れても、ひどい人だ、
燃えても、燃えても、ひどい火だ、
「裾についたら、しめ殺して下さい。」

火の瓦だ、火の灰だ、
妹の顔が見えなくなつた、
何も見えぬ、
網膜の底がまつかに苦しく燃えてゐるだけだ。
…………

「しめ殺して……」
おゝ、妹はまだ生きてゐる、

ひどい人だ、火だ、しきりなしの地震だ、
それに息もつけない旋風だ。

○

青鬼と赤鬼（抄）

千家元麿

子供と二人で庭にころんだ
子供を抱かうと手をのばしたがとゞかない
尻持ちついたり転んだりして
道へ出た。
妻もつゞいて子供を抱いて這ひ出した
自分の眼からは涙が一すぢ流れでた。
夢中に走つてゆく人が見えた
自分達もはだしで走つた
人々が道の最中に団つて棒立ちになつてゐた
恐怖に満ちた唸るやうな声を人々は絞り出した
死の前の祈りとも呪ひともつかない
異様な声だ。
余震の来る度びに人々は

一つところへかたまつて唸るのだ。

○

噴き上れ新事実の血

萩原恭次郎

ごつほ　ごつほ
血の呟きだ
鼻を裂く血の焼ける匂ひの中を
人は呟きながら行く
血まみれな自動車は走る

焼ける血の匂ひを嘆くな——
古くただれた血を焼いて——
正義と新らしい血に甦れ——
頽廃の腐つた肉を焼いて——
道を血で塗れ！

恋愛も貨幣も舞踏場も
娼売婦の肉体も——見渡す限り燃える
猛火と——焼灰と——死屍
腐つた屹る血の壊滅の中で
真黒の　新事実の　血の噴き上るのを聞けよ
燃えて　燃えて　燃えて

骨まで焼きくづす火の海の中に聞け！

忘れた秋

深尾須磨子

はりづめにはつた心のひまから、
覗くのは、
覗くのは忘れた秋ではないか、
久しぶりで逢ふ知己のやうな。

禍

堀口大學

玩具店《おもちゃみせ》のおぢいさん、
もういいかげんにその店をあけて下さい。
そしてお馬を、自働車を、
まつ赤な風船をならべて下さい。

地震よりも火事よりも津波《つなみ》よりも
もつと怖《おそろ》しい禍《わざはひ》が私《わたし》に一つある
世にも美くしい一人《ひとり》の女に
愛されて私は死《し》にさうだ

人間よ

昨日《きのふ》だれも知らなかつた
地震が来《き》た
今日《けふ》だれも知らない

明日《あす》何が来《く》るだらう
人間よ　人間よ

（大正12年11月、新潮社刊）

短歌

来嶋靖生＝選

天変動く

与謝野晶子

もろもろのもの心《ごゝろ》より掻《か》き消《け》さる天変《てんぺん》うごくこの時《とき》に遭《あ》ひ
天地《てんち》崩《く》ゆ生命《いのち》を惜《をし》む心《こゝろ》だに今《いま》しばしにて忘《わす》れはつべき
生命《いのち》をばまたなく惜《を》しと押《お》しつけにわれも思《おも》へと地《ち》の揺《ゆ》らぐ時《とき》
大正《たいしやう》の十二年秋《ねんあき》一瞬《しゆん》に滅《ほろ》ぶる街《まち》を眼《ま》のあたり見《み》る
休《やす》みなく地震《なゐ》して秋《あき》の月明《げつめい》にあはれ燃《も》ゆるか東京《とうきやう》の街《まち》
燃《も》え立《た》ちし三方《はう》の火《ひ》と心《こゝろ》なるわがもの恐《おそ》れ渦巻《うづま》くと知《し》る
頼《たの》みなくよりどころなく人《ひと》の身《み》をわが思《おも》ふこと極《きはま》りにけり
都焼《みやこや》く火事《くわじ》をふちどるけうとかるしろがね色《いろ》の雲《くも》におびゆる
人《ひと》は皆亥《みなゐ》の子《こ》の如《ごと》くうつけはて火事《くわじ》と対《たい》する外濠《そとぼり》の土堤《どて》
なほも地震《なゐ》揺《ゆ》ればちまたを走《はし》る人生《ひとい》き遂《と》げぬなど思《おも》へるもなし

（大正12年10月刊『大正大震災大火災』所収）

大震劫火

佐佐木信綱

まざまざと天変地異を見るものかかくすさまじき日にあふものか（一日）
業火もえ大地ゆりやまず今し此うつそみの世の終りは来しや
阿鼻地獄叫喚地獄画には見つ言には聞きつまさ目にむかふ
天をひたす炎の波のただ中に血の色なせりかなしき太陽
空をやく炎のうづの上にしてしづかなる月のかなしかりけり（一日夜）
恐ろしみ夜を守る心やから皆い寄りつどひて言も出ださず
もだをりて親子はらから夜を明かすせばき芝生にこほろぎ鳴くも
鶏の夜声しきりに闇にひびきむくつけき夜はやゝくだちたり
夜は明けぬ庭につどへる家びとが命ありし幸に涙おちけり
恐ろしみ明しし朝の目にしみて芙蓉の花の赤きもかなし（二日朝）
蠟燭の息づくもとに親子ゐてつかれ極まりいふ言もなし
此寒き夜の雨の音世をおもひ人をおもふに吾胸いたし
あしたとも昼ともわかず夢の国にいく日を過ぎぬつかれし心
あまりにも天つ災の大いなるに心いたみて泪もいでず（やけあとに立ちて）
こゝをしもありし都と誰か見る赤くただれしこの武蔵野を
夢にあらず此いたましさこはまさに吾前にある現ならずや
まさしくも現にみつゝ猶もこは悪夢の中にありやとおもふ
ただに見るは赤き瓦礫と灰燼とわが東京よいづちにかゆきし
人間の命に殉し家に殉しやけただれたるかなしき樹木
うせし者帰り来しごと水道の水いでたりとかたへにつどふ
大き家うつぶし臥せる傍らにこすもすの花のゆらぎてありけり（郊外にて）
青き芽をいたゞきにふくやけあとの枯木の中の棕梠の一もと
天つ日は吾らが上にまさやけし昨日のゆめを昨日ならしめ
まことわれら試みの時にあへるなり大き自然の破壊のまへに
いかに堪へいかさまにふるひたつべきと試みの日は我らにぞこし
ちりと灰とうづまきあがる中にして雄々し都の生るゝ声す

（「心の花」大正12年10月号）

○

石榑千亦

地震さけて皆河岸にをり帰りたる吾にしがみつき喜ぶ小さき子
ゆり出でむなゐの力をはかりかね内には入らで遠見る我が家
人の世をやき滅さむ煙かもこの秋空の高きを蔽ふ
火の柱鉄道をこえ濠をこえ立走りつゝ我が家に迫る
うつせみの命ををしみ早瀬なす火の子の河岸をかけ走るかも
火の子吹く風の間を走りくゞる人間の足のそのもどかしさ
我が家を焼く火におはれのがれゆくゆく手にもあかく焰あがれり
心のみ遠のがれつれ人の渦の中にもまれて未だ火に近し
子らをば草の上に臥させ八方にとゞろき燃ゆる火中にたてり
にげのびて草の上に座せば一ときに渇きをおぼゆひもじさを覚ゆ
大き都炎ともゆる火の上の濁れる空に月しらけたり
草の上にやゝ落つきて明日よりの我が身を思ひ子等を思ひぬ
水を求むとゆきし子おそし火明りに闇をすかし見て名をよびて見る
底冷ゆる草の上なれ親のそばにありと思へかすや〳〵と寝る
草敷きてまどろみをればしみ〴〵とこの夜の冷えの骨にしむおぼゆ

むしろ汝は幸なりけらしながらへて恐しき今日の今宵にあはず（憶妻）
我が為めのたき出し車のこり荷に子をさへのせてひきゆくものか
子さへのせし寂し荷車に焼出されの十人の家族随ひゆくも
日はあつく烟くさき町の堪がたみ施しの水あるごとにのみつ
大八の車の上にしがみつける吾子をかなしみ後より押す
玄米の粥をしみ〴〵味はひぬ蠟燭の燈のをぐらき前に
焼出され遠く来しこゝに地震をおそれ家内には入らず直土にぬる
二日二夜やまぬ劫火を見じと思へど直土にゐて寝らえなくに

（『心の花』大正12年10月号）

○

坪内逍遥

ノアの世もかくやありけむ荒れくるふ火の海のうちに物みなほろびぬ
大なゐゆり大き火もえて幾代々の人の力の跡かたもなき
たかぶれる人の心とそゝりたちし石の高どの微塵となりぬ
虫一つ棲む草もなき焼原に大むさし野の秋の夜をおもふ
いしずゑゆ築きなほすとなゐやゆりし人のしわざを人の心を

蔵書一切を早大図書館に贈るとて

心はたありし浄躶に帰るべき時は来にけり借着をしぬがむ
なまじひの心の糧を絶ちてこそまことの我は生くべかりけれ
あはれわがおぞの心よ今昔の智恵のそこばく綴りて成りし
わが心一重となりてすゞろにも歌のひじりの跡し偲ばゆ

九月廿四日の夜温度俄に華氏の六十度以下に降りて　風の余波を受けたる豪雨夜すがら降りすさびければ

魔の神の呪ひの声かおらびつゝ焼跡の町を荒るゝ夜あらし
かりの宿に夢もくだけてねぶるらむ人をしもへばいねられなくに
雨漏りの音聞きつゝもいねがてに家なき人の憂をぞおもふ

（『心の花』大正12年12月号）

○

九條武子

くづれ落つるものの音人の叫ぶ声かなし大地はゆれ〳〵てやまず
これや今世の終りかと思ふ時こころなか〳〵に安くおちゐつ
十重二十重火炎の波におはれゆくいづちゆくべきわが身とも知らず
ゆりうごく大地をなほもたのみつつせむすべしらず人のかなしさ
愛執のまつはるもののものなべてわれをすてけりそもよからむか
ふとわれを流刑の囚とをののきぬうしろにあがる炎の歓呼
土くれのなげいだされし人形とまことのわれをしみ〴〵と見し
たゞ一夜うつつの夢のさめてみれば身にそふものは何ものもなく
思ひ出のよすがだになき焼跡にいまたつ我はまことの我か
いぶかしきひととき前のしづかさはうまれぬ先の世のことかとも
わが力みなぎり覚ゆ創造の民のひとりと我をよろこぶ

（『心の花』大正12年12月号）

○

五島美代子

灰となりし都のはづれ動かざる電車の中に子らは遊べり
きづきゆく都のための小さなる石となさしめ小さきこの身
黒ずみし都のかばね目にしめばことしの秋の花のあかるさ

（『心の花』大正12年12月号）

○

跡見花蹊

千よろづの霊の行方や迷ふらむ暗の世てらせ秋の夜の月
泣きさけぶ声なほのこる心地して焼野の原の月のさむけき
あらみたま神のたけびも大地の直なる道を人あゆめとか

（『心の花』大正12年12月号）

李青雑詠

木下利玄

稚芽《わかめ》ふく春山林《はるやまはやし》しづけさをば立ちとまりき、立ちとまりきく
せゝらぎのこぼ〳〵こもる落窪《おちくぼ》をたわみおほへる木いちごの花
日かげれば若葉はくもりこの見ゆるけしきの気持とみにしかはりつ
牡丹花《ぼたんくわ》は咲き定まりて静かなり花の占めたる位置のたしかさ
峡小田《かひをだ》は大方《おほかた》刈られ大原山黄葉《もみぢ》残る木々を渡る風あり（洛北大原）
森の木の幹立《もとだち》深くうづめつゝ日温《ひぬく》みたもつ今年《ことし》の落葉《おちば》
今年《ことし》の葉うづたかく散りこの森《もり》のどの木の幹にも冬日ぞあたる
真夜中《まよなか》にひとり目覚《めざ》めてそのまゝゐるわれにひゞきとゞく遠方《あんぽう》の汽笛《きてき》
真夜中のこの夜《よ》の更《ふ》けに鳴る汽笛しばらくとよみて鳴り了《しま》ひたり
真夜中に遠方の人の鳴らす汽笛《きてき》たま〳〵覚《さ》めてわがきくものか

（「白樺」大正12年1月号）

○

島木赤彦

わが庭に松葉牡丹の赤茎のうつろふころは時雨ふるなり
このごろの光やうすきわが庭に時雨のあめは晴れにたれども
いや日けに青むみ空やこのごろは時雨のあめの降ることもなし

子の逝きしは十二月十八日なりき

冬空の澄むころとなれば思ひいづる子の面影ははるかなるかな
旅にして逝かせたる子を忘れめや年は六とせとなりにけるかな
命にしひそめるものを常《つね》知れり心かなしも空澄むこのごろ
霜月の真澄の空に心とほりしましく我はありとふものか
冬されば空のいろ深しこれの世に清らかにして人は終らむ
玉ゆらの時のあひだもとどまらぬ命はつひに清まりぬべし
遥々に過ぎにし人を思ふにし心は和《なご》む冬空の晴

十一月二十五日

○

島木赤彦

湖つ風あたる障子のすきま貼《は》りこもりてあらむ冬は来にけり

（「アララギ」大正12年1月号）

○

島木赤彦

高槻のこずゑにありて頬白のさへづる春となりにけるかも
胡桃の木芽ぐまむとするもろ枝の張りいちじるくなりにけるかな

大正十一年十二月

○

島木赤彦

屋根葺かむ萱の束《たば》ねを庭につみて日かげとなりぬ朝々の霜

（「アララギ」大正12年4月号）

五月二十九日蓼科山巌温泉に遊ぶ。二十二首

山にして遠裾原に鳴く鳥の声のきこゆるこの朝《あした》かも
家のうへの岡にのぼれば眼近《まぢか》なり雪の残れる蓼科の山
谷川の音のきこゆる山のうへに蕨を折りて子らと我が居り
山のうへの躑躅の原は莟なり山ほととぎす鳴くときにして
遠はろにこの山並《な》みの裾ひけり光さやけし若葉青原
裾野原若葉となりてはろばろし青雲垂りぬその遠きへに
雪消えし山の古草みな臥せりひそけきものか萩の芽ぶきの
蕨折る野の上《へ》の山は目に近しややややにして雲にかくれつ
蕨折りつつ我は見て居り白雲に隠れむとする蓼科山を
静けさよ雪のうつろふ目の前の山か動くと思ふばかりに
野の上に雲湧く山の近くして忽ちにして隠ろひにけり
岩あひのいく瀬の激《たぎ》ちたぎち来てここに高鳴る谷川の音
水の音聞きつつあれば心遠し細谷川のうへにわが居り
谷川の川上を見れば瀧多し若葉のいろは未《いま》だ寒けし
近づきて心おどろく山あひに響きわたりて川瀬は鳴るも
山に来て心伸々《のびのび》し子ら二人鈴蘭の花を掘りて遊べる
山にゐることを忘れて花を掘る子ども二人よただ花を掘る
幼子に心はなけれ花掘ると同じところに依りて掘りをり
山の上に花掘る子らを見つつ居り斯《かく》のごとくに生ひ立ちにけり
いたづきの多かりし子や山に来て花掘るまでに生ひ立ちにけり
幼子の昔恋しも掌《て》のうへに通草《あけび》の花をいぢりてあれば
ここにして遥けくもあるか夕ぐれてなほ光ある遠山の雪

（「アララギ」大正12年8月号）

○

中村憲吉

比叡山。暮山雨情

日の暮れの雨深くなりし比叡寺《ひえいてら》四方《よも》結界《けつかい》に鐘を鳴らさぬ
雨雲の上に日暮るれ昔より大比叡寺《おほひえいてら》は鐘を鳴らさず
雨霧の吹き朧ろかせり山の伽藍杉の穂ぬれに大きく暮れつ
霧ふかき杉の間に物々しく伽藍の構へ夕暮れにけり
大杉に夕雨ふかし山にきてこの山に僧とまた遇はぬかも
杉雫しげき日ぐれなり山に着きて宿院《しゆくゐん》を尋ね暗く行く道
雨ふかき山のゆふかも宿院にただひとつ焚く赤き竈火《かまどび》
麓にて夕鐘鳴りぬ白雲の結界のうへに幽かきこゆる

大師礼讃

夕さればいにしへ人の思ほゆる杉は雫を落し初めけり
朝ゆふは眼もとに開く近江の海《み》山上《さんじやう》に居つる寂《さみ》しき聖《ひじり》
夕ざれば杉のしづくに朝くれば朝どりのこゑ耳に悲しく
山に居て湖を見飽かし朗《ほが》らかに大き寂しさに入り給ひけむ

（「アララギ」大正12年9月号）

○

平福百穂

十四歳画を学ぶ

ちちのみの父がかきくれし絵手本は二た筆ばかり太き早蕨
父上は机に凭らせものかくにみ心なほも吾のうへにあり
嫩草にふりおく霜のしかすがに心に沁みて父のかしこさ

夕ちかき鉱山《かねやま》みちのすすき原駄馬《うま》にて父は帰り来ませり
咲きみだるる垣のむら菊束ねおこし霜に照り映ゆる朝をさぶしむ
いく度か霜を経につつ庭菊の匂ひいよいよ深くおもほゆ
匂ひふかき千咲きの小菊枝ながら軒につり干す冬となりにし
裏やぶにここだく赤きうめもどき手ぐりて引けば実をこぼしたり

十二月十一日

み仏にささげまつらむ冬の花は軒べに干せる菊のみにして
花瓶《はなだて》の水かきすてさす花は冬の干し花小菊うめもどき

（「アララギ」大正12年6月号）

○ 藤沢古実

このゆふべ風吹きすさぶ野のはてにうねる山脈暮れのこりたり
しののめにまだ間もあらむ硝子戸をとほす寒さに我が目ざめけり
朝日子はいまだのぼらず片丘の傾斜《なだれ》に目立つ白霜の色
この朝け野道を行けばしぐれ来つ小ばしる犬もややあはれなり
おしなべて霜枯れわたるこの園に夾竹桃はなほも青かり
昨日までおほきひろがり揺れ見せし園の芭蕉葉霜に打たれつ
いささかの風にもさとく音立つる枯れ櫟葉は散りつきむとす
小夜ふけて月てる道を帰り来つ渡る門川さざらぎにけり
朝立ちて夕《ゆふべ》はかへる野の宿になれてしたしき門川の音

谷中墓地にて

山茶花の花さき落つる墓原に立てる仏を朝夕に見つ
山茶花の木下の土にひとつづつ拾ふ花びらつめたかりけり

（「アララギ」大正12年1月号）

○ 土田耕平

三日月の光寒けし昼の間のぬかるみ道はかたまりぬらし
夕月の光きらめく葉ごもりに山茶花のはな今は見えずも
庭檜葉の落葉ながらに霜ばしら凝れるを見れば冬ふけにけり
降る雪は夜目にもしるし庭檜葉の梢たわめて積りつつあり
春さきの雨あたたかく降るなべに柏の古葉落ちそめにけり

大島を憶ふ

年々に春の摘み菜をともにせし片野のあとを人ながむらむ
春されば草生ひかはる岡のへにわが足あともまた残るまじ

（「アララギ」大正12年4月号）

○ 杉浦翠子

二階にくれば屋根の白雪眼に近し瓦々のくぼみに残る
屋根の上に雪はこほれど寒の日のひのなかにしてとけてゐにけり
幾日も二階より見る屋根の雪ややにとけつつまだ残り居る
日にけに二階に居れば屋根の雪のいよよ乏しく消のこるを見む
わづらひて夫のみとりに薬のみし我が命こそたやすかりけれ
とほきつまを恋ふるにあらず今日もかも起きられぬ床に涙おちたり
海とほきあなたの夫をあきらめてひとり悲しまむかよわき我を
軒の端に垂るる氷柱の脚ながし陽のあたりくるを我はまつかな
病より起きいでて見る朝の庭大方雪もなくなりにけり

庭の雪いちじるしくもとけながら松の根もとに消残るひとむら
いかにしても我がゆきがたき国なれや我夫の居るその遠き国
海とほきあなたの夫を呼びがたき命をよもや我が死なざらむ
春の雨ひとよを降りて水盤にうろくづ飼へる水溢れたり

（「アララギ」大正12年4月号）

禍の日

四賀光子

青ざめて木の色すごし昼暗《くら》き地《つち》のふるひのおそれのなかに
広庭《ひろには》にいで来て人の眼のいろの何をかいまだ待つおそれなり
安からぬ思ひにふくる夜の空の雲にくれなゐにうつる火のいろ
思ほへず梢を落つる露の玉怖れごころはややしづまりぬ
をちかたに人焼けてゐる闇の夜の土にしづけきこほろぎのこゑ
生き死にを眼の前にしてこの二日わがくづをれのなすこともなく
いのち生きて十日は過ぎぬ秋はやも白き木槿の花咲きにけり
めざめ来て眺むる方にまよふ雲焼野となりし東京の町
菰垂れて乗合馬力ゆきにけり昼顔咲けや焼野の土に
焼あとの空にさやけき虹たちぬ掘立小屋をつくる武蔵野
うつし世の人のいとなみかくしつつ時のまだにもとどまらぬかな
見慣れたる町かや知らぬ曠《あら》野かやゆく我さへぞうつつなきかな

（「潮音」大正12年10月号）

鴨鳥の歌

若山牧水

上野国より下野国へ越えんとて片品川の水源林を過ぐ

下草《したぐさ》の笹《さゝ》の茂《しげ》みの光《ひか》りゐて見《み》るかぎりなる冬木立《ふゆこだち》かも
わが過《す》ぐる落葉《おちば》の森《もり》の木《こ》がくれに白根《しらね》が嶽《たけ》の岩山《いはやま》は見《み》ゆ
遅《おく》れたる楓《かへで》ひともと照《て》るばかり紅葉《もみぢ》してをり冬木《ふゆき》がなかに
枯木《かれき》なす冬木《ふゆぎ》の林《はやし》ゆきゆきて行《ゆ》きあへる紅葉《もみぢ》にこゝろ躍《をど》らす
この沢《さは》をとりかこみなす樅栂《もみとが》の黒木《くろぎ》の山《やま》のながめ寒《さむ》けき
聳《そび》ゆるは樅栂《もみとが》の木《き》の古《ふ》りはてし黒木《くろぎ》の山《やま》ぞ墨色《すみいろ》に見《み》ゆ
墨色《すみいろ》に澄《す》める黒木《くろぎ》のとほ山《やま》にはだらに白《しろ》き白樺《しらかば》ならむ

山上に沼あり、大尻沼といふ、折から鴨の鳥あまた浮べるを見て

登《のぼ》り来《こ》しこの山《やま》あひに沼《ぬま》ありて美《うつく》しきかも鴨《かも》の鳥浮《とりう》けり
樅黒檜《もみくろび》黒木《くろぎ》の山《やま》のかこみあひて真《ま》澄《す》める沼《ぬま》にあそぶ鴨鳥《かもどり》
見《み》て立《た》てるわれには怯《お》ぢず羽根《はね》つらね浮《う》きてあそべる鴨鳥《かもどり》の群《むれ》
岸辺《きしべ》なる枯草敷《かれくさし》きて見《み》てをるやまひたちもせぬ鴨鳥《かもどり》の群《むれ》を
羽根《はね》つらねうかべる鴨《かも》をうつくしと静《しづ》けしと見《み》つゝこゝろかなしも
山《やま》の木《き》に風騒《かぜさわ》ぎつゝ山《やま》かげの沼《ぬま》の広《ひろ》みに鴨《かも》のあそべり
浮草《うきぐさ》の流《なが》らふごとくひと群《むれ》の鴨鳥浮《かもどりう》けり沼《ぬま》の広《ひろ》みに
鴨居《かもを》りて水《み》の面《も》あかるき山《やま》かげの沼《ぬま》のさなかに水皺寄《みじわよ》る見《み》ゆ
水皺寄《みじわよ》る沼《ぬま》のさなかにうかびゐて静《しづ》かなるかも鴨鳥《かもどり》の群《むれ》
おほよそに風《かぜ》に流《なが》れてうかびたる鴨鳥《かもどり》の群《むれ》を見《み》つゝかなしも
風立《かぜた》てば沼《ぬま》の隈回《くまわ》のかたよりに寄《よ》りてあそべり鴨鳥《かもどり》の群《むれ》

沼の岸全帯に石楠木生ひ茂れり、おほく二三間の高さに及ぶ老木なり、

沼《ぬま》の縁《へり》におほよそ葦《あし》の生《お》ふるごと此処《こゝ》に茂《しげ》れり石楠木《しやくなぎ》の木《き》は

沼《ぬま》のへりの石楠木《しやくなぎさ》咲かむ水無月《みなつき》にまた見《み》に来《こ》むぞ此処《こゝ》の沼見《ぬまみ》に
また来《こ》むとおもひつゝ淋《さび》しいそがしきくらしのなかをいつ出《い》でて来《こ》む
天地《あめつち》のいみじきながめに逢《あ》ふ時《とき》しわが持《も》ついのちかなしかりけり
日《ひ》あたりにわれは居《を》れども山《やま》の上《へ》の凍《し》みいちじるし今《いま》は行《ゆ》きなむ

（「短歌雑誌」大正12年1月号）

弱陽の崖

北原白秋

白　菊

目にたちて黄なる蕋《しべ》までいくつ明《あか》る白菊の乱れ今朝まだ冷《つめ》たき
目に沁みて霜の白菊つめたけれど咲き乱れたる今朝の明るさ
冴え冴えて今朝咲き盛る白菊の葉かげの土は紫に見ゆ
独遊ぶ今朝のこころのつくづくと目を留めてゐる白菊の花に
この薫《かをり》よ故しわかねど白菊の咲きの深みは我を泣かしむ

同じく四首

日あたりの籬《ませ》の白菊しめじめとして盛り過ぎたる静けさのよさ
日あたりの籬《ませ》の白菊ややに寂《さ》びておのづから深むかをりの静けさ
白菊の花いくつ影する真柴垣日の当り弱き静けさにあり
かのかをるは日あたりの菊日かげの菊いづれともわかね冷たき菊の香

草の穂　　父母のしきりに恋し雉子のこゑ　芭蕉

日あたりと日かげのすぢめよう見せてそよげばさびし穂に出づるもの
父子ぐさかよ母子ぐさかよ目につきてしきりにさびし穂にそよぐもの

かやの実

子をかかえてかやの実ひろふ今朝の霜子が片掌《かたて》にも一つにぎらしぬ
みどり児が小さきつめたさ掌《てのひら》ににぎられて小さき一つかやの実
かやの実も愛《かな》しとは思へこのかかえし我がみどり児が頭《つむり》の愛《かな》しさ
みどり児のめぐし頭毛《つむりげ》かいなでさすりあはれよと思ふこの親ごころ
みどり児よ汝《みまし》が愛《かな》し父母も父母恋し汝《みまし》を抱《いだ》けば
人の子の父といふことかくばかりもかなしきものか知りたり初めて

藤椅子の上

向うむきて声せぬ吾が児何為《す》る吾が児藤椅子の上に頭《つむり》のみ見せて
藤椅子の上に何かし揺《ゆ》らぐうしろ頭《つむり》わが児ぞと見つつ息もつきあへず
声せぬもまことなりつくづく吾が児は裂きむしり居り白菊の花を
わが児が独あそびの気深《けぶか》さをうかがひほほゐみ息つむる我は
わが児が独あそびの気深《けぶか》さの澄みきはまるが手を挙げ叫べり

葉鶏頭の種子

暇《いとま》ある今日のひと日の和《な》ぎごころ紅葉鶏頭《べにかまつか》の種子たたき居る
ねもごろに暇《いとま》ある日をうれしまな葉鶏頭《かまつか》の種子も揉みつつ居らな
日あたりで揉んで篩《ふる》うて袋に入れた葉鶏頭《かまつか》の種子が掌《て》にもついてゐる

弱　陽

ほけほけと寒うなりけり見ながら行く弱陽《よわび》の崖の竹煮草のかげ
竹煮草の枯れがれの葉のがさつき葉をりふしの風も陽をかげらしむ
石崖の枯れし芙蓉の実の殻の割れたるも寒し絹毛《きぬげ》白く光る

冬　晴

日あたりのうらめづらしさ龍胆の蕾がふたつ開きつつゐる
日あたりの冬の薊に吹かれ来て揺れてゐる蝶の影のうつつなさ

月と孟宗

円《まど》かなる月の下びに動き連れて孟宗の秀《ほ》が霜夜に揺るるは
円かなる月の夜ながら明《あか》りながら孟宗の揺れのあの寒むさはや
物すごき籔の月夜の近明りかげるかと見れば笹の葉の影
目のさめて悔《くや》しと思ふ祈りごころ許されざらむ月に対《むか》へり

榧と栗

この寺の老木《おいき》の栗のいが栗はまたすがれたり榧《かや》の木の前
榧《かや》は榧、さしも青けど落葉木の栗は栗とて枯れにけるかも

百日紅　試作

百日紅が咲いたかしらむ紅《あか》うなつたぞ隣の寺の藁屋根のはしが
百日紅が寺に咲いたぞひさひさぶりで遊びがてらに出て見よかどれ
百日紅が紅う咲いてる寺のむすめが手まりついてるついて見よどれ
百日紅が紅う咲いたとながめてゐた紅う咲いたと誰か云つてゐる
柔かなは仏の掌《てのひら》であるほんのりした百日紅の紅みが射《さ》して
百日紅も紅う咲いたと知らしてあげなお母《かあ》さまでもお見えなさろで
出入《ではい》りに紅いな紅いなとながめてゐるとなりの寺の百日紅を
百日紅の花のさかりも過ぎまするどれよわたしも障子でも張ろ

このお父さ　試作

このお父《と》さ抱《だ》きあげ抱きあげほれ坊やよ紅《あか》い花《はな》がと何処《どこ》まで行くぞ
ほれ坊やよ百日紅が咲いてましよ紅いな紅いなさしあげて見しよ
ほれ坊やよ海の向うが見へましよが美くしいでしよさしあげて見しよ

菊の花

まだ秋だに早やもお寺の茶の花はふつこぼれてる茶つ株のねきに
幽かなる茶の花よりも濃き青の厚葉がかなし一枝摘めば

寺の鶏　新雲母抄

風出づる蘇鉄の寒さ日だまりにふくれゐし軍鶏《しやも》が起《た》ちがけの声
西陽《にしび》退く蘇鉄の黒ささむざむと起ちかけし軍鶏《しやも》が向ふむきの声
短日《みじかび》の日向へ日向へ出でて求食《あさ》る鶏《にはとり》も寒し寺の庭なる
短日《みじかび》の日ざし選《そ》り選《え》り今は今は浜へ出て啼けり寺の鶏
浜へ出でし寺の鶏けけと啼きて早や帰る庭は山茶花の薄陽《うすび》

唐　黍　新雲母抄

何か揺れて袖にさやるを夜の闇の唐もろこしの房かと思ひぬ

茗荷の宿　新雲母抄

籔かげの茗荷の宿となりにけりこの夜頃雨の音ばかりして
籔かげの茗荷の花も咲きつらむ雨夜の蜍蟾《ひき》のむせぶを聴けば

磯　寺　新雲母抄

斑《まば》ら松に西日は射《さ》せれ寒むざむとそよぐ梢はまさに磯の冬
磯寺のここの書院に棲み馴れてやうやうに親し西の日の照り
磯寺は西日射し照り明《あか》るけれど何かしら寒し荒らき浪の音
西日さす障子の外《そと》に腰かくる巡礼が笠の影もうれしき
磯寺の蘇鉄のかげの蠣の殻いよいよに白き冬としなりぬ
寒むざむと陽の射し明《あか》る浜廂蠣の殻白し冬も荒《すさ》みつつ

（「詩と音楽」大正12年1月号）

初夏の印旛沼　北原白秋

印旛沼展望

下総や印旛《いには》の大沼《おほぬ》見にと来て見ておどろきぬ目翳《まかげ》して立つ

はろばろし葦野《あしや》のはてに灰濁《はひだ》み湛《たた》へ空よりも明る印旛沼かも
草食むと赤馬《あか》放れゐる土手越しに一面に明《あか》るあれが印旛沼《いんばぬま》
印旛沼《いにはぬ》の屯の楊《やなぎ》ゆたかなれや息長の風に垂れて靡かふ
印旛びと出水かしこみはろばろし葦原かけて植ゑし楊彼《あ》れ
印旛沼家居とぼしき沼尻《ぬじり》にも老木の楊絮《わた》深みたり
印旛びと印旛の津々に屯して魚《な》とり葦刈りいにしへ思はむ
友が家は沼尻《ぬじり》のいづこ目も遥《はる》に青葦なびく河楊も見えて

註、葦野（アシヤ）はその地の俗語である

千樫と歩む

二人は遅れて行つた。久しぶりで汽車の中から飲んだ。この道では四合瓶一本と大きな白い盃を二つ持つてゐた。尠いので大切に飲んだ。

日の照りて茅花《つばな》そよげりさかづきを二つあはして冷酒ふふめる
風あそぶ土手の蓬生やわやわに愛《かな》し汝《みまし》がなびきこもらふ
蓬生にいとど泌み照る酒の滴《た》り惜しみ愛《かな》しみ飲みてゐるかも
酒を惜しみ春を惜しむと印旛沼や土手の長手を飲みて行くかも
雲雀啼く津々の荻原南風《はへ》吹きて見ゆるかぎりは皆そよぐなり
枯葦にとまるすなはち揺れ揺れてよしきりが鳴けり若葦の原に
この友と酒をふふめばねもごろに見つつよかりしあの頃おもほゆ
事繁《しげ》み常し離《さか》ればまれまれものどにはあはず君とのまずも
酒飲みてまことよろしといふひととまことよろしくのむがうれしも
菱の花菱の実となるあはれさも早やただよへり舟にて見れば
朝刈の戻りひもじく草負ひて渡し舟待つ姉と弟《おと》の子

南風《はへ》そよぐ葦と水田の中道は葭切も鳴けば蛙も鳴くも

昼　餐

ねもごろの印旛びとかも白の馬木につなぐとし一とまはりすも
白《しろ》馬つなぐ君がお庭の陽の影は百日紅の老木《おいき》の若葉
昼ながらこの幽けさは印旛沼の湛《たた》への澄みの響かふならむ
一つゐる葭切のこゑはすがすがし広間徹《とほ》りて家裏《やうら》に響けり
しみじみと酒を控へて涼しきはこの大き家《いへ》の葦原の映《はえ》
大き家の外の日の照りはあはれなり鶏《かげろ》さかれり小《ちひ》さく見えて
印旛沼の出水ふせぐと臨終《いまは》まで畏《かし》みし人のよかりける酒

（庄亮氏の祖父君のこと）

印旛沼の出津《でづ》の若葦さやさやに響つたへて為すありにけり（庄亮氏に）
蓮うゑて吾れ楽しむとほのぼのと酒のみていふ言《こと》のよろしさ
印旛沼の大きたたへの下濁《したにご》り常ふかく堪へてゐると云はずやも
やさし妻ころも更へつつすがすがと笑ます君かも髪に手をあてて

舟に乗る

水沼辺《みぬまべ》の葦間の小田の下萠《したもえ》に蛙鳴きたつ霧雨《さめ》の前
時ぐもり風の水路《すゐろ》を榜《こ》ぎ出でて幾時《いくら》ならぬに明《あか》る野もあり
時ぐもり下《しも》の水路の日たむろの楊の揺れもすぐかげるなり
ついそこの枯葦束の裏に来て日和よろしと葭切鳴くも
ふと見てし水のほとりの湿り花なでしこは紅《あか》し見つつ榜《こ》ぎゐる
印旛沼狭き水路の曲処《まがりど》の若葦の伸びの丈《たけ》のさやけさ

楊の絮と鯉網

榜《こ》ぎ来れば沼辺の楊老いにけり上げつぱなしの四つ手網の上

夏ごとに出水に水漬《みづ》く河楊《かはやぎ》の絮白《わた》うして老いにけるかも
とのぐもり老木《おいき》の楊《やなぎ》影落す水面《みのも》明《あか》りを飛べる絮あり
ねもごろに老木の楊絮つけておのづから離し立ちの閑《しづ》けさ
楊より楊の絮が離れてをり穏かならし今日の曇りも
風たたぬ沼の隈回《くまみ》の日たむろは楊の絮の飛びよきところ
元棹に早や結《ゆ》ひつけて張る網の縁《へり》水漬《みづ》きゆく河楊《かはやぎ》のかげ
垂りふかき河楊《かはやぎ》の根のそよそよ風鯉捕る網はすばしこく張る
鯉ひそむ河楊《かはやぎ》の根の底明りがぼがぼと棹に掻きみだしたれ
鯉ひそむ張りのしまりを引き引きて網たぐる手に水はねあがる
印旛沼《ぬ》の金鱗《こんりん》の鯉みじろがず夕風の網に捕られたりけり
早やゆふべ水滴《た》り落つる網の目に赤き蟹が一つひつかかりてゐる
印旛びと鯉網は張れ鯉の巣に日にし重ねず畏《かしこ》み帰る

荻と莎草

数百町歩の荻と莎草と葦の原である

太茎《ふとぐき》の荻折り藉《し》くと母が目を離《か》れつつこもる夏は来にけり
朝草は朝に刈り干し夕草は夕に刈りためすべな会ひけり
出津の夏いよよ深むか荻の葉の荻臭くしてすべし知らぬを
浅宵のかやつり草の大きなる莎草《くぐ》といふ名も人にききけり
荻がくり莎草《くぐ》も莟《ふふ》めど大き手の男どち来て酒を惜しめり
ほのぼのと莎草《くぐ》の花さく荻むらは秋日の照りに後《のち》刈りぬべし
早や涼し葦原行けばしら玉の露上りをり秀《ほ》にも縁《へり》にも

母馬仔馬

友が家《や》は小米ざくらのこぼれ花けふあはれなり仔馬《こうま》跳ねゐて
この出津の葦野《あしや》の照りにゐる馬は涼しかるらむ子を遊ばせて
仔《こ》の馬も前の荻生の日の照りに涼かぜ食ふと出て馴れにけり
此方《こなた》向く仔馬は愛《かな》し母馬の莎草《くぐ》食む傍《そば》ゆ眼をあげてゐて
春生れし仔馬はいまだ乳のみて遊ぶのみなり蛍草の花
仔の馬の露けきまみに飛ぶ蜉蝣ののどのおこなひ夕づきにけり
若荻原夕風吹けばあはれなり仔馬はかへる母に添ひつつ
馬柵《ませ》越しに小米ざくらの花見て居る仔馬の頤に薄き髭あり

葦間の明暗

葦むらに舟とめて久し湿り風ソフトにも感じ水透かしをる
水鏡影はすべなし菅は菅葦は葦として映りて澄みぬ
はつきりと水面《すゐめん》に映る葦の茎の太きは太き細きは細き
かの水の明るき面《めん》にふと映る葉の影は抽《ぬ》けて揺れし菰の葉
まだ明れ水漬《みづ》く根方の葦茎は突き入るごとし折れ曲り見ゆ
葦茎のうぶの柔毛《にこげ》のデリカさよ水の中なるは玉つけて見ゆ
陽の映えてまたあかあかとすべなきは穂のちぎれたるばんばらの葦

鳰

印旛沼の水照《みで》りのかすみ夕まけて湿らむとすらし鳰の鳴き出でぬ
印旛沼日の春めけば鳰のこゑこちごちに明る遠の靄より
水鳥の鳰の浮巣のさだめなさ水量《みかさ》まされば辺《へ》にと浮きつつ
夕沼のこちごちに浮く鳰の子は一羽は浮かず連れつつぞ鳴く
津の間《あひ》の広き水路にぽつぽつと出て見て消ゆる暮の鳰なれ
榜《こ》ぎかへる舟のあとべに浮く鳰の尻ごゑは長く水にひびけり
ほのぼのと鳰の浮巣も湿《しめ》るらむついたちの月の入るさの闇は

夜食

印旛沼《ぬ》の金鱗《こんりん》の鯉みじろがず諦《あきら》め果てし姿思《も》ひ食ふ
昼捕りし鯉の洗ひの水紅は大蒜《にんにく》磨りて浅夜《あさよ》食《た》ふべし
印旛沼の真夜のあやしき小つぶ雨鯉鮒どもが光りつつあらむ
（「詩と音楽」大正12年7月号）

多摩川上流の歌

北原白秋

途上

へうへうと心はかろし旅ゆくとけふ春風に吹かれてぞゆく
酒《さか》みづきおのれわすれて昨夜《よべ》はありき今朝《けさ》は菜の葉の風見てぞゆく
青梅街道の春いまだ浅し山椒の魚提《さ》げて来る小《ち》さき爺《をぢ》に会ひにけり
早春の菜畑《なばたけ》の風の爽かさよ野中の小《ち》さき駅も見えて来ぬ
枯欅目にとめていそぐ畑の道は行きつくるなし武蔵野に来ぬ

桑の曠野　国分寺、立川、青梅

吹きさらしの曠野《かうや》の駅に兎をさげてぽつつりと待てる爺《をぢ》も居り午後
吹きさらしの曠野の駅に遅れて来る二時過ぎの汽車の煙いま見ゆ
枯桑のほうほうと白く汽車の窓の傍《そば》走るかにはてしなき見る
枯桑の曠野つつ切つてまつすぐな道がどこまでもどこまでも北へ向つてる
時をり話為《し》かけてふたたび向く窓外《まどそと》は白しはてしなき桑
日の暮の枯桑原に火がぽつと燃えて時のま消えぬ赤かりしかも
寒いさむい曠野の中を走つてゆく日の暮の汽車の白い煙だ
この曠野の小《ちひ》さな駅に遅れて来てすぐに発《た》つ汽車のさびしい鑵鳴《かまなり》
枯桑の曠野《かうや》の窪のところどころ煙立ててゐてかげる村のある
山近く雪まだ残る桑の原の此処《ここ》らにし見るは廂ふかき家
廂ふかく陽の照るとなき粗壁《あら》に枯桑のかげは映るともなき
金の縁《ふち》した風雲《かざぐも》が一つぽつと出てゐてはてしない桑の冬の曠野です
声高《こはだか》の曠野の人とむかひて坐りひもじき我や燐寸《マチ》を赤く擦《す》る
ああ名残《なごり》の夕陽《ゆふひ》の栄《はえ》やひとしきりそそぐ枯桑の原の金色《こんじき》の光
雪の山のつつましく近くあらはれ来て枯桑の原も今は末ならむ
雛店の灯《ひ》あかきまへに疲れてとまりはろばろし桑の枯野を思へり

多摩川上流

杉山の杉の焦《こげ》いろよろしみと眺め見あかず谿岨《たにそば》のぼる
日たむろの山ふところの谿杉はおほかたに焦げぬ梓の秀《ほ》を立てて
日和《ひより》よきけふにもあるかな人居りて山くづすところ爆音ふかし
山裾の枯芝原のひと平日《たひら》あたりのよきか家居《いへゐ》並べり
岩かげの懸樋《かけひ》がもとの春浅みやや咲き湿《しめ》る三叉《みつまた》の花
道のべの障子にうすき機織るかげかすかなる春はここにも動きぬ
多摩川の早瀬《はやせ》にうつる栂《つが》の木の春浅うして人うぐひ釣る
多摩川の渡瀬《わたせ》の砂の水を浅み山葵採《わさびと》るべき春ちかづきぬ
春は早や向つ岸辺の栂《つが》の間《ま》にかすみて紅《あか》し欅なるらし
この水のみなもと遠くほのぼのし馬酔木《あしび》の花も咲きそめぬらむ
春あさき川瀬の崖の老樫の風烈しけれやしきりに光れり
隣り立つ樫と棕梠との日のひかり春早き風に冷えみだれつつ
樫の葉に常しづもらぬ日の光なほさへや風の瀬を越えて吹く

酒と餅

西多摩の造り酒屋の門櫓《かどやぐら》酒の香《か》古《ふ》りて世に寂びにけり

西多摩の造り酒屋の内庭《うちには》に軍鶏《しやも》の老鶏《おいどり》の咽喉《のど》古《ふ》りにけり
西多摩の造り酒屋の門櫓《かどやぐら》古《ふ》りにたるよと見て過ぎにけり
この家によき娘《こ》あらばといふ友は酒のまずけり酒にしくなき

払沢といふ村に入る。

道のべに餅つく爺《をぢ》をおもしろと眺めあかずもその杵と臼を
つくづくと見つつ笑へざるものあり搗くたびに臼に盛りあがる餅のふくらみ
臼を据ゑ餅をついてると村のはづれつこから早春の風が埃あげて来る

山道にかかる

しろじろと埃あげくる道の風やや片避《かたよ》けて旅ごころあり
人も見えぬ御嶽山道《みたけさんだう》の風埃《かざほこり》目にたちてしろき午過《ひるす》ぎにけり

杉の谿

この御嶽《みたけ》や春なりながら峯の奥は雪深からし山開《やまびらき》まだ
谿隈《たにくま》は鶲《ひは》の声多し杉の花のやや秀《ほ》に焦げて春まさに来ぬ
杉の谿の迫《せま》りの深さ時ありて鶸のむれ舞へど雪の山の蔭
斑《はだ》ら雪山には凍《こゞ》れ伐《き》りし杉はなまなまと積みてみな棚にせり
岩上《いはがみ》のつめたき竹の秀《ほ》は揺れてまことに冬も末かと思ひぬ
岩《いは》が根《ね》の氷柱《つらら》の垂りに映りて通るわれかとも思ふ影のしたしさ

山菅

山菅に陽《ひ》のさしあたるたまたまはかすかにうれしのぼり道なる
谿くまの湿地《しめぢ》に生ふるいたちしだかすかなる陽《ひ》の温《ぬ》くもりにあり
山がはの岩間《いはま》の水のひとところ波たてしままに凍《こゞ》りたるかも
谿岨をいそぐひとりかたまたまはふり仰ぎ見居り真日の小《ち》さきを
おかめ笹日かげにそよぎところづら日向に枯れぬその間《あひ》通る

日の闌《た》けてややいそがしき心ありそこここに解《と》くる氷柱《つらら》の光
吹きさらしの岩に、祠《ほこら》のごとき厠《かはや》ありて見のさみしさよここらの谿は

雪の山道

雪凍《こゞ》る御嶽《みたけ》行者ののぼり坂こごしとは思へ青き杉の香
栫杉の栫の尖《とが》りの幾重《いくかさ》ね畳《たたな》はる谿に雪はふりにけり
並《な》み立てる谿の栫杉白雪つもり見のかうかうと幾秀《いくほ》こもれり
音せしは老杉の葉の雪の塊凍雪《くれいてゆき》の道に落ちたるらしき
今落ちし杉の葉の雪はすこし砕け地の凍《いて》雪にあざやけく白き
白雪のこごりの塊《くれ》をひろひて食《は》み我すなほなり母をおもひつ
樅《もみ》の木の差出《さしで》の枝の寒き葉の雪篩《ふる》ひこぼす閑《しづ》けさのよさ
雪しろき山畑は愛《かな》し雑木《ざふき》のさきちよぼちよぼと出てその実垂れたり
山畑の雪の平《たひら》に日の暮がたの青ぞらのいろの吸はれつつぞある
ああ早春雪はだらなる山の尾を電信の線は空まで走れり
後山《あとやま》は雪はだらなる杉の山前山はしろし伐《き》りし山かも
いただきの雪にしたしく煙あげて群るる屋根見ゆ御師《おし》の家かも

御師西須崎氏に宿る

風出でて山鳴《やまなり》ふかき日の暮は遥かに恋し海の汐鳴《しほなり》

山上の黎明

かうかうと風吹きとほる山の秀《ほ》は月あかり白し夜明けたらしも
雪ふかき山いただきに啼く鶏《かけ》の啼き応《こた》ふ鶏《かけ》の声のしたしさ

（「詩と音楽」大正12年4月号）

天神山と荻窪村

前田夕暮

二月十五日、小田原天神山なる北原白秋君の山荘を訪ふ。滞在数日なり。

麦の芽のほつほつ青き日蔭畑七面鳥白くふくれてゐたり（白七面鳥）
榧の木の一本くろい下かげに榧の木地蔵さむざむとゐる（榧の木地蔵）
障子ひらけばすくすくとたてる青き竹青き竹をみて朝をわがゐる
竹林のなかの閑居の夜はねむり昼はさめてゐて青竹をみる
竹林のなかにねてゐる我が夜著に青笹の葉のふるると思ふ
朝は青き籔の向うの坂くだる毛なみ赭き荷馬の太腹のみゆ
夜あがりの一天青し日むかひの山腹くだる馬の腹みゆ
しづかに朝の煙草はすひにけり屋根の上にさやぐ青笹のこゑ
竹林の朝の光をひえびえと身にあびてなく七面鳥しろし
しづかに清らに澄める友が妻朝の挨拶言ひかはしたり
あたたかく心素直になりにけり紅茶のみながら友とゐる朝
竹林の家の夜さりの笹のおとさめていとしき春のひとりね

山上の饗宴

山上のこの原ツぱの草の上昼をひそかに酒のむ吾等
山の上の焚火のにほひ酒のにほひ恍惚として心楽しき
のみて酔はむ山の日なかの枯草の上におかれし盃の酒
原ツぱに焚火なしつつ握り飯つめたきをたべしみじみとゐる
我が友の妻をいたはるその言葉ききゐて吾もすこしうれしき
榛《はん》の木の花さきつづく林より赤き烟突ほのぼのとみゆ
山の上の焼場の赤き烟突はほつかりとたてり日のさす林

荻窪村

春あさき麦田の畦のすかんぽの若芽はあかく萌えいでにけり
あさあさと水漲られたる小山田の田芹の葉など青みてさむし
日にしろく山田の堰《せき》をおつる水のおちこちに光り春いまだあさし
春がきた野焼のあとの小山田の畦にうつすら薺が萌ゆる
盛土《もりつち》の暗渠《あんきよ》の上を通るとき水さうさうと身にひびきたり
川添の厩の屋根の黄なる草くろき馬一つ顔いだしゐる
山道の赤土坂を音たてて竹挽きくだる日にまむかひに
（荷車に青竹を積みたる男四五人——）
下は水田水にぼつちり日が光る竹挽きくだる赤土坂を
坂の上よりみてあれば青き竹の列ただに水田に走り入らむとす

遠　景

うす黄《きろ》くなびきあひたる籔下みち人ほつつりとあらはれてくる
大竹籔こんもりとした下かげに障子しめたる家とほくみゆ
障子しろくうす日のさした農家《いへ》の前麦ふむらしき人黒くうごく
きいろい南京袋重さうに人ほつりほつり坂のぼるみゆ
南京袋背負ひて遠き人々の影まばらなり山田の水に

蜜柑畑

蜜柑畑人ひつそりとこもりつつ枝きつてゐる音さむくきこゆ
蜜柑の葉背負ひてかへる小娘の土におとした二枝三枝

伊那節踊り

「はるか向ふの赤石山に雪が見えます初雪が」

外は雪だうちはちらちら灯の光吾等は踊る酔ひたればこそ
外は雪だ酔ひて踊れば吾等ふたりふたりが四人八人にみゆ

（「詩と音楽」大正12年4月号）

沼畔雑歌

古泉千樫

沼見ゆ

うち見れば印旛《いには》の大沼《おほぬ》おぼほしく濁り光れり青原の中に
いちじろく水嵩《みかさ》まさりて沼の水どよみかがよへり夏は来向《きむか》ふ
ひろびろと横たはりたる沼の水の照りゆらぎつつ何ぞ静けき

出洲の中道

青草原あゆみ来につつまんまんと満《み》ちたる川の面《おも》に会《あ》ひにけり
踏み入りて草の匂ひをおどろきぬしみみ明るき五月の草原
五月野《さつきの》の堤のみちのほがらかに汗にひかれる白秋の顔
風かをる青蘆原の中《なか》つ路遥《みちはる》けくしよしその細みちを
のびあがりて歩み居りしかま昼野の草のそよぎのしづまりにけり
なき父の恋しくもあるかこの豊《ゆた》けき青草原にわれは遊べり
かくだにも茂りゆたけき草原や牛を馬を飼ひて住むべかりける
声近く鳴く行々子《よしきり》のかげ見えずなみだち照れる青蘆の原
沼の香のにほひしみらに照りそよぐこの蘆原のよしきりの声
近く来て鳴くやよしきり鳴きやめば影あらずけり飛ぶは見なくに
昼近くかすかに沼は曇りけり草に坐《すわ》りて休みて行かむ

吉植邸

門《かど》みちに仔馬あそべり親馬もしづかに立てり綱はつながず
草原を足《た》らひたるらし昼ふかき厩《うまや》に入りぬ親も仔馬も
厩《うまや》に這入《はひ》れば厩《うまや》の親《した》しくて仔馬は乳《ちち》をすこし飲むらし
この庭に若葉かがよふ大木《たいぼく》は百日紅《さるすべり》なり遠くより見えし
しが親にともなはれつつ幾むれの雛鶏《ひよこ》あそべり広き屋敷に
この家をめぐれる堀に蓮の花あまた吹かせて魚飼へ吾が背

母馬と仔馬

草原に向きてひらける門《かど》みちを馬は出で行くその草原に
五月野の豊《とよ》草原に放たれてあそべる馬は静かなりけり
やはらかき草の茂りや短か尾を振りつつ遊ぶ幼な若駒
親に添ひて草に遊べる幼《をさ》な駒《ごま》をりをり遠く駈け走りつつ
離れゐて草はみ遊ぶ馬の子のややに寄り添ふ親のかたへに
野に出でて乳を飲ませる親馬のこころよきかもただに静けき
あどけなき仔馬の親を見つつ居れば長き鬚《ひげ》あり頤《あご》のあたりに
親馬も子馬も顔をあげにけり日光《ひかり》かげろふそのたまゆらを
夕づきてそよぎ寂しき草原に寄り添ひ立てり馬の親子は
母親と子馬と顔を寄せて居り夕の厩にいまだ帰らず

舟に乗る

川筋に立てる楊《やなぎ》のしろじろと絮《わた》つけてさびし空曇りつつ
沼風《ぬまかぜ》の曇りけ重く吹くなべにやなぎの絮《わた》は飛ばざりにけり
沼川を舟はやりつつたまたまに赤き花ともし野あざみの花

草原に遊ぶ

ふみあゆむ茅《ち》原あし原まごも原いやめづらしき青くぐの原
この原の五月《さつき》青草いやさやに茂るがなかに我ら坐りし

青々と若蘆そよぎくぐ靡きすこやけき子をわが恋ふらくも
この原の広き真中に草敷きてこもり居りとも誰か知らむも
すがすがし五月《さつき》の小野《をぬ》の草枕まきてさぬらくすべなきものを
掌《たなごゝろ》こころよきかも青くぐの茎を割《さ》きつつ縄綯《な》ひにけり

鯉網

大楊《おほやなぎ》しげりかぶさる川隈《かはぐま》に鯉網張れりその鯉網を
みなみ風水泡《みなわ》吹きよする川隈の楊が陰は鯉の巣どころ
おもむろに網をあげつつ手ごたへのよろしきかもよ我らを見けり
網の中に一たび跳ねし大き鯉しづかなるかもか黒に光り
この捕れる鯉をさかなによろしなべ今宵の酒のおもほゆるかも

沼尻

沼波《ぬまなみ》の風濁りして寄るなべにしみみ動ける青あしの原
沼尻《ぬまじり》の蘆の茂みによする波だぷりだぷりと音のよろしき
蘆原に舟とめ居れば夕かげの水の面《みも》明りて鳰《にほ》の鳴くこゑ
沼尻の蘆の根がたにおぼほしく水泡《みなわ》たまりて夕さりにけり
夕まけておほに明るき水の面をつくづくと鳥はくぐりけるかも

夜の踊

立ちまじりわれも踊らむさ杵《きね》もて麦を搗くなす麦つぎをどり
笛太皷おもしろくして踊る夜の明日の為事《しごと》ははかゆくものを
宵々に三味もひきつつねもごろにこの村人をいたはれるらし

名残

桶にのこる馬のかひばを手にとれば馬のにほひのまがなしきかも
うつし世ははかなきものをおのづからよく楽しみて遊びけるかも

（「詩と音楽」大正12年8月号）

五月の水郷（印旛沼の歌）

橋田東聲

はつ夏の草生明るき沼の道雲雀のこゑはややに多しも
眼にとめてみればまぢかき揚雲雀羽たたき啼けり空のくもりに
考へつつ道をゆきしがはつとして我れにかへれば行々子のこゑ
あゆみ来てわがさしかかる木戸の坂白き馬引きて人あらはれぬ（庄亮の家）
引かれ来し馬がふれけむ木戸口の小米桜は花こぼしけり
遅れたる友来にければよろこびてみな起ちにけり酒杯を置きて
（白秋千樫遅れて到る）

沼の舟遊

群生ひの葦おのづから舟の下にむざんに押され水漬き伏すみゆ
沼尻の水隈《みくま》に生ふる青すげのたむろなびけり風幅《かぜはば》のなかに
草苗を吹きつつおもふこの沼のにごれる波はいたくさぶしも
舟とめて上る葦原や真つさ青のそよぎの中に入りにけるかも

青葦原の中

野雀《やすずめ》はちかくに啼きてあはれなり青葦の中に酒くみをれば
葦の中に車座《くるまざ》にゐてくみかはす酒杯のめぐりあなあなおもしろ
あし原にふかくこもればしたごころあやにゆらぐと千樫がいふも
うべしこそ青葦のさやぎさやさやにさやぐ思ひのわれに湧きくる
よしきりはまた啼き出せりほとほとに心をよせて草のやさしき
夕さりて舟をかへせば吹く風に濁り波さむし葦原のひまに
あし原に鳴くなる鳥のこえ多し日のゆふぐれとなりにけるかも

あそべる小馬

短か尾の赭い小馬《こうま》が門の田に親とあそべり坐《ゐ》ながらみれば
しきりに尻尾《しりを》はふれど小馬《こま》の尾のまだみじかくて草にとどかず
こちら向きしばしうごかぬ額白《つきじろ》の青葦のうへの長き顔あはれ
葦原に日かげなほあり親とゐてあそべる小馬《こま》の尾を振れり見ゆ
子をつれて草食みやめぬ親の馬もどらぬものか野は夕づくに

（「詩と音楽」大正12年7月号）

踊

吉植庄亮

白　秋

ほろほろといまをさかりにちる花をかざして友は踊り出にけり

暁

鶏鳴きて小夜はふかきを鉦たたき踊りほけたる白秋がとも
麦つきの踊ををどる足拍手とどろとどろと枕ゆするも
祖母《おゝはゝ》のつね踊らしし里踊麦つきをどりわれは見にけり
おのづからはるけくなりし祖母のおもかげを見つ人の踊れば

釣らんぷ

くらきかげもちてしたしき釣らんぷいくとせわれは家放れ居し
つりらんぷ光したしきふるさとの一夜の酒は腹にしみけり

朝

このねぬる朝のめざめにきくものは家の鶏《かけ》ろの野べになくこゑ
野をとほくあそびに出でしわが家のかけろのこゑのほかにこゑなし

草　餅

ともだちをねもごろごろにもてなしてわが家人はうれしかりけり

（「詩と音楽」大正12年8月号）

東夷戯咲篇

尾山篤二郎

五月十四日、北原白秋、古泉千樫、橋田東聲の諸子と共に吉植庄亮が家に遊ぶ。而して遊行の諷誦を各「詩と音楽」に出さんことを約す。諸子は斯道の達人、恐らく新様の躰を詠じて浄心を披瀝し以て詞華妍を競ふべし。余一人古体を詠じ東夷戯咲の篇を為す。

北原白秋に寄す。四首

沼の洲の萎《ね》柔小菅《やはらこすげ》しきむだき人は見じとも天《あめ》の雲みむ
苅るかやの根白高萱《ねじろたかがや》かりそけて狭柔草《さねがや》のこせさぬらくは吾背《あせ》
印旛沼《いにはぬ》の向う危崖辺《あずべ》の横臥《よこぶせ》にゐてはいねなも桑蚕《くはこ》かふ子《こ》な
あどせもと桑籠《くはこ》とりそけ吾《あ》が手とり何《など》かも為《し》らも手なにかい撫で

古泉千樫に寄す。二首

昨夜《きそ》こそはちはにいねたれあよめさく伊多古呂さしてなゆき今宵
下房のいにはの沼の行々子《よしきり》のよしさへぎるも行くといはずやも

橋田東聲に寄す。三首

垣内《かきつ》柳《やぎ》をりてさせれば根づくてふ吾背《あせ》のかすらにをりてさせこそ
印旛沼《いにはぬ》に葦《あし》はあれども荆《うまら》なしなせにうまらの妻なきがごと
家苞《いへづと》に捧《ささ》ごてもたる二尺《さか》の真鯉ころすな人にやりとも

吉植庄亮に寄す。四首

母刀《おもと》自《じ》と弟《おと》と家《いへ》におき伊力古屋《いとこや》のはしけ妻ゐてかへらもと臼《へ》か
垣越《くへご》しに植ゑし松の気《け》みづくとも船な寄すなと植ゑし松の気

鳥狩《とがり》すと砲《つつ》とりもちて大雁《おほがり》の羽がひをねらふ手児《てこ》があれこそ
いにはぬのむなぎは食へどさ洗ひに真鯉はくへど依らむ子ろなみ

触心触目

里川のきしに茅花《つばな》のほほけ穂のさやぎなびけど酢漿草《かたばみ》はまだ
沼の上《へ》に生ふる三稜草《みくり》の茎ながにけだしや夏はたけにけらしも
葦《あし》の間《ま》の魞《いり》の葦簾《よしず》にながれ藻のなづさふ夏にあひにけるかも
印旛《いにはぬ》沼の真菰がうへを漕ぐ舟の舟底《ふなぞこ》うすし草の葉の上《へ》に
風そひて沼水騒ぐしましとて蘆間《あしま》に舟を入れにけるかな
蘆原の根《ね》すき幹《もと》すきあかるきに水はよせたりゆたにたゆたに
かや原のなびくその根《ね》に芹は生《お》ひやはらかげなり野あざみの花も
むらさきにさすが咲きたり萱《かや》なかの薊の花は時はやみかも

（「詩と音楽」大正12年8月号）

冬の薔薇

穂積　忠

礼者まつ心やさしかり二日の日の炉ばたにひとり餅をやきつつ、（正月三首）
人訪ふをまつとにあらね葉牡丹《はぼたん》のうす葉のほこり我が吹きてをり
年あけて二日三日四日《ふつかみかよか》とたちにけり花瓶の塵も眼にとまりつつ
山人の性《さが》のやさしさ馬とめて我の写真にうつされにけり（山人二首）
山原に遊ぶ女童子供さび一人はにげて写されにけり
おや薔薇の影である庭の隅の日向の雪にゆれてゐる影は
いさゝかの為事《しごと》にも心つかれたり、秋の日中の青蛙のこゑ
秋もやゝ日向寂しくなりにけり、秣乾場の昼すぎの月（猫の咳）
この宵の風ぬくとからむゆれうごく戸越の影は桃の花のかげ
夏すぎて、小牛肥《ふと》り来ぬ、*とゝぐさのうす赤き茎も喰みこばしつゝ。
（*伊豆地方の方言すかんぽ（酸模の事））
深草の露にぬれゐる石一つ、見えゐて涼し赤まんまの花。
日の暮の縁に掃かれぬ妹等が飯事《まゝごと》の鍋の犬蓼の花（犬蓼の花）
いつまでか咲きつぐ寺の百日紅《さるすべり》、今朝は障子の骨乾《ほ》されゐる。
（小田原伝肇寺所見一首）
この堤《どて》の蚊帳つり草も眼にしみて、よべ降りし雨ははや秋の雨。
ひろひつゝ寂しくなれり冴え〲とみながら白きどんぐりの尻
子供の葬式かしら茶つ株に白張たてかけて人がまつてゐる。
葬式の出をまつ人かしら茶つ株に帽子をのせて莨をのんでゐる
祭日の宮の日向に遊びゐて紅ほゝづきを三つ買ひにけり。
雪とくる静けさみえて枯萱のふしふし明《あか》し野良のひるすぎ
冬深し雑木林の日当りにはねしままなる鳥わんなのかげ
初冬の眼ざめにきゝて親しきは、富士の裾野の大砲《おほづゝ》の音
裾野ゆく汽車の煙の白々と遠目にみえて朝今《けさ》の寒《さむ》けさ
灌仏《かんぶつ》の寺のほそ道暮れ近みおんばこの花も人にふまれたる。
さし藷の残りの蔓は露ながら牛小屋の中に捨てられにけり
八十八夜の茶をもむ人かなやの中に湯気しとゞあびて素つ裸なる。

（「詩と音楽」大正12年4月号）

犬吠崎

窪田空穂

犬吠愛宕山にて

磯山の小松が持てる長き芽の海よ照りかへす光にゆらぐ

大海をわたる海驢《あしか》の寄りしてふ黒き一つ島波の間《ま》に見ゆ

犬若の大岩

海の上に躍りいでたる一つ岩寄する波嚙みしぶきと散らす
海の上に立てる一つ岩その形怪しと見るにいよよ怪しも
青波の照り広らなるに一つ岩黒きかしら擡げゆるぎ出《で》むとす
青海に向ひて立てる一つ岩そこに人行けば人を虫と見す

犬若の浦にて

真裸の色黒童《いろくろわらべ》たらひ舟海に漕げればその盥走る
裾からげ小さき尻出しよちよちとあゆむ手童《たわらは》海に入りて遊ぶ
海に入りて遊ぶ女童《めわらは》寄る波の顔にかかれば声立てて笑ふ
磯の上に腹ばふ童女童《わらべめわらは》に顔さしむけて笑ひものいふ

（大正15年3月、紅玉堂刊『鏡葉』所収）

俳句

平井照敏＝選

ホトトギス巻頭句集

潦を掩ふ穂草や秋の雨　丹波　泊雲
歯朶小松添へて茸の荷そこ〳〵に　同
秋晴の嵯峨の藪裾通りけり　同
枯蓮や水にきらめく時雨星　同
籾筵たゝむや木の葉選り捨てゝ　同
束の間の夕日に干してはした籾　同
野鼠の稲架走る見ゆ月夜かな　同
北風や小草萌え居る葎底　同
蓮の茎傾き合ひて枯れにけり　同

（「ホトトギス」大正12年1月号）

屑々に蝶の翅や霜の石　丹波　泊雲
旭の霜や桧原の裾の小草原　同
うすければ一手蒔きもどり麦の種　同

水さびて影も映らず蓮枯るゝ　同
枯蓮やたま〳〵浮きし亀一つ　同
小春日や丘の小藪の深みどり　同
酒庫《くら》着被《ぎき》て醪の汚点《しみ》や冬の蠅　同
兵通るとひきずり寄せぬ籾筵　同
（「ホトトギス」大正12年2月号）

取り下ろすものゝ埃や冬籠　東京　たけし
この頃は皷もならず冬籠　同
冬籠ホ句知りそめし庵主かな　同
鉄瓶の湯気の影あり冬籠　同
通ひ路の雪はる〴〵とかゝれたり　同
行人や今朝の深雪の木がくれに　同
水鳥の冬の最中と見ゆるかな　同
雪晴の影明かにありきけり　同
（「ホトトギス」大正12年3月号）

小鳥二羽こち見こち見つ水のめる　丹波　泊雲
寒灯や外の霰をきゝすます　同
麦の芽の土をもたげて霜柱　同
掘りあてし底の胴木や慈姑掘り　同
餅切るや又霰来し外の音　同
枯蓮や水さゞめかす鳰一つ　同
底の穢のゆるぎそめけり水温む　同
（「ホトトギス」大正12年4月号）

滝ほとり岩も木立も氷柱かな　丹波　泊雲
塀の屋根に紅梅這はせ邸かな　同
苗床の土くれあらし春の霜　同
枯蔓につもりてかろし春の雪　同
流水や泡せきとめて猫柳　同
歯朶裏の底燃えくゞり山火かな　同
土深く指でかきとる菊芽かな　同
（「ホトトギス」大正12年5月号）

笹の子のうす紫や小筆ほど　京都　泊月
山《やま》端《ばな》や桜の上の雪の峯　同
春惜む各々水のほとりかな　同
沈丁に雫しそめし軒端かな　同
徂春の窓に垂れたる袂かな　同
高蔓にかゝりて落ちし椿かな　同
指先を流るゝ如し種を蒔く　同
（「ホトトギス」大正12年6月号）

桑摘の姉様かむりほぐれたり　高崎　鬼城
青梅の葉陰に見ゆるほどになんぬ　同
金襴の袱紗ゆゝしや柏餅　同
山欠けや葉蕨はえて二三本　同
雲雀落ちて天日もとの所に在り　同
秋晴れや並べ替へたる屋根の石　同
しろ〳〵と十薬咲いて露寒し　同

朴の葉の落つるばかりに虫食んだり　同
（「ホトトギス」大正12年7月号）

麦秋や籬の外の大焚火　丹波 泊雲
小旋風の落ちて行衛や初夏の畑　同
のぼりつめ葉にわかれとぶ蛍かな　同
うす紙で包めるハムや蠅這へる　同
鳶さつと諸音とゞめし蛙かな　同
秋雨やおろしたてなる簑と笠　同
早苗とる手元に落ちて笠雫　同
水中の青蘆ほのと五月雨　同
（「ホトトギス」大正12年8月号）

木雫の間遠となりし泉かな　丹波 泊雲
黒蜻蛉浮木に群る、泉かな　同
瓜小屋の月に臑《すね》抱き男かな　同
石除るや十薬の根の白々と　同
十薬のゆれさゞめくや塀雫　同
薫風や白粉《しろこ》吐きたるなんばの葉　同
打水や芝垣泛ぶもの、蔓　同
蟷螂や喰みこぼしたる蝶の翅　同
月前や黍の孕み穂明らかに　同
芋銭居
梅雨の沼青葉がくれにちら〳〵と　同
（「ホトトギス」大正12年9月号）

欄干にほしたる幕や祭あと　播磨 泊村
朝顔の蔓コスモスを這ひ越えぬ　同
夏草の中に傾く薬鑵かな　同
秋雨や人夫湯沸かす寺の門　同
静かさや日かげ日向の水馬　同
夕蜻蛉躍り捕へし子猫かな　同
（「ホトトギス」大正12年10月号）

盂蘭盆の花を挿したり山の墓　東京 たけし
滝風や岩に取りつき岩魚捕　同
空蟬やよぢのぼりたる枝を抱き　同
曼珠沙華あたりに咲いて住ひけり　同
曼珠沙華出水の上にうつりけり　同
新涼や一雨ありしにはたづみ　同
稲雀道にも下りて二三疋　同
筆硯や月の筵に置かれたり　同
（「ホトトギス」大正12年11月号）

水つげば釜音ひそみ除夜の閑　京都 耕雪
冬ざれや水あかの上すべる水　同
大鯉の背を越す鯉に落葉かな　同
ごみための雪乱したり朝烏　同
夕陽の紫にする焚火かな　同
大年や灯連なる長廊下　同
（「ホトトギス」大正12年12月号）

『山廬集』（抄）

飯田蛇笏

大正拾弐年――六十九句――

春

二月八日甥昌起病む　一句

余寒　余寒の児吸入かけておとなしき

花曇　泉水に顔をうつすや花曇り

耕　耕のせか〳〵するよ道境ひ

畦塗　日のあつく塗畦通ふ跣足かな

種浸し　ひら〳〵と蛭すみわたる種井かな

猫の恋　春猫や押しやる足にまつはりて

燕　昼月や雲かひくゞる山燕

蚕　手紙書く指頭そめたる蚕糞かな

桜　老ひそめて花見るこゝろひろやかに

二三片落花しそめぬ苗桜

折りとりし花の雫や山桜

椿　花ちりしあとの枯葉や墓つばき

竹の秋　夕日影せきて古簾や竹の秋

瓜苗　胡瓜苗ほけ土に出て双葉かな

夏

麦の秋　麦秋の蝶吹かれ居ぬ唐箕先

入梅　月いでゝ見えわたりたる梅雨入かな

とかう見て梅雨の藪下通るかな

梅雨　二タ嫗梅雨に母訪ふ最合傘

簾外のぬれ青梅や梅雨あかり

衣桁かげ我よればなき梅雨かな

なか〳〵に足もと冷ゆる梅雨かな

沢瀉の葉かげの蜘蛛や梅雨曇り

蚊遣火　西晴れて月さす水や蚊遣香

虫干　虫干のあつめし紐や一とたばね

燈籠　遠浅にむれてあまたの燈籠かな

燈籠や天地しづかに松のつゆ

墓参　子もなくて墓参いとへる夫婦かな

墓参人の帰りやながめられにけり

雨蛙　雨蛙とびて細枝にかゝりけり

蠅　蠅追ふや腹這ふ足を打ち合せ

水馬　うち水にはねて幽かや水馬

蛾　抛げし蛾に一と揺りゆれて池の鯉

桐の花　花桐に草刈籠や置きはなし

蓮の花　白蓮やはじけのこりて一二片

蓮濠やすでに日当る人通り

合歓の花　芝山の裾野の暑気やねむの花

桑の実　桑の実の葉裏まばらに老樹かな

青梅　青梅のはねて浮く葉や夕泉

秋

冷か　ひや、かに蓑笠かけし湖の舟
残暑　つらぬきて蟻塔の草の秋暑かな
十月　十月の日影をあびて酒造り
秋の日　秋日椎にかゞやく雲の袋かな
某氏の松の画に題す
月　たちいで、秋月仰ぐ山廬かな
名月　名月や宵すぐるまの心せき
秋の雲　みるほどにちるけはしさや秋の雲
秋雲をころがる音や小いかづち
露寒　露ざむの情くれなゐに千草かな
砧　砧女にかの浦山のす、きかな
秋の蚊帳　ゆく雲や燈台守の蝲の秋
秋の蠅　つぶらかに秋蠅とるやたなご、ろ
秋の草　秋の草全く濡れぬ山の雨
萩　かよひ路にさきすがれたる野萩かな
芋　政敵に芋腹ゆりて高笑ひ
稲　晩稲田や畦間の水の澄みきりて

冬

寒さ　足元に死ねば灯せる寒さかな
冬の月　寒月や灯影に沍てん白柏子
雪　枯紫蘇にまだのこる日や雪の畑
雪起し　冬雷に暖房月をた、へたり
冬の水　冬水や古瀬かはらずひとすぢに
年木　年木割かけ声すればあやまたず
炭　炭売の娘のあつき手に触りけり
足袋　足袋はいて夜着ふみ通る夜ぞ更けし
綿入　百姓となりすましたる布子かな
暖炉　胸像の月光を愛で暖戸焚く
焚火　焚火煙そこぞと眺められにけり
榾　妻とがむ我が面伏せや榾明り
あつものにかざしおとろふ榾火かな
蕎麦刈る　蕎麦刈のひとり哭する夕日かな
落葉　朴落葉かさばりおちて流れけり

（昭和7年12月、雲母社刊）

河東碧梧桐

〔大正十二年〕

震災雑詠
松葉牡丹のむき出しな茎がよれて倒れて
蟬がもろ声に鳴き出したのをきく
投げ出してゐる足に日のあたるまま
西瓜の種のいくつもが咽通る
ずり落ちた瓦ふみ平らす人ら
二本の竿柿おとすいとまある

青桐吹き煽る風の水汲む順番が来る
両手に提げたバケツの空らな
水汲みが休む木蔭にての言葉をかはす
蚊帳の中の提灯のあかりのしばし
山蟻があるく壁土と掃く
夜の焚き出しの隙間をもる火
屋根ごしの火の手に顔さらす夜
焼跡を行く飜へる干し物の白布
米を磨ぐ火をおこす寝覚めである
四谷から玉葱の包みさげて帰る日
水道が来たのを出し放してある
塀の倒れた家の柚子の木桑の木
（「碧」大正12年10・11月合併号）

〔大正十二年〕

高浜虚子

散り紅葉こゝも掃き居る二尊院
（「ホトトギス」大正12年2月号）

日蔽に松の落葉の生れけり
（「ホトトギス」大正12年9月号）

忘られし金魚の命淋しさよ
（「ホトトギス」大正12年10月号）

月の友三人を追ふ一人かな
（「ホトトギス」大正12年12月号）

『雑草』（抄）

長谷川零余子

春

春の夜　春の夜の人魚に扮す女優かな
炉塞　炉塞ぎし宿とも知らで帰り来し
凍解　もの、凍て解けやまずして雪を見し
春の泥　春泥や鴉に飽きし邸の婢
椿　椿踏む人よく見えぬ竹林
　我れに擲つ椿見ましとして歩く
連翹　病める母に連翹剪りて上り来し
　連翹や鶏舎をのぞいて雛見たし
　木曽川舟行
木瓜の花　木瓜の叢に棹突き入れぬ舟上る
春の草　春草や耳に手あて、楽を聞く
菜の花　明るさのやゝ濃くなりし花菜かな

夏

柏餅　柏餅謀をふくみて世に生くる
籠枕　まろび寝や羅か、る籠枕
　許斐川舟行
　夕焼けし雲一片や月の下
泉　いづこより洩るゝ光ぞ泉見る

鮎　夕べ焼く鮎なりそゝろ匂ひ来る
金魚　鮎の瀬や茂りに潜む月を見し
蚊　金魚玉に透く樹々うれし立ちて見る
船虫　竹伐るや蚊をすかし見て打ちもせず
蛇　船虫の這うてぬれたる柱かな
紫陽花　山守の蛇焼く瞳澄みにけり
紫陽花にいとし嫁ぎて句をやめず
紫陽花を切るや腰紐結び得ず
若葉　若葉の香人を包みてたゞ暗し
越後鯨波にて
青葉　青葉の海に天より降りし青螺かな
荀　荀や墨くれて僧立ち去りし
百合の花　山百合や雉子に喰はれて咲きもせず
日向葵　日向葵や昼着く汽車に終ひ馬車
青梅　青梅やきづゝきたれど葉を愛す

秋

名古屋神野邸即事
岐阜提灯　岐阜提灯ともりしあたり庭木濃し
岐阜行燈　岐阜行燈の白さ好もしともし見る
伊予松山にて
秋風　秋風や鮎まだ上る石手川
蜻蛉　蜻蛉に道つきてある浜辺かな

虫　虫なくや泣くばかりにて乳づかぬ子
大震後麦人を訪ふ
蟋蟀　潰れ家に麦人住めりちゝろ虫
須磨金子邸にて
螇蚸　帰ることをいやがる犬やばつたとる
秋の蟬　秋蟬の茨に鳴くや姉の家
飯島みさ子逝く
芙蓉　相知りて久し君なし芙蓉咲く
紫苑　此の顔や紫苑の花を見つめ居り
桔梗　桔梗や此の峻峰の遭難者
石にもたれ咲く桔梗や雨に濃き
甲州八ケ嶽附近
豁然と桔梗咲きけり八ケ嶽
箱根裏、大震の際石崖二つに割れ落つ
秋の草　秋草に大盤石のはかなさよ

冬

凍てる　いよゝ凍てし土くれに日の流れ来し
短日　短日の華饗始まれけり大食堂
節分　我宿にさす柊をもらひけり
榾　榾の窓暗きに送り届けゝり
雪舟　橇の客ことなく着きし星夜かな
雪　雪晴や人居て暗き奥座敷

丈余の雪を冒して十勝岳温泉に登る

月ありと見れば雪降る定めなし

霰　大嶽を霰ひそかに降り去れり

冬の海　冬海を越えて追分聞きに来し

川涸る丶　涸川や梅提げて石を飛び渡る

凍鶴　凍鶴をいとしみ星よ疾く光れ

水鳥　水鳥に夜舟着くぞと起さる丶

牡蠣　酔いよ丶廻りて鍋の牡蠣固し

寒椿　寒椿柄杓に氷すくひ捨つ

落葉　朴落葉踏みて雉子とぶ松を見し

寒菊　寒菊の根に雪知らぬ土固し

水仙　水仙に住むべく着きぬ高嶺晴

水仙や何か我が身の上に来る

咲かで枯る丶水仙もあり島晴る丶

水仙の鶯に来し雀かな

暁女の死を悼む

水仙や莟と知らずあはて剪る

枯草　草枯れんとして暫しありまだ生きつ

賽すれば足る心かな草枯る丶

冬菜　かす〳〵の身過ぎうたてし冬菜生ゆ

冬菜畑かすかに住めば生きてゆく

（大正13年6月、枯野社刊）

解説・解題

曾根博義

編年体　大正文学全集　第十二巻　大正十二年　1923

解説　一九二三(大正十二)年の文学

曾根博義

1　近代から現代への交替期

一九二三（大正十二）年は関東大震災の年である。関東大震災の年、という以上に、もう少し具体的にこの年のイメージを喚び起こしていただくために、まず文壇中心のトピックスを月ごとに拾ってみよう。

1月　雑誌『文藝春秋』『赤と黒』創刊。前年来のプロ派対ブル派の対立激化。
2月　丸ビル完成。
3月　『新潮』の創作合評が始まる。
4月　『赤旗』創刊。
　島田清次郎処女誘拐事件。
6月　第一次共産党事件。堺利彦、山川均ら一斉検挙される。
　有島武郎情死事件（発見は七月）。
7月　日比谷音楽堂完成。
　村山知義らの「マヴォ」第一回展覧会。
8月　大杉栄、フランスより帰国。
　『白樺』終刊。
9月　関東大震災。死者・行方不明者一〇万四〇〇〇人、全半焼・全半壊家屋五五万戸。厨川白村、津波に呑まれて死亡。大杉栄、伊藤野枝ら、憲兵分隊で甘粕大尉らに殺害される。朝鮮人に関する流言蜚語が飛び交い、約六〇〇〇人の朝鮮人虐殺される。
　『解放』『種蒔く人』『新興文学』などプロ系雑誌の廃刊続出。
10月　新聞・雑誌・単行本による震災報道、出版盛ん。
11月　雑誌『随筆』創刊。
　ヒットラーのミュンヘン一揆。
12月　虎の門事件。
　この年のベストセラー――『大正大震災大火災』（講談社）、久米正雄『破船』（新潮社）、厨川白村『近代の恋愛観』（改造社）、大杉栄『自叙伝』『日本脱出記』（改造社）。

関東大震災は文学史の上でも重要なメルクマールになっている。大震災の翌年、雑誌『文藝戦線』と『文藝時代』が創刊された一九二四（大正十三）年をもって、昭和文学あるいは現代文学の起点とする文学史が多いからである。これに従えば、本巻で取り上げる一九二三（大正十二）年の文学は、実質的には大正文学の最後の年の文学だということになる。

しかし、これもすでにしばしば指摘されてきたように、現代文学ないし昭和文学の徴表とされる二十世紀の藝術革命（モダニズム）及び革命藝術（プロレタリア文学）の諸要素は、震災の翌年の一九二四年に突如出現したものではなく、その萌芽を求めれば、さらに一、二年あるいは数年遡り得ることは、本全集の既刊の巻の作品と解説を見ただけでも明らかである。となれば、ロシア革命が起こった一九一七（大正六）年、あるいは第一次世界大戦が終結した翌一八（大正七）年あたり以後、つまり大正後半の文学は、大正から昭和への、近代から現代への緩やかな移行期あるいは準備期の文学ととらえることも可能だということになる。そしてそのような観点に立てば、たまたま関東大震災に見舞われた大正十二年は、明治以来の既成文学が爛熟してその結実としての作品や文学観を産み落とすとともに、それに対抗する新興の文学がいよいよ勢力を伸ばしてきた新旧交替期と見るのが適当だということになろう。

本巻に収めた大正十二年の作品をここでざっと眺めていただきたい。掲載順に見て行けば、豊島与志雄、長与善郎、葛西善蔵、宇野浩二、正宗白鳥、佐藤春夫、里見弴、小川未明、芥川龍之介、鈴木三重吉、久米正雄、菊池寛、久保田万太郎、中戸川吉二、中村武羅夫、室生犀星、加能作次郎、島崎藤村、広津和郎らの大正既成文学の精華に混じって、金子洋文、今野賢三、井東憲、加藤一夫、内藤辰雄、藤井真澄、新井紀一、中西伊之助、青野季吉、川崎長太郎ら初期階級文学ないしプロレタリア文学の新人たち、稲垣足穂、江戸川乱歩、横光利一、川端康成、瀧井孝作、井伏鱒二、神原泰らモダニズムの新人たちのすぐれた作品や発言が、関東大震災の年にすでにこれほど出揃っていることを知って、昭和文学あるいは現代文学の起点を一年繰り上げてもよいのではないかと思う読者も決して少なくないはずだ。

以下、主として新興文学、時評・合評、心境小説等の文壇的諸問題に焦点を絞って、新旧交替の相を眺めてみたい。

2　プロ派対ブル派の争闘

この年から出はじめた『文藝年鑑』の二冊目、大正十三年版（大正十三年三月、二松堂書店刊）は、「大正十二年の文壇」を振り返って、この年の「事件及問題」をこう書き始めている。

大正十二年度の文壇国は、先年度からの持越しのプロ派対ブル派の小うるさい争闘で明けることになつた。然かも、その初頭には、ブル派の頭目と見做されてゐる菊池寛が自ら「発行編輯兼印刷人」といふことになり、プロ派撃滅の速射砲ともいふべき「文藝春秋」が発刊されて、プロ派の精鋭を以て固めた「種蒔く人」などに当つた。

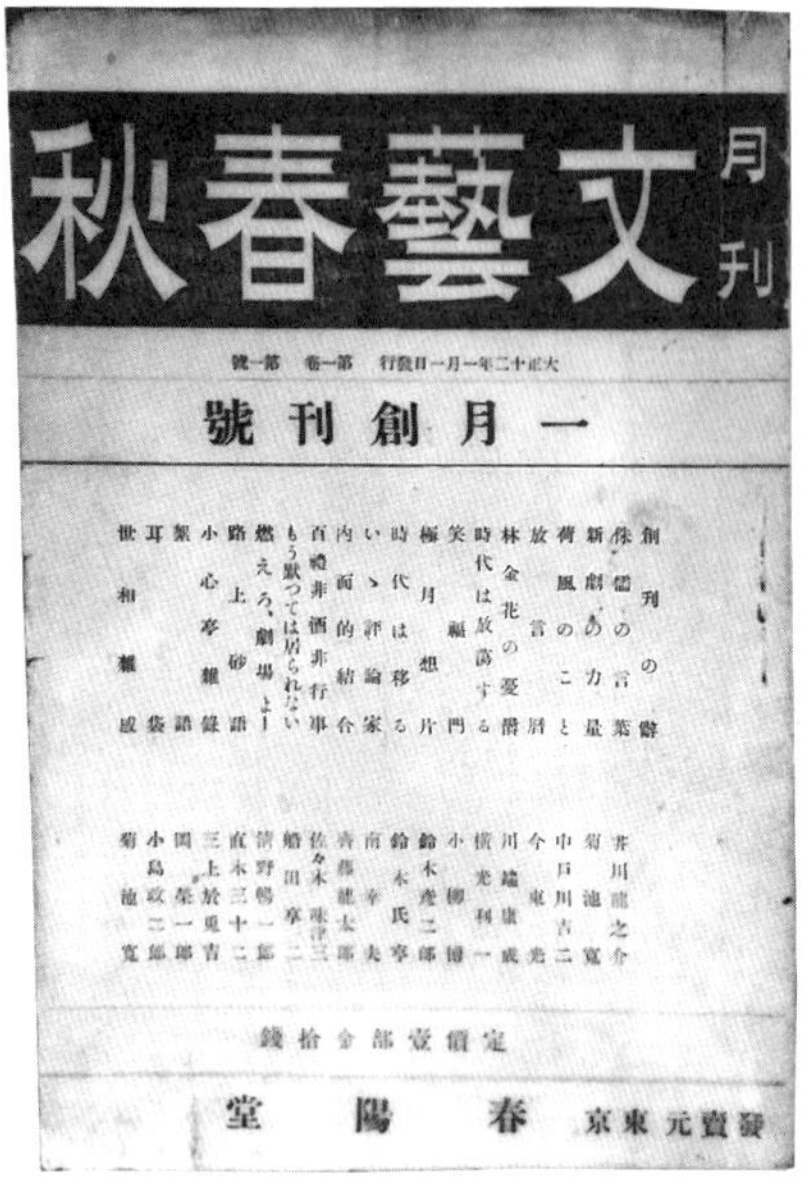

月刊 文藝春秋

大正十二年一月一日發行　第一卷第一號

一月創刊號

創刊の辭
侏儒の言葉
新劇の力量
荷風のこと
放言居
林金花の憂鬱
時代は放蕩する
笑門
極月想片
時代は移る
いゝ評論家
内面的結合
百噫非酒非行事
もう默つては居られない
燃えろ、劇場よ！
路上砂語
小心孝雜錄
架語
耳袋
世和雜感

芥川龍之介
菊池寛
中戸川吉二
今東光
川端康成
横光利一
小柳博
鈴木彦二郎
鈴木氏亨
南幸夫
斎藤龍太郎
佐々木味津三
船田享二
清野暢一郎
直木三十二
三上於菟吉
岡榮一郎
小島政二郎
菊池寛

定價壹部金拾錢

發賣元　東京　春陽堂

創刊の辭

私は頼まれて物を云ふことに飽いた。自分で、考へてゐることを、讀者や編輯者に氣兼なしに、自由な心持で云つて見たい。友人にも私と同感の人々が多いだらう。又、私が知つてゐる若い人達には、物が云ひたくて、ウヅ〳〵してゐる人が多い。一には、自分のため、一には他のため、この小雜誌を出すことにした

侏儒の言葉　芥川龍之介

一　星

太陽の下に新しきことなしとは古人の道破した言葉である。しかし新しいことのないのは獨り太陽の下ばかりではない。

天文學者の説によれば、ヘラクレス星群を發した光は我々の地球へ達するのに三萬六千年を要するさうである。が、ヘラクレス星群と雖も、永久に輝いてゐることは出來ない。何時か一度は冷灰のやうに、美しい光を失つてしまふ。のみならず死は何處へ行つても常に生を孕んでゐる。光を失つたヘクラレス星群も無邊の天をさまよふ　に。都合の好い機會を得さへすれば、一團の星雲と變化するであらう。さうすれば又新しい星は續々と其處に生まれるのである。

宇宙の大に比べれば、太陽も一點の燐火に過ぎない。況や我々の地球をやである。しかし遠い宇宙の極、銀河のほとりに起つてゐることも、實はこの泥團の上に起つてゐることこゝと變りはない。生死は運動の方則のもとに、絶えず循環してゐるのである。

さう云ふことを考へると、天上に散在する無數の星にも多少の同情を禁じ得ない。いや、明滅する星の光は我々と同じ感情を表はしてゐるやうにも思はれるのである。この點でも詩人は何ものよりも先に高々と眞理をうたひ上げた

眞砂なす數なき星のその中に吾に向ひて光る星あり

しかし星も我々　やうに流轉を閲する　云ふことは――兎に角退屈でないことはあるまい。（以下毎號續出の豫定）

新劇の力量　菊池寛

現在の新劇は、歌舞伎芝居のデザートであり、つまであり、口直しである。一幕丈、はさまないと客受けが惡いと云ふ程度である。新劇が、歌舞伎の力を借らずして、客を呼び得るかどうか、大なる疑問である。どんなにひゐき目に考へても、新劇の脚本をいかに組合はせても、一劇場で二三ケ月間の興行を續けることさへ困難であらう。その第一の原因は、脚本が無力なことだ。一寸した新しさや深刻さなどで、お茶を濁すことで、見物を吸收し得ることは不可能である。新劇丈で、店を開いて獨立するためには、本當に人心を掴んだ、本當に見物を呼び得る名脚本の續出することを必要とする。

（1）

「文藝春秋」創刊号（大正12年1月）表紙と本文巻頭

「文藝春秋」は、後に至つて、プロ派撃滅の速射砲ではなく、文壇人が比較的自由な気持でその言論を発表する機関であるといふことが言明されて、プロ派の戦士と目せられる者さへが執筆するやうになつたが、その調子、その色彩は、何といつてもブル派の一陣営たるの観をまぬがれなかつた。そして、「朝日」の学藝欄の一隅に「廻転椅子」といふプロ派の暗討場が出来、「文藝春秋」の雑輩と「廻転椅子」の雑兵とは互に痰のかけ合ひのやうな見苦しい藝当を演じた。（小島徳弥）

『文藝春秋』は自分の言いたいことを誰にも気兼ねしないで自由に言える場として菊池寛が出しはじめた随筆や文壇ゴシップ中心の小さな雑誌だったが、新興のプロレタリア文学者たちの目には最初からブルジョア文学派の砦に見えたのも不思議ではなかった。創刊号の執筆者は巻頭に「侏儒の言葉」を連載する芥川龍之介以下、菊池寛、中戸川吉二、今東光、川端康成、横光利一、直木三十五ら、菊池寛と親しい仲間や新人たちで、無署名コラム「文藝春秋」その他で毎号プロ派に対する口汚い攻撃や揶揄を行ったからである。

一方、「廻転椅子」は大正十二年一月から五月まで『東京朝日新聞』学藝欄にほぼ毎日設けられたコラムで、『文藝年鑑』にあるように、最初から菊池寛を中心とするブル派に対するプロ派の激しい攻撃とブル派の反撃が無署名ないし実名で載った。とくに『文藝春秋』三月号に「無産階級子」という匿名で掲載

された「プロレタリヤの文士たちよ」なる一文は、次のようにプロ派の痛いところを突いて、彼らをいきり立たせた。

> まづ、文藝なるものがその性質として、階級闘争のお仲間入をなすべきものなるや否やは、暫時論外において、さて彼等プロ文士たちは一体全体誰れのお陰でめしの喰へる代物なんだ、彼等の生産したる商品（原稿）は、ことぐ〱く資本家の書肆に、買ひとらるゝのではないか、弁解しちやいけない、現代の産業組織に於て、我等は資本家の出版業に、叩頭するの外なきことゝ、原稿が一文でも高く売れる工合を、先刻御承知のことだから、当然に資本主義制度の妙用余沢を、十二分に御存じの筈だ、そんな身分柄を以て、ブルヂヨア文藝のなんのと毒づくは全く以て、臍茶の至りである、誰れやらの議会演説ではないが、目糞が鼻糞を笑ふの類だ。

菊池寛氏が、其の「文藝春秋」に於てこれらのプロ文藝の徒を、手痛くたしなめてゐるのが、甚だ痛快千万である。

同じ号の「文壇新語字典」（無署名）にはこんな項目もあった。

> くわいてんいす「廻転椅子」（名）東京朝日新聞学藝欄に本年一月から設けられた不同調の如きものである。罵詈毒語天下御免、又文壇の公事訴訟聴き届け所とでも云ふ可し。雑誌「文藝春秋」を広告するによろし。

これに対して「廻転椅子」は、例えばこんな風に応酬している（三月二十日付）。

> 文藝春秋三月号の文壇新語辞典に対し僕は文壇新々語辞典を作る。ぶんげいしゆんじゆう（文藝春秋）［十銭本の名］プロと言ふ水鳥の羽音を大敵と驚き怯え総崩れになつたブル雑卒をやつと取り集めて海へ遁れ、慄える手で舷を叩きつつ揚げる最後の悲鳴を書きつけた帳面の別名で、大将は菊池寛、後世文壇悲鳴史を書く人の他山の石、ブル作家最後の参考材料帳。（▲▲▲）

ちなみに「不同調」は『新潮』の無署名コラム名、「舷を叩きつつ揚げる最後の悲鳴」とあるのは、この年元旦の『時事新報』でプロ派にエールを送った久米正雄の随筆「ふなべりを叩く」を踏まえたもの。

「プロレタリヤの文士たちよ」式のプロ批判は、よく見られる、どちらかといえば常識的な論法で、『新潮』二月号のアンケート「所謂プロレタリア文学と其作家」に答えて近松秋江が次のように書いているのと同断である。

> 今日の所謂プロレタリア文藝といふことに資本主義に対する反抗の意が含まれてゐるならば、そんなことをこの「新潮」誌上などに於て主張するのは、非常な矛盾ではないかと思ふ。何故なれば、新潮社は近頃、非常な財産が出来、資本主義の上に立つてゐる商運隆々たる書肆ではありませんか。その雑誌がプロレタリア文藝の主張が流行するからといつて、それによつて、雑誌を賑はさうといふこと

は、随分それを主張する人間を喰つてゐるやり方である。

この一事すでに如何にプロレタリア文藝の主張者等が甘い連中であるかゞわかるではないか。プロレタリア文藝を主張するほどの元気ある人ならば、何の顔を下げて、「新潮」誌上に拠つてそれを主張するぞ。

なるほどその通りで、プロレタリア文学の揺籃期にはまだこのような健全な議論が行われていたのだ。ところが、恐ろしいのはプロレタリア文学者なのか、出版社なのか、彼らをともに泳がせている資本主義の制度なのか、間もなく文壇がプロレタリア文学者に席捲されると、この類の常識は表に出なくなる。例えば昭和四年に小林多喜二が「不在地主」を書いたために拓銀を解雇されたことは言われても、『中央公論』に載った「不在地主」の原稿料がいくらだったかは伏せられた。そしてそのことによってプロレタリア作家の作品がいかに高価な商品であるかも、資本主義下の出版社がいかに「人間を喰つてゐる」かも見えにくくなってしまったのである。

3　新興文学のエネルギー

関東大震災前後のプロレタリア文学者たちの中核は、二年前の大正十年に創刊された雑誌『種蒔く人』の同人たちで形成されていた。『種蒔く人』には小牧近江、金子洋文、今野賢三、山川亮らの創刊同人に、平林初之輔、津田光造、松本淳三、青野季吉、前田河広一郎、中西伊之助、山田清三郎らが加わり、同人以外の文壇、詩壇からの寄稿も見られた。

大正十一年十一月には原稿料の出るプロレタリア文学雑誌として注目された『新興文学』が創刊され、『種蒔く人』同人をはじめ、藤井真澄、内藤辰雄、吉田金重、新井紀一、平沢計七、井東憲、その他多くの新人たちに作品発表の舞台を提供した。まだ小樽高商の生徒だった小林多喜二も小説を投稿して、しばしば入選、掲載された。

そしてこの年、大正十二年の一月には、萩原恭次郎、壺井繁治、岡本潤、川崎長太郎らアナキスト詩人たちの雑誌『赤と黒』が創刊されて戦列に加わった。

この時期に「新興文学」と呼ばれたのは新興の労働文学、階級文学のことだが、それは必ずしもマルクス主義の思想で一本化されたプロレタリア文学ではなく、アナキズム、ヒューマニズム、さらにはダダイスムその他の前衛藝術運動まで含みこんだ雑駁な藝術革新運動であり、そこに運動と文学のプラスとマイナスがあった。もちろん、大正十年の日本社会主義同盟の解散以来、アナとボルの対立が表面化し、しだいにボルの優勢が目立つようになっていたとはいえ、文学・藝術運動の分野では、少なくとも大杉栄の死まではアナキズムは健在であり、アナキズムが個々の文学者・藝術家に主体的な活力をあたえていたことは否定できない。

本巻に収録した二つの特集、「階級文学に対する私の態度」（『改造』二月号）と「新傾向藝術批判」（『新興文学』七月号）に

「種蒔く人」同人とその周辺の人々。前列右より細井和喜蔵、青野季吉、時国理一、島田晋作、佐野文夫、市川正一、宮地嘉六、後列右より前田河広一郎、１人おいて藤森成吉、小川未明、１人おいて秋田雨雀、１人おいて平林初之輔、小牧近江、佐々木孝丸

おける新興文学者たちの発言は、当時のプロレタリア文学のこのようなアナキズム的要素、アバンギャルド的要素と、そこから来る混沌としたエネルギーをよく伝えている。

例えば、前者の特集において、加藤一夫は、唯物史観的概念ではなく、プロレタリア的思想感情で藝術を創作しているが、その際、主観の強烈な表白を重視し、それを創作だけでなく、生活や社会運動にも拡げて行きたい、と述べる。内藤辰雄は、元来藝術は人生における約束や拘束に対する人間の生命の叛逆であり、「美」と「自由」がその生命であるから、それはあくまで個人的、貴族的なものでなければならない、という。さらに藤井真澄は、生命の自由な拡張による美が現実において妨げられたとき、生命の要求が生む美的作品が藝術だとし、

> 遮ぎられ、抑へられた生命が、藝術作品を生んで、それによつて一種の美的生活を為すのである。藝術作品に接して生ずる美の恍惚感が、不満の生命の沈殿物を洗流し浄化するのである。そこで藝術品とは、結局、抑圧生命の、潜在意識の、不平心理の、昇華にほかならなくなるのである。

と、大杉栄の「生の拡充」論や厨川白村の「苦悶の象徴」論と同じような生命的、浪漫主義的な考えを述べていて、いい意味でも悪い意味でもいかにも大正的な発想と思わずにはいられない。例えば、没後、同題の評論集に収められた著名な評論「苦悶の象徴」（『改造』大正十年一月号）において、厨川白村は、いちはやくフロイトの夢の理論を援用して、次のような藝術・文

藝観を唱えていた。

　内心にあつて燃ゆるが如き欲望が、抑圧作用の目附役によつて阻止せられ、そこに生ずる衝突葛藤が人間苦をなしてゐる。然るにこの欲望の力が目附役の抑圧から免れて絶対の自由を以て表現せられる唯一の場合が夢でありとするならば、吾々の生活のあらゆる他の活動即ち社会生活、政治生活、経済生活、家族生活等に於て、われわれが常に受ける内的および外的の強制抑圧から解放せられ、絶対の自由を以て純粋創造をなし得る唯一の生活はこれ即ち藝術である。生命の根柢から動き出る個性の力を、さながら間歇泉《ガイザア》の噴出するが如くに発揮し得るものは、人生に於て唯だ藝術活動あるのみである。春が来て草が芽を吹くごとく、鳥が歌ふごとく、唯だ夫れ、抑へがたき止み難き内的《インナ》生命《ライフ》の力に迫られて、自由な自己表現をなすものは藝術家の創作である。科学的にのみ物を見る習ひの心理学者の眼には、それが「無意識」と見ゆるほど迄に大きい深い有意識な苦悶苦悩が、実は心霊の奥ふかき聖殿に潜んでゐるのである。自由な絶対創造の生活に於てのみそれが象徴化せられてここに文藝作品は成る。

「惜しみなく愛は奪ふ」などを見るかぎり、有島武郎の思想もさほど遠くないところにあった。この意味で大正期を代表する有島武郎、厨川白村、大杉栄の三人がこの年に揃って不慮の死を遂げていることは、偶然とはいえ、何か象徴的な事件のように感じられないでもない。三人は揃って大正の名文章家でもあった。

　本巻収録の後者の特集「新傾向藝術批判」は、判読に苦しむ文章や誤記か誤植ではないかと思われる部分も多いが、何をもって「新傾向藝術」とするか、その見方が論者によってまちまちであるばかりか、「新傾向藝術批判」と称しながら全員が「新傾向」讃を書いている点がかえって面白い。金子洋文は「新傾向藝術の爆発性」と題して、本巻にも収めた今野賢三の小説「火事の夜まで」（『種蒔く人』三月号）を絶讃する。「自然主義に対する反逆」である「新興藝術」の特徴は「感情の爆発性」にある。「躍動的な、主観的な作者の思想感情」を盛るためには一切の過去の古い容器を叩き壊して、その思想感情にふさわしい容器を新しく創造しなければならない。「火事の夜まで」は「新らしき容器に盛られた新らしき思想感情」であり、「新興藝術の最もすぐれた作品」だというのである。この評言は「火事の夜まで」よりむしろ、この年最も評価の高かったプロレタリア小説である金子洋文自身の「地獄」（『解放』三月号、本巻所収）によく当てはまるかもしれない。

　金子洋文に続いて『新興文学』の表紙を描いている画家の石渡山達は、新しいプロレタリアの美学は表現主義でなければならぬとしてカンディンスキーを推賞し、神原泰はアポリネールの著書に拠りながらダダの画家ピカビアの一端を紹介、山崎俊介もダダの運動について述べ、ツァラやピカビアの名を出している。「デカダニズムの文藝思潮批判」の川崎長太郎は、自らが傾倒するアルチバアセフ、ポー、谷崎潤一郎らの作品がことごとく「ブルヂヨア意識の所産」であることを指摘、「個人主義的デカダニズムに階級意識とを調和さした思想、生活」を求める。そして特集の最後は荻原井泉水ほかによる「新傾向俳句」の合評である。

これら二つの特集における新興文学者たちに共通する個人主義的、主観的、楽観的性格、あるいは思想としての単純さや混乱を指摘することはたやすい。しかし政治、社会、文化、藝術、その他すべてにおいて、古い制度、形式、概念を否定し、破壊しようとして燃焼するその主体的エネルギーが、以後のプロレタリア文学からは失われてしまう一方、プロレタリア文学と袂を分かったその後の藝術派すなわちモダニズム文学が、社会に対する眼を閉ざし、もっぱら個人の内面、藝術の内部に跼蹐して行ってしまったことも確かなのである。この時期の「新興文学」には、素朴ながらも、プロレタリア文学とモダニズム文学が分化する以前の、社会・人間・藝術を根本からトータルに変革しようとする志向と意欲があったのである。

再刊「種蒔く人」創刊号（大正10年10月号）

4 初期プロレタリア文学の成果

初期プロレタリア文学の実作となると、残念ながらすぐれたものは少ない。しかし本巻に収録した金子洋文「地獄」、今野賢三「火事の夜まで」、井東憲『地獄の出来事』（大正十二年三月、総文館刊）の三作は、発表当時から世評の高かった作品で、今日でも読むに耐える十分な力を持っている。

わけても旱魃に悩む東北の農村の、地主に対する小作人たちの闘いをドラマティックに描いた「地獄」は、プロ・ブルの対立を越えてほとんどすべての時評子たちの賞讃を受けた。中西伊之助は「雪解（四）――三月の文藝を評す――」（『東京朝日新聞』三月十一日）で「僕はこの作を読み終つて、はじめて本物らしいものにぶつかつたやうに思つた。プロレタリアの藝術もだいぶたしかになつて来たと思つて、うれしかつた。農村の小作人と地主の葛藤を描いて、かなり力強い、透徹した階級意識の母胎から、プロレタリア藝術の嫡出子が躍り出してゐる」

といい、「本月の文壇の白眉であることは、不安なく称し得る」と述べたが、それにも増して注目すべきは、時評を手がけてまだ間もない、しかも先輩既成作家の作品を臆せず批判して評判になりはじめていた川端康成が、「三月文壇創作評（二の五）」（『時事新報』三月十六日夕刊）でこの作品を次のように手離しで絶讃したことであろう。

　金子洋文氏の『地獄』（解放）は今月私が読んだ作品中での唯一の傑作である。そして私の知る限りでは所謂プロレタリア文藝が提唱されて以来の其の要求をも満たすべき最初の傑作である。地主から虐げられた小作農民達の為めに作者が此一篇を書かうとした創作衝動が若々しく張切つてゐるのが何より喜ばしい。燃焼した精神と確固とした気魄が全篇を貫いて響き渡つてゐる。此等が作品から受ける印象を力強い明徴なものにしてゐる。筆触も新鮮で瑞々しい。文章は歯切れのいゝ、緊縮した調子でぐいぐい読者を惹きつけしかも美しい響きと整つた姿を失つてゐない。劇作家としての金子氏は各の情景を劇化して興味索然としさうな主題に魅力を与へ、寧ろ図案化したと云つてもいい程に事象を巧妙に配列し、注意深く組合せてゐる。そして詩人としての金子氏は其の感覚的な修練を以て自然描写や官能描写其他に詩美を現はし、全篇に色彩と光沢を与へてゐる。

「地獄」についての川端康成の批評は、このあとプロレタリア文学の現状を見渡してから作品に即してこの倍くらい続く。

「地獄」に対するブルジョア文壇の絶大な評価は『新潮』四月号の「創作合評第二回（三月の創作）」での徳田秋聲、水守亀之助、加能作次郎、宮島新三郎らの発言にも現われている。

秋聲。すばらしい作ですなあ。

水守。さつき少し読みかけたが、なか〳〵緊張したしつかりした書き方ですね。

加能。金子君は才人でした。

秋聲。さう、才人ですな。そして、批判力も鋭いし、熱情もあるし、スケールも大きいですな。

宮島。僕も今月読んだものゝ中では、いゝと思つた。

秋聲。ドラマチカルな場面が出てゐるですな。そして描写としてもうまく行つてゐます。

その金子洋文が、新しい内容を新しい器に盛った「新興藝術の最もすぐれた作品」として推したのが今野賢三の「火事の夜まで」だったことは先に触れたが、ここでは中西伊之助の「雪解（六）――三月の文藝を評す――」（『東京朝日新聞』三月十四日）の評を加えておこう。

　「火事の夜まで」今野賢三氏（種蒔く人）虐げられた貧しい女の、権力に対する自分の弱小感と叛逆心が、まざ〳〵と描きえぐられてゐる。貧しいものにとつては、心からの結婚も権力者からは売淫だと認められる。これに反して、富めるものならば愛なき売淫も、且つ彼等の自由に任せて置く。これはあまりにも明らかな弱者への虐げでありながら、まだ日本では誰も手をつけなかつたところを、氏によつて耕されたのは、感謝に値する。最後の、火事に対する主人公の衝動的感激も、プロレタリアならではわからぬ感情である。ちよ子の、権力に対する心持も、氏の経験からにじみ出た尊い真珠のやうに想像される。無技巧なのも気持がい、。全めんにわたつて、なまなましたプロレタリア的意識——ちよ子が自分の肉をひさいで金で買ふた炭を、をしみながら火鉢につぐあたりのやうに——が横溢してゐる。新興文学の味はかうした作家の手にある。

井東憲の『地獄の出来事』は、「火事の夜まで」に初めて扱われたという淫売婦たちの虐げられた悲惨な生活を、遊郭そのものを舞台に、そこで働く遊女たちを主人公にして描いた三つの独立の中篇を集めた長篇で、「第一部 地獄の瘦馬」「第二部 地獄の叛逆者」「第三部 腐肉の如く」のうち、本書には枚数の関係で「第二部 地獄の叛逆者」だけを採った。小島徳弥は『文藝年鑑』大正十三年版の「大正十二年の文壇」の「プロレタリヤ作家」の項で、加藤一夫『虚無』、藤井真澄『超人日蓮』とともにこの作品をあげ、「殊に、憲の『地獄の出来事』は、題材を傾斜の巷に取り、その悲惨極まる売春婦の生活を暴露したものとして意義あるものであつた。ただ惜むらくは、作者の意図のあまりに見え透いたことであつた」と的確に批評している。

大正12年ころの川端康成

井東憲は『種蒔く人』『新興文学』その他の初期プロレタリア雑誌に頻繁に顔を出しているばかりか、大正十年頃から中村古峡主幹の雑誌『変態心理』にもほとんど毎号評論か小説を発表し、このあと有島武郎に関する最も早い研究書『有島武郎の藝術と生涯』（大正十五年六月、弘文社刊）も出している。『変態心理』には売春婦の実態に関する北野博美らの詳細な調査報告が掲載されていた。ついでに紹介しておけば、『変態心理』は大震災直後の十一月にいちはやく「流言心理号」を出し、森田療法の創始者森田正馬の大論文「流言蜚語の心理」をはじめ、生田長江や中村古峡らによる災害の詳細な報告や考察を載せた。

昭和に入ると井東憲は上海に渡り、上海を舞台にした小説や中国関係の雑書を次々に出版している。初期プロレタリア文学者のなかでもとくに井東憲の足跡には曲折が多く、全貌がつかみがたい。早く大正労働文学研究会の清沢洋らの研究があり、近くは郷里の静岡市に井東憲研究会が出来て機関誌も出しはじめたが、本格的な発掘、研究はこれからであろう。『地獄の出来事』の同時代評には前田河広一郎「武装した長編二つ」（『読売新聞』四月十一、十二、十四日、もう一つの長編は中西伊之助『汝等の背後より』）、津田光造「『地獄の出来事』の著者」（『新興文学』八月号）などがある。

5 時評と合評の問題点

この全集の第十巻（大正十年・一九二五）の解説で東郷克美氏は「文藝時評の時代」という一章を設け、大正十年前後は文藝時評隆盛の時代であり、とくに新聞の時評・月評は時によっては十回以上も連載され、『読売新聞』と『時事新報』などは文藝時評を売り物にして競い合っている観がある、と書いている。まことに的確な観察で、同感を禁じ得ない。

新聞の文藝時評が盛んになって作者と読者に対して大きな力をふるうようになったのは大正期以来のことで、それが昭和戦前・戦中を貫いて、昭和四十年代、一九六〇年代まで続いている。考えてみると、文学隆盛の時代は文藝時評隆盛の時代でもあった。ところが昭和と違って大正までは自律した批評家というものがほとんどいなかった。正宗白鳥にしても広津和郎にしても実作者を兼ねていた。批評家らしい批評家が現われるのは、まずプロレタリア派から平林初之輔や青野季吉が出、ついでモダニズム派から時評家としての川端康成が出た後、昭和に入って蔵原惟人や小林秀雄らが活躍しはじめるようになってからである。

大正十二年当時も新聞の時評・月評は賑っていたが、その執筆者は宇野浩二、中村星湖、生田長江、小島徳弥、中西伊之助、木蘇穀、相田隆太郎、古賀龍視、片岡鉄兵、石浜金作、青野季吉、藤森淳三、中西伊之助、前田河広一郎、井汲清治、村松正俊というように雑多で、毎月交代するのがふつうだった。見ればわかるように、担当者の多くは既成作家か新進のプロ派作家・批評家だったから、取り上げる作品に偏りが出たり、批評の内容が作家や作品に密着した技術批評に傾いたりしがちだった。その結果、どの新聞も誰かの時評を長々と載せるが、それがマンネリになって、作家に対しても読者に対してもほとんど力を持たなくなり、そのことに対する不満や批判も高まっていた。

この年、その解決策が二つ現われた。一つは『新潮』の合評であり、いま一つは『読売新聞』の、藝術派と無産派による二人連評である。

『新潮』の「創作合評」は大正十二年三月号から始まり、翌十三年二月号から「新潮合評会」と改題、昭和六年五月まで八年余り続いてこの時期の『新潮』の呼び物になった。毎回、既成大家数名を招き、編集者側から水守亀之助と中村武羅夫が加わって、前月の主な作品を取り上げて座談会形式で合評するというもので、大正十二年中の出席者は徳田秋聲、正宗白鳥、近松秋江、佐藤春夫、宇野浩二、里見弴、芥川龍之介、久米正雄、菊池寛、田中純、久保田万太郎、加能作次郎、中戸川吉二、宮島新三郎、千葉亀雄と、錚々たる顔ぶれである。

近代文学における合評の嚆矢は明治三十年前後の『めさまし草』での森鷗外、幸田露伴、斎藤緑雨らの「三人冗語」「雲中語」で、十年後の『早稲田文学』でもいくつかの小説の合評が試みられた。芝居の世界では歌舞伎の役者評判記を承けて大正期の『人間』や『都新聞』で合評が行われた。大正十二年の文壇では『新潮』より一か月前の二月から『早稲田文学』で合評が始まり、翌十三年六月から『新潮』にならって「早稲田文学合評会」と称したが、出席者のほとんどが早稲田派の作家や評論家に限られ、話題も散漫で、『新潮』には及ぶべくもなかった。

本巻の評論の部にはこの『新潮』の「創作合評」のなかから大正十二年五月号掲載の第三回の全文を収めた。取り上げられている作品は、前月の四月の創作から、佐藤春夫「佗しすぎる」(中央公論)、武者小路実篤「楠正成」(中央公論)、宇野浩二「四人ぐらし」(中央公論)、芥川龍之介「おしの」(中央公論)、武林無想庵「私と名づけられたる妖怪」(改造)、犬養健「朧夜」(改造)、吉田絃二郎「生れ来る者」(改造)、山本有三「同志の人々」(改造)、久米正雄「職務」(改造)「病手」(新小説)、里見弴「踏切」(改造)、葛西善蔵「或る夜」(改造)、菊池寛「義民甚兵衛」(改造)「従妹」(中央公論)、正宗白鳥「生まざりしならば」(中央公論)、中戸川吉二「自嘲」(新潮)、相馬泰三「山犬と兎」(新潮)、長与善郎「春田の小説」(解放)、江口渙「恋と牢獄」(太陽)、加能作次郎「凧」(太陽)、野上弥生子「澄子」(中央公論)の計十九名、二十一篇で、うち「佗しすぎる」、「同志の人々」、「生まざりしならば」の三作は本巻の小説・戯曲の部に収めたので、両者併せてお読みいただきたい。

合評の談話は実際には散漫に流れたり、過不足が目立ったり、作品を読んでいない出席者もいたりして、いろいろ問題はあったが、何といっても画期的だったのは、それが時の文壇の大家たちによる合評だったために、しだいに新聞の時評とは異なる権威を持つようになったことである。しかしそのための弊害もあったし、大家とはいえやはり実作者のあまりにも技術的、専門的な批評に走って、作品全体や文壇の大局を見落としがちになるという欠点が伴った。

もっとも文壇歴の長い者には必ずしもそれほどの権威とは思えなかったようで、例えば近松秋江などは、当今の小説家の権威を常連に網羅しても、誰しも正直に物をいうほど野暮にはなりきれないし、自分自身作家であるという弱みから他の作家に容赦のない批評を下すこともできないので、合評は権威に成り得ていない、「新潮の合評が権威といふ感じを与へぬのは、合評会自身が自ら権威のある批評をしてゐないからである」と批判した(「批評の批評(一)」、『時事新報』六月四日夕刊)。しかしこのような受けとめ方は例外的で、大方は合評の力を認めざるを得なかったようである。

合評とともに本巻に収録した片岡良一「新潮の合評に就いて」(『文藝春秋』七月号)は、その力を認めた上で、批評としての本質的な欠陥を指摘したすぐれた評論である。「如何にも玄人つぽい藝術批評として、作品の技巧を分析し、長所短所を解剖する所、さういふ所ではかなり安心して信用することが出来る」が、それだけが合評の身上で、批評として最も肝心な「綜合」、つまり「文壇的作品の多くを通観することによつて得られる、文壇其物に対する綜合」「現在の文藝其物に対する綜合」がない、だから作品に対してだけでなく読者に対しても積極的に働きかけるところがない、それはこの合評に限らず現在の批評一般に通じることでもある、というのである。

これを承けて川端康成は『新潮』八月号に発表した「最近の批評と創作——月評の後に——」において、自分を含めて「月評家の本懐は、彼の批評が権威を持つことでなければならないと思ふ」といい、一時広津和郎の月評が信頼していいものとされたが、今日では広津和郎に相当する人がいない、このところ抜群の月評を書いている片岡鉄兵の批評には広津和郎の影響が見られる、と述べた後、『新潮』の創作合評についてこう批評した。

兎に角、月評には権威がないと云ふことが概念として信じられてゐる。そして、それを救ふために、「新潮」の創作合評会が始められた。時宜を得たことは云ふまでもないし、勿論批評界に非常にいい刺戟を与へた。為めに広く月評界に活気が加つて来たやうでもある。集まる人々の顔触れから一種の事大思想で、合評会の言論が、早くも権威を持つものとして、注視を集め信頼されるやうな傾向も見えて来た。信用していい点も多々あるけれども、従来の月評に権威がないと云ふことが、概念的に信じられてゐたやうに、合評には権威があると云ふことが、概念的に信じられるやうになることは、非常に危険である。このことに就て、片岡良一氏が「文藝春秋」の七月号に書いてゐる「新潮の合評会に就いて」は実に卓説であると思ふ。少くとも、吾々「現文壇の青年」は、合評会から恩恵と同時に害毒を受けることを覚悟しなければならぬ。

これが翌九月号の『新潮』の「創作合評」の冒頭で「『合評』是非の問題」として話題になり、大震災のために合評のその部分は十月号にもそのまま掲載された。それに対して川端康成が翌月の十一月号に寄せた一文が、先の片岡良一文とともに本巻に収めた「合評会諸氏に」である。見られるようにここで川端康成は、八月号の合評で最も好評だった宇野浩二の「心づくし」を自分は新聞(『国民新聞』)の月評で非難したが、合評会で「材題的興味」という「批評の低い物尺」を愛用しすぎる諸氏は「文壇常識程度で物を云つてゐる」にすぎないと批判して

広津和郎（撮影・近松秋江）

から、「『合評』是非の問題」で話題になったことに対して答え、最後に、合評会諸氏は自分に対して新しい主張、主義、創作を示せというが、それを果たすために、一、自分で新しい創作を書くこと、二、自分の新しい藝術観を提唱すること、三、新進作家の作品中に新しいものを発見し、それを闡明するか、あるいは他人の新藝術観に馳せ参じること、四、新しい藝術観の上に立って既成作家の作品と藝術観を批評すること、これら四つのことを、この文章を手始めに、これから続々と行いたい、と述べている。横光利一らと『文藝時代』を興し、「新感覚派」を主張する一年前に、川端康成が、まず新進批評家として、既成大家たちに対してこれほど堂々とした批評と発言を行っていること、またその後の活動においてこれらの約束をほぼ果たしているといえそうなことに注目したい。

川端康成の最初の時評は大正十一年二月に『時事新報』に発表した「今月の創作界」だが、十二年には『時事新報』、『国民新聞』、『新潮』、『文藝春秋』等の紙誌に十本内外の時評を書き、以後、次第に新聞から雑誌に舞台を移しながら、昭和十年前後まで実に十二、三年にわたって文藝時評家としての活動を続ける。それは決して小説家の片手間の仕事ではなかった。批評家としての正宗白鳥や広津和郎に続きながら、彼らの人生派的な批評に対して、いわば新時代の藝術派としての理論と感覚に基づく新鮮な批評眼と明快な論理がそこにはあった。川端康成に発見され、推賞されて文壇にデビューした昭和作家が多いのも不思議ではない。大正十二年当時でも川端康成の批評は一頭地を抜いているのである。

合評と並んで時評・月評のマンネリ化を打ち破るために試みられたもう一つの新企画は、七月に『読売新聞』文藝欄で始まった「藝術派と無産派・二人連評」だった。前月発表の同じ作品を藝術派、無産派それぞれの批評家に批評させようというのである。七月は一日から七日まで石浜金作と青野季吉の二人が藤森成吉「無心」、佐藤春夫「指輪」、長与善郎「小母のいたづら」、藤井真澄「車の踊」、細田民樹「正月」を六回にわたって批評し合った。八月は一日から十二日まで井汲清治と村松正俊が広津和郎「兄を捜す」、豊島与志雄「悪夢」、菊池寛「貞操」、横光利一「マルクスの審判」等の作品を十回にわたって論じた。ここで「無産派」と対立させて「藝術派」という用語が使われたことが問題になって、加藤朝鳥「所謂無産派と藝術派」（『東京朝日新聞』七月十一日）などが書かれたが、この問題も含めて最も的を得た批評はやはり先の川端康成の「最近の批評と創作」（『新潮』八月号）であろう。そこで川端康成はいう。ここで藝術派というのは、人生派に対立して「美のための美」を主眼とする藝術派ではなくて、無産派即プロレタリア派以外を指す便宜的な用語にすぎない。石浜金作は批評論上でいう藝術派あるいは藝術至上主義の批評家ではなく、むしろ人生派の人だし、プロレタリア派の青野季吉は、功利主義か狭義の人生派とでもいうのであろうが、実はそんなことは大した問題ではない。批評の方法から見れば、どちらも鑑賞批評と解釈批評を根底としていて、それぞれの藝術観やそれに伴う新しい精神で対立する派の作品を否定してもいいのに、おたがいに歩み寄りすぎている、と。こうして、この試みは、プロ派対ブル派の対立を目立たせながらも、結局、両者が同じ穴の狢であることを明らかにしただけで、震災後は廃止されてしまった。

6　「心境小説」概念の成立

ところで大正十二年前後は文学のジャンルや小説の形式に関するいくつかの問題が表面に現われた時代であった。大正期の小説の形式とメディアとの関係を、前後の明治期や昭和期と大まかに比べてみると、新聞や講談雑誌・婦人雑誌等への長篇大衆小説・通俗小説の連載が盛んになり、書き下ろしの長篇ベストセラー小説も相次いで出る一方で、いわゆる文壇小説は短篇中心で、長篇が雑誌や新聞に連載されることはきわめて少ない。この傾向は昭和に入っても続いて、そのことが問題になるたびに、いわゆる純文学長篇に対する要望が叫ばれ、文藝ジャーナリズムは何らかの対策を講じた。純文学長篇への期待が最も高まった昭和十年代の初めには、文藝雑誌への長篇の連載と一挙掲載や、書き下ろし長篇叢書の刊行などが企てられ、それが戦後まで続いた。それに比べると、大正期は文藝雑誌や総合雑誌への長篇の連載も一挙掲載もはるかに少なかった。『暗夜行路』の『改造』連載などは例外的なケースだったといってよい。長篇要請の声は何度か聞かれたが、そのための具体的な方策はなかなか立てられなかった。

大正十年前後から新聞や総合雑誌に二百枚前後の中篇が掲載されることが多くなり、新潮社から『中篇小説叢書』全十七冊（大正十一年五月～十三年七月）が出たりするようになったのは、その欠を埋めるためでもあったろう。本巻に収めた豊島与志雄「野ざらし」（『中央公論』一月号）、長与善郎「青銅の基督」（『改造』一月号）、宇野浩二「子を貸し屋」（『太陽』三～四月号）、正宗白鳥「生まざりしならば」（『中央公論』四月号）、佐藤春夫『佗しすぎる』（『中央公論』四月号）、瀧井孝作「無限抱擁」（『改造』六月号）など、小説の大半が総合雑誌に掲載された中篇あるいは長めの短篇になったのは偶然ではない。このうち「野ざらし」は雑誌発表の一か月後に『中篇小説叢書』の一冊として

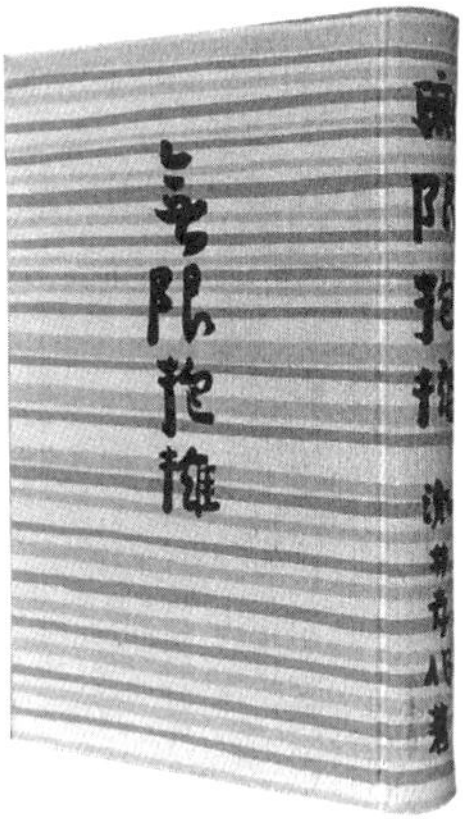

大正13年ころ、伊勢での志賀直哉夫妻（右）と瀧井孝作夫妻
『無限抱擁』（昭和2年9月、改造社刊）

出版された。「無限抱擁」は大正十年から十三年まで各章を『改造』ほか各誌に独立の中篇として発表し、後に全体を長篇『無限抱擁』（昭和二年九月、改造社刊）としてまとめた連作の中心をなす一章で、最初に発表された第二章「竹内信一」は本全集第十巻に収録済みである。

　中篇とともに随筆や小品が流行したのも大正十二年の特徴である。一月に『文藝春秋』が創刊され、大震災後は文学者の体験記や記録や感想が新聞・雑誌を賑わし、十一月には中戸川吉二、牧野信一らの雑誌『随筆』、新潮社の『感想小品叢書』全十一冊（〜十五年三月）などが出はじめ、『新潮』誌上では「最近の○○氏」という総題の下に人気作家についての人物エッセイを特集した「人間随筆」のシリーズが始まって一年余り続いた。『感想小品叢書』は「文壇諸家の主張と其生活ぶりを窺はしむ可き随筆集。感想あり小品あり批評あり旅行記あり人物論あり」というコピーの下に菊池寛『わが文藝陣』、久米正雄『微苦笑藝術』、宇野浩二『文学的散歩』などから刊行され、第一回の『わが文藝陣』は発売後二か月の間に一万部を売ったという。

　このような傾向は、作者と読者の双方で、小説よりも作者の生活や人生観を直接伝える随筆や、随筆に近い小説を愛好し、尊重する習慣が根づいてきたことの現われであり、文壇において清澄、枯淡な作者の心境を語った私小説を「心境小説」の名の下に重んじる風潮が生まれつつあったことと密接な関係があると考えられる。いうまでもなく「心境小説」という用語が一般化するのは、大正十三年から十四年にかけて中村武羅夫と久米正雄が「本格小説」あるいは「私小説」と対照させながら使いはじめて以来のことだが、つとに平野謙は「それらの文学的志向のおそらくいちばん早いあらわれ」は大正十二年一月に正宗白鳥や徳田秋聲の近作を「枯野文学」として推奨した宇野浩二の「吉例年頭月評」だろうと指摘していた（「私小説の二律背反」）。「吉例年頭月評」は大正十二年一月の『時事新報』に延々十八回にもわたって連載された型破りの月評で、先の『感想小品叢書』の一冊である『文学的散歩』（大正十三年六月、新潮社刊）に「創作批評」として収められているが、そのなかで宇野浩二は「尾花の蔭」「人さま〴〵」「冬の日」「東京」「人生五十」といった正宗白鳥の近作を、徳田秋聲の「初冬の気分」などとともに、「作家の心境の問題」だとして絶讃し、こう書いていたのである。

　即ち、我等後進、文学修業の武者どもが、各々高慢の筆を抱へて、密かに我こそは我こそはと思ひあがり、もろ〳〵の文学を見聞して歩いてゐるうちにも、一度こゝに来ると、どんな若い弘法もその筆を捨てゝ、嘆息する外ないのである。恐らく、当分の間、或ひは金輪際我国にはどんな偉大めいた作家が出て来てもアンナ・カレニナや、レ・ミゼラブルと勝負を争ふやうなものは生れないだらう。だが、私が今挙げたやうな諸作を、若し地下のレウや、ヴクトルや、オノレや、フヨードルに見せることが出来たら、おゝ、これ日本的！　と言つて、彼等も恐らく、帽子の一つも脱つて、敬意を表することを忘れないだらう。

　但し、「東京」にしても、秋聲作「初冬の気分」にしても、無論大作でも力作でもなく、又この作家たちの傑れたものといふのでも決してない。が、私はこの断簡零墨にも現れた作家の心境に敬意を表しない訳に行かないのである。特に白鳥の斯ういふ随筆的小説を見ると、そこに、何と言ふか、文壇臭とか専門文学臭とかいふものが少しも感じられない。（中略）

　そして、今は早やこの人の歩いてゐる道は、その昔、松尾芭蕉が歩いたと同じ道である。旅に病んで夢は枯野を駈けめぐる、今にこの人も歌ふだらう。或ひは現にさう歌つてゐるのである。

「東京」、「人生五十」、併せて秋聲の「初冬の気分」等、私は名づけてこれを枯野文学といふ。そしてこの文学、我等若くして、才なくしては、到底到り得ざるの文学である。年頭に当つて、いさゝか敬意を表する所以である。白鳥先生苦笑を以て受けよ。

山本芳明氏は、「吉例年頭月評」には「心境小説」という言葉は出て来ないが、このすぐあとに使われるようになったとして、本巻に収録した『新潮』五月号掲載の「創作合評 第三回（四月の創作）」の宇野浩二「四人ぐらし」評での中村武羅夫と久米正雄のやりとりをあげている（『文学者はつくられる』二〇〇〇年、ひつじ書房）。そこであらためて合評を読んでみると、「四人ぐらし」について最初に菊池寛が「宇野君の小説の中ぢや一番しんみりして、よく書けてゐる」というと、久米正雄「宇野のしんみりしてゐるのには、佐藤君の影響を受けてゐるところがある」、中戸川吉二「肌合の似てゐるところがある」と、宇野浩二の「四人ぐらし」と佐藤春夫の「侘しすぎる」は同類の小説だということで意見の一致を見た上で、中村武羅夫がそれらを「心境小説」と呼び、久米正雄が佐藤の心境は「静かでスツキリ」していて、宇野のは「さゝ濁りの気分」という違いはあるが、「二人とも、一種の心境を描く作家ぢやないですか。宇野の云ふとほりに彼等の『枯野文学』ぢやないかな」と発言し、ここで多分初めて「心境小説」という言葉を使った中村武羅夫と久米正雄が宇野浩二の「吉例年頭月評」を踏まえていたことがはっきりする。ただこの合評会には正宗白鳥も出席していて、このあと自作の「生まざりしならば」が俎上に乗せられたとき、宇野浩二とともに白鳥の「私小説」「心境小説」に興味を持ち、作品を通して作者の生活や心境を知りたいという久米正雄に対して、白鳥自身は、作家は自分を書くよりも自分以外の人間を書くときのほうが自分がよく出るものだと述べて、宇野や久米に決して同調していないことには注意しておきたい。

このあと、『新潮』八月号の「創作合評」でも、室生犀星「わが世」（改造）について、中村武羅夫が「小説的ではないが、佐藤春夫氏の『侘しすぎる』のやうな形で、作者最近の心境を語るものとして、面白いと思つた」というと、久米正雄が「おや、中村君は心境小説を認めるんですね。蓋し中村君の一進歩でせうな」と述べている。かつて小笠原克はこれを「心境小説」という言葉の最初の用例ではないかとしてあげたことがある（『日本近代文学大事典』第四巻）。

いずれにしても、以上より、「心境小説」という言葉は、大正十二年の関東大震災前からすでに使われていたことが明らかになる。そしてその種の小説を推重することは、先の正宗白鳥のような反対意見を内に含みながらも、宇野浩二や中村武羅夫や久米正雄だけでなく、もっと多くの既成作家に共通した文壇の通念になりつつあった。例えば広津和郎が徳田秋聲の「花が咲く」や「風呂桶」を東洋的な「心境小説の上乗」として賞讃するのは大正十三、四年のことだが、それ以前からの広津和郎の時評を通覧すれば、早くも大正八年頃から、作品のなかに作者の心や態度がどれだけ直接に、具体的に表れているかを作品評価の基準にしていたことが確認できるはずである。

7　関東大震災と文学

関東大震災が文学にどんな影響をあたえたかをここで論じるつもりはない。東京に集中していた新聞社や出版社や印刷所は震災によって大きな被害を受けたので、震災後しばらく報道や出版は途絶したが、年内には新聞も雑誌も出版もほぼ平常に復した。そして平常に復してみれば、文学そのものが震災によってとくに変ったわけではないことが明らかになった。しかし震災後の治安維持や取締りの強化もあって、『解放』『種蒔く人』『新興文学』などプロレタリア系の雑誌の多くは廃刊に追い込まれた。雑誌や新聞が復旧するまで小説類の発表が激減したのは当然だが、十月に入って一斉に雑誌の震災特集が出、新聞の頁数も増えると、文学者たちには震災文章の注文が殺到し、一人で五本も十本もの文章を書く者も現われた。

　そうしたおびただしい数の震災文章のなかから本巻には室生犀星、加能作次郎、島崎藤村、菊池寛、広津和郎のものを選んで載せた。前三者は震災当日とその後何日かの記録あるいは体験記であるが、菊池寛の「災後雑感」は、震災を体験して文学がいかに無用のものであるかを実感したという率直な感想で、大きな話題になった。広津和郎の文章はそれに対する反論である。

「新興文学」創刊号（大正11年11月）

　室生犀星の「日録」は雑誌の発行が解禁された十月早々に出た『改造』の十月大震災号に寄せたもので、震災前日の八月三十一日から九月十日までの日誌である。生まれて五日目の娘朝子とともに駿河台の病院に入院中だった妻の行方を探して、二日目に上野公園で無事妻子に会えたこと、七日には堀辰雄が来て、本所で母を亡くしたことを話したこと、などが淡々と記されている。ほぼ同時に発売された『中央公論』十月号の大特集「前古未曾有の大震・大火惨害記録」にも室生犀星は「見聞三日」という文章を書いている。こちらは著書にも全集にも収められていないようだが、「H君」こと堀辰雄からの聞き書きを、詩を書く少年と母との一篇の哀話に仕立てている。堀辰雄資料としても埋もれたままのようなので、次に引いておこう。

　私のところへ来る一高の生徒でH君といふのがゐるが、こんどの災害で母を失つた。H君はまだ年少であるが、平常詩が五つ六つ書けると浄書して帳面のやうに綴ぢて置くと、そのお母さんがいつも五円に買つてくれるさうだ。私はこの話を美しい詩のやうな話だと思つてゐた。

　火の手が本所一面を舐めつくしたときに、H君は父母と別れ別れに逃げ惑ふた。水泳に長けてゐたH君は隅田川へ飛び込んで折からの蒸気船眼がけて泳いだが、川のまんなかに火風にあぶられた龍巻きのやうな渦巻ができてゐて、大がいの人はそれに捲き込まれて了つた。H君も捲き込まれた一人だつたが、どうやら抜け出したときは手が疲れて泳げなかつた。それ故仰向きに土左ヱ門泳ぎをやつてやつと蒸気船に近づいて助かつた。

——翌日とその又翌日と荷車を引いて、母親の死体をさがしてあるいたが、提灯でいちいち死人の顔や着物を見てやつと母親の死体を見つけたさうである。H君は美青年であるが、大方母親も水死だつたのでそんなに酷らしい顔はしてゐなかつただらう。

——そして父親は隅田の石垣にかぢりついて助かつた。

島崎藤村とその子供たち。左より藤村、長男楠雄、三男蓊助、次男鶏二、末女柳子

あとで聞くとお母さんはH君の名前と町名を叫んで探して歩きながら火に追はれて、入水したものらしいとH君が言つてゐた。これからH君の唯一の読者であつたお母さんがなくなつては、いくらH君が書きためた詩を綴ぢて置いても買つて呉れる人がなくなるであらう、——。


島崎藤村の「飯倉だより」は、まだ学藝欄が復活する前の『東京朝日新聞』夕刊の一面に、十月八日から二十二日まで、木曾にいる子供に震災の体験を書いて送るという形式で連載された文章で、のちに「子に送る手紙（一）」として短篇集『嵐』（昭和二年一月、新潮社刊）に収められた。

菊池寛の「災後雑感」は『中央公論』十月号の特集中の文章だが、同題や同趣旨の文章を『文藝春秋』十一月号ほかあちこちに書いている。丸の内にあったため火災を免れて発行再開の早かった『都新聞』の九月二十五日付には「震災後の思想界」と題して菊池寛の談話が載っているが、そこでもすでに、震災に遭って、文藝などはこういう時には何の役にも立たない贅沢品だということを痛切に感じたといい、震災の前と後とでは文藝は大変化するだろう、と語っている。震災から日が経ち、文壇もしだいに回復してくると、上司小剣や里見弴らが菊池寛の文学藝術無用説に対して反対の意見を発表して、「珠は砕けず」、つまり震災などで藝術は滅びたりはしない、と主張した。それに対して菊池寛は「喧嘩過ぎての強がり」（『時事新報』十月二十日）などの文章を書いて応酬した。広津和郎の「非難と弁護（菊池寛に対する）」（『時事新報』十一月四～七、九、十八日）はそれらを読んだ上での菊池寛に対する反論である。

広津和郎の反論でいちばんわかりやすいのは次の箇所であろう。

　被服廠に立つてよくよく細かに考へて見ると、彼等を救ふのに藝術も無力であれば、パンも着物もやはり無力である、此処にはそれ等よりもつと力強いものがなければならない、そしてその力強いものとは実に水である、水の外の何ものでもない、火に勝つものは水の外には何ものもない。

　つまり論理で押して行くと、かう云ふ事にならなければならない。だから、火事の悲惨をふせぐのには、もつと水の準備がよく出来上つてゐなければならない。それは藝術の罪でもなければ、その他の何ものヽ罪でもない。火に責められてゐるものには水こそ救ひであり、餓に泣いてゐるものにはパンこそ救ひであり、それと全く同じ意味で、藝術の渇きを感じてゐるものには、藝術こそ救ひである。それは別々に考へなければならない。主観的な思想としては兎も角、客観的な妥当を人に強ひる思想としては、それ等のものヽ混同は、見のがすべからざる誤謬である。

　それだから菊池君の「藝術無力」は、菊池君の主観的な思想としては兎も角、客観的に人々に向つてそれの真理である事を納得させるには、余りに根拠が薄弱であり、余りに独断に過ぎる。――此故を以て、私は此説には何処までも反対しようと思ふ。

しかし菊池寛が今度の大異変に遭遇して違ったものを混同せずにはいられないほどのショックを受けたという事実は、菊池寛という人間の生き方を見せてくれるという点で興味深い。菊池寛の混同や認識不足は菊池寛の人生、生き方と結びついているからだ。今度の異変くらいで藝術は滅びるものではないと言った人々の意見にはもちろん賛成だ。しかしもしそれが「藝術が人生から遊離してゐるもの」だからという意味で言われているのだとしたら反対したい。たしかに藝術は滅びるものではない。しかし「藝術は人生と共に悩み、人生と共に悲しみ、人生と共に苦しみ、又人生と共に喜ぶものだ」と、広津和郎は結論づけるのである。

　ここには大正十年のいわゆる「内容的価値論争」において「生活第一、藝術第二」と言った菊池寛と里見弴の対立をひそかに思い返し、実生活から離れたところに純粋な藝術境を求めながらそれが出来ない悩みを告白した有島武郎を批判して、散文藝術（小説）はつねに人生のすぐ隣りにあって、それこそが散文藝術の純粋さにほかならないという「散文藝術の位置」（『新潮』大正十三年九月号）の思想に向っていた広津和郎独特の柔軟な思考がある。そしてこの人生派的な小説観も、先の「心境小説」を尊しとする小説観と深いところで結び合いながら、大正文学がその終焉を間近にして産み落とした重要な思想であり、文学精神だったのである。

解題　曾根博義

凡例

一、本文テキストは、原則として初出誌紙を用いた。ただし編者の判断により、初刊本を用いることもある。
二、初出誌紙が総ルビであるときは、適宜取捨した。パラルビは、原則としてそのままとした。詩歌作品については、初出ルビをすべてそのままとした。
三、初出誌紙において、改行、句読点の脱落、脱字など、不明瞭なときは、後の異版を参看し、補訂した。
四、初刊本をテキストとするときは、初出誌紙を参看し、ルビを補うこともある。初出誌紙を採用するときは、後の異版によって、ルビを補うことをしない。
五、用字は原則として、新字、歴史的仮名遣いとする。仮名遣いは初出誌紙のままとした。
六、用字は「藝」のみを正字とした。また人名の場合、「龍」、「聲」など正字を使用することもある。
七、作品のなかには、今日からみて人権にかかわる差別的な表現が一部含まれている。しかし、作者の意図は差別を助長するものではないこと、作品の背景をなす状況を現わすための必要性、作品そのものの文学性、作者が故人であることを考慮し、初出表記のまま収録した。

〔小説・戯曲〕

野ざらし　豊島与志雄

一九二三（大正十二）年一月一日発行「中央公論」第三十八年第一号に発表。パラルビ。同年二月二十六日、新潮社刊『野ざらし』に収録。底本には初出誌。

青銅の基督　長与善郎

一九二三（大正十二）年一月一日発行「改造」第五巻第一号に発表。少なめのパラルビ。同年二月十二日、改造社刊『青銅の基督』に収録。底本には初出誌。

おせい　葛西善蔵

一九二三（大正十二）年一月一日発行「改造」第五巻第一号に発表。ルビなし。翌年十一月二十五日、新潮社刊『椎の若葉』に収録。底本には初出誌。

一千一秒物語　稲垣足穂

一九二三（大正十二）年一月二十五日、金星堂発行。一九三五（昭和十）年十二月一日～翌年四月一日、八月一日発行『児童文学』（第一巻第二号、第二巻第一号～第四号、第八号）に「新

版　一千一秒物語」と改題、改訂し発表。底本には初刊本。

子を貸し屋　宇野浩二

一九二三（大正十二）年三月一日、四月一日発行「太陽」第二十九巻第三号、第四号に発表。パラルビ。翌年七月五日、文興院刊『子を貸し屋』に修訂をほどこし収録。底本には初出誌。

地獄　金子洋文

一九二三（大正十二）年三月一日発行「解放」第五巻第三号に発表。極少ルビ。同年五月二十五日、自然社刊『地獄』に収録。底本には初出誌。

火事の夜まで　今野賢三

一九二三（大正十二）年三月一日発行「種蒔く人」第三年第四巻第十七号に発表。パラルビ。同年六月二十七日、自然社刊『藝術戦線新興文藝二十九人集』に収録。底本には初出誌。

地獄の叛逆者　井東憲

一九二三（大正十二）年三月二十日、総文館刊『地獄の出来事』第二部を抄出。総ルビ。底本には初刊本を用いルビを取捨した。

生まざりしならば　正宗白鳥

一九二三（大正十二）年四月一日発行「中央公論」第三十八年第四号に発表。パラルビ。翌年三月十五日、玄文社刊『生まざりしならば』に章番号を省くなどの修訂をほどこし収録。底本には初出誌。

佗しすぎる　佐藤春夫

一九二三（大正十二）年四月一日発行「中央公論」第三十八年第四号に発表。パラルビ。同年七月六日、改造社刊『佗しすぎる』に若干の加筆訂正をほどこし収録。底本には初出誌。

二銭銅貨　江戸川乱歩

一九二三（大正十二）年四月一日発行「新青年」第四巻第五号春季増大号に発表。総ルビ。翌年七月十八日、春陽堂刊『心理試験』に収録。底本には初出誌を用いルビを取捨した。

同志の人々　山本有三

一九二三（大正十二）年四月一日発行「改造」第五巻第四号に発表。パラルビ。翌年十一月十五日、新潮社刊『戯曲集　同志の人々』に大幅な修訂をほどこし収録。底本には初出誌。

蠅　横光利一

一九二三（大正十二）年五月一日発行「文藝春秋」第一年第五号に発表。ルビなし。翌年五月十八日、春陽堂刊『日輪』に収録。底本には初出誌。

会葬の名人　川端康成

一九二三（大正十二）年五月一日発行「文藝春秋」第一年第

五号に発表。ルビなし。一九二七（昭和二）年三月二十日、金星堂刊『伊豆の踊子』に「葬式の名人」と改題、修訂し収録。底本には初出誌。

無限抱擁　瀧井孝作

一九二三（大正十二）年六月一日発行「改造」第五巻第六号に発表。パラルビ。一九二一（大正十）年八月一日発行「新小説」第二十六年第八号に発表の「竹内信一（結婚に関して）」、一九二三（大正十二）年八月一日発行「新潮」第三十九巻第二号に発表の「沼辺通信」、一九二四（大正十三）年九月一日発行「改造」第六巻第九号に発表の「信一の恋」、以上を「信一の恋」「竹内信一」「無限抱擁」「沼辺通信」の順に編み、一九二七（昭和二）年九月二十四日、改造社より『無限抱擁』として刊行。底本には初出誌。

幽閉　井伏鱒二

一九二三（大正十二）年七月一日発行「世紀」第一号に発表。ルビなし。一九二九（昭和四）年五月一日発行「文藝都市」第二巻第五号に発表された「山椒魚」の原型。

椿　里見弴

一九二三（大正十二）年十一月一日発行「改造」第五巻第十一号に発表。パラルビ。翌年八月三十日、プラトン社刊『雨に咲く花』に収録。底本には初出誌。

〔児童文学〕

飴チョコの天使　小川未明

一九二三（大正十二）年二月一日発行「赤い鳥」第十巻第三号に発表。総ルビ。翌年三月三日、イデア書院刊『アメチヨコの天使』に収録。底本には初出誌を用いルビを取捨した。

やまなし　宮沢賢治

一九二三（大正十二）年四月八日発行「岩手毎日新聞」に発表。底本には一九九五（平成七）年九月二十五日、筑摩書房版『宮沢賢治全集　第十巻』を用いた。

白　芥川龍之介

一九二三（大正十二）年八月一日発行「女性改造」第二巻第八号に発表。総ルビ。底本には初出誌を用いルビを取捨した。

大震火災記　鈴木三重吉

一九二三（大正十二）年十一月一日発行「赤い鳥」第十一巻第四号に発表。総ルビ。底本には初出誌を用いルビを取捨した。

〔評論・随筆〕

侏儒の言葉（抄）　芥川龍之介

一九二三（大正十二）年一月一日～一九二五（大正十四）年十一月一日発行「文藝春秋」第一年第一号～第三年第十一号に発表。ルビなし。一九二七（昭和二）年十二月六日、文藝春秋社刊『侏儒の言葉』に収録。第一巻第一号より同巻第十一号を抄出。底本には初出誌。

「赤と黒」創刊号　宣言・編集雑記

一九二三（大正十二）年一月一日発行「赤と黒」第一輯に発表。ルビなし。底本には初出誌。編集後記末尾に「（壺井生）」（壺井繁治）と署名がある。

階級文藝に対する私の態度　久米正雄　ほか

一九二三（大正十二）年二月一日発行「改造」第五巻第二号に発表。ルビなし。底本には初出誌。

藝術の革命と革命の藝術　青野季吉

一九二三（大正十二）年三月一日発行「解放」第五巻第三号に発表。ルビなし。底本には初出誌。

創作合評　第三回（四月の創作）　正宗白鳥　ほか

一九二三（大正十二）年五月一日発行「新潮」第三十八巻第五号に発表。底本には初出誌。

新潮の合評に就いて　片岡良一

一九二三（大正十二）年七月一日発行「文藝春秋」第一巻第七号に発表。ルビなし。底本には初出誌。

合評会諸氏に　川端康成

一九二三（大正十二）年十一月一日発行「新潮」第三十九巻第五号に発表。ルビなし。一九七三（昭和四十八）年十月三十日、新潮社刊『川端康成全集第十六巻』に収録。底本には初出誌。

新傾向藝術批判　金子洋文　ほか

一九二三（大正十二）年七月一日発行「新興文学」第二巻第六号に発表。ルビなし。底本には初出誌。

日録　室生犀星

一九二三（大正十二）十月一日発行「改造」第五巻第十号（大震災号）に発表。ルビなし。一九二九（昭和二）年六月十八日、改造社刊『庭を造る人』に「震災日録」と改題し収録。底本には初出誌。

震災日記　加納作次郎

一九二三（大正十二）年十月五日発行「文章倶楽部」第八年第十号に発表。ルビなし。底本には初出誌。

飯倉だより（子に送る手紙）　島崎藤村

一九二三（大正十二）年十月八日～二十二日発行「東京朝日新聞」第一三四一一号～第一三四二五号に発表。総ルビ。一九二六（昭和元年）年一月一日（原本奥付は大正十六年）、新潮社刊『嵐』に大幅な修訂をほどこし「子に送る手紙」と改題し収録。底本には初出紙を用いルビを取捨した。

災後雑感　菊池寛

一九二三（大正十二）年十二月一日発行「中央公論」第三十八年第十一号に発表。ルビなし。底本には初出誌。

非難と弁護（菊池寛に対する）　広津和郎

一九二三（大正十二）年十一月四日～七日、九日、十八日発行「時事新報」第一四四七八～九号、第一四四八一号、第一四四九〇号に発表。総ルビ。底本には初出紙を用いルビを取捨した。

〔詩〕

樹下の二人　ほか　高村光太郎

樹下の二人　一九二三（大正十二）年四月一日発行「明星」第三巻第四号に発表。とげとげなエピグラム　同年六月一日発行「明星」第三巻第六号に発表

蚊　ほか　山村暮鳥

蚊・ひぐらし・松の葉　一九二三（大正十二）年九月一日発行「星のひかり」（山村暮鳥詩集号）に発表。

水墨集（抄）　北原白秋

詩作のとき・南画中の半日・時雨　一九二三（大正十二）年二月一日発行「詩と音楽」第二巻第二号に発表。

石が吠ゆ　加藤介春

石が吠ゆ　一九二三（大正十二）年七月一日発行「日本詩人」第三巻第六号に発表。

風船乗りの夢　ほか　萩原朔太郎

風船乗りの夢　一九二三（大正十二）年一月一日発行「詩聖」第十六号に発表。仏陀　同年二月一日発行「日本詩人」第三巻第二号に発表。大砲を撃つ　同年六月一日発行「新潮」第三十八巻第六号に発表。

夕餉のしたくはまだできぬか　室生犀星

夕餉のしたくはまだできぬか　一九二三（大正十二）年二月一日発行「詩と音楽」第二巻第二号に発表。高麗の花　同年三月一日発行「新潮」第三十八巻第三号に発表。春の日のかげ　同年四月一日発行「帆船」に発表。

春風　ほか　佐藤惣之助

春風　一九二三（大正十二）年二月一日発行「詩と音楽」第二巻第二号に発表。老年・ふあんたじあ　同年八月一日発行「日本詩人」第三巻第七号に発表。

オルゴオルにそへて弟に与ふ　ほか　佐藤春夫

オルゴオルにそへて弟に与ふ　一九二三（大正十二）年七月一日発行「女性改造」第二巻第七号に発表。楊柳歌　同年九月一日発行「月光」に発表。海の若者　同年十一月一日発行「随筆」第一巻第一号に発表。

地球と暦（抄）　田中冬二
地球と暦　一九二三（大正十二）年四月一日発行「詩聖」第十九号に発表。

漢字　米沢順子
漢字　一九二三（大正十二）年十月十二日発行「日本詩人」第三巻第九号に発表。

無題　ほか　壺井繁治
無題・屋根裏の歌　一九二三（大正十二）年一月一日発行「赤と黒」第一輯に発表。

声　ほか　吉田一穂
声・母・運命　一九二三（大正十二）年三月一日発行「詩と音楽」第二巻第三号に発表。

●●●●　ほか　萩原恭次郎
●●●●　一九二三（大正十二）年五月五日発行「赤と黒」第四輯に発表。　千九百二十三年　同年八月六日発行「東京朝日新聞」第一三三五八号に発表。

『ダダイスト新吉の詩』（抄）　高橋新吉
一九二三（大正十二）年二月、中央美術社発行。

深夜の赤電車　岡本潤
深夜の赤電車　一九二三（大正十二）年一月一日発行「赤と黒」第一輯に発表。

『噫東京』より　西條八十　ほか
一九二三（大正十二）年十一月十六日、交蘭社発行。

『災禍の上に』より　秋田雨雀　ほか
一九二三（大正十二）年十一月二十日、詩話会発行。

〔短歌〕

天変動く　与謝野晶子
一九二三（大正十二）年十月一日、大日本雄弁会講談社発行『大正大震災大火災』に発表。

大震劫火　佐佐木信綱
一九二三（大正十二）年十月一日発行「心の花」第二十七巻第十号に発表。

○　石榑千亦
一九二三（大正十二）年十月一日発行「心の花」第二十七巻第十号に発表。

○　坪内逍遥
一九二三（大正十二）年十二月一日発行「心の花」第二十七

巻第十二号に発表。

○　九條武子

一九二三（大正十二）年十二月一日発行「心の花」第二十七巻第十二号に発表。

○　五島美代子

一九二三（大正十二）年十二月一日発行「心の花」第二十七巻第十二号に発表。

○　跡見花蹊

一九二三（大正十二）年十二月一日発行「心の花」第二十七巻第十二号に発表。

李青雑詠　木下利玄

一九二三（大正十二）年一月一日発行「白樺」第十四巻第一号に発表。

○　島木赤彦

一九二三（大正十二）年一月一日発行「アララギ」第十六巻第一号に発表。

○　島木赤彦

一九二三（大正十二）年四月一日発行「アララギ」第十六巻第四号に発表。

○　島木赤彦

一九二三（大正十二）年八月一日発行「アララギ」第十六巻第八号に発表。

○　中村憲吉

一九二三（大正十二）年九月一日発行「アララギ」第十六巻第九号に発表。

○　平福百穂

一九二三（大正十二）年六月一日発行「アララギ」第十六巻第六号に発表。

○　藤沢古実

一九二三（大正十二）年一月一日発行「アララギ」第十六巻第一号に発表。

○　土田耕平

一九二三（大正十二）年四月一日発行「アララギ」第十六巻第四号に発表。

○　杉浦翠子

一九二三（大正十二）年四月一日発行「アララギ」第十六巻第四号に発表。

禍の日　**四賀光子**
一九二三（大正十二）年十月一日発行「潮音」第九巻第十号に発表。
鴨鳥の歌　**若山牧水**
一九二三（大正十二）年一月一日発行「短歌雑誌」第六巻第一号に発表。
弱陽の崖　**北原白秋**
一九二三（大正十二）年一月一日発行「詩と音楽」第二巻第一号に発表。
初夏の印旛沼　**北原白秋**
一九二三（大正十二）年七月一日発行「詩と音楽」第二巻第七号に発表。
多摩川上流の歌　**北原白秋**
一九二三（大正十二）年四月一日発行「詩と音楽」第二巻第四号に発表。
天神山と荻窪村　**前田夕暮**
一九二三（大正十二）年四月一日発行「詩と音楽」第二巻第四号に発表。
沼畔雑歌　**古泉千樫**
一九二三（大正十二）年八月一日発行「詩と音楽」第二巻第八号に発表。
五月の水郷　**橋田東聲**
一九二三（大正十二）年七月一日発行「詩と音楽」第二巻第七号に発表。
踊　**吉植庄亮**
一九二三（大正十二）年八月一日発行「詩と音楽」第二巻第八号に発表。
東夷戯咲篇　**尾山篤二郎**
一九二三（大正十二）年八月一日発行「詩と音楽」第二巻第八号に発表。
冬の薔薇　**穂積忠**
一九二三（大正十二）年四月一日発行「詩と音楽」第二巻第四号に発表。
犬吠崎　**窪田空穂**
一九二六（大正十二）年三月五日、紅玉堂発行『鏡葉』に収録。
〔俳句〕
ホトトギス巻頭句集

一九二三（大正十二）年一月一日発行「ホトトギス」第二十六巻第四号（三百十六号）。同年二月一日発行同誌第二十六巻第五号（三百十七号）。同年三月一日発行同誌第二十六巻第六号（三百十八号）。同年四月一日発行同誌第二十六巻第七号（三百十九号）。同年五月一日発行同誌第二十六巻第八号（三百二十号）。同年六月一日発行同誌第二十六巻第九号（三百二十一号）。同年七月一日発行同誌第二十六巻第十号（三百二十二号）。同年八月一日発行同誌第二十六巻第十一号（三百二十三号）。同年九月一日発行同誌第二十六巻第十二号（三百二十四号）。同年十月九日発行同誌第二十七巻第一号（三百二十五号）。同年十一月九日発行同誌第二十七巻第二号（三百二十六号）。同年十二月九日発行同誌第二十七巻第三号（三百二十七号）。

山廬集（抄）　飯田蛇笏

一九三二（昭和七）年十二月二十一日、雲母社発行。

〔大正十二年〕　河東碧梧桐

一九二三（大正十二）年十一月一日発行「碧」第七号。

〔大正十二年〕　高浜虚子

一九二三（大正十二）年二月一日発行「京鹿子」第四巻第二号。同年二月一日発行「ホトトギス」第二十六巻第五号（三百十七号）。同年九月一日発行同誌第二十六巻第十二号（三百二十四号）。同年十二月九日発行同誌第二十七巻第三号（三百二十七号）。

雑草（抄）　長谷川零余子

一九二四（大正十三）年六月二十五日、枯野社発行。

著者略歴

青野季吉―あおの　すえきち―一八九〇・二・二四〜一九六一・六・二三　文藝評論家　新潟県出身　早稲田大学英文科卒　『解放の藝術』『転換期の文学』『現代文学論』『文学五十年』

芥川龍之介―あくたがわ　りゅうのすけ―一八九二・三・一〜一九二七・七・二四　小説家　東京出身　東京帝国大学英文科卒　『鼻』『羅生門』『河童』

跡見花渓―あとみ　かけい―一八四〇・四・九〜一九二六・一・一〇　小説家　本名　跡見滝野　教育家　大阪市出身　跡見学園の創立者

新井紀一―あらい　きいち―一八九〇・二・二二〜一九六六・三・二一　小説家　群馬都出身　四谷第一尋常高等小学校卒　「友を売る」『雨の八号室』

飯田蛇笏―いいだ　だこつ―一八八五・四・二六〜一九六二・一〇・三　本名　飯田武治　俳人　山梨県出身　早稲田大学英文科卒　『山廬集』『山廬随筆』

生田春月―いくた　しゅんげつ―一八九二・三・一二〜一九三〇・五・一九　本名　生田清平　詩人・翻訳家　鳥取県出身　明道小学校卒、高等小学校中退　『霊魂の秋』『相寄る魂』『象徴の烏賊』

石榑千亦―いしくれ　ちまた―一八六九・八・二六〜一九四二・八・二三　本名　石榑辻五郎　歌人　愛媛県出身　琴平皇典学会付属明道学校卒　『潮鳴』『鷗』『海』

石渡山達　一八九四〜？　本名　野本実　画家・著述家　経歴未詳

井東　憲―いとう　けん―一八九五・八・二七〜一九四五　本名　伊藤憲　小説家・評論家　東京出身　明治大学法科卒　『地獄の出来事』『有島武郎の藝術と生涯』

稲垣足穂―いながき　たるほ―一九〇〇・一二・二六〜一九七七・一〇・二五　小説家　大阪出身　関西学院普通部卒　『一千一秒物語』『星を売る店』『弥勒』『少年愛の美学』

井伏鱒二―いぶせ　ますじ―一八九八・二・一五〜一九九三・

七・一〇　本名　井伏満寿二　小説家　広島県出身　早稲田大学文学部中退『なつかしき現実』『さざなみ軍記』『漂民宇三郎』『黒い雨』

今野賢三《いまの けんぞう》—一八九三・八・二六〜一九六九・一〇・一八　本名　今野賢蔵　小説家　秋田県出身　土崎尋常高等小学校卒「火事の夜まで」『暁』三部作

宇野浩二《うの こうじ》—一八九一・七・二六〜一九六一・九・二一　本名　宇野格次郎　小説家　福岡県出身　早稲田大学英文科予科中退『苦の世界』『子を貸し屋』『枯木のある風景』

江戸川乱歩《えどがわ らんぽ》—一八九四・一〇・二一〜一九六五・七・二八　本名　平井太郎　小説家　三重県出身　早稲田大学政経学部卒「二銭銅貨」「D坂の殺人事件」「屋根裏の散歩者」「人間椅子」「陰獣」

大関五郎《おおぜき ごろう》—一八九五・一・二四〜一九四八・八・三〇　詩人・歌人　水戸市出身　東京主計学校卒『星の唄』『煙草のけむり』

岡本　潤《おかもと じゅん》—一九〇一・七・五〜一九七八・二・一六　詩人　埼玉県出身　東洋大学中退『罰当りは生きてゐる』『詩人の運命』

小川未明《おがわ みめい》—一八八二・四・七〜一九六一・五・一一　本名　小川健作　小説家・童話作家　新潟県出身　早稲田大学英文科卒『赤い蠟燭と人魚』『野薔薇』

荻原井泉水《おぎわら せいせんすい》—一八八四・六・一六〜一九七六・五・二〇　本名　荻原藤吉　俳人　東京出身　東京帝国大学言語学科卒『俳句提唱』『湧出るもの』『原泉』

尾崎喜八《おざき きはち》—一八九二・一・三一〜一九七四・二・四　詩人・随筆家　東京出身　京華商業卒『空と樹木』『花咲ける孤独』『山の絵本』

尾山篤二郎《おやま とくじろう》—一八八九・一二・一五〜一九六三・六・二三　歌人・国文学者　石川県出身　金沢商業中退『さすらひ』『明る妙』『草籠』『とふのすがごも』

葛西善蔵《かさい ぜんぞう》—一八八七・一・一六〜一九二八・七・二三　小説家　青森県出身、早稲田大学英文科聴講生『哀しき父』『子をつれて』

加藤介春《かとう かいしゅん》—一八八五・五・一六〜一九四六・一二・一八　本名　加藤寿太郎　詩人　福岡県出身　早稲田大学英文科卒『獄中哀歌』『梢を仰ぎて』『眼と眼』

加藤一夫―かとう　かずお―一八八七・二・二八～一九五一・一・二五　評論家　和歌山県出身　明治学院神学部卒　『民衆藝術論』『自由人の生活意識』

金子洋文―かねこ　ようぶん―一八九四・四・八～一九八五・三・二一　本名　金子吉太郎　小説家・劇作家・演出家　秋田県出身　秋田県立秋田工業卒　『投げ棄てられた指輪』『地獄』

加能作次郎―かのう　さくじろう―一八八五・一・一〇～一九四一・八・五　小説家　石川県出身　早稲田大学英文科卒　『世の中へ』『若き日』『乳の匂ひ』

川崎長太郎―かわさき　ちょうたろう―一九〇一・一・一～一九八五・一・六　小説家　神奈川県出身　神奈川県立小田原中学中退　『裸木』『抹香町』『忍び草』

川路柳虹―かわじ　りゅうこう―一八八八・七・九～一九五九・四・一七　本名　川路誠　詩人・美術評論家　東京出身　東京美術学校（東京藝術大学）日本画科卒　『路傍の花』『波』

川端康成―かわばた　やすなり―一八九九・六・一四～一九七二・四・一六　小説家　大阪市出身　東京帝国大学文学部国文科卒　『伊豆の踊子』『雪国』『名人』『みづうみ』『眠れる美女』

河東碧梧桐―かわひがし　へきごとう―一八七三・二・二六～一九三七・二・一　本名　河東秉五郎　俳人　愛媛県出身　仙台二高中退　『新傾向句集』『八年間』『三千里』

神原　泰―かんばら　たい―一八九八・二・二三～没年不詳　詩人・画家・藝術理論家　東京出身　中央大学商科卒　『異端者』『未来派の自由語を論ず』

菊池　寛―きくち　かん―一八八八・一二・二六～一九四八・三・六　本名　菊池寛（ひろし）　小説家・劇作家　香川県出身　京都帝国大学英文科本科卒　『父帰る』『真珠夫人』『話の屑籠』

北原白秋―きたはら　はくしゅう―一八八五・一・二五～一九四二・一・二　本名　北原隆吉　詩人・歌人　福岡県出身　早稲田大学英文科中退　『邪宗門』『桐の花』『雲母集』『雀の卵』

木下利玄―きのした　りげん―一八八六・一・一～一九二五・二・一五　本名　利玄（としはる）　歌人　岡山県出身　東京帝国大学国文科卒　『銀』『紅玉』『一路』

九條武子―くじょう　たけこ―一八八七・一〇・二〇～一九二八・二・七　歌人　京都市出身　『金鈴』『薫染』歌文集『無憂華』戯曲『洛北の秋』

窪田空穂―くぼた　うつほ―一八七七・六・八〜一九六七・四・一二　本名 窪田通治　歌人・国文学者　長野県出身　東京専門学校（早稲田大学）卒　『まひる野』『濁れる川』『鏡葉』

久保田万太郎―くぼた　まんたろう―一八八九・一一・七〜一九六三・五・六　小説家・俳人・劇作家　東京出身　慶応義塾大学文科卒　『春泥』『花冷え』『大寺学校』

久米正雄―くめ　まさお―一八九一・一一・二三〜一九五二・三・一　小説家・劇作家　長野県出身　東京帝国大学英文科卒　『父の死』『破船』『月よりの使者』

古泉千樫―こいずみ　ちかし―一八八六・九・二六〜一九二七・八・一一　本名 古泉幾太郎　歌人　千葉県出身　千葉教員講習所卒　『川のほとり』『屋上の土』

五島美代子―ごとう　みよこ―一八九八・七・一二〜一九七八・四・一五　歌人　東京出身　東京大学国文科聴講生　『暖流』『新輯母の歌集』

西條八十―さいじょう　やそ―一八九二・一・一五〜一九七〇・八・一二　詩人　東京出身　早稲田大学英文科卒　『砂金』『西條八十童謡全集』『一握の玻璃』

佐佐木信綱―ささき　のぶつな―一八七二・六・三〜一九六三・一二・二　歌人・歌学者　三重県出身　東京帝国大学古典科卒　『山と水と』『佐佐木信綱歌集』『評釈万葉集』

佐藤　清―さとう　きよし―一八八五・一・一一〜一九六〇・八・一五　詩人・英文学者　仙台市出身　東京帝国大学英文科卒　『西灘より』『キーツ研究』

佐藤惣之助―さとう　そうのすけ―一八九〇・一二・三〜一九四二・五・一五　詩人　神奈川県出身　暁星中学付属仏語専修科卒　『華やかな散歩』『琉球諸島風物詩集』

佐藤春夫―さとう　はるお―一八九二・四・九〜一九六四・五・六　詩人・小説家・評論家　和歌山県出身　慶応義塾大学文学部中退　『田園の憂鬱』『殉情詩集』『退屈読本』

里見　弴―さとみ　とん―一八八八・七・一四〜一九八三・一・二一　本名 山内英夫　小説家　神奈川県出身　東京帝国大学英文科中退　『善心悪心』『多情仏心』『極楽とんぼ』

四賀光子―しが　みつこ―一八八五・四・二一〜一九七六・三・二三　本名 太田光子　太田水穂の妻　歌人　長野県出身　東京女子高等師範学校文科卒　『藤の実』『朝日』『麻ぎぬ』

島木赤彦―しまき　あかひこ―一八七六・一二・一七〜一九二六・三・二七　本名　久保田俊彦　歌人　長野県出身　長野尋常師範学校（信州大学）卒　『柿蔭集』『歌道小見』

島崎藤村―しまざき　とうそん―一八七二・二・一七〜一九四三・八・二二　本名　島崎春樹　詩人・小説家　長野県出身　明治学院普通部本科卒　『若菜集』『破戒』『夜明け前』

杉浦翠子―すぎうら　すいこ―一八八五・五・一七〜一九六〇・二・一六　本名　翠《みどり》　歌人　埼玉県出身　女子美術、国語伝習所に学ぶ　『寒紅集』『生命の波動』

鈴木三重吉―すずき　みえきち―一八八二・九・二九〜一九三六・六・二七　小説家・童話作家　広島県出身　東京帝国大学英文科卒　『千鳥』『桑の実』

千家元麿―せんけ　もとまろ―一八八八・六・八〜一九四八・三・一四　詩人　東京出身　慶応義塾幼稚舎普通部中退　東京府立四中中退　『自分は見た』『昔の家』

高橋新吉―たかはし　しんきち―一九〇一・一・二八〜一九八七・六・五　詩人　愛媛県出身　八幡浜商業中退　『ダダイスト新吉の詩』『胴体』

高浜虚子―たかはま　きょし―一八七四・二・二二〜一九五九・四・八　本名　高浜清　俳人・小説家　愛媛県出身　第三高等中学校、東京専門学校（早稲田大学）中退　『俳諧師』『柿二つ』『五百句』

高村光太郎―たかむら　こうたろう―一八八三・三・一三〜一九五六・四・二　詩人・彫刻家　東京出身　東京美術学校（東京藝術大学）彫刻科卒　『道程』『智恵子抄』『典型』

竹久夢二―たけひさ　ゆめじ―一八八四・九・一六〜一九三四・九・一　本名　竹久茂次郎　詩人・画家　岡山県出身　早稲田実業学校専攻科中退　『どんたく』『山へよする』

田中冬二―たなか　ふゆじ―一八九四・一〇・一三〜一九八〇・四・九　本名　田中吉之助　詩人　福島県出身　立教中学卒　『青い夜道』『故園の歌』『晩春の日に』

土田耕平―つちだ　こうへい―一八九五・六・一〇〜一九四〇・八・一二　歌人　長野県出身　私立東京中学卒　『青杉』『斑雪』『一塊』

壺井繁治―つぼい　しげじ―一八九七・一〇・一八〜一九七五・九・四　詩人　香川県出身　早稲田大学英文科中退　『壺井繁治詩集』『奇妙な洪水』

坪内逍遥―つぼうち　しょうよう―一八五九・六・二二～一九三五・二・二八　本名　坪内雄蔵　名古屋市出身　東京帝国大学政治経済科卒　『小説神髄』『当世書生気質』『新修シェークスピヤ全集』

豊島与志雄―とよしま　よしお―一八九〇・一一・二七～一九五五・六・一八　小説家　福岡県出身　東京帝国大学仏文科卒　『生あらば』『野ざらし』

内藤辰雄―ないとう　たつお―一八九三・二・一一～一九六六・一〇・二六　本名　内藤恵吉　小説家　岡山県出身　岡山県立商業中退　『馬を洗ふ』『空に指して語る』

中戸川吉二―なかとがわ　きちじ―一八九六・五・二〇～一九四二・一一・一九　小説家　北海道出身　明治大学中退　『反射する心』『イボタの虫』『北村十吉』

中村憲吉―なかむら　けんきち―一八八九・一・二五～一九三四・五・五　歌人　広島県出身　東京帝国大学法科卒　『林泉集』『しがらみ』『軽雷集』

中村武羅夫―なかむら　むらお―一八八六・一〇・四～一九四九・五・一三　編集者・小説家・評論家　北海道出身　岩見沢小学校卒　『誰だ?花園を荒す者は!』『明治大正の文学者たち』

長与善郎―ながよ　よしろう―一八八八・八・六～一九六一・一〇・二九　小説家・劇作家　東京出身　東京帝国大学英文科中退　『竹沢先生と云ふ人』『わが心の遍歴』

野口雨情―のぐち　うじょう―一八八二・五・二九～一九四五・一・二七　本名　野口栄吉　民謡・童謡詩人　茨城県出身　東京専門学校（早稲田大学）中退　『船頭小唄』『波浮の港』『七つの子』『十五夜お月さん』

萩原恭次郎―はぎわら　きょうじろう―一八九九・五・二三～一九三八・一一・二二　詩人　群馬県出身　前橋中学卒　『死刑宣告』『断片』『もうろくづきん』

萩原朔太郎―はぎわら　さくたろう―一八八六・一一・一～一九四二・五・一一　詩人　群馬県出身　五高、六高、慶応義塾大学中退　『月に吠える』『青猫』

橋田東聲―はしだ　とうせい―一八八六・一二・二〇～一九三〇・一二・二　歌人　高知県出身　東京帝国大学法科卒　『地懐』『自然と韻律』

長谷川零余子―はせがわ　れいよし―一八八六・五・二三～一九二八・七・二七　本名　富田諧三　俳人　長谷川かな女の夫　群馬県出身　東京帝国大学薬学科卒　『雑草』『零余子句集』

平福百穂―ひらふく　ひゃくすい―一八七七・一二・二八～一九三三・一〇・三〇　本名　平福貞蔵　歌人・画家　秋田県出身　東京美術学校（東京藝術大学）日本画家専科卒　『寒竹』

広津和郎―ひろつ　かずお―一八九一・一二・五～一九六八・九・二一　小説家・評論家　東京出身　早稲田大学英文科卒　『神経病時代』『風雨強かるべし』『年月のあしおと』

深尾須磨子―ふかお　すまこ―一八八八・一一・一八～一九七四・三・三一　詩人　兵庫県出身　京都菊花高女卒　『真紅の溜息』『呪詛』『君死にたまふことなかれ』

藤井真澄―ふじい　ますみ―一八八九・一二・五～一九六二・一一・一〇　劇作家　岡山県出身　早稲田大学専門部政経科卒　『民本主義者』『超人日蓮』

藤沢古実―ふじさわ　ふるみ―一八九七・一二・二八～一九六七・三・一五　別名　木曾馬吉　本名　藤沢実　歌人・彫刻家　長野県出身　東京美術学校彫刻科卒　歌集『国原』『赤彦遺言』

穂積　忠―ほずみ　きよし―一九〇一・三・一七～一九五四・二・二七　詩人　静岡県出身　国学院大学卒　『雪祭』『叢』

堀口大學―ほりぐち　だいがく―一八九二・一・八～一九八一・三・一五　詩人・翻訳家　東京出身　慶応義塾大学文学部予科卒　『月下の一群』『人間の歌』

前田夕暮―まえだ　ゆうぐれ―一八八三・七・二七～一九五一・四・二〇　本名　前田洋造　歌人　神奈川県出身　中郡中学中退　『収穫』『生くる日に』『原生林』

正宗白鳥―まさむね　はくちょう―一八七九・三・三～一九六二・一〇・二八　本名　正宗忠夫　小説家・劇作家・文藝評論家　岡山県出身　東京専門学校（早稲田大学）英語専修科卒　同文学科卒　『何処へ』『毒婦のやうな女』『生まざりしならば』『今年の秋』

水守亀之助―みずもり　かめのすけ―一八八六・六・二二～一九五八・一二・一五　小説家　兵庫県出身　大阪医学校中退　『帰れる父』『闇を歩く』『我が墓標』

宮沢賢治―みやざわ　けんじ―一八九六・八・二七～一九三三・九・二一　詩人・児童文学者　岩手県出身　盛岡高等農業高等学校卒　『春と修羅』『注文の多い料理店』『グスコーブリの伝記』

室生犀星―むろう　さいせい―一八八九・八・一～一九六二・三・二六　本名　室生照道　詩人・小説家　石川県出身　金沢高等小学校中退　『抒情小曲集』『性に眼覚める頃』『杏っ子』

山村暮鳥―やまむら　ぼちょう―一八八四・一・一〇～一九二四・一二・八　本名　土田八九十　詩人　群馬県出身　聖三一神学校卒　『聖三稜玻璃』『風は草木にささやいた』『雲』

山本有三―やまもと　ゆうぞう―一八八七・七・二七～一九七四・一・一一　劇作家・小説家　栃木県出身　東京帝国大学独文科卒　『同志の人々』『波』『真実一路』

横光利一―よこみつ　りいち―一八九八・三・一七～一九四七・一二・三〇　小説家　福島県出身　早稲田大学高等予科中退　『御身』『日輪』『上海』『機械』『寝園』『旅愁』

与謝野晶子―よさの　あきこ―一八七八・一二・七～一九四二・五・二九　本名　与謝しよう　歌人・詩人　与謝野寛の妻　大阪府出身　堺女学校補習科卒　『みだれ髪』『君死にたまふこと勿れ』

吉植庄亮―よしうえ　しょうりょう―一八八四・四・三～一九五八・一二・七　歌人　千葉県出身　東京帝国大学経済科卒　『寂光』『開墾』

吉田一穂―よしだ　いっすい―一八九八・八・一五～一九七三・三・一　本名　吉田由雄　詩人　北海道出身　早稲田大学英文科中退　『海の聖母』『故園の書』『未来者』

吉田絃二郎―よしだ　げんじろう―一八八六・一一・二四～一九五六・四・二一　本名　吉田源次郎　小説家・戯曲家・随筆家　佐賀県出身　早稲田大学英文科本科卒　『島の秋』『西郷吉之助』『小鳥の来る日』

米沢順子―よねざわ　のぶこ―一八九四・一一・二一～一九三一・三・二一　詩人　東京出身　三輪田高女卒　『聖水盤』『毒花』

若山牧水―わかやま　ぼくすい―一八八五・八・二四～一九二八・九・一七　本名　若山繁　歌人　宮崎県出身　早稲田大学英文科卒　『別離』『路上』

編年体 大正文学全集

第十二巻 大正十二年

二〇〇二年十月二十五日第一版第一刷発行

著者代表——長与善郎
編者——曾根博義
発行者——荒井秀夫
発行所——株式会社 ゆまに書房
東京都千代田区内神田二―七―六
郵便番号一〇一―〇〇四七
電話〇三―五二九六―〇四九一代表
振替〇〇一四〇―六―六三一六〇
印刷・製本——日本写真印刷株式会社
落丁・乱丁本はお取替いたします
定価はカバー・帯に表示してあります

ISBN4-89714-901-0 C0391